国家社会科学基金重大项目『中国近代日记文献叙录、整理与研究』（项目编号：18ZDA259）阶段性研究成果

江苏省『十四五』时期重点出版物出版专项规划项目

中国近现代稀见史料丛刊【第十一辑】

方玉润日记（上）

张剑　徐雁平　彭国忠　主编

（清）方玉润　著

白云娇　整理

本辑执行主编　徐雁平

凤凰出版社

图书在版编目（CIP）数据

方玉润日记 / （清）方玉润著；白云娇整理.
南京：凤凰出版社，2024. 12. -- （中国近现代稀见史
料丛刊）. -- ISBN 978-7-5506-4308-6

Ⅰ. I264.9

中国国家版本馆CIP数据核字第2024SY2113号

书　　　　名	方玉润日记
著　　　　者	（清）方玉润
整　理　者	白云娇
责　任　编　辑	黄　悦
装　帧　设　计	姜　嵩
责　任　监　制	程明娇
出　版　发　行	凤凰出版社（原江苏古籍出版社）
	发行部电话025-83223462
出　版　社　地　址	江苏省南京市中央路165号，邮编：210009
照　　　排	南京凯建文化发展有限公司
印　　　刷	江苏凤凰通达印刷有限公司
	江苏省南京市六合区冶山镇，邮编：211523
开　　　本	880毫米×1230毫米　1/32
印　　　张	36.375
字　　　数	945千字
版　　　次	2024年12月第1版
印　　　次	2024年12月第1次印刷
标　准　书　号	ISBN 978-7-5506-4308-6
定　　　价	278.00元（全三册）

（本书凡印装错误可向承印厂调换，电话：025-57572508）

存史鑒今

袁行霈題

袁行霈先生題辭

「音实难知，知实难逢，逢其
知音，千载其一乎！」（《文心雕龙·
知音》）今读新编稀见史料丛
刊，真有治学知音之感犬。

傅璇琮谨书

二〇一三年

傅璇琮先生题辞

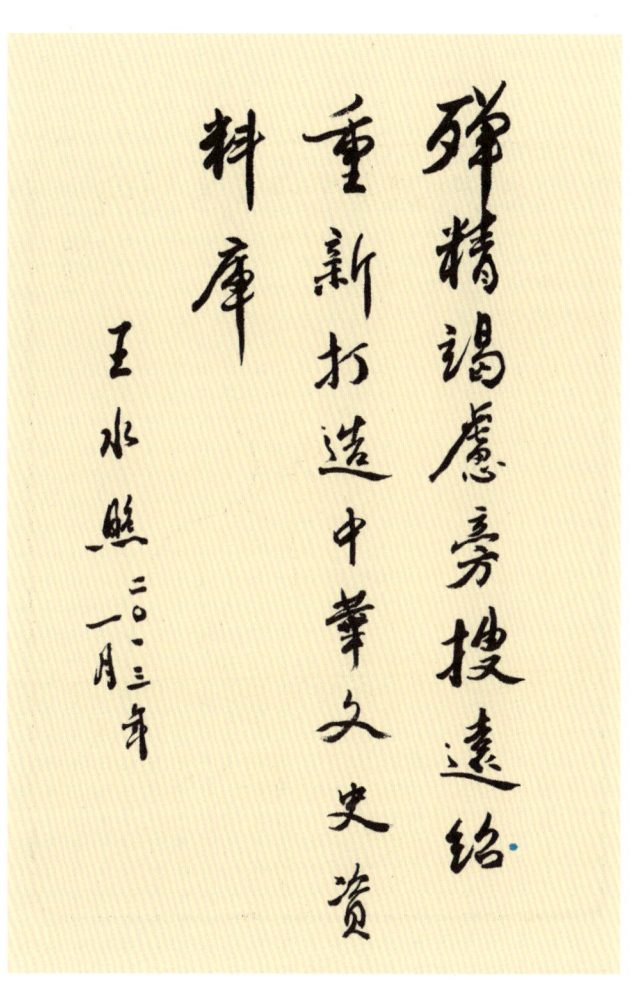

殚精竭虑旁搜远绍

重新打造中华文史资

料库

王水照 二〇二三年一月

王水照先生题辞

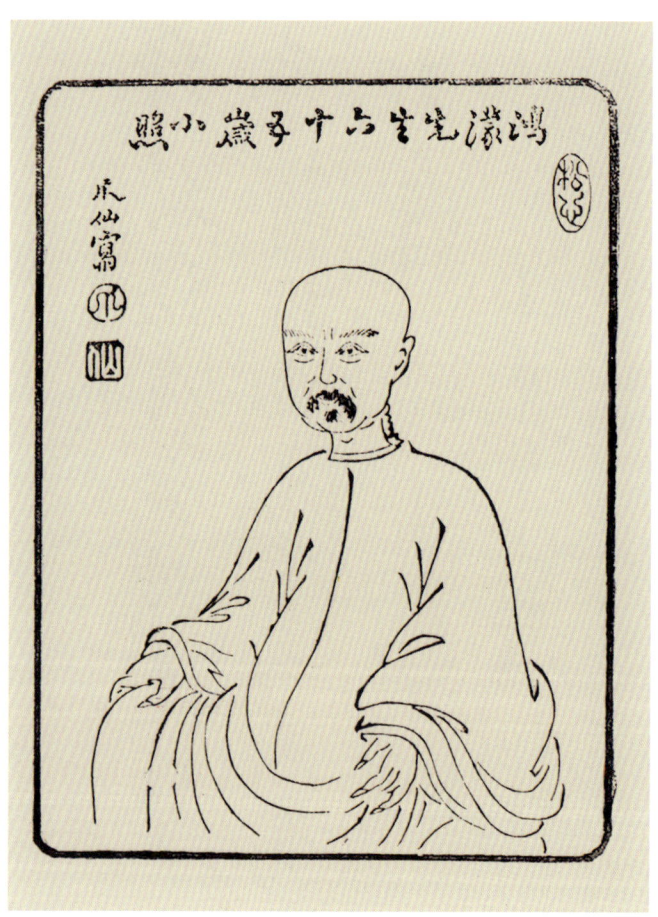

方玉润小像

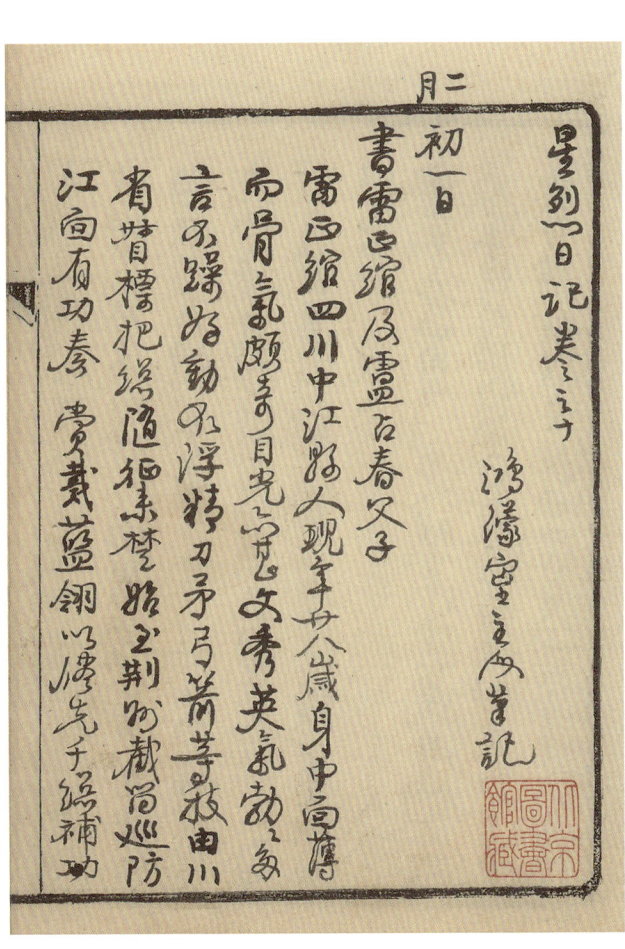

星烈日記卷三十　　海濱室主人筆記

二月

初一日

書雷正綰及靈石春父子

雷正綰四川中江縣人現年廿八歲身中高膚

而骨之氣願手目光炯炯文秀英氣勃勃多

言不歸於動吠浮精刀矛弓箭等技由川

省督標把總隨獲案楚駐之荆州截留巡防

江甯有功奏　賞戴藍翎以守先千總補用

《星烈日記》書影一

潯溪宝主庚章記

晉謁梔帥　以廿四策付梓

朏初一日

朔定常祝必當祝湄中軍余乃委員心死簪燎

乃借肄業話友列班同晉公兄余湄曰吾鄉左焉

秉身高卫音學問經濟偉彦宗侶一話之随文指

馬鐳山田日必心當同訪余等唯之而返本擬即時

遥訪而是日梔帥赴城閱操馬隊左心偕徒照客能客

《星烈日记》书影二

胱初百

遊法源寺

寺在宣武门外西南隅唐京师第一普祿寺
右即華院庙為圭洪趙忠愍墓今長墓
天潢陵因昭出程遊厨宇宏深花木幽宣誠
胱地也寺後院步有り半里許有高阁疊
壁四斗毋閣尤三層登之可以眺逺地夲汚泥饭

《心烈日记》书影一

心烈日記卷之一第十六　　　　　　　　　淞滬寓主人筆記

肚初日

緯帥出隊相地立營基

大軍帥進攻圍原由安國鎮進解手堡城西北
四十里今居之天晴與緯帥先率勇將士馳之
相地以立營寨興宅宇先第一而善之地
移屬於鄉軍威壯雲壘進迫令會之所之亦無
之所初之矣

《心烈日記》書影二

《中国近现代稀见史料丛刊》总序

在世界所有的文明中,中华文明也许可说是"唯一从古代存留至今的文明"(罗素《中国问题》)。她绵延不绝、永葆生机的秘诀何在?袁行霈先生做过很好的总结:"和平、和谐、包容、开明、革新、开放,就是回顾中华文明史所得到的主要启示。凡是大体上处于这种状况的时候,文明就繁荣发展,而当与之背离的时候,文明就会减慢发展的速度甚至停滞不前。"(《中华文明的历史启示》,《北京大学学报》2007年第1期)

但我们也要清醒看到,数千年的中华文明带给我们的并不全是积极遗产,其长时段积累而成的生活方式与价值观具有强大的稳定性,使她在应对挑战时所做的必要革新与转变,相比他者往往显得迟缓和沉重。即使是面对佛教这种柔性的文化进入,也是历经数百年之久才使之彻底完成中国化,成为中华文明的一部分;更不用说遭逢"数千年来未有之变局""数千年未有之强敌"(李鸿章《筹议海防折》),"数千年未有之巨劫奇变"(陈寅恪《王观堂先生挽词序》)的中国近现代。晚清至今虽历一百六十余年,但是,足以应对当今世界全方位挑战的新型中华文明还没能最终形成,变动和融合仍在进行。1998年6月17日,美国三位前总统(布什、卡特、福特)和二十四位前国务卿、前财政部长、前国防部长、前国家安全顾问致信国会称:"中国注定要在21世纪中成为一个伟大的经济和政治强国。"(徐中约《中国近代史》上册第六版英文版序,香港中文大学出版社2002年版)即便如此,我们也不能盲目乐观,认为中华文明已经转型成功,相反,中华文明今天面对的挑战更为复杂和严峻。新型的中华文明到底会怎样呈现,又怎样具体表现或作用于政治、经济、文化等层面,人们还在不断探索。这个问题,我们这一代恐怕无法给出答案。但我们坚信,在历史上曾经灿烂辉煌的中华文明必将凤凰浴火,涅槃重生。这既是数千年已经存在的中华文明发展史告诉我们的经验事实,也是所有为中国文化所化之人应有的信念和责任。

不过,对于近现代这一涉及当代中国合法性的重要历史阶段,我们了解得还过于粗线条。她所遗存下来的史料范围广阔,内容复杂,且有数量庞大且富有价值的稀见史料未被发掘和利用,这不仅会影响到我们对这段历史的全面了解和规律性认识,也会影响到今天中国新型文明和现代化建设对其的科学借鉴。有一则印度谚语如是说:"骑在树枝上锯树枝的时候,千万不要锯自己骑着的那一根。"那么,就让我们用自己的专业知识与能力,为承载和养育我们的中华文明做一点有益的事情——这是我们编纂这套《中国近现代稀见史料丛刊》的初衷。

书名中的"近现代",主要指 1840—1949 年这一时段,但上限并非以一标志性的事件一刀切割,可以适当向前延展,然与所指较为宽泛的包含整个清朝的"近代中国""晚期中华帝国"又有所区分。将近现代连为一体,并有意淡化起始的界限,是想表达一种历史的整体观。我们观看社会发展变革的波澜,当然要回看波澜如何生,风从何处来;也要看波澜如何扩散,或为涟漪,或为浪涛。个人的生活记录,与大历史相比,更多地显现出生活的连续。变局中的个体,经历的可能是渐变。《丛刊》期望通过整合多种稀见史料,以个体陈述的方式,从生活、文化、风习、人情等多个层面,重现具有连续性的近现代中国社会。

书名中的"稀见",只是相对而言。因为随着时代与科技的进步,越来越多的珍本秘籍经影印或数字化方式处理后,真身虽仍"稀见",化身却成为"可见"。但是,高昂的定价、难辨的字迹、未经标点的文本,仍使其处于专业研究的小众阅读状态。况且尚有大量未被影印或数字化的文献，或流传较少，或未被整合，也造成阅读和利用的不便。因此，《丛刊》侧重选择未被纳入电子数据库的文献，尤欢迎整理那些辨识困难、断句费力、衷合不易或是其他具有难度和挑战性的文献，也欢迎整理那些确有价值但被人们习见思维与眼光所遮蔽的文献，在我们看来，这些文献都可属于"稀见"。

书名中的"史料"，不局限于严格意义上的历史学范畴，举凡日记、书信、奏牍、笔记、诗文集、诗话、词话乃至序跋汇编等，只要是某方面能够反映时代政治、经济、文化特色以及人物生平、思想、性情的文献，都在考虑之列。我们的目的，是想以切实的工作，促进处于秘藏、边缘、零散等状态的史料转化为新型的文献，通过一辑、二辑、三辑……这样的累积性整理，自然地呈现出一种规模与气象，与其他已经整理出版的文献相互关联，形成一个丰茂的文献群，从而揭示在宏大的中国近现代叙事背后，还有很多未被打量过的局部、日常与细节；在主流周边或更远处，还有富于变化的细小溪流；甚至在主流中，还有漩涡，在边缘，还有静止之水。近现代中国是大变革、大痛苦的时代，身处变局中的个体接物处事的伸屈、所思所想的起落，借纸墨得以留存，这是一个时代的个人记录。此中有文学、文化、生活；也时有动乱、战争、革命。我们整理史料，是提供一种俯首细看的方式，或者一种贴近近现代社会和文化的文本。当然，对这些个人印记明显的史料，也要客观地看待其价值，需要与其他史料联系和比照阅读，减少因个人视角、立场或叙述体裁带来的偏差。

知识皆有其价值和魅力，知识分子也应具有价值关怀和理想追求。清人舒位诗云"名士十年无赖贼"（《金谷园故址》），我们警惕袖手空谈，傲慢指点江山；鲁迅先生诗云"我以我血荐轩辕"（《自题小像》），我们愿意埋头苦干，逐步趋近理想。我们没有奢望这套《丛刊》产生宏大的效果，只是盼望所做的一切，能融合于前贤时彦所做的贡献之中，共同为中华文明的成功转型，适当"缩短和减轻分娩的痛苦"（马克思《资本论》第一卷第一版序言）。

　　《丛刊》的编纂，得到了诸多前辈、时贤和出版社的大力扶植。袁行霈先生、傅璇琮先生、王水照先生题辞勖勉，周勋初先生来信鼓励，凤凰出版社姜小青总编辑赋予信任，刘跃进先生还慷慨同意将其列入"中华文学史史料学会"重大规划项目，学界其他友好也多有不同形式的帮助……这些，都增添了我们做好这套《丛刊》的信心。必须一提的是，《丛刊》原拟主编四人（张剑、张晖、徐雁平、彭国忠），每位主编负责一辑，周而复始，滚动发展，原计划由张晖负责第四辑，但他尚未正式投入工作即于 2013 年 3 月 15 日赍志而殁，令人抱恨终天，我们将以兢兢业业的工作表达对他的怀念。

　　《丛刊》的基本整理方式为简体横排和标点（鼓励必要的校释），以期更广泛地传播知识、更好地服务社会。希望我们的工作，得到更多朋友的理解和支持。

2013 年 4 月 15 日

目　录

前　言

　　方玉润(1811—1883)，字友石，亦作黝石、幼石，自号鸿蒙子，云南宝宁(今云南广南)人。廪膳生。自幼嗜学好古，饱读经书。咸丰五年(1855)离滇入楚，辗转于王国才、李孟群幕府。咸丰十年(1860)曾短暂入曾国藩幕，后因不得重用，故乞假南归。同治三年(1864)在京为吏部铨选，派为陕西陇州(今陕西陇县)州同，力劝知州周鸾恢复州城的五峰书院，后担任书院主讲，培养了大批学子。器重他才能的陕西巡抚冯誉骥，同情他职微薪薄，奏报朝廷荐其补任砖坪厅(今陕西岚皋)通判。然尚未启程赴任，便于光绪九年(1883)谢世。著有《三易原始》《诗经原始》《平贼廿四策》《星烈日记汇要》《鸿蒙室墨刻》《鸿蒙室诗文钞》《风雨怀人集》等。

　　方玉润日记手稿，包括《星烈日记》《心烈日记》《新烈日记》三种。前两种现藏国家图书馆，共计三十七册，每半叶九行十六或十八字，白口，四周单边，无直格。其中《星烈日记》二十九册，五十二卷(卷八、卷十至卷十三、卷二十至卷二十六、卷六十一至卷一百)，记事起自咸丰五年十二月廿八日，止于同治二年(1863)五月廿九日。自同治二年六月初一日起，方玉润将日记改名为《心烈日记》，现存八册，二十四卷(卷一至卷二十四)，记事止于同治四年(1865)五月廿九日。《新烈日记》现藏陕西师范大学图书馆，共四册，前三册品相完好，第四册部分残损，文字漫漶较多。每半叶九行十八字，白口，无格。现存二十卷(卷一至卷十六、卷十九至卷二十二)，时间起止为光绪五年(1879)九月初一日至光绪七年(1881)六月三十日。为方便叙述，下文统称为"方玉润稿本日记"。另据方玉润《星烈日记汇要》卷前序言："乙卯五月出滇，迄今廿有一载，逐日所记积二百余卷，不下七千余条。"（清咸丰同治间刻《鸿蒙室丛书》本）可知方玉润日记起自咸丰五年五月离滇之时，且现存手稿仅为全部日记的五分之二，甚为可惜。

除手稿日记外，方玉润另有刻本日记名《星烈日记汇要》，卷首附年表，正文共四十一卷，同治十二年（1873）开雕于陇东分署。该本乃方氏从稿本日记中选取可资参考者分门择要，按类编排，另汇成册，分志道、经义、经济、文学、涉历、游艺、纪梦等数种类别，每类下再分细目，然后按年次先后记录，内容与稿本亦时有差异。因现存手稿日记缺失卷数较多，故刻本日记中所载部分内容，可作为手稿补充。

方玉润稿本日记规模庞大，几乎每月即为一卷，逐日记事，内容丰富。除记录每日活动外，对于提到的人物和事件，也都有细致介绍，还经常抄录邸报，着重记录清军与太平军战况、官员升迁变化以及自己对时局的观感，因此更像是一部极为细致的工作日志。日记的体例较为固定：通常每日都先有一个小标题概括主要活动，然后逐一介绍涉及的人物和事件，篇幅往往长达千余字。如此细致的记录，对于我们了解当时的社会生态，有极为重要的史料价值。按照其行履踪迹，可分为三个阶段简略述之。

第一个阶段是咸丰五年十二月至咸丰十一年（1861）一月之间，方玉润主要活动在湖北、安徽、河南、湖南等地，辗转于王国才、李孟群、曾国藩、欧阳崇如幕府。身处战场前线，作为亲历者，方玉润这一时期日记记载了很多清军与太平军的交战情况，如咸丰七年（1857）五月二十日记载激烈战况：

> 晓起，锦堂镇军亲挑奋勇八百人，列阵营外，以觇动静。孔、方二军及黄梅守兵皆未出队，余与镇军各登高望楼观战，将军亦率马队及鲍家白旗劲旅列队南冈上。候至午正，未有消息，白旗渐回，镇军亦收队。乃甫入营息戈，而探马报都护连烧大河铺贼

营五座，大军可即至。因复开营出队，鲍家白旗亦回阵。须臾，见高岭火箭齐飞，喷筒乱放，鸳鸯旗一气直上，贼营火起，烟焰冲霄，知都护又焚一贼垒。众士欢声沸起，声势百倍，金谓都护神勇，人莫能及。镇军见势可乘，催督本军进攻高埠贼，杨朝林首先进扑，开化勇及马队随绕其后，贼遂崩，喊声震地。其大队急来接应，我军复小挫，回站高岭上。两军相持，往复接战，胜负不定。

咸丰十年八月廿六日描绘行军路况艰难：

> 过仓二三里，离石牌尚十余里。是日阴云蔽空，未刻大雨，泞泥难行，辎重至晚尚有未至者。野宿营幕，边风猎猎，终夜莫寐。军士均惮远行，有欲暂止之意。而崇如以军务吃紧，不肯稍缓，因分辎重半由水路运行，以便速进，众议始定。

戎马生涯中，方玉润还在日记中记载了所作的许多诗文，例如上呈曾国藩并借此短暂入幕的《平贼廿四策》，还有《奇女李奉贞传》《太极元枢总说》《天地全体卦象图说》《重修陇州五峰书院碑记》《论学》《拟创历代诗人祠堂图记》等，以及诸多诗作。方玉润自编有诗集《鸿蒙室诗钞》二十卷、《鸿蒙室文钞》六卷和《鸿蒙室文钞二集》二卷，但是日记中仍保留了不少未刊入集中的诗歌，如咸丰七年三月十九日所作《书四祖寺壁》："英雄何处问沧洲，战罢飞樽醉佛楼。塔赌黄金输宝相，山藏碧玉剩清流。皈依万里留旧梦，杀伐千秋纪壮游。多少顽云挥不去，征衫犹带酒痕浮。"又如咸丰十年四月廿九日《酬徐典文》二绝："海上童男去几千，中山门第即神仙。而今吴下推才子，尚有先生作后贤。○敢抱神龙济世心，风雷长此昼阴阴。开樽且谱求凰操，月下还烦细审音。"另有很多游记、书画题跋等皆未收入集中。

此外，方玉润还在日记中记录了许多友朋的诗作，知名者如官文,作有《吊奇女李奉贞》:"无端贞女出闺中,仗剑从戎助战功。姑且莫将成败论,纵然儿女亦英雄。〇筹画攻坚计未成,贼人拒险议劫营。千军万马浑无事,娘子孤军夜袭城。〇节烈佳人系宝刀,指挥兵勇渡深濠。红颜力尽全贞义,视死身轻一羽毛。〇征云惨淡五更风,汉水呜咽雨泪中。缥缈芳魂依阿母,全忠全孝一般同。〇忠可求于孝子门,谁知忠孝有钗群。未伸壮志身先殉,留得兰心作怨魂。〇泌水洋洋可乐饥,养亲矢志女中师。只因误读书千卷,应悔从容赴义时。〇夜深匹马踏青沙,息鼓衔枚去路斜。岂料逆营知有备,珠沉玉碎不胜嗟。〇天工若不嫉奇材,一战成功实快哉。或恐须眉无地步,故教神女返瑶台。〇身披铁甲锁寒烟,手刃敌人力破坚。血染湘裙归去也,未如心志奈何天。〇劫后合为汉上神,楚江明月是前身。贞姑勇烈祠堂建,卜日鸠工护万民。"更多的则是黄宝善、听泉先生、汤守重、张玉姗、章静等中下层文士的诗文,他们往往没有能力刊刻自己的诗文集,端赖方玉润日记记录,我们才可对这一阶层文士的诗文创作有所了解。

第二个阶段是咸丰十一年二月至同治元年(1862)七月之间。咸丰十年闰三月,方玉润短暂入曾国藩幕,本欲有所作为,却因幕府人世纷纭、斗争激烈,自感"余虽挂名幕府,而实不与闻幕中事,固不若早去之为妙也。因入中军乞假,不愿南随渡江,只拟速归故里,公亦听余自便"(咸丰十年五月十四日),最终无奈辞幕。方玉润本欲即刻南下返乡,因战乱路途受阻,遂从长沙赴广州,投奔旧时好友段永源。颠沛流离中,前路茫然,这一时期方玉润所作诗文也颇多凋零之叹:"夏四月末行抵江门,秋初即返棹。中间往复流寓,一泛端江,一至羊城,三寓古冈,为时才两月有余,皆行程候也。而又时值淫霖,洪涛决堰,暴涨翻舟,游踪所到,登眺尤艰。故凡海峤名区、珠江繁盛、羊城古迹、粤秀风流,皆不能悉心领会。即间有游瞩,亦无非独往独来,孤吟孤啸,以自发其漂泊无偶、抑郁不平之气,而何能从容暇豫,作灵槎泛泛游哉!夫登华顶以流涕,望大洋而兴叹,古之人各有其怀抱,而

吾则更难言焉矣。取以名吾集,又岂特为观海者致慨也欤!"(咸丰十一年八月廿九日)

　　旅粤期间,方玉润游历诸多名胜,见识奇异之物,在日记中皆有呈现。如新会之西樵山,与罗浮齐名,称"东西二樵":"由石路上坡,有石坊,额书'第一洞天'。右有岔径,巨石横卧如壁,刻'小桃源'。左有潭,为鉴湖山泉所聚汇处也。再上为吕祖殿。殿之左右,厅堂廊室,楼台亭阁,精工焕丽,真琅环福地也。殿之前有池,池之前门外有偃月坪,琪花瑶英、名兰嘉卉,皆有出尘之姿。殿之后有倚虹楼,楼前石桥,飞泉下注,流入曲沟,而达于方池。桥之后石磴略平,建以亭,侧联石级数丈,其上横屋三间,为停云阁。东有别径,数武外见巨石如柱,高数十丈,顶宽三丈余,悬撑削壁之前。上筑亭为逍遥台。登此远眺,则数百里外诸山罗列,如儿如孙;烟村错杂,如培如塿。旷野平畴,农桑之利,富甲五羊。"(咸丰十一年四月廿五日)

　　再如肇庆之美味荔枝:"途中有卖香荔者,核小而肉多,其味尤美,异于他种。粤中鲜荔有黑叶、挂绿诸种,而尤以香荔为最。因购食之,并成小诗一绝云:'海南仙荔不胜尝,黑叶鲜甜挂绿香。难怪东坡老居士,日啖三百懒还乡。'"(咸丰十一年六月初二日)

　　又如当时新奇物件照相机:"饮毕,余寻至映相馆,有英人萨姓者,善映小照,宛然毕肖,因令其代映一镜。先令余据几正坐,后出一木盒,中嵌圆镜,正对余面,以布覆盒上,乃用药镜暗插盒中,视其端正,阴启其盖,令余凝神端坐勿动。须臾,抽出药镜入内室,半刻始出以示,则镜中须眉宛然,余像端坐其中矣。此真巧夺天工,令人莫识其故。一镜未甚明显,复映一镜,则愈显然。盖此技专恃药工,以镜光摄人形貌,毕映药上而成形,故药力有厚薄,而人形即因之有显晦耳。"(咸丰十一年六月十二日)

　　第三个阶段是同治元年八月至光绪七年六月三十日之间。从广州回至长沙,路阻仍无法返乡,方玉润得史怿悠、杨鸿烈、罗厚斋、雷正绾、杨应枚五君之力,于同治元年入都谒选。同治三年四月,方玉润以军功铨选陇州州同，六月启程赴陇，八月抵达西安，十月十七日到陇州，自此便一直生活在陇州，直至病逝。

北上都城后，方玉润先是应表弟杨卜臣之邀寓居房山，后随卜臣移居大城，生活较为安定优裕，方玉润的心情也开朗了许多，读书、吟诗、访友之外，经常登山寻寺，也都在日记中留下了记录。如房山留台尖："县城后有双峰耸立，中若平桥，曰大房山，为燕西之胜，县城以此得名。大房山下又有小峰，屹然独立，为留台尖，相传留武侯遗址。道人结茅其上，登之可以望远。因与存赤及章君荤芗出城，缓步而上，约百余级，陟其巅。道人名乐山，号云鹤，亦能诗，尤善写真。前岁英夷之变，大学士翁邃庵心存先生避乱于此，题咏甚多。壁间尚存七古一章，亦颇风雅，惜未能记。余亦成诗一律云：'大房山下耸高峰，拾级来探物外踪。云气自生孤杖回，日光初冷万岩封。黄冠也为吟诗苦，白鹤从知送客慵。谁信留侯心事远，还因避地倚长松。'"（同治元年九月二十日）此山现名卧虎山生态森林公园，山顶之庙仅存遗址。日记中还记载了游历天宁寺、弘业寺、报国寺、云居寺、法源寺、上方山兜率寺等京城名刹的经过，可为相关研究提供真实史料。

又如上陕西慈恩寺，"午后，天颇晴明，郿县秀才王松亭登瀛邀出南城，先至荐福寺观小雁塔，再迤东南行七八里，至慈恩寺，登大雁塔绝顶。寺已焚毁，三唐旧物，惟此二塔尚存，题名碑亦只明代，宋已前皆无也。塔底褚遂良楷书《圣教序》二文当是原刻，精神笔意，尚可寻味。僧云：'去岁回匪作乱，邻近村民男妇数千人共入塔内藏避，以石砌门，贼不能入，仅烧佛殿及诸村落而去。'此塔有功于民不为少矣。晚归，成诗一律云：'三唐雁塔迥苍苍，此日登临亦自伤。渭北水声流不转，终南云气郁相望。题名碣断苔花冷，拜佛僧留木叶荒。我已无心寻胜迹，更来秦地浣秋光。'"（同治三年八月三十日）不仅记载了行程，还考察了景观历史，保存了相关资料。

寓居房山、大城、陇州期间，方玉润还绘制了天津、九江、长沙、扬州、镇江、平凉、大城、西安、庐州、夔州、重庆等多地府图，并写作图

说,除介绍地形地貌外,还对属地变动、所历战争多有议论,有助于研究历代地理沿革:

> 天津府城,古章武郡,临析木之境,由卫改州,州置府。燕、云、卫、晋诸水毕注,绕其城西、北、东三面,顺流东南下百二十里,至大沽以达海,为畿南总要水口。每朔望大潮汐,北至运河,西北过御河,绕城如环。长芦盐之产于各场者,皆从海河载进,分掣而转运。城南地稍洼,宽广四五十里,津邑借以宣泄水潦。城北三十五里至蒲口,为入京师通衢,西走静海、青县至保定。城周九里有奇,人民荟萃,商贾殷蕃,实瀛渤一大都会也。咸丰三年,发逆李开芳、林凤翔等犯界,邑令谢子澄率众出御……近虽盟好通商,而洋商满市,逞强斗富,布惠施恩,小民无知,悉为煽诱,亦百年忧也。且地逼京畿,路通瀛海,而为外洋所踞,恐燕云十六州终无所恃之险耳。(同治三年三月十五日作《天津府图并说》)

> 西安为自古都会,而面山背水,似非正结。乃其妙全在华、吴二岳,东西夹侍,皆远在数百里外,故能收拾远大。南山皆木火形,北原尽金水象,又得黄河绕抱,元武总收诸水,以出潼关。此水火既济大格,都城之妙,无过于此。无怪周、秦、汉、唐之足以俯视六合,且多卜年久远也。(同治四年正月初三日作《西安府图》)

任职陇州后,方玉润多次试图有所保奖,皆未能成,他非常愤慨,在日记中大加斥责:"来函代答纬帅意(按,即雷正绾),略云阁下在陇,未便保奖,虑当事者异议。至于唐君系办公,且只保以知府用,如先生自来,断无不保之理。惟作伐一事,未便遵行云云……某本无功,敢冀保奖,其所以忝颜而示之意者,以大帅旧交,当有一番热肠提携故人处,而不料其恝然如是也。来示谓某在陇未便保奖,虑当事者异议。试静思之，今之保案，岂尽大公无私耶？某虽不材，备位陇员，叙而保之，亦属常然，何至畏人异议？来书又谓唐君之保乃系办公，此言尤非。朝廷设官，事同一体，岂州刺史办公，州吏目办公，而州同知独不得与于办公之列乎？"（同治四年三月十七日）可知朝廷不公正的保奖政策，几乎阻断了大部分底层官员的晋升之路。也正因此，方玉润晚年贫苦交加，久欲南下归乡，却因缺少盘缠而迟迟未能动身，甚至需要央求门生李宪之相助："拟来年告归，而囊中匮乏，何以为情？近承诸友相赠，已有双棺之资，而途长费广，碍难动身。吾弟倘有意相助，则麦舟高谊，再见于今矣。唯虑道远难达，则请于贵同乡之官秦者，会兄来陇，尤为便捷。不则开年着家丁亲来领取，亦无不可。盖恐多病之身，难受风尘之苦故也，不能亲来叙别耳。"（光绪五年十一月初四日）家庭生活亦连遭不幸："仆近年时运颇不见佳，连丧三男三女，几至无明之可丧。幸本年二月十九日未时，史姬在京得生一男，差堪自慰，并可告慰知己耳。据报，幼孩尚觉体胖声宏，或易于抚育耳。"（光绪七年六月十九日）直至光绪九年，方玉润才因巡抚冯誉骥器其才而恤其老，奏升补砖坪厅通判，只可惜未抵任而卒，可叹也。

由上述可知，方玉润日记体量庞大，内容丰富，其文献史料价值远远多于前文所列诸种。通过阅读日记，读者还可获知方玉润的文学观、史学观、堪舆观，以及他对《资治通鉴纪事本末》《文心雕龙》《红楼梦》等典籍的接受与传播，等等。总之，方玉润日记是一座丰富的矿山，亟需我们细致发掘。

整理凡例

一、本书据方玉润日记手稿点校，包括《星烈日记》《心烈日记》《新烈日记》三种，今据《中国近现代稀见史料丛刊》体例，将正文书名改作《方玉润日记》。

二、日记原为繁体字，今据《中国近现代稀见史料丛刊》要求，凡不关涉语义辨析及特殊用法者，皆改用规范简化汉字。

三、在正文原年、月、日后增加公元纪年，以圆括号注其后。

四、原稿正文内小字夹注，或双行，或单行，今统一改作小五字体单行排印。

五、方玉润博学能文，日记喜书古字或异体字，夹杂草书，颇为难认。今凡古今字、异体字一般改为通行字，但部分地名、人名及特殊用意之字仍保留原貌，凡不能辨识之字以□代替。正文原稿中确定误字者，以“（ ）”括出误字，后继以“[ ]”括出改字，但明显的形近误字径改；原稿有脱字者，所补字亦用“[ ]”括出；原稿有衍字者，用“【 】”括出；方玉润自行删除的日记内容，亦用“【 】”括出。

六、日记中记录的组诗，整理时在每首诗之间加“○”，以便区分。

七、页眉补记据内容酌情补入正文。

星烈日记

咸丰五年

星烈日记卷之八

鸿蒙室主人笔记

十二月廿八日（1856 年 2 月 4 日） 自襄河舟中移榻入幕，录《贼情汇纂》各条备览。

咸丰六年

星烈日记卷之十

鸿蒙室主人笔记

二月初一日（1856 年 3 月 7 日）　书雷正绾及卢占春父子。

雷正绾,四川中江县人,现年廿八岁。身中面薄,而骨气颇奇,目光亦甚文秀,英气勃勃,多言不躁,好动不浮。精刀矛弓箭等技。由川省督标把总随征来楚,始至荆州截留,巡防江面有功,奏赏戴蓝翎,以尽先千总补用。旋奉调归王镇军调遣,随攻黄梅、广济,进扎九江,屡打胜仗。回援武昌,争先进城,杀贼甚多。镇军退扎黄蓬,论功保升尽先守备,先换都司顶戴,充当营务官。勤于公务,日以训练兵勇为己任,镇军赖为腹心焉。

卢占春,四川简州人,现年三十一岁。身中面微麻,无须,性情圆动,举止轻活,颇尚侠义。其家世传枪法,名驰西蜀。七八岁即从乃祖传习武艺,十六岁入成都军标左营,充当十营教师。先是,营官未识其技,令营兵精枪法者与较十日,无人能胜,即补马粮,故其入营未尝由战守入也。营官又令军士有能胜占春者,守兵补战兵,战兵补马兵,亦无人胜,以故名噪一时。咸丰元年,粤匪倡乱,随向帅出征,自楚至吴,复由吴旋楚,所至多以教习兵勇为务,结交遍军营,人多服其义气。保升守备蓝翎,偕张于铭取监利等县,颇立战功。近因多病,不甚出战,故隶王镇军麾下,未获寸功。今来营投效,一切营制皆新整顿,纵未接仗,而纪律亦有可观者。

卢廷元,占春义子,原名曾学渊,黄州人,现年十九岁。身材短小,面黄白而眉宇俊发,甚有胆略。从占春学习枪法,颇传其妙,兼善短刀。咸丰三年,在青抚军任内充当炮船哨官。二月初九日,贼攻武昌,廷元随水师出队,战于鹦鹉洲前,冲锋杀贼,夺船而归。十五日,又偕哨官杨世泽、刘兴顺二人,各驾炮船,同攻贼首。先是,贼于汉江沙洲旁置大筏二以自守,上安大炮十余尊,战船难近其前。廷元奋勇驶近,为贼火蛋所击,须臾船被焚,同舟十二人,四人溺水死,八人以手扳船舷得不溺。廷元则藏身舵底,急呼刘、杨二船来救,复手援八人以起,回舟更战,直扑贼筏,施炮毙贼。贼稍怯,乃跃登其筏,贼惊坠水,无一能活。众兵夺取大炮船只,回营报捷。抚军大喜,赏给六品军功。九月,随王镇军攻九江,亦累立战功。今现偕占春来营投效,偶教以队法,即能领会,日以训练勇丁为事,故所部兵众,皆井井有条。

初二日(3月8日)　拟移营,不果行。

以日辰不吉故也。昨夜有令,各营出队移营,今早王镇军及袁怀忠已行,魏大伸与贼战,败退,伤亡十余人,适遇怀忠巡哨,得援始归。忠意今夜贼匪必来劫我,不敢住营内,只留数十人守营,自率精锐分伏于村落中,以候其来。而属余代白中军,恐夜中有警,急早来救。但此夜大雨霹雳,虽禀亦无益也。夫大将以号令为主,一切术数,非所崇向。倘因小数而失事机,则将此举之谓何,不已自贻之咎哉?闻昨日贼匪以数百人渡过汉口,而讷军门之马队纷纷逃散,及沙口马队来援,贼乃退归巢穴。连日贼皆出战,我兵未能大挫其锋,则贼胆未落,事尚可忧。倘不严加防范,何以能制其命耶?

初三日(3月9日)　移营三山景。

凡移营须当慎重。贼每于此等时,乘我忙急,掩袭不备,苟防范稍疏,即为所劫。故必先出队阻之于前,且留数营防之于后。俟中军大营布置既定,然后撤队归营。纵使其来,吾亦有以备之,彼必不敢来近吾前矣。是日颇虑贼匪前来劫我,而乃竟不出队,彼亦知吾有备,故不欲多此一番往复耳。是晚安营未定,余权至王镇军营中借宿,知昨日之败,伤亡颇多。有军功潘大年者,为贼刺倒卧地而未至死,数贼争来砍取首级,有欲挖其心者,有欲割其耳者,有搜其身边财物手镯者。大年惧,伪死,不敢出声。救至,贼乃慌割取辫发而去。众升归,大年述其状,无不为之落魄者。

初四日(3月10日)　偕杨镇军周视各营。

镇军名昌泗,湖南辰州人。长面高颧,寿眉羊须,年七十余而精神爽健,犹有据鞍矍铄状。从军四十余年,功名累起累挫,志气不稍减,其所得于天者厚也。每与余谈旧时事,缕缕不绝。今布置诸营,多从其说。午间无事,复偕至各营周视,有不备者,即命补之,心思颇极周密。盖其历事久,故设防备耳。

初五日(3月11日)　登高庙山顶观战。

诸营齐出,八面合攻,而贼计甚狡,任我引诱,终不出战。待日暮收队,彼出数十人来追,我兵回战,彼又退归。外江南岸亦复如是,何日方能破贼耶?余登高庙,以远镜细审贼情,势颇从容,而探报累言其欲遁者,非真情也。夫贼之欲遁,非大挫其锋,即断绝粮道,二者有一,或可遁去。今战未大胜,攻不能入,而粮道则自黄以下皆为贼有,安见其为必遁耶?余细思攻策,非袭取五显庙,终难下手。然非得数十人善识水性者暗袭其后,不能成功。适有千人来营投效,中有能水者,余议令先立功而后收录,则彼将尽死力。而王镇军急欲收用,此军又为无用之人。盖急欲求用,故其力专,既已获用,则其心懈。为将之道,无处不当用权。若徒尚力,断断不能取胜,不知老于戎行者,亦不暇计及此也。何哉?

初六日(3月12日)　随鹤翁及巴都护往访女将李氏奉贞。

女将,河南唐县人,年三十一岁。鹤翁闻其名,遣人往聘,今偕其兄至,住于村舍中。闻其学精于易数,因与之谈,始知非易正学,盖别有异传耳。初论河洛,不过泛言刚柔阴阳一切门面语,即言天星,亦仅举贼星衰旺出入为言,其头绪终不甚了了。余乃曰:"承示易理,可谓精奥,不可以一言尽矣。但不知所谓贼星者,今现人何宫乎? 旺乎? 衰乎? 愿明指以示。"女曰:"妾所谓星,非星象之星,乃图书中之星耳。"余曰:"一部《易经》,言理、言数、言气、言象者有之,未闻言及贼星也。"女曰:"此星不在书内求,当于《易》外会。"又问曰:"既知贼星衰旺,则汉阳之克,当在何时?"曰:"本月十二日午时出队,自能有效。"问:"能亲身临阵否?"曰:"能。但初来营,加以水路船晕,未能息养,恐精神不振,致误事机。不如静坐室中,自可助战成功。"问:"设坛乎?"曰:"不。""书符乎? 念咒乎?"亦曰:"不。""然则出队择方定向乎?"曰:"此特克应家用以选择,安门立灶,趋吉避凶而已。壬遁小道,非兵家正术也。妾之用在丁甲,丁甲之用在气与诀。符咒近异端,壬遁属小道,皆非所尚。而用气之原,则出于河洛。河洛之数克贼星,则为贼星衰败之时,乘其衰败而击之,则无不胜之理。十二日午时,正贼衰灭时,故知其能胜也。但旗色宜多用黑白蓝,不可用红黄二色。"余复问曰:"所谓用气用决,岂道家所谓祖气乎?"曰:"盈天地间皆气,三才一气所贯通,君何必更求其所以然乎?"问:"曾经应验否?"曰:"尝以砖布阵为八分九宫八卦象,而置一猫一蟾于其中,猫见蟾不能捕,气恹恹如不胜状,故知术能取验也。"又自言其尚有一妹,神通尤奇,此次无效,自当退隐。若能成功,更邀妹来共取南京。其志颇大,而所学亦甚微渺,未能测其浅深。俟至期立有功效,自当求教不迟。其人年虽卅一,尚未适人,貌甚黄瘦,而目有慧光,布服男装,神颇恬静,应对亦通达无滞。或有静功,亦未可知。其言用气用决,非静功断断不行。盖道家有南功、有静功,释家有神通、有禅定,入门虽各不同,而南功与神通二种,必由禅定、静功而来。昔又尝闻奇门家可通兵法,遍访皆不得传,心颇疑之。今其言有符斯道,岂传在是欤? 未敢轻心以谅之也。其兄名恒本,字仲纯,人品甚朴诚。

初七日(3 月 13 日)　访李仲纯共话。

仲纯亦善奇门,然不敢自信,故不妄用。为言其妹具有夙慧,不甚识字,听人诵书,入耳即知大意。年十二三时,喜观星象,察天地风云变幻,觉有会心,乃求其叔伯中有通易理者,为之讲明文义,遂识其奥。于是以河洛运会与天象相印合,丝毫不爽,故能深知世运转移,人事休征。其说似亦有理,而未能悉其所以然,岂河洛家别有不传之秘事?余又问:"其学当不止此,必有静功,然后以我之气与天地之气相感召,故可以诚格鬼神,灵通帝谓,不必书符诵咒,而自能扶阳抑阴也。"仲纯笑谓余曰:"先生已得其奥矣,何待鄙人言耶?"因不敢深问,揖别而归。

初八日(3月14日)　登高庙山顶观战。

候至午末,不见贼出,王镇军遽令各营收队,而鹤翁适至,队乃止。须臾,贼队由五里墩来,遥见黑旗纷纷退败,贼骑一马冲锋,黄旗随后,约数百人。袁怀忠之勇见贼至,乃由左趋,贼遂退,两相遇于村舍角,正交手间,马队亦绕出村后,贼众乱施枪炮,且战且退。曾秉忠先攻月湖堤,见大队接仗,亦由龙灯堤驰赴,邀截贼尾。于是各营将弁俱各奋勇争先,齐力追杀,直至西门桥乃止。而贼终不开卡门,死力抵御,往复十余合。鹤翁见贼门不开,难以力攻,日色又将近暮,遂传令收队。舒洪元之勇先已回至半途,见大军获胜,乃徐徐由十里埠前去接应,然已迟矣。余以远镜审察贼情,为数必不甚多,龟山、月湖堤每处不过数十人,出战亦仅千余人,而外江、沌口俱未出队,是其精锐尽在此路。彼既退败,而卡门紧闭,则其内之空虚可知。贼又为伪示招集我军投降,妄言现十日内不能投,则彼大众将至接应,其单弱之形更显而易见。贼既退据西门桥,而我兵不能深入者,以贼炮甚多故也。倘我军亦挟铳炮以往,互相奋击,将贼精锐可以尽数歼灭,而城不难破矣。惜乎兵力不逮,未可遽兴此议耳。其或有人招降此军,或多方以间离之,贼亦无所恃,其用力不甚省哉!

是日,雪岑移寓青龙碛,盖不欲受札于廉帅,故难久住营中,因偕陈汉槎别图进取。余观战回,二人已不辞而去。细问其同棚,皆不知其意指何向也。

页眉补记：

九　丙辰二月初八日(3月14日)

古军阵多用九宫法，而今之将士悉以为不然，虽余亦尝疑之，然现在诸营三三相乘，非九宫法乎？即今日队伍各占一埠，亦符九数。始知古人立法，后莫能外，特人不知细审耳。先是辰刻出队，余与松圃诸君同登高庙山顶观战，遥望诸军旗帜，各聚成垒，俨然一九宫八卦阵也。山后马队悉解鞍列坐田塍内，即武侯之二十四队骑兵绕阵后也。山外复有数营，专攻月湖堤一路，则为伏为应，所谓阵外奇兵是也。余与诸君候战至午，大帅尚未出，诸军各有惰容。将收队矣，而鹤帅适至，乃复前进。贼先攻阵右五里墩，前队战正酣，而贼将一骑一旆冲入腹心，直抵七里庙，竟无人阻，右阵遂崩。袁怀忠急挥军进抵凤凰台，贼乃退，与其大队合，纵横力战，不少却。山后马队始绕其阵，月湖诸军亦来接应，贼势不支，乃由伯牙台退至西门桥，遂入城不敢战。此阵法力也，惜阵中人皆不知其所以然耳。

初九日(3月15日)　再登高庙观焚民舍。

邓、杨二岭逼近汉城，村民屋宇往往为贼藏匿之区，我兵不知有伏，每为所败，故诸帅恶而焚之。虽然，民亦苦矣，不从贼则为贼害，苟从贼复被官焚，顺逆两难，民生大劫，何时可已？伤哉！正嗟叹间，一村童年约十七八，与余论攻汉城及五显庙策曰："贼营虽坚，自五显庙以下皆无备，唯以铁练系木，横阻江心，故炮船不敢下，亦不能入。苟遣壮士用小划由汉口绕至下游，暗渡襄河，抄袭贼营，未有不能取胜者。至于西门桥，其安炮处皆洞穴为牖，宜候西北风起，以稻草堆积壕岸，顺风焚草，烟焰尽由牖入，司炮人必不能久立，我兵乘势蜂拥而入，填壕破卡，何愁难进？"余曰："所论正与吾同。然用小划尤嫌重拙，不如募善泅水者，浮水而过，更为便捷。"童曰："河干居民悉皆善水，当招数十人前来应募。倘能破贼，吾辈亦可安枕而卧。一切奖赏，非所望也。"夫世际承平，虽大帅不能知兵；时值乱离，即村童亦可论战。盖习见多，故智虑出，亦时势使然，谁谓草野无将略哉？

页眉补记：

十　初九日(3 月 15 日)

次日，诸军复出战，余乃登高庙顶观之。贼镇日闭关不出，我兵遂纵火焚烧杨、邓二岭民舍，盖恐贼匿其内也。

初十日(3 月 16 日)　勇丁胡正川献火攻策。

一曰天马，二曰索落箭，三曰阴阳火，皆从空降下，以焚贼营。问其用法，乃以风筝走线，带火蛋由空降烧营盘也。彼特易名以自晦耳。法虽可用，然以焚城则可，以之烧营则恐不能适如其法。何也？城大而营小，城大则火随处皆可落，营小而火不能专聚一处，故难焚也。且火蛋必用毒药藏其内，乃为有益。余又恐走线力轻，不足以带火蛋，试令造，庶可施行。探卒报贼匪甚畏马队，拟用人假装狮象以骇马。此又拙计，不难破走。俟其近前，专以喷筒火弹齐力奋击，则彼将尽为灰烬矣。贼计甚狡，龟山城上皆以妇女草人立守，以疑我军。余连日用远镜窥之，所立之处并未移易，则草人可知也。

十一日(3 月 17 日)　记李愍肃公乩语。

邹君旭岚云盐道常佩霖恩偕朱太守百行请乩于德安，先有仙降曰："请诸公静候片时，俟大圣到。"须臾乩动，诗曰："萧萧风露夜犹寒，寂寞丹心泪已干。城破尽忠臣职分，仍依北极望长安。"后书前署湖北按察司李，众知为愍肃公。既又书曰："烦二公寄谕群子，嘱其努力剿贼，以继吾未完之志也。"众问武汉何时可复？又诗曰："贼势而今已不支，汉江鄂渚督相持。欲知豕突狼奔日，须待龙蟠虎踞时。"问贼由何路窜逸？乩曰："指日奔亡，惟乾兑方。可怜百姓，何处逃藏。"问贼灭何时？曰："贼生于金，灭于火。恶贯盈，难免脱。"尚有降坛多语，君不能悉记云。嘻！公何其灵哉！大节凛凛，死而为神也宜矣。然其心犹惓惓于武汉之克，且更望其后人能竟未了之绪，则公之死生为国，真有固结莫解之志也。

十二日(3 月 18 日)　登梅子山，观攻汉阳。

汉阳城小而坚，今将三月，仍不能下。制军督战甚急，女将亦言此日午时可以破城，因出大队，直抵城下。鹤翁亲至西门桥，炮子如雨，飞从头过，而公揽辔自若，毫无动心。袁怀忠率勇直扑贼壕，贼队从西南角绕出，为怀忠击退。我军用火箭射入墙内，焚其火药，贼甚惊惧，几欲退矣。而大队后立太远，不能乘势锐入，复为炮子击伤数人，兵心遂懈。余由七里庙至凤凰台，因登梅子山，周览一过，而龟山大炮连连不绝，不能久立，遂策马归。途中遇兵勇受伤者正多，不禁为之恻然。古诗云："一将功成万骨枯。"信非虚语。

十三日(3月19日)　女将李奉贞请自将夜袭汉城。

以昨日不能见功，上书请罪，自愿亲身临阵。余婉言劝慰，不肯听，词甚激烈，曰："妾所以来此者，从天命也。因遵母命，不欲出战，致无成功，何颜以对三军？今不能不违母命而遵天命，庶能收效，以赎吾过。"因定于今夜子时出队，袭攻贼营。旗色尽用黑白，不可见红黄二色，虽鞍马衣服，亦不得混杂红黄之色，且请鹤翁赐剑，以为临阵之器。余回营代达其情，公颇感而怜之，许调勇千人助攻，余亦拟偕行焉。

十四日(3月20日)　李奉贞与贼战于西门桥，不克，死之。

子正二刻，女率勇五十余名由大营过。余登墙呼少待，不应，急驰出，而女已去二里余。至十里铺，其卒分三队，憩止不行，俱各怀怨言。将及七里庙，始遇女，从者仅廿余人，坐乱冢中。月色昏黄，余察军心甚急，劝勿深入，不听。后队稍稍至，女又策马前行，余只得催督各勇急往接应。抵五里墩前，众即停驻。张兆麟往复催兵，乃陆续进札杨、邓二岭。女早坐于西门桥下，命卒牵其骑回，誓不克城，不复生还也。贼桥防备颇疏，唯巡更鼓声相连不断，欲攻无具，欲战无人。余时无奈，呼袁怀忠之勇至前，许以重赏，鼓其前进，始各告奋勇，呈缴腰牌愿行。而怀忠因病未至，兵无统帅，喧嚣不静，知无成功，因驰回营请救。一路兵勇见余手提腰牌，谓已获胜，人人奔赴图功，私心少定，禀白廉帅，亦相慰藉。草草用膳，复往观战。乃行不数里，而卒飞报女已战殁阵前矣。呜呼痛哉！女以怯弱丽质临阵捐躯，诚足愧世之戴须眉而甘冒巾帼者。乃其尤异，则临危不变其心，守节莫移其志。女三十不字，贞也；效命沙场，忠也；而自幼不教能读，无传知数，则又聪慧异常。具此数德，死复何憾。而余独惜其抱不世之学，未有知音，只以奋不顾身，至绝斯道，能不悲哉！闻回卒云贼卡开炮时，女独步当先，命卒随后。有大星落于汉城，曰：“此贼星坠也，急宜攻。”既而叹曰：“余泄天机，恐难幸逃也。”以剑挥左，则炮子左落；以剑挥右，则炮子右落。军士为之胆壮，均以为贼卡破在顷刻矣。究之士卒过少，不能斩关夺桥，累招后队，又皆不肯前。贼欺其弱，遂开门出战。众不支，劝退。女曰：“贼当前，敢言退者斩。”又曰：“前日之败，罪已难逭，岂更获二罪耶？”拔剑直前，身被数枪，亦手刃数贼。顾左右时已无人，知不免，遂自刎。贼退，众始至，寻其尸不得。归至村落间，闻老妪言：“适有好女子骑白马斜趋而去，不知为谁。”呜呼！其女也耶？抑何灵而且幻耶？夫女以忠贞异质，显扬军阵，原不必借尸解之说以自眩。而在生节烈，临死奇异，独显其灵于村妪牧竖间，亦理之所必有，而事之或然者也。女前曾言其第七妹亦有神通，可以临阵，但惜其无学耳。余与其兄议，或再邀来相与复仇，以泄斯愤。兄言俟女获邀旌表，母心稍慰，乃可。盖廉帅许为禀报，奏请恩奖故也。

十五日(3 月 21 日)　访奉贞遗学于其兄仲纯。

仲纯来营辞退勇丁，余因再三访问其妹所学，仲纯不能深知，仅略言八阵起例分先后，先天河图，后天洛书。一年之中，每卦管四十五天，一日之中，每卦管一时零四刻，盖以八卦分配十二辰也。后天之学，冬月十六日从乾起，照《易》序卦数，一日一卦，至四十五日复易一宫，从坎顺数，至五月十六日复由乾逆数。阳顺阴逆，冬至后属阳，故从顺；夏至后属阴，故从逆。至于时，先天起子，后天起卯，河图主阴阳，洛书主刚柔，各有专用，亦有兼用。时则刚柔中具阴阳之气，而阴阳中亦具刚柔之质。其用法变化无穷，不能尽识。问其何以为生，何以为死，亦不能答。又言其看风云之法，先分云色属何卦，从何宫起，转于某宫，会于何卦，当主何吉凶，应何日雨晴。其分别云色，大略以黑色为坎云,白色为离云,红色而带金边者为震云,其余未能深知。又问避炮何术,曰:"亦从《易》来,以天之八营与地之八宫相推,自能相避。"问炼气学,曰:"不外伏羲圆图,天运分四时,人气亦分四季,案时照图,吐纳存养。聆其夙论,如此而已,他不知也。"余初接谈时,即知其学有来历。今阅此言,虽不能尽窥柢蕴,然已略见一斑,附记于此,以俟异日细心推求,或有入门时也。又言其七妹能得猕猴传运气功,可呼风云,兼晓星象。天有两星,可辨阴晴,丝毫不爽,即八阵亦非真气不灵。姊初奉征时,七妹言姊学虽高,奈天时未至何。姊曰:"吾何时乎? 以受征之时为时已。"今应妹言,亦天时不能违耳。虽然,妹知天时而姊尽人事,人事尽而天时亦在其中,固不必谓妹智而姊愚也。仲纯有女,今年二十四,得姑传,亦欲守姑志,何其家灵异之气尽钟于女子耶? 鹤翁与仲纯本同宗,故视其妹如己妹。而五妹大节凛凛,尤为同宗光,极意为之阐扬,许请旌典,并欲立祠,五妹亦可瞑目矣。探报来言,五妹当时为贼分碎其尸,沉于壕内,亦惨矣哉! 余此一行遇二奇焉:鹤翁年少登坛,且抱盛德,一奇也;女子知兵,得河洛异传,甚至战死疆场,垂名青史,二奇也。余旧诗云:"尽探奇胜访神人,大家同住大罗秋。"语近于狂,究竟亦何狂耶? 女临阵专用黑旗,终不得其解。今晚偶翻阅旧岁所绘《二十八宿旗》,色箕水豹,主女将多谋,色尚黑,始恍然其用意所在,岂女即应是星耶? 余虽久绘此图,恐其惊俗骇众,故藏而不露。回忆贞魂,真使人有追悔无及之恨云。

十六日(3 月 22 日) 拟《女将李氏奉贞传》。

昨夜更深,寂不成寐,披衣独坐,挑灯作《奉贞传》。文成,读之黯然不乐。忽风雨骤至,呼号杂遝之声几折营幕,仿佛神灵往来空际,心魄俱为之震荡也。

文云:"女李氏,字奉贞,年三十一岁,河南南阳府唐县人。始祖讳铎,自江西迁唐邑,世居李宅村。五世祖讳雍,国初仕至刑部郎中。六世祖梁,官凤阳府知府,有惠政。其后均业儒,耕读传家。至父清源，生子一女三，女其仲也。兄名恒本，即偕来营投效者。女初生，堕地不哭，咸以为异。然异香满室，又知其为非常人。年十二三时，即晓天文，每晨起远观风云，夜则仰瞻星象。母数怪责之，终不改。问何所得，曰：'儿觉此中大有至理，独不可以言喻。'自恨不读书，婉恳其伯叔昆季中通《易》理者，为之诵习其文。女入耳即会于心，原始已要其终，曰：'吾知三才之道，尽于是矣。'由是因云五色分属八卦，复由卦八方以察五云，而天地之休征，人事之得失辨焉。更以河图、洛书起天运，创八阵图，得武侯不传之秘。然皆获诸天授，非人力所能寻绎也。玩索既久，复悟性命双修之学，不外伏羲圆图。天运有四序，人气亦分四时，随时运气，真气乃全。真气既得，无用不神。是故所用八阵及避炮法，皆以祖祢为主，故能收奇效，非徒恃术与数而已。近岁粤匪倡乱，肆毒吴楚，连及皖豫，生灵涂炭，于斯为极。女慨然有救世念，然终以时未可，行伏以待。当道大帅如杨慰农制军及绵将军均曾聘请，冀襄军政。女曰：'事虽吾事，时非吾时。'仍却币不受。去岁，鹤翁廉帅奉特旨统属中路，进攻汉阳，闻其名，复卑辞厚币，修征聘礼。女忽愿就。其第七妹亦善天文，劝曰：'姊虽异学，可以拯世，奈天时何？'曰：'吾何时乎？其以吾受征之时为时也可。'遂慷慨辞母别妹，偕兄以行。春仲五日至营，馆都舍中。翌午，廉帅及巴都护往见之，询知其学具有夙慧，然未深信其堪将略也，姑从所择时日攻城，不克，愈疑之。女曰：'城之不克，妾之罪也，然亦有屈焉。妾戒令旗色尚元，勿用红黄，今旗色杂见不一，犯术所忌，故无功。且妾来营，本遵天命，乃以守母命，不亲临阵，以至上违天时，尤难取胜。今无奈，亦不能不违母命而遵天命矣。请再亲试一战，以赎吾过。'旋命兄请剑益兵，夜袭汉城，廉帅许之。夜将半，月色昏黄，风云惨淡。女戎装率亲丁数十人，直抵西门桥下。候大队久之不至，遣卒催督数次，始稍稍至，亦终不肯前。女曰：'命也，吾何尤耶？'其卒劝退，女叱曰：'贼匪当前，军法有进无退，敢言退者斩。且吾退而贼进，将逼大营，奈何？前罪未赎，堪二罪耶？'乃命卒急牵马回，示无生还意。徒步近壕前，欲越墙过。贼惊觉，乱施铳炮。女用剑左右挥，炮子纷纷坠地若雨，并未伤人。倏见大星如碗，陨于城头，指其卒曰：'此贼星也，城当破。'既而叹曰：'吾识天机，劫将焉逃？'复招后队随行，终不至。贼见女势孤且弱，遂开门出战。女挺身直前，杀数贼毙。贼围之数重，女身被数枪，回顾亲丁，尽皆逃散，惟其族叔谨随身后。女知不免，遂挥剑自刎，殁于阵。贼恨之甚，碎割其尸，沉于壕。逃卒回报，廉帅伤感不已，设灵哭奠，为文以祭焉。列营将士，见者无不泣下。廉帅抚慰其兄，与联宗谊，为之请旌立祠，以表其忠，彰其孝，阐其贞，著其勇，可谓至矣。女年三十，不愿字人，意欲奉母守贞，今乃忠勇并著，其亦善全令名也欤？初死时，军士中有见好女子骑白马从贼营遁归者，即之，忽不见。询诸村妪，所见亦同，意是女，遂有谓尸解去未尝死云。

鸿蒙氏曰："女以闺中弱质，克完忠节，死复何憾。而余独惜其负异抱奇，得传秘学，未显诸用，只以一念之激，奋不顾身，致令其道不彰，世以终未免轻视其生也。又复怪造物生材灵异，不钟于男子而钟于妇人。且既钟矣，又胡不始终玉成，而乃使昙花一现，遽返真空，徒令世之人咨嗟咏叹于戎马沙场、荒烟蔓草中，能不怨哉！能不怨哉！虽然，此一死也，有须眉男子所难能者，廉帅为之表扬，诚足励将士而激忠贞，女亦可以含笑于地下矣。"是日廉帅批其兄禀有云："本司前因该军功颇知兵策，是以札调来营，尔妹亦愿来投效。聆其言论，深通《易》理阴阳五行之秘，以为奇杰出于闺阁，实深钦服。殊不料其忠义激发，报国捐躯如是之速也。此战以后援太寡，尔妹身先士卒，先将战马牵回，以示必死，何其烈耶！本司以筹策多疏，不及挽救，又未偕攻贼垒，悔愧无及。但人生一梦，死有重轻，现已将尔妹奋勇攻城、陷阵被害情形，据实详奏。尔妹虽惨遭贼害，而一达天听，即可荣邀旌典，藉慰忠魂，亦属古今罕觏之奇事。将见芳流史册，千载馨香，死且不朽。该军功谨悫端方，颇具忠直之概，足见一门正气，同族增荣。业已并恳宪恩，奏赏军功顶戴，务当倍加奋励，竭诚尽力，以答国恩、泄妹恨，是则本司之所厚望也。其勿怨戚自伤，致懈初心。切切。"此批辞意极为恳切，亦足使死者瞑目，而生者甘心矣。

页眉补记：

奇女李奉贞传改定稿

女李姓，字奉贞，豫之唐县人。其先世自江西迁南阳，家于李村，代有显宦。五世祖雍，国初仕至刑部郎中。六世祖梁，官凤阳知府，有惠政。迨其后嗣，世勤耕读，能不坠厥家声。女之父清源，生子二女四，奉贞其仲也。初，母樊夫人怀娠时，常有奇香满室。及女生，堕地不哭，咸以为异。稍长，聪慧异常。年十二，不教而晓天文。每晨起周视风云，静夜独宴眠，谛观星象。母数责之，终不改。问何所得，曰："儿觉此中大有至理，独不可以言喻。"然终自恨不读书，求其伯叔昆季中通《易》理者，为诵其文。女入耳即会于心，原始已要其终，不啻如夙所熟习，曰："吾知三才之道，尽于是矣。"由是因云之五色分属八卦，复由卦之方位以察五云，而天地之休征、人事之得失辨焉。更以河图、洛书分先后天，起天运，创八阵图，得武侯不传之秘。然此皆获诸天授，非人力所能寻绎也。玩索既久，更悟性命双修之学，不出伏羲圆图之象。以为天运有四序，人气亦分四时，随时运气，真气乃全。真气既得，无用不神。是故所用八阵及避炮法，皆以祖气为主，故能收奇效，非徒恃术与数而已。粤寇起，再逼武昌，女以数推之，示家人曰："鄂当陷。"已而果然。迨贼退，女又先知，由是人共服其神。自以身虽女子，睹生灵涂炭，慨然有救世念。然犹以时未可行，伏而待。当道大师如杨慰农制军及绵将军亦泉，均先后征聘，冀襄戎务。女曰："志虽吾志，时非吾时。"仍却币不受。

乙卯冬，今湖北廉访李公奉特旨统中路各军进攻汉阳。以远族故知其名，复卑辞厚币，修征聘礼。女亦知廉访贤，毅然请行。其妹七姑亦知天文，劝之曰："姊学虽成，可救世，奈天时未至。"曰："吾何时乎？吾即以召吾之时为时也。"遂慷慨辞母与妹，偕兄恒本以行。

母送之曰："儿志虽坚不凡,究一弱女子,其等自珍护,勿徒勇也。"丙辰二月五日至营,居于仙姑山麓。翌午,廉帅偕巴都护扬阿往见之,询其学,知有根柢,然未深信其饶将略也。姑就所择时日攻城,不克,愈疑之。女曰："今日之役,妾罪也,然亦有屈焉。妾令旗色尚元,戒勿以红黄混。顷战时,各营旗帜杂见不一,马色亦多赤,犯术忌,故无功。且妾之至此,天命也。始以遵母嘱,弗即于戎,然违天命矣,故不胜自取罪戾。今以国家大事,重荷主帅推任之殷,敢惜此身,其将违母命而遵天命矣乎?请再亲试一战,以赎吾过。"旋令兄请剑益兵,夜袭汉城,廉帅许之。十三日,夜将半,月色昏黄,风云惨淡。女戎装乘马,率亲丁数十人先众兵而驰,直抵西门挢下。候大队久之不至,遣伍长催督数次,始稍稍集,亦终不肯前。女曰："命也,吾何尤乎?"励其卒急攻。卒劝之退,女叱曰："贼当前,军法有前无却,敢言退者斩。且吾退而贼进,将逼大营,奈何?前罪未赎,堪二罪耶?"乃令牵战马返,示无生还意。徒步近贼壕,欲越墙过。贼惊觉,乱施铳炮。女以双剑左右挥,炮子纷纷焉坠地若雨,士卒无一伤者。倏见大星如碗,陨于城头,女指谓卒曰："此贼星也。贼星既落,城当破。"既而曰:"吾泄天机,劫将焉逃?"复招后队随之进,终不至。贼见女势孤且弱,遂由旁窦突出数百人袭其后,众惊而却顾。栅中贼亦开门出战,女挺身仗剑,直前迎敌,杀数贼立毙。贼围之数重,女身亦被数剑。回顾亲丁,则已鸟兽散,惟其表侄牛呈祥随之。女知不免,遂挥剑自刎。呈祥欲夺尸不可得,乃冲围出。贼恨女甚,曳其尸于墙内。附城百姓怜而求得之,瘗义冢中。逃卒回报,廉帅伤感不已,设灵哭奠,为文以祭焉。列营将士,闻者无不泣下,咸以为奇女子,而惜殁于王事也。督宪尤加矜悯,吊之以诗,且将为请于朝,并立祠焉。表其忠,彰其孝,阐其贞,著其勇,可谓至矣。女年三十一,不肯字人,将守贞奉母以终焉,故字曰奉贞。兹乃忠勇并著,其亦善全令名也欤?又女初死时,军士中见有女子骑白马立山头,望大营遥拜者,即之,忽不见。询诸村姬,所见亦同,殆女之灵耶?遂有疑其尸解去,如古所传仙道者,未尝死云。

十七日(3月23日) 锦谷自长沙以书来上鹤翁。

函云:"大凡战争之事,得人则兴,失人则败,自古皆然。方今天下大乱,非尽当轴执事全无心肝也。只缘上骄下谄,相习成风,贿赂之行,是非颠倒。偶有虚怀善下之贤,又为无知妄诞、迂疏寡效者,胆大脸厚,贻误家国,遂令权势显贵并真有才能者,俱为一笔抹倒,可胜慨耶! 中有十弊,试为譬之:井底蛙瞪,妄谈天文,术士之弊也;幕内蚊鸣,滥厕吹竽,谋士之弊也;逐瓻飞蝇,挥去仍来,游勇之弊也;斗败奔鹑,不复再啄,溃卒之弊也;当车螳螂,怒欲鼓力,偏裨之弊也;附膻蚂蚁,散无纪律,守营之弊也;报衙午蜂,嚣然杂乱,出队之弊也;食叶春蚕,渐可空林,糜饷之弊也;饥饿苍鹰,饱则扬去,武夫之弊也;饮河硕鼠,满腹遂呈,文员之弊也。凡此十弊,不矫正之,则可忧甚大。然将帅之任既重,责亦匪轻,非多得高明才能,岂易建立奇功乎? 惟公知人善任,故敢以国士之报,作延访之行。所幸湖南一役,天假之缘,赵松圃先生自黔初回,相遇甚喜。此君工诗善画,通达政治,精于申韩,为人孝友诚笃,无俗幕之恶派,有名士之高风,故与世俗不宜。枭署为刑名总汇,付托赞理,游刃有余,望以待侯嬴之礼待之,则萧、曹之勋,可以无愧。友石亦陈孔璋、阮元瑜之流亚。二君置诸左右,檄文案牍等件,公以后可无劳心,于时专讲军旅,力挽狂澜。夫兵之强弱视乎将,将之有无在乎帅。为帅者果能虚己采择,草泽中讵少英雄哉! 屠狗牧猪,代不乏人。昔吴六奇收无赖三十人,尚可为国立功。某欲破除资格,空诸皮相,于风尘中物色甘宁郎选之数,但取其熊罴虎豹之材,而不弃狗盗鸡鸣之士。现已收有谢人贵,四川人,魁梧力大,胆技超越;张炳然,湖北人,武艺精通,骁勇绝伦;郑连拔,邵阳人,冲锋克敌,有进无退;石大胜,贵州人,悍不顾身,伤痕如鳞;王如龙,成都人,拳棒熟习,兼善治马;叶高升,常德人,枪刀精敏,杂技俱能。此数人各有汲引,皆于钱中选青,聚齐时留侍前,守作亲兵,战作前锋。俟某布置如法后,每人令带百勇,练以纪律,可任攻剿之责。若欲直下南京,成盖世之勋,膺五等之爵,所谓非常之事,宜得非常之人。某当亲往滇中,借取神弩夷兵,罗致畸异人材,以报国士之知。其间委札,当为面罄。不备。"

锦谷自春初买舟暂赴长沙,今已月余,书来言其得人如此之盛,可谓不负此行矣。总之,偏裨才易,大将才难,军兴以来,未见其人,世乱何时可已耶?

十八日(3月24日)　访褚萧臣及其贤阮继良于襄河舟中。

萧臣名汝梅,一帆先生弟;继良名镕,其侄也。新来投效鹤翁,命拜余门,年少丰姿,颇具雍容之度。曾涤翁创水师营,一帆之力居多。其死节于岳州也,亦最惨烈。贼据湘潭,长沙危在旦夕。一帆与杨厚庵载福、彭雪琴玉麐诸君暨塔军门齐布,相与奋力齐击,贼党始退至常德,再据岳州,又为一帆攻破城池,退泊城陵矶下。故其获一帆也,备极惨毒。先以乱箭射死,复用马踏其尸,可谓惨矣。萧臣偶言及此,犹觉怒发冲冠,自恨无才报仇以泄斯愤,不亦可悲也哉!

十九日(3月25日)　鹤翁命往精锐、忠勇各营,暗排奋勇,注为册。

先至精锐营。雷占春所带共五百人,留心细查,仅有二人,一哨官,一勇丁。哨官为陈启贵,湖南岳州府人,现年二十八岁,身中,面瘦露骨,眼微细,稍近于寒。精习蟠棍技,以双手反挂棍上,翻腾如猿,足底朝天,而身直不曲,非素有苦功者,不能如是之矫捷健壮也。又善跳跃,七八尺高屋檐,可以一跃而上。自幼习熟水性,能在水中行一里余,盖素以铜船为生涯故也。勇丁名施秀峰,直隶河间府姑城县人,年二十八岁,身中,面圆而小,心性灵活,精习拳棍刀矛等技,无不擅长。身法胆法俱臻头等,亦善水性,可以浮江行五六里许,现在启贵哨中。其余尚有二三人,均不逮也。阅毕,复至忠勇营。袁怀忠所带共二百五十人,奋勇稍较雷营为多,而绝技则未之见。中有汪鹤林,湖南湘乡人,年二十二岁,身材魁梧,眉宇间饶有俊秀之气,娴于枪法、大刀等技。一为黄友胜,长沙人,年二十二岁,长身尖脸,目秀而长,技艺不甚精熟,而胆略过人,每出队必奋勇当先。二人日后较有出息,今则仅当旗手。其余哨官勇丁,奋勇虽多,不及二人远甚。一日之中,阅人至数百,所得者不及百之一,人材岂易言哉!

前数日,有弋阳茂才李君名嘉乐者,来营献诗投效,鹤翁未之见,而此君已不知在否。阅其诗,颇款恰有韵致,录之以为从军佳话。序云:"仆闻登龙定价,怀异才者兼慕封侯;顾马取良,居高位者必能相士。此王公大人每尽罗夫俊杰,亦后生新进自愿效其驰驱者也。仆豫国庸材,弋阳下士。学剑有年,仍拘黄卷;执经无用,仅博青衫。髫岁曾游北冀,难尽窥东壁图书;壮年久住西江,亦略睹南方形势。虽摹才士笔底之花,究非事业;每读前人塞上之曲,倍觉精神。家饶温饱,讵慰志于生平;身列胶庠,未获名于科第。倘遇怜才似命之人,岂惟弃我如遗之易;因随宾至如归之辈,当成行附益显之休。人谓仆初离书舍,儒生何敢谈兵;仆慕公久历戎行,英雄定能用武。伏维公负韩、苏之学问,轶邓、贾之谋猷。全忠全孝,百战完身;兼武兼文,一时令望。王阳明本是大儒,用兵乃娴智勇;郭子仪终称福将,天下共倚安危。而且虚怀若谷,持鉴如冰,立卫大夫之干旌,悬徐孺子之卧榻。仆纵无能,难甘暴弃;士如有志,宜建功名。俾少年练折冲之胆,得观筹运帏中;助大将挥露布之毫,且习墨磨盾上。敢凭依梓里之情,任酌量铃辕之用。庶他日燕山勒石,附镂小子微名;即此时虎帐献诗,仍见书生本色。谨作芜词,恭呈钧览。"

诗云:"中州人物古称贤,名世常生五百年。涑水相公功素著,汤阴少保节弥坚。栋梁昔已堪偻指,桑梓今谁可比肩。循吏荩臣书并美,红樵方伯史咸传。〇公更行军善运筹,轻裘端不愧箕裘。文章华国才原大,忠孝完人祸自优。任重还闻能爱士,功高计可卜封侯。关情乡里无多祝,终始名全第一流。〇频年酣战仰英姿,威震南邦十万师。功业成仍需指臂,书生弱亦具须眉。久知手拔连茅茹,敢诩身同脱颖锥。自信目前堪用处,凯歌还要几章诗。〇春来小草尽知春,大树名标更可亲。有幸当为门下士,无才难备幕中宾。身留七尺酬知己,胸抱千秋耻负人。大抵青云都附骥,当年投笔话常新。"

二十日(3月26日) 至忠义营访将,得晤打虎士谢常胜及颜忠、陈忠、陈义弟兄。

常胜,本名得胜,以复人名,故更之。四川涪州人,现年二十八岁,身材魁健,圆面土形兼金象,而眉眼慈和,中藏秀气。耳虽不甚大,然尚有垂头角,亦觉圆满。村居时,有虎食人,乡人患焉。常胜迹之至深涧,中有洞,虎据以为穴,乃邀伴十余人火以入,伴不敢前,遂独入。洞分二重,中仅一窦,蛇行而后进,虎乃卧于洞后,见火光,以嘴伏地而蟠其尾。常胜执长枪刺虎背,虎惊跃起,迎面扑来,啮枪断为二。常胜侧身紧抱虎腰,不敢松手,两相死斗。虎回头啮其面,几中,手遂松。虎脱出洞,随之出,又为洞口人所阻。虎复入,常胜急以石塞其窦,使将死于内。次日往探之,未死;再视之,仍未死。因设启其窦,虎头先出,急用棍刺入虎口,虎痛啮棍,棍断为二,一入虎腹,一在常胜手,咆哮如雷,腾跃不已。常胜挥拳奋击,虎毙,患遂绝。村人以酒礼迎常胜归,为之演戏赛神以贺焉。又颜忠,貌甚奇,垫江人,年二十八岁,身材壮健,浓眉大口,目有杀光。金木二星亦大而有垂,气魄甚为雄伟。从义山游十余年,人以"猪八戒"呼之,其为人可想知也。又陈忠、陈义昆季,皆少年英俊,均愿拜余门下。其哨官名林璋者,诚实处虽不如此数人,而奋勇有智略,亦可取也。午后,献诗投效之李君亦来相晤,貌甚浑朴,而诗乃蕴藉,秀在中耳。

是日大雨霆霖,深宵未止。鹤翁与余及吴海峤把酒共话,因言公初诞时,祖太夫人夜梦大蟒腾舞空中,盘入内室,旋惊寤而生。太夫人觉腹痛,次日遂诞公,两脚胫面皮痕如鳞,知为精灵所降也。酒酣耳热,出以相示,甲坼鳞次之痕宛然尚在。又言夏日皮躁时,尚可层层剥落,亦奇相也。大抵奇人异士,非从神祇中来,即从星象中来;非从星象中来,即从精灵中来。如公真可谓精灵中人矣。吾辈俗骨,原无足异。前岁与锦谷请乩于我园之问天楼,其示余云:"尚有才识。失足少年,今能振作有为之人,将来成就,亦不同群。前生精怪,尔宜自明。"但不知所云精怪者,果何怪耶?神仙亦善诮人若此。又记寓昆明时,晨起从鼻中取出嚏腻一团,初亦不觉其异,以指捻之,乃一细虫,身长寸许,金黄色,四足双须,曲蟠如螺状,然已死矣。以问友人,皆不知。以为生从鼻内,则人当有病,而虫不能死;以为入自鼻外,则人当惊觉,而虫不能入。何以入蟠鼻中,而人尚不知,甚至于虫死而后觉乎?严君季膺曰:"此蛰龙也。龙遭天谴,过孔即入,以为鼻可藏身矣。孰知鼻中有气,龙气不敌人气,故死焉。不然,凡虫鸟能入人鼻孔耶?"自古蛰龙蛰于眉、蛰于指、蛰于衣者有之矣,未闻其蛰于鼻也。盖鼻为气孔呼吸出入之所由,托身其中,未有能安居者。龙虽灵,亦何能敌人真气哉!

二十一日(3 月 27 日)　与李宪之论诗。

苦雨飘风,难出营帐,李宪之过访,挑灯夜话。君诗喜学袁简斋而薄王渔洋,余曰:"所论诚然。然学简斋者,往往风格不振,易于薄弱,非简斋之过,乃不善学者之过耳。夫简斋之诗长于七古,七律非其极谊也。盖七律以性灵为宗,圆转为贵,善道人意中语,故人多喜之。不善学者,仅得其轻漂滑稽一流,求如《诗品》中所谓雄浑高古之作,则难乎其选。故讲性灵者未尝不是,而专讲性灵不存风格,则日即于薄,不知其弊矣。若夫七古,则纵横排奡,惊心动魄,又复委曲详尽,周匝无遗,一题到手,不肯疏忽放过,必尽其能而后止。及其成章也,如海风吹浪,自然成纹,不可以私意测。盖得杜老雄杰气,而出以香山灵活之笔,故能独步一时,雄视千古。平生精神尽聚于此体,特恐人不易识,故其近体专以亲切坦易一种为贵,使人由浅以见深,是此老一生狡狯本领。世人不识其用意所在,专学其近体,以为得简斋真神髓,不知早为随园瞒过矣。七绝则卑靡不足重,人尤喜学之,可怪也。五律非其所长,故集中亦不甚多。五绝则直曰不能。惟五古宗尚自然,如白云在霄,舒卷自如,尚觉可取。亦闻有排奡处,然不如七古远甚。余尝欲于近人中取数家,以继唐宋诗醇六大家之后,最难推首其人。元遗山苍凉雄杰,气不减放翁,而境界甚窄,难称大家。

高季迪才气开张,可追盛唐,而气局欠浑成,不能笼罩群英。吴梅村一代诗史,有似少陵,然仅以长庆一体及五律擅长,又乌能八面受敌?查初白白描中有奇杰气,可谓空诸所有矣。观其全集,亦仅七律一体,而七古则未能开阖自如也。降至乾嘉之间,赵瓯北诙谐奇奥,于韩、苏外别树一帜,而笔力过锐,不能柔和,且工于发端,而收尾则懈,亦难为法。蒋心余近体不专学唐人,而自能与唐人抗衡,其风格声调,均能自发心声也。至于七古,则少作多尚词华,夸多斗靡,中年又故作倔强语,专学涪翁,意欲避熟,而究未能融化。从袁简斋外,别开洞壑,自露性天,此体能事尽矣。七古亦极奇辟可喜,其失则在一紧字,盖用笔过紧,则调气不能行余为妍。以云奇才,则无不足;若论大家,仍未逮也。他若宋芷湾之豪纵,不耐细密;檀默斋之奇奥,实少温柔,均不足为一代宗也。其余明代七子,国初六家中之王、宋、施、赵、朱,及江左三大家之钱、龚诸君,更非数子比肩,乌能独霸骚坛?无已,其为简斋乎?夫简斋之长在七古,次七律,又次五古,有此数长,诚足以继六大家之后而无疑矣。特誉之者未见其真,毁之者复失于刻,遂使后之学者茫无所从,简斋亦不能瞑目于地下,不已过哉!又有以骄矜多欲短之者,是诚简斋之痛也。然以诗论诗,则唐宋后无驾乎其上者。善哉!船山之诗曰:'有欲人能服,无功世亦传。'又曰:'圆通我不如。'数语为得其平耳。余又欲著《骚坛俎豆》一书,仿孔庙景行录式,以李、杜为两大宗,韩、白、苏、陆为配享。又取王、孟以下诸名家,各得李、杜一体者,如十哲例,入祀于堂,而以简斋配之,如朱子之跻于十一哲位也。至于两庑,分李、杜二宗,学李者从李于左,学杜者从杜于右,而渊明以上,如魏武,如苏、李,如三百诗人,则拟诸崇圣之列,别祀之于后堂之中。人各系以小传,兼论诗学源流,使后之人一览而得其宗派之所在。至于祭品仪文,亦预为拟成定式,庶世有好事者,倡建祠堂,永荐心香,则历代诗人得不寂寞,亦未始非一时佳话也。"

廿二日(**3月28日**)　夜听鹤翁话汴梁旧游。

公少年倜傥不群,亦间垂意青楼,香奁诗集成帙,今则尽焚无遗。余谓自古英雄,未有无情能作掀天揭地之事者,香奁特情之寄耳,何损千秋事业哉?公乃谈旧游事,命立传,因为《宝珠传》,曰:"宝珠,汴之名妓也。色艺双绝,识见尤超,不轻见客。洛下少年慕其名而来者,非十锦缠头,未尝一晤芳容。即获晤,亦不过杯茗闲谈,略伸款洽而已。话甫毕,即搴帷入。其一种娇柔孤高之态,使人之意也消。楚臬李公鹤人初应秋闱时,年甫十七,仪容秀伟,举止端详。偶偕友人闲步南河,作寻花游,共饮妓楼中。珠围翠绕,粉腻香酥,畅而饮,饮而醉,醉而归,初亦不知其有人之留意于己也。来秋赴试,复寻旧游,有妓甚都,入门即效殷拳,若夙好然。公诧问何相识,曰:'君非某秀才耶?名与号妾尤记忆,未尝一日去诸怀也。'公知为宝珠,不觉感愧交集,情深知己,不料青楼中亦有物色风尘者,因赠以诗,与订情焉。花晨月夕,无时不往,两情欢恰,备极绸缪。鸨母知情密,欲索多金,女不可,屡遭挞楚,盖念公贫且弱也。公于窗下窃听见之,不胜愤懑,恨无计以脱其身。及寝,女仍谈笑自若,不肯一露真情。公愈无以自处。女曰:'君勿妄生他念。妾所以重君者,将终身托耳,岂一时欢娱计哉?君非凡品,所与交游,无一端士,歌场舞地,狎亵相谑,非惟有误功名,亦且重累清节也,望自重。幸无以风尘人为不足较,令药石心成河汉言。'言已,复泣数行下。公亦逊谢不遑,指天自誓,愿努力以报知己。后数日,复为友人邀饮,邻妓大醉,将止宿焉。女忽至,怒不息,亦不语。公赧颜揖谢,携以归。半响始大痛曰:'妾薄命,遇一郎君,欲望成名以脱尘纲,乃为无耻辈狐媚以相惑,岂非命哉!其知也,以为妾之爱君;其不知也,将以妾为妒焉。妾岂真妒人者耶?特以勾栏恶习,非读书人所能防,误中其毒,患将有不可胜言者矣。'由是公不敢任意他游。闻罢,榜发,索公名不得,伏枕呜咽,劝不可止。须臾,友人排闼入,大呼曰:'意中人高折蟾桂矣。'女不信,哭仍痛。友出袖中小榜示,果无疑,乃破涕为笑。盖榜书甚(减)〔简〕率,女忙中不暇谛视故耳。于是置酒相庆,为公贺,且以为友慰也。春初北上,公来别女,慨然劝行。临歧以彩囊为赠,愿待君七年而后嫁。公把袂不忍舍,而同车有师某不能待,遂行。日暮,抵黄河南岸,遇大风扬尘,惊沙满面,不可渡,遂露宿,止于车。公候师睡熟,潜雇小驴,驰四十里至汴,漏已三下,呼城急入,蹑足至楼下,窃听何语,将以觇别后情焉。闻女为鸨母逼他遇,不从。正相诟间,公突入,女犹背身掩泪,卧锦被上。忽闻公至,翻身跃起,执手悲号,如同梦寐,不知其来自何方也。自念难逢,转得相晤,痛定复哭,有如隔世,依依系恋,较初别时尤难为情。天明判袂,携手河梁去数里,回望柳岸边,晓雾蒙笼,犹见鬟影姗姗,立风露中未去。所谓黯然魂销者,孰有甚于斯时者耶?踉跄至河岸,师尚未起,因相与唤渡北行。是岁捷南宫,欲践前约,而羁留京师岁余,故不果。归途又欲访女,复为亲长所拘,不能如愿,心殊怅怅。恒念女,不能释,几至于病。太夫人探知其情,恐为公累,乃托友人传女死,以绝公望。痴念渐灰,作宦西粤,秉臬北楚,今且一纪。忽有谓女尚在,而琵琶已别抱者,公自悔失约,有负知己。盖七年之期既爽,千古之恨方殷,未免抱愧巾帼云。"

廿三日(3月29日)　官制军以诗来吊女将李奉贞。

函云:"李姑奉贞女史可惜一片忠悃,捐躯报国,其老母尤作倚闾之望,未知其家计如何,其兄恒本若何,为人堪造就否?奉贞收复武汉后,自为请旌,并于汉上设专祠以传,忠贞不朽,为是日佳话耳,想忠魂必可佑我斯民。千里迢迢,壮志未伸,良可悯之。故于灯下率成十绝,言词鄙陋,无暇细择声韵,聊志实迹,以慰夜泉教正。将来重修府志,永远流传不朽,庶可报其诚焉。诗云:'无端贞女出闺中,仗剑从戎助战功。姑且莫将成败论,纵然儿女亦英雄。○筹画攻坚计未成,贼人拒险议劫营。千军万马浑无事,娘子孤军夜袭城。○节烈佳人系宝刀,指挥兵勇渡深濠。红颜力尽全贞义,视死身轻一羽毛。○征云惨淡五更风,汉水呜咽雨泪中。缥缈芳魂依阿母,全忠全孝一般同。○忠可求于孝子门,谁知忠孝有钗裙。未伸壮志身先殉,留得兰心作怨魂。○泌水洋洋可乐饥,养亲矢志女中师。只因误读书千

卷,应悔从容赴义时。○夜深匹马踏青沙,息鼓衔枚去路斜。岂料逆
营知有备,珠沉玉碎不胜嗟。○天工若不嫉奇材,一战成功实快哉。
或恐须眉无地步,故教神女返瑶台。○身披铁甲锁寒烟,手刃敌人力
破坚。血染湘裙归去也,未如心志奈何天。○劫后合为汉上神,楚江
明月是前身。贞姑勇烈祠堂建,卜日鸠工护万民。'"数诗情真语挚,
老妪可解,是善学香山而得其神韵者,近日公卿中罕觏之作。

　　俞雪岑不别而去,其仆来,余问所居之地,词甚隐约,不解何故。
近始闻与张镜秋于铭带勇数百,在制军处具结,愿告奋勇,限十日内
攻取汉阳。一战勇溃,为颜协戎所禀,雪岑逃窜,避于萧家湾,众勇皆
散,未知确否?雪岑又与赵雪堂参戎书有云:"仆来汉水,志在中原,
而砺碌公卿,毫无遇合,乌能与混浊之辈同久处耶?"书为王镇军所
见,遍传大帅,众皆恶之,其狂妄之态,有难以言语形容者。仆因至
好,规劝成仇,徒自取辱,夫复何言?特恐其病不知自解。世路艰难,
寸步莫行,况乱世耶?是日复至忠义营,观卢义山诸徒演习技艺。有
陈忠者,眉宇飞扬,身法灵敏,技艺极为娴熟,心性亦极沉着,异日大
有造就。其余颜忠、谢常胜专以力胜,傅鸿、徐邦道专以气胜,虽稍亚
于忠,亦一时之后也。忠又有弟名义者,长身尖面,眉长而高,眼大而
秀,技艺亦最娴熟,英豪聚于一门,可谓盛矣。惜其用未得当,故未能
建奇功。数日连阅武事,各有擅长。大抵川中技艺尚灵敏,楚南人物
多杀气。尚灵敏者,其情意仅注于一身,规矩虽极娴熟,而杀机不露,
不能戕人。有杀气者,其精神专在于敌人,手足纵使重拙,而怒气勃
发,自能杀贼。此蜀、楚之优劣也。近日立功多湘楚人,非徒人众而
已,亦其精神意气横霸一时,有以使之然耳。

　　廿四日(3月30日)　卢又熊献攻城火车。

　　用四轮车架刚牌其上,作人字形,以牛皮竹片夹钉于面,将以御
炮也。复用大竹竿竖于前,作垂头式,以长绳牵药箕于竿头,将以之
下烧贼营也。鹤翁命余往观,余曰:"制诚善,特恐不能推至贼壕耳。
即能至,又恐后队不能前应耳。使后队不前应,则此器为废物,徒借

贼用而已矣。当此之时，须先求一御炮之方，至轻且便，至柔能刚，然后以此等重拙之器从而攻之，庶能有济。将舍软牌，其奚择哉?"

是晚，刘步瀛亦来献攻器策。用木作浮桥，长二丈余，从桥上起云梯，作折叠势，用人推至壕前，起其一头，用刀急推过壕，始将桥放下，则驾于壕上矣。然后以两竿撑起后层梯，翻搭墙头，兵勇乘势攀登，凭虚而过。此盖从古法折叠桥中变化而出，亦攻具中之善焉者也。然亦要推近贼壕，方为得用。不然，亦与卢义山所造攻车同一弊病，夫何益哉!

廿五日(3月31日) 柯连升自请解说贼勇。

贼受困久，盼外援不至，因驱百姓使团练解武汉围。柯连升亦投诚者，自愿往说黄州以下一带百姓，使之解散，不可助逆。或其中有胆略可用者，因其计而用之，亦未始非智取之一道。为之禀白中军，公许可，因遣往焉。

廿六日(4月1日) 袁怀忠等与贼大战于西门桥。

是日本不欲出队，忽探卒报贼至数百人，各营皆出击。至五里墩，众即不前。怀忠率众先往邓家岭探视，贼已先伏而待，忠即严阵自固。贼分三路来扑，左边卢又雄与马队望贼即退。忠见右边黑旗亦至，因移军与之合战。贼甫至而黑旗又退，唯一骑马营官与三四旗手立住不走。时贼已近前，程学友奋力直刺，一贼倒，骑马官提刀上前，夺砍贼首，并携黄旗以去，视之，乃张都司得胜也。贼见忠等势孤，两翼合抱前来，欲围其后。忠恐失势，因退一舍，至路口抵住。贼不能直前，亦不敢截后。相持数刻，卢占春、魏大伸始从左股接应，杨朝林与广勇从右接应，舒洪元亦随后赶到，奋力齐杀。贼不能支，退据西门桥，而卡内贼严闭卡门不开，众贼不能入，死力相御。然不敢从中路来，只望左右弱处冲突，冲左则怀忠左应，冲右则怀忠右应。贼无如何，惟有拼命相敌。钟昌耀冲锋急前，为铳子击穿胸背，尚能踊跃杀贼，旋为数贼攒而刺之，遂阵亡。自午至酉，往复百余合，杀贼数百人，我兵亦伤至百余。怀忠仅带二百勇，而受伤者四十余名，可谓血战终日,无人不奋勇争先矣。日暮收队,众营官同立营门外,望见伤者皆头裹绿巾,知为怀忠勇,无不啧啧称叹,同声伤感,谓汗马功名,非可以易易言也。廉帅大嘉褒奖,重犒其勇,以慰之焉。

廿七日(4月2日)　至义勇营挑阅壮勇技艺。

义勇为李少轩司马所带,技艺颇多,惟黄长正一人为最精。长正身材短小,貌陋而奇,人以"土行孙"呼之。每一舞动,全身精神毕露于眉宇间。乍见其人,颇不以为异,及细观之,骨相亦自与人不同,英雄固不可以皮相也。又一人偃卧地上,伏枕呻吟,盖日昨打仗受伤,不能起立者。谛视之,眉飞眼大,鼻准丰隆,年约二十余。余曰:"健儿也。"问其名,知为滕家贵,麻阳人,临阵争先奋勇,故伤焉。至晚又来一人,名胡祖双,沔阳州人。气象雄伟,精神圆聚,武事极为高强,自以钺斧椎其胸膛,毫无伤痕,其运气之功,可想见也。余阅各营俱有奋勇之士,而打仗难于齐一者,则以带兵官不能同心共济耳。夫勇无强弱,以带兵官为强弱,明明精练之勇,易一将官,而勇遂为无用之勇者。其将无才,故兵为无技,兵无技,又安望其功之克成也哉?

廿八日(4月3日)　步至王镇军营。

昨晚镇军所带南勇与七省练勇互相械斗,豫勇竟施铳炮,南勇直焚其营,攻杀数人毙。豫勇不能归营,哭诉廉帅,移扎平滩口。镇军欲杀南勇为首者二人,而带兵官推故不送,竟不果杀。夫以镇军威权,而令不行于二卒,可见近日兵骄勇肆,不可以纪律绳,又乌望其号令齐一哉?相斗时,幸天色未昏,尚易弹压,倘至夜分,则变起仓卒,兵与贼不能猝辨,不几大误军事耶?苟非严法以治,焉能警其余众?断断不可姑息再纵也。镇军自行检举,请令于制军,亦无可如何之意耳。

刘步瀛来,献筹粮以济军食、截粮以摧贼命二策。截粮之计,言者众矣,筹粮之法,难乎其策。步瀛谓饷所以给食,与其发银而时形拮据,何若发粮而取之不竭?欲令鄂省未经募勇之州县,按亩注册,收敛粮米,以为军食,亦一善法。但恐行之不善,致令滋扰,反以为民累耳。锦谷前议亦欲于宜昌上游稽查川盐漏税夹私之弊，此中所获，为益不少。又欲从货船抽取关税，亦尚可行。余谓武汉未复，饷尚易筹，武汉既克，饷尤难措。无饷则无兵，无兵则谁与守城哉？苟非预为妥计与痛快剿贼，武汉终不能安枕卧也。晨起，闻外江炮声不绝，知为水师接仗。至晚复探知张启基及鲍超二军冲下汉口，扎于青山下，绝贼粮道，庶乎可以困贼众矣。然我兵炮船已为贼击沉数只，亦险矣哉！

廿九日（4月4日）　颜协戎遣人入汉阳内应，不果。

陈游戎德新来报，云有投诚二人至协戎营，愿约内应。中路因出大队至五里墩接应，俟有动机，乘势而入。余偕伍慎庵亦至凰台观阵，终日并无消息，遂回。李光荣亦函致梁月坡，云顷获长发女探，据云贼奉南京调赴江西救援，不日当行。未知确否？又据投诚周大明云，贼并无东下意，以伪令甚严，宁死不退故也。汉城人数仅六七千，堪任战者不过千余人，其余皆充数辈，与百姓相杂处而已。汉阳贼首为韦志宏，本韦俊远族，今升国宗人，甚沉静，然无胆，所恃为钟丞相及刘满二人。刘，贵州人，善马战，倘以计诱降二人，或设伏杀之，则汉城瓦解矣。否则任死不审，负固莫服，终难望其必破也。

李宪之以诗吊李烈女云："南阳武侯之故里，尽瘁疆场死后已。遗法所传得者谁，二千余年归烈女。女之学兮未易知，女之志兮先自矢。垂髫便已识天文，年长更复通易理。借此行军日讲求，运用妙在寸心里。使竟奉母闲幽居，谁信巾帼能若此。楚北妖氛正用师，女也闻之投袂起。有妹识时欲留行，乃云时兮能有几。木兰代父女从兄，孝友皆忠之根柢。静可不字三十年，动可从军二千里。所闻请缨慷慨情，早将儿女态一洗。况施智勇励奇兵，杀贼擒王易易耳。只恨汉水绕方城，据之更复沟与垒。匆匆接战不成功，夜袭坚城走如驶。桃花马上请前驱，健儿观焉尽愧耻。拔剑当先掷电光，火攻下策贼何恃。孰料功犹未建困重围，一缕芳魂随逝水。风凄日惨阵云愁，天亦似惜斯人矣。此役倘能入蔡州，长江便作衽席履。迎刃直下趋金陵，露布定能书千纸。凌烟阁先画美人,背水军应呼娘子。奈何谋在人兮成在天,顿令全忠全孝之人倏忽死。始也为女悲,继也为女喜。闺中命薄亦多多,泰山之重谁能比？官建祠,士作诔,持戟军尚哭红颜,载笔人还书青史。我知其千秋万世永相传,名则奉贞姓则李。"

挽奇女

小川李侨梅卿胞叔：

花飞楚泽黯斜曛,彻夜笳声不忍闻。江汉一新游女例,易爻重补战场文。丹心灰尽天犹妒,碧血烟凝地亦芬。好借伯牙琴韵古,迎神奏曲慰愁云。设世声名一剑支,那同忠义托空辞。辛勤绝学蟾能验,苦战终宵马不知。杀贼挺身摧白刃,建功掣肘误红旗。木兰毕竟无仙骨,尚恋花钿返绣帷。

翰臣李嘉藩：

襄河岸边木叶凋,鹦鹉洲外啼悲鸮。我来细柳囊吟毫,读奇女传泪点飘。南阳有女女中豪,忍看群盗平原嚣。秣我马兮励我刀,辞家万里拥羽旄。上谒军门赋同袍,男儿装束剑佩腰。兵书卷卷读垂髫,周易传秘学尤超。诹吉刻日战荒郊,败走千军恣讪嘲。旌旗违令色未调,兵机转瞬误尔曹。发愤挺身展六韬,不破坚城恨不销。月惨云愁风怒号,誓扫贼氛期崇朝。躬擐甲胄走春宵,从军退缩手屡招。奇功若建西门桥,霎时凯歌奏鼓铙。悍贼巡营警斗刁,铁骑迸出绥已交。弱躯血战耻遁逃,粉黛头颅容易抛。大帅掩泪奏之朝,建祠作诔芳名标。倘任须眉战伐劳,报国何减霍嫖姚。汉滨环佩声如敲,水叶风花影萧条。那及忠勇节孝志气高,馨香百代肃金飚。吁嗟乎,余亦有弟从戎至后皋,封侯寻梦梦迢迢。归来侍母形忽销,战垒秋深失同胞。人生生死随所遭,幸为太山不幸为鸿毛。空江日落几号咷,岂止红颜委翠涛。中州居里同族褒,乡谊亲情两昭昭。欲赛灵祠作歌谣,巴曲愧难继楚骚。

星烈日记卷之十一

鸿蒙室主人笔记

三月初一日(4月5日) 再至精锐营阅技艺。

彭玉奇,南阳人,身中材,颧骨开张,目睛深黑,技艺颇极精熟,伸臂疾呼,则怒气如雷,有鹰鹯逐雀之势。赵应龙,枣阳人,面微圆而黑麻如豆,手提长枪,迎面刺人,如猿之狡,如环之圆,真罕见技也。余意二人必捻匪中之健者,问之果然。近闻捻匪大股扰乱汴省,众至数万,仿古车战法,以牛车环营自卫,官兵无如之何。马队累欲攻之,不破,反为所败。其法用数百人各缚喷筒数个于两胁下,俟马队近前,则燃喷筒发火,直冲上前,马队见火,惊溃四散,贼乘机掩杀,遂至大败,亦狡计之尤者也。天不厌乱,一贼未灭,二贼复起,何时可见太平耶?又闻吾滇回匪复行滋事,尤为可虞。此正如疲癃残疾,百孔千疮,难以一时医治者也。

初二日(4月6日) 袁怀忠设伏诱贼,不获。

昨午有贼至七里庙放哨,怀忠匹马往观,适与相遇,见一红背心骑白马者,由梅子山绕道龙灯堤,竟归贼营,随后仅数十人而已。忠恨无兵勇相从,不敢深追,归以问诸投诚周大旺,知即为钟丞相。余曰:"擒贼须擒王,君胡不设伏以待之耶?"忠因五更出队,伏于五里墩、七里庙、凤凰台、龙灯堤等处。布置既毕,乃以数卒执旗往诱之来。贼欺其势弱,果出百余人来追,卒遂诈败。贼喜曰:"残妖败矣,残妖败矣!"大众直前,不知有备,渐入伏中。忠乃出小锣,连鸣数声,诸路伏兵齐出。贼众惊愕,不知所为,抱头鼠窜,四散而去。惜伏兵甚少,而窜路过多,不能擒获,然贼胆亦已落矣。至午,余与卢义山坐营帐中,复有报贼百余人已过七里庙者,义山欲往击,余曰:"慎勿击也,此必有诈,不然,则故张声势耳。彼从早受吾虚惊,故欲以此报我,击之必中其计,不如弗理之为妙也。"久之,贼计穷,遂归去。

初三日(4月7日)　至精锐营访阅勇士。

复得二人，皆黄安人。一张贵，身材敦实，面方而微麻，拳法风驰电掣，打出有力，胆势亦稳固不摇。一马志，身材高大，长面露骨，熊罴之象，大刀舞动，如崩云偃月，闪闪有光。余视其情，亦非善类。然当此乱离之世，非若辈不足以备前驱，用当其可，亦何不可借展长材也。大约精锐营所收之勇，多无赖徒而有技艺者；忠勇营所收之勇，多农田民而兼诚实之辈；忠义营则游方江湖而有华实二种；义勇营与忠勇相似，而无其真实，此亦因其将官之嗜好材情以为驱别。卢惠亭专尚义侠，故无赖徒多归之。袁小亭力图整顿营规，故非诚朴人不能受其约束。卢义山本江湖士，川中习艺子弟，恒慕其名而来。若李少轩则起自乡塾书生，故所用之人半多农民。总之，朴诚者多受绳墨。小亭出队，始终队伍不乱。少轩虽不能及，亦尚安分，不敢恣肆，其实效亦可见也。无赖者善用之，则肝胆相输；不善用之，则凶狠难制，亦视乎驾驭者之才为何如耳。至于江湖而分畛域，则不惟难致其死力，抑且大招夫怨仇。故义山初投效时，仅三百徒而能获大胜，迨其后众至千余，转无成功，职是故耳。又有专以酒食小惠，笼罗群材，亦间收其小效者，然而浅矣陋矣。夫为大将者，牢笼万有，驾驭群英，虽取材固贵乎精，而用人无求其备。苟能实心为国为民，何材不堪听用？使贪使诈，用智用力，但一长之可取，自采择而无遗，然后可以集天下之才，成天下之务，而不使稍留余憾也。余恒留心物色，而终未遇其人，岂天之未欲平治乎？何五百之期，尚有所待也？伍慎庵又云："兵勇人地既殊，性情亦异。川、广、云、贵道路过远，则来者不易，故在楚当勇者，多系在外远游无赖之徒。且两粤以凶顽为性，川、黔则狡猾成风，又乌望其有纯良士耶？惟楚南一省，地本相近，人更刚直，其来营充勇者，皆耕植农夫，毋诈毋虞，所获饷银，不惟足以糊口，兼可寄回养家。以故人人奋往当先，倘获功名，尤为乡里增光。具此数利，虽欲禁其不为勇也不得矣。他如河南人多憨直，楚北性极奸恶，均难收其实功。故当今论勇，宜以楚南为首。"亦知言哉。虽然，乡间农民诚实有余，而规矩不娴，再能练以纪律，使就绳墨，则诚善矣。

　　初四日(4月8日)　张镜秋以书来上廉帅。

　　书云："窃某以一介庸才，谬叨厚爱，许附门墙之末，猥蒙宠眷之优。自获随侍以来，久已倾心誓报，此心此志，时切寤思。意谓人生得一知己，死可无恨，而况承挚爱之殷拳，荷矜怜之笃至，尤为感恩称知己者哉！夫生我者父，成我者师，人自有生，即同依赖。而某未弱冠，少即孤露，惟伯叔是依。逮长，始受知于蔡麟洲师，以诗古文章拔置邑庠首。后以时乖，久困场屋，乃游学京华，求自得师，而倔强之性情，卒寡所合。非敢藐视巨卿，以为经师易得，人师难求，而能相赏于风尘之中，鉴拔于庸碌之内，如昌黎之荐张籍，苏绰之倚宇文，为尤难得也。某少即赋性僻傲，不屑规摩，然每读古人书，至于忠孝义侠之处，至性至情，可泣可歌，如文文山、谢枋得及荆轲、聂政之流，未尝不掩卷太息，心切慕之。而年已及壮，卒未有建树。何者？不遇其人，情虽真而报亦不至是也。自古英豪未遇，落拓穷途，与佣贩为伍，几不克自营一身，如韩高屠狗之辈，谁复信其能立勋当代哉！故宜其一出草莱，即以身相许，而卒能佐隆大业也。如宁南一鄙夫耳，而尚能始终不负侯氏，其一生之功业名望，良赖司徒之成之耳。然是遇也，往往难之。上焉者，切好士之虚怀，急于延揽，或阻于见闻之隘，或间于疑忌之乘，或未能略迹而原心，或以一眚掩大德，卒致需之殷而相遇终疏。而下焉者，负暗修之实功，以叹知己，或耻于自荐，或拙于干人，或不矜细行而甚蒙不肖，或不达世情而憎兹众口，竟以练达之才而终归沦落。则遇合之诚难，而欲成我者之果终能成我尤不易也。某自庚戌冬走雍、秦、兖、豫、幽、燕、江、淮之间，于今七年，而逐逐于戎马之间，历今四载。始佐友人于金陵，继随叔大父于皖水。甲寅至楚，始自树一帜，奉檄驰驱，以二旅之师，三月之内收一郡三县，力扼一要防。而安陆之役，竟为冒功贪赏者诬陷，几不免于议，幸赖襄阳太守多公力彰之。自是至于蕲、黄，又至于浔水，又以回援返鄂渚，以屡议事与虎头不合，引疾于汉水之南乡。每憾择木之难，而得人而事之不易，以为终无建白时矣。嗣以得仰钧颜，只陈时事，猥以狂瞽之言，稍合机宜之要，许得日侍左右，接之以高宴，纵之以清谈，奖其所长而匡其不及，勉其所学而戒其所过。某于此时如清夜闻钟，洞张心目，窃幸得所皈依。凡德行事业、功名身世之端，皆有所楷模而成就之，大为此生幸事。故凡有下询奔走，莫不悉心尽力，筹画奔驰，私许以国士之报，而兢业之心益凛于怀。不图谗慝之口横加暗中，几令不自白，致疾恶素心勃发难制，誓不与此辈共功名，遂奋袂疾行，不遑他顾，非趋避艰险而然也。后以欲归不能，复蒙驱策，以为从此可以复行吾志矣。乃竟卒不自知究以何辜，终归弃置，抚心自责，衾枕难安，冀阳春之回泰谷，如葵藿之倾太阳，虽返景长沦，而向日之忱，固尤能惓惓也。夫诚可格天，信能贯日，以所感真也。今某不克自修，以回恩眷，咎实在己，何敢结怨于谗慝之口哉？故决意请行，欲赴江右，将挈家返蜀，寻乐天伦，补读未完之书，静参世情之变，养和心气，再入宦场，以不负我夫子向之所以期许者，如是足矣。乃豪气误人，见猎心喜，复因喻军功之请，再振戎行，致武人忌妒，中以虚诬，此亦犹魔由心召，实自致之，夫何尤焉？然心迹亦不得不自明耳。某阅世未深，不达世务，故动辄召谤，而嵚奇历落之概，常以自负，亦不愿巧习世故，失我天真。彼苍苍者佑人，惟是我以信天，其知我乎？其不知我乎？天必始终不爽也。而招谤之由，夫子想必一为莞尔而笑，贸贸者之多不自量，为他人笑柄也。封侯旧梦，从此不作是想矣。江湖散人，底小游仙，虽玉皇相诏，亦惟俟丹老洪炉，方能逍遥前赴，岂复为武人奴隶，笑煞山中猿鹤耶？虽然，今日之德行道艺，即他年之经济功名也。成败之机，全在夫子。若以为可教而教之，则异日之成就，感且不朽；若以为不可教而不教之，则不屑之教诲，某亦将以大成自励矣。抚膺痛陈，良殷依恋。江右之行，两日内即当起身，不复叩辞矣。至于禀复打仗受诬情形，亦知不能与较，即辩亦不伸，然自于参议所弗恤也，只期能自明此心耳。尚祈矜怜是祷。"

又禀诉其打仗受诬缘由云："窃某于三月初二日奉到钧札，开奉督宪批：据颜副将具禀，该员仅募弱勇二百余名，先往攻击，见贼即溃，非经张都司等带勇接应，几误事机。现当进攻吃紧之际，该员作此有名无实之举，希图侥幸邀功，实属率忽。仰即行申饬迅将各勇军械追缴，解送来营，妥为遣散出境。倘敢逗遛滋事，定惟该员是问。并令该员暂赴右翼长颜副将行营，听候差遣。等因奉此。伏查某自二月初五日奉宪台札饬前往江西侦探，随即叩辞回三眼桥旧营，途中寓宿，拟回蔡甸束装禀辞督宪后，即克日起行前往。是夜宿青田铺，适军功喻元胜等来见，请告奋勇，并称汉阳南门颇有地利，甚好进攻，愿限三战攻开南门土城，自具甘结，求代转禀等情。其时某察其情词恳挚，似属忠勇，许以便中代为上达。及回蔡甸，再四筹思，以事体重大，非一人及数百之众可以胜任，遂及中止，未经禀闻。适有汉阳人刘遇元自郡城南门土城逃出，询知地利贼情，与该军功所禀均逐一相同，揆其情形，机会甚好。若该军功果能熟悉地形，奋勇先登，而大队应之，贼未有不溃者。遂于次日禀辞督宪后，不揣冒昧，代达下情，据实渎呈，即蒙允准，而成则代求奖赏，否则饬令遣散，当亦回明在案。某亦属情殷杀贼，乐与人善之怀所激而成，并非敢蔑视千军，希图侥幸也。至初九日，即赴蔡家岭查选该军功五百人数，挑去一百九十名，自行补募川勇二百名，于十四日领到银药等件，即带赴钞关后之周凤嘴进扎。十五日，即带赴颜协镇处请点。适值过江，候其归营，请定进攻日期。不意该协镇自奉饬知后，即相妒忌，以为某藐视彼军，包取汉阳，令自进攻，不与商定。不得已，乃往商之张、石二都司，约定于十八日出队。是日辰刻，某一面带领喻军功三百奋勇、自带川勇二百名由钞关前进，一面派差请颜协大队接应。及至某之队进逼三里坡，而大队行至钞关，距十五里遥，即不令前进。惟德安投诚之陆军功匹马飞驰，往返催队，久不见至，而贼已出城。某即领众勇前往迎攻，令同行带队之投效幕友俞耀回营催请，至钞关下数里见石都司，始知颜协不令前进。及俞耀告以该逆马步并出，石都司乃未候令即行。其时某已在夹湖堤与贼交仗，相持许久，不敢深入。不意贼见我队在前,后无队伍,遂出马步由梅子山绕至三里坡来抄我后,全队被围。令喻军功带队回击,而自领川勇力堵迎面之贼。适旧带之忠孝勇尽先把总刘镇川匹马冲入,而马队及投效川勇二百名亦至三里坡,抄后之贼始仍由西门败入。刘镇川即随某带领川勇直逼土城下,相持三四时辰,石瓦相击,火器相焚,而大队仍不见至。幸宪台及王镇军大队绕出梅子山,抄贼之尾,贼乃退入城中,施放枪炮,击伤六人。我勇见大队甚远,不敢深攻。其时仅见川兵一名,手执鸟枪,击伤一贼。洲上马队有数兵下马,用枪击伤港内贼划上打枪贼一名。投效之川勇有数十名,马队有三四十匹,在梅子山一带。自此之外,实未见颜协之一官一兵住扎何处。此皆实在情形,而宪台营中白边黑旗、红边白旗,头敌之众勇所见者也。乃颜协具禀以为仅募弱勇二百余名,见贼即溃,并未据实,岂某一人即能御兹众贼耶? 早知其忌刻情形,必令获罪,即再奋力进攻,亦必无益,是以不避咎戾,呈请遣散。而其坐视旁观,不为接应光景未为上闻者,诚以一介微员,必不能与之计较也。今奉钧谕云云,不胜惶恐畏罪,只得将是日实在情形据实详呈,以明心迹,伏祈核夺转详,以释重愆。至各勇器械,均系自备,其所余一切火器无多,已就近于散勇后即交水师鲍游击收用。所散各勇,均于鲍游击处借给路票川资,一一遣发,并无一名逗留滋事。合并禀呈,伏乞垂鉴。”

镜秋此举,大为武人揶揄,均谓吾辈书生无用,虽属两相忌刻所激而然,实亦镜秋不谅其力,有以自取。近日游勇甚多,几于盈万,游行乡村市镇之间,奸淫掳掠,无所不至。遇打仗日,则杂行大队中,诈称助战,实则借势欺民,取其财帛。又冀幸贼垒攻开,乘胜夺抢什物。迨游行既久,无所归着,中有黠者,诈冒军功,邀结余众,来营投效。始必不敢遽邀月饷,但求日用口粮,包打某处贼卡,俟接仗后再行给饷。乃一收录,则食有所恃,不肯出力,与懦勇无二。此游勇弊病,种种无赖,不可枚举。雪岑年少初来,不知时务,尚不足怪。至镜秋老于带勇,亦为所误,不亦异哉! 揆所由来,二君皆志大才疏,未谙事体。盖尝读古人之书，见古人奇行异节，成功甚美，遂慨然以古人自相期许，谓古人可学而至，而不知其古今人已不相及已。纵使相及，而时势各殊，所成亦异。且古人亦不知其几经阅历，几经挫折，而后成此千载不朽之名也。二君不察，偶一立谈，即欲摄取卿相，有是理乎？事稍不如己意，则拂袖而去，自命为高尚其志，实则满肚私欲未能扫清，故致悻悻之色见于颜面，徒为举世所窃笑，亦何不自爱其才之甚也耶？吾辈书生，非迂阔，即狂妄，以故不宜时用。夫读书所以变化气质，既不宜时，则知自勉，乃不责己，徒怨乎人，岂不大谬？是非诗书之能误乎人也，抑亦人不善读书之过耳。又况诗家者流，往往大言以见志，遥情胜慨，豪纵不羁，不过英雄欺人伎俩。雪岑以为真贸贸以行其志，乌能有济？余诗亦喜为大言，而行事则不敢恣肆。盖诗所以发抒郁积而已，至于应务，则宜以谨慎为心。自古圣贤豪杰，未有不由此二字以成大事者也。雪岑又尝自负奇才，以傲武人，余劝之曰："吾辈所奇者文字耳，而武人之奇则在乎勋业。勋业虽小，总属实功；文字纵奇，不过虚言。又焉能以吾之虚言，傲人之实功也哉？"君大不以为然，遂致相疑而去。迨至事败，而又愤愤不平，寄书当事，故使之闻，岂非贾祸之道也耶？

初五日(4月9日)　拟选奋勇章程。

用勇与用兵异。兵有一定营规，不甚难于驾驭。勇则乌合之众，时去时来，忽聚忽散，其去取保荐，只凭带勇营官及军功辈自为操纵。大帅不与众勇相习识，虽有恩而人不知感，有威而勇不知畏。无论其不加以训练，莫能得其实功，即使训练，而来去无常，又乌能致其死力也？是虽有勇之名，而无勇之实，其弊将至无所底止。余因拟立一《奋勇功过簿》，择其尤者登之于簿，呈送中军，按月察考，以为黜陟，使其权归诸大帅，庶可救其弊于万一，而将材亦于此可识耳。并拟章程数条于后：

一、奋勇挑选既定，每册长格内大书姓名于上，名下细书，注明年岁、籍贯、身材、相貌、娴习何技艺、性情何如，以凭按名核考。

一、姓名后上下二方格填记功过。上记功，下记过。如某日打仗奋勇向前，记功一次。倘能割取首级及左耳，或夺旗帜器械者，记大功一次。若某日打仗退缩不前，记过一次。倘因退缩以致偾事者，记大过一次。其余酗酒、恣肆、奸淫、赌博，分别重轻载明。视其有功无过者为上等，功过相抵者为中等，有过无功者为下等。一过不改视二过，二过不改视三过，三过不改，除名革退。其革退之勇，务要注明因何错误，不可含混，以见人材难得之意。倘罪犯重大，登时查办，案法治罪，不在小过之例，然亦须从实注明。

一、书名次序，以哨官为首，次大旗，次勇丁。而勇丁又分别其奋勇、技艺、相品兼优者居前，仅有技艺而不奋勇，或奋勇而无技艺者为中等，又或仅称奋勇而技艺、相品均无足取者，皆附于后。俟其哨官有缺，乃以大旗补之；大旗有缺，以勇丁补之。按定章程，循叙升进，不可躐等，庶无凌乱之弊。

一、列名已定，不得擅自告假。倘有告假，必须禀明中军，酌其可否，乃听之去。若有不遵守章程，私自逃走者，拿获时必以逃亡论罪耳，游营以示重罚。其已给有功牌及翎照者，追回注销。纵不访获，亦必行文该县地方官严拿究办，不准擅戴翎顶。庶选一勇收一勇之用，保一官得一官之力，即日后升至协镇大将，仍不得背离本营，乃为不负此日拔擢之心。

一、每册均分二分，一送中军查验，一存本营。逐事登记功过，按朔望日送呈中军，以凭稽查。记功者以朱圈于上格，纪过者用墨圈于下格，以省烦劳。

一、兵勇以堪登册籍者为优，不登册者为劣；其有未登者，许以自奋自新。查有打仗向前之人，随时补入，不使有一遗漏之才，庶将材从此可得，而兵勇亦不至于废弛。

初六日（4月10日）　李光荣请于制军，自攻五显庙贼营，不克。并不禀白廉帅。公惧其力弱失机，爰派各营出队接应。袁小亭先攻伯牙台。迨贼败入，小亭见光荣尚与贼战，仅四大旗上前交手，势将不支，因率队由龙灯堤绕过接应，马队亦随后前来。贼见救至，遂收队入卡不出，各营俱回。

是日广勇与光荣兵勇结怨，乘其离营，邀于路，欲劫之，杀毙川勇二名。幸光荣不与斗，得不偾事。近日兵勇自相斗杀，谓之打名仗，不一而足，见者亦恬不为怪，甚可虑也。

初七日(4月11日)　至忠义营观习技艺。

义山诸弟子技艺均娴熟，惜其师非将才，不能布置如法，故临阵未见出色。获此技艺，复教以阵法，当更有可观耳。是日廉帅偕巴都护往观诸将试马于新校场，余以赴义山营，未与焉。

初八日(4月12日)　徐稚梅及祝兰侪来访。【代廉帅拟祭兵勇文。】

兰侪于鹤翁为中表亲，气清而神微寒，亦常留心经济。著有《训勇六条》，仿吕新吾先生意，以口头俗语出之，颇为详尽，亦教兵勇之一助也。稚梅习申韩学，观其气质诚愿，尚无俗幕气，未知所学何如，以交浅不便深谈故耳。

初九日(4月13日)　诸营齐出，共攻汉阳。

廉帅以攻城日久，不能取胜，因札饬各营官于是日子时出队，限三日攻开城池，不准暂息。乃初八日阴雨连绵，黑夜不能出队，于今日辰刻始进攻，贼匪闭卡不出。袁小亭初攻伯牙台，不能进，退驻高岭上。旋见贼目钟丞相穿红背心，骑马带队由龟山尾下，欲过月湖堤接应。小亭因再进攻。钟贼复领队回救西门桥，颇有首尾难应之势。盖贼多过武昌助战，故城中无甚贼党，以至仓遑如此。惜吾军攻具不齐，难以血肉之躯抵其铳炮，所以累攻不进也。是晚，唐巡捕由武昌回，知罗罗山方伯带伤殁于军，故贼势如此猖獗。初，胡抚军调万余斤大炮至营，将以轰城。贼探知，出队攻其营，罗山率众往救，贼复攻罗营。罗山又驰回本营，贼从中截出，罗山为炮子击中头额，不敢声扬，恐骇动军心，急力抵御，贼始退。初七日，廉帅闻其伤未愈，遣医过江往治。次日至营，罗山已于早间巳刻气绝矣。潜用轻棺装殓出营,事甚机密,诸营皆未能知。中丞调李观察续宾回扎洪山,代领其军。贼数日知罗山伤重,故全军来扰南岸,意欲击退一面,则中路之围自解,其计甚为狡诈。罗山起自秀才,一年有余晋位方伯,可谓暴矣。使稍待数月,武汉克复,则封疆之任已在目前,乃功名不终,遽死于难,天亦何忌才之甚也耶!军兴以来,有才之将,一发即亡,如江岷樵、塔军门、罗罗山,皆当今将帅中之翘楚者,其寿俱不永,于此可以验世道焉。余《新堤感事》诗有云:"英雄放胆遭奇祸,大帅多谋痛早亡。"盖不独为一二人咏矣。

又闻江西贼势更为猖狂,周梧冈镇军兵败不知下落,曾涤帅片帆败归省城,天下事尚可为哉!廉帅深以为虑,唯袁小亭不以为然。余问故,曰:"前数年即有人谓将星应于湖南者,始以为江岷樵、曾涤生二公足以当之矣,继又疑塔军门、罗罗山、周梧冈诸人或应其选。乃今观之,殊大不然。盖诸公虽名赫一时,或以夭折,或由性傲,皆非驱策群力之帅。罗山营中李观察素具勇略,人甚忠厚,较罗山胜过数倍。又蒋君名益礼者,治军有法,亦甚勇敢。此二君或可有为,异日将材,其在是欤?"蒋君余未之闻,李君则尝闻其勇矣,未识胸襟何如也。小亭治军亦尚严整,冲锋未尝退缩,累打胜仗,智量亦足。而余终不敢以大将许之者,其性过急,少读书。性急则难从容虑事,不甚体恤士卒;少读书则规模不能远大。故为战将则有余,为大将则不足。大略湖南将才,率多如此,非独小亭为然也。鹤翁同乡有武秀才吴君某者,素喜拳棒,好交游,无赖徒多从之,今亦来营。余视其人,长身麻面,红须多髯,貌甚奇怪。鼻准亦高起,而眼细无神,音小不亮,知其无胆。今日出队,彼亦往观,深为恐惧,不敢留营,欲赴湖南探视,甚可笑也。可见人才无论大小肥瘦,总以眼神为主,神不足,虽貌奇亦无用耳。

初十日(4月14日)　诸将仍齐攻汉阳。余至哆啰口,观水勇试浮江法。

宋军功连升来营请告奋勇,愿袭贼营。余谓欲攻贼旨,非数十人善水者暗渡襄河，袭其营后不可。然非亲试其能，亦不敢用。宋因献能泅水者数十人，邀余往观。及赴水，仅十余人能渡，余皆半渡而回。一人连泅二次，至河中，力已不胜，急呼划救，比至，则人已沉矣。余观其能过者，均勉强应命耳，非真熟习精练之人也。因不敢为之禀白中军，盖恐临机误事，反为不美。近日游勇急欲求公驱之，赴汤蹈火，无不认承，及事势当前，已难如约，苟稍不慎，即为所卖，可勿虑哉？

十一日（4月15日） 廉帅仍督队齐攻汉城，不克，自请议参。

余是日拟《祭女将李奉贞文》，未随出队观战。鹤翁晚归，述战事云："伯牙台去龟山不远，贼防亦疏，由此进兵，可以直上山顶。午间忽见一将手执红旗，即由此进。贼百余人来与之斗，此将殊不觉忙，独立以待。贼见其不可撼，乃自退。往还数次，将皆以一人抵敌其众，贼竟不敢敌，其胆略可谓定矣。问之，乃张都司得胜也。"张君素负勇名，非独今日为然。惜其性过诚实，一往直前，不能权变，难以统带兵勇。其面黑而圆，气势充足，素务农，偕李少轩司马父子带勇投效，累立战功。李氏勋名多赖其力，故待之尤厚焉。

《祭奉贞文》曰："呜呼！奉贞生耶？死耶？抑或仙而去也？何忠贞激发，报国捐躯如是之速耶？始本司以围城不下，闻尔才名，幼习天文，长娴易理，兼通术数，旁及剑法，是以札调来营，冀襄军务。尔亦深明大义，慨然从征，虽母与妹婉言劝阻，亦不之顾，可谓勇于赴义者矣。旋于仲春五日偕尔兄恒本至营，本司往视，见尔贞静自持，断非邪教者比，其一种坚刚正直之气又复凛然于面，盖巾帼中男子也。私心窃喜，以为国家有道，女子咸思赴义，本司亦得从容就问，共扫妖氛，誓清寰宇，为天下望，为吾族光。殊不料尔忠贞激发，报国捐躯如是之速也，呜呼痛哉！尔之死也，本以后援不继，致捐躯命；实则本司筹策多疏，既未偕攻，又难挽救，愧悔何及！虽然死有重于泰山、有轻于鸿毛，使尔深闺闭置，虽有学术，谁其知之？其生也，井臼自操，混迹于儿女娇憨之内；其死也，黄土一抔，埋没于荒烟蔓草之中。今则名著沙场，芳流史册，上达天听，即可荣邀旌典，千载馨香，死且不朽，孰得孰失,必有能辨之者矣。独是本司统率万众,未复坚城,五夜焦思,忧劳成疾,尚冀尔冥中默护,匡所不逮。是尔生虽不能杀贼以白刃,殁尚可显灵于苍生。本司又闻尔之死时,有人见云鬟雾鬓,银鞍白马,隐约于惊砂乱帜间者。呜呼!其汝也耶,亦何灵而且幻耶?生耶死耶,或仙而去也?何忠贞激发,报国捐躯如是之速耶?呜呼痛哉!虽有万男,不如一女,女能尽忠,男尚愧死。哀哉!尚飨。”

十二日(4月16日)　拟《祭阵亡兵勇文》。

文云:“呜呼!天悯遘凶兮,生灵遭其涂炭。嗟浩劫其未已兮,无人能道。一寓目而不忍兮,空生长叹。孰其与吾同志兮,肃清江汉。慨自粤逆肆虐兮,风水薄而人心思汉。毒焰飞兮鹤楼空,妖氛炽兮晴川暗。攻城久其未下兮,摩贼垒而怨天堑。惟尔征士兮,勤劳罔惮。披雨雪而露处兮,见星移与物换。鼓角鸣兮霜凛冽,兵刃交兮血流汗。电奔兮马疾,星飞兮矢乱。鹭沙起兮旌旆扬,霹雳响兮弓弦断。山纠兮路迷,水溢兮江漫。铁链横兮战舰摧,城池险兮狐众患。日黯兮平原,风悲兮断岸。朝出战以冲锋兮,夕被创而死难。白骨缠兮草根结,碧血凝兮烽火散。或乌鸦以啄肉兮,或豺狼啮其骭骱。或心肺全空兮,或头颅惨遭火锻。魂魄飘兮烟雾霏,神灵感兮天地幻。笳悲兮日暮,鬼哭兮夜半。惨悴兮凄恻,悲号兮呼喷。谁无父母兮,依闾而遥盼。既日望其生还兮,又乌知其死埋与奔窜。惟尔忠魂兮,死复何憾。命既重于泰山兮,精昭日月而常贯。裹马革以酬愿兮,书青简而云蒸霞焕。垂不朽于奕祀兮,又奚必隐含夫悲惋。嗟余志其未伸兮,仇不复而难抒。宵旰誓灭此魑魅而朝食兮,恨无勇略与奇算。尔毅魄其有灵兮,尚冀诩夫冥赞。净扫搀枪兮,永清背叛。际寒食之初过兮,聊奠酒而施浆饭。设道场以超荐兮,登彼岸而莫暂。谍曰:‘楚山苍苍,汉水洋洋。忠肝义胆,俎豆馨香。早归故国,勿恋他乡。来格来尝,是为尚飨。’”

自初九日至十五日,设坛超荐阵亡忠魂。有幕友李君某,去岁误坠水死,当事者未列。忽一卒带伤回,不醒人事,忽作李君言,欲求共入道场,得早超生。为书鹤翁,因命并书其名于坛,亦一异事。释道家之设坛建醮本属荒渺,今观此事,又若可凭。余昔尝以此理问诸衲子,据云彼教初意,原有实际。盖高僧平日明心见性,已有道行,故至登坛诵咒,诚可格天,是以灵能降福。其余大众,不过借此苟全衣食,非有真实本领也。是术之灵否,全恃乎僧,而此偶一设坛,众鬼亦趋之若鹜者,何哉?

十三日(4月17日)　廉帅亲祭阵亡忠魂。

阵亡共五百余人。鹤翁临坛亲祭,至于泣下,观者亦莫不酸心,可谓诚矣。是午,陈问曾来商招降刘满事。刘满,贵州人,骁勇善战,曾为贼目罗大纲打大旗。今升伪将军,同守汉阳,与袁姓贼不睦,互相械斗,欲出降而无路,又恐官军不信而见杀,是以徘徊观望。余因说问曾往为之媒,而刘满必欲得刘步瀛信函始相信。盖步瀛亦投诚者,满误闻瀛已伏诛,故必获其笔迹乃为据耳。适张都司得胜来,所言亦同,因怂恿问曾急往办事。曾又言伪指挥衙馆长段洪庆、三十一检点协理彭泽澍及南王府大旗衙王开太三人亦欲投诚。余曰:“诸人既实心归顺,不必急急欲出,权耐性在内。俟其有便,乘隙焚卡献城,或戮贼目首级以作内应,较之归顺打前敌者,事易而功倍矣。”盖内应易覆贼卵,外攻则难捣贼穴故也。问曾本安陆人,以其兄被胁居贼中,母思之不能见,曾乃蓄发往来贼中,欲脱兄归,因悉其情如此,然用心亦已苦矣。

晚饭后,步至精锐营。有新来教师名赵明先者,南阳人,技艺精强,枪法熟习,岳家三十六法颇尽其妙,相品亦英爽灵活。幼偕其父远游教艺,月前来营,投于张兆麟营中,所同队者多其父门徒,打仗亦奋勇冲锋。兆麟忌其能,不肯保荐,因辞退,其徒亦辞去数十人,今来卢营充当教习。

十四日(4月18日)　陈问曾以贼情来告。

贼中有欲投诚作内应者,先以贼情来告,略云城内事归秋官右正丞相钟某,外事与大别山属五十一指挥刘满,现升右四检点,已与钟贼不睦,有意投诚,未便行事。欲复汉阳,四面地险而固,难于进攻,即或幸入,亦非血战不可。若惧而退,则全军受害。计惟南岸嘴一路,无伏无阻无险,可以进兵,直取铁门关,径上龟山。盖贼出入俱由东门,以其地无官兵,故防守稍疏也。余谓用兵须奇正相生,虚实互用,若徒用正而无奇,用实而无虚,终非取胜之道。前议欲暗渡襄河,取五显庙,其所得者尚小。今既探明此路有隙可乘,则宜以大兵环攻西南二门,别出奇兵一枝袭取铁门关,使贼首尾不能相顾。迨奇兵既上龟山,则大兵亦可由月湖渡过山尾,两面夹攻,则龟山必破。以一军阻其月湖堤,以防五显庙之贼,以全军绕过西门桥攻其老城,则贼势既断,其众必乱,汉城可一鼓破矣。惜乎无人计及于此,只欲用力实攻,故难见效。廉帅于初九、十、十一等日,定十面合攻之策,既不能入,今又欲从梅子山脚用小划渡过月湖,以夺堤上之卡。余恐未登划已为其炮所击,兵勇必不敢向前。即使渡过二三划,亦不过十余人上堤,贼从两头击来,则此十余人欲退不能,惟有死于水中而已,何益于事? 夫用兵之道,我能制人则胜,人来制我则败。我先从腹背夹攻人,则我能制人矣;人能腹背夹攻我,则我受制于人矣。今仅从一面以入险地,非受人制而何? 诚有如前所云若惧而退,则全军受害云云者,胡不三思而后行耶? 问曾昨日欲进汉城,余嘱其招降刘满诸人,以作内应。事若可成,则此一人贤于十万师远矣。

　　鹤翁以诗挽罗罗山方伯云:"罗山,楚之湘乡人,以诸生从军,不期年荐升至浙江宁绍道,加布政使衔。贼直窜鄂垣,罗山崎岖千里,自豫章回援,累著战功。三月初二日,贼攻中丞胡,公至营赴救,受炮子伤。贼退,而君以初七日死焉。余遣余医士往诊,已无及矣。哀挽以诗曰:'呜乎! 天未厌乱天亦酷,何乃丧我罗山速。罗山起自湘水间,仗剑从戎非碌碌。书生面目本寒酸,道义心肠铁石肝。奇谋小试葫芦谷,天禄初餐苜蓿盘。岂知时会属英杰,战功原来拘资格。半壁山前奏凯还,一万六千新死贼。天语褒嘉四字名加叶普锭额勇号,名闻天下万人惊。妇孺延颈呼先救,草木回阳感再生。台州才拜承恩处,冠服俨然到薇署。豫章竹箭借威声,鄂渚风烟莽归路。匹马来援战必摧,梅林春意一时回。宵冲坚垒乘痴雾,暮入层城起冻雷。一战再战战皆捷,只剩孤城千百堞。贼料罗军不可当,突出奇师击旁侧。灞上军门换羽符,逾沟夺堑丧师徒。正看夹矢纷然走,何幸援桴奋袂呼。罗军在此胡为尔,转瞬返奔十余里。那知下策用火攻,却见将军颡有泚。血流披面讳言伤,犹挽雕戈豺猛狼。风摧铁甲重围透,雨溅生绡战血凉。即此便成殉国志,一死了将军国事。果然贼非公不灭,生之死之天何意。噩语传来百感中,缟衣士卒哭东风。奏闻天子当停膳,祠祭哀荣定不同。嗟我与君共忧患,一死一生交乃见。呼送不及当奈何,他年麟阁晤公面。'"

又成挽联一支,属余对。出语云:"忠勇本天生,生胡为耶? 死胡为耶? 忍见三湘齐下泪。"余对之云:"贤良征帝梦,梦也须臾,醒也须臾,空教九重一怆神。"

十五日(4月19日)　终日大雨。李宪之以诗题余《鸿蒙室稿》。诗云:"元龙豪气谪仙身,戎马相逢亦凤因。著述才高推快事,英雄命蹇作词人。琅嬛熟读三千卷,湖海狂游四十春。老骥休教常伏枥,侬思附尾亦精神。○岂真浩劫尚难休,天困奇才一例愁。大抵公卿皆晚达,偏多草泽抱时忧。刘蕡下第名终盛,杜牧谈兵志未酬。我亦青衫沦落者,几番梦里话封侯。○鸿蒙一卷假之鸣,中有光芒万丈横。文蓄经纶堪救弊,诗明怀抱自成声。陶情偶作真真唤,悟道才称幻幻名。独有壮心消不尽,大江南北祖鞭征。○寄居帷幄运雄图,吟啸依然可自娱。身后名应传盖世,眼前争未算穷途。恰同杜老成诗史,敢笑郦生学酒徒。忧乐肯将天下任,今人莫道秀才无。"四诗命意练词颇清雄雅健,卓尔不群,然于余则多溢美之词,对之觉自愧耳。古今秀才当大任者不知凡几,唯范文正公尤为著名,则以《岳阳楼记》忧乐数语,人喜传诵故也。然小范老子胸中有数万甲兵,又古今人所难及,此其所以为异耳。近日罗罗山方伯诸人皆起自秀才,素号能战,自与时下寒酸不同。然细聆其才,亦仅中人,非奇特士,遂已名震一时。可见秀才不堪任事则已,苟一任事,则识见自觉高人一等也。惜乎罗山之才只此而已,若能扩充其学术,其规模不尤远大哉?

十六日(4月20日) 锦谷回自长沙,并邀赵松圃先生同至营。

松圃精申韩学,与锦谷为旧交,神清气和,一见颇相投契。善指头画,为锦谷画扇作三面石,颇瘦劲通神,其品概可想见也。是晚,陈问曾人来,议内应事。去冬余初至营,周视汉城地利,深沟坚垒,难以力攻,非夜袭及行间不能得手。然用非其人,则又适以误事,故不敢轻议举事。近始访获投诚一人,曰周大明,初本为贼守西门桥旁卡巡更者,其墙濠深浅、道路纡曲,最为熟习,自愿请告奋勇,先率数人黑夜潜往,拔取竹签、木桩及铁钉等物,并搭濠桥、挖濠墙,入内放火诸务,皆其自任。待其火起,然后引大队随之以入。余又惧附近村舍犬吠为贼所觉,难以济事。又访获一人,能诵咒,封狗不吠,名彭有胜,使与共事,庶能成功,已克期举事矣。适问曾来言贼中有愿投内应者,因与订于十一日夜分头袭卡,定有成约。而鹤翁以连日昼战,恐军士过劳,难于夜攻,遂临时易令,不果行。今已数日,而贼中内应者又调往别卡,不能如令所指。因遣问曾再入汉城,招说刘满,许以重赏,倘能杀将献城,则鹤翁格外保荐。问曾又言贼城布置最密,唯铁门关一路防守稍疏,纵内应成,亦宜从此进军,乃为万全。爰商诸袁小亭,亦以为然,愿独当此路,只俟问曾回,即有定局。

十七日(4月21日) 偕锦谷往龙王湖挑选水军。

欲攻五显庙,非暗渡襄河及月湖不可。而渡此二处,又非善泅水者不能。余故极力访求水手,皆无能者。宋军功觅获数十人,邀余往观,及令试验,又不能泅入深处,仍不可用。唯卢占春之马夫名黄有胜,尚能往来水中,游行自如,因令往邀其前来投效,或可有用,亦未可知。

十八日(4月22日) 偕赵松圃过王镇军小饮。

午间,卢占春之勇执旗出营,欲向中军索饷,盖因裁勇起见,故欲索其欠饷也。廉帅常议裁勇,久而未决。余曰:"方今欠饷太多,不裁则愈累愈深,欲裁则无项可补其欠,不如借名操演,视其弱而劣者裁之,或出队时分别强弱,以为去取,则裁之无怨,而不敢需索欠饷。若不从此裁汰,遽札饬将官,强为驱逐,必至激之生变,今果因此滋事。前日舒洪元之勇才向中军索饷,今日又遇此事,已后纷纷效尤,不知何所底止也。"廉帅又欲定勇额数,亦屡议而不决。余曰:"何不观其能打仗者,定为十营,每营五百人,分前后左右中,一正一副,以备冲锋陷阵之用。其不能打仗,而又不能不使之带勇者,每人只许带五十人,亦定为十小队,以备中军护卫之选。十队之外,向有余勇,则分为左右二奇兵。如此区分,则各有专责,亦各尽其用,自无不可用之将,亦无不可用之勇矣。"公曰:"然。"于是以袁怀忠及张得胜、李保邦二队为正副二前营,以赵鸿举、何越斑二队为中营,以曾秉忠、范潮兰二队为左营,以卢又雄、卢占春二队为右营,以舒洪元、吴鸣谦为后营,皆各分正副。其余不成营者,各以小队统之,归于中军护卫。又唐廷瑞、张兆麟二勇,则为左右奇兵。似此稍有头绪,但未知其能行焉否耳。

十九日(4月23日) 王镇军招饮。

是日为公祝寿也。公生于嘉庆癸酉,年少余二岁,而勋名烂如,播满荆襄,吾辈虽读书,对之能无赧颜也哉!诸将齐集,惟袁怀忠不至,其骨髓可想见也。舒洪元素号能战,鹤翁亦累称之,虽有过,必曲为解说。余未见其人,而总不能无疑也。盖出队时,余尝出观诸将队法,队法整,将必能;队法乱,将必弱。以此卜将,百无一失。洪元之旗帜务为鲜明,而步伐全无,又好取巧争功,则其人可知已。初王镇军亦尚奖其能,后以细故鄙其为人,始稍稍恶之。不数日而所带之勇即执旗出营,直至中军索饷,并诉其扣饷贪污状,鹤翁仍宾而用之。今日同在席间,始与相晤,长身黑面,目深而有毒光,腰柔而无定相,终非善品。夫人诚于中则形于外,其不可掩也如是夫!

二十日(4月24日) 陈问曾回自汉阳。

问曾往说刘满,计不行,故回。盖贼粮初至,颇有起色,故满意存观望,未肯即降。唯彭泽澍及张士保实意投诚,急欲脱网。余曰:"非不欲其急出也,必须暗作内应,乃建奇勋耳。彼若不信,当先与以凭据,则彼自能实心办事矣。至于刘满,既存观望,则当用间,使与钟贼不睦,自生异心,彼时再往招说,则无不允之理。若再不然,则买其左右亲信之人,毒之杀之,亦无不可。"问曾皆一一应诺。余曰:"君素与兴国绅士夙好,既言其有自请招抚之意,何不召其首事来营酌议,禀请大军前往安民? 兴国既降,大冶亦闻风来归,然后率兵回取武昌县及黄州、蕲水等处,下游为我所得,贼粮自断,彼武汉贼其奚为哉?"问曾请先办内应及招刘满事,倘皆不行,然后亲诣兴国商办此计。余虑偕行不得其人,袁小亭自愿同往,然亦须得一文员精干有才者,协心共事,方能妥当无虞。盖此行不独招抚,兼备战攻;亦不独专恃战攻,并筹善后,恩威并济,庶无后患,故难乎其选耳。

二十一日(4 月 25 日)　陈问曾再入汉阳。

问曾诈为密信,与刘满约为内应,故使人泄于钟贼,欲以间离二人也。先将其稿与余看,文颇真切,因再请廉访用印于上,以坚其信。又与彭、王二人六品功牌,约其定期举事。问曾又言汉城女馆壁上,有陈秀芸女史题《绝命词》八首,墨痕尚存。前书云咸丰四年,武昌失守,芸被掳。芸,士人女也,义不受辱,因作《绝命词》八首以自尽,俾采风者闻之,知芸之苦志耳。诗云:"幽姿未许点纤尘,深锁桃花一院春。梦想不虞今日事,青娥皓齿对红巾。○终宵画角听凄清,此后爷娘唤女声。惟有多情天上月,也随姊妹入鸾营。○铃阁重关万甲屯,雄城已破尽开樽。将军绝似阿侬辈,雨打梨花深闭门。○尽脱宫鞋付火盆,纤纤莲瓣净无痕。东昏尚有怜香意,贼比东昏性更昏。○降房纷纷别鹤楼,教侬先上木兰舟。落花委地无人问,一逐狂澜便下流。○强梁得意事多骄,依样宫嫔候早朝。有鸟高飞天外去,凤凰不配况鸥鹢。"诗本八绝,其中第四、第六二首,字多漫漶,非细认不能辨。问曾不敢久立其地,因匆匆一读,仅记六首。俟异日攻入汉城,再当往视,录补其缺,留为佳话云。

廿二日(4月26日)　王镇军招饮。

镇军非酒不乐,余不善饮,故不待席散而归。晚间闻有勇丁自南岸来者,言罗罗山方伯亡魂附于其卒之体,称云:"武汉贼不日当破,李观察之军断不可移过江西。彼虽告急,兹亦紧要,倘一移军,功败垂成,甚为可惜。"噫!罗山虽死,灵爽犹在,亦何忠贞不灭如是欤!

湖南辰州河悬岩上古洞藏有木匣三,宝剑一,半露洞外,半藏洞中。相传匣内盛有兵书,不知始自何代。往来舟人可以仰观,而不可攀取。前岁在滇,锦谷拟求杰士至彼,祭而取焉。兹闻松圃言,去冬朔三日,已为贵州铜仁徐廷杰取去。君过岩下,仅见二匣尚在洞中,然盖已启矣。宝剑亦出匣数寸,而未携去。又桃源县岩洞中有石匣,其盖亦被人启,不知中藏何书。徐本铜仁孝廉,以地方官征粮不善,率众倡乱,连破十余州县,至今未平。其书乃为所取,岂天心多佑乱人耶?锦谷又云郴州岩洞中有石棺一具,僵尸枕书而卧。昔有人欲取其书,方伸手起尸,忽口中冷气吹人,其人遂倒,不可取。去岁洞中水涨,并棺与尸亦不知漂没何处,甚可怪也。

廿三日(4月27日)　李少轩招饮。

午间,鹤翁阅诸营勇丁技艺,邀余同视。瑞勇营有李其昌,直隶开州人,身材高大,面黑微髭,气甚雄厚,技艺最为精锐,每一舞动,如雷霆奋发,骇人心目。其余魏钦、刘兆台、刘迁义、马文忠等数人,亦各擅胜长。迁义之九节鞭尤为精妙。可见英雄屈于卒伍,不为之奖拔鼓励,其名终埋没不显于世也。至李少轩营,亦多技艺之人,何地无才,特用之者何如耳。

廿四日(4月28日)　卢义山招饮。

午间,鹤翁复邀余同阅技艺。得胜营得谢贤太、杨大才、黎洪学等十余人,又于麟勇营得秦镜、任天祥等十数人,最后熊春皋率夏高举、陈百胜、王义棠等十二人来,技艺尤为出众,公留为中军教习,以教兵勇。夫战阵固无需乎技艺,而艺高胆大,古人所云,未可尽以为非也。是日,义山命其弟子皆拜余门,以余乐奖后进,爱才如命,故人皆不我弃也,亦事之必然者耳。

廿五日(**4 月 29 日**)　廉帅亲督兵勇,攻伯牙台贼卡。

贼营中守卡者甚少,公以大炮轰龟山尾,民居屋瓦皆毁,贼众尽退。五显庙守者亦甚稀少,旗帜往来接应不过数百人,苟兵勇齐力进攻,卡亦可破。惜观望者多,故难于锐入耳。陈问曾遣军功周凤鸣来报,内应尚未办妥,意欲效荆轲、聂政诸人故事,以报知遇之恩。其词甚壮,其志甚迫,而妙手空空,难于举事。余为白诸廉帅,公赐银四十金,俾得便宜行事,或亦可望其成也。凤鸣,贵州镇远府人,两颧开张,眉宇英俊,年仅廿三岁。其父建勋,曾为甘肃协镇,已故数年。凤鸣来楚投效,曾与问曾带勇攻城,颇称奋勇。自云前数日上策六条,言练战攻城事甚详。余未之见,试令诵其原文,议论亦极纵横,可用材也。

廿六日(**4 月 30 日**)　过王镇营。午后黄沙弥天。

镇日经雨不散,气甚黯淡,日色俱昏,不知何应。锦谷入幕数日,而人言啧啧,余亦受谤。盖君子小人势不并立,自古为然。幸镇军、廉帅均与吾辈相投契,谗言或不能入,然亦不可不谨也。锦谷才气发露,不能自晦其长,故人多忌之。余则好誉扬将士,鼓励兵勇,人有一材一艺,皆为之禀白中军。其迹有近于撞骗,彼小人欲借此以撞骗而不获遂其私者,乃反唇以相稽,亦非必无因而致也。虽然,余与锦谷不足惜,特恐两家军帅亦为所误,则患将有不可自防者矣。盖其人无肆应才,而有滑稽口,苟不深识其弊,复引以为狎昵之人,则我之一言一动,彼得尽见而周知,一旦稍不如愿,何事不可以毁我,岂不可畏而可惕哉!

廿七日(**5 月 1 日**)　读《碪余诗钞》。

镇日阴霾,不能出营。熊承信以其母刘夫人所著《碪余集》来示。夫人名伯琪,字元瑞,为长沙刘文恪公云房先生从侄孙女,适善化熊君宝臣。宝臣以索债赴粤西,久游不返,存殁俱无音耗。夫人以针黹供两姑,抚三子,并日一食。道光十四年,两姑相继殁,夫人绝而复苏

者再。幸戚王某好义,悉其状,代借戚陵某白金为殡葬大具。湘人咸
啧啧称夫人守义与孝行弗衰,然初不知其能诗也。会沈栗仲先生寓
星沙,与对门居女眷互相往来,彼此倡和,始获睹其《碪余诗钞》,为商
诸同人序而梓焉。今承信来营投效,行箧携有印本,余因借观。其
《寄沈素瑶女史》云:"曾擘云笺共唱酬,落花依草助清幽。春风座上
人非俗,夜月窗前思独悠。邂逅顿成亲骨肉,往来讵比泛交游。何缘
咫尺频相聚,一日睽违一日愁。○架上牙签万轴新,最难闺秀读书
人。描龙刺凤间功课,惜月评花迈等伦。绕砌芝兰芬第宅,闭门图史
阅昏晨。幽闺别有襟怀豁,金粉香台总绝尘。○茜绿阴笼日正长,摊
书无事坐回廊。蝶来别墅花迷路,蜗上孤亭雨送凉。多羡姗姗行乐
地,自怜寂寂守愁乡。何当抛却闲烦恼,一畅幽怀伴草堂。○几次拈
毫兴索然,莫描心绪上吟笺。哀歌砍去疑无地,爱日依来别有天。历
遍冰霜余最苦,生成富贵尔诚贤。无多丽句供清赏,惭愧抛砖画阁
前。○谢氏清才旧绝群,湘南词赋又逢君。花生笔上香垂露,藻耀行
间彩焕云。自愧邯郸难学步,莫将下里误传闻。穷愁笑我诗肠涤,几
度微吟稿欲焚。○买邻无分感方深,幸托帡幪胜雨金。数载饥寒殷
仰望,一家儿女慰初心。凉生北窗今扬扇,愠解南薰旧学琴。爱我绸
缪情曷已,夕阳长恋碧萝阴。"其《雨窗遣闷寄王心瑜女史》云:"细雨
频番至,春风取次催。院花红半落,阶草绿全肥。莫放佳辰去,长教
心事非。自君别离后,日日掩双扉。"《园林杂兴》八首中一律云:"丛
菊孤亭僻,图书半榻便。怀人霜落木,携酒径横烟。拍露三秋蝶,嘶
风一树蝉。何如彭泽令,庐阜映林泉。"数诗皆清朗可诵。

　　廿八日(5月2日)　廉帅率众营官祭旗。晚接陈问曾书。
　　函略云:"委办之事,小有头绪,钟贼、刘满,数日之内,必有一死。
然成事在天,人力断难相强。某以樗栎庸材,谬承知遇,又蒙主帅纳
采,不以微贱而见弃,若不尽心竭力,以图报效,天必厌之。某午夜忧
思,不胜愤恨,是以不能不另筹良策。兵法云:'善用兵者,不攻其所
必守。'又曰:'善攻者,不尽兵以攻坚城。'今汉阳坚城也,逆匪劲敌

也。我以万余之众,环攻数月,未能损贼万一,兵勇非不精锐,贼得其地利耳。若复拘守故辙,旷日持久,贼必别生诡计。况今之计,我兵利在速战,贼则誓以死守,窥其心似不图为苟安计,非诈谋即有待也。一旦所谋者、所待者至,我兵诚恐未能必胜。某因与周凤鸣再四筹商,汉阳之事,已交凤鸣派妥人办理。某于廿七日往咸宁、兴国等处探贼虚实,数日内当将下游情形缕细面禀,请兵千余,扼贼粮道,断其铅药等项,则必胜之权似不难操也。"

廿九日(5月3日) 阅江岷樵中丞奏军务八条。

官制军接淮军机大臣字寄,奉上谕,以前皖抚江忠源所奏军务八条,饬在军诸臣除撤提镇一条外,酌议办理。余阅其文,颇中时弊。一曰严军法,二曰撤提镇,三曰汰弁兵,四曰明赏罚,五曰戒浪战,六曰察地势,七曰严约束,八曰宽胁从。而戒浪战一条,尤为有识,曰:"用兵之道,能守而后能战,制人而后不制于人,能避贼之长而后可用吾之短。粤逆狡悍凶顽,颇有盗贼之智。臣随军诸省,自粤西至湖南,与贼大小百数十战,亦尝备观其结营置阵之详,疾行徐止之状矣。贼之结营也,因地筑垒,环以深壕,墙厚数尺,层开炮眼,濠阔数丈,密钉竹签。其置阵也,或分三路,或分两路,正兵应敌,奇兵或分抄阵后,或直捣中坚。其止也,遍购匪党,四出窥探,询虚实以广其谋。其行也,遥张虚声,飘忽倏至,乘吾仓惶,以逞其毒。我兵并力攻其坚垒,每致损伤精锐。其新兵未曾与贼战者,不谙营垒墙濠之式,将卒无所恃以为固,往往为贼所乘。陕西征兵之在湖南,以及湖北、江西、安徽、江南诸军之失利,皆由于贼知结营之利而我不知也。贼分数路,我每以一路当之。即或数道并发,而临阵彼此不相顾,或左进而右退,或后却而前行,贼得以施其奇正抄伏之术。广西、湖南诸战之失利,皆由于贼知布阵之法而我不知也。贼之止也,宜阨要以断其接济,严兵以堵其逃窜;之行也,宜预精兵宿将,拦头迎击,以遏其锋;沿途设伏,以挠其势。乃我之围贼也,不务阨要严防,专以扑营逐利为事;其追贼也,不务拦头迎击,专以跟踪尾击为能。小有挫失,将卒之气先馁，又须养之经旬，始堪一战。逆贼得以长其凶锋，我军终莫操乎胜算。此兵谋不可不豫，而浪战所以宜戒也。”

其察地利一条，则前车之鉴，亦可警戒将来。曰："兵志云不知地利，不可以行师。地利云者，非仅图史所载山川一定之险也。视贼出入之踪而先为之防，察贼分合之势而遥为之制，虽渐车之浍，数仞之冈，苟形势在所必争，即机会不可偶失。请以近事明之：全州蓑衣渡之战，贼锋已挫，宜连营河东，断贼右臂。道州之役，贼势本孤，宜分屯七里桥，阨贼东窜。长沙之围，贼路俱穷，宜驻兵龙回潭、土墙头，堵贼西溃之路。他如道州之双牌莲涛湾，六十里之奇险，贼入死地，而纵之使生。湘阴之临资口，岳州之城陵矶，皆水陆必争之险，而放之使遁。利害昭然，犹堪覆验。事前未及虚心体访，预为绸缪，一溃难收，悔之无及。计自逆匪滋事以来，要地之疏防，机宜之坐失，似此者实已指不胜屈。祸基咫尺，毒流千里，人谋未臧，酿兹巨患，此正宜引为前车之鉴者也。”

其撤提镇一条，虽有激而言，其实确有见地，非挟私妄谈也。盖此辈武夫，当齿壮官卑之日，每思奋发有为，致身通显。及其身居高位，则顾惜之念重，而进取之志衰。责其忘躯冒险，踔厉迅发，以赴事机，难矣。国家不知此弊，以为其人老于戎行，深悉战守机宜，不可不倚以为重，而岂知其失误事机为匪浅也。然必尽撤之，则参游辈由战功以至提镇者，又何以处之耶？总之，视其才否以为去取可耳。

星烈日记卷之十二

鸿蒙室主人笔记

四月初一日(5月4日) 锦谷与余请自率勇援李家碛,不果。

余意欲先招抚兴国大冶县,然后回攻武昌县及取黄、蕲等处,而武汉之贼不战自屈,已遣陈问曾往兴国招其绅士来营商办,至今未回。而黄冈县葛令饬使求援甚急,谓贼分一股上窜,欲径扑德安,以抄我后。已行至李家碛地方,各村镇团练业闻风先散,其所带之勇亦有逃遁者。制军闻报,欲退军上游,廉帅遣员恳留乃止。锦谷邀余同议,请拨袁怀忠、卢占春、张起凤之勇偕往救援,俟击退贼匪后,再由武昌县招安兴国,亦策之善焉者也。而廉帅不肯令怀忠前往,此计遂已。盖诸营将官全不可靠,唯怀忠之勇稍称能战,令其偕往,庶或不致偾事。若仅令占春诸人,则事未可知,故锦谷与余皆不愿往焉。

初二日(5月5日) 与袁小亭论取黄州,不合。

葛令求援甚急,欲得范潮兰前往解救。盖范乃葛所招降者,故指名请救,而潮兰受枪伤未愈,以义不容辞,将乘舆以往。小亭因与余议救援法,谓宜急往迎击,使其不及防备,可以取胜。余曰:"君言诚善。然两军相遇,骤然迎击,胜负尚未可知。不如绕道径趋黄州,其悍贼既驻李家碛,则守城必多老弱,可以用计袭取。贼闻我过黄州,必回兵救城,然后设伏邀杀,则用力少而成功易,此孙子救赵法也。"小亭不以为然,强词混辩,终无成见。盖自恃其勇,以为天下可以力征,无所谓谋与智。凡言谋而后战者,皆欺人之谈也。其气甚骄,其语甚谬。总之,由于器量浅狭,稍称能战,已觉独出冠时,天下人皆不我若矣。正如文人考试,偶列一二优等,遂以才人自命,藐视一切,究之老死无成,终身不见天日,可哀也已。今小亭未取一城,未破一卡,而其气已骄,亦何异狂生恃才,自囿其量也哉! 夫人才以器识为主,才智为次。量不足,虽才与智亦易盈满,终属无用也。吾甚为之惜,且惧其刚则易折耳。

　　初三日(5月6日)　阅果勇侯杨芳所著《平平录》。

　　书分十篇:《道源篇》第一、《天地篇》第二、《辅教篇》第三、《心性篇》第四、《明善篇》第五、《博约篇》第六、《经权篇》第七、《审机篇》第八、《叙彝篇》第九、《保生篇》第十。大旨谓三教虽异途而同归,其意欲合儒、释、道三家而一以贯之。其志甚大,而其论理亦颇明晰。盖此论创自仁庙,非起于诚村也。余昔亦尝欲通三家之旨,汇成一书,而以河洛为之总,较诚村尤为有据。不儒不释不道,亦儒亦释亦道,总以有益于身心性命为主。惜未能成书,至今歉然,不料诚村亦见及乎此也。诚村起自行伍,致位通侯,而能好学不倦,著作等身,亦当代伟人也。志学时即闻其名,时深景仰。余于当世人物少所服膺,谓诚村差强人意耳。而锦谷谓其书皆假手门墙,非亲笔也。然以武夫而能好学,已为奇士,况所著述,均三才一贯之道,非其姿禀异常,而能若是之牢笼万有,雄视千古也哉!兹录其《保生篇》一条,亦可略知其意已。曰:"三教圣人立言,首明心性,使人皆知自爱,重在保身,修身立道,道立则已。至圣七十三寿,道立万世,寿万世矣。颜子早死,未达一间,已臻复圣,朝闻道,夕死可矣。后人才德识力,远逊圣人。圣人年十有五而志于学,后人力学至六十有五,或能企及。因年加勉,而立,而不惑,而知天命,而耳顺,递至百二十岁,能否从心所欲不逾矩,犹未可必。然不学终未能也。学之为言,效也,效法古圣先贤,穷理尽性,明善复初,所以修身也。道佛言性命,言修炼,言因果,诱人以力胜天,运用益寿,亦以希圣也。"此言保生乃能学道。故三教原本相通,未尝相谬。余谓性命二字,吾儒言之,释氏言之,老氏亦言之,其源同而用则各异。吾儒之言曰穷理尽性,又曰存心养性之教,引而近之于人事,盖言性命之理而已矣。释氏之言曰明心见性,则推而远之于无形,已觉性命之皆空。老氏之徒曰修心炼性。夫所谓性命者,神与气也。炼精化气,炼气化神,则凝乎性命之精矣。释自空界返躔色身,故其道超而身常不坏;道由色身别产灵胎,故其道真而神能不散;儒则专修性理,而不晦及于色身,故其道切而名垂不朽。然能结道家之灵胎,游释氏之空界,以尽吾儒之性理,则三教又何不可为一家,奚必为之区别也哉?

其书又讲八股,谓当时所重,不可轻视,其说是矣。至云凡文字流传人间,偶有近于理学,皆请从祀。而名家八股分肌晰理,未尝背于朱程,运笔措词,莫不本乎经史,阐发圣贤精义,裨益世道人心,如日月经天,江河行地,成就人材,黼黻皇猷,平治天下,其功伟矣。我朝钦定四书文,已蒙列圣赏鉴,学者沾丐残膏剩馥,如吮其乳,既掇巍科,当报其母。乃五百年来无奏请从祀者,怪哉! 其言甚谬。八股之学,孰不知其为优孟衣冠? 若剽窃性理,假冒圣言,则可以从祀宫墙,吾恐两庑名位不知其几千万万矣。诚村通人,亦为是论,或有激而发,亦未可知。若徒取媚八股家,以为异日入祀之地,则其心可鄙,不值学人一噱也。

初四日(5 月 7 日)　周凤鸣来营,献四战策。

凤鸣,贵州镇远府人。现年二十三岁,阔面方肩,头角峥嵘,两颧开展,眉飞眼秀,气亦沉着,有武将风。其父名建勋,原任甘肃甘州提标中营参将,常随琦中堂剿办西番有功,凤鸣亦蒙赏七品顶戴。于三月初间到楚,帮陈问曾带勇,今勇已遣散,特来献策投效。闻余有爱才意,因拜门焉。暂令与袁小亭相处,视其临阵胆略何如,然后再为安置。其策四战之法,曰练野战之兵,曰练雨战之兵,曰练风战之兵,曰练马战之兵,颇切实用,而标题亦新,醒人眼目。惜其文法不能警策动人,故不录。

初五日(5 月 8 日)　锦谷代廉访拟设关筹饷法,不用。

又代拟禀制军稿云:"自古用兵之道,守城易,攻城难。往往上将统雄师数十万,环围一城,经岁月而不能克者,良以主客之情既异,劳逸之势亦殊也。为今之计,未求胜贼,先求自胜。窃以为军中须作持久之虑,饷糈宜用和盘之筹。近来克期攻城,日事浪仗,致将勇敢士卒伤亡至五六百人。若使局外闲评,旦夕偷安,何至以肉躯抵炮子哉！然而众士之心已寒，各营之气亦馁矣。某方忧之不暇，惟日以忠义激发将士，以冀各出天良，早奏肤功，岂复敢身当重任，率意冒滥，为世戮笑者乎？当兹贼势非蹙，我饷不敷，各营冲锋奋勇，日渐散去。倘不极力收拾人心，一旦仓卒，呼之莫应，则田家镇万众齐溃，其为患岂浅鲜耶？凡事久必生变，现今贼不出巢，非畏我也。四郊麦已成熟，若俟民间收获在屋，贼突出大股，掠粮运入城中，掳民踞于野外。更兼五六月江湖水涨，贼舟运可以四通，我马队难以为力。转眼情形，不待深言而自明矣。临渴掘井，噬脐何及！万难粉饰，万难因循之际，惟有仰新宪台迅展雷雨经纶之手，急调水师三四营扎青山南岸，阻贼添子药粮食之路。再移德镇之兵驻营青山左近，以其枪炮多，较易于守耳。又调讷提军、都都统扼定北岸东路，勿使窜扰。如是自胜已决，乃可胜人。倘贼冲突他出，某当选择精锐，与之力战，务须绝贼应援，始能自立。自立既定，然后筹饷以固兵勇之本。所谓未雨绸缪，急思振作，尚可有为。非然者，某生死久之置于度外，诚恐沟渎殉国，无益于时。若冒滥饷项，不惟勿以对先人，更何颜对天下士乎？不屑无耻营私，此心有如皦日。至于筹饷一节，守成则易，创始则难。查川盐运鄂，已有定规，惟闻课银所入，侵蚀甚多。某拟于巴东县界添设一卡，由臬署委派妥干之员稽察盐数与课相符，庶漏卮可塞。于宜昌课内月拨银三万两，先由臬署提解中路大营，以归画一而定章程。并将宜昌盐项厘金，亦提归中路营内，以为办公之需。又战士哗饷，多缘口食未充。查督署旧有船课一款，自武汉失守，遂为奸猾辈隐匿私收。兹拟于要口设卡，由臬署委员经收船课，不累商亦不累民，即将此项银两办买兵米，以充营食。庶各营弁兵勇，饷有常规，不复支绌生虞；食有定例，免致饥饿为忧。于时勤加训练，务令胆、技、律三者严明，乃可以守、可以战，而无溃败之患。似此初无滞碍难行之处，如邀俯准，即可次第布行。所有条款，另册呈电，谨恳查夺，不胜翘待之至。"余谓查税一节，只可暗访，不必明言。兹但云设卡自收三万月饷，他不干预，而公税漏规及私盐走漏，俱在吾查照之中矣。

初六日(5月9日)　陪鹤翁夜话。

公对余尝以心乱无把握为言。凡事最怕无把握，无把握则心必乱，心乱则一事当前，不能自主，一言入耳，不能断决，又安望其御烦以简，治棼以理乎？然把握二字，颇不容易，必平日读书有识，操守素定，阅历深沉，于古豪杰圣贤之中，择其可师可法者，悉心体验，孰为吾师，孰为吾友，朝夕与之相涵。又于近今贤哲之辈，亦择其可师可法者，虚心善下，孰为吾师，孰为吾友，甘苦与之相共。久之默然自化，则识见必超，操守必定，而阅历亦自深矣。非然者，信任不专，贤奸莫辨，我以虚意求人，人亦以虚言应我，将终身求贤，终无贤至之日。即或至矣，皆望望然思去，否则混迹庸众，不肯进言，我又将何以识别之乎？于是贤者退而杂流进，杂流进则邪僻与奸宄皆得献媚而售欺。纵有英雄之姿，圣贤之质，亦将为其颠倒而不能以自主，无惑乎心乱而无把握也。苟诚执定把握，其献媚而邪僻者，知有累盛德，则决然远离；其售欺而奸宄者，知贻害大公，则果于断绝。不受欺，亦不受媚。日惟以整顿精神为要，延揽英雄为心，训练士卒为务，筹画饷糈为常。公事理而私心亦绝。日理一事，则求一事妥当；十日理十事，则求十事妥当；百日理百事，则求百事妥当。计三阅月而庶事可理，把握自定也。然必须彻底澄清，一事不可含囵。先将筹饷章程拟定，逐件办去，以期源源接济，不至断绝为度。再选勇丁，择其精悍而骁勇者，一一注之于册，日加训练，以为敢战之军；其稍弱而仅备服役者，以为守营之用。复从诸将之中或偏裨内，择其善战而有胆略者，不次擢用。分营既定，授以方略，则营制有把握矣。于是又求文士中之有经济才略者，举而加诸众人之上，敬而礼之，信而任之，表荐而录用之。为国求贤，为民拨乱，休休有容，人之有技，若己有之，不已事逸而功倍哉！若攻战之策，不侥幸以求奇，不孟浪以损威，有隙必乘，无战不谨。不令则已，令则必行；不赏则已，赏在必信；不罚则已，罚当其可。执意既定，百屈不挠，何患其威令不行也耶？夫事在人为，志由己定。一事无把握，则一事心乱；一日无把握，则一日心乱。何时方有把握？欲其心之不乱也，得乎？

公又为言洛阳武进士吴君名德水者，堪称奇才。余请问故，公曰："吴君家居时，以天下多故，拟团练以保地方，而苦无经费。于是搜罗境内无赖之徒，及四乡为盗者，皆聚而闲诸一寺之中。乃出与乡人约曰：'往者四乡多盗，粮食不能多收。今则某尽招诸盗而置之寺，是岁收成将有倍于昔者矣，何不以所余输公为团费乎？'乡人皆乐从之。甫及一月，而经费勇丁皆备于用，军装器械以次造齐，可称劲旅。乃有仇家进谗郡守，谓其将有异志，郡守疑之，事遂中止。"今将赴江西谒涤帅，先来见公。又自言黄、蕲一带可以团练，为光、固屏翰，愿请资前往选练。用厚木作牌，重百十斤，先以铳炮试击，不穿为度，用作前锋。俟其练成，诈投长毛，然后以大兵随后一拥而进，可破汉城。公因整冠深拜，赠资而遣焉。余意凡事之不近人情者，鲜不为大奸大恶。今其奸恶与否，不可得而知。然迹其言论，非近人情者，何也？本邑绅耆团练，未不有先禀白父母官而后行者。且盗贼无赖之徒，结纳颇不易易，安能一旦而尽置诸一寺之中？乡人之吝惜钱财，有甚于性命，彼宁供盗贼之抢掳，不愿为众姓之捐输，岂可以甘言诱其乐从如是之速乎？此必故为大言，以希图一用耳。且所练之牌，重至百十斤，尤为大谬不可用。余曾见其一面，身材魁梧，气颇雄厚。今聆其言，非桀骜即妄诞者流，未可倚为重任也。

初七日(5 月 10 日) 闻外江水师移扎青山。午后风暴大作。

晚饭，鹤翁邀偕松圃共酌，吴君德水亦在座。鹤翁颇称其才与志，而吴终席不与余二人交一言，亦竟无他言。或以余等为不足言欤？抑其胸中本无可言者？不然，则挟诈怀私，恐人识破而不敢明言也？余视其人厚貌深情，初觉雄伟，继乃多欲。其在籍必武断乡曲，为官长所不容者。用之苟得其道，则何尝非乱世能人？若稍拂其意，则故态复萌，不可复制矣。公以光、黄之间多盗，欲倚其力为御暴计，恐非得算。近日游勇多赴河南者，一云其误闻僧王出京，前往投效；一云其因投诚，李士林之父为地方官所杀，诸勇多其旧人，欲回籍报仇。又言近日有长毛贼在左近招勇者。果尔，则三端俱有可忧之处。其从贼报仇，不必言矣。即欲投效僧王，而王未出京，此辈游行无归，势必结党为患。明李流贼，大略如斯。一波未平，一波又起，祸患何时可已耶？

初八日(5月11日)　亥刻贼来惊营，为我兵击退。

水师于今日巳刻始突战，下至青山，遏贼粮道。孔提军与范潮兰亦奉札往黄州救援。贼欲乘我空虚，夜来袭营。先烧十里铺民房，旋至长壕外，呼卡兵放桥，以口号不对，为我兵所识，开炮轰击，贼遂走。王镇军亲率勇丁数十人，偕松圃往卡外探视，火光中尚有数十贼匪逃窜。公挥众追急，各营兵亦适至，贼归巢不敢出。罗明高报至中军，谓贼众千余人，为彼一人击退。余时已知其诈，及镇军遣卒来营，问之果然。明高小有奸智，防哨十里铺，每以此恐吓大帅，盖将为邀功计耳。人人均谓水师炮船既驻青山，可以断贼粮道。唯周占标族叔某谓欲断贼粮，非扎阳逻不可。盖青山对面沙口，原可舣船，而方都司之营与马队俱远离江岸五里外，炮船孤泊此地，难与贼众争锋，不如下泊阳逻。其岸有山，插入江中，名曰五矶头，大石攒护，可以设立炮台。江水至此一曲，贼船每至阳逻下，即抛缆过南岸，牵引而上，水势甚急，船行最难。矶头开炮，可以击过彼岸。贼若到此，无不为我击沉，最为得利。倘驻师于此，再以水营阨其下流，实万全策也。余闻其言，乃知地利非彼乡人不能言之亲切如此。若但专恃炮船而不识地利，则仍未见为可恃也。

初九日(5月12日)　偕锦谷及松圃登高埠观战。

是日本不欲出队，鹤翁忽率数军至七里庙巡视，突与贼遇，众勇皆散。公以刀砍其勇，皆不能止，唯一帜一骑及亲丁数人落后。贼几追及，幸公大旗手力抵得脱。王镇军率兵适至，众共追杀。贼退至杨家岭，彼此相持，自未至西，互有损伤。天色将暝，始令收队。而贼尤有数十人追来，我兵反旗欲击，乃不敢追。

锦谷与余话及投效本意，颇有英雄抚髀、老大徒伤之慨。余曰：

"非不欲奋发有为,共建奇勋,奈时未至,则谁为知音? 只好随时俯仰,与世迁移而已。作冯谖弹铗之歌,食不嫌其无鱼;陋毛遂处囊之荐,锥奚必于脱颖。谓余才可匡时也,听之;谓志存著述也,亦听之;即谓为徒事空言,无补于世也,亦无不听之。总之,天生吾材,必有所用。若徒驰心外缘,则中藏自乱。虽有所遇,必失其守,舍己从人,亦奚益哉?"适赵松圃为鹤翁以指画扇作石,余题其后云:"负嶙峋骨,多磊落风。供诸几席,则一品玲珑;弃置岩壑,则九华云封。虽不能滥厕娲皇妙选,亦赢得米老狂拜呼兄。一朝恨海填平,试剑磨空,准备着神仙携取,依然泛海涛而访赤松。"亦足见志向所在云。

初十日(5 月 13 日) 阅《浪迹丛谈》。

为梁中丞章钜著。中丞抚粤西,务为宽厚,养臃遗患,为天下害,至今剿贼者,莫不有所归咎焉。其《丛谈》中有接骨仙方,最为简便,录之以备后采。方云:"五加皮四两,雄鸡一只黑者更妙去毛,连皮骨血合五加皮捣烂,敷患处,用布包裹,一周时揭去,不可太过时,内自完好。再用五加皮五两,用酒浓煎,尽量饮醉熟睡为妙。"又引《居易录》一方云:"四川提督总兵官吴英说,昔得秘方,治扑打跌伤极效,虽重伤濒死,但一丝未绝,灌下立苏。往在福建为副将军,中有二弁相斗,皆重伤,其一则死矣。吴驰往视之,惟心头气尚微暖,亟命以药灌入,觉胸间喀喀有声,不移时张目索食,翌日遂能起行,自后屡著神效云。其方以十一月采野菊花,连枝阴干,用时每菊花一两,加童便及无灰酒各一碗,同煎热服而已。"又一方,求退胎毛小鸡一只,和骨生捣如泥,作饼,入五加皮傅伤处,接骨如神。与前一方大略相同。

十一日(5 月 14 日) 逆首杨秀清自江南以伪书来,劝诸帅降。

用大黄绸墨书几五千言,狂悖无稽,极为可笑。首段言其尊奉天教原由,中间历叙数年成功之易,如过洞庭,风平浪静,一日而达岳州,非神灵震惧,何能如是之速? 且便至武昌,又以船只跨江驾桥,而风浪不能摇,岂非天助其势? 后乃婉劝诸帅,以识时务为主,听与不听,仍不相强,且望覆函为嘱。诸公见此,均欲草檄以覆之。余谓可以不必。盖彼非敌国也,若必欲暴其恶,则只宜出示晓谕,使自知之,亦已足矣,何必浪费笔墨,与之较短长哉?王镇军自拟覆稿,颇难措词,以问余。余曰:"此不必与之论势,以理析之,其恶自见。若徒辨论强弱,争言胜负,则诚有为彼窃笑者矣。彼既称奉天,则所行之教,邪说异端,已非天道,而从逆悖叛,又岂笃天伦者所宜为?至于屠戮奸掳,则更天心所不容。其所以至此而不灭亡者,不过乘国家无事之时,民不知兵,故得肆骋凶狠耳。若一旦兵力整齐,八面合攻,则釜底游魂,又安见其能幸存也哉?只须如此慑服,其妄理不辨而自伸矣。"公曰:"善。"然则乱臣贼子,人人得而诛之矣,誓将灭此而朝食也,吾安能饶舌以相质耶?余又劝镇军将原书封达制军,以止谗佞。不然,小人得以进言,反滋疑议也。公从之。

十二日(5 月 15 日)　锦谷邀余同上书,请回滇召募弩手。

古有连环弩、诸葛弩,滇则有毒弩,皆制胜长技。而今之战阵独缺此器者,何哉?宋吴璘神臂弓,劲而已矣。连环、诸葛二弩,则巧而无力,终不适于用。惟滇之毒弩最为便捷强劲,人中其箭,见血封喉,二三步即毙,虽铳炮不如是之毒也。盖铳炮击人,非制命处不即死,弩则未有不死者。古之战士尽披铁甲,或难射人入骨,今则裸体赤足以临战阵者多,故毒弩之用于今日也尤宜。人独不思用之者,何哉?亦由中华无此长技,云南路又过远,人人皆畏难,不肯往调,又恐渐开边衅,致生事端为嫌,故屡议而累息也。殊知沿边土司无甚远志,亦易慑服,不足为虑。今但募其数百,以助征剿,迨其回籍时,人已损失过半,彼纵不驯,又乌能为患也哉?特事由创始,未免多费筹画耳。锦谷拟稿,前不过言用弩之利,与余在滇所拟稿大略相同,后引炮船、马队二营以破创始之难,亦足解其疑矣。略云当轴不以为艰难,即以为荒渺者,何也?其意以为滇离楚五千余里,往返须大半年,而又越国鄙远,费用浩繁,更恐人地不宜,不如就目前者敷衍之,冀幸之。贼弃去,未尝无克复之功也。独不思今之所谓劲旅者,有水师、马队。水师从前所无,于二年创练焉,屡收成功;马队亦从前所无,于三年创募焉,屡收奇效。水师制造炮船,所费巨万金,而不以为滥费,所见者远也。马队一兵二饷,离楚七千余里,而不以为迂迟,所见者大也。何独于神弩追贼之魂、摄贼之魄者,偏惜费而畏难耶?夫神弩无船只子药之费,无鞍马草料之烦,至精且悍,至猛且捷,果能任豪杰艰大之投,破世俗拘墟之见,其建树必有可观者矣。鹤翁见稿,深以为然,许代禀制军,令锦谷回滇召募。公又虑资费无出,余曰:"边远土司,未有不慕翎顶以为荣者。有能捐资助饷者,许给翎照,则人人乐输,而沿途路费有所措办矣,又何必以小费而阻大谋耶?"

十三日(5月16日) 阅《鹤唳篇》。

鹤翁篆桂平时,会匪已起事,团练捕盗,讫无暇日。因杂记剿办诸事,名《鹤唳篇》,而军务倥偬,未能成书。中载桂平生员发冯云山案一禀,录之亦足见犯事之由。

禀云:"道光二十七年十二月,桂平县紫荆山生员王大作等,为结盟借拜上帝妖书,践踏社稷神明,乞恩严拿究办事。缘有曾玉珍窝接妖匪至家教习,业经两载,迷惑乡民,结盟聚会,约有数千余人,要从西番旧遗诏书,不从清朝法律,胆敢将左右两水紫荆山内水分左右社稷神明践踏,香炉破碎。某等闻此异事,邀集乡民耆老四处观查,委实不差。至十一月二十一日,齐集乡民,捉获妖匪冯云山,同至庙中,交保正曾祖光领下解官。讵料妖匪党曾亚孙、卢六等抢去,冤屈无伸,只得联名禀叩,伏乞严拿正办,俾神明泄愤,士民安居,则沾恩无暨。"

旋据王县批:"阅呈殊属昏谬。该生等身列胶庠,应知条教,如果事有实迹,则当密为呈禀,何得辄以争踏社坛之故,捏饰大题架控?是否挟嫌滋累,亟应彻底根究。候即严提两造人证质讯,确情办理,以遏刁风而肃功令。"

云山因呈诉云:"具诉童生冯云山,系广东广州府花县民籍,为遵旨敬天,不犯不法,乞究索诈诬控事有云。一切上帝当拜,古今大典,观广东礼拜堂悬挂两广大宪奏章,并皇上准行御批移文可查。二十四年冬,某到紫荆山探表兄卢六,次年设教高坑冲,又次年设馆曾玉珍家，又次年复馆。只因遵旨教人敬天修善，殊恶云云。某谨将唐虞三代书句开列，伏乞监察。虽有恶人，斋戒沐浴，则可以事上帝。惟此文王，小心翼翼，昭事上帝，聿怀多福。以下杂引《诗》《书》上帝句至二十余条，不录解。皇矣上帝，临下有赫。上帝板板，下民卒瘅。上帝临尔，无贰尔心。上帝降鉴，下民有严。予畏上帝，不敢不正。惟皇上帝，降衷于下民。惟上帝不常，作善降之百祥，作不善降之百殃。先王惟时懋敬厥德，克配上帝。肆上帝将复我高祖之德。天降下民，作之君，作之师，惟其克相上帝，宠绥四方。上帝弗顺，祝降时丧。敢祗承上帝，以遏乱略。予惟小子，不敢替上帝命。亦惟十人，迪知上帝命。我西土惟时怙冒，闻于上帝，帝休。皇天上帝，改厥元子。王来绍上帝，自服于土中。上帝引逸，有夏不适逸。惟时上帝不保，降若兹大丧。我亦不敢宁于上帝命，弗永远念天威。在昔上帝，割申劝宁王之德。迪见冒闻于上帝。亦越成汤陟丕厘上帝之耿命。以敬事上帝，立民长伯。先王以作乐崇德，殷荐之上帝。"

　　冯云山又控府云为恃矜横嚼，架题寻害，号宪严牌饬县提讯，以雪无辜事。据府顾公批："冯云山因何讦讼，送解到县，桂平县立查案讯明，分别究释具报，慎勿稽延滋累。"此二十八年四月事也。后又载贾县令移文云："为递解事。案据敝县大黄江巡检查获无业游民冯云山一名到县，当经讯供系广东花县人，并无为匪不法情事等供。据此，查该民既无籍游荡，应即递籍管束。"

　　案此为贼起事之由，滔天赤祸，起于几微细故，岂非天哉！王令名烈，字厚存，吾滇昆明人。以释云山未经其手，议发台罪，今尚羁留长沙未发，锦谷春初犹与之晤。王大作一家八十余口，则尽为云山所杀。

十四日(5 月 17 日)　陈问曾归自兴国。

　　据禀云："初至汉阳任间谍事，以贼近日盘查甚严，不能得间，恐负重托，缘绕道至兴国、大冶一带查探贼情，该逆粮草铅药尽在此路勒派。兴国系伪监军方姓把守，大冶系伪将军林姓把守，通山系伪将军徐姓把守，所有运解各物，俱由梁子湖一带运送。该处百姓惨遭荼毒,如居水火之中,而冀登衽席之上者,奚啻云霓之望已哉! 苟能长驱直入,贼必望风而逃,兴国之民得以复生,贼粮不遏自断,武汉之妖气指日可尽灭已。"廉帅批令细心妥筹如何进剿,及得手后能否驻守。问曾一路辛苦,正患疟疾,俟其痊愈,再为筹画可也。

十五日(5 月 18 日) 草《灭贼必用毒弩论》,上鹤翁廉帅。

文云:"窃惟运筹当握全算,制胜必用偏师。无算不可以胜人也,夫器必亦难以自胜。算而不出人常算之中,能料人,未必能胜人;器而不变乎常器之外,能御人,又未必能制人。善选器者,必其能偏师制胜者也。盖自蚩尤受创以来,五兵之用凡数变矣。易徒搏而刀矛,兵之器一变;易刀矛而弓矢,兵之器又一变;易弓矢而铳炮,兵之器又再变。而能济铳炮所不及,独出乎弓矢刀矛上者,其惟劲弩乎。弩之用,在宋已最著,吴璘神臂弓是也。曰连弩,曰诸葛弩,用各不同,而矫健之功则一。乃至今又有所谓毒弩者,是愈变而愈奇矣。器愈变而愈奇,人亦愈练而愈精,而独无用之者,何哉? 夫五兵长短互用,不专以偏取胜也。惟欲避吾之所短,以制人之所长,则非以偏胜不为功。尝见今之战器矣,铳一队,炮一队,刀矛又一队。交锋则刀矛为最利,击远实铳炮最优,而贼犹有幸逃以生者,则非铳炮之不利,而刀矛有或钝也。盖刀矛非重伤不毙命,铳炮亦非重伤不毙命,不毙命则仍能杀我,能杀我则仍能困我,又况我未必即能杀而毙之也耶? 若夫弩则无虑此。其发也,若攒锋,铳一发而弩已十数放,炮再发而弩又十数放,则捷甚。及其中人也,若猛虎血见而喉闭,喉闭而气绝,则毒尤甚。夫非所谓发无不中,中无不毙之技也哉? 而人独遗此不用者,岂不甚可怪而可惜耶? 五德本代兴,当王者贵;五兵互相制,善用者神。天或留此技以为灭贼用也,亦未可知。某等生长边隅,习见习闻,未敢遽诩为奇也。乃今观之,则信乎神技耳。何也? 滇之西鄙有野人焉,常习此技,以射猎为生涯,以虎狼为粮脯,盖无人不与弩相习也。诚能选练数百人,用为奇兵,前以冲,后以伏,既无施之不可。进以战,退以守,尤措置之皆宜,则何敌不摧,何攻不克也耶? 昔者岳飞破拐子马,则用麻札刀;吴玠破金人,则用撒星阵,是皆能以弱敌强,以寡破众之明验。今贼既狡且猾,而仍拘守故辙,不思变计以胜之,则何异守株待兔,终无获兔之时也乎? 宪台剿贼,义不与贼俱生,外输忠而内全孝,千载一时之会也。以千载一时之会,立千载一时之勋,而不筹千载一时之计,则可惜。然以千载一时之志,成千载一时之名,而不遇千载一时之人,则更可忧。何也? 誓不与贼俱生也。某谬承国士之知,自当报以国士之志,有披肝,无昧良,庶几不负所学耳。投效半载,讫无成功,腼颜军营,胡以自立? 不得已而作乞师计,拟回滇云,召募弩手,再来投效,誓共灭贼,亦未为晚。夫天下之患,当与天下共平之,不得以远迩分,尤不必以岁月计。贼一日不灭,祸一日不除。祸一日不除,是公之责一日未谢也,岂得以迂缓难行为虑也哉! 且水师立而长江无险地,马队集而陆战有劲兵,倘并毒弩合而为三,诚可以制贼命而无疑矣。顾或有以边地弗良为疑者,是更可以无虑也。夫兵随将转,计由人算,亦视乎指麾者之将略为何如耳,地足限人乎哉?”

十六日(5 月 19 日)　陈问曾请回籍劝捐募勇取兴国,不许。

禀云:“窃某昨具芜禀,请兵乘虚袭取兴国、大冶等处城池。蒙批将如何进剿,并得手后能否驻守,着细心妥筹。奉此,益深惶惧。现在武汉攻城未下,不能分兵进取,一难也;兴国诸邑百姓虽望切云霓,而孤军深入,究属人力单薄,二难也;纵使收复城池,无员肯往镇守,三难也;兼以近日饷项支绌,断不能再分拨银数千以为饷糈,四难也。有此四难,某诚知其窒碍于事,无容冒渎。然再四思维,亦有可行之道。家某族叔陈学藻,家素殷实,心知慕义,久存输公之念,而未克一伸其志也。倘蒙宪台赐某札谕,先往开导,并仰德安府知府指名劝其捐银数千,以济军饷,则彼无不乐从者。某再择相好富足之家,酌力劝捐,补其不足,则此项军费有所措办矣。于是恳请宪札,命某招募奋勇,择选精锐千人,率赴兴邑,由京口华士洲、黄丝桥一带而进。贼不及备,该处百姓拟担壶浆水以迎官军者,已非一日。某与其绅耆头目等素相结识，故能深知其情，只候大军一到，自当输诚纳款。纵有不服，某以精锐相机攻剿，以示惩创，则此军不致冒险矣。惟克复后，恐不能派员分守其地，某当与该邑绅士议团堡法，互相保守，而以此一军往来策应其间。俟宪台攻克武汉后，再派员往守，如此庶几可保无虞，则守之之法又得矣。惟是事当机密，兵贵神速，倘稍迟延，机复不密，俾贼匪闻知，先有准备，则师出无益，难以成功。此举看似迂远，其实最为切要，何也？贼匪粮食火药尽在兴国等处，其转运多从梁子湖而过，外江虽有炮船截其粮道，实不及内湖十中之一也。兴国既复，则贼粮真绝矣。贼粮尽绝，武汉何以独存乎？且兵法不云乎，避实以击虚。武汉坚守，实也；兴国无备，虚也。今舍虚而攻实，何日方能成功？某新从兴国一带初回，见其城郭关卡俱无防守，大兵一到，闻风即溃，较诸坐困坚城数月不下者，其为力真不过唾手间也。伏冀查核，酌议施行是幸。"

书上，鹤翁疑兴国属南岸事，未免有越俎之嫌。殊知国事何分畛域，况武汉贼巢尽在兴国，倘不覆巢，何以得卵？岂得以巢居彼岸，遂不敢过而覆之也耶。

十七日(5 月 20 日)　龙启文过访。

启文，字雅堂，粤西郁林人。年二十四岁，貌黑瘦而头尖，身材亦小，惟两目有光，故胆略甚壮。家本巨富，其尊人现任常德府府经历，而启文乃远游来楚投效，有志之士也。见余所著《神机八略》，不胜折服。拟来拜门，因偕褚继良过访，与谈半日。心颇明亮，武事亦擅长，可与共论兵略。余尝对鹤翁曰："今日将才，多出少年。即如卢又熊之陈忠，徒胜师也；卢占春之卢廷元，子胜父也；李保邦之胡祖双，卒胜将也。他如周凤鸣，寄住袁怀忠营，则宾胜主矣。又卢占春营中有赵明先，皆宾胜过主。今启文亦饶将才，同列吾门，翩翩后起，可以兴矣。尝见鹤翁日记，进言者多以权术为先。当今之世，智力相竞，权术是尚，其说是矣。然专恃权术，事亦有所不行，何也？夫驭贤儒之士以道德，道德不足而贤儒远矣；驭豪杰之士以才智，才智不充而豪杰去矣；驭谋略之士以学术，学术不优而谋略邈矣；驭功名之士以利欲，利欲不饱而功名失矣。凡此皆当以实意为之，不可参以虚诈。所谓权者，不过济经之不及；术者，补德之不逮。若徒专恃权术，则恐日流于伪，而不知士君子处世，自当力挽颓风，以砥柱中流为己任。人以力胜，我以智取；人以伪为，我以诚动；人以暴行，我以宽得；人以躁进，我以晚成；人以奔竞，我以静待；人以博收，我以约取；人以言诱，我以行达；人以气争，我以行让；人以贪求，我以廉守；人以浓情，我以淡定；人以疑诈，我以诚悫；人以巧趋，我以拙补。事事反其所为，着着乃能相胜。不然，日即于偷，徒损心德，无益实事。又况伪为者之必不能久，而实修者断不致陨越贻羞乎？又安见其专以权术为哉？尚父伐殷，武侯相蜀，李泌佐唐，皆极乱之世，未闻其专以权术为也。吾辈待人，推诚相与，尤恐不能相信，奈何以诈谋相商，尚自取覆悚也耶。"

十八日(5月21日)　阅《经筵玉音问答》。

为宋胡文定公著。公精《春秋》，为一代名儒。光宗欲答金人书，以草本命公删定，曰："金人无理，卿须为我斟酌，俾不卑不亢乃佳。"因赐坐，赐笔砚。及以改定草本进，帝往复读数次，曰："卿识见学问，过朕数倍。"旋赐宴，问答终夜，至天明始退，可谓荣矣。此治《春秋》之力也。治《春秋》则通古今理乱盛衰之因，故可以决大疑，定大难，非徒寻章摘句已也。至其遇君之隆，真使人百世下读之，犹将兴起云。夫人得一知己，可以无憾，况其在君臣间耶？我朝惟鄂文端公之遇宪庙，为千载一时之盛。君之视臣如手足，如腹心，全忘乎其为君之分；臣之视君如父子，如师生，亦忘乎其为臣之职，甚至感激涕零，誓以死报。得臣若此，欲世之不治也，得乎？遇君若此，虽欲不以死报也，又得乎？余谓当今之世，尤宜亟亟以人才为重，不可恝然置之也。苟君臣之间，鱼水相庆，或将帅之际，风云会合，有一于此，自足以荡贼氛而无余已。非然者，豪杰远引，庸懦频兴，其能了此百年之劫也哉？

十九日(5月22日)　夜阅《扬州十日记》，为江都王秀楚记。

史可法督师从白洋河失守，跄跄奔扬州，我朝大兵至，城旋破。秀楚时在城中，辗转避难，惨苦万状。军中夜静读此，不啻如睹目前事，伤心酸鼻，不能终篇。末云："后之人幸生太平之世，享无事之乐，不自修省，一味暴殄者，阅此当警惕焉耳。"盖亦有鉴于当时暴殄之孽，实由自作，故借此以警世也。不意二百年来，复遇此劫，前后若出一辙，则暴殄之罪，实有通于天者。

昨在王镇军处见江南诸帅函云："本年三月初旬，瓜洲贼匪上窜，扬州、清浦相继陷没，幸即克复。"张镇军国梁连破贼营四十余座，贼匪死者万余人，真痛快人心矣。国梁起自群盗，原名家祥，粤之高要人，后始更今名。尝为佣，交多无赖，遂流为盗。其渠李自倡率众千余，横行两粤间，素无忌。家祥及谢江殿、苏三、李士逵等皆归之，遂绎骚合浦、横州及南宁等处，势益炽。会自倡中炮死，众拥家祥为首，官兵愈难遏。尝设木炮劫南宁城外数百家，镇道他出，任其饱扬去，民无如之何。家祥黠而勇，临阵骑白马拥出前队，布战周密，始退而督后，群贼无敢退，故每战辄捷。今投诚，累著战功，为诸将冠，故晋秩总兵云。

二十日(5月23日)　接奉官督帅批札，不令回滇募弩。

锦谷与余所请回滇调募弩手，廉帅已代详督宪。今奉批云："查制造军械，古法原极周备，然皆因地制宜，方能克收成效。前据详称，段经历所云滇弩，实为利器。然用之苗疆，不同用于内地，有如诸葛弩当日守剑阁利用，今行于楚疆，屡试之而不如法。况苗人生长蛮乡，性如野兽，语言不通，至内地多有不服水土之病。前调四川屯兵来楚，是其证验。该司令其弛回滇南，试办其器，无不可行。惟应募苗人，仍须斟酌。道阻且长，恐非一时救急之计。仰即由该司妥裁而行。本大臣亦不阻其献策之忱，然亦不得任献策之人难其所难，自显己长。时下侈言妄陈者实多，其弊不可不防也。"

案是批未尝无见地，然其病则在"恐非一时救急之计"一语。有益于目前之事则行之，稍迟缓则不行也；有益于己分之事则行之，恐其便于人则不行也。殊知此事非一人一家之事，亦非一日一时之计，以天下为公者，何出是言哉？

二十一日(5月24日)　拟《蓼东诗集序》。

鹤翁属代点定所作诗稿，并命叙其简端。因拟之云："自古诗人从征者有之，登坛则未之见也。有之，自鹤翁廉帅始。公年少登第，以名进士出宰粤西，适值会匪倡乱，募勇随征，禁暴安良，以即戎为抚字，固无日不在军旅间也。乃王濬楼船东下之秋，正杲卿抔甲登陴之际，太翁愍肃公以鄂臬殉节武昌，公复以鄂臬围攻汉城，父子先后同为一官，忠孝相循，并萃一门，亦奇矣哉！夫古之说诗者曰：'原本忠孝，发为咏歌。'乃今益信然矣。虽然，亦有说焉。彼所谓忠者，不过明良喜起，扬拜赓歌，为圣朝鼓吹休明之奥。否则穷愁半生，困钝千里，生逢乱离，寄怀明圣，一饮一饭，不忘君父，一草一木，时兴慨叹。如杜甫、陆游之辈，篇章以寄，歌哭吟咏，写其牢骚。后之学者，遂以为得性情之正，可以继响三百，为诗教极则也。而究之空言未有实效，寄恨总属幽思。欲求其经纬天地、拨乱世反之正者，不惟不能揽其权，恐有权亦不能，如《良父吟》始终不愧管乐材耳。又其所谓孝者，或钟鼎承欢，或菽水养志，皆供事职者所应为，非有国难家仇之责萃于一身也，亦非有吊民伐罪之心望诸后起也。若我鹤翁廉帅，则以一身兼数任矣。故其发而为诗也，磊落雄豪，气韵幽深。时而洞庭仙乐，缥缈之音遥传空际；时而铁马金戈，激烈之气驰骤行间。而归之以缠绵悱恻，忠厚温柔，有非寻常谈忠孝者所能及。盖其所处者难，故所造者至耳。某以诸生曳杖从军，深荷垂青，待以宾礼。严鼓悲笳之夜，矗幕时亲；羽书烽火之余，戎行备论。暇则分韵擘笺，互相唱酬，不可谓非知遇也。乃陈琳只堪草檄，王粲常此依人，未免与绝裾之意背矣。而又自愧无奇策异才襄公以成大勋，则纸上空谈，不几为人所窃笑耶？虽然，公之事传，公之诗亦传；公之诗传，某亦得附骥以传。后之读是集者，不惟兴感于忠孝之奇行，为风诗所必重，且将神往于某之遇公，而独惜其志之无成也，则某与是集为不朽矣。是为序。"

二十二日(5 月 25 日)　锦谷代王镇军草檄讨杨秀清。

其文甚长,已呈官制军。尚未及录,而汉阳贼首钟某竟敢以伪文来营,催取覆函,且以巾帼相诮者。夫逆贼诛之而已,何檄之有哉?其出言乃如此狂悖,真视官军若无人矣。闻贼分军绕出通城,竟至岳州,为岳守击退,守乃吾乡曹星槎名源也。其人大有权术,在楚素称干员。贼至通城时,江观察忠濬战殁于阵,嘉鱼一带复为贼有。南岸自罗山亡后,军颇不利,倘稍有差失,则北岸中路亦难支持也。夫两军相持,我不杀人,人必杀我,我不袭人之后,人必袭我之后,一定之理也。余谓欲攻武汉,必先袭取兴国、大冶,以覆其巢,则武汉之贼不战自屈。廉帅以为南岸事,不肯越俎以代庖,今贼绕出胡中丞后,恐非南北之利耳。危哉!

廿三日(5 月 26 日)　拟《平贼二十四策》,先成首策。

一曰设幕府以重兵权。夫人欲平天下之祸者,必予以天下之权,未有权不专而能成天下之务者也。然予权而权不专,则呼应固莫灵;予权而权过专,则呼应仍不灵,何也? 尾大则不掉,绪棼复难治耳。是故畀人以权者,不倒柄以授人,勿束缚而就己,必有道焉为之通前而彻后,尽善以无虞,使其责有攸归,既可以图进取之机,而顾瞻无所虑,大权不旁落,复可以奏荡平之效,而训调有常经,则莫若大开幕府,为戎政所自出之地已。虽然,今之督抚,岂尚不足以办贼哉? 朝廷设官分职,曰督曰抚,抚者定而绥怀之,督者统辖而节制之也。乃直省既分疆域,则意见各存畛畦,谓此疆不过彼界,越俎奚容代庖? 明知邻境有盗,可以速发而遏其势也,必待彼自平之,而祸已燎原矣。明知大盗难容,必尽数歼灭以绝其根也,乃以适彼而幸遂之,其祸又已滔天矣。故楚盗而吴不治,燕盗而晋不治,豫盗而齐不治,秦盗而蜀不治,粤盗而滇不治,闽盗而越又不治。此征则彼窜,东伐则西奔,天下虽大,无地而非逋逃薮,祸患何时可已耶? 且不独惟是,一省之中,同时议剿,意见亦为岐出。请以近事言之。楚督与北抚同攻武汉,一南而一北,联以水军,辅以马队,声势极为联属。乃贼守不重武昌，而重汉阳；贼食不在汉阳，而在兴国；贼意并不注武汉，而注于江西与长沙。攻之者宜以大军牵制武汉，旁出奇兵，袭取兴国。兴国破则武汉屈，武汉屈则江西之围解，而长沙可保其无虞，是兴国为贼窟也明矣。彼南岸者，兵势既单，不暇袭人以兵，则北岸宜分军袭之。北岸势不及袭，则宜召乡练之有力者袭之。乃计不出此，谓南北无相关涉，竟不敢渡江以袭贼巢。非无关也，乃相外耳，则皆无统帅故耳。昔者唐命九节度征史思明，六十万众溃于相州，虽善战如李光弼，大度如郭子仪，亦同归于败。甚矣，无帅之不可以威宣阃外也。汉之将兴也，得韩、彭而楚项自亡；宋之偏安也，将岳、刘而长城是赖。我朝入关定鼎之初，平定诸省，亦尝命亲王、贝勒为经略，为大将军，分路进剿，咸奏肤功。乾隆年间，鄂尔泰总督三省，张广泗为七省经略，则又合群帅而听制于一人矣。盖事权一则易为功，事权分则难听命。似应请旨于襄阳、皖城、扬州形胜之地开设三大幕府，以为荡平江汉之枢。其帅则王公大臣，其人则英豪贤俊，其权则生杀予夺，其势则声灵赫濯。使天下英雄得奔趋而乐为效命，各镇士马有统率而不致奔驰，直省钱粮任转输而无虑缺乏。且也计画规取，有所禀承而易于裁酌；苍黎涂炭，有所凭附而与为依归。三帅既建，声灵百倍。西北既倚为长城之重，贼断不敢渡黄河以窥畿辅；东南复借为养士之区，贼更不敢离江汉而扰边庭。然后旁剪枝叶，中离腹心，俟其逆焰稍衰，一网擒拿，则釜底游魂，真无处脱生矣。非然者，帅与帅不相筹画，将与将不相联络，兵与兵不相响应。此先得手，则彼军生妒，彼欲进兵，而此队不前，互相观望，巧于奔趋，以自守门户为得计，以委曲将就为老成。其于饷也，则东支西补，既无成数之可纪；其于勇也，则朝去夕来，又无定额以相绳。势甚涣散，兵复疲弱，其将何以为讨贼具乎？夫天下事若网在网，如衣附领，不挈领而提纲，徒寻衣而结网，将终日寻衣而衣不理，终日结网而网不收，无统纪则庶务皆乱故也。今者钦差大臣之任，亦似乎专所任矣，然仍就本省督抚及老于戎行之提臣为之。提臣望轻，不足以号召直省督抚，则仍有疆域之见存乎其中,不敢越境以诛一盗,又安望其必以澄清为己任哉?曾国藩以在籍侍郎,练水军于江汉间,楚有警则救楚,吴有警则救吴,不几为世所推劲旅乎?然究之救吴不暇,援楚不及,则以其军分而为两,不能毕力以专征耳。倘于此有大帅焉,开府襄阳,督抚胥受其节制,于以征调川、陕、滇、黔、两粤之师与饷,经略两湖、豫章之寇,而以曾侍郎水师策应于其间,贼氛虽强,其能当此锐锋乎?又有一大帅焉,开府皖城,督抚胥受其节制,于以征调皖、豫、燕、蓟之师与饷,经略徽、歙、徐、凤之寇,而以关外马队参佐于其间,妖焰纵张,其能广为肆毒乎?又更有一大帅焉,开府扬州,督抚胥受其节制,于以征调齐、鲁、闽、浙之师与饷,经略金陵、瓜镇之寇,而以海疆团练防堵于其后,贼巢虽固,其能久于盘踞乎?布置既定,合力齐攻,襄阳有策,商诸皖城;皖城有策,商诸扬州。不以分疆而自画,亦不因越境以相疑,有盗必灭,无寇不诛,庶几乎可以望澄清日矣。顾或谓三帅不如一帅,事权尤为专一也。试思今日贼势蔓延数省,几于敌国之可忧,而豫之捻匪、川之佃匪、滇之回匪、黔之苗匪、粤之余匪,在在皆有征伐之事,则岂一帅所能总其成耶?且命将专征,一人贤而天下赖以为安,一人不贤而天下不几为其所摇哉?故臣谓建帅莫如三路之为善者,此也。伏冀圣裁而简畀之。

廿四日(5月27日)　贼出至五里墩,为马队击退。

贼意本不欲战,以我数日未出队,故作此诱我,且虚张声势,示其能战耳。马队素号骁勇,然非辅以步队,则有所碍而难胜。今虽击退贼匪,亦被伤数人,可见其偏长不可常恃也。

廿五日(5月28日)　拟平贼第二策。

一曰扼险要以争地利。兵法曰:"不知地利者,不可以行军。"是行军以地利为主也。观贼出入之地,则知我必截堵之地;观贼盘踞之地,则知我必攻捣之地;观贼旁扰之地,则知我必防守之地;观贼窜逸之地,则知我必设伏之地;观贼潜匿之地,则知我必搜讨之地;观贼斩夺之地,则知我必争取之地。先趋者胜,后至者屈,固未有不以乘势利便为战胜攻取之端者。夫用兵如弈棋，有临边以取势焉，有居中以制胜焉，有直前以进逼焉，有退步以缓诱焉，有横截以分断焉，有合围以困阨焉。通盘合算，着子无虚，乃可自胜，而能以胜人。独是论势于今日，则有大谬不然者。全州本楚、粤咽喉，乃任其突出，而锁钥不固矣。岳阳为洞庭捍蔽，乃听其越境，而藩篱尽撤矣。武汉实长江腰腹，乃屡破而屡陷矣。九江值彭湖要冲，乃益攻而益固矣。金陵为江南都会，贼既据而有穴巢矣。豫章亦东吴唇齿，贼更扰而蚕食之矣。窥其意，似欲尽取东南财富之乡，以固根本，然后旁出奇兵，扰乱中原，俟我困惫特甚，乃率大队进逼京畿。否则逆取西蜀，使天下南北之势分而为二，则滇、黔、闽、粤不战自屈，其志未可小而量之也。纵或逆匪势未逮此，而祸乱日久，征戍怨深，保无有英雄奇杰之辈，乘隙崛起，割据称雄，亦国家肘腋之患，实华夏心腹之忧也。在事戎臣，不敢张大其词以入告者，惧贻皇上以忧耳。故凡奏报情形，不曰釜底游魂，则曰小丑跳梁。试思金陵窃据已几四载，南北蹂躏十有余省，则岂跳梁者所能为哉？又试思向荣以边疆老将，拥兵过万，坐困坚城，不能复金陵尺寸土。其余杨霈、青麟辈，则纷纷逃窜，弃城曳兵，不可枚举，又岂釜底游魂所能肆毒者哉？昔者西汉赤眉，三国黄巾，唐季黄巢，明末闯、献，亦尝横行肆虐，作乱扬威，不可骤遏矣，然犹未能窃据名都，久而不败也。即如嘉庆中年，白莲、青莲诸教匪，煽惑愚民，株连蔓衍，亦未能僭号称尊，若此其甚者也。苟不乘时筹画，布置要区，内作屏翰，外图攻取，一旦贼焰更张，向荣不能立足，则江南非我有矣。曾国藩炮船仅能幸存豫章省城赖以不破，倘或失机，则江西又非我有矣。武汉虽有官文及胡林翼合力齐攻，克在旦夕，而贼匪负固死守，亦难奏效。即使能克，守亦非易，又安见长江上游必为我所有哉？臣愚以为欲灭贼匪，先争地利；欲争地利，先据长江。长江之险，京口为要，皖次之，九江又次之，鄂则总纳江汉而为下游门户者。《江防考》云："京口西接石头，东至大海，北距广陵，而金、焦障其中流，实天设之险也。"故江岸之防，惟在京口，而江中置防，则圌山为最要云。

夫守建业者既以京口为要防,则争建业者亦必于京口戍重兵。扬州幕府既开,京口尤为要地,宜沿江遍置炮台,以为捍卫,视贼船往来之路,度江面广狭,以铁链横锁江心,使其不得上下往来,则贼船坐废而无用矣。皖城,淮服之屏蔽,江介之要冲,所谓中国得之可以制江表,江表得之亦足以患中国者也。昔孙权克皖而曹操不安,周世宗平淮南而李氏穷蹙,南北在所必争之地。今虽未能克复,而合肥、舒城以次告捷,则可先开幕府于合肥,以图安庆。迨其城既获,则仍以守江为要。如京口法,九江纳鄱阳之水,东入于皖,小孤山峙立江北岸,孤峰峭拔,与南岸山对峙如门。则守九江者兼防江西,而守小孤者实蔽安庆。溯流而上,则为武昌。武昌之势,不在省会,而在对岸之汉阳。汉阳者,襟江翼湖,北枕龟山,南踞长堤,其地险而固,其城小而坚,武昌倚以为重。武昌破,汉阳尚足以自守;汉阳破,武昌不能以独存。故贼匪数陷武昌,必先破汉阳始,而其守汉阳也,亦倍胜于武昌。异日大兵收复两城,不可再蹈前辙,须于阳逻、道士洑、田镇、武穴诸险隘增置炮台,循江戍守,使与九江、安庆、京口势相联络,不容稍有疏懈,则长江尽为我有矣,贼岂能斩关而入耶? 然而幕府之开必于襄阳者,何哉? 盖上可以通关陕,中可以向宛洛,下亦可以赴湖湘。为东南计者,武昌较切于襄阳;为天下谋者,襄阳更重于武汉。故常舍近而图远也。夫兵形以地势为强弱,人事以筹画为盛衰。贼自武汉至金陵,已据有长江之半,若一旦剪而灭之,则其势诚无足虑也。倘徒事因循,日复一日,不以为意,使贼藩篱既固,浸占渐广,养成敌势,与我为难,则可忧者方大耳。似应请旨饬诸戎臣,以后凡得江面之地,作速建造炮台,以防两岸,用长链横锁江面,设水关以固守,得尺则尺,得寸则寸,切不可一步放松。以次逼近金陵,痛剿贼巢,庶几乎形势得而兵力自强,计画周则贼势自衰耳。

此策论地势,专以防江为主,乃武汉未复,贼势专在长江时情形。今则贼船尽毁,金陵被我军掘堑围攻,豫章贼众远隔浙闽,惟皖贼尚在猖獗,与捻逆势相联络。江北、淮南能照策中所论,亦未始非弭患防边之一道哉。况今英夷既在汉口通商,则长江尤为中国紧要门户,不可不加意严防也。

页眉补记:

余作此策未久,闻军门果败走,丹阳、镇江诸郡县悉陷。幸张军门国良力守丹县,克复镇江,乃进逼金陵,东南不为贼有者,亦几希矣。

是岁武汉未复,而襄阳土匪旋起,勾结川中估匪盐枭同据樊城,延及均郧,上逮宜昌,至次岁春间始平。

廿六日(5 月 29 日) 袁怀忠与贼战于杨家岭。

廷制申饬制军久战无功,将以议罚,故督令廉帅催战甚急,旋又戒饬各营谨守勿战。巴都护欲复前日之仇,故出队。令怀忠伏于后,俟贼出近前,然后迎击,而自以马队抄袭其后。怀忠不听命,独出上前,甫与贼遇,而其勇遽退,怀忠亦被围,急以刀砍其勇之先退者一人,头落于地。众惧,始站定,翻身杀回。贼退入墙,墙内铳炮乱发,其勇伤至廿余人。忠背亦受铳子,幸所穿纸甲甚厚,不能入。贼既退,不复出,众共收军回营。

廿七日(5 月 30 日) 张补诗司马招饮。

司马名由庚,四川巴州人,为吾滇前提督张公必禄第三子。来营投效,充营务官。性颇直爽,惜语言轻纵,人多以颠目之。暇时亦尝为诗,余累索稿观,终不与。今来邀饮,议论风生,亦军营中一快事也。余在营无所长,惟日以物色将材、鼓励英雄为事。每有贤俊,必为之禀白中军,恐惧没其长也。偶闻善策,亦必为之代达主帅,恐辜其意也。甚或将弁遭诬,必多方以调护之;兵勇无律,常苦口以开导之。自二月移营以来,骎骎乎有起色矣。乃大饷不能时至,而保举又无实恩,各营将弁俱生觖望,渐有懈心。偶谈及此,无不扼腕。盖诸将出生入死,亦不过为其功名计耳。今饷项支绌,别无驾驭之方,惟此虚名荣身,差足系恋其心也。乃并此亦不云予,则彼亦何乐蹈此险危地哉?夫军营之际,道德士少,功名士多,处功名之场,而欲尽责人以道德也,难矣。与其高价以待英雄,而英雄不能为我用,何若降格以求将士,而将士乃乐为我死者之为愈哉!

廿八日(5月31日)　外江水师焚贼船,大获全胜。

杨厚庵以破船数十只,实以芦柴,贯油其中,乘西南风暴作,纵火烧贼船殆尽。自昨夜四鼓后,至今晨辰初,火始熄。先是,余与龙启文议袭贼营,是夜将半,启文率其勇十五人至五显庙探视地势,行抵生生林。其勇丁黎朝开最骁勇,用小划载众由襄河而下,意欲查探地形而回。乃驶至南岸嘴,见外江火起,知必有变,乃亦乘隙纵火,烧其河岸麦堆数处,及木牌二座,坐船二只,声势与外江相应。黎朝开命数人守候五显庙,俟其众一动,则急扑入卡内。乃守卡诸贼毫不声动,无隙可乘,而人又过少,不敢力攻。天明收队,我众仅伤一人。余令其禀报中军,而众以为未有成功,不肯冒赏,俟再议袭,乃敢上达也。厚庵由千把荐升提镇,仅一年有余,其才必有过人处。余累询诸同营,无称许者。今观此举,及余亲见水师号令纪律,颇有可观者,则其贵亦非无因而至此也。

吴翰臣由长沙来,云二十一日过岳州,前一日岳城勇变,抢掠府署一空。江忠濬在通城亦为勇丁所杀,云阵亡者,饰词也。近日杀贼专恃勇,而杀主帅者亦惟勇,勇之害可尽防哉!

廿九日(6月1日)　何金献火攻木人。

以木为人,胸藏火箭、硫磺诸毒物,以马驼之,用冲贼阵。余笑曰:"活人尚且无用,况木人耶?火牛阵同一用法,乃田单用之而胜,邵青用之而败者,可一不可再也。马虽可以直冲,然见枪炮当前,则横逸四窜,不善用之,方将自误,况攻人耶?"

三十日(6月2日)　廉帅集宴诸将弁于镇军营。

将以议攻也。公以师老无功,故欲集众议以成勋,意甚善也。然人情多欲而生忌,稍有出色将官,则众共排挤而诎谤之;其不材者,则又不齿于数而漫与之言。故多言者嫌其躁,寡言者终于讷,终日议论,讫无定策也。

星烈日记卷之十三

鸿蒙室主人笔记

五月初一日（6月3日） 拟平贼第三策。

一曰破资格以收才士。用人之道，莫患乎漫无定格以相天下士，不能如格以相与也。尤莫患乎坚持一格以律天下士，而牢而不可破。夫倜傥非常之人，固非一格所能尽，尤非常格所能拘。苟值太平无事之秋，则循乎常格之中，自足收格外之效，不必侈言破格，而实无格之非破。且不必急其所破，以致破非所破，转不如不破者之犹得如格以相与。乃至今则仍守乎常格，一格既满，始迁一格，臣恐迁非所迁，则格非其格。或如格矣，而事不能待。既格于所处之位，复格于有待之时，则所谓倜傥非常之人，亦且与庸碌无奇之辈等，夫亦何乐执此一定之格，以阻人用世之心也哉？夫大凡人堪用世，必不乐为苟就。故或限于资格而不事奔竞，则屈志下僚，不肯自炫也。或阻于科第而无容幸进，则弃置岩阿，甘心自晦也。国家用人，科目一途，贡监一途，荫子一途，资郎一途，吏胥一途，今则投效又一途，岂尚不足以得人乎？而究之诸路并收，无一足恃者，则资格之说限之也。自资格之说立，而科目、贡监、荫子、资郎、吏胥、投效均不足以自见。盖格不至，则虽英雄豪杰，亦将俯仰以待时；资不深，虽圣贤哲士，亦且优游而听命令。试使姜尚、管仲、子房、武侯之侪生今之世，亦不过由科目、贡监、荫子、资郎、吏胥、投效诸路而进，尤必循序而后显，则姜尚之年或可待，子房与武侯均不能待矣。又试使孙吴、淮阴、汾阳、武穆之辈生今之世，亦不过由科目、贡监、荫子、资郎、吏胥、投效诸路而进，又必循序而后用，则汾阳之福或可俟，而淮阴与武穆更不能俟矣。当此盗贼蜂起，需材孔亟之时，而仍率旧章，不思变计以求材，则所谓倜傥非常之人，又岂肯与庸碌无奇之辈长相等哉？故说者曰："才智者流，国家既遗其才而不用，彼必不肯终于沦没。无事则慷慨悲歌，或混迹于市廛，或纵情于诗酒，一旦世有不靖，则奋袂投笔，起而为天下患。如张宾之投石勒，张元之走西夏，皆能逞其怨毒，奋其诈谋，窃土僭号，遗朝廷数十年之忧。"宋臣富弼亦云："凶险之徒，读书应举，仕进无路，心常怏怏，以至讨寻兵书，学习武艺，因此张大胸胆，遂生权谋。"我世宗宪皇帝有鉴于此，特降谕旨："各省中有膂力出群、技勇超众之士，若听其弃置无用之地，诚为可惜。令各督抚等召募拣选，咨送兵部，以备军旅之用。"仰见圣虑渊深，防患未萌。盖即苏轼所云穷其党而去之，不如因其才而用之之意也。方今祸乱频兴，尤不可以才资敌，而自受无才之累则甚矣。朝廷用人，收以资格者利常浅，失乎资格者祸独深也。又况其人资格既深，必老朽无能，亦安望其能奋发振作有为也哉？彼盗贼窃据金陵，名邦巨区，均为残破。使非有阴毒畸士为之谋主，凶狠健儿导其前驱，必不能如是之猖獗无忌也。且夫天地生材，亦岂乐为盗贼用哉？彼盖见仕进无路，表见莫由，应试则文字见摈，报捐而资斧不继，铨选亦班序难轮。即幸而名登仕籍，非俸满未尝超迁，又或投效军营，非亲信乌能见用？而盗贼巧为恩施，多方牢笼，诱我奇士，供彼驰驱，素负才智而识见未定者，鲜不为其所诱而乐为效命，则非无故而云然矣。苟不痛扫积弊，力起沉疴，举数百年资格之见而力破之，使天下不逞之徒有所借口，诚未见其为国家之福也。臣愚以为宜饬天下督抚，各举英才，以备擢用。其有不举者，许得赴京投效。仿余玠设招贤馆于国门，以待天下之士之来，或径投幕府自效，亦无不可。举凡洞晓天文、明察地理，以及占验术数、筹画谋略，与夫精通阵法、娴习武勇之士，皆得以自献。又或文翰精工，辞令明敏，制器则巧夺天工，医药则神游象外，无不为军营所宜用。于是择其沉毅英武而有雄略者，可以充大将之任；骁勇精锐而能临阵者，可以授偏裨之职。不然，则出奇制胜、巧思绝伦者，策士之选也；规模宏整、道德渊深者，公辅之器也。询言不足以测量，则凭著述以察之；著述未足以验功，则假庶务以试之。始而小试其端者，继乃尽穷其蕴。总期世无遗才，才无遗憾而后止。即以练军一门而论，必先授以百夫之长;迨其效也,而后加之以三百众;又效也,而后增之以五百徒;抑又效也,而后累千累万。以次而增,勿躁而进。其人苟贤,虽成卒可擢将军;人而不材,纵大帅亦置间散。毋专重科目而困才,毋专崇贡监而拘序,毋专任荫子而世官,毋专收资郎而杂品,更毋专尚吏胥而坏法,尤毋以投效而遽信其诚。《书》曰:"询事考言。"又曰:"试可乃已。"为千古用人良法,舍此别无奇策也。今之营弁,亦尝不次超迁矣,屡破其格矣。如杨载福以千把总从军,未期月而拔擢提镇;罗泽南以诸生投效,亦未期年而晋位藩司,不可谓非格之破也。然所破者,仅投效一途耳。夫进身之途数,而破格之途一,则岂足以尽天下贤材哉?故臣谓破格以录贤者,非仅一途之可破,尤非一格所能拘。必多方以破之,而后天下之才见,贤豪之气伸,而格乃无乎不破耳。

初二日(6月4日) 作家书。

自入楚江,鸿便难逢,兼以黔道梗塞,尤无音耗也。王镇军适欲专足回滇,因急书数言,以报平安。余《峤裙集》自叙云:"半生潦倒,既遗堂上以忧;千里从军,尤烦倚闾之望。"至今读之,尤觉泪涔涔下也。

初三日(6月5日) 闻汉口诸营与贼战败绩。

有勇丁自汉口来者,为言是日讷提军及李光荣等出队,为贼探知。先渡江伏于破屋之中,俟大队半过,突出邀截,兵勇尽溃,散乱归营,死伤数百人,襄河岸炮营亦为折毁。余累议渡河抄贼,袭铁门关以夺龟山,无人肯行。今贼能出伏以击我,亦何计反出贼人下哉!

初四日(6月6日) 偕赵松圃及李宪之、褚继良登五里墩观战。

廷制责制军,以为中路战功皆敷衍塞责,因札饬诸军于四、五、六等日昼夜环攻,以期迅速克复。又云青山江面虽有炮船堵截,而陆路处处可入,此余所以议剿兴国,为覆巢之计也。若第防堵水路,贼粮仍未能断,武汉终难克复,何以仰慰宸衷哉?

是午,余与松翁及李、褚二君由高庙一路至凤凰台,登五里墩,远观诸军尽列于杨、邓二岭及伯乐台、梅子山诸路。适贼出队数百,我军与之相持,往复十余合,我队奋勇直前,彼必退让,而墙内铳炮齐发,我军纷纷倒地。我若退回,彼则呐喊来追,以此诱我近前,彼复大施铳炮。此贼匪狡猾伎俩,诸将不识,往往为其所愚,而以有用之身,当无情之炮,可慨也。

初五日(6月7日) 水师诸将请告奋勇攻五显庙,不及而返。

以接应不至,兼贼有备故也。余尝言欲请夜袭者,断不可望人接应,若存此念,事必无成。何也?夜袭人人畏难,有望救之心,则无敢死之志,故可卜其无功也。且此议已商诸数月,岂能秘之使不泄乎?闻贼近日增筑营墙,添挖濠沟,防守备极周密,尤为难破。不思变计,仍拘故辙,亦何愚哉!

初六日(6月8日) 拟平贼第四策。

一曰慎招募以选精兵。古之用兵也,募勇以助兵,其究也,有兵兼有勇。今之用兵也,借兵以督勇,其弊也,有勇而无兵。夫既有勇而无兵,则其势不得不出于招募也明矣。势既必出于招募,则不慎而选之也得乎?盗之初起也,亦尝征调各省镇兵,同心协剿矣。乃以承平日久,匪惟民不知兵,亦且兵不知战,故募乡间农民及无赖徒,用备前驱,以壮军士之胆。及其与贼遇而相斗,则勇方与贼战,兵已借端遁回矣。统兵者知兵之无足恃也,于是多募勇而少练兵。即间有用之者,亦不过令以守营,借作声援而已,非真用为战斗也。此兵与勇分而为二之始也。又或多盗之乡,官军势难兼顾,民自团练,互相保守,谓之练勇。亦有骁勇善斗之夫,及多谋奇智之士,捐资召募,投营效力,各自为队。楚人所募名曰楚勇,豫人所募名曰豫勇,川人所募名曰川勇,两广所募名曰广勇。亦有以队长名号标勇丁名目者。总之,争先敢战,屡战辄捷者,则谓之劲勇。大帅保荐其目,先换翎顶,称为军功,自领一队,不必问其现居何职也。由是军功与营官势并立而不相辖,且有藐视营官,无足当其意中者。主帅欲矫其弊,间以营官相统辖,则桀骜不驯,或倒戈相向,何也?勇丁非营官所募,则军功必不得为营官所辖。譬诸螟蛉义子,恩养未深,遽施挞楚,有不背而思逭者谁乎? 是今之用兵者,直曰用勇耳,乌有所谓兵哉? 国家养兵二百余年,而其弊乃至有勇而无兵,则循名责实,又安用养此百年之兵为也? 然兵既变而为勇矣,则散之或恐生乱,练之转能前驱,则何若练之之为愈乎? 招勇之法,近日多由军功自募,或三百,或五百,或一千,或八百,最少亦一二百人,不随时以察点,不演练以成军,听其自来自去,忽减忽增,靡有成数。故人易藏私,每以空名冒支军饷,中军不得而稽其实也。其最巧者,勇数虽实,而进退无常,亦可从中以渔利。迨至开仗,又复召募以实之,中军尤不得而核其数也。臣愚谓今虽不得已而用勇,亦宜仿照营规,立营制,定兵额,饬诸戎臣随时奏报。凡一勇一弁,必亲加挑选,取足一军之数,则令一军功管带。偶有革退伤亡,仍要造册呈报,以备查补,不使军功得操出入之权。其军功有过,亦随时黜名,易人代管。庶勇册操自中军,勇不敢别生异志,有威可畏,有德可怀,军功亦何能从中作弊? 又安见勇不可以作兵用哉? 虽然,兵之中亦有似勇非勇,而实可以作勇用者,则今之汛兵是。夫汛兵生长农田,其人日以锄耰为事,肩挑作活,任劳耐苦,罔识艰辛,而又稍习营规,粗知技艺,实与今之勇丁无以异。若能专练一军,亦可以长营兵之志气,而抑募勇之凶锋。此后不调营兵则已,若欲调兵,必须专调汛兵,俾作前锋,则兵勇无偏重之虞已。咸丰四年,川中募勇千一百人,教以营规,训以战法,俟其熟习,始命营官管带至楚,隶署镇王国才麾下调用,名曰新兵,颇称能战,而无桀骜之气,是又勇也,而获兵之用矣。使各省督抚募勇皆能如川募勇之法,则何患有勇而无兵之弊哉? 且夫人之生也,强弱不同,故其选兵亦异,然总视乎选器者之识见以为衡,而材无遗弃矣。鲁之裕有言曰:"大约目睛灼而猿臂鹄立者,宜弓箭;身材短小而精悍者,宜藤牌、滚刀;其杀气蕴结于中而有时勃发于面者,宜腰刀、手枪。至于排枪、大刀、档木、铙钩之用,则必老成有力者任之。"苟少年健儿,筋力未定,而使习其艺,则未几而乏矣溃矣。长大丰伟者,而使习圆径二尺之牌，握短刀，跪伏委曲，伸缩进退，于以出没于锋镝之间，其将能耶？是故选兵无他法，选器而已；选器无他法，使其人自任而已。人既任矣，而更试之以艺；艺既精矣，而更观之以胆。胆与艺俱优，而人未有不能战者。选之日，先将名册填写器名于上，仿戚南塘鸳鸯阵之式，配成队法，使其长短相间，疏密得法；然后选兵之精于器者，注名于下，册成而队法亦定，为力甚省，收功甚速，所谓基固而墙面立，此选器之法也。若夫勇之性情，亦不可不察焉。广勇彪而悍，豫勇直而拙，齐勇狡而健，川勇黠而猾，楚勇则分南北湖。湖以北者多疑而怀诈，湖以南者质实而敢为，其奋勇亦大异于湖北。故近日论勇，当以湖南为最劲，广次之，川又次之，豫与齐又次之，湖北其最下焉者也。盖南勇多农民为之，故诚悫独胜于他省，其余皆无赖徒，讵能以纪律绳之乎？要之，人无论南北，以骁勇者为贵；技无论精粗，以奋往者为先。不必其徒众也，亦不可失之过寡，多则以五千为率，少亦三千足数，务使人人精壮，队队整严。夫与其耗费以养无用之师也，不如增饷而获敢死之士。皇上何不召募天下豪杰，试畀以一旅之师，观其驾驭如法，训练有方，果能指麾进退，无不如意之所欲出者，其人必大将材也。东南数省，各置一军，自能荡寇而有余，奚必纷纷募勇为哉？粤人有自海外回者，为言英夷火器最精，养兵不过二万，而纪律极严，对炮临阵差一线，皆论斩不贷。兵贵精不贵多也。每兵一年饷番银百圆，艺精则由伍入官，月俸增至数倍，以故英人火器，域中无敌。臣意中国亦宜仿此操练，立为定制，自有勇士出于行间耳。又或饬令各省军营，每营保举百人，一可当百者，三倍其饷，即裁冗兵之数实之，送省训练，独成一军。外郡有警，随时策应，亦可以除勇患而振军威。虽无事之省，急当加意仿行，又不独东南数省为然也。

　　初七日（6月9日）　投诚军功柯联升请办内应，廉帅许之。

　　批准能杀伪钟丞相者赏银三千两，杀刘满者赏银一千五百两。又谕能破城者赏银一万两。先是，贼炮船为我水师所焚，其目刘全胜畏罪来归，托联升引进投诚，自愿焚卡献城，暗作内应。先以其子为质,鹤翁信之,固许焉。又据大冶县知县岳屏环禀称:"江西现已无贼,其贼目伪翼王及石逆等俱由湖口窜出安徽地方,其杨伪国宗则上至黄州,将至麻城打仗。"果尔,则武汉甚难克复。兴国绅士熊际泰禀称:"团练防守,自顾身家,亦属知义。然须有官军招安土匪,联络策应,诸绅士方能存立。不然,贼以势胁,彼又不能不改节以从贼矣。"

初八日(6月10日)　拟平贼第五策。

一曰习战阵以精纪律。兵既选矣,而无阵法,则仍未可以战也。臣尝读《易》,至师之象曰师出以律,不禁喟然兴叹,以为古之善言战者,莫《易》若矣。盖战本至危,而撮其要则有三:曰智、曰力、曰律而已。智者,出奇制胜,出不意,攻不备之类是也。力者,披坚击锐,投之亡地然后存,陷之死地然后生。律者,旗鼓步伐,所谓人既专一,则勇者不得独进,怯者不得独退也。然智之妙运于虚,虚则聪明之士可以乘机而应敌;力之用专主实,实则骁勇之夫亦可恃气以成功。惟律则运实于虚,复由虚以按实。苟非神奇独擅之资,巧力兼到之学,实未易以语此。故善战者,一言以蔽之,曰律而已矣。盖非律则队伍不整,无以致联络之方;非律则奇正不生,无以运合辟之势;亦非律则变化无术,更无以擅因方制敌之妙。是故迹至粗也,而用之则至神;用无定也,而操之实有要。虽然,今之将帅则罕有以律言兵者,以为律古法也,不可用;又以为纸上谈,尤无足用。举世皆然,众口一辞,臣亦几疑律之无足用矣。乃自军兴以来,诸将皆无成功,及询其所以致败之由,则曰:"兵不前也,心不齐也,胆不壮也。"亦试思胆胡以不壮?心胡以不齐?兵又胡以不前?则岂非以无律故?诚能有律焉以制之,胆有不壮焉者乎?心有不齐焉者乎?胆壮心齐,而兵犹有不前焉者乎?是故私心讨论古今韬钤,荟萃成书,一以律焉为之主,冀质大帅,稍救时艰。乃见者不笑骂,则诋谤之臣又几疑律之无足用矣。迨至楚,遍观诸将战法,则仍是哗然散而哄然集也。既无金鼓以齐其心,又无旗帜以耀其目,非无旗帜也,盖古之旗帜用以指麾,今之旗帜则专用以击刺,故旗帜虽多,不得谓之旗帜耳。若夫金鼓,则未尝或闻其音,又安得为中军号令乎? 故当其相率以出也,如残蚁之赴腥膻,断者断而续者续,分头杂出以无章;其聚而各处也,如马牛之风上下,背者背而向者向,任意起止而莫定。及其遇敌以交锋也,则又如乱蜂之畏采其蜜,哄者哄于前而避者避于后矣;迨至溃败而逃散也,则更如狼豕之奔突原野,窜者窜于东而倾者倾于西矣。则皆以无律故也。而臣犹不敢自信已说为是也。

军中暇日,得阅曾侍郎国藩所纂《贼情汇纂》一书,中有伪军制册,载贼阵法甚详。有所谓牵线阵者,有所谓螃蟹阵者,有所谓螃蟹变形为两为四为五、偏左偏右及大螃蟹包小螃蟹者,又有百鸟阵、卧虎阵诸名目,条分缕晰,井井有法。夫乃叹贼之所以累战而累胜,我之所以累战而累败者,有由然已。且夫逆贼亦何知也,而乃讨论兵法,创为阵图,与古暗合,故能扰乱中国,纵横天下,官军莫如之何,不可谓非精练之兵也。逆贼背叛,灭绝伦理,而独于所用兵法悉心演练,思有以节制而进退之,独奈何堂堂官兵,散乱无律,智转出逆贼下哉? 无惑乎其不能相胜也。臣窃意当今之世,欲灭逆贼,非精练其军也不可。练军者何? 夫亦曰律而已矣。昔者黄帝征蚩尤,作握奇阵,盖言律之始也。此后则武侯八阵图,李药师六花阵,以及戚继光之鸳鸯阵,无非以律言兵,而载诸典册,空存图象。八阵握奇,有阵法而无队法,鸳鸯阵有队法而无阵法。泥迹以求,则滞而鲜通,诚有如今之将帅所云之纸上空谈,无裨实用者。若能师其意而变通之,则神明在我,制度因时,古法又确乎其不可废已。臣常斟酌损益,仿鸳鸯队法,创为神机队,由是而上通乎六花八阵之旨,握奇率然之奇,因而驯致乎孙吴制胜之妙,固已编辑成书矣。复愿撮其大略,为我皇上敬陈之。夫练队如练拳,练拳者,常欲使其手足灵活,耳目明敏,回环照应,无隙可乘,如鹰之有爪,虎之有牙,自相卫护,然后静可以保身者,亦动可以制敌。练队者,亦欲其左右救护,前后联属,开合变化,无用不灵,如身之使臂,臂之使指,互相遮蔽,然后进可以御敌者,亦退可以藏身。其法以十二人为一队,首大旗,次藤牌,次狼筅,次长杆,次抬炮,又次鸟铳,最后则劲弩,而皆比其耦。惟旗笖则单行,每两队督以一鼓,八队领以一夫,共百人。盖牌所以遮身,笖所以蔽顶,长杆则夹辅牌笖之旁。前队既有所卫以为藩篱,然后铳炮随后,得以从容度势,制敌有准。又恐铳炮一时不能接续,故继之以弩。炮有失,铳以济之;铳有失,弩以代之。更番迭进,循环无端,敌虽强不能当也。大略贼至百步外,抬炮先放;百步内,鸟铳继放;五十步内,劲弩齐发;二三十步,则牌笖、长杆一齐杀出,可刺者刺之,可钩者钩之,可砍者砍之,而蹑后诸人则各以随身火蛋乱击烧贼。此五兵互用,长短相救法也。至于练阵,因地布置,不拘一格,或宜方阵,或宜圆阵,或宜曲阵,或宜直阵,或宜锐阵,或宜撒阵,或二面应敌,则为分飞之阵;或两边夹击,则为合攻之阵。要皆有正有奇,有动有静,非全静亦非全动,不尽奇亦不尽正。参而论之,共得九局:

　　一曰九星顾母阵,平原所用之阵也。九宫为体,八门为用,其形内方而外圆者,天包地外也;外动而内静者,天主动而地主静也。统之原有九,用之实惟八。八卦虚中,涵九象九畴而则洛书也。八阵中每阵奇二正六,以八方八卦皆六爻也。中军将士分配四维,中五寄于四季也。触处皆头,触处皆尾,一大造之浑沦无端,莫测其际也。奇正相生,动静相制,阴阳互报,阳可变阴,阴亦可变阳也。向敌而蟠,阵必列三,伏居两端,动即成五,三才定则五行生也。八方旗各异色,军无异令,以五色彰施于其类,八风从律而不奸也。神明此意,则天地风云皆吾使令,龙虎鸟蛇尽是兵材,况实而练之也耶?

　　二曰五花聚垒阵。变八为四,游骑突出以诱敌,与前阵游骑隐藏阵中者不同,以其形似梅花,故曰五花也。

　　三曰神雷出地阵。易方为锐,变四成三,三军六翼,斜飞直出,各各以背相靠,三面应敌法耳。

　　四曰飞鹗展翅阵。中军居中为正兵,前军居左为左翼,后军居右为右翼,两翼弯抱向前,如飞鸟垂翅,故曰飞鹗展翅。而左右翼各分一营,向外飞出,为伏为应,为邀为截,神机妙用,隐见不测。南方多山，前有敌而后有靠者用之。

五曰猛虎攫兽阵。与前阵互相为用。盖前初列阵，设以待敌，故两翼飞出其势舒。此则敌已入怀，两伏齐出，急抄敌后，利用紧两阵，实一阵也。

六曰飞星撒布阵。原隰高下，田塍弯环，单立则势孤，撒立则气散，故须整散兼行，分聚有法乃可。且平原用此，尤为绝妙。张威撒星阵，以寡胜众者，此意也夫。

七曰双鞭夹马阵。山谷逼窄，突遇贼至，欲进不可，欲退不能，则宜两面依山靠立，引贼至中夹击为妙。又须防其逸出，故设伏阵外，愈紧而愈密耳。

八曰骊龙抱珠阵。两面受敌，顾此必至于失彼，分兵以拒，计无出此。

九曰混元一气阵。平沙万里，敌骑四合，我兵若分，必至成擒。故仍仿九宫八门，变为圆阵，使其浑浑沦沦，融成一气，更番出战，循环无端。敌既不能窥我虚实，我乃抗敌以自守，与方阵同为北方之用也。诸阵既熟，头头是道，指东则东顾，指西则西奔，顺而演之固成阵，即逆而操之亦成阵。参伍错综，离奇变化，无往而非阵，实无往而非律耳。进攻攻以阵，退守守以阵。以阵行，以阵止，敌虽欲伺吾隙而不能；以阵分，以阵合，敌纵欲乱吾法而不可。庶几乎可以自胜而能以胜人矣。自非然者，贼知练队而我不知，贼知练阵而我不知，贼事事本乎古，我事事谬以今，不将让人以必争之道乎？且夫大匠诲人，必以规矩。今试执一工师于此，而曰尔为百尺之宫，千重之室，勿规矩乎是度，虽公输不能也。又试使一学士于此，而曰尔为属词之书，比事之文，勿程法乎是遵，虽班、马莫应也。律者，兵之程法规矩也，而可须臾离之乎？此外尚有牌阵、车阵、水战、火攻，虽属偏师，无非正律。然非假以威权，则军不惧也；非崇以势位，则权不尊也；非专以信任，则功仍未显也。是以吴官教战，罚先美人。夫亦谓罚不宥于所亲，则疏者可知已；罚先及于素贵，则贱者则更可睹已。臣愿今之教战者,皆得以吴宫为法,则贱者不失律,贵者亦不失律,疏者不失律,亲者尤不敢失律,则天下无不练之兵,亦天下无不平之盗。夫亦曰律而已矣,岂有他道乎哉?

初九日(6月11日)　廉帅自率大队夜袭贼营,不克。

以柯联升请有成约,故子正二刻即传各营皆出队夜袭。公先至十里铺,会齐同进,以汉城火起为号,乃行至五里墩,大队各处扎住不行。汉城亦无火起,惟汉口下数里火光遥映龟山而已。袁怀忠队下周大明,乃长毛投诚者,潜行至壕边,扳拔木桩,贼尚不知。而后队诸军齐声诈谬,一时尽遁,自相践踏,伤者无数。贼惊觉,始开铳炮,已天明矣。而柯联升不知何往,内应亦无,甚可怪也。大凡军士无故惊喊,谓之诈谬。彼黑夜不敢近贼,爰故意呐喊,自相惊遁,使主将无如之何。此近日兵勇大弊,非大加惩创不可。夜袭之所难成者,职是故耳。

初十日(6月12日)　李纶田上策,请分军进扎五里墩。

意欲连扎二营,相去里许,可以相救。贼来攻我,坚壁勿出,然后大营率兵抄掠其后,两面合攻,庶能多杀贼众,汉城可望克复,亦诱敌之计也。但恐守营兵勇不能坚守以待,一声诈谬,各寻逃路,则一营有失,诸营皆为之震动矣。故任此责者,非老成持重之将不能。纶田又荐蓝翎把总黄开榜可用,开榜尚在钦使营中,未知其人何如也。鹤翁议遣袁怀忠、舒洪元、卢占春三人往焉。

十一日(6月13日)　王镇军出队,未遇贼而返。

廉帅与镇军议分军轮攻以扰贼,故镇军先率队出至五里墩一带,以伺其出。贼坚守,遂归队。余谓两军众寡悬殊,宜合不宜分,万一小挫,有损军威,且两军嫌隙从此而生,防微杜渐,不可不谨也。

十二日(6月14日)　陈余田招饮。

余田名庆有,重庆人。带川水勇驻墨水湖边,防守升官渡一路。兹来招饮,鹤翁以微恙未赴宴,余偕王镇军及锦谷、松圃、亦九诸君联骑赴约。一路荷堤弯环,香远益清,襟怀顿爽。正驰骤间,堤中架木

吊桥,为守卡计。镇军、亦九二骑至桥,俱下马,令人牵引而过。锦谷
继至,不知其木之朽也,骤然径进,马重桥虚,木遂折,马亦坠落沟中。
人急扳援桥木,幸得不坠,亦危矣哉! 大凡世路坦途,犹防倾跌,况艰
危之际,而可以躁意处之乎? 由是舍骑,徒步行至湖边,闲步虽缓,转
觉安然无恙。时已有船弯泊莲岸,相候许久,遂同解缆扬帆,须臾抵
水军营次。旌旗照耀,如光山色,恍若别一世界。主人住湖岸村舍,
极为幽静。远望汉阳龟山、武昌虹岭,近在几席间,黛色螺影,倒入杯
中,而南薰徐来,拂我衣袖,尤近年来所未遇之境,不图于戎马倥偬际
得之,亦梦想所不到事也。盖心清则境闲,自觉别有得意处耳。半载
戎行,干戈扰攘,尘心久困,忽无意中觏此佳景,不觉烦襟尽涤,与寻
常游赏自不相同。军营外奏乐酣歌,舞剑助饮,尤为兴致勃勃。独念
坚城未复,诸元戎愀然不乐,未免同增浩叹也。时同座者尚有颜协戎
朝斌,亦四川人云。

　　十三日(6 月 15 日)　廉帅亲赴蔡甸,谒见制军。

　　制军本欲至营犒劳军士,故泊舟蔡甸。廉帅亲往谒见,并带李公
田同行,听候处分。制军叱命斩之,以廉帅恳求祈免,乃宥不杀。余
谓此等凶顽之徒,不必容留,特以吾军力弱,不能尽数剿灭,故开此招
降一路以羁縻之,实不得已事也。若得他人待为翦除,即阳为不知可
也,何必代为恳求乎? 余曾见李公田轻浅凶徒,非有用材,释之徒滋
多事耳。

　　十四日(6 月 16 日)　张得胜与贼战于邓家岭,为铳子所伤。

　　得胜奋勇过人,战必当先,惜胸无谋略,徒恃其勇,无济于事也。
数日出队,皆为外江牵制贼众起见。闻胡中丞与李观察杀贼甚众,故
连日加攻,冀速克耳。

　　十五日(6 月 17 日)　拟平贼第六策七。

　　一曰明赏罚以示无私。赏必当,罚必行,夫人知之矣。赏不逾
时,罚不旋踵,夫人又知之矣。然其何以不逾时、不旋踵,使之行而皆
当也? 则未有知之者。赏不亲见其可赏,则赏也未必真;罚不亲见其

可罚,则罚也未必实。罚不实,则漏网者肆无忌,而误刑者怨必生;赏不真,则受恩者无报心,而缺望者有借口,又安望其必信而无疑议也乎?矧吾之所凭以赏罚者,又不过寄诸左右焉耳,据其文报焉耳,抑更任以喜怒焉耳,则赏罚真有难言者,乌乎信?且夫威权不可以服众,于是乎有赏;恩惠未可以得人,复于是乎有罚。是赏所以为行权之具,罚实济恩之不及也。今者则非其亲谊也不赏,非其私昵也不赏,非其请托也不赏,且非贿赂也尤不赏。尝有身居乡里,名隶戎籍,得以冒膺保荐者;亦有身虽入营,而足未履行间,乃得滥厕战功者;且更有身虽临阵,而推委不前,转得先争勇号者。盖战者自战,而赏者自赏,不必据实以入奏,尤不必按籍而论功。其卒徒则以奔走伶俐者为奋勇,不必打仗争先也;其将弁则以贿赂行私者为强干,不必娴习战阵也;其幕僚则以舞弊逢迎者为明敏,不必筹画多方也。露布本报功之具,乃战未捷而其文已先成矣;顶翎实行赏之端,乃名乍入而其照又早执矣。即间有一二廉明大帅,欲矫其弊而易之以正,乃积习既深,不能一旦决然扫尽,则赏未见其必信,罚又安能其必行乎?是故明知其溃败而不敢罚,明知其退缩而不能罚,明知其罔上而不欲罚,明知其械斗而不议罚,明知其逃窜而不急罚,明知其奸掳而不重罚。盖赏非公赏,故罚难尽罚耳。虽然,赏必当而罚必行者,果操何术以致之哉?则非严以功过也不可。夫功过生于战阵,战阵生于纪律,纪律生于步伐。步伐齐则纪律严,纪律严则战阵精,战阵精则功过实,功过实而赏罚犹有不明焉者乎?故不必论功以行赏,议罪而致罚也。但求其战阵何以精,纪律何以严,步伐何以齐,而功过自出于其间。非然者,无论其不能亲冒矢石以督阵,即使能冒,又乌在其必睹夫某进某退、某胜某败,而为之明定其功过也?又无论其不能遍历营垒以誓师,即使能历,亦安必其尽识夫孰勤孰惰、孰劳孰逸,而与之区别其功过也?故臣谓欲明赏罚,必先自结队始。队之结也,十有二人为一队,队有队长;八队为哨,哨有哨长;九哨为营,营有营长;九营为军,军有军长。军统营,营统哨,哨统队。一队功过,责成队长;八队功过,责成哨长;九哨功过,责成营长;九营功过,责成军长。功有专赏,亦有旁及,所以鼓励其余与为首也;过有专罚,亦有连坐,所以惩创其余与为首也。有旁及,则人乐与庆成功;有连坐,则人不欲相护。过如身之使臂,臂之使指。指不听用,臂必知之;臂不听用,身必知之。一脉相联,岂待身亲其劳而后辨?又若叶之附枝,枝之附干,干生枝,枝不致背其干;枝生叶,叶不致背其枝。同条共贯,亦岂有岐出纷然而不知?而且为之立册以纪数,悬榜以示公,则一考其籍,而功过已厘然,不啻盟以心,而赏罚无容掩矣,其孰有不信焉者哉?且夫功过亦何常之有?胜固为功,而或冒人之功以为功者,其功枉,是功之中亦有过焉;败固为过,而或救人之过以成过者,其过轻,是过之中又有功焉。必明乎此,而后功过之实得,亦必明于此,而后赏罚之真见,而人未有不信焉者也,则真可以操赏罚之权而无疑议已。

十六日(6 月 18 日)　水军营官李承谟攻五显庙,不克。

承谟随杨军门驻扎外江,缘制军札调内沙口,绕入襄河,欲攻贼浮桥,直出外江,与大军会合。是日,承谟并不知会各营,竟自带炮船下至汉口,查看浮桥形势,果见水涨桥落,船可由链桥上过。承谟喜,遂放船直下汉口,贼故令放过,不开一炮。承谟自以为得计,乃欲回船上攻。贼伺其船近,始开大炮轰击,逆流船行甚迟,而铁链桥横碍中流,进退不能如意,遂大败遁归。二哨官阵亡,勇丁亦伤至三十余人。承谟手掌被炮子打穿,亦可悯已。

是日接陈亦渔姻丈函,阔别多载,忽睹鳞鸿,倍增一番离绪也。亦翁以部曹出宰甘肃,因丁艰后分发湖南,今调首邑,以防剿祁阳有功,保荐同知。闻余在营,故通音问焉。

十七日(6 月 19 日)　梁茹山过访。

君固始人,初随红樵公游宦至滇,今始回。闻余在营,乃过访。至性醇笃,谈论风雅,因询以滇中近事,知亦珊洪君中魔投井死,似有冤魂之缠之者。亦珊少负才名,诗颇爽俊,与余唱和最多,不拘拘以一家名而脱口而出,自有风趣,得苏长公超拔之气。前岁与余分手,游幕至副官村,性情迥异平昔,抑郁漫骂,褊急非常。余时已知其有魔,然不料其竟死于非命也。甚矣生才之难,其人稍有奇气,非落魄不偶,即短折夭亡,或残疾盲瞽,废弃终身者,往往而是,亦何天工之忌才哉,实人有以自召之耳。

近日营中诗才甚多,如张君小溪、李君宪之、熊君春皋、刘君廉泉、祝君兰侪及茹山,皆能诗者。鹤翁顾之,颇动诗情,欲起社坛为军营别趣,属余主执牛耳。余笑谢曰:"鄙人何敢当此,惟公正可以双执牛耳也。骚坛营垒,一时并建,大将旗鼓,指挥如意,在此时耳。"公微哂云。小溪虽在营,未经晤面,兰侪为诵其《登三山景》二律云:"青天欲问首频搔,事外登临属我曹。灵瑟曲终湘水远,泪碑人杳岘山高。饥驱久有风尘悔,浩劫谁分造化劳。日暮连营震金鼓,大军犹逼汉江皋。○画角声连白昼哀,干戈此地几经回。吏忘案牍筹输饷,民恋农桑守劫灰。草木殊无春夏气,风尘特老治平才。要观国手收残局,不为鸡虫得失来。"诗虽直言时事,而酝酿有度,故不觉其激也。

十八日(6 月 20 日)　送松圃、锦谷返棹长沙。

松圃闻讣丁内艰,故急回奔丧。锦谷偕往,大约秋初可以回营。人生聚散,飘忽无常,曾浮云苍狗之不如,况参商耶?是夜贼潜出至桥口,烧毁买卖街,杀伤百姓十余人,襄河两岸诸营皆惊。官军屡出劫营,皆未得手,而贼一出即伤我兵,亦猾矣哉!

十九日(6 月 21 日)　阅邸抄。

阅五年十一月廿六日邸抄。上谕,和春奏捻匪李兆受窜踞英山,诡称投诚,已革道员何桂珍密约罗田等处团练会捕,谋泄被戕,英山县知县苏秀槐等同时遇害。委员刘兆彭调集罗田、英山各勇,会合进攻。李兆受率党冲出,勇目滕加方等歼毙骑马贼三十余人,贼溃入城,各勇追杀,穿城而出,合围攻击,共毙贼三百余名。当将英山克复,捻首李兆受窜逸,各员照例赐恤有差。此兆受再叛之始也。桂珍号丹溪,吾滇师宗县人。与余同年,补弟子员,后入词坛,命在上书房行走,旋授安徽道,以托故推委不进被议,今遭此难。其为人性多迁执，非军旅才。尝见其跋唐鉴《学案小识》后有云："自姚江出，而道乃大乱。呜乎！从此岂真知姚江者哉？夫使今世有姚江其人者，祸乱何患不平？吾儒读书学道，不过为世用耳。乃有学如孟子，功似武侯，文若贾、董，而犹谓之为乱道，岂垂首咕哗，空谈性天，无益于世者，乃所以为真道学哉者？"丹溪只欲附和师门，故妄肆诋诃，非真有道德可以攻击姚江者。观其办皖军事，可以略见一斑已。后余晤其随员蔡君阆仙，据云兆受之投诚也，众知其诈，唯丹溪不省，开诚以待。继又自疑，欲遽除之而不能决，函商皖抚福公，以致机事不密，为兆受所截。因设筵招众委员痛饮城外，而己怀函挟刀以入帐。丹溪甫辩，而身首已断为二，兆受提其头挂树枝，日以铳箭轰击，落水中，众始惊。此实录也。

廿日(6 月 22 日)　阅邸抄。

掌山西道监察御史宗稷辰奏："臣闻善为政者，视俗而施教，必合众人之所欲，而后立法可以必行。必量天下之所宜，而后行法可以无阻。利多而害少者，法虽敝而可修；利少而害多者，法屡更而难恃。以今日之时政论之，求利于国而不便于民，其失则无有过于钱法者也。自道光年间，忧银少而思胜之以钱，始有铸大钱之议。皇上御极初，言者益多，于是铸为数等大钱。原期钱胜而银弱，以大钱辅旧有之钱，而钱不可胜用也。铜不足，济之以铁屑，杂之以铅锡，而钱更不可胜用也。讵知大钱出而旧钱稀，铁钱出而铜钱隐。当百当五十等钱，既存为无用，而铜运又不通，即当十大钱，亦难责其多铸。各省钱局率以办铜棘手，销化旧钱为之。大抵旧钱四五，足以成当十之一枚。铸者获利过本，而公家行用仍强民所难，名为当十，实多受六折、八折之亏损。江南、淮北比比如此，民间患苦而吞声者多矣。京中市肆遵法，勉用当十、当五钱，而一出京门，竟不能用。其官局官号所发给流转者，仍在钞票，而大钱特为标识之具，民用亦仅供零星购物，而大钱之为用，究属无多。其换银远去者，求得一色制钱，每千折加三四。是大钱虽暗损乎制钱，而制钱之尊自若也。大钱无少益乎制钱，而银价之昂更自若也。公家倚重官号,有银则增其钞本,少银则赖为饷资,运实于虚,可暂权而恐难经久。外省银钱,绝无凌驾,故公私钱券,皆所罕行。司农以为良法,非臣所敢妄议。以臣之愚计之,银少而代以楮,不若更代以制钱。而大钱既不若制钱之尊信于民,则强民用之,上下交累,亦觉甚拙。制钱幸未为毒手所尽销,不乘此时隆其声价,则久将沦为乌有,而私铸之铅沙薄板,日充斥于宇宙之间,所谓圜法者安在?顾欲隆其声价将奈何?窃思制钱之始,本为代银而设,故习俗流传,称为一厘。然我圣朝二百余年,钱样始大而后小,始精而后粗,若概作为一厘,轻重尚无区别。拟从咸丰六年为始,以顺治、康熙之清铜钱,照广西及湖南衡、永等府行用桂字钱之例,以一文当两文,即抵银两厘。雍正、乾隆黄铜钱质厚而式稍收,抵银一厘五毫。嘉庆、道光与现今所铸和铅较多,抵银一厘。以上皆定其称曰祖钱。凡有此钱,轮廓无缺,皆作银用。上行则完粮报捐,下行则给俸发饷。昔谓为无银者,立变为所在皆银,则销化祖钱之事,不禁而知其必无;抬高银价之弊,不禁而知其必平。至于大钱已行,皆须安顿得法,方为两全。拟将所谓当十者,皆令当十文古铜钱新铁钱之用。以后铜已贵重,收铜之令,可以加严。铸大钱纯用铁而不用铜,常用铁制钱,亦不必更铸锡铅。旧存不用之大钱,毋论在官在民,皆可收买销镕,改为二三等祖钱,而不致于朽废。银数充扩,则度支从实,钱法自清,国用自可渐裕。至解铁铸钱一节,现在工本过多,尚为失算。何以言之?臣闻山西平定州产铁之处,每斤仅需六文。因奉文采办,层层需索,骤长至四十文。彼地煤炭、粮食俱贱,不如移局,就地开炉,仍以公正大员镇静弹压,铸成后陆续解京,则工本大可减省。他省产铁之所,与西山煤沟产铁者仿而为之,裨益孔多。若杂项小钱,姑准以三文抵铁钱一文,则私造者亦将无利而自止,正不在严刑峻法以防之也。古云:'利不百,不变法。'前者以当五十大钱不便于民,即蒙皇上虚怀延纳,立为停止,特未深知当十大钱之行用于南北者,实未周也。不便于民而反累民,即官亦受其累也。有尊祖钱之法以胜之,而银不过昂，大钱不必虚折，私小之钱不必禁毁，一举行而三弊去，百物通，万民乐。在大司农及诸曹，当亦不坚执前章而乐更，期以赞成此举。惟仰冀圣主持乾断，集廷议，布德音，定约法而已。臣愚昧之见，是否有当，伏乞训示施行。谨奏。"

近今国用不足，谋钱法者多矣。钞法、大钱皆非持久之道，故民不乐从。惟此议及前年陕西藩司某所奏三金并用之法，差便于民，而无更张之嫌矣。然此论钱法未能照常画一，故可以救一时之计，而非行远之法也。三金并重之议，可以长远矣，而钱法亦未能清，宜合二疏参酌而折衷焉。钱法之制定，而国用自无不足已。当另拟一议，以为筹饷者决之焉。

廿一日(6月23日) 与梁茹山共话。

为道及滇中州县多乱民为患，弥勒县盗贼戕官，楚雄矿匪时去时来，饥则扑城，饱则扬去，盖以杀回匪为名，时至围城，地方官不能制，啖以金银，冀其速去，以免责成。彼既为盗，反得便宜，故习以为常，而祸乱遂不可已。东川回匪亦积聚至万余，终非乐土。制军现又带兵往黔剿办苗匪，边庭其可恃以为安哉？近又闻苏州巡抚某业已阵亡，吴县甚为危急，东南财富之地尽矣，奈何奈何！朝廷若不及早命将整顿一切，天下事未可知也。

廿二日(6月24日) 拟平贼第七策八。

一曰和将士以期共济。天时不如地利，地利不如人和，故曰："师克在和也。"师不和，虽有百万之众，精练之兵，勇敢之将，亦无益于事，况未必其精勇且众乎？昔廉颇与蔺相如不和，相如常引避，谓其舍人曰："秦之所以不敢加兵于赵者，徒以吾两人在也。今两虎共斗，势不俱生，吾所以为此者，先国家之急而后私仇也。"颇闻之，肉袒负荆，因宾客至相如门谢罪，遂为刎颈交。又梁武帝敕韦睿救钟离，而使其受节于曹景宗，景宗礼睿甚恭。武帝王闻之喜曰："二将和，师必济矣。"可见古来将士能成大勋以垂后世者，未有不两相和而后可以两相济者也。以臣所见，今之将士则不然，一营之中无勇士以当先,众固不肯前,即有勇士以当先,众仍不肯前,以为彼一人足以杀贼矣,又安用吾众为哉?推其意,似恨己之不勇,而又恐他人之勇过乎己也,故群起而相忌之,必欲使其奋勇者陷于危亡之地,而后克遂其私耳。以故骁勇善战之夫,恒相继以沦没,而推委柔狷之辈,转得从容而授官,又乌在其为和衷共济也哉?又或大帅两相忌刻,彼路军机办成内应,此必不肯发兵以接应;此欲夜袭贼营,彼亦坚壁而不出队。盖计非己出,则事事相讦,以致两无成功也。夫军旅之事,至重且繁,有非众论所能夺,亦非独断所克成。而自用者流,必欲使功归一己,稍有不合乎己者,则必多方阻挠,亦一念之私,有以隐中其微,遂举君国之大为儿戏耳。故建言者拟分别首次论功以矫其弊,谓头敌获胜,固得上赏,即次队勇于接应者,亦得均邀次赏。其或首队失利,而次队直前接应,能转败为胜者,则上赏应归接应诸将,罚则反是。故大权操纵自上,诸将畏法而爱功,不期和而自无不和矣。臣愚谓和古之将易,和今之将难;和带兵之将易,和带勇之将难。带兵之将素娴营规,故易于驾驭;带勇之将全无纪律,故难为调和。盖其人本东西南北之人,其性多桀骜不驯之性。或素本营弁,奉调从征;或名为书生,从公赴义;亦或市井无赖之徒,结盟而附党;或畎亩农民之辈,应募以实军;又或投诚鼠类,亦授好官;漏网余生,同称战士。品类既殊,性情各异。当其募勇来归也,既未尝彼此识面,互相联络;及其率队出战也,又不能进退有法,同听指麾。一时偶有不合,则自相攻击,谓之打盟仗,则和之也,固非寻常解劝调停之说可以兼施于其隙已,则将何术以制之哉?是必先为立制,使其谨守勿违,既整其纲于不败之地;继必明之以义,使其感激无涯,复结其情于莫解之天;终必示之以信,使其惩劝不爽,更服其心于勿贰之中。庶几乎可以同仇共难,协力相济而无失耳。何谓制?营规是也。军有军令,阵有阵法,操有操期,将有将职。将职以次相率,有不循职者去之;操期以日相限,有不如期者罚之;阵法以律相练,有不合律者教之;军令以信相守,有不听令者诛之。务使其千军同令,战阵同法,操练同日,职守同遵,则制同而事无不同已。何谓义？人心是也。或切于同仇，或急于报恩，或乐以同甘，或忧以共苦。苦莫甚于疾病，有疾病者亲视之；甘莫快于战胜，有战胜者优奖之；恩莫重于君父，日以君父共晓之；仇莫大于屠戮，日以屠戮交警之。务使其甘同甘，苦同苦，恩同恩，仇同仇，则义同而情又无乎不同已。何谓信？国宪是也。赏不私赏，罚不私罚，黜不私黜，陟不私陟。陟一人，必众曰可陟而后陟之；黜一人，必众曰可黜而后黜之；罚一人，必众曰可罚而后罚之；赏一人，必众曰可赏而后赏之。务使其赏同功，罚同罪，黜同恶，陟同善，则信同而心更无乎不已，同则未有不和者矣。非然者，制不同遵，义不同誓，信不同守，而欲责其同心合德，共扫妖氛而除恶焰也，难哉！夫五味各有偏嗜，必调和焉而后可以悦人口；二气互有偏胜，亦必调变焉而后可以成岁功。况于人乎？况于军旅之士乎？是在善将者之多方驾驭，有以驯服而调习之耳。故治国如张琴，有不和者，必改弦而更张之；治军亦如调律，其不和者，又必审音而调叶之。是将才也，而相业寓焉矣。若徒操纵擒拿，专恃权略，如驾鹰者之在臂而弗去，猎犬者之纵心以无违，遂沾沾以雄才自诩，臣未见其能以功名终也。

廿三日（6 月 25 日）　视廉帅疾。

公以军旅事烦，且多棘手，故焦劳过甚，忧郁成疾，必致之势也。时大帅亦多病者，王镇军、巴都护、官制军皆各抱微恙，酷暑烦热，宜暂休兵，故数日均未出队。鹤翁叹曰："每逢佳节倍思亲，今当抱病，尤为思亲，宜改作每逢多病便思亲。先生不远数千里来营，亦可谓同其休戚，与共患难者矣。不知何日是欢乐时耶？"余曰："此正公先忧而忧之际，其欢乐自当让人先乐而后乐也。"公笑而不答。

廿四日（6 月 26 日）　再作家书。

月前曾经寄函，今复乘折差之便，故再作此。老亲倚闾，不知望穿几重云山也。夫季子非不欲急早归家，奈裘凋金尽，无颜以对乡里，故且卧薪尝胆，俯首重读阴符，简炼以为揣摩，冀其说幸得一中，庶不负绝裾而行之心耳。岂真以势位富厚为人生必不忽之事哉！

廿五日(6月27日)　听廉帅话江西近事。

彭雪琴观察自江西函寄鹤翁,其外封及内函皆托商贾隐语,谓陆军为陆货,水军为水果,营帅为老板,勇丁为货物,军饷为资本,颇涉诙谐。盖恐为贼匪所获,致泄军情也。江西事尤难办于武汉,总以无资本故耳。公感之,成七古一章云:"营前赤日跨山紫,飙然不觉悲风起。将军病热读客书,目眩于戈森满纸。相交只在济时艰,别后何知泪不干。汉水烟霾丛毒蚓,方城痴雾护封獾。菲材重任忧长汲,西望况闻征斗急。纾难惟思民气苏,开编先忆师门立。湘南侍郎天下闻,手提孤旅扼贼军。转战千里轻一战,遂使议者滋纷纷。陈涛败岂由房琯,长坡围还解赵云。迩时问道赴援急,忠义迅发凌青雯。草间狐兔乃殊狡,奔狼突豕纷纷扰。建吉临饶已数州,处处须兵来荡扫。周处三害空复横,李靖六花殊不了。况乃小捷未为奇,此堵彼窜徒纷披。安得将军自天下,一洗宿恨安灾黎。吴城战舰拦江表,海内论才似君少。士馁犹闻督战勤,肯以饥躯敌强饱。撑持赖有军难撼,俯仰已无策可巧。圣明驾驭自英雄,海疆棠治待成功。读君书罢长叹息,何时官烛谈宵红。"

雪琴亦由诸生起,至浙江金华府知府,今放广东惠潮道,亦当今豪杰士也。然皆涤帅扳引之力,凡事有所籍手,则易成功。于此见曾公犹有爱士之心。韩昌黎不云乎:"士之能享大名、显当世者,莫不有先达之士,负天下之望者为之前焉;士之能垂休光、照后世者,亦莫不有后进之士,负天下之望者为之后焉。先达与后进本属一体,两相成而不可或离者也。"乃今之达者不察,谓后进无预己事,遂疏而过之,殊知其甚有关于名望之大,讵得以其贱而忽之也哉!

廿六日(6月28日)　拟平贼第八策此条宜移置第六策。

一曰练技艺以充胆量。三军之胜负,在旗鼓不在刀矛,杂艺似可以弗论。然阵者,万人之艺也;艺者,一人之阵也。以艺言阵,虽千军只似一人,手足耳目,无不从心以运转;以阵言艺,虽孤身亦如万众,合辟阴阳,又无不八面以纵横。故为将者,但习艺而不习阵,是犹困兽负隅，虽有爪牙而无威灵，其何以能噬人也？但练阵而不练艺，又如蛰龙困海，虽具风云而无鳞爪，又何以能摧敌也？阵与艺相为表里，斯艺与阵并行而不悖，然而言有之矣。今之所称奋勇者，率多无艺之人也。而精乎技艺者，转不能冲锋而破敌，则以其无胆故耳。夫无胆因以习艺，而艺精者乃多无胆，又将何说以解夫习艺之人耶？盖搏斗与战阵异，故习斗与习战殊。搏斗之事，始不过一二人，或十数人，最多亦百数十人。非有旌旗以夺目，非有金鼓以震耳，故艺精则胆不怯，易于取胜也。若夫两军相对，一声呐喊，千人辟易，心胆不足，神魂俱丧，又安有所谓精艺以杀贼哉？况其素所熟习之艺，无非花架虚名以欺世，故以之搏斗则有余，以之战阵则不足也。然技艺不精，而徒恃胆以直前，适足以饲敌而已矣，乌能杀人于阵哉？古人云："艺高人胆大。"斯真可以杀贼而无惧色焉耳。故练胆先以练艺为主。夫艺者，气也；气者，道也。欲艺之精，必先凝气；欲气之凝，必先明道。道存而后气壮，气壮而后艺精，艺精而后阵成。一贯之功，自然之序，有必然者。是故道有阴阳，艺亦有阴阳；道有进退，艺亦有进退；道有虚实，艺亦有虚实；道有奇正，艺亦有奇正；道有奇奇正正，艺亦有奇奇正正；道有虚虚实实，艺亦有虚虚实实；道有以进为退，以退为进，艺亦有以进为退，以退为进；道有转阴为阳，易阳为阴，艺亦有转阴为阳，易阳为阴。形上明而后形下精，始必以拳法为入门之具焉。艺家之有拳经，如学者之有四书五经，众艺所由出也。学拳首重身法，归稳于裆，变化在手，未有裆不稳而艺能固，身不活而艺能灵，手不利而艺能精者。故臣谓欲学众艺，先练拳法，使其裆法稳固，如泰山之不可挪移，而海舟之载重无滞也；身法灵活，如飞猿之矫健无前，而灵蛇之委蛇难捉也；手法便利，如鸟喙之攫兔睛，而剑锋之透坚甲也。拳法既熟，然后习枪。用枪如用笔。笔本柔也，而用之尝欲其刚；枪本刚也，而用之转欲其柔。盖枪与笔皆以运锋为主，笔锋不刚，则滞而不利；枪锋不柔，亦滞而不利也。夫以丈八刚利之锋运之使至于柔，而杀人只争分寸之间，其功用岂易言乎？故明臣唐顺之言："一圈之功，练至十年而后精，盖能圈则能柔矣。"故凡练枪者，无论其刺拨何如，先使练此一圈，一圈之功成，则六合之妙尽。封闭提拿，扑守梭捉，无不由此一圈而出。是刺人者此一圈也，拨人者亦此一圈也。随拨随刺，即刺即拨，拨与刺循环无端，岂二技乎？实一圈之力耳。此外则惟鸟铳为最要焉。军中利器，长枪刺近，鸟铳击远，不可或缺者也。昔人学射，心欲正而体欲直，故其艺精微而与道相通。今之学铳者，亦何莫不然哉？盖心正则腰稳，腰稳则手定，手定则眼明，眼明手定而自无不中之技矣。他如牌阵，以聚守散杀四字为主，可众而不可独，可合而不可分，不必专以技艺为长也。然活动身法，整齐步伍，非有程式以范围而演习之，则身手木强，不能运转，虽使层立如墙，亦不能蔽矢石而代甲胄之用，况欲其聚守散杀，刺人于万阵中哉？牌亦不可不练也明矣。至于学射，无他谬巧，"怒气开弓、息气放箭"二语，实尽其妙，然亦非数年功苦不能。总之，艺者气也，气者道也。不明道，胡言气？不练气，胡言艺？舍气无以为道体，亦舍气无以为斗功。此伐毛洗髓易筋之学，所为独重于世也。当今战器，铳炮为最，长枪次之，牌又次之，弩未见其用也。弓矢惟马上为宜，其余皆不可用。故学艺者勿庸务博，各得其一，用已不穷。而在事戎臣，均不欲令勇丁习艺者，何哉？盖谓胆气无关乎技艺，故虽有精艺者至营，亦多弃而不用。于是为勇丁者，每甘心无能，而自恃其胆气过人，遂不复问技艺为何等事也。独不思有胆兼有艺，较诸无艺而有胆者，不尤愈之也乎？故臣谓每营宜置教习数人，聘名手当之，朝夕训练，勇丁各擅所长，按期操演。其技艺优长者，虽不必杀贼首级，宜与奋勇者同功，不次拔擢而升用之。庶几乎众有观摩，胆艺双绝，可以配古之劲旅而无愧已。

　　鹤翁见余数策，嫌其改易处太多，恐不能行，因从容谓余曰："当今论事，须审度时势，无徒论理。宁为釜底抽薪之计，使其默然而自消，勿存改弦易调之心，转觉骤然而难治。"余曰："公言是矣。然病入膏肓，非大加克伐之药，不能望其痊愈也。若再调停两可，优游以俟其愈，某恐药性未调，而人已不起矣。"公曰："然则非有张江陵之权也不可。"余曰："自古英雄豪杰，未有不得位乘时而可以行权者也。某今所言，皆乘时事耳。倘终无权，则宁卷而怀之，断不肯模棱无主，自谬乎道也。况某今局外闲谈，纵使模棱其说，人又岂能信而用之也哉？"

廿七日（6月29日）　军功张得禄献龙须濠图。

于近贼卡处浚长濠，自墨水湖开通襄河，筑墙濠上以围城。当西门桥及五显庙二处，开营门，起炮台，与贼对打。门外各挖曲濠数道，向贼卡前行，如蚯蚓状，直攻贼濠。背后护以大炮，渐挖渐近，穿至濠前，则一拥而上。贼若以炮击我，则人跳入沟中，炮不能中。濠上平地俱钉竹签，贼不能前。谓之龙须濠，又取其能制龟蛇之意，用心亦良苦矣。然兵勇不能用命，虽有善策，亦无如之何也。所言诸治疾，有方无药，夫何益哉！

廿八日（6月30日）　萧子佩孝廉过访。

沔阳人。年少能诗，丰神旖旎，笔极韶秀，长于香奁一体。《无题》云："灵和殿里旧丰神，潇洒仙姿不染尘。蕉叶有心难卷雨，梨花无主自伤春。只缘爱极翻憎汝，却为愁多更可人。到底是嗔还是笑，秋波一转翠眉颦。○玉立长身袅娜姿，东风扶起瘦花枝。能言鹦鹉偏余慧，作茧春蚕不断丝。飞溷飞茵凭妾命，镜潮镜汐只郎知。一声河蒲君前泪，怪底金钱惯买痴。○兰因絮果问如何，底事情根种爱河。自笑封侯无骨相，却愁证佛走心魔。黄衫客去酬恩少，红豆诗成别恨多。犹忆团圞明月夜，西风露冷伴霜娥。"诗本七首，仅录其三。

其《都门感怀》用《秋兴》八首韵云："凤彩辉腾翰墨林，瑶函宝笈玉堂森。莺迁禁院争春暖，燕啄宫花趁晓阴。蕉叶幻成游子梦，蓬轮飞转远人心。天涯庾信同飘泊，别恨无须感暮砧。○荻管书成字整斜，蕚楼一例惜年华。云开锦浪生芹水，星绕灵旗泛桂槎。两度春风空策塞，三更夜月苦闻笳。忘忧自惜名萱草，不道人间及第花。○谁言寸草报春晖，况复云山入望微。不信游丝牵客住，可怜弱絮傍人飞。声名鼎沸才原薄，头脑冬烘愿已违。一种闲愁删不尽，饶他绿瘦与红肥。○百岁光阴一局棋，得何足喜失何悲。春秋自是多佳日，遭遇惟期及盛时。静院琴书朋话久，山窗风雨梦回迟。频年作客浑闲事，漫对家山系远思。○烽火无端遍楚山，羽书飞递洞庭间。元戎节钺迟湘水，小丑旌旗度汉关。累世旧臣甘束手，一般新进渎天颜。请缨可有终军略，为问风流玉笋班。○不堪回首楚江头，尘劫重逢二百秋。附郭万家人影寂，阿房一炬鬼磷愁。酸风凛冽吹黄鹄，冷月凄凉照白鸥。赤壁当年操胜算，曹公匹马走荆州。○睢阳烈烈擅奇功，累卵孤城障洛中。无复金戈挥落日，空教玉笛怨秋风。山头梅子烟凝碧，洞口桃花血染红。谁地妖氛谁扫却，疮痍抚字待文翁。○携酒平台任逦迤，东风送绿到兰陵。蓟门细雨添溪涨，琼岛斜阳挂树枝。野馆花逢今日笑，故园竹想去年移。归鸿暗度潇湘水，莫触慈亲泪影垂。"

廿九日(7月1日)　光山文生倪联辉献平贼四策。

一曰审情形以进战，二曰练士众以强兵，三曰培根本以恤民，四曰去浮文以务实。所言皆切中时弊。然言弊易，救弊难。今之策士，每多言人之弊，而不能别立一法以救弊，使之独立于不败之地，盖有识而无才耳。顾安得才识兼优如管子、苏绰之流，与之共议时政，而措之裕如也哉！

星烈日记卷之二十

鸿蒙室主人笔记

十二月初一日(1856 年 12 月 27 日) 舟回琴弹口。

廉帅亦移住舟中,随营幕僚纷纷觅馆,有后至则无及者。余至原舟,夏俊卿已移寓他所,惟周云生与余同住舟中,接谈甚欢。云生,绍兴人,办理刑名事件,亦能诗。余索稿未与,盖不轻以示人也。

初二日(12 月 28 日) 谒见廉帅。

公收葬殉节诸尸,为言李五姑尸亦觅获矣,身首尚未分断,惟心肝已被挖去,殊属可悯。公拟立祠树碣,以表其节,庶足以慰贞魂于地下耳。

初三日(12 月 29 日) 阅《谦庵诗钞》。

诗为湘潭张君兼山著。君名礼,家贫,喜读书,不慕荣禄,不事生产,而酷好攻诗。自少而壮,手一编于风雨,废寝食,忘寒暑,若诗以外,无余事也。其《喜晴》一律云:"宿雨初晴喜不支,一声啼鸟上高枝。名花似酒朝酣后,新柳如人病起时。南浦绿添春水色,画楼青入远山眉。东风十里寻芳路,游骑争投卖酒旗。"意颇蕴藉。《登祝融绝顶》七古云:"三更梦登祝融顶,手揖赤灵扪翼轸。羲和簸弄骊龙珠,天帝醉眠夜深警。鲸波鲨浪东海东,欲出未出扶桑红。渴虹下饮尾闾水,呼吸一气回长空。蜿蟺闻阊捉不得,浮阳烧破冯夷宫。霍然惊起叫奇绝,眼底高山青蒙蒙。朝来发兴赤藤杖,心随飞鸟九千丈。怪石横穿虎豹蹲,飞桥倒挂蛟螭状。罡风迅扫烟岚开,直视万仞横八垓。泰华恒嵩等兄弟,洞庭潇湘坳堂杯。谁把青莲之花七十有二朵,九天掷下浮云堆,使我立脚心徘徊。鸥鹭贴波鸿垂翼,高寒不禁天风逼。此游此境苦思归,白发青山难再得。夜宿南天门,日台观朝墩,金鸡器旦金乌蹲,真景不如梦景真。挥手下山山灵瞋,人生离合何足论。细眴懒残岩,远探神禹碣。花宫火冷芋已残,翠石苔深字不灭。

半百年光五岳游,神仙宰相两悠悠。九歌空吊屈正则,万轴难寻李邺
侯。无缘更献人间曝,有客同披泽畔裘。南极老人亦招手,圣灯岩畔
长生酒。餐汝三秀如玉之灵芝,坐汝千岁如船之碧藕,使汝身心如寿
岳长不朽。老我闻之笑掩口,西望桑榆红日无人守。"其佳句五言如:
"残雪落高树,数峰生暝烟。人影月当户,树声秋在门。红叶满空谷,
白云围乱山。老树僧同瘦,名山佛自尊。磬声落微雪,诗梦满空山。"
七言如:"酒为浇愁心易醉,人当垂老手难分。两地共伤千里别,三年
未寄一行书。一抹晚烟山寺雨,二分明月野塘秋。春应有恨迷蝴蝶,
人为无愁爱杜鹃。一种莺声多傍柳,双飞蝶影不离花。乱山碧嶂谈
经阁,小市青帘卖酒家。雷鸣屋角笋初出,雨过墙头花乱开。"皆卓然
可传。

初四日(12 月 30 日)　至南岸嘴访王镇军。

制军札饬镇军追剿黄、蕲一带,归都将军调遣。兵未及行,而制
军已奏一例肃清矣。公闻令,故急急东行。余至江边,舟已解缆,几
不及别,忽舟为风阻,仍回泊汉口,始得登舟。共饮至夜分,乃解衣就
寝。公云河南抚军与捻匪战,大败,几难脱身,适遇马队来救,始得
脱,马队亦为贼击败。贼众至二十余万,势甚猖獗,甚可危也。

初五日(12 月 31 日)　送王镇军剿贼东下。

旱队日昨先行,公乘舟,今早始挂帆顺流而下。余与松圃、锦谷
回舟琴弹口。汉口两岸商贾云集,结第为市,已渐可观,三四年当能
复旧也。昔人谣云:"五百年前一沙洲,五百年后楼上楼。再过五百
年,依旧一沙洲。"今虽为沙洲,何必五百年始见楼上楼耶?

初六日(1857 年 1 月 1 日)　听郭春荃话广西情形。

春荃新由粤西来,故言之甚确。粤匪窃据郡县已几大半,现围柳
州,久亦当破。惟省城孤立无饷,势颇可危。又言粤东省垣外城为洋
匪占踞,制军退守内城,盖因杀戮会匪起见。会匪多洪姓,前后所戮
不下六十余万,故至激乱也。

初七日(1 月 2 日)　送锦谷返长沙。寄李宪之信。

宪之回光州,久未得信。有自其乡来者,谓梅卿已病故,不胜惊骇。余大病数月不能死,梅卿时来相视,诸多照应,心甚感之。不料君乍回里,一病遂至不起,何其亡之速耶! 夫修短原有定数,非人力所能挽回,若梅卿者,未免令人有生死瞬息之怨耳。

初八日(1月3日) 偕李少轩舟行过武昌,登黄鹤楼废址。

长江自出峡至武昌千有余里,遇龟、蛇二山始有收束,逆流西向,武昌、汉阳各踞一山。蛇山尽处,临江为观音矶,矶上供铁像大士,高与城等。今庙为守城官所毁,像亦不知何往。庙后即城,城上即黄鹤楼,前建石塔,后有寺院,皆为贼毁。惟石刻三碑尚在,一刻纯阳诗,二刻黎粳塘诗,匆遽间未能记忆。余登山顶,望其来脉,由洪山下三土星联络如长蛇状,后缠亦绵亘相称。城即建于二山前后,以蛇山为中,中上横落一脉,突起金星墩,前有小湖为明堂,左脉化平包过。湖前尽头处即督署,右脉稍短,黉学在焉。抚署建于后缠初落脉处。蛇山中断处,起鼓楼以续其气,穿过鼓楼即藩署,布置亦颇得宜。对岸龟山下即汉城小龟山,上为晴川阁,与黄鹤楼相对,今皆无存。山川名胜,尽化灰烬,伤心惨目,莫此为甚。居民携老扶幼,各寻屋宇,如巢燕归来,故垒已非。其背街小巷尚有存者,然亦为贼毁过大半矣。犹幸抚军委员禁止游勇不准入城,小民稍得安生,不至大受滋扰耳。城上奈何木及壕岸梅花桩俱不令人拔取,有无知擅取者,斩首示众。城上向悬二首级为示,故众情凛凛焉。

初九日(1月4日) 偕李少轩访杨镇军于河泊所。

镇军年七十余,精神矍铄,老当益壮,驻军汉阳城外。自报国庵至河泊所,皆就湖为壕,以当沌口来路,与西门桥势相联络。余著《神机守略》,其城制皆以小城包大城为式,即是此意。彼时著书尚未见此。今观贼制,颇与暗合,可见贼中亦自有人,不得以成败论英雄也。

初十日(1月5日) 闻湖南全州失守。

贼首为黄金亮。金亮旧官游击,为上宪所屈,愤极作乱,众至数万,今陷全州,为粤、楚咽喉。粤西既多盗贼,省垣孤立无援,已极可危,而楚南衡郡,唇齿相毗,尤为吃紧。安陆贼首虽已就戮,而广济官军又打败仗,兴国、大冶亦未受抚,终非荡平时也。

十一日(1 月 6 日)　闻扬州失守。

余尚未见报,时侍鹤翁坐,闻其言云尔。赵松圃云安徽庐州府亦失守。江南自杨逆自相残杀后,议者皆谓可一鼓荡平矣,而孰知诸郡后相继陷没,贼势尚未衰歇也。自古天下一治一乱,当其治极思乱,非数十年胜残去杀,未可以拨乱世而反之正。今乱方新,一波未平,一波复起,偶有小胜,遽望太平,居安忘危,全无远虑,此天下之所以大乱而难治耳。

十二日(1 月 7 日)　闻云南大理、楚雄诸郡皆陷。

亦尚未见报。总之,回匪一日不灭,滇中一日不能安枕。贵州苗匪亦甚猖獗,道梗,音问难通。十月初十日曾托人寄家信,不能达,今复转回,未知吾郡近况又当何如也。闻王镇军前进剿贼,仅至曹家口与都将军同驻,而黄梅、广济贼势尚众,山路又复丛杂,难于进剿,意欲俟制军大队接应到彼,再为前进。制军不肯深入,只拟至黄州一行即回。廉帅谓不进则已,进则勿退,恐既进忽退,众情不知所为,必至惊骇逃遁,则大事坏矣。此议甚为有识见,未知制宪以为何如耳。又闻贼众尽集九江,杨督军炮船退泊田家镇。前谣云九江贼无故自退,真可笑也。夫无故自退,非内有变故,即多诡谋。今其内未有变,而诡谋亦难遽施,何故自退耶?

十三日(1 月 8 日)　旨授廉帅藩司职。

自提镇下皆晋秩有差。是役克复武汉,本汉阳贼先遁,武昌继之。而露布红旗,则抚军所奏先到,一时三刻制军之奏始至。且抚军归功将士,而制军则功揽自己。疏中所叙战功仅数员提镇及心赏文员而已,其真正冲锋杀贼之将,并无一人叙及。即廉帅统率中路兵勇,辛苦一年有余,亦仅云分队抢上龟山,全无杀贼功劳,其意盖欲独有是勋也。而孰知所奏已后于人,未免徒形虚假。皇上英明,各见其心,故于抚军则赏给头品顶戴,于制军则只赏戴花翎。贪功之念,转为失意之心,大非所望,心甚怏怏。闻其迟延之故,乃为营务处某公所误,彼此各怀机心,至是始觉大露,又安望其协力共济也耶?

十四日(1月9日) 晨起晋谒廉帅。

贺晋秩喜也。上谕加布政司衔,俟有缺出,即行简放。公意欲辞职不受,盖耻与众争功耳。余曰:"辞近于矫,不如听诸自然可也。"公曰:"抚军近奏一疏,大意谓空城不可不守,兵勇不可不练,力辟时论之非,意有所指,而辞不明言。且力荐魁公荫庭,以为军营必不可少之员,未审批折允其所请否。此公初入营,闻其颇有刚正之气,而克复后争功取巧,恐无惭者,未必如是也。"

十五日(1月10日) 闻官军收复蕲水、广济。

黄州府知府许赓藻禀:"贼众退遁黄梅,官军晋收蕲水、广济一带,而宿松、太湖贼匪尚多,恐其上窜,请添兵防守,以遏其势。"贼无故退回安徽,集于九江,其意必重视江西,以窥湖南。俟豫章既得,然后复取武昌,易如反掌间耳。不然,何以纷纷退逃耶?守土者宜加意防堵,不使稍有疏虞,庶可豫备不虞也。倘以为贼真退遁,遂安枕无忧,则可忧者方大矣。

十六日(1月11日) 闻房县失守。

樊城土匪上窜,穀城因之失守。惟均州为吾乡吴春谷司马所守,城得不破。今复闻房县失守,想即此股贼匪窜扰所致。可见成败亦因人力,不必尽归诸天数也。

十七日(1月12日) 录奏折规式。

从周芸生处借得抄本,录之以为程式,亦未始非为学之一道也。

一、凡奏事必用请安折。奏事用白折,请安用黄折,折面俱写奏字,与折内奏字平。白折用白封。所奏之事,或二三件,及四五件,应各用一封,黄折用黄封。

一、奏庆贺事用黄绫面。黄心红里,折用黄绫封,红里。

一、万寿月分及封印期内请安折有用黄面红里者。

一、折格每面六行,每行廿字,低二格写,以便抬头。

一、首行官衔名，有低十一格写，或低十格，字数多寡不等，疏密务须排匀。

一、进贡用黄折，面写奏字，首行写某官臣某某跪，次行低一格写进字，三行以下低二格排写。贡物各件，照格填写，不必上下取齐。贡物内有引用御制诗句者，仍顶格写。又有次行低一格写奏字、恭字，三行顶格写进字者，则贡物在四行下排写。

一、进奏亦用请安折。寿贡用黄面、黄里、黄封，年贡用黄面、红里折封。

一、奏事折用白封，阴面写年月，旁写内一件。其供单、银数单、粮价单系全折者，或写内一件，又某单一件，或写内二件亦可。惟有夹单夹片者，则写内一件，又夹片一件。

一、请安折用黄封，阴面有写年月者，有止写奏字，大概专差次请安，封面写年月，以无别件奏事故也。若凡奏事之便请安，则封面只写奏字，如此分别乃妥。

一、宫门请安折不用封，亦不用封者，盛以黄绫匣，赴宫门跪递。随围初见同，奏事折亦同。

一、折内年月一行，从下格数上第六格写日字，亦有月字离日五格者。

一、年月不论阳面阴面，如阴面只剩一行，将年月写于阳面。

一、年月宜用居中，用五行格为妥。若用六行格，两边难以分匀。

一、钦奉颁赐书籍等项奏谢。

一、钦奉颁赐食物，称谢恩，祇领讫。

一、凡有所钦奉颁赐匾联碑文，于挂镌立后奏称谢恩，行礼讫。

一、向来万寿月分不奏刑名事，近亦不拘，但不宜在万寿前三后四期内进呈。

一、元旦前三后四期内，与万寿同。

一、奏紧要事件，或四百里，或五六百里，用火票递交兵部转奏。如逢圣驾出巡，则递交行在兵部，并用咨请转奏之文。

一、凡庆贺折、谢恩折、请陛见折宜专差，不宜次日又进别事件折。盖近于一差并赍两差之折，殊非敬谨之道。如得雨得雪及半价平减等事，不妨与庆贺同进。

一、赍折家人赏回恩赐，谢恩折内不称名，标弁则称名。

一、装叙廷寄，应将承旨官姓名写出，不得浑称廷寄。

一、节录谕旨，不得添换一字，末用等因钦此，亦有钦此等因。

一、请旨特降谕旨，特字、谕字俱双抬，请降旨则将降旨双抬。近来有以降字为不佳者，改称颁字，宜从之。

一、参官用题本，公出用折，乃定例也。近来案情稍重者皆用折。

一、折内用夹片，以白折裁成双页，字数较多，页每加多。或用某官臣某某跪奏起，直书其事，不用注语，或径作再臣查云云，更为简便。后不列年月。

一、凡动拨银数等项，若为数繁多，折内只叙动拨缘由。其零星款目，另开清单，面写清折，或作清单，正折内务须声明。

一、口供折低二格写。若犯人数多，每供第一行低二格，余俱低三格，以清眉目。面写供单或供折。

一、凡钦差与督抚合词奏事，衔名并非一行，多则只写臣某臣某。

一、凡三品以下，非奏特旨钦差者，列名不得在督抚之上。

一、督抚请陛见，声明交何人署理，藩臬则不然。

一、督抚请陛见，如遇军政大计、文武科场、秋审等事，声明办后报程，藩臬亦然。

一、藩臬及副将请赀封详请汇奏，藩臬得旨后自奏谢。

一、藩臬奉旨免参罚，自行奏谢，不得请督抚转奏。

一、凡有奏事之责，各大员子弟授职升官，宜奏谢。

一、凡有奏事之责，各大员或在籍，或赴任在途，有即应具奏之事，借用地方官印信，于折内声明。

一、学政遇有前告逆词之事，一面咨会督抚，一面自行具奏。

一、藩司之任交代，详请督抚奏请展限。

一、捐置义田，奏明载入志书。

一、弑逆重犯，立请王命正法，一面具奏。

一、奏反叛大案，须声明严究保甲人等有无纵匿。

一、枷号照徒捐赎，专折具奏。乾隆九年案。

一、父子共犯，其子欲代，如无侵损于人，奏请。乾隆七年案。

一、民有瘟疫，不奏降调。康熙四十四年。

一、奏钱粮完欠数目，银两以下用零，若清单则开细数。

一、臣字不得顶格。

一、感泣悚惶不得连用。

一、平常事件不得用钦奉上谕注语。

一、一字不得成行，或谓不拘，究为不妥。

一、皇上字不可写在阳面临末一行。

一、折尾谨奏，奏字不可阴面临末一行，须留一二行，恭候朱批。

一、阅历之历字不许用。

一、奏报时雨瑞雪不得用四六骈体并颂圣语句。

一、麦苗不得称春禾。

一、既得雪雨，止从时正望泽说来，不必叙及未得雨雪之前田土干燥情形。

一、洪福齐天、河伯效灵等语忌用。

一、参官必须将如何详揭之处，据实声叙，不得用与臣访闻无异语。

一、逆词必须将原本明呈进，不得另缮。

一、属员须称知府某、知县某，不得作某守及该守字样，余可类推，惟该员员字可用。

一、凡陈奏事件，于应载地名字面，务全行书写，不得率用省文。嘉庆廿五年例。

一、督抚不得为桑梓谢恩，京官本亦不许，近来间有奏谢者。

一、子孙不得为祖父谢恩，若祖父现蒙特典褒奖，自当奏谢。

一、叙事有不可串合之文,如满洲蒙古称满蒙,《春秋》《礼记》称春礼之类。

一、折内一切数目字俱小写。

一、他人已经条奏之事,不得复奏。

一、设法字禁用,此指赃私言,若缉拿匪犯,正宜设法。

一、引用近日奉行之例,须将何年分叙出,不得称新例字标。

一、营盘得雨,应验明入土几分寸,先用折片奏报,声明远近得雨,查明另奏。

一、五月赏紫金锭,年底赏福字、鹿肉等项,随时奏谢。

一、上月晴雨粮价,次月上旬俱奏,或中下旬亦可,但不可迟至隔月。

一、粮价折,旅顺府州于各色粮下注明每市斗价银若干,亦有并写京斗者。湖北省则称每仓斗价银若干,并注明较上月或增或减若干,或与上月相同,单面写粮价单,或作几月分粮价单。

一、晴雨粮价情形,文武衙门月报务须画一。

一、有时彼此并奏,不致歧异。

一、立冬以后,奏报瑞雪。如春雪,不得称瑞雪。

一、夏月得雨,及蝝音沼,蝗子未生翅者于生发,应速奏。

一、春月平粮减价,并出价应奏。

一、关税盈余银比较短绌者应奏,有盈无绌者具题。

一、满洲初放督抚折内称奴才,批令公事称臣。

一、满洲请安、进贡谢恩折内俱称奴才。

一、满洲之女选秀如留中,谢恩折不许用汉字。如无奏事之责者,不得转请上司。

一、旗奴称旗下家奴。

一、私造折匣钥匙,比照夜巡铜牌例。

一、奏稿不许先送上司阅看。

一、任内奏过事件,录稿钤印交后任,以备查考。

一、朱批奏稿随时呈缴，至廷寄内有朱笔添改字句应缴，无朱字者不缴。

一、各色折、各色封皮、夹板、丝绳、黄绫匣封折缄，皆应在京城购买。闻广东省造者亦可用。

一、非赏赐本人祗领之书籍，用奏折谢恩。其赏赐书籍，如系概行颁发为衙门存贮交代者，用题本谢恩。

一、提镇从旗员补放者，奏折俱写清字。乾隆十九年例。

一、嗣后云、贵、四川、两广、福建、甘肃、湖南等省督抚提镇藩臬大员，遇有丁忧事故，由驲行四百里驰奏。乾隆廿七年例。

一、奏折案情叙毕，看语内引用律例之查字，空一字缮写。

一、寻常事件应差人赍进，不得由驲驰奏。乾隆四十四年例。

一、审拟斩绞罪名奏折，须计算日期，并饬知折差，毋得于斋戒日呈进。乾隆五十九年例。

一、奏折单黄包贴印花，用夹板丝条标，再用黄纸、油纸两层包毕，小黄绫包完装匣。

一、题奏字下如系臣字，则题奏字不应抬写，庶臣字不得抬头，然不如题奏字下酌加数字为妥。

一、尽数二字改全数，年终改为年底。凡此等不佳字酌改。

一、用不敢壅于上，阅字双抬。

一、称来岁用支，于十月后直书为几年分。

一、钦赃称奉旨应追之赃，钦犯称奉旨捉拿之犯。

一、庙讳、御名嫌疑及声音相近者，务宜酌改，题咨内亦然。

一、谢御书不得以云汉昭回语句比拟。

一、复奏事件，如原折内旁有朱批者，称奉朱笔，亦称某句旁奉朱批，不得称旁朱批。

一、阙廷不得与皇上圣驾并行排写，只宜单抬。

一、大计大典等字不得与行在并行排写，只宜单抬。

一、别省灾荒，非奉旨询问，不得奏及。

一、奏赈恤不得用无滥字标,盖宸衷主宁滥无还也。

一、清字上谕不得用汉字复奏。

一、朝乾夕惕字忌用。

一、年分应据实叙,仍不得作往年、去年、上年写。以下重写,或以此改用斟酌亦可。

一、元旦贺折用黄面红里,折面书奏字,下书衔名臣某跪贺皇上元旦天喜,居中写。余仿此。

一、贺万寿折,黄面红里。如奏事请安折在前,若庆祝等事,则请安在后。下书衔某臣某跪请皇上圣躬万安。

以上封套,常用黄面黄里,贺折用黄面红里,下书衔名跪封,照格式或七字,或九字,黄绫折正面书奏字。

封口书进呈二字,进呈字在口下上,分两边写。

一、进贡折常贺用黄面,黄红里,即贡单也。下书衔某臣某跪进。凡贺字、祝字、请字俱平写。惟进字单抬封套,照折用,下书衔名跪封。黄折正面书进字。

一、元旦只用贺折,不用请安折。

一、进哨出哨,起銮回銮,俱用请安折黄面里。

一、寿节期内不可进命案折。嘉庆廿四年四川命案折用黄面白折,奉旨申饬。

一、皇上本命日不进刑名奏事折,拜发时须将日子扣定。

一、奏事折正面书奏字,平折内奏字写恭进二字。另有点单一分,不用臣字、跪字。余用贡单,正面书进字。

一、凡遇奏事及贺事并进贡,皆须用请安折一分,式详前。

一、凡穿彩衣期内奏事,用黄面白折,请安折及贺喜折,俱用黄面红里。此系嘉庆八年十月初八日奉旨通行各省在案。

年节自十二月廿八日起,至正月初五日止。

元宵节自十四日起,十六日止。端阳三日,中秋三日。

下书衔某臣跪奏单,抬写接写为某事,后书咸丰某年某月。

咸丰年平格写日字,从下逆数第五格写此行年月日于文后,下半面六行居中写。填写日子,须于月字日字居中间写,笔画须小。

一、奏事折中行文之长短不齐,缮写款式宜合。如遇皇上字样,不可临边;如遇奏字末行,不可满格。一以昭人臣慎重,一留为天有朱批也。

奏折每开十二行,如在十二行则为临边,亦在十二行则为满格。如上文可以节者,则删除数字,扣算在十一行或十行为合式。如不能节,则或添数字,或加一招头,增出一行,皇上字样便在次开之第一行。如遇收结字数太少,皇上字样在第二行,尤为合式。如此扣算,则奏字在次开之行,亦不致单行贴诮矣。

一、折中文字已完,如末行之奏字系在第六行,则年月即在本开九行、第十两行之中写;如已在第七行,即宜在次开前半板第三、第四行之中写。

一、折中官衔姓名,在首开之第一行下七格匀写。若衔字太多,则用九格匀写,不可高出。

双衔某某巡抚兼署某某总督臣某某跪。

现在请安折俱用双衔,贺折亦如之。奏事折亦督抚同用双衔,否则各衙门归各办理,只用单衔。

督用兼署某某总督臣某某跪,抚用某某巡抚臣某某跪。

一、奏事折须会衔名,只于文末带叙一笔,并非于书衔之处并列而书也。此指会后衔。言刻下兼署督篆,如系督折,则书某某巡抚系臣本任,毋庸会衔,合并陈明;如系抚折,书某某总督系臣兼署,毋庸会衔,合并陈明等字。

一、遇夹片不书衔名,直写再字,起皇上字样,不可临边收结,奏字不可尽行,俱与正折同。

一、遇清单,正面书清单二字,下书衔名跪奏。如正折。

现在粮价清单书写正面上系粮价清单四字,余皆只清单二字。

一、清单内总数平格写,散数低一格写。如粮价清单,某州府属平格写价中接属字,下旁写上米每仓口价银若干,于次行低一格写,与上月同,及较上月贵贱若干,空一格写。若上米之下字数太多,则于次行低一格写。若上米之行刚一行,则与较上月均低二格写,皆照上米之行算。余仿此。

一、清单内尾后总数皆平格写,至次行低一格写。

一、折内单抬、双抬字样,皆宜教谨留心。如遇恭录今上谕旨一行未完者,次行则抬一字写,即至数十行皆然。如遇恭录顺治、康熙、雍正、乾隆、嘉庆、道光年间谕旨,须三抬敬写。如恭录谕旨本文一行未完者,余皆抬二格写。

一、奏事之折字幅太多,有用至数折者。其粘连处,须两边各留二三分,以为接口,总要对接,方可适观。或两边粘好,再行裁去余纸,尤觉平整。

一、遇奏事,皆用白宣封套,封口书谨奏二字,下书衔名跪封用何官衔。如照正折正面书咸丰某年某月某日,照正折写某年之旁书内一件,与某年平写。如有夹片,则于内一件下旁写并夹片。如有清单,则写并清单;如有夹片,又有清单,则写并清单、夹片几件。如有缴件,则写并缴贡单几分。余类推。

一、遇密奏事件,封口书密奏二字。

一、奏事折太多,须用根墙封,其厚薄视折为准。

一、黄绫夹板用黄绫纸书臣某某三字,贴于夹板面左下角。

一、黄绫袱带二条,皆书臣某某三字于带垂末处。

一、奏事督抚会衔者,如会前衔,则书臣某臣某平写,不用官衔。如会后衔,则于文内书臣谨会同某某总督臣某某合词恭折具奏云云。近日督抚会前衔之折,皆书某衔臣某,某衔臣某跪。

一、遇有会前衔之折,其请安折亦用联名,下书某衔臣某某、某衔臣某某跪,余同黄绫封面,下书合跪封,余同白宣封式,皆不必写官衔。

一、满洲官与汉官会前衔之折,皆同称臣字。若其自具之折,则书奴才二字,须密写。现在会前衔之折,皆书官衔,封套亦如之。

一、折尾无空行,不合奏式,每半板亦然。如半板未了,奏字总须在五行为妥式。

一、折尾已空四五行者,不必再添余页。

一、夹片页如余一行,则须添用余页。

一、月折封面内一件,下旁写附夹片清单五字。折有五扣十板,缮止八板,留前后二板为面。如折不縠另粘连者,接口须阳接,不可阴接。盖折缮八板,即于八板之末截去最后一板,另接之折截去最前一板。截另折前板时留纸二分,以为接端,将前折尾粘附后折留纸之上,是为阳接也。

十八日(1月13日) 制军拜折保奏克复武汉出力人员。

廉帅所列举文员共九十六人,余名已滥厕其中。迨制军保奏,则止二十七人,余乃被除。盖因前捐训导之项,尚未奏准在案故也。余自入幕,所言不行,何功之有? 不膺保荐,亦其宜耳。惟此捐项上兑已过半年有余,仍未奏准在案,则信乎命之穷也。夫吾人请缨投效,原欲杀贼立功耳。今战既不准,谋复不用,不得已而效资郎之所为,亦不过欲借此以为出身地也,乃并此亦不可得,是何遭际之难如是乎?

十九日(1月14日) 续录奏折规式。

嘉庆八年十月内准军机处知会,面奉谕旨:现届万寿节内,所有内外各衙门呈递奏章,或用黄折,或用白折,殊觉参差。嗣后每届万寿及年节内应穿彩服之期,内外文武各衙门如遇奏事,则用黄面白折,其庆祝及谢恩等事,则用红里黄折,以归画一。钦此。为此知会,嗣后凡遇拜发奏折,扣算到京时在穿彩服期内,一体遵照。

嘉庆十三年四月廿一日,皇上得长孙,五月廿六日见邸抄,奉上谕:将来凡遇诞生皇子、皇孙,诸王公大臣等均不准呈递如意,违者治罪。将此旨着内阁存记,并谕令王公大臣知之。钦此。

又于五月廿八日奉上谕:前因皇长孙诞育在迩,王大臣呈递如意,特降旨嗣后凡遇皇子、皇孙诞生,俱无庸呈递。近来外省将军、督抚以及学政、藩臬两司、总兵等,因诞育皇长孙,纷纷具折呈贺,未免太无区别。将军、督抚分位与内廷卿贰相埒,抒诚展庆,体制攸宜。若藩臬、总兵及学政中之品秩较小者,均可毋庸呈递贺折。从前四阿哥系朕登极后皇后诞生之子,此次皇长孙又系朕初次抱孙,内外王大臣相率奏贺,尚属理所当然。至嗣后庆育蕃昌,正未有艾,每遇诞生皇子、皇孙,不特外有将军、督抚不准陈贺,即内廷王大臣亦不必用贺也。将此通谕知之。钦此。

嘉庆十年十一月内奉上谕:嗣后各省及新疆等处陈奏庆贺元旦之折,着展期以十二月十五日为始,至廿五日止,一律递到,毋过于迟早,致涉参差。钦此。

嘉庆十二年九月内奉旨:嗣后呈递万寿贺折,着以十月初一日为始。若十月初一日以前外省折差有专为呈递贺折来者,奏事官不准接受。如系奏事之折,仍照常接递。钦此。

十二年十月廿六日,准礼部刊入十三年条例卷一内。

嘉庆十二年十二月内准通政司咨:嗣后遇有人名等项字样与肇祖、兴祖、景祖、显祖庙讳讳相同者,俱应避写。

衔某某臣某某跪祝皇上万寿万寿万万寿。

皇上得长孙贺喜式:衔某某臣某某跪贺皇上天喜。

其端阳、中秋二节并皇太后万寿。

皇后千秋均不具贺折。凡送贺折,贺折只请安折一件。

凡递折总有请安折。

凡遇壬寅日不宜进刑名折。

贡折只请安折并贡单。春贡用黄里、黄面、黄封,年贡用黄面、红里折。封衔某某臣某某跪进某物云云。封筒写恭进二字。

贡单皮面写进字,其余俱写奏字,清单写清单二字。月报粮价清单面写某省咸丰年月分粮价清单,封套旁写内一件,粮价单一件,夹片一件。

二麦收成清单皮面上写清单二字,不写年月。

　　早稻收成分数清单皮面写清单二字，不写年月。

　　州县升补参罚另单皮面上写清单二字。如遇封印期内，印花下首边写预印空白，今改写遵例预印。

　　借用印花，下首边写借用某处关防印。折内后尾声明黄绫包袱正面带子二根，头上写奴才臣某某。黄绫夹板上首下边贴小黄签一个，写奴才臣某某。

　　嘉庆廿四年四月初十日奉上谕：凡遇应用黄折奏事时，其刑名事件俱毋庸粘贴黄面，以归画一。钦此。

　　嘉庆廿四年正月十二日奉上谕：本日据翁元圻奏到上年十一月湖南雨雪情形，其粮价及捐监银两清单俱未粘贴黄面。又另折奏审拟已革守备曾国相盘获倡妇私留在署一案，转粘黄面，二折系同日拜发，殊属轻重失伦。翁元圻太不晓事，着交部察议。嗣后凡遇应用黄折奏事时，其刑名事件俱毋庸粘贴黄面，以归画一。钦此。

　　道光元年内准礼部咨，嘉庆廿五年十二月廿二日钦奉上谕：每年恭值皇太后万寿及元旦、冬至三大节，各省将军、督抚等均于皇太后前具表称贺，毋庸再递黄折祝贺，以省繁文。钦此。

　　嘉庆廿四年二月十八日，准户部为传付事湖广司案呈，江西司将内阁抄出嘉庆廿三年十二月廿五日奉上谕：本日钦领侍卫内大臣总谙达、内务府大臣等奏派明年二月初七日祭孝淑皇后陵寝，随从二阿哥之散秩大臣。谙达、内务府大臣此奏未免过早，经朕召见那彦宝询问，据奏何于正月内奏派，因明年恭值六旬大庆，是以改于岁前忌辰具奏。此言甚属非是。明年一岁之中，清明、中元、冬至俱有祭陵典礼，岂能概行避忌？若欲于忌辰具奏，则明年正月内逢忌辰者共有四日，彼时奏派并不为迟，亦何必早至月余耶？从来人君好言吉祥，动辄避忌，最非美德。明年值朕周甲之年，率土同欢，中外应行陈奏事件，岂必尽皆美善？若似此拘泥，挪前移后，必致事多积压，其有关政治者非细。兹特明白宣示内外大臣：明岁凡有应奏事件，俱各照常陈奏，或俱彩服日期，斟酌呈递，亦属臣下忠敬之忱，万不可专意粉饰，致妨实政,转非可以仰体朕夙夜孜孜励精图治之心也。将此通谕知之。钦此。传付行文各督抚遵照前来。相应行文湖北巡抚钦遵查照可也。

道光二年四月初五日奉上谕:近来京外各官遇有迁擢,皆于召见及接奉批折后始换升衔顶戴,本非旧制。嗣后京外升任人员,京官俟奉有谕旨,外官俟接到部文后,着即换用升衔顶戴。钦此。

道光五年九月十三日奉上谕:向来督抚等奏折有关地方公干,例俱称臣。从前乾隆年间屡奉圣谕,通饬各省,自应永远钦遵。近日各省奏折不能画一,殊属未协。嗣后各省旗员、督抚、藩臬除请安谢恩外,凡奏事具折俱着一礼称臣,以省驰制。钦此。

道光六年十月初三,诞生皇子,命名奕纲。直隶那制军呈递贺折,朱批:此次姑免深究,嗣后不准。每遇圣驾春秋出巡,应接圣驾。各直省山东、山西、河南、江苏、安徽、江西、湖北等省督抚、藩臬,均具折接驾。

一、谢恩奏折应用白折白封套,在彩服期内到黄面红里。

一、请安迎驾折应用黄绫面,黄心黄里,封套黄绫面黄里。在彩服期内到用黄绫面红里。

一、元旦、万寿折应用黄绫面,黄心红里;封套用黄绫面红里。俱不用请安。道光八年年节系如此,然近来亦有用安折者。

一、万寿旬庆月七、八月廿五日起止到一切奏折,俱用黄绫面黄里,在彩服期内到,仍用黄绫面红里。

一、封印期内到一切奏事折黄绫面,白折黄绫封。如刑名案件,仍用白折白封。

一、元旦、万寿、请安等折毋庸填写年月。

一、嗣后凡遇应用黄折日期,其刑名事件俱毋庸粘贴黄面,以归画一。

一、万寿、元旦彩服期七日内,一切奏事用黄绫面,白折黄绫封。庆祝等事仍应用黄绫面,黄心红里,封套黄绫面红里。

一、长至节前七后八共半月期内不进刑名折,务于发折时扣算到京日期。

一、庆贺元旦令节折以十二月十五日报，至廿五日止，方准呈递。嘉庆十八年奉到。

一、庆贺万寿折应于前五日呈递。

一、万寿及年节内应穿彩服之期，如奏事则用黄面白折，其庆祝及谢恩等事，用里黄折。

一、每年十二月廿七日起，来年正月初五日止，又正月上元节十四日起十六日应用黄面折奏事。嘉庆八年十一月初一日新例，凡大建廿八日起，小建廿七日起。

廿日（1 月 15 日）　闻王镇军进扎广济。

都将军率马队前进小池口，贼复由安徽边界上犯黄梅，爰饬镇军率所部兵勇独当贼众。镇军欲行，而兵勇纷纷逃散至数百人，乃不敢进，止扎广济，以阸其要。

廿一日（1 月 16 日）　闻孔军门兵溃。

军门防堵北岸已过半年，今随都将军进剿余寇，闻为贼众所败，未知确否。

廿二日（1 月 17 日）　再偕李少轩至武昌。

进保安门，由长街过鼓楼即藩署，规模甚宏敞。大门口贴黄纸，朱书对联下半截为人扯去，惟上半截左书"冀以行之"，右书"王者旺也"，八字尤存。二门亦存八字，左曰"东渐西被"，右曰"王服侯甸"，知为伪东王及伪冀王常馆于此。盖贼中对联多以本人名号二字冠首，如市井门联然。署左有阁楼颇高，贼加三层望楼于屋脊上，尤可望远，登之见龟山雄峙。署右为白虎昂头，故左建高阁，为青龙以配之。署前照壁正当蛇山腰断处，则建鼓楼以补其缺，布置最为如法。望东行里许为胭脂山，抚署建于其下，已为贼毁，惟署后高楼巍然独存。再半里，出小东门，望洪山来脉由正东入，首分三支：一蛇山，一胭脂山，一绕抚署为后缠，不知何名，皆转头逆江南向，左右有重湖环拱，极为秀局。因绕道东城，过中和门，仍至保安门，越望山门即鲇鱼套，抚军筑营其上。语云："鲇鱼困沙洲。"抚军号泳之，亦非所宜。自古大将犯地名，多主不利，不知何取于此也。

页眉补记：

泳之后果病殁武昌。

廿三日(1 月 18 日)　舟回琴弹口。

晨起，南风吹帆，顷刻即至。少轩请假回里，拟荐余于江宁副都统魁公，为作书以致焉。余志存东下，得此一便，亦可作宝筏慈船观也。

廿四日(1 月 19 日)　阅《澹靓庐诗存》。

诗为湖南张珠林作。珠林名宝树，诗学韩杜，甚有奇气。中有《追梦词》，学白太傅《不能忘情吟》体。序云："予年十二三时，每梦游山水，涉林丘。一夜至梦为僧，梦中揽镜，白发皤如，觉而疑之。丙辰受室后，不复假道邯郸十七年矣。壬申弦断，梦复时作。甲戌夏杪，又梦至曲阜圣宫，右侧有一小刹，刹列三龛，左右龛空，惟中龛坐老僧，垂目合掌。瞻视之际，旁若有导予者曰：'尔来此耶？尔知此两龛否？右座乃子前生之所历，左则子友周沨之座也。'予尚恍然，思即入定。循龛甫上，而座背一虎突出，惧噬而返。虎下相追，出刹奔驰，几至无路。遥见旷野之前，周笠轩袒衣勇步，汗浃而前，声口呫嗻，似惩其孟浪者。随拉予而走。回顾追虎，仍咆哮将及，乃与之转径，并赴深潭，跃然而醒。予怀俗重，入世迍邅，慧业笠轩，岂是夙生同伴耶？久思作记，谈嫌歌响。庚辰首夏，夜雨无事，爱剔灯花，付以长句，呈笠轩一璨，且勉为岁寒之盟。"诗曰："履尘世兮梦西方，游事有因兮有繇医。予未冠兮乃梦为比丘。梦自镜，镜影皤如而白头。断兹梦凡十有七载，续兹梦维廿有一秋。兹梦之续，境更绸缪。入空门而有阶堂之可历，望空座而有左右之不侔。维入定之老僧，中暝眸而趺坐。左虚座为慧业之周友，右虚座指为欲界之生鲰。此前之困也，此梦之缘也。岂因缘累为心造，不乃俯而思，乃仰而筹。彼竟陵之凤报，现优昙以召感。暨临安之奋谛，断水月以超修。何尘缘之不净，倏座背之虎吼。位不能蹑，殿不容留。且追虎之相逼，绕林木而无投。幸急难之卭友,奔救急于荒陬。挟左臂而脱虎口,相与苏跃于川流。"

廿五日(1月20日)　辞廉帅,拟买舟东下。

临别,公颇依依。归舟后,承示手札云:"先生抱经国大猷,橐笔从军,慨然有澄清当世之志。今以所谋不偶,遽赋还山。在士各有志,不敢相强。而群以边徼现闻不靖,如得大材措置,计已良得。盖不敢以私淑之心,阻贤杰忧时之念,此区区之怀,所以悒悒而不能已者也。群自问菲材,万不足担当时事,识力所到,均自揣而知之。况动遭忌刻,亦将欲韬采匿光,为苟全乱世之计。来春请假葬亲,实欲闭门不出,理青箱之事业,而望区区著述之名,非矫情之语,实心安理得,决计如斯者也。惟先生知之有素,爱之最真,当必有临别赠言,以规其不逮。明日再当走谒,恭饯行旌,先此布陈,不一。《百字箴》及贱著《看云集》新检交来手为荷。续保之事,万不敢忘。此叩不具。"

廿六日(1月21日)　发琴滩口,晚泊汉镇。

同舟为长沙汤芝泉,名焕芬。年二十余,能诗,议论颇风雅。赠余诗云:"见君恨已迟,遇君亦非偶。当代论才人,如君诚罕有。寄言善刀藏,慎勿为功狗。莫患知音稀,大才终大受。〇我本楚狂人,家在湘江口。橐笔事戎行,欲步君之后。勋业励丹心,交情盟白首。名器何足论,此行期不朽。"

廿七日(1月22日)　发汉口,晚泊阳逻。

未开舟,作书覆廉帅云:"拜别后,复承教言,感愧实深。但念人生如寄,非建树无以自立,故万里从军,非徒为求荣起见也。况樗梁凡材,毫无表见,敢妄希保荐耶?今虽所谋不偶,而两载相依,受益良多,已为三生之幸。公当代英贤,负荷尤重,而乃作林泉之想,恐圣天子未肯放郿侯还山耳。某本拟即时南回,归奉双亲,再图后举。乃舟出汉口,与锦翁之使相遇,邀偕东下,俟明岁春暖风和,买舟旋里,尤觉妥便。因之返棹蕲、黄,借访东坡赤壁,以助壮游,亦未始非南来一大愿也。此达不具。"

是晚泊阳逻。长江至此一曲,村角有五矶石,直插江中,可设戍兵,为武汉门户。矶上有柳夫人墓并祠,祠为贼毁,惟墓在焉。夫人本蜀产,生当元末,天下大乱,父欲抗明兵,夫人不可,父弗听,婿与父皆死。因家于逻,得异人传书,立意修养。后明将邓愈征麻阳,夫人佐以成功,愈为奏封一品夫人。

廿八日(1月23日)　泊叶家洲。

去阳逻仅三十里,阻风不得行,遂泊焉。岸无居民,唯数米船聚于此,商人设行市易,以通来往。登高望远,满目荒凉。兵火之后,民不聊生,为怆然者久之。

廿九日(1月24日)　守风。

仍泊叶家洲,不能行。各营所散游勇,多赴九江,亦聚于此,其桀骜之气,异于平习。此次遣发勇丁二万余人,又不知增几许长毛贼矣。前巡视武、汉二城,竹签木桩,层层密布,高下林立,拔之莫能尽拔,斫之亦不胜斫。所谓偷营拔桩者,皆笨军耳,岂可误信其言耶?欲攻之者,莫若用火焚烧,最为妙策。夜半由上风处用草把灌油,潜置桩上,掷火蛋焚之,须臾尽为灰烬。各营将士计不出此,徒黑夜偷拔桩签,岂不愚哉!是日风愈紧,成诗一律云:"瑟瑟枫霜压晓舱,打头风紧乱烟青。两三茅屋开沙市,寥落江鸿认雪汀。事欲速成偏得缓,水逢流滞转能渟。先鞭已让刘琨着,起舞空谈梦未醒。"

三十日(1月25日)　泊兰溪口。

由叶家洲九十里至黄州。未至州六十里,江分二流,一由团风进,一由三江口进,会于郡之西北。二十余里至城。平地连起高山,自西北趋东南,顺流作结。城半跨山巅,半围平地。居民甚寥落,屋宇亦为贼毁过半。江岸宝塔屹然独立,对面高峰层层奔赴江流,则武昌县在焉。人思度岁,皇皇归来,情甚可悯。途中成诗一律云:"自斟杯酒自吟诗,万里孤舟腊尽时。赤壁烟波烽堠冷,黄冈风雨竹楼敧。豪情不遇方山子,雅化空传杜牧之。父老几经离聚苦,何如游子梦归期。"去城三十里为巴河,再三十里为兰溪,日色已暮,因泊焉。商船全无,唯归兵数舟聚此而已。

咸丰七年

星烈日记卷之廿一

鸿蒙室主人笔记

丁巳年正月初一日（1月26日） 抵蕲州。

由南溪口三十里至黄石港，再五里为道士洑。石壁插江，高数百仞。北岸低平，江流为之一束，可以设关守险，武汉一重门户也。是午，西北风紧，须臾间见城郭跨山半，已抵蕲州矣。镇军炮船、坐船俱舣岸边，城内居民寥寥，唯西城外圜阓尚多。父老不见汉衣冠者三四年，今始得易旧服，不啻感额相庆焉。

初二日（1月27日） 登狮子山，观蕲州城。

城池虽小，结作尚佳。狮子山即入首父母山也。对面高峰映穴，诸山环拱，颇饶秀气。唯虎砂昂头，而且断腰，江水不能上堂，斯为缺陷。城内三石坊，巍然特立，询之土人，乃前明藩邸遗址。至今铜驼已委荆棘，曷胜兴亡之感。

初三日（1月28日） 宿广济。

广济为黄梅大道，在万山之中，虽无城郭，而市井颇稠，结局亦佳。余登其黉宫废址，见后龙从大山脱卸而下，踊跃前来，到头气甚完足。两砂排衙，娥眉作案，其文笔另建于外砂高处，与右边县署正朝，于文庙无涉。舍近案而贪远秀，殊未合法。

初四日（1月29日） 抵双城驿，谒锦堂镇军。

山路弯环六十里至驿，四山合抱，如小城然。中间平田甚广，为梅邑诸路之总。山后仅一径可通广济,且重关高耸,极为险要。立营此地,深得地利,而大吏不知地势,促令前进扎营,不审何意? 镇军老于军务,而难违宪意,欲舍险就夷,甚可惜也。

初五日(1 月 30 日)　镇军命作双城营图。

拟禀制军仍扎此地,故绘图呈览。此间去黄梅二十余里,再四十里即宿松,入安徽界,长发尽聚于此,日与太湖官兵接仗,俱为击败。闻守城者乃贵州蔡君阆仙也。君治邑深得民心,故所向必克。近又来约同攻宿松,镇军亦大得民者,协力会剿,当不难歼除余孽也。

初六日(1 月 31 日)　探报小池口官军获胜。

连破贼垒三座,其众尽窜下流,唯大城尚未夺获。此地本无城池,贼欲倚此为九江形势,故筑城守隘。此地破,则九江之势孤矣。李迪庵方伯现统重兵及兴国投诚乡勇,共攻九江,众至二万余人,而小池口都将军所带马队与各营兵勇亦不下六七千人。今既获胜,则兵气自当百倍,九江不难复矣。

初七日(2 月 1 日)　偕镇军出营,周览地势。

驿之右有小山,正当孔垄来路二条,左有石桥一座,小河从中横过。公拟即桥上筑炮台以扼其要,复列营于小山为之辅,而勇数不敷,难于分扎。余谓若能于河岸上筑牛马墙以为蔽,壅河流以成壕,联兵戍守,势尤周密。驿后数里为石龙坡,重关峻岭,乃广济来路,再设关其上,盘查游勇,不准擅入,则更无内顾之忧矣。

初八日(2 月 2 日)　黄梅县幕友姚椒园来营,约攻宿松。

县令为覃石仙,名瀚元,广东人。令其幕友姚椒园来云:"宿松百姓怨贼已久,愿作内应。但得官兵到来,城内外放火为号,四面杀入,贼自惊遁,必能得手。定于十一日同时进剿。"镇军命诸将各告奋勇,前往应敌。刘都阃元勋、杨守备朝林二人愿往,各备干粮,听候传令,即便起程。

初九日(2 月 3 日)　镇军命拟告示晓谕宿邑。孔军门移营来双。

文云："为凯切晓谕,急早解散胁从,免致屠戮事。照得本镇奉钦差大臣官札饬,统带各勇,追剿武汉下窜余匪,自黄蕲以至广济,迄于黄梅,所向必克,无坚不破。楚省地界,现已一律肃清。都将军围攻小池口,连破贼营三座,其土城亦危在旦夕。惟尔宿松界在两省边隅,弹丸丛尔,负固不服,本镇不难亲统大兵,会同太湖官勇,协力齐剿,血刃从逆。但念尔百姓各秉天良,贤愚互见,畏逼从贼者多,甘心陷逆者少,苟或良莠无分,必至玉石俱焚,甚非所以体天地好生之德也。尔百姓食茅践土二百余年,祖宗父母受国厚恩,当必有天彝发露,愤激杀贼以自见者。惟其力不能及,故致心无可表。自兹以后,官军四路合围,谅尔区区难逃诛戮,宜急早醒悟,痛洗前非。或暗杀贼首,献城出降;或解散余党,远迎来归。本镇不惟宽厥罪戾,抑且录保有功,俾尔合邑生灵各安本业,庶不致陷溺水火,有以副圣天子仁育被覆、除暴安良之至意。为此合行出示晓谕。尔宿松百姓奉到示谕,自宜共申大义,各表天良,劝释愚顽,争先纳款,以免屠戮,致累身家。倘敢稍涉迟违,决不姑宽,以违宪典。本镇自滇来楚,尝以七十余人破天门县数千贼众,又阨守龙秘桥,以全荆南百万生灵,是皆以少击众,以顺诛逆。尔百姓具有耳目,谅必闻之有素。诚能怀德来归,畏威自首,本镇大兵所至,必能保全尔等性命,以复旧业。至于兵勇入城,亦不许乘势杀戮,借端焚掳,有犯秋毫,致干重典。毋违。特谕。"是日,孔军门带兵勇千人,由孔垄移营来双,互相犄角,扎于右山之麓。

初十日(2月4日)　方都司移营来双。

都司名映川,四川人。带新兵一千一百人由蜀至楚,向隶镇军麾下,战辄有功,极为得力。去岁奉札防堵沙口,始另立营。今复来此助剿,兵力会萃,联为一心,自可进退勿虞已。孔军门云:"蜀省贡院为前朝藩邸废宫,故多狐。有贫家女,自云前生狐种,将仙去矣,缘罪被谪,转轮为人身。狐母犹时来相视,念女嫁夫贫,无以为生,因教以符咒蛋种子,取金自给,但不可自吞符蛋,以致孕育,盖无人间福泽也。女奉教维谨,不敢忘戒。凡世之欲求嗣者,非多金未尝轻试,试则无有不验者。由是名驰远近,富贵家争延致之,奉若神明。久获金多,家遂富,渐置产业。夫素为人佣侍,主人买舟东下,过鄮都滩,舟坏被溺。慌惚中若有老妪捉其发,救之出,得不死。方开睫,妪忽不见,心殊异之。归见其妻,妻曰:'君某月日得无被难几绝乎?'曰:'然。然则何以先知如是耶?'曰:'母早来告君难矣。'始知其为狐母所救,望空拜谢,不敢复出外。念家虽小丰,而向乏嗣,劝妻吞符蛋以求孕。妻执不可,强之,仍不从。责以义,从之,遂育诞一男。一日,狐母来,怒责女曰:'原谓儿无红尘分,不守戒,今堕落,无超升矣。'忿忿而去。不数年,家遂落。欲咒蛋,蛋弗灵,夫妇不能自立,竟入青楼为妓。年虽半老,而丰神未减,视之尝若二十许人云。"

十一日(2月5日) 刘元勋、杨朝林等带勇前进,会剿宿松。

贼于宿松小西门外五里许踏石涧两山逼窄处,多挖陷坑,秘钉桩签,以阻我兵进路。其大众尽往凉亭河与太湖兵勇打仗,已连败四次,势颇穷蹙,不难剿灭。然宿松与小池口互相犄角,为安庆屏蔽,此邑不克,则小池口之势不孤,而安庆未可进攻。太湖官绅俱来约同会攻,刘、杨二人愿告奋勇前进,镇军因令往焉。其初议本拟由踏石涧进,缘贼有备,改由凉亭河偕太湖兵勇同路进攻。是夜大雨,各兵勇仅带二日干粮,未知可能成功否?

十二日(2月6日) 黄梅令覃石仙来函,请兵接应。

覃令卯刻即带所部勇丁由桂家畈进,我军已过凉亭,驻扎界岭,而覃令仍来请兵接应其后,镇军未允所请。灯后,其幕友姚椒园预拟露布捷稿送营商禀,镇军命余亦拟一稿,未用而自起草,先行禀闻各宪,盖先欲报捷故也。

十三日(2月7日) 刘元勋禀进兵事由。

据云进至界岭,离宿松二十里,本欲进攻城池,而太湖官勇尚未到来,故权扎民舍,以俟其至,方敢动手。而探报乃云黄州府之开化勇先至城边,与贼战于东外。方酣斗间,忽贼众从西门出,抄杀其后,开化勇遂溃，奔回二三里许，遇我军接应适至，贼乃退入城内。连日阴雨，微雪甚寒，诸军皆冻，不敢深入。

十四日(2月8日) 镇军以令调刘元勋诸将回营。

黄梅令求缓调回，不许。盖太湖官勇不至，我军久驻彼地，游勇借势掠淫百姓，恐生事端，故极意调回。晚间，刘元勋遣勇丁赍禀回营，并呈所获伪祷天侯胡某伪示一纸，大略劝诸将早降之意，语甚狂悖不伦。缘昨日黄梅勇被贼拿获一人，割耳放回，并持伪示以归，为范正清盘获，故令携回营也。

十五日(2月9日) 刘元勋禀宿松情形。

据云贼不甚多，防守亦疏。近有望江乡勇二千余人前来助贼，又有湖口县败贼五百人亦投归宿城。余查宿松乃皖省咽喉，去安庆仅二百余里，宿城破，望江必不能守，大军即可直捣省垣，恐贼不肯轻视宿邑如是也。

十六日(2月10日) 镇军命拟示谕驱逐游勇。

黄梅县军功余翰具禀，谓开化勇及各路游勇讹索民间，奸掳肆行，以至绅董士民纷纷逃散，盖欲自委其咎也。镇军因命拟示晓谕百姓，倘有不法游勇残害黎民，许得齐团驱逐，格杀毋论。

十七日(2月11日) 登双城高山望远。

山之外皆平地，明湖、黄梅踞其北，小池口处其东，孔垄适当中路，宿松、太湖则黄梅山外之境也。回望广济来路，重重峻岭，龙皆自西而东，至此尽头，故山外即平地矣。立营苟出山口，则四面受敌，难于自守。前此刘辅臣率勇驻大河铺，为贼所败，以致贼匪上窜，武昌不守，职是故也。行军先争地利，地居其胜，战虽败退犹可守；地失其险，战一败即难自全，可不慎哉！

十八日(2月12日) 移馆。

各营垒皆筑村外，镇军及孔军门馆于村中。是日阴雨，军门以馆离营过远，难于稽查，故移寓就营。镇军复移住军门旧馆，因相笑曰："昔日行军，不敢一刻背离营垒，今乃到处蹴屋而居，亦足见征人久戍之苦已。彼深居高拱者，宜何如体此征战之情乎？"

十九日(2月13日)　制军行知保举各员到营。

镇军原保四十余人，仅录十二员，其余未知可能续保否。诸勇以性命易功名，围攻汉阳一年有余，亦欲图一前程，以为荣身之具耳。乃竟画虎不成，徒供鹰犬之劳，亦何谓哉！所保者未必出力，而出力者乌能尽保，天下英雄，可为同声一叹也。

二十日(2月14日)　致书太湖令蔡君阆仙。

函云："阆仙司马阁下，耳君名久矣，未获一晤，心殊慊然。夫土有千里同心，彼此不必亲面，而愿见之殷，与相思之雅，不啻江云春树，如怀故友也。盖流水高山，知音难遇，则虽成连海上，亦且扁舟长往，况近在咫尺间耶。去冬养疴汉水，鄙及门万乃斋由光州过汉阳，访仆舟中，备叙芳徽，借聆德政，以为当今循吏莫君若矣。既又论及舒城脱难，若与仙遇，不愧忠贞奇报，盖又循吏而兼英雄者也。仆远来滇云，佐鹤人方伯围攻汉城，毫无寸功。兹复偕鄙乡王锦堂镇军，追剿余孽，进至黄梅，闻临境太湖有贤良令焉，询之则阁下也，喜何如之。然而戎马关山，尺书非易，烽烟道路，接教实难，则溯洄虽切，终觉伊人一方，未免有参商之憾耳。乃斋与令亲费君蘅皋有旧，闻其在光时曾相约至皖一行，未审今春日暖，可能并辔联骑，访阁下于细柳营中否耶？天涯至好，相隔匪遥，能无一念及之。尚望便中示悉，以慰渴怀为祷。锦堂镇军现驻营双城驲，虽北楚之门户，实皖省之咽喉，与贵营互相犄角。黄梅固，则宿松无不破之理，彼时把臂，自当入林，想大雅相逢，定不致以门外相视也。此达顺候勋祺，统希心照不具。"阆仙一号朗轩，贵州人，与余有乡谊，故有此致云。

廿一日(2月15日)　镇军命拟示驱除广济游勇。

凡游勇皆假镇军名滋扰民间，又闻有剃发贼匪混厕其中，尤为可虑。因出示，限二日众游勇各自起程远去，否则将命将搜剿，以免遗误军情。黄梅绅士以游勇淫掠，民不聊生，控诉镇军所部勇丁于都将军营，将军不查，竟自通禀各大宪，以为皆出于镇军所部也。

廿二日（2月16日）　侦探徐辉霞报宿松贼情。

辉霞，广济人，与伪师帅吴辅廷有旧，故能入城侦探贼情。据云贼众仅二千一百人，白昼入居城内，夜则下船，恐官军夜袭其城，便于逃遁也。城内无民，并无粮，每日四乡供米才十余石。其带队打仗者，为伪祷天侯胡某及伪指挥蓝某。又有三头目分守城池及其船只，人亦不甚骁勇，可以一鼓而擒也。前云望江贼众团练来宿松助战，皆虚言耳。惟佛坐岭一路挖有陷坑，埋伏地雷火炮，的是真情。倘欲进兵，车鼓岭一路途甚平坦，人马可以并行，庶乎进退如意，可保无虞。余复命其再至宿松，与吴辅廷商议内应。若能办有成效，亦未始非有益于军务也。

廿三日（2月17日）　记杨果勇侯逸事。

孔军门云："大凡豪杰，必有大过人之处。"果勇侯杨芳初镇镇箪，军兵骄而悍，稍裁抑之，即鼓噪辕门外，以致大变。就抚后，仍桀骜不驯，累生事端。署中旧畜大龟，常出游庭宇下。一日，公闲步阶除，龟蠢蠢出，背负一纸，书"杨诚村"三字。公见而笑曰："此乃我也，何至令求背包耶？"盖谚语替人受累谓之背包。因急令从人取其纸贴己背上，以自解颐，并不深究其故。公明知镇兵所为，欲以此激己怒目也，而乃以一笑释之，由是人服其量。又尝移坐署前，见有军家妇女老幼过者，必细诘生产苦乐何如，时周济之。受其惠者，莫不咸戴，颂公厚德。妇怨其夫，母尤其子，特恐无以对公面也。自是一军皆谓侯贤，不敢复萌叛志矣。

廿四日（2月18日）　孔军门招饮，未赴。

军门名广顺，号鸿城，四川成都人。由行伍起家，官至固原提督。曾随向钦差及胜宫保征各省贼匪，以德安兵溃革职。今克武汉，奏复原官，仍带郧阳镇兵助剿黄梅。年近花甲，颇有退志，虽统一军，馆于村落，地甚幽静，因来招饮。镇军已赴约，余以马队新来，诸将皆在座，恐其过繁，因未与宴。

廿五日（2月19日）　探报游勇与贼战于凉亭河。

军功万某带领游勇千余人驻扎界岭,假镇军名以索民食。贼匪连日出队与战,游勇因之大败。幸有四川游勇数十人接应其后,贼不敢深追,复出马队来诱敌。诸游勇不知进退,回身再战,被骑马贼生擒数十人回宿松去。贼颇得志,二郎河、亭前驲一带俱有防守,百姓大受其害矣。

廿六日(2月20日)　接赵松圃来函。

略云:"吾道穷矣,随遇而安,听其自然,幸勿汲汲于仕进也。鹤翁心迹,应所素知。刻下勇已撤完,既不入城办理善后及本署一切公事,忽欲移泊武昌城外,忽欲搬居琴滩口岸上民房,朝令夕改,毫无主见。惟日高三丈我犹眠,深得神仙乐趣,因而不思蜀也。势局如斯,可胜浩难。"数语虽浅,可为鹤翁行状。至相勖数言,尤宜敬佩书绅也。

廿七日(2月21日)　出队至五里亭修营。晚接李观察来函。

镇军前禀双城驲为天生总隘,钦宪已许驻扎,而都将军必欲进扎黄梅,故复前进修营。昨午委员马云面禀镇军,云宿松贼匪数百至独山镇搔扰百姓,恐其前来犯我,请先发制之,故出队七成,以备不虞。晚间有安徽记名道李元华来函,谓近日连获十余胜仗,可望进拔宿松矣。忽于廿三日太湖蔡令所募之勇不战自溃,粮台已为贼据,兵无所食,不得已全军暂退英山,俟得食再议进剿。贼中督队者为伪杨国宗及伪四眼丞相陈姓,颇有诡谋,意欲上窜楚境,不可不先为之防,然其众亦仅二千余人。本日探差徐辉霞回营,所禀亦同。前寄蔡君之信,均未能达。又云贼分二股,一由蕲州界之弥陀寺去,一由二郎河一路而来,众不下六七千人,当预备也。余与镇军议勿遽移营,且暂观其势,再为进举。盖此地大得形势,战守皆无虞故耳。镇军商之马队诸将,托其函致多翼长代白将军,未知能允所议否。

廿八日(2月22日)　从九杨国栋自英山来营,请札带勇。

国栋,吾滇大理人,向充营书,随膺镇军来皖,为何丹溪观察调赴英山,管带开化勇丁。观察被难后,遂留英山防剿,勇只二百,屡战皆捷。尝八复英邑,以兵力过单而不能守。今闻镇军至此,特来请札添勇,欲会合李观察同攻太湖,以为我军声援。镇军许之,并函致李君,托善视焉。

　　廿九日(2 月 23 日)　黄梅覃令报获胜仗,贼匪追归宿松。

　　自太湖勇丁退驻英山,贼颇猖獗,在二郎河一带地方搔扰不已。经覃令石仙派勇前往堵剿,大获胜仗,斩首数十人,生擒七名,归营即时正法,贼队遂归宿松。镇军闻报甚喜,时夜已半,犹遣役赍银牌三十面往赏壮士。

星烈日记卷之廿二

鸿蒙室主人笔记

二月初一日(2月24日)　大雨,拟移营不果。

镇军本意扼守双城,而都将军总欲其进扎黄梅,屡白制宪前来札催,不得已复修营盘于五里亭,拟于今日移驻彼地,而以王都司可升之勇四百人并新到吴益受原带中路智勇二百名合为一营,佐覃令同守县城。分派已定,忽自昨午至今日,大风狂吼不止,兼以雨杂微雪,泞泥难行,遂止不拔,俟天气晴明,再择期前进。镇军终日以无米为虑,焦灼之思,时形于色。盖此地离江甚远,米难载运,兵勇日食皆蕲、圻、广、黄四邑输运供给,而广济为尤多。近因将军、枲宪皆于此设局劝捐,民财不继,军食难供,故不能无悬釜之虑也。

初二日(2月25日)　黄梅覃令报获胜仗。

镇军邀马队诸将小酌,正酣饮间,忽覃令遣委员马云来请领火药、铅子,云贼队已入黄梅城,盖知我明日欲移营城中,故先来占踞城池也。镇军闻信问计,诸将皆唯唯而已,遂辍饮,不尽欢而散。须臾,报覃令大获胜仗,颇有斩获,并生擒数贼回营。镇军乃悦,令人赍功牌二十张往赏有功,遂定于明晨拔营。又派勇丁五十名,设连哨以通孔垄,如古墩台法,白昼摇旗,黑夜举火为号。孔垄离黄梅五十里,五里一哨,一哨五人,若遇紧急,旗摇火举,救援兵顷刻即至,法甚善也。

初三日(2月26日)　移营五里亭,与贼战,大捷。

先出队七成,据贼后拔营前进。以立营未妥,故余留馆,未即同行。午间,运送辎重民夫纷纷退回,谓贼势甚众,营盘已为所毁,前锋方与酣战,未识能胜与否,故不敢进。民心皆惶惧不安,有潜遁者。余戒馆役宜静候前军确信,不得妄动。顷间马队归来,皆各有所获,始知已获胜仗。据称我军辰刻已抵黄梅城下,贼出迎敌,遂分三路而进。覃令所带之开化勇为中队,镇军为左队,马队为右队。开勇不

支,退三里余,马队从后抄过贼尾,贼惊溃,开勇复反戈夹击,贼自相
践踏,堕涧落水死者甚众,斩首数十名,生擒亦数十人,夺获驴马器械
无算。中有贼首一人,尚未讯明。镇军见两军已胜,恐其别有埋伏,
整军以俟,不令深追。余贼退过梅城数里,扎于马尾山下。

初四日(2月27日) 登破额山,访大觉寺。

双城驲左有高山特立,云雾常绕其上。土人云山半有寺,曰大觉
寺,为四祖遗踪,与东山五祖并著,乃楚北名胜,不可不一蹑其地也。
又云寺藏夜光珠一颗,为镇山至宝。贼至,苦索不得,盖寺僧早已怀
匿他所矣。今午新营未固,余仍留馆,因乘暇偕王都阃才秀联骑往探
其胜。出驲二里许,即左转入山口,缘溪循岸,约三里余,村落幽静,
田塍葱蒨可喜。方旋嶂角,即闻流水潺潺,从高石泻下四五叠,锵珠
戛玉,音韵铮淙。寺高踞悬流,鸱吻岐嶷,已隐约可见。急策马登山,
石磴盘纡,萦回而上。石桥飞跨两山间,下即流泉也。桥上长廊若
虹,殊壮丽。再进,则重楼复阁,正殿已为贼毁,基址犹崇宏高峙,唯
旁殿在焉。四祖殿前古柏二株,一倒垂,一冲霄,土人不知,以为佛手
倒植云。稍右,浮图岿然,僧指为四祖葬袈裟处。远望右山高脊建砖
塔,不甚高,而四面洞然若门,以为四劫地神所移至也。山凹亦有石
亭,六角三方无瓦,相传鲁班所造,人之好为附会也如此。反憩僧舍,
悉皆居民杂处,盖避乱尽集于此。询以珠之所自,则云前明藩邸所
遗,并万佛袈裟一领,皆内宫留以镇山者也。展转相匿,不知流落何
所。劫灰所至,佛道俱消,曷可胜叹!茶毕,揖僧归。流连泉石间,颇
多题咏,刻于卧石,剥落殆尽,字迹已难悉读,惟"碧玉流""慧珠""洗
笔"诸大字,虽经泉流啮剥,未能磨灭。余盘桓抚摩,不忍舍去。戎马
仓皇际,忽得此一息游憩,真令人尘襟顿涤也。回馆后,闻我军复获
胜仗,退贼十余里,皆赖马队之力,而梅城内尚有残贼数千未退。闻
督队者为伪丞相钟某,盖自汉阳遁归安庆,今复借兵来犯也。

初五日(2月28日) 黄梅贼遁归宿松。

有勇丁自营来,云昨夜大雨,黄梅城内之贼已乘隙潜遁,尽归宿

松。覃令移营守城，所获诸贼悉斩首营门外，尸横遍野，血满沟渠。我军得胜，士气百倍。惜竟日霖雨不止，不能直抵宿城，捣其穴巢，使不及备，尽歼丑类而无余耳。

初六日(3月1日)　作《黄梅捷》及《大觉寺》二诗。

雨仍不止，镇军来邀赴营，未果。闷坐驲馆，殊觉无聊，因作诗自遣，亦借以破寂云尔。其《黄梅捷》云："蕲黄杯酒镇降魔，露布欣看掣电过。七泽风云奔虎豹，九江波浪吼蛟鼍。花明甲胄春犹惨，草掩头颅暮更多。莫道雄怀空磊落，也随壮士挽天河。"《游大觉寺》云："腥风血汗几时干，解甃来参四祖坛。灵柏倒栽根作顶，袈裟冷葬石为棺。珠光不断心花灿，佛火终烧色界残。扰扰干戈难靖处，涤尘且自听惊湍。"

初七日(3月2日)　移幕入营。

今晨天始晴，因缓甃来营，见高峰顶皆皓然入画，乃知数日雪积未消。破额山后龙耸拔腾踔，奇峭郁崒，与九江、庐山相望。中间平处即黄梅县城，坡陇弯环，稻田甚多。县后马尾诸山，来势颇长，而不甚高。山东北即宿松，入安徽界矣。查《县记》，山多灵迹。东山离城二十五里，唐宣宗敕建大中东山寺，亦曰五祖寺。入明寺火，止存塔基，肉身仍不毁。寺后有白莲峰，峰顶有池，生千叶莲，瓣可千数，每瓣中有莲房，不结实，盖仙种也，相传五祖手植。西山即破额山，一名双峰山，其寺亦肇于唐。明正德间，祖顶出火，像寺俱焚，荆王铸像而重建焉。其胜有碧玉流石，上镌擘窠大字，乃柳公权笔也。南山在县东北六十，上有灵峰寺，圆证祖师道场。路侧石壁千仞，镌《金刚经》一部于上。今为苔锁，几不可读，洗刷观之，则皆鸟迹篆文也。北山有宝相寺，无迹祖师道场。寺前古树一株，大可数围，枝叶丛生。僧于其下甃圆池，月射树影倒池中，俨如月窟，故呼池为明月，树为娑罗。后池塞，树遂枯。有道者相之曰："月明在树，见乃开池，树荣如故。"而临济天高禅师挂锡于此树，忽放异香。又与南山顶背相依，晨钟暮鼓，互为响应，故有"南山煮火北山烟"之诗。石碑山在县西三十五里,深入为三十六,如一水回环三十六度,斜绕诸山而出。其为宋公飞仙台,内有黄龄洞,稍右曰中峰山。又老祖寺在紫云山,当四五祖阐化之际,而宝掌年高,故名为老祖寺。诸胜皆未能访,唯一登四祖坛而已。其余炼丹池、木出池、运米石、出米石,名胜尚多,俟有暇,当一一往探其异。

初八日(3月3日) 偕刘都阃廷选入黄梅城巡视守陴。

王可升病,镇军饬杨光泽带勇七百助邑令守陴,因往巡视一周。居民早已逃尽,屋宇虽未焚毁,而破坏不堪,触目惨然。苍生不幸,值此乱离,甚可悯也。途畔死尸狼藉,横枕沟渠,狗啮鸦啄,都无全体。城东西南三方均有小河,可以壅流成濠,惟北门城外地高,势颇受敌。余白镇军当于高埠处筑一营盘,与县城互相犄角,乃保无虞。公曰然。惜无勇将堪当此任,且兵力实难分扎,亦无可如何势也。

初九日(3月4日) 接赵松圃来函。

据云锦谷昨有书来,说有绝好机会可建功绩,嘱为招致前在中路不甚得意之士十数人,皆其素所赏识勇士,令在汉镇等候调取,或至黔,或往江西,俟定局,另有信来,令人莫测所向。看来必是募勇投效。惟所要之人,自中路裁撤后,乌飞鸦散,从何寻觅?已函复之,未免败其豪兴耳。余与锦谷初出山时,本拟带勇杀贼,建树勋业,庶不负断裾初念。乃历观时势,非有可为之。公侯其在上而统大军者,既已略觇其概,其在下而充偏裨者,又复尽见所为,欲求一超群出众之士,可以配古英雄而无愧者,邈不可得,吾将谁与归耶?豪兴不觉顿减,无复作击楫念矣。惟锦谷老当益壮,百折不磨,其志未尝不壮,然而心存功利,事多夸诈,恐难成功。余代锦堂镇军答松圃函有云:"锦谷既膺保举,复获美缺,阁下嘱其舍大就小,实属老成之见,但不知此老能听与否?今观致予之函,则其不能听也可知矣。"函内又云:"闻宜郡之失,系李光荣之勇截留在城防守,贼至变,光荣当为所杀。此股类多川峡盐枭,有下荆州之势,一经蔓延,为患不小。"适有被贼掳胁逃归营中者,询其始末。贼首五人,各统万余众,分五路窜扰川、陕、楚、豫各省。其为首者谓之老王爷，乃川峡中明正邦也。曾在汉阳充当勇丁，不得志，遂招致死党，投入襄匪，占据樊城，众推为首。陷穀城，破房县、竹溪诸郡县，皆其诡谋。马队素号无敌，而正邦令其众各顶铁锅一口，俟马队驰至，则各覆釜于地，马踏釜穿，蹄碍不能行，遂为所擒。又善于劫营，我军相离尚百余里，贼一夜驰至，天未明已摩吾垒，众不及防，遂为所败。其众半留发辫，半截发根。截发者防其遁也，留发者遣布各邑，用为内应，往往破城，毫不费力。如宜昌之破，贼尚未至城四十里，城内号火已起，百姓惊窜，遂不可救。据此一说，则光荣之勇实为之应也。近又闻沙镇亦已被掠，长江上游米贵如珠，饥民四散，惨不可言。贼意欲先取长沙，后入西蜀，再由山陕出乱中原，现已分扰各省，未知可能扑灭。东南用兵，专赖湖南为取资之源。长沙苟或不守，川、陕现又扼塞，非徒无饷，抑且绝粒，虽拥兵百万，亦复何益？天下事尚可问哉！查此股贼匪，大半皆汉阳遣散之勇，聚而为害。裁撤不善，误尽苍生，谁之咎欤？

初十日(3月5日)　以《廿四策》托刘佐臣转恳曾涤帅赐代序。

自古后进之士，未有不赖先进揄扬，而能显名于世者。余之从军，特为学术来耳。涤帅今之硕望，天下仰风采者众矣。余虽菲材，未可自弃，因恳佐臣转寄知交，以达涤帅，冀其削正，用付剞劂，亦不负此一行也。自序卷首云："岁丙辰，大军围攻武汉，余受李鹤人廉访聘，襄理营幕，知无不言，言无不尽，而公终未肯深信也。会廷寄前皖臣江公忠源所奏军务八条，饬诸疆吏议可覆奏。公以稿属余，意稿成未必能用，且无以抒余所见也。乃即鄙见所能及者，拟为平贼策廿四条，冀就正夫世之名公巨卿，以匡我不逮耳。公初见，许为代上朝廷，继不果。后值余病起，而武汉复矣，事遂寝。今春复偕吾乡王锦堂镇军进剿黄梅，营务稍暇，检录旧稿，分为二册，藏诸行箧，以待后之有心斯道者。"

十一日(3月6日)　雨。

不能出门，闷坐无聊，适从人拾残书一卷，视之，乃《蜃楼记》也。

幼时虽曾阅过,都不记忆,乃复翻阅,中有辨风、雅、颂一段议论,颇有卓见。可见稗官小说,亦自有不可磨灭处,惟在人善领其益耳。

论云:"世儒以风、雅辨尊卑,见《黍离》列在《国风》,即谓王室衰微,与诸侯无异,圣人所以降而为风。殊不知王室之尊,圣人断无降之之理,此序诗者之误也。大约圣人删诗,谓之风,谓之雅,谓之颂,直古人作诗之体耳,何尝有天子诸侯之辨耶?谓之风者,出于风俗之语,是小夫贱隶、妇人女子之言,浅近易见;谓之雅,则其辞典丽醇雅故也;谓之颂者,则直赞美颂扬其上之功德耳。今观风之诗,不过三章、四章,一章之中亦不多句,数章之中,辞俱重复相类。《樛木》三章,四十有八字,惟八字不同。《芣苢》亦然。《殷其雷》三章,七十有二字,惟六字不同。'已焉哉'三句,《北门》三言之。'期我乎桑中'三句,《桑中》三言之。余皆可以类推矣。若夫雅则不然,盖士君子之所作也。然又有小大之别。小雅之雅固已典正,非复风之体矣,但其间犹间有重复处。雅则雅矣,犹其小焉者也。其诗虽典正,未至于浑厚大醇也。至大雅,则非深于道者不能言之。风与大、小雅,皆道人君政事之美恶,有美有刺;颂则有美无刺,铺张扬厉,如后人应制体耳。此风、雅、颂之各异也。"

论风、雅、颂以诗体言,其说是已,如谓风必尽出于小夫贱隶、妇人女子之言,则非也。余谓风当如今之擢歌、竹枝辞、催妆、无题、闺怨、香奁诸诗,大抵皆才人托兴所作,惟其词近旨远,意浅思深,故可以观国之风。小雅如杜之《兵车行》《北征》,大雅如《洗兵马》及李商隐之《韩碑》等类,颂则营馆颂扬诸诗,皆是也。凡皆士大夫所为,闺秀亦间有之,岂得谓风为小夫贱隶之言哉?惟"王室之尊,圣人断无降之之理"一言可以破千古说《诗》俗儒之见,故录之以备一解。余素不喜阅小说,然如《聊斋志异》之寓情怪异,可以与《左传》《史记》并读;《西游前后记》之托兴妖魔,亦可共丹经道箓同观,则又诵不释手。他若《红楼梦》言情旖旎,往往多悟道之旨;《桃花扇》叙事切实,时时动兴亡之慨,则何莫非有益于身心性命者哉!

十二日(3月7日)　雨。镇军命作函致鹤翁及松圃。

大略叙初三、四等日战功。此二战皆转败为胜,实有天幸存乎其中。盖自武汉克后,北岸兵勇全行撤尽,惟此一军及数百马队为全楚门户而已。苟或失机,则开门揖盗,长驱直入,并无阻拦。小池口、九江两岸虽有大军围攻,而根本既失,亦将不击自退。此战所关,岂细故哉! 大宪远扎上游,岂知此地情形,燕巢堂幕,自以为安,甚可笑耳。又况弥驼寺一路,可以绕过广济后山,上通蕲水,为入省间道,与此地相去八九十里,使贼分军由彼上窜,我军虽强,乌能兼顾? 镇军已累将实在情形申明大宪及各处知交,乃竟不以为然,毫无远虑,大可忧也。

十三日(3月8日)　始晴。获张仁熙先生《周易本义》改本于营。

书乃破汉阳时刘佐臣游戎得之于勇丁者,今携来营,偶阅之,上下经皆全,朱圈墨改,涂抹纷披。小注云:"此系张仁熙先生修饰,后学国奇述笔。先生不知为谁书,亦未知曾付梓否?"细心披览,其涂抹处较《本义》颇觉精密简净,可以增长识见,补益学问。乃知前辈用功,不肯囫囵苟且,为古人瞒过,方有心得处。屡经兵燹而不能毁,其亦有呵护之者欤。

页眉补记:

张公号长人,又别藕湾居士,广济人,有诗、古文集,其他著述亦多。经术湛深,五古学陶、韦,与宋牧仲最契。

十四日(3月9日)　登东山,观五祖肉身。

释家五祖,法名僧灯,黄梅人。母周氏,孕时佣纺里中,夕栖于社屋下。及诞,以子无父,弃之水中。祖(沂)[溯]流而上,网者得之,抱归,啼不止。母往迹其门,乃止。网者惊,而与其母仍育之,后成佛。后人为立意生寺于其地,即蔡家岩也。今登东山寺,肉身尚存,以纸和漆为胎,俨然祖像,罩于身外,坐圆几上,饰以金箔,宛若三十许人。吾乡法幢寺古庭祖肉身亦若此装严。中国肉身成佛者,屈指可数,滇居其二,古庭及盘龙也。全州寿佛为长发贼毁,五祖幸寺僧早移他所,乃得免。历观释氏肉身,固由性定得以常存,亦借地灵因之不坏。寿佛、盘龙,余未亲登其地,古庭则见之矣。相传其地乃民坟,祖将涅槃,即坐化坟上,民因迁墓以避,其徒建寺置塔于上,肉身遂得庇护,至今不朽。非借地脉以养其死后之骨,何能如是之久而弥坚耶?兹览此山形势,亦极灵异,与众不同。武曲金星起顶,耸拔端正,石骨露脉,奔腾而下。初落为讲经台,已极停顿有势。再下分三支,中左脉之间,寺址在焉。余气飞出四五里,如凤尾凌风,翩翩舞蹈,尽头当有美穴,惜匆遽间不能寻耳。左右砂皆三四重缠护而下,两水交互于前,九曲流出,由右转入大江。对面朝山,尤觉秀媚,平列拱向,真美局也。可见佛之生也,其始必得天之厚,其继则学道之纯,其终更借地气之灵,三者备而后可以常存宇宙间耳。僧龙山,镇江人,貌颇清奇,亦能诗。邀予登峰,蹑讲经台,入斗法洞,观棋盘石,更指峰顶有池产千瓣莲,今无矣。因寻径下山,有泉泓然而清,东坡书"流响"二字镌石上。再下,则大石桥横跨山腰,飞流陵泻。僧又谓寺有宋英宗御书"天下祖庭",徽宗书"天下禅林",明太祖书"第一山"诸额,悉为长发所毁。询以斗法之故,曰:"五祖入东山,五显争其地,祖坐山窝,五显飞石击之。片石左来,手左指坠于左;片石右来,手右指坠于右;片石后来,手后指坠于后;片石中来,手上指覆于上。遂成一洞,故名斗法洞,盖洞形若四石攒聚而成也。"洞石上又有手掌痕,以为五祖灵迹,未知确否。寺内皆游勇聚处,无憩息处。一勇丁颇通翰墨,相与接谈,谓此去三十余里即紫云山,有白云洞、火焰洞、喷雪岩诸胜。火焰洞内有道者二,能先知,拟邀偕往,以觇其异,因订约归,时夕阳已西下矣。

十五日(3 月 10 日)　覃令遣员来约会攻宿松,镇军不许。

宿松一日不破,黄梅一日难安。况贼匪败归,心胆俱裂,苟能乘胜直入,自可一鼓而破也。镇军意主静守,过于持重,恐为日既久,贼备益坚,未免徒劳兵力耳。覃令本带勇出身,人虽不文,而朴诚勇敢有足多者。近日州县须用此等人,庶有益于事。若仍用浮猾无耻之辈,天下尚未有平静时也。

十六日(3月11日)　接杨国栋来函。

国栋既奉镇军札募练乡勇,遂一集盈千,恐难驾驭。余因嘱其用兵贵精不贵多,且要自练,不可因人已团之练。譬如螟蛉义子,非我亲生,断难恩育,况朝募夕用,乌能得其死力?此君不知利害,只务虚名,难免于偾事耳。

十七日(3月12日)　军功汪永清禀宿松贼情。

据云宿城内贼匪不过千余,时来时去,城外驻扎者亦不上万数,较之前在黄梅时,已减去十之六七。黄梅界陶家岭,贼虽连扎七营,系伪祷天侯胡匪所带,不过两三千之众,所掳黄梅百姓居多。其筑土城,悉皆柴草填心,黄土掩面,不甚坚固。外虽有濠沟桩签,亦只虚张声势。凉天岭二营情形大抵相同。盖贼所胆怯而心惊者,马队也。宪台果乘机进剿,势如破竹,不啻拉枯摧朽耳。又闻太湖官勇月前以无粮暂退英山,兹已前进,可会同进攻已。

十八日(3月13日)　得获毕都阃金科饶州阵亡确信。

金科,吾滇临安人,偕锦堂镇军带七十余人来楚。年少英勇,战辄有功,荐升今职,并赓勇号。五年正月,镇军回援武昌,金科遂隶塔军门统带。军门殁后,复调往西江从征,防守饶州一带,百姓倚以为安。倏于今春得其阵亡音耗,镇军遣勇丁赴豫章省觅其尸身,许以百金相酬,勇不能达,乃得程君桓生寄高君梦臣之信,中载其死事甚详,因节录之。略云:自上年克复饶州,偕来者毕金科、林保两都司,督带兵勇驻扎屯间,防守半载,诸称安谧。及腊月间,武汉败贼悉窜于此。又宁国一股败匪,并由徽祁而来,虽未经扑营盘,而绕道窜踞景德镇,将及一月。该镇在饶之东路,相距百数十里,本可不必往剿,而饶之西北近建德、都昌,尽是贼薮,声言要东西两路来扑我营。毕都司英年奋勇,恐贼谋定,难以御敌,即于去腊下旬先剿西北之贼,连获胜仗,贼悉退败。于新正二日回剿东路,冲入景德镇,讵料贼伏尽起,将毕都司围住,遂尔遇害。败勇回郡,而守营之勇亦因之纷纷溃散,幸贼未追来,其在镇者陆续赴抚州而去。我军整顿溃勇,兼有林都司一军坚劲自固。逮正月廿三日,西北之贼知我营警变,遂来扑攻饶郡,经水陆两军击退,乃保无虞。

十九日(3月14日)　水师正前营王协戎由龙坪来营。

王君名明山,号著堂,湘潭人。岁棍出身,颇尚侠义,偕杨厚庵打湘潭贼匪得名,后屡战皆胜,厚庵晋秩军门,君亦获荐今职。未得志时,肆行无赖,人多畏之,呼为雪狮子。厚庵刚愎自用,惟王君白事,则尝唯唯应其所求。大约南楚诸将多起寒微,鲍协戎超与周镇军凤山皆铁佣,尝为铁刀匠胡明辉锤铁。而鲍之际遇尤奇。鲍本夔州人,以卖菜为业,并入营伍,与贫家女有私,遂挟以逃,奔长沙,佣于胡姓。既而乏钱,思嫁其妻,胡媪止之曰:“郎欲得钱耳,吾有积钱,可以听郎用,奚以嫁妻为?”乃为夫妇如初,更拜媪为义母。媪并凤山亦育为义子。今二君皆贵,时人多媪拟以漂母云。

二十日(3月15日)　杨国栋禀皖省情形。

略云逆匪李昭受势甚猖獗,盖官军围攻桐城日久,以无粮自退,昭受遂乘势取舒城,上扑六安,事甚危迫。而李观察元华亦奉调回援庐州,不能前来同攻太湖。惟蔡阆仙司马俟粮筹妥,当来助剿。观此情形,庐州又当吃紧,贼势尚未稍杀也。

二十一日(3月16日)　补题《东山寺》诗。

近日天气乍寒乍暖,倏阴倏晴,时气颇多不正,饮食顿减,精神困惫,无聊极矣。营幕孤灯,独拈诗韵,成《东山寺》诗一律云:“丛林劫到也成灰,灵骨经磨又几回。斗法指痕留古洞,讲经心印失高台。流连戎马书空际,零落山僧悟道才。最是白莲峰顶月,鸡鸣偏照祖生怀。”

二十二日(3月17日)　镇军新建营房落成。

近来将士多筑屋而居,故镇军所至之处,皆建瓦屋,未尝住帐房也。今日新建之屋落成,因移寓焉。是日阴雨,夜多大风,空中往来,如奔鲸吼浪,群龙斗空,殊骇人意,梦魂俱为之震荡也。吾滇素号多风,然惟春初风从地出,则呼号有声,至清明后,风渐腾上,虽狂暴而不触林动木,未尝奋发成声。楚北之风则不然,虽千里无树之区,不论四时,均有暴风,瀌瀌隆隆,如鼓如雷,甚可怪耳。

廿三日(3 月 18 日) 黄梅绅耆联名禀事。

文云:"为胪陈苦情,请示遵办事。缘自上年十二月初,大兵云集梅境,绅等二十二镇奉县谕派办各营粮米,并供应麸料、油烛、食盐、鸡肉等件,未敢缺乏。其筑城挑濠夫役工食,均系各镇垫办。本年正月间,兵勇滋扰停前,经该镇士民禀报在案。嗣于二十三日,贼匪窜回独山,窃踞多日。二月初二、三等日,贼匪大股由张材、停前两路入寇,奸杀掳掠,惨倍曩时。初四日,经大兵击退,复于初六、七日纷扰卓壁沿途界居民,以致东南一十三镇寸土蹂躏,其余九镇恐大营缺米,加倍送交。近因大营移驻,府勇出队,与各路兵勇杂出错处,纷屯东南一带地方,抢夺滋扰,到处皆然。近营之房屋折毁一空,强取之猪牛宰杀成市。移家则劫夺于途,居守则拷掠于室。封储谷米,贱价变售;掘挖窖藏,零件抛弃。诬藏贼物而逼命,民诚无辜;捆杀衣衿以诈银,士亦可辱。烧残农器,耕耨何资?搜尽鸡豚,供给奚取?喊禀群阻于营门,不畏军法;争斗且施于队伍,何论乡团。贼如梳,勇如篦,诚哉是言!火益热,水益深,嗒然丧气,凶焰薰天,哭声震野,流离赪尾,惨不堪言。绅等窃维黄梅僻处偏隅,实为全楚门户,由停前驷至双城,路途尤为紧要。北通潜、太贼巢,西抵蕲、黄等处,扦兹牧圉,已非丛尔所能支,倘有疏虞,匪独一邑受其害。上年合县旱歉,办备米粮,始犹踊跃供送,继则竭蹶支持,惟冀剿贼安民,庶得报销藏事。目下贼势虽云穷蹙,民力亦甚拮据,十室何止九空,百呼曾无一应。所有绅等筹备钱米,均系奉县谕暂照科粮派收,此项应为何处支给,何时截止,并定限成数,均未奉有明文,无从遵办。兼以残破小县,供给数万大兵,上游邻封不行接济,又复耗于数千游勇,坐食未能驱逐,不惟民食无资,诚恐军粮有缺。绅等同仇有志,矛亦徒修纾难为心,家无可毁,与其军需贻误,将来之责任难辞,孰若苦况直陈现在之情形可证。"观此禀沉痛迫切,呼号无地,伤心惨目,有不忍卒读者。镇军初见,不觉勃然大怒,欲扯碎其缄。余潜录之,以见生灵涂炭实情无可告诉之意。吾辈从军,不能杀贼立功,已多自愧,及更不能建一言以救苍生,尤觉拊膺增叹者也。

廿四日(3月19日)　致赵松圃书。

中一段云:"黄梅二捷皆转败为胜,此中诚有天幸,不然,吾辈不知窜投何所矣。战胜收队,有勇丁夺获伪圣帽一,黄马褂一,帽正面绣元勋秋官又正丞相字样,又一腰牌曰秋官又正丞相钟衙书相,则知此秋官即汉阳钟逆无疑矣。据云夺此帽时,该逆被马队追急,迫不能遁,乃弃马脱帽,变服徒步,混入众中,乘隙逃去。此贼诡计殊多不佯,其守汉城既如彼之固,而遁梅邑又如此之狡,虽两日连挫凶锋,未可轻以相视。然诚能乘机进剿,则心胆俱落,又不啻扯枯摧朽,不烦刃而自解耳。惜乎诸将不及此也。"此节可补前记之遗,故录之。

午间,探报禀二郎河贼匪为黄梅军功余翰等击败,退归宿松。盖贼粮初尽,望见众勇先锋,疑是大军毕至,故退。晚间又有探自上游还者,据云固始县为土匪劫掠一空,李鹤翁家眷均已逃至麻城,未审确否。

廿五日(3月20日)　探差报宿松贼情。

据云独山贼匪尽归宿松,其城内贼亦不甚多,但连日运米入城,联络不绝。余意贼众尽趋庐州及六安等处,此间必无大队,不过立意死守,以固其门户而已。覃令昨日来约出队,甚值机宜,而镇军不允,请马队亦不去,遂终止不行。午间,但见游勇纷纷出队,望独山尽发,其胜负未能识也。

廿六日(3月21日)　游勇与贼战于二郎河,败归东山寺。

四乡三十六镇皆游勇占踞,贼来则与之斗,夺取财物,贼去则淫掠百姓。故百姓与贼串通,结为内应。游勇势不能敌,退至东山寺一带,特恐引狼入室,则所关匪细也。

廿七日(3月22日)　去自作诗寄东山僧。

僧龙山,与约往访火焰洞道者,十余日未见其来,拟书旧作《东山》及《破额山》二诗寄之,冀其来营作游山东道主也。余年余未尝执笔书大字,腕弱指生,胡乱涂鸦,殊不成体,可笑人耳。

廿八日(3月23日)　补作《登黄鹤楼废址歌》。

诗云:"黄鹤一去仙人邈,白云何处寻苍岛。楼头劫火更成灰,点缀乾坤都坏了。天苍苍兮雾冥冥,日黯黯兮烟袅袅。长江如此不回头,猩猩啸雨人踪少。皇穹何为而此醉,地轴翻空八柱倒,晴川芳草那能辨。鹦鹉洲边尚有祢衡,一坏荒冢无人扫。我来登峰失画楼,谁闻环佩凌沧洲。黄鹄矶高一遐望,洪涛滚滚翻人头。人头只葬鱼腹里,古来到此皆仙侪。寻玉笛之梅花,空惊雪浪;倚遥天之剑影,远隔清秋。崔颢当年题诗兴,只今亦复付长流。红羊劫换荆襄冷,苍狗形随云梦浮。自从李唐标胜境,挥毫要把江山领。楚人一炬真可怜,美人名士都虚影。雄图已共暮烟消,胜会还随秋月冷。碣断碑残不可读,苍黎黔首皆堪悯。岳阳西望洞庭悬,凤凰台圮秣陵烟。胡独此际正遨游,不见百尺撑青天。披襟枉洒英雄泪,新亭何必效流连。俯仰云烟殊万状,泠然似到丹霄上。安得长风如巨帚,扫尽氛祲无岚瘴。再携樽酒坐危栏,长揖云中君,与尔一酹争雄放。鹤兮归来不须惊,万古千秋常无恙。"

廿九日(3月24日)　太湖令蔡阆仙来营,谒见镇军。

君本兼署望江,惟宿邑无令,大吏纵委员,道梗亦不能来,故欲恳镇军代咨皖抚,令其暂代理,一可筹办进攻军粮,一可预备守城之策,计亦甚得。但恐疆域攸分,未免有越俎代庖嫌耳。君又言李观察之勇退至霍山,居民拟犒师,邀其入城,协同防守,乃是夜所带之勇尽将百姓劫掠一空,天明四散,官与勇不知现逃何所,殊可骇异。盖其人虽孝廉出身,实为捻匪巨魁,故马首所至,百姓无不遭其残害也。余前奉函问乃斋音耗,询之尚未接获,相隔匪遥,尺素维艰,可慨也夫。

三十日(3月25日)　赵松圃函致镇军。

略云上游贼势稍衰，当不难办。巴玉农都护带兵追剿，指日即可奏捷也。惟河南捻匪猖獗，固始民居悉为焚掳，李鹤翁家眷幸先期逃避，其太夫人现住麻城，甚非长久之计。而安徽巡抚奏调湖北兵勇前往助剿，大宪议推鹤翁带勇千人应援，公颇欣然云云。镇军因作书劝止，盖以太夫人未有所依故也。松圃又言锦谷准于二月内募勇往贵州投效，其如何募勇，如何筹费，俱未叙及，惟言此行可得志，出头有路，令人莫测其故。余观今之带勇，非权与钱，鲜不受其害者。锦谷轻举躁进，大言任性，未敢为之喜也。

星烈日记卷之廿三

鸿蒙室主人笔记

三月初一日(3月26日) 作诗吊奇女李奉贞。

诗云："阴云垂垂风凛冽，天昏谁辨沙场血。中有倩魂，号烟泣雪。山可崩兮川可竭，此泪殷殷恨难灭。一解。○血泪者谁？南阳李氏贞儿，身虽绣阃，气盖英奇。二解。○生十二年，卦画先天，睹风云之幻化，识休咎以变迁。得不传秘术于风后，谓南阳灵秀，不钟卧龙而钟元女飞仙。三解。○天悯觐凶，国难无穷，所学何事，顾坐视而弗念，干哭泾泣诸沙虫。四解。○乃应世征，奋袂长行，兄惭虎额，妹学请缨，木兰不女，良玉非卿，思一战而靖氛祲。矢离弦兮天狼落，剑出匣兮毒雾清，莫不望旋乾元而转诸坤。五解。○讵料天非悔祸，计谬术左，三军哗然，云鬖雾堕。六解。○头可断，耻难雪，巾帼宁无识大节？愿假骑三千，灭此朝食，幽愤乃泄。七解。○月冷烟凄，人愁鬼啼。士衔枚，马无羁，黑夜潜袭汉城西。八解。○气摩敌垒，心无蝮虺。众休瑟缩，随我马尾。大敌当前，退者必奸宄。孰不愿生还，而作无头之鬼？九解。○贼营开矣，贼骑来矣，呼援援不应，招伏伏不起。子孑孤身，突围难驶。报国丹心，不如一死。十解。○有绝代佳人兮，金戈神骏，依稀仿佛兮，飘忽莫定。仙兮鬼兮，悚然生敬。十一解。○节表坚贞，忠著纲常。共楚山兮苍苍，与汉水兮洋洋。庶可以慰贞魂，而愧夫偷生男子之无良。十二解。"

初二日(3月27日) 作诗吊祢衡墓。

诗云："一坯荒冢峙蒿莱，谁把金樽慰魄来。能骂奸雄真国士，不翻鹦鹉亦奇才。孔融座上风花满，黄祖城中虎豹猜。底事清流遭浊世，汉江千载有余哀。"墓在汉阳鹦鹉洲边，余曾匆匆一至其地，惜无人知墓所在，不得亲奠灵魄，心殊怅然。世之论君者，未有不以惜君多难不低头为言。然其气足以睥睨一世，目无曹瞒，使早立汉廷，亦足以振纲常而褫奸雄之胆,岂区区《鹦鹉》一赋,遂足千古哉! 故窃谓生当乱世,不可蹈其辙,亦不可少是心。东汉气节,犹令人神往不置云。

初三日(3月28日) 作诗吊鲁肃墓。

墓在汉阳城西,余亦未尝展谒,因作诗吊之云:"君臣鱼水霸图开,江表巍巍不世才。赤壁能烧终是巧,荆州可借未为呆。吴楚有魂悲逝水,东南无酒奠苍苔。斜阳回首甘公庙,惆怅神鸦结阵来。"甘兴霸庙在富池口,有神鸦兵甚灵应。楚人祀兴霸而不及子敬,亦何幸不幸之悬殊耶? 孙仲谋谓子敬劝借荆州,是其所短。殊知子敬所见者大,其意原欲孙、刘和好,共图汉贼。不料仲谋败盟,暗袭荆州,以致吴、蜀不睦,使曹丕得以从容篡据中原,岂子敬之咎哉? 实仲谋谋之不臧耳。

初四日(3月29日) 作《伯牙台》诗。

台在汉城西月湖上,断瓦颓垣,荒烟夕照,连年战马,蹂躏无余。琴台久废,虚存其名而已。作诗吊之云:"江风吹断楚山青,一曲泠泠思欲沉。自古解人偏薄命,从来绝调少知音。秋高雁落平沙远,夜静龙吟大泽深。谁信灵弦多变征,荒台戎马最关心。"自昨午至今日,大风不息,吹沙震瓦,骇人心目。询之土人,云鄂省前数年多水,近数年多风,此皆时气不和,致遭兵燹,亦非偶然。今春阴雨连绵,麦苗多坏,民食愈难支矣。初更将尽,五祖寺后山忽见火光无数,如散星,由高峰顶下至平麓,连络不断。村民以为民间建醮,夜点路灯。探差又云游勇欲劫建醮之家,未知孰是。余意贼匪欲来惊营,故设此疑兵,亦未可定,不然,何至燃火登峰也。

初五日(3月30日) 补《晴川阁废址书怀》诗。

阁在大别山尽头,俯瞰大江,与黄鹤楼遥遥相对,今亦仅存瓦砾而已。诗云:"隔江黄鹤已成烟,阁觅晴川又惘然。零乱秋光留断雁,苍茫云气失飞仙。荆襄战马愁无地,叔季功名总听天。把酒漫将鹦鹉赋,笛声吹送夕阳边。"

初六日(3月31日) 作诗挽罗罗山方伯,并补《黄州赤壁》诗。

方伯以明经起家,募勇投效,战功最著,与塔军门齐名,东南倚以为重。余未见其人,但闻貌颇不扬,时形愁苦之态,故福命不永,亦国运多阨也。吊以诗云:"黑夜星沉大野寒,书生酬国命何悭。愁吟梦绕三江水,血战功成半壁山。山在黄州,府君以此战得名。赤子无家心不死,乾坤多难鬓初斑。伤哉营幕鹃声苦,牙纛何人代领班。"赤壁有二:一在嘉鱼,一在黄州,俱名赤濆。今以形势观之,周瑜烧曹兵,当在嘉鱼。盖黄州江面甚窄,两岸顺流直下,无湾环处,商船且不能泊,况战舰乎?且无险隘可守,虽有英雄,不能用武。惟嘉鱼之六溪口、赤濆、簰洲等处,水势渟蓄,可以陈战,故欲进规武昌,必先屯兵此地。当曹瞒统师东下,气吞云梦,目无孙吴,其志甚骄,故未交兵,即为周郎所破,武昌得以保全,建业资为屏障。若曹兵竟到黄州,则九江亦难固守,东吴之势危矣。即使一战而胜,老瞒不过退守武昌,何至遽奔南郡乎?古来用兵形势,必亲历其地,然后能察其情,可以识成败之由耳。然则苏子作赋,竟指为黄州赤壁,岂欺语乎?要知文人即景言怀,不过借题发挥,以写其磊落雄豪之气而已,岂真不知其实欤?因补题一律,专指苏子,不咏周郎,庶二赤壁不相混云。诗曰:"岩痕半壁尽苍烟,转瞬同惊劫后天。虎穴云封高士冷,鲛宫月照大苏圆。人间乐事都归命,江上清风不费钱。一代雄才今已矣,莫将文酒傲飞仙。"

页眉补记:

黄州赤壁本名赤鼻,嘉鱼则真赤壁,非赤鼻也。

初七日(4月1日) 接赵松圃来函。

略云:"鹤翁已于十七日入城,正在清理本衙门应办之事。昨日忽奉抚军命武昌太守持制军之函来,以现奉廷寄,安省宁国之贼又犯桐城,久饥之兵勇力不能支,遂尔溃散,以至庐州危急,请旨拨饷征兵,派湖北兵勇一千往援,是以制军斟酌要奏,派鹤翁前往。"其函中有云:李臬司一去,则楚北游勇定俱随往,虽不能有益于皖省,亦复无碍于皖省,惟须筹给数千金,始可出境云云。鹤翁现已决计前去,因其本籍固始被捻匪围攻,所有东关外住屋已成灰烬,太夫人挈同全家眷属避南来鄂,侨寓麻城。趁此带勇至庐州,亦可救援固始,大约在清明前后可以启程。鹤翁之欲带勇,是其本意,而制军函称游勇云云,大不可解。且欲推出鹤翁,好将此缺授其私党,故肺肝之言,不觉跃然纸上。筹国若此,其能臧乎?

松圃又寄送锦谷《南行叙》一篇,历叙其生平境遇、性情、经济、学问,为当代出色人物,足见交情之厚。然过涉妆点,未免近于标榜。且古人赠送诸序,不过举一二大端,勉之望之,而其人之品与学已见,不必烦琐,始尽交情也。惟自题《画石》四绝,颇有寓意。《立石》云:"屹立如人少怨尤,清风明月足千秋。首贻座上生公笑,不惯低头惯点头。"《卧石》云:"依稀高士雪中僵,俯伏而今在下方。纵有祖龙鞭不起,却教拜倒米襄阳。"《横石》云:"嵚崎磊落一星沉,苔藓斑斓岁自深。海不能填天不补,空劳纸上学谈兵。"《乱石》云:"直击横抹信手涂,曰兄曰丈乱相呼。要知不是山头石,是我胸中傀儡图。"读诗如见其人,松圃何以自匿哉!又片示上游情形云:"郧阳府十一日禀报,贼由均州艾家河偷渡,逼近郧属龙门堡,复盘获奸细五名,供称头目樊正章有下窜光化老河口之意。钟祥县亦禀荆门贼匪分股于十二日潜至该县离城十五里直河地方,当经督带兵勇团练往捕,歼毙无算,生擒五十九名。又安襄道移知,贼由荆门、宣城上窜至杨家集、武安堰等处,经襄阳府李守带勇于十四、五日与贼开仗,毙贼六百余名。现在贼踞武安小城,并探得贼首高二先由均州石鼓关渡河,与邱镇军接仗,为贼所挫,损兵百余。贼势甚张,闻有二三千众在老河口上六十里之李官桥一带滋扰。观此,则上游之贼尚未可灭,而人皆谓易办者,何哉?"

初八日(4月2日) 书佛额,拟送东山寺。

讲经台后石骨隆起,可以题额。寺僧丐余作书,因取佛语"唯我独尊"四字书之。五祖虽未足当,然以镌之讲经台后,庶不失如来本意也。字高二尺,学颜平原体,即摹其《论座帖》意。此体惟吾乡钱南园先生最为擅长,当今天下翕然奉以为宗,盖自鲁国后一人而已。

初九日(4月3日) 接豫章李少卿观察来函。

少卿名瀚章,庐州人,现办涤翁粮台,与刘佐臣善。余因托佐臣转恳其代求涤翁为序《廿四策》,今始奉到来函。略云:"方君友石所著《平贼廿四策》,展读再三,爱同珍宝,藉非宏才卓识洞达军情者,不能为此。他日剞劂告成,将见纸贵洛阳,左太冲不得以《三都赋》独擅其奇矣。嘱呈节帅品题。惟节帅现在丁忧,业经请假,奔丧回籍,正在哀毁之际,无便可寄,特将原本璧呈。"嗟嗟!余之际遇亦何塞耶!去岁及门李梅卿回光州,亦拟将此稿代呈袁午桥先生。乃君甫至籍,旋即物故,延至今日,仍未能达。小事如此,前程亦可知已,尚何望哉!又吾滇普协戎寄锦翁一信,云现在围攻瑞州,开挖长壕,绝其粮道;又分兵断贼援路,贼势甚为穷蹙,不久城当自破矣。

初十日(4月4日) 镇军接多都护获胜来信。

据云初九日黎明,率马步各队攻打段窑贼营,大获全胜,杀贼二千余人,血流成渠。其林、李二检点亦被戕死,夺获器物无算,而我兵带伤亦复不少。稍养数日,再来相商攻打别路。镇军闻信甚喜。唯黄梅令来禀,城内粮绝,实难持支,颇有弃城之意。现在所带之勇,在东山寺一带与游勇同百姓打盟仗,为百姓打散,游勇悉赴上游,而其勇则退归梅城,贼因乘势进至凉亭驲,今日已至三岔铺、东山寺一带矣。

十一日(4月5日) 杨耀亭守戎招饮。

本为镇军祝寿,镇军因往孔垄与多都护会议攻策,故未与宴,唯余与各营官共饮而已。耀亭年少奋勇,为镇军所重,屡战多获首功。镇军二鼓后始回营,为言马队之破贼卡仅数百人,杀贼数千。初至,贼不敢出,我军直摩其垒,贼惧而遁,皆堕水死。获其贼渠大轿,中有伪官,迎其头目手版无数。盖此贼由宿松至段窑巡视各营者,甫至而为我兵所歼耳。

十二日(4月6日) 多都护隆阿来营,商进攻宿松策。

都护人颇奋勇,而量微窄,出队稍不商及,则怒形于色,镇军及孔军门皆仰其颜色,以为进止。今日带其马队自孔垄来,互相计议,先攻独山镇,令黄梅覃令守城,防贼暗袭我后也。

十三日(4月7日) 马步队会攻分水坳获胜。

昨日传单本攻独山,今始改攻分水坳。甫交更即出队,行十余里天始明,贼见马队至,不战而溃。马队追击,斩杀无数,步队将贼营三座尽行焚毁,生擒数十余人。就中王慎尤为奋勇,初来投效,镇军未见。余偶与谈,颇有豪气,因屡白其可用,今果然,庶不负余所荐云。又刘汉,吾滇临沅镇兵,偕毕金科随镇军奉调来楚,又由楚至江西。今岁金科阵亡,因复归镇军,亦极奋勇可嘉。与马队共追二贼,一贼为马队所射,一贼执长杆刺汉,汉以手夺其枪,贼急曳枪不得脱,汉乘势跃然下马,抽短刀劈其头脑,分为二,遂毙。汉手掌已为枪刺穿,其勇可知已。至晚收队,已二更尽。余询诸生擒者,云此路贼首为蓝指挥,众三千余人,二郎河约万人,独山镇亦万人,宿松城仅数千人,共三万众。本日蓝指挥进城听令,拟于十四日夜来扑黄梅,不料我军猝至,贼营无主,又畏马队之威,故皆惊散。蓝指挥馆于营外,众勇悉入其馆,搜获银两数千,男女衣服无算,悉皆新制。一女子停停,无处逃窜,诸勇志在财帛,亦不甚理会,遂得漏网。计自二月初三、四两日及此战,皆有天幸。前二战是贼初来,立足未定,为我击退。此是贼将发未发,而我先发以制之。凡此皆非预有成算,乃适乘其会以为取胜之机耳,岂非天乎!

十四日(4月8日) 东山寺二僧来访。

一号海西,一号省源。余以前日自书二诗一额付之,拟寿诸石,为南来结一香火因缘。又托其代邀火焰洞田道人至五祖寺一晤,未知其能结此缘焉否也。二僧又言,江南常州城南天宁寺有老僧号雪岩,甚有修持,亦通文翰,为东南一大教主。倘能相晤,定有阐扬,不负此一行耳。本寺乾隆年间绿雨和尚名亦藉甚,有《语录》《诗稿》传世。高庙屡召不应，因取其著述阅之，曰："此文字禅耳，无足重也。"遂不复召。绿雨又称蕉祖，盖其弟子尊之之辞。闻其少年曾入翰林，中年乃出家云。

十五日(4月9日)　马步队再会攻独山镇，大捷。

先传知各营，明攻二郎河，暗攻独山镇。黎明，各出六成队，二十五里至独山。贼横列五垒，皆重墙三濠，梅花桩签杂陷马坑，密布重重，宽至数丈。守备十分坚固，惟铳炮稍少。我兵四面合围，马队列阵以待，步队直扑墙根，拔签摇桩。贼施铳炮，则伏地以避。待其铳炮稍稀，则又起而填濠，须臾已近墙脚，乱抛火蛋入营。营皆草棚，着火尽燃，贼匪不能立足，营内大乱，急开营突出，势甚凶猛，我军前队几为所压。多都护急挥所部开化勇前进力御，贼不得出，方欲横窜，为马上乱箭攒射，纷纷倒地。余众复退入营，步队乘势抢进，而后营之火亦起，焚毁贼众及器械衣物不可胜纪。首营既破，余四营亦开门四遁，各路俱为我兵拦截，不得脱，惟西北角稍疏，悉夺路逃。又值刘游戎元勋之勇所阻，无路可出，或陷泥中，或落涧底，大兵四路搜杀殆尽。有逸出者，镇军复挥军前往追杀，将至宿城五里许，以天色将暮，遂收队回营。计此战实获斩首二千余级，生擒百余人，焚毙淹死者无算。夺获黄旗竖立如林，伪印及伪执照各数十余件，其余骡马、金银、衣物，尤难记数目。军兴以来，未有如此之大胜者也。大凡邸抄所报各胜，无不以杀贼数千为言，然皆小题大作，虚文遮饰，不可深信。此则躬亲目睹，并非饰言已。余谓镇军每战必克，虽偶有小挫，终能转败为胜，遇险不险者，皆由其面起重城，具有福将之相，故所至皆成功耳。

十六日(4月10日)　访蔡馥亭共话。

馥亭名始芳，长沙人。习申韩学于松圃，为雷纬堂游戎掌书记。尝对余言："长沙有奇女，黄姓，名秀贞，原籍姑苏。父之炳，号云舫，贾于楚南，成巨富，与常德陈中丞启迈友善，因以女拜中丞为义女。女生而聪慧，有淑德，通书史，常淡妆，不施脂粉，无事则静坐，意甚泊如。父母为择婿，必商诸女，女多不可，故三十未字。甲寅夏，长发贼由宜昌下攻荆州，不克，反攻常德。时女与父及弟皆住常城，城陷，父为贼掳去。女号痛无依，踉跄携弟跪行数里，至贼营哭诉，求以死赎父。贼为感动，因归其父，乃偕返星沙。无何，父卒，遂矢志不嫁，断荤茹素，讽经奉佛，虽家居若皈依者，盖将以终其身焉。"闻女亦能诗，拟征其稿，并及其轶事，与李奉贞为《二奇女传》，一忠一孝，可称双璧矣。

十七日(4月11日)　探报二郎河贼拔营归太湖。

二郎河贼首为伪丞相钟逆，拥众至万，本意欲图上窜，顷闻分水坳及独山镇二处皆败，不敢前进，退归太湖，其余尽回宿松。又闻逆首刘满往江西求援，而江西贼势亦多溃败，恐未能来也。

十八日(4月12日)　探报宿松贼大修守备。

贼多掳百姓代为挖濠，栽桩插签，大修城濠，盖恐我乘势以攻之也。苟能趁此守备未成之时，长驱直进，贼不及御，必弃城远遁。若再因循，俟其守具已齐，然后进军，恐如汉城终年不能攻其一卡，则难为力已。

十九日(4月13日)　陪锦堂镇军游四祖寺。

是日为镇军诞辰，借此清游，以免酬酢。余素不能饮，惟王谪仙都阃一人稍可陪饮而已，然一醉已不能再饮。寺僧出所藏夜光珠同观，晶莹圆润，质类水晶而加明，可鉴人形。当面自照，其形正立，隔珠视人，形皆倒垂。又云夜本有光，可以照乘，近被污秽，光顿敛矣。正酣饮间，有歌声出方丈外，询之，乃一小丐寄居破屋者。镇军呼近前，问询始末，知为前任黄梅典史某少子。其兄游荡无行，产尽绝，遂流落不能归，复值乱，益无所依，以至乞食。镇军为叹息者久之，因令更衣赐食，拟带回营，以救其生。醉后复令余代题一律，书僧壁上云："英雄何处问沧洲，战罢飞樽醉佛楼。塔赌黄金输宝相，山藏碧玉剩清流。皈依万里留旧梦，杀伐千秋纪壮游。多少顽云挥不去，征衫犹带酒痕浮。"并跋尾云："丁巳春，进剿黄梅，四战皆捷，而独山一役，斩杀尤众,为军兴以来所未有,殆天将厌乱时矣。今日营务稍暇,偶偕友石茂才、谪仙都阃小饮于此,因题长句,以纪游踪所至云。"余亦书旧作于壁右,而跋其后。镇日颇得清趣,归营已黄昏后矣。

二十日(4月14日)　补《辞廉帅》及《谒镇军》二诗。

近检《从军集》,有遗于记事者,补之以纪岁月,荐剡无名。《辞廉帅东下》一绝云:"不能走马爱谈兵,长揖公侯又遄征。好把奇谋摹季子,一编鬼谷是先生。"《新正四日抵双城驲谒锦堂镇军》云:"最难鱼水话情亲,万里依刘见故人。借得将军饶马地,好容湖海钓鳌身。"依人篱下,原非久计,然汉昭烈之于刘表,杜少陵之于严武,千古英雄名士未得志时,未有不借人阶前尺寸土,以为扬眉吐气时也,夫何怪耶?

廿一日(4月15日)　探差报宿松贼情。

初传贼匪复于独山、二郎河等处修筑营垒,以图进犯我界。镇军急戒各营小心防范,且令人各路侦探贼情。据回报云,二郎河及独山皆无贼,惟宿城内尚有数千逆匪,势颇惊慌,百姓均剃发出逃。其情亦可想已。

廿二日(4月16日)　保举出力员弁兵勇有差。

黄梅四战皆捷,多都护函催保举各营有功者。余无战功,不应滥膺保荐,镇军以中书请斟酌列保,未知能入剡章否。夫功名原有定数,余命薄,屡遇机会而不能成,今虽幸获鹗荐,恐复成画饼耳。

廿三日(4月17日)　偕刘佐臣游戎访王峰臣都阃共话。

峰臣名可升,湖南人。貌清瘦,而打仗奋勇,由勇丁荐升今职。闲中共话,颇重文翰。茶罢,复偕佐臣至买卖街闲步,见有售书者,皆断简残编,零乱不全,殊为可惜。中有抄本,阅之乃贼中伪文十数篇。贼亦设科取士,以牢笼文人,取中者奖励甚厚,故寒士多赴之。首科状元为兴国张某,以此兴国人民甘心从贼,较他属尤甚。余至黄梅营,偶游买卖街,见售残书者,中有抄本伪文十数篇,首呈词,次表状,次告示,次檄文,次伪诏,次论赋,次八股,次试帖,最末刑案。题本伪言,文颇入妙,批点亦详,似是黄梅人奉为揣摹者。因携归,录其数篇，以见文人之陷溺贼中，正复不少。其八股题为《真神独一皇上帝》，文云："皇矣上帝，神真无二也。夫犹是神也，得其真者，非独一皇上帝而何？且自三代而下，神灵每操祸福之权，然伪妄者恒多，真正者恒少。自圣人出，去其伪而复其真，犹恐人不知至真者之果何属，故特指一真实无妄之神，以明其寡二而少双也，兹不禁穆然于皇上帝矣。今夫当建业之初，惟念予怀于顺，则值开祚之始，当凛帝谓于无声。此石言怪诞，圣人所以斥其非；有赫明昭，王者所以隆其号。何也？诸神皆非真神也，真神独一皇上帝也。人心之不古也，妖魔多惑其良贵，而不知真神之照临孔昭。当圣王兴，必有以杜其弊矣。夫名山大川，非无形貌以示众，而究不若皇上帝之独有加严者，知群黎之憔悴，悯憔悴者此也；虑亿兆之倒悬，解倒悬者此也。维皇上帝，其真正孰有与于斯哉？世运之方兴也，隐怪不迷于寸衷，而咸知真神之鉴观弗爽。有王者起，先有以格其心矣。夫风云雷雨，岂无位号以彰尊，而要独由皇上帝之令出。惟行者见庶民困于旱干，救旱干者此也；念下民厄于水火，拯水火者此也。上帝是皇，其真实谁能过乎是哉？皇天震怒，令我天兄而舍命代人，将以草妖朝二百年之余业，以鼎新夫世宙。自非上帝居歆，真神默属于其间，何以攘泯棼之敝俗，而焕其文章？此真神之无有匹休也。独一皇上帝诚克当此，而无忝上天眷顾，不惜太子而降之凡间，于以起天朝数百代之景命，以大展其功德。自非上帝时歆，真神保佑于其际，何以体帡幪之隐念，而广其勋庸？此真神之未有并美也。独一皇上帝，洵能任此而无惭。后此常愿皇上帝之鉴观不贰者矣。"又一题《皇上帝乃是真皇帝》。文长不录。前篇着眼"独一"字，此篇着眼"乃是"字，皆时文巨手。又有《崇拜皇上帝》题文，尤为精湛雄浑。《不好拜邪神赋》一篇，古雅绝伦，均非率尔操觚者所能办。夫老生宿儒，不幸而陷溺盗贼丛中，纵不能倡义杀贼，隐之可也，逸之可也，独何至甘心陷逆，精理为文以媚贼，欲借此以为荣身之具耶？此邦素号能文，故多作者，以致伪文逆赋，皆能入妙。然文人无识，又何足贵？此裴行俭所以有取士必先器识之论也。

廿四日（4月18日）　闻江西临江官军败绩。

赵松圃之弟自豫章函致乃兄信，云临江官军围贼失机，连被逆匪踏破营垒十二座，袁州危急，亦恐不保。萍乡一带皆有贼匪，有调王朴山观察前来防堵之意。李迪庵方伯致镇军函，亦云江右几于无地无贼。噫！可忧也已。

廿五日（4月19日）　王峰臣游戎招饮。

镇军亦赴宴，诸将酒量皆不能敌，纷纷逃席出呕。余虽不饮，颇得酒中之趣，较诸君尤为乐甚，所谓得酒意不必衔杯是也。

廿六日（4月20日）　宿松生员张渐逵探报贼情。

据云贼于宿城外十五里扎营，不过三四千人。城中贼甚少，现在修筑营垒，制造篾丝、油蜡衣甲及三尺长木棍，将以避箭而击马足，盖畏马队甚，而思有以制之耳。虽然，用兵之道，贵用其机与势耳。今贼势既弱，不思养气，徒作无益之技，岂能胜哉？

廿七日（4月21日）　再游东山寺，登白莲峰绝顶。

余体甚羸弱，而登峰造极，则矫健无前，待者多不能从，惟一老衲相伴以跻其巅而已。上有白莲池，今已无花。最上有洗手池，石盂承水，泓然而清。又有大石，上镌“钵盂石”三大字。远望来龙，势甚踊跃，而尤妙在案外大湖环绕，与右手水口之湖相连，弯抱成局。梅城龙从破额山来，隐隐隆隆，将全局水口尽行收住，故此地虽高露，而实周密无缺也。归憩禅堂，寺僧具斋供客，甚为恭敬。余旧题华亭寺诗云“到处山僧识姓名”，盖此中别有因缘也。僧又云：“五祖涅槃时，谓其徒众曰：‘后五百年，有能以手指余塔而自开者，即吾后身也。’迨后演祖从蜀至，参拜塔前，偶以手指塔，而塔自飞空，露肉身于外，因共奉其为五祖后身云。”楞严十劫，虽真仙不免，岂前因后果，不得谓之为劫欤？

廿八日（4月22日）　接伍慎庵来函。

略云廉帅督师去皖，救援庐州，勇到饷齐，即可起节。某相依有日，自愧无能，此番东征，仍当随往。尚祈不遗在远，时赐德音，俾广

闻见，不致茫无所之，是所切祷。至阁下保升明府客，俟奉到部覆，再
行布达云云。廉帅相隔数月，余已无功可述，何保荐之有耶？岂其念
旧情深，久而不忘耶？抑何使人不测若是也。慎庵名成功，粤西全州
人，老成谙练，善于持筹。余屡荐其才于廉帅，近得重用，已保县令，
故于余常关切云。

　　廿九日(4 月 23 日)　黄梅城诸勇互斗。

　　覃令所部开化勇与曹克忠之勇互相械斗，为克忠勇杀毙三人，带
伤者数十。镇军令营官刘元勋夜入梅城弹压，仅和以银而归。众勇
同守县城，而自相残杀如此，尚望其能御贼乎？且杀人而仅和以银，
孰不欲得而杀人乎？军令如此，可慨也夫！

星烈日记卷之廿四

鸿蒙室主人笔记

四月初一日（4月24日） 自叙《江汉从军集》。

文云："余既偕锦谷、雪岑舟至新堤，闻吾乡王锦堂镇军驻师黄蓬，胡泳之中丞驻师六溪口，李鹤人廉访则由水师过沙洋，奉特旨统率中路各军协攻武汉。时钦差大臣为湖广总督官秀峰先生，因与雪岑访锦堂镇军于黄蓬山。锦谷过沙洋，谒李廉帅，旋又荐余于廉帅，而自过镇军营。嗣后同攻汉阳，驻营三山景，历岁一周，汉城始复，锦谷得膺保荐去。余复追谒镇军于黄梅戎次，四战皆大捷，乃得滥厕剞劂章，往复奔走，关说群帅。虽不能言皆有中，而军营情伪，灼见周知，有当局所不能及，吾辈无不知之者。知之而不敢言，则形诸歌咏，借笔墨以抒怀抱，又得诗若干首。中夜披衣，自读一过，觉激烈感慨之音多，温厚和平之意少，使人闻之黯然不乐，所谓北鄙杀伐之声是也。爰名之曰《江汉从军集》，盖纪实云。"

初二日（4月25日） 探丁报闻庐州失守。

仅据探报传说，未奉明文也。又云贼掳短毛百姓二三千来宿，冒充官勇，意欲混入我界，乘间袭营。逆贼李昭受及四眼贼均来助战。未审确否，然亦不可不为之防也。镇军饬令各营加修墙濠，重添木栅，以备不虞。此次营垒虽不能如贼中坚固，然较诸自来官营，不啻霄壤已。

初三日（4月26日） 滇督奏调镇军回滇剿办回匪文到。

抚军奉到廷寄上谕，准滇督恒春奏。略云滇省回夷各匪滋扰，剿办正当吃紧，带兵将领乏员，现署郧阳镇总兵王国才，于咸丰三年调赴楚省差遣。该员前此剿办永昌、弥渡等匪甚为得力，且熟悉滇省情形，回民畏服，请饬该署总兵迅速来滇，帮同协剿等语。楚北水陆各兵均已乘胜东下，王国才正在黄梅、小池口一带剿贼，自系带兵得力之员。惟滇省现当剿办回夷各匪尚未得手,较楚省尤为吃重,着即饬令前往滇省,交恒春调遣,借资熟手云云。现在抚军仍咨楚督覆奏,未知批折何如?一俟奉到谕旨,则行止当有定也。余谓回情虽属狡猾,而较之长发又自不同,必当剿抚兼施,方能畏服其心。前永昌初乱,曾作《螺峰闲谈偶记》痛言其弊,及东川有事,又拟《安插昆邑回民论》,均系此意。今已养成大祸,较诸前此自难为力,然亦不外乎剿抚并用也。

初四日(4月27日) 梅邑乡团亮队。

前二日,邑绅通禀各营,于是日本邑四乡十一镇共团乡练,驱逐游勇,以靖地方。先行亮队,各营毋得骇异。诸大帅戒饬众勇,不准出营,以备不虞,盖恐其中有诈也。午间,果有乡练万余人结队而出,欲往独山围攻游勇而未果。游勇复散布谣言,谓百姓欲助长发来攻官军,尤为狡猾可恶。幸诸帅不肯深信,故能镇静无事。民间呼游勇为闲王爷,又谓之为游大老爷,盖以其似贼非贼,似勇非勇,故呼此别名,以异于贼与勇耳。

初五日(4月28日) 张渐逵献攻宿邑策。

略云:"生于十八日昏时始得谒见,蒙面谕以侦探,许以访闻不实无罪,故敢具前禀。连日又命男兆魁、门人洪焰荧四路查访。所查五条:一筑墩渡来米四船,约二百石;一载来大小铳炮火药数桶;一城垛设滚木,闻其内堆石块,为暂守计,非久守也;一大东门前闭今启,以便运米也。一县河因雨水暴长,今晴后亦渐消也。所访三条:一闻城中加兵一二千,或又谓连童子兵总共不过三四千,能战者仅老毛贼数百人,包矸马足者仅新募合肥数百人,其余俱不能战也。一闻城中日夜习练牌刀手;一闻贼中造木马子竹筒无数,竹根两端削尖更多,意对仗时伏起,各执木马竹筒,诈败则尽弃于地,无非谋害马足也。

今谨献预谋内应,刻期进兵之策一;分遣探马,防贼伏路之策一;分设浮桥,有虚有实之策一;三路先设伏兵,两路兼设疑兵,两路随后进兵之策一;先用游兵诈攻西南,骤用正兵力攻东北之策一;迂道、旁道、避道保马之策一。请一一陈之。

宿松城系道光三十年新修，加以火炮木石，未能一鼓而破，不如用伪职以为内应。伪职性情反覆难信，不得不质其妻孥；妻孥难至，不得不先下盖印朱谕。宿松自伪局董、伪军帅、旅帅以下，准以将功抵罪，一体论功加衔，不论其罪。至其妻孥，准以近营地方民宅居之，大口小口，每日以银若干给之，以忠信朴实之官保守之，则伪职与妻孥可致。及伪职入营来见，晓以顺逆大义，谕以刑赏祸福，嘉其自新，指授方略。古人用内应，宜于夜间，须先钩信心贼党，约定某夜某时，城中仓库火药房及高处空处，或放炮，或举火为号。我师先围西南三门，以作外应。于时内应十数人，或钩守门贼开门迎我，或潜至城上砍伤守垛贼兵，周走呐喊，呼曰：'城破矣，官兵入矣！'则贼必惊溃，大开城门逃矣。所约所授方略如是，乃纵之归办，限三五日亲自回信，不回信则惧以斩其妻孥，回信则赏以银牌，许功成照军功加衔。然而伪职中此人不多得也。不狡猾、不与贼素洽、无胆气者，不可使也。宿松伪军帅无其人，伪师帅惟陈庚白狂而好勇，险而有才，住居西乡清河，前因去逆归顺而败。今来访旅帅，惟方松筠外柔内悍，何德广狡悍，均有胆气，且素与贼交结，若许以军功加衔，授以方略，质其妻孥，惧以误军即斩之法，庶城可刻期而破。此预用内应，以贼攻贼之策一也。

宿松西南乡与黄梅接壤，故西南大路若二郎河、若车鼓岭、若佛坐岭、若陶家岭，其余若芭茅冲、若枫岭、若吴家岭，及各小路不一，似宜先分遣探马探清。此先防贼兵伏路之策也。

宿松西南三门逼近大河，雨后山水大涨，晴后渐消。大桥岁久未修，中仅独树，旁用木板帮之，行则摇摆不稳，且恐贼暗锯其下，不可渡也。故必于近城一带测河水浅处，实设浮桥，先渡游勇攻城西南三门，使五人共一挡牌挡炮石，以为先锋，次用铳炮手以为中权，次又各执两旗四火把摇旗呐喊，以为后劲疑兵。又测河水深处，虚设浮桥数道，以乱贼心，以丧贼胆。而更于二郎河实设浮桥，以渡马兵。正兵分为两路:一路由二郎河沿河直下,经清河寒梅岭抵北门七星井总路。一由二郎河驲纵横行至花凉亭,分小路由梅墩坂至廿五里墩抄大路,至八里凉亭,分大小路。大路过碎石亭,路险,恐贼伏兵,必由三里枫小路。路半至七星井,与右一路合兵攻围,由北门而大小东门。但此二路有坦途,亦有窄路,且有水阻之路,必探清然后可行。此分设浮桥,虚实兼用之策一也。

宿松城门有六,南门、大小西门路通黄梅,故贼坚筑紧闭。大东门直出总路,过菱秧桥至雷公岭店,分作两支,一往筑墩小孤,一往仓镇。若预设兵于雷公岭店,截断菱秧桥邀击之,则贼往安庆之水路绝矣。大小东门旁分二路,至郭家铺店,今若预设马步伏兵,加设疑兵,则贼往安庆之陆路绝矣。小东门直出,路多岩险,八里至黄栗冲,若伏步兵,多设疑兵,则往太湖之小路绝矣。以上各路,必务一路预选一烂熟敏捷乡导至北门,两路系进兵之路,前策已陈。此分路先后,设兵进兵之策一也。

至先用游兵攻西南,骤用步马正兵力攻东北,此仿声东击西之策也,已见前策浮桥条内。若夫未战,马避险道,行平正迂道;临战,马避正道,行旁道,慎于前进,不追诈败之兵,往往出贼之背,则又保马之策也。"

此策颇有心机,观其自叙,必邑中品学兼优之士。今现居宿松邑南乡巢庄张家嘴,距陶家岭仅半里,不入城市,今已五年。今来献策,被乡人流言入城,几为贼拘,乃星夜渡湖,避难于西湖围洲地。其家属则寄居孟庄栗树峦洪焰荧宅中,亦可悯已。

初六日(4月29日) 周福泉都阃招饮。

名占标,阳逻人,寓居夔州。少年落魄荆沙一带。粤寇至楚,即从周都阃禄守武昌。城破后,各处从征。镇军见其办公勤慎,由把总保升都司,列为营官。貌颇清灵,眼亦有神,故能拔出众勇之上。惟骨相太薄,不似厚福者流。镇军尝谓余曰:"当今之世,勇将不如福将。福将虽遇艰险,转化平夷,不惟令名得全,亦抑三军有恃。"诚哉是言也。

初七日(4月30日)　赴垄坪镇。

座船悉泊于此,离九江尚六十里。远望庐山,横亘半天,所谓"横看成岭侧成峰"也。山光水色,极为明秀,市肆虽觉萧然,而民居尚安堵如故。一路平畴,细柳摇风,新秧插水,与麦陇互相掩映,颇动归农乐趣。至船,则松圃、亦九二君已先由上游来,相晤甚欢,畅叙离悰,至夜分始眠。

初八日(5月1日)　林松岩守戎招饮。

荆州驻防旗员,名春。长身耸立,而性情圆和,善于言语。镇军札令请领饷糈,实为称职。座中出家姬见客,倜傥不羁,又觉风流可爱。松圃醉后,短衣起舞,掀髯叹曰:"吾辈生当乱离,转不如武夫得志于时,岂不为其所笑?虽文士必有武备,庶使虎额低首耳。"

初九日(5月2日)　乘舟至武穴镇。

在垄坪上三十里。人烟稠密,阛阓森列,亦楚北一繁华地。两岸皆有高山,可以设关守隘。惟江流甚直,难泊战舰,故非戍兵重地。再上三十里,即田家镇,为徐石民观察战没处。余虽未至其地,然闻之土人云田镇亦非用武处,故官军与长发得之,皆不能守。不知昔之将领何以戍重兵于其地也。

初十日(5月3日)　闻段锦谷已回滇南。

有邓姓尝为锦谷东道主,函致其侄,云于三月初七日已回滇领凭,欲赴新会丞任,八九月可以来楚。殊不知彼已保叙通守,恐已开缺,锦谷尚未知也。此番回里,未免徒费跋涉耳。

十一日(5月4日)　偕林松岩再赴武穴。

粮台分局泊舟于此,故松岩至此领饷。余以前日游兴不佳,因复偕往。而大雨如注,仍不能游览山川,虽舞袖歌裙,亦殊不少,而走马观花,领略未尽,仓猝登舟,愈觉无味。余诗有云"人间乐事都归命",今益信然。

十二日(5月5日)　闻卢义山罗田剿贼失利,其徒谢得胜战死。

义山自武汉裁勇后,调赴荆州防堵,复奉札从征宜昌有功,已保升游击。兹仍随鹤翁进援皖省,孤军先入,至罗田与上窜之贼遇。义山仅七百人,而贼众至数万,众寡不敌,方欲退走,而营后火起,营盘已为贼破,遂大败。义山手执双刀,身后仅得胜相随。贼追急,得胜以师手中器短,恐难敌贼,乃以己所执长枪易之,而自执短刀殿后。方相易间,贼已近前,师徒奋力抵敌,杀贼数人毙,而贼众大至,势难相御,且战且走,追七八里。二人未尝相支,乃贼马队从后抄来,刺义山下马,落浅湖中,乃从水面遁脱,得胜遂为贼众所杀。义山逃二十余里,至夜分始与败兵相遇,收聚徒众,带伤者不记其数。义山自克汉阳,复宜昌,气颇骄,故有此败。其为人以血性为主,待徒众如子侄,故临危又得其徒之力也。此役非得胜以己器相易,义山岂能杀贼逃去耶?得胜拜余门,常为之叙其打虎事云。

十三日(5月6日)　宿郑公塔。

从垄坪回营,途中大雨不止,遂止宿焉。塔高十余丈,旧奉佛,今为贼毁,仅存寺,乡人以为公局。地势弯环,窝聚堂局,秀美福地也。惜为寺占,不可扦矣。初未至塔时,田塍边一人挑箩倒扑于地,以首濡水。余急呼辔夫拽起路旁,而其人口吐紫血,浑身乱颤,已不能起。因命耕夫邀村人共救之,未能知活否也。

十四日(5月7日)　回营,闻贼窜入蕲州界。

据蕲牧彭禹门应鲤禀称,月之初五日,探闻贼匪窜至英山瓦寺前一带盘踞,当即移会城守营把总徐兆达,飞调罗、蕲绅勇,在于各要隘严加防范。初八日辰刻,贼匪数千分五路直窜蕲水鸡儿河一带。徐把总督率绅勇会同蕲水绅勇分途迎剿,自辰至申,相持五时之久,始行击退。查此股贼数虽多,大半皆属饥民,现在添调勇丁,在长林岗、朱洋河等处实力防剿云云。又据蕲水蔡广文象昆禀称,略云刘县主于初八、初九连日与贼开仗,虽经获胜,而贼势猖獗。初十日,复督勇往剿,因河水泛涨,不能过渡。下晚探卒回报,贼见我军人众,遂分两股追窜,一由英山东河窜赴太湖,一由何家铺窜走。查何家铺与蕲邑之洗马畈、长塘角接壤，又与蕲州之张家塝连界。上由张家塝之高家新铺可至蕲州，下由张家塝可至莲花庵、黄家竹林，又二十里即黄梅之大河铺。今逆贼由此窜走，处处堪虞。鹤翁来函亦与此相类。贼志上窜，已非一日，镇军屡禀上宪拨兵防堵，终不为意。今幸鹤翁援皖适至，可抵一路，不然，贼势又将蔓延上至武昌矣。

十五日(5月8日)　贼至卓壁一带，焚毁民舍。

午间，忽见北乡火起，知必有变，急差人往探。晚间据总局呈称，本日午刻，贼匪窜入卓壁、张林一带，乡团抵御不及，该逆纵烧民房不下二十余里，杀毙民命不计其数。现在余焰未熄，人民奔逃，道途梗塞等语。余前至东山寺，见居民携老扶幼，悉回旧居，以为民得归耕，稍慰诸鸿之愿。不意贼复猖獗，一至于此。总之，宿松之贼不退，黄梅不能安枕也。又闻北湖渡有小船百余只，每船内约载十余人，由安省过界，将往垄坪一带去，不知为贼为民，殊觉可异。

十六日(5月9日)　闻我军已复英山。

据彭牧禀云，十二日午刻，贼匪窜至张家塝，甚为猖獗。把总徐兆达督率蕲、罗绅勇在于望天畈、青石岭、蔡家铺各要卡严密防堵，相机进剿。该牧现随同臬宪大兵将英、罗界内大股逆匪剿退，克复英城，即刻督带绅勇星夜驰往张家塝，会商进剿，并饬各要隘地方一律严防，以免窜越等语。贼势既已稍退，而堵剿尤宜实力，不然恐未足为恃也。

十七日(5月10日)　闻滇中回逆甚炽。

有自荆州来者，为言滇省折差传云，大理府城被围，寻甸、昭通、东川、霑益、广西州、弥勒、新兴、建水皆乱，开化、广南亦有兵守。贵州苗匪尚未平息，威宁受困尤急。滇督奏调镇军回援，又被楚抚奏留，不得回滇。乡关万里，各路俱塞，午夜忧心，如刺如焚，未知何日方能归里也。

十八日(5月11日)　贼分二路进黄梅界，焚毁民舍。

一由亭前驲至渡河桥，一由独山镇至马尾山后，各路烟焰冲霄，

居民逃窜,被杀害者不计其数,其势颇有扑营之意。镇军传知各营,
均宜准备以待。昨日多都护亲至广济踏勘情形,居民已有远遁者。
又闻大股贼在张家塝扎营,阻塞河水,潴为深濠,对面仅二百游勇筑
垒相持,假托镇军旗号,未知有无情弊。

十九日(5月12日)　蕲州牧彭禹门应鲤与贼战于张家塝。

是日本拟出队,以多都护拿获奸细,据称贼有扑孔垒之意,故马
队未来,各营严密防守。午间,贼旗亮队于马尾山及桂家畈等处,沿
途烧房,至黄梅北城外一里许,镇军不令出营。灯后接护张家塝探
报,云贼势颇众,官勇团练及马队与战数时,不能取胜,亦可虑也。二
更尽,自东山下至马尾山脚,几四十里,俱有火光冲霄,天为之赤。贼
以此疑我,实为狡猾可恶。

二十日(5月13日)　马步各队与贼战于渡河桥、桂家畈等处。

镇军亲带各队由中路进攻渡河桥,方游戎带领本队进攻桂家畈,
多都护所领马队分三路策应,孔军门所部王都阃带郧阳镇兵紧随镇
军之后。卯刻出队,战至未末,斩杀甚众。以田多路窄,马队不能驰
骤,步兵亦碍于进退,不得互相联络,以至小挫败回。余与松圃及雷
纬堂游戎守营,忽见败勇纷纷溃散,奔满田塍,如山崩潮退而来,急呼
守营勇丁循墙立守,施放空炮,以壮军威。败勇几不归营,闻炮声乃
不敢遁。前者入营,后者督阵站立,镇军与各营官各自殿后。贼畏马
队抄杀其后,又闻我营炮声不断,遂止不追。镇军见马队未回,复传
令守营勇丁更番出队接应。行至半途,马队已将贼众击退,各营兵勇
整队而回。方游戎之勇亦由桂家畈战败归营。此役虽稍小挫,而斩
首至百余级,夺获黄旗伪印无数,贼亦不敢轻视吾营矣。有生擒者供
称:贼分两路,众至数万,一由宿松至马尾山,一由二郎河至渡河桥。
贼首为伪祷天侯、四眼狗、钟丞相、杨丞相、李长寿、祷地侯等贼,其势
虽众,而裹胁者甚多,亦易剿。惜是日步队小挫,否则可以一战而退
矣。夫战阵安危机势,只争呼吸之间,使是日镇军不亲断后,众勇必
至一溃不收,则其败将有不可胜言者矣。危哉!

廿一日(**5 月 14 日**)　多都护请援于都将军。

以贼势甚众,我军不能分攻,故请于将军调南岸勇丁二千防守陆家嘴,拨鲍超所部三千人来梅助剿,尚未至营,一俟到来,即同进攻。晚间,有投诚贼报云:桂家畈之贼移扎东山,梅城外并无一贼,明日欲并力来扑我营。多都护来函又云:探明桂家畈之贼乃小池口分来以助东山之势者,现在城内空虚,拟于明日乘隙袭攻小池口,戒令我军静守营盘,无得乱动。余谓桂家畈贼匪无故移营,必非度过东山,乃回守小池口耳。彼盖来此疑我,助彼声势,复恐我暗袭其后,故又欲退守也。

廿二日(**5 月 15 日**)　桂家畈贼无故自退。

昨晚尚闻更鼓之声,今晨令人往探,已移营去矣。此贼既退,情弊显然,彼不过欲虚张其势耳。观此,则东山之贼亦当不击自退。人多粮少,贼其能久驻此乎? 是日,陈开榜来营投效。开榜,吾滇临安人,甲寅春从镇军来楚,龙背桥七十四人中之一也。后随毕金科进剿江西,金科阵亡,今复来投。镇军询以金科阵亡之由,则云于去冬已奉令至景德镇催收厘金,为贼隔于孚梁县,不能回饶。新正四日,始闻金科亲攻景德镇,以无劝,令稍缓而不及迫。贼退至镇,始知金科已被贼擒,于初五日斩首街市,其首尚悬于安徽会馆门外,不觉大痛。急寻尸身,则埋于沙岸上,尚未腐烂。闻贼众恨金科甚,本欲碎割其尸,而贼首戒令勿损,故得寻认,亦忠义所感而致也。开榜正觏棺欲敛,以湖棉缠裹其尸,而自哭于灵前。忽报贼又大至,开门出视,火光四围合来,百姓皆逃散,左右仅数人劝逃。开榜痛曰:"君等欲吾生,则共救毕公尸;欲不救毕公尸,则各自遁。吾将死于毕公前,勿累君等也。"众皆大痛,急用门板升尸,觅小划船顺流而遁。开榜仍乘马缘岸相随,方着鞭,贼又追至,直过饶始得脱。乃重具棺以敛,停于僧寺。闻吾滇普协戎承尧围瑞州,因往依,呈金科所积财物。承尧不念其脱尸于难之功,乃以钱财纲故追究其咎,亦刻矣哉!

廿三日(**5 月 16 日**)　援军已至濯港。

离大营尚十五里，多都护先来，谆戒各营官，晓以赏罚必行之意。诸将面面相窥，皆凛然有畏心焉。探报贼由多云山下进至山谷中无数，未见其出。余曰："此必有伏，或由大河铺来抄我后，亦未可知。"镇军不信，屡辩而屡执其是。雷游戎侍旁，先与余言符，继亦唯唯，盖仰希其意旨所在也。余遂无言。夫贼情诡诈，用兵无常，彼岂肯着一呆相耶？

廿四日(5 月 17 日) 多都护与贼战大胜，张家塝诸将告急。

黎明，马步援军齐至，都护指挥镇军率各勇由左路进，即昨日所议贼入之山谷也。开化勇由右路进，自率鲍军由中路驰至贼营。三路皆有马队，戒令镇军勿得先动，俟中路烧至贼之大营，使彼立足不定，然后再攻，则一战成功矣。须臾，闻中路连环炮响，火光随起，一营既焚，各营皆毁，烟焰冲霄，联络不绝。已将至贼中营，依营总欲驰骤，贼不动，镇军屡止不听，遂进攻。贼诈败入谷中，伏兵从山后转出，抄击我后。众知中计，急退出，遂大败，几溃至营，镇军力督于后，始稍稍复集。多都护已得胜收队，计毁贼营二十余座，夺获驴马千余，斩杀无算。远望镇军尚未收队，复扎于岭上，数刻方回。镇军还营，怒犹未息，欲自请参。余与松圃婉言解劝，始稍自释。今日之战，多都护本拟令镇军牵制贼之前敌，而自率旅直捣贼腹，使其首尾不能相应。孰知贼之健卒尽在头敌，盖以备袭我后者也。镇军适与此遇，故不能敌。使早听言，先有以待之，必不至于败也。晚间，张家塝带兵官张寅恭来文，求救甚急，谓贼众至数万，我兵甚单，已二日断炊，万万不能抵御，祈拨兵速救。不然，则营盘破在旦夕，楚北门户不保矣。当此大敌当前，自顾尚且不暇，岂能分军以救之乎？

廿五日(5 月 18 日) 闻李鹤帅升授皖藩。

前闻庐州失守，今细探访，城尚未陷。公应皖援，自当屏翰皖省。然而责任愈专，则担荷愈重。东南数省，皖尤盘错，无粮无饷，而处贼围之中，其能久存乎？公虽年少，精神甚弱，当此重任，大可忧耳。

廿六日(5 月 19 日) 闻张家塝团练与贼战败，各营退走。

团首龚丙吉与贼战不胜，众遂溃散，参将张寅恭等退走蕲州。李鹤翁进扎狮子口，与贼营相去十里，然众寡不敌，恐难抵御。我军现又与贼相持，不能往援，为之奈何？

廿七日(5月20日)　马步各队会攻贼营，不克。

贼营自被焚后，移扎于多云山下，二日已成高垒，前临水田，后枕高山，甚得形势。多都护率马步各队会同进攻，镇军仍由左入，各营俱会于贼卡外，不能前进。远望贼营后黄旗无数，布满山腰，中军红盖下黄衣贼首坐以观阵，有识者指为伪成天豫陈玉成，即四眼丞相。陈逆本名容，近更今名，成天豫其爵号也。闻贼中此号在王侯之间，不知何谓，直臆创耳。陈逆颇有诈谋，屡犯湖北，素称善战，今观其临阵从容，布置得法，信非虚语。多都护数战皆捷，志气颇骄，今遇劲敌，亦莫为计。攻至午末，即行收队，回濯港去。陈逆年仅二十七，短小聪俊，两目下有二黑痣，甚圆大，故以四眼呼之，乃贼中之最狡者。楚、皖郡县多其所破，贼中论功以之为首，故晋伪爵，在侯之上。

廿八日(5月21日)　闻李鹤翁进扎狮子口。

有自蕲水来者，谓贼上窜，将至蕲城十里，为鹤翁之勇击退，仍回张家塝，我军即扎于狮子口，以扼其要。又闻上游援军二千、马队数百均已抵蕲，似可无虑。然贼情诡谲，出没无常，日将暝，忽于高岭燃火无数，铳炮乱施，遥惊我营，不知何意。众勇望见，不胜惊骇，亦乱放枪炮，不能禁止。倘贼遽来扑营，其不至诈谬惊逃者，亦几希矣。勇情如此，其可恃耶？午间无事，松圃为余指绘宫纨，作奇石磊落状，气甚苍劲。题三绝句云："补天之说却荒唐，石不能言亦可伤。化作青云飞去也，颠翁收拾入诗囊。○嵚崎磊落一星沉，苔藓斑斓岁月深。不是神仙指点后，岂能身价重黄金。○君自玲珑我自顽，此中交谊古人难。灵山会上重逢处，可把苔岑仔细看。"借题发挥，直抒胸臆，心中块垒尚未能消也。

廿九日(5月22日)　闻滇中回匪渐就平复。接万乃斋来函。

永昌太守吉六泉函致镇军，略云迤东之贼，剿抚并施，已有肃清之势。惟大理贼首凶狠，戕官破城，自知必死，尝令其党曰准杀不准和。故祸患迭起，循生息之无可息也。腾越事得接明镇军函，云虽又得手耳，尚无期。保山边境官乃山贼，亦猖獗，自选派文生陆华庭去后，叠获胜仗，不日当可藏事。永平之曲硐、了口、稻田、官庄、平村等处共贼五六千，据险自守，一切攻具铅药，专恃大理供给。阿协戎督兵进剿，屡有新获，亦云勇矣。奈军兴四月，经费已虚，目前虽办捐输，而民力既竭，亦难为继。饷糈如此，敢添练乎？亦只盼大理奏捷，庶可分我贼势。仍饬大花桥、小黑左两路兵练，多多努力，勉图克敌已耳。日来又于该处难民中得精壮多人，加以激劝，令与兵练夹攻，或可得手。不然，经费日绌，纵能设法，亦只可支春暮夏初。若大理一时不能克复，永郡不惟不能破敌，且有饷匮练散之虞。朽木不保，永昌其可闻乎？然合观今昔，似有天意，非可人力强为。龙陵、施甸两处，不过晓以告示，而回情竟能欲起仍平。偶有难回逃至彼处，亦平静无事，不似永平之屡经和息，事终起焉。守土者虽云人定胜天，究不能不尽人事以听天命也。此信乃三月初旬由驲递至，仅四十余日，亦何速耶？

　　门人万乃斋自去冬汉江一别，久无音耗，于今日忽接其来函，乃月之五日自广济发者。相隔咫尺，一月之久，信乃得达。适张瑞国来营，询知乃斋又已远去，不知所向，真可谓一面缘悭矣。

星烈日记卷之二十五

鸿蒙室主人笔记

五月初一日(5 月 23 日)　闻张家塝贼败退三十里。

已入英山界,未知扎于何处。又闻上游有步队二千、马队数百,于廿五日已抵曹家河。后路既有防范,此间贼势或可稍杀。多都护于郭家嘴筑营一座,以为我军后援,相离仅十里,呼吸之间可以相应。又拟撤覃令之勇出城,扎于大河铺,而以开化勇添助守城,尤为周密。惟我营勇丁纷纷逃散,一时不能招足,人心惶惑,恐有诈谬之虞耳。

初二日(5 月 24 日)　以纨扇属女史张玉姗作画。

余于王峰臣都阃处见其画扇二柄,一仿米襄阳,一仿董北苑,皆烟云秀润,冲融可喜。各题一绝云:"血战中原已数春,此中差无绝烟尘。若交移佳处最深处,也胜桃源好避秦。"泼墨一篑,乃为刘佐臣游戎绘者,题云:"到处云霓引领望,雨余若可慰壶浆。须知帷幄斯人在,借箸而今又子房。"二诗均有寓意,不似闺阁人吐属,可谓当今隽品也,因托峰臣代求其绘。闻女史年近五旬,而丰神犹在,济邑蕞尔而产闺秀,不可谓此中无人也。

页眉补记:

此题《雨景》一绝,时以佐臣性此,故引子房事。

初三日(5 月 25 日)　被掳潘忠实来营投诚。

据供:湖南新化人,自二年在江岷桥中丞营内投效当勇,至今六年,以功历保蓝翎守备。二月桐城被困,始为贼掳,在伪成天豫队内充当圣兵到六安,三月到寿州、霍山、潜山诸处,四月到太湖、宿松,因至亭前驳,成天豫带兄弟三百余人,扎营二道河十余座。廿四日出队,成天豫带兄弟千余人在马鞍山打仗,带伤者仅一二人。五月初三日,贼匪在马鞍山扎营三座,成天豫与伪丞相唐逆各分兵打仗,唐逆带队前攻张家塝,一俟其得手,即举火为号,前来围攻大营。前夜本拟偷营,未知何故中止。昨午有二三十骑至大河铺探营,今日马鞍山之营业已筑成。成天豫队下千余人,皆好奋勇,不怕马队,其余则不然也。成天豫出队时,骑粉青马,穿黄马褂,头戴竹盔。官兵已后出队,前面与他对敌,暗派一队由二道河可抄贼后,贼必惧其后营有失,首尾不能相顾,自可一战成禽矣。按:马鞍山即镇军小挫之处,盖遇劲敌,故难御也。

初四日(5 月 26 日)　闻水师巡江被截。

王著堂协戎函致镇军,略云:"月之初一日,水师正右营、副后两营在二渡口放哨,见九江城下贼船仅十余号,当即出队。攻至湖口,见贼舟甚多,急欲收队,而贼舰赶至新城脚下,被陆路贼截住,不能得脱,遂失去正右营船九只,副后营船十一只,营官易某阵亡。"未知确否,俟探明再禀。查近日贼船已被官军焚毁殆尽,其水军不复能振,而此云贼船甚多,岂其再造耶? 何水师诸将尚不能得其实在也。

初五日(5 月 27 日)　贼出队探我虚实。

午正,贼大列队伍,出树林间而不敢前,唯十数骑往来田塍中。见我营二骑突出,将近其前,忽又转去,唯隐隐见旌旗遍满山谷,照耀林麓而已。盖欲探我虚实,审查道路,以为上犯之策也。幸我军皆息静以待,故未得隙,不敢入耳。晚间,游勇擒二贼来,讯之,言词慌惚,不肯尽吐其实,真狡狯贼也。是夜四鼓,买卖街不戒于火,焚毁殆尽。数月之中,回禄四巡其境,其人心亦可想已。

初六日(5 月 28 日)　雨。

亢旱已久,今忽大雨,营墙尽圮,军中愈加严防。盖贼曾言俟大雨之夜,枪炮不能得利,将来劫营,亦即去岁周凤鸣所献练雨战攻城之意。贼中亦有深于兵者,不可不为之备也。盖自有铳炮以来,攻城扑营,甚非易易,我但静守,贼必不能飞入。故必俟雨湿药潮,火绳失利之际,然后可以乘隙而进耳。

初七日(5 月 29 日)　大风雨。

连日大雨不止,风如雷吼,屋瓦皆震,营棚尽漏,诸勇悉卧泥涂中,亦可悯也。申末,梅城中炮声大震,连连不绝。镇军饮方罢,乘酒兴欲自往观。余等劝勿轻出,不听,竟驰而出。围队仅数十人相从,至城,则别无他变,乃诸将令守城勇丁洗炮耳。镇军大怒,责以不知营规,殊非将才而还。凡各营欲洗铳炮,皆先知会,始无惊骇,否则鲜有不误事者,宜镇军之怒责也。然无故轻出,亦主将所宜戒,不听旁劝,亦未始非酒兴使然哉。

初八日(5月30日)　贼营渐逼近我。

贼步步为营,渐抄过我前,自五祖山下至马鞍山几十余里,今复进扎,将至大河铺矣。镇军前商诸多护,欲命鲍军来扎大河铺,以阻贼前进之势。都护不肯,拟待贼前进,然后邀击之。殊知贼颇狡狯,必俟其一营既定,乃移一营,非孟浪直入可以邀击者比。

初九日(5月31日)　闻李迪庵方伯分军救张家塝。

迪庵本驻扎九江,闻北岸势急,因分军二千由广济过张家塝,以助军威。闻贼已至莲花庵,离广济仅廿余里。邑中居民尽行移居乡间,县令李安斋死守不去,颇有胆略,盘获奸细十余名,悉皆正法,民心稍赖以安。

初十日(6月1日)　赴垄坪。

贼匪扎营已近大河铺,将欲断我粮道,余累以为言,而诸营官皆不信。卯刻,行至王家河,百姓纷纷移居逃避,由大河铺一带过濯港,牵牛挈眷,情甚可悯。贼势之大,概可想已。一路之上,遥闻炮声不绝,知贼匪又来攻营。晚至垄坪,询之自营来者,果如余所闻云。

十一日(6月2日)　刘青臣守戎邀饮。

青臣名廷选,吾滇广西州人。是日为君诞辰,诸友邀同祝寿,故与其晏。座中陈昆山携妓侑觞,名媚娘者丰神娜婀,颇有美人态度。戎马仓皇中,忽睹云鬟雾鬓,真令人有英雄儿女之感,不欲作封侯梦想已。

十二日(6月3日)　舟至武穴,访张鸣轩秀才。

鸣轩久困场屋,累荐不售,因弃学习贾,而风流倜傥,亦颇不俗,

董事公局,其力较多。(下阙)

十三日(6月4日)　闻贼匪来扑我营,多都护率勇击退之。

余仍住武穴。有自营来者,询知贼匪昨日大出,全围攻我营,已环绕三面,几逼墙濠。我军静守营盘,备器以待,远则以炮轰击,近则施放鸟枪,贼势虽众,不敢相逼。申刻,多都护始由濯港带鲍家军前来接应,相战十余回合,不分胜负。天色已暮,乃各收队。我军开门出截其尾,不能得利而退。又闻张家塝之贼已退数十里,盖闻马队至曹家河故也。或又谓其贼首调过黄梅助战,亦未可知。

十四日(6月5日)　回垄坪。

赵松圃、吴亦九二君已先由营来,寓居船上,叙及贼势,颇有畏心。又谓郑公塔一路已不可行,贼之先锋时时到彼滋扰,居民搬徙一空,二君皆绕道孔垄而来。果尔,则我军粮道实为阻碍,使早扎营大河铺以遏其势,何至有今日之窘迫哉?

十五日(6月6日)　舟至陆家嘴,访王著堂协戎。

水师炮船尽驻于此,岸上则马队步营互相犄角。九江城尚三十余里,远望庐山,横翠排空,高入霄汉,其尽处则府治在焉。自蜀至此,山势始觉秀发,盖山川一大剥换也。帆樯楼橹,蔽满江面,军容甚盛。想古来水战,亦不是过矣。江形自龙垄下,水分二支,中涌三洲,横通二港,至此始合为一,故名陆家嘴。座船悉泊里河内,可避风浪,不畏贼围,诚要地也。

十六日(6月7日)　回垄坪。

晨起著堂招饮,意甚殷缱。饮罢,即由外江逆流而回垄坪。船上夜月甚明,与松圃推窗同玩,见月晕半环,由东而西,仅缺其南,中间白云自外而入,衔于晕内。松圃问主何应?余曰:“古人有以月晕占围城吉凶者,今贼营渐包,我后有被围之象,所幸南方晕口不圆,当不致困。须观其中白云变幻何形,则知其有援无援。”须臾白云渐大,晕痕渐消,我军自有救星无疑矣。

十七日(6月8日)　回营。

闻桐子牌一路已有贼匪，因绕道由白湖渡回至濯港。多都护正筑营盘，就村镇民居以为方营，三面滨水，一面挖濠，适当孔道。唯鲍家军远在五里外松林之内，既不能接我军之后，又不能拦截郑公塔大道，殊失形势。使贼匪暗遣一军夜袭其营，则前后皆不能救，其贻误为匪浅也。晚间至营，镇军问其情形，余悉举以对。镇军深以为虑，拟商都护为移营焉。我军虽在围内，而军心尚定，且濠墙甚坚，贼屡来围攻而不能破，后当可无虞耳。

十六日（6 月 9 日）　陈开榜与贼战于营外。

贼日遣数十人来扰我营，开榜新募百人，见猎心喜，潜出营门。开榜点名，不见大队数人，知已交锋，急往救援。贼数营皆出战于田垄间，往复十数回合。镇军恐其有失，急鸣金收队始罢，贼亦不敢深追。

十九日（6 月 10 日）　贼大出队，来围我营。

各色旗帜俱备，遮山蔽垄，分路齐来。前队已绕过孔军门及方参戎营后，声势极为可骇。镇军戒令军士勿得擅动，各整火器以待。其大队远列高岗，有奋勇贼徒，循濠逡巡欲入，我军开炮轰击，则又退去，终不敢近。王峰臣都阃营最在前，因获一贼，当即用乱刀砍死，余贼稍稍退怯，日色将暝，始各收队。我军意气甚闲，当不致有溃散之虞已。

二十日（6 月 11 日）　多都护率勇焚烧贼垒。

贼首伪成天豫陈玉成，绰号四眼狗，以其目下有二黑痣也。年少英勇善战，率众十余万人来围黄梅诸营。依山扎寨，马队不能冲。自渡河桥至大河铺，连营百余座，我军仅八垒，马队及鲍军均远在十里或数十里外，贼势极为凶恶。多都护昨日来函，云明晨当亲率鲍家军由大河铺迎头焚烧贼垒，命我军挑选奋勇，诈为出队，牵制贼尾，而又不欲显露其诈形，复请都将军率开化勇从中路横入，俟己军烧近贼营，然后一时齐进，可以获胜。晓起，锦堂镇军亲挑奋勇八百人，列阵营外，以觇动静。孔、方二军及黄梅守兵皆未出队，余与镇军各登高

176 方玉润日记

望楼观战,将军亦率马队及鲍家白旗劲旅列队南冈上。候至午正,未有消息,白旗渐回,镇军亦收队。乃甫入营息戈,而探马报都护连烧大河铺贼营五座,大军可即至。因复开营出队,鲍家白旗亦回阵。须臾,见高岭火箭齐飞,喷筒乱放,鸳鸯旗一气直上,贼营火起,烟焰冲霄,知都护又焚一贼垒。众士欢声沸起,声势百倍,佥谓都护神勇,人莫能及。镇军见势可乘,催督本军进攻高埠贼,杨朝林首先进扑,开化勇及马队随绕其后,贼遂崩,喊声震地。其大队急来接应,我军复小挫,回站高岭上。两军相持,往复接战,胜负不定。贼见我军尚有两队列田垄间,恐截其后,遂调蓝旗白边一旅来接应。周占标率勇抵御,亦不分胜负。贼复调其小黄旗、金黄旗、五色旗、蓝花旗更番接阵,每一队退,则一队进,毫不错乱。我军仅有接应之人,并无更换之兵。唯穆占春率背枪手策应于左右两军之际,自午至申,往复数十余合,互有杀伤,而贼死为众。正酣战间,忽见鲍家白旗与贼大战,不胜而退。贼势愈众,益战益多,白旗返走,贼众遂围我营。王可升急开炮轰击,忽大雨如注,贼乃退,我军亦回营。先是,余与雷纬堂游戎议调梅城二三百勇出右路,遥为声援,牵制贼众,使其不敢轻离大队,我军可并力死战,必胜无疑。而临时出战,纬堂不及禀白中军,梅城之勇竟不敢出,贼得肆力攻我,以致战无成功,惜哉!陈逆素号能军,今观其布置营垒,调遣队伍,颇有法度,信非虚语。此贼不灭,两湖未能安枕。

页眉补记:

迨晚雨住,贼营皆红灯,环列如城,火箭四射成花,与星月交映,亦一大观也。

廿一日(6 月 12 日) 雨。

竟日不止,各营不能出队,贼亦未敢攻营。镇军拟于十里铺添筑一营,以通粮道,已商多都护矣。余谓一营尚不足以联络声势,必须移郭家嘴之营连扎数座,方可直通大道也。前因不守大河铺,以致贼得进围,今再失此要隘,则真坐困围中矣。余是夜梦神雷自天而降,击所著书于田陇间，不觉惊窘，未卜何应。

廿二日**(6月13日)**　镇军函商多都护，拟请援兵于九江。

贼众十倍于我，虽能自守，不能胜人，何日方能击退其众？九江、沂水皆众至万余，何必以众兵置于贼少之地？余因怂恿镇军与都护禀商将军，各调其一二千人来梅助剿，庶可望其成功也。镇军乃作书达都护，催其速调来梅，共扎十里铺一路，则粮道可通矣。

廿三日**(6月14日)**　闻广济失守，李安斋大令败走武穴。

济邑音耗已不通数日。有自武穴来者，闻二十日贼匪分股上窜，李令率乡勇及马队抵御，贼众我寡，力不能支，马队先溃，步队继之。绅首张鹄乘醉执大刀迎敌，兵溃不知所之。李令败走，武穴居民大骇，逃窜一空，粮艘移泊南岸。又闻巴都护前队已过蕲州，适与贼遇，不敢前进，扎于菩提坝。贼以大队围攻我营，而分军上窜广济，欲与张家塝贼势相联，可以直抵武昌。镇军具禀实情，制军不能督兵下援，以遏贼势，乃申饬诸将懦弱无能，亦何不谙事势如此耶？惟抚军谓此次逆贼以皖省全力毕注鄂省，业已飞饬曹家河马步各队速攻张家塝，以分贼势。黄梅诸将宜深沟高垒，阻其上窜之路，岂知其不守双城驷，已早启上窜之门矣。若不添兵助守，贼营围过十里铺，则粮道断而全军没矣，尚何能阻贼以上窜之志哉？

廿四日**(6月15日)**　接李鹤翁方伯来函。

公时尚驻罗田，函略云某统军援皖，留驻此间，只以蕲贼窥犯楚疆，大局所关，不敢忽视。而本月初四日以后，英、霍大贼络绎而来，幸力击之，三股皆殄除殆尽，擒杀以四五千计，所杀伪职最多，贼胆寒矣。而我军乏饷，乃有溃决之虞。虽已拜发请饷一疏，计奉批转拨尚需时日，现拟速行，以就皖饷等语。若然，则楚疆去一劲旅，蕲水诸军恐难抵御，未知上宪可能挽留否也？

廿五日**(6月16日)**　贼来围营。

晨起，我军于十里铺一路增筑营垒，以通粮道。半日，贼营偃旗息鼓，静无声息。忽于申末营前火起，各贼营旗帜俱出，以次会于中路。火光再起，诸队分两路左右飞奔，来围我营北路，直扑王都阃营盘。一贼从濠外放火箭，将落营内，都阃急开炮轰击，贼队不能近濠，遂绕田塍望黄梅城去。南路贼旗尤众，复分为二：一围大营，一踏新营。四面火光烛天，炮声震地，落日赤紫，杀气昏腾，势颇凶恶。而我军闭营不出，各整铳炮以待，贼亦无可如何。二更将尽，始行收队。其营垒无数，灯光围遍林麓，亦一奇观。昨晚，一营官劝镇军退走北岸，以避贼锋，镇军已斥其非，尚未深责。余俟其出，从容赞曰："湖北全省恃公一军，公若退，则鄂休矣。"公不应。今午，营官复进帐白事，公乃大加申饬，责以军律，营官始流涕自誓以出。夜将静，诸幕友来问行止，余曰："粮足援近，何惧之有？贼围愈紧，则援来愈速，诸公但耐数日，围当自解。且贼不可久持者有三：贼众粮寡，一也；其贼目万大廿、李昭寿等皆欲投诚，久当自疑，二也；又闻太湖为官军围急，稍迟则贼无归路，三也。有此三败，贼其能与我相恃乎？但当多布流言，使其自相间离，我军深沟高垒，以待援来，自可击退其众也。"

廿六日(6月17日)　十里铺新垒成。

命守备杨朝林驻守，并分鲍军及石都司所部之勇联络其后，粮道遂通。先是，贼欲力争此地，于昨夜出队，将新垒折毁过半。今晨，我军复往修筑，贼以大队来争，马队列阵以待，终不敢近。申刻，垒成，各营助修木桩签桩。杨守备立刻移营，多都护嘉其奋勇，拨己花翎为插于帽，以示奖励，并令先换四品顶戴。贼见垒成，难以力破，定更后即暗退去。东路贼由梅城来至营前，喊呐数次，穆时斋都阃开炮奋击，贼惧而回。贼意本拟连营围我，兼断粮道，今既为我力夺其地，计无可施，心当自灰矣。

廿七日(6月18日)　闻巴都护进扎崇阳桥，贼分军上据广济。

探差由济邑回，据称奉派往探张家塝一路贼情。比至，则何参戎绍彩正与贼战，我军先负而后胜，蕲州牧彭禹门亦获胜仗，但贼势过众，不能击退。回至济邑外，馆于民舍，与伪指挥某相遇。某误认为己类，接谈甚殷，兼托寄函，因从容诘以军事。某白成天豫实善用兵，知王探花之营不可扑,即不强扑,思筑连营以绝其粮道,今又为其先筑要道。乃分军上取广济,以截上游救兵。并嘱其将曰:"尔等至济,不可驻扎城市,宜分兵两路,各伏于十里外,俟马妖进驻市中,乘夜围杀,可获全胜。若不能胜,则分军至张家塝助战。再不然,又分军由英山、罗田一路而进,总以夺回湖北为志。"探差闻此,晨起即行,至崇阳桥,适与都护前队相值,因告以信,不可前进,误中奸计,未知都护以为然否。前镇军命余绘图,舍梅城而守双城,乃为全楚门户,大吏不许趋扎五里亭,已将后路让与贼人。后余复怂恿镇军与多都护议移鲍家军扎大河铺一路,以遏贼势。都护故欲引贼进步,以利马战,以致贼势浩大,不可摧挫。今唯十里铺一路可通粮道,余累以为言,镇军亦极焦灼,而都护终不欲移营,镇军无奈,乃分派杨朝林往扎。今幸粮道可通,而上窜无路,似可无虞。然阅巴玉农与多奖功之信,气甚骄满,恐非四眼狗之敌耳。

　　廿八日(6月19日)　多都护命各营出队诱贼,以觇贼势。

　　早间,有贼营兵科举案杨锦波潜来投诚,云及四眼狗带众二万余上窜广济,将截阻巴都护一军。多奖功欲探虚实,故令出队以诱贼,不许交锋,仅引其出营,一觇其概而已。穆时斋都阃初见贼少,欲扑其当头一营,挥队直上,贼遂出与战。各贼营皆树旗遥应,自午至酉,往回数十余次,不分胜负。贼更出其背枪,奋力助战。时斋所部哨官程光大极为奋勇,衔刀提茅,冲锋独进,所向披靡。众贼稍退,又复益以铳炮。光大欲进夺其炮,不意伏贼暗以鸟枪迎击其胸,穿过腹背,登时阵亡。其友王慎奋力砍杀,夺尸而回,不胜伤感。是日贼势虽众,已减往日之半,然交手者尚多。镇军恐有疏虞,直鸣金收队。贼欲追来,营内开炮轰击,其众乃退。

　　廿九日(6月20日)　东北角贼围稍退。

　　一日,忽退十余营,扎于东山之麓。贼盖知我营不可力攻,故欲别图上窜之路也。据杨锦波云,四眼贼亲带二万余众接应广济,若再不胜,则回援江西。锦波又云:"贼近奉伪诏,词甚诡异,都不可解。

其文云:'万有命哥朕主张,残妖灭尽总沦亡。癸好之年朕上天,东王遗兆绝妖粮。众臣谋及尽善又尽善,虑及长远又长远。朕诏达胞暨众臣工,朕欲衣锦返故乡,惟望胞暨结肝肠。速将湖北及武珰,收复克结达故乡。朕知胞暨有奇才,不可使朕断肝肠。统下军师及旅帅,总要顶起爷哥大纲常。朕能平靖残妖后,朕与达胞享天堂。'"细玩其意,所谓爷哥者,即天父天兄也。达胞犹言同胞,谓四眼贼可以同胞相视耳。贼中伪文改丑字为好字,故癸丑为癸好,上天即即位之意。享天堂,所谓乐太平也。惟欲衣锦还故乡,岂特浴猴而冠之诮欤? 直狐鼠不忘其故巢耳。又云四眼贼甚奢侈,所住营幕皆红毯锦绣,价值三千余金。每食用俏童十二,各顶盘餐,跪以供食。所御顽童三十余人,姬妾十八房,穷极奢欲,宣淫无度,惟善用兵,洪逆倚以为重。然多跋扈处,亦非久为秀全下也。

三十日(6 月 21 日) 鲍春霆副戎来营。

春霆攻小池口,中炮伤,至今始愈,故来谒镇军,自云诸帅中惟低首王郎,虽多奖功之才,亦不肯相下。镇军多方劝解,始稍和(霭)[蔼],不日当合军以出战也。

星烈日记卷之二十六

闰五月初一日(6月22日) 贵州童大桩来营投诚。

据供:铜仁生员,随秦提军攻安徽,已保训导。今岁二月,桐城兵散,被掳在成天豫队下,充当吏科书识,今来投诚。又云陈玉成所领长毛十万有零,日日出队,不见官兵出营,心甚猜疑。目前粮草不济,急于一战,不久当自退。又在彭泽县预办船只,小孤山亦正办多船,意欲先打黄梅,趁势攻取湖北,然后一枝兵上湖南,一枝赴荆州。伪天王累调赴九江救小池口,玉成诿故不应诏等语。余观大桩貌颇凶狡,疑其有诈。雷纬营游戎亦促令解赴多都护,俾急正法。盖每有投诚者,都护无不诛之。因再细心盘诘,乃知非诈,且有朴诚处,急呼其同乡哨官保认而去。甚矣,貌之足以误人如是也。

初二日(6月23日) 多都护令各营挑选奋勇。

盖将以备战也。贼营尽移于大河铺一带,有劝陈玉成上审者,玉成曰:"此间未能取胜,遽然深入,是猛虎离巢,自投于罗也。不如分兵先攻广济,胜则进,不胜则可全师以退也。"玉成年仅廿余,而用兵老成如是,未可以常盗相视。是日,镇军亲访鲍副戎于意生寺。鲍军初来,即扎于此,三面皆水,天生营濠,土人谓明太祖与陈友谅相持故营焉。今陈玉成所营之地,即友谅旧垒,而官兵之营,则尽明军故迹也。

初三日(6月24日) 雨。

自昨晚至今夜,大雨如注。镇军喜曰:"得此雨数日,贼粮不能转运,不日当自退矣。"贼军甚众,掳粮维艰,况夏雨霾霖,转运尤难,岂能接济?我军之粮可敷月余,足以相持,则又镇军预为储备之力也。闻昨夜贼匪又去惊扰新营,我军防守甚严,不能得间,天明乃退。镇军夹片请抚军格外奖励王峰臣游戎及杨耀亭都阃二人,以为胆略出众,防守得力,全军得以稳固者,皆二将之力也。都将军亦令石祥瑞游戎先换二品顶戴,以示鼓励,则以其守城有功,布置得宜,尤为诚悫可靠耳。多奖功先颇不喜祥瑞,今见其奋勇诚实,转憎为喜,亦足见其公忠之概矣。

初四日(6月25日)　雨仍不止。

有投诚四人于昨夜来营唤门,镇军不许开门,令拘于营门外,今晨始放入。据云四眼贼亲带三十余人往下游走,并分三军上窜各路,此间仅留二军相持而已。分军之说或真,四眼贼未必遽走,或往张家塝布置一切,亦未可知。此贼行军甚是诡秘,其行踪所在,贼中尚不能悉,况官军耶?

初五日(6月26日)　杨锦波以诗呈阅。

锦波虽流落贼中,而少年倜傥,亦颇不群。知余喜谈诗,爱录其近作数首,因峰臣都阃来就正焉。诗笔颇流动,而锻炼尚少。中有一联云:"世乱书生贱,年荒盗贼尊。"独能警策,未经人道。锦波又云四眼贼有美姬数辈,名兰仙者,顾姓,艳而能诗,年仅十七,本宦家女,流寓金陵。父明经某,不屈于贼死,女被掳入伪宫,洪逆以陈贼有功,赐为妾。女郁郁求死不得,累有费宫人之志,亦未得其隙。从贼至此,忽窥见锦波亦在贼中,讶曰:"君何来?"盖锦波曾与其父有旧,因相顾欷嘘,不敢近前语,惟时以诗词相唱和。有句云:"千里云为伴,孤怀水共清。"其志亦可知已。锦波临逃时,女知之,求与俱。锦波恐难始终保全其志,故不与偕。

初六日(6月27日)　保举各营奋勇弁兵。

饷糈不继,惟保举一途,差足以鼓励群才而系人心。然获胜一次,即保举数百人,将天下无往而非员弁矣。所谓功名不及烂羊头者,今始信然也。前次独山之役,余亦滥膺保荐,无功受赏,心殊愧然。然已数月未奉部覆,累荐不遇,亦足见命运之蹇云。夫志士报国,岂务虚名?然非虚名,则事权不属,虽有抱负,何能施展?故当忍性耐时,以俟其会耳。劝余退守与望余速进,皆非深知余心者也。

初七日(6月28日)　闻广蕲诸军叠获胜仗。

上游马步诸军,皆归巴都护统领。李安斋大令募勇千余人,亦隶麾下,共图恢复济邑,军威颇振。都护来函云:"贼见我军,不战而退,其势颇弱,无庸十日,当可破贼,与诸公会饮于黄梅城下也。"意气甚满,多奖功及锦堂镇军皆为之虑。盖贼颇能军,未可轻敌。以奖功之奋勇及锦翁之持重,始可相御,未能取胜,则其才可知已。玉农乃小视敌人如此,岂不重可虑哉!

初八日(6月29日)　遣刘千总景云赴武昌请炮。

近日守营,专恃大炮,一震之威,可骇三军。我出队数千,贼必拼死力与斗,胜负未可知也。若开一炮,贼众数万,不敢近前,则其力为何如乎?今我军被围月余,若非炮力,岂能久持?前次王著堂送来二炮,以炮手实药过多,已被炸损,镇军因令景云赴省,请领千余斤大炮数尊,非惟自守,亦将以轰击贼营也。盖贼于我营正面高岭增筑一营,以遏我军之势,不早击破,使得安炮其中,则我军难以抵御矣。

初九日(6月30日)　多都护击郑公塔贼匪获胜。

贼遣其党四乡搜掠,谓之打先锋。郑公塔一路久为所掳,民不聊生。都护因率马步队各数百人往击其众,贼不能当,闻风即逃。都护追及,杀数十贼而回。桐子牌及王家河各乡贼徒尽皆逃去。

初十日(7月1日)　赴龙坪。

乘肩舆至北湖渡,买舟由太白湖行二十余里,至湖心,见郑公塔一带居民纷纷挈眷避兵而来,知贼匪又至桐子牌打先锋,舟人不敢前进,泊于沙洲。将俟日暮贼归,始敢偷渡。余不能待,乃复易舟而舆。沿湖长堤尽流离老幼,缚茅为屋,或借船为家,亦有露处野宿、狼藉道途者,情实可悯。民生不幸,为之奈何!

十一日(7月2日)　偕林松岩、陈昆珊诸友赴武穴。

武穴人情,尤觉汹汹。盖闻贼先锋已至官桥,离镇仅十余里。黄昏时马队急驰,往渚御夜,(上阙)离乱时也。

十二日(7月3日)　回龙坪。

晨起,闻探报云济邑官军于昨日与长毛大战,已获大捷,人心始觉稍定。回至龙坪,又闻黄梅大营亦出全队前往攻击,马队于桐子牌后数里联扎二营,以堵龙坪上游,此间似可无虞。有自张家塝来者,据云贼依山扎营,有泉自山腰出,恐碍其营,因筑坝塞泉,不知其流之大小也。近日大雨,泉流甚急,贼尚不提防,出六成队来攻官营,以四成守垒,坝口忽决,恶流涌至,将贼垒一时淹满,贼众漂没殆尽。出战者回至中途,正当水头高至数丈,亦被淹死,无一脱者。天意灭贼,何其畅快人心如是哉!

十三日(7月4日) 偕熊载卿、吴亦九至五里庙访(文)[张]玉姗女史,不遇。

前恳玉姗作画未就,今闻其避乱至此,因偕二君往访。至则玉姗又已过江,怅怅而归。载卿名飞,即龙坪人,年少能诗,翩翩自赏,亦村镇中之翘楚者。

十四日(7月5日) 再偕熊、吴二君访玉姗于廖家湾,小叙而归。

初闻玉姗寓陈子镇,与龙坪仅隔一江,因买舟携二友渡江,谓可以畅叙渴怀矣。乃至镇,而玉姗于昨日始移寓村中,殊失所望,乃更唤船赴赤湖往访。时夕阳已半衔山,暮烟凝紫,远水含青,林麓高低,峰峦回护,境极幽深。七八里弃舟登岸,再里许,始见村落。扣户问讯,始得相晤。长身玉立,姗姗影绝。年虽五旬,而风致不减,吐嘱亦极风雅,各道相慕之殷。时已昏暮,诸友催促欲归,乃订后约,寻旧径,乘月归。舟至江岸,则故船尚在,急挂帆顺流横渡。船故有妓,姿色虽不甚佳,而风情婉转,有可怜处。恨不携樽共饮,未免有负江月耳。

十五日(7月6日) 闻伪洪国宗已就擒伏诛。

有自武昌来者,云洪逆在莲花庵打仗被擒,已械送武昌,于本月初六日凌迟示众。同时伏诛者六人,惟洪最凶狡,头巨如斗,气象狞狰。官军去岁攻武昌,洪固守一年,今始就擒,亦贼中之善战者也。

十六日(7月7日) 闻张家塝官军失利。

邢君某统带各勇十二营与贼战,不胜而退。贼乘机进焚其垒,帐房已毁,众勇复杀回。适值何参戎绍彩救援亦至,乃复夺回旧营,贼众遂退。连日大雨不止,贼营多被水淹,贼乃退十五里扎营,何参戎亦追进十余里驻扎。惟邢君仍留漕河,各路告急求援,其兵力亦可知也。

十七日(7月8日) 熊载卿招饮。

载卿旧有园林一区,连年为长发打馆,已就荒芜矣。因闻余性好登临,乃重辟榛荆,邀共游赏。中有小楼,甚高爽,登眺间,江光远映,树色参差,东揖匡庐,西餐破额,吴头楚尾,风帆片片,尤觉爽人襟怀也。惜戎马仓皇,不能与诸公樽酒联吟,访浔阳老妓,听琵琶于枫荻中耳。

十八日(7月9日) 访玉姗女史及夏韵香茂才于陈子镇。

玉姗昨日寄画扇到,且云移寓江干,邀余过谈。因偕陈昆山买舟赴约,至则韵香已先在焉,各出诗稿一册相就正。余时患目疾,不能细读,略一披阅,觉玉姗拟古诸作,胜于近体。而尤得名者,则《古意》一章云:"不愿君为云,但愿君为月。月缺有圆时,云散长分别。"为当时诗人所传诵。其作小题,尤有巧思,不惟刻划细腻,而且浑成无迹,亦抑天分使然也。《禅房美人蕉》云:"蓦然逃却软红尘,值得陈王赋洛神。欲展芳心浑似我,能分娇面最宜人。明如有镜空皆色,慧早成根果是因。应识法身同草木,度人亲现女儿身。"《绣阁僧鞋菊》云:"小娥戒受已多年,待续高僧传未全。何自得如花胜佛,是谁犹欠草鞋钱。三生夜月红楼梦,一味秋风白足禅。采向绣余行步步,还疑菊圃有金莲。"《柳营书带草》云:"春光早度不共城,春色还归细柳营。甲士三升三揖让,宾阶一岁一枯荣。轻裘缓带宜羊傅,传檄飞书悟马卿。想见清时命儒将,遗经注老郑康成。"《妓馆女贞木》云:"枇杷花里闭门深,不尽桑中约可寻。人孰无情如草木,天疑有意剩贞酒。敢求云雨开生面,致负冰霜未死心。太息阿婆钱树子,此躯奚弗惜千金。"其他名章健句尚多,一时不能尽录。玉姗又面成诗云:"遍舟过访入桃园,旧事开樽细与论。石可呼兄山号母,赤湖上有母山。诸峰只合作儿孙。避乱潜居赤水偎,柴门竟日未尝开。忽然一阵好风起,吹送诗人几个来。"韵香诗最富,其《秘书堂诗略》仅择其精者录之。余昔为友人书扇,乃自作《薛涛井歌》及《舟中望峨眉山不见》二诗,君已步韵和作,载于集中。乃知天下有心人,无不以神相与也。饮罢,拟即归舟,忽风雨大至,波浪掀天,难于过渡。韵香因留宿共话。昆姗不肯止宿,俟风浪稍定,遂先归。余与玉姗、韵香二君挑灯夜话,月色渐明,竹篱茅茨,纸窗茗碗,颇极幽静。门外歌声漫起,虽巴人下里,本无腔调,而一种天籁,自有乐趣。孰意烽烟紧急中,遇此一番游兴也。

十九日(7月10日)　辞玉姗,回龙坪。

晨兴,双目大肿,饭罢而故舟已系门外,相待久矣。因辞玉姗及韵香,扬帆而归,并携二君诗卷以随。须臾抵岸,仍登座船,拟焚香盥手,展诵二诗,而目如芒刺,泪珠迸落,遂掩卷静卧,以养息当药饵焉。

二十日(7月11日)　舟至陆家嘴。

拟访王著堂副戎共话,而水师战舰全赴小池口攻打贼城,已五六日不收队。闻江水甚涨,将溢城根,再长一二尺,则环郭皆水矣。现在炮子已轰入城内,贼惊惧不敢住屋,穴地而居。杨军门亲督诸军,期半月不准暂息,更番叠进,联环互攻,亦可谓勤于王事者矣。

廿一日(7月12日)　以所著《日记》及《文钞》送韵香代阅。

韵香亦有平贼策数万言,故急欲观余《廿四策》,以相印证,因寄《日记》与观。其所拟策稿,余尚未见,不知有一二处相合否。玉姗则属意《诗钞》,时已寄往湖南付梓,别无副本可寄,故仅以文集付之。玉姗古文亦极风韵,得欧公神髓。《祀产记》云:"韫薄祜,兄先朝露,考妣见背。年来悲深风木,春秋一诣墓门,顾彼方袍幅巾,具冠裳以拜于墓前者,辄为嘘唏泣下。呜乎! 逮存既不能供缓急使令,俾先人抱恨长终,梦接魂依,苟延残喘,仅得奉一盂麦饭,毕吾身世,固会有穷期也。他日不祀忽诸,更谁向蔓草荒烟,代侬斯棘。午归,叩诸族姓,为之立嗣承祀。更资女红余羡,制产若干,镌石揭于夜台,永为春悲秋稻之供,以妥侪先人,稍释九原惆怨。所愿为之后者,保世滋大,护持于勿替,则韫亦受无穷之福矣。"

廿二日(7月13日) 陈昆珊招饮。

名光先,江夏人,已保把总。虽武弁,颇通文翰。性极暴急,而情却缠绵,与媚娘有情,欲纳而未果。盖劫火坑中,欲施甘露以共解脱,非具菩萨手眼,显大神通者不能。而昆山情痴力弱,何以能济。虽然,罹此网者,不啻恒河沙数,昆珊又焉能于大千世界,一一而超脱之也耶。

廿三日(7月14日) 偕昆珊再赴武穴。

(上阙)奋好焉。

廿四日(7月15日) 回龙坪。

韵香亦同至船,因遍阅余所著数书,曰:"以道学为兵学,昔有阳明,今见先生。"余曰:"是何言欤? 后生小子,敢拟前贤,特心常向往之,故不觉所学相符耳。"韵香著述亦富,其集唐至数千首,精勤之工,可想知已。而又长于四六,为玉姗叙《绮梅窗诗稿》云:"羲画破天,尽泄古今之秘;娲皇补石,独参造化之权。千秋缺陷,赖此弥缝;万祀词章,于兹萌蘗。人抟土合,女流俨前事之师;鬼哭宵分,文字犹后来之作。由斯而下,代产扫眉。自命不凡,曷胜屈指。六经绝学,伏胜之女能传;一部史书,班姬之才最轶。韦母设绛纱之帐,大类马融;曹娥题黄绢之碑,不辞惠葬。木兰戍成,移孝以作忠臣;凡获艰辛,代父而兼师道。勉陵、嫛于仕日,独识废兴;钦钟、郝之家风,动遵礼法。影影在耳,历历于心,亦皆炳炳而麟麟,不比庸庸而鹿鹿。若夫诗攻暇日,似小道而未见可观;或云楚实无风,虽大邦而又奚足录。不知宣尼所定,三百篇有源流;教化所何,十五国先江汉。屈之骚,宋之赋,又继起之宗;刻者羽,引者商,乃弥高之曲。不独善称楚宝,谓能读乎典坟丘索之书;亦征诗寓别裁,诚有关乎升降盛衰之运。况乎楚北,位者离南,于女为中,其文丽正。法乾之健,率皆继照而明;取兑之朋,间亦讲求而习。沅芷澧兰之外,有草皆香;夭桃秾李之年,无花不秀。家家和璧,璇具名闺;处处随珠,珍还在掌。此守礼所以率全夫游女,而言诗所以多出于妇人也。至于下邑之微,亦有上流之辈。坛留朝斗,胡帝胡天。《邑志》:坛在县西。路指飞升,是仙是女。陈许何三姑之举,尚有遗综;又,何、许、陈三仙,白昼雷雨乘云去。赋比兴六义之陈,并生贤媛。曾飞暮雨,托之于神,谓是楚风,庶乎其补。然以观于笔外墨、墨外笔,非无独得之奇,而以语夫诗中画、画中诗,未有兼综其胜者也。惟吾玉姗,含规孕矩,授色应声,纪姓氏则笑指张星,论前身则宣呼明月。似西池王母之三女,玉歌名卮;望东海妇人于一方,金疑逢阆。缇萦之父,何羡乎男;道韫之才,见称于叔。凰原侣凤,谩云雌不雄飞;麟弗殊麒,信可牝同牡赏。请于十之八九,述其一之二三。臣姑妄言,君感是听。则夫脂撚粉弄,絷握铅怀。巾帼也而自是丈夫,文坛兮而弗违尺咫。初营蛾术,许劭曾留月旦之许;旋侍龙门,李膺益负风裁之望。溯惠妃之八岁,能拟《离骚》;洎甄后之九龄,弥耽笔砚。词林飞将,三令五申;艺苑重瞳,千言一览。七衰鸳锦,织成苏蕙之章;十样鸾笺,对劈薛涛之纸。米南宫文皆已出,殊鹤唳之声偷;孔北海樽久未空,听鸿儒之酒载。兼以十三科画法,烂熟胸中;二八时女郎,精研腕下。三年耕,九年食,砚作良田;十日水,五日山,笔留真迹。着手成者,阳春之烟景;无心出者,炎夏之云峰。翎毛则崔纪白名,没骨则图传黄氏。时而郑侠为绘流民;抑或神宗命陈无逸。伤时感事,一二幅以遣愁烦;拂纸成篇,五七言而当款识。"以下为火所焚,不可读,行当再访其全,补录于后。

廿五日(7月16日)　回营。

由蔡三镇以达孔垄一路而回。镇军问武穴各隘情形,余曰:"武穴以官桥、石佛寺二隘为要,龙坪以童司牌为要。今多都护不守桐子牌,而令马队扎于五里之外,又不守官桥及石佛寺,而扎旱营于镇口大桥头,甚非地利阨险之处。且营盘过近于市口,贼兵既到,则人心易乱,人心乱而营盘不保矣,乌乎可?"镇军亦颇以为忧,未审其能达诸都护否耳。

廿六日(7月17日)　多都护来营。

镇军举余昨日之言以告都护,乃知其误认大桥头为官桥。岂料官桥尚离武镇十余里,石佛寺离镇三十里,二处皆入镇要道,缺一防堵,皆不可守。武镇素号小汉口,前临大江,后枕长湖,三江客货俱集于此。今江路虽阻,而后湖尚通,每日抽收厘金至千余串钱,一年可获银二十余万,其出息亦不为少。贼日夜睥睨此地,志固有在。倘使贼据,不惟征收无息,抑且粮道难通,不可不早为之备也。当此之时,攻人不暇,自守宜先,若再失机会,则真无可救之药也。

廿七日(7月18日)　多都护伤方游戎移扎官桥。

即武穴要隘也。五更即令启行,天明人始得知,尚不识其移扎何地。军机慎秘,要当如是。旋又令新招勇丁防守原营,亦颇周密之至。但桐子牌及石佛寺尚须防守严密,乃为无虑,想亦计所能及也。

廿八日(7月19日)　阅《绮梅窗诗草》。

玉姗诗颇富,兹仅择其尤者录之,以为异日《怀人集》先也。其《拟古三首》云:"楚有连城璧,两刖卞和足。不谓区区心,乃以遭刑戮。知音古来难,吾其怀吾璞。其一。○鹦鹉困樊笼,舌巧作人语。不以性辩慧,安为网罗取。山鸟鸣勾辀,饮啄得其所。其二。○道旁有古树,双鹊巢其枝。绕树意欢乐,路人为之危。一旦秋风至,枯枝奚尔为? 其三。"《明河篇》云:"明河皎皎生夜光,彼其之子隔河梁。思而不见天一方,若有人兮芙蓉裳。云车风马纷翱翔,芝兰为佩芬且芳。若远若近在我旁,即而视之神飞扬。今夕何夕乐未央,比翼不羡鸳与鸯。东方须臾明朝阳,梦回起坐还空床。锦衾角枕留余香,从之无端道路长,使我涕泣心忧伤。"《江南曲》云:"寒烟净横塘,采采愁日暮。不见荡舟人,天空飞白鹭。"《郎生日》云:"种得梅花三十载,与郎恰好订同庚。梅花生日郎生日,郎是梅花第几生。"《夜眺》云:"碧天净如洗,寒月满空林。此际独登眺,悠然清道心。烟浮平野阔,山压

片云阴。何处潜龙啸,长江春水深。"《晚步》云:"寻诗忘远近,散步至
横塘。草芳绿盈岸,花开红过墙。残霞破归焉,人影淡斜阳。回忆碧
窗下,幽兰还自香。"《行不得》云:"东风吹绿上平堤,去马如飞莽四
蹄。林鸟唤人行不得,杏花和雨作香泥。"《记梦》云:"性到中年多善
忘,况经昨夜睡相萦。小楼灯灺月初坠,古寺钟敲风乍清。正好狂吟
忽惊觉,待教默记未分明。今朝欲起重回想,续得诗成梦又成。"《病
中闻蝉》云:"行乐浑无赖,蝉声彻耳闻。愁思添一缕。鬓影薄三分。
病叶苏朝露,幽窗暖夕熏。怜渠齐女意,何事独殷勤。"《洗剑池》云:
"试剑复洗剑,遗迹空悠悠。霸图安在哉? 池水清千秋。深夜苍龙
鸣,似闻山鬼愁。飒飒风雨至,剑气凌斗牛。"《冬闺》云:"沉沉绣幕护
香篝,薄日烘窗欲上楼。笑倚郎怀求暖手,侍儿移镜等梳头。"《暮雪》
云:"雪片随风乱打门,琳宫钟动又黄昏。破空画角来何处,吹瘦梅花
断客魂。"《南行道中》云:"筝舆不似马蹄劳,一路平安大漠遥。瀑布
喜晴时喷雪,冰条回冻又生苗。野凫背日眠方熟,山竹迎风啸渐高。
知解骊裘乘兴饮,有人先上赤栏桥。"《长剑篇》云:"太阿三尺湛秋水,
壮士与之托生死。年少嶻然露头角,意气飞扬期万里。会携尔作九
州游,驱除猛虎南山头。江中老蛟怒或触,斩之不为利涉忧。剑脊斑
斓血凝赤,精灵夜哭风雨夕。匣中铮铮发啸声,寒光冲破秋云白。"
《笔袋》云:"人言文贵有神助,乃可自名成一家。何似阿侬身入梦,与
郎化作笔头花。"《闺课》云:"不理瑶琴不爇香,闺中别觅遣愁方。闲
寻难字从郎问,戏写新词嘱婢藏。赌韵禁翻书备用,背诗约罚句遗
忘。剧怜弱女娇痴甚,也学微吟指夕阳。"《秋感》云:"银河耿耿近高
楼,镜敛双蛾自扫愁。侬是病容羞对月,花虽好色怕经秋。浓情似雨
吹还散,别梦如烟淡欲流。生性凉风遮不住,梧桐庭院响飔飔。"其他
题画尚多,皆不及录。

　　武镇虽小,不乏才人,刘慕韩太史名映丹,为玉姗叙云:"犹记十
数年前,胡紫香为余言吾邑有玉姗女史,工诗善画,且通琴理。余志
之,未暇访也。自山左归之明年,彭苡舟偕夷陵何子向少尉由江右

来,经舟江浒,访余于今是轩,复称玉姗诗,且诵其《古意》一章,诚不
灭作者。昨年冬,胡五雪舫来偶园,出诗相质,内有酬玉姗七绝二首。
是时余赴梅川,拟偕苡舟往访,而戎马倥偬,复不果。潜居里闬,佗傺
无聊。适夏韵香茂才袖玉姗诗一册,且持其名片来,属为评定。亟加
披阅,闻见相符。因思当吾辈而有是人,且有是诗,比之鹦舌凤毛,尤
觉风流绝代,固难为绳拘墨守道也。其诗之佳处,韵香一叙,不啻百
谷之叙湘兰,了无肤词,毋容加赘。碧月长圆,青天不老,行当访玉姗
于春风梅浦间,约同志诸君作无遮大会,挥麈谈诗,听琴读画,玉姗女
史,于意云何? 得毋令绮梅窗前梅花笑杀也。端蒙单阏之岁嘉平月,
释迦成佛日,仙姑山下咏花人快评于笑春阁之闻妙香簃。"又有夏寅
斋名正生《祭玉姗文》及《上供文》二篇,皆绝妙动人,以篇长难载,殊
觉歉然。

廿九日(7 月 20 日) 贼出大队,来攻我营。

申刻,贼营炮响,诸队齐出,以十余队往十里铺攻杨、鲍诸营,以
十余队列于中路,牵制我军,更以十余队由田陇间来攻王峰臣之营。
看看已近濠边,喷筒、火箭乱射入营,急开炮轰击,反过其后,不能伤
贼。镇军乃挑选鸟枪及招炮数十人,分两路潜伏濠边,搜杀健贼,其
余遂退。峰臣有勇丁罗得胜者最骁健,偕伊表弟贾某各提黑旗一杆,
率五六人追杀贼众,众尽披靡。镇军以其不待令而出,虽胜不赏,然
非此数人,贼将小视我军无人矣。定更后,天忽大雨,始各收军入营。

附录:李鹤翁方伯履历

现年二十八岁,河南光州直隶州人。由附生中丙午科举人,丁未
科会试中式贡士,殿试三甲第十一名进士,引见后以知县即用,签分
广西。于道光二十七年七月到省,十一月委署灵川县事。二十八年
七月卸事,调充己酉科乡试内收掌官。十月,委解军饷赴宾州。十一
月回省,调赴全州军营,带勇追剿逆匪李沅发,迭在沙宜、古宜、龙庙
地方大获胜仗。二十九年五月事竣,以战功蒙广西巡抚保奏,奉旨免
补本班,以同知补用,并赏戴花翎。钦此。是年八月,委署桂平县事。

因集围剿贼,攻破修仁、荔浦陈亚溃等全股贼匪,生擒首逆陈亚溃等,解赴巡抚郑行营,讯明正法,奏蒙饬查,经两广总督徐以首先拿获覆奏,随蒙钦差大臣李保奏,奉旨以同知尽先补用。钦此。先已题补授南宁府同知在案,是月接准部覆。三十年六月,以进剿会逆,在上著村大获全胜,蒙钦差大臣赛保奏,奉旨以知州升用,先换顶戴。钦此。是年九月,交卸桂平县事。十月,奉调带勇赴永安州军营协剿。咸丰元年二月,蒙钦差大臣赛保奏,奉旨以知府归部,不论双单月,遇缺即选。钦此。先已蒙广西巡抚邹题补泗城府知府,是日接准部覆在案。三月初七日,回援省城,叠获全胜,力扼北门,以通饷道。解围后,蒙广西巡抚邹保奏,请加道衔。因奉旨将保举原案交新任巡抚劳覆,经广西巡抚劳奏请交部从优议叙。旋奉部议,军功加一级,准其随带在案。五月,奏派带勇驰赴浔州援剿艇匪,被围二十余日,战守兼资,危城克保。六月初九日,返击,败贼下窜,会合大兵,于十一日剿灭净尽。蒙两广总督徐保奏,奉旨以道员升用。钦此。先于六月接署浔州府事,嗣蒙安徽巡抚江奏调赴皖,未及起程,又奉江西巡抚张奏调,奉旨调补江西九江府知府。三年七月,卸浔州府事,蒙广西巡抚劳奏留督办浔梧总缉捕,奉旨仍留广西,以知府补用。钦此。四年三月,蒙钦差礼部侍郎曾奏调,带勇赴楚助剿。五月二十六日,奉旨补授广西平乐府知府。钦此。嗣因湖北省城于六月初二失守,亲父在署湖北臬司任内殉难。七月十七日,在岳州军营探闻确信,具报丁忧,仍带兵进剿,于八月廿三日攻克省城,收殓父骸,蒙钦差曾奏请从优议恤,并蒙保奏,奉旨加按察使衔,赏给珠尔杭阿巴图鲁名号。钦此。五年正月,回援武汉,奏准统领水师全军。三月,奉旨署理湖北按察使。十月,调赴中路,奉旨统率中路各军进剿汉阳。扣至车年月日,不计闰,二十七个月服阕之日。经两湖总督官奏明请旨,补授湖北按察使。十一月廿二日,克复汉阳,蒙钦差督宪保奏,奉旨加布政使衔,以布政使遇缺题奏,现供今职。

咸丰十年

星烈日记卷之六十一

鸿蒙室主人笔记

闰三月初一日（1860 年 4 月 21 日）　晋谒枢帅，并遍识营幕诸君。

晨起，晋谒中军毕，因遍访营幕诸君。内文案为李少泉观察鸿章，庐州人，曾入鹤人方伯幕，而未谋面。盖余至庐未几而城陷，故相左也。其弟稚泉鹤章亦同在幕中。程尚斋司马桓生亦方伯旧吏。此外尚有刘肜阶大令，皆一时之选。营务处为刘馨室太守建德，广东驻防旗籍。武营务为彭九峰都阃三屺，衡州人。内支应所为莫善征大令祥芝，帮办韩莘农，外支应为王雨轩，内军械所为史贤希，外军械所为王霍生，堂官为王芝圃、韩鉴堂二主簿，巡捕官为沈仿彭、何守戎诸君。又有随营肄业为马钟山、王子灵、高云浦，均皆晤面，各叙平生。午间，刘馨室及马钟山诸友悉来寓相访。

初二日（4 月 22 日）　偕仙樵访其叔凫仙共话。

凫仙名珍耀，一号仁泉，善书能诗。见其扇头自书旧作《野眺》一律云："春风春雨听啼鹃，野色苍茫古寺前。云气移山将近水，爨烟升屋欲浮天。孤帆日影回三岛，千树涛声泻百川。漫念乘槎寻旧侣，偶因钟磬亦参禅。"诗境颇佳。因索其全稿，归寓披阅，笔虽流动，而格未紧炼，不逮是作，故仅录此。

初三日（4 月 23 日）　雨中偕毓芝访黄仙樵共话。

昨日大风，伐木鸣条，终夜不止，今日遂雨。寓馆无聊，乃偕毓芝访仙樵共话。君前赠序一篇，并录于此云："昔人云：'不读万卷书，不行万里路，则所见为不广。'若滇南友石先生者，迹遍寰区，学有本源，自昔著书，已历年所。近缘回氛肆逼，乃橐笔远游，西历黔蜀，南游楚吴，又将北赴燕齐，览泰岱瀛渤诸胜，可谓壮游者矣。而其胸中一种郁勃之思、磊落之气，恒于登临怀古之际，一一发之于诗。昔人谓太史公文得山川助，其是之谓欤？兹从军至皖，寓宿月余，时相过从，尽出其所著《鸿蒙室诗文集》及《经世史略》《星烈日记》《探元录》《酌经录》《平贼廿四策》《运筹神机八略》《江淮筹备要编》诸书，互相考订。窃叹先生所遭之时似子美，而诗律之细亦差肩于子美，是何所学之博而所见之广哉！先生盖于戎马中不废诗书，曩受皖藩李鹤人先生聘主营幕，更将荐之于廷而未果。不意西台一痛，知音顿失，古调遂称独弹。乃枢帅曾涤生先生复奇其才而优礼之。然则先生之见赏于名公巨卿者，固自有素，而能守道自重、不事干谒者，则尤足以倾倒公卿。夫自古所称豪杰者，当乘时树立伟绩，俾海内翘首跂足，如景星麟凤之争睹为快。否则绝宠辱，安故常，乐道空山，与古人相颉颃。然非几经迍遭坎坷之遭，胡能刻励如是也？吾闻之，兰生于谷，必扬其芬；豹隐于山，莫掩其文。先生蕴其所有，含宏而肆大之，安见光之暗而弗耀，德之潜而弗彰耶？是为序。"

初四日(**4月24日**)　阅《听泉橐草》。

听泉先生，家橄轩令祖也。尝游幕江淮间，著有《听泉橐草》诗一卷，橄轩久以示余，而未暇读。今始阅之，气韵深稳，不愧作者。《铜陵署斋漫兴四首》云："琅玕垂翠绕墙边，足下森森渐及肩。拟剪繁枝通月色，且开三径结诗缘。也知传舍无多住，权当家园不费钱。休怅堂堂春已去，试看清景满窗前。○一树当窗夏恰宜，绿阴翳日影参差。梦回枕上闻禽语，花放枝头觉露滋。结习未除仍橐笔，机心偶动为观棋。寻思江畔颠连日，麦熟荒洲正此时。○两次扁舟鹊岸边，得闲时复耸吟肩。望寻李贺囊中句，难觅葛仙世外缘。铜有杏山葛仙古

迹。华鬓人怀青鬓日,还山客待买山钱。桑榆娱藉分甘味,聊趁余光
夕照前。○入夏新晴正得宜,柳塘风细绿差差。春余小苑蕉初长,雨
后闲阶草渐滋。爱静人谈方外事,旁观客记局中枰。六年犹是铜川
景,民气安恬胜昔时。《清明即目》云:"喜逢佳节见春晖,几度清明客
未归。聊复闲吟宽旅思,那能静坐息尘机。花如午倦低头睡,虫到春
深扑面飞。料得乡关难免俗,争将杨柳插柴扉。"《闲眺》云:"雪尽溪
塘隘,春晴到处宜。樵趋通市巷,浣就近门池。翳日栽新柳,防花补
旧篱。恰逢迎富节,爆竹响神祠。"《题姚五峰秋江泛月图》云:"古貌
清奇,推篷晚眺。肘底书横,船头月照。瑟瑟西风,芦汀雁叫。忆谢
练之高吟,怀严濑之独钓。非赤壁之扁舟,似山阴之返棹。试问伊
谁,如斯超妙。五峰先生,神情逼肖。"《大观亭》云:"亭外长江江外
山,小蓬莱是海门关。六朝山对忠宣墓,一扑名留宇宙间。回首斜阳
映满江,征帆来往尽开窗。老僧共我登楼望,白鹭冲霄飞一双。"

　　初五日(4 月 25 日) 　雨中过仙樵。

　　连日大雨,仙樵恐余无聊,来邀过舍,评书读画,以破岑寂。又爱
余《题王实斋且醉图》诗,亦将作是图以寄兴,并倩余书是作付之。因
略易数语,并跋其尾以赠,亦未免有张冠李戴之嫌。然酒徒狂态,大
略类是,使异日高阳相晤,亦不知其为仙樵为实斋也。一笑。

　　初六日(4 月 26 日) 　闻成都被围。

　　晚间偕毓之过史贤希,适晤莫善征。据云川中诸匪上犯,成都、
简州、青神一带州县悉破,已围省城,势甚危迫。国家只此完善之区,
以为军储取资之地,兹又被围,天下事势岂堪再问? 又言江西胶匪复
窜浙境,贼绪纷纭,几无头绪,若非早开幕府以为藩卫,恐畿辅左右亦
无宁谧地矣,可无虑乎?

　　初七日(4 月 27 日) 　偕黄凫仙诸君出城,访李氏小园。

　　凫仙、又青、仙樵邀偕毓之出小西门,过大桥,访李氏小园看牡
丹,花正繁茂。主人号钰锋,邀入内馆,轩庭廤豁,亦颇幽畅。延师课
读其中,实饶雅趣。乃与诸君流连快叙,尽半日清兴而归。其西席徐

君理卿亦年少风雅,可与共谈。归路至城南,复访陈子芳茂才,适他出,唯留生徒六七人,拱茶款客,意甚殷殷。子芳幼子年十三四,时艺已能成篇,诗作八韵,颇有佳句,貌亦文静,可造才也。

初八日(4月28日)　雨。黄仙樵赠诗。

连日为君作书,因以诗来赠云:"人言方干擅才藻,亲见挥毫非草草。平生不肯闭门居,西驰黔蜀南岭表。博览山川胸臆奇,盘迤屈拿斑管枝。检校仓鸦不可识,破析篆籀从尔为。八分自古能者少,后有蔡邕前李斯。峄山模刻无真迹,正体惟传光和碑。开元名家亦小变,尚书骑省工同时。先生萧然脱世纲,霁月光风坐轩敞。宣州古砚发墨新,延缘为我书盈丈。蕃坡如见骏马来,排击又惊鸷鸟上。斡旋格律浑天机,芬葩连属自俯仰。几人注眄徒辣肩,惟老于事始嗟赏。相逢万里聚萍踪,旅馆闲来话本衷。鳅生作字只求异,钻研曾无岁月功。忆昔先子教书法,争及子敬继羲翁。我有痴儿绘纨素,豪情欲杀山中兔。纵观玺法秦汉初,但恐鸡笼少才悟。他日请从先生游,倘教辕驹善学步。"

初九日(4月29日)　雨。代友人书屏联。

仙樵复来,邀至陈子芳学馆代书屏联。门外春阴漠漠,室中茶香满座,借挥毫以自遣,亦客中善排遣法也。晚归,仙樵复成诗一律,补《游李氏小园》之作。余近日殊无兴致,故未之和。

初十日(4月30日)　晨起,晋谒枢帅。

卯刻,公遣弁至寓,邀入营,承面谕令入幕襄理书记。余辞以不善应酬文字,公曰:"无妨,借此可以共谈耳。"因谓予居处极边,而能好学深思,独作万里游,可谓豪杰士矣。今且暂居军营,后当再入京师,睹皇居之壮丽,会人文之大观,学问当可有成。数语可谓知我者深,而爱我者厚。鹤人方伯外,今又遇公,知己之感,何以为报耶? 余平生知己,在下者尽不乏人,在上者边漱姗、贺耦庚、陆立夫、吴和甫及公与鹤人方伯而已,岂可多遇乎哉!

十一日(5月1日)　黄仙樵留共小酌。

诸君知余将移榻入幕,均各出纸索书,自晨至午,应酬不暇。仙樵复邀陈子芳及徐海瀛诸君来寓丐书。须臾,李又青亦至,龚云蒸又至,徐理卿偕其族兄典文茂才亦同至。闻典文诗才颇隽,当再索观也。挥洒既毕,仙樵复邀过凫仙、典文二处小叙。典文未归,故不晤。乃偕至仙樵舍,再挥数纸,因留酌,至晚始归。然镇日应酬,颇不胜其烦已。

十二日(5月2日)　朱武庠招饮,并代友人作书。

邑中绅士知余将入营,均来索书,纷纷不一。徐理卿先邀至其家,磨墨抒纸以待,颇觉其烦。及见纸墨俱佳,精神勃发,连挥数纸,均能如意。兴会所到,不求工而自无不工,可见作书非精纸妙墨,不足发人神志也。书既毕,即偕贤希、檞轩、毓之过朱氏小酌。晚更过仙樵,倩其子笔樵作小照,殊未能肖,遂归。灯下又书屏联各纸,至二鼓始毕。终日困于笔墨,盖不胜其扰已。

十三日(5月3日)　大雨。移榻入营。

五更后,大雨滂沱,至午不止。余拟缓期入营,而贤希、仿彭诸君以枢帅望久,宜早入幕为是,乃先遣价冒雨移榻。未刻雨稍停,遂乘舆后至,仍以大雨不能搭棚,权与贤希同住。而入夜狂风吹雨,愈觉狂暴不止,泞泥深数寸,步均难移。幸与贤希共话,乃不寂寞,三鼓后始就寝也。

十四日(5月4日)　大风,雨。

昨夜至今午俱大风,雨亦不止。与贤希对坐营帐,促膝谈心,尚不寂寞。闻河南捻匪势颇猖獗,有垂涎汉口之意。现在上游调回鲍军防堵巴河一带,此面进军未有定期。前敌报至安庆,贼守甚严,粮亦颇足,恐未能一鼓即下。四眼贼族叔陈某亦领众由北路来,想为助防计也。

十五日(5月5日)　雨。晋谒中军,闻溧阳复陷。

今日雨仍未止,泞泥深至尺许。余虽入营,未能竖棚,权与贤希同住。晋谒中军毕,诸友悉会,快谈半日始散。闻溧阳复为贼据,去常、镇俱不远,江南贼势又渐猖獗,未知当事何以御之也。是日立夏,严寒似冬令,非围炉披裘不足御寒,甚可怪耳。

十六日(5月6日)　微晴。阅《熙朝新语》。

晨起虽有阳光,而镇日阴云未散,时将作雨,殊不可解。帐外泥滑未干,不能出步。偶阅《熙朝新语》,载吾家敏恪公观承事颇悉。前闻橄轩诸友所言,与此大同小异,然皆乡民俗传,不敢深信,故不载。兹览此条,因亟录之云:"公本名家子,祖、父皆以诗文名于时,以族人累,徙居塞外。公弱冠归金陵,家无一椽,借居清凉山僧寺。有中州僧知为非常人,厚遇之。公与兄观永往来南北,营塞外菽水之资,重趼徒步,并日而食,怡然安之。雍正壬子,平郡王为定边将军,征准噶尔,凤知公才,奏为记室。世宗命以布衣召见,赐中书衔偕往。凯旋,以军功实授内阁中书,累官至直隶总督。年六十有一,以八月十四日生子,公赋诗云:'与翁同甲子,添汝作中秋。'高宗闻之喜甚,抱至御前,解所佩金丝荷囊赐之。"观此,则公之际遇可谓奇矣。若必如里巷所传,则有污前哲也实甚。所谓乡党自好者不为,而谓贤者为之乎?而谓贤者为之乎?

十七日(5月7日)　晴。闻鹤人方伯遗骸已归葬固始。

前谒枢帅,已闻此信,今始见上谕及翁中丞疏,因亟录之。疏云:"再,已故藩司李孟群殉难之时,胜保与臣据逃出弁兵之词,以力竭阵亡会衔具奏,蒙恩优恤予谥,足慰忠魂。惟李孟群骸骨未收,其死状终未得实,每以为恨。或云受创未死,被贼拥至庐州,不屈被害,甚为惨烈。有自贼中逃出者,言之凿凿,众口一词。适有李孟群部下蓝翎千总沈国太,自湖北省城奉官文差派来皖,寻觅李孟群遗骸。臣面加奖劝,悬赏购求。该千总变服丐食,深入贼地,购觅眼线,混入庐城,得知稿葬之地。有伪职胡四元、叶开桂、钟本源等,愿为设法运出,自言伊等为贼所胁,惟求日后逃出,录功免死。遂于上年十二月廿五日再进庐城,潜至稿葬处发视,体肤尚未全化,用轿装好,混出庐城,收殓小棺。经练总褚开泰、吴殿元护送来寿州,赴臣行营,禀悉前情。

臣率属致祭,妥为照料,令该故员之堂兄知县李孟荃护送原籍固始县安葬,以妥其灵。伏查该故员两代殉难,大节昭然。今死状已明,遗骸得归故土,死者有知,亦当无憾。该千总沈国太身入虎穴之中,崎岖险阻,卒得忠骸,练总褚开泰、吴殿元购线护行,深知大义,均堪嘉尚。除由臣赏给银一百两用示奖赏外,合无仰恳天恩,赏给蓝翎千总沈国太五品顶戴并赏换花翎,六品军功练总褚开泰拟请赏给六品顶戴,六品蓝翎练总吴殿元拟请赏加五品顶戴,以昭激劝,伏候圣裁。至伪职胡四元、叶开桂、钟本源,营视护运,不遗余力,可知其非甘心从贼,此后若能自拔来归,自应贷其一死,庶可以散胁从而资观感。所有寻护李孟群遗骸情形及恳恩奖励缘由,理合附片具陈,伏祈圣鉴训示。谨奏。"咸丰本年二月二十七日内阁奉上谕:"翁同书奏武弁寻获忠骸,恳恩奖励等语。原任安徽藩司李孟群阵亡后,遗骸未获。兹据千总沈国太深入贼巢寻觅,始知稿葬庐城。练总褚开泰等护送至寿州,该抚即派故藩司之兄李孟荃送回原籍,以妥忠魂。蓝翎千总沈国太,着赏换花翎;六品军功练总褚开泰,着赏给六品顶翎;六品蓝翎练总吴殿元,着赏给五品顶戴,以示奖励。余着照议办理。钦此。"观此,则公之死节已明,浮言亦不戢而自息,即前所获《绝命词》四首,更无疑于心矣。惟其原稿未闻传出,不无遗恨。想忠烈遗墨,自有鬼神呵护,谅不致于遗失也。

十八日(5月8日) 雨。作书致陈亦翁及赵稚仙,阅《熙朝新语》。

今晨复大雨,不能移步,乃作书致陈亦翁及赵稚仙,使知余行踪所在,并托稚仙代促刻稿也。

少时尝阅《熙朝新语》,见载有侍郎尹元孚会一奏陈豫省农桑事宜疏,言农田事亲切有味,心甚爱之,而未能录。今复睹此,爱录于左,以备观览。其词曰:"臣窃惟衣食为生民之至计,农桑实务本之良图。我皇上轸念民依,重农贵粟,特颁谕旨,明示劝课之方,复命廷臣详筹教稼之法。臣伏读纶音,遵照部议,业已饬令各属随地制宜,因民利导,设立老农,兴修水利,实力奉行。惟是臣生长田间,颇知农务,谨就豫省情形悉心筹画,谬抒管见,敬为我皇上陈之。一、天时之宜乘也。凡物之生长,必有其候,故农时以不违为先,而力田以早种为主。盖早种则先得土气,根株深固,发生必盛,收成必倍。今豫省百姓罔知节候,往往有时宜播种而未举耜者,有时宜耘耔而始播种者,既失天时,遂违物性。臣查播麦之期,务在白露。如天气尚暖,当于白露十日后种之。种高粱当临清明节,种早谷当临谷雨节,种棉花当在春末夏初,豆子、晚谷则于五月刈麦之后,在麦地播种。荞麦于中伏以内,芝麻多种于棉花地旁。即有气候不同、寒暄各异之处,要必按时下种,不可迟缓。应令地方官刊刻告示,遍户晓谕,并责令老农督率劝勉。仍钦遵圣谕,州县官不拘时日,轻骑减从,亲往各乡查勘。如逾时而未种者,即询明缘由,面加训饬。倘有工本不足者,许老农开具名结,借以仓谷,秋后照例还仓,则天时无失,而耕种得宜,庶百谷蕃昌,收获自丰矣。一、人力之宜尽也。南方种田一亩,所获以石计;北方种地一亩,所获以斗计。非尽南智而北拙,南勤而北惰,南沃而北瘠也。盖南方地窄人稠,一夫所耕不过十亩,多则二十亩,力聚而功专,故所获甚厚。北方地土辽阔,农民惟图广种,一夫所耕,自七八十亩以至百亩不等,意以多种则多收。不知地多则粪土不能厚壅,而地力薄矣;工作不能遍及,而人事疏矣。是以小户自耕己地,种少而常得丰收;佃户受地承耕,种多而收成较薄。应令地方官劝谕田主,多招佃户,量力授田,每佃所种不得过三十亩。至耘耔之法,又须去草务尽,培壅甚厚。犁则以三覆为率,粪则以加倍为准,锄则以四次为常,棉花又不厌多锄,则地少力专。佃户既获丰收,田主自享其利,且分多种之田以给无田之人,则游民亦少。仍饬地方官善于奉行,不得强抑勒派,以滋扰累。一、树艺之宜广也。夫木之佳者,以桑为尚,其余如枣、梨、桃、杏、榆、柳、桩、杜等,均堪利用。臣查豫省地方每多咸碱飞沙之地,小民因难以垦种,大半荒弃。不知咸碱之地,挖去三尺,必无咸味;飞沙之地,挖去三尺,必有湿气。而村尾沟头、篱边屋角,隙地颇多,虽不可播种五谷,未始不可栽植树木。似应令地方官责成乡耆、保长，广为劝谕，就所宜之木随处种植，加意培养。如乡耆、保长有能于一年之内，劝民种桑五百株、梨枣等树一千株者，据实册报，印官给以花红。三年内能每年添种如前数者，给扁奖励，则地无旷土，而利赖更溥矣。一、女工之宜勤也。窃以蚕桑之利，固属无穷，而布匹之需，为用尤广。查江南苏、松两郡，最为繁庶，而贫乏之民得以俯仰有资者，不在丝而在布。女子七八岁以上即能纺絮，十二三岁即能织布，一日之经营，尽足以供一人之用度而有余。今棉花产自豫省，而商贾贩于江南，则以豫省之民旷费女工故也。臣愚以为寸丝之直，可买尺布，衣布之人，百倍衣丝。且织布易而织丝难，教以难者，或未必其率从，教以易者，庶可冀其就业。但豫省未尝不织布，而家有机杼者，百不得一。应令地方官晓谕有力之家，或多造机杼，贷于织布之户，量取赁直；或将无碍公项可以动支打造者，令其报名给领，俟一年之后，缴还原项。并广谕妇女，凡牌甲之内，有一家织布者，即令同甲仿效行之。久而比户连村，无不各勤纺织，似亦推广蚕桑之一道也。以上四条，臣仰体我皇上重农务本、富民足食之至意，窃就豫省地方董率官民，措施办理。但臣知识浅陋，是否有当，伏乞训示遵行。"

　　富民足食，莫善于农桑二术。盖因利而利，自然之道也。余家居时，尝劝庄民栽植桐、梓、榴、梨诸木。榴、梨非五六年或十年不能结实，桐、梓则三年后可以收成，并不费大力，而获利甚厚。谚语云："家有千株桐，儿孙不受穷。"真美利也。兹读此疏，于农桑一道尤为凿凿，令人想见国初盛时风物之美，而能无慨于今之世欤？

　　十九日(5月9日)　与史贤希论时务。

　　方今天下盗贼充斥，随在皆有，而劲兵专萃楚、皖，北面空虚，甚非所以靖大患而固根本也。明季闯、献蹂躏川、陕、楚、豫，几无净土，而朝廷命将远驻襄阳，不思内固，卒之襄阳不保，贼由宣大入京师，南方将帅皆不及救，祸遂滔天。盖贼势既张，非一时所能灭，则当视若敌国，先树屏翰，后议征伐，不可专意攻人而不知自固，使贼得乘我不备，先覆本根，而大势瓦解也。窃谓今天下有三大本焉：一畿辅为天下根本，一江浙为财赋根本，一楚湘为将士根本。欲平盗贼，先固三本，三本固而后盗贼平。何也？畿辅为政令所自出，天下所系望，根本摇则大势去，自然之理也。所贵多集劲旅，预修守备，建大将以统摄诸军，终朝演练，为天下望。贼虽不至，亦不可忽，庶贼知我有备，而不敢生觊觎之心，则天下之本固已。江、浙为财赋之乡，军储所自出，漕运所必需，一有所失，则国用溃竭，势将不击而自困。故东南诸省，断断不可疏虞也。今春清河失而南北咽喉断，浙省破而海运南漕停，虽余姑苏深困贼腹，亦将为其所有。今浙省与清河幸皆以次收复，是东南尚可有为也。急宜广募精卒，各隘防堵，不可再蹈前辙。庶江、浙保而军储足，则财赋之本又固已。楚、湘多产将才，今天下劲旅尽萃是邦，是亦不可忽略者也。盖欲用将，必先将无内顾之忧，而后可收其死力。使楚、湘不保，诸将解体，国家谁与定祸乱也？虽曰将士随地皆有，然终不若楚师之萃而精，故又当亟力保护，不可使贼蔓入其境，庶将士得以锐意平贼，为国家建中兴之运，则将士之本愈固已。夫弭乱如治疾，无论虚实寒热，要当以培补元阳为根本，未有元阳散失而人独能存者。今劲旅尽集楚、皖，知外伐而不知内顾，设一旦贼长驱直犯燕京，旁扰山、陕，试问楚师能旌旗北指以勤王乎？抑坐守楚、皖以听国家之急乎？是皆不能两全之势也。独奈何不深思远虑，早树干城，以固腹心，而徒恃东南将士，遂以为长城可靠，岂不难哉！余久拟作此论，以上当事，累拈毫而复止者再。兹与贤希谈及时务，因略发端于此，俟有暇当再充其说焉可耳。

二十日(5月10日)　闻全椒已复，上蔡失陷。

昨闻清河既陷旋复，喜不自胜。兹闻全椒贼目唐某亦献城出降，皇上授职，以励其余，亦解散胁从一法也。全椒既复，可以进攻无为，安庆之势当自孤矣。能驶水师进巢湖，同收巢县，则江北诸郡县何难克哉？惟捻匪上窜，攻陷上蔡，将有入关之势，亦可危也。赵明先来营，又云贼攻南阳不克，分三股去：一西行，一北窜，一东归。所过州县皆陷,未知近复何如耳。

廿一日(5月11日) 作宿松形势图并说。

余虽入幕,毫无公务。晚饭后,徒步出营,因登浮玉山顶,望松滋来龙结局,并审其战守出入之势。今午昼长独坐,爱绘地形为图,补入《江淮筹备要编》,以备异日战守之资。并为之说曰:宿松,古高唐地,东有小孤、太白湖以为之障,西有严恭、二郎河以作之险,皖西大道,在所必由。惟北走石牌一路,平坦无隘,甚难防堵。且临城、浮玉、潜佳诸山,高压城垣,俯瞰民居,贼若凭高下击,则城中无遗类矣。故据宿以为守皖之隘,自觉其有余;若恃宿以为图皖之基,则必形不足。何也? 宿邑南有险而北无险故耳。前岁三河兵败,围皖之师悉退,贼分路追来,诸军势将不敌,犹幸居民遍立山头以助声势,贼不知我虚实,遂败,亦天意耳,岂可恃为常哉!

廿二日(5月12日) 沈仿彭招饮。

是日大雨,借小酌以消壮志。刘彤阶、何丹诚及贤希俱在座,各谈雅谑,略助清兴,亦消遣之一法也。晚闻前队已进扎洪家集,离集贤关不远,俟有机会,又当前进,亦步步为营,老成持重意耳。又闻多都护前锋亦进围桐城,李希庵统湘军驻青草塥,策应二路之后。布置颇为周密,不似前岁孟浪,安庆当可复也。

廿三日(5月13日) 晴。纪梦。入城觅馆。

昨夜梦入古庙,一人前询余曰:"今文昌府需材,君愿入直否?"余曰:"桂宫紫府,平生心慕,倘能入直,虽无禄位,亦有文名,何弗愿为?"其人曰:"若此,则本年季冬廿一日当入奏上帝也。"遂寤。岂余当修文天上耶? 抑尚有科第缘也? 皆未可知,记之以待后验。

枢帅将入城避暑,余与贤希亦将别觅馆舍,故入城先访橄轩、毓之、寅生诸君,再过仙樵、右青,一见如隔三秋。座中有黄晴峰老风鉴,年近八旬,而精神尚健,为余评相,以为骨清神旺,自当早贵,以气色黯滞,致困穷途。然幸气足时至,色当开也。气色一开,如拨云见日,名满天下矣。目下左权色尤暗,不利妻妾。其说非无所见,然终未能识余为何如人。犹忆在滇,范莲舟相师见余,讶曰:"眼有慧光,天下事物,古今名理,过目即了。"又何道人为余相,初云气甚和平,继摩顶发,又曰性躁,恐偾事也。数语虽未能尽余相,然尚有亲切处,非泛泛谈相者比。亡友李异才亦谓余骨涵青气,差为得之。仙樵又邀偕右青、毓之同访刘问渠茂才,盖诸君数日内代余访获佳偶,即问渠之女弟子名碧鬟者,才貌俱佳,且通琴理,年廿六而未字,可称良缘。诸君遂不待余来商,预倩问渠通意,而余尚未之知,因急止之曰:"现在行踪未卜,家于何有?诸君爱余实甚,然非其时也。"事遂止。虽然,其意亦可感矣。

页眉补记:

是岁,室人雷氏殁,故左权尤暗。左权上连奸门,应在妻室,亦不爽也。

廿四日(5 月 14 日) 偕贤希入城,因过李梅坪。

舍馆未定,因偕贤希徒步入城,再邀毓之同往。路遇梅坪,联袂寻觅,均无妥处。遂至仙樵舍小憩片时,再至梅坪斋中,烹茗畅谈,申末始归。梅坪游幕皖省,已历年所,今复受黄春山明府聘主刑名一席,而器宇清隽,心性和平,不似俗幕中人,亦矫矫出群品也。

廿五日(5 月 15 日) 雨。枢帅阅操马队。作赠友诗。

是日大雨,午后未止。枢帅下令阅操各营马队,不肯易期,冒雨出营,可谓勤矣。余独幕中无事,作《怀友诗》各二绝,得十六首。李右青茂才云:"高谈雄辩久离群,忍诉还能妙解纷。君书斋名忍诉。爱咏四生歌不尽,酒狂白眼犯妖氛。大集有《高唐四生歌》,叙遭乱情景逼真。○深闺艳偶胜良朋,一唱离鸾感不胜。记否绿杨重覆处,小楼遮到第三层。令亡室兰生夫人句。"黄仙樵处士云:"莫笑高唐老布衣,桃花潭古梦依依。含情不减汪伦意,只恨青莲世太稀。○兰亭前辈想羲之,画法襄阳重虎儿。尊翁云涯公善书,哲嗣笔樵能画。难怪望云诗句好,知非五十尚含痴。君五十初度,作望云图小照,题者甚众。"家檄轩云:"家世由来不待扳,间邱高谊旧衣冠。宿邑远祖间邱令,即为太白筑读书

台者。关心同气偏多感,为我亲抄谱叙看。君代抄《桐城族谱叙》。○筹
遍江淮好画图,还烦黑夜写阴符。余图《江淮筹备要编》成,君为备缮其
说。知君笔下风云快,奇气何妨手代摹?"家毓芝云:"仲云天性独含
纯,如饮醇醪醉晚春。一自寻源相契后,何时风雨不情亲。○爱我无
殊旧弟昆,为筹居处为筹婚。君与仙樵诸君近为议婚。买丝欲绣平原
相,也是连枝覆庇恩。"家素吾大令云:"五载停云盼夕熏,高唐握手倍
殷殷。谈兵我有纵横气,还仗吹嘘到使君。余呈各种著述于枢帅,皆君
之力。○东驰西诣竟无成,八口羁栖怅远行。此去章江何所遇,滕王
阁对晚霞明。时客豫章。"史贤希明府属题南山晋禄图小照,即以为赠
云:"世上神仙不可求,聊图瑶草当添筹。青裙缚得斑龙友,即是南山
富贵秋。○一丛萱影正含芳,忽漫桩庭损异香。图画未非尘事改,教
人常忆紫霞觞。君云图甫成而丁外艰,不无致慨云。"汤子镇同志云:"博
极群书迥不侔,如何涸鲤困芳洲。杜陵不少干时赋,难解瀼西失路
愁。○一春旅夜共挑灯,况味萧然似野僧。好是他山劳助益,论文心
细镂寒冰。"江晓城参军云:"年少新诗艳若霞,芙蓉出水是天葩。镂
肠刻肺知多少,可似江郎梦里花。○已收好句到诗囊,不使苔花拂剑
铓。余尝摘君佳句入日记。丛棘已披兰愈好,袭人还是自来香。"

廿六日(5 月 16 日)　枢帅入城避暑。晴。

余亦偕贤希移寓城东集贤门内石氏住宅。安榻既定,走访诸友。
晚归,有营友来寓,据云我军前进,离集贤关五里扎营,贼退,离关五
里筑垒六座固守,约三千余人。安庆贼亦不甚多,贼中有移眷入乡
者,其震惧之心,亦可想已。

廿七日(5 月 17 日)　枢帅弟沅浦观察抵宿邑。

沅浦能军,故枢帅倚为前锋,今始由楚至皖,不日亦将往前敌指
麾一切也。闻左季高、李次青二君亦来宿,楚南名士毕聚于此,可谓
盛矣。余本拟入馆瞻仰丰裁,以闲散疏吏,未便干冒,故足欲前而累
却也。

廿八日(5 月 18 日)　右青诸友过访。

右青、仙樵、凫仙、晴峰诸友闻余复假馆入城，均来相视。晴翁善风鉴，已为余相，今复谓曰："君气色不开，想为脾土不实之过，何不服健脾诸丸以补之乎？"说亦有理。余饮食过廉，则脾土受克可知。然余自三十外，久不服药，精神虽弱，然尚足用，饮食虽少，而脏火实旺，故不必定服外药以补之也。倘能内外交养，当更强健。晴翁之言，亦足奉为良药，敢不敬而佩之。

廿九日(5月19日) 谒枢帅不见，旋谒沅浦观察，乃晤。

自十三日奉枢帅谕移榻入幕，襄办笔札，乃至廿六日并未发出公函，屡谒亦皆不晤。兹移馆，复晋谒，又不晤。乃谒沅浦观察，虽蒙优礼，匆匆数语，略询出处，遂辞出。退晤友人，为余道及枢帅近日相待之意，始知早有潜之于前者，故如是之疏也。盖枢帅重信而易疑，逢人必审余品行学术何如。余未多交士夫，广为延纳，孰得而深知余性者？偶闻潜言，遂自悔其初念。余非圣贤，讵无所短，而能令人不我疵乎？虽然，出处际遇，自有命会，非吾能强，亦非人能阻之也。志趣既殊，即当速去，而诸友均劝其稍俟数月，不必悻悻而去，且现在未有相弃意，或亦有所试而后用，亦未可知，因暂止焉。

三十日(5月20日) 闻溧阳已复。

贤希乡人有致信者，谓贼长驱入吴，直指常州，离城仅三十里，诸郡震恐。赖藩司王有龄、新任浙抚及张玉良镇军带勇赶至，并力防御，贼不能入，始退徽境，溧阳亦复，江苏全省幸得无恙，亦可危也。

星烈日记卷之六十二

鸿蒙室主人笔记

四月初一日（5月21日） 晋谒枢帅。以《廿四策》付梓。

朔望常规，必当亲谒中军。余非委员，亦非幕僚，乃偕肄业诸友列班同晋。公见余，谓曰："吾乡左君季高已至营，学问经济俱佳，尔何不一访之？"随又指马钟山曰："尔亦当同访。"余等唯唯而退。本拟即时过访，而是日枢帅出城阅操马队，左亦偕往，恐不能尽兴畅谈，故暂止，俟其稍暇，当再过焉。连年筹资刻稿，均未能就。兹虽入营，而毁誉交行，亦难久住。勉将《廿四策》先付梓人，令其速成，稍酬心愿，亦未知其事变何如也。

初二日（5月22日） 访左季高，谈时务。闻金陵诸营失陷，退守镇江。

昨谒涤帅，谕令访左公季高，共谈时务，今因过之。其人貌敦厚而性伉爽，惟眼光稍露，闻其任事过专，有以哉！然事理通达，心志不浮，故与众异。历询余滇中变乱始末，及鹤人方伯、锦堂镇军二人得失，又论黄梅、六安、固始、小池诸战事，余皆据实以对。又论神机队法与滇弩强弱，虽有异同，然亦未甚相远。据云楚中诸将首推岷桥中丞，不惟当今寡俦，即古名将中亦不多觏。下此则王朴山观察亦堪继武，惜皆早卒，未竟其用。近日楚将中多朴诚士，由诚实以生智虑者，其人必可大用，其言亦有所见。然天下才有自诚而明，亦有自明而诚者，未可以一概论，要在用之者何如耳。公又言金陵大营悉为贼破，诸将退保镇江。盖贼窜苏、杭，乘我回救，悉力急攻，故难敌也。余怪金陵失之甚易，而复之甚难，岂贼守甚严，抑攻之不力欤？闻之友人曾为向军门委员者言，军门自驻营金陵三四载，未尝一日亲出营，偶派队出巡一次，即报一捷，故数年攻城，迄无成功。向帅如此，他将可知。天下事可甚慨哉！谈将终，马钟山亦至。左公略询居处及本地人材,灯后始共辞出。余意贼救金陵,多方扰我,不遗余力,安庆空虚,必属无疑。苟能乘此锐进,出其不备,当不难下。若再迟缓,使贼众悉力回救安庆,则胜负又未可知已。

初三日(5月23日)　自书《哀江南》诗付梓。

《哀江南》《吊维扬》《哭武昌》《入蜀杂感》诸诗,索观者众,殊难备录,因专摘出付梓,以便分送。而自书《哀江南》之作,余不及亲录焉。前岁渡江,见京口形势极险要,拟著论此间宜添设水师提督一员,上可助攻金陵,下可防备海门,南北往来,亦可严巡江淮各隘。使如所议,则夷船不可轻入汉口,捻匪不能袭取清江,即今日大兵退守镇江,亦可恃以无恐。惜谒根云宫保不遇,怅怅而归。此《哀江南》之作,又添几重遗恨也。

初四日(5月24日)　贤希邀偕诸友共酌。

刘彤阶、李季荃、王霍生、王雨轩及贤希五君,仿蝴蝶耆英之会,轮东备酌小饮。余不饮,故未与会。即午贤希为主,故诸君集于寓,仿彭亦来与会。高谈纵论,宾主无分,非惟形骸俱忘,即性情亦各乐其所乐焉。余维金谷宴饮,富贵之乐也;竹溪兰亭,山林之乐也。今非山林,亦未尝富贵,兵戈戎马中,仍有此高会清乐,是又别开一游宴世界也。况余名虽从戎,心在游览,惜诸君之小酌,获半日之清趣,颇有翩翩自得意。季荃见《日记》中女史诸诗,拟次其韵,且云其家亦多扫眉士,惜不得借观其集耳。

初五日(5月25日)　宿松令黄春山明府过访,未晤。唐保镜亦来访。

清晨未起,黄君过访,故未晤。午间,右青偕保镜来寓畅谈。唐君家荆桥,尝办团练,带勇与贼斗,心颇沉细,见余《江淮筹备要编》诸图,以为了然不爽。其所历潜、太诸营,恍如再游其地。盖亲历其事者,未有不知余之苦心也。惜当时大帅不肯虚心下问,共谈时政,故鱼鱼碌碌,无所短长耳。

初六日(5月26日)　午访黄春山,亦不晤。欧阳崇如来寓。

访春山，既不晤，遂过李梅坪畅谈而归。灯后，崇如来寓，欲邀偕往前敌，共图讲学。崇如本湘乡茂才，以军功历保知府，虽处军营，颇嗜学术。去岁在蒋营曾与共谈，兹复来邀，亦足见其相慕之诚也。余既处闲散，可以即时同去，以付刊诸稿未竣，故未便遽行。且为枢帅所留，即欲赴其约也，亦当由枢帅处聘往，庶为得体。因约俟秋初再定行止也。崇如又云，蒋之纯既与诸营不睦，复为上游所恶，已乞假回楚，其人亦可知已。

初七日（5 月 27 日）　作刘奎垣司马殉难诗，并送其孙厚传北归。

故宿松令刘君东书，字奎垣，号芗圃，直隶保定唐县人。由选拔入旗教习，期满授宿松令，多惠政。癸丑，粤贼东下，破安庆，沿江城郭，过辄成墟，君团练防守，城得无恙。甲寅三月，贼焚枫香驲，君率练往救，而贼已自东南入，遂退保北乡。四年十月，大兵至太湖，乃共复城。而黄梅贼数万驰至，练总贺映藜及六安候补主政祝某战死界址河。君闻信大痛，誓不生还，与太湖各官共守城。城破，犹持短兵巷战，左肩受重伤，左右从者百余人尽散。次孙怡挺戈助战，不忍去。君曰："我死战，职也。汝少孤，有孀母在，汝兄又文弱，随我死，必怆母心，可速去。"孙犹未行，会贼大至，乃急窜出城，君遂为乱贼所杀。距今七载。长孙恂，字厚传，由冀北跋涉数千余里来太，寻觅遗骸不获，将招魂归里。宿邑绅耆念君旧泽，咸歌咏以纪其事，并来邀余同作，勉成乐府一章应之云："熙湖城头杀气粗，乌飞哑哑集浮图。浮图之高不可上，下有忠骸义骨不知几千万亿血影空模糊。一解。〇模糊肝肺杳难寻，可怜泣煞招魂不得，莫报含饴之凤雏。二解。〇凤雏所报司马刘，曾令高唐飞两凫，两凫飞去还飞来，甘棠成荫遮路途。三解。〇路途口碑至今泪犹堕，不见马革裹尸还康衢。四解。〇咸丰癸丑贼东下，斗大山城幸未屠。奋臂大呼义旅集，捧檄还思战太湖。五解。〇孰知回首枫香树，蚁聚蜂屯来貙貗。一战已损贺循将，再战还戕祝瀚徒。六解。〇涕泣誓师谁生还，短兵巷战无完肤。臣力已竭臣志瘁，不死沙场非丈夫。七解。○旁有弱孙尚挺戈，助战那忍离须臾。公曰：'我死战，我志成。汝有母，汝何辜？何不重泰山之生，而轻鸿毛一死乎？'八解。○忠魂一逝已七年，文孙万里来悲呼。穆伯有丧虚无椁，阁部衣冠当辆扶。九解。○我闻男儿报国所争气与节，取义既成，即是昂藏七尺伟身躯。十解。○君不见，玉门关外砂碛血，几人能存髭与须。十一解。○吁嗟乎，无头鬼，好鬓颅，偷生臣，难逃逋。十二解。"作此题者，无虑数十人，非铺叙德政，即泛写忠节，皆未切题。余是作无他好处，惟发端逆从其孙寻尸不得，倒插入题中，乃追叙死节实事，其惠政仅一笔轻轻带过，绝不纠缠。末仍归重招魂空归事，复以穆伯、史阁部二人作证，铸题较为紧切。作诗须先相题，岂不信然。

初八日（5月28日）　汤子镇过访。

子镇复呈诗枢帅，仍未收录，仅馈赆金。兹将回楚，因来话别。君遇虽穷，而诗境大进，录之以为异日《风雨怀人》之具。诗云："独客东南事事违，谁令留滞岁华非。长淮浪阔苍龙起，衡岳春深白雁稀。天地有情宁战垒，风尘无定且戎衣。浓花处处江头发，离恨何缘得暂挥。○雪霰横飞涧壑封，危途高下马蹄慵。横戈阻绝难行李，短袂潇然又宿松。城阙尚连兵气暗，云山不放酒怀浓。闲鸥野鹭应相笑，泛泛波涛学浪踪。○威严不数亚夫营，小范醇儒妙用兵。天上玉枢依北极，军前金鼓壮东征。车徒坐见收淮泗，仆肘真能似父兄。犹有高情怜短褐，孤寒八百泪齐倾。○甲帐论兵迥自奇，古多才士总吾师。沉机合让陈同甫，雄略谁如杜牧之。青史艰难怀俊杰，白门征伐忽危疑。万言欲疏空怊怅，刺取阴符只费词。○画禅诗意可通神，盾墨淋漓字尚新。雄剑不亲惭将种，某三世皆以武经起家。雌蜺难赋岂词人。高槐老柳今萧瑟，劣虎优龙有屈伸。旧学莫承行役苦，伤心曾不为清贫。○孟郊不遇昌黎伯，荐士谁为五字歌。豪侠交游裘马贵，饥寒卧病雨风多。东方书剑长如此，北海樽罍竟若何。谁遣年光坐消耗，强将幽抱付吟哦。○肯向秾华逐后尘，欲从幽独见天真。虎头固自成痴绝，龙性谁言不可驯。治世文章期董贾，列邦捭阖耻仪秦。感春一咏凄凉甚，那更朝来白发新。○坤转乾旋握化枢，风雷呼啸百灵趋。共闻汗血求名马，不信沉渊失夜珠。红雨一林花事尽，青山千叠客心孤。安弦试鼓成连操，海上移情或有徒。"数诗意虽沉郁，而语尚含蓄，知其酝酿者深已。

初九日(5 月 29 日)　代毓之作诗送刘厚传。

毓之与厚传有世谊，兹将北旋，不能无言，因倩余代稿，爰成一律云："竟尔难归去，招魂泪独挥。青山余战垒，白骨只残晖。琴鹤家何远，衣冠冢未非。一鞭投冀北，忠孝两遗徽。"余名从军，人实闲散，非作书即吟咏而已。昨偶见友人书《真诰》语云："仙官皆有职事，不如仙人之未列等级者为游行自在。"不觉大笑，以为神仙亦有等级之分。使余作仙，当作仙人之游行自在，断不羡仙官之有等级，终日为人司职事也。

初十日(5 月 30 日)　胡宫保来宿。

将往吊罗澹村中丞也。澹村虽殉难，舆论沸腾，颇不满人意。盖去岁抚浙时，安省士子就浙应试，本邑亲党往谒，均不晤，亦并无款洽意，故至今憾之。维时段君光清为臬使，多方周旋，尽情尽礼，乡人称善。今虽落职待罪，而乡里惟恐其获罪也。可见人心不可或失，而戚里则为甚焉。昨闻上谕，饬令枢帅拨兵攻宁国一带，以分贼势。又云左宗棠因实心办公，以致怨谤腾沸，着在营帮办军务，以尽其才。皇上可谓求才无遗矣，未知诸公何以仰答圣恩也。

十一日(5 月 31 日)　荐赵明先于怀宁令莫君善征。

善征赴任一月，诸务粗有头绪。兹因公回宿，拟招勇护卫，而明先未有进身，因荐焉，并拟荐汤子镇以掌记室。子镇归心切，故不就。明先欣然愿往，并带其徒数人以从。善征云："怀宁三面皆水，惟西北集贤关一路旱道可达省垣，其宽不过十里。倘水师能驶进内湖，东路贼援不击自断，守城贼亦不甚多，惟我兵过单，水师不能进内湖，围城虽觉有余，援贼大至，恐难敌也。"贤希问余曰："然则将何如?"余曰：

"我军既单,不可深入,必俟桐城复后,方可合攻,则无虞矣。"前固有虚攻安庆,实取桐城之策,盖谓此耳。善征又谓枞阳居怀、桐之间,贼出入所必争,不先攻此地,大军未能深进。亦有见之言也。

十二日(6月1日)　闻丹阳失守,贼锋进逼苏州。

张京堂致枢帅函云:"闰三月廿七日,丹阳、镇江俱陷,何、和二帅退走吴门,张军门国梁受伤坠马,未知下落。常州、无锡百姓纷纷逃窜,贼乘势进至浒关,离省城仅十里,势甚危迫。"贤希与余私议,谓枢帅此时宜速攻安庆,以分贼势,是为上策。不然,则分兵由豫章绕过浙江,迎头拦击,以保苏、杭,犹不失为策之次。余谓:"速攻安庆,必然之理,若远过浙江以保苏州,未免鞭长莫及,且亦无兵可分。莫如江北六合、天长诸军急速渡江,袭攻金陵,乃能稍分贼势。或径渡京口,以围镇江,截贼归路,或亦可解江浙之危。倘以水师虚攻芜湖,旱队远击宁国,无关紧要,贼势何能遽分耶?"是日莫善征移榻来寓,王霍生亦来,夜谈至五鼓,始各分袂就寝。

十三日(6月2日)　晓送莫善征回石牌,晚偕贤希登城望月。

善征昨晚寓此,今晨仍赴石牌,因送之。午,代汤子镇书扇。君喜余《哀江南》诸作,以为颇似梅村,必传无疑,属书于箑,以便展玩,乃备录其词以付。盖梅村所处之时与今略同,故无心而自符焉。晚饭后,出访仙樵、又青,皆不值,乃步月归。贤希见月色甚佳,复偕出步,登东北城,巡行里许。更下城,由王家畈行田塍中。新秧插水,丽月当空,烟岚杳霭,翠柳蒙笼,几不知其为城市中矣。年来多雨,月明时甚少,今乃得此妙景,断断不可辜负,乘兴再访毓之。露坐石磴上,畅叙幽怀,闲领清趣,亦从军不可多得景也。

十四日(6月3日)　自作小照。

倩人写照累矣,皆不得其真。诗稿内有《乘槎泛海图》,文稿有《他山友石图》,《神机八略》有《鸿蒙室著书图》,此外又有《万里从军》《沧海垂纶》《幕天席地》诸图,无一绝肖者。惟《他山友石》一图,乃三十余岁照,差得抑郁不平之气。《万里从军》乃四十余岁照,尚有英姿独往之概。兹刻《廿四策》稿,拟作图卷首,而无好手代摹,乃对镜自写幕天席地状,虽未能传神象外,已略具安贫乐道之风。盖写真总以传神阿堵为主,喜怒忧乐,各有所宜,体会既得,振笔力追,自能逼肖。若徒摹其皮毛,则自以为极肖者,乃绝不相肖耳。可见一技之微,亦须别有会心,独具手眼,乃能各造其极,并非死守常格者所能仿佛万一也。

十五日(6月4日)　晋谒中军。偕贤希观诸勇技艺。

朔望常例,诸将吏毕集中军,谒见主帅。余虽无事,亦宜随班晋谒,亦循常例焉耳。午后,赵明先率其徒来寓演试技艺,贤希取其六人,将送石牌善征麾下效用。晚有华字营营官伍少海率众来寓搜拿明先,以为游勇,不准在城,幸明先与其徒均未在寓。二鼓后,余与贤希先后归,询其始末,乃知明先曾在少海营充当马兵,以与众不睦,辞出数月。今午明先之徒复与其勇口角相斗,故少海来寓缉拿之也。余乃属贤希函致善征,剖明其故,并将向少海处为之解纷,速遣明先早赴石牌,免生事端,是为善处法焉。

十六日(6月5日)　闻粤贼进逼湖南靖州。

江晓城来寓,言近闻石逆达开率众由粤西出犯湖南界,已进至靖州,盖将由辰沅河以达大江也。石逆去岁力争宝庆,欲西结川、黔苗、佑诸匪,然后顺流东下,并吞吴楚,志颇不小。幸楚军死御不得逞,遂南入粤。今复乘楚防稍疏,仍欲遂其前志。上游无兵,甚觉可危。闻诸大宪拟奏令季高回楚团练,以保上游,不日即行。长江大势,赖此一举,必须保全尽善,方为美也。

十七日(6月6日)　邓作卿过访。晚偕仙樵过陈子芳。

邓君名解,号作卿,怀宁人。其祖完白先生,讳石如,皖江名士,善分书,优入汉人之室,余曾在合肥见之。作卿亦年少有才,枢帅留在营内读书,盖将有以成就其才也。是日霖雨,不能出门,晚饭后始偕毓之登城眺望。山光满郭,树色浮空,爽人心目,遂信步周环其城。至南郭,日色已暮,适与仙樵相值,乃同访陈子芳共话。子芳善堪舆,与余论太湖县龙不合。盖太城结作,乃水龙而兼山龙者也。其穴水中浮图,四面并无来脉,即借水为龙,四山外拱,特作外嶂耳。故山水兼论,乃得其真,自来地理诸书所未道及也。子芳以为脉从龙山宫渡水而来,盖囿于俗见耳。殊知龙山脑峰头遍顽石,并未下脉,其脉乃自后龙数层泻下,起东门宝塔诸山,亦未渡水结城,崩洪过峡,盖亦有之。如洞庭之君山,扬子江之金山,水涨则脉沉不见,水涸则依然露其脉脊,非谓石骨直穿江河而过也。太湖之龙,即以水为脉焉可耳。

十八日(6月7日) 唐保镜赠诗三律。

保镜名光瀚,由秀才团练已保举教职。尝出纸索余书,因以诗来赠,云:"击楫澄清志未酬,渡江又阅几春秋。幕天席地亦何碍,泛海乘槎实壮游。话到沧桑增日记,吟成花月倍风流。彼苍不是怜才甚,那许探奇遍九州。○哀动江南少唱酬,才人声泪亦千秋。无边风月供驱使,有恨云山只卧游。灵性不甘终日饮,狂澜待挽百川流。闲情莫漫歌红豆,海内疮痍又几州。○鸿蒙雅韵竟难酬,槐夏清阴送麦秋。俗士也惊三日别,奇才肯放五湖游。汾阳富贵征天眷,邵子诗书镇士流。此际好襄君国计,青莲早自识荆州。"数诗笔极爽健,颇见兴会,因亟录之。是日,右青亦袖其《吊刘奎垣殉节诗》见示,戞戞独造,扫净陈言,亦得意作也。诗云:"生人大抵腥臲形骸内,言孝言忠多挂碍。果能委身超脱形骸外,汗简流香名教赖。当军贼陷晋熙城,张镐不到河南兵。刘侯手戈奋巷战,誓把心肝酬至尊。堂堂日月昏烟雾,与国官民难同遇。盖代须眉土一丘,茫茫谁志冬青树。皖国孤寒十万家,闻声哭倒甘棠花。墓门欲奠一杯雪,马路寒风空卷沙。文孙匹马来高唐,三载多寻忠骨香。疏广残骸生未乞,王乔尸解落何方。直将无定河边双眼泪,洒向南齐旧战场。君不见子文尸,建康溃,王凝骨,虢外委。青山从古敛遗骸,胡为乎咸阳太息英雄败。况复梅岭衣冠天赐葬,桐乡血食诏优奖。何似褚渊巧避哥舒降,走肉行尸在天壤。寄言公子休复哀,《大招》一赋魂归来。留得浮屠千丈名不朽,宿邑文峰塔为公建。何必黄金抱骨返燕台。"

十九日(**6 月 8 日**)　题洪寿山乘风破浪小照。雨。

昨日黄凫仙代洪寿山出乘风破浪小照索题，余未识其人，殊难着笔。今晨无事，聊书数语图后畀之云："老夫出游万余里，破浪乘风游戏耳。披图忽见美少年，亦欲鸣榔向中流。独挽狂澜撑砥砥，想是胸中盘盘大才不得吐奇气。故向云蓝写波涛，要使无数鱼龙腾满纸。凫之仙人出示我，恍如再见当年澄清江海宗悫事。不然即是祖生击楫，渡江亦非情得已。我虽未识君之面，却喜胜概豪情类如此。安能把臂暂入林，且俟乾柱坤轴需奠磐。再驱神鳌入海底，八方四维一一为整顿，十二万年无倾圮。"

二十日(**6 月 9 日**)　杨芋安、王霍生过寓小酌。

芋安，楚南人，性直爽，有奇气，以军功由训导现保知县。初与余晤，各不相洽。兹来借观《运筹神机》及《江淮筹备》各稿，颇以为然。询余曰："君才若此，数年从军，何未大用？"余曰："命也。近日将帅厌人谈兵，苟不知自检，立足尚难，况求用耶？善哉。"张子衡之对余言曰："我数年带勇，不敢妄言兵事，今日散勇，始得畅谈营务。"此虽愤极语，实亦阅历言也。杨君又曰："枢帅已邀君入幕，旋又中止，此诚何故？"余曰："不知其然。枢帅为人深沉自用，故莫测也。"杨曰："非也，盖有谮之者耳。此事众颇为君不平，仆当亲白中军，如君著述，无论品行何如，以襄幕府，庶几无愧。君与仆固未尝相洽，而公论自在人心也。"杨君数语，可谓血性男子，虽不必其定能上白，而余心则已有一知己之感矣。霍生是日共谈，亦至二鼓始散。

廿一日(**6 月 10 日**)　致书欧阳崇如。汤子镇赠诗。

崇如前邀赴营，今将如约，故先通意。子镇同寓数月，知己尤深，近拟南回，因以诗题《鸿蒙诗钞》，并留别云："积恨烦忧顿消释，眼前突兀《鸿蒙集》。锦心绣肠何淋漓，文豹赤蛟同郁律。雄如昆阳斗风雷，丽如元圃罗琼瑰。牺尊既陈意象古，雁柱欲断心魂哀。唐贤宋贤为一手，尤擅韬钤寡侪偶。兵法穰苴妙用心，罪言杜牧羞钳口。贵游争见卓旌旗，奇士翻教习鼓鼙。滇池万里一惆怅，幕府十年空惨凄。

马瘏仆痛江东客,余亦天涯苦行役。路岐鬼物敢揶揄,骚雅情亲偏莫逆。有酒可使愁不生,有诗可使眼倍明。剧谭夜雨鹿卢啸,豪咏春风蛱蝶惊。短策飘飘不能住,归程欲问湘中树。心伤豺虎蹢东南,泪尽关山惨徒御。执别江头且莫违,空林容易又斜晖。今宵舟楫吴江月,明日风花屈子祠。醽醁千觞醉亦得,醉后题诗重叹息。山川苍洱有神灵,裤褶黄骢困雄杰。"

廿二日(6月11日) 闻苏州失守。

张公来函又云,十三日苏州失陷,诸大吏退守嘉兴,杭垣百无一有,势甚危迫。而不言何、和二帅下落,想仓卒间未及查也。又闻浙抚王公有龄奏请枢帅东下应援,未知上谕何如?枢帅亦拟调湖南张运兰一军来皖代防,自备东去,往返又需月余,浙垣之守,讵能相待?事势如此,何当一哭?东南大势既已尽去,北防愈觉可危。新正人日,天上云气忽分两界,余以为应小池一战,而竟不然,心甚疑之,今乃知其应在大局也。天心莫测,亦有常征,特人不能预拟耳。贤希又谓前数年在常扶乩,仙判有云"二五最分明",今泊十年,乃二五数也。谁谓天心不有定乎?

廿三日(6月12日) 微恙。

数日心甚不快,而又外感风寒,故四肢酸惰,头脑昏晕。贤希笑曰:"君将为杞人之忧乎?"余无以应。虽然,大局存,家始能保;大局坏,家于何有?况余家万里,未卜存亡,闻兹恶报,而能无所动于中欤?是日贤希有乡人来信云,张帅被擒,受辱而死,和帅缢死常州,而亦未言何帅下落,想亦死于苏矣。丙辰金陵之溃,尚能退守丹阳,今则一溃莫收。盖张帅既亡,军无所归,故莫之能御也。

廿四日(6月13日) 访家子白大令。

子白名翊元,兴国人。久随枢帅,由秀才保荐知县。兹从胡宫保驻扎英山,乞假还乡,纡道谒枢帅。闻余在此,枉过数次,今始入幕访之。直心古貌,见余《日记》有未当处,即为斟酌。余见其案头有《上曾节帅书》旧稿,谓历代卿相中有取于三人,曰周公,曰诸葛武侯,曰王文成。继此则惟曾枢帅一人。推誉过当,枢帅亦不肯受。然其文则甚古质,具见力量,亦有志之士也。

廿五日(6月14日)　自跋平贼首策。

余以《廿四策》付梓,当日形势与今不合,故每篇之后有不合者,复跋数语。首策云:"丙辰,大兵围攻武汉,合肥未陷,故拟开府襄阳及合肥、扬州三处。今武汉久复,合肥再陷,则局势又一变矣。且近日江苏不守,东南尤为紧要,论者无不以速救浙江为亟亟。余谓浙江固当速救,而淮北一带尤宜急早树立长城,以为畿辅屏蔽。俟北防根本既固,然后并力东征,恢复江东,徐剪余郡,虽不能速收奇效,亦不致中原溃裂,人心瓦解也。若徒以重兵专注东南,置北面空虚而不顾,一旦北捻四窜,直指神京,谁为返戈回救人耶?故居今日而讲形势,务以北防为要,江、浙次之,湖南、北又次之,所谓三本固而后群盗可除。何以言之?燕京为国家根本,万万不可动摇。现在守备未修,关隘未塞,淮南仅恃袁军,豫省专委胜帅,僧王东御天津,不能兼顾,是北防之本未固也。江、浙为财赋根本,今已悉委于贼,则饷需漕运何自而出?不急早收复,力为整顿,将见食尽势竭,京师不围而自困,则财赋不充,国本亦因之动摇矣。楚、湘为将士根本,今日劲旅首重湖南,然仅能自固门户,稍迁其地,即弗能良,又况无可再拨之兵,若不为之爱惜,而往来频调,使其奔疲劳困,惮于击贼,则将士之本又穷已。故欲平贼,须先自固,乃能见功,否则顾尾失头,毙于无救而已。愚谓此时安庆、合肥且勿急攻,一面拨兵援浙,一面于徐州开设幕府,淮、扬、归、陈诸郡附焉,则北防之本固。再于武昌或黄州亦设一幕府,大江南北两岸士马胥归节制,则上游之势成。更于徽州添建幕府,以号召南方诸省豪杰,为进复江、浙之基,则南剿之兵壮。兵形随时变迁,故幕府因地制宜,但须防剿兼资,战守并用,庶为得之。不然,而终日议战,诚未见其能成功也。"

廿六日(6月15日)　阅《两般秋雨庵随笔》。

余不喜阅小说,亦不暇读闲书,盖无闲暑旁及之也。今昼长无事，心烦欲病，友人邀同小酌，亦懒赴约。贤希案头有梁君应来绍壬所著《两般秋雨庵随笔》一书，阅之似诗话，而各条标目又类小说。自载"无题诗"一条云："无题诗与香奁诗，界若鸿沟。李义山之诗，无题诗也；韩冬郎之诗，香奁诗也。盖无题之什，不必尽写情怀，而香奁之篇，则竟专作腻语。至闲情风怀，则指实事矣。客有以无题诗示余者，余曰：'此香奁体也。'因作《无题》十六首和之。词云：'十二屏山梦不通，自将闲恨诉东风。亮无海鸟能衔石，但有杯蛇惯误弓。密意迷离猜豆蔻，孤心容易怨梧桐。金环信息全无准，肠断零香剩雨中。〇一种缠绵百番痴，怕提前事惹相思。风怀俊似江珧柱，情味甘于蜀荔支。湘竹多愁偏忍泪，海棠无语但垂丝。落花总被封姨妒，不许金铃好护持。〇徐拍红牙唱绿腰，来时玉笛去时箫。从教北里迎中妇，肯令东风锁小乔。杨柳帘栊无赖月，枇杷门巷可怜宵。何当选梦疏窗下，甲煎名香细细烧。〇不愁地远恨情魔，眼底红墙即绛河。东宿是张西宿角，南山有鸟北山罗。蕊宫环佩依稀听，桂府楼台曲折多。手把芙蓉忆芳泽，不知何处托微波。〇疑云认雨了无痕，多少庾词托梦魂。黄绢心思猜石碣，红绡手语报昆仑。早看玉树开奁镜，只恐仙庬吠洞门。为告重来刘阮道，桃花零落易黄昏。〇飞燕何能遇伯劳，空怀琼佩泣江皋。谁歌子夜新团扇，可有并州快剪刀？善字乌丝藏未灭，新名碧玉记能牢。青溪白石通门路，认取他时泛小舠。〇秋风吹送玉河槎，重叠红楼认欲差。愿作蟾蜍吞北斗，化为蝴蝶梦南华。九疑山曲浑无路，三折江横半星沙。空对遥天忆芳草，滩前闲煞白蘋花。〇莫把无郎问小姑，陌桑曾为唱罗敷。鸳鸯自是头相责，乌鹊空怜尾毕逋。已冷情肠寒水玉，未灰心字博山炉。鸾笺百幅都题遍，脉脉愁怀诉得无？〇天香飘处月娟娟，证到拈花未了禅。洛女神光离后合，嫦娥心事缺中圆。生香蕙叶因兰误，出水荷根被藕缠。安得重磨双慧剑，斩除旧业与新缘。〇十分将息爱花心，春在冥蒙底许寻。出谷鸟新声琐碎，听冰狐小意沉吟。将词又默三眠起，欲语还羞七纵擒。便使微风吹皱水，已看情比绿波深。〇半泓清浅即蓬瀛，玉佩明珰未可凭。纵许画帘飞紫燕，那堪丛棘惹青蝇。六萌车走雷千道，三里花迷雾一层。隔水盈盈谁驾鹊？黄姑欲渡竟无能。○话到怜侬倍可怜，定情诗作断肠篇。一丸冷月狐能拜，十面罡风鸟不前。草草短缘驹易过，漫漫长恨鹊难填。空余一掬灵均泪，洒向西风黄叶天。○已向菩提证忏除，可堪绮障又紫纡。三千芥子藏愁孔，百八牟尼记恨珠。絮早沾泥难捉摸，花因堕溷太黏濡。此身总被牢笼误，惭对檐前结网蛛。○巫云只在第三峰，从此蓬山一万重。细雨阶前开芍药，轻雷塘外见芙蓉。恼公裁句诗情幻，归妹占爻易兆凶。好倩秋鸿传信息，青笺红泪一齐封。○迢迢两地已参商，况有中间鸩鸟翔。莲子倒垂愁愈结，柳枝横种恨难偿。龙飞出骨难成药，麝死留脐总抱香。一曲琵琶三弄笛，尊前争不断人肠？○回首桃源路已差，空将余恨谱红牙。多情惜别怜芳草，有泪无名哭落花。半阕新词金缕曲，一条心路玉钩斜。幽怀欲写终难写，惆怅江天日暮霞。'"

　　数诗组织工丽，情致缠绵，秋帆、香亭后，罕与为偶。近日吾友黎静庵亦工此体，惜未锓板。余前载其诗十余首，不过尝鼎一脔耳。余集中此体亦杂出互见，友人尝劝删之，余皆笑而不答，否则搔首长叹而已。迨至劝之者再，乃应之曰："《三百篇》中，采兰赠芍，巧笑美目，以及衾枕绸缪之作，不一而足，而圣人未尝删之，朱子且直指为淫奔诗矣。夫淫奔不可为训，岂圣贤亦故以此为训乎？即云善劝恶惩，贞淫无妨并载，独不思载之即所以诲之，是圣贤直诲人以淫也。乌乎可？殊知诗之感人，惟情故耳。为忠臣，为孝子，为义夫，为节妇，亦性之真而情之挚，故能固结莫解。而其间惟男女之情为易动怀，尤善于感人。故诗人多借其情，以寓君臣朋友之义，使读者油然生感，而自得于语言文字之外。否则劳人思妇，各有抑郁不得已之情，不禁直抒胸臆。亦有落拓天涯，半生潦倒，欲致其情于君臣，君臣之分无可亲；欲致其情于朋友，朋友之心难见信，则不得不随所遇以致其情焉。虽曰男女情，是亦君臣朋友义也。读《诗》者不于此等处别具只眼，留意人才，但见艳冶之诗，概谓淫辞屏而不观。吾不解郑卫诸诗，终日讽诵,津津有味,而独至于余香奁诸作,则必欲删而弃之者,何哉?余前咏庄姜一绝有云:'天工不断香奁体,麟笔难删艳冶诗。'天工且不能断,而独禁余不作是体,可乎不可? 其所以为是论者,亦欲借假道学,饰其奸险情耳。夫道学莫过于范文正公。公守饶时,喜妓籍一小鬟。既去,以诗寄魏介,介遂买以送公。公道德、勋业、文章炳著天壤,入祀孔庙,未闻其以此一端损公大节。盖真理学不外人情,非若今之腐儒迂士胶执而不化也。丈夫处世,争大德不矜细行,重实行不假虚饰,斯为得之。若矫揉造作,专工掩着,非大恶即乡愿,安得谓之理学乎哉?"

廿七日(6月16日) 江晓城赠诗。

晓城相处数月,今始以诗来赠,云:"滇云皖水两漫漫,历尽关山鬓欲残。四十年华消秃管,八千程路恋征鞍。河声岳色争诗壮,雪嶂烟峦入梦寒。数月论交无一字,名高只觉应酬难。"

廿八日(6月17日) 汤子镇以诗留别,步韵饯行。枢帅奉命总督两江。

子镇从戎不得志,与余同病。兹将回楚,以诗留别,并题《廿四策》后云:"夫子固为千载士,兵法乃能成一家。深筹确画抵药石,雄笔伟墨驱龙蛇。勾吴又亡地余几,直道三黜人所嗟。衡湘幽绝倘有意,迟汝远来餐紫露。"因步韵奉酬,即送其行云:"五百年名我无分,三十六湾君有家。世上舆尸真载鬼,杯中弓影漫疑蛇。穷愁著述竟何谓,贫贱依人吁可嗟。谁道归舆不欲赋,桃源是处飞流霞。"

是日,枢帅奉上谕加兵部尚书衔,署理两江总督事务。又闻钦差大臣着张玉良代理,何桂清退走常熟,奉旨拿问,进京廷讯。盖苏州未失守前信也。

廿九日(6月18日) 徐典文茂才赠诗,旋酬二绝。

典文名成典,一号实庵,赠余诗有云"天与惊人笔一枝",又云"五湖风月老须眉",皆杰句也。因酬以二绝云:"海上童男去几千,中山门第即神仙。而今吴下推才子,尚有先生作后贤。○敢抱神龙济世心,风雷长此昼阴阴。开樽且谱求凰操,月下还烦细审音。"盖将有蹇修之托,故云。

　　鸿蒙室抄本《星烈日记》,短一—九卷、十四—十九卷、廿七—六十卷、八十三—八十五卷。

星烈日记卷之六十三

鸿蒙室主人笔记

五月初一日(6月19日) 晋谒中军,家菁园招饮。

菁园名魁元,世居宿邑。父维新,性纯孝,尝割股治亲疾,未请旌。菁园恐事久弗彰,以致湮没无传,拟邀亲邻代呈枢帅,冀得给赐匾额,以表孝行,亦子孙不敢泯没先泽意也。先以禀稿属余,余为转托子镇。今设宴酬劳,因同赴焉。至则其族伯省斋先生亦至,年八十五,而精神尚健,惟足疾难于步履。喜吟咏,积稿至数千余首,悉为贼毁。今虽年老,尚喜拈毫。尝云:"尧舜时人年皆百数十岁,揆以余年,仅下寿耳。"可见其龄尚未艾也。

初二日(6月20日) 汤子镇以感事诗赠余及右青,兼叙离情。

题云《感时忧事兼述离情,再叠前韵四首呈友石、幼青》,诗曰:"秣陵溃后胥台陷,恻怛如闻哭万家。何人竟纵出柙虎,似汝亦愧常山蛇。节旄威严上将重,坑谷颠坠前车嗟。救时纡祸岂无策,但恐小吏呵青霞。○贤豪魁垒肯同调,特达深沉匪一家。岂有骐骥甘下驷,翻教蟒蚓学灵蛇。元黄血战今何世,荽菲谗谄多古所嗟。且上高城看列嶂,翠烟飞射紫金霞。○高唐五载困兵草,风雅凋谢畴名家。幽人崖谷雾藏豹,大篇环异珠吐蛇。且为揽环结佩侣,莫效采杜搴兰嗟。寄诗他日倘遥和,赤城标映天台霞。○悲笳满耳箭满眼,客子安能不忆家。故园好音负黄鸟,旅夜幽愤腾青蛇。得归茅屋良足喜,送别潭水胡不嗟。明发关山更愁绝,日车火热烧赪霞。"

初三日(6月21日) 偕贤希访陈对山司马。

对山以九江孝廉报捐中书,募勇从军,屡战有功,未获剡荐,心甚怏怏。今春上书枢帅,抑郁不平之气,见于楮墨。枢帅知其屈,为慰藉而保荐之。余前载其《军中杂感》五律八首,笔意清雄,优入少陵之室。兹复阅其《风怀》七律八首,亦极工丽。才人之笔,固无所不能也。然君之古文尤长于诗,惜限于册,不能录耳。余观对山幕府长才,俾掌记室,何异陈琳、韦庄而乃职司军米,任与才违,乌能展其所学哉!

初四日(6月22日)　自跋平贼二策。

二策言地利,与今大不合,故复跋之云:"前数载贼势尽聚长江,故地利以筹江为主。今则贼船尽绝,水面无警,江防似可稍缓。然南岸发焰日恣吞噬,北地捻势愈见猖狂,则长江虽非要地,实亦可以横截贼势,直捣逆巢者也。惟防江外,尚须早扼黄河一带,以为屏蔽畿辅,廓清淮、泗根本,则深谋远虑,庶保无虞。否则北门不固,中原可忧,南军虽强,大局何赖哉?顾或谓当此局势日非,江、浙既不可救,不如先清淮北,并捣南京,以分贼势之为妙。而不知捻情犷悍,根蔓滋深,其扫除未可以时日计,故淮、徐、归、陈诸郡,非大开幕府、广列雄镇,不足以号召英雄、训练士马,为国家建树长城也。"其略已载前策,兹更申引其绪于此云。

初五日(6月23日)　晓谒中军,午后贤希备酌小饮。

每岁蒲节,民间俱有龙舟之戏。今遭乱日久,河水又涸甚,故无此戏。是日贤希备酌,邀诸友共饮。莫善征由石牌来宿,亦入座,与余纵论军情,颇有相合处。因出新跋平贼首策一则,与之共观。君曰:"何不上书大帅?"余曰:"书凡数上矣,而听者其谁乎?上之而不听,不如弗上之为善也。且余已有归志,虽有用者,亦不能相从,况未必其用之也耶?"

初六日(6月24日)　闻官军已克枞阳。

枞阳居怀、桐之间,实为贼众咽喉要地。闻水师驶入内湖,夹攻其地,贼不能支,故一朝而克。枞阳既复,安庆贼势当蹙,不久亦将自破也。前数日闻有内应我军者,乃为贼所觉,故未能克,惜哉!午后,偕毓之偶至梓人宅,催其速刊各稿。有人袖诗一册呈阅,乃和余《哀江南》韵者,末署款称鄂渚受业宽夫金芳恕,询之则武昌县人,来营投效不遇,因见余梓各稿,特次韵以求一识面耳。惜其诗未工,故不录,然其情亦可悯也。

初七日(6月25日) 雨。纪梦。

(阙)

初八日(6月26日) 纪梦。

昨夜梦偕友人谒张船山先生。先生方独坐观书,余欲前揖,而先生不顾,因亦傲然高坐于旁。先生曰:"子为谁?"乃以姓氏对。先生曰:"是好文章手也。君文浑灏流转,如倾流泻峡,较之京师戴某先生尤为雄放。彼不过才气纵横而已,君则根柢盘深,层出不穷,实为罕觏。且器宇清奇,脑后枕骨尤异,奇才也。"余曰:"后生小子,何敢言文?如先生者,名满天下,千古不朽,斯真无愧作者耳。某识力未充,交游亦寡,何足道哉!"遂寤。追忆梦中所见,形貌犹在目前。先生身不逾中人,而神清气爽,双眸炯炯射人,真有神仙风骨。自古才人,未有无来历者也。近有人梦游芙蓉城,殿上悬一画像,酷类余貌,询之则芙蓉城主石曼卿也,近谪尘凡未归。事甚荒唐,然细思之,亦颇有所因。去岁守风洞庭,夜梦表兄杨时夫示一碑拓古篆,似是余前生墓志铭,而字迹漫漶,不可识辨,莫知为谁。当时梦醒,亦未能解,今始知之。盖碑者石也,漫与曼同,字迹漫漶而不知为谁,则所谓曼卿者非欤?且余家莲花峰下,城曰莲城,斋曰十丈莲船,则芙蓉之名,又似有所属也。曼卿生前流寓丹阳,有三丧而不能举。余今落拓天涯,亦有双棺而未能葬,是平生事迹亦略相同。惟文名未逮曼卿远甚,不敢与前贤相比论耳。

初九日(6月27日) 闻楚军救浙,行次湖州,败绩,萧翰庆战死。

翰庆号辅臣,衡州人。起自书吏,才具甚庸平,以善于逶诺,为时帅所喜,故由军功历保至道员。今岁捧檄救浙,克复石埭县,已加运司衔。近闻其行次湖州,与贼接仗,前锋已胜,而后队为贼所截,翰庆遂没于阵。观此,则浙势甚危,东南事尚可闻哉!近又闻石达开由粤窜黔,将有入蜀之势,亦有黔省失陷之说,未审确否?果尔,则余归路又阻绝矣。

初十日（6月28日）　偕汤子镇访陈对山，携所抄枢帅文稿归。

余虽入营数月，未得观枢帅著述，间有所请，而公亦未之与也。今过对山，见其案头置有抄本一册，因急索归读之。公之为学，大略以扶植礼教为宗，而私淑于顾亭林、江慎修之门；公之为文，大略以阐发义理为主，而折衷于方望溪、姚姬传之学；公之检身，大略以耳目口鼻心知百体皆得其职为要，而时凛乎程子四勿之箴。其言曰："圣人之异于众人者奚由乎？耳目口鼻心知百体皆得其职而已矣。故送刘君菽云而谓其湛思敦厚，非其视不视，非其听不听。"则公之自制其身也，亦可想知已。其论诗，则服膺李、杜、苏、黄，以为词章之学，在圣门亦言语之科也。其治军，则自言屏去一切高深神奇之说，专就粗浅纤悉处致力，亦守约之义也。公平生性情、学问、勋业，于此数条大略可见。集中有《何君丹畦殉难碑记》及《毕都司金科殉难碑记》二篇，二君皆吾滇人，余颇悉其为人。公于何君多曲笔，亦忠厚待友之意。兹谨录毕君一记，以为吾滇光。文云："自楚军之兴，忠武公塔齐布实始以勇名天下，楚人慓悍者率低首，公亦艳称云南毕君。塔公每临敌，负枪挟弓矢，又令二卒树长矛，执曳马绳竿以从，其为器也四。毕君每临敌，负枪腰五十矢，又令卒手蛇矛持八尺刀以从，其为器也亦四。塔公跃马飙驰，瞑人追从，从辙反鞭之。毕君怒马直穿贼阵，戒后者无得妄从我，人亦自不敢从也。毕君名金科，字应侯，云南临沅人。以征开化苗匪功叙蓝翎外委，署临元标外委。咸丰四年，随副将王国才赴湖北军营，破贼于天门丁司桥，累叙至花翔都司。十一月，国藩檄令随塔公攻围九江。明年正月，贼犯武昌，王国才回军援鄂，毕君遂为塔公所留，和煦英挚，一军争师友之。其后塔公物故，毕君以骁勇冠浔军。逆首石达开之寇江西也，连陷瑞州、临江等七府数十州县。毕君所至，常陷阵克捷，旋为他郡牵率失利，终不得独录其功。自九江奉檄而南，以五年十二月破贼于樟树镇，明年三月，军败，失之。自南昌而东，以六年五月破贼于饶州之章田渡，六月，郡城陷，失之。毕君自痛为他部所累，益发奋募死士，再入饶州，誓众曰：'今日上岸破贼不捷，吾不归矣！'一鼓克复府城。饶之耆黎妇孺见闻者与不见不闻，皆曰毕君功也。由是赏加呼尔察巴图鲁名号，补临沅镇都司，升用游击，名誉大震。而忌君者日以刺骨，飞谋讪谤，迭相污染。君提千余人当四战之地，索饷不至，又恐忌者出己上，中夜郁郁不自得，常思立奇功以自旌异。会徽、池之贼大至，岁暮，士有饥色，有司责君能破景德镇，军食可图也。君以正月二日出师，初四日骤攻景德镇，入市乃无一贼，别挈十人搜剿后街，伏贼蜂起，从卒亡七人，伤三人，君纵横击刺，践血而出。最后贼以喷筒环攻，君于王家洲陨焉，年二十五岁耳。阅十八日，前从伤卒三人者收得遗尸。又三载，咸丰九年，余弟国荃破贼景镇，凭吊毕君殉难之所，而壮士则既死矣。功名之际，有天有人，在己者独足恃哉！于是伐石以表遗迹，声之铭语，俾行路歌之，以永饶人之思。铭曰：'横目蚩蚩，同出一治。众雌无雄，谁是健者？塔公首出，次乃毕君。躯干虽小，陈安之伦。匹马斫阵，万夫莫当。人心之贼，一矢或伤。内畏媢嫉，外逼强寇。进退靡依，忍尤丛垢。郁极思伸，矫首呼天。徒飞无翼，或坠于渊。渊则有底，愤则无已。万代千龄，哀此壮士。'"公又尝图古今圣哲画像，共三十二人，而各系之以记。其末总论云："姚先生鼐姬传言学问之途有三：曰义理，曰词章，曰考据。戴东原氏亦以为言如文、周、孔、孟之圣，左、庄、马、班之才，诚不可以一方体论矣。至若葛孔明、陆敬舆、范希文、马君实，在圣门则以德行而兼政事也。周、程、张、朱，在圣门则德行之科也，皆义理也。韩、柳、欧、曾、李、杜、苏、黄，在圣门则言语之科也，所谓词章者也。许、郑、杜、马端林、顾亭林、秦蕙田树沣、姚姬传、王念孙怀祖，在圣门则文学之科也。顾、秦于杜、马为近，姚、王于许、郑为近，皆考据也。此三十二子者，师其一人，读其一书，终身用之，有不能尽。若又有陋于此，而求益于外，譬若掘井九仞而不及泉，则以井为隘，而必广掘数十百井，身老力疲，而卒无见泉之一日，其庸有当乎？"又序孙芝房侍讲《刍论》，略云："《刍论》凡二十五篇，曰论治者六,论盐者三,论漕者三,论币者二,论兵者三,通论唐以来大政者七,论明赋饷者一。其首章追溯今日之乱源,深咎近世汉学家言,用私意分别门户,其语绝痛。曩者良知之说,诚非无蔽,必谓其酿晚明之祸,则少过矣。近世汉学之说,诚非无蔽,必谓其致粤贼之乱,则少过矣。《刍论》所考诸大政,盖于顾氏、江氏、秦氏之指为近。彼数子者,固汉学家所奉以为归者也。而芝房首篇讥之已甚,其果有剖及毫厘千里者耶?抑将愤夫一二巨人长德,曲学阿世,激极而一鸣耶?”又序《欧阳生文集》,略云:“乾隆之末,桐城姚姬传先生鼐,善为古文辞,慕效其乡先辈方望溪侍郎之所为,而受法于刘君大櫆及其世父编修君范。三子既通儒硕望,姚先生治其术益精。历城周永年书昌为之语曰:‘天下之文章,其在桐城乎?’由是学者多归向桐城,号桐城派,犹前世所称江西诗派者也。姚先生晚而主讲钟山书院讲席,门下著籍者,上元有管同异之、梅曾亮伯言,桐城有方东树植之、姚莹石甫。四人者,称为高第弟子,各以所得传授徒友,往往不绝。在桐城者,有戴钧衡存庄,事植之久,尤精绝过人,自以为守其邑先正之法,禅之后进,义无所让也。其不列弟子籍同时服膺,有新城鲁仕骥洁非、宜兴吴得旋仲伦。洁非之甥为陈周光硕士,硕士既师其舅,又亲受业姚先生之门,乡人化之,多好文章。硕士之群从,有陈学受艺叔、陈溥广敷,而南丰又有吴嘉宾子序,皆承洁非之风,私淑于姚先生。由是江西建昌有桐城之学。仲伦与永福吕璜月沧友,月沧之乡人有临桂朱琦伯韩、龙启瑞翰臣、马平王锡振定甫,皆步趋于吴氏、吕氏,而益求广其术于梅伯言,由是桐城宗派流衍于广西矣。昔者国藩尝怪姚先生典试湖南,而吾乡出其门者,未闻以相从学文为事。既而得巴陵吴敏树南屏称述其术,笃好而不厌。而武陵杨彝珍性农、善化孙鼎臣芝房、湘阴郭嵩焘伯琛、溆浦舒焘伯鲁,亦以姚氏文家正轨,违此则又何求?最后得湘潭欧阳生,名勋,字子和。生,吾友欧阳兆熊小岑之子,而受法于巴陵吴君、湘阴郭君,亦师事新城二陈。其渐染者多,其志趣嗜好,举天下之美,无以易乎桐城姚氏者也。当乾隆中叶,海内魁儒畸士,崇尚宏博，繁称旁证，考核一字，累数千言不能休，别立帜志，名曰汉学，深摈有宋诸子义理之说，以为不足存。后其为文，尤芜杂寡要。姚先生独排众议，以谓义理、考据、词章三者不可偏废，必义理为质，而后文章有所附，考据有所归。一编之内，惟此尤兢兢。当时孤立无助，传之五六十年，近世学者稍稍诵其文，承用其说，道之废兴，亦各有时，其命也欤哉！观公此叙，近世学者亦大有门户习气，互相标榜，各有攻击，与东汉、南宋、明季风尚若同。考据家谓世道之乱，由高谈性命、空言义理者所致；理学家谓世道之乱，由穿凿臆说、附会古人者所致。究之二学，皆非致乱原也。而其所以致乱者，则门户之见有以启之耳。学者苟无门户之见存，于义理则究其精，于考据则证其实，又何害于身心性命以及天下国家之微哉？若必自立门户，各矜私智，则无论考据、义理、词章，均足以误事。何也？以其所争皆空言而无实效，矜私智而少公道也。古人为学，德无常师，主善为师；今人为学，党同伐异，别户分门，此世道所以日非而即于乱也。有斯文之责者，可不谨于其微哉！"

十一日（6 月 29 日）　乌雨川过访。作书致卢义山。

雨川游戎本锦堂镇军旧部，以赴陨阳中军任迟延被议。鹤人方伯为开复留皖，今拟来营投效，枢帅不录，将之寿州，故来相访。君本旗员，坐中谈及京师近日风俗之侈，百倍于昔，饮食衣服为新奇穷奢以极其欲。士大夫高坐庙廊，禁口不言兵略，有谈及军事者，则群掩耳而避之。城厢内外无赖匪徒，恒白昼行劫，亦无有穷究之者。世道如斯，大局可想已。

十二日（6 月 30 日）　闻浙省复陷。

先是，浙抚王公有龄函致张京堂小浦云："杭城百无一有，守城兵仅数千，见贼即溃，原无足恃。安省能分兵应援，或分助器械，固诸公之所以为大局起见也。即或不能，亦未如之何也已矣。"其情已大可悲，然犹幸安省之一援也。追萧君翰庆战殁，而浙真无可救药矣。至是闻报，真令人仰天大痛，不能不致恨于东南任事诸公也。

十三日(7月1日)　闻俄罗斯犯边。王霍生招饮。

有黑龙江马队兵丁云俄罗斯航海犯边,已扰至黑龙江诸界。广东英夷亦操演马队数千,拟由天津犯界。北方亦甚吃紧,首尾殊难兼顾。而京华诸贵乃厌闻兵事,粉饰太平,真可危也。

十四日(7月2日)　入中军乞假南归。

余虽挂名幕府,而实不与闻幕中事,固不若早去之为妙也。因入中军乞假,不愿南随渡江,只拟速归故里,公亦听余自便。是夜星月虽朗,而大风怒号,响彻终宵,登城四顾,颇有激昂感慨之思。丈夫处世,不能自立,常依人篱下,如辕下驹,夫何为哉? 今而后当飘然远引,听吾所之,始足大畅胸怀耳。

十五日(7月3日)　曾节帅拔营渡江。致书欧阳崇如。

二月,浙江告警,乞援于公,不行。廷寄复命公进兵宁国,以分贼势,又不行。兹奉节制两江之命,已过二旬,始拟渡江,而江浙相继失陷之信,已纷纷来告矣。然公意仍不欲速进,拟驻扎徽、宁之间,以待左宗棠、李元度二人回楚募勇到齐,方议进军。安庆一路,则留其弟国荃统领与多都统诸军分打北岸。现在安、桐守贼虽寡,而防守甚严,非有内应,一时不能得手。贼意将以固守老我雄师,而别出奇兵,一由江西进攻湖南,一由豫省进犯鄂北,使我军不击自退,计甚狡也。吾恐公未抵徽,而贼已入豫章界矣,奈何! 是日,史贤希随营南渡,余仍住旧馆,俟《廿四策》刊成,乃赴湘军约。离别之际,亦不能无慨云。

十六日(7月4日)　与李右青共话。

宿松李君右青云:"望江、怀宁之间,有港名雷港口。谚云:'沙塞雷港口,状元安庆有。'屡试皆验。道光己丑,沙复塞其口。李海初振钧先生年少有才,工楷法,然专学赵文敏。其乡先正云:'本年安省当出状元,诸君宜努力以应瑞征。'海初云:'果有其说,状元非仆而谁?'先正云:'君书虽佳,然赵法非时所尚,近日风气乃趋重率更矣。'海初曰:'此何难?'乃从友人处借《九成宫帖》,临摹数日,居然易赵为欧,是年遂状元及第。湖南龙阳县芙蓉楼下有洲,恒隐而不现,亦有谣云：'龙阳洲现状元来。'道光戊戌，龙君光甸宰是邑，重修芙蓉楼落成，宴客征诗，而洲适现。其夫人诗首二句有云：'龙阳艳说状元来，洲现楼前气象开。'是年其子启瑞捷于乡，计偕北上，纡道省亲，得侍宴楼上，明年亦状元及第。始知'状元来'三字之应，乃状元来，非状元出。"此二事与陈莲史殿撰之兆相同，皆以地气而应瑞征。地理之说，信非虚枉，惟无真眼力，无真传授，故不敢妄谈祸福耳。

十七日(7月5日)　徐典文偕局董诸君过访，不遇。

余住馆乃石蓉镜宅，君为邑善士，余久愿见而不得。君乃因典文并邀总局刘君钧台、陈君嘉穀、石君耦松、吴君周南及王君太素孝廉诸同人先过访余，适值他出，故不晤。宿邑自遭乱以来，官军、长毛俱久住其城，而未遭焚掠害者，总局之力也。贼来则公举乡官以任其役，兵至则诸绅董出而办公，务须饱其欲以去。贼与兵皆喜宿民而不之害，故得保全性命及屋舍，为皖省所未有，岂非诸局董之力欤？然民财则已尽，民力亦困极矣。近日大军前进，枢帅东征，局务稍简。诸君闻余未行，故相访，亦将作半日清谈耳。

十八日(7月6日)　偕典文访局董诸君。跋平贼第九策。

午间，典文复来馆，仙樵、子芳亦至，乃共入局访局董诸君。至则仅晤嘉穀陈君、钧台刘君二人，余皆未见也。盖局务虽简，而烦嚣如故也。略叙寒暄，即行归寓。跋平贼第九策云："近日贼船为官军烧尽，其有不烧者，亦腐朽不堪运载，故水面无贼。然水军仍不可少，何也？戊午秋，余由瓜洲南渡京口，拟建议于此添设水师提督一员，以防海门及运河诸隘。其后夷船果由海门入大江，上抵汉镇。去岁皖抚臣奏请于淮河上游添造战舰，余以为不若造于清江、洪湖之为便。今春捻匪又由淮泗以破清江，连及蒋坝，使诸路早有炮船以为戍卫，则何至纷纷失陷哉？贼近日又破苏、杭，皆由水路无备，以至陆军一败不收之过。有澄清东南志者，尚其于此加之意也夫。"

十九日(7月7日)　彗星见。

光不甚明，长仅二三尺，在辛酉之间。前数日已闻其说，今始见之。自十四日夜至今，大风不已，闻枢帅尚屯江沿，未能过渡，盖阻风也。又闻浙省未失，张国梁亦未亡，贼退据苏州，我军进围其城。民间传闻，未审确否？尝论明季思宗励精图治，求贤如渴，十七年间枚卜辅臣至五十余人，而终不能保其社稷。其间非无干济之才，特用之不专，且不知保固根本故耳。时盗贼遍天下，而领兵诸臣如洪承畴、孙传庭、卢象升皆一时奇杰士，只知逐贼于外，而不知固守于内。象升、传庭亡后，愈无捍御，以致贼众北行，京师无救，遂至灭亡，亦何其以天下为儿戏如是哉！然余观诸臣才智，以及忠勤奋勇，实出选懦退缩、胶执无识者之上，且不啻百数十倍，而乃不能同支大厦，终至栋挠，岂非天哉！

二十日(7月8日) 阅陈子芳诗。

子芳以《哭父诗》十律相示，诗笔甚圆润，佳句亦美不胜收，惜体裁非古，故难录载。何也？自古无哭父诗，袁简斋已尝言之矣。虽然，简斋但言其体之非，而不言其诗之何以非。心尝疑之，以为《蓼莪》哭父母也，而何以言古无哭父诗乎？今见子芳诗，乃知其哭父诚非诗体也。盖《蓼莪》仅写哀思，其词曰："哀哀父母，生我劬劳。"又曰："欲报之德，昊天罔极。"如是而已。其所谓德者，亦不过曰"生我育我，抚我鞠我"，未闻历数其父生平事业也。今子芳诗乃详叙其尊人品行逸事，哓哓不休，乃知简斋之所谓非诗体者，大略类是耳。今人父母殁后，必撮其生平大要，作为行述，以求世之大人先生俯赐诔铭。盖待人之歌咏父母，以垂诸后人，非人子自歌咏其父母也。作诗先辨体裁，体裁既非，虽有佳句，亦奚取哉？

廿一日(7月9日) 跋平贼第十策。

此策乃悬重赏以求行间。跋云："是岁八月，韦昌辉杀杨秀清，石达开复杀昌辉，贼众内乱，自相猜忌。达开走江西，武汉援绝，贼不能守，遂弃城东下，江汉肃清。可见内间之功，十倍攻剿。若更有人间离其间，则石逆亦当授首耳。近日韦、杨二逆虽死，而达开尚在，陈逆玉成又复继起，凶狡尤过秀清，是不可不思有以间之也。"

廿二日(7 月 10 日)　与汤子镇论学,即送其从军东行。

古之流品,以圣贤为第一,豪杰为第二,文学为第三,所谓立德、立功、立言是也。今之流品,以豪杰为第一,风雅为第二,道学为第三,何也?盖古无道学名,今之学者欲窃附圣贤之林,而又无圣贤之实,故易其名曰道学。以为入《道学传》,则可冀两庑特豚;不入《道学传》,则屏诸门墙外。是圣贤之学皆为己,而道学之心则为人。立门户,别渊源,树党援,日以攻击异己者为事,而又恐人之窥其私也。多方排挤,使不得近我藩篱;极意掩着,使无从摘其瑕疵。于是模棱两可,取媚当世,以为道统之传,尽在是矣。而孰知人之视己,则如见其肺肝然哉!若夫豪杰之士,有猷、有为、有守,虽其性情不无稍偏,而行事则磊磊落落,如青天白日,未尝有一毫掩饰。即风雅狂放之人,亦豪纵自喜,率情而行,犹不失为三代遗直,所谓古之狂也肆者,非欤?君子之过,如日月之食,人皆见之,及其更也,人皆仰之。非若今之道学,喜言善,不喜闻过,矫揉造作以饰其非,坚深固执以成其是。而无识者流,又从而附和之,剿窃性理,附会语录,规其步而矩其言,以自附于道学者之后而不知耻,此世道之下所以日即于乱也。余故宁取真豪杰、真风雅,而不喜人谈道学。有深识远虑者,当能得诸言外意耳。子镇曰:"然。"

廿三日(7 月 11 日)　再与子镇论学,仍送其行。

善化汤君子镇,笃行人也。博学多闻,严于律己,而不喜人谈道学。每遇讲性理者至,则拂袖而起,或拍案大叫,力破其非,务思有以胜之而后已。然与余处几半载,恬然无所争。旅馆无事,则手一编,兀坐凝思,若枯僧悟道,神不外驰,思无旁骛。余私论曰:"汤君虽不喜言道学,是乃真道学人耳。"盖其立品洁,操行定,而学又足以养之气,故不必沾沾以谈性理为伪道学也。今将判袂,不能无离索感。然士君子以道为邻,虽远处千里万里外,而精神意气自相感通,又何必徒增感慨?故于其去也,聊综君与余议论相符者,为文以送之,亦将有以见吾德之未孤也云尔。

豪杰之所以异乎常人者，心术正，品行高，履蹈洁，志气超，学问博，识虑远，阅历深，操守定。而又出以和平之气，蕴藉之心，谦冲之德，慈祥之念，宽宏之量，坚忍之性，贞固之节。勿贪勿诈，勿骄勿矜，勿暴勿厉，勿卑勿污，勿轻勿浮，勿浅勿露，勿刻勿薄，勿嫉勿妒，勿胶勿执，勿诡勿随，勿残勿忍。在家则必孝必友，居乡则必敬必恭，涉世则必忠必信，不见利而忘义，不冒险以邀功，穷经将以致用，立言必见施行，虽不必自居道学之名，吾必谓为道学中人矣。若徒空谈性命，剿袭语录，立门户以自异，溯渊源而自矜，虽欲窃比圣贤，吾其能以圣贤信之也哉？且也事君多巧避之术，治民少痌瘝之抱，目值水火危急而不思救，日糜肌膏浩费而无所惜，而乃欲以空言挽世道，率腐竖建事功，庸有济乎？昔我世宗策励群臣，自三品以上皆许奏事，亲批其札，甄陶宰辅，作育将帅，合天下臣工，胥归陶铸，虽孔门裁成四科，亦不是过。而其大要则不过以有益于国计民生为主，而一切迂行腐论、欺世盗名之学，概见屏除，不容或蹈陋习。故一时循吏真儒，政治文章，炳著天壤，复绝千古，为三代后所未有。其时诸臣亦不敢私立门户，妄盗虚声，故百余年来，无敢有妄逞臆说，以取咎于圣人之世者。自考据家以汉学标目，与谈义理者互相水火，叠为攻击，于是义理家著书自暴，有传道、明道、翼道诸名目，天下学者翕然从风，而南方之学为尤盛。呜乎！此何时耶？而乃欲以空言挽世道，率腐竖建事功，其能拨乱世而反之正乎？世宗之灵在天，昭然不爽，当不容此迂行腐论欺世盗名，得以遗误苍生于无尽也。夫豪杰之最著者，莫如留侯、武侯、敬舆、希文、文山、青田诸公矣。其人皆未闻讲学，而出处大节，动中乎道。武侯两表，媲美六经；宣公奏议，上配谟诰。范希文之《岳阳楼记》，仅忧乐数语，自命不凡；文文山之殿试诸策，几近万言，忠愤无比；刘青田则诗歌冠代，兼扬风雅。是数公者，道德、勋业、文章炳若日星，爱乎莫及，胡不闻其以附会义理为名也耶？盖情至则文生，功著则言显，固无俟俯首陈编，而自异于虚谈道德，终无成效者之所为。厥后阳明亦豪杰士，而乃遁而之道，遂为讲学累，可知真道学不必以标榜为门户也。当今天下，不欲平治则已，如欲平治，舍数公其人者，乌能望其治平也哉？

子镇此行，盖将挟其所学，遨游江淮间，而求用于世，其志甚壮，而所入恐未合。何也？子镇固不肯俯首以就世之范围者也。然则如何而后可？曰："非世有留侯、武侯、敬舆、希文、文山、青田诸公者出，亦未能以用子镇，而子镇仍无所见其长。是子镇之行，子镇之窘其行而已矣。"呜乎！子镇顾安得今之天下有留侯、武侯、敬舆、希文、文山、青田诸公者出，而与之执鞭从事也哉！

廿四日（7 月 12 日）　再荐子镇于莫善征。

子镇博学多闻，今之通才，无人能识，前已荐之善征，而君不愿就。今拟驰函再荐，亦未知事会何如。时命之来，亦有天也。前闻安庆内应得成，贼中火起，而我军不敢深入，事遂觉。内应者已为贼目钉死城上，戮其党几至千人，此机甚为可惜。近又闻广济有贼中伪职某，暗招其党欲作乱，先抢蕲、黄，以趋宿、太，夹攻官军之后。幸事发已就戮，余党逃散，尚未尽获，亦危矣哉！

廿五日（7 月 13 日）　偕子镇、仙樵晚步至城西古庙。

庙临河岸，故祀河神，已为贼毁大半，仅存殿宇三楹而已。有由江边来者，云前日枢帅尚驻洲头，未渡江。盖自望日至今，皆阻东南风，有兵勇先渡者，已覆溺三船，死者百余人，故至今未渡也。又有谓贼攻徽州甚急，亦有云城陷者。民间谣传，未得其实。仙樵谓外间人读君《哀江南》诗，而不知"面首"二字来历，以为生凑不雅，何不云"头面"而云"面首"，君果何所谓乎？嗟嗟！眼前典不能识，而乃妄肆讥评，真可笑也。仙樵又谓"紫焰无坑种碧莲"何说？且与此题又何涉？余曰："余之作《哀江南》者，哀今之江南，而因思古之江南耳。感发无端，触景伤怀，故语无伦次，随绪而来。或抚今以追昔，或因盛而及衰，或借往迹以伤近事，或正写目前而悲及前代，以今为经，以古为纬，出入纵横，仰俯无定，此杜老《秋兴》作法，所以独有千古也。盖杂感诗体，自应如此，非若怀古之作，宜按其朝代专咏实迹者比。即以怀古论,亦不必沾沾数典见长。袁简斋云:'古人咏古,或专指其一事以咏之。今人则历叙故实,如同类典,有何生趣?'故简斋《秦中杂感》咏秦事,既不按其时代,而篇中所言,亦兼入己事。曰'惆怅无双李都尉,低头还盼大将军',则借古人以写己照;曰'西方偏觉美人无',则因今以怀古也;曰'邯郸道上走花骢',则直言其迎眷属事矣,于秦中典故何涉? 余曰'紫焰无坑种碧莲',盖伤今焚掠之惨,惟荒淫之地为尤甚,故借释典火里金莲之说以咏之,以见其劫之无可逭也。故下联即接云'劫到荒淫多杀运,梦回歌舞半尘缘'。然后历写前代南朝荒淫之事以至于今,其俗不改,故其祸独深。此作诗大旨也。其余《吊维扬》《哭武昌》,以及《入蜀杂感》,皆同一作法。惟蜀诗则古多于今,其时蜀中无事故耳。俗儒论诗,不观前后,不识大旨,但摘其一字一句,以肆诋诃,井蛙夏虫,岂可以语冰语天也哉!"

廿六日(7月14日)　郭炳灿自孔垄来寓。

炳灿名文荣,孔垄人,年少喜事。其父常客游庐江无为,故炳灿熟悉彼地情形,拟就近团练,以应官军,因来倩余代请大帅奉檄后行,庶能响应。据云安庆下有水口曰土桥镇,为安庆下游要区,只须先夺其地,戍兵固守,则安庆之咽喉断矣。拟从此下手,以扼贼吭,余自瓦解矣。然此地非有水师共守,团练与官军声气不通,虽得其地,亦难久持,恐非长久策。余视炳灿,人甚浮诈,非可与谋大事者,口虽许而心则未之信也。特以事属义举,不便阻其向善之心,故姑诺之,许为代达时帅,以听其事之自然焉。炳灿初与余不相识,因素吾始晤面云。

廿七日(7月15日)　刘问渠、徐典文及仙樵来寓。

问渠前代余求婚于张少尉之女,字碧鬟。余以初入幕府,不便张扬。今大营远去,余独留宿,仍托问渠再续前梦,乃迟迟不行。右青、仙樵诸君亦淡然相视,而仙樵则尤多方阻挠之,故问渠颇有难色。今受余托,不得已偕典文勉为作伐。少尉本俗吏,原无识见,故不之诺。诸君来寓,覆谢前托也。婚姻之缘,自有天定,非人力所不能强,余亦无所恋于衷。独怪诸君情谊,前后判若两橛。当余之初入幕府也,未尝亲身相托,而一片热中,不待激而自出。及余既出幕府之后,虽累次敦请,而一段冷情,即专求而不为动。人情如此,可甚慨哉!

廿八日(7 月 16 日)　偕仙樵访张作霖茂才。

丁巳在黄梅大营,见君上多都统攻击宿松策论,知为有用才,而未见其人。后至六安,即荐之鹤人方伯,公将聘而用之矣,旋因兵溃不果。今春寓宿,留心访问,金云远游未归,亦有谓其为迂腐无能者,余遂置而弗问。昨日仙樵诸君至捕厅署代余作伐,适与君晤,乃告以相慕之忱。君谓军营中那有好人,不听而去。及日暮归寓,而君名帖早已留余案上,盖枉过不晤,留名以表其诚也。今晨乃邀仙樵同过北城访之,一见大喜。貌肥大而多髯,眼光甚秀,爽直豪迈,迥异迂腐者流。前闻人言,皆非其真,始自幸老眼之未花耳。乃年近六旬而未得行其志,亦可惜也。坐间谈及献策事。据云壬子贼未至皖,自觉机动,城市非可以久居也,拟邀同志避地于乡村,而无人肯信,乃挈眷独去南乡。次岁,贼果至宿,诸君欲遁而不能矣。于是村居数载,不入城市。迨丁巳春,大军至黄梅,始谒见多都护。都护高坐,大声曰:"尔等为贼探来乎?"众不敢对。君乃前而言曰:"生等世代书香,食茅践土二百余年,讵肯甘为贼探? 肯为探,何施不可,而必欲见公乎? 今来见公,其不为贼探也无疑已。"都护乃下而礼之,抚慰甚至。君乘间言曰:"生之冒险而来者无他,特以游勇骚扰,民不聊生,固将有请于公耳。"都统曰:"可格杀勿论,虽多,多亦不为过。"君又曰:"与其多杀,不如少杀;与其少杀,不如无杀。只求明公颁示禁止,而诸恶自敛其迹,何以杀为?"都护称善,而畀以示谕,遍贴乡村,游勇不敢恣肆。即间有欲为害者,各村鸣锣驱逐,遂散而他去,南乡赖以稍安。都护又命侦探贼情以告,因著为论而上焉。余曰:"君可谓读书有用材也,幸得一晤,不至相左。不然,余几误于人言,而失一畸异士矣。"宿邑诸名士,大约以石榘生主政广钧、汪省吾大令维诚二君为最。榘生著述颇富,诗笔亦圆润,摆去俗尘。乃贼至而不能远去其乡,甘心蓄发以为之民。迨贼掠其财物,始惧而他徙,亦已晚矣。君本望族,世受国恩,又自以理学世其家,虽不能起义杀贼,亦当以避地为高。春秋责备贤者,恐无辞以谢天下士也。省吾亦宗学渊源,诗笔甚潇洒。丁巳,大军攻贼于枫树坳,破其营垒,勇丁获一折扇以献余,上书诗一律云:"蠹鱼堆里香常在,蝴蝶阶前履旧经。风雨多情成老伴,时光瞥眼等流星。径荒犹幸存松菊,波起能无撼洞庭。购得元珠归象罔,不教昏雾翳犀灵。"心甚爱之,而不知其何题。款落"榘生属省吾某录旧作",至宿后始知二君之详。省吾已获保荐,现令湖北松滋县,颇有政声。榘生侨寓武穴未归,故未之见也。

廿九日(7 月 17 日)　代诸友书屏联。

邑人士多喜板桥体,凡求书者无不求书以此体为妙。盖板桥创格也,杂篆隶于行草,以欹斜取势,飘逸得神,故人喜玩之。然板桥用笔沉着痛快,极奇而法,似纵实整,非专以别趣见长也。不善学者,非放即怪,失其意矣。余学此体,虽不能如板桥之沉着老当,然痛快淋漓处,仍得其乘机取势之妙,故任意飞行,而尚无颠踬之诮也。

星烈日记卷之六十四

鸿蒙室主人笔识

六月初一日(7月18日) 与仙樵、毓之登城晚眺。

仙樵不知"面首"二字，为余所消，乃重考载籍，知为宋废帝子业事，无可短余。惟余误指为东昏事，乃执是以攻击曰："面首非齐东昏事，乃宋废帝子业事也。遍考《南史》《宋书》及《北魏书》皆然。友石老名宿，指为东昏事，或别有所本，未可知也。"意气扬扬，声色俱厉，颇有晏子御者凭借自得之意。因批其说，后以还之曰："误指子业为东昏，乃仆少年读书，老不记忆，且车尘马足间，无书可考之过。至谓'面首'二字为生凑不典者，谁之误欤？仙樵老名宿，俯首陈编，座拥百城，自不至荒谬若此。然闻仆言，始博考群书，遍询诸友，得知'面首'二字出于《南史》《宋书》及《北魏书》皆然，并非仆私心杜撰，生凑不典者。此不啻出重渊而见天日，拨荆榛而知大道，则其学问之渊深，考据之确实，亦可谓近今罕有者也。敢不敬佩，恳并存观，以志吾愧焉可耳。"

初二日(7月19日) 阅灵岩山人诗。

香奁诗自来艳称《疑雨集》，然余不甚喜读之，以其情虽旖旎，而声韵色泽俱未见佳。唯"花里送郎真草草，人前见妾莫依依"二语，实为蕴藉风流，令人神往。其余皆未称是也。此外则红豆村人及灵岩山人，一时竞响，皆远过之。然袁作人多称道，而毕作则少传诵，兹录其《闲情诗》二十四章于此。旧刻原有序，不备载，仅录其诗云："姌袅身裁掌上珍，不工巧笑不工嚬。名香掩被熏心暖，宝镜临花写貌真。月皎静怜鸿堕影，帘深悄怕燕窥人。妾身如玉心如石，信誓何劳旦旦申。〇经营温室共凉堂，十二雕栏八宝妆。么凤钗孤如意盒，双鸳被称合欢床。天孙雨泣章难报，神女云踪梦渐荒。诸事到头谁料定，那烦絮语费商量。〇有情人带几分痴，意自缠绵理自持。玉暖最贪环善转，金寒生怕玦将离。新移竹禁狂飙摆，未绽梅妨冷雪欺。到得香残灯烛后，一宵清梦更谁知？○迹密难妨女伴咍，心同那得倩劳媒。悄无人处门长掩，待得花时我再来。冷翠锁云笼画槛，乱红飞雨落琼台。满庭春色难关住，怎遣芳情便作灰。○金石何如妾意坚，花颠月倒度年年。短长也怕人来说，进退难教我独专。柳线萦残愁万缕，荷珠荡碎泪双圆。此生肯背星前约，怀袖犹携旧合钿。○才捧心时又病痁，药铛茶臼日恹恹。尽知郎意翻逢怒，不畏人言却避嫌。情重怎禁缘未泊，恩深只许梦先霑。几番镜听兼钱卜，私语红儿报吉占。○芳草春波画舫横，尊前邂逅识倾城。不言私喜眉能语，未许先教目已成。荡桨珠娘歌月子，弹筝盲女问年庚。琼箫吹遍扬州月，一夕相思了一生。○凤尾梢云种万竿，金闺借尔报平安。名灯比月称长满，纨扇当风谧合欢。失意萍蓬歧路易，有情眷属一家难。锦屏近驻游仙梦，不去清都跨采鸾。○目断红楼伫所思，相逢不语意何居。聊为尔尔休猜予，知是卿卿却问谁。夜露最防污绣袜，春风只怨透罗帏。碧桃艳似奴颜色，纤手推窗拗一枝。○小谪人间作塞修，不嫌自荐亦贻羞。双缄金写三秋怨，一串珠穿万斛愁。自有精诚通梦寐，何须夙夜抱衾裯。芳洲滴尽相思泪，霜老芙蓉总并头。○轻帆远送碧江头，雁背斜阳誓不留。书意怨风还怨水，琴心宜月又宜秋。鬓梳逾薄光添腻，眉剃刚平翠欲流。促织乱吟妆阁畔，伴侬寂寞伴侬愁。○心心默叩感千端，欲出兰房寸步难。无可奈何犹计较，不须如此益辛酸。群芳渐次回春色，瘦骨终怜怯晓寒。欢若迟来花落去，肯教孤负好栏杆？○真色翻嫌入世妆，不施琼佩与珠珰。落花到地心才死，飞絮漫天意太狂。呼婢通头临画槛，背郎垂手立银塘。爱看两两鸳鸯宿，偷度金针去绣裳。○凄凄梦雨一春中，地久天长誓始终。按拍填词嫌绮语，买丝绣佛趁余工。密参正果因还见，语彻拈花笑亦空。懊恼自今都破尽，飘零无梦吊残红。○门前乌桕噪残鸦，绿幕红油密密遮。月自妒云云妒月，花应怜妾妾怜花。凉添半臂擎银烛，艳出全身隐绛纱。委地发嫌云影薄，宜人纴缦更些些。○笃耨微熏试睡猊，浣花笺纸句亲题。回风摇蕙香仍在，急雨吹萍影渐迷。袖约腕阑涂简翠，心通发导觅灵犀。儿家近在墙东住，莫放骄骢逞玉蹄。○琼华凋谢只须臾，枉费君家十斛珠。心事未明惟证佛，病源难说只祈巫。鸟言绮阁憎鹦鹉，鬼语凉庭怨蟋蟀。角枕横陈难妥帖，丝丝愁绪结流苏。○雾縠云窗漏碧蟾，安排屏几总清严。舞尘莲瓣双弓窄，琴拂兰芽十指纤。敲断紫钗恩不断，绣添红线恨同添。敢缘薄命多尤怨，福慧人生那得兼。○漏滴铜莲夜气沉，霜华凉到绣罗衾。灵修香草同千古，静女名花共一心。风雨情怀挥兔管，水云踪影托乌钦。空房莫唱刀环曲，才下重帘迹便深。○金屋才名擅博闻，谢家道韫左家芬。玉台春冷蟠龙镜，珠匣香消舞蝶裙。寄远有词多决绝，书空无计诉殷勤。剧怜绣被无情甚，不向舟中覆鄂君。○银河缥缈忆吹笙，闻说仙人住碧城。事处万难思入道，尘超千劫尚牵情。紫琼冠制莲云样，绿绮琴调松月声。白凤鞭笞青鸟断，更无消息到瑶京。○木落空山剑气青，凭栏想见旧娉婷。精魂应认三生石，风露仍摇九子铃。绣幕衣香尘昔昔，画廊屧影月冥冥。踏青曾记逢寒食，一院梨花双板扃。○爱河无岸浪空翻，精卫难衔未了冤。第一鬟云流丽色，初三眉月记情痕。青山夜雨贞娘墓，红树斜阳倩女魂。门巷寂寥花黯淡，曲阑桥畔立黄昏。○溪山依旧意全非，卧剔银缸醉掩扉。芳草寄情工惝恍，优云现影只依稀。冶游扑蝶遗纨扇，感逝哀蝉冷画衣。一种爱怜千种恨，到头都化彩云飞。"

此即秋雨庵所谓闲情风怀，专写实事者也。不惟与无题诗体不同，即与香奁之仅作腻语者亦别。学者当于此等处细辨体裁，则思过半矣。

初三日（7 月 20 日）　陈子芳过寓。

据云商人有自建德来者，谓枢帅前锋进至祁门，与贼遇，战败，退保建德，普镇军数营亦覆没，不知所止。又闻建德数十里寂无人烟，与六安景象大略相同，可惨也。今春人日，云气界分南北，北白而南黑，时只疑为小池之应，天象与人事迥不相合矣，而孰知其远应苏、杭大劫，天象示警，能无惧哉！

初四日(7月21日)　家星桥过访。

星桥名人骥,平江人,与巴陵方氏同族。本支人丁甚稀,故弱冠掇芹后即废读,综理家务,然时时以诵读为念,而又苦于无书可读。贫士之学,所为较难,诚也。近在乡局办公,已保叙训导,偕李次青观察来皖投效,枢帅令其襄办马星海一军。星海,桐城人。年尚少,与曾公有世谊,故令回籍募勇,同赴江苏,亦将借是而显贵之耳。现在勇未募齐,星海未回,故星桥留此以俟。前晤于子镇寓中,今来相访,亦借叙宗。

初七日(7月24日)　接莫善征来函。

余荐子镇于善征,今以函来辞,云:"阁下提三尺剑,著等身书,足迹半天下,优游自得,涵养性天,以视某奔走风尘,钻入俗吏场中者,奚啻倍屣,健羡无既。承荐汤君,其才情卓荦,文笔高华,固心仪久矣。惜处此残废之区,难以枉大贤之驾,尚希原谅,是所拜祷。"子镇之遇,亦何穷哉! 不禁为之三致慨云。

初八日(7月25日)　送李梅坪赴桐邑幕。

朱华卿权桐篆,驻青草塥,邀君入幕,将往就之,知余亦有湘军之行,故来相告。余以雕工未竣,不能即往。君拟先行,晚间特过其寓叙别。闻飞虎营先逼垒桐邑,兹因贼援续至多,其势不能相拒,暂令退扎廿余里,想俟秋凉后再拟一同进攻也。

初九日(7月26日)　接家素吾来函。

素吾尚滞迹豫章,所谋百无一就。君性和而微嫌其流,故所交虽多热肠人,亦不免于世故。见近时风尚,大抵如斯也。然以君极意周旋,而仍不免于自困,则可知世故之不必以周旋为见长已。余素性孤介,与君小异,爱我者无不以此相规。然余实有所鉴于中,故不暇作时势妆耳。

初十日(7月27日)　作《续芙蓉城》诗。

序云:"近有人梦余为芙蓉城主,乃曼卿后身,事甚荒诞。然余家莲城,在莲花峰下,或有因也。乃为是诗,仍用东坡原韵,亦聊借梦境迷离,以写乡关迢递云尔。"诗曰:"莲花峰峥烟雾冥,佩环来往玉东丁。白云为嶂花为屏,瑶林琼树多娉婷。鸿蒙主人双瞳青,前身应是太乙星。十丈莲船好遁形,肯为飞丹误道经。昨夜忽逢玉女灵,斑龙高驾采云軿。为言幻海历难尽,尘世乃有此宁馨。梦里因之过阙廷,鸾鹤遥在半虚听。诸仙毕会如律令,须眉指点光流楏。青骢一去杳难寻,空留秀色风清泠。红袖飞舣月满肩,大醉难骑翡翠翎。云车凤马散雷霆,又携玉腕唱离亭。宝镜分明镂篆铭,回首仙都失玲瓶。仓皇大野响鸾铃,缭乱飞花醉未醒。孤燕泣巢语丁宁,也似枯枝活胆瓶。须臾画舫波晶荧,所思不见空飘零。振翮一声天地腥,梦境依稀到穷溟。人生聚散总浮萍,帝子湘妃迷洞庭。佳儿毋令伤秋螟,芙蓉城下多芳龄,谁识汉宫有尹邢。"

十一日(7月28日) 闻安庆夜袭,不果。

子镇云:"贼目有因其兄欲内应投诚者,我军因趋其守地而不敢进。逆酋觉其异,察之,果皆空炮无子,因尽戮其队数百人。"惜哉!安郡失机,此盖第三次已。

十二日(7月29日) 作诗留别桃花潭。

潭在宿邑城南三里许,即李白别汪伦处。春来桃花尚璀璨如常,惜未能一游其胜。今将别去,作诗自遣云尔。诗云:"艳雪飞花不断红,衣香人影太匆匆。碧愁鬟镜沉潭外,朱认琼楼满月中。琴剑飘零春梦杳,神仙缥缈笑缘空。赤城霞映天台树,那有双携白玉丛。○紫燕无端住又飞,画楼人怅马蹄归。三生絮果愁难种,一曲琴心冷自挥。人面不随流水去,仙都恐与世情违。刘郎前度今安在,忙煞春晴雨后晖。○莫怅婚姻到碧罗,桃夭之子怨如何。情尘澹澹丝将尽,幻海悠悠水又波。抛撇绿云新恨少,看来红雨旧愁多。难投玉镜酬知己,枉叠花笺赋女萝。○伤心曾过玉钩斜,肠断珠帘又几家。璧月涵烟非幻景,香鬟照水总虚花。已看红豆埋芳圃,肯放金鞯过柳衙。千尺沉潭三月浪,人间还自饭胡麻。"

十三日(7月30日) 倩子镇代校《廿四策》。

校书如扫落叶，愈校愈多，信然。余性不耐烦，又多懒散，故倩子镇代校。君学博而心细，校雠一过，庶无遗误。民间传闻贼有伪示，遍贴黄梅，及递至宿邑县署，称鸿义元年，其众拟于月终到宿，否则中元前后定可入境，百姓勿得惊荒等语。此必奸细摇动民心无疑。然所称鸿义年号，不知为谁，岂金陵现改伪号，抑石逆妄自称尊欤？尚未得其实际也。

十四日（7月31日）　检许吟舫先生文稿。

先生满城人，吾友许紫陵尊人。官滇二十余年，历任蒙化、丽江诸郡。余曩在滇，曾集诸友诗为《风雨怀人集》，各冠以小序，先生为赐总序一篇。后以交游未广，恐遗寡陋诮，事中止。兹复检阅旧箧，得其稿读之，愈增风雨之思。因录之，以俟有暇，续成前志。序云："己酉，予以老病去官，季子紫陵请游鹦鹉山、黑龙潭诸胜境，并携其友方君友石来谒。予视友石，沉潜静穆，其人则廉而介，其品则邃以深，知为宝宁名士，遂相与游。久之，岭上苍烟，城闉鼓寂，悬榻萧寺，作竟夕谈。寒宵爇火，冷夜敲冰。觉兰言投赠，暖气嘘人。初不知其古作淋漓，有韩昌黎与弥明联句之概，予心识之有年。兹以《风雨怀人集》见示，并缀以序述。内有如濯濯春柳者，有如谡谡崖松者，有汪汪若千里波者，有皎皎如中秋月者。穷形尽象，各写其胸襟之轩豁，事迹之参池。故即风晨雨夕，摘句言怀，展卷悠然，其人斯在。不独选择之精，更见性情之厚也。吾因之有感矣。世有天姿超旷，以天地为庐，以日月为烛，海内知己，天涯比邻，虽日在离别之中，而不觉离别之苦者，子亦可以自广矣。又或天际秋澄，穹阴日暮，云中孤雁，霜径鸣鸡，当葭苍露白之时，动离群索居之感，念之子之远行，溯伊人于秋水。际斯境也，佳人为焉断肠，英雄为之短气，则又有登楼延览，望远心伤者矣。二者一或空诸所有，一或触景当前。惟我方君，携诗一卷，焚香一炉，坐幽冷之乡，结冥怀之契。味以静而尤深，人以思而知晤。其中某也狂，某也介，某也蜚声艺苑，某也痼疾烟霞，均与其言其事若合符节。而方君方执《怀人集》作相人书，而樽酒娱宾，联一堂之嘉会,岂不懿欤!"

十五日(8月1日) 检段南史文稿。

南史名纪,剑川孝廉,与余及严秋槎、季膺昆仲、边存赤、刘仲鸿诸君为金兰交。而君与余共处昆明最久,其相契尤厚,凡有著述,无不相商,故《怀人集》之编,君亦成总序一篇,兹并录之,恐日久散失,为可惜也。序云:"嗟乎! 不游天下者,安知文气之奇;不友四海者,岂识交游之广。东西南北,胜友难招;雪月风花,良时不再。笔床茶灶,联吟甫结知音;春树暮云,后会旋悲异地。鼓瑶琴于海上,忽断水仙;吹玉笛于楼中,空怀羽客。惟感物各言夫志,斯诵诗如见其人。此方君友石《风雨怀人集》所由刊也。粤稽夫诗歌昉虞陛,风采辍轩,上自朝廷,下沿里巷。群黎忘帝力,康衢兴击壤之歌;八百亮天工,日月献光华之颂。律和声,诗言志,典乐同典礼分官;崇文德,尚武功,干旌与干城并载。白云黄竹,谣听神仙;鼍鼓金钟,奏谐蒙瞍。岂特孤臣孽子抒忠垂孝,学士大夫和声鸣盛已哉! 是集也,井疆各异,品诣不齐。赋读秋声,庐陵绝唱易门欧虚舫大令;歌闻棠树,召伯流风安徽潘小棠司马;画舫绿吟波扶轮,允推大雅满城许吟舫司马;高轩红咏药儒将,亦擅风流吉林恒药轩参戎;依稀野鹤闲云,雪楼弄月丽江马雪楼布衣;仿佛时花,美女蕉馆吟春宜良严秋槎二尹有《红蕉吟馆诗钞》;石破天惊,芝圃之笔情豪放宝宁方友石家有《石芝图》;梅癯菊瘦,浣村之花韵清幽宁州刘仲鸿别号浣村;子陵老,富春之山弥增慷慨宜良严季膺;孝先本燕赵之士,惯发悲歌任丘边存赤;相金门,搢象笏,南山上天保之颂楚南胡笏山提举;游青琐,对紫薇,北极绘卿云之色剑川尹薇卿孝廉;位置遥追三代,古书读丘索典坟浪穹张位三;襟怀远托孤山,诗思在灞桥风雪北平陈诗桥少尉;松云崇栋牖,陈无已闭门索句之吟剑川陈厚庵别号松麓;伯仲奏壎篪,王子乔乘鹤吹笙之曲涿鹿王生少卓、宝斋昆仲。此与予订忘年之交,抑或成执经之谊。至若南坪游咏昆明简南坪;雪积为岑大兴俞雪岑;三径归来,人淡如菊呈贡孙澹人;与古为新,紫陵嗣少陵之响满城许紫陵;有邻惟德,桐村接晚村之烟昆明倪桐村;嘘海气兮成楼,蛟愁鼍愤呈贡孙海楼；吊湘灵兮鼓瑟，芷郁芸香宝宁王湘芸；小立蓬莱，鹤唳巢三株之树丽江赵小莱；远探星宿，龙门耸百尺之桐大姚王桐门司铎；大海涌洪波，现珊瑚兮七尺楚雄洪亦珊；小山留好客，折金粟兮一枝昆明庆小山；忽闻丝竹胜声，面壁缵尼山之绪弥勒陈绪山广文；别有渔樵结侣，放怀写岳麓之春常州杨春麓；作赋登高，司马卿凌云之才益俊桐城张俊卿；引人入胜，顾虎头食蔗之境弥佳安徽潘蔗轩能画。岂伊异人，此唱彼和；及尔臭味，异苔同岑。他如松高，鹤梦花暖；牛眠禅板，厥有名流，茅屋亦延诗客。题蕉叶则云烟化缘，岩壑栖迟葵向寺僧岩栖；食灵芝则炉灶成丹，林泉啸傲黑龙潭芝岩方士；吹幽献典，瞽蒙夙协宫商宝宁许赓堂孝廉、江右熊健园俱有目疾；抱布贸丝，工贾亦登风雅江右贾揭云门。谢灵运求入莲社，白居易自号香山，举市则贤士登庸，相师则圣人有道，良有以也。所惜修短有数，聚散无常。南薰曲杳，风兮不来永昌赛来轩、解元仪卒于浙松；西蜀亭空，龙也飞去近闻马子云、翁之龙亦归道山；滇海舫沉，孰泛米家之书画易门欧生子敏，别号小舫，卒于滇会；苍山月落，畴寻香国之仙踪剑川赵月山卒于叶榆；纵教甘谷，香泉难益骚人之寿；但见寒云，蔓草遥兴樵客之悲宝宁王香泉、云樵俱早卒；李太白本是长庚，还归天上宝宁李异才卒于乡；钟子期能听流水，莫遇人间昆明钟紫庭孝廉卒于河南道。虽父章憎命，枉抛心力作词人；而姓氏流芳，剩有诗歌藏石室矣。而或者曰：‘羹尧墙舜，千载神交；周梦文琴，百年魂接。心神与遇，修途岂隔关山；翰星为缘，文字无关性命。’方君曰：‘否，否！萍踪靡定，兰室旋空。春赠一枝，难逢驲使；书遗尺素，恐落河鱼。惟集锦以为囊，各藏珍而在笥。清风朗月，开函不费相思；夜雨秋灯，展咏如同共话。余也窃愧雕虫，何堪附骥。声价敢高于洛纸，步趋特学乎邯郸。凭落月以言情，人同此气；赋停云而寡和，我独何心。聊附荒言，下里巴人，博词林之一笑；恭题小叙，他乡异姓，记香火于三生。’”是集虽未成书，然偶一展诵此叙，觉故乡风雨，毕集纸上，不禁黯然神伤也。

十六日(8月2日)　偕子镇、毓之登城候日。

宿邑无可登临处，惟南城有楼，四面轩窗洞启，可以眺远。稍东即黉宫，面临横塘，水颇清幽。登城俯眺，远有青山，近依绿水。少焉月出，倒影池塘，光明静爽，可以移情，几不知其为城市境也。于是缓步归寓，过王家畈，稻畦清旷，尤堪纳凉，流连数四，乃各分袂。

十七日(8月3日) 再与子镇、毓之登城眺远。

每饭后，总偕二君由北郭登城，至南城止。方夕阳之西下也，霞采横飞，烟光半抹，三面青山，忽碧忽紫，须臾变换，景象万端。远望桃花潭，近在咫尺。想见当年太白别汪伦于此，作诗留赠，一往情深。古人交谊何如是其隆，而今之太白固属杳然，即汪伦亦不多见。古今人迥不相及，能无令我俯仰兴怀也哉！

十八日(8月4日) 听子镇话时事。

闻之邑人云罗澹村中丞殉节，已邀恤典。近复为台臣奏参，以为身任浙抚半载有余，毫无御备，使贼突入，一朝城破，数万生灵毙于其手，虽死不足以被辜。请旨覆实，革去恤典，以昭公论。现已依议，钦差朝臣驰浙察办。而段镜壶廉访亦为瑞昌所劾，两奉上谕，均着就地正法。而浙省民情汹汹，欲变者数，赖各大宪调停覆奏，保荐其功，而民始定。此罗、段二君之公论所在也。余前见李次青代罗作传，心颇疑之。今观朝廷与民间所论，皆相符合，始知公道尚在人心耳。

十九日(8月5日) 陈子芳茂才赠诗四律。

近日枢帅远去，余独侨居是邑。邑中诸友皆多冷落，不相过从。惟子芳尚来赠诗，亦可感已。诗云："放眼乾坤意自如，八千里外寄邮车。南天鼓角吹人老，北地风霜入鬓疏。烈士壮怀三尺剑，英雄热泪一囊书。楚江何幸迎诗客，名世空悲赋子虚。〇斗大胸怀万户珠，风尘能得几名儒。幕天一个奇男子，破浪千寻大丈夫。兰纸健摩颜鲁笔，琅函新衍太公符。当今豪俊关天下，百里何堪困凤雏。〇一代人才一格标，先生元著独超超。花间有露难沾袖，柳下随风不折腰。姜咬著书心自辣，琴弹忧世尾频焦。生来骨带三分傲，不是知音律漫调。〇松阴集鹤最高居，啸月眠云半载余。野鹜未曾嗤拙匠，木鸡初养幸知余。丹霄指日摩霜翮,白屋何时下彩书。偶向江皋流远韵,人间凡响有谁如。"

四诗颇能道余性情,造句亦复矫健不凡。

廿日(8月6日) 偕子镇、毓之登南城楼纳凉。

近二日天气甚热,午饭后因偕二君登南城楼,可以望远,兼消溽暑。晚归,仍由王家畈回寓,仰望星河,黯淡无光,有黑气横天,自西而东,状类河汉,与银潢交错于斗牛之间,戌末始渐散。不知天象示人何警,可畏也夫!昨夜梦回乡入城,自西街至东街皆架木为楼,若地楼然。余蹑步其上,约长四五里方尽,亦奇梦也。

廿一日(8月7日) 自序《桃花潭集》。

近编在宿所作诗为一册,曰《桃花潭集》,因自序云:"庚申春,余辞湘军幕,侨寓松滋,将南归矣。友人代呈著述于涤生枢帅,承赠序财赆,并留幕府。旋因大军东下,余不愿渡江,乃暂驻宿,发刊《平贼廿四策》。日夕与汤君子镇及邑人士互相唱酬,花笺叠送,铜钵频催,相得甚乐。昔李太白别汪伦于桃花潭,吾家闲丘令为建读书台其上,以示不忘古人交谊之笃。千载下闻风犹当兴起,今岂遂无汪伦其人欤?特为太白者少耳。徘徊潭上,想像花间,不能不令我低回于无尽也。立秋日,友石将复应聘湘军,聊书数言卷首,以当自叙云。"

廿二日(8月8日) 作诗酬陈子芳。

子芳座拥书城,况标玉树,可羡也。昨来赠诗,今酬之云:"海外琴音正渺然,花间流水亦涓涓。那知目送飞鸿远,犹即平生一鼓弦。琅函绕座尽缥缃,有子临风玉树长。我羡先生无别事,吾城封个小侯王。"

廿三日(8月9日) 纪梦。

昨夜梦捧画册,求魏武帝判入寝宫,墨迹未干,笔意圆浑。入则宫无一人,两壁间似有卧者,皆僵而不起。壁有架挂翡翠玉镯一支,取着腕间,遂出。武帝面圆而黑,两颊虽多髯,然短而疏,精神迥出人上也。

廿四日(8月10日) 偕子镇、毓之晚步桃花潭。

连日元阳,暑气蒸人,不敢远出。今午稍阴晦,乃偕二君出小西城,转南而东,随县西河堤行约三里,河流回旋处,即桃花潭也。断岸数十尺,高立如壁。稍南有石塔,亦高耸矗矗,为县治文峰,相传即读书台旧址。今易台而为塔,无所谓读书台也。即两岸桃花,亦不知何去,惟数湾流水,一抹残阳,尚在人间耳。

廿五日(8 月 11 日) 代陈子芳书屏幅。

尽一日之兴,挥洒大屏幅十余纸,天气甚热,而精神尚未倦。又书"唯我独尊"四大字,将以寄刻黄梅之东山寺。丁巳春,曾作此书,拟镌讲经台顶石壁上。贼旋至,事遂寝。八月贼退,余复至寺,字已散失。今更书此寄之,亦将了此一重香火缘也。

廿六日(8 月 12 日) 《廿四策》刊成。

汤子镇为跋后云:"友石所为诗文及他撰著,无虑数十种,雄奇磊砢,精洁微妙,皆足以卓立一世。《平贼二十四策》,则从军汉上,专论兵事之作也。诸策洪纤毕具,言皆有物,而其要则尤在开幕府、守险要、广屯粮数大端。盖贼起有年,侵蚀渐广,非州郡讨捕者所能治,而名都雄镇又非设重臣以统率之,尤不能泯畛畦而一号令,此开府所宜策也。山川林谷,阨塞险阻,兵法必争,失此不防,贼得如洪水奔涛,破堰决堤,势得难过,此守险之宜策也。我军饷馈浩繁,泉布易空,金穴犹匮,米麦菽粟,随地取资,久而易办,此屯粮更宜策也。至终之以简守令,砭人心,则又卖剑买犊,化鹰为鸠,循良之绩远迈干戈,礼让之风潜消顽梗,天下复治,其在斯乎!其在斯乎!夫东南之乱久矣,好功喜名与夫悯时忧世之士,莫不抵掌奋舌,慷慨论事,以求一当。然能洞见兵家症结,而复有药焉,以去其症结者谁欤?医之有药,兵之有略,友石是策,盖犹赤苓玉芝,而可使邦国立活者也。昔陈同甫作《中兴论》、计东为《筹南论》,皆以诸生上书阙下,号天下才,然皆不果用。友石此书,前皖藩李公鹤人欲以闻于朝,亦逡巡未果,遇合之艰,何以古今无二致哉!虽然,友石与二子得后先争烈可矣,复何憾焉。"

廿七日(8 月 13 日) 晚步登城,与家星桥共话。

星桥云:"近有自建德来者,谓枢帅大军至建德,札邑令办夫千人。而邑甚荒凉,恒数十里无人烟,不能如令。而诸营官又不善体大帅意,多方督责,致邑令自尽,亦可悯矣。"公统军素号仁义师,而仍不免此弊,则其他可知已。

廿八日(**8 月 14 日**)　大雨。

宿邑月余无雨,稻花初放,又将枯槁。邑令祈祷,久未能降。今午忽大风雨,农田悉得灌溉之功,可以少减力矣。

廿九日(**8 月 15 日**)　家星桥以诗稿相质。

星桥家贫而性好学,尝自恨不能读书,故虽羁旅而吟咏不辍。兹以诗稿一卷就正于余,录其五言数首于此。《松滋杂感》十二首,摘其四云:"鸡肋客何味,雄心枉自劳。三弹空剑铗,一割小牛刀。失路难为阮,归田未赋陶。客情曾许许,无处寄牢骚。○世受皇恩重,簪缨二百年。上书非乞禄,游说肯谈天。十载班超笔,三秋祖逖鞭。风尘方溷迹,休诮出山泉。○久客登城望,松滋旧战场。牛山飞劫火,鸳瓦冷斜阳。花草残灰裹,猿狐古驷旁。凄清苏季子,不在感离乡。○岁月易消磨,头颅幸未皤。家山千里梦,关塞百年歌。射伟功名薄,闻鸡慷慨多。占星谈吉兆,充国近如何?"《灞头早行》云:"麦浪成村落,空蒙一水遥。沙堤眠古树,曙色锁危桥。饮露花会涕,当风柳折腰。零星三两屋,日出尚鸣枭。"《偕石怀亭上舍晚眺》云:"山势低城市,乡村各夕阳。蝉声干老树,花影乱荒塘。雨歇田车急,星驰驲马忙。闲中偏廑念,苏季未还乡。"数诗炼字炼句,俱费苦心,再能于气格神味处求之,则无不入古人之室矣。

三十日(**8 月 16 日**)　夏济庵赠诗。

济庵年少而好吟咏,常欲录稿相质,未果。今以诗四律来赠,录其二云:"未卜鹰扬卜渐鸿,为仪咸仰羽毛丰。卅年目耀观书月,万里槎乘破浪风。肯把热心忧浩劫,频将冷眼看诸公。几人扪虱谈惊座,赢得宾师礼貌隆。○嶙峋傲骨本天然,旧是黄蓉关下仙。忧乐总关家国计,行藏不失圣贤权。撑胸横拥五千卷,平贼新刊廿四编。不是风尘多著作,满眶热泪洒成篇。"

星烈日记卷之六十五

鸿蒙室主人笔识

七月初一日（8月17日） 家星桥呈诗请业。

星桥屡欲负笈从游，而苦于无资，兹先呈诗二律为贽云："李杜光芒万丈垂，昌黎大笔更淋漓。千秋正脉先生在，一月春风弟子知。此去龙门重揖客，人期羊叔镇当时。同游并驾今何敢，终执吟鞭左右随。○秋风匹马带飞霞，遥望龙门白露葭。万里张骞曾浪迹，十年杜老一思家。荆枝残梦空吟草，桂子添香再看花。拟劝公置妾，嵫景百龄宽岁月，莫从客路感年华。"

初二日（8月18日） 陈子芳以诗送别。

子芳颇多情，前已赠诗。兹闻将行，复以五言二律来送别。笔甚清稳，格亦老成，将来造就，正未可限。盖其天性至纯，则出笔亦迥不犹人也。诗道性情，舍性情其何以言诗哉？彼性险诈而行事乖僻者，宜乎其诗之未工也。

初三日（8月19日） 徐海瀛赠诗送别。

海瀛为子芳门徒，年少好学，屡出纸索余书，频频不已，亦可见其嗜好所近已。兹复呈诗一律送别，格律气韵亦极稳惬，颇有其师风，亦可造才也。

初四日（8月20日） 家毓之饯饮。

子镇、星桥俱在座。毓之与余无日不聚，于将别时，意尤依依，故招偕诸友小饮话别。性既平和，情尤殷拳，可感也。余在滇有王实斋，在豫得李宪之，兹入皖复晤毓之，皆甘苦与共，患难相顾友也。而毓之更兼宗谊，故愈亲洽云。

初五日（8月21日） 拟启行，未果。

本拟今日起程，以肩舆未便，故又稍缓。余生平行事，多任自然，不肯勉强。游历以来，事愈艰难，心愈和缓，盖见自然中有无穷受用，不啻菩萨之观自在,而神仙之逍遥游也。人苟识此趣味,又何至扰攘奔竞为哉?

初六日(8月22日)　启程赴湘军,晚宿荆桥。

汤子镇亦同行,盖将有事于石牌也。午后抵荆桥,离宿邑仅三十余里。镇前有横水,宽三四里,长十余里,为婆湖水头。湖水涨则此处水宽,湖水消则此处水涸。夏秋之交,亦可凭以为险,春冬则干流无恃也。此间局总为唐绍烈,设酌小饮,聊破寂寞云。

初七日(8月23日)　宿樟北山。

晨起过渡,历桃花埠,循香茗山麓望东行,过老林头,至张北山,仅六十余里。天已暮,遂觅宿此间。南抵望江,北去潜山,为诸路交错之枢,而无乡局。近始拟于此设局,以应诸役,尚未定度。一局之谈,亦费筹画焉。

初九日(8月25日)　宿丁家祠。

晓起,子镇仍回宿松。余由牛项岭至三桥镇易夫,晚抵丁氏祠堂,日已暮,遂宿祠内,共六十里。丁氏族甚巨,自明至今,延绵不绝。祠建于平冈弯环处,正朝潜邑之万山,木星高耸,如案头贵人,端严可爱。内明堂横水应龙,亦甚澄清,此世泽所以至今未艾也。

初十日(8月26日)　抵发右营。

自丁家祠一路皆平冈,忽见平畴万顷,行数里即青草塥,有大河数道围绕,市镇颇稠。再数里上高冈,湘军二十营悉聚于此,可以接应桐城、安庆两军之后,故此军最为要着。抵营,与崇如太守畅叙离怀,不胜欢慰。因询子藩踪迹,已获保荐,回楚北省亲去矣。之纯观察父子与众不睦,亦乞假南旋,旧部仍归希帅,众心复震服如故云。

十一日(8月27日)　偕崇如太守出营,远观山势。

诸山皆自万山发脉,一落平数十余里,南去再起高峰,横列大帐十数里,前结安庆省城;一连峰绵亘东行百余里,结桐城县治。万山形似破军,峰头虽耸而破碎,惟最后一峰如卓笔,颖秀异常,此桐邑文风之所以甲于皖省也。青草塥在两龙过脉间,平畴大河,交错其中,势甚宽敞。远望南去诸峰，平列如幛，拱揖营前，与扬州平山堂上望江南青山，大略相似。结营此地，颇收山川秀气，可以卧游不厌也。

十二日（8月28日） 阅金逸亭太守策稿。

逸亭今春代希帅统领湘军助战小池有功，已加道衔。兹复自带一营，拟建事功，故为条呈以上胡宫保云："某睹时局之艰危，筹思于再四。窃计抚湘各营，除拨归多部外，如七八月间新募各营到齐，合之共有二万二千人，月需饷银十二三万两，兵力不为不厚矣，食饷不为不多矣。徒以此二万余众，休息于皖、鄂方罫之间，动经数月，旷日持久，曾不出一奇以捣贼之虚，而稍杀下游之贼势。彼逆且卒以怀、桐两城牵掣我数万之众，因而悉力于三吴、两浙间，得从容而设其备御，坐视其狼奔豕突而莫之敢撄，将大局之颠危，必有不可收拾者。现据发探自常郡回称，四眼狗及各大股尚在苏州，其盘踞郡县之贼无多，而镇江、金坛、上海等处尚有官兵力守，闻该逆欲并力以图，则上援安庆恐未必能速也。今曾节帅之军扎祁门，而左京堂与张、李两观察秋中必可会师，是南岸之防已有可恃。鄙意以为于抚湘二万二千人之中，除以三千余人守霍山，以二千人为护卫外，更留一万人在鄂备击援贼。其余六七千人以舟载之，乘风利不泊之势，会合水师，蔽江而下，炮飞旗炫，浪涌涛奔，出不意而攻不备，不特金陵之贼由是震荡，苏、常之贼由是牵缀，因而能袭取失陷各城，固足以壮徽、浙之声援。即或不能，而随机雕剿，将南岸大股贼匪隔于大江而不能飞渡，可以遏援贼而保淮、扬。此出奇之兵所以中贼之要害，即以振各路之兵威也。或曰师行粮食，其如饷之不足何？不知兵之久顿，则饷愈不支，与其坐食而耗难得之饷，何如谋战而辟筹饷之基？各路以战而胜，将州县之钱漕输将恐后，商贾之辐辏厘税日增。所谓战事愈多而饷项愈足者此也。或又谓劳师以袭远，非计之善也。窃揣贼势一分以犯浙江，再分以图松江，又分以图宁国，愈分则愈形散漫，几至首尾不能相顾。我乘其间而抵其隙，大军自天上飞来，真有迅雷不及掩耳之势，而况飙忽于长江之上，倏往倏来，何劳与远之足虑哉！曩者宫保堂建是议而未果行，今希公亦策及此。刻下暑退凉生，正士饱马腾之会，时不可失，机有可乘，谨备陈之，恭候训示。"按：此即魏延子午谷、韩信井陉关之故智，然须视兵力何如，乃可仿而行之。若我兵力可以一鼓直下金陵，则此计实为妙着。如徒以六七千人浮江而下，冒险深入，欲袭金陵，自不能得，欲袭绍江州县，所得不过一二小城。维时南北两岸大军既相悬绝，势莫能及，则所获之城，将据而守之乎？抑弃而更他袭乎？设贼以偏师扼我归路，欲进不能，欲退不可，则无焦类也必矣，乌乎可？余谓不如以六七千人仍驻此间，备击援贼，以一万人或乘舟与水师直过安庆之下，或由枞阳陆路抄过怀宁之后，旁剿无为、巢县，节节肃清，进扼和州、江浦，与水师会而为一，仍要联络团练，俾为声援，借守要隘，则南岸援贼之势可断，安庆、桐城亦将不击自下矣。然后合全楚兵力，进规金陵，庶易成功。不然，则未有不蹈冒险之虞者也。

十三日(8月29日)　晋谒希庵方伯，并访诸营友。

希帅名续宜，迪庵方伯同胞弟，以军功由文童历保至湖北荆宜施道，并加藩司衔。年仅三十八，长身挺立，眉目英伟，而神气静穆，寡言笑，尚朴诚，颇有名将风。余晋谒，执礼甚优。退再访其营官幕友。幕友为武宁张炼渠凤翥司马，亦能诗。崇如复邀过金逸亭营。逸亭，江阴人。为言根云宫保驻常数载，今春贼犯常境，为民间团练击退，城得保全。金陵再溃，民请守城以扼贼势，根云不肯，开城先遁，民遮道泣留，乃竟杀数人而去。退至苏州，不得入，遂走常熟。有旨逮问，至今尚无下落，不知何故。

十四日(8月30日)　晨，赴青草塥访朱华卿大令及其幕僚李梅坪。午，崇如设宴小饮。

梅坪先余一月至塥，华卿为朱一峰族侄，固旧相识，因并访之。坐中谈及张少尉长媛姻事，梅坪固曾辗转求之而未得者，今乃欣然愿代作伐，许为函商。事虽未必有济，然其热衷则尤可感矣。午回营，崇如设筵招金逸亭及张炼渠诸友陪饮，逸亭未至，惟炼渠及元中营幕友章、左二君偕来。芸生亦枉过,略序渴衷,即先辞去。午后,赵厚庵闻余在营,急由堛驰来相问,具道彼此致函,均被洪乔所厄,世道人心,于此可见。又言其营离此不远,暇日当亲往访之也。

十五日(8月31日) 朱华卿大令过访。作书致毓之及善征、贤希诸友。

华卿名觐光,身躯壮大,而性诚实,忠厚人也。近闻定远官军溃败,寿春镇总兵于成蛟战殁,北麓桥等处复失。有旨令都将军兴阿北防淮、扬一带,现调李云麟、赵克彰、李续焘诸营偕往,不日当行。又闻金陵贼亦出大股,未知何向。大略防御曾枢帅一军,亦未可知。余观天下大势,南剿固要,北防尤重,今专尚剿而不重防,殊可虞也。

十六日(9月1日) 出营访湘左、新左、副前、元中诸营官。金逸亭观察过访,不晤。

湘左营本之纯观察旧营,今蒋氏父子俱乞假南回,乃以中哨副将林贵廷代领其众。新左则周协戎忠容,副前则成协戎得叔,元中则王协戎载驷,均未更易。旧岁曾共事太湖,故一一访之,聊叙离悰,晤面愈觉亲洽。有惜余之去而窃叹其营务日非者,亦有幸余之去而深羡见几之早者,各言其心之所欲言,余皆一一点首而慰藉之。且闻子藩不日亦当至,了其未了之事。子藩诸事取巧,余非不知其然,特以交厚,不忍直言之耳。闻其后亦与易星阶反目,则取巧之情愈显然已。金逸亭枉过,余未回营,故不晤。

十七日(9月2日) 多都护移营进攻桐城。

先闻其移营后退,今始知其前进也。都护行军,大略如是。虚实进退,总不肯使一直笔,亦如作文妙手,反面多,正面少也。又有谓其明攻桐城,将以暗袭庐江者,此亦都护故智。兵家制胜,全在此等处用意,乃能令人不测耳。

十八日(9月3日) 希庵方伯枉过。成月梯、王呈瑞两协戎过访。倖静山偕吴卿云来营相视。

希帅每晨黎明必亲至各营巡视,日巡二营,周而复始,习以为常,然参差无定,不必按以日期也。今晨巡营至此,并枉过谈。其人沉静寡言,似有道者,然督阵又极奋勇,每战有功,殆所谓静以制动者欤?据言广德州已为贼据,此江浙要道,去宁国不远,盖将以扼曾枢帅前锋耳。吴卿云云李梅坪有弟自英山寄函云四川失守,军书告警,纷纷不绝,而不言何府,岂成都欤?果尔,则余归路又阻,何日是还乡时耶?又云湖南亦有警报,田镇军兴恕战败,贼势猖獗,上游多故,下游愈难复矣。

十九日(**9月4日**) 大雨。

镇日大雨不止,帐中皆水,不可居。余谓军营有三地狱:溽暑薰蒸,热极如焚,是为火坑狱;风雨飘忽,水淹床头,是为水牢狱;贼众围攻,剑戟如林,是为刀山狱。当前即见鬼物,何处更逢罗刹,真生民之大劫也。

二十日(**9月5日**) 大星陨。

戌刻,余偕崇如坐帐前,忽见大星堕于原野,当营之丁未方将落未落,其光愈大如斗,离地数丈始灭,不知主兆何人。崇如言前岁(栅)[三]河之败,迪帅亦亲见星陨,时自谓贼将当灭,而不意乃兆其身。总之,事关天象,定非偶然,讵可以人意测识也哉!

廿一日(**9月6日**) 访倅静山不晤,因过朱华卿小酌。

静山本任桐邑典史,今虽未视事,日与绅董办公,仍无暇时。兹适公出,故不晤。乃过华卿,与梅坪共话。梅坪已致函张少尉,劝其许婚,词甚勤恳,真可感也。闻常熟沙民数万与贼战,三战三捷,城赖以存。其邑宰周某颇有才干,贼无如何。代理巡抚徐公某亦能军,已复松江一路。使诸郡皆能如此战守,江省何自而破哉?此余《廿四策》所以有选守令之条也。

廿二日(**9月7日**) 代邱晴峰拟挽联。

晴峰名振采,武宁人。与余同幕,年少老成。初从军时,其友某兄弟二人临歧赠言,各以功名相砥砺。别后,兄弟俱入泮,弟更捷秋闱,晴峰亦膺保荐,而友兄遽亡。君悲痛不胜,倩余代撰联以吊,因为拟云:"书剑赋从军,记分手河梁,依依似昨,君发轫,弟登科,我亦幸邀鹗荐,功名虽异路,无殊题柱相如,两载离情堪并诉;人琴悲故里,想骑箕天上,渺渺何之,魂可招,酒易奠,遂难共听龙吟,生死纵殊途,宁忘素车范式,几行别泪向谁倾。"又其姊丈家素饶,君避乱,尝依其室,以课甥读为事。今从军,其姊丈亦有入营意,不幸遽殒,更堪痛悼,亦为拟一联云:"游学愧林宗,恨连年羁栖避乱,远事戎行,寄室惟依贤姊倩;闲居哀子羽,痛此日绝望登朝,长悲陋巷,兴宅只有外家甥。"

廿三日(9月8日) 营友求寿诗,书以畀之。

营友刘某将为其伯祝六旬寿,转托崇如丐余诗,因与崇如各书一律付之。此等应酬,却之不可,应之实无以为应,亦聊从俗好,作泛常颂祷之词,真不堪自诵其语也。

廿四日(9月9日) 阅《练勇刍言》。

湘乡王朴山观察鑫著。君起茂才,带勇杀贼,所向有功,为湘军诸将之冠。自辑练勇条规为书,得五卷,曰《营制》、曰《职司》、曰《号令》、曰《赏罚》、曰《练法》。又有《技击》《阵法》《述古》三篇,稿遗未刊。其《营制》则有每队、每哨、每营、长夫、随营、帐棚、响器、旗帜、号衣、腰牌、名册、结状诸制。《职司》则有营官、帮办、正哨长、副哨长、什长、左伍长、右伍长、侍勇、壮勇、游勇、护勇、散勇、探勇、伙勇、长夫诸色随营人等之职。《号令》则有响器、旗帜、暗号三条。《赏罚》则重献计、重侦探、辨战功、厚恤养、贵亲爱、明功罪、辨尊卑、禁骚扰、绝谣言、戒漏泄、止喧哗、严出入、明分数、定晨昏、申夜禁、勤操习、重军器、慎战斗、戒贪色、戒恃胜,共二十条。《练法》则有练目、练耳、练口、练手、练足、练身、练心、练胆、练谋、练识、练气、练精神诸法。书虽五篇,仅三十余页,简便易行,至今湘军之制,大略本此,随时更易处,亦已寡矣。余尤爱其练胆一条,因录之云:"胆贵壮,其练之也以心为主。此心见得理明,则气自雄,胆自壮。试思我以堂堂大兵,诛剿无赖逆贼,正顺之势既明,忠义之气自足以吞之。况我乃训练有方,同心一气,贼乃迫胁乌合之众,其实能打仗者那有多人? 有此两层,贼自皆十分怕我。我只要见透此理,固不待战而已操必胜之权,视数万贼如草芥耳。今人多说贼胆大不怕,究竟那有此事! 不过因我兵勇不明此理,怕贼到十分,而贼反少怕得一两分,以致兵勇多有死于贼者。乃偏不怪自己胆小,只说贼子胆实大,岂不可笑,岂不可恨! 不知临阵之际,胜败定于片刻,只要稳住片刻不怕,便足以寒贼之胆,而壮我之气。故贼虽众必败,我虽少必胜。使不能稳住,则我先自丧其气,贼之胆又安得不大哉? 此理之甚明者也。明夫怕则败、不怕则胜之理,自能常存一不怕之心以取胜矣。况夫怕者,怕死而已,诚使怕死而可以不死,亦无怪其怕耳。不知怕则我之气愈弱,贼之气愈强,欲求不死而不得,纵或不死贼手,亦必死于军法,其死更为不值。是怕死则必死,不怕死则不惟不死,并可立奇功,此理之甚明者也。明夫怕死必死、不怕死便不死之理,必能常存一不怕死之心以立功矣。乃世有一种人,于平常豫备时觉得不怕,及至仓卒交兵,而张皇失错者。又有一种人,始能不怕,奋然杀出去,稍有失利,遂至神魂俱丧,身堕如泥者。这两种人,皆因不怕的道理未见得十分透彻,故胆亦未壮到十分。今欲练胆,须于平时常作一仓卒贼来时想,当如何厮杀而不怕;常作一打败仗想,当何以抵御而不怕。必要想出一个不怕的道理来,庶几心有主而不乱。就如打败仗时,我以数十人被千万贼围住,自不能不怕矣。然试思我之数十人聚作一团,彼以千万贼围我多层,其围我一层数十贼能与我战外,其余皆属空多之众。是我之视千万贼如数十贼,我之敌千万贼实止敌数十贼,自可从一面冲突而出。常想得此理透,则数十人敌千万贼不怕矣。即如仓卒时,我以只身而遇彼万众,尤不能不怕矣。然试思此时既迫于势,不怕也是死,怕也是死。或不怕而放胆与斗,犹可杀彼数人,纵死犹有生气,怕而死亦徒死耳,何如不怕而死之为好汉乎? 常想得此理透,虽只身遇千万贼不怕矣。又况古之勇将,有单刀匹马横行万众之中者;有选敢死士百人,黑夜入贼垒,杀贼无算,而自己全无损伤者；有独自御敌，跌倒在地，能仰身杀贼，奋跃而起，持刀追数千人败走者；虽曰神勇过人，岂真技力足以胜之？实其气雄胆壮足以胜之。胆壮则心无万众，目无万众，而贼自望风披靡也。又况死生自有命，在命该死，虽善逃生路，断不能延过一时半刻；命不该死，虽当万无生理之时，偏救出命来了。我尝说父母生我之日，便是可死之日。稍长知事，便要晓得寻一条好死路。大丈夫得战死沙场，名传万古，血食千秋，较之抱妻拥子之痴汉，大数到来，死得寂寂无闻者，其相去奚啻天渊也。我今说此数层，诚以兵家最要在胆，尔等能于操习时如此想，歇息时如此想，行走时如此想，饮食睡卧时如此想，则胆必壮，气必雄，可操胜算于万全矣。"练胆之法，大要无出于此。然兵勇无知，能时作如此想者谁哉？余谓莫若使其多见多闻，多阅历于或胜或败之际，则其胆自壮。盖以为生死不过如是，则无庸以怕为也。近日勇丁皆年少习见为常之人，故胆较昔日甚大，不必练胆而胆自壮。惟未有纪律以娴之，胆大者多奋往而死于贼，胆小者或幸逃而生于后，故人不肯齐力向前，以致战无成功。倘能练之以律，使勇者不能独进，怯者不能独退，则真可无敌于天下矣。惜无人计及此也。

廿五日(9月10日)　代崇如书屏幅。

作书须天气晴明，日朗气清，心手乃能调和，不求工而自工也。是日阴晴不定，郁闷难堪，本无意作书，忽伸纸执管，试一为之，甫落笔而精神已倦，故不能工。再易数纸，仍复如故。始知古人作书，不肯轻意下笔者，非故矜重也，盖不待时则精神不出，而书亦不工耳。书虽小道，讵可以率尔从事哉！

廿六日(9月11日)　拟拨营防堵安庆对岸，旋止。

杨厚庵军门函致希帅，请分军防堵安庆对岸，以断贼粮道，兼绝其樵径，不久城当可克。希帅因拟拨崇如一军前往。旋接曾沅浦观察来函，云其新募之勇已抵皖，此军可勿庸拨，遂止不行。兵家号令，顷刻变换，真不可测，不独此事为然也。

廿七日(9月12日) 闻桐城一军已破贼垒。

贼每守城,必择要筑垒,与其城互相犄角。故欲破城,必先攻垒,一定之理。闻桐邑西北山甚高,可以俯瞰城池,贼筑四垒其上,多都护移营进攻,颇受其挫。都护趁前日大雨,贼炮无所施,天未明,出队伏其垒旁,候贼启门出级,乘隙拥入。贼不能御,遂据其二垒。贼死无数,余二垒亦遁入城,复为马队要杀于路,遁者无几。更乘胜攻其南门贼卡,亦并破之,贼尽入城。是役也,都护亲身冒雨督阵,勇丁有退怯者,皆手刃之。炮子从都护耳边飞过,亦奋往不顾,故能取胜。诸垒破,城贼不能久守,亦当克在旦夕矣。

廿八日(9月13日) 张炼渠过访。

炼渠喜为诗,本拟出稿相示,兹值桐城获胜,湘军又将有移营之信,故又无暇检出。以余索之者再,乃许送阅,且言务要切磋,直道相商,乃为有益,不然则何必多此一番虚誉为哉?观其意颇勤恳,则其平素为人亦大略可睹已。

廿九日(9月14日) 摘录炼渠诗稿。

炼渠昨晚回营,即送来诗稿六卷,曰《嘤鸣草》,曰《梦苏草》,曰《北游草》,曰《南游草》,曰《适志草》,曰《从军草》,末附《试律》一卷,盖将以付梓也。急披读之,至三鼓始尽。今晨摘录其十余首,留为风雨怀人之集。《出山感怀》五古八首云:"志士惜平居,风尘真赏寡。岂其天壤间,竟无知音者。名将本醇儒,眷眷亲风雅。殷勤采菲葑,万汇归陶冶。一缄下浔阳,心藏而心写。感此知遇隆,仗剑事戎马。实用副已难,况非盛名下。○忆昔八龄时,家难值倾覆。父亡母仅存,哀哉此茕独。母提而教之,择师必名宿。逮长历交游,文苑相驰逐。会试冠县军,一笑生慈州。再试登拔科,自问殊碌碌。虽幸悦亲心,恨不十年读。○北走上京华,计偕赴廷试。齐鲁燕赵间,骋怀酬壮志。我生命不辰,才短终弃置。报罢赋归来,面目极憔悴。饥驱复楚游,半是为家累。花老北堂萱,痛洒游子泪。罔极抱终天,终天恨靡极。未几莽粤氛,湘南飞羽骑。仓卒复言旋,家山聊引避。至今静思之，忽忽如梦寐。○岁在甲寅年，烽火连我武。蹂躏至再三，狂狠比豺虎。迭次练乡兵，借以资防堵。无如贼数乘，声难靖筘鼓。时事际艰危，深愧一无补。○及至丙辰秋，团防早密约。同袍建义旗，我亦从戎幕。曾不旬日间，收复县城郭。继此破肤频，如发蒙振落。邻邑递歌铙，庶不警风鹤。○今夏大军过，林宗欣御李。一目接见殷，高山深仰止。招我随戎行，何以报知己。身虽未果行，私心窃自喜。所喜登龙门，观海难为水。○嗣闻战薪黄，逆氛迅以扫。贼胆落先声，烈风卷蓬草。乘胜下湖彭，即以伸天讨。东南半壁撑，力挽狂澜倒。○翘首望旌麾，深情荷延揽。况我非英豪，岂能侪燕颔。投笔羡班超，安所事铅椠。慷慨掉臂行，仲宣平生感。闻比岳家军，如山不可撼。戈矛旗鼓间，借壮书生胆。”《游清水岩》七古一章云：“平生久慕清水岩，得诸想像殊恍惚。何意今期快此游，迤逦寻幽探灵窟。洞天忽现岩玲珑，玲珑岩石多突兀。瑰奇难补五色天，透瘦谁修七宝月。洞开数亩佛座开，珠缨络绎排万笏。流泉法海波茫茫，欲渡迷津无宝筏。我思欲探南北岩，山僧告我无仓卒。春夏之交毒虫生，似此兴狂不敢发。登临试就深穴窥，磊砢岩石皆凹凸。虎豹蹲踞晦阴沉，灵风一缕森毛发。在昔涪翁读书台，仰企前修石屹屹。古人遗迹今尚新，旧题剥落拂石碣。为谢山灵兴未阑，陡觉精神生清越。此别果否能重来，一任风烟时出没。”五言律如《陡沟圳》云：“淮水自东流，车驰过陡沟。林疏残照薄，野旷淡烟浮。地脉平于掌，天容望尽头。渐看麻麦秀，生意满中州。”七言如《许旌阳铁柱》云：“擎天铁柱镇蛟宫，尚记旌阳锻炼功。八索纵横消蜃气，一枝高矗净腥风。光腾牛斗云皆黑，势压山河电亦红。遗迹至今仙井闭，波涛不敢撼晴空。”《安化道中》云：“一江秋老万峰围，诗纪游踪信笔挥。水浅石穿波面出，山高云压岭头飞。食鱼到处休弹铗，惊雁来时已授衣。柔橹数声鸥梦破，反将昨是悟今非。”《昭陵留别》二首云：“犹忆鹪鹩借一枝，西风又是别离时。空囊捡点仍留砚，残壁淋漓尚有诗。衰草依人愁欲绝，秋山对客瘦难支。醒来旧梦如烟散，百感茫茫独自知。○秋柳依然送客行,照陵回首不胜情。桂花未老香俱散,木叶初飞露正清。六岭山多含别意,双江水亦带离声。临歧终竟场何愈,鸿爪泥痕数点轻。"君诗甚富,而五古尤擅长,叙事简当,波澜老成,故多录之。近体不甚喜研炼,兹择其锤炼而生新者,亦众取其特之意也。

星烈日记卷之六十六

鸿蒙室主人笔识

八月初一日(9月15日) 闻多都护仍退扎原垒。

先是都护令各营皆轻装赴前敌,至是已破贼垒,城复可在旦夕。忽闻贼援大至,约七八万,城中旌旗一时插满。都护恐众寡不敌,且连日力攻,士卒皆疲,遂退回十里,仍扎原垒,一可休息,一备击援。所见未为不当。然余闻诸贼中遁出者云贼援虽众,然皆稚弱不任战斗之人,可战者不过数千。余意必贼诡计,见事势已急,遍掳民间老弱以充援贼,借缓兵计,亦未可知。都护此退,甚为失机,纵云劳顿。湘军现在此间,可以互相轮进,叠为攻击,数日之间,城贼当遁。而乃计不出此,遽弃成功,殊觉可惜。此亦私心小见,尚未他也。

初二日(9月16日) 作书致诸友。

崇如令弟勉斋将回楚南,因乘便作书托寄诸友,一致李宪之,一致罗博文,一致赵稚仙,一致陈亦翁,中有云:"前托代寄家书,曾否能去,亦曾否能获回信?家书抵万金,若某者万里难归,六年无耗,则所值岂止万金已哉!所望至亲长者,时赐教言,代探音耗,俾故乡风景,一室消息,略能得知。不至如隔世梦中,贸贸无从,斯为至祷者耳。"余屡致书亦翁,皆不能得其回音,不知何故,岂真不知余行踪所在也耶?又一缄寄家毓之,月前所寄,至今亦未得信。宿邑不过二百余里,鱼雁亦如此难至,无怪数千里外也。

初三日(9月17日) 送欧阳勉斋回湘乡。

破晓,勉斋起程,因送出营,亦有送至青草塥者。日将暮,余偕邱秀峦闲步,偶至一村,闻书声出户,因款关。有文士出迎,入则四五孩童正伏案诵。室颇清静,亦有图书,问其姓,则叶氏,族亦甚繁,有入翰苑官中书者,亦书香第也。架上地理书名《灵犀》,板甚精,乃取阅,论开面地步及舒敛分合之法最详,盖即《山洋指迷》之说也。书不著撰人姓名,与《指迷》不知谁为先后耳。

初四日(**9月18日**) 纪梦。

昨晚自村馆回,头甚晕,遂早卧。夜梦入桐城学宫,而无城出。相其地山水甚佳,极明秀。路旁有高堤,乃循堤行,酒肆茶棚,相连不断,不意梦中乃有此佳境。前岁梦入南京黉学,后有渡江之行,兹复梦入桐邑学宫,岂是邑亦将有克复兆耶?辛酉桐邑复,壬戌春暮,余果至邑,登览其山川。

初五日(**9月19日**) 赴桐城精选营,访雷纬堂诸友。

是日,崇如奉委查办石牌、潜山一路局务,破晓出营,幕中无事。余乃单骑赴桐城,拟访精选营诸友。由西大路驲程,历三安铺、陶冲驲、童家河、挂车河、项家河,遂抵营,与纬堂相晤,厚庵亦来见。远望桐城,相去仅七八里,都护诸营尚在前,离城亦止三四里不等。因询所以退营之故,盖因精选四垒直俯城背,而又破垒劳顿。探报谓援贼将大至,故令精选诸营暂退营后休息,以备击援,都护诸营实未退也。报者不知情形,以为都护退营十里,甚为可怪。相去不过数十里地,而传闻乖谬若此,所谓百闻不如一见也。至探报虚实,其本营亦多异辞,有谓都护为侦探所谎,旋斩其探者。及询诸峰臣,乃知探者非谎,亦并未斩其探。盖探差至逆界,闻伪乡官传令齐团援桐,其众已集数千。而百姓见此番大战,恐良莠不分,均被杀戮,以至纷纷移徙。探子不知虚实,急来速报也。都护连讯二探,供词无异,故未斩也。

初六日(**9月20日**) 偕姚六吉登山,望桐邑形势。

午后过右营访王峰臣。峰臣近日颇喜临池,并绘兰竹,余亦涂抹数纸付之,以为程式。饭后,因偕姚六吉登高峰,望桐城形势。其龙自万山奔腾而来,百数十里。将入局,开帐作小芍药枝形,起金星顶,落下即城。左有高峰甚秀削,落下成长冈,逆挽十余里,收随、龙二水,由北历南而西,复由西历南而东,始入枞阳湖以达大江。左则庐江、无为诸峰,如狮如笔,如旗如笏,排列于东;右则龙眠大小诸山,绵亘西南,其正南则江外诸峰,环拱如嶂,外局宽舒,而内堂实紧,无怪其钟灵异常也。贼守此城，于金星入脉处坚筑二垒，北门长冈处再筑一垒，以为犄角。多都护先令精选营出金星山之后，即金星顶建炮台，以俯城池。月前既破其垒，再移数营围其东北，贼无归路，其遁必矣。惜为探谎，而又不肯借助他力，以致驰围，不能速建成功。现在贼援未至，若能借湘军一臂之力代围东北，贼当尽戮城下矣。闻其正穿地窖，亦未审其能成功否也。总之，城虽未能复，而贼众脱逃，亦无益耳。

初七日(9月21日) 回精选原垒，访周福泉诸友。

福泉自前岁乞假还乡，今始至营，旋又受伤，故回原垒医治。原垒离桐城二十余里，因偕王辱臣联骑由间道归。入营乃与相晤，各叙离悰，欢愈平昔。先是，福泉寓宿松几一月，以病未出户。后至黄仙樵学馆，见余所书屏幅，始知行踪未远，而乃一面无缘，何相左也？今幸相晤于此，故大慰耳。向晚杨子亭亦未晤，颇不得意，匆匆遂去。

初八日(9月22日) 晓起杨子亭留饮，午回营。

子亭寓村舍，颇幽静。破晓，余将行，乃留饮，不欲孤其意，故借小酌以叙离怀。饭罢，乃寻故径回营，至巳午后，崇如尚未归。闻邱秀峦云近日英夷犯天津，已登岸，离城仅数十里，势甚危急。国家欲议和，而夷邀求甚无礼，一索子女，一索金银，一索土地，一索大臣为质，且遣其臣为官中国，未知朝廷作何区处？余在精选营，亦闻石达开率众三十余万，分五路由黔入蜀，势极凶猛。天下大局如此其坏，真令人痛哭无地也。

初九日(9月23日) 雨，作《桐城形势图》。崇如回营。

镇日大雨，不能出幕，乃作《桐城图》，尽一日之功，始脱稿。余所至之地皆有图，前岁已抵常州，惜不至金陵及苏杭，绘图以归，今并为贼有，每次为憾，不知何时乃能再到其地也。近拟赴京，亦难如愿。沧桑互易，朝夕顿改，可长恃哉！

初十日(9月24日) 作《大军围剿桐城图说》。

昨既绘图，今乃为之说云：“查桐城建于龙眠山南，后有高山，可以俯瞰城池。东北则长冈围绕,南尽平畴,西北又冈峦相间,层层弯抱。其由潜入桐有二大路:一由青草塥历方家冈以入城,曰东大路;一由陶冲驲历挂车河以入城,曰西大路。西路依山傍水,循麓而进,进退皆可自如;东路历冈过田,跨河而入,出入均难自固。故攻是邑者,多舍东而就西。而贼之守其城者,则必先据城后高山以为障蔽,必然势也。多都护由西路进军,列营山麓之层冈间,分数营于平畴中,兼顾南门。再令精选数营,绕出城西高山之后,而建炮台于山顶,轰击城内。于七月廿六日攻破西北二坚垒,贼甚危迫,城复当在旦夕,而贼乃死守弗去者,何也?则以城东北无兵,其生路尚宽故也。愚谓欲攻斯城,固当由西路进,而西大道既有湘军以为后应,则宜稍驰西面,直趋东南,逆挽北冈以围其城,贼势更当窘迫。或恐舒、庐援至,则分湘军数营进攻庐江,牵制其众,贼援必断。舒贼闻桐庐围急,我兵又驻英山以蹑其后,自顾尚且不暇,安能舍己以救人哉?诚能如议,贼欲东遁,无路可逃;欲西窜,则湘军截杀于前,马队追击其后,何处可以逃生?不尽入我网罗而歼除无遗者,亦几希矣。或又谓紧围东、西、南三面而缺其北,以奇兵袭取庐江,使彼势孤,突北而出,然后伏兵要击而截杀之,计亦良得。然必乘此机会,乃可成功。现今贼目大队正贪苏、杭财赋,势必重彼而轻此,虽或失此数城,亦不暇救,我即可乘隙以攻其所不及救。桐庐既破,安庆亦难自存,是清皖机会正在此时。若必待其援至而后击,虽胜负未可逆睹,即使其胜,而为力难易,则固有判然不侔者矣。夫兵形以地势为先,尤必以乘机为要。机不可失,时乎不再,是在乎深明兵势者之有以活动其机,而不滞于一成不易之谋也可。”

十一日(9月25日)　张炼渠过访。接家素吾来函。

炼渠见余所作《桐邑图说》,曰:“所论极是。奈近日大帅均以易进难退为戒,故不肯轻进也。然独不思贼援尚远,不可乘机急进,岂贼援大至后,乃可锐意以入乎?用兵固当慎重,而过于持重,亦足以误事机,此类是也。”午间,素吾旧仆谭叔赍函至营,阅之乃知其病卧豫章,幸渐痊愈,又拟北上。其潦倒无成之状,有较余而更甚者,同病相怜,愈难自已也。

十二日(9月26日)　张炼渠寄示天津情形。

苏杭既陷,朝廷以涤帅总督两江,并佩钦差大臣印。公乃率师南渡,拟由徽、宁进。余不愿随,复游于湘军之发右营,与中营幕友张君炼渠甚相得。因出示手抄顺德守王公荫堂七月十八日寄严渭春方伯函,略云:"天津夷务,自僧邸经营布置,内外周防,方谓倚此长城,无可顾虑。讵夷船自五月杪陆续北来,飘忽无定,总未敢窥伺大沽。迨六月十七日,该夷由宁河县属之北塘马步登陆内犯,邸帅督兵迎拒。初次接仗,我兵小胜,夷人退遁,后遂占踞北塘,节节侵占地方,营旗官军屡胜屡败。嗣因圣意谆谕制军主于议抚,屡次遣人讲解。乃该夷于七月初五日突由北塘南渡,抄袭大沽后路,邸帅麾兵剿击,自卯至未,鏖战半日之久。我军三面受敌,惟时后路又无策应,营盘炮台一时失守,势不能支,邸帅乃悬白旗收阵而退。夷船扬帆直入,抵津郡城外之三岔河,遂拨夷兵把守东门,于城上竖立英、咈两国大旗,出示安民,以天津城池人民尽属英、咈等语。邸帅带兵退至通州,现奉谕旨,派桂中堂、恒制军为钦差大臣,赴津筹办和夷事宜。不料设防二三年之久,耗费数百万,摩厉以须,而一举不振,至于斯极。此时事势已为城下之盟,窃恐和局不堪设想也。"又抄获庄卫生方伯一信,云顷得七月十四日京信,夷事大为决裂,僧邸已退蔡村,尽褫所管之职,现命桂中堂往津门议和。津门已失,夷民杂处,嘧、咈二夷亦于奉天山海关停泊数百舟,意在叵测。先是开仗之时,曾派恒祺、文俊二人前往,专为议和而去。僧王一面开仗,谁知大沽炮台尽为夷人所得,我军死者以千计,大沽亦即失守。都门人心惶惶,大员搬家者甚多,夷人尚无进京之意,惟欲甘心于僧邸。其条约有未易从者四:一欲缚送僧邸;一欲割奉天、山海关、津门各城;一欲建设夷官在中国,位在百僚诸王之上;一欲银数百万,尚有求公主和亲之说。余外条约尚多,不及细述。此时惟盼讲和之转机,别无他望云云。观此局势,何堪一哭！金陵一溃，胥台遂没，津门又败，燕京告警，此皆知有战而不知有守之过也。当此之时，外整雄师，内列强镇，庶可自固。乃南北用兵，专恃一战，战而不胜，则全局皆坏，其可得哉！

十三日(9月27日)　阅金逸亭禀稿。

逸亭各禀，皆炼渠代草而自酌定。崇如抄其入皖击援诸稿为一卷，余尤爱其《上胡宫保救苏条陈》，因录之云："接奉钧谕，具悉浙省被围，势甚岌岌，领悉之下，益切焦思。窃维吴、越两省为东南全局关键，浙省被围，全局为之震动。刻即有兵从陆路驰援，亦恐缓不济急，且军火粮饷就地不能支应，则援浙之急宜变计，非捣虚不能以制胜，非出奇不可以图功。夫逆党纵多，凶悍者不过此数万耳。彼南岸之贼既并力于浙，且狗逆复渡江而南，亦必注意于浙。巨股远出，以犯吾之所必救，而图解金陵之围。池、太、芜湖一带，势必空虚。若分一枝劲旅，取道南岸，辅以水师，循江直捣，则各路之守贼、金陵之老巢，未有不震而惊之者。窜浙之贼，势必回顾，此捣虚之兵所以制其要害而握其胜也。然此不过牵缀贼势，而尚未能迎头痛剿也。查由华阳镇至京口，水程不及千里，由京口至钱塘亦六百余里。若再分一枝劲旅，载以民船，多带行粮军火，而以水师护之，江流奔驶，乘风利不泊之势，不过四五日可达京口。由京口改乘小舟，不过七日夜可达钱塘，水陆并进，较之仅由陆路驰援，迟速有间。且兵出浙之上游，苏、松、嘉、湖可以保全。此出奇之兵所宜急以图之而计其功也。果若是风行雷厉，大军如天上飞来，使贼之气焰已先为我夺，将皖南窜贼有畏首畏尾之虞，金陵渠魁有入穴倾巢之患，庶几江、浙可以挽回大局不至危堕。不然，江浙事坏，而贼势日张，将挟其全力以分扰南北，其祸患不仅为东南忧，直为天下忧矣。岂独大江南北处处宜防，鄂之藩篱节节宜顾哉？或曰征皖之师数仅四万有奇，合则厚而分则单，若分两枝以救江浙，则力有不逮似也。独不思贼出巨股以窜江浙，皖北之贼数月内必以坚守为得计。我师如进薄坚城，将有顿兵之势。迨至江浙糜烂，由是而闽中、而豫章、而东粤，四出蹂躏，补救为难，将有不堪设想者。无论征皖之师未必能遽下坚城，即使怀、桐、舒、庐渐次恢复，而得残破之皖北与失完善之江浙，其轻重不待智者而知。而况海运所关，财赋所出，为天下安危转移之机，而顾可不先其所急耶？某吴人也，十年于外，六载从戎，白发慈亲，久疏定省。今则桑梓之地，临逼贼烽，剥肤近床，时深顾虑。特以大局所系，不敢言私，一得之愚，思有以稍裨时事，尚望速定机宜，而急急乎上有以纾庙堂忧，而下有以慰苍生望也。"逸亭此策，虽为乡邦起见，而实有关大局也不小。余去岁拟上曾枢帅书，欲添建水师提督于镇江，即是此意。惜诸大帅均不肯行，以致江浙无备，一溃莫收，岂不可痛！顷又见枢帅奏稿，现拟筹办淮扬水师，令李少泉及黄翼升董其事。祸患切身，始动其心，然已晚矣。且人非将才，亦终无益，可胜慨哉！

十四日(9月28日)　覆家毓之书。

前月及本月连致二函，昨日始获一来信，因再覆之，嘱其倩冰，再提姻事。盖余年已半百，宗祀尚无承嗣，倘一朝委化，负咎实深，故不能久待事定，而亟亟以图之也。来函虽云曾托刘、张二君从中作合，而不言其许婚之意若何，是以愈形悬念耳。

十五日(9月29日)　崇如设宴共酌。

是夜，月虽不甚明，而云气时时变幻，忽厚忽薄，关河夜影，亦颇壮阔。即席口占一绝云："关河渺渺意翩翩，万帐风清月正悬。铁笛一声归雁远，征人此夜梦团圆。"同幕左君棣华新自湘乡来，亦和二绝，录其一云："新诗吟就句联翩，塞上征鸿影自悬。何处霓裳今夜曲，月华满眼向人圆。"押"圆"字，句颇浑成，风韵亦佳。崇如和云："旌旗满眼任飘翩，万里乡心月共悬。漫道边关人寂寞，今宵一样快轮圆。"

十六日(9月30日)　访金逸亭及张炼渠共话。

逸亭云浙江屡告警于曾枢帅，枢帅拟出奇兵先趋吴门，现分鲍超一军围泾县，李次青募勇三千已至豫章，亦不肯入浙。浙事甚危，东南恐非国家所有也。又云枢帅欲练水师于淮扬，旷日持久，无济眉急,不如从上游添募水勇,杂用旧船,直驶京口,庶能一战。余谓直可先分水师一大军先赴镇江,然后添募新勇,以补上游之缺,更为便捷。乘此机会,镇江未失,尚可图苏。倘镇再失陷,贼得据守京口,虽有水师,亦难入矣。天下事机,断不可错,失此不图,后悔又将无及。局外旁观,势甚了了,不知当局者又将何如也。炼渠意更相得,留饭畅谈,各叙生平怀抱,亦颇相同。朋友有久处而不亲洽者,有一见如故者,亦有经年神交而不得一见者,是皆前缘在也。若炼渠者,亦前缘所结欤?

十七日(10月1日) 张炼渠偕李卓夫过访。

卓夫,衡州茂才,入营未久,故未保荐。见余《廿四策》,爱之,故来访。坐片时,大雨如注,遂早回营。是日闻探报,桐贼尽遣妇女出城,将赴庐江,庐贼目不肯收,仍回桐城。看此机局,想有畏心,不久亦将遁去。盖近日多都护攻城甚急,现穿地窖,已将成功矣。

十八日(10月2日) 偕崇如及秀峦过叶氏书馆。

阴雨,甚寒。崇如邀同秀峦步至叶氏书馆。主人他出,偶检其案上有抄本《方来子集》,不知为谁。阅之,则桐邑名手,盖望溪家法而亲炙于姚惜抱之门者。文纯正而无奇崛处,大略亦调停于义理考据之间,是善为立名地也。晚归,偶成一律云:"冒雨寻山馆,书声出户幽。寒云低涧树,野鹜暮塘秋。地僻还依垒,村贫可饭牛。寻常烽火惯,那有乱离愁。"

十九日(10月3日) 接马仲良及彭苡舟来函。金逸亭过访。

苡舟去夏别后,尚无消息,今应仲良之聘,因至皖,故并通问,且索《廿四策》。旧雨相思,行踪日近,慰何如之。午后逸亭至营,遍阅余言兵诸著作,并携《战略》《智略》二册去,盖君亦有意纂辑兵家言也。昨阅公牍,知枢帅创立东征筹饷总局,欲联豫章、两湖官绅共会一局以筹饷务,外顾大局,内保桑梓,声气既通,兵形自壮。此即余《廿四策》中欲广开幕府于江淮南北及大江上游之意也。今上游及南岸得楚师联为一家,幕府之势已成,惟淮北尚属空虚,不无可虞。袁、胜、翁三帅各自为军，不相联络，僧邸又专防夷匪，势难兼顾，亦非万全之计。今天下大势，北防为重，南剿为轻，而楚师尽集东南，颇形偏重，一旦贼锋北窜，援救不及，甚可危也。顾安得贤豪辈出，名世挺生，联络数大军于淮南北两岸之间，以为国家屏蔽，庶可以坐清江淮，兼据外夷者也。

廿日（10月4日）　送邱秀峦回武宁。

秀峦从军数载，今始回籍，情绪依依，不忍遽割。崇如率诸友送至沙河铺，始分袂。秀峦既去，余与诸君同过军粮局，访曾瑛山别驾共话。瑛山，衡州人，与易星阶相善，故先已识余名也。

廿一日（10月5日）　闻宁国失陷。接毓之及汤子镇书。

张炼渠致崇如片云："宁郡于十二日亥刻失陷，陈四眼狗、杨七麻子及赖、古各逆首聚众广德、泾、石一带。又徽军索饷哗噪，外患内忧，一时交集。曾节帅现檄皖南李道元度一军接防徽郡，张道运兰一军暂驻旌德，添派礼、前后河溪等营协守绩溪。宋副将一军暂扎太平，檄希帅即日酌带数营，由青草塥径赴祁门。观此南岸情形，甚觉可危。涤帅诸军皆新集之旅，惟鲍超一军尚可任战，而主将假旋未归，亦无人可统其众。张小浦防徽数年，虽无成功，然未失事，涤帅劾而去之，欲事权归一，固较顺手，然必俟已军调齐，诸防既定，乃可撤去。今布置未妥，遽行解散，而又无饷以畀之，无怪其哗噪也。际此大敌当前，而外无勇恃，内有变兵，岂不可危而可虑乎？"

晚接毓之及子镇来函，知子镇已可南旋。毓之倩刘、张二君又代提张少尉姻事，仍未允诺，盖其意欲索重聘。余行囊萧然，顾安得白璧一双以饱其欲耶？所恨世无仙人教以种玉法，故虽路过蓝桥，而玉杵未投，元霜亦难遽捣也。

廿二日（10月6日）　致彭苡舟书。

并寄《廿四策》及各诗片，兼侯仲良。仲良素业商，输粟从戎，以军功叙保知县，现署怀宁县丞，亦可谓善于趋时矣。闻其近日亦不甚得意，世途艰难，岂独俯首陈编者为然乎哉！

廿三日(10月7日) 赴青草堨访李梅坪。

仍托其代为塞修也。闻碧鬟女史矢志颇切，而其父执意不允。毓之函劝余权许重聘，再缓筹画，以饱其欲，计亦良得。因更托梅坪复函致意，兼请黄春山明府从中怂恿，或能有成，亦未可知。婚姻之事，自有一定，碧鬟过激，其父太迂，均未通达。岂知此事定之自天，非可以人力张求，亦非以人力能阻之也。

廿四日(10月8日) 致毓之书。

宁国之失，南岸势迫，涤帅札湘军助防，希帅派崇如及元中、信中、刚右四营前往听调，明日即当拔营。而碧鬟之姻未就，余又将有远行，何事之多磨耶？余意本不欲南渡，今偏有过江之役，因急书数言寄毓之，俾其照议权行，俟返辔时当再筹商，以成其事焉可也。

廿五日(10月9日) 拔营前进，野戍于三桥头之沙桥铺。

四更掌号传餐，五更即行，余亦揽辔随队同进。行十余里，天始明。是日寅刻微雨，黎明后稍有霁意。未刻至沙桥铺，离三桥头尚七八里即驻营，列幕平冈上。大凡行营驻宿，不宜近市镇，须远去五六里或七八里方可扎营。盖恐近市人烟稠密，兵勇易生端，难免不骚扰良民也。余自从戎数载，未尝亲随队伍，今始偕行，亦军中一乐。因成诗云："六载从戎客，今朝逐队行。鸡鸣笳鼓动，日出旆旌明。轶宕书生气，飞扬壮士情。忧天频诮杞，亦自赋东征。"余本意不欲南渡，故辞枢帅而就湘军，今乃复奉枢帅调随援南岸，亦难自主也。

廿六日(10月10日) 驻营黄土仓。

过仓二三里，离石牌尚十余里。是日阴云蔽空，未刻大雨，泞泥难行，辎重至晚尚有未至者。野宿营幕，边风猎猎，终夜莫寐。军士均惮远行，有欲暂止之意。而崇如以军务吃紧，不肯稍缓，因分辎重半由水路运行，以便速进，众议始定。

廿七日(10月11日) 驻营老鸦滩。

已入望江界，在香茗山东南，有水路由武昌湖直通大江，商旅多便行之。陆路旧由双河口入，今为水淹，无桥而又无渡，故当又绕由小道也。是日午后,天始晴明,列幕平原,地势舒展,落日在山,徒步营门,真有马鸣萧萧之概。成诗一律云:"告急书何迅,烽烟不断时。六朝横虎豹,三楚健熊罴。势已东南去,军有远近移。丈人功易建,子弟怅奔驰。"此次移军,当分安庆围军以赴祁门,而以湘军补其缺,势乃能及。若舍近而调远,恐有鞭长之叹耳。

廿八日(10月12日) 师行次望江。

列营城后五里之高冈上,俯瞰平湖,远望大江,水势相连,汪洋一片,界限莫分,唯见水村山郭,交错于波涛之中。对岸山亦层峦叠嶂,奔峙江边,彭泽、小姑相去不远,真秀境也。县名望江,实可揽江山之胜,惜不能卜筑此地,以为终老计耳。其龙自香茗山起祖,横列三层大帐,皆卷帘格。入局又起水星横帐,平列九顶,圆秀可喜。下脉分三大枝,中脉尽处即结县城。左右两支并出,到头弯抱,左砂稍短,故土人建宝塔其上,以收水口。造化虽有不足处,人力可补也。余登高四眺,成诗云:"列幕层冈上,烟光一望平。汀鸿知堠警,村树浸湖明。野戍皆成阵,宵征不入城。将军休跃马,一笑大江横。"

廿九日(10月13日) 诸营渡江,余留驻军装船,泊吉水沟。

崇如以军行过急,命余暂留军装,俟前敌消息稍定,再为前行。因过吉水沟,诸营自卯至酉,以炮船及民船相杂并渡,尽一日之力,始能渡完。崇如累欲渡江,皆为风阻,与余同宿军装船内。余成诗云:"唤渡休争渡,三军正满船。骢嘶沙上艇,旗乱水中天。破浪风真险,思家梦未圆。苍茫征客恨,且自赋诗眠。"

岱 记

钟 惺

登岱者,必十八盘以上,而后为岱也。然世所为岱者聚焉。予以万历丙辰九月二十九日丁酉,自临清释舟,四日至岱。登之凡二日,为十月之壬寅、癸卯。其自盘而下落落散处者,今漫然以为岱之路,然而莫非岱也。予升降其间者亦二日,为辛丑、甲辰。所与偕来者,歙吴康虞惟明暨其孙勖念,闽林茂之古度,与惺而四也。

先一日庚子,去泰安州二十里者而望,诸山之蔽岱右者以为岱,度横至不十里。行二十里而后为州,出登封门,为岱之足。以四人腰舆,背徂徕汶水并洞上。洞周于左,壁不周于洞者尽五里,至一天门。意为岱,犹未也。又三十里而后为世所登之岱焉。惘然悟所登之山,十里可至者,傲来也,非岱也。

由石经峪至水帘洞,予亦漫然过焉,以为岱之路而已,俟其反而覆之。然傲来自此以往,时与岱一,时与岱二,人各以其所至所见一之、二之,而又一之,实俊物也。过此则歇马崖。然未至崖,亦谁能马者?稍上,饰其蹬,蹬穷而阁者,以祠玉皇。登之,面徂徕焉。降自阁,以岭名,傍见傲来而能曲且邃者,曰黄岘。降而至此,始知之,升者未之详也。从岭上未至小天门,然计其端与岭略相亚,乃更数上下,复凹其中而平者,快活三也。又上,乃得小天门,秦五大夫松在焉,具官而已。

至朝阳洞,岱过半矣。亭于洞上,登焉。望其上亭者为观,石而栏者为崖,梁者为桥,而不敢以为何观、何崖、何桥也。至此反顾松,松加于泉,石承之,雁次相得。坐而临听,如不欲上。计水所以帘,而石经峪之石不能尽有其经者,皆此物也。大要自一天门至此,直以为岱之路而不必留,即不敢直以为岱之路,待其反而留焉者,皆过而去之。余则留,留不必久。留而久,又若欲待其反者,独此耳。不知十八盘以上之松、之泉,视此何若也?

又上,出大、小龙峪,为盘之始。斗上,度可四三里。念舆差逸而听于人,且神惧焉,与形劳正等,勿宁步而听于己。乃以其身与童、与杖并而步。前其杖,则步追之;步前,杖亦追之。身所不能得于步,则视童与杖;步所不能得于童与杖,仍视舆。舆始四人,去其半,横行若蟹。已射而代,则旋如螺,自成思理。如是者更端,乃为盘之终,曰三天门,则世所谓岱之始也。

数上为碧霞宫,礼元君焉。憩于署,俯五花崖,花不必五而能花,徂徕北面益庄,傲来侍焉。向能于数十里外蔽岱使不见,今反俯,立不能自蔽,然其鳞爪面面,岱亦无以禁之依。夕观日落,反景万光,光中陵谷一气,焕烂之极,乃见混沌,异哉!语具《登岱》诗。玉女池、李斯碑,皆并署左右,暮不及观。

明日,由署东上,出其后,为东岳庙,摩崖铭在焉。唐天宝十四年御制并书,书作汉隶,字长数寸,暗然而光。留不欲去,而其傍有苏颋书颂,俗子以四大字夺之,恚不欲观,去。

循玉皇顶,岱所止也。念日观峰去此近,待其反而宿焉,以候日书。至孔子崖西折,并壁下,则西天门。岱之为天门者三,西天门者,石自门焉,真天门也。呼茂之题石,有"风定烟归,目恬心霁"二语。门可出,堑其下,万笋怒生叠起。最外,予自题云:"立石如扉,下视楂枒。"忽忆白帝城望江中滟预石也。计其处当在十八盘下,可直龙峪,越观峰隔之耳。

释其峰不登,反而登玉皇顶。有石焉,高广不数尺,然终以此冠岱。稍下,则无字碑。碑无字,作《无字碑》诗。从其后俯黄华洞,所谓后石屋者也。松戎戎岩上,欲往,计其邃广,可专一日,遂不往,宿焉。风甚而月,作《宿顶候日出》诗。

夜分,童报气兴于东,非夜气也。以为日,急往登峰。万光而碧其下,星不能光,光不能尽如夜,而犹不失为星。光趋盛,又以为日。此而日焉,是日于夜也。久之,有赤而圆,其端从碧中起者,日也。脱于碧者半,天海所交,水风窘之,反不能圆。赤尽而白,白斯定,定斯圆,圆斯日矣,则下界日出时也。大要光下属碧,落日亦然。而落者畅,出者艰;落之前万象混,出之后万象分,此其候也。

反于署,作《观日歌》。及观李斯碑,得二十九字,世恨其残,而予犹疑其整。玉女池,石甃之,肃焉冲照。稍憩,定黄花洞计。则循所由至顶者,得仙人桥。壁不属者丈许,三石凡钩连而桥焉。桥傍石如砥,坐而望汶、泮居徂徕间者,厥势殆交。茂之榜"双流翼注"四字于石。过舍身崖,视桥加危焉,栏之,其下礨石有类人为。读宋政和间题名。再经日观，欲题“海日生残夜”五字于石，不果。

至玉皇顶不入，北折其后，蹬栈者数里，黄华路也，皆上下矣。石壁百仞，松腋之左，左而半，上为八仙洞，不及登。对而壁者，有若庙、若寝、若垣、若林者焉。数折视之，皆石也。茂之寄题曰“笋城”。中阙为壑，石万其峰，错以松。松聚则涛，不以风也。其中烟霏所荡，层峦听之；偃仰牵拂，不能自止。飞流自日观下者，望齐冰雪。大要泉被于崖，日被于泉，松被于日，风被于松。仰日观诸峰，如向坐朝阳洞时也。度其处，又当为岱之半。降观于壑，可直岱足，如水帘、石经何？然亦无所得径。壑穷，亭之，声光相乱，水木莫敢任。自亭入，宏整可屋，屋之。屋后为壁，洞在壁下，泉出焉，渊而不流，竟日乃出。择石题之曰：“岱不无松，松至此始涛焉。泉壑映蔚，奇为幽豁。”题讫，返，仍作《黄华洞》诗。沿径而半，仰八仙洞，欲登焉，日入矣，予与康虞中反。以茂之往，得所谓峰如脊者，蜿蜒属之傲来，而傲来从此以之岱，所顶皆镁中，其声趾趾。至孔子崖而径合，为予诵之。宿于署。

明日，登越观峰，见西天门而下至十八盘，得一意面徂徕矣。悚然内省，不敢尽以为岱之路也。循二龙峪至朝阳洞，覆所谓松与泉者，童指其上：“亭者曰日观，石而栏者曰舍身崖，梁者曰仙人桥。”予听之，始不惑。计其处半岱，宜与黄华洞诸处直，若胸背然。向所念十八盘以上之松、之泉，视此何若者？当以黄华洞松泉实之，然不可谓十八盘以上物也。

过此无不壁者。壁阙为涧，折而壁复焉，则涧在壁外。至黄岘岭，径益折，往往以下所视之径为涧，所谓曲且邃，降而至此始知之者也。而所见傲来，视登岭时一之二之，又自为一傲来矣。

稍下，覆所谓水帘者，泉扼于石，冬啬之，劣得不绝。为联句题石曰：“晴雨所覆，白云之上。冬爱其原，厥流斯养。石穹其中，俟时而响。岱实为之，劝登弘奖。”题毕而下，复其径，得石经峪焉。石经者，镌汉隶《金刚经》于石，字如斗，随石所之，经尽而止。石仰负天顶，踵于泉,泉枕履之,便其腹以受经,坐立无所。书成而其人不著。念作者血诚,礼之。月矣,归而为颂。

计四日而卒岱事焉。在十八盘以上者,专壬寅、癸卯二日。盘以下升降者,首尾于辛丑、甲辰,而升则分辛丑之夕,以礼碧霞,觊五花,益登岱始事;降则分甲辰之朝,以登越观,益登岱终事。

钟子曰:"余舍舟而岱,登日观峰,岱止矣,能使人意若未至岱者。归循汶、泮所注,济水受之,意已无岱。察其原,皆出岱,厚其力以达于漕,漕告缓急焉。负舟之水皆岱所畀。是身已入舟而岱犹未已也。呜呼,岱哉!"

星烈日记卷之六十七

鸿蒙室主人笔记

九月初一日（10月14日） 移泊香口，闻徽州失守。

破晓，崇如偕余渡江，过华阳镇，至香口，有水由建德山内来，诸营扎于谷口十里内，尚未启行。午后接希帅函，云徽州已于廿五日夜失守，祁门万分吃紧，诸营宜火速前进，须于初五日前抵祁，势或能及，若迟在五日后，则无及矣。崇如闻信，即时催队乘夜前行，而天阴路黑，时霏阴雨，可谓劳矣。希帅前本拟派十营亲带赴援，后闻贼有分股上窜英、霍之信，遂不敢动，仅令此四营由望江过渡。而已则轻骑减从，由东流先至建德，候队同行。余恐此军未到祁门，而贼锋已先入境，且仅千余人，远涉劳顿，乌能抵御，亦聊尽人力以听天命而已。

初二日（10月15日） 闻祁门兵战败，致普军门信。

昨晚希帅来函，又云徽州既失，贼锋进逼祁门，离城仅三十里，强中营垒已为贼焚。诸君于初五日前不能至祁，是我误节帅，诸君又误我矣。词颇激昂。然此军过单而且劳甚，恐虽到亦难制胜也。普钦堂军门驻守建德，离此间五十余里。余本拟亲赴其地，一叙乡情，兼询吴亦九诸君下落，奈此间迁移不定，不敢远离，先遣使赍书致意，后再晤言可耳。

初三日（10月16日） 接普军门来函。

使至建德，军门已赴祁阳，其弟代覆函，得知吴、李诸同乡皆以事去，未在此间。万里同乡，数年交好，星分四散，展转流离，何日是还乡候耶？昨夜大雨，今日稍晴。晚饭后，余与同船诸君登高望远，遥望南山后湖汊甚宽，可以舟行，直至东流，绕出大江。后层高山势甚玲珑，有高顶连下三层，均开大帐，结狮形穴。内湖作明堂，外江分流入拱。穴前外山平列如门，中有小山罗列，如珍如宝，真贵局也。远望已有扦者,不知谁氏墓,暇当细询其由耳。

初四日(10月17日) 作诗悼宣城。

宣城县即谢朓出守处,今沦于贼,作诗吊之云:"宣城昨夜塞鸿归,闻说琴高事事违。白骨几家埋废垒,青山何处吊残晖。谪仙楼上空搔首,谢朓宅边漫解骖。谁向敬亭寻胜迹,宛陵东望泪频挥。"宛陵古来胜地,太白吟咏,多出于此。盖不徒仰慕谢公,即青山亦有爱绝处,故足以启二公诗兴。余拟此行,当能登览其胜,讵料其沦为异城也哉!

初五日(10月18日) 氛埃蔽空。

是日天虽晴,而氛埃蔽空,四山起黄雾,江面烟霏,日色为之暗淡,阴惨无光。夫秋令宜晴明,而今乃若夏初天气,时令既乖,人事可知。余每至多盗之乡,大略如此,亦可以验兵形之胜负,而占民生之祸福已。

初六日(10月19日) 移泊华阳镇。

华镇即香口对岸,离望江县尚十五里,江面颇宽,而浪最险。诸君以香口地僻势孤,恐有不测,因移泊于此,人烟较稠,可无他虑也。同船有彭君号中选者,新自湘乡来,为言其先世第三代祖名思通号龙溪者,生有异术,能为五行遁,常劫不义财以济困穷,官吏捕之无所讳,治之亦不死。大吏每以为患,乃妻之以女,数年生子,彭信不疑。女乘间询所以不死之故,曰:"人死必先毙其心而后死。余每出,恒挖取吾心,闭置暗室而后去。人虽能戕吾身,而不能毙吾心,吾何死哉?"女乃俟其出,暗取心而煎之以油。彭由是罹法,遂毙。生前尝自营生圹于邑之蛇形山,空其中若窖,以铁柱架棺,不使落土。相传棺落土,则五百年后当复再生,以乱人世,今二百余年矣。其山多毒蛇异虫,人不敢到。欲伐山木,必先祷于墓前,视其许可而后取,否则必生灾病,亦异事也。其子八人,相传至今已数千余丁,入泮者甚多,惟无科甲子孙。春秋二祭,恒出其所遗衣冠于位前。其冠之大,异于常人所戴,衣则将化为灰而亦不散。又闻其生前有徒百余八人,临死时悉召而杀之,盖恐其乱世而失其生平任侠之心也。余闻是言,不能无疑。然世有剑侠飞仙,与此大同小异,岂彭君亦剑侠类欤? 特未能识保身术,为可惜耳。

初七日(10月20日)　作《悼徽州》诗。

军兴以来,徽州未尝失守。兹因撤勇无备,而以李次青新集之勇接防,其郡遂至失陷,谁之咎欤? 作诗悼之云:"羽檄传来又一惊,拥青楼下血流横。城临大敌还忧饷,贼起萧墙更散兵。白岳已残千劫烬,黄山空负百年耕。乞师请救成何益,累我扁舟事远征。"

初八日(10月21日)　拟作《性道编说》。

余尝窃窥圣道有自诚而明者,亦有自明而诚者。自诚而明者,日用事物,践形尽性,以及诗书执礼之学皆是,所谓夫子之文章可得而闻也。自明而诚,鸢飞鱼跃,上下皆察,所谓夫子之言性与天道,不可得而闻者也。子张问十世而好为苟难,颜子闻一知十,子贡多学而识,皆自明以入诚。子夏笃信谨守,曾子竟以鲁得,则自诚而入明。圣门之中,已各有所从入之异焉。后世程、朱专谙性理,马、郑诸儒极力训诂。今考据宗马、郑,义理本程、朱,各有统宗,是践形尽性、诗书执礼之学,已大明于天下。惟天道一端未有汇归,是圣教虽明,而不能无偏执之弊,则圣功尚未全也。盖自伏羲画卦,大禹衍畴,文、周、孔三圣演易,性道之学虽奥而实显。夫子之言纵不可闻,而系诸象、象,唯人自领,又未尝不可得而闻也。后世扬雄太元、关子潜虚、濂溪太极、尧夫皇极,皆各有心得,实足以衍不传之绪,而乃无人以继述之者,何哉? 来瞿塘深于图象,李安溪精明义理,江慎修则专综旧说,欲求一祖述羲文,宪章周孔,以辅翼濂溪、尧夫,而独成一家之学,以补汉宋诸儒所不及,上可以窥夫子不言之教,而为明入诚者,有以启其机而要其成者,则未之见。余尝欲执河洛以收天下事物之理,分形、理、气、数为四端,各以其类,从而推阐厥蕴,使世之言河洛者有以分别互用,各得其实而未有暇。兹泊舟野岸,一望茫茫,复有所会,拟暇时辑伏羲以来专言性道之书,别为一编。如《河洛图》是为诸道之总,

《阴符》专言天，《中庸》备言人，《易》其界天人之交乎，《洪范》则天人之应若合符节，休征不爽矣。《太元》《潜虚》不过申引其绪，然用九与用八，亦天道自然之理。太极推原圣功，纯粹以精，皇极博大，通前彻后，无所不包，实河洛以后应泄之秘也。此后学者虽多，未闻能嗣其统。惟吾滇葛见尧先生《泰律编》一书，通天地之元音，发古今之秘窍，堪上继皇极，为圣门树一鸢飞鱼跃之学。独惜其专以声音求至理，故虽精而未切耳。然则为是学者，吾将谁与归？抑有所待而后明欤？姑存其说于此，以俟异日与同志者相讲求云。

初九日(10 月 22 日)　与诸友作重阳诗。

风雨满江，不能登岸。左棣华、程石渠二君联句有云："一叶扁舟两画桡，把酒吟诗兴自豪。不必龙山看帽落，满江风雨舵楼高。"余亦成一律云："回首浔阳去未能，大江东逝感何胜。皖公山近旌旗满，燕子矶高虎豹凭。塞上风云多异梦，天涯兄弟是良朋。黄花樽酒知何处，且与渔樵话废兴。"左和云："韬钤欲展笑谁能，扛鼎文章力自胜。满纸河山看笔走，君著有《江淮图说》。罗胸星宿借诗凭。南阳奇士真无匹，东土妖氛尽迹明。此日江城风雨满，好将葡酒颂中兴。"程和云："六载谈兵用未能，一腔豪气老犹胜。神机理抉三奇奥，造化形图万古凭。尊著有《运筹》《神机》及《江淮图说》等书。诗杂仙心神欲醉，笔摩霄汉大无朋。木兰倚遍江淮地，到处重阳韵事兴。"二作盖兼赠余，故云。石渠又叠前韵书所见有句云："云团野草红心满，月转秋波绿意凭。"亦隽。

初十日(10 月 23 日)　记梦。

是夜，梦随崇如带队山行，如平日状。驻营时，崇如令军士宰牲畜祭墓，于是纷纷宰杀，自牛马以及羊犬皆剥其皮，铺满道路。有已剥者、未剥者、半剥者，填沟委壑，殆无隙地。最后剥二巨象皮，皮已剥，而象犹跳荡不已。遂惊寤。未审何兆，记之以待后验。

十一日(10 月 24 日)　拟作《学论》，未就。

初在滇，尝有志讲学，而苦无同志，故著《探元录》《酌经录》《明史卦验》诸书，后此事遂废。《明史卦验》虽已成书，而未能校订。《探元》《酌经》则尚未成编。嗣以从戎在外，更无人相与研求。今秋抵桐，拟访其邑人士，以追求望溪、姬传之学，而又皆转徙流离，出亡在外，无可共言者。兹值连日阴雨，舟居无事，乃反求昔日心得，著为《论学篇》，盖将以就正节帅也。

十二日（10月25日）　闻左季高京堂一军已抵祁门。

王呈瑞镇军之兄某由营回，云崇如带领四军，于初四日进抵祁门界之历江，离县城尚六十里。此地有二路，一走徽州，一走池州，为祁左要路。祁前四十余里有二隘，极险峻，一夫可以扼要，现设卡戍兵防守。贼未入界，而此路空虚无备，恐其由此绕入祁后，且可北走建德，以解安庆之围，故令四营即驻扎于此，一为祁援，一防北窜也。又言左季高新募万余人，已于初十日到祁，似可无虞。惟李次青守歙诸军尚未归队，死者数千余人，次青下落亦未得实。俟崇如来函，当得其确耳。

十三日（10月26日）　作《学论》，未成。

重阳前后数日皆雨，今晨至午稍有晴意，未申后又雨，至夜不止。篷窗三尺，汹波万顷。棣华诸君以联吟自遣，余则枯坐扁舟，苦思构文而未能。故程石渠叠前韵相赠有云："滇海神龙变化能，正襟危坐疲难胜。"盖相调笑，如饭颗山之调杜甫云。

十四日（10月27日）　作《学论》，未成。

讲学自朱子后，道已大明。元、明以来，学者或出或入，皆不能出其范围。本朝考据家乃欲拔其帜而树以己帜，庸可得乎？姚姬传出，调停于义理、考据、词章三者之间，近代学者翕然从之，盖亦善于立教也。惟河洛一传，未有所归，故余欲引其端，以与天下学人推阐其教。而名誉既浅，学术尤陋，谁能信之？当今道学，惟涤帅是归，乃先拟此篇，冀求订正。然涤帅所学，务求实践，一切高深之论，在所弗尚。此篇虽出，恐亦在摈斥之列，而当今讲学，舍涤帅更无从质正，奈何奈何！

十五日(10 月 28 日)　《论学》篇成。

文云:"窃自古无不传之学,亦无不承之道。道所从入,厥途惟三:曰颖悟,曰讨论,曰实践。实践者,笃信谨守,自格致诚正以至修齐治平,细而日用饮食,大而国计民生,无不躬亲体验,以求无戾乎道,所谓自诚而明者是也。讨论者,博纪参稽,自诗书礼乐以及射御书数,上而郊庙朝廷,下而农田水利,亦无不探源确证,以求折衷诸道,亦自诚而明者类也。若夫颖悟,则一本万殊,万殊一贯,自天地鬼神以及事物性命,大而参赞化育,小而鸢飞鱼跃,亦无不上下以察,以求必尽乎道,所谓自明而诚者非欤? 子贡曰:'夫子之文章,可得而闻也;夫子之言性与天道,不可得而闻也。'夫子之文章诗书执礼,子所雅言,故恒得闻。夫子之言性与天道,五十以学《易》,可以无大过。以夫子而必至五十始能从事乎《易》,则门弟子曷可《易》言闻乎?《集注》训五十作卒,鄙意谓不若仍如其字之为当。盖五十而知天命,天命即《易》道也。年未四十以前,志虽定而虑犹有惑;年逮五十而后,耳将顺而心尤易通。故学《易》非五十不能。然而门弟子之自明入诚者,有其人矣。颜渊闻一知十,不违若愚;曾晳鼓瑟,心希上理;子张好为苟难,问及十世,皆颖悟学也。其余或以鲁得,或由勇致,或多学而识,无非讨论以致其知,实践以笃其行,则皆由诚以入明耳。人生资禀聪明各异,故所学亦殊,而要其成则圣贤同归,初不必以颖悟而薄讨论,亦不得以实践而轻颖悟。博学、审问、慎思、明辨、笃行,缺一不可。故生知困勉,皆可成功,而独至从入之途,则不能无异焉。高明俊伟之姿,每惮细繁,若必范以绳律,使不得驰骋以尽其才,则不致遁而他岐,纷心异学者,亦几希矣。即沉潜敬谨之士,难致精微,若必望其颖悟,使不得从容而尽其诚,则不至奔驰泛驾,失足颠踣者,又几何哉! 以故孔门设教,必列四科,亦欲广收天下英才而教育之,不使狂狷之士不知所裁,终其身以背于道焉,斯圣人之所以为大也。后世儒者,或流为虚无,佹诡奇异,以恣其诞;或流为横议,捭阖阴阳,以肆其毒;又或流为苛刻,刑名法术,以成其暴,道之不明也甚矣。于是起而救之者，训诂诗书，讲求礼乐，欲循制作以窥先王遗意，则有汉代诸儒之学；发明义理，见诸躬行，欲循诚正以臻圣道之醇，则有宋世五子之学。宋学流弊，其失也空疏无据，明末诸君子不能辞其咎焉；汉学流弊，其失也附会繁芜，本朝诸君子亦不无贻讥焉，甚至汉宋二学各立门户，互相攻击，则道之不明也又孰甚欤。桐城姚惜抱先生生诸儒后，而欲为之正其失也，谓义理、词章、考据三者无容偏废，必义理为质，而后词章有所附，考据得所归。亦必考据是征，而后义理非虚蹈，词章无泛涉。其论甚正而心平，然独惜其为词章发耳。夫所谓义理者，必实践而后著；所谓考据者，亦必讨论而始精要，皆圣门所谓夫子之文章、诗书、执礼，子所雅言，可得而闻之者也。而又得汉宋诸儒及近代学者，与姚先生讲明切究，身体力行，取其同而裁其异，集其成以汇其归，圣教大明，于斯为盛矣。然而夫子之言性与天道，岂竟不可得闻乎哉？夫性与天道，备载《大易》，散见《中庸》，而其精蕴则藏诸河洛。河洛之学，肇自羲画，显于箕畴，而莫著于文、周、孔三圣人之则图画卦，观象玩占，而各以心传之学寓诸象象爻辞之间。故凡盈虚消长、吉凶祸福之事，靡所不备。所谓与天地合其德，与日月合其明，与鬼神合其吉凶，先天而天弗违，后天而奉天时者，而谓夫子《易》言之乎？夫子虽不言，而学者遂概置弗道，或指为高深，惮于讲求，或斥为荒渺，勿庸体验，与夫子假年学《易》之旨悖矣，而岂圣道之全也哉？后世扬雄准《易》而作《太元经》，邵尧夫通画前《易》而著《皇极经世》，可谓豪杰士矣。然世方竞尚汉宋儒者之学，各立标准，互相攻击之不暇，则虽贤哲挺生，代不乏人，畴复能于坠绪茫茫之中，独深探索，力肩大道，以与二三同志推阐河洛，兴复《易》教，为夫子广不言之道，以补汉宋儒者所未备耶？窃尝深究河洛，蕴蓄虽精，而其大要则不过形、理、气、数四者而已。何谓形？戴九履一，左三右七，二四为肩，六八为足，其形分布八方，与八方之位适相齐，洛书之象，圆象也。一六共宗位乎北，二七同道位乎南，三八为朋位乎东，四九为友位乎西，五十同途位乎中，其形分布五方，与五方之位又适相配，河图之象，方象也。故凡求形于天地之中者，不外五位八方，河洛所以备其形，而为天地显自然之象焉。黄帝则而象之，于是有握奇阵之作；周公则而象之，于是有太庙明堂之制；武侯则而象之，又于是有八阵图之迹。是皆有取于图书之象，而独成为制作之精，则虽形也，理与气与数寓乎其中矣。何谓理？三八之位乎东者，于时为春，于行为木，于德为仁，条达之性也；二七之位乎南者，于时为夏，于行为火，于德为礼，高明之性也；五十之位乎中者，于时为四季，于行为土，于德为信，笃实之信也；四九之位乎西者，于时为秋，于行为金，于德为义，刚毅之性也；一六之位乎北者，于时为冬，于行为水，于德为智，沉潜之性也。而人之秉乎五行而生者，或偏于条达而成其为仁，或偏于高明而成其为礼，或偏于笃实而成其为信，或偏于刚毅而成其为义，或偏于沉潜而成其为智。有所钟，必有所异。故凡求理于性分中者，总不外五行五德。河洛所以备其理，而为万物具同然之性焉。大禹象河图而衍畴范，一曰五行，二即五事，而又恐貌、言、视、听、思五者各有所偏，不能作肃、作乂、作哲、作谋、作圣，故六三德必济之以刚克柔，使其无偏无陂，无反无侧，而后德性正直，乃可思睿以作圣。此五皇极所以为圣功之矩范，而实王道之极则也。易象亦贵中行，先天对待，理寓形中；后天流行，理载气内。气以成形，而理亦具焉。故文王则洛书而画后天八卦，并演易而系之以辞。其曰元亨利贞者，善之之辞也；曰吉凶悔吝者，戒之之辞也。盖元为统宗会元之象，亨为欣畅和动之机，利为强直顺遂之气，贞为完固坚实之体。在天为天道，在德为圣德，在人为大人。天有元亨利贞，人亦有元亨利贞，即事物亦莫不各有其元亨利贞。一念之天理，则吉而无咎；一念而非天理，则凶而有悔。故六十四卦三百八十四爻，皆以二五中爻为得位。初与上非过即不及，易象无取焉。是《易》道即《中庸》也，而谓非圣人心传之学乎？理之蕴于河洛中者有如此。又何以谓之气？盈天地间皆气也，故河洛所蕴，亦无非气。气有升降，有阖辟，有呼吸。呼吸者，人物之气；阖辟者，阴阳之气；升降者，天地之气。天地易闭而气不息，人物易毁而气不消。故人欲凝其气以与天地长存，非有以窥阴阳阖辟之机，体天地升降之理，返而治乎吾身之一呼一吸，以为凝神固道之基，不可与古圣贤争不朽业也。儒者之养气，集义以成学，故渊乎浩然，至大至刚，以塞乎天地之间。道家之炼气，取坎以填离，故炼精化气，炼气归神，常存乎宇宙之内。而推其源，则不出乎河洛义旨者近是。盖浩然者，乾健之德，发而为阳刚之气；归神者，纯阳之精，凝而成乾健之象者也。洛书一白、二黑、三碧、四绿、五黄、七赤、八白、九紫，互相衰旺，而九运之气出焉。河图一六水生三八木，三八木生二七火，二七火生五十土，五十土生四九金，生生不已，而五行之气运焉。未有天地之前，但有水火，以水火能生天地也，故坎离为乾坤之母。既有天地以后，亦不离水火，以天地又自生水火也，故乾坤为坎离所丽。后天离位，即先天乾位；后天坎位，即先天坤位。取离中之阴，以射坎中之阳，而后阴中之阳气乃升而与阳中之阴媾。取坎中之阳，以填离中之阴，而后阳中之阴气乃降而与阴中之阳交。迨至坎阳上交离阴，而成纯阳之乾，则天地之中又别辟一天地，水火之精又自生其水火，而炼气之功尽矣。养气之学，亦因之粹焉。用二而体一，派殊而源同也。儒与道本相通，故祖述源流，往往相袭而各成其是。黄帝、岐伯推究五运六气，而著《灵枢》《素问》，是为医经之祖。陈希夷窃伏羲方圆二图，而炼戊己之功，遂开后世《性命圭旨》《仙佛合宗》诸著作。特学者不善治其术，故专以私意盗天地之秘，而为吾儒所不道。倘取其性命双修之理，以辅吾天人交尽之功，则养生适可以卫道，炼气即所以存神，又何莫非参赞化育，至诚无息之道也哉！河洛之气有益于学问也又如此。更何以谓之数？理数本相依，同出于形与气，如阴之与阳，迭相消长，而无一时一事之或违。故言数而遗理，数不明，言理而遗数，理不备。数也者，所以辅乎理而显其用于形气之间者也。洛书数四十有五，河图数五十有五，象之以八卦，序之以五行，配之以干支，推其生克，究厥吉凶而数见焉。故大衍之数五十，其用四十有九，源出河洛也。古龟卜灼骨取象，参之以卦，而断以繇辞，亦原本图书，故其用最灵。惜世远传稀，其学不著，卜筮家遂专以蓍代龟，且混龟于蓍，失其旨矣。于是《壬遁》《太乙》《演禽》《风角》《鸟占》诸书，纷然杂见，皆得出而与蓍龟争灵，假冒河洛，乱厥宗旨。数之理愈用而愈隐，益求而益晦，无怪乎数与理分，理自为理，数自为数，数亦因之弗灵，则岂河洛咎欤？《皇极》重卦而识古今大数，又以声音图取天地元机，理近自然，数尤奇矣。吾滇葛氏见尧著《泰律篇》，亦专以审求元音为之主，实得尧夫未发之秘。金氏正希序而传之，盖有见也。夫声音之道，自古乐云亡，其失已久。邵、葛二子独能起而究其精凝，亦足见泰古元音尚在两间，惟人自领而已。独惜二子后遂无嗣响。《皇极经世》绪言及祝家钤皆以己意测皇极，非尧夫旧本。以李安溪先生《易》学之精，尚不能识声音图而明释其义，况其他哉！扬子《太元》变八用九，其源亦出于九畴，殊知八卦中自涵九象，非八方外又增一象以为九也。《太元》得其用而失其体，知其数而昧其形，理非真理，数爽厥数矣。我朝《数理精蕴》一书，囊括众有，包含万类，可谓博矣。而探其元，则不能离理以论数，是又在乎神明其术者之各有心得，独明道蕴，以期无负乎羲文画卦，箕禹衍畴，周孔系《易》之心而已矣。则数也，又岂圣教所能外哉？是四者，理寓乎形，精而求之，见河洛之体；数运乎气，显而神之，见河洛之用。理数明则体用赅，体用赅而功德著，虽抱此以治天下焉，无难也，讲学云乎哉！洪范首五行而究其极，则征应不爽。其八政、五纪、三德、七稽疑，分布四方，秩然有序；五皇极居中运化，端拱无为，遂成经世宏模，为王道圣功所莫外。又况图书为畴范所本，而乃疑而弗究之也，何哉？盖自夫子罕言，而门弟子遂不得闻，颜渊、子贡辈虽有闻者，又不言其所以得闻之故。迨至子思作《中庸》，始备述天人大道，与《周易》相表里。可见性与天道，夫子虽不言于一时，未尝不流传于后世；学者虽不得闻于语言之间，未尝不可求诸文字之内。倘于此有人焉，为之表明而会参之于形，则深明乎阴阳向背，以究其左青龙、右白虎、前朱雀、后元武之义，而为选方定位者立之准则。凡天宫之二十八宿，罗针之八千四维，视诸此

矣。于理则深究乎天人性命，以辨其恻隐、羞恶、恭敬、是非之心，而
为践形尽性者穷其蕴，则凡太极之动静交养，西铭之胞与为怀，又无
不萃诸此矣。更于气则旁通乎修心炼性之术，以助其直养无害之功，
而为保生卫道者调其气而永之年，则凡《参同》囊钥、《阴符》秘奥，与
夫逍遥御风之学，无不可以涵养其性天。且于数则深验乎祸福吉凶
之理，以定从违去就之机，而为明哲保身者决其疑而坚之信，则凡易
林詹卜、星经测验，与夫《周髀》历数之术，亦无不可以神明其志气。
由是而体诸躬行，既广大而精微；由是而发为文章，尤宏通以奇肆；抑
由是而精乎证据，愈见渊源之有本。是上参三代以前之学而成为一，
是下萃汉宋以后之儒而集其大成者也，则其功岂不伟哉！某虽不敏，
亦尝有志从事乎此，欲纂泰古以来性道之书符乎河洛者，萃为一编，
分别形、理、气、数四端，以阐夫子不言之道，为聪明颖悟者启其机而
导之窍，庶使其自明而诚有所从入，不致昧厥旨归也。只以禀性昏
懦，学无师承，不敢妄有所述，故事不就，而其志则固卓然不易也。于
是出素所得诸河洛之形者，仿黄帝、周公、武侯之制，师其意而变通
之，著为《天地全体卦象》《洪范三才一贯》《五行征应图说》及《神机
阵》，仿河洛建城诸图说，是为辨方之准。又以素所得诸河洛之理者，
仿濂溪、子云之学，触其类而旁通之，著为《性善相近图说》及《兵经智
海图说》一书，以剖性命之微，而发韬钤之奥。复以素所得诸河洛之
气，拟陈希夷所为，窃其意而显泄之，著为《圭旨三关图说》，又将合三
教而为一家也。且更以素所得诸河洛之数者，拟郭璞、康节之术，会
其意而神明之，著为《罗针原始图说》《明史卦验》一书，亦将以相彼流
泉而知治乱根源者也。惟其时势多艰，十年于外，此事遂废，亦未成
书。而心之志乎道者，则虽流离颠沛，又未尝一刻稍懈。今春从戎至
皖，得近门墙，以为公当今山斗，道德、勋业、文章，众望所归。某窃私
心自幸，谓传心有要，学道克成矣。而乃以受谮见疏，亲炙未久，复游
于桐，访望溪之坠绪，挹姬传之余风，而又老成凋谢，斯文不传，则低
徊无尽，不忍遽去。兹随欧阳守助防过江，又将晋谒麾下，是天终欲

使某得闻大道于公也,岂不幸哉!然而公道德高深,固非小子所能测,而会厥旨归,大要以义理为质,躬行是励,守程、朱之绳墨,参马、郑之宏通,折衷姬传,私淑望溪,又将以所学范围天下,胥归实践,而一切高深神奇之论,在所弗尚。某今所学既无师承,未免有近乎狂,而欲以私心曲学就正有道,是欲圆其范而故求方枘之凿,欲治其狂而故服参苓之剂者也。乌乎合?然公之德泰岱也,公之量巨海也,泰山不以其高而忘丘垤,大海不以其深而遗细流。公又岂以小子之狂狷,而不思裁成以归于道欤?是以不揣固陋,妄陈所学如此,尚冀垂览而辱教之,使河洛心传一脉,不至久而失坠,得与义理、考据、词章同显斯文之盛,而复圣教之全,斯道幸甚,一己幸甚!”

十六日(10月29日)　接崇如来函。

略云:“舟中一别,是晚即过小江,趱行兼程,至初三日已近祁门百里之闪上。当接希帅函,云鲍军已获胜仗,贼不敢窥伺祁门。现鲍镇军扎渔亭,张观察扎黟县,祁门门户已固,惟池贼将由石埭绕窜祁后,令各营驻扎历口,距祁城六十里,距石界四十里。以防后路。又闻北岸定远、寿州、六合俱形吃紧,希帅不日拟回老营,果尔,则我军将南北奔驰,靡有暇日矣。况此役越山过岭,辛苦万状,某本粗庸,尚觉难耐,况在先生,其何以堪?若长寓舟中,又实简亵之至。日夜思维,心颇难安。先生前在宿,曾有好述之缘,鄙意谓不如趁此闲暇,仍转宿邑,成就佳耦。俟某再回老营,定当专弁奉迓,以便时亲几席,借开茅塞,则幸甚矣。”观此,则祁似觉无虑,而次青下落仍未题及,不知何故。

十七日(10月30日)　覆崇如函。

函云:“十六日接子书及赐金、诗品之数,并令暂回宿松,借图姻事,俟归札老营,再招入幕。足见知己情深,爱我者厚,而处我者又甚周也。感佩之私,曷可言喻。惟是万里羁栖,半生潦倒,所恃者知交,故荐得所因依,差能驻足数载。交游非无义士,奈时令多乖,所入辄谬,故转徙流离,终无成功。前蒙见招,心窃自喜,不料事变无常,不能远随鞭镫,心殊自愧。然某非恶劳而好逸者比,只以亲丧后嗣大故未了,即区区著述,亦无所托,故不敢轻蹈危险,有近乎怯,想亦知我者所能见原而心许之者也。昔鲍叔与管仲交,仲多取金而叔不以为贪,仲临敌怯而叔不以为懦,非素抱卓识,深知仲之为人,而能若是之相信不疑哉?某也何人,敢与仲论,而足下则固今之鲍叔也。前在营煮酒谈心,以某尚有抱负,差异庸流,有意乎其玉成之也,而未逢其会。兹更事与愿违,形随势变,岂非命哉!然事虽无成,而铭感私衷,则固无时能已。后有机会,尚冀始终成全,俾平生苦志稍有所伸,则衔环结草之心,当不止终身自信已也。兹遵教暂赴宿邑,以俟捷音。或仍扎原垒,或北防寿、凤,或近防大江一带,某当重整鞍辔,再诣行辕,以供驱策,亦未为晚。但现图婚姻,而妙手空空,亦难倏现楼阁,过渎知交,亦觉心所难安。倘诸友处可以张罗,无妨代为筹画,俾种玉有资,庶元霜亦易捣耳。祁门诸隘既固,当可无忧。李次青观察现扎何处?左季高京堂闻已到祁,未审确否?又闻京师告警,节帅将有北援之说,然乎否乎?便中尚祈示悉,是为至祷。至历口为入祁要道,防堵尤为紧要。阁下久历戎行,而又得彭、王诸君辅助,是谋勇兼资,和衷共济,自保无虞。然贼不能由正道入祁,必思越间道以绕我后。建、祁二邑相去二百余里,防守过宽,不可不虑。盖贼之必由此路入者,一可抄绕祁后,一可回救安庆,犹弈家之一着两用法耳。是否宜策,尚望兼筹,以多探多防为要。杞人之忧,甚毋视为愚戆而笑置之也。幸甚望甚!"

十八日(10月31日) 致史贤希函。

前以《廿四策》寄贤希,未接覆函。兹由营寄祁,实为至便,因并寄之。盖将闻彼军情实据,以便纪载,庶日后史家有所采摘,以为实录,此野史之所以有关乎世道人心也。

十九日(11月1日) 拟赴宿松,不果。

崇如现令余仍回宿松,固惬本愿,因拟买舟即行。而秋雨霪霖,至今未止,大风吹浪,尤为汹涌,不能开舟,乃暂住军装船上。余三游

湘军,皆不终局。犹记丁巳在龙坪舟中,赵松圃代占牙牌,数问所从,
课词云:"片帆风顺及时扬,稳渡鲸川万里航。若到帆随湘转处,下坡
骏马早收缰。"鲸川已应李方伯,兹帆随湘转,皆无成功,自是早收缰
时矣,尚何疑哉!

二十日(11月2日) 送左棣华入营。

营幕需人,崇如促令棣华入幕,而秋雨连绵不止,不能速赴。今
午雨稍停,乃急买小舟,由东流入建德。始拟登岸前进,旋闻北岸告
警,希帅将回援。元中、信中二营先期拔营北归,而留发右、刚右二营
防堵历口,想不日亦陆续返矣。奔走驰驱,往反徒劳,军士讵堪其苦
耶?统兵者不可不慎之于征调之始也。

廿一日(11月3日) 闻湘军北防六安。

今午左霞谷闻湘军于十七日已拔十三营,自青草塥前赴六安,仅
留三营驻戍,不知贼由何路来。想庐贼大股由六过商城,拟绕道以犯
楚界,故湘军之去如此其速也。贼计之谲,可谓极矣。意本欲救怀、
桐,乃不肯直趋怀、桐,却从南北两岸扰我边界,使我分军四应,则军
形自单,兵力自弱,然后从中突出,以与我斗,纵不能胜,亦可自守,是
善于解围法也,岂可轻视之哉!

二十二日(11月4日) 为程石渠作《莲砚铭》。

序云:"张五渚先生官儋耳归,携一砚与偕,质颇坚润,石纹隐现
白莲状,宝数世矣。为窃者鬻于市,程君石渠购得之,惜无池而施之
以斧,莲瓣损焉,不胜怅惘,爰倩予说而铭,铭亦将以纪其过耳。因为
铭曰:'惟石斯贞,惟莲斯洁。莲隐石中,如松立雪。循吏所宝,高人
拟节。凿以为砚,莲瓣斯缺。于戏噫嘻,弄巧成拙。岂贤质之不磨,
而白采乃受涅。吾将睹斯砚,而兢兢乎名节之易堕,尤有戒于英华之
太泄。'所谓五渚先生者,盖其乡先辈之有道曾宦粤者,著述颇多,有
砚癖,尝著《砚谱》行于世云。"铭甫脱稿,即过其船,石渠正拈毫和友
人诗云:"雁落寒沙浅水边,金风吹雨邮书传。闲吟爱倚篷窗坐,一幅
秋江入画先。"亦可想其风趣云。

廿三日(**11月5日**)　纪异。

元中营军装船于昨日移泊香口,其幕友拟夜饮,令榜人登岸沽酒。榜人回曰水边隐隐二黑影,疑为鬼物,令人毛骨俱悚,故不沽而空回也。亲兵某,年少轻举,径独往沽。方回欲登舟,而足遽失,遂落水。初半身犹浮水面,追救者将至前,而全身遂落,不可救矣。岂真有鬼物为之祸欤?亦云异矣。

廿四日(**11月6日**)　晴。作《望江形势图》。

重九前天即阴雨,至今始晴,然犹大风不止,故不能登岸。久欲作《望江图》而未有暇,今乘天气新晴,因绘之。望邑虽处江边,而左右皆大湖,唯一陆路可走石牌诸处,故贼据安庆数年,而县城未遭焚毁,地偏而无关乎战守故也。

廿五日(**11月7日**)　移泊香口,拟赴安庆,不果。致崇如函。

今晨天甚晴明,而且风息浪静,拟买舟至安庆一观形势,而庸仆忽思叛主,反唇相稽,势甚决裂,故止不行。余待下人失之过宽,遂至养成其悖然无礼之甚。余亦未肯姑容,因速遣去,不欲留以自祸也。谚语云“家贫奴欺主”,岂是之谓欤?

廿六日(**11月8日**)　占梦。

昨夜梦独过小石桥,石欹斜而欲倾,细雨,路尤滑,遂失足堕港中,幸无水,亦未沾泥,乃缓立而起。岸上已有马一伞一,待于路旁,马有鞍而伞微破,乃持伞遮雨,将欲上马,遂寤。晨起占之,得牙牌课云:“一帆风顺及时扬,稳渡鲸川万里航。若到帆随湘转处,下坡骏马早收缰。”犹记丁巳在龙坪占所适从,亦得斯课。其后李鹤人方伯召赴营,遂获保荐。是稳渡鲸川之兆,已应于前。今复三入湘军,皆无成功。则帆随湘转、骏马下坡之兆,又应于后。昨夜梦复如此,课更如此,如此而不早作收缰之计,将何待乎?

页眉补记:

余凡三入湘军,皆不终局而散。

廿七日(**11月9日**)　作《用人论》,拟上曾涤帅。

文云："夫英君异辟,能起衰救弊,成中兴之业者,何恃乎?惟在乎得人而已。长子丈人,能拨乱反正,成不世之勋者,何恃乎?亦惟在乎得人而已。中庸曰:'文武之政,布在方策。其人存,则其政存;其人亡,则其政息。'得人顾不重欤?昔周公礼士,三吐哺而三握发,犹恐有未尽之才,非谓天下才皆贤于己也,盖诚见天下重务,必与天下贤才共成。而且小知者未可大受,大受者未必小知,故必集众思而后广忠益耳。得人者昌,失人者亡。古诸侯争先致士,未有不由此以致其诚者。故入国而问政,不必先观政治得失,只与其贤士大夫游。而一国之典章文物,百年之流风善政,早有以卜其运祚短长,而因识兴废之所由来焉。故国有仁人,强邻不敢遽加兵革,《楚书》所以有善人为宝之训也。然而人才之难尽识也,有天有人。人禀五行之气而生,故沉潜高明,互有所偏,其各因资禀以成为德性之淑者无论已,即一切奔趋效用之徒,亦万有不齐,非必尽皆欺世以求进,而受气既殊,流品自异,故诡变不测,表里难一,其人亦不自知其情貌之何若,则所谓天也。子牙子曰:'夫士外貌不与众情相应者十有五:有贤而不肖者,有温良而为盗者,有貌恭敬而心慢者,有外廉谨而内无恭敬者,有精精而无情者,有湛湛而无诚者,有好谋而无决者,有如刚果而不能者,有悾悾而不信者,有恍恍惚惚而反忠实者,有诡激而有功效者,有外勇而内怯者,有肃肃而反易人者,有嗃嗃而反静悫者,有势虎形劣而出入无所不至、无使不遂者,然此犹天性使之然耳。若夫大奸似忠,大恶若善,居之似忠信,行之似廉洁,则参以掩着人为,而故反其天性之常焉。故素本柔懦,而乃眩之以勇;素本私曲,而反矜之以直;素本贪污,而更饰之以廉;素本刻薄,而貌为宽厚;素本残酷,而矜谈仁爱。又或窥在上者性情好尚之偏,以工其揣摩迎合之计,则尤不可以情貌穷。我而端尚朴诚也,则有貌为忠实之徒,进一切衣冠语言,不难暂易以朴,而愈显其嗫讷;我而喜谈道德也,则有剿袭义理之学,进一切举动文为,亦不难勤思诵读,以冀合夫矩范;我而喜人贡谀也,则有工于媚说之流,进一切称颂揄扬,更不难极力标榜,而随声以附和。然则用人者之性情好尚，早为人窥，而人之为我用者，我反不知其性情所尚何如。是欲用人乃为人用，则用人讵不难哉！于此而欲知而用之也奈何！观人之法，莫良于眸子。孟子曰：'胸中正则眸子正，胸中不正则眸子瞭焉。'断未有眊目邪视之人，而可以为端人正士者也。吾诚执是以相天下士，则虽诪张为幻、为鬼为蜮之情，亦将不可隐。而况诚中形外，能掩于暂，必不能掩于常，能掩于暇，必不能掩于猝，而犹谓肺肝难见者，岂理也耶？武侯《新书》有云：'问之以是非而观其志，穷之以词辩而观其变，与之以计谋而观其识，告之以祸难而观其勇，醉之以酒而观其性，临之以利而观其廉，期之以事而观其信。'本此七观，以定一识，则人之来吾前者，又焉廋哉！又焉廋哉！是故使人而求其备，将天下皆无用才也；使人而惟其器，是天下又无尽才矣。夫聪明才辩之士，可与应机变，而不可共艰难，若必责以寄托之重，则大节必有亏；端谨悫诚之士，可与守常经，而不可处权变，若必责以肆应之才，则机变鲜有济；豁达恢宏之士，可与决大疑，而不可亲庶务，若必责以繁重之任，则琐屑有未谙；沉鸷英勇之士，可与建雄图，而不可谋小利，若必责以寻常之业，则英武无所施；深谋老成之士，可与筹远略，而不可图近功，若必责以便捷之计，则智虑有所穷；清操自守之士，可与矜节概，而不可议富强，若必责以恢张之器，则操守无足重；慈祥恺悌之士，可与布恩施，而不可任刑戮，若必责以执法之任，则漏网者必多；慷慨好施之士，可与尚义侠，而不可典赋税，若必责以征输之役，则徒劳而无功。故廉可使也，贪亦可用；智可使也，愚亦可亲；诚可使也，诈亦可爱；贤可使也，吝尤可收。要在乎用人者之权驱术驭，威服德化，有以使之就我范围而不过焉已矣。方今天下糜乱已极，尤为用人孔亟之秋。虽上自天官，下极地理，中究术数，以至一材一艺、一知一能，无不可兼收并蓄，以成指臂之功，而顾可预立成格，以自隘其包荒之量也哉？窃尝论自古君相善于用人，首推汉高。知淮阴之国士无双，不惜筑坛择将，一旦举而畀以节钺之威；知留侯之运筹神妙，亦不惜亲近帷幄，朝夕聆其借箸之能；又知陈平之智囊寡偶，更不惜黄金百镒，听所为而成间楚之勋。其次则诸葛武侯，李严被放，闻公薨而大痛，以为非公不足以知己也。又其次则莫若唐之太宗，房玄龄善谋，杜如晦善断，魏徵更善为谏，太宗皆能用之。是集众才以为己才，集群思而为己思者矣，乌在其不为明且圣哉！盖一人之知识有限，群材之闻见无穷。我能用众，则众才皆我才，众贤皆我贤，不必自恃为贤而贤益著，不必自逞己才而才弥彰。宋余玠治蜀，设招贤馆以纳众士，而蜀赖以安。桓温不用王猛，使投（符）[苻]坚，西秦因之致霸。治乱之机，系乎人才，则人才之能为治乱肇端者，尤不可不加之意焉。某曩在滇，祸乱方兴，即闻潇湘、云梦间首建义旗，有侍郎曾公其人者，雄材大略，礼贤下士，不禁心向往者久之。既而游楚，遇适相左，又自以为命蹇，终不能望见麾盖也。乃今而亲睹道范矣，备闻伟论矣，而且辱承奖诱矣。公之爱士，诚有大过乎人者，虽古之握发吐哺，礼罗贤士，何以异是？虽然，某庸材也，上之既不能厕身道德，树儒林之雅望；次之又不能走马疆场，骋杀贼之英风；大之既不能显名科第，习当朝之掌故；细之更不能转输服役，勤王事之靡盐。而且刑名未谙，酬酢非长，只以性好文章，薄有著述，遂遨游江淮将帅之间，而不自知其才之不堪以应世也。然于此而得所遇焉，如石投水，如胶合漆，俾得执尺寸柄，赞助帷幄之中。或出片言以定大疑，或筹一计决胜千里，或训练士卒，演成节制之师；或纂辑韬钤，勒为东征胜纪，亦未始非一长可取，薄技堪收。如必责以驰驱应对，奔走服劳，图籍计会之役，则赋性迂拙，诚难胜任。公初相留，未尝不以此相信，既而渐见疏远，忽易初心，某至今终不解其获咎由也。夫人非圣贤，讵能无过？唯有过，斯欲就正耳。而乃以求全之毁，失器使之心。某去不足惜，诚恐今天下抱异负奇之士，思欲效用麾下，以共成中兴业者，乃以某故，而谓公有使人求备之心，则于休休有容之量，不无少隘云。尚冀察之。"

廿八日（11月10日） 左棣华返自建德。

棣华冒雨入营，行抵建德，不能前进，俟雨稍止始就道。乃至中途,即闻发右、刚右二营已自祁门回,遂止不进,仍返建德。买小舟来香口,备言此路山川之险,阴雨之苦,跋涉之劳。而湘军此次徒劳无功,征调之先,不可不为之虑及也。

廿九日(11月11日)　拟赴安庆,仍不果。

余拟今日买小舟赴安庆一游,绘其山川形势。而晨起即闻发、刚二营已将至,且天复阴晦,风色亦未定,故又暂止不行。一游瞬耳,而多方阻滞,况大事哉!

卅日(11月12日)　移泊下隅畈野岸。

发、刚二营今午已抵下隅畈,待舟渡江,故移军装船于畈内。由香口进湖十余里,日已暮,而湖汊弯环,水浅难行,未至畈四五里即泊野岸边,拟俟天明再行也。

星烈日记卷之六十八

鸿蒙室主人笔识

十月初一日（11 月 13 日） 舟至下隅畈。

畈在内湖汊边，地颇宽平，山亦明秀，有市镇亦稠密。黎明开舟，须臾即至，营列市后平田内。余与左棣华先登岸入营，与崇如相晤。新聘幕友唐尊生，浏阳人，亦在坐。询知李次青兵败原由。次青带五千人守歙，未战而溃，其勇乘乱先掠民财，悉皆逃散。次青遁归，现住祁门大营，未知罪议何等。次青本幕僚，非将才，曾在豫章带勇，屡战屡败，以涤帅庇护，得叙保道员，已极侥幸。而今岁胡宫保复荐其可大用，堪任封疆，涤帅复令其回楚募勇，与左季高二人同负胜名，倚为左右臂，而旁观者早已知其必误军事也。今守歙果不战而败，岂书生悉非将才乎？

初二日（11 月 14 日） 仍泊下隅畈。

拟由东流下至黄石矶，横过洪家埠起旱，离青草塥仅九十里。盖埠在安庆上六十里，故便捷也。今日各舟未齐，因扎此暂候。崇如先乘小舟前行，期于洪埠会齐，乃赴旧营。楚人带勇多书生辈，盖因罗罗山带练，所向有功。王朴山为罗山弟子，亦以能战称，故尤而效者接踵相继。李次青本非将材，亦勉当大任，故有此败。皆非实有将略，不过虚冒美名，欲以侥幸成功者也。知时有不同，故成功亦异。贼由长沙遁出，其徒不过数千，迨至武昌，附从者众，势乃始大盛。然皆新掳良民，不任战事。罗山当之，尝能以寡破众，故易成功。今则贼众已久经战阵，悉成劲敌，虽老于戎行者，尚难抵御，况以怯弱书生当之，能不败乎？书生非不能将，然只能指麾，不能陷阵。今并用其冲锋，是可怪已。夫冲锋陷阵，偏裨材耳，何必慕此虚名，致误国事，兼损己命耶？

初三日（11 月 15 日） 舟至洪家埠。

晨起开舟,由湖汊出东流,有水由建德来,会于湖内。东流县城建于南岸,其龙亦自建德来,入局落平冈,直奔江边,左右二砂平出,峙立江岸,上建二塔,一作朝,一作靠,兼收水口。过东流三十里,有矶名蕲阳台。再十里即黄石矶,炮船泊焉。我舟由北横过大湖,再入口而风浪大作,舟为簸扬。约三十余里,入山口,有小湖,浪稍平。再五六里即洪家埠石牌,陆路入安庆所必经之隘也。小市镇亦颇繁华。由此望北越山即青草塥,故此径最为便捷云。

初四日(11月16日)　舟至安庆,回泊山口镇。

黎明,诸营北去,余买小舟赴安庆。甫出山口,一片秋水,汪洋无涘。盖秋来大涨,江河湖合而为一,界限莫分,故成此巨浸。四十里抵安庆,登高远眺,大龙山横列十余里,如龙楼凤阁,排空插汉,脉从右出。二小山平峙如门,即集贤关高冈连绵二十里,直注大江,省垣在焉。两边皆大湖,与江相混,无从辨其水道。曾沅浦观察列营后龙高冈上及东湖平畴中,营前后均挖长壕以围其城,水面则炮船来往环攻,殆无罅隙。贼亦于近城开濠,以防我暗攻,势甚窘迫。然余观城内树木尚多,则柴未尽而粮亦未绝也。闻沅浦不肯仰攻,只欲久困其徒,如九江故事。使贼无外援,则亦不难坐困,若外援突来,恐亦难以力据。是安庆之复,亦未有期。周览一过,即回舟解缆,上行十五里至山口镇,泊于浅岸。夕阳返照,渔村数椽,颇有画意,亦江行一乐也。

初五日(11月17日)　夜泊望江野岸。作《天下大局论》,拟上曾涤帅。

今日天虽晴而无风,船不能逆江上行,故由内湖浅水处徐行。舟中无事,乃作《天下大局论》,拟上曾涤帅。

论云:"今以一身而系天下安危之望者,伊谁人欤?此无论识者与不识者,以暨心知血气之伦,亲疏远迩之辈,莫不曰两江总制曾公其人实当代一人也。故居今而欲与论天下大势,奠国家于磐石之安者,将舍公其奚从哉?某西南下士,力无育、贲之勇,智逊平、勃之能,何敢妄有所议？然以从戎日久，阅历渐深，目击心伤，不无臆见。故尝欲出近所得诸兵戎得失、防剿后先、理乱本末之原，披肝沥胆，论列于麾下之前，而未有间也。盖以新进微员，亲炙尚浅，结信未深，故不能有所待耳。今则去地较远，无所于求，嫌疑既泯，形迹俱化。言而当，公有刍荛之采；言而不当，己无忌讳之嫌。公其有意纳之乎？某敢条其说而备陈之：

窃以为当今天下有三大本焉。何言之？京师，社稷本也；江浙，财赋本也；湖湘，将士本也。欲平祸乱，先固三本。三本固而盗贼不足平，三本失而祸乱将不可问。今财赋之本既失，将士之本稍有所恃。惟社稷之本，内无备御，外多祸患，苟一动摇，人心散失。虽有财赋，无所恃为强，虽有将士，无所用其勇，则病入膏肓，针砭莫受，将分崩离析，收拾散亡之不暇，而何能从容干济，为整顿乾坤计耶？此慷慨豪杰之士所为目击心伤，深忧远虑，而不能不为之痛哭流涕者也。昔明季闯、献蹂躏天下，川、陕、楚、豫殆无净土。杨嗣昌受命专征，远驻襄阳，又复驱贼入蜀，图保乡里，卒至襄阳不守，天下震动。洪承畴、孙传庭、卢象（先）〔升〕诸人，亦只能驰逐于关、陕、河、洛之间。三军既没，南方将帅如左良玉、史可法，又皆逐贼而南，京师无备，李自成遂乘间由宣、大入居庸关，京师陷，诸将皆不及救，此前车之鉴也。今将士悉出楚南，毕会皖西，又得公创设东征大局，合吴、楚官绅联为一家。北有泳之宫保，南有季高京堂，夹辅其间，水陆并进，骑步相参，雄师劲旅，争据上游，内保桑梓，外靖江淮，其所以为三江两湖谋者，至矣善矣，而独如畿辅何哉？北方大帅，非无雄材远略，可以建义兴师，团练乡勇，为国家建树屏藩之望，如楚南诸公奋臂而起者，特以地势宽阔，人心散漫，而又与捻为邻，朝不保夕。故或上有将材，下无兵旅；或下多义士，上少权略，终不能联属一气，以成子弟军也。京师制兵不下三四十万，率以承平日久，未经战阵，难任征剿。朝内公卿又讳言兵，不肯筹献方略，预图防守，尤为近今大病。僧邸诚悫忠勇，世罕其匹。然津门一溃，夷势猖獗，逼及奉天，根本动摇，人情震恐，已极可虞,而朝廷之上,仍未闻有议及北门锁钥,及早建树长城者。倘使发逆探知虚实,故以偏师扰犯楚疆,牵制我军,而暗率大队北出淮、徐,直指神京,外夷内捻,互扬虐威,则虽有十数僧邸,亦恐难以力御,况其在溃败余哉!故某谓今之大患,不在南而在北,今之捍患,亦不在多杀贼而在先自固。贼势蔓延,隐若敌国,虽日杀数千,何损于贼?彼若北犯,势不可当。且东南财赋既已失其大半,一时难于尽复,虽有所克,悉皆灰烬。夫与其费数百余万难筹之饷,以图一二凋残无用之城,克之不能以固守,失之适所以自敝,则何若先树干城以为屏蔽,俟内守既固,后议进攻,庶克一郡则保一郡,复一邑则守一邑,贼计无所施,贼力不能骋,乃可徐鼐而除之,否则鲜有不顾头失尾、顾尾失头之诮。公东征而取道徽、宁,盖将欲左袭金陵,右图吴会耳。今徽、宁既已相继失陷,而仍驻守祁门,僻处万山之中,如虎卧穷山,蛟困浅水,胡能展其威灵?若更绕道浙西以趋吴会,亦只能旁顾东南,其于北防大局仍无裨也。夫争天下者必首定中原,而保天下者亦必先顾中土。今中土幸尚可为,若更舍而他顾,是犹坐视其病之将虇而后施以药饵,庸有济乎?现在袁军淮泗,翁守寿春,胜防汴梁,不可谓之无备;而三帅既各自为军,不相联络,而所将又多疲将赢卒,难御强敌,亦不得谓之有兵。一旦疏虞,祸即滔天,楚帅虽强,不能奔救,大局何赖哉?公不以天下自任则已,若以天下自任,尚宜通筹合算,择其地势之大小轻重,以为退守进攻之计,庶国本固而将本亦因之不摇焉。天下大势,首西北而尾东南,故西北可控东南,而东南不足以制西北。况北地为国本所重,尤不能不极力以防之者,而顾可外而视之也耶?以某愚见,不若暂舍徽宁,速赴淮扬,添设水师于洪湖、镇江二处,联络袁、翁、胜三军,以作长城之势。广收蒙亳英俊,任以腹心,俾其分地筑围团练,民自为兵,即市成城,齐以号令,教以战守。不过数月,淮流上下、黄河两岸,添出无数坚城,如棋布星罗,箕张翼奋,互相保守,贼不能入。然后约会吴、楚诸军,齐议攻策。或由京口先捣苏门,或由浦、六进围金陵。贼救东吴,则我击皖西;贼顾皖南,则我袭江北。彼进我守,彼退我攻,先人而发,毋后而奔,俟彼困惫,乃可合围,庶易成功。即使一时不能歼除,而北防有备,自可恃以无恐,不至蹈前明故辙,有倾覆宗社之忧;则拨乱世而反之正,中兴业不难就也。至于京师,尤宜修备,不可稍疏。公虽未与其任,然位在得言,不可不直陈利害,早议及之,使我圣祖列宗二百余年基业永永无患,实千载一时不世鸿勋,虽李、郭复生,讵能过哉! 若再因循,不早为计,诚恐逆贼得乘吾间,猝不及防,如今岁江浙故事,则国本再震,天下事不可为矣。试问京师有变,楚之将士云屯雾拥,将星夜奔驰而救之乎? 抑坐视君父之厄而不起勤王念乎? 某恐天下后世咎有所归,而不能不为之虑及也。故公驻淮扬,其便有三:保障北方,一也;联络众帅,二也;进取江南,三也。有此三便,尽力以图,济则君之福,不济亦臣之命,夫亦何虑而不出此哉! 虽然,楚之将士每惮北防,一闻斯议,必有以危言阻公者。独不思国而忘家,公而忘私,君臣大义,千秋不爽,即云将本不可不顾,亦必先有国而后有家也,国既不保,家于何有? 且南岸一路,左京堂一人足以当之,又何必二帅共处,互相掣肘,使不得行其志耶? 独是北方人情与南方异,其地势亦与南岸殊。南方山水相环,故易设险,转运亦不甚艰。山之险,一夫可以当关;水之险,扁舟足以扼要。北则平原千里,故无险可恃,无要足扼。所恃者沟渠,所凭者围垦,非多开沟渠以为之池,多筑围垦以作之城,不足以限戎马而当隐蔽之用。南方勇丁皆农民船户,有田可耕,有家可恋,故性多朴质,不甚狡诈。聚则为勇,散则为农,易于驱使,亦易裁撤。北则犷悍成风,乐为战斗,数十年来,已结捻为患,不可以礼化。然性尚义侠,激而用之,又多肝胆,亦未尝不可结之以义也。公待人以诚,不尚智术,似与北人未宜;然诚可感人,久则相化,又何不宜之足虑? 文文山为宋策曰:'一仿方镇以建守,一就团练以抽兵。'为今之计,正宜仿此而行也。盖方镇所以为国屏翰,抽兵即所以实镇士马。以一镇之储积,供一镇之饷糈,自无不足之食;且以一镇之子弟,守一镇之城池,亦无不足之兵。今天下非无兵也,患在有占而无守、有剿而无防。故或克一城而连失数郡，或收一郡而守不数月，皆以郡县之权太轻，而招募之勇又无常耳。若方镇则无虑此，进可战而退可守，且可连衡其势以共锄强寇，复可征调其兵以并驱外夷。古之封建，大略类是，故尝出一国之民，以抗天下之兵，其守专，故其战亦甚锐也。长发窃据金陵已七八年，今更得苏、常财赋之地以益其众，是国富兵强，其志将不可量。而吾乃以无常之勇丁攻之于前，复以积轻之郡县守之于后，其将能耶？文山又云：'郡县方镇，其末皆有弊，所贵乎圣人者，惟能通变而推移之，故郡县所以矫方镇之偏重，方镇所以救郡县之积轻。'今郡县之轻甚矣，则夫立为方镇之法，以少变其委琐不足恃之势，真今日之第一义也。俟与吾年时，寇必就尽，然后一正吾之郡县，一复吾之经常，尚未为晚。某谓今虽不必有方镇名，亦不可无方镇意。或以一郡领数县而自为战守，或以一道领数郡而亦自为战守。其赋税、练稻、厘金诸务，皆使得自为筹备，以供一路之用。钦差大臣往来布置其间，指麾既定，然后进攻。如前所筹，则战以募勇，守以郡道，天下凛凛然强藩列镇，雄师劲旅，不可轻犯，而何盗贼之难平哉！

其抽丁之法，古人或取之三家，或取之五家，文山则定以二十家而抽一丁。今虽以十家为率，亦不为过。总之，富者出财，而贫者出力，事必易集，此直省办贼法也。若夫京制，则宜仿照于谦十大团营之法而演练之。及今尚无大警，即宜教以结营行阵、坐作进退之方，登城守陴、日夜轮巡之法，使目有所警，心有所备，一旦事出仓卒，亦不至手足无措。即盗贼闻之，知我有备，亦不敢轻视神京为可妄取，而生觊觎之心，则内备之方固已。至于沿海各隘，尤须有专办大臣，委以重任，别为一路，仿前明胡（文）［宗］宪《筹海方略》，大开幕府，广罗贤俊，示夷以威，服夷以德，使其靖共，无轻中国意，然后外患消而内祸可弭也。非然者，一盗未平，一盗又起，东顾西防，南征北剿，百孔千疮，莫知所治，则祸乱方新，未有已时，能不为之痛哭流涕也哉！夫非常之事，必有非常之人乃能建之，则非常之乱，亦必有非常之人乃能平之。公，今之非常人也，某故敢以非常之业望之于公，而不自知其言之或当与否也，公亦将有意纳之乎？某临颖无任陨越待命之至。"

是晚黄昏后，风忽顺，乃乘新月微明行至四鼓，离望江县城仅四五里，穿苇度芦，舟人恐碍船行，故泊于湖汊浅岸边。须臾，风忽大起，中夜不能成寐。幸湖汊湾环，不至大恐也。

初六日（11月18日）　泊小姑北岸。

晨起，乘风顺势，勉强开舟，须臾抵吉水沟。暂泊数刻，复挂矮帆入湖，波浪甚恶，舟人复寻别径，由芦苇中过，风势稍平。傍晚，遥见小孤山屹江外，而水浅舟胶，不能驶出外江，仅泊于渔户门前。故山虽在望，而未可遽即焉。

初七日（11月19日）　泊横坝头。

晨起，寻路出江，风势甚顺，须臾抵小孤山下。维舟寺门，拾级登山，螺旋而上，径在门内，不知其为山也。寺僧延客入，出水令盥手焚香，始拜神。神灵裳霓佩，余不知其何神也。山名小姑，故人亦附会其为神女所接云耳。展谒毕，登绝顶山亭四望，江水茫茫，彭泽县即在对岸山脚下。彭雪琴观察题联云："雾鬓风鬟，碧月当空开宝镜；云裳霞佩，红尘信是有仙姝。"又一联云："飞阁自凌霄，我步云梯来上界；狂澜谁说倒，天生砥柱峙中流。"余胸中亦有触，成二十八字，题于壁上云："屹立烟鬟好画图，风波险处奥犹孤。彭郎有梦休痴想，砥柱中流剩小姑。"

题毕即下山，扬帆过彭泽，访吴亦九诸君不遇，得晤冯聘三，畅叙一切。聘三为普镇军至戚，故得叙保至道员，近为人诬陷，谓其通贼，革职待罪。涤帅亲讯得实，幸免罪。然余视其人年少跳荡，与人多不睦，故其招咎，亦有由也。亦九既不在此，余亦开舟上驶，由金家潦入湖，至横坝头，天已暮，遂泊彭泽。县城在两大石山之间，城后围至山顶，而阛阓俱在山下，亦奇结也。其得力在下砂一支，由后龙直奔江口，连起数土星，如屏如幛，屹然而立，与小孤山对峙如门。发贼就土屏围小城以守江口，亦安庆一重险也。而昔之守小姑者，乃弃而不守也，何哉？

初八日(11月20日) 抵宿松县。

镇日阴雨，且阻风。自坝头过西口，入龙湖，日行七十余里，抵宿城大桥下。日已暮，城且闭矣，乃呼守者启钥入，至毓之宅寓焉。数月离惊，一时顿慰，快谈至三鼓后始就寝。闻乘舆已于八月内播迁出关，京师只亲王留守，人情震恐。余拟《天下大局论》时，尚未知其至于此极也。又闻涤帅有勤王意一说，乃征调鲍军赴援，未知其实。涤帅不于此时勤王，则春秋责备，讵容宽哉！

初九日(11月21日) 阅《奥衍新著》。

潜山张健夫必刚著。其书分三卷，依月令为题，自一岁而分晰之，判为二气，析为四时，离为八节十六运，极之七十二候，莫不各衍成文。以目前之造化衬笔下之造化，以笔下之造化摹胸中之造化，奥者以辟，衍者以传，而日新之妙出焉。书本名《元会约编》，桐城胡袭参先生为易以今名，亦以为天下事物之理，人所共见共闻，惟探奥发衍，则能启其新，而不狃于陈腐，故以新名之。其自序云："为此书时，年盖十有四五，穷日夜、疲精神而著之，阅六月而集已就，亦何神哉！"余尤爱其《冬至》一篇，言占候别有妙解，因录之云："事莫不以穷极始通为朔，一日之吉凶，以日朔占。日积为月，一月之吉凶，以月朔占。月朔一日辖上旬，二日辖中旬，三日辖下旬。月积为时，一时之吉凶，又以节朔占。时积为岁，一岁之吉凶，以正朔占。其占日月时岁之法，以云以风。日将出时，有云有雨，无云无雨，风亦无雨；月初有风，月内有风；有云及雨，月内有雨，否则无风无雨。立春，青黑云宜从寅卯时起，东北方出，其日风来本方，柳甲破来冲，梢摇猋风；来西北，霜在草间；来东南，未夏田龟气泄，岁恶。立夏，青云宜从辰巳时起，东南方出，其日风来本方，夏畦喜来冲，麦不待刈而枯；来西南，风荡泽波，人恐动；来东北，人道鱼行。立秋，赤云黄云宜从未申时起，西南方出，其日风来本方，黍稌不偏热未冲，斧不斩萌；来西北，行须盖，衣须狐貉;来东南,日烁。立冬,白云宜从戌亥时起,西北方出,其日风来本方,山容失来冲,冬可无褐;来东北,雷灌蛰耳,使不宁;来西南,金酒。而正月之朔,自旦至食,主本岁春;食至日西,主本岁夏。日西至入,主秋夜,主冬。终日无风,终岁吉;半日无风,半岁吉。其云如立春占四月朔,风云皆如立夏占七月朔,如立秋占十月朔,如立冬占。占日朔得矣,乃日占不足占,以月占月朔得矣,乃月占不足占,以节占节朔,已无不得矣,乃犹占正朔。正朔统岁月日,使无不宣,先节气时,使无不贯。其为数也深矣,其为术也密矣,然犹止占本岁,不及他岁,何也?日之朔止为日之始,月之朔止为月之始,节之朔止为时始,正之朔止为岁始,而未为朔之朔始之始也。夫朔之朔始之始者,冬至是也。故以今岁占来岁,去岁占今岁,则莫若冬至之期。冬至者,固与夏至二分同为四中节者也。故既占四立,尤占二至二分。春分卯时,卯方宜有青云起,风自本方来,麦成,凡谷皆成,冲来,麦贵;北来,大舟入沟;南来,薪爨相得。夏至午时,午方宜有赤云起,风自本方来,阴阳分冲来淬;东来,生气不留;西来,兵火不戢。秋分酉时,西方宜有白云起,风自本方来,农多狼戾,冲来,疫;南来,南国有惊;北来,金流。冬至,四方宜有黄云起,青黄杂,蝗虫大兴,青云,民饥且疫,赤旱,黑水,白不宁。其日风自子方来,来岁吉;冲来,来夏凶;东来,来春凶;西来,来秋凶。一岁之间,昼短之终长之始,夜长之终短之始,是为冬至;昼长之终短之始,夜短之终长之始,是为夏至。昼长之中,夜短之中,是为春分;昼短之中,夜长之中,是为秋分。而中之中又为夏至,始之始又为冬至,冬至之前又为终之终。终不终于终终于始,始不始于始始于终,无始无终,亦即终即始。夫日之旦,终于夜者也,终复旦。月之朔,终于晦者也,而晦终复。朔春之立必冬之终,秋之立必夏之终,正月之朔必岁之终。水终也而归乎壑,草木终也而啬乎根,人之终念乎父母,虫蚁之终还乎穴。狐之首丘,律之返本者,穷极之通然也。事惟始,故能预占其终。今夫冬至者,朔之朔,始之始者也。涓涓之流,不达于海不止;粟粒之萌,不能不长以巨。赤子之呱呱,关于白头;喉宫之音,未为唇羽。即甲而知十,即子而知十二。凡事尚然,况于朔乎? 况冬至乎? 冬至之有占也,亦犹月岁朔之有占也。月朔以日辖旬,某日辖某旬,某日吉,某旬吉;岁朔以日辖月,某日吉,某月吉;冬至以时辖月,某时吉,某月吉。且正朔有论甲法,而冬至重得甲子。夫以甲乘子,贞元之会也。节朔皆甲子,尤为会之会,会者吉,而会之会者元吉也。夫吉不十一,元吉不百一,是何会者少,不会者多乎? 可感已。"案:此占风云法,与李奉贞之占云气略同,奉贞更以卦位合占,故较精密耳。

初十日(11月22日)　闻英夷犯阙。

余又去发右营,仍回宿松。连日阴雨,尚未出门访友。毓之从外闻云夷势甚獗,已率众犯京师,焚及圆明园宫殿,车驾出马兰关,现在京城未知情形何如。而石达开又据贵阳,妄造伪王府,有窃据之意。呜呼! 此何时耶? 而诸大帅乃各自拥重兵,图保乡里,未闻有勤王意,果何故耶? 余寄友人书云:"闻鸡起舞,恨无刘琨;拔剑撞斗,莫非楚项。真可痛恨者也。"犹记辛丑、壬寅之间,余著《明史卦验》一书,偶以其卦推排未来后四十年事,自甲午十年至甲子十年,中间事皆已应。今年庚申卦值小过,继之以遁,判云:"飞鸟遗音,皆主远遁。"当时未敢自信,今果有乘舆播迁之事,是数有前定,非人力所能强也。夫数在理中见,理明则数自应。惟在占者之心胸空洞无物,随其事之肇端而断以理,则无不应。若存一毫私念扰乱其间,则理为事杂,而数不应矣。

十一日(11月23日)　张作霖过访。

作霖代余作伐,求张少尉之姻而未蒙其允。闻余至宿松,先来相访,事虽不就,而意实可感也。余有亲丧未葬,不宜亟亟此事。然远游无嗣,欲归未能,不孝之大罪尤难逭。今祸乱日变,未有已时,不知此去,伊于胡底? 是无家而又几于无国,无父而又几于无君也。我生不辰,何其如是之厄且穷哉!

十二日(11月24日)　出门访诸友,陈子芳留共夜酌赏菊。

　　先至松滋书院访张作霖，不晤，而家碧江孝廉及赵疏樵解元、石蓉镜茂才均在坐，因各叙相慕之忱。再访尹玉相，再访黄凫仙，又不晤。再访李梅坪。晚乃偕黄仙樵、李右青、刘问渠及凫仙同会于陈子芳学舍。子芳善种菊，适值盛开，堆满一室。秉烛观花，窗间瘦影，浅深浓淡，重重可爱。大花影惟梅最清，而菊乃别饶逸致，可与高人写照，又不徒以花视之也。是晚月明甚而寒愈重，归径霜风料峭逼人，寒冽几不可当。右青言传闻涤帅请旨勤王，朱批不准，以为才疏兵单，曾无裨补于万一，则圣意亦未尝无所见也。然在涤帅，则宜早赴淮扬，牵制发捻，使不北犯，势尚可为。若因旨意不允，遂可借口旁观，清议岂能逃哉！

　　十三日（11月25日）　作《夜饮赏菊诗》。

　　昨晚赏菊归，夜已深，今早始成诗一什，质子芳云："看花须看色，姚黄魏紫餐亦得。看花还看影，绿萼红梅斜复整。二者那得兼，惟有东篱瘦菊差堪领。既灿灿于朝阳，复暗暗兮夜景。我来自彭泽，访友柴桑间。陈子有菊癖，种花如种田。挹其华于雾底，亲其影于窗边。白衣忽送酒，陶然醉疑仙。我亦欲拭老眼同一看，不知是花是影是云烟。一枝瘦倚一枝扶，千枝万枝渐模糊。一花浅淡一花浓，千花万花雾重重。岂是陶渊明死后，化为此花尤精神。不然魏公老圃秋容淡，不与春花竞枯荣。处士自乐有如此，请看北地桑干风雪里，劲草苍松是何人。"

　　十四日(11月26日)　李右青诸友过访。

　　右青云《语》有云："荧惑入南斗，天子下殿走。"今岁秋，火星入斗度，光芒四露，其时虽有此象，未敢显言。兹乘舆播迁，是天象亦显而有征已。余初亦闻其言，未敢深信，今而后乃知天文之不爽也。

　　十五日(11月27日)　陈子芳和赏菊诗。

　　夜饮赏菊，则所赏者菊影耳。然单说菊影，则无赏字，单言赏菊，则遗却菊影。且非兼写之难，乃铸题浑成，而又适肖菊影，不可挪移。他影之难，花影莫著于梅，其次则莫过菊，盖二花俱以神韵胜，如天半朱霞,云中白鹤,愈远愈超,益淡益妙也。子芳诗非不佳,而描写菊影处尚少,故未录。

十六日(11 月 28 日)　访宿松令黄春山明府。

春山江右亚元,亦有著作。余尝于友人处见其《北上草》一卷,惜未细阅。余去营,君屡询及毓之,故特造访一叙,并晤其幕友孙君丙章寿垣,因知桐城援贼虽多,而非悍贼,湘军移扎怀桐之间,援应两处,谅无大虞。又闻南岸贼有窜豫章意,左京堂驻乐平,策应广、饶二军。涤帅初请勤王,嗣因和议成,夷匪已退,故至今专办南岸事也。

十七日(11 月 29 日)　黄春山过访,未晤。

春山及其幕友孙君先后来访,皆未晤。余素不喜应酬,尤不乐与衣冠人来往,盖以繁文胜而真意甚寡也。春山见余之意甚殷,故往拜之,并以《廿四策》及诸诗片分送二君。今枉过,亦礼尚往来之意云尔。晤与不晤,无深意也。

十八日(11 月 30 日)　石蓉镜赠诗。

今夏,余寓君宅,彼此互相访,皆不晤。兹以诗来赠云:"八年我别城中宅,五月闻停客子车。投笔风希班定远,著书策献贾长沙。放怀今古心逾壮,搔首乾坤鬓已华。才大不堪为老用,唾壶一击一长嗟。〇灵钟滇国极瑰奇,学富山渊陋管蠡。剑外诗人宜继陆,竹林贤士断推嵇。几多兵甲蟠胸出,无限珠玑信手题。凿破鸿蒙真奥窔。未逢盘古肯头低。〇布衣长揖谒诸侯,绝烂怀中耻漫投。鼙鼓喧雷悲鄂渚,玉箫吹月吊扬州。吟联爰府新诗草,梦绕秦淮旧酒楼。游遍天涯情未已,秀河烟景小勾留。〇鲰生无策赞鸿猷,天许眠云老一丘。访戴漫劳回剡曲,封侯可抵识荆州。苔岑合有千秋契,烽燧同深两地愁。知否元戎方拥篲,东南营幕待君筹。"

十九日(12 月 1 日)　黄春山招饮。

昨午,君以所著《西行北上诗草》二卷见赐,今复招饮,在坐者孙寿垣及杨和普诸君,尽欢始散。春山诗以西行为佳,盖君由燕入蜀,所经剑阁栈道,实得山川之助,故诗格亦较甚。其《秦中杂感》八律,虽不及袁简斋作，而音节苍凉，亦颇雄健，迥异时流，集中得意作也。诗云："万里风云拓壮怀，山河百二望徘徊。烟销灞水波涛急，日照潼关谈荡开。形势尚推天府国，治安空忆贾生才。如今欲问前朝事，城阙秋生画角哀。〇王气销沉入百年，汉唐宫殿渺寒烟。鼓楼薄暮秋声急，华岳高秋隼影翩。平子才华两京赋，伯鸾感喟五噫篇。通宾置驲今谁是，空使游人怅逝川。〇丰镐由来说帝都，征车偶驻倍踌躇。解雍钟鼓思王化，驷骥车粼陋霸图。雨后南山晴翠满，霜深陇阪烧痕枯。未知太华岩峣处，尚有高人卖畚无。〇随身一剑倚苍茫，踏遍千门只自伤。饮饯徒怀杨少尹，画图谁写盖襄阳。旌亭散后风流尽，铜狄摩来月影凉。惟有飞鸦真得意，纷纷都趁晚烟翔。〇雁塔颓来草一丘，曲江无事且闲游。声多边塞谁听曲，人似宾鸿易感秋。当局久虚推毂望，忧时空抱徙薪谋。眼前鄂禹纷纷是，寂寞空教笑不休。〇上游控制重西秦，旌节欣看遣重臣。大府闻求牧切，使星偏见馈牢频。穷乡岁俭愁炊玉，指省官多类积薪。元气欲回挽凋弊，催科抚字总怆神。〇兵戎万国久凋残，尚喜西陲境独完。阃外曾无狼豕突，关中真有堵墙安。地当冲要需才急，政是绸缪未雨难。咫尺似闻商邓失，剿防军好发三单。〇东南回首感难禁，关塞连天发浩吟。二百年来培土泽，五千里外故乡心。烽烟顿使新愁剧，缟纻难忘旧雨深。逆贼闻成鱼烂势，凯歌指日听铙音。"

二十日(12月2日) 作诗答石蓉镜。与杨兴文、王树屏诸君相晤。

蓉镜昨赠诗，自署款曰"居停主人"，因成一什，戏合之云："我栖久与鸿蒙游，忽依大厦天一陬。其时居停迹正杳，鹊巢鸠居亦善谋。今日投我诗数篇，犹道居停似有缘。入者自主出者奴，宾主忽复分后先。我思大造本一室，穹窿为宇云四壁。溟渤一勺堂坳耳，泰岱高枕难容膝。自从盘古来下榻，天公位客多巧饰。流珠兔彩玉烛明，霞影翚飞鸟舒翼。厥后女娲宓牺亦来去，大块纷纷尽流寓。四万余年客未已，主人迎送称繁剧。孔孟以道游，庄老凭虚御，班马借文名，屈宋衙官署,以及李白醉卧读书台,纯阳高驾黄鹤驭,无不栖息于其内,而借为远游停车之止处。更有剑侠虬髯翁,翻然忽从海外渡。达摩西来亦有意,竟宅岳嵩如其故。其余周穆八骏骋八极,齐桓九合会百国。傅说丁丁版筑下,卫青走马到边域。凡利薮与名缰,酒徒并国色,上而为皇为霸为将相,下而为仙为佛为儒墨,亦莫不视六合为传舍,而何分乎孰主与孰客? 大抵天地者,万物之逆旅;颃洞者,高人之安宅。但使栖真沕穆,游神元默,不必指无何有之仙乡,而为濡尾泥涂之故迹。君兮君兮毋自逼,又何必指无何有之仙乡,而为濡尾泥涂之故迹。"

杨君兴文久见其诗,今始晤面,人颇自负,首询余曰:"当今将材,谁为第一?"余少思以对之曰:"无已,其为多礼堂都护乎? 惜其人少读书耳。"君曰:"然。然则先生日记中何以少赞词?"余曰:"君所阅殆战黄梅时耳。其时都护勇名虽著,阅历未深,且性多暴躁,刚愎自用,王镇军之殁,皆多误之。迨宿松以后诸战,不惟机变英勇,抑且老成持重。昔之刚暴,化为谦恭。英雄举动,固难测识。倘使能多读书,则当今名将,舍都护其谁属乎? 余故首举以相对也。"杨君又曰:"都护智勇,固不必论,以某所闻,有与古暗合者数事:一不寄私财回乡,一不阅家书,以为徒乱人意,岂非浸浸乎名将度耶?"余曰:"都护将略,固由天授,非关读书,其操守尚未得悉,尚俟徐访,乃知其实也。"

廿一日(12月3日) 橄轩邀赴村居。

出东城十六七里,至凿山下,村居在焉。山旧有寺,曰资福寺,毁于贼,今仅破屋数椽而已。相传寺基为前明朱姓墓址,有遗记云:"凿山宋字头,铁锁练金牛。"余初远望山形虽佳,而一片干源无水,恐非真穴。晚饭后,天已将暮,偶步入山,见寺旁两泓清泉,流蓄为塘,始知其地必有佳穴。因细审之,盖山形乃象形,非牛形也。其云牛者,亦近之矣。地有二穴,一为寺占,即朱姓发坟旧址;一尚未葬。左右坟墓亦颇不少,而真穴独完好无恙,亦奇事也。天地生物,有一真必有一假,假者易混,而真者难识,故人往往认假为真,而且相争不已,岂不可笑？余观是地，众老取嫩，众粗取细。象之为形，或葬鼻，或葬牙，或葬眼，或葬耳，或葬腰，或葬腹，要不可拘，总以穴之所在为的。今穴情既露，定为吉壤无疑。后龙如云屯雾拥，簇沓而来，亦颇有接。外堂宽阔，对朝如幕，朝水虽不甚大，而曲曲对拱，亦为富征。以地法断之，当出绣豸之贵。惜乎无人能识，斯亦为怪耳。盖由其穴甚巧，余审之再三，乃能自信，况粗心人哉。

廿二日（12月4日）　别樾轩回城。

晨起，余复登山再审地形，昨晚所定之穴的确无疑，乃回早膳。樾轩更出所藏书画相与鉴赏，真赝各半，遂辞而归，至城尚未晚。闻徽州之贼又窜江西，已至抚州，未审实否。有无为查姓及六安戴姓二人来寓，谓素吾已回蕲州，单学台已放豫章巡抚。果尔，则素吾又当南游矣。灯后绘凿山地形，盖将以示毓之也。

廿三日（12月5日）　家菁园招饮。

坐中闻公局抄有九月廿三日上谕言夷匪事，饮罢即往借观。盖圣意只许其通商，暂示羁縻。不准赔费及带兵换约等事有云："以上二条，若桂良等丧心病狂，擅自应许，不惟违旨畏夷，是直举国家而奉之膳，即将该大臣立置典刑，以饬纲纪，再与该夷决战。又二：一层不准巴酋来京，恐其既来则不肯走，与带兵携约一事，其害相等；一宜早决战，趁秋冬之会，用我所长，制彼所短，若迟至明岁春夏之交，则该夷又必广募黑夷，集四国之力，与我争衡，再勾通发逆，远近交攻，支持颇觉费手。"仰见皇上神圣英武，乾纲独奋，惜无人能体圣意，遵训办理，致夷匪猖獗难制，曷可胜叹。

廿四日（12月6日）　杨兴文过谈。

兴文于天文、地理、禄命之学，均有所究，故与余谈终日，自辰至酉，娓娓不倦。而又留心兵学，亦有卓见，宿邑中之有心人也。余性素不喜作应酬语，亦不喜与人争论，若从容辨难质疑，则又不惮反覆发明，以期人己两益，故虽镇日谈，亦不厌也。

廿五日（12月7日）　作书致崇如及纬堂诸友，并托春山代上涤帅三书。

近闻桐贼颇多，其南乡民舍俱为焚毁，官兵正与相持，胜负未分，亦不知其成败何如也。因致书二君，亦将探其军情耳。前拟上涤帅三书，今始倩人书就，托春山明府代为加封，由驿递赍。并跋第三篇后云：“某拟此稿，乃在雷阳舟中，闻见全无，罔识京师近况。及抵宿松，始知夷匪犯顺，乘舆播迁。公曾奏请勤王，未蒙俞允。今又和议已成，无庸入卫。然和议难恃，自古已然，南宋人言之甚详。兹幸议成，祸患稍缓，公能速赴淮扬，整顿一切，修备以待，势尚能及。若再俟其复起而后图，则真无可图矣。狂瞽妄言，伏冀鉴原，幸甚祷甚。”

廿六日(12月8日)　石蓉镜偕徐典文过访，蓉镜并赠诗。

余昨以诗答蓉镜，今复赠余七古一章云：“鸿蒙主人古狂客，不慕老庄不扬墨。抗怀独在典与坟，睥睨乾坤天为窄。生平著作等身书，懒守曹仓作蠹鱼。巴蜀吴楚游迹遍，烟尘灏洞长欷歔。今春飞渡浔江浒，中夜闻鸡剑欲舞。愧煞高唐十万家，下榻一无陈仲举。翩然就我市东宅，万里剑南乡梦隔。是时我久入山林，居停不见情脉脉。偶向城东踏软红，曷来无定心匆匆。闻我访君君访我，尹邢避面各西东。秋高忽作枞阳游，长江天堑笔待筹。洞口渔郎踪已杳，何缘又返武陵舟。养正堂松滋书院堂名前集灵鹊，快睹文星天际落。果然名下士无虚，赠缟献纻情宛若。君以镜策及诗片见赐。我读鸿蒙诗，如见古庖牺，凭空一画天地辟，十二万年无已时。我读鸿蒙策，如遇古岐伯，出死入生制奇方，人得尽年免灾厄。人谓鸿蒙之世多荒唐，自我视之皆寻常。娲皇炼石天可补，无非欲为獉狉之民谋久长，主人主人毋太奇，太奇世客少人知。杨雄太元嘲尚白，刘儿轧苗欧九嘻。贾谊晁错才亦露，立论虽高疑谤随。勉勉陶公甓依依，董子惟圣贤学问。英雄胆阳明，伯纪真吾师，孙阳倘一遇，骅骝跃天衢。伯乐即不逢，亦安辕下驹。诸葛草庐无三顾，南阳千古一耕夫，又何必愤时嫉俗，而哭阮籍之穷途。拈毫效颦答宾戏，斥鷃焉知鸿鹄志。感居投诗陈义高，持赠愧乏吕虔刀。藏器待时宣圣语，聊以献之鸿蒙主。”

是诗有推许处，有叹惜处，有规戒处，立言极为得体，其布局用笔波澜，亦复老成。余居宿半载，余诸友投赠颇多，此当为第一合作也。

廿七日(12月9日)　启程赴广济，晚宿黄梅县。

将访游海门诸君也。是日午刻始就道，由佛坐岭越踏石涧，出彭家铺以达黄梅，仅四十里。此路为入宿中道，在乱山中，路多险阻，发贼守宿城，只备车鼓岭及独山镇二处，而虚此路不守，盖有所恃也。多都护入宿，列营城西，乃戍马队于佛坐岭后，以为策应。其废垒尚存，进攻退守，各有所宜耳。行抵黄梅县，日已暮，遂宿城东客寓，即旧岁逆旅主人舍也。

廿八日(12月10日)　宿青蒿铺。

晓过五里凉亭，民舍萧条，尚未复元。盖丁巳岁锦堂镇军驻兵于此，困守三月，与贼战数十余次，民皆远避，今已四载，其凋敝之形尚觉难堪。镇军废垒犹存，重旧游地，曷胜神伤。是早天忽变，阴雨霏微，过大河铺乃止。过双城驲，民物尤觉可怜。凡此皆余与镇军曾戍营处也。镇军昔守双城驲，以为可扼全楚门户，其说虽是，而驻营尚未得法。盖驿前后俱有险隘，镇军皆未细阅，遽筑垒于驲前后，均非扼要处也。驲前三里许，有三山如品字形，列营其上，与右山方都阃原垒一山对峙如门，中间平田细涧交错，亦可借以为险。驲后三里许，亦有高山，峻立如屏，惟一路可上。再二里许为石龙坂，两山中凹，亦惟一路可上。此二层若设重关，真一夫可抵万众，惜其识不逮此，为可惜耳。行抵青蒿铺，日已将坠，恐难到济，遂止不行。

廿九日(12月11日)　抵广济。

晨起，行二十里已至邑。方欲寻寓，李君逢春(下阙)

星烈日记卷之六十九

鸿蒙主人笔记

十一月初一日(12月12日) 访蔡芸香。

海门诸君既不在邑,无可共谈者,乃访芸香话旧。(下阙)

初二日(12月13日) 发广济,回宿一天门。

一天门在双城驲东四里许,乃入四祖山之第一重门也。晓起,别逢春及娟娘,起程回宿。行二十里至青蒿铺,此乃横岗山大龙过峡处。余前日过其下,见过脉甚旺,堂局亦佳,乃寻峡,左右皆无穴。由右行二里,峡脉别抽一支,突起高岗如狮形,对面高笏特朝,两旁大龙排列耸侍,左金水而右木火,如文武班联状。穴前两砂排牙,曲水流堂,送龙诸星,或仓或库,或旗或印,无不备具,知必有地,而车夫行疾,未及登览。然回头视之,狮山面开大窝,丰碑屹立,已有扦者,故不暇再登。兹回程至此,乃细审其穴,的确无疑。盖其墓为宋苏文忠公之孙,名符,官忻州,殁于济,因葬此。子孙遂世居于邑,代有显宦,斯地之力也。再三十余里至石龙坂,高山自开城郭,两山对峙如门,中抽一支,高耸团聚,亦知其必有佳穴。登场审视,则已有葬者。乃下山三里,至双城驲,民居萧条,不堪投宿。更行四里,至一天门,时已黄昏,因止宿焉。

初三日(12月14日) 回抵宿松。

午过梅邑之马尾山,见高峰耸秀,垂头下脉结窝穴,余曜拖下,如美人裙佩。两旁高峰亦各下脉,对起团山,左如玉几,右如金盆。对面白莲峰如御案,案头贵人峙立端秀,贵人后有大御屏朝拱穴前。屏右三尖峰连下,如纛、如盖、如旗、如鼓、如笏。屏左大帐即远祖来龙,穿田过峡,顿起高峰,分二支,一顺水入宿界,一逆挽至梅城后结是穴。未至潘家铺之前,即开霞帔大帐,有美人峰侍立于旁,落脉成芍药枝。行度过峡,再起高峰,如天仓麒凤护峡,极为贵秀。其穴内砂两重,曲如连环,登场诸水大会,众山齐拱,真美局也。惜无人识,亦将以有待耳。又至潘家铺,大龙行度之间,亦有穴星呈露,完好未葬。后有九星三台作靠,前有御伞作朝,两旁狮、象、玉女诸峰排列作侍,局亦极贵,而未有葬者,岂不怪哉!此龙甚长,故行度过峡均开堂局,其发福虽不及到头一穴绵远,而贵秀之气则相等也。申未,至小麦山,闻橄轩祖茔相去不远,乃纡道往观。时将日暮,匆匆一视即行,至邑则戌刻矣。呼城启钥,始得入焉。

初四日(12月15日) 闻桐城官军获胜。

月前廿四五日我军出队,贼亦横列马队以待。多都护见马贼皆持长矛,并无铳箭,故不足畏,挥兵大战,贼不能支,遂溃。我军乘势追杀,毙贼无数,生擒数百人,获马几以千计。贼退守桐城,亦有谓城亦旋复者。

初五日(12月16日) 偕橄轩出东城,访袁兆昆,覆验古墓。

冬日甚暖,乃偕橄轩出东城,拟覆验宿邑名冢。初视徐氏祖茔,名叶里仙桃,其形颇似,穴晕甚明,脉亦灵秀,惜朝案不驯,且龙气太短,发福亦有限,盖砂结非正龙也。因访袁君兆昆,同至罗澹村中丞祖墓,名扇面金星。登场审视,穴面甚宽,穴晕亦显。其龙自凿山落平岗,行四五里,横抽细脉,突起圆顶,开面结穴,余气重重收回,前砂后鬼,皆三四重弯抱至穴。龙身成眠体,凤形后缠,随龙护送,亦四五里。城郭周密,局势阔大,唯朝对不整,凿山祖龙头亦歪斜,稍缺憾耳。以龙格观之,当名丹凤朝阳,其贵亦可知也。今春大营筑其对岸,杀气正冲穴前,故有殉节之难,谁谓地理无明验哉?袁君又引至其新扦之地,亦小有结作,玉簪开帐甚秀,结瓜形穴场,横开向里,两砂弯抱,后鬼后托,高耸端正,前堂紧密,后堂宽舒,水绕元武,亦可望发科第也。验视毕,有田家朱姓者,邀至其舍,小酌乃归。

初六日(12月17日) 偕橄轩至啸脉山寻地。

橄轩令祖保中公,晚年信堪舆家言,尝延地师寻穴二三年,无虑数十人,皆不获一美穴。卒后所葬仍未安妥,橄轩每以为憾。余自广

济还，特纡道往观，果非佳城，盖有龙而未得其穴。今晨乃偕橄轩再
往审视。路过佛坐岭下，有徐氏坟名倒挂金钩者，视之果似。其脉自
石氏祖山后漏气出脉，逆收田源，内水外水，自县西来，暗拱岸外，故
富至百万也。越岭过宿界，至高家冲，拟观罗氏欲买新地而未成者。
未至冲，见高山开大帐，穴星呈露，因登视之，山头成土屏，人字出脉，
栖闪无定。到头穴星高顶大窝，圆唇兜收，堂局开展，惜穴中已有扦
者。及谛视之，脉从顶右旁落，隐吐薄肉，故正扦者乃值水界，不为无
福，反受煞也。下山由右入谷，正行间，忽见一山，太阴开面，甚圆美，
山角出脉如流金，催赶而来。因急往观，门户紧密，对面土屏特朝，端
正尊严，左有仙鹅，右有天葩，诸贵夹照，其穴亦极圆美。惜土人误扦
其顶，不无遗憾，然真穴则尚完好如故也。再右入谷，则罗氏所指之
穴在焉。龙自高山下脉连催，三金到头，成覆釜形，釜顶开窝，太极分
明。惜左砂反背，顽梗无情，故非真穴，乃侍从结耳。下山出谷，越涧
至莲花庵，亦有形势，如飞鹦展翅，从空下坠，鹦啄开石钳，穴晕内亦
起薄肉，扦者累累，皆未得真。此奇穴，非明者未易指授。再【申】南
转，有山特起，结天葩文星穴，俗名罗汉现肚，徐氏正扦肚上。余登高
审视，来脉甚急，真穴在脐，亦急脉缓受之法。然前唇过短，亦非的
穴，稍后一棺，庶得宜也。此穴虽佳，而左砂土屏，反背塞堂，亦非美
善。惟其龙旺穴尊，故可取耳。天葩下右砂内抱，亦有一穴，脉紧而
穴散，扦点颇难。匆匆过视，已有葬者，遂不复观。再南数里，即至橄
轩祖茔。其龙太阴开帐，三台作父母，落脉甚旺。水口一砂，弯抱有
情，禽星交锁，极为严密。惜其墓扦于夹砂之内，殊无气力。盖山形
如佛手状，砂里重重，到处皆似穴也。俗师谓左脉甚旺，穴结尽头村
屋后，因循脉前行，至半脉忽隐隐由右栖闪，乃再由右过，真穴果在其
中，然犹不敢自以为是。复至村屋后，视俗传之穴果真与否。至则穴
场覆形无面，盖砂体非真穴也。余心犹未决，复从对岸观之，则两砂
弯抱，真穴在中，的确无疑，其意始定。盖是地龙极明显，穴甚隐微，
故扦点者多难捉摸。苟得其真，发福无穷、富贵双收地也。人生富

贵,有天、有地、有人。人者读书积德,天者命运所遭,地则阴阳二宅。命运无可更改,惟人与地可以胜天,阴宅其一端也。故地理之精,可以巧夺天工,岂漫然哉!是晚回城,已黄昏矣。

初七日(**12 月 18 日**）　作地图。

昨日既阅诸地,今并绘之。地学非图不明,而图亦非易绘。古来地书虽多,并无佳图,可以令人一阅了然。惟沈六圃《地学》,绘画极精,说亦纯正。余尝师其意为图,差得山水情形。盖善画者不必善地,而善地者亦未必能画。且丹青所绘山水,皆取半面之形;堪舆家所绘龙穴,乃取其全形之象。故凹凸险夷,弯环聚散,殊难得真。能识绘地之窍,则于寻地之法,思过半矣。

初八日(**12 月 19 日**）　徐调元赠诗。

调元亦号理卿,赠诗四律,颇有情韵。其佳句有云:"雪印锦江鸿迹远,秋澄湘浦雁声高。"意常而语甚新。凡作诗须以意胜,然意不能胜人,则使笔造句,当有不犹人处,乃能入诵者之口,而使之叹赏不置。故锤炼之功亦不可少,学者慎勿视以浅常而易之。

初九日(**12 月 20 日**）　闻黟县失守。

外间传言黟县失守,普军门由建德退至彭泽,曾涤帅退饶州,未审实否?亦有云贼至建德为乡勇击退者。总之,南岸兵力甚弱,难当大敌,李次青一溃,军威愈损。现闻其褫职逮问,不知朝廷如何处置?今春当事荐其血诚果毅,志节清严,堪任封疆。兹乃未战而溃,溃不能死,以至逮问,毋乃自贻伊戚乎?

初十日(**12 月 21 日**）　接欧阳崇如书。

大略叙桐城一战之捷,而未言克城,于初四日其军亦退扎原垒,则城之未复也可知已。道途传闻,有谓复城者,亦有谓未复者,大略贼退而我兵不退,故复入据其城耳。贼意急欲弛安庆之围,一败未必不思再骋,不于此时进围其城,俟其再来,恐又非今比已。况南岸既已纷纷退走,则北岸又何能久恃无恐乎?昨日大风,今晨微雪,天阴晦而雪不降,冬至景象若斯,为瑞欤?亦非瑞欤?

十一日(12月22日)　阅《阙里文献考》。

中载历代贤儒传甚详。自宋以下，从祀孔庙者，大抵多以讲道论学者为重。其他功烈显然，德被民生，以及气节清高，不求闻达，而生平未尝讲学、未尝著者，皆不与焉。嘻，亦甚矣！孔门设教，原分四科，兹所祀者，仅德行一科耳，其余言语、政事、文学三科，尚未之备，岂圣人立教意欤？以夫子道德之高，而教育人材，尚不能不因其材而成就之，使之各极其诣。而后世论人，乃欲范以一律，其能尽古今贤哲士耶？尝读史，自古及今，其贤相、直臣、循吏、逸民、道德勋业、文章气节，彰彰可表者，不知凡几，均不得与于贤儒之列，岂彼皆非孔门徒哉？何尽屏诸门墙外也？窃意德行之科，固已搜罗无遗，而言语一科，古来犯颜敢谏之臣与出使辞令之士足以当之。政事一科，则历代名臣，孰非有经世宏猷，可以致君泽民者？至文学一科，更觉更仆难数。文如马迁、班固之伦，诗如李、杜、白、苏之辈，不惟文采风流可以衣被后学，即亮节高风，亦足独超千古，非以孔、孟为法，而能若是之廉顽起懦哉！吾恐夫子生当今世，亦当法其长而弃其短，不必尽以为谬乎道也。故尝欲本夫子四科之意，收古今名臣贤儒之传，分类而互辑之，纂为成书，名曰《历代四科名贤录》，而未有暇。兹因阅从祀贤儒传，偶发其端于此，俟他日得闲，当与同志者共商议之，庶使后之读书人有所感愤，而不至自阻其从道念焉。

十二日(12月23日)　家晓堂来自徽州。

晓堂名宗照，平江人，充次青观察护卫营官。徽郡陷，诸营悉散，故未有所归，为言徽事甚详。次青招勇，本拟赴浙，以徽事急，故奉檄守徽。八月十六日到郡，时张小浦京堂之勇已撤而未散，次青甫接手，一切布置尚未定，而贼已至。小浦脱身去，次青仓卒应敌，一战即溃。廿四日，贼围城，城无炮无陴，难于抵御。次青犹慷慨以誓师曰："城亡与亡，城存与存。"次日天初明，贼即攻城，诸勇抵御半日，贼以云梯百道一时齐上，官兵不能御，遂逃散。次青自南门出，由紫阳桥望浙急奔，从者仅数人，遇乡勇拦截不容过，杀其引道差官。次青跃马直冲,始得免,其后从有被伤者。至街口遇学政某,始得庇送归。涤帅始以无着落奏,继知其尚存,复劾其弃城弗守,败不归营,请旨革职拿问,自请严加议处。次青至营,批折未回,乃托病回籍待罪。此次之失,本因调度失宜,而次青及所部均非战士,岂能当此大敌哉?然败不归营之劾,次青亦当无词以对涤帅也。

十三日(12月24日) 闻彭泽陷。

普军门退彭泽,其勇无粮,肆掠而去。贼旋至,亦大焚掠,居民投江死者甚众。贼拟渡江,幸炮船抵御不得过,普军门遂退守湖口。然贼至彭湖口,亦未必能守,必将再至九江,乃可自固耳。余前月与营友同泊香口,致书崇如,谓建、祁相去二百余里,中间间道甚多,恐贼由此出,一解安庆围,一绕祁门后,使其多探多防为要。今贼果由此路出,闻鲍镇军退祁门,曾涤帅退景德镇,使贼再据湖口,则南北两岸之气不通,虽有水师,亦无如之何矣。亦有言彭泽贼已扬去者。

十四日(12月25日) 读《郑康成传》。

康成,北海高密人。少为乡啬夫,得休归。尝诣学官,不乐为吏,父数怒之,不能禁,遂造太学,并游四方,寻师访友,成经学大儒。可见古人立志,卓尔不挠,虽父兄师友不能助,亦不能阻,乃可独成其诣。余少时读书,不喜为举子业,恒有志于古,为严亲所禁而不能止,继之以怒,视若仇雠。故私购古书,不敢显观,必俟父母寝后,乃挑灯偷读,至于夜尽始眠者屡年。后又欲出外游学,亦为堂上所抑。迨江淮大乱,乃勉强绝裾从军,而名又无成,学亦不就。近闻父母已没,室家荡然,欲归未能,欲住不可,抚膺追恸,后悔无及。

兹阅《康成传》及其《戒子书》云:"吾家旧贫,不为父母群弟所容,去厮役之吏。游学周、秦之都,往来幽、并、兖、豫之域,获觏乎在位通人,处逸大儒,得意者咸从捧手,有所授焉。遂博稽六艺,粗览传记,时睹秘书纬术之奥。年过四十,乃归供养,假田播殖,以娱朝夕。遇阉尹擅势,禁锢十有四年,而蒙赦令,举贤良方正有道,辟大将军三司府。公车再召,比牒并名,早为宰相。惟彼数公,懿德大雅,克堪王

臣,故宜式序。吾自忖度,无任于此。但念述先圣之元意,思整百家
之不齐,亦庶几以竭吾才,故闻命罔从。而黄巾为害,萍浮南北,复归
乡邦。入此岁来,已七十矣。宿素衰落,仍有失误,案之礼典,便合传
家。今我告尔以老,归尔以事,将闲居以安性,覃思以终业。自非拜
国君之命,问亲族之忧,展敬坟墓,观省野物,胡尝扶杖出门乎!家事
大小,汝一承之。咨尔茕茕一夫,曾无同生相依,其勖求君子之道,研
钻勿替,敬慎威仪,以近有德。显誉成于僚友,德行立于己志,若致声
称,亦有荣于所生,可不深念耶!可不深念耶!吾虽无檞冕之绪,颇
有让爵之高,自乐以论赞之功,庶不遗后人之羞。末所愤愤者,徒以
亡亲坟垄未成,所好群书率皆腐败,不得于礼堂写定,传与其人。西
方日暮,其可图乎?家今差多于昔,勤力务时,无恤饥寒。菲饮食,薄
衣服,节夫二者,尚令吾寡憾。若忽忘不识,亦已焉哉!”呜乎!康成
大儒,其学之成,亦不易易。余学虽未成就绪,而生平境遇颇与之同。
而今而后,吾将以康成为旨归欤。

　　十五日(12月26日)　读陆宣公奏议。

　　宣公奏议,彪炳耀古,今苏轼、范祖禹辈论之详矣。其《论缘边守
备事状》末有云:“臣又谓宜择文武能臣一人为陇右元帅,应泾、陇、凤
翔、长武城、山南西道等节度管内兵马,悉以属焉。又择一人为朔方
元帅,应鄜坊、邠宁、灵夏等节度管内兵马,悉以属焉。又择一人为河
东元帅,河东、振武等节度管内兵马,悉以属焉。三帅各选临边要会
之州以为理所,见置节度有非要者,随其便近而并之。唯元帅得置统
军,余并停罢。其三帅部内太原、凤翔等府及诸郡户口稍多者,慎简
良吏,以为尹守,外奉师律,内课农桑,俾为军粮,以壮戎府。理兵之
宜既得,选帅之道既明,然后减奸滥虚浮之费以丰财,定衣粮等级之
制以和众,宏委任之道以宣其用,悬赏罚之典以考其成,而又慎守中
国之所长,谨行当今之所易,则八利可致,六失可除。如是而戎狄不
威怀,疆场不宁谧者,未之有也。诸侯轨道,庶类服从。如是而教令
不行,天下不理者,亦未之有也。”自古安边定乱,未有不预建雄藩,而

能先为不可胜以待敌之可胜者也。观公此论,与余《廿四策》广幕府以重兵权意正复相同,亦与文文山仿方镇以建守之意若合符节。古今形势虽各不同,而要其弭乱之方,则未有异。明理君子当自得之,何待多言哉!

十六日(12 月 27 日) 闻贼据湖口县。

普军门之勇以无粮而溃,湖口亦不能住。先闻贼据侍山,今闻已据湖城。豫章水道既梗,炮船想当上驶,安庆南面之围,不击自弛,不知九江要隘,又拨何兵驻守? 其原皆由徽、宁继失,贼势遂猖獗无忌,而普军又乏粮半载有余,乃欲望其以枵腹御贼也,能乎? 不能,固不可以此失专责诸一人矣。

十七日(12 月 28 日) 闻宿松令赈济难民。

南岸避乱过江之民以五六万计,而宿令放赈仅以五十金,庸有济乎? 余谓博施济众,古人所难,况一令乎? 不如以此数十金广覆芦棚,使难民得避风雨,不至露处受冻,亦惠而不费之一端也。不然,则此数万生灵,济之无可为济,其不冻馁以至于毙者,亦几希矣。

十六日(12 月 29 日) 闻官军困贼于土塘。

土塘在彭湖交界之间,闻我军已困贼众于此。果尔,则湖口尚未失也。不然,或贼退而我军追及之耳。贼意欲弛安庆之围,得建、彭诸城,不节节据守而妄事前进,岂非取死道乎? 居民传闻,颇多不实,亦未知其实在情形为何如也。

十九日(12 月 30 日) 杨兴文及黄仙樵过谈。

兴文见余绘诸地图,以为六圃再见。余曰:"某固以六圃为师耳。虽然,六圃之学专论龙格,罕言葬法,故学之者多善寻龙,而每不能辨穴。殊知不能辨穴,即虽有龙,亦属虚花。盖天地无全功,龙明者穴必隐,穴明者龙未必尽佳。不能辨穴,则将以小为大,认伪成真者有之。而点穴之方,则在先明葬法。天有不足,则人力可补,而天地无弃穴矣。此杨公七十二葬法,不可不知,尹氏一自注之尤精。其次则《蕉窗问答》,论穴情阴阳相含之义,妙义层出,可以玩味。是知地书各有所长,取长弃短,以成吾学,则无偏执一家之弊。如《山洋指迷》,可以为初学入门之规,而不可以论山水变化之妙。六圃地学可以辨龙格贵贱之分,而未可以识理气精微之用。风水二书,则裁取有法;一贯堪舆,则考证无方。苟知其义,皆可为法。若《雪心赋》,则不过如文家之《诗品》《文赋》,只堪借为品藻,不能执是俯察,不可不知。其余诸书,大略类是,触类引伸,则心思灵活,识见自超,头头皆是道矣。"

廿日(**12 月 31 日**)　闻马军退守湖口。

前闻舒都统率马队过江,已困贼于土塘。兹复闻贼增众数万,马队及诸军不能抵御,退守湖口,九江戒严。又闻贼大众已抵饶州,曾涤帅不知如何抵御。此信若真,豫章危急,楚军虽盛,难为力也。

廿一日(**1861 年 1 月 1 日**)　偕黄仙樵出北城寻地。朱华卿过访,不晤。

自初七、八日大风阴雨,至今不断。今午风息,天微晴,乃偕橄轩出门访朱华卿,不遇。复邀仙樵同出北关闲步,拟至其祖茔覆验龙格。先过虞家崇峦,其脉乃县龙右支。余见一砂逆回里许,知必有地,乃登场视之,正面无穴,复越顶过穴,乃结其后层,隆顶圆窝,铺大毡唇,逆砂逆鬼各二三层。后面七星作靠,对面长案锁水,新塔如笔,正朝左有潜星,右有河西,二山对峙如门,收拾远大,堂局明爽,元魁地也。惜扦者立向歪斜,遂使顶气不端,颇为扼腕。再越横冈,即仙樵祖茔,取名龟穴,亦甚似之。无龙无局,右砂复顽梗不化,仅此一穴,夫何福哉!因登高瞭望,见县西河北来有势,其堂局亦明秀可爱,苟有穴星,定获佳地。乃与仙樵再越一冈,横水过处无穴,而逆水一山特起尊星。乃登高顶,聪门一穴已有扦者,然朝水直冲其穴,兼割山脚,故穴假而不真。于是由右肩下寻脉,果降开浅窝,对面盖砂重重,三台作朝,狮象侍立左右,大水会小水,双流合拱堂前,从左砂外大折而出。龙身随水横去,层层兜锁,后托亦极尊重。此穴获水之福,而无水之害,盖以真穴趋避灵活故也。初恐仙樵无力购此,故缄默不言。继探知顶上一穴乃其别派远祖,此中或有机会,亦未可知。始令尽力图之,以待其缘之自合焉。

廿二日(1月2日)　再偕仙樵出北关察地。

仙樵再邀出城,察其岳父母新扦之茔。来至茔,县龙后层有高山特起,曰纱帽山,汪氏祖茔葬满山麓。高顶下分三支,一案横栏头台深窝甚圆,然右砂中断,大受风煞。正支落下,中开浅窝如盘,亦圆美,而汪氏坟俱葬弦棱外,殊不可解。仙樵祖墓在其右砂,名螺丝地,然无穴,仅收一案力耳。自元至今,子孙亦延绵不绝。再数里,至八里凉亭,其岳墓在正龙右砂上,穴无甚害,朝对尽皆无情,可无庸论。再二里许,有高山特起,乃县龙祖山,名芙蓉帐。其角一脉挂下,联络不断,亦分三支,两砂弯抱,中脉气甚圆足,石氏祖茔在焉,取名飞天凤。急登其穴,无窝无唇,惟石骨两行排列,露于土面,中开微钳棺即葬。钳口内极奇而巧,对朝门户亦排列齐整,玉屏正拱有情,宜其发福无穷也。覆验既毕,复与仙樵由其右砂下行,砂气甚旺,亦起高顶,结一穴,尚未葬。再由左过一砂,忽起土星,转面顾祖,两角高过中顶,微脉中出闪圆窝,左右阴砂二重,唇亦二重,后鬼双抱,后堂开展,两旁尊星排列,如侍大水横过,而穴乃逆转内向,收田源及送龙小水。山川变化,匪夷所思。土角亦露一穴,已有扦者,然其力则不逮中穴远甚,意欲明指仙樵,亦恐其力不能购,遂止不言。山后有阳宅,堂局颇佳,再四审察穴情,已为宅占,乃归。

廿三日(1月3日)　作地图。

今日天复阴雨,不能登山,乃闭户作地图。毓之疑余寻地太易,恐非真穴。余曰:"此事极难而甚易,似易而又实难。凡物之珍,皆深藏不露,唯地则一目了然,不待摸索,无事求人,岂不甚易?然非天生慧眼,则日处其地而不知,日读其书而未解,则难孰甚焉。余寻地不肯虚走一步,必先登高远望,看其来龙去水弯环聚会之处,乃往寻点。故不出则已,出必获睹其穴以归。或遇已葬之地,则无可如何,故人以为甚易也。殊知真穴一点,则不必再寻其龙。学者当知难中之易,而又知易中之难,则不敢轻言地矣。不然,古今寻地之人不知凡几,而真穴但有此数,何以尚有遗留未葬者耶?"

廿四日(1月4日)　偕毓之出城相地。

前日在泥山下远观马家畈后龙局舒展,必有结作。今午无事,乃偕毓之出城,循河西山麓直上至畈上,有石山耸立尊重,因登其顶。上闪阳窝,中含微晕,如太极状。微茫小水环绕而下,穴后奇石特立,乃龙角独曜。回望来龙,飞鹅大帐,真脉从顶中落,蝉联下坠,过峡复涌起穴山,转头内向。余气二小石山侍立于旁,亦转脚弯抱。惟后无鬼,而本身石骨嶙峋,足以自卫。大水绕其玄武,诸山开面,环拱于后,故不嫌其空也。穴心虽无坟葬,而四至俱有石界,盖有所疑而未用耳。又按:是地众山皆土,惟穴山及余气二侍独露石骨,众柔取刚法也。不知者以为粗老,疑而弃之,岂不可惜乎?

廿五日(1月5日)　纪梦。

前夜梦满身有细虫,自毛孔中飞出,细如螟蠓,不知其数。余乃以扇挥之,一时都尽,亦奇梦也。醒以告毓之,毓之曰:"虫者,戕生之物也。身有虫,则身之受害也可知。既挥而尽之,身之害除矣,身之气亦将由此以畅遂乎?"此梦盖应室人雷氏之殁,氏可谓之附骨蛆矣。是年氏亡,故梦如此。噫!何兆之验如是耶?

廿六日(1月6日)　闻贼进至都昌。

南岸沿江诸县尽为贼据。彭泽、湖口闻已具造册籍,仍归于贼。其前锋则已进至都昌县,亦有谓其为乡勇击退者。而九江则戒严甚紧,盖贼意在九江故也。

廿七日(1月7日)　偕毓之赴二郎河相地。

晨起,天忽晴,乃偕毓之往二郎河。甫至中途而天复阴晦,须臾霏雪成霰,颇有寒意。途中遇一山,甚耸秀,知必有穴。初登旁支,虽有形而气不聚。转过正面,水口极紧,穴果在焉。一字横案,土屏正朝,大水横过案外,屏之两端星辰耸峙,尤为贵征。再登高望其来龙,乃自严恭山,与县龙并出二三十里,奔趋大水,而结是穴。后龙土屏中出，穿田过峡，日月夹送，龙格极贵，而穴尤完美。葬者累累，真穴独存，亦奇矣哉！再行至朱姓庄屋，忽睹众山团聚，皆芍药枝形，中间大顶甚圆足，左右两枝并出，朱姓葬正顶下。余视其穴，虽有脉而无住气，乃先寻右枝无穴，再过左枝，则后脉连催三金而来。穴结顶上，太极分明，亦无葬者。外砂大缠大裹，真美局也。行抵二郎河，已黄昏后矣。毓之妹倩洪君凤台邀往其舍，离镇尚三里许，至则一更尚尽，具饮始宿。

廿八日(1月8日)　偕洪氏诸昆相地。

晓起开门，大雪满山，已深数寸。其门正对七祖峰，火星端正，秀削尘寰，堂局尤为明爽。屋后横冈葬二冢，正对火星。盖龙自火星起祖，左肩出脉，连开三大帐，落脉成大梧桐枝，中起品字三台，落平冈，穿田过峡，脉甚隐微。再起高冈，龙从前去，右分一脉逆转作结，后鬼双抱，余气挽回，亦颇合法。唯满山皆梅花土泡，穴破二泡，无砂无唇，心甚疑之。且龙转处非正出，乃旁分脉，恐非真结。早饭后，乃与毓之及洪氏昆仲同出寻视，始知此局乃大龙行度，关城舒展，洪氏穴特右关城一大结耳，其龙前去尚有真结也。

廿九日(1月9日)　偕毓之再出相地。

昨日回见龙身由田脉起处，有倒骑一穴，五六梅泡攒聚成穴，亦正朝火星，两旁送龙砂，如金箱玉印，联贯不绝。余与毓之复周环审视，的确无疑，然正穴尚未在此。午间更同洪二由其坟后追寻旁枝，有脉从枝后漏出，两层双抱，中起大突，开微窝，横收大水，亦极明秀。穴左右俱有扦者，惟极晕尚存，惜难图耳，然亦非正穴也。

卅日(1月10日)　再偕毓之冒雨寻地。

正龙既已前行，当必另有佳穴于后。晓起未膳，爰促毓之同行，一路察视。龙身旁落一穴，左砂弯抱，极为有力，对朝飞凤冲霄，御案尊严，旗枪笏马，罗列整齐。火星旁立照穴，格极秀美，扦者已占正穴，后当大发无疑。再前则土屏特立，中藏圆金，已有扦者，脉穿田从左而过，前砂皆层层收回，乃峡中结也。再前，突有高峰逆转回头，急登视之，乃一窝穴。一砂单提后鬼，三节雨边护砂，层层弯抱于后穴心，正朝火祖，满局秀气。一穴收尽，左右缠龙，自太祖分枝缠送，各数十里，至县城始止。中一小枝紧贴龙身，亦缠至穴山后数里，连起金土诸星作靠，并收其中堂水口。龙格变化，穴山紧巧，无人能识真穴的的在，岂可无疑矣。方欲再前，而大雨忽至，镇日不止，乃与毓之寻村店觅食，冒雨而归，衣履尽湿。

星烈日记卷之七十

鸿蒙室主人笔识

十二月初一日(1月11日) 代洪凤台作地图。

昨日大雨,夜复霏雪,山头尽白。闭门无事,乃为凤台绘其墓宅地图。是地乃余君东篱所指。东篱名先黄,字菊友,又号两乐,盖性喜山水故也。东篱著有《固本集》,谈龙格颇佳,惟点穴多以意会,近于阔略,未能精细。故所指此穴大局甚好,生气亦能乘受,而无唇无砂,散漫莫收,必须培补,乃能受荫。既图其形,并告之法,洪君亦以为然也。

初二日(1月12日) 偕诸君出视罗姓新扦地。

胡中丞荐陈作梅太史葬罗澹村于二郎河之北冈上。诸君邀同出视,其穴尚未封好,仅从左右砂上遥望大龙前去,一小枝从后挽回,顾祖下砂亦弯抱,唯面砂反背无情,后龙亦未开帐,盖裁取小结作耳。其祖茔名扑虎地,亦非结作,不必因其显达而强为之附会也。

初三日(1月13日) 再偕诸君至清河镇相地。

清河在七祖峰下,中开大阳火星,旁出一脉,三台水星开帐,穿田过峡,起圆金一簇。中顶势甚圆足,落脉分两手,左弯抱右,右支到头,复开小手,由右抱左,中乳直出,结剑金穴。左右外砂皆流金,包裹严密,水口重重,外阳宽舒,外水口直收,至县城始尽。主山既贵,结穴又专,所谓特龙特局而又兼特结之穴也。穴前原有古庙,明显宦杨春芳毁庙葬亲于剑锋尖上。余初自左砂上远视,疑其穴已为所扦,及登场而穴晕尚留,所葬者乃锋尖,正当阴督煞,故其子孙至今式微不振。强占神坛,心地已非,安得福荫,宜其所葬非穴也。洪君云余东篱亦曾点穴二处,一在剑锋下两砂之间,用土葬法;一在剑锋高顶上横骑,用左砂作案,殊觉可笑。盖剑金葬锋,古法不易,况穴晕已露,而乃舍而他扦,果何谓哉?又有谓此穴为倒地木星者,尤为梦梦。

试思此局大火之下，流金累累，又结木穴，一气顺克，岂能成局？惟剑金作穴，乃借此火力以炼宝器，斯为合格，庶能受荫。法当出一贤将，世笃忠贞，发福无穷，真至秘宝也。余虽觊破真穴，未敢轻言，恐泄天致获咎耳。

初四日（1月14日）　回宿城。

今日天稍晴，而北风凛冽，寒不可当。一路结作虽多，然皆裁剪小穴，不堪入目，故难指点。回至宿城，天已将暮。连日登山，雨雪交加，颇形困惫。挑灯独坐，愈觉无聊，甫转二更，即便安寝。

初五日（1月15日）　闻贼至景德镇。

毓之从外闻贼锋已至景德镇，涤帅与结垒相持，未审能否抵御。桐邑之贼仍复夺据枞阳，盖水师上驶，枞阳空虚故也。

初六日（1月16日）　代橄轩覆验旧茔。

橄轩季叔葬于曹家冲已十余年，恐其非地，倩余代验，令其子侄辈偕往。乃出小东门，由县龙帐内入，过黄泥沟，越岭始至其地，果非结作之所。归路见一峰特起，火星如飞凤，下结覆钟金形。乃登钟顶，太极成晕，圆美异常，而左右无砂无唇，殊觉可疑。及谛视之，四面大龙远抱，左右低砂近绕，层层紧护，故其穴上聚，而穴山后石骨呈露，尤征气足，故不必再借近砂。此天地孕育之妙，非可以常格拘也。惜结作奇巧，俗见难识，未可轻以指视。余常怪宿邑后龙无帐，恐非正结，今见此穴，则县龙乃其帐耳。主人既获，诸山皆我护从，人自不察，夫何怪耶？

初七日（1月17日）　代徐海瀛覆验新茔。

仙樵、子芳俱偕往。地为子芳所扦，甚得意，因邀余共相赏鉴。龙自太阳山发脉，连起啸脉山三台金星，落平冈分三大支，中支气尤旺。行至龙身，余见其层层收回，中起一顶，急往视之，已有人厝棺穴上。入首脉甚秀，盖回龙结也。再越一岭，即右支大龙。子芳初指一穴，甚灵巧，如蝙蝠状，两砂弯抱向前，中腹饱满，纯阴不化，故无穴。子芳扦其右膀后，气虽旺，而下砂终嫌反背，未尽合法。余周环审视，乃见其正顶后蝉翼蛴须，圆唇微晕，的的分明，真穴无疑，前砂乃抱其后鬼耳。古人穴法甚多，倒结旁结，无法不备，未有葬于旁砂肘后者。盖吞吐倒侧，皆欲取其局中生气耳。若砂旁肘后，已脱离于局外，生气乌能融聚？葬乘生气一语，为地学金针，然亦误人不少。非书之误人，乃人误认山之凹凸处为生气，而不知穴晕分明，阴阳交媾之间，乃有暖气，暖然后能生也。

　　子芳又再指第二穴，乃仙带龙，层层开帐，逆转向前，结玉佩穴。到头脉甚秀起，微顶，抽细脉，分三股，如金刀平列。下一层虽三刀形，已变为二股，穴结上层中刀上，极晕分明，金鱼水从两旁流出，会于下层二股之中。盖两层弯砂，变形为两层直砂耳。子芳点穴于左砂尽头处，顶气既脱，前唇亦短，后脉与旁砂皆非所有。余既不便明指其非，只好唯诺听讲而已。昔人谓地理不可学，知而不言，欺人；言非其人，欺天。余亦不免此二戒云。归途中，仙樵复邀视其先人墓，则竟葬于田水之中。子孙不知地理，听人委弃祖宗父母于深沟断壑而不能误，真可悯也。

　　初八日（1 月 18 日）　代徐海瀛作地图。

　　海瀛意在作图，故为之绘。真穴虽露纸上而未点出，人亦难明，盖欲使之意会而自识耳。子芳来见图，谓极相肖，然终未能觑破真穴，则其心粗气浮，亦可知已。

　　初九日（1 月 19 日）　补绘诸地图。

　　画地如画龙，点穴如点睛。千山万水，不过风云鳞爪，非正穴也。真睛一点，破壁歌飞。具此手眼，方可画龙，方可点地，难矣哉！

　　初十日（1 月 20 日）　再绘地图。

　　相地又如相马。善相马者，知其神骏而已，不知其为牝牡骊黄也；善相地者，知其真穴而已，不知其为土石泥水也。穴在高严之顶，则必上而之顶；穴在清冷之渊，则必下而之渊。又或穴在半壁之间，则必推于壁中。然必龙到局到，穴晕分明乃可。其或外晕为人锄损，内晕亦必的的在是，不可挪移一步，斯为真穴无疑。内晕即不成太极圈,亦必粗土范围,精土界限分明,与众不同,不然则仍非真穴也。余在昆明见三奇穴:一黑龙潭,乃泉穴。盖潭与山环抱成太极象,穴结山之圆突上,非竟藏诸水中也。古人有架水葬法,余未之见,不敢强解。一棋盘山,乃天穴。山顶开大阳窝,中起圆突,半石半土,如满月形,亦葬土,非葬石也,盖土石交互成极耳。一石城,石骨层立弯抱成太极圈,乃洞穴类也。惜石骨太高,竟坐洞中,亦非福地,必俟培补,乃可葬棺。此数穴龙格极佳,故穴场不嫌其怪,惜天渊二穴已建庙坛,故难图耳。

十一日(1月21日)　王敬修、李继青来索书。

连日雨雪交加,今虽稍止,而阴雪未散,寒气犹盛,故难作书。敬修云石氏有地名飞天蜈蚣,棺悬岩上,人不能到,乃天葬也。亦异矣哉,惜不能亲览其奇耳。

十二日(1月22日)　代李继青书屏联。

天气阴寒,本难临池,以继青求意甚殷,爰代书之,而笔酣墨饱,反有奇趣。久不作书,偶一挥毫,乃能如意。亦如兵家之蓄锐养精,不肯轻用,及至临阵,自有勇气百倍不可遏抑之势,亦天地自然之气也。

十三日(1月23日)　橄轩邀赴凿山相地。

今日天始晴。橄轩遣其子来,邀往凿山一行,乃与之出城,由山后一路察视。将至山,有脉从高峰下,微有停顿,土人建祠其上,曰太子庙。入祠视之,乃昭明像也,不知何以血食于此,殊昧厥由。再过二山,亦有小结作,尚无人葬。乃越高山远望,湖水汪洋,心目甚爽。湖汊湾环之中,大有龙局,明日当往视也。下山数里即橄轩居,时毓之先已至此相候矣。饭后,与橄轩诸君同过村右,视张姓坟,相传为前朝宰相某之墓,细审之,乃砂结耳。其正穴尚在村旁,未有葬者。堂局甚佳,龙格亦只中平,无足异也。

十四日(1月24日)　偕橄轩及祝纯粹出观地。

橄轩有祖茔在山后,因邀出视,其西席祝君纯粹亦偕往。先是,余与毓之先行,橄轩继至,乃指凿山正结一穴与之。人只知资福寺基为正结,而不知其顶偏护左山,故左山象形乃真穴耳。其实左山虽低,而两旁大山皆石象形,一山独土,虽低而正,虽小而尊,故为正穴。其龙前行,复起一顶,石纹分开八字,下脉极圆而秀。落平地,突起小石山,端正尊严。龙身前去,再起石山,成大横帐,弯回作朝,帐中平低,两头高起,各门中露远秀,一峰特朝。因登小石山察视,石纹层落,弯抱一土泡,仅可容棺。金鱼小水弯环而下,盖石穴也。越过山后,有三仙庵在大龙峡中,俗名"美女照镜"。

转出山前,橄轩祖茔在沟壑边,其不至为山水所冲激者,亦几希矣。其旁有高山落脉,连结三穴。下穴名黄蛇出洞,已为石氏所扦;中穴虽有扦者,而未适当其晕;上穴则尚无人葬,砂水堂局,俱整齐明秀。余见三仙庵后一峰转出,极有气势,出脉亦极长远,直奔湖边始止,即昨日远望湖汊中一局也。诸君不能远行,乃独随龙前往。至上兴安岭,龙忽逆转一砂,弯回尤秀,穴落路旁,正对高山,逆收田源小水。再前亦有一逆结,已为人扦。又再前,一脉左出,甚秀。乃穿林寻穴,果有佳局,穴旁葬者甚多。对岸村落颇大,而不知地名。转出大道,询之土人,乃知为石氏庄,名宰相屋。

又前数里抵湖,有山特起如半月,名鹅公泡。左右外砂弯抱,插入湖中,湖水亦入砂内,弯抱诸山,左右山水互相环抱,局极秀美。而鹅泡上无穴可扦,乃回至第三层。内有脉由右出,隆顶圆唇,开浅窝牛角砂,极尖秀,湖水直弯抱至明堂。盖顺龙横结前泡,乃其锁水星辰,惜唇下为杨氏居屋,非可以利求,故难图耳。归途日已暮,且霏微雪,到舍则上灯后矣。

十五日(1月25日) 雪。作地图。

昨晚雪颇大,晓起开门,青山头尽白矣。既难出门,乃绘地图。昨所见石穴一局,乃骑龙格,石帐层层落脉,如铁甲胄状。石穴山端正秀削,如铁盔形。穴结簪缨,上取卸甲朝君格,主出武将,而有雍客揖逊之度,亦奇穴也。湖边一局,山水大媾,收拾尤大,发福愈无穷也。

十六日(1月26日)　雪。阅《宋潜溪文集》。

今日雪更大,闲居无事,案有《宋景濂集》,乃取阅之。文笔不甚高,而一种疏畅之气,洋溢行间,自是养到之文。中有《宋九贤遗像记》,读之如亲睹先贤懿范,令人肃然起敬。笔有化工,不止神传阿睹也。文云:"濂溪周子颜玉洁,额以下渐广,至颧而微收,然颐下丰腴。修目,末微耸,须疏朗,微长,颊上稍有髯。三山帽后有带,紫衣褒袖,缘以皂白,内服缘亦如之。白裳无缘,舄赤色。袖而立,清明高远,不可测其端倪。程子,色微苍,甚莹。貌长,微有颧。眉目清峻,气象粹夷。髯四垂过领。袍土黄色,无缘,内服领以白皂。缁帽檐高,白履。和气充浃,望之崇深。伊川程子,貌劲实,颧微收,色黄而淡。目有棱角,髯白而稍短,在颊者尤短,而翩翩若飞动。帽、袍与履咸如明道。俨而立,刚方庄重,凛然不可犯。康节邵子,色微紫,广颡,身颀然。有颧特然,其下癯,骨爽而神清。须长过领。内服皂领,帽有翼围之,袍缁,履如伊川。耸肩,低袖手,立而睨视,坦而庄,和而能恭。横渠张子,面圆,目以下微满而后收,色黄,须少、短、微浓。衣帽类康节,履亦如之。高拱正立,气质刚毅,德盛而貌严。温国公司马子,色黄,貌癯,目峻,准直。须疏而微长,半白,在耳下者亦半垂。耳轮阔,微向面。幅巾深衣,大带加组,方履黑质,白约缋纯。綦前微下而张拱,指露祛外,有至诚一德、不以富贵动其心之意。晦庵朱子,貌长而丰,色红润,发白者半。目小而秀,末修,类鱼尾,望之若英特而温煦之气可掬。须少而疏,亦强半白。鼻与两颧微魋,魋微红。右列黑子七,如北斗状,五大二小。五在眉目傍,一在颧外,一在唇下须侧。耳微耸,毫生窍前。冠缁布冠,巾以纱。御上衣下裳皆白,以皂缘之,裳则否。束缁带,蹑方履,履如温公。拱手立,舒而能恭。南轩张子,姿貌俊伟,眉目耸秀,白而润丰。下少须,神采煜然。椰冠,纱巾,道服青皂缘,系以绦,履白。坦荡明白,使人望而敬之。东莱吕子,形貌丰伟,颜色温粹。眉厚而秀,髭浅而直。衣道服皂缘,冠幅巾,蹑皂履。望之似严毅,就之如入春风中。金华宋濂曰:'天生九贤,盖将以兴斯道也,今九原不可作矣。濂癯寐思之,而无以寄其遐情,辄因世传家庙像影,参以诸家所载,作《九贤遗像记》。时而观之,则夫道德冲和之容,俨然于心目之间,至欲执鞭从之,有不可得。于戏,九贤亦夫人哉!'"

十七日(1月27日) 雪霁。

晓起,雪稍霁,而晚复阴晦。饭后与祝纯粹闲步出村前,眺望山景,虽萧瑟,而一种收敛蕴蓄之气,自有深秀欲发之机,故亦足以寓人遐思也。方欲再往前行,而微雨忽至,因相与回馆,挑灯共话,至夜分始就寝。

十八日(1月28日) 回宿城,与史贤希相晤。

贤希由祁门奉委赴寿春公干,路过宿,知余尚在此,留待一晤,因急回城,把晤甚欢。据谈祁门事,传闻都虚。涤帅并未退兵,惟调各营俱赴祁门,多储兵食,为老守计。左季高退守景镇,为祁后路,兼顾江西。贼前锋至浮梁,文报不通者数日,粮道几为所断。幸贼无船,不能过江,且为我兵击退,故水道未梗。然自浮至湖、彭诸县,贼踪往来无常,居民尽逃,无官无兵,唯水师在江面防堵而已。总之,南岸势甚决裂,人心散涣,非好机会也。此系月前情形,自君起程后,今又月余,不知其现在情形又当何如耳。

十九日(1月29日) 贤希过访。

君本拟今日即行,以余故暂留盘桓,且天大雨,亦难就道,故过余畅叙。言其在祁亦上条陈,请涤帅速[赴]淮扬,以为进取苏、常之计,与余前书所见大略相同,涤帅亦深以为然。余书已达,蒙批留览,且由驲覆函,至今尚未到。公若早赴淮扬,江南事尚可为。特恐其面从心违,犹豫不决,使贼先据其地,则无可立足处矣。【君家属俱已出至豫章,余因询常郡先守之事。】贤希本常州籍,余因询何、和二帅失城状。据云其眷于三月内已先徙上海。金陵围溃,和帅退至郡,拟令根云宫保回苏办粮接济,自顾守城,以过贼锋。而诸绅不肯,催和帅出城扎营,请宫保守城。而根云所带督标兵皆金陵人,各有散心,欲借此出城与绅董相斗，以铳炮轰伤十九人，亦有毙者，绅董仍不肯开城。三月晦日，天甫明，根云竟带督标兵启门出，至无锡，不纳，至苏州，又不纳，遂走江阴，其兵已渐散。根云褫职拿问，至今未知下落。根云去后，百姓自相守城。四月四日，贼至，势不支，和帅败走，自缢舟中，城遂破，男女投水死者以万计，其实贼并未屠戮也。先是，金陵事急，根云分遣委员四路银米，为固守计，城陷尽为贼有，甚为可惜。此事固由根云胸无把握，以至决裂如是，其实绅董亦多武断，不达事体。使从和计，齐心固守，或能保障东南，亦未可知。虽然，天心既定，又岂人力所能挽哉！

二十日(1月30日) 阅胜宫保奏稿。

乘舆播迁，安危所系，余怪当时朝廷岂无一人谏止。今史君贤希因公过宿，携有克斋宫保谏疏一稿。阅之，言极痛迫，不可谓中国竟无人也。疏云："奏为迫切沥陈，仰祈圣鉴事，本月二十四日，命内廷王大臣及奏事值日各堂官，阅看朱笔，有暂幸木兰之说。臣等传闻之下，实深惶骇。窃惟京师为根本重地，宗庙社稷百官万民所在，皇上为巡幸之举，则人心摇动，京师断不能守。且八旗绿营官兵，其父母妻子室庐坟墓，皆在京城，能保其无离散之心乎？万一六龙云驾，而兵心瓦解，此时欲进不能，欲归不得，皇上其何以处此？现在夷人犯顺，邀求百端，其实夷兵不过万余人耳，其断不能扰吾疆土也明甚。若乘舆一动，则大势涣散，夷人乘虚而入，借口安民，必致立一人以主中国。若契丹之立石敬瑭，金人之立张邦昌，则二百余年祖宗经营缔造之天下，一旦拱手授诸他人，先帝付托之谓何？皇上何以对列圣在天之灵乎！且以一府一县之守令，闻警出城，地方立时溃乱，况万乘之尊，都城之重，而可轻于舍去乎？臣闻嘉庆十八年林清之变，仁宗睿皇帝方幸木兰，闻警即日返跸。当日且闻警而还宫，此时岂闻警而出幸乎？况现在逆夷之势不及当日各路教匪之猖獗，奈何轻弃根本，自贻陨越耶？臣等谨按北宋牟驼冈之役，白时忠、李邦彦等请幸襄、邓，以避敌锋；李纲力主守城之说，遂以却敌。前明土木之变，徐埕主南迁,于谦曰:'京师天下根本,一动则大事去矣。'遂立十大团营,而京师安定,此不迁而存者也。金哀宗奔河北而金亡,元顺帝奔和林而元亡,此播迁而亡者也,前史具在,迁与不迁,其效可睹。今日之事,万不至如前史之甚,独奈何出此下策,自取颠危哉!为此策者,必曰:'圣驾时巡,仍派重臣监国,俟扫荡廓清,奉迎返跸。'殊不知皇上一出,都城无主,伏莽生心,萧墙变起,踵足危亡,翘立可待,又安望有扫荡廓清之日?况木兰一隅,又何足恃?我能往,寇亦能往,设使逆夷以轻骑相追,则以有所凭借之京城,转以为不能御,岂中途人心涣散而能资其得力?此不待计而决者也。昨已蒙宣示诸臣,京城内外,纷纷传说,闾井惊惶,必致人无固志,恐滋内变,不可不防。仰恳皇上暂行还宫,激励将士,严筹守备,以固众志而释群疑。并求宸衷内断,不为浮言所惑,宗社幸甚,臣民幸甚。臣等受恩深重,未敢缄默,激切渎陈,自忘狂戆,乞皇上圣鉴,不胜悚惶屏营之至。谨奏。"

又一折云:"奏为天下安危所系,速请乘舆还宫,以安宗社而定人心,恭折奏祈圣鉴事。窃臣由河南督办军务,奉命来京,中途闻有津门之警,兼程北上,沿路阅州县探报,并访诸津门来者,金以此次犯边之夷不过数千,加以潮勇数千假扮黑夷,充当前敌。又因北塘防范稍疏,以致为其所乘,大营偶有此挫。在该夷情同鬼蜮,妄逞奸谋,不过侥幸于一时,未必全局因之败裂。当事者不察,而遽张大其词,以耸圣听,在主和者欲实其言,而重言战者之罪,亦已过矣。臣于本月二十抵京,仰蒙召问,垂询夷情,当即自抒愚忱,力排异议。此时求和未必有济,必能战胜而后可和。但得圣心坚定,国家之全力,不难殄此夷氛。此诚天下之公言,并非一人之私见。窃以为刍荛所献,当有裨高深,退直之余,即复卧病。忽于廿四日奉王大臣传知,臣与贝子锦勋共带备调八旗兵一万名,并未奉谕旨明文,无从布置战守。方拟递折请训,俾得遵循,忽闻道路播传,乘舆将有北巡之举,众志惶惶,群思逃避,讹言四起,闾巷一空。臣以为皇上宸衷沉毅,断不致有此事。旋闻九卿科道有交章叩马之谏,又闻特颁朱谕,有京北坐镇之旨，不觉心胆俱裂，痛哭失声。伏思我大清太祖、太宗、世祖创业以来，缔造艰难，圣圣相承，至于今日，其中平定祸乱，不一而足。其至嘉庆年间，白莲教匪变生肘腋，逼近宫闱，卒归底定，从未有以出狩播迁之言妄惑天听者。诚以宗社所寄，陵庙所关，邦畿千里，惟民所止，譬如北辰，而众星拱之。元后作民父母，关系天下之存亡。伊古以来，兴废安危之机，无待枚举也。如元明季世，人君失政，以大患频仍，守内已无完土，所以一朝有变，势遂不支。此时普天率土，莫不尊亲，逆夷势虽猖獗，孤军深入，已犯兵家之忌。但使我皇上安处京师，奋扬庙略，薄海臣民愿效忠于陛下者，奚止亿万计，纵或夷至城下，有何惧哉？即万一都城戒严，各省勤王之师，不旋踵而可至，加以辇下数万禁旅，内外夹击，当使逆夷无噍类矣，臣可断其不至有前朝之祸。孟子曰：'得道者多助，失道者寡助。寡助之至，亲戚畔之；多助之至，天下顺之。'以今日时势而论，孰为得道，不待智者而后知也。若乘舆一朝回宫，不但人心为之一定，宗社为之一安，即逆夷闻之，亦当神消气沮，陛下何惮而不为此？臣受恩深重，休戚攸关，久历戎行，孤忠自矢，所陈者皆身亲阅历之言，非纸上空谈可比。我皇上仁明英武，自有权衡。伏愿俯从众论，早定还宫大计。转危为安，在此一举。万不可为一二奸佞所误，致失天下臣民之望，而贻后悔于无穷。臣至情所迫，不避斧钺，冒死以闻，不胜叩头流血待命之至。再，臣蒙恩三为统帅，纵无殊勋，未敢偾事。屡因萋菲中伤，幸荷圣明矜宥。前于咸丰四五年间，粤匪先后北犯，不下十余万人。自独流以至阜城，皆与僧格林沁同事，合力剿办。其临清之役，独为其难，得就殄灭，虽功罪异致，而劳苦惟均。此皆仰托皇上洪福所致。今夷兵虽悍，而人数无多。果能尽力图维，未必不可遏其凶焰。臣窃以为僧格林沁忠勇有余，但夷情诡谲异常，破其奸谋亦非易易。臣先后在军八年，身经数百战，于审机观变之道略有管窥。当此军情紧急，前敌更重于后路，可否仰求皇上饬令臣驰赴通州张家湾东南一带，察看前敌情形，帮同僧格林沁再加布置，以期严密妥协后即行回京，似于军务不无裨益。

臣亟图报效，忘其愚陋，伏乞圣鉴训示。谨奏。"

又致某书云："仲建贤友足下：前将到京后情形，专函命程斗山赍投，计已收览。别后未见书来，深为悬盼。不识乔迁之举已否得处？英事已否料理，诸在念中。仆前月廿四日接本旗片行，改派仆与勖贝子统带京兵万名。时僧邸之兵尚在贾格庄等处，而左右群小劝上作迁都之谋，道路汹汹，谓将驾幸木兰，举行秋狝。部院百僚交章叩马，俱留中不报。都中人心惶惶，弱者悲啼，强者觊觎，流离迁徙，巷无居人。二十四、五、六、七间，几有不可终日之势。仆中心焦灼，叩天阍而叫呼。二十八日，自草短疏，效郭宁抽剑断鞅之请。是日，六部九卿台谏侍从各递封章，虽俱未报，然即日明降谕旨，遣散扣留车马，以示无北狩之举。并特颁朱谕，赏给巡防兵内帑银二十万两，人心因之一定。初一日寅刻，密字。以据怡邸奏称，逆夷坚欲携带大队进通，圣意与之决战，命仆即日简练精兵，带赴通州以西，择要驻扎等因。初二日请训，初三日启行，暂驻朝阳门外七里之燕云寺。次日，进扎定福庄，将所带之京兵四千布置营盘。时怡邸、桂相、穆枢密皆在通州，与之讲和，反覆开导。夷酋巴夏礼终欲以兵进城，其跋扈悖悍情形令人发指。怡邸遂设法械击巴夏礼及其从者数十人，挟以进京，而兵端遂开。僧邸小挫，退至通州，且轻听蜚语，疑仆为王濬，心怀别意，种种为难。仆以为逆夷孤军深入，退无后据，宜精选轻骑，绕出马头，复从后抄截，一面严师而进，使其腹背受敌，进退不能，必可如志。僧邸不从。又夷目夜不能视物，可简练马步数千，潜师夜击，多方以误之，数扰以疲之，即不能一战成功，亦使其不能驻足，自然退却。讵僧邸派去马队，畏贼如虎，未至贼营而还，以致无功。仆计既不行，即不得不用正兵决战。犹幸瑞相尚能和衷共济，合力同心。初七日卯刻，亲督各队至八里桥以南，适夷由郭家坟一带分为三股，蜂拥而至。僧邸迎其西，瑞相迎其东，仆迎其南。始而僧邸所带马队将贼压动，继即撤退。仆急挥抬枪队上前迎击，轰放两时之久，贼队已动，见有夷酋持令指挥，贼队复合，枪炮轰击，火子横飞。正在督战间，仆身忽中炮

子,左颊、左腿同时受重伤,坐骑立毙,登时落马坠地,昏迷不省人事,
为刘景芳等驾起抬归。各队见主帅受伤,遂各纷纷倒退。仆至福定
庄后,瑞相亦来看视,属仆回京养疾,当将各队暂交澄泉相国。于酉
刻抵城,即具疏请假十五日调理,一面延医调治。念仆自受命以来,
仰蒙倚畀优隆,至军后即奉旨会同瑞相、僧邸办理一切,日有寄谕,趣
令进师。正拟竭力经营,速殄夷丑,以纾宵旰之忧于万一。曩日之
战,如仆不受伤,再战少时,必可得一全,从此势如破竹,可以大加惩
创。乃天不谅予,忽有此挫,自督师八载以来,未有之事。然僧邸、瑞
相尚扼重兵于外,未必竟至决裂。岂料败信一闻,皇上谓无可恃。初
八日寅卯间,銮舆启行,郑及诸王、肃六等皆扈跸而去,部院侍从无人
从行,实亦毫无消息。仆于困苦痛楚之中,陡闻此信,卧中跃起,搥床
呼天。闻某邸与文枢密居守,然未有明文,亦未闻如何料理。宗社如
故,钟虡犹在,梦梦彼苍,胡为至此? 现在九门皆闭,惟西直门间或一
开,南三门亦已闭绝。城中储粮无多,日用各物皆仰给于外。自内外
隔绝,百物昂贵,咸有乱心。其城守事宜,布置未周,人无固志。仆身
为大臣,际此枢翻轴覆,焦急万分,已飞章达行在,速调张得胜、鲍超、
黄得魁、赵喜义等各军川楚劲旅数千及苗雨三练众,令其各选精壮,
星夜赴援,尚未奉到批回。并函致文博川枢密,略举守城八事:一俘
酋巴夏礼不可释;一速运城外小米进城;一城上宜多插旗帜;一滚木
檑石宜多备;一火器宜用抬枪;一内城南三门不宜久闭;一急放昆明
湖水灌城濠;一新来陕西马步宜分扎东北,勿与僧邸合军。未知当道
者能采纳否? 仆日来疾稍有转机,但能勉强挣扎,即当出而力战,与
贼誓不两立。然所能者人,不能者天也。此刻事势已如一发千钧,若
稍有掣肘,必致不可救药。仆终不能草间偷活,听他人指挥,惟当涕
泣誓师,号招忠义,匡复神京,重迎清跸,然后为大丈夫之事业耳。所
望吾弟辈密将旧日部曲先事牢笼,以为他日地步。仆困顿床蓐,熟思
时事,泪下沾襟。不谓刘越石闻鸡起舞,祖士雅中流击楫,乃于仆身
遇之。吾弟同受国恩,际此时难,当图报称,亦志士建功之秋也。吾

弟其勉之！前谏疏及昨上折稿均已录寄，勉民、运生处不及另函，可以此八月十一日传观之。"

胜帅素性多虚骄不实，好铺张表暴，以炫己长，而此数折及书却激昂痛切，胆识俱优，亦当今不可无一士也。九月，和议成，京师幸得瓦全，其不至如契丹、金人故事者，亦几希矣，讵得谓其言之过迫哉！

廿一日（1月31日）　阅天津信稿。晴。送史贤希赴临淮。

贤希又出天津总粮台寄湖北严渭春方伯信云："七月十五日，桂相国到天津后，即与该酋议和，除八年原议五十余条外，赔英国兵费银一千二百万，先交二百万，其余由税内扣除。天津准其通商大沽炮台，俟兵费交清，再行退还。带数十人进京换约。虽则示弱，值此无可如何之际，得了且了，亦未始非目下万全之策。乃桂相国奏奉谕旨，不允所请，大加训饬。该酋得信后，即刻带兵赴程北上。行抵河西务，奉特派怡亲王前往通州议和，给与照会。英夷参赞巴夏里带数十人前来会面，始而颇称恭顺，仍照天津原议，该逆亦俯首无词，欢然而去。因法夷尚未会议，约巴夏里邀同法夷前来定议。次日英、法同来，法夷并无异词。巴夏里得陇望蜀，云将来进京换约时，每国须带兵二千，其余大队扎通州下五里之张家湾。怡王亦已答应。巴夏里云：'须大皇帝亲换和约，并每年派大员前赴伊国。'怡亲王再三理谕，巴夏里等似睡非睡，佯为不闻，甫各散归，而该夷等亦即自去，是夜在于城内到处窥伺。怡王知事已决裂，天明知会僧邸，将巴夏礼捉拿送京。此外尚有散夷数十人，惟法仍放其回去。此八月初三日事也。初四、初七连日交仗，我师败绩，马步溃散居多，一切军械全行丢弃。僧邸、瑞相国直退至东直门外，甫经出师之胜帅受伤回都，逆夷遂占踞定福庄，系齐化门大路，距城不过二十里。于是翠华远播，巡幸热河，沧海横流，时事日非，兵心已涣，大局竟有不可支持之势。现复奉派恭亲王为全权大臣此衔实被夷人要挟出之，投给照会，令其兵退天津议和。据照覆限三日内交还巴夏里，否则定十五日攻城。复给照会云令其兵退通州迤南，再与议和，俟换约后，将巴夏里送还。并无回文。夷人之桀骜不驯，竟非楮墨所能尽述者。刻下既不能抚，又不能战，兵临城下，竟不识如何了局耳，令人浩叹。粮台现设平则门外八里庄之老爷庙内，已安住数日，此系赴保定大道。惟该夷自初七日交仗后，至今已十日矣。其意在巴夏里来交和议，日久无成，恐此数日内不免率众上犯。我军胆力久丧，且主帅毫无布置，设其动手，无非一逃局耳。窃恨近畿士民，受朝廷二百余年豢养恩深，当此势迫事危，竟无一义师出而相助，良可慨也。督宪虽调有兵勇数千，由后路相机截剿，兵单力弱，终恐无济。知关垂注，缕悉奉闻。"观此书，则后日和议之成，实由巴夏里之擒，差可钳制夷情，否则战抚皆非，大事去矣。怡王此举，岂不贤于十万众之师远哉！"

贤希又携有左京堂致涤帅书，亦录于此。云："去弁带呈一缄，谅已早达。初三日，老湘桂勇五营拔行，初四日到镇。初四日，前左右三营、前后两总哨五营拔行，初五日到镇。初六日，弟率中营、后营继之，初七日到镇。前起拔营时，曾嘱王毅卿兄到镇即探横店、倒湖有无贼踪，比某到，或进，或多发少发，再酌之。比后接初一日缄，知各处探报未甚确，贼尚在香口也。如果由赤岭、桦根岭、排树店，则敝军选地伏其前截之，而尊处派兵击其要，自可得手。但山谷非用众之地，贼亦未必以大队来，纵尽如吾算，亦不过小小利市耳。休宁战事何如？贼不守城，则鲍军必已得手。所虑者，鲍顿坚城之下，援贼倏来，张军力单，应接不暇，猾贼或以悍党突犯祁门也。某至镇后，相距甚近，可听调遣。如此路无事，则进婺源以为鲍、张后继，亦可以见。在皖南局势而论，郡县多已沦亡，形状与六年之江西无异。彼时刘、萧作正兵，先分后合，而璞山一军横冲侧击，独来独往，力扼援贼之冲，故临、瑞、吉得一意攻城，无复他变。璞山病逝，湘军撤退，然后临、瑞、吉始有援贼之警，其明验也。贼众数倍官军，又长于凭城而守，围城之兵须用众，官军不能分御援贼，往往为贼所乘，遂弃围城之师而亦溃。此局势灵滞巧拙之攸分，而金陵、嘉兴近事之可按者。尊意欲于此中讲求灵活之着，所谓君言及此，君之明也。窃意办贼宜详贼情，审贼势，而后有活仗可打，有机会可乘。为今之计，宜注意贼首屯驻之处与贼多之处，而不以克一城、打一路为功，乃可化板而为活。贼陷各城，以少贼踞守，多储薪米，以待官军之攻，而别遣精悍党羽乘虚辄入，致我军不能兼顾。官军纵克，所得只残破之余，贼众多系完善之地，贼巧而速，我拙而迟，何以制胜？此攻城之误也。皖北之局，于攻城之兵外，别置援剿之军于战事机宜，固为允当。然桐城之军围城数月，俟贼援至乃解；青草塥之军株守十月，坐待贼援，不于庐江、舒、桐寻贼野战，不于苏、常失守之时速图皖南，又岂得谓智哉。数年兵事，惟李忠武童司牌之战、湖口之战，今正泳公天堂寨出兵横越之战，最为得机。王壮武湘中南路诸战，及援吉安、剿抚建诸战，与上年刘印翁永州之战，李希翁宝庆之战，最为得势。其余丰功骏烈，皆以苦战得之。以言战功，高则高矣；以言兵事，尚未尽妙也。譬犹八股家专讲练字练句，而不知布局行机，未极行文之乐。公谓然耶？否耶？吾湘南路无警，正可裁兵。诸小统领中如魏丞喻义之朴稳知战，能整其众，所见亦早，乞公调之。陈副将品南勇而整，在璞部中为优，可带千人。此外如王副将永章、周副将达武勇而骁，亦可备营官之选。虽不得已而思其次，然求之江西诸军，则仅有之伦，可否调其赴江，亦惟尊命。某颇知战阵之理，未知战阵之事，此时不敢求多，如数后稍有把握，则于本军中求才尚易，当再启公增募也。开化马金岭探归，言此路无贼，由德兴至华埠一路，山径高仄，无从觅食，小队须鱼贯而行。师至婺源，当再觅歙东之路也。鄱阳至建德，中有石门之险，尚未探确，当留意。北援之议，可作罢论。李筱兄信云章门已接农部都中九月十六来文，计国难稍纾矣。然要约一定，后患何穷，思之心痛。骆公于九月十八卸抚篆，入蜀之期当在十月初旬，亦苦行粮无从出也。"

左君此信论目前兵事，颇有确见，然仍知战而不知守，则欲寻战于贼多之处，则贼岂不知避？而以其悍党乘我之虚，是欲制之而反为其所乘也，乌乎可！今春小池驲之战捷，并无关于天堂横出之兵，使移此军横出龙井关,伏于潜、桐之间,则狗逆已当受首,贼酋由此丧,贼众由此散,贼势亦由此衰,不惟皖北可成破竹之势,即金陵亦可无溃,苏、常亦可不失。新正二日,余曾作此论,拟上当事,惜其时余已出营,无人代呈,亦无人肯信之耳。是日天忽大晴,贤希将往临淮,接两江总制关防,因送之,并托其代致万荫庭函云。

廿二日(2月1日)　偕仙樵出北城闲步。

是日天虽晴而冰初解,路尚滑,不能行远,仅出北城外闲步。县龙非正落,乃帐角偏结,故星体不尊,而局亦不甚整。余菊友谓为七祖山水口,信然。试看浪里月与潜佳诸山,皆对面侧结,而七祖则端正特立,其龙亦自行自止,并不为人作用。神故知其尊无对,县龙所以为之缠护耳。

廿三日(2月2日)　偕仙樵出小东门相地。

今晨路稍干固,与仙樵由潜佳山下绕过弹子山后,观其来龙。过峡起顶,势甚腾踔,脉亦中正。护峡星辰,左火右金,二星亦耸特严密,较县龙尤为尊贵。惜穴结甚奇,恐轻以指人,反不见信,故秘而未之言也。

廿四日(2月3日)　雪。

昨日晴,今晨复雪。两月已来,天甚阴晦。询诸土人,自来未有,亦云异矣。天人一气,自相感召,人事咎于下,天气自应于上。气也,数也,亦理也。

廿五日(2月4日)　闻苗霈霖复叛。

毓之自外闻霈霖叛扰六安一带,未知实否?总之,霈霖今日不叛,异日亦当叛也。盖捻性多尚义侠,今之将帅率皆委靡,其才既不足以慑服捻志,其力复不足以威镇捻心,故虽服而仍叛也。胜宫保稍有豪杰气,而张皇无措,徒资粉饰,未有雄才可以驱驭其众,又安望其真心向化也哉?

廿六日(2月5日)　偕橄轩冒雨入村。

橄轩欲邀赴凿山相地,而连旬雨雪不止,昨日稍霁,今始同车入村。甫出城,大雨复至,十六里抵村居,衣履已尽湿矣。余不欲自寻苦恼,耐寄居于人,不能不半随人意,亦客况中无聊时也。

廿七日(2月6日)　雨。檄轩设饮。

皖俗于除夕前数日择吉设席,举家合饮,谓之"完年",亦完此一年之事,共相欢庆,如田家吹豳饮蜡之义。是日雨尤大,檄轩仍俗设饮,余不免有乡关之念,殊难自遣也。

廿八日(2月7日)　雨。阅《红楼梦传奇》

今日雨未止,不能出门。案有《红楼梦》一书,乃取阅之,大旨亦黄粱梦之义,特拈出一"情"字作主,遂别开出一情色世界,亦天地间自有之境,曰太虚幻境,曰孽海情天,以及痴情结怨、朝啼暮哭、春感秋悲、薄命诸司,虽设创名,却有真意。又天曰离恨,海曰灌愁,山曰放春,洞曰遣香,债曰眼泪,无不确有所见。盖人生为一情字所缠,即涉无数幻境也。书中韵事,如葬花问菊,又千古所未有。余尤喜其叙事明题暗度、实铺虚补、陡起突收诸法,极为灵活,变换不测。惟黛玉之死、宝钗之婚二事交关处颇费经营,形迹似未全化。此等处惟《聊斋》笔墨无痕,故《红楼》又次于《聊斋》也。盖《红楼》专描俗情,《聊斋》多纪怪异,以俶奇之笔写怪异之事,自觉无迹可寻,而以世俗之情遇意外之事,定难自圆其说。此著书本意,又不可不先为酌定也。至宝玉遁入空门一段,文笔虽觉飘缈,而事属荒唐,未免与全书笔墨不称。此不过作者欲掩己过,借逃禅以作愧悔之地耳,然亦何必作此荒诞不经之谈也哉?惟其结语四句云:"说到酸辛处,荒唐愈可悲。由来同一梦,休笑世人痴。"则真古今同一慨也。

廿九日(2月8日)　阅《耳食录》。

临川乐莲裳钧著,笔墨虽不及《聊斋》高洁,而一种风雅跌宕之气,亦自可喜。余尤爱其韵语,不减钱、王丰神。《碧桃》一段花神遗赵云友诗一绝于巾上云:"琼楼深处片幡遮,久别孤山处士家。自有碧桃开洞口,不须惆怅向梅花。"婉姑自吟云:"棠梨花老杜鹃残,玉磬凄凉翠袖单。不耐潇潇连夜雨,断肠明月又添寒。紫玉多情忽化烟,曲中谁唱想夫怜。镜台长挂葳蕤锁，小小眉弯画不全。"此等吐属，非小说家所有，故录之。

三十日(2月9日)　游三仙庵。

庵在凿山半，俗奉梅花、金花、银花三仙女，不知其所自起。是日天气稍霁，余因登山至此小憩，仍由山后一路游瞻。过王姓村屋，俗名娘娘屋，相传陈友谅妻生长此村。山形结九节蜈蚣形，地脉为前明凿断，故邑人卜地至此，皆弃而不用。其宅近亦焚毁，人烟廖落，不堪入目，众愈以为废地也。余细审之，其形颇似蜈蚣，后七节自凿山催赶，直来入首及唇下余气二节，亦由凿山右帐下脉，复开小帐，连催数节，横来至此，相会成形。后七节为靠，前二节为穴。乍视之，九节似相连，细审之，入首后为界水所断，乃知其相聚成形耳。其实脉从右入，非直来，世人不察，以为凿断，亦何可笑之甚耶！造化之妙，变幻莫测，非心通化始及留神细察，不至为造物瞒过者，亦几希矣。

方玉润日记（中）

（清）方玉润 著

张剑 徐雁平 彭国忠 主编

白云娇 整理

中国近现代稀见史料丛刊 【第十一辑】

本辑执行主编 徐雁平

凤凰出版社

咸丰十一年

星烈日记卷之七十一

鸿蒙室主人笔识

辛酉正月初一日(2月10日) 游阳山,不及而返。

晨起,天虽晴,而四山阴霾未散,日色黯淡无光。仰瞻云气,南方无翳,北尽黑云,平分天半,形如破镜,与去岁小池驲人日之云相似。惟去岁黑云在南,故江浙遭劫,今日黑云在北,岂皖北又多患耶?天象示警,每肇岁端,故元旦尤为紧要也。饭后偕橙轩长子游山,行至中途即归。余乃独游,远望阳山特立有势,急往寻之。至叶家湾,登高察其远势,见右脉横出一支,逆行五六里,平开大帐,中抽一脉,逶迤而来,朝对诸峰亦排列齐整,知必有穴。寻至桥头徐家屋后一层山,果结美穴,正骑龙。余气将回,作案如娥眉,甚秀。案外正朝山,形如鲤鱼,两端狮象、天仓、旗帜诸形备齐。大水横过案外,左右砂皆三四重,真美局也。惜葬者累累,皆未得的。于是复由其右帐步去,帐端虽高起星辰,而未结穴。再过,则横山左帐出脉,高起金星,横开大帐,亦四五里。中抽出脉,结凌家屋基,两砂齐送到头,形颇阔大。惜对朝石山顽梗,不甚秀削,斯为缺憾。屋后两冢,一居中,一偏右。稍下数武,其屋后洞开一牖,正对墓前。相传塞牖则屋火灾,亦奇异也。余环视之,盖唇尖如火故耳。再往南行,则横山正脉落平横过,凿山中抽一脉,望北趋来,大开两手,各起高墩,如金箱玉印。中结一穴,亦方长如印,中含微窝,正对阳山,端秀如笔,一案横拦,尤为平远。葬者亦未得穴,殊为可惜。欲再前行,日色已暮,遂归。

初二日(2月11日)　送橄轩赴大通,独游横山。纪梦。

楚军新设厘局于大通,在铜陵县江南岸。李寅生办理分局,邀橄轩代司笔札,故今日启程赴约。送别后,余即欲归,而橄轩面嘱暂留一日,俟毓之来乡,再往长岭铺验其祖茔,而毓之总未来。余乃独步登山,寻凿山来龙。因至横山下,山水颇秀,而无正穴,盘桓终日乃归。

昨夜初眠,默祝祈梦。初梦时,表兄赠一食物,尝之味酸而甜,甘美异常,醒时犹觉齿牙生香。次梦火光烛天,上结红云;再梦五马同槽;又再梦钲声远播,如长官呵道出门状。一夜所梦,色声臭味,诸幻悉备。岂余六根未净,故四大皆呈幻相耶?抑何奇异如是也?

初三日(2月12日)　赴长岭铺代橄轩验其祖茔。

橄轩既去,毓之又不来,乃与橄轩之子同赴长岭铺验坟。龙格既非,穴场更谬,无怪其子孙难致贵显也。远望阳山左脉,顿起横土如仙桥,下脉落平二里许,开窝结穴。阴砂、外砂皆数重,朝对亦齐整。仙桥两端,有二金星侍立。祖宗既贵,屏帐尤尊,穴愈圆美,已为石氏所葬,不禁叹赏久之。穴右复抽一脉,迎水斜落,亦结一穴,然已为阳宅所占,不能图矣。乃再寻阳山中脉一支,亦顿起金星,开大阳面,右砂化案如弯弓,案外双曜飞扬,穴山后双鬼弯抱如牛角,阳山祖宗作靠,脉从旁入,众砂环绕,亦美局也。细寻其穴,大阳面中突起一泡,蝉翼砂弯抱甚明。两旁及泡前俱有古墓,惟泡上未葬。盖此穴当葬突上,而人又弃为废物,岂不惜哉!

初四日(2月13日)　回城。

毓之遣子福生来乡,因与俱回。纡道由郭家口至方氏屋后,有武曲大金星连叠三台,下脉结一穴,亦右砂化案。案外二曜,与昨日所看阳山中脉结相似,惟窝中无突,稍逊一筹,而远秀一峰,正朝又似过之。大金星后复出脉,双层土帐结金穴,帐端亦起大星,与金星相配,格局颇佳。惜中堂不甚整齐,且嫌促狭,故力量较薄。葬者为石、黎二姓,亦俱平妥。再前行,则弹子山出脉甚踊跃,到头起高顶,昂头矗立,大开两手,右砂化案,逆收来水,追寻至此,已为李氏住屋所占,怅怅久之。闻李姓在前明仕籍颇盛,今式微矣,盖地运亦有盛衰云。未至方家屋之前,大龙亦分一脉,结局圆整,穴山亦旺。偶一登瞻,则杨氏茔在焉。询之土人,知为兴文茂才祖墓,惜前后俱无秀峰,故仅旺财丁,未发科名。归途至孚玉山尾,亦有遗穴可扦,路旁遗珠,无人能识,岂只地理为然乎哉?

初五日(2 月 14 日)　偕毓之、仙樵登孚玉山。

李梅坪午间过访,余因询苗需霖复叛之由。据云寿郡户部主政孙君家泰亦办团练,颇有才能,需霖勇丁恣肆,为其所杀,故叛。诸大帅现遗书劝抚,未审需霖能服与否? 又闻僧邸已至豫省,事或然也。饭后,仙樵、毓之闻余言孚玉山尚有遗穴,共邀往视,乃出城指之。二君甚喜,仙樵尤为赏心,以其路近而易图故也。

初六日(2 月 15 日)　天微雪,作地图。

连日天气俱阴晦,今复作雪,冬春数月未有晴时,亦阳衰阴盛象也。余前后游山相地约二十余日,无论已扦未扦,可以合法入局者,约四五十穴,而葬者仅获三分之一,未葬者尚留三分之二,可见天地灵秘,未肯轻以授人。余虽遍识诸地,不敢尽露真穴,亦体造化秘惜之意,惟图而说之,以待有缘者自遇而自葬之可耳。

初七日(2 月 16 日)　雪愈甚,偕黄仙樵登城玩雪。

仙樵来邀饮,因与出门,先登南城楼玩雪。郊外雪深一尺,倚栏远眺,一色皓然,不禁苍茫之感。余自从军,两遇大雪,皆在军营。今乃羁困于此,愈觉无聊。既不能如李愬雪夜深入蔡州,又不能效袁安高卧寒雪,夫何为哉?

初八日(2 月 17 日)　作宿松县龙全图。

相地非统观全局,不能辨其枝干大小,故地力厚薄,亦因能差等。宿邑诸龙,自当以七祖一支为特尊,自行自止,并不旁顾左右,此所以为正龙也。至严恭山、铜铃寨两支,皆其缠护,缠护力大,故其龙亦最贵。惜剑金一穴，穴美而龙不甚长。芍药苞一穴，龙长而穴有余憾，天地所以无全功欤？严恭下脉分两支，一小支分挽七祖正龙，以固内气。大支帐角闪趋水口，结县城，随龙带结三四小支，皆有穴。中脉趋弹子山，亦结二特穴，一为阳基所占，一穴尚留。然皆以堂局不甚整齐，故力量较薄。左脉旁趋横山，再过凿山，中开大阳。右关城一支偷趋县城水口，结罗氏祖坟。左关城一支结万氏坟，龙稍短而堂局朝对较整而专。凿山大龙横挂一穴，右砂逆挽有力，穴尤整巧。再过则三仙庵跌断过峡，顿起高顶，垂头下脉直趋湖边，横结杨氏屋基，而穴晕尚完好未损。左右大砂与湖水交抱成局，穴藏三层砂内，为凿山后第一大会之穴。凿山前去，结下仓埠，余未之见。其西南支亦分一脉，结蜈蚣穴。闻石氏铁门山一穴亦由凿山发脉，惜无暇阅之耳。横山东行，特起阳山，亦名秧山，结三穴，以徐氏屋后一穴为最，石氏茔次之，螺丝山又次之。又横山左帐脉结凌氏阳基，在两大龙之间，精神颇觉团聚，惟朝对未专，故非正结。此严恭一支大略也。若铜铃寨以下，首节横落，结朱姓茔，过狮子山，跌断大峡，分三支：左支直趋浪里月，结石氏茔，中间横落一脉，下马家畈，结石山顶穴，未有葬者。山后亦有二穴，中支即太阳山内水口结一穴，腰间特起星辰，亦结一穴，为徐氏所葬。前去落平冈亦有二穴，右支入黄楼，逆转作结，正朝白莲峰，收拾远大，龙格最佳。其过峡处亦结一穴，俱未葬。此铜铃一支大略也。二大支纵横摆动，地步颇宽，惟左右俱无缠龙，故不得为正干，其力量自当递减矣。

初九日（2 月 18 日） 阅《宿松县记》。

案，宿龙多自蕲州之三面尖来。《记》云："三面尖自河南省中干脉出，递趋英山，由英入蕲州，由蕲分脉起此。势耸孤峰，形分三面，西北属蕲州，东北属太湖，南属宿松，为县龙严恭山之祖。下四里为罗汉尖，再廿余里为罗汉荡。层巅崒崒，岩石盘旋，如仰釜，如枯潭，所谓罗汉荡也。傍穿小洞，石光莹然，昔诺矩罗尊者修道于此。西崖峭立，人迹不经，中有自然石龛供小石像，如平原金佛峡，可望不可即。荡建罗汉禅村，前有塘，环甃以石，相传十八尊者沐浴其中。山常在云雾中，产异蔬、名茶、灵药。有时天宇澄清，千里荆吴，历历在其下。峰藏于谷，泉汇为池，宛具雁荡之胜。严恭山距县北三十里，为县治祖山。山高五里，脉出蕲州界，至安坪，蜿蜒二里许，横亘入云者，为云天岭。岭断峰起，形如纱弁。峰半为锡杖坪，旁有禅椅石，五祖趺坐处。坪前过峡如桥，一峰斗峙，为玉屏峰。明巡抚史可法建淳风堡于此，有'四顾云天倚玉屏'之句。峰右出，脉发县治左腋。二庵前有石殿，栋楣皆石，工巧天成。殿前为钵盂峰，峰前有石曰'印心石'。旁有玉泉桥，桥上石井曰'玉泉井'。飞瀑喷薄，水趋泊湖。倚桥一石，斜挂鳞鬐，有乘云乍起之势，曰'鲤鱼石'。其侧方石为搥衣石。大满祖师偈云：'草衣不着花，霜砧空自立。随意洗清泉，轻衫曾未湿。'桥前数百武有白猿洞，洞门一石，叩之如鼓，其声逢逢，曰'打鼓石'。桥右一石，高数寻，状如人立，相传为修真者所化，名'石道峰'。药臼丹灶，遗迹宛然。石西有峡，如刀划成，深曲而狭，可通人行，中镌'流云峡'三字。循峡而北，半壁微凹如佛龛状，中有小石道像，祈雨辄应。上有异木一株，生石罅，叶似杜鹃，花不一色，应科名。黄为上，红亦吉。下有'中天壁立'四字。白崖山距县五十里，在严恭山之北。由止凤河入仄径十余里至山麓，缘磴而上。元末，义民吴士杰率众垒此石御寇，依东峰、西峰、北岭各以为营，间列市肆。唯西营峰悬一线，峭壁摩天，有坦处仅可插屋数椽，窄径凌空，飘崖百仞，有灵湫飞瀑，响彻霄汉，岫常在云雾中。史抚尝依寨民为援，歼献贼骁将闯达天于关门石犒军。登西营峰，镌'最上一乘'四字于石。又书联云：'听涧底泉声，呼天地是歌是哭；看阶前月色，问英雄还死还生。'独山在严恭山西北，距县五十里。孤峰迥秀，产茶，多竹木。史可法尝置天城堡于此。相传独孤及驻此，故名。高峰屹立，独出群山。每逢骤雨，俯瞰云垂，山头依然赤日。上有七祖禅林，时见红云师曾手植倒栽松，大数围。近有夜明珠藏岩洞，将雨则夜出，光赤如日，远方皆见。

小孤山在县东南大江边,距城一百二十里,旧云髻山,相沿日久,遂指小孤为小姑,非也。山以特立不倚得名,其云小者,从彭蠡之大孤别言之耳。县治与江西彭泽县接界,旧时峙江北岸,与南岸澎浪矶相对,为控扼要处。元天历中,立铁柱于山上,长三丈有奇,镌曰'海门第一关'。字水涸始见。江流经此,湍急如沸。明成化二十年,江水忽分流于山北,流日益广,自是屹立中流,大江澎湃,环于四面。又云山周里许,高逾千寻,无支峰赘阜,为楚、蜀、豫、章诸水咽喉。矶峭水涌,海潮至此不得上。昔人称浔阳江上不通潮,盖谓此也。旧连北岸,明初运舟屡覆。宪庙时绘图进览,上以笔界之曰:'此处分流势缓,可无倾楫。'成化甲辰六月,北岸忽决,山屹立江心,其险少杀,至今山北犹呼御笔河,复诏立铁柱,舟赖安全。山绝攀跻,唯西北石罅,路通一线,几特至山腰。石起忽伏,有地可阁,为天妃宫。右折而上,一径窄绝,扳揽蛇行,历数十级,始至山。巅有妆亭,亭后数武,石划中开,宛若龙啸,其口可汲,隙地可畦。草木触石怒生,掩映楼台,益觉幽倩。凭栏四望,南为胭脂港,北为蛾眉洲。平沙绣错,远树迁离,东西舟帆上下,目不暇接。"

名人题咏甚多,姑录数律于此:

谢枋得七律云:"人言此是海门关,海眼无涯骇众观。天地偶然留砥柱,江山有此障狂澜。坚如猛士敌场立,危似孤臣末世难。明日登峰须造极,渺观宇宙我心宽。"

李伯范云:"一柱高标巨浸中,孤根下压翠鳌宫。海门东挟涛声壮,天堑西蟠石势雄。鹰隼岩崖秋啸日,蛟龙窟宅夜呼风。东流不尽兴亡恨,野草荒烟夕照红。"

练子宁云:"孤石嵯峨不可攀,妆台迎在白云间。琼林下压龙蛇窟,铁锁高悬虎豹关。使客未鸣苍玉佩,江妃先弹绿云鬟。江南莫道无形势,笋立天门第一班。"

解缙云:"半空岩石驾高台,过客登临此处来。佩玉尚闻仙子去,乘鸾疑见女郎回。澄江秋水明妆镜,绝顶云霞绾髻堆。一望东南形胜阔,何须海上问蓬莱。"五律云:"海门第一关,巨石水中间。阴雨蛟龙出,天晴鹳鹤还。一川浮玉笋,两岸见青山。亦有摩崖字,苍苔点点班。"

石质云:"屹立关吴楚,盘涡豁海门。地空千派合,潮入九江吞。金碧生波底,烟花逐浪痕。偶来凭绝顶,仿佛见天根。"

王文治云:"廿载经过处,今朝始到巅。窄无容足地,高有碍眉天。万竹捎云动,孤峰压浪偏。余年从登陟,亦自具清缘。"

石光翼云:"何处飞来石,高攒水一方。丹峰蹲镜阁,铁壁挂僧房。穿竹惊苔滑,攀梯念縆长。到来身是燕,万顷瞻茫茫。"

石颂功七绝云:"浮天孤石水为根,万里蛟龙候此门。天水不分吴楚路,过帆唯见落潮痕。"

初十日(2 月 19 日)　偕仙樵游福昌寺。

寺在孚玉山麓,离城仅半里,曩颇盛,今为贼毁。僧结小屋数椽,聊蔽风雨而已。晚饭后,天稍晴,乃与仙樵步出城隅,寻其故址。坏瓦颓垣中有石刻"聪明泉"篆书三字,旁小字模糊不可辨。相传泉甚清冽,每作翰墨香,则邑中科名必盛,屡试辄验。余始未深信,寺有老佣言之凿凿,云少时曾亲见异,其时石太史葆元果入词垣,故当信而有征也。因与仙樵烹泉啜茗而归。按《县志》,孚玉山寺壁旧刻篆书"聪明泉"三字,旁小字数行云:"唐李白与水光祖师谈禅,泉忽涌出。因题云:'玉山泉似玉,日夜长潺湲。等闲高人至,浮出蛟龙涎。'"

十一日(2 月 20 日)　偕仙樵登河西山。

县西河旧多桃,名"十里桃源",为十景之一,即桃花潭上流。今桃树悉无,唯流水尚在,虽春至亦觉荒凉。偶与仙樵徒步过河,登山游眺,归访其族弟某,留共小酌,至晚始归。

十二日(2 月 21 日)　偕仙樵至杨树嘴买舟。

余拟由龙湖出大江,上驶湖南。数日天颇晴爽,乃与仙樵出城东,将至杨树嘴,唤买小舟。仙樵不能从,仅抵无锡岭坐待。余独步至河边,乃无商船,遂归。仙樵与石翼臣尚坐待村馆,邀至其家,具鸡黍同酌，以小车送归。仅至中途，月色已明，呼城始得入。

十三日（2月22日）　接欧阳崇如来函，旋覆。

送来赆费七星，皆诸友所赠，亦崇如之力也。并言贼扰枞阳一带，不日将移军击之。其来使又言胡泳之宫保于前月由英移太，驻营于法华寺旁，前冬崇如所扎原垒。现染疾沉重，恐致不起，倘罹不测，楚军门户深为可虑也。

十四日（2月23日）　阅《杜谿集》。

朱字绿先生撰。先生讳书，宿松人，康熙间翰林，与方望溪相友善，望溪尝兄事之，为叙其时文行世。兹宿人搜刻全集，诗、古文共十卷，时文四卷，游历记一卷，评点《东莱博议》四卷。余阅之，诗非所长，古文气颇雄杰，时文精深老当，似又过之。集中与李中孚先生书及答张采舒论性善之旨，往复至五六次，理不少屈，可谓勤于学矣，惜未能尽服中孚之心也。盖孟子道性善，是推原性理而论；夫子言性相近，是就人初受气而生之时论；唯上知与下愚不移，是又习成后事，非性之本体也。孔、孟之言，是二是一，后儒不察，遂谓性分三品，纷纷议论，千古不决。余曩在滇作《性善相近图》，以五行分求性理，各有中正之性，有过不及之性，其过不及，仍不离五行所禀之性，所谓相近也。相近则其始未尝不善，迨至习成，而中正与过不及之性又有甚不甚之分，甚则不能移，不甚则尚可变迁，以复其本初。此天地赋畀于人，不能无厚薄之异，而人之相习，又有过不及之殊，无怪其为善不善矣。若论性之本原，则未有不善焉者也。兹中孚《学髓》因以善恶平分于浑沦一圈之下，其谬不言自见。先生辟之，只争性善之说，未明分疏相近不移之旨，则性之始终未彻，终未能服其心。暇时当充发余旧说，以籍质世之大人先生。兹先录朱、李往复二书于此。

朱云："书年十八九时，闻关西李夫子振兴绝学，天下宗之。时虽无所知识，然每览明儒论学诸说，笃好于心，欲别白疑似，以为信从。每恨去先生远，莫能至，积诚盖二十余年矣。今来西安，亟欲一叩先生门。顾闻先生闭户谢宾客，镌谕最严，造次不敢来谒。近得读《二

曲全集》，真耳提面命。又长公伯敏与书皆选拔贡，成均同舍，宜执子
侄礼，则先生当不概置谢绝中也。书又以事宿留青门，未能适愿。顷
得先生寄主人书，垂讯及贱名，且谬许大雅之目。小子何知，乃获见
称先生长者至于如此，且愧且惧。每恨荀卿与孟子同时，曾不一遇。
书于先生近在咫尺，纵谒见有待，岂可怀疑不问？书少读‘无善无恶
心之体，有善有恶意之动’二语，窃疑商书之恒性，周诗之秉彝，孔子、
孟子论性皆不相合。今得先生《学髓》一图发明之，始获昭揭。书本
后学小生，无师友之教，何敢妄置一喙！然疑不能释，譬犹扣槃扪烛
者有求于日，其形可笑，其诚可原也。窃以为无极而太极，无善而至
善存焉，若划除至善，而但曰无善无恶，则止言无极可耳。且善与恶
非对待之数也。善自彻乎始终，故曰：‘继之善，成之性。’若意一动而
即善恶并峙于其中，则宜曰‘继之者善与恶’矣，何以止言‘善’耶？是
故意苟无动，动而出于自然之本；心则未有不善者，其不幸而恶也，所
谓气拘物蔽之累耳，故曰‘故者以利为本’。今曰‘有善有恶意之动’，
是善亦利、恶亦利乎？镜本明也，暗则尘蔽之也。曰无明无暗镜之
体，有明有暗镜之动，其可乎？水本下也，逆行则激之也。曰无下无
逆水之体，有下有逆水之动，其可乎？且既无善恶矣，又安得知善知
恶之良知哉？《学髓》之图，以善恶两歧峙于浑沦一圈之下。浑沦一
圈即所谓心之体也，善恶两歧即所谓意之动也。从其体，止无极而无
太极；从其动，善与恶若天地手足不能相无，似非恒性秉夷、率性谓
道、人性皆善之义。此书所疑而不能释者也。或谓易有太极，是生两
仪，《学髓》一图盖本乎此。书又疑之，善恶犹之阴阳，此大易立象云
耳。若其本然，阳固善也，阴亦善也。若非本然，过中、失正、刚柔皆
恶，阴不善也，阳亦不善也，惟善为本然。故元亨与利贞同一天道，仁
礼与义知同一人道，善彻始终如此，安得与恶为对比于两仪哉！书之
无识，以为浑沦一圈无异于性无善无不善也，以为善恶两歧无异于有
性善有性不善、性可以为善可以为不善也，发其蒙而启其惑，亟有望
焉。至有意为善，即已非善，此陆子之说。书闻之，孟子曰：‘有有意

而不至者矣，未有无意而至者也。'人心陷溺之时，正祈困衡勉强，力于为善，所谓不诚无物，安得以无意处之也？无意为忠，即无忠；无意为孝，即无孝。即如襄城之役，先生精诚感动鬼神，此岂优焉游焉无所事事乎！但至诚之念，不自知出于仁孝极致耳。人情荒惰，复以淡漠自然之说导之，其何以济？先生之学，主于反躬实践、悔过自新。书为此言，似乎好腾口说，而不力于反身之训。然行千里者必问道所经，告之者亦不厌其渎。不然迷途而趋，未见其能至也。然则，书固亟有待于迷途之示，而先生之告亦或不以为渎而厌之矣。"

李复书云："同学某拜承手翰，匪但悉谦冲之度，兼稔姿禀之谅直，凤昔问学之精勤，阅未终幅，欣慰无既，亟呼门人、子弟读之，亦无不交口叹赏。甚矣！门下之善学也。陈公甫先生曰：'疑者进道之阶，大疑则大进，小疑则小进。'古圣贤望道未见之心，欲从末由之意，亦只是善用其疑，故卒造绝诣耳。门下善疑善问如是，由此推而广之，勉勉而不已，德业之进也可量哉！小儿前者归，称述丰标，极为声百得友喜；兹悉心曲，更为吾道得人庆矣。健羡之私，胡可喻也。承问云云，门下不鄙不佞，蔼然以骨肉道谊相视，不佞忍自外耶？用竭固陋，以应嘉命，惟高明自取酌而教示之。门下书来累幅，大意谓人性至善彻乎终始，不佞《学髓》之图，最上浑沦一圈，同阳明'无善无恶'之旨，不免流于'性无善无不善'之说，而异乎周子'无极而太极'之义。圈下善恶对峙，同阳明'有善有恶意之动'，不免流于'有性善有性不善、性可以为善可以为不善'之说，而异乎'秉夷恒性''率性谓道''人性皆善'之义；其有意为善，虽善亦私之疑，则总之与此疑异条而同本也。盖其根起于疑阳明之言类告子之说，故因而疑不佞之图同阳明之旨。然则，门下之疑不佞《学髓》非苟然也，疑阳明也。不佞又何必一一为鄙图分疏乎？亦为释阳明之疑而已。阳明之是非明，即不佞之图说明。门下谓'无善而至善存'，是也。而疑阳明划却'至善'二字，独不思心之本体本至善乎？即至善乎？孟子道性善，而鱼我所欲章则指为本心。心体即本心也，本心者，道心之谓也，道心即善性也,但异其名称耳。周子谓无极而太极,阳明谓无善无恶心之体,其言异,其旨同也。无极而太极之说无可疑,则无善无恶心之体亦犹是矣。知乎阳明之旨同乎周子,则知夫无善无恶之旨异乎告子矣。且性,至善也,而明道则曰人生而静,以上不容说,才说性,便已不是性也。夫说性便不是性,则人为之善恶不可为心体明矣。人为之善恶不可为心体,则无善无恶即至善之心体,何必更增至善字于句内,而后知其为至善乎!而《学髓》浑沦一圈,又何殊于《太极图》之浑沦一圈乎?门下谓善彻终始,是也,独不思感于物、动于意而遂有善、不善乎?谓善与恶非对峙是也,独不思气拘物蔽,而意之动遂有善有恶乎?有善无不善者,性也;拘于气、蔽于物而不能无不善者,情也。情本乎性,性无不善,故善与恶不可对也。情不能拘于气而蔽于习,故性虽善,而情不能无善不善也。意者,情之动也,犹之人性皆善,则宜皆为君子,而世卒不能无小人者,则气拘而物蔽之也。故小人与君子同一善性,原不可对峙,气拘而物蔽之后,则亦遂从其分途,而对称之为君子、小人而已。六经、四书之以小人君子、善恶邪正、是非对称者,皆是义也。犹之水清而卒不能不清浊并有也,镜明而卒不能不明暗并有也,一气而卒不能不阴阳并有也。继善成性、秉懿帝则,及孔孟之言,言乎天命本然之初;有善有恶,言乎意,动于气,拘物蔽之后,本不相戾也。大抵门下所疑,皆为护持一善字,惟恐无善无恶之说流于奔荡,即惟恐鄙图之浑沦一圈类于无善无恶,甚盛心也。而未及思夫心体即至善也,而未及思夫《学髓》之浑沦一圈即《太极图》之浑沦一圈也。《太极图》浑沦一圈,不患其遗太极,《学髓图》浑沦之圈,亦可知初非遗至善矣。至惟恐有善有恶之涉于对峙,即惟恐鄙图之善恶两路有背乎继善成性之旨,意良美也。而未及思有善有恶从乎意动之后而言,而非言乎本然之性真有此对峙也,而未及思夫鄙图之善恶两行亦指乎意动之后也。有意为善,虽善亦私,正恐伪儒义袭而取,不本诸心体之自然,不率夫性分之固有,如五霸之假南轩,有所为而为之意,岂谓善不可以立意为乎?所谓前辈苦心救弊之言也。芒

硝、大黄峻于参、术,而当其症之宜用,则良医违众议而用之。孟子之
勿正,程之不须防检操存,皆是意也,岂独象山哉! 善学者以意逆志,
执其词,则周余黎民,真周果无遗民矣? 且门下既知无善之为至善,
又胡为疑于'有意为善、虽善亦私'之说乎? 衰病中,言多未融,不知
高明以为然否? 朋友辨学,期于相长相益,不以苟让为贵。如有未
安,不厌反覆。外有《答洪洞范彪西公书》,与此书互可发明,漫录一
往,前疑或可释然矣。临池神驰,不既。"

　　此外尚有朱再与李书及答张采舒四书,反复辨论,各执其是,终
未有定论可以一言而决也。

　　十五日(2月24日)　闻曾涤帅降调回京。不实。

　　毓之闻县署文报,涤翁降职,即着回京,而未知其现降何职。又
闻翁祖庚署两江总督,胡泳之改安徽巡抚,俱未得其确实。涤帅拥兵
不进,以致南岸决裂,未免有辜上意。然值用兵吃紧之际,更调无常,
亦非善计。国家多故,由此愈甚矣。

　　十六日(2月25日)　黄仙樵以诗送行,旋酬一绝。

　　仙樵诗有云:"白云望断思亲泪,丹桂攀高选佛场。"盖欲劝余以
科名进也。酬之云:"对酌亭荒酒气空,汪(沦)[伦]送我太匆匆。桃
花潭水千寻意,尽在歌声两岸中。"县城南有对酌亭,即太白与闾丘令
唱酬处,今废矣。

　　十七日(2月26日)　作诗留别桃花潭。雪。

　　旧岁去宿曾作《别桃花潭》四律,今将远回,仍作四绝别之云:"留
难久住去难堪,一夜离怀满玉潭。锦水桃花春未暖,东风憔悴走征
骖。○鬟镜烟霏可奈何,画桡人影荡春波。就中愁绪凭谁诉,碧海青
天涕泪多。○月下琴音正渺茫,曲中鸾凤实堪伤。相思不见如花面,
楼锁珍珠几断肠。○尘世仙源未可寻,天召回首自沉吟。他年玉佩
双携处,指点胭脂是旧林。"本拟是日启程,天忽雪,故不果行。

　　十八日(2月27日)　拟赴湖湘,不果。

　　晨起,天虽晴,而泞泥特甚,故又暂住。自元年五月辞家,至今一

纪,中间寓昆明者仅四载,其余皆从戎江淮间。前岁已返棹至长沙,
缘道梗不果回,留滞者又已年余。扁舟往还,讫无一就,仅携著述一
担、行李半肩而已。老大徒伤,功名何在,可胜慨哉!

　　十九日(2月28日)　晴。晓辞宿松,晚宿东山镇。

　　今晨始大晴,乃买小车二辆,束装就道。毓之送至北城里许,遂
分袂前行,不胜依依。未申间已至东山麓。五祖寺僧来晤,因以旧岁
所书"唯我独尊"四大字与之。盖寺后讲经台石骨甚奇,余拟镌额其
上,后因贼至,事遂寝,字亦遗失。兹复书此付僧人,俾令再镌,亦聊
结香火缘于文字中耳。

　　廿日(3月1日)　冒雨宿一天门。

　　晓起,天复阴晦,午后遂雨。车夫迷途,误入考亭山中,远见破额
山后龙由火焰尖来,踊跃拔萃,一层土间一层火。到头三峰,一峰稍
下为塔山;中峰落脉分三支,如曜气塔山;一支回顾向内,中脉层层贯
入左肋内。远见阴砂弯护成穴,挂于山半水口,门户重重交锁,诸山
毕会,众水同出一口,收拾极为远大。四祖寺乃在右肋内,局场虽较
宽阔,而外阳不见,外砂亦反,恐正穴尚在左肋内也。惜行路匆迫,不
能登山细察,一审其真伪耳。

　　廿一日(3月2日)　冒雨宿双城驿。

　　晓起,拟登破额峰察地,而风雨大作,行至中途即返。午后雨稍
停,车夫催行甚急,乃再前行。甫出店门,而大雨又至,仅行四里余,
至双城驲暂避。而镇日雨皆不住,故不能行。独坐荒驲,愈形憔悴,
惟归思迫切,故不觉其困苦也。

　　廿二日(3月3日)　冒雨至车盘铺。

　　今日雨虽稍止,而西风大作,雨亦时来,迎风冒雨,寒气尤重。行
二十里,至车盘铺,遂止。一路山川虽有结作,皆不能登视。惟见正
龙内行,逆江而上,外山皆自龙身分来,自作护卫,诸水皆归太白湖
内。盖龙身既大,护从自多,此去当有大结作也。

　　廿三日(3月4日)　抵广济主李逢春宅。

晨起，雨虽停而泞泥特甚，行路维艰，幸车夫尚健，未甚觉苦。午后抵广济，仍主李逢春宅内。时彭苊舟诸君俱在宅，而道路未干，不能过访，心殊怅怅。苊舟自皖回，路过宿松，与余寓相近，而各不相知。今至济，与君宅仅隔十余里，而亦不克把晤，均以阴雨霪霖之故，亦何相左如是耶？

廿四日(3月5日) 代人书屏联。

济邑人待余作书者甚众，行色匆匆，殊难酬应。奈娜嬛代恳甚殷，情不能却，爰伸纸提笔，乘兴挥洒，各应所求而去。

廿五日(3月6日) 辞广济，宿梨木桥。

今晨天大晴霁，乃急买车，前行二十五里至梨木桥。余拟细阅此处山川，因暂止不行。先登村后两山，看鹳山来脉。自白石岭横开大帐，再起横江山，直奔西行，中起小火星，落紫金屏，逆一小支结济邑。再落一脉，涌起高山，即鹳山顶，落平七八里。复起两山，前行，再起高峰，横行百余里。左一支顺江东而下，为武穴诸山；右一支逆江西行，结蕲州。州城中峰为竹影寺，寺下为马口湖，水出田家镇诸山，以蕲龙一支逆水为最贵。此鹳山一支，大略如是也。

廿六日(3月7日) 偕张寅宾茂才至洪塘湖相地。

寅宾土住栗木桥，亦喜堪舆家学，闻余至，特过谈，盛称洪塘湖结作之奇，因偕往观。行抵竹瓦店，先登高远视，横江山正脉由此直趋而来，开灵水大帐，落平成水木形，中分二支，奔注湖滨。蕲州后龙逆水来朝，横列如幛，江外诸峰，森罗环拱于前。蕲城乃外层水口，田镇半壁山则锁水杆门也。再察后龙，即火焰尖正脉，自弥陀寺中干大龙分来，逆江西行，至此已二百余里，故蕲水悉西流，毕注洪塘湖，经挂口山下，始入于江。水法之妙，无过乎此。张君之言，信不虚谬。乃与下山，从中龙步去，到头复分三支，中脉尤旺，大开两手，中结一突，左右砂各六七层，交牙回抱，不见外湖。心尚未足，欲再过右支，而日色已暮。张君促回甚急，遂归。张君又言："古来相传，正穴尚在右支，结于湖内。近日水涨湖平，不见其穴。嘉庆年间水涸，湖中现无数墩埠,亦无有能指其穴者,岂天将留以有待者耶?"

廿七日(**3月8日**)　抵蕲州。

由栗木桥西行十五里至菩提坝,亦有结作,然已为菩提寺所占。再十五里至黄土岭,乃蕲龙过峡处。山水弯环,有二结作,一为杨氏墓,一尚未葬,均有可观。蕲城虽逆水行龙,然逼水过近,朝山不整,近案亦顽梗不纯。真正结作,乃洪塘湖锁水砂耳。人知蕲龙之妙,而不知其妙尚在湖中也。

廿八日(**3月9日**)　登阙石山,望洪塘湖。

阙石山即蕲龙后帐,横列数里,如仙桥,落脉甚紧凑,前结州城,后亦开帐,落脉入湖,如屯兵堆甲。湖中二砂平峙若门,当中一小墩,端正美好,名弹子山,正朝湖内,堂局甚为整齐。其间亦有二穴,一逆一顺,俱为某氏所葬,已发一甲榜。盖局虽好,而后龙甚弱,故发福止此。且此局为湖设,非为是地设也。再过挂口山,乃横帐尽头处,并无结作,而人妄指为大地,真可笑已。

廿九日(**3月10日**)　买车赴万田畈,晚宿长亭冈。

前见横江山右分一支,逆挽入内,意其间必有大结作,因买小车,独往察视。由挂口进八里湖,行五六里,至三闸湾,为蕲邑五乡水口总汇之处。其水自弥陀寺随龙西行,经张家塝、万田畈、刘家河至西河驲,分而为二。一经曹家河,至此复合,与洪塘湖之水会为三闸,故曰三闸湾,均出挂口,绕蕲城下始入江,故蕲城为第二重锁水砂也。再四十里,至曹河,时尚早,更行二十里,至长亭冈,始投宿。是日晨起,天气阴晴未定。出城时,仰见云气分为黑白二色,与元旦云色相同,北云黑而南云白。亦想一月之中,首尾二日,天变如此,可畏也夫!

古柏行

孔明庙前有老柏,柯如青铜根如石。霜皮溜雨四十围,黛色参天二千尺。君臣已与时际会,树木犹为人爱惜。云来气接巫峡长,月出寒通雪山白。忆昨路绕锦亭东，先主武侯同閟宫。崔嵬枝干郊原古，窈窕丹青户牖空。落落盘踞虽得地，冥冥孤高多烈风。扶持自是神明力，正直原因造化功。大厦如倾要梁栋，万牛回首丘山重。不露文章世已惊，未辞翦伐谁能送？苦心岂免容蝼蚁，香叶终经宿鸾凤。志士幽人莫怨嗟，古来材大难为用。

石鼓歌

张生手持石鼓文，劝我试作石鼓歌。少陵无人谪仙死，才薄将奈石鼓何。周纲凌迟四海沸，宣王愤起挥天戈。大开明堂受朝贺，诸侯剑佩鸣相磨。蒐于岐阳骋雄俊，万里禽兽皆遮罗。镌功勒成告万世，凿石作鼓隳嵯峨。从臣才艺咸第一，拣选撰刻留山阿。雨淋日炙野火燎，鬼物守护烦㧑呵。公从何处得纸本，毫发尽备无差讹。辞严义密读难晓，字体不类隶与蝌。年深岂免有缺画，快剑斫断生蛟鼍。鸾翔凤翥众仙下，珊瑚碧树交枝柯。金绳铁索锁纽壮，古鼎跃水龙腾梭。陋儒编诗不收入，二雅褊迫无委蛇。孔子西行不到秦，掎摭星宿遗羲娥。嗟余好古生苦晚，对此涕泪双滂沱。忆昔初蒙博士征，其年始改称元和。故人从军在右辅，为我度量掘臼科。濯冠沐浴告祭酒，如此至宝存岂多。毡包席裹可立致，十鼓只载数骆驼。荐诸太庙比郜鼎，光价岂止百倍过。圣恩若许留太学，诸生讲解得切磋。观经鸿都尚填咽，坐见举国来奔波。剜苔剔藓露节角，安置妥帖平不颇。大厦深檐与盖覆，经历久远期无佗。中朝大官老于事，讵肯感激徒媕婀。牧童敲火牛砺角，谁复着手为摩挲。日销月铄就埋没，六年西顾空吟哦。羲之俗书趁姿媚，数纸尚可博白鹅。继周八代争战罢，无人收拾理则那。方今太平日无事，柄任儒术崇丘轲。安能以此尚论列，愿借辩口如悬河。石鼓之歌止于此，呜呼吾意其蹉跎。

西园雅集图记

李伯时效唐小李将军为着色泉石，云物草木花竹皆绝妙动人，而人物秀发，各肖其形，自有林下风味，无一点尘埃之气，不为凡笔也。其乌帽黄道服捉笔而书者，为东坡先生；仙桃巾紫裘而坐观者，为王晋卿；幅巾青衣，据方机而凝伫者，为丹阳蔡天启；捉椅而视者，为李端叔；后有女奴，云鬟翠饰侍立，自然富贵风韵者，乃晋卿之家姬也。孤松盘郁，上有凌霄缠络，红绿相间。下有大石案，陈设古器瑶琴，芭蕉围绕。坐于石盘旁，道帽紫衣，右手倚石，左手执卷而观书者，为苏子由。团巾茧衣，秉蕉箑而熟视者，为黄鲁直。幅巾野褐，据横卷画渊明归去来者，为李伯时。披巾青服，抚肩而立者，为晁无咎。跪而作石观画者，为张文潜。道巾素衣，按膝而俯视者，为郑靖老。后有童子执灵寿杖而立。二人坐于盘根古桧下，幅巾青衣，袖手侧听者，为秦少游。琴尾冠、紫道服、摘阮者，为陈碧虚。唐巾深衣，昂首而题石者，为米元章。幅巾袖手而仰观者，为王仲至。前有髫头顽童捧古砚而走，后有锦石桥、竹径，缭绕于清溪深处，翠阴茂密。中有袈裟坐蒲团而说无生论者，为圆通大师。旁有幅巾褐衣而谛听者，为刘巨济。二人并坐于怪石之上，下有激湍潺流于大溪之中，水石潺湲，风竹相吞，炉烟方袅，草木自馨，人间清旷之乐，不过于此。嗟乎！汹涌于名利之城而不知退者，岂易得此耶！自东坡而下，凡十有六人，以文章议论，博学辩识，英辞妙墨，好古多闻，雄豪绝俗之资，高僧羽流之杰，卓然高致，名动四夷，后之览者，不独图画之可观，亦足仿佛其人耳！

太极图说

无极而太极。太极动而生阳，动极而静，静而生阴，静极复动。一动一静，互为其根。分阴分阳，两仪立焉。阳变阴合，而生水火木金土。五气顺布，四时行焉。五行一阴阳也，阴阳一太极也，太极本无极也。五行之生也，各一其性。无极之真，二五之精，妙合而凝。乾道成男，坤道成女，二气交感，化生万物。万物生生而变化无穷焉。

惟人也得其秀而最灵。形既生矣，神发知矣。五性感动而善恶分,万事出矣。圣人定之以中正仁义而主静,立人极焉。故圣人与天地合其德,日月合其明,四时合其序,鬼神合其吉凶。君子修之吉,小人悖之凶。故曰:"立天之道,曰阴与阳。立地之道,曰柔与刚。立人之道,曰仁与义。"又曰:"原始反终,故知死生之说。"大哉易也,斯其至矣!

西　铭

乾称父,坤称母;予兹藐焉,乃混然中处。故天地之塞,吾其体;天地之帅,吾其性。民,吾同胞;物,吾与也。大君者,吾父母宗子;其大臣,宗子之家相也。尊高年,所以长其长;慈孤弱,所以幼其幼;圣,其合德;贤,其秀也。凡天下疲癃、残疾、茕独、鳏寡,皆吾兄弟之颠连而无告者也。于时保之,子之翼也;乐且不忧,纯乎孝者也。违曰悖德,害仁曰贼,济恶者不才,其践形,惟肖者也。知化则善述其事,穷神则善继其志。不愧屋漏为无忝,存心养性为匪懈。恶旨酒,崇伯子之顾养;育英才,颍封人之锡类。不驰劳而底豫,舜其功也;无所逃而待烹,申生其恭也。体其受而归全者,参乎! 勇于从而顺令者,伯奇也。富贵福泽,将厚吾之生也;贫贱忧戚,庸玉汝于成也。存,吾顺事;没,吾宁也。

洗兵马

中兴诸将收山东,捷音夜报清昼同。河广传闻一苇过,胡危命在破竹中。只残邺城不日得,独任朔方无限功。京师皆骑汗血马,回纥偻向葡萄宫。已喜皇威清海岱,常思仙仗过崆峒。三年笛里关山月,万国兵前草木风。成王功大心转小,郭相谋深古来少。司徒清鉴悬明镜,尚书气与秋天杳。二三豪俊为时出,整顿乾坤济时了。东走无复忆鲈鱼,南飞觉有安巢鸟。青春复随冠冕入,紫禁正耐烟花绕。鹤禁通宵凤辇备,鸡鸣问寝龙楼晓。攀龙附凤势莫当,天下尽化为侯王。汝等岂知蒙帝力,时来不得夸身强。关中既留萧丞相,幕下复用张子房。张公一生江海客,身长九尺须眉苍。征起适遇风云会,扶颠始知筹策良。青袍白马更何有,后汉今周喜再昌。寸地尺天皆入贡,奇祥异瑞争来送。不知何国致白环,复道诸山得银瓮。隐士休歌紫芝曲,词人解撰河清颂。田家望望惜雨干,布谷处处催春种。淇上健儿归莫懒,城南思妇愁多梦。安得壮士挽天河,净洗甲兵长不用。

韩　碑

　　元和天子神武姿,彼何人哉轩与羲。誓将上雪列圣耻,坐法宫中朝四夷。淮西有贼五十载,封狼生貙貙生罴。不据山河据平地,长戈利矛日可麾。帝德圣相相曰度,贼斫不死神扶持。腰悬相印作都统,阴气惨淡天王旗。愬武古通作牙爪,仪曹外郎载笔随。行军司马智且勇,十四万众犹虎貔。入蔡缚贼献太庙,功无与让恩不訾。帝曰汝度功第一,汝从事愈宜为辞。愈拜稽首蹈且舞,金石刻画臣能为。古者世称大手笔,此事不系于职司。当仁自古有不让,言讫屡颔天子颐。公退斋戒坐小阁,濡染大笔何淋漓。点窜尧典舜典字,涂改清庙生民诗。文成破体书在纸,清晨再拜铺丹墀。表曰臣愈昧死上,咏神圣功书之碑。碑高三丈字如斗,负以灵鳌蟠以螭。句奇语重喻者少,谗之天子言其私。长绳百尺拽碑倒,粗砂大石相磨治。公之斯文若元气,先时已入人肝脾。汤盘孔鼎有述作,今无其器存其辞。呜呼圣王及圣相,相与烜赫流淳熙。公之斯文不示后,曷与三五相攀追。愿书万本诵万遍,口角流沫右手胝。传之七十有二代,以为封禅玉检明堂基。

星烈日记卷之七十二

鸿蒙室主人笔识

二月初一日(3月11日)　抵万田畈。

晨起,独步至陈必胜山,看横江山。浚龙自一尖起祖,横开大帐,四尖平起,一尖独高,故曰一尖。从高跌断,再陡起横江山,正穿正出,一路火土相生,如龙楼凤阁,簇涌而来。中分二支:右脉逆挽入内,为挂老、凤凰诸峰;左脉即鹳山,为蕲龙少祖;中脉至转脚寨,特起土屏,端正尊严,为洪塘湖少祖。三支中惟此独尊,故知其为正龙无疑也。阅毕,乃坐车由瓮门入山,水口十余重,交锁严密。至天心畈凤凰山起顶,初结一穴,为罗敦甫主政祖茔,乃水口第一重结作也。其右脉复起顶,层落而下,至平畈中顿起金星,回头顾祖,局亦甚美,已为人葬。由刘家河渡桥至万田畈,远望对岸天马一峰,自一尖下分脉,甚有气势,询之土人,名驷马尖。下有丛林,故不欲再往观也。

初二日(3月12日)　回宿三家店。

天初明,逆旅主人导往后山,观陈氏所葬木星抱节地及蜈蚣穴。其龙自太极尖落脉,成梧桐枝,再起小帐,五脉齐出,穴结中脉,三泡连下,开窝成穴,极圆美。其蜈蚣地乃外一砂结作也。陈氏鼎盛一乡,簪缨不绝,亦有征已。然皆此中旁结,尚非正局。闻其对岸尚有仙人现学一穴,亦不暇观,即时回程。甫至刘家河,山水忽然大会,遥望隔河挂老山横开大帐,中起土屏如御几,三脉垂下,中乳独灵秀,乳头似有微晕。乃急下车,入山寻视,约七八里始登穴场。乳头果有太极晕,而无葬者。盖穴晕直竖,而元辰陡泻,故人嫌而不用耳。然大地往往如是,故能留以待后也。对面诸峰环拱,大水弯抱,近案土星三台正朝,左金右火,夹峙两旁。太极尖诸峰如九脑正向,内收大河,外逆大江,真美局也。此中正结断,推此局无疑。晚抵三家店,离曹河尚五里。日已暮,遂宿。

初三日(**3 月 13 日**)　雨。宿竹瓦店。

前至洪塘湖,虽已见穴,而未能细审定其真伪,乃复由曹河纤道至竹瓦店,拟再斟酌。而是日阴雨不止,乃冒雨登山,步龙寻去,仍至前穴,果美好无疑,但为住宅所占,亦尚可图。而时师多从右支寻去,尽头处名老鹳嘴,插入湖内,故人指真穴尚在湖心。余亦姑从其说。步至右支,虽未及老鹳嘴,而诸砂俱向左顾,必非正龙,故止步不前。时雨尤大,遂返至店,衣履已尽湿矣。闻之土人言,凡寻地者,无不知此龙之美,而自古及今,未有能指其穴者,遂谓穴落湖心,盖贪弹子山正朝,且羡湖中诸埠也。余虽未见湖埠,而曹河一路皆有无数墩埠,天工人力,杂凑成格,如万点梅花,奇秀非常。想湖心诸埠亦如此形,盖龙格用辰耳。余观此穴,乃倒地木节中突起一泡,如老树着花,正当节内,其余墩埠则枝外繁花,不知其数,但可为用辰,非正穴也,因取其名为万点梅花格。要知花多无奇,唯少乃贵,故真穴在节中,嫩蕊又岂俗眼所能识哉?

初四日(**3 月 14 日**)　回宿曹家河。

昨夜雨竟不止,晓起遂回抵曹家河。雨虽住,而道途泞泥难行,故暂止宿。晚闻探卒回报,英山防将余际昌与贼战失利,为贼诱陷二营,余营尽散。英山无兵可以抵御,势甚危迫。胡宫保远驻太湖,虽曾派兵协防,然贼势甚众,恐难力拒也。盖贼意在急解安庆之围,桐城既不能取胜,故欲绕出英山,以击我后。此路若无重兵驻守,贼必以一军牵制前敌,以一军来拒蕲州,使我分军上救,则其围不援自解也。

初五日(**3 月 15 日**)　回抵蕲州。

今日天始晴,乃回车赴蕲。远望西北蚂蝗山、元蓬山自蕲水界来,皆环向洪塘湖,而挂口平干,湖中连起土埠四墩,以塞水口,江外亦起三峰应之。此局纵横各百余里,江湖河流共汇成局,可谓专矣。余阅地虽未甚多,然江淮间亦略观大概,是地之美,差无遗议已。

初六日(**3 月 16 日**)　买舟上驶,泊黄石港。

晨起，天大晴霁，风亦顺利，乃买小舟上驶。行九十里，至黄石港，日已暮，遂泊。港上市镇颇繁，泊船亦多，较之道士洑胜数倍矣。

初七日（3月17日）　泊樊口。

行抵巴河，拟访家素吾大令，而居民纷纷挈眷避乱，恐其早已他徙，余亦不便久留危地，故急扬帆去。上至樊口，黄郡民逃避亦然。郡中正试文童，率皆停罢，然贼尚远在英山也。盖昌营既败，此路空虚，故民情震恐耳。

初八日（3月18日）　仍泊樊口。

以坐船太小，拟易大舟，故暂留泊。午间，黄民纷纷迁徙过江，须臾，厘局火起，传闻贼骑已入城矣。亦有言黄州副将为贼所戕者，守令官不知逃避何处。樊口仅有炮船二三只，亦只虚放数炮而已。余以易舟为舟人所牵，留此危地，心殊怅恨。幸贼无舟楫，不能渡江，故恃以无恐耳。

初九日（3月19日）　泊叶家洲。

昨夜火光四起，晓起望黄州城上有黑雾横亘不断，东至武穴，西抵汉口一带，乍视如烟焰，细视非云非雾，殆妖氛耳。舟人已解缆上驶，而贼前锋亦在对岸，并行共抵三江口，一路俱闻爆竹声，盖居民之未逃者以此迎贼，冀免屠戮也。舟子恐前路有碍，惧不敢行。余曰："不趁此时贼船未备，贼桥未成，乘隙偷渡，倘稍迟半日，贼得搜掳民船，横截江面，吾辈岂能飞越而过哉？"舟人乃仗胆扬帆急上，至暮抵叶家洲，而贼已隔数重水，人心始定，得安泊焉。

初十日（3月20日）　泊沌口。

行抵阳逻，风颇大，舟人勉强上行，至汉口，而市肆已搬运一空，武昌闭城戒严。然城上旌旗寥寥，炮船亦不甚多，汉阳则竟无兵，使贼速至，不知何以为备。江心有洋船四只，二停泊，二下驶，不知何往。国家与英、法二夷议和，原非得已，然中国自此更多事矣。汉镇民情汹汹，非可久泊，乃移泊沌口，迨暮始至，至则商船尽聚于此。人民既众，可无忧也。舟中无事，补作《黄州值乱》诗云："妖氛如焰亘长天，一夜西陵事可怜。官眷已随黄鹤杳，民情犹仗白波连。浮江楼橹空飞炮，隔岸困屯早化烟。数载经营成底事，更闻斩将断垣边。"

十一日（3 月 21 日）　泊东角潦。

晓起开船，午后至东角潦，遂泊。武汉之民遁泊于此者甚众，盖风声鹤唳，民情素受其警也。途中成诗云："一路饥鸿又可伤，风声到处总彷徨。惟闻羽檄飞江夏，几见旌旗树武昌。黔首遁如奔壑鲤，黄巾猛似出山狼。是谁锁钥留荆楚，忍使番船入战场。"闻之百姓云武汉无兵，令洋船往黄州助防云云。吁，可叹也。

十二日（3 月 22 日）　泊北河口。

即小龄闸，离簰洲已四十余里，有厘局设此。大江至嘉鱼上即分为二，至此复合，故商船来往，罔不由此，因名河口，亦要道也。

十三日（3 月 23 日）　仍泊北河口，作蕲州地图。

今晨阻风，故暂泊此。有十一日自汉镇来者，据云贼于是日已抵沙口，离汉镇仅三十里，不知近二日复何如也。傍午，武昌粮台船亦移泊于此，则其吃紧也可知矣。终日独坐舟中，甚觉无聊，乃作蕲州地图。中龙大干自商城金刚台起祖，由麻城天井峰南过罗田，入英山界，起三面尖，分一支逆江西上，起黄梅老祖山、火焰尖诸峰。再起一尖，乃开大帐，起横江山，复分三支，左为蕲州龙，右趋挂老山，中抽出脉，历转脚寨至大王寨，更开大帐落，平结洪塘湖、蕲州后龙，逆收大湖水口，蚂蟥、元蓬诸山为右城郭。蕲邑五乡诸水，逆行二百余里，同出挂口，经蕲城下以入大江。田镇武穴重重交锁，半壁山峙立江中，为之捍门，局势远大，非一丘一壑可比，而一路祖宗，皆火土相生。至转脚寨，过连珠峡，起云水帐，结倒地木穴，梅花万点作用辰，真奇局也。余自从军抵黄梅，登破额、五祖诸山，见其来龙甚奇，知有大结作，乃以军务倥偬，未暇细审。后至长沙，闻堂上俱已见背，复值蒋之纯邀赴太湖，因复有意再寻其龙。去岁侨寄宿松，连日游山，皆在大龙背面，未见正结。近抵蕲州，乃得尽观山面，佳穴虽多，断推洪塘湖一局，实为正结，可无疑议。拟异日再游此地，购获其穴，妥葬先严，未审可能如愿。爰图其略,以俟后缘云。

十四日(3月24日) 泊宝塔洲,作诗怀葛见尧先生。

在嘉鱼上三十余里。嘉鱼江中含大洲,城建于夹江山上,局面甚小。吾乡葛见尧先生在前明时曾令此,学术深邃,著有《秦律编》一书行世。明思宗咨访奇才于金太史声,金以先生对,乃未及召而京师陷,事遂寝。今舟过此,有怀前哲,不胜向往。诗云:"落落临江数草庐,半匀绿野未成锄。老农释耒慵驱犊,稚子牵舟学网鱼。自古风云多会此,于今盗贼竟何如。可怜赤壁烧残后,谁识葛家有旧间。"先生学通泰古,理贯天人,使获大用,当亦武侯流亚。乃生不逢时,终老俗下吏,士固有幸有不幸也,可胜慨哉!昨夜梦舟泊一地,恍若旧游,市肆颇繁而容,非大江所经之处。上有牌楼,大书"管夷吾故里",亦奇也。

十五日(3月25日) 泊罗山。

昨夜天雨,今晨尤盛,镇日积雾不开,江天色极黯淡。途经祭风台,欲拟一登其地,竟不果。成诗一绝云:"颓云卷浪大江开,赤壁无烟也自灾。纵使先生还入世,不须重起祭风台。"今之用兵者皆尚力斗,并无智巧,即使诸葛复生,亦何所用其奇哉!

十六日(3月26日) 泊南津港。

在岳州府南五里。是日风虽顺,而阴雨蒙蒙,天色颇不甚佳,故舟人尽泊于此,不敢前行。因遣仆入郡探访亦翁消息,知其现任澧州,拟即易舟横渡西湖,以达澧郡。而西行之舟甚少,乃决意先赴长沙,再另买舟过访也。昨晚梦黄猴大与人等,从身后来扑余背,心甚惊骇,急呼旁观者力为解释,始得脱。余屡梦与猿猴伍,前者小而今者大,岂余山林之性未改,故猿猴亦乐与为伍耶?

十七日(3月27日) 泊扁担闸。

在湘阴上五里。晓起天虽阴晦,而风颇顺,故日行二百余,竟过洞庭。至湘阴县,天犹未晚,因拟夜泛长沙,当可即至矣。乃仅行五里,而风遽息,遂不能行,故泊于此。昨日本拟至岳城访龚智轩选拔及吴南屏孝廉,以风利不得久泊,心殊怅怅,因成小诗一绝云:"又骑鹤翅下苍冥,铁笛飞声绕洞庭。仙侣不来环佩渺,君山空对楚天青。"

十八日(3月28日)　泊新康。

是日风甚微,湘流曲曲,竟难飞渡。而两岸新绿,蓬蓬远秀,颇动春愁。乃成《怀人诗》一绝云:"湘云着水滞还飞,楚岸花飘绿渐肥。无怪玉人憔悴甚,布帆安稳带春归。"盖有所感而云然也。舟过靖港,时未暮,乃再行五里,至新康。已拟夜泊,二更后,风忽起,舟子急解缆,甫出港而风又息,竟难开舟,遂停泊野岸边。

十九日(3月29日)　泊水陆洲。

夜半,北风顿起,舟人鼓楫急上。天明,大雨竟日不止。至水陆洲,时已申末。星垣守备素严,恐已闭关,不能入城,遂移泊水陆洲边。晚立船头望岳麓山,虽近在目前,而云雾飘渺,出入变灭,不可名状,心神为之顿远。成诗一律云:"壮游人已倦,倚棹尚无边。泽国真多雨,江城总带烟。恨随湘水远,梦绕洞庭偏。屈贾今何在,忧时一惘然。"

二十日(3月30日)　入星垣。

晓起,风雨大作,竟难过江。饭后乃促舟人强移过岸,先遣仆入城,暂借松圃寓居下榻,乃再拟赴澧州。而松圃尚未归,厚庵亦在营,唯稚仙及其叔在寓,仿纪相视,因同入寓,各叙别后离怀,颇觉情亲。乃闻滇垣不守,蜀郡亦多失陷,未知实否。果尔,则余归路绝矣。此行满拟还乡,而又遭变如是,岂真天不欲吾生还耶?

廿一日(3月31日)　阅《明诗综》。

今日雨虽稍止,而泞泥满街,未能出访诸友。案头有《明诗综》一卷,乃取阅之。中载李伯华开先自太常放归,专治田产,蓄声伎,征歌度曲,自序其《闲居集》云:"年四十罢官归里,既无用世之心,又无身后之志,诗不必作,作不必工。"其所著,词多于文,文多于诗。改定元人传奇乐府,搜辑市井艳词,多士大夫所不道者。尝谓古来才士不得乘时柄用,非以乐事系心,往往发狂病死。今借此以坐消岁月,暗老豪杰耳。嗟嗟！才士之不得志于时，思有以保其生者，亦良苦已。余初年亦几蹈是辙，其后出游，颓然自放，常出于礼法之外者，亦犹是也。少时诸友不善排遣，或狂或病，或自戕其生，甚至死于非命。如洪君亦珊之投水自亡，所在皆是，屈指难数，亦何不爱其生如是耶？夫天生我才，必有所用，或在上，或在下，皆有一定位置，不可强与之争。惟初年气盛，苟不如志，遂致抑郁自损，甚为可惜。故必借诗酒遨游以抒其气，使不郁结，而后可徐导之以顺，从容涵养，渐底于醇，否则未有不发狂自废如伯华所言者。余出游十载，所遇困扼，不为不多，虽未敢言养气之功，而安分顺时之念则已渐平，亦不可谓非善自排遣之一助云。

廿二日(4月1日)　晴。阅《琴仙吟草》。

姜宝臣夫人章氏，名静，字恬如，秋浦人，能诗，著有《琴仙吟草》。稚仙为余言，因急欲一观。今午天稍晴，乃出访诸友。归见案头有诗二卷，一为《楚游小草》，一则《琴仙吟草》也。乃知姜君已先过访，惜不晤面，一快清谈。琴仙虽闺秀，而游山诗极能刻划奇景，亦仅见之作。五言如《过梨岭》云："一线羊肠路，攀藤到树梢。天边樵觅径，足底鸟争巢。洞黑还藏虎，潭腥定有蛟。荒村三两处，茅屋落山坳。"《山居》云："结茅在碧岭，村径望如悬。水落檐头碓，牛耕树杪田。农忙知夏至，雨歇若秋天。薄暮投林鸟，飞飞入暝烟。"《游七星岩》云："秀绝星岩石，苍苍积翠浓。洞无红日到，寺有白云封。芳草埋残碣，斜阳明远峰。回看倚栏处，碧树一重重。"七言如《游宝台》云："置身恍在画图间，境自清幽鸟自闲。觅寺人穿红树径，看云僧立夕阳山。峰峦隐约疏林隔，楼阁参差野水环。却喜遨游归去早，江城未见暮鸦还。"《登九龙城》云："江南破敌正劳兵，见说湖湘亦未平。烽火亲朋都在劫，弟兄鞍马半从征。瘴雪暮压山容惨，海气宵腾月晕生。斗大孤城波浩渺，寒潮呜咽不胜情。"《郊游》云："看山最好是初晴，处处泉声杂鸟声。古寺钟鸣知客到，荒村雨歇有人耕。落花逐蝶轻飞径，薄雾牵云远罩城。莫道归程无暮景，斜阳还在柳梢明。"

《楚游草》乃宝臣近作,天姿隽爽,惜少烹炼。乐府诸作,具有天籁。《古意》云:"莫作江上舟,(莫)[宁]作塞上月,月照人思归,舟送人离别。"《笼中鸟》云:"笼中鸟,笼中鸟,毛羽非不丰,语言非不巧,何不高飞而翔集,甘图粒粟求一饱。"君名如璧,一字少雨,通州人。随宦粤东,来楚就婚,故暂羁长沙云。

廿三日(4月2日)　遣使致书陈亦翁。访友。

亦翁闻已卸篆,然尚在澧州,故遣仆赍书通候,想不日亦当入省已。午后,偕稚仙出访诸友,先至罗仙潮处,名瀛美,亦字孟野,年少好学,志尚颇高,藏书甚富,缥湘满架,使人尘襟顿释也。因相与同访姜宝臣。宝臣善书法,所收书画亦多名迹,偶一展玩,足快心目。乃复邀入酒肆畅饮,至暮始归。时同席者尚有周君绶卿名作焜,钱君少苍名桢,皆年少翩翩,能诗善画,蠲除俗态,非寻常纨绔所比,故胸怀亦为之一乐也。

廿四日(4月3日)　罗仙潮招饮并赠诗。

仙潮喜谈诗,睥睨一切,独于余则殷殷致问,终日不倦。今午招饮,并赠诗一律云:"学得先生亦壮哉,洞庭春好挂帆来。生前著作扶元气,乱后江山要将才。鬓影丝丝尘世老,哭声处处战云隤。平戎知有千言策,肯把长吟恋草莱。"座间有黄篷楼者,亦能诗善画,岭南新会人,宦游湖湘,著述亦富,惜未能即借观也。

廿五日(4月4日)　雨。自校诗集。

前岁发刊各稿,今始告成十卷,因与稚仙同细校雠,又复删改数四,终未惬心。初年格律稍整严,而气未舒畅,出游后局阵较为开展,而语多疏阔。工夫未成,而精神则渐衰耗矣,可胜慨哉!

廿六日(4月5日)　阅《樊榭山房集》。

耳樊榭名久矣,今始得读其集,天才清妙,吐属高超,王、孟后一人而已。集中五言最妙,七律次之,长古、排律均非所长,故登临怀古、述怀写情之作甚少。盖此体诗专以品胜,如明鉴澄潭,清空皎洁,着一点尘埃不得,故境则超矣,而才或未足。非不足也,乃此中不能横使才情故耳。学者性既不近,养亦未到,强欲学之,非弱即枯,殊难及也。

廿七日(4月6日) 赵稚仙赠词一阕。

稚仙年少喜吟咏,诗笔甚佳。见余《月影鬟光录》,已题五绝句。兹复赠词一阕,《调寄满江红》云:"羡煞先生,偏能觳、鸿蒙独辟。绝似那、濯锦新裁,晴雯巧织。筹备江淮愁未减,伤心吴楚悲难息。任杜称诗,圣李称伯,都堪匹。缠绵处,情丝结。雄放处,肝肠热。更虎幕谈兵,彪营著策。关山浩劫火犹红,风尘莽荡头将白。愿瓣香拜骚坛,中心切。"

廿八日(4月7日) 钱少苍邀偕诸友共饮。

少苍虽年少,而画笔开张,其祖若父皆善丹青,故家学源渊有所自来,可畏才也。今午邀仙潮、宝臣、绶卿诸君来寓共饮,并袖其三姑《霜月吟》一卷见示。姑名衡龄,号衡舲,早岁孀居,诗画兼长。黄君虎痴为梓其稿以传。兹录其《孀居述怀》十二首云:"未敢偷延别后春,怜儿反更惜微身。凄凉冷月荒山冢,静夜灯残独坐人。○明知永诀会无期,犬吠时惊屡启扉。斜月满阶霜满地,回看仍旧影相依。○历境翻怨今古情,红颜半向镜中更。纵教年矢催人易,密誓难凭订再生。○芳塘忍见宿鸳鸯,水作菱花漫理妆。何必春来方惹恨,万千愁绪此生偿。○频年踪迹宦乡随,欲踏槐花屡下帷。献璞独含千古恨,刘蒉难慰夜台悲。○架上残书壁上诗,恰如暂出未归时。廿年心血文章在,能否扬眉望两儿。○天公造物费疑猜,不是红颜命亦乖。花内并头花下蝶,从今莫上凤钗头。○谁家鸿雁过茅堂,寄语深闺窈窕娘。得诉离怀休道苦,封书和泪更何妨。○凄风冷雨布衣单,痴坐宵深未觉寒。却怪无凭颠倒梦,逢君偏作等闲看。○曩情怕忆日千回,到此方知命可哀。愁绪似怜人寂寞,方才撇下又招来。○寂寂帘垂小院深,蛩声细细和清吟。七年举案千般意,一点孤灯五夜心。○安顿儿童睡稳时,遣愁无计学吟诗。推敲险韵从谁问,得句频吟意转疑。"数诗虽未能情文相生,而心思曲折,能自道其心中之语,自是难能。末首情景逼真，愈觉可诵。

廿九日(**4月8日**) 酬罗仙潮诗。

昨晚畅饮，颇各尽兴。仙潮成诗三律，豪气勃发，不可遏抑，惜造语太放，未能完璧。录其末一首云："巨阙非名剑，如何解报恩？侧身唯涕泪，放眼只乾坤。酒令虚侯在，骚经屈子尊。今宵良宴会，时事总休论。"周绶卿用其首律韵相赠云："此会偶然耳，高歌入醉乡。公原天下士，我是楚之狂。诗酒生来癖，江山乱后荒。那能常宴乐，一饮即千觞。"余亦用其韵成三律云："戎马归来客，琴樽聚此乡。大名谁宇宙，高会总疏狂。诗胆寒偏壮，天心老未荒。百年真一瞬，珍重到流觞。○白雪高难和绶卿善歌，红泉冷自鸣仙潮抚琴。神仙多艳福宝臣伉俪能诗，山水寄浮生。拓粉花飞座少苍善绘，穿云笛满城稚仙吹笛。霜华应愧我，群季尽知名。○未了功名念，还思骨肉恩。铸奸嗤象鼎，折轴痛鳌坤。世乱家难返，名微道不尊。无边身世感，把酒漫重论。"

三十日(**4月9日**) 诸友邀游岳麓山。

久拟作岳麓游，均未果。今日天甚晴，宝臣、仙潮、绶卿、稚仙诸友邀同出城，买舟渡过水陆洲，复易舟再渡，始登岸。随山麓南行四五里，乃入谷。当谷口间有亭曰"自卑亭"，盖取登高自卑之意。山周环三四里，中有平畴，甚舒展，傍山临田，居中屋宇楼阁重重，为岳麓书院，而有高台曰"赫曦台"。登台眺望，前山对峙若门，湘水横过山外，境极深秀，院内规模亦宏敞，徘徊瞻望，不禁有怀紫阳讲学时也。出院由右登山，有亭翼然，曰"爱晚"，盖满山枫林，深秋好景，取唐人"停车坐爱枫林晚"句以名其亭耳。再上则万寿寺，寺有六朝松、白鹤泉诸胜。由寺后寻径登山，有御书"印心石屋"。屋后山空，步之有声，曰"响鼓岭"。最上则云麓宫，已倾圮殆尽。宫门一钟悬树半，曰"飞来钟"，盖僧人附会其说，以引人入胜也。宫墙畔平台石栏，凭之远望湘水，曲曲入怀，为望湘台。诸君至此，步履已倦，憩于寺门。余乃独步至山后，欲寻蟒蛇洞、拖船石、禹王碑诸名迹，而不知其处。仍回云麓宫,渴饮数盏,不觉薄醉。将下山矣,而宝臣又欲再穷其胜,乃复偕往。穿树越岭,寻径下至山腰,有二亭,一曰"极高明",一曰"道中庸",为朱紫阳题。此路乃书院后山,故借登山以寓行道自有次序,不可躐等也。院左假山有三祠,曰三闾大夫庙、贾太傅祠、李中丞祠,正门题之曰"楚国高风"。山景至是大概略尽,遂不复再入书院,共寻别径,出山至城,日尚未暮,游兴颇佳,亦不觉其为倦也。星垣虽省会,登临处甚少,仅此一山,差堪游眺。前午与稚仙诸君同游荷花池,回廊曲树,仿佛淮扬,亦尚有趣,舍此则更无游玩地矣。

星烈日记卷之七十三

鸿蒙室主人笔识

三月初一日（4 月 10 日） 潘小农司马过访。

小农，浙江人，名清。素不相识，忽来相访，屡乱不得之见。入室，始知其为翟锡三中丞东床，具道中丞见余文稿，欲聘入幕。余本拟回籍办理葬事，安能再羁此地？乃固辞，不肯应诺。小农执意愈殷。须臾，刘镜壶偕林琴生、郭墨卿、蒋晋阶诸君皆来劝驾，而余终不敢诺，盖恐无以负中丞望，且不能再耽时日故也。余素不解公务，诸君谬相推许，讵可以虚声误人家国事耶？

初二日（4 月 11 日） 周绥卿招饮，作《游岳麓山》诗。

绥卿邀偕仙潮、宝臣、篆楼、稚仙、少苍共饮，并乘兴出小吴门，登演武亭眺望始归。夜坐无事，乃挑灯作岳麓诗。前岁虽曾有诗，然皆虚拟，今始亲历其境，故补之云："昔年我作岳麓诗，夜凭湘水一梦之。今年我登岳麓顶，天风拂拂吹面冷。初渡水陆径入山，有亭翼然隔尘境。欲登绝顶必自卑，高明尚在青枫岭。赫曦台前一遐望，青山环峙如兰省。吾道南来是几时，令人想像朱张影。别径复寻云麓宫，楼倾殿圮欲迷踪。只有白鹤泉畔寺，六朝遗景剩孤松。钟声不是飞来响，那能震醒尘世聋。清湘曲曲忽入怀，恍吸天浆痛饮来。抠衣同上拜岳石，祝融远峙金银台。醉后难摩岣嵝读，有客常恨山灵俗。行行已至三闾祠，楚国高风成独瞩。吁嗟清乐不易得，况是戎马纷南国。兹山何幸蕴奇观，云霞草木多异色。岂因讲学有遗风，五百名世生其侧。乾可旋兮坤可转，放眼莫嫌天地窄。乃今豪俊未乘时，徒闻尘土困鹏翻。争先崛起岂无人，澄清尚恐非其特。我因游瞩寄遐想，落日烟霏锁翠柏。"

初三日（4 月 12 日） 补《小池捷》诗。

去岁小池驲报捷，拟纪以诗而未果，今将编排旧稿，故补之云：

"杀气愁云天欲破,黑白中分惊帝座。正月初七、八、九数日,云气平分黑白二色,如破镜形。将军裹甲宵难卧,露布忽传满江乡。红旗星奔报捷忙,熊罴子弟皆飞扬。鲸翻鲵吼已匝月,万弩难穿天魔窟。鲍叔力尽蒋侯竭,更有唐介气频摧。三呼未摩垒先隤,看看妖氛起迅雷。何来铁驷朔方将,虎兕不蒙神偏旺。旄头指贼贼惊丧。天狼失势猜狗奔。烟霏焰惨天为昏,不图重见好乾坤。只今执俘更获丑,献策书勋谁为首?可怜纷纷议战守,吁嗟天幸匪人功。贪天毋乃非至庸,大树将军真豪雄。"是役之捷,虽赖将勇,实有天幸。论功者未得其实,故偶及之。

初四日(4月13日)　潘小农留饮。

小农托林琴生邀余入署,余既不欲应其聘托,故欲回。小农复亲邀同入幕,中丞之子及弟皆衣冠出见。又以曾沅浦来函相示,始知左季高战败,景镇失守,涤帅留朱品隆守祁门,自赴东流,拟由大江下淮扬,以为曾经奏明,即可暂时移营。当此大败,军心涣散之秋,大帅宜退保江西,以图收拾士心,使溃勇有所归依,庶可复震。乃计不出此,借臣奏明,旁走岐路,不过欲渡江以依其弟,作自保计。江南既无主帅,设一溃莫收,豫章不保,湘南又何以能守耶?又闻贼据黄州,分窜各郡县,上至河南光固,几抵许州,亦有谓襄阳失守者。李希庵已授皖抚,现率众上援武昌。胡泳之宫保抱病未愈,亦随至鄂。夷船往来大江中间,皆停泊安庆、黄州,入城竟日始出,其意莫测。大局如斯,甚可危也。余观中丞年高,两司不睦,幕府无人,亦极可忧,倘有警报,何以布置?是以执意不应其聘,即欲出署,而小农务留小酌,饮罢始归。

初五日(4月14日)　补旧诗。

旧日有事无诗,不能不借吟咏以当记事珠者,悉皆补之。

《闻长城溃》云:"片羽传来信,惊心莫定时。鲸吞沘垒尽,虎噬皖军危。援断成孤势,粮空勉自持。迢迢千古恨,淮泗有余悲。最恨逃亡将,深宵已暗驰。先期,卢又雄请移营,袁怀忠独倡固守议。次日,贼大至,怀忠乘宵遁去,中军一营悉被据,始知为其所卖云。一军悲失马,全队痛俘缧。借箸空搔首,余曾上书劝公结堡团练,凭险自固。舆尸总负棋。未谙舒蓼地,大厦倩谁支。"

《闻鹤人方伯遗骸归葬固陵序》云:"去岁长城兵溃,鹤帅被执,不屈自尽,人言啧啧,颇有遗议。官秀峰节相饬弁易装,入贼暗探,知公已死瘗庐城中,仅获其绝命词四律以归。兹复遣其盗骸归葬故里,上谕悼恤赐谥,舆论始息。余受公知最深,非此一举,亦几无以为公白者。今幸大节既昭,不觉私心弥痛,爰成二律,聊以志恨云尔。"诗云:"颇惹清流议,从容赴义迟。青山应堕泪,白骨漫生疑。两代忠魂墓,千秋绝命祠。遥知青简内,父子是英奇。○我本承恩者,酬知未有时。西台空痛哭,北楚久追随。弭谤生难尽,遭谗死尚危。卅年工著述,一溃总无遗。"

《闻杭州既陷旋复》云:"不道钱塘祸,烽烟散绮罗。涛神惊欲遁,星象堕非讹。幸有天边将,能驱水面鼍。西湖无恙否,残月挂松萝。"

《闻金陵大营悉溃》云:"数载金陵贼,长驱竟出城。江盘龙虎斗,潮涌鬼神惊。漫倚天成堑,还悲夜斫营。将骄兵自惰,东望恨难平。"

《闻苏州不守》云:"竟委兰陵去,姑苏齿自寒。阊门飞烈焰,响牒涌狂澜。战伐天难已,繁华梦早阑。可怜财赋土,金粉尽销残。"

《太白读书台废址》云:"不见谪仙侣,空怀诵读春。钓鳌沧海梦,捞月大江身。气已无今古,心还慕隐沦。间丘遗址在,薜荔满芳津。"

《岁晚游资福寺》云:"刹古苔三径,岩高月半棱。称尊余坏佛,遁迹沓孤僧。露冷穿山屐,风摇山树灯。几时归梦稳,岁晚感何胜。"

《春游三仙庵》云:"破晓春初霁,空山见小庵。梅花仙子梦,雪影古佛龛。漫诩诗吟万,还闻笛弄三。无端尘世隔,幽梦滞江南。"

初六日(4月15日) 姜宝臣邀饮。

宝臣邀游储备仓。仓本园址,故竹石犹存,亦颇可观。游毕,遂入酒肆,仙潮、绥卿诸君皆至坐中。宝臣诵其少时《游山》诗,有句云"洞能通大海,峰可接青天",真能道得粤东景出,惜未足成全诗也。

初七日(4月16日) 访陈寿庭参军,不晤。

昨闻陈君新由滇回楚,因急访之,欲询乡信,而又值他出,不克面晤,心殊怅然。只聆其母言,君初游幕至滇,后援例入仕永昌,今已十三载,乃弟亲往寻之始归。滇道大梗,乃由维西间道行,一路皆无行旅,艰苦备尝。近闻滇垣不守,悉得诸人言,未知其确,然其糜烂情形,亦可知已。

初八日(4月17日) 陈寿庭龄过访。

今午寿庭过寓,备言滇中情形,大约误在招抚不善。现今回首,杜文秀势颇猖獗,迤西郡县大半皆陷,大理、丽江、楚雄、顺宁、蒙化悉属于回,省垣亦无可恃。黄矩卿侍郎推诿不前,窦兰泉郎中挈眷远遁,何庚星侍郎、戴云帆主政俱萎谢。防剿诸事,悉委何镇军名有保者。何起微贱,横暴不法,文武员任意诛戮,大吏不能制,省垣陷否,亦尚未确。唯迤东一带练颇强悍,回不能入,尚觉安静。吾乡亦未闻警,心稍为慰。文秀本保山贱佣,以回中卜阃推首,屡拈其名,故推为首。回众亦不甚多,皆胁从汉民以助其势,故焰益虐也。故保山令周锡桐,号初白,素能诗,自负不羁。令保山时,曾以事杖文秀六十。兹闻其为回中首,欲往说降,以成奇勋。文秀怀旧恨,仍杖六十,剥其指甲,数日始枭首,悬示城外。周君真可谓不自量者矣。寿庭善属文,人亦有奇气。住永昌五年,与绅士周华轩兆岐副车、杨西昆自茂秀才、韩锦堂家传茂才三人同带练,佐郡守潘小棠先生防守郡城,回民不敢窥其境,民赖以安。近大吏惑于谗说,易员代守,诸绅散去,永郡事又将不可问矣。君又言永昌三君皆有将才,惜为人忌,几罹不侧,亦可叹也。

初九日(4月18日) 代段积堂书屏联。

积堂将赴粤东,访其叔锦谷,倩余作书,携以自随,亦睹物思人意耳。锦谷任新会贰尹,今已数载,余尚飘泊无定。回忆同议从军,兴致勃勃,岂料余如是之落拓不偶哉!人生显晦,各自有时,原无足异,然余则未免过受其抈也。

初十日(4月19日)　接陈亦翁来函。

月前遣使致书亦翁,今始回省。函略云滇中之信,传闻异辞,恐亦未为确耗。惟省垣糜烂,外郡自是不堪设想。吾邑夷多汉少,土司无人,更复何望?然浩劫所在,终必存三分天理,想夏间避难者至,当必得知梗概也。观此,则吾邑情形已在不言之中。然所谓避难者,究竟不知何人,殊令人怅怅欲煞也。余两至星沙,皆欲南回,而竟不能,不惟资斧困人,即道途亦难遽通。双棺久停,一室无人,何以自解哉?亦翁虽卸澧州篆,而又欲回永绥任,必至秋间始能赴省,奈何奈何!

十一日(4月20日)　阅《有余闲斋诗草》。

仙潮罗君年少好学,手录近诗一卷示余。体格虽未能定,然笔力开张,具见才气,异日造就,定有可观。余既略为点定,复摘其数首于此。

《冬夜偶成》云:"一灯残梦里,寂寂夜如何。贫病知交少,功名乱世多。无才休嫉俗,有酒不降魔。且了吾生事,牙签手自摩。"

《酬黄秋庵韵》云:"不应随劫入红尘,苦向吟窗惜此身。尚有夔龙休误出,未荒文字总宜贫。百年元气戕今日,一代词章剩几人。世事乱离原怕问,且寻诗过小阳春。"

又《冬至日和秋庵韵》云:"冻酒开时带病吞,一天风雨欲销魂。菊留残叶矜霜色,梅孕寒花见雪痕。此日房栊方觉冷,隔宵炉火有余温。何人更奏云和瑟,时事艰难且莫论。"

又一首云:"凤管寒深不受吹,小窗冻雨欲来时。解裘去换难赊酒,引被重敲索和诗。想见长流冰正合,欲占乐岁雪偏宜。前村报道梅花发,谁向江南寄一枝。"

《围炉》云:"兔毫抽尽已无尖,哦向炉边韵共拈。炙手未妨姑破冻,问心难信不趋炎。怀浮大白醅初熟,烟袅纯青火试添。斫得新柴和叶烧,贫家何处却寒帘。"

《雪美人》云:"莹然体态不胜娇,好是璚仙下玉霄。盼尔温存来后夜,被谁冷落立中宵。兰因自认新歌鬓,絮果难忘旧舞腰。独惜华姿无术驻,暂时相对已魂销。"

十二日(4月21日)　作书寄家毓之。

自宿一别,尚未致书,以江路不通,鳞鸿未便故也。兹闻孝感一带官军颇获胜仗,黄州贼虽未遁去,而江面无船,文报或可往来,故拟由驲以寄之耳。左季高败走豫章,江西各郡皆贼,近又有贼由粤西过吉安,已至永丰一带。左君腹背受敌,亦可危也。涤帅尚住东、建之间,不知何意。胡宫保病甚垂危,东南大局何堪设想。数载用兵,楚军最胜,乃仅仅能固楚疆,苟稍越境,即至挫衄。今诸帅命运又皆如此,尚何望乎?

十三日(4月22日)　代稚仙书屏幅。

余本不善篆隶,以性喜奔放,难受束缚故也。篆隶虽尚古拙,而规矩较严,殊难以豪纵意行之。兹代稚仙摹《钟鼎》诸篆,圆浑中稍杂雄豪气,便觉唐碑汉玺同出一年,亦颇可观。要之,临古帖当自出新意,不可为其所缚,则能融铸诸家,自成一体。凡学皆然,又不独区区书法也。

十四日(4月23日)　(阙)

十五日(4月24日)　偕段积堂买舟游粤,泊东岳港。

陈亦翁既不赴省,余无南回资,适积堂赴粤,乃相与偕行,冀访锦谷,借筹旅费,始能归葬双棺也。昔石曼卿留滞丹阳,有三丧不能葬,遇范公纯仁助以麦舟,始能归葬,至今传为义举。余景况与曼卿略同,但不知能遇范公其人否也。是日午发长沙,晚泊东岳港,离城仅四十五里。同行者尚有邓君厚庄,江苏人,与锦谷有瓜葛,故亦偕往焉。

十六日(4月25日)　泊湘潭县。

湘潭为楚南繁盛之地,两粤百货齐集于此。城临湘江,市肆列于岸上,逆流直上,至十余里始尽。河下帆樯如林,不减汉镇,可谓庶且富矣。四年,贼破县城,仅三日即为塔军门击走,故房屋虽稍焚毁,近年又俱复故。余与积堂登岸入市,略观梗概,即回舟中。入夜,月色尤明,披襟岸帻坐船头,颇可赏玩,因成诗一绝云:"帆樯如树倚江干,花底篷窗酒半酣。莫道洞庭春色浅,二分明月照湘潭。"

十七日(4月26日) 泊白石港。

由湘潭上六十里即白石港,一路皆平冈曲水,无甚奇景。是日风颇不利,故仅至此即泊。民间传言,夜尽月落时,天半有云气如旗,中现四字,成菡菡菪菪状,不知何字。亦有见三字者,大同小异。其下截成十三刀状,亦不知何解。余与积堂连候二夜,皆不见。唯十五夜月将坠西北,云气尖斜如旗,稍异于常耳。

十八日(4月27日) 泊渌口。

由白石港上四十五里,有水自萍乡来,曰渌口。盖由此水上至萍乡,越岭可抵豫章省也。岸上有市,亦颇稠密。要道所经,货物亦盛。是日风甚阻,夜即大雨,船故难行也。

十九日(4月28日) 暂泊樊城。

由渌口上一百二十里有市,亦曰樊城。是日雨未止,风亦不顺。午后舟转东南行,始值顺风,须臾即抵樊城。舟人暂泊,复扬帆放行。三十里至衡山县,再十五里至雷家寺,天已明矣。夜半,舟过衡山时,余启篷窗,不见县城,唯觉山川开朗,颇有秀气,惜黑夜匆匆,不能明览其胜也。

二十日(4月29日) 泊白马料,作《望南岳》诗。

离衡州府尚十余里,然去衡山已百三十里矣。晓起,初泊雷家寺,适当南岳正面,晓日新晴,诸峰齐现,耸秀异常,真群灵秘府也。草色葱翠,亦与他山异。湘水曲曲,环绕其下,帆随江转,终日始过其麓。午后天复阴晦,细雨不止,峰头遂不可见。成诗四律云:"紫盖朱陵望不分,祝融岩峤极氤氲。群灵漫吐湘滨雾,大造终开岳顶云。已见神雷辉殿宇,还凭苍水梦符文。芙蓉半露三霄上,恍对天南赤帝君。○七二峰头九面开,朝曦红映亦佳哉。南离火尽烧天出,东土山都抱岳来。神禹未残岣嵝字,郯侯偏建秘书台。遥知奇秀钟灵地,定产风云济世才。○岳庙巍峨秩祀尊,果然福地近丹阍。山环月馆仙都壮,风卷雷池大壑昏。乱世氛祲连翼轸,炎方佳气萃乾坤。仰天未遂登高志,星宿何劳手自扪。○洞庭回首气何雄,都在南来指顾中。碧落近垂天卷幕,丹霞远罩帝还宫。山高势易尊吴楚,地僻名难掩岱嵩。转眼烟云殊向背,不知金简费神工。"近二日天皆阴雨,唯今晨偶露晴光,故能望见岳顶,亦奇缘也。昔韩文公能开岳云,千古以为美谈。吾辈虽不敢妄希前哲,然山水因缘,亦各有幸有不幸,讵得以偶然忽之哉!

廿一日(4月30日)　泊茶汉。

晓起,舟过衡阳,遥望城郭,仅隔三四里,拟登岸一览其胜,而细雨蒙蒙,难于行路。且兵勇南来,搜掳民船,不胜其扰,故舟人不肯近城,即东转来口,循河直上,故又错此一番登眺。来口去衡城尚五里,城据湘江上,其水由永来,经南、东、北三门,会西门小水,下与来水合而为一,形势颇佳,较之长沙似更胜也。余初疑南岳为南干诸山之祖,必无结作,至今观之,乃别由南干抽出一支,资、湘两水夹送前后,洞庭渟潴其旁,盖宇内一专结古地也。惜不能舍舟登岸,一观其局,斯为歉耳。是日由来口进行百二十里始泊,然日已暮矣。

廿二日(5月1日)　泊白泥渡。

是日天甚晴霁,江水湾环,平坡断岸,互相回抱,无景可赏。唯马家、潭口二山,形如狮踞,江中二洲,状类鱼眠。谚云:"双鳌边江走,二狮把水口。"形势颇奇。土人建塔狮上,不知何故。然此中必有佳地,未审人能寻获否。午后,舟人为易大舟,势较舒展,差觉自如。晚抵白泥渡,日已暮,遂泊。询之舟子,盖已行百有五里矣。

廿三日(5月2日)　泊毁顶池。

由白马料上七十余里,山形仍如前二日,并无变化。河身虽不甚窄,而水底甚浅,盖地势渐高故也。途中补《和琴仙女史题鬓光韵》二绝云:"老去书生影自羞,敢将霜鬓话鸾俦。缘何一卷《鬓光谱》,也慈琼仙入夜愁。○已摘珠玑十样新,余曾摘女史佳句入日记。更劳月下为伤春。他年红袖双携处,好结诗邻伴玉人。"女史诗前仅录其次章,兹并录其首章云："艳史情多展尚羞，羡君雅度更谁俦。吟坛迢递无由见，使我空怀洛下愁。"

廿四日(5月3日)　泊耒阳县，作诗吊庞凤雏。

是日行七十余里，山形渐饶秀气，水甚弯曲，离城尚三四里即泊。城临河，岸后有高山，亦圆秀可喜。昔庞士元治此邑，鲁肃谓其非百里才，大受者固未可小知也。因作诗吊之云："山城斗大暮烟霏，想像蘅斋卧治违。骥足未腾千里去，凤雏偏向两川飞。名齐诸葛生何恨，命比周郎死更非。终古耒江鸣咽水，滔滔犹自送残晖。"

廿五日(5月4日)　泊肥港。

在耒阳上，陆路仅三十余里，水道已六十里矣。晓起过县，城郭虽小，而亭台如画，颇堪赏玩。渐上，则山渐顽，人亦稀少，荒凉之气，殊难堪也。舟中无事，作《南征诗》九首云："辛酉三月吉，方子事南征。天地皆无色，山川尽离情。临岐且毋发，踟蹰还自陈。我生非不辰，皇穹运独迍。绝裾事则已，望云志何申。孤臣实草莽，孽子负晨昏。漫诩澄清志，还嗟顾复恩。勋名以显亲，亲逝名何存。著述以显亲，亲杳竟无闻。况多流离感，萍蓬误此生。室家俨梦寐，宗祧痛茕茕。自谓归软赋，谁知时势更。亲旧未可托，良朋勉自亲。未卜麦舟谊，可有范公倾。行行聊远迈，望洋心独惊。吁嗟南征客，忍泪复吞声。其一。○忆我方出滇，意气凌寰宇。伊吕追前辈，管乐非侪侣。乾旋坤自转，王道真易与。船随巫峡下，苍生泪如雨。汉阳屯貔貅，赤壁建楼橹。偕行有祖生，鸡鸣还起舞。同射鲁连策，肯步苏张武。落落万言书，津津神臂弩。无人肯辱听，志大事多阻。幸晤唐李晟，功名比邓禹。相得真恨晚，英雄髀谁拊。惜哉年少略，多欲气难鼓。才成汉水功，壮志潜消沮。其二。○吾乡有王濬，英姿更绝伦。一帆径相诣，依刘或可亲。四战虽大捷，重围困孤军。忠言竟逆耳，还自焚其身。可怜书生弱，黑夜走江滨。羁燕不足惜，哀鸿尽吟呻。飞【将】军忽天降，一战靖妖氛。以此鄂王城，黔黎庆重生。我亦舒马革，为裹残骨新。茫茫何所向，西望但夕曛。其三。○一纸鱼书到，皖水复见招。将军怜故旧,高谊出云霄。移军解固围,忠孝名独标。未几收六郡,胡乃失洄篙。我曾三建言,奈无同志褒。鱼水素相得,漆尚难投胶。况非知音者,安望神明交。一败不复振,远扬非自高。从此西台泪,终古常独抛。其四。○失意返乡闾,湘帆转未非。岂知罔极恨,道梗尚难归。三入湘军幕,羽扇不及挥。元戎偶相契,青蝇即乱飞。天意信难测,人心未可违。俊杰贵知务,明哲早见几。南渡诚非计,西来敢自歆。黄冈烽火乱,偷度蹈危机。虎口竟生还,滇山尽落晖。思家频望远,有弟未能依。茫茫感身世,戚族何太稀。其五。○侧闻陈仲子,卧治澧兰乡。遗书远相投,或免滞湖湘。讵料苍洱劫,回纥愈猖狂。吾乡遍獯猺,反噬胜犬狼。未卜庐与墓,安问田复庄。双棺愁未葬,万剑钻心肠。哀哀吾何罪,罹此末世殃。铤险成独鹿,触藩伤羝羊。进退真无据,痛哭徒自戕。嗟哉洞庭广,此恨胡能量。其六。○翘首望京邑,愁云满燕蓟。天子尚蒙尘,夷舶不可制。飞火到别宫,通商逼内地。和戎志本非,城下盟难誓。我欲学少陵,上书谒唐帝。长治能久安,斧钺何所避。惜为道途梗,巨川不可济。近闻豫章贼,纵横尤无忌。大帅走仓皇,马谡真儿戏。即看蚕丛国,蹂躏亦已敝。西粤及鬼方,何堪一流涕。举目尽狼烽,出门即魍魉。斧柯既莫属,怀才空命世。其七。○忽忆海南国,心知有故人。同舟曾破浪,抱关偏逸群。别来刚五载,相投肯见嗔。因之买舟楫,同寻大海春。岭峤称富足,近亦事盘根。总以夷情狡,致累中土贫。郛郭虽踞半,民情未洽亲。独怪肩斯任,胡乃志因循。岂以国多难,未暇图斩新。蒙垢日以久,雪耻何时伸。南图事未卜,满地已烟尘。其八。○行行渡湘水,殷殷望岳麓。诸友非昆季,相看成骨肉。畀我鲤鱼书,珍宝胜琼玉。或极吹嘘力,或借庇荫福。标榜仗名誉,酒食非征逐。感此叹知遇,何必皆贵族。回忆古高唐,知己尤堪述。英雄出儿女,须眉真碌碌。国士本无双,神女不一足。倘使易地观,美玉终出椟。室家且勿羡,征帆挂宜速。逆水难为舟,离弦易发镞。半生家国恨,万里游踪录。河梁有谁听,高歌权当哭。其九。”

廿六日(5月5日)　泊大河滩。

一路河滩极多，舟人甚觉劳瘁。是日仅行六十余里，至大河滩水稍渟潴处即泊。两岸居民凿岸建屋，近临河岸四五里，联络不绝。盖是地产煤，故土人借以为生。近日丁壮甚少，闻为贼中募去大半，用以穿窖攻城，所谓金龙营者是也。

廿七日(5月6日)　泊永兴县，拟《后新乐府》。

大河滩至此仅四十余里，县甚荒凉，城郭久圮，至今未建。山亦顽浊，全无秀气。未至城五里许，有岩壁立，中空若龛，土人就岩建阁，三层矗立，嵌满岩洞，亦甚珍珑，中奉白衣大士，故名观音岩。江心有石若狮，昂头顾岩，亦奇景也。是日滩愈陡而行愈迟。至永兴县，拟再开舟，而大雨忽至，竟不能行，故泊焉。余昔在滇，曾拟《新乐府》十九章，今复拟《后新乐府》二十题，先成四章：

长虹挂，哀遘臣也。甲寅，武昌再陷，巡抚青麟远遁出境，正法荆州。临刑，有长虹挂天半，军民咸哀之。诗云："长虹挂，休将恶恨弥天隟，黄鹤楼高不肯驻，片帆远遁湘江界。臣本瑶台供奉仙，如何误把封疆拜。吁嗟长虹休疑怪，晴霓不现天边影，鄂诸忠魂孰偿债。"其一。

城陵矶，歼贼首也。塔军门齐布斩贼酋曾天仰于此。诗云："城陵矶锁洞庭宽，楚师东下怅狂澜。忽闻白鬤猹猻出，匹马轻刀取不难。将军神勇信无敌，宗伯威声盖世寰。可怜髯褚推名士，不随楼橹下江南。吁嗟乎！下江南，水陆成败皆奇男。岳州之役，褚汝航被擒遇害，然其水师之设，君力为多，固不得以成败论也。"其二。

收双城，嘉忠孝也。李愍肃公尽节武昌，哲嗣鹤人臬使随征，收复武汉，寻获遗骸，归葬故里，是忠孝两全名也。诗云："一战双收两岸城，中兴畴不颂功成。中有将军号小李，寻着亲尸泪纵横。借问亲尸死百日，须眉何以尚如生？岂非正气留天壤，不为皮囊损忠贞。回头试看长虹影，泰山鸿毛孰重轻。"其三。

半壁山，喜锐进也。贼守田家镇，以铁链横锁江心。塔军门、罗方伯领陆军由兴国进，破贼半壁山下，舟师始乘胜砍链入，遂破田镇。诗云："半壁山高水横流,涛锁千寻铁链浮。鲸奔鼍吼尚难过,何况楼船船鳞比。云屯雾拥空悲愁,倏来神骏乌云豹。猇猘纷纷饲龙虬,龙虬一跃雪浪翻。长江血涌皆人头,南来百战功第一。宗悫真看破浪遁,倘使风利不得泊,又何难摩石头、拔建康,而献金陵之浮酋。"其四。

廿八日(5月7日) 泊澄江口,作《后新乐府》。

由永兴上水程六十里,有水自山谷东来,曰澄江口。入口可通新宁县一路。山多石壁,然皆横纹,故无奇峭处。是日更成新乐府四章:

溢湖败,恶邀功也。楚师进逼九江,杨载福、彭玉麐率水师分剿湖口。玉麐轻进,为贼所截,焚及九江舟师,曾侍郎败走豫章,水陆遂分为二。诗云:"溢湖森森浩无垠,湖口山深起战云。战云不断戈船断,一夜艨艟火尽焚。可怜堂堂南下东征将,不作孙刘作曹军。作曹军,亦何神,赤壁千秋总令名。只愁浔阳江畔水,庐山真面洗难分。"其五。

义儿亡,大帅逃也。李士麟战死广济,楚北岸之事遂不可闻。"义儿亡,大帅临风暗断肠。义儿年少好英勇,曾骑铜马骄天王。一朝战死横江山,千军万军若丧军。丧军直渡襄江去,贼旗鲸吞到汉阳。义儿义儿非贤良,胡乃一蹶竟不起。遂使云梦之仙乡,沦而为虎豹之战场。"其六。

宏恩号,援不力也。乙卯二月,发贼三陷武昌,王镇军国才率援军适至,诸勇乘夜入城,冒逻贼口号,搜杀贼党。逆酉酣饮,竟不觉,城复已在掌握,而镇军执不入城。天晓,汉阳贼渡江,我大溃。坐失机宜,不能无憾。诗云:"宏恩号,真易冒,晓起失城非无兵,黄昏杀贼何神效。贼捷痛饮贼渐醺,岂料飞军乘潮到。飞军半入半未入,将军踟蹰依旌纛。忽闻鼍吼渡江来,鸟兽星分怨浮躁。前者奔,后者叫,宝藏珠山偿贼盗。吁嗟宏恩徒易冒。"其七。

乌云豹,伤将亡也。塔军门病殁九江,谕赐其坐骑名乌云豹,食四品俸。盖此马曾救军门急,亦异数也。诗云:"乌云豹,万里烟云恣腾趟。与人一心成大功,杜句。故应生死能相靠。将军名显勋未立,尔马天锡传嘉号。嘉号乌云胜龙种，蹑电追风还雾罩。伏枥忽思故主恩，长鸣一声悲万窍。吁嗟尔马堪痛悼。"其八。

廿九日（5 月 8 日）　泊瓦窑坪，作《后新乐府》。

日行水道六十里，至瓦窑坪。山渐奇险，滩亦陡峻。至坪，有高峰突起入云，耸拔圆浑，皱纹如画，甚可观玩。惜无寺观点缀胜景，未免减色。是知山川虽美，亦须得地乃可出名，况在人乎？是日再易小舟。盖由坪至州，水浅滩高，非小舟不能达，故商贾至此，俱当易舟也。舟中再成乐府三章：

汉水红，失重镇也。贼连年屡据汉阳，汉镇俱未被焚。乙卯八月，忽尽焚掠，楚军水陆近在咫尺，竟不能救，亦劫数应尔耶。诗云："汉水红，烈焰翻江走祝融。晴川倒映烛龙影，鄂渚横飞黄雀风。汉镇五百年前市，蜃楼依旧散晴空。晴空有影还易尽，何况车尘马足人。物辐辏之胡同，隔江战垒联云幕，排岸旌旗曜矇曈。吁嗟乎！汉水红，畴不见烈焰翻江走祝融。"其九。

走丹阳，老将亡也。丙辰七月，金陵兵溃，向军门荣败走丹阳，竟以疾卒。诗云："丹阳城外夜吹角，丹阳城头大星落。大星有劫祷未消，传说中军死卫霍。卫霍南征四五载，坐困金陵庵画郭。白鹭洲边报捷归，黄天荡里吹铙乐。一败潮回不可收，曲阿是处飞鲸鳄。吁嗟乎！大星落，犹荷天家百世爵。"其十。

鹤楼空，吊古迹也。武昌寺观悉毁，惟黄鹤楼岿然无恙。丙辰冬，武汉贼遁，而楼乃为兵勇所焚，殊堪痛恨。诗云："黄鹄矶头黄鹤风，黄鹤一去画楼空。画楼久驻仙人迹，胡为劫火耀江烽。江烽不是黄巾火，祝融飞烟只自攻。鹦鹉不须翻，铁笛听亦慵，惟有翩翩环佩天边影，倚天长剑气如虹。气如虹，更无踪，珠帘何处说功丰。崔颢笔，咏难工，李白酒，醉何庸。可怜黄鹤如此竟归去，黄鹄千秋火尚红。"其十一。

三十日（5 月 9 日）　仍泊瓦窑坪，作《后乐府》。

是日天雨，不能行。舟中闲坐，再作新乐府七章：

霍邱屠，恶县官也。丁巳，发捻合围霍邱，一月不能下。县令某乃与贼

通,城遂破,生灵被屠,竟无孑遗。诗云:"霍邱屠,惨难呼,生灵守陴竟何
罪,而乃遭此浩劫乎? 赤眉铜马同时到,山城危卵势尤孤。官曰降矣
民弗乐,民曰死耳官长吁。一朝城启城尽屠,民无遗种官完肤。可怜
白骨十万有余斤,事定后掩埋遗骨,得十五万余斤。堆积如山费人锄。
至今蓬蒿满径行踪绝,天阴犹听鬼呜呜。吁嗟乎! 霍邱屠,惨难呼,
王县官,独无辜。"十二。

　　九江堙,屠寇尽也。李迪庵方伯围九江,周掘兵堑守之。戊午,城始克,
戮贼殆尽,人心一快。诗云:"浔阳九派势何雄,豺狼高踞噩鲛宫。王师
围久未能下,日掘长堑若弯弓。城头已敛蚩尤旗,江中竟少阳侯踪。
食尽援绝城始破,血染泅波不断红。不断红,庆崇庸。我军围贼舟逆
浪,贼破浔阳弩顺风。"十三。

　　合肥陷,贼势合也。戊午七月,合肥再陷,鹤人方伯败走寿春。捻发合
一,势更猖獗。诗云:"合肥城,亦何高,巢湖南望骇风涛。淝水周环四
十里,畴能飞梯过长濠。有如此城不能守,乃使民人涂炭,扶老携幼,
遗妻弃子,纷纷远遁逃。方伯西走中丞北,长淮奔鲸连巨鳌。从此遗
孽不可制,八公草木皆旌旄。吁嗟乎! 合肥陷,困吾曹,包老闻之亦
痛号。"其十四。

　　三河覆,悲楚帅也。李迪庵方伯征皖,由舒、桐进,连破贼城,气锐甚。
乃行抵三河被围,投水死,全军尽覆,令人扼腕。"噫吁嚱! 三河之败何速
哉,黄埃毒雾一时来。将军雷霆本精锐,网罗误入遂难开。遏水飞山
遍贼旄,杀声震地心魂哀。自是楚师招皖劫,非关猭狗多雄才。猭狗
多才人易噬,熊罴当之也自猜。吁嗟! 三河之败真速哉。"十五。

　　长城溃,恶诈将也。鹤人方伯驻军长城,贼众大至,围之数重,复为其伯
袁怀忠所卖。方伯被执,不屈而死,同时被掳甚众,一大恨也。诗云:"长城
溃,溃者谁? 欺心诈将非人为。贼骑四面来天地,孤军悬巢卵势危。
象升痛哭劝移师卢又雄,景初多诈无人疑袁怀忠。宵深犹闻鼓角声,
破晓谁看旄与旗。大帅被掳众为俘,淝水鸣咽不胜悲。吁嗟乎! 大
帅被掳众为俘,欺心诈将宁勿悲。"十六。

钱塘破,悼西湖也。庚申,罗澹村中丞抚浙,毫无布置,贼前队甫至而城陷。幸将军某固守满城七日,张镇军玉良率援军至,内外夹击,城乃得复。诗云:"钱塘江射海门红,西湖如画等珠宫。一朝战马到临安,雄涛倒退势欲东。千门万户未为惜,苏堤春晓太匆匆。岳王坟边苏小墓,英雄儿女痛难终。更有孤山林处士,不知可在瑶林琼树中。雷峰隐隐坏塔现,灵隐门前尘雾封。我不知钱王射潮妙手今何在,何不再选三千弩,倒驱鲸鲤显灵风,而乃令湖山秀绝尘寰少,徒坐坏于碌碌之顽庸。"十七。

金陵溃,嗟玩寇也。和春、张国梁穿堑围金陵,自谓贼可坐困。乃庚申三月,贼忽突围出,诸营悉溃,国梁走丹阳,被刺坠马身亡,全军竟不可收。"金陵龙虎帝王都,鼋鼍窃据称雄图。天子赫然怒,命将凛天诛。八载未能破,穿江凿堑通元湖。元湖森森梦悠悠,将军缓带空投壶。空投壶,尽欢呼,指日高歌贺平吴。岂知一夜惊涛吼,雷电飞光砍头颅。石头城下战舰空,幕府山头旌旗无。可怜的卢竟妨主,失足一死真糢糊。君不见六朝如绘好江山,只今凤凰台上栖群狐。"十八。

星烈日记卷之七十四

鸿蒙室主人笔识

四月初一日(5月10日) 　泊王屋田。

瓦窑坪至郴州,陆路仅四十五里,水程则已九十里。是日暮抵王屋田,约行水路六十余里,遂泊。晓起,由瓦窑坪上数里许,即由右小河进。其大河由桂阳界东来,循之可走乐昌入粤,较为便捷。然山高水险,行旅甚少,故商贾多由郴州进也。连日作《新乐府》未竟,今再成二章,以足其数:

胥台没,繁华尽也。张国梁既没,溃勇悉散,肆行焚掳,和春不能制,自缢兰陵舟中。何根云宫保亦走常熟,苏门遂陷。胥台没,仰首号天天应哭。姑苏世界古繁华,馆娃宫映山水绿。自从阖闾雄长勾吴地,阊门繁盛标南服。贼亦不敢到,寇亦不忍族。金粉千秋多艳福,胡为乎兰陵大帅天人俦,忍放蛟犀入华屋。寒山寺破钟声杳,虎丘芳草堆人肉。噫吁嚱!胥台没,仰首号天天应哭。十九。

巴夏礼,惜纵酋也。大沽之役,我军小挫,夷众遂逼通州。怡邸驰与议和,英使巴夏礼傲慢无礼,僧邸以计擒械京师,夷众竟敢犯阙。朝廷不得已,与议通商,以示羁縻。诗云:"巴夏礼,巴夏礼,夷性桀骜何无礼。飞炮连衡走戚王,称兵犯阙逼天子。一炬还毁我别宫,总为通商华夏里。已闻酋使械槛车,如何更将和议启。自古夷情善反覆,况复城下盟难恃。吁嗟乎!巴夏礼,谁释尔,从此中原多事矣。"二十。

初二日(5月11日) 　抵郴州。

午刻即至城下,登高望其形势。山川亦颇团聚,一水中贯,四山交互成局。灵寿、苏仙二山高耸入云,照映前后,城局挽抱入内,自开明堂,东西二塔夹峙来,水格颇明秀,居民亦甚繁富。盖此地为入粤要道,商贾必由路也。

初三日(5月12日) 　晓发郴州,晚宿良田。

湖北水道仅抵郴州，故易舟而舆。由西南行四十里即良田，有分司官驻此。一路山形尤明秀，村店极稠密，三里一市，五里一镇，行旅甚多，货物络绎不绝。盖入粤要道，不能不由此经行。以此商人据为陇断，民夫、旅店俱极腾贵，非囊橐充裕，竟不能行，亦恶俗也。

初四日（5月13日）　抵宜章县。

由良田南行五十里，即宜章县。山势渐趋于下，水皆南流，盖南干大龙分脊处也。县城在山冲内，宽仅里许，阓阛周环城半，紧临河岸，由此买舟，可以直抵广州。晚宿福兴店，得阅桂阳带勇营官某给厘局函，云武汉之贼赖李希帅击退，鄂境肃清，事势尚有转机。惟江右吉安之贼虽退至峡江、新淦等处，而密迩、鄳县、楚境终当戒严。且探得荔波之贼由黎平窜入靖州之老鸦坡，是东疆之狼燧渐逼边陲，而西路之羽书又传警报。晚间又闻民间传言，湘潭居民于近数日业已搬徙一空。果尔，则靖州贼势已逼近长沙，不然，则湘邑何至搬徙一空耶？石逆蟠踞荔波一载有余，既不入黔，亦不犯川，其意盖有所在也。骆中丞率楚勇一万赴蜀，长沙颇形空虚，贼探知实情，宁不垂涎于潇湘、云梦间耶？楚南诸帅只知议战于外，而不知防守于内，亦极可危。余去岁上涤帅书，谓楚南为将士之本，苟有不测，楚人心散，则南方事势真不可问矣。

初五日（5月14日）　午发宜章，晚泊三孔桥。

河道甚窄，小舟尤促，仅容数人，名曰单船。午后始开舟，行约五十里，有桥曰三孔，桥上亦仅数家，境甚荒凉，然日亦暮，遂泊。一路皆深溪狭谷，毫无山景可玩。陆路至平石仅三十余里，水道为九十里，而陆路无行者，以地僻多盗，故商旅视为畏途耳。

初六日（5月15日）　泊平石。

午刻已抵平石，复易舟曰泷船，较前舟稍宽尺余。盖此去石泷甚多，非此船不能行也。平石街衢尚稠，上下船至此均各易舟，故生理亦较繁盛。惟赌博甚众，沿街明设博馆，肆无忌惮，亦恶俗也。入粤风气大略如是。官不知禁，而反借以为利，数十年积弊至深，故大盗不能不起于其间矣。

初七日(5月16日)　泊乐昌县。

由平石至乐昌,水程一百八十里,中间九泷十八滩,极为险恶。滩之大者曰泷,惊波涌起数尺,下有巨石,舟偶失势,触石即碎,甚可畏也。目前水涨,不见石骨,舟尚易行,然其势亦已触目惊心矣。初至泷头,有寺曰泷神祠,甚灵应。舟人至此,必先祷祀而后行。途中山形颇奇,有石立山头,形类金鸡,山又有类天马者,皆逼肖,亦可怪也。晚抵乐昌,山忽开朗,两岸居民亦颇繁华,水乡风景又有一番明秀气矣。

初八日(5月17日)　仍泊乐昌。

是日复易大舟曰老龙船,与楚舟之钓钩、麻阳诸船大同小异。惟挂帆不用樯桅,而用双木为尖架,斯为异耳。连日皆雨,今午甚大,不能开舟。余乃冒雨登岸,至龟峰寺后,观其形势。南龙分支簇涌而来,至此忽闪平局,四山环抱,一水中流,市肆分列两岸,城建东岸市后。后龙虽有脉下,而顺水势逼,龙法甚促,无可取处。惟左一支来脉甚远,连开数帐,逆挽河水,顿起高峰,形如龟头,即龟峰寺所建处。穴不落龟头,而在龟背,龟头乃其下砂,逆收大水,极为有力。回龙顾祖田源,朝拱二十余里,两边侍卫及后靠诸山皆立体,亦奇局也。细审穴情,已有葬者,为邑邝姓。惜山顶筑垒开濠,大损龙脉,不能无憾。归舟备图其形,以待后考。

初九日(5月18日)　仍泊乐昌。

连日皆雨,今晨河水大涨,故未开舟。适船中有残书,载广州八景甚悉。兹既游粤,足备观览,因备录之。

《海珠夜月》注云:"珠江在广州城南五羊驲前。排涌出海,如掌上浮珠,受灵洲之水,合郁水之支流,自石门东南汇于白鹅潭,东趋虎头门。当珠江之中流,有石焉,广袤十余丈,贾胡持摩尼珠至此,珠飞入水,遂成珠江。上有慈度寺,汉大宝间始建,岁久倾圮。宋宝祐中,郡人李昂英捐资与鉴仪徒创江心海珠石上,侍郎王野书额。寺前有文溪祠,题其匾曰'蛋二',周以雉垣,内置炮兵防守,为会城要地。前有楼,眺四围水目,乃石壁生成,每月夜登此观望,如同白昼,乃仙城八景第一胜地也。"

《大通烟雨》注云:"大通港在城西南五里,为英护浦大通禅院,南越刘晟赐名宝光寺。达摩禅师住此化去,有肉身,祈祷辄应。政和六年,经略使觉氏题大通慈应禅院。明万历六年大旱,众僧迎诃林,祈雨随降。康熙六年,郡人萧子奇捐资建复,周围植树千株,寺废而复兴焉。南岸大河白鹅潭中有窍,大风起,鹅浮于水。南通高、雷、南、韶、罗、连各处,东、惠、潮、福建、虎门各洋,所谓大通港也。寺有龙霞井,朝出霞雾四面遮盖,海上风帆影落井中。两岸青山绿水,一派幽雅奇观,乃仙城八景之第二胜地也。"

《白云晚望》注云:"白云山在城北十五里,高三百余丈,盘踞百余里,上多白云,下有九龙泉、水帘洞,北有鹤舒台,郑安期生飞升处。东有飞霞洞、虎头岩。宋运使陶定于半山建龙果寺、千峰紫翠亭、天南第一峰,西为玉虹洞,南为聚龙岗、蒲涧寺、炼丹井、栖霞山,昔景泰禅师卓锡于此,名景泰云峰。真武山,唐建真武堂于岩外。白云寺上有月泉井,其水甜,饮之益寿。北有舍身崖。月溪寺在山左,苏太尉鼎建,后有冢墓,前有文昌庵、紫云台。夜望松阴,水帘飞瀑,实秀岭之源,乃仙城八景之第三景也。"

《蒲涧帘泉》注云:"蒲涧寺,城北十五里,在白云山麓,宋淳化元年建。前有九曲溪,后有舍身石。昔有广州善士郑安期生以七月廿四日于此上升,至今时人于是日前往祈祷,求之必应。宋绍章、万大夫游为鳌头会,明吾驷何学士书额。古蒲涧寺、濂泉寺在蒲涧左,崇祯五年山人苏秩鼎建,乃白云之源。东为九龙洞,南有聚仙峰、宝林洞、宝鸭池、观翠岩,飞涛百尺,水响崖峭,其下玉溪濂泉,水清甘冷。北有碧云峰,奇石迤逦,状若巨象,俗呼摩星岭。其间水石秀雅,乃仙城八景之第四胜地也。"

《景泰僧归》注云:"景泰寺与白云山连亘之源,番禺城北十五里,在泰霞洞。昔景泰禅师卓锡得泉于此,故名景泰。宋改为龙泉寺。

明嘉靖中,郡士黄佐改为景泰书院。四壁高峰,南有月池,北有摩星岭,西有紫金台,东有碧虚观,近枕蒲涧、滴水岩。孙蕡《游山记》有'云月移云影似僧归'之句。黄东崖有诗云:'低头翻自望,云送泰僧归。'鹿溪寺,山之薮也。峰峦累累,如万顷浮汇。东有栖霞,西有碧翠。观音洞、玉皇阁,郡士梁佩兰读书处。四顾群峰,环拱城郭,朱楼缥缈,树木丛翳,乃仙城八景之第五胜地也。"

《石门返照》注云:"石门山在城西北三十里,两山相峙,夹石如门,高四十余丈。前有控海楼,下有贪泉,晋吴隐之酌泉赋诗处。海中有沉香洲,隐之任满还乡,舟帆至此,适狂风大浪,舟欲覆水,自思为官清正,并未受赃,止受沉香坠一个,将香投入水中,遂为沉香洲。西华墟市,广大奇雅,万物皆备。上有西华寺,汉大宝元年建,宋嘉祐六年修,日久倾圮。明成化八年,御史韩雍重建。内有吴隐之祠,高山峭壁,水流深涧,凡日出时,返照两山,可谓万古清风,天然景色,乃仙城八景之第六胜地也。"

《金山古寺》注云:"金山寺,城西二十五里,在南海河中。宋绍兴间创建,明嘉靖三年修,环植树木千株。苏轼谪惠州,舟泊于此,日卧感梦法僧请食麻糍,醒觉,随登山门,问其僧,曰:'祖师得云大限告终之期,生平最喜麻糍,设此恭敬。'苏轼自显前身与梦之异,遂作诗云:'海峰石上金山寺,白发东坡又到来。前世得云今我是,依稀犹记妙高台。'前面奇峰翼亭,左右奇花石室,进佛堂、三宝殿、大悲阁、飞云潭、积翠楼、观音洞,松桧阴森,幽然而邃,梵宇浮图,高逼云汉,乃仙城八景之第七胜地也。"

《波罗浴日》注云:"南海神,城东三十五里,在波罗江上,曰波罗庙。自唐开元祀典始盛,封广利王。宋加玉冕九旒,南汉始建。梁大同元年,士人董昙重修。正德二年,发帑高刘,加赐南海广利洪圣王,每逢春秋致祭。庙前有波罗树二株,大数十围,乃波罗国贡使达奚司空以波罗子来种,种未讫,风帆忽举,遂遗司空立化庙左,泥傅肉身为神,祀之。凡海舶往来,必虔诚谒祝,方敢扬帆。庙前有御碑亭、望江楼，庙右有浴日亭。登望东南方，而日从大海出现，光彩夺目，乃仙城八景之第八胜地也。"

初十日(5月19日)　仍泊乐昌，补郴来道中诸诗。

今日天虽晴，而船户货物未集，故仍泊此以待。昼渐长而热，无可消遣，乃补《郴江道上杂诗》八首云："峭石摩天壁立，深溪匝地盘旋。有时岩峦空洞，幻出楼观飞仙。○一线羊肠路险，千盘鸟道云飞。忽闻丁丁樵响，山翠乱扑人衣。○逆水舟难飞渡，悬崖花自倒生，无端雷鸣鼍吼，知是石阻滩声。○山魈迎客拜舞，猩鼯呼群乱啼。树杪斜阳欲坠，峰头暮霭全低。○凿石屋类蜂房，穿山人争兔窟。不知世界春秋，但见烟云出没。○山县城小于村，古刹楼高似塔。欵乃一径渔歌，千峰万谷响答。○莫谓水流自东，还看篷忽转北。当头竹树蓊蔚，回首风云变色。○石面种播成畲，山腰人耕代犊。桃源自在人间，谁向此中卜筑。"

又补《耒江》二首云："怪石横江疑兽，孤洲浮水误鱼。忽看慈云大士，岩畔楼阁凭虚。○画郭环山抱水，渔舟宿苇穿花。斜阳三间老屋，破网高挂谁家。"

又《宜章》一首云："楚粤交冲地，征商辐辏时。山高城自小，水险路尤危。冒雨飞孤艇，依岩见短祠。侧闻烽燧警，还近汨湘湄。"

十一日(5月20日)　仍泊乐昌，自叙《湘帆再转集》。

阴晴无定，时复霢雨，维舟兀坐，殊闷人也。爰集楚江诸诗，类为一编，而自叙之云："余舟两泛潇湘矣，而归途仍阻，行橐复空。家有双棺，麦舟谁助？身无片舄，凫影难飞。茫茫世宙，岂竟无返棹时耶？又况回纥遗种，狼燧方新，苍洱余灾，关河非旧，则真无可为立锥地矣。计惟岭峤尚多故人，或可相依，借图归计，乃偕段君积堂暨邓君厚庄买舟入粤，凡楚江舟中所作诸诗，别为一卷，曰《湘帆再转集》。萍蓬靡定，云水何心，知我罪我，其亦有以鉴予苦衷也耶！"

十二日(5月21日)　仍泊乐昌。

余在舟中，日以吟咏自遣，同行诸君颇有讥诮，谓为无益而徒费苦心。余自思之,是诚无益而徒费苦心者,然舍此更无可为悦性怡情事也。盖文章自古多遭刻忌,非独局中易生菲薄,即局外亦多笑骂。余无文名,尚自招毁,况古之文人学士名震一时、文超千古者耶?因思自来粤江舟中,以能文遭谴而致远谪者,无过退之、子瞻二公,乃作诗以怀之。《韩文公》云:"岭峤烟霏客梦孤,如公也自困泥涂。云迷岳顶偏能现,海涌鳄鱼不待驱。道大易招天嫉忌,途穷难避鬼揶揄。文章纵古还憎命,漫把穷通话腐儒。"

十三日(5月22日)　仍泊乐昌。

昨日作诗怀昌黎,今更作怀东坡诗云:"饱啖香荔到南天,如此迁流剧可怜。海上鱼龙工说鬼,山中魍魉善逃禅。漫嗟党锢连君子,为有才名压谪仙。试向洪涛深处望,雷琼千古尚云烟。"

十四日(5月23日)　发乐昌,晚抵韶州府。

近日河水大涨,午后开舟,申初已抵韶府,水程计一百八十里,可谓速矣。舟中作《曲江怀古》诗云:"曲江江上暮烟青,绕郭花飞系客舱。凤舞不闻韶石响,牺尊犹著峡山灵。犹巡万里悲虞帝,风度千秋爱九龄。信是南来诗礼地,九成台上大苏铭。"曲江为张文献公故里,山水甚秀,无怪其钟毓贤豪也。

十五日(5月24日)　仍泊韶府,登皇国岭观览形势。

以同舟闽商纳税,暂留一日。余乃乘暇登山,观其后龙。三干齐会,两水夹流,府城建于中龙尽处,势虽平坦,而形太孤,尚非正结。其正穴乃在右干一支,踊跃腾起,天葩文星,圆厚分明,中含微图,亦极圆美。两水环拱,众山齐抱,真特局也。远望松楸郁郁,想有扦者。惜烟雨蒙蒙,不能远陟其巅,而又无识者可询,斯为怅耳。城东西浈、武二水,各设一关。东关纳豫章诸税,西关纳楚南诸税,盖入粤总要区也。九成台在北城楼,世传舜南巡至韶奏乐,因以得名。

十六日(5月25日)　午发韶州,晚泊沙口。

今午诸商税务始毕,乃开关放行。半日行一百七十里,至沙口,日已昏暮。自韶下山,势甚耸秀,江边有山特起,三峰屹立,曰弹子矶，与蜀江诸山形略相似。弹子矶之上，大龙来势甚远，廉贞火星，烈焰烧天。忽穿二水帐，亦高入云表。次层帐中仍出火穴，太极分明，余气怒发，复变石峰，侍立环卫。弹子矶乃其下砂，兼作捍门锁水也。大江曲曲来朝，弯抱后龙，特结无疑。余在舟中远望穴情，尚无扦者。盖此等大龙特结，非具绝大眼力不辨，亦天地将留以有待耳。

十七日（5月26日）　泊清远县。

由沙口晓发十余里，有观音岩悬临江岸，楼阁如画。旁一洞甚深，僧据为室。又八十余里，即英德县，在乱石山下，规模甚小。其下即浈阳峡。峡外有寺，曰峡山寺。相传中留先秦牺尊，制作极古，一权贵人携以出峡，甫至峡口，风涛大作，仍送寺中，风始息。再行，复见两山交锁，江水中贯，较前峡尤为险峻。峡中山甚奇峭，层层落下，有古丛林，亦曰峡山寺，宏丽幽敞，为南来第一胜境。寺后建亭，曰飞来夺。其旁有洞，曰归猿洞。唐韦恪娶袁氏为室。后至峡山寺，袁持一碧环献老僧。少顷，野猿数十，扪萝而跃。袁乃令韦作诗化猿去。僧方悟即沙门向所蓄者，玉环即系颈旧物也。余舟至此，瞻望景物，心有所感，成诗一律云："一江中贯万峰奇，何处飞来寺半欹。宝座鹏翻真佛座，碧环猿献老僧诗。到来福地人争羡，想像前身我正疑。莫道旃檀皆净果，涅槃谁悟再生时。"出峡，山忽开朗，一望数百里，风动云飞，精神顿爽。日暮抵清远县，泊其对岸，不复望见城郭矣。是日计程三百六十里，舟行之速可知已。

十八日（5月27日）　泊梓橦口。

自清远开舟，行一百一十里，有税关曰芦苞，又七十余里即三水县。盖粤西水出会北水处，故曰三水。后龙从高山脱卸而下，行平岗百余里，至此山水大媾，低案平拦，水口即西南镇。市肆颇繁，惜为大水所淹，高平屋檐居民尽徙山上。今岁雨甚多，故江水暴涨二三丈。晚抵梓橦口，离三水已六十余里。世乱水灾相逼而来，生灵涂炭，大可忧也。

十九日（5月28日）　泊佛山镇。

晓起，舟行廿余里，至黄鼎，离佛镇尚十余里。水尤大，舟子不敢行，先遣人至佛镇探明，然后移舟泊于镇首。至则民居尽为水淹，街衢巷同，非舟不行。拟探锦谷消息，而日暮市繁，无由询问。同行三人囊橐尽空，几有陈蔡之扼。回忆乙卯与锦谷出滇，势亦穷困，然犹未至如此之难也。盖尔时心雄，而今则气馁股耳。

二十日(5月29日)　仍泊佛山镇。

以未得锦谷确耗，故未便前行也。清晨，邓厚庄亲偕舟人，搴裳涉水，同入市肆，探问消息。幸遇医士吕君兰坡，与锦谷有旧，因知其尚在江门任，可以唤渡，直抵其署，心始稍安。天涯访友，甘苦难明，亦足见世路之艰，有非可以言语形容也。佛山虽乡镇，而市肆森繁，为天下四大镇之一，较之汉口更为繁华。两岸阛阓，皆有楼阁，争奇斗丽。河中画舫，亦金涂粉饰，仿佛画中游行。成诗一绝云："河房两岸尽楼居，仿佛秦淮旧酒庐。宝市珠尘联画舫，有人曳佩响琼裾。"

廿一日(5月30日)　晓发佛山镇，夜泊野岸。

破晓，买小艇载至江门渡口，复上大渡。船已未解，揽行十余里，即由右转入汉河。路甚湾环，风复不利，舟人乘夜兼行，至四鼓后始泊野岸边。一路山川开朗，极为明秀，惟草色皆浓青大绿，树影尽繁阴密翠，与江南差异。其人民富庶，气象蓬勃，与成都又略相仿，真域中有数区也。余自离乡已经十载，昨过三水县，见其河由吾乡来，不禁有怀家山。今补诗一绝云："十年不饮故乡水，此水还从宝月过。饮水愈增乡思切，滇山粤海怅如何。"粤西右江纳吾滇盘江及吾郡西洋江诸水，汇于浔州，经梧至此，大会入海。广州实总其枢，无怪其庶富甲于下也。

廿二日(5月31日)　抵江门，与锦谷相晤。

一路江水湾环，海汊甚多，风水上下，逆顺不一。远望圭峰山甚耸秀，诸峰环绕，聚于新会。傍晚始抵江门，阛阓森列，岸边悉为水淹，舟难入市，易舆而行。至署与锦谷相晤，共叙离怀，各添乡思，不胜怅恨，举酒都难下咽。成诗一律，兼赠锦谷云："不是乘桴到水隈，为寻仙吏上蓬莱。署后有山,亦名蓬莱。一身大隐兼朝市,五载雄心付酒杯。老去共怜霜鬓短,愁来独对海天开。那堪更堕乡关泪,潦倒人间济世才。"

廿三日(6月1日) 登蓬莱山,望崖门诸峰。

署后有山,亦名蓬莱,以其近于海也。晚饭后,因偕积堂、厚庄步至其上,观览形势。此特圭峰上砂耳,离县城尚十五里,远望崖门,近在咫尺,恨不得一登其地,吊宋末沉海忠魂。至今沧海复变桑田,土人往往掘得沉舟故物,以售于市。锦谷购获二磁盘,制甚朴雅,以供海石,亦可玩也。

廿四日(6月2日) 作《并蒂莲》诗。

去岁署中菊兰俱开并蒂,今盆莲亦吐双苞,亭亭欲放矣。余心别有所感,成诗一律云:"去年艳赋同心篇,今见双开海上莲。草木无知还并蒂,鸳鸯有梦讵求仙。乔家姊妹应相忆,虞帝英皇好共怜。不道南来蓬岛路,芙蓉犹自悟因缘。"

廿五日(6月3日) 锦谷设宴小酌。

锦谷邀邑士梁君菊裳、刘君瑞五入署共饮。梁善绘,与锦谷甚相得。座中谈及新会山水之胜,去邑百余里,有西樵山,与罗浮齐名,称东西二樵,为粤中奇观。余甚心慕,恨无缘可以共游也。锦谷因出其旧作《西樵山记》一篇相示,文云:"粤之有西樵,如天下之有五岳也。名山胜境,久欲一览。庚申秋杪,葭苍露白,江水澄清,买舟邀同人偕往。其日风和天朗,遥望西樵山,端厚平正,在四围文澜之中,并无峭岩层峦以骇人之瞻仰,与绝人以攀跻者。而其得盛名,称奇境,必有予人以可观者焉。及舟泊山麓,笠履徐行,由村墟南转,未里许,折小径而东。山平易近人,无孤高之势,而有旋转之情。余心念必绕过山背,或有谷口可入,庶深邃幽曲之中,乃有引人入胜之地。未半里,遇山僮蔡映池,令先回庵烹茶以待,并指告予曰:'前树内露门楼,即白云山也。'余甚疑心。耳之所闻,梦之所思,谓灵境当具千峰万壑、阴晴窈冥、离合变幻之异,何其浅近乃如是也。余又心念,或此树间有洞门,洞中有曲径,可以穿出于山之前后左右,以盘通于山之奥地奇区也。入未半里,欧阳小韩曰:'至矣。'余心有疑,惟见路旁山石大如屋,小如案,或孤立,或群聚,或矗而竖,或偃而卧,皆有斧劈乱柴,画中如皴法焉。余语梁菊裳云:'似此画本,十日玩之不厌也。'渐步至门楼下,左为白云书院,右为白云山寺,四五山僧住持其间。前途望见之树,至此转觉相离尚远也。前行有洞,遥闻泉水潺潺,洞边石径斜通柴门,有草庵,此楼为沽茶之所。倚栏观泉,两岸菜畦,杂以山花小草,都无俗态。由石路上坡,有石坊,额书'第一洞天'。右有岔径,巨石横卧如壁,刻'小桃源'。左有潭,为鉴湖山泉所聚汇处也。再上为吕祖殿。殿之左右,厅堂廊室,楼台亭阁,精工焕丽,真琅环福地也。殿之前有池,池之前门外有偃月坪,琪花瑶英、名兰嘉卉,皆有出尘之姿。殿之后有倚虹楼,楼前石桥,飞泉下注,流入曲沟,而达于方池。桥之后石磴略平,建以亭,侧联石级数丈,其上横屋三间,为停云阁。东有别径,数武外见巨石如柱,高数十丈,顶宽三丈余,悬撑削壁之前。上筑亭为逍遥台。登此远眺,则数百里外诸山罗列,如儿如孙;烟村错杂,如培如塿。旷野平畴,农桑之利,富甲五羊。积聚储蓄,有皆算数譬喻所不能及者矣。出殿之东,石径如蚓,石阶如蜓,石岩下有舟,井泉涌如串珠。傍有高士祠,树拗如虬,涧水分流,支石作矶,渐上渐高,两巨石对立,为白云洞门。门之下,石条支桥,过此循悬壁而升,有潭焉,无路可通,以板架栈。潭之西有屋,傍岩为枕流亭。潭之东有楼,面山为龛嵌阁。阁之背有悬岩,岩上石如两截,山僮云以索横亘,可过石缝,亦奇矣。岩傍有小洞,为仙室。岩肩有大洞,为狮子口。鸟道可升,蛇行可入,然至者少矣。阁之前,巨石中闻泉流如注,架以石板,登其巨石,为曲水流觞。坐于石磴,则飞翠沾衣,四面石崖如削,挂壁瀑布如练,自天而下,声如风涛,洗耳荡胸,虽十斛俗尘,涤之亦尽矣。偶举头,见崖腰有坳,中坐石人,问之,则白云先生,何高士也?所谓山水之间长住者便是主人,非先生耶?既见君子,云胡不喜?其日已暮,遂宿山中。次早天将明,出外仰望,则山顶乔松三株相对,直立斜挂,残月半钩,疏星一点,觉乾坤清气尽收于此,非画师所能描写者矣。出寺门小立,听山鸟无名,颇有自鸣得意之趣。于是偕小韩、菊裳过鉴湖,见湖中挺一石,谓此石顶可作小亭也。湖之东,古树螭屈,山环处有书室数间,右为客室,桐竹阴翳。后有小方池,池上悬俯一大石,活泉自石流下,石内如屋,刻字于额,曰若谷。其后有洞,可升上顶。山中之画意,以此为最佳。山僮云昨飞泉处是第二洞天,此则第三洞天也。立书室门外,见对山左有石如门,右亦有石如门,皆天造地设,不假鬼斧人工者。余所见大约如是。蔡映池云:'此中异境奇景,虽住十日半月,亦不能尽为领略。'余云:'且留有余不尽之意,以待再来可耳。'遂各出山,行至群石立卧之处。余回顾所历诸境,惟见麓树数十株,依然山势平浅而已。余昨日之疑始释,乃谓小韩、荇洲、乐樵云:'今而知名山之得名,非虚也。夫世之大贤人、大君子,其胸中包罗万有,蕴藏古今,与世相接,平易近人。人但见端厚平正,以为甚浅近也,而惟游其度内者,求之一日,有一日之得,求之百年,有百年之得。日异月新,取之不尽,用之不竭,如泰山大海之不可量。迨求之已得,回忆高深,依然是平易近人而已。然后叹世之高崖岸、峻门墙,故作艰深险异以惊世而震俗,而幽隐怪僻如丘壑溪阱,使人叵测生畏。及一旦谬称盘石,妄当砥柱,出其所有,以应苍生之求,虽穷谷荒山之不如,则其贻害于天下者,岂小也哉!然而天下高大含蓄,有远过于西樵名山,而湮没于草莱之间,或埋藏于荒陬之地,致令其磅礴郁积,不得称名胜于当世,而惟与牧竖樵童共悠忽于天地之间者,又岂少也哉!夫五岳者,山之王公大臣也;终南、匡庐、天台、峨嵋者,山之名流学士也。其有自昆仑发脉,大干盘旋,绵亘数千里外而不得名者,则山之隐逸也。白云先生闻此言也,其首肯乎?其山灵笑人乎?时兮时兮,云在山间。天风浪浪,吹不出山。此其所以为白云乎?'"

廿六日(6月4日)　拟访白沙祠,不果。

陈白沙先生为粤中第一流人物,高山仰止,景行有素。今抵名贤故里,能不瞻仰其祠?爰邀梁君菊裳同往。甫出市镇,大雨忽至,遂返,心殊怅然。先生之学,以自然为宗,不矫情,不邀誉,而自使人心折神往。至姜麟一见,称为活孟子,则其盛德感人也可知已。余心慕有年,兹欲诣祠恭谒遗像,乃为雨阻,几有门外之憾,岂亦有所使于其间欤?

廿七日(6月5日) 读《白沙集》。

欲谒白沙祠,既不果行,而今日又雨,仍难出署,乃向刘君瑞五处借获《白沙全集》读之。诗文多清远逸致,不堕理学魔障,此所以为高也。余阅其行状及《明史·白沙传》,与《县志》多有参差处,《县志》考订较确,故录之以备参稽。文云:"陈献章,字公甫,新会人,后徙白沙。高祖判卿,曾祖东源,祖永盛。父琮,早卒。卒之一月而献章生,时宣德三年十月二十一日。母林氏,年二十四,守节教育之。先是,有望气者言黄云紫水之间,当生异人。又有占象者言中星见浙、闽,分视古河洛百粤为邹鲁,符昔所言。及献章生,身长八尺,目光如星,左颊有七黑子。原文作右,误。尝戴方巾,逍遥林下,望之若神仙中人。自幼读书,一览辄记。尝梦拊石琴,其音泠泠然,有伟人笑曰:'八音惟石音难谐,今谐若是,子异日其得道乎?'因号石斋,晚号石翁。尝读《孟子有天民者》节,慨然曰:'大丈夫当如是也。'年十九,充邑庠。明年正统十二年丁卯乡试第九人。戊辰、辛未,两赴礼闱不第。年二十七,闻江右吴与弼讲学临川,遂从之游。既归,闭户读书,尽穷古今典籍,彻夜不寝。久之,乃叹曰:'夫学贵乎自得也。自得之,然后博以典籍之言,否则典籍与我相涉乎?'遂筑台曰春阳,日静坐其中,足不出阃者数年。久之,又以为苟欲静,则非静矣,于是随动静以施其功。暇日或与弟子讲射礼于野。时学士钱溥谪知顺德,雅重之,劝之出,遂复游太学。祭酒邢让试和杨时《此日不再得》诗,大惊曰:'龟山不如也。'扬言于朝,以为真儒复出。由是名震京师,一时名士如罗伦、章懋、庄昶、周瑛辈,皆乐从之游。贺钦时为给事中,抗疏解官,执弟子礼。献章既出太学,历事吏部文选司,日捧案牍,与群吏杂立厅下，不稍怠。郎中等官皆勉令休，曰：'分当然也。'侍郎尹旻遣子从学六七往，竟不纳。成化五年己丑，复下第。时京师有'会元未必如刘戬，及第何人似献章'之谣。寓居神乐观，士大夫来请益无虚日。有北士数人约曰必共往折之，及见，气沮不能发一言，退曰：'果异人，不可狎也。'南归，潜心大业，遂有终焉之志。四方学者日益众，往来东西藩部使以及藩王岛夷宣慰，无不致礼。白沙之庐，佥事陶鲁遗田若干顷，不受。十五年，进士丁积为新会令，闻献章名，曰：'吾得师矣。'甫下车，求执弟子礼。十七年，江右左布政使陈炜等修白鹿书院，以山长书币聘为十三郡士者师，报书谢不往。十八年壬寅，左布政使彭韶上疏，略曰：'国以贤为宝，臣才德不及献章万万，犹叨厚禄。顾于献章醇儒，乃未见收用，诚恐国家坐失为贤之宝。'疏闻，部书下有司以礼劝驾，献章以老母并久病辞。时巡抚右都御史朱英惧献章终不起也，具题荐，末云：'臣已趣某就道矣。'因告之曰：'先生万一迟迟其行，则予为诳君矣。'献章不得已，遂起。然不能别母，欲仿徐仲车故事，伯兄不可，曰：'吾弟为人子，吾独不为人子耶？'兄弟泣争，义感行路。母卒，从兄请。其别英于苍梧也，英约束参随官，俟献章至，掖之从甬道出入。献章力辞，英曰：'自古圣帝明王尊贤之礼，有膝行式车者，况区区乎？'至京师，朝廷敕吏部考试，会疾，不果赴。上乞终养疏。疏上，宪宗亲阅再三，明日，授翰林检讨。归至南安，知府张弼疑其拜官与弼不同，对曰：'吴先生以布衣为石亨所荐，故不受职，而求观秘书，冀在开悟主上耳。时宰不悟，先令受职，然后观书，殊戾先生意，遂决去。献章听选国子生，何敢伪辞钓虚誉？'自是屡荐，卒不起。初应召而起也，观者如堵，至拥马不得行。归日，五色庆云绕其第，经日始散。弘治十三年，给事中吴世忠以献章及尚书王恕、侍郎刘大夏、学士张元正、祭酒谢锋等同荐，命将及门，而献章没矣。是年二月十日，年七十三。献章事母甚谨，母非献章在侧，辄不食，食且不甘。母年九十，康强而壮。献章以古稀之年，常多病，虑不能送母终，故自母七十年后，每夕具衣冠焚香祷天曰：'愿某后母死。'事伯兄如父,坐必隅坐,善与人交。罗伦尝改官南畿,谓之曰:'子一代伟人也,忠不择地,幸免之。'及卒,为位而哭,为之服缌三月。知县丁积卒于官,为综理其后事甚周。创议建慈元殿、大忠祠于崖门,人服其卓见。晚年,按察使李士实以数百金为之买园于羊城,却不受。御史熊达欲建道德坊于白沙,以风多士,力止不可,乃创楼于江浒,为嘉宾盍簪所,榜曰嘉会。都御史邓廷瓒檄有司月致米,岁致人夫二名,却之以诗曰:'孤山鹤啄孤山月,不要诸司费俸钱。'其德气晬面盎背,无贵贱老幼,莫不起敬。门人贺钦肖其像悬于别室,出告反面,有大事必白。兰溪姜麟至以为活孟子云。居恒训学者曰:'去耳目支离之用,全虚圆不测之神。'又曰:'知广大高明不离乎日用,求之在我,优游餍饫,久之而后可入也。'又曰:'日用间随处体认天理。'又曰:'舞雩三三两两,正在勿忘勿助之间,便是鸢飞鱼跃。'又曰:'学以自然为宗,以忘己为大,以无欲为主。'盖其学初本周子主静,程子静坐之说以立其基,而造道日深,自得之效,则有合乎见大心泰之诣。及门之士,如辽东贺钦、嘉鱼李承箕、番禺张诩、增城湛若水、顺德李孔修、梁储、东莞林光,其较著者也。其教人,随其资品而造就之。至于浮屠羽士、商农仆贱来谒,悉倾意接之,故天下被其化者甚众。为文主理而辅之以气,不拘拘古人之绳尺,自有以大过人者。性喜吟咏,故其进退语默之机,无为自然之旨,悉发乎诗。书法本颜鲁公,时而纵笔,姿态横溢类坡仙。山居笔或不给,束茅代之。晚年专用,遂自成一家。其诗曰:'茅龙飞出右军窝。'指茅笔也。初,献章自京师还,与族弟同舟遇寇,尽劫舟人财。献章居舟尾,呼曰:'我行李在此,宁取我物耳。'寇曰:'女为谁?'答曰:'我陈某也。'寇群举乎以礼,曰:'我小人不知,惊动君子,幸无怪。舟中人皆先生友也,忍利其财乎?'悉还其舟。万历十三年诏从祀孔庙,三十八年谥文恭。子二:景云岁贡,景阳邑庠。孙男三:曰田、曰畹,皆庠生;曰牙。"又《行状》一节云:"先生殁之前数日,具朝服朝冠,令子弟扶掖焚香北面,五拜三叩首,曰:'吾辞吾君。'复作一诗云:'托仙终被谤,托佛乃多修。弄艇沧溟月,闻歌碧玉楼。'曰:'吾以此辞世。'殁之日,顶出白气贯天,勃勃如蒸,竟日乃息。前一夕五鼓,邻人闻车马骈阗,异之,急出,见一人若王者状,仪节甚都,出先生庐,而夫以为大官至。及旦询之,无有也。"先生一代醇儒,不慕荣禄,不事标榜,且并不假著述以恃讲学之名,而德气益然,自足感人,所至皆化,斯其所以为真道学欤!今之附会性理,分别门户者,盍亦取《白沙传》熟读而体验之耶?

廿八日(6月6日)　阅锦谷《信征随笔》。

锦谷近日颇信因果报应之说,故就其平生所见所闻,随笔录之,发为议论,似记非记,夹叙夹议,总以警醒愚聋,发人深省为主。于古人志异劝善诸书外,又别成一种。现已编为前集四卷,续集四卷,待刊。锦谷又喜与乩仙交,辑数年乩笔诸语,别为一编,曰《神交集》。盖吏隐海南,世罕知音,故与人接,不若神交之为愈,亦东坡喜人谈鬼意。所著《信征录》,皆乩笔批叙,亦一奇也。

廿九日(6月7日)　再阅《信征随笔》。

全书记载甚多,不能摘录。惟卷尾《臣道》载僧邸一疏,为军兴以来第一文字,因录于此。疏云:"臣僧格林沁奏为华夷通好,贻害无穷事。窃闻逆夷牛羊之性,犬豕之群,不识纲常,罔知伦理,是实无父无君之类,皆不臣不子之人。既已蚕食诸夷,又欲虎视中国,其志何厌哉,其衅有由矣。慨自我朝开国以来,放牛归马,脱剑止戈,虽有一二跳梁小丑,无不以一旅之师,扫而清之。先皇以为偃武修文,国家盛世,是以养兵不用,遣卒归农,而兴学校、教礼乐,雍雍乎二百余年,无不颂太平也,而不知武备即是乎失修矣。是以道光二十三年,逆夷陡生叛心,以乌合之众,竟敢长驱入境,至势如破竹,莫敢撄其锋。盖沿海将士,未尝训练于平日,安能调用于一时?无不弃甲抛戈,望风而逃,以致粤东、江苏等处,蹂躏掳掠一空。而尚有徐广缙之守粤东,陈成化之守江苏,林则徐烧之夷船无数、洋烟无数。逆夷本无能辈耳,见我军之势焰大,是以军心惶惧,束手无能。孰知琦善得夷之贿,撤去防兵,拆去炮台,以致陈成化殉节。琦善、耆英议和通商,自此逆夷得志中国。呜乎！大事去矣，臣之痛恨也。逆夷已入中原，随在海上盖造夷房，以逆夷无用之秽土，易中国养命之泉刀，是以逆夷日富，中国日蹙。由是观之，其志非止通商取利，直欲疲困中原也，包藏祸心，概可知矣。而逆夷尚知畏惧，十余年来无敢轻举妄动者，何则？以中原未尝无人，如林则徐等是也。而孰知红巾贼寇肆扰粤西，赛尚阿身为经略，隔水为营，以致养成贼势。中原之经略如此，则经略不足畏惧。各省督抚望风而靡，以致贼越三四省，直抵金陵。中原之督抚如此，则督抚不足畏惧。陆建瀛身为大藩，而畏缩不前，遂至引贼入境。中原之大藩如此，则大藩不足畏惧。亲王奕山，将黑龙江外五千里矫诏授敌。中原之亲王如此，则亲王不足畏惧。叶名琛身为爵相而轻敌，不谨防御，掳掠俘囚，尚且偷生无耻。中原之爵相如此，则爵相不足畏惧。桂良、花沙纳奉命议和，逆夷日在公馆门外呵嚷，甚至恶言秽骂，语侵皇上，桂良、花沙纳塞耳罔闻，吞声忍气。中原之宰相如此，则宰相不足畏惧。一举一动，彼皆冷眼视之，要皆无足惧者，遂妄意骄横，肆行无忌。惟所忌者，皇上与臣也。皇上复听谗言，以为连年兵戈交迫，人民流离，内兵未解，又拘外兵，不如姑准其和，以待扫平中原，培养士气，再彰征伐。此皆庸臣顾恋身家，眷念妻子，而不知以皇上为念。臣请言其利害。

夫欲准其和，必先准其欲。伊欲京师置一大员，一切机密，必计议而行，名曰计议而行，实则禀命而行也。势必皇上未知，逆夷先知，则内阁军机等处可以废矣。而彼则便宜举事，其害何穷！又欲各省通商。夫道光二十二年，迄今十余年，中国已形其蹙，则中国泉刀势必尽为贼有，是实以赍盗粮也，其害何穷！又欲各省多设会馆，安置人员，往来船只，不准盘查，实欲选能事者窥探各省地舆，孰肥孰瘠，孰处险阻，绘成图本，一旦举事，即以通商船中暗藏兵卒、火药、军器，按图取路，关口不能盘查，官府不能禁止。各省一时齐举，虽武侯复生，亦恐束手，其害何穷！又欲各省传天主教，灭绝伦理，废弃纲常。愚者即以耶稣之说蛊惑其心，智者即以中国之金银要结其心。不数年而耶稣之邪说流行,孔圣之正道不明,势必不成世界矣。一旦举事,愚者蛊惑已深,智者要结已深,中国之民反为贼用,非借兵而何?其害又何穷!至于兄弟相称,书札往来,则先失上国体统,种种逆款,无非欺蔑皇上,妄自尊大而已矣。而诸大臣等尸位素餐,视若无事,闻贼至则觳觫恐惧,抱本妄奏,求请和议,无非欲顾身家,眷念妻子,谁复以社稷生灵为重?可叹可恨!可笑可怜也!臣闻皇上宵旰忧心如煎,节饮食,撤礼乐,是皆怜悯苍生之至意,臣亦不胜感激。复闻皇上与内阁诸大臣商议,惟相视顾泣,问其谋,则以和对。臣知皇上圣聪,固有灼见,必不以和议为是,特忧中国生灵涂炭,构怨于外夷,而兵不足、粮不足矣。然岂相视顾泣可退耶?况桂良、花沙纳等,数月以来,迄无成见?大约逆夷愈骄,钦差愈懦;钦差愈懦,逆夷愈骄耳。依臣鄙见,不如先乘骄而击之。古之骄敌者必败,皇上粮不足,臣请以倾国之粮报效。至于胜败,兵家常事,胜不足喜,败不足忧。人心非不可奋勇,天命非不可挽回也,有堂堂上国,俯首和议于外国哉!宣宗成皇帝一时误听谗言,致祸贻皇上,先皇在天之灵,无日不悔恨,以望皇上大振国威,尽灭犬羊,以盖先皇之愆。而孰知皇上复听谗言,忍覆社稷,贻害子孙,有何面目见先帝耶?臣愿追回桂良、花沙纳等,诏各省督抚多设炮台,严行防堵。夫逆夷本无能辈耳,但误国庸臣,畏之如虎,以致骄横如是。苟邀天之幸而大败之,一败即知惧,知惧即受盟听命。一夷之惧,即诸夷之惧,一夷听命,即诸夷听命。而后绥之以德,抚之以恩,圣天子守在四夷,自能金汤永固,万世无虑矣。独不见宋高宗议和误国,南渡偏安;蜀武侯五月渡泸,南蛮不叛。至于金陵小丑,现有张国良等困之,疮癣之疾,无足忧也。伏乞圣断,容纳刍荛,臣不胜感激之至,泣血上奏。”

　　此前岁上海议和事也。今议和竟成,后之贻害,必如王虑。然去岁巴夏礼曾被执囚而复纵之者,何哉?锦谷云曾与谢人贵谋刺巴夏礼于督署,人贵已允诺,而无机会。使其计成,岂尚有犯阙事哉?余南渡京口时,亦拟建议添设水师提督以防海门,亦此意也。

星烈日记卷之七十五

鸿蒙室主人笔识

五月初一日（6月8日） 登碧玉楼，瞻白沙先生遗像。

离江门四里许即白沙村，又名田心里。山水环聚，堂局明爽。余与梁菊裳、邓厚庄偕往，先访奉祀生陈炎轩，乃共诣其支祠，出碧玉令观，苍润坚凝，真美质也。再邀至白沙祠，前有贞节坊，势颇崇焕。从旁门入正室，曰贞节堂，为吴康斋先生书，字法朴古，似汉魏人手笔。门额上四诗，乃李西涯题，白沙自书，笔势飞动，中自有端凝处。再进则碧玉楼，耸峙入云，题额字尤佳，而无款识，不知谁作也。登阶至楼上，白沙像在焉，然已失其真矣。登楼远眺，海上诸峰拱峙如屏，令人想见黄云紫水间，笃生异人时也。吾滇许君敦元题曰"人在蓬莱第一峰"，不其然欤？锦谷亦摘白沙"明开两眼望青天"句四字颜之曰"开眼望天"，可以想其景。概已览毕，复下楼，再至其支祠，展先生绘像，共瞻丰采。像有三，二大一小，大幅中绢纸各一，小幅则纸本，作方巾独立状，二童子烹茶于旁。大纸本作朝服端坐像，绢本亦乌帽蓝袍，势微侧坐像，亦各有不同，未审孰得其真。余视二纸本，圆面神和，作大欢喜像；绢本亦圆面，眼俊眉清，神采奕奕，端峻中有含蓄气，与二纸本精神迥异，画笔亦极清整，疑此乃先生真像。惟年久色黯，左颊上七黑子亦几不见，绢已破坏不堪，子孙不识真伪，罔知爱惜，亦可叹也。祠中又藏有《全集》镂板木刻四屏，亦若不胜珍重。惟碧玉则什袭而藏。乡人尝以朱砂涂印纸上，以避邪魔。世俗知重正人君子，而不知正人君子之所以为重，徒沾沾于迹相遗物上求之，岂不可笑而可怜哉！去祠西半里许，尚有楚云台，拟再游观，而黑云满天，大雨将至，因急归署。雨果如注，得免濡涂，亦云幸矣。

初二日（6月9日） 阅邸抄。

二月初三日上谕："前据谭廷襄奏告病，副将卢又熊私带勇丁滋扰,当经降旨,将该员革职,交谭廷襄提省严讯。兹据奏称卢又熊乘闲潜逃,荒谬已极。着谭廷襄严饬各属认真缉拿,并着崇实于该员原籍地方一体查拿,务获究办。署长安县事扶风县知县白楷并不小心防范,致令卢又熊在店脱逃,实属疏忽,着交部议处,仍勒限严缉,倘限满无获,即从严参处。钦此。"又熊本江湖卤莽辈,一旦为鹤人方伯所用,遂专擅自恣,桀骜不驯。虽其热衷血性,较之袁怀忠固自不同,而行多谬戾,不守营规,亦略相似,以致误投法网,又复藐视王章,自取死咎,可为一叹。又熊如此,怀忠又不知作何了局也。

初三日(6月10日)　登蓬莱山,游真武庙。

江门素多火灾,有善风水者谓宜建真武庙于山顶以厌之,后果无灾,亦应矣。午间,余偕厚庄登山谒庙,想风水之说既验,则神祇之灵当亦不爽。乃默祝祈签,以问归期。有曰"月满今宵离海边",曰"清光灼耀难星退",曰"春风和气暖,禄马进门庭"。合观诸语,似明岁春间方能抵家。然月满今宵之说,不知谓次月之令日乎? 抑中秋月满时乎? 皆难前知。余自前岁得闻亲讣,拟即匍匐奔丧,而囊罄涂修,不能遽返,乃复入营,冀有所助,往返数千里,终无成局。今更至此,乡思愈切,如焚如刺,刻不能安。盖绝裾出游,罪已难逭,闻讣不归,咎将焉辞? 倘再迟滞,关山愈隔,或一朝萎化,长葬他乡,则终无赎咎时矣。又况伯道无儿,宗祧犹虚,脱有不测,谁是承宗继嗣人耶? 反覆自思,肝肠顿裂,故不得已而问诸神签。语似吉,心乃稍宽,然究不知何日是还家时也。又问碧、月二女消息,有曰"螣蛇入梦主忧疑",又曰"将来革过方为吉",后会似有可期。惟此时之忧疑,则难自免。余生平知己固多,然未有如碧、月二女之深信不疑者。使其皆为男子,则负托有赖,抑又何愁? 惜其不为须眉而为巾帼也,岂不恨哉!

初四日(6月11日)　作《江门晚眺》诗。

江门虽乡镇,而百货并集,帆樯如织,颇称繁华。江边有白沙钓台,双蓬小艇,多泊于此,以载游客。蛋人唤渡声喧,不闲昼夜。闻春秋间潮平水碧,月明风淡时,两岸灯影,杂以歌声,与广州海珠寺旁相仿佛。而近日西流暴涨数尺,横溢岸上,淹满街衢,游人顿少。余每登山远眺,成诗一律云:"海峤云飞望易迷,帆樯如织雨如丝。江头密种绿葵树,屋角鲜垂紫荔枝。卖酒人来乡语异,倚楼客听粤讴迟。黄昏唤渡灯初上,可是潮声欲退时。"粤中美品,首推荔枝,自不必言。而江门葵扇,货行天下,又为百粤奇货,到处遍栽成林。树与棕榈相似,而实非棕榈。莳五年,始割下叶,八年乃割上叶,岁凡三割。割已,暴之兼旬,乃水濯之,火烘之,使皆玉莹冰柔,而随其叶之圆长,制而为扇,居民男女,赖以为生。旧原入贡,道光元年始奉旨免贡,而督抚大吏每岁尚采为方物焉。

初五日(6月12日) 独游楚云台。

江门亦有龙舟之戏,以水涨不能出观。余乃携仆登山,由村后徐行至山坳中,有观音寺,屋小而洁,甚著灵应,居民祈福不绝。余复再问归期及碧、月消息,亦与真武签意同,大略交春方可抵家。碧、月后会,颇费心力,正如海里觅针,原针虽在,而艰苦无穷。人间好事,必受折磨,但能晤面,余亦何惮其难而不为耶?祷毕出寺,拟至县城观其形势,而日炎途远,未能即到。乃登葫芦山顶,察黄氏新莹,结作颇佳。龙从圭峰后分脉,正支趋白沙村作阳宅,此其下砂逆水作结也。到头土星端正,开两手中抱一突。黄氏正葬突上登穴,诸山齐拱,江水正朝,较白沙一局尤为有力。后靠二层,亦极紧密。黄云紫水,异日当有奇验,正不知其人能消此福否耳。由葫芦山东回二三里,即楚云台,岧峄路旁,周围以墙。门联题云:"有月严光濑,无金郭隗台。"乃白沙旧题,后人重书者。白沙讲学,从者甚众,如辽东贺钦、嘉鱼李㮮箕、番禺张诩、增城谌若水、顺德李孔修、梁储、东莞林光,皆一时贤俊。李裹粮自嘉鱼数千里从学,凡二年。先生服食行缠,待如子弟,复筑台以居之,曰"楚云",盖欲来天下之士也如此。锦谷与客尝登台,静中忽闻木犀,岂翰墨余声犹未艾耶?午后归署,积堂出纸属书塔忠武祠额。锦谷摘《论坐帖》四字曰:"功绩既高。"余乃取茅笔书之。字大二尺五六寸,一挥即就,更不复书。茅笔即白沙遗制,草甚柔润而有刚劲气，惟白沙祠后有此种，他草不及也。

初六日(6月13日)　拟赴珠江游，不果。

先是，梁鞠裳欲邀往其祖茔一观形势，以水大不果。傍晚又欲买舟赴珠江游，而大雨竟日不止，江水尤涨，又不果。鞠裳乃送馔共饮，小叙半日余。又代挥屏联数纸，买春赏雨，左右修竹，亦乐趣也。菊裳谓广州孝廉方君冲亮，忘其号，才具文武，尝读书古寺中。一日，方与友人习射园圃墙头，忽见一女子露半面来窥。须臾，女子下墙，化为犬。方引箭射，恶犬回顾，以口衔箭去，不知何怪。其后方竟染颠疾，人咸以为狐仙之报。锦谷云："此君必有前孽，犬非狐，乃妖耳。不然，仙何至报人以疾耶？"

初七日(6月14日)　阅《信征二集》。

锦谷又出《信征二集》命观，此乃代王君宗逊述者。王君永州人，字子敏，尝亲赴阴曹几二十载。天堂地狱之设，确有所见，非虚词也。闻见既多，报应不爽，乃欲笔以警世。锦谷因为之述，而编次成集。其事甚怪，其理至常，无足异也。阴司之说，始疑释氏借以惩劝，而不谓王君乃亲至其地，且往来若故乡至廿年之久，岂阴曹故借此以征信于人欤？是书之传，吾知与释氏相为表里，其有功于神道设教之意也不浅，固不必以其异而疑为创说也。

初八日(6月15日)　代积堂书王镇军祠额。

镇军龙秘桥之战，保全荆沙，至今民感戴之，立祠肖像，以奉馨香。积堂隶其标下，久受厚恩，故拟悬额以报，而托余书。余念近日将帅能立功以显于后者，各有其时，亦各有其地，不必其人皆有掀天揭地之才，亦不必其心皆忧天悯人之念。而时会所至，功名自立，性命既轻，馨香必著，天若为之点运一局，以显其忠孝之名也者。如江岷桥之解围豫章，而其弟以扣饷致勇鼓躁，岷桥不能制，于是勇散兵单，身死合肥。鹤人方伯本怯弱书生，奉调从征，适值其父死武昌，母困固陵，皆赖大军力以成功，遂全忠孝名。张得胜一勇之夫，虽百人不能驾驭，而守固陵威名独著，至今身统万众，为淮南保障，北防倚以为重。多都统随征武汉,碌碌无闻,迨肃清江岸,进攻黄梅,以至收复宿松,力战潜、太,智取石牌,莫不声灵赫濯,到处争建生祠,楚疆门户,恃为长城。鲍超常随都统防守北岸,亦以勇称,近调南岸,兵威屡挫,非昔可比。王镇军所向迄无成功,唯龙秘、天门二战,实近今罕有,然皆七十四人之力,而镇军特赏其名焉。七十四人之中,以毕金科为冠,镇军不能重用其人,遂别投塔军门麾下,独能以功显于豫章,与塔齐名。惜其年少奋勇,死于景镇,殊为缺憾。凡若此类,不一而足,岂其才各有利钝欤?抑时会为之低昂耳?就中唯塔军门忠勇素著,智量亦超出侪辈,而性命不永,功名亦遂有限。近代人材大略如是,安能望其有平定天下时耶?

初九日(6月16日) 与王岱峰夜话。

岱峰,吾滇白盐井人。其尊翁以拔贡援例入宦粤东二十余年,晚遭贼乱,一贫如洗。翁殁后,家计尤艰,无所出,幸赖其庶母善绘,仰以自给。锦谷闻而怜之,因留于署,并分宅处其庶母,岱峰乃有立足处。先是,翁好放生,尝买大鼋纵诸海。及贼至,父子俱被掳,庶母号哭贼门外,门深数重,不能达。贼目暗中闻有大元帅者促放王某父子,异之,遂令放还,一家始得相聚。后闻贼释故,乃知大元帅者,即前所放之大鼋,特借此以报王恩耳。谁谓报应之说或爽哉?

初十日(6月17日) 拟作书寄戴宗孔。

宗孔与余同里,为总角交,相别已几三十年矣。犹忆二十年前,乡人即传其物故他乡,已无生理。昨晚与王岱峰闲谈,始知君尚在粤,尝游李伯山府幕,现偕往新兴署,不胜喜跃,如再世相逢。因拟买舟往访,一叙离情,故先作书以寄之。中有云:"四十年故乡知己,一旦相逢于天涯海角,非有再世因缘者,不能获此奇遇。岂天之促我南来,正为此一面缘耶?"又云:"暇当行棹访君,共叙乡情。恐此后相别,则真无可再会时矣。人生聚散,固属无常,而乱离多故,尤难预定,故不可视为寻常遇也。天涯遇故知,已属一大快事,而遇再世总角之故知,则尤快不可言,岂非奇缘奇遇哉!"

十一日（6月18日）　阅邸抄。

前在湖南，闻吾乡省垣已破，而不见明文。屡阅邸报，亦无云南事。今见二三月上谕，有令滇督抚选授云南府及腾越镇诸官，则是滇垣之未尝破也可知已。吾滇之事，一坏于大吏，再坏于绅衿。锦谷云："黄矩卿侍郎为钦差，总办团练事务，毫无布置，诸事悉委施应贵代为办理而已。日戴红顶，着皮靴，持雨盖，游行市肆，贪买古玩。"当此危急存亡之秋，而诸绅尚贪小利，作弊徇私，委靡不振。如此大事，乌得而不坏哉！省垣虽暂保无虞，其既终为贼并，甚非乐土可以久居也。

十二日（6月19日）　买舟赴新兴，拟访戴宗孔。

余既得宗孔确耗，不可不亲往访之。乃搭肇庆渡船，灯后始解缆。月明如昼，亦江行美景。自抵江门，无日不雨，昨午天始晴，今夜月尤皎洁。盖久阴晦，一旦晴霁，清光愈觉异常。亦如人生困厄日久，忽遇得意事，精神不觉顿爽也。

十三日（6月20日）　泊青岐。

自昨晚开舟，望西北行，水虽逆而风尚顺，至今夜三鼓后，始泊于青岐野岸边。约行二百余里，一路海天开朗，山光明爽，有山特起，曰西樵山，上住居民十八村。岸边有寺曰紫姑庙，不知何神。以其名甚雅，成小诗一绝云："桑田漠漠水潆潆，小艇横江傍短篱。多少渔人来晒网，夕阳红过紫姑祠。"又数十里，过波子滩，水势颇险，非风不能上舟。至此，风忽大利，乘势直上，毫无阻滞，舟人称快。余亦成诗一绝云："逆水舟逢逆水风，片帆直欲上天宫。滩声万马奔溜急，难阻中流破浪功。"亦聊借此以解颐云耳。

十四日（6月21日）　泊广利墟，补作《谒白沙遗像》诗。

是日风甚微，故所行不远。途过苏坑村，即张国良故里。国良虽贵显，而起自群盗，乡里多不齿。然使其能复金陵，扫除群寇，则出身虽暴，复何害哉？惜其骄玩，以致大败，贻害苏浙，功不偿罪，则其始终有害于国，无补于民也。审矣。乡人之不齿也宜哉！粤中天气寒暑不一，偶冒风寒，心殊不怿，乃静运内功，邪气尽除，半日始愈。舟中补作《谒白沙遗像》一章云：“闻道人所喜，讲学人易嗔。为其重防检，束缚名教身。所以东坡子，不喜明道君。蜀洛既成党，排诋互相争。厥后朱紫阳，议论尤纷纷。五百年后学，几难闻其津。矫矫白沙叟，风雅独情亲。非不重讲学，心含太古春。非不急行义，纯孝出天真。非不爱朋来，碧玉久聘征。道德日以盛，名誉日以尊。逍遥林下乐，舒卷在山心。楚云来弟子，绝学开海滨。心传贵实践，标榜除虚声。有时爱莲说，濂溪结旧盟。有时探皇极，尧夫实知音。岩岩真气象，孟子乃复生。使我望道怀，仰企徒殷殷。今何幸南来，先生接比邻。敢不登堂拜，一展高山情。其人虽已邈，其像犹斩新。一作燕居服，二朝服拖绅。燕居虽洒落，须眉非绝伦。朝冠较严峻，酝酿有精神。历年既久远，真赝亦难分。吁嗟后嗣弱，至宝罔识钦。徒思怀片玉，什袭侈家珍。岂知千载下，人重物为轻。只因道德显，乃并圭璧存。黄云紫水间，流风久未湮。不知间世才，可尚产芳村。或出为王佐，或处为天民。但有裨世道，自可砭人心。况当运会末，泯泯复棼棼。不有回澜手，胡能砥柱撑。徘徊嘉会楼，日夕海山青。”

十五日(6月22日)　泊肇庆府，作《鼎湖山》诗。

晓起开舟，遥睹高峰突兀，矗立千仞，雄峙海滨，曰鼎湖山。石头土脚，盘踞团结，大有结作。两旁大砂，各飞出百余里，中间江海，回互成局。道家以此为第十七福地，信不虚也。近今为释氏所据，为海南一大丛林。本拟登山，一览其胜，奈舟子不肯待渡，错此山缘，惜哉！再过即羚羊峡，两山夹峙，急滩中流，舟人颇以为险。山上有石，削如人立，相传为望夫石，亦甚似之。又山后烂柯山，为王质观棋处，以峰高水低，不能见也。过峡，山忽开朗，别成一局，府城在焉。城后小石山，形如七星，曰七星岩。岩畔有洞，境极幽邃，亦不能游，深以为恨。途中成《鼎湖山》诗一首云：“为水必为海，为山必为岳。五岳有专祀，海外立须卓。巍巍鼎湖峰，雄峙矜磅礴。掉头向南天，肯插中原脚。福地一十七，神仙有楼阁。胡来西竺僧，窃踞起兰若。遂使南瞻部,象教皆大觉。我舟适过此,仰首见鸢鸯。灵峰何郁崒,矗凌霄汉廓。云雾绕其巅,江海包其郭。巨浸走蛟鼍,高枝挂猿玃。林深不见寺,微闻钟磬落。片云忽阴晦,五月欲飞雹。山景信难测,万象随风作。小艇泛孤僧,飘飘似野鹤。来去本无心,何劳参住着。须臾境变迁,一径入幽壑。重峡奔溜急,万古谁疏凿。回首乱峰高,鸿蒙邈橐钥。"

十六日(6 月 23 日)　泊长江寺。

晨起另易新兴渡船,蓬矮人多,热汗薰蒸,心实难耐,疟疾顿发,尤不可支,只好蜷卧稠人之中,安心静养,愈时病始退。午后,舟由小河望西南行约七十余里,日遂暮,泊于长江寺前。时同舟有石扞李君号荔峰者,曾由湘军获保州刺史,亦欲赴新兴访伯山明府,与余同叙军中情形,莫不致叹于今之统军者实乏良材,为国家大可忧也。

十七日(6 月 24 日)　泊车江。

去长江寺六十里,水渐浅,舟渐难行,故至此日遂暮。舟中补作《烂柯山》诗云:"一局成千古,从旁好静观。斧柯虽已烂,胜负两无关。"又成《望夫石》诗云:"望断还家路,天风海上寒。可怜心一片,劫尽转犹难。"

十八日(6 月 25 日)　抵新兴县,与戴宗孔相晤。

行二十里,至洞口墟,水尤浅,复易小舟,约十里许,始抵新兴东城下。时疟疾再发,乃急登岸,觅旅店宿。须臾,宗孔知余至,亦来寓相晤。廿余年离情,一时难诉,略道所遭艰遇而已。因知其弟若妻亦俱物故,孑然一身,飘泊无定,与余又复同病,不甚感叹,唏嘘莫已。成诗一律云:"不道卅年友,重来聚海滨。相看疑再世,此会悟前因。君自悲亡弟,我还痛失亲。何时能返辔? 同见故乡春。"

十九日(6 月 26 日)　入县署,晤伯山明府。

今日疟虽稍退,而头晕眼花,颇难支撑。即欲返棹,宗孔复来相留,并挽入署,先晤幕中诸友,至晚伯山始由外归,各叙别后游踪。自成都一别,于今七载,君已两摄县篆,而余尚飘泊未有所归,可慨也夫!

二十日(**6 月 27 日**)　仍寓旅馆。

伯山及诸友屡邀入署,而余以返棹在即,不欲移动,故仍住此。晨起,步出店门,有长生原庙,中祀东山神及六祖大鉴禅师像,旁有小祠,奉罗夫人。视其碑文,略云:"夫人本农家处子,采桑东山寺前,与诸女伴戏云:'一蚕生二茧,舍身作夫人。'后果一蚕生二茧。是夕风雨大作,夫人失所之。母寻至寺前,夫人已喘息气绝,乃泥塑其尸,而奉为东山神夫人云。"事类小说,所载颇不经,而乡民相传已久,或有所据,岂神亦多情,不能绝阴阳念欤? 午后,宗孔仍邀入幕畅谈,竟夕不寐,至天晓始同床假寐,片刻即起。

廿一日(**6 月 28 日**)　偕诸友登文明楼,移榻入署。

是日伯山赴乡催征,殷殷挽余入署,乃移榻,与李荔对共处。更出南城,登文明楼,览其山势,堂局甚促,唯远山平开如旌,中间断处略有平台,朝对尚佳。余谓宗孔曰:"倘能于其平处建造文笔,则形宗所谓天门贵人也。其福荫当有贵征,惜无人见及此耳。"

廿二日(**6 月 29 日**)　代宗孔书屏联。

余书多规摹前人,无一定之格。宗孔曰:"何不独创一体,而乃沾沾惟前人是仿乎?"余曰:"谈何易也! 书法非集有众长,不能独成一格。余摹古未能,敢自创耶? 盖临池与吟咏异,吟咏可本性情以鸣天籁,故孺子樵夫,讴歌互答,有时兴之所到,虽文人学士,亦不能道其只字。临池则专致功力,以臻妙品,故名人巨儒,朝夕研摩,苟非工善至精,虽佳纸妙墨,亦不能涂抹数笔。此中所分,有形无形之异耳。诗文无形,故易运功,可以独造一境;书法有形,故难变化,不可妄开奇格也。"

廿三日(**6 月 30 日**)　阅《东坡事类》。

顺德梁君章冉辑。搜罗东坡事迹,分类编纂,共二十二卷,其用心可谓勤矣。东坡文章风节,饫人耳目,久而弥显,为有宋以后第一才人,近日学士大夫尤喜道之。余尝谓佛之有大士,仙之有纯阳,神之有武帝,文人之有太白、东坡,虽妇人孺子,皆能举其名而向往之。

其精神意气,实有以弥纶宇宙,而使之无间不入,故能然也。

廿四日(7月1日)　与戴墨卿夜话。

君言英夷之叛也,其始盖由欲僭征各国税课,海外诸国皆不能服。以言激之,谓其未入羊城,乌得遽征华税? 以故屡求入城,为徐广搔所折,不敢妄生异志者数年。迨叶名琛为粤督,复求入城,名琛虽不允,而不为备,又戒居民莫与斗,以故夷得乘间入城,执名琛出洋,遍示诸国,以扬虐威,祸遂至今而愈烈,名琛实有以启之也。闻名琛专信乩语,屡问屡答以无伤,致有此祸。呜乎! 为国而不凭理,专求神数,其可乎哉? 卒之神亦不应,身死名辱,尚不知悟,岂神故夺其魄,有以使之然欤?

廿五日(7月2日)　偕诸友观剧。

民间赛神必演戏。粤俗奢侈,每一会必费资数千百金而不之惜。其实所演诸剧,不知何代何国、何人何官,均不可考。大约总以斗争篡弑为强,事每出情理之外,观于剧而粤俗概可知已。

廿六日(7月3日)　与李荔畇夜话。

荔畇云:"英夷自犯顺以来,分据羊城各署,严防城守,居民出入,必加稽查,强干国务,妄听民词,无人敢与之抗。唯南海令朱君杜溪面折其非,几为所拘,而词愈烈,夷乃惮而礼之。其实朱君仅一恂恂书生耳。可见理直则气壮,气壮而夷服,独奈何诸疆吏不以理自壮哉!"

廿七日(7月4日)　闻贼犯高州。

贼犯高州已久,近闻告急甚迫,亦有谓贼前锋已至阳春者。阳春离此仅百余里,而新兴又为海边诸府要区,倘有疏虞,亦可虑也。伯山虽赴乡,恒以函来署禁止演剧,然成事不说,难以理禁,虽居民亦有格于势而不可行者。小事尚然,况大务哉!

廿八日(7月5日)　拟回江门,不果。

伯山催征未回,余不能久待,拟买舟即回,已束装矣。复为诸友所留,仍复暂止。日与墨卿畅叙乡情,多至夜分。君前岁在乳源,值贼围城,日夜佐伯山守陴,城得不破。贼退后,叙保贰尹,功名小就,可以归矣。余劝其早议还乡,而君以室家尽失,不欲即回。当今之世,并无桃源可以避乱,惟吏隐可以优游岁月,聊减雄心,余亦不能为之强也。

廿九日(7月6日) 彗星见。

见已数日,余今始睹。其长约三丈,起自北斗口,横经紫微垣门而过其左数尺,焰甚凶迫。天变示警,于此为切,可畏也。夫戊午秋,慧星尾亦指垣门,卒有逆夷犯阙之警,今则竟穿垣门,其为祸不愈烈哉!

三十日(7月7日) 作诗别戴墨卿。

余拟邀墨卿同归,而君以事羁,未能抽身即去。因与话别,并成诗一律云:"海国才相遇,天涯复远离。去家真似梦,聚首定何时。短棹人千里,孤斝酒一卮。今宵风雨黯,好共话归期。"

星烈日记卷之七十六

鸿蒙室主人笔识

六月初一日(7月8日) 别新兴诸友,返棹赴江门。

本拟俟伯山回署面别,奈归心甚切,不能久待,因急返掉,乃与诸友话别。伯山夫人遣子送行,并馈赆金。墨卿意尤依依,馈遗较厚。周君灿廷亦有所赠。李荔对以病尚留署中,见余先行,愈觉难堪。是晚灯后始开舟,行十数里即泊野岸。

初二日(7月9日) 泊新桥。

本日当可至肇,奈何南风甚大,打头难行,仅至新桥即泊。是知水虽顺而风逆尚不能行,况风水俱逆乎?盖风可胜水,水不能胜风,故行船虽凭水势,其实借风之力尤多也。途中有卖香荔者,核小而肉多,其味尤美,异于他种。粤中鲜荔有黑叶、挂绿诸种,而尤以香荔为最。因购食之,并成小诗一绝云:"海南仙荔不胜尝,黑叶鲜甜挂绿香。难怪东坡老居士,日啖三百懒还乡。"

初三日(7月10日) 夜渡。

辰末即抵肇庆,复易江门渡船。申初更解揽,乘夜兼行二百余里。天明抵天后庙,有小港入顺德界。远望圭峰山,已近在咫尺,离江门不过三四十里,可谓速矣。是夜风雨兼至,船行欹侧,反覆不定,坐卧难安,寝不成寐。闻海南每至六月,必起飓风,掀天揭浪,拔木覆屋,舟楫当此,无不倾覆。盖天地阴阳,干湿二气互相击搏而成此风,故上下回旋无定,当之者无不靡也。今夜虽未遇此,然恐其乘势而来,则危甚矣。

初四日(7月11日) 抵江门。

巳初始至署。邓厚庄、段积堂均已赴省。余拟偕梁菊裳赴新会一游,而风雨竟日不断,难于行步,故止。夜间与锦谷仰视,彗星已由斗口移至柄之第二星,光似较敛,不知何应。彗虽由垣门过,而尾指左垣外,不惊帝座,祸或稍轻,未可知也。

初五日(7月12日)　梁菊裳邀往覆墓。

菊裳令兄亦善堪舆,自葬其亲于江门东山之畔,已四年矣。兹来相邀入山覆验吉凶,因乘舆偕往。见其龙势自圭峰后数层分来,突起大帐,如龙凤旗,横开四五里,顶落一脉如芦鞭,甚灵秀,再起无焰火星,秀拔群峰。左脉抽出,复起禄存土,逶迤数折,乃欲起高金。中抽脉下,仍结金星顶,遂分三股,右支弯护有力,中支脉甚臃肿而破碎,即菊裳葬亲处。惟右脉甚灵秀,再起金星顶,仍抽二脉,中极圆润,右尤秀嫩,弯抱至于穴前,以作近案。登场诸山齐会,众水环抱,如排衙,当中小应星,端正美好。江外朝山,如仓如库,如旗如鼓,如狮如象,无不毕具。而外水口禽星罗列,尤为整密。此江门一大局也。五行顺生,当出贤俊之士,惜真穴尚无人知。菊裳所用之地,穴场虽美,而脉既破碎,则非吉壤无疑。余以初交,恐其不能深信,故亦未暇显言也。

初六日(7月13日)　锦谷赠画。

锦谷自画《海天双室图》相赠,题云:"云水空无际,海天相对时。羽毛非不满,四顾更谁知。"盖以自况,并寓相勖之意云尔。又自跋云:"友石善为方丈大字,余亦善写梅兰竹菊。此二者非独滇中杰出也,顾各广其量,虽极之纵横数万里,上下数百年,而不自限自止,则其道庶乎近矣。夫不限自止,虽超越古人不难也,况一时乎?君亦深尝此中甘苦,故用以相勖而兼自励也欤。"

初七日(7月14日)　晓发江门,夜泊广州。

余拟作珠江游久矣,今始能卖舟前往。昨晚即入舟宿,破晓解缆,至中夜始抵广州,泊于珠江岸边。时余已熟寝,不知其处矣。午间,唯见舟由西樵山之东南经过,再往东行,一路皆水村,围田悉被淹没,近始稍退。农人复种晚稻,有插秧者,倘能成获,亦可稍慰秋成之望云。

初八日(7月15日)　入广州城。

寓于华宁里之东成馆。广州城外，珠江环绕，其半正当南面，中起浮洲，古人建炮台其上，是为海珠炮台。近为英夷折毁，惟存古树数株而已。其南岸即外夷洋行，江中画舫妓船甚多，然皆浓丽华侈，无甚雅致。余由五仙门入，向东行，再入正南门，复向西转，过清风桥、小码站、黄黎巷诸衢，即至华宁里。寓定后，乃出市闲行，入南门正街，有高楼二洞，门曰拱北，即双门底楼。自楼以下，直至南城，皆为夷炮所毁，境甚荒芜，楼亦颓堕，至今未建。自楼北行，即藩署，俯视一面，势甚巍峨，为城中冲要处也。城门上下，皆有夷兵巡守，然亦无甚严密。盖夷少汉多，势难周顾，而独无驱而出之也，何哉？

初九日(7月16日)　出寓访友。阅《蜀游日记》。

初至完君苍湄处。昆明孝廉，以截选入粤，甫卸连州篆归。在滇时并未晤面，亦莫闻其名，今既来粤，以乡谊访之而已。次至阮君湛卿处。君仕虽异途，而性甚圆洽，且与墨卿至好，故不能不急欲一见焉。再至向君如山处。如山与余共受鹤人方伯荐举，亦同兵败远逃者，而君已一摄县篆，而余犹奔走四方，无立足地，可慨也夫！归寓后，湛卿即过访，并道番禺令五君某以讯囚过严，复为英目所拘，广州百姓同赴督辕，诉恳释放，而制军不能作主，民情汹汹，几有欲变之势。英夷自入广城，分据观音山及将军、藩、臬各署，以势凌压汉官。近值国家与之议和，其意尤不可测。夷强汉弱，为古今来一大变故，岂不可叹而可哭哉！

饭后偶游书坊，见有《蜀游日记》一卷，携归阅之，乃江右黄君成斋名勤业稿，题跋甚多，镌工亦极精致。其记蜀中诸峡，颇为详尽，然仅至重庆止，巴江以上未之及焉。篇幅甚长，不能备载，兹仅录其入峡一段，以备观览。文略云："廿一日。亭午至南津关。两岸石山，壁立千仞，回峦复嶂，层出不穷。远望前途，岩壑陡环，云烟迷滞，似无去路。行至水穷山尽之处，豁然又开一境，此险途之所由始也。廿二日。晴崖竦竦，倒挂枯松。北过平甚坝，至石牌岸，达天星桥，经黄柏洞，山高水狭，石危岸坼，有欲裂之势。舟游其下，不敢仰视。晚泊南沱。廿三日。凹峰衔日，凸岭截云。南过老黄陵庙，至红石滩。乱石填水，激水咽石，篙力难支。榜人负索登岸，蛇行而挽舟，此第一滩也。过獭东滩，破石千堆，其流奔激峻洁，鱼鳖所不能游。北至白水溪，过伍员庙，道黑崖，泛曲溪，南至通岭滩。江有尖石，或出或没，土人名为三炷香，比红石诸滩为尤险。客有善谋者，将过滩时，雇扁舟三，泛尖石侧，客舟遥望而避之，可保无虞。凡涉川者，不可惜此费也。予舟过滩毕，忽闻后来之舟仓皇绝叫，云有楚人腌肉，舟破，人货俱没。问彼舟何以腌肉名，乃知蜀肉贱，楚肉贵，楚肉人射利者，往蜀业屠，载肉而归。噫！彼舟之覆，殆伤天地好生之德欤？而吾人杀生之心所宜戒也。北至新滩，衡宇踞山，楼台近水，为宜昌分府署。滩有上、中、下三处，而上滩益险，舟自北岸过下滩，又转南岸过中滩，日西（昵）[匿]矣。榜人惧，未敢再行，泊于岩石之下。石激风涛，声闻十里，崖飞雪瀑，势落千寻。轻舟簸侧，几有不测之变。廿四日。玉漏初沉，金乌未跃，即过上滩。滩水迅急，舟不得上，举舟大声呼曰：‘上不能，下不可，力穷矣，奈何！’予时搴衣在岸，大加土人挽之，须臾过滩，彼此相顾，面色如纸矣。凡蜀舟未过滩时，舟中客由小艇登岸，越岭前行，俟舟过滩毕，再从平岸登舟。然惟上水则然，下水不能也。按：新滩即古新崩滩。《水经注》云：‘汉和帝永元十二年，两岸山崩。晋太元二年，又崩。崩时江水逆流百余里，涌起数十丈。’今滩上石或负如缶，或方如屋，若此者甚众，皆崩崖所陨，致怒湍流，当时名新崩滩，今去崩字，为新滩耳。北过湘溪峡，至昭君村。杜工部句云：‘群山万壑赴荆门，生长明妃尚有村。’亦天地英秀之气钟毓于此，非偶然也。村有昭君庙，乡人祀之，香火亦盛。夫昭君当入选时，使延寿不索金，而面像不过一宫人耳，安得垂名于今？始则易美为陋，继则献画于番，延寿百计奸谋，无非为彰昭君名也。彼世之沮抑人者，殆天使之玉人于成乎？而被其沮抑者，可了然于怀矣。又北至方滩，山远岸阔，水急石藏，此第五滩也。南望旧归州，周时夔子国也。北有屈原故宅，宅之东有女嬃庙，捣衣石犹存。北过新归州，随山筑城，背岭面江。予得句云：'人家环涧曲，城郭倚山尖。'言地僻也。江有巨石曰龟石，舟行纡曲，失势堪虞，涉川者苦之。汉阳李姓者，哀金雇石工百余人，欲举触舟之石尽去之，有愚公移山之意，善士也。又北过叶滩，碎石满江，折流冲岸，水涨而滩急，水涸而滩缓。谚云：'有新无叶，有叶无新。'盖新滩水涨，则水高于石，水有定性，舟之沂流差易；叶滩水涨，则水激于石，水无定性，舟之取道良难。此时水涸，新滩危险，而叶滩平矣。又北至蟒蛇寨，小石微横，狂流远激，此第八滩也。

廿五日。滩声雨声，喧豗满耳。过八斗滩，至牛口滩。《水经注》云：'江水东达黄牛山下有滩，曰黄牛滩。'南岸重岭叠起，最外为高崖，有石色如人牵牛之状，人黑牛黄，成就分明，然人迹所绝，莫能究焉。山岩既高，加以江湍纡回，虽途经信宿，犹望见之。故行者谣曰：'朝发黄牛，暮宿黄牛，三朝三暮，黄牛如故。'兹名牛口者，殆古今称名不同欤？南过巴东县，傍岭置邑，不筑城垣。江左有秋风亭，宋寇准莅巴东时故迹也。又有东、西瀼溪，人传为杜工部常居此，草堂基址犹存。由此达娘娘滩，过官渡口，入巫峡。《水经注》云：'巫峡，杜宇所凿以通江水者也。'山水纡曲，两岸高峰重嶂，非日中夜分，不见曦月。绝壁或十余丈，其石彩色，形容多所像类。昔李太白过此，朝白帝而暮江陵，计程千二百里，虽乘奔御风，不似此疾也，然当在夏水襄陵时耳。今则素流绿潭，回清倒影，绝巘多生怪柏，悬泉瀑布，飞漱其间，清莹峻茂，良多趣味。又有老猿长啸，属引凄异，空谷传响，相应不绝。故渔者歌曰：'巴东三峡巫峡长，猿鸣三声泪沾裳。'言峡中水险，过者恒以临惧相戒，而猿声多哀，益令人增切怛耳。南过楠木园，至传林碛，山多岩穴，野人穿穴而居，有上古余风。北过冷水碛，山危且陵，水洌而深，岭多桃树，红花怒放，芬芳数十余里。前人诗云'川原远近蒸红霞'，非亲历其境，不知其妙也。晚泊万流，方入四川之境。

廿六日。晓风微拂，舟行霞天锦浪中，花落如雨。午过培石、青石、跳石三滩，崖高千丈，中无草树，飞鸟所不能栖。廿七日。朝暾初红，南过白晓滩，至九石滩，绝岸壁立，亦数百丈，此第十七滩也。又南至巫山县,神女之庙在焉。郭景纯云丹山在丹阳,属巴。丹山西即巫山也,帝女居之。宋玉《高唐赋》云:'楚襄王游云梦之台,望高唐之观,上有云气。王问玉,玉曰:此朝云也。昔楚先王游高唐,怠而昼寝,梦见一妇人曰:妾巫山之女也,为高唐之客。闻君游高唐,愿荐枕席。王因幸之。去而辞曰:妾在巫山之阳,高丘之阻,旦为行云,暮为行雨,朝朝暮暮,阳台之下。视之如言,故为立庙,号曰朝云。'浦氏评曰:'《高唐赋》乃虚设之词,以云作引,以梦证之,在天惟云,在人惟梦,两俱无质也。意其从云梦二字悟来乎?'又宋吴简言《过巫山神女庙》诗云:'惆怅巫娥事不平,当时一梦是虚成。只因宋玉闲唇吻,流尽巴江洗不清。'是夜梦神女来谢,则神女亦欲洗此冤久矣。夫梦境幻妄,固已非真,宋玉赋词,亦主讽谏,而世竟以神女梦事艳称,开少年情窦,何哉?舟泊巫山下,山上有女如云。缘蜀俗清明,家家妇女上坟,金翠璀璨,纨绮鲜明,姗姗来迟,环佩有声。好事者载酒邀宾,登山聚饮,借扫墓之名,以观妇女为乐,曰上野坟,不啻举国之若狂也。廿八日。晨雾酿雨,晚山绚晴。北过龙保滩、下马滩,沸腾如风雨之骤至,湍激如金铁之皆鸣,此第十九滩也。廿九日。瘴气迷天,沙尘蔽日。北过三缆滩、舵渚滩、里拐滩、集溪滩,皆斜石横江,飞涛激岸。舟行冥冥漠漠之中,时虞触石,不胜战兢矣。三月朔日。天宇澄霁,入夔峡。峡中峰障陟悬曦月亏蔽,与巫峡相捋,而石色形容,未若巫峡之奇怪也。过瞿塘滩,急水回复,沿溯艰甚。滩上有神庙,尤为灵验。虽贵官经过,舟中不得鸣金伐鼓。客舟上水,恐触石有声,乃以布裹篙末。峡亦多猿,但不生北岸,或取放于北岸,即不闻声,殆亦同貉之渡河而不生欤。泛(艳)[滟]滪墩,古称为淫预石,又称为犹豫石,言舟子取途,不决水脉,故犹豫也。其石夏没冬出,高廿余丈,达鱼复浦,即称为鱼国者也。又东至白帝城,原称赤岬城,汉时公孙述所造,因山据势,周回数里,东高二百余丈,西北高千余丈,南达白帝山,山甚高大,不生树木,其石悉赤,后名白帝城者以此。是夕泊夔府城下。其地平坦,可十余里,江山回阔,入峡所无。有武侯所造《八阵图》,皆累细石为之,聚石八行,行间相去二丈,因曰八阵。今所存止二三处,余则磨灭殆尽矣。初二日。天无宿雾,树有新烟。泊夔关下,适有楚黄骚客移舟相见,出箑索书,赠诗求和,甚欢也。是日,偕予游永安宫,为武侯受先主遗命处,今为府学,门设常关,宫墙外望而已。继游十贤堂,堂上祀前贤常至蜀者,屈原、诸葛亮、严挺之、杜甫、陆贽、韦昭范、白居易、柳镇、寇准、唐介十人。堂外栽竹箟笒万个,扶疏可爱。壁书王十朋题句云:'六月修筠带雨移,丁宁护取岁寒枝。十贤清节高千古,不是此君谁与宜。'诗清隽,字亦古秀,令人玩味不尽。后游武侯庙、杜甫宅毕,日欲西匿,随步城外遥宝两岸诸山掩映夕阳间,环鬟皴立,飞烟冥垂,山下牧人驱犊,亦芒芒而归矣。初三日。天朗气清,予估货上税,税毕,匆匆出关,泊于上岸。初四日。微暄送暖,淡荡宜人。南过马湖、鸡翅二滩,滩水急而不恶。又南至老马滩,涛高势猛,石积湾多,舟缆几绝。幸舟轻舵转,急避下流。薄暮上滩,启视,衣物皆如瀚矣。初五日。欲雨未雨,云气沉沉。北过蛟尾滩,涛奔急箭,浪蹴空花。次过磁庄滩、石板滩,江石欹侧,各亦峻利。后过庙矶滩,滩有危石,与波相戾,舟趁淤濆荣滢而行,惆怅惊人。此第三十二滩也。初六日。晓光晦暖。过东阳滩,江有破石,亦谓之破石滩,水势滩声,如千弩齐发,万马皆鸣。予舟又不能支,急加缆,增人挽之,乃济。北过云阳县,南过二节滩,中流激石,波浪回旋。次过犬藏滩、小藏滩,岸石玲珑透辟,石吞急浪,吐纳成声。北至曲擂滩,绝壁危悬,上摩天汉,冲波逆折,下割云根,挽缆之人,无踏步处。昔有好善者,置铁索于石罅,榜人揽之,跪而行。此第三十七滩也。初七日。一轮晓日,色若胭脂。谚有云:'日出胭脂红,无风也有雨。'于是舟概不发。予初嗤其言之诞也,后果雨,始知其占不爽云。南过小石滩及长石滩,激浪掀舞,舟行驶甚。北过红沙滩,一片平洲,横铺巨石,水道纡曲,舟非挽数百丈缆不济。又北过蛾眉滩,水落石出,碛形如眉。晚泊万县城下,灯火万家,廛市数里,乃夔属冲繁邑也。初八日。水涵霁色,山霭晴岚。北过鸣金滩,水激声宏。南过息风滩,水深石陡。又北过窄小滩,江有碎砾,间露巉岩,舟乘虚而过,不甚惊人。又南过小涪滩、大涪滩,千堆峭石,激为汹涛,舟行不利。汉阳李氏亦修理焉。岸下立石柱,可以系舟;岸上开坦途,可以利步,涉川者甚赖之。晚过磨刀滩,乃其小者。此第四十七滩也。初九日。波摇嫩绿,日晕轻黄。过武陵墟,至石宝寨,红石削立,以千仞计,乔木寿藤,青翠相临,时有丹霞白云游曳其上。绝顶有庙,无路可入。傍石建塔数十层,游人借塔登之,入蜀以来所仅见也。北过烟丘滩,两岸云树掩映,滩波净绿。渡倒流滩,江心石耸,湍水逆流,泛苟怕滩,或传为苟延先没处,故名。又北过折尾滩,岸石折立,惊波喷于石间,此第五十一滩也。初十日。晓霞攒日,晃耀晴川。南过九渡滩,至独柱滩,桀石嵚崟,舟行危甚。昔闻涉川者歌云:'滩头白勃相持,倏忽沦没别无期。'今行险至此,始信为人子不临深之戒所宜凛也。北至忠州,欲访陆宣公故宅,不果。十一日。岸花经雨,逐水狂流。北过白麻滩、三条滩,南过琼边滩、野猫滩,石若弹棋,满江历落,水如吼雪,四面潺湲。晚泊羊渚溪,适于溪边市得鲜鱼,王君喜曰:'此可以佐夜饮矣。'于是引满酬酢,浮爵无筭,两人皆酣而就枕焉。十二日。大雾漫天,土人呼为罩子,讳言耳。南过虎须滩,怒流混混,大声震人。次过鲤鱼、林角二滩,渡涌跃之波心,形如沸鼎;避峻嶒之石骨,势若转环。午过铁门滩,则横石塞江。晚过巴岭滩,则峻岭在岸。此六十二滩也。十三日。舟带雨行,北过酆都县。人传此地可通冥府,城外殿宇满山,为冥府十王、天下城隍之庙。按《道经》云:'酆都为阴气之主,九地之枢机。'近吴毂人先生《泰山记》云:'岱宗坊东有酆都庙,神为酆都大帝,即东岳尊称也。'然则酆都为东岳,与西蜀相距甚远,此地名酆都,必有所据。舟中无书可考,因志之,以待博古者辨焉。南过蚕背滩,至送客滩;北过佛面滩,至鲫鱼滩。大抵乱石高矗,咽水有声,此第六十六滩也。十四日。山绿水绿,摇漾日光。鼓枻过观音滩、土脑滩,水石相激,涡回数丈。溯洄而北,岸有梵宇者,为三官滩。逆流而南,江有黑石者,为群猪滩。过陟崖,至涪州。州沿对岸有观澜阁,枕山面江,结构宏敞,为育才之地。涪州人文辈出,殆当道者培植之力软。东城为公滩河,系通贵州之道,亦险滩也。北至里渡,河神萧公得道于此,吾乡商人立庙祀之,即为西江嘉会之所。十五日。沿岸渔家晒网,腥风扑鼻,予伏枕而卧者久之。所过火风、磨盘二滩,未睹其形,于残梦中闻同事相语云:'二滩殊平稳,宜黄君之适意华胥也。'南过蔺市,北泛韩公陀,石壁镌老人像,神形古朴,不知为何许人也。渡腊月濠,巨石填江,水道窄甚。又北过张家滩、王家滩,危石对峙,夹锁众流,滩水奔放,如倾瓶之势。后至焦滩,岸石渐平,微有逆浪,径抵平岸,遂泊焉。白日西斜,余霞散绮,啾啾栖鸟,成队归林。回忆向在峡中,不见日月,今行平远之处,扣舷吟望,心目朗然。未几而蓬掩黄昏,舵楼烟幕矣。十六日。迎旭放舟至长寿县。所过和尚、鹤石、洋望、金鸡四滩,滩水漂疾,悉趁风力迅速而行。望近岸低,山势欲动摇,令人身若凌虚,惝恍不定。十七日。清风渐暖。北过马岭滩,至葫芦滩,大石沉江,回流激浪。南过饿鬼滩,至野骡滩,危石在岸,急水平流。又南过弹石滩,亦其小者,此第八十四滩也。自红石滩至此,大滩二十一,小滩六十三,悍利诡恶,骇人心目,清夜思之,犹有余悸。予所经之险若此,而未经者又不知若何悍利,若何诡恶,此蜀道所以难于上青天也。"按:所纪诸滩名,与余所闻多异,盖土人传说各有错讹处也。且余初由蜀下时,八九月江水正涨,诸滩悉平,无可稽察,且顺流下滩,一日数百里,乌能细考其名,而为之摹绘其形与势?故摘录此记,亦将补余游之所未备云。

初十日(7 月 17 日) 游白云山。

广州名胜,以白云山为最,因雇肩舆,乘晓晴出小北门,循径入山。一路村落虽僻陋,亦有茶亭,可以坐憩。约十数里,至山麓,仰望白云山,高数百丈,横列五六里,排青耸翠,颇有俯视海滨之概。登山数里,有半山亭,为游人止息之地。迎门一联云:"应邀李泌留诗去,不许徐陵带热来。"山景渐幽,红尘渐少矣。行不数武,有别径入谷底,为能仁古寺小径。寺藏山凹,路绕山巅,下视梵宇,历历可数。再数里,见山顶茂林深蔚,隐约有鸱吻露于树尖,即白云寺。舆夫曰:"且勿登山,先由右路寻去。"层级而下,石坊耸峙,额书"天南第一峰"。旁有亭曰合见亭。再进则云岩寺,为郑安期生飞升处。寺僧邀憩小楼,俯瞰深岩,下临无地,栏前众鸟飞鸣树杪,皆在楼窗之下。茶毕出寺,望白云径入,飞流泻石,古木蔽空,石桥横跨山腰,为立数刻,尘襟顿释。缘磴穿林,螺旋而上,始至寺。入门,当中有亭,亭后有泉,曰九龙泉,甚清冽。从旁登台,乃为正殿,亦颇崇宏。余由后登峰,望海外诸山,环列如屏,中间平田海汊,交错成纹,仿佛维扬,而局势较为宽大,惟海外山不及江南诸峰为可观耳。余按其脉由北来,层层开帐,至白云山起大顶,帐角尤开展,中抽出脉,变梧桐枝。一枝转西去,当有美穴,惜不能步而寻之也。其次枝乃入省垣,起观音山,左右皆矮墩埠无数,环卫远山皆百余里,遥为拱侍。珠江绕城下,由东去分数汊至虎门,复会为一,并入大洋,水口极为紧密,堂局正大,气魄雄伟,真海国一大局也。惜其朝山不甚特拱,宾主虽分,意无专注,差有可议。阅毕下山,由别径绕过寺前,遂不复入寺,遣仆招舆而回。甫入城,大雨如注,乃止城下,俟雨住始归寓,时仅未初耳。

　　十一日(7 月 18 日)　访门人褚继良。

　　继良亦流寓广州,为段小壶观察记室,住西关外。余闻而过访之,因与同入城,共诉离怀。小壶为宿松镜壶廉访哲嗣,年少有气魄,故大吏令其带勇防堵粤省北路,现已招抚各匪,以次略平矣。闻其负气多傲,曾为英目所拘,而诸夷亦无如之何。夷近又拘番禺令,尚未释放,且出示晓谕百姓,使无干预,免生事端。其意盖欲挫服汉官,以示其威,且借以结匪徒阴市小惠,意颇不测。制军以下各署,俱有夷兵防守,名为逃查,其实拘禁之也。闻京师亦已开设洋行,其意亦非徒为贸易已耳。

　　十二日(7 月 19 日)　完苍湄招饮。午访欧阳小韩。

　　辰间,苍湄招同诸乡友叙饮。吾滇出游者甚少,不独仕宦寥寥,即商贾亦不多见,盖道远路艰,人惮跋涉故耳。且滇民耕织为业,每岁所获,足以自给,故亦无甚远志也。饮毕,余寻至映相馆,有英人萨姓者,善映小照,宛然毕肖,因令其代映一镜。先令余据几正坐,后出一木盒,中嵌圆镜,正对余面,以布覆盒上,乃用药镜暗插盒中,视其端正,阴启其盖,令余凝神端坐勿动。须臾,抽出药镜入内室,半刻始出以示,则镜中须眉宛然,余像端坐其中矣。此真巧夺天工,令人莫识其故。一镜未甚明显,复映一镜,则愈显然。盖此技专恃药工,以镜光摄人形貌,毕映药上而成形,故药力有厚薄,而人形即因之有显晦耳。午后出南城,至大新街日新书室,访欧阳小韩孝廉,即新会之江门人。余尝闻锦谷言,新邑近惟小韩品学兼优,故访之。一见果为端士。畅叙半日,且留同小酌而归。坐中谈及当今人物,小韩曰:"如某巨公者,道学、勋业、文章,可谓当今一人。"余曰:"是则然矣,然三者皆不免一欺字。余初闻其名,不胜欣慕,愿为执鞭。及入其室,以观宫墙所有,莫非欺世盗名之事,故急出其门而远去之。"小韩瞿然曰:"以君所言,是当今直无一人已。"余曰:"人材非无,但恐伏而不出,余故未之见耳。"

　　十三日(7月20日)　雨中游海幢寺。

　　寺在珠江南岸,久欲一游而未之暇。今日出门,甚晴爽,乃行。抵大新街,大雨忽来,强至豫章会馆,雨尤大,乃入寺避雨,憩于小瀛洲处,有池有桥,有花有石,地颇清幽。楹联云:"石古苔侵卧阁佛,树深云送出山钟。"无心憩止,乃有此片刻清趣。雨稍停,始买小艇,过江登岸,即寺门。佛殿三层,俱极宏敞,两旁僧舍密如蜂房,而无可游息之地。唯殿东一树,护以木栏,曰鹰爪兰,为寺古迹,不许攀折。奚僮云:"树旧有蛇盘其上,众号青龙,近亦不知何去矣。"游毕出寺,天乃晴。仍驾小艇过海珠旧址,至五仙门,复绕道进归德门,始回寓。

　　十四日(7月21日)　阮湛卿招饮。阅《二曲集》。

　　席设品香斋酒肆,明流绮阁,地颇华丽,在座皆粤省候补人员,其言无非酬酢虚文而已。午后,余复至欧阳小韩处,快谈半日,小酌而归。小韩留心著述,攻苦四子书,亦有发明处。余因言解四子书者众矣，未若李中孚先生《四书反身录》为亲切有味。盖读书务从身心上体验过来，方为有益。况四子书尤为圣学权舆，倘徒事章句，视为干禄之具，则虽讲解精细，而失之愈远。小韩因出《二曲集录要》共观。先生得力，大约本姚江之致良知，而济以紫阳主敬穷理之学。故其教人，必先使之静坐，而又谆谆以悔过自新为勖。集中《学髓》一图，不能无弊，诚如朱字绿所驳。而《观感录》所载诸君，皆以杂流而讲道学，如王心斋名艮起自盐丁，朱光信名恕起自樵夫，李明祥珠起自吏胥，韩乐吾贞起自窑匠，林公敏讷起于商贾，夏云峰廷美起于农夫，陈剩夫真晟起于卖油佣，周小泉薰出自戍卒，朱子节蕴奇兴于网巾匠，卒能振兴名教，崇祀乡贤，为世典型，可谓豪杰士矣。然亦见良知之学兴，人人皆易遵行，故其成就者众也。二曲学术本以致良知为主，故其所载如此。立意之微，自有所在耳。

十五日(7月22日)　欧阳小韩过访。

小韩天性纯笃，见余诗稿中《游子恨》《作家书》诸诗，不胜怆然，几于泪下。因出纸，属书《游子恨》及《谒白沙遗像》二作，则其好尚亦可见矣。

十六日(7月23日)　雨中游光孝寺。

竟日大雨。晓起代小韩作书毕，独坐无聊，因冒雨出门，至光孝寺，殿宇宏敞，禅房幽静，为羊城五大寺之一。旁殿有楼，曰卧佛楼，供释迦卧像，亦行住坐卧，无非圆相之意。而世人以其异于常像，遂独奉为灵异，祈福烧香，络绎不绝，亦何好怪之甚也耶！

十七日(7月24日)　拟回江门，不果。

已走辞诸友，苍湄、如山、继良、湛卿均有贶遗。拟即开舟，奈连日大雨不止，故又稍停，仍代诸友书屏联，以遣闷怀。湛卿近日过从甚殷，纵谈滇事，尚不寂寞。

十八日(7月25日)　偕湛卿访陈篷舫，不晤。作《珠江冶游词》。

篷舫为陈棠溪先生独子，又尝受业于张南山。余欲借观《南山集》，因偕湛卿往访。适值他出，故不遇。乃更与湛卿略观诸妓馆，以觇粤俗。所谓珠娘、珠儿,大半皆赤跣双跗,大煞风景,不堪回忆,因成小诗十绝云:"海上莲多并蒂开,荷残花影见楼台。珠儿也学观音样,赤足双双水面来。○奈何声送粤江讴,紫洞横楼皆画舫名日夜深。唱到潮回风定后,月明花埭在珠江上不胜愁。○懒学姑苏时样妆,横拖燕尾赛鸾凰。隔岸来个琵琶仔,音宰,唱曲珠儿名。红线青丝辫更长。○颊晕槟榔醉欲痴,魂销举举与师师。相携齐上高楼馆酒肆名,莫道同埋粤语总不知。珠娘能汉语者甚少,故对客谈多以不知为辞。○弓鞋倏现凤头新,翻惹同行姊妹嗔。好是脚环轻响处,红裙低露一分春。无论大小足俱带银环,若手镯。然小足者每对大足处,反有忸怩状。○连宵丝管聚狂奴,盲妹家家喝鹧鸪。多少风流闲荡子,樗蒲掷罢酒频呼。赌风最盛,填街盈巷。○客来还共吸鸦烟此物当先,胜结三生石上缘。不怕蓬瀛天样远,管教鸳枕话情牵。○大洋邦更小洋邦江面妓馆名,水榭风来四面香。可似秦淮文赛武,小姑新点状元郎。○游遍珠江尽碧汀,衣裳一色爱元青服色尚黑。鲛绡红透鸡头乳,却似浮云蔽晓星。○传说珠娘又上坡从良谓之上坡,珠江回首怅如何。商人纵不轻离别,那抵江州血泪多。"

十九日(7 月 26 日)　偕阮(赞)[湛]卿游花埭。

在珠江西南岸上,有萃林、琪林、绮香、纫香诸园。花贾日以课花为业,亦有清趣。然亭台甚少,且多颓败,不堪游览。余与湛卿略瞻大概,即返棹回城。路过大通港,为珠江八景之一,亦未能登岸一游。是午,陈篴舫及褚继良过访,均不晤,以出游尚未归也。

二十日(7 月 27 日)　独游长寿、华林二寺。

粤东五大寺,余已游其三,规模虽大,而无甚曲折。今午再出西城,先至长寿寺,殿宇亦略相仿。最后乃游华林,登五百罗汉堂。寺额乃敦甫先生书,笔力醇古。入门,众罗汉列坐满室。中间小宝塔,四面皆佛相,金光射目,恍入天竺,与古先生共叙一堂也。着中堂英悬一联云:"一梦记前因,恰逢五百应真,似曾相识;诸天开寿域,但愿三千法界,作如是观。"盖尝梦扈跸游古寺,有五百僧众迎驾,次日即值人请题罗汉堂楹联，故语如此。灯后偕湛卿过篷舫小叙，得观《南山诗集》，才气议论俱极开张，宜其名高海南也。篷舫修禊有句云："三月亭台新雨后，六朝襄屐古风流。"吐属隽雅，南山先生甚称赏，为识于楹帖旁款云。

廿一日(7月28日) 游五仙观。

已拟今日返棹江门，陈篷舫劝留一日，湛卿乃偕诸君入市小酌，并游五仙观。羊城初辟年，有五仙人骑羊，各手执嘉禾至其地，故名五羊城。今寺旁有石凹如指痕，相传以为仙拇遗迹云。又至嘉荫乐园小憩半日。时微雨新过，花木葱蒨，余偃卧其碧纱厨内，颇饶清趣。日将西，始各归寓。灯后复偕湛卿、篷舫访翠寻芳，虽无佳者，亦聊以供一时赏玩云耳。

廿二日(7月29日) 晓发广州城。

破晓即出五仙门，买小艇荡至江门渡船。一路江面，横楼紫洞，排列如画，兼以夷船市楼，金碧交辉，繁华世界，可斯略见。正午开舟，南风甚紧。须臾，行廿余里，过金山寺下。两岸若门，江中突起一山，寺即建其上，颇有画意，即东坡梦为得云后身处。惜匆促间未能登览，殊以为恨。傍晚，舟将至西南镇，而风忽息，逆流水蹙，竟不能上，遂泊野岸边。

廿三日(7月30日) 抵江门。

黎明解缆，巳末始过。西南大水，淹过民屋，较夏初尤盛。诸妓舫排列岸边，互相嬉戏，若不知身世之有困苦事者。再十余里，至三水县。又十余里，至西江分流处，始乘顺流直趋江门二百余里，灯后即至。以水深路黑，未便登岸，故仍暂宿舟中。

廿四日(7月31日) 入江门署。题锦谷《弦外余音集》。

天明始入署。锦谷尚未起，陈君焕庭亦由省来，相与快谈时务。据云京师西路飞虎厅，城古而坚，其四门东曰顺治，西曰永昌，南曰永乐，北曰太极，尝为土壅久矣。父老相传，明初永乐迁燕，而南门自开；明末闯贼犯关，而西自开；我朝入关，而东门亦自开，故四门之名如此。今太极门土自崩塌，又将开矣，不知何应，事亦奇也。午间，锦谷出近所著自题画兰百咏，曰《弦外余音》，属为题辞，因题之云："不为卉则已，为卉必为王者香；不画兰则已，画兰必画逸韵与幽芳。可岩谷兮可庙堂，亦伴美人于蘅芷，而写骚怨于沅湘。君既挹其芬，复谱瑶弦以诗章。将以为猗兰之操兮，抑结纫而为裳。兰言兮可臭，兰心兮何长。予将聆弦外之余音，而遥待子于杜若之仙乡。"锦谷近日颇有退志，故末句之意云尔。

廿五日(8月1日) 偕焕亭、厚庄游吕仙祠。

日午天气甚烦热，晚饭后乃与陈、邓二君步至村后，有吕仙祠，因入小憩。闻土人言，英夷与东莞船户斗气，于明晨将率众拥火轮船赴东莞，击其居民，而莞民亦素强悍，现豫备以待。不知此去谁为胜负，以毒攻毒，两伤无害，特恐贻祸良民，玉石并焚，斯为患耳。

廿六日(8月2日) 书屏幅。

锦谷谓余书临摹过多，不能自立一格，诚为余病。然此事创体甚难，不与诗文同。诗文本无形之事，故可以独运心思，别树一帜；书法乃有象之迹，故非临摹尽致，难开生面。且余日事车尘马足，岂能临池攻苦，以成一艺之名？锦谷因出《画梅》一幅相赠，以篆隶法写古干铁枝，权奇倜傥，纵横傲岸，极有别趣。此则自成一格，余所不及者也。

廿七日(8月3日) 书屏幅。

吾乡钱南园先生官副通正时，疏劾权贵，直声震天下，而书法奇削，亦有傲岸不群之概。初学颜平原，晚乃变笔家法，愈入神妙。而世所存者，多学颜体。余观其用笔，与鲁公绝不相似，而神则逼真。盖鲁公多用圆笔，南园惯使侧锋，故使转收纵各有奇趣，形势虽相似，而运腕实不同也。余初学之，虽极意临摹，终不能肖。后见友人为隶书，乃悟其用笔之法多以侧入，以圆运，以陡收，因窃之以临南园书，不觉逼肖。盖以隶法写楷书，人不能测其妙耳。今书大屏，即学其体，并记数年心得于此。

廿八日(**8月4日**)　代阮湛卿书屏幅。

临历代钟鼎各款识。钟鼎文法与汉唐诸隶又绝不相类，八分书以整齐横纵为妙，钟鼎文以奇古含蓄见长。今世八分尚有能手，而钟鼎文则无一长者。余以钟太傅楷法临之，其气味又极相近。盖钟虽变隶为楷，而其时离古未远，故使腕运笔，尚存古意。近世为此体者，惟石庵相国为最。余由刘追钟，以钟摹古，自是一家笔法，不患其不相合也。

廿九日(**8月5日**)　代欧阳小韩书屏联。

友人多喜余临板桥书一体，故托小韩明属为之。板桥书虽潇洒有别趣，然其用笔甚沉着，盖以率更法写古汉隶，而又杂以行楷草篆诸法，离奇变幻，纵横无定，人愈难学。余今临之，仍用钟大隶及古钟鼎文参入其间，虽不能逼肖其形，想此老狡猾术，当不能瞒我过也。

星烈日记卷之七十七

鸿蒙室主人笔识

七月初一日(8月6日) 偕梁菊裳访黄茂山,不及而返。

茂山名柏馨,住江门之东村,著有《小金华山房诗钞》。而老朽无成,年已七十余,尚一布衣。余于菊裳处得阅其集,因共访之。乃行至半途,闻其户为水所掩,难于褰裳,遂返。诗多和平之音,惟《登镇海楼》一律甚雄健,亟录之云:"五层独上豁吟眸,岭表乾坤望里收。百粤河山双塔峙,十州烟雨两珠浮。仙羊旧迹空遗石,汉使重来何处楼。岁岁登临一杯酒,倚栏消尽古今愁。"又《南村晚望》云:"独立紫门眺望间,沿村烟火点溪湾。人家落莫晚炊熟,海市迷离渔艇还。云塔远来天一角,江流飞出树中间。看看暝色真如画,隐尽蓬莱左股山。"五言如《江村》云:"隔水人家住,烟霞一望收。柳围村入画,潮长屋疑舟。浪迹鸥相狎,浮生钓亦休。茫茫沧海阔,且免五湖游。"二诗颇能道得海村风景云。

初二日(8月7日) 书宋青笺册。

曩在楚北购获宋青笺册,大小共三卷,册背有装裱人姓氏,并识其年为嘉庆庚申夏日成,乃从宋人金书《华严经》背揭下者,自言审定的为宋笺无疑。原册本四卷,今遗其一,余以无金粉,故收藏至今,始出书之。大册二卷,多临六朝人书。金粉书字喜济蓄,不喜奔放,故临六朝书最为合法。余少时曾临此种为一卷,今已廿余年,复再临之,而书法不加进,可知此事非工善亦不能成书,自叹亦复自悔也。

初三日(8月8日) 昙馨女史代绘纨扇。

女史姓卜,名慧华,为吾乡王磻溪州侧室,即岱峰庶母也。善绘蝶,兼工花卉,今依锦谷,余因出纨素索其画。吾乡女史甚少,能画者尤少。昙馨能自拔于群艳之中,而又有奇节可重,非闺秀中卓卓可传者哉。暇当为诗以咏其事,使知吾滇虽僻处,而人才亦尚未乏也。

初四日(8月9日)　赴新会城访陈香圃,不晤。

在星沙时,黄篆楼曾为余言香圃古文甚佳,并托致函通候。余至江门,屡欲入城造访,以水涨不能入城,心甚耿耿。兹江水渐消,乃买舟访之,而又不晤,心愈歉然。随步登城后高山,得遇吴君子森,邀入话古寺小憩,始知香圃所居尚远,适所造乃其兄宅耳。时因天晚,不能再访,遂归。吴君亦好风水,见余登山四望,即知其为山水来,殷殷致询不已。余观邑龙自圭峰起顶,分左右两大砂弯抱向前,其正穴已为圭峰寺所占,而左砂再起星峰,出脉灵秀,入城高顶尤圆满,再分左砂环抱于旁,穴当落于顶下砂旁。而黉宫乃建于两大砂之中,正当界水,破其天心,殊非福基,极为可惜。邑中近数十年均无甲榜,亦地力有以使之然也。

初五日(8月10日)　代梁菊裳指地。锦谷设宴饯饮。

菊裳前曾邀偕其兄登山覆验新茔,不数日其兄遂亡。遗言令菊裳再邀余覆地,当有美穴。盖彼时余虽觑破真穴,而交浅未可言深,故未指其处。今其兄言如此,义不容辞,故偕往而明示焉。真穴既定,再以罗针格其龙向,少祖起主位得比卦,父母山肩龙入首得坎卦,水口出甲得离卦,案外应星居辰位得睽卦,立辛山乙向,兼辰戌二分,小过坐山节卦出向,龙向取二七同道向,与水与星取二三合五,同归上元。一三两运,理气亦纯净无疵,可为吉壤无疑。余虽识地,而未尝轻以指人,此因其兄临终一言,不能无感,或此中亦有缘在,未可知也。晚归,锦谷开筵饯饮,并赠赆仪十金,受之。

初六日(8月11日)　偕梁菊裳访赵梅泉孝廉泰清。

宋自崖门败后,其子孙居新会者,至今称盛族焉。闻其祠尚藏宋列帝遗像,因偕菊裳过江,至皋头村,访梅泉孝廉借观。先出二册,一列代帝王,一历朝名贤,俱非真像。末出一册,则宋朝列圣及其分支始祖诸像,乃明人手笔,颇得其真。首绘宣祖及杜太后,宣祖貌甚奇,有蛟龙出水之势,与明太祖大略相似。艺祖雄躯伟貌,面赤微方而丰下,眉宇英俊,须少髯清,飞舞有势,气度阔达,而雍容厚重,真帝王像也。太宗以下虽皆美相,较之艺祖,终不能及此。此开国之君,尤与众异耳。至高宗则面微削而多纹,五绺须已有二色,状类老儒,而非帝王器,不知何以能中兴也。末有杨太后像,年约三十余,貌甚丰泽,而无愁苦态,竟亡其国,亦异矣哉!是晚,江门妇女为七夕会,盖预祝双星也。粤中此风极盛,诸女标金为会,或十人八人,甚至三四十人不等,各出奇巧手技,互相争胜,陈设古器,旁及丝竹,相聚为乐,任人观玩不禁,亦韵事也。余本邀菊裳偕观,而菊裳新遭兄丧,意甚不怿,仅至诸妓馆略观梗概而已。二鼓后归署,锦谷已寝,余书案上一红笺夹于卷内,上书云:"前在广东受困,几多巨富,未能借得数元银。当时立愿,若有余时,任是至亲密友,亦断不借银与人。至于远方苦困不能归里者,虽不相好,亦不交此字乃涂改模糊者财。以后凡有托为通挪,以此直告,不必婉言也。"玩其笔迹,乃锦谷旧书,粘壁以谢客者,不知何故,亦夹于余书卷中。昨日邓厚庄先赴佛山,余本拟同行,以菊裳挽留视地,故暂缓二日,致有此帖之素,几成笑柄,只好含容隐忍,阳为不知,以泯其迹耳。

初七日(8 月 12 日)　书《正气歌》。锦谷赠《福禄图》及崖门古盘。

锦谷厅上悬文文山《正气歌》一幅,乃石刻古篆,立于崖门三忠祠者。余以正楷书之,亦有怀前贤意耳。锦谷又自绘野凫十八、芦苇一支相赠,名《福禄图》,亦曰《十八学士登瀛洲图》,盖将以祝来年入都之兆也。崖门舟覆,宫中所用瓦器,民间恒据得之,以为古玩。锦谷购获数种,制各不同,以二赠余,一真一赝,均古雅可玩。余性不嗜古玩,以良友所赠,前人所遗,不敢弃掷,姑存之以为入粤一段因缘云。是晚,绩堂先下渡。

初八日(8 月 13 日)　偕梁菊裳游医灵寺。

江门南岸有寺名医灵,奉药王甚灵应,久拟一游未果。兹因待渡,闲住无事,乃与菊裳同往。至则傍水为园,依山建阁,地极清幽。登楼小憩,烦襟顿释。不图无意中乃获此半日清趣,流连偃息,几至忘归。好景自在目前,惟人自领,固不必远求诸虚无缥缈间也。

初九日(8月14日)　代梁菊裳绘地图。晚上渡船。

昨日无渡,故今日尚住署中,而菊赏又有故不来,独坐无聊,乃为绘地图一纸,详记以遗之。至晚,将上渡船,而大雨忽至,几为所阻。灯后雨稍止,乃辞锦谷,乘舆至岸,登舟待发。计首夏入粤,今又秋初,山川既睹,时序频更,虽未能遍观风景,而粤俗所尚,亦略见一斑,不得谓非此一游之幸也。

初十日(8月15日)　发江门。

晓发江门,天甚晴霁。过猪头山,转荆竹滩,石阻波翻,水势甚恶,不减乐昌九泷十八滩也。傍晚,海云浓墨,将作大雨,而风猛势急,须臾遂过。夜间风平浪静,月色极佳。舟人夜泛,曾不稍停,更深就寝,余亦不知所泛何之也。

十一日(8月16日)　舟抵佛山镇。

辰末始至佛山,以昨日阻风故也。急买小艇,寻厚庄诸君。积堂赴省未归,厚庄虽移榻老龙船上,而登岸出游,乃更至吕兰坡处始相晤。兰坡老病,且有足疾,非有扶持不能行,客至,惟一拱手而已。与锦谷甚相得,故并访之。

十二日(8月17日)　请乩问事。

兰坡有友人冯姓者,善新乩,与锦谷言事甚多,至于成集。余因托兰坡邀代问事,临时暗书三纸,点祷神前焚之,冀有以启发予衷也。乃所答非所问,词意含糊,均不可解,不知何故。盖此事半属虚假,欺人射利而已。余既暗祝,不肯明言,彼自无从窥测意旨,不审锦谷何以信从如是也。

十三日(8月18日)　晓发佛山,晚泊三水县。

辰末,南风甚利,因急开舟,至晚抵三水县,泊于堤畔。水势较来时已减去丈余,农田争插晚稻,民情赖以稍安,可无他虑也。昨夜月色甚明,舟泊佛镇,箫声画管,远来江面,独坐船头,颇有所悟。补诗一律云:"游遍珠江梦转时,银蟾如水意何之。琵琶夜向商人抱,画舫

秋随蛋妇移。笑我雪泥无挂碍,怜他金粉尽支离。繁华是处皆虚景,
肯向蜃楼问海湄。"

十四日(8月19日)　泊梅花村。

村名甚雅。惜泊舟时天已昏暮,不能登岸。且秋初无梅,负此美
号。惟月色尚佳,推蓬远望,亦恍有红衣翠羽,隐约于瑶林琼树间也。

十五日(8月20日)　泊清远县。

县名清远,境亦极清远可喜。盖地当江水初平之际,远山如黛,
秋水无波,一望旷渺,含蓄无尽,真能使人意旷也。惟江涵秋影,不见
鸿飞,仰首云霄,全无羽毛,岂时序之未至耶? 抑南方地气尚有所
待也?

十六日(8月21日)　泊大庙。

午过清远峡,乃游峡山寺。地既奇险,景尤清幽,飞流送响,密树
含青,琼楼梵宇,出没于山光水色间。题曰"天下第十九福地",信不
虚也。古来题咏甚多,惜匆遽间不能遍读为怅,因书来时旧作于壁。
寺僧捧天葵茶送饮,乃再成一绝赠之,仍书于壁。云:"蒲团一坐几时
休,猿化归来漫掉头。好是白云无去住,碧环常镇暮江秋。"甫停笔,
而榜人急催登舟,乃由别径下山。奇石荦确,碍路难行,恐一失足,有
不测之虞也。所谓天葵者,寺山所产,叶如紫苏,而色甚红,可治时热
痢疾诸证,价甚昂,故难购耳。归舟后,复成五古一章云:"破晓离清
远,高岭忽横空。两山夹一水,之玄有路通。榜人争负缆,牵舟入谽
谺。岳业一何高,深黝关蛟宫。羲御倏失影,仰首但葱茏。渐闻清梵
响,宝殿撑大雄。舍舟陟彼岸,一径造灵峰。古寺凭飞到,山川有主
翁。后洞尤深窈,归猿遗旧踪。只今碧玉环,犹有翠华笼。感此题诗
句,龙蛇走壁东。山僧煮异茗,天葵叶愈红。蒲团聊小憩,万虑祛尘
封。一静制群动,息机有化工。惜哉无久住,劳形徒匆匆。所以东坡
叟,渡海归无功。追钱二三子,尤异痴与聋。六根未能净,挂碍苦幽
衷。我今自来去,飘忽若长风。潮音惊短梦,犹骇鼋鼍凶。望泮不可
到,返棹极崆峒。抠衣下巉岩,危磴难倚筇。山高日已暮,林密怪易

逢。由来清净境，魔魍亦相从。胸无智慧种，鲜不堕迷眬。行行毋滞悬，渺渺心何忡。前峰挂明月，照见东溪松。舣舟定何所，泛泛犹飞篷。披襟且静卧，好景在鸿蒙。"

十七日(8月22日)　泊波罗坑。

自入清远峡，河愈窄而水愈陡，江底尤多暗石，舟行甚难。傍晚，风稍顺，正扬帆上驶，舟忽触石，崩然欲翻。起视船头，舱板已破，水涌入舱，不可阻塞。舟人急以泥絮填塞其窦，半日稍止，勉强行数里即泊，亦一险也。成诗一绝云："一帆风正剪江行，水底忽闻触石声。不是中流能自在，几同破釜叹无生。"

十八日(8月23日)　泊苗狄穴。

在英德上十余里，水浅沙淤，舟胶难行，而又无风，故日行三四十里即泊。邑有晞阳岛、鸣弦峰、读易亭诸胜，恨未能游，成诗一章，以纪其迹云："晞阳照江岛，清晖荫岩谷。矫矫鸣弦峰，绀碧深而绿。推蓬迎朝爽，秋烟淡林木。忽转飞霞岭，流丹射人目。梦弼在何许，桃花洞转伏。池水可流杯，三湾亭早筑。幽人移住此，大易还堪读。我舟自迟迟，借以悦清瞩。缅怀郑夹漈，谪居成独宿。流民图可绘，讲学非碌碌。读书能济世，不必辨朱陆。吁嗟叔季末，乱离何当哭。所以古君子，不肯轻民牧。触景动遐思，岚霏满翠麓。"飞霞岭、梦弼岩、桃花洞、杯池、三湾亭皆邑中胜景，郑侠漈进《流民图》，坐谤讪，编管英州，英人至今犹能道其遗风云。

十九日(8月24日)　泊龙头岭。

由英德上，水程四十里，即观音岩，为粤中胜景。来时水急舟疾，未能登览。今逆流无风，舟行甚缓，乃偕诸友登岸。先行四五里，再买小艇，渡过彼岸，始得纵观。洞虽窄，然深而曲，分上下二层，由下深入，复转而上，仍出洞口，可以眺远，若楼居然。游毕，再用舟载过岩下，楼阁重重，曰水月宫，上供吕仙诸像，因题其壁云："削壁临江断，飞甍架岛悬。佛空心作相，僧老洞藏天。梵呗秋涛响，帆樯暮霭连。从来清净地，多近水云边。"是晚，舟至滩心，天色已暮，竟不能上,遂停泊中流,一夜不移。

二十日(8月25日)　泊沙口。

有贼船二支,冒充兵勇,相随不去,忽前忽后,若有所伺。同舟诸君,均各警惕,御备铳炮以待,而厚庄恐惧特甚,寝食俱不能安。余察贼情,乃红头投诚者,势有可凌,彼自逞凶,若严防而为之备,当亦无如我何。行至沙口,人烟既稠,诸舟亦集,乃停舟不行,终夜巡更待警,贼计竟无所施,众乃稍安定。

廿一日(8月26日)　泊蒙里司。

今日风稍顺,而午后大雨忽至,抵蒙里司遂暮。晓过弹子矶,观览山势,极为峭拔。盖自此入峡,至清远出峡,天门地户,各有结作。中间英德一局,堂局开朗,诸山齐会,山水交构,互相环抱,融成太极大格,结作极为奇特。穴心虽已呈露,然远观未能近视,终觉慊然,不知谁氏盛德,获此美穴也。

廿二日(8月27日)　泊北渡。

山势至此渐平,水亦稍缓。晚泊江边,微雨初过,疏星照水,景甚幽静。忽渔人撑小艇燃火前行,鸬鹚群趋火影,入水衔鱼,所获甚速而多,亦江行好景也。成诗一绝云:"疏砧断响雁来初,残雨飞江过石蕖。好是渔人孤艇上,鸬鹚趋火夜衔鱼。"今日午间无事,补作《羊城志感》八律,亦录于此云:"南海衣冠何处求,远看佳气到灵洲。冈头日射黄金馆,水底珠沉白玉楼。粤秀只今悲汉赵,波罗终古聚龙虬。白云忽上峰前寺,岛外诸番大不侔。○朝汉台欹走夜鼍,五羊石化总成讹。越华不饯王臣贾,古墓空存老尉佗。宝市近传仙佩少,横楼争唱粤讴多。伤心玉镜花田路,输与夷船斗绮罗。○兵革才占气渐磨,崖门数尽起悲歌。零丁洋吊文丞相,新息侯封马伏波。潮飓南来天寓黯,鲲鹏北荡海山摩。从来物象关兴废,岂独沧桑似梦过。○十三国尽起洋行,一炬还余海上光。利玛窦传天地奥,安期生遁水云乡。只知货贝多淫巧,谁信芙容是斧戕。元气耗残关税减,自来贻害为通商。○堂堂华夏老平章,也拟苏卿去牧羊。临事无筹悲腐竖,开关纵敌想天潢。澄潭烟散白鹅起,洋澳风高翠辇狂。可惜韩雍威望远,不教永镇莫殊方。○海外天传海内高,如何中土尽樵侥。虎门雄视吞千里,龙驭惊腾下九霄。已喜歃盟通众国,还闻囚禁到群僚。<small>南海番禺二县均为夷拘。</small>从今径尺珊瑚树,圜海谁能贡上朝。○携樽且过荔枝湾,选胜登临自往还。杨子宅边花似雪,华林园内锦成山。罗浮不少神仙梦,紫洞还多玉女班。莫道繁华易销歇,蜃楼千载胜尘寰。○鲸风荡荡水漫漫,不道珠江六月寒。<small>今岁天气,虽夏亦寒。</small>镂管漫窥星象变,彗星见,灵槎终泛海天宽。沉香洲冷清廉祀,浴日亭添幻化观。信是洪涛消长地,雷琼终夜几狂澜。"

廿三日(8月28日)　泊观塘泛。

离韶州尚四十里,水浅舟胶,牵缆尤难泊岸,不能竟停。中流风雨时至,船颇欹侧,莫能自定。幸江心尚窄,虽有风涛,无甚险恶,故可安然。非若大江之汹波急浪,骇人心目,常有不测患也。

廿四日(8月29日)　泊韶关。

韶有东西二关,东走南雄,西走乐昌,均以铁链横锁江心,用小艇联驾浮桥其上,行人可以来往。上下商船停泊关旁,俟纳税毕,始开关放行,故妓艇多横列桥边。月明风清,江水澄鲜,衣香人影,掩映其间,亦粤江一胜景也。

廿五日(8月30日)　出韶关。

同载诸商税毕,将出关矣。积堂偶携火药,以备防贼所用,忽为胥吏所厄,颇费解说,始得释放。行路之难,此一端也。过关后,榜人复延搁至晚,乃行十里余遂暮,泊于江心。

廿六日(8月31日)　野泊。

水逆滩陡,既已难行,而逆风尤大,继之以雨,则纤夫尤觉吃力。日行三十余里,暮色已在峰巅,须臾遂黑,不能再行,仍泊江心。远岸微见灯明,不知是村是船也。

廿七日(9月1日)　泊龙口泛。

今日虽无风,而江水暴涨,复增纤夫数名,始能行动三十余里,遂

暮泊于龙口泛边。孤舟无伴,颇形单危。午间补作《白云寺》诗云:
"卓锡泉飞磴,传经雾满台。云浮仙岛去,潮涌虎门来。半偈无遮会,
三摩最上台。天南峰第一,宗派若为开。"

廿八日(**9月2日**)　泊幻坪滩。

风雨满江,几不见岸。日行十余里,至幻坪滩,天已暮,先有一舟
泊此,故亦系缆。滩上有石,屹立为壁,亦一险也。舟中补作《大佛
寺》诗云:"佛大还如许,心空妙无闻。旃檀森宝树,钟磬响层云。海
鹤凌霄至,天花带雨薰。好餐香积饭,飞钵又斜曛。"《海幢寺》云:"冒
雨寻僧话,招提隐雾深。宝幢新法界,慧海旧禅林。兰放疑鹰爪,寺
有兰,名鹰爪。莲开见佛心。夒龙才径尺,飞跃已成霖。兰下旧有青蛇,
人呼为龙,今无。"

廿九日(**9月3日**)　泊长濑。

舟人各挟私盐至此出售,故停泊半日,即若离乐昌仅十余里,竟
不能至,爰泊濑中。今日更补作《光孝寺》诗云:"夕阳沉树杪,天外耸
浮图。佛卧楼三丈,龙归钵一隅。优昙香缥缈,梵呗响虚无。何用求
真谛,灵台有慧珠。"《华林寺》云:"悟彻菩提果,来参罗汉堂。应真谁
识面? 佛子自登场。月朗前身在,花拈此际香。兜罗空界满,七宝太
辉煌。"《长寿寺》诗云:"梵宇开尘市,心清境自幽。蝉声依树晚,荷影
过桥秋。不是僧房曲,难邀客展留。维摩新病起,曝背㑊优游。"《医
灵寺》云:"傍海云栖树,依岩客叩扃。水光浮寺白,山影上楼青。地
僻缘僧胜,医精仗佛灵。蒲团聊小憩,落日下苍冥。"《话竹寺》云:"一
郭绕双岑,凭高思欲沉。人幽寻不见,竹雅话来深。暮霭阶前翠,夕
阳岛外阴。无心逢古寺,借以涤烦襟。"

三十日(**9月4日**)　抵乐昌。

复易淞船,舱小不能多载,故与段、邓二君分行。余附载于货船
上,当即移泊上游,而二君尚未获舟。聚散离合虽小事,亦若有数存
乎其间也。

星烈日记卷之七十八

鸿蒙室主人笔识

八月初一日（9 月 5 日） 晓发乐昌，晚泊横搂。

乐昌上十余里，即入谷口，两山陡峻，大溪中流。舟循溪上，渐入渐高，滩声聒耳，山翠迷目，居人甚少。十数里偶见村屋，俱凿山架壁，并无平坦处，与滇黔风景大略相似。山腰亦间有田，可耕种。落日才至峰顶岩脚，早已昏暮。是日行五十余里，小有村落，询之舟子，名为横搂，遂泊涧边。终夜溪流活活，颇入清听，亦深谷夜景也。

初二日（9 月 6 日） 泊四宫坑。

由横搂上数里，即白茅泷。惊波触石，恶浪飞花，舟从石上牵拽而过。舟子入水负舟，推拥前行，偶稍失手，则倒流数里，可谓险矣。再数里，上即鲸泷，波涛汹涌，与白茅等，而长过之。又数里，过么泷，水势稍平，河亦较窄。有小溪由深谷出，谷口山势削立如门。泷民依岩建屋，编树为墙，可以入画。转过山弯，奇石夹立波间，有似山坳，舟从坳入，尽力牵挽，始能过坳。舟人曰："此雁泷也。"盖滩之险恶，无路可以行舟，必待牵挽始可越石而过者，即曰泷。雁泷波涛虽不甚恶，而越石牵舟，其险则一，故亦以泷名之。再数里，山岩陡峻，凶波涌出，奇石怒立，流环而长者，曰梅泷。由此而上，滩声活活，弯环无定。约廿余里，有大滩，水势虽宽，而惊涛飞浪，不减白茅诸泷，是为北极滩。舟人至此，往往失事，一路多有破釜沉舟，见者莫不心为之怵。更数里，即四宫坑滩，时已天暮，遂泊滩上。岸上略有居民，灯光时露于深林密菁间。余舟先至，诸舟亦陆续来泊，荒谷有伴，可无虞也。

初三日（9 月 7 日） 泊平石。

破晓，阴云蔽空，大雾迷岭。行数里，即冰泷，与徐泷相连，石阻波翻，势长而险。再上，过大箐角，所谓新泷是也。旧本无泷，山谷石崩,拥出箐口,阻塞成泷,故曰新。转过箐角,老泷在焉。奇石怒立江心,如砥如柱。夏间过此,水涨不见,今始露于水面。询之舟人:"何不擘去,俾利舟楫?"舟人曰:"是神所留,以镇江心也。昔曾有人凿石,须臾目瞳流血,遂止。"语近荒诞。然使中流无石,狂澜一倒,谁其挽之?亦理之不可无者。泷上有祠,祀昌黎伯公道德文章,千秋砥柱,岂止为三泷福神。泷人以公过此,亦借以奉馨香云耳。泷滩至此皆止,以上水甚平浅,舟人称庆。计九泷共程八十里,中间大小诸滩约三十余处,语称九泷十八滩,盖指其大者言之耳。昔人诗云"舟行十里磨九泷",恐非实录。上泷甫毕,大雨随至,再五十里抵平石,天已暮矣。途中成《上泷》诗云:"滩声活活水奔流,泷声瀺瀺水奋激。触石翻波花万点,惊湍流浪雪千尺。山腰一束势尤高,地雷奋起蛟龙蛮。冲腾回斡不肯放,江风石窍相搏击。有时谷转溜忽飞,又为虎须狼牙无数齿啮纷罗织。海若到此未敢过,巨灵象魈皆失色。我初乘流下九泷,百里惊波才一刻。只今牵挽再入谷,十步未能离旧迹。舟子拽绳顶摩踵,商人鼓楫汗流脊。入水荡舟舟乃荡,神异费尽移山力。立足不定偶失势,倒退还虞葬罗泪。始历白茅次鲸泷,如逢战斗摧霹雳。手抟金戈勒铁马,风云轶荡争翕辟。么雁二关势稍杀,偷渡惊呼破岩隙。过此更逢北极滩,洪涛乃与梅泷敌。是时日暮众峰黯,短篷夜卧阴壑黑。风号石坠那成寐,深树时惊鬼火隔。凌晨再泛逆水舟,惊起鸥鹆振恶翮。冰徐转过大箐湾,新泷老泷连震泽。舣舟独上泷神祠,昌黎文章雄海国。鳄鱼一纸尚能驱,何况水怪山妖弗潜匿。故应俎豆在深溪,利人济涉显精魄。独怪奇石中流立不动,沉舟往往遭其厄。我欲呼取秦皇鞭,更倩五丁擘,尽驱荦确入海底,永奠行役无横逆。岂知砥柱端赖此,狂澜不挽非奇特。神幡飘动灵弦鼓,馨香如饮海潮德。我歌一曲人导舞,千古泷风拜词伯。"

初四日(9月8日)　泊五台寺。

由平石上数里,有大河自西南来,上通牛头奋,为入粤西大道,盗贼常由此路出入,故平石屡遭其害。宜章河道乃由小河向西北行,河浅舟胶，榜人多入水推挽，如驾车然。日行四五十里，即暮。是晚泊于五台寺岸边。地本村镇，离岸差远，故亦不知其寺之有无也。

初五日(9月9日) 抵宜章。

将至县，有石壁弯抱溪岸，上建禅林，颇幽峭。惜时已暮，不能登览，殊觉怅怅。舟至此，不能再上，乃登岸，宿旅寓中。

初六日(9月10日) 晓发宜章，晚宿良冈。

易肩舆陆行五十里至良冈，仍宿罗姓寓中。倚楼晚眺，暮霭遮山，夕霏掩树，秋稻已熟，黄云获尽，颇形荒凉。时变境迁，星移物换，而劳瘁依然，萍蓬如故，抚景凄怀，何以为情耶？

初七日(9月11日) 抵郴州。

细雨霏空，阴霾迷路，泞泥之苦，颇形滑滑。四十里抵郴州，日尚未暮，遂不投寓，径买小舟，泊于岸边。日间补作《广州花埭》诗云："载酒寻花埭，携朋且放歌。蚂螂新艇小船名，鱼子嫩兰多买鱼子兰。尘市通烟雨，亭台散绮罗。无边兴废感，有梦尚婆娑。"

初八日(9月12日) 午发郴州，晚泊瓦窑坪。

顺水舟行甚速，九十里水程，半日即至。日间颇有晴意，昏暮复霏，渐雨。山高谷深，多阴少晴，况值中秋，岚雾尤重。舟中再补作广州《荫乐园》诗云："才谒五仙观，还过荫乐园。羊真看石化，蝶本是花魂。细雨碧纱润，斜阳绿树昏。海南诗侣盛，坛坫让谁尊。"是日偕陈篛舫诸君先游五仙观，后乃至园。篛舫为南山高第，亦岭南诗人，故云。

初九日(9月13日) 泊永兴县。

镇日细雨，湿雾不开，途中岩景甚奇。陶公潭石裂如门，俗传仙人藏书其内，亦足见山形之异也。昨晚泊瓦窑坪，成诗一律云："暮雨峰头黯，苍茫系短舲。沉潭新敛翠，峭石独含青。鹗荐盘风远，龙吟吐雾腥。山川还如故，秋响不堪听。"今午途中亦成一诗云："深溪难还水环流，不见霜林亦暮秋。石势斜奔山欲倒，云阴低压雨难收。岩庵路断存高塔，江县城崩剩小楼。谁上陶公潭上岸，兵书一卷看从头。"

初十日(9月14日)　泊耒阳县。

阴雨尤重，竟难推篷，兀坐舟中，补作《崖门怀古》诗云："飓风吹海暮潮蹙，天阴崖畔鬼神哭。云是残宋君臣精魄所积化，夜深还闻楼橹金戈相驰逐。南渡当年事已非，海外安能立鼎足。太阿不斩佞臣头，势去还将大学读。可怜零丁洋外文丞相，独坐房船空默祝。岂知天意不福汉，一战汹波竟失鹿。帝兮可负臣可死，天家同时葬鱼腹。更有冰霜女尧舜，殉节尤自悲倾覆。正气歌成虽已矣，如此其亡是使独。只今岩谷尽苍烟，废寝荒陵何处筑。三忠祠外走风涛，扈跸还疑蛟龙肃。桑冈一带连沧海，玉鱼金盘供樵牧。我来尚及睹遗器，蟋蟀盆斑玉玺绿。天潢久已归农圃，依山负海聚成族。吁嗟乎！三徙逢崖谶竟真，一掷孤注杳难赎。回首汴杭齐下泪，剩水残山了一局。"

十一日(9月15日)　泊花园庵。

船户住居于此，故泊焉。去耒阳一百八十里，离衡州亦一百八，适中之地也。是日雨犹未晴，补作粤中赠友诸诗，共得八首。李荔尉云："沂流访戴醉难胜，忽漫同舟遇李膺。抵掌快谈休恨晚，一窗风雨淡湖灯。"李伯山云："记曾锦水乍逢君，岭外今看吏治新。白鹤一双琴一抱，翩翩人现宰官身。"向如山云："翩翩凫影看成双，唾手功名气易降。半枕黄粱炊熟未，月明花县几惊龙。"褚继良云："白头失路真无策，年少依人更可嗟。似此穷愁话交谊，始知衣钵在吾家。"《读张南山集》云："岭外岿然鲁殿尊，我来偏不遇高轩。悔翁老去芷湾死，南海风涛此放奔。"《完苍湄招饮》云："饱看江淮两岸山，又从粤海泛狂澜。多君一品江瑶柱，抵我千茎铁网珊。宝月余辉花底见，昆湖劫火梦中看。当筵漫洒乡园泪，把剑还能醉倚栏。"《阮湛卿招饮》云："漫空风雨不须哀，痛饮狂吟实快哉。满座琼羹调凤雉，一天金粉醉楼台。闲游香浦宁无梦，老泛珠江愧不才。到底豪情输阮籍，云垒酣处报花开。"

十二日(9月16日)　泊江母寺。

昨夜月色微明，今竟晴爽矣。远望南岳，近在咫尺，其实尚离二百余里。盖四围数百里地俱无高山,惟南岳拔地特起,故势尊而望远也。此次拟陟其巅,以阔远眸,而镇旬阴雨,心殊闷闷。今幸晴霁,此愿或当能偿耳。舟中补《题赵梅泉家藏宋列帝像画册》云:"古今人物画手谁最贤,道子而后推龙眠。绘佛绘鬼绘神仙,未闻传神阿堵帝王前。炎宋子孙今黎庶,犹能世守旧图传。作者虽未题名姓,披册奕奕精神全。上自艺祖下帝昺,开基失业非偶然。中间南渡见康王,忧深虑远多愁颜。更有宣皇貌奇伟,蛟龙出水腾九天。杜太后与杨太后,奇福大节光后先。但恨徽钦无远略,徒传文雅致翩翩。神庙虽亦励图治,求速毋乃多变迁。至今耿耿眉不扬,犹似愧悔青苗偏。此外理宗尚儒雅,又惜世祚弗永延。一十七代冕旒福,发祥端自夹马年。以火德王色尚赤,颐丰眉朗态渊渊。是宜治冠百王首,岂独一家世德秉重乾。独怪太平兴国主,亦号圣德无大愆。烛影摇红竟何谓,谁能拼此疑案捐。传子传弟实同弊,一误安肯再误焉。我观遗貌动遐想,我缅汍抗尤涕涟。三徙逢崖忽至此,国破家亡海难填。瀛洲湖畔陵谷改,瓜瓞胡乃又连绵。天潢自昔皆龙种,天水于今变农暖。自古兴亡随代有,睹物未免心拳拳。况是列圣在天精灵所凭寄,须眉一展一流连。吁嗟乎!前哲既往不得见,音容如在真可怜。为人后者思人泽,宗器衣裳重几筵。君不见姬周达孝述祖德,春秋缟祀皆诚虔。此图讵独兴废感,亦将使孝思永锡群类无闲闲。"

　　十三日(9 月 17 日)　抵衡山县。

　　午抵衡山,拟谒南岳,乃舍舟登岸,借宿旅寓。未末,段、邓二人亦乘舟由此过,呼之,竟去远矣。旅舍既定,时已将暮,遂止不行。补《题黄茂山诗集后》云:"闻道高人宅,幽居水一方。偶然相造访,忽漫隔清苍。鹭立云阴淡,葭吹海气凉。诗名归处士,把卷细评章。"又《题昙馨香史画蝶》云:"纨素新描凤子鲜,燕愁莺恨总翩翩。伤心旧梦罗浮影,也是滕王画里仙。"

　　十四日(9 月 18 日)　游南岳。

　　天初明,即乘肩舆由衡县西南入山,行三十里,始抵岳庙。在山脚下,殿宇巍峨,规模宏敞。惜岁久风雨摧剥,坛坫多有倾圮者。庙包四观八寺,左道右僧,谒山徼福者不绝如市。寺门内廛肆森繁,百货并集。客初至门,即有僧人邀入方丈寓宿,供馔如旅店然。余展谒毕,复乘舆由庙后过接龙桥登山。初至报信岭,再至半山亭,已十五里,路极陡峻,舆不能上。乃步行五里,至铁峰寺,又五里至南天门,再五里即祝融峰。顶有铁瓦石室,为老圣殿。旁有巨石磊磊,古人题名其上,几无隙处。登石四望,云雾俱在其下,三湘两湖,小如培塿。初,余入山,天大阴晦,自忖不能登峰,即使能登,亦无所见。心乃默祝之云:"昔昌黎能开岳云,古今艳称,盖以其诚能感神故也。吾辈小子,虽不敢妄希前哲,而游山之诚,则未尝稍减古人。倘使此心邀鉴山灵,俾开片刻岳云,岂非一大快事哉!"谒圣时,天尚阴晦,及至登山,遂有雾意。甫及山半,大大晴朗。至南天门,阴云忽又蔽空,几不可上。心复默祷如故。须臾南风起,将阴云吹过山后,尽堕湘乡一面,弥漫不可下视,惟峰之南,晴朗无翳。余遂得快览三湘之胜,而尽南岳大观焉。其时日将西坠,仓卒下山,至新崇宁寺借宿。月色甚朗,游兴未尽,更步月至帝宫,瞻仰徘徊,古柏参天,人影在地,真使人有肃然凝静之思。惜秋来朝山者多,反形聒噪,登峰一路乞食者尤众,率皆疲痴残疾,不堪停视,恨无博施大力,可以稍遂夙愿耳。归寺后,乃涂望南岳旧作四律于壁,观者如堵,若以为得未曾有焉。

十五日(9月19日) 回衡山县。

五更向尽,舆夫即起促行,而朝山者已盈途矣。行约五里,天始明。再十里至四胡桥,舆夫早膳,余乃登山察地。暮春,舟至雷家市,得睹南岳一面,已知此中必有大局。昨登祝融峰顶,再细察之,见其来龙由衡阳前蜒蜿而来,至此顿起高峰,俯视一切,横飞直上,层层开帐,成梧桐枝大格。至南天门,前帐忽横转,后一枝拥起祝融高峰,以作后靠前。中脉落平岗南行,如层云叠浪,亦分三枝,左枝甚短,中右二枝极长,右奔江岸,与对岸山峙立如门。中枝向东北行,突起火星,极秀拔,迥出群峰之上,变禄存土,开两翼飞下,作左右砂。中脉落下,再起高金,变小金星。余气后分三股,穴场正对湘江,十余曲端拱于前,茶陵诸水毕会堂前。祖山左帐落,脉结衡县,亦起高峰,以作外嶂。堂局收拾远大,域中无几。查南岳大局,远自南干分来,秀拔特立,湘资二水随龙远汇于洞庭上游,故岳阳与君山对立为外层水口,岳麓与长沙为二层水口,衡山县与对岸诸峰又为三层水口,而结此一穴,则灵秀之气专注于此,概可想知。然尚无葬之者,何哉?盖龙甚明,而穴则甚隐耳。穴虽起金星,而葬口模糊,故人莫识其处。细审之,极晕又甚分明,非具绝大眼孔、极细心思者,未易能得其真也。衡县另开一局,顺水起大金星,开窝起突,闻为陈姓所葬,富甲一邑。聂芙峰阳宅亦在其下,代掇巍科,良有以也。县城乃其右砂,并无结作,惟对岸笔架一峰甚秀,此所以为文风之应欤。总之,南岳灵秀所钟,居山阳者多文,居山后者主武,故茶陵、衡山代有文人,湘乡、宝庆近多武将,亦山川使之然耳。是日天竟阴晦,月亦无光。午间已买舟欲行,而北风甚紧,仍泊城下。

十六日(9月20日)   泊常家洲。

离衡山县仅七十余里,以北风甚大,兼霏细雨故也。舟中无事,乃作《衡山大结图》。是地之贵,固以祖宗尊重为主,而其秀气尤在朝水弯曲,正拱堂前,极为有情。山川灵秀,尽集于此域中有数之地,岂可泛常视之也哉!

十七日(9月21日)   泊马家河。

阴雨虽开,而北风如故,日夜兼行,均难远迈。二鼓后,舟人力倦,遂暂泊于此。余游南岳,可谓天缘,使前后数日至此,均不能游。祝亚山谓余有文字福,今乃更结山水缘矣。一笑。

十八日(9月22日)   泊湘潭县。

北风尤紧,江中竟有覆舟者,榜人爱泊于此,以候风息。在衡山时,即闻民间传说省中有白诏至,不知何故。今泊湘县,始知今上已于七月十七日升遐,诸官吏均各成服,不胜惊异。国家多变数,又值此变,吾辈何以为生耶?此后当国,谁为梁栋?杞人之忧,真难已也。

十九日(9月23日) 泊昭山。

在湘潭下三十里。白昼逆风吹浪，未尝稍息。屡解缆移舟，不过三四里，仍又停泊。黄昏后，风力稍弱，舟人勉强夜行，三鼓后至昭山对岸，竟不能行，遂暂泊焉。湘江两岸高峰甚少，唯昭山势稍耸拔，屹立江岸，上有庙宇，亦南岳一重水口也。

廿日(9月24日) 泊平塘。

天未明即行，至宝月店风又起，勉强再行四五里，浪愈大，舟为之簸，刻不能安，遂泊镇日，至暮始解缆。又五六里，至平塘。榜人力已倦，乃停止对岸，炊以食焉。

廿一日(9月25日) 抵长沙。

寅刻开舟，辰末即至。先遣使入城探访。稚仙迁居北城，其叔虽至，而不能具保入城，不得已复邀邓厚庄，往返数次，始得至寓。盖贼探时至长沙，故巡防又甚严也。寓定后，即亲访罗仙潮，不晤。归遇蒋溶川于途，始知胡中丞大病未起，李希庵复改授湖北巡抚，现剿蕲、黄一带贼匪，安庆、桐城业经克复，而江西吉安亦复未久。左京堂驻扎婺源，其部下分防楚界，贼势尽超浙闽，东防西窜，南灭北起，何时可平定耶？又闻滇藩鄂尔恒于春间赴陕抚任，途次曲靖，为盗所劫，旋即毙命。署抚徐某以办理不善，有旨逮问，乃为勇丁拥留抗命，滇中大乱，不知何以裁处。惟近省回匪已为何有保义子某击败，退归迤西。滇祸之大，有加无已，真生民无穷害也。

廿二日(9月26日) 罗仙潮来寓，偕出访友。

先至黄篾楼处，周绶卿已早在焉，略叙别后情况，乃访姜宝臣，不晤。归憩仙潮舍，篾楼亦至。再共访周铁真汉于北城上，宁乡人，年少能诗，并得阅所录宁远杨石汸泽闿大令摘句甚多。五言如《芦溪》云:"水干沙作路，衙小市为城。"《宿迁书壁》云:"路生常觉远，室洁不嫌卑。"《独坐》云:"小花依草活，一鸟带云飞。"《还鲁港》云:"岸平山势小，潮落水痕高。"《寓城南寺》云:"骂虱怜仆拙，挥麈对僧闲。"《磴碉门》云:"凿石龛连佛，摹碑藓印文。"《雨中即目》云:"劲舻争风势，遥峰带雪痕。"《登祝融峰》云:"云开知有路,天近已无峰。"《晚泊闲步》云:"雨过沙犹湿,潮来岸觉低。"七言如《夜登镇永楼》云:"石磴危悬藤影瘦,山风曲助树声豪。"《大竺》云:"老马解投曾宿店,野鸦闲唤未归云。"《泊木瓜铺》云:"舵声鸣浪如柔掳,树力横江作怒滩。"《乐山依渔舟避风》云:"好风入树发清响,残月在湖生白波。"《陡沟早发》云:"窗虚乍白月为晓,灯暗尚青鸡再啼。"《小孤山》云:"能为砥柱何妨小,饶有云烟不厌孤。"《湖口》云:"酒借渡船沽隔岸,衣同渔网晒斜阳。"《六分寺》云:"野客爱闲来伴佛,贫僧投老渐归农。"《山行》云:"峰头雾气霏成雨,水面苔痕冻作花。"《闲适》云:"性喜近僧非佞佛,心能空色不忘花。一院落花香在草,半湖新水绿浮山。"《平江道中》云:"石似削成都带瘦,山逢登尽尚嫌低。"《睡起》云:"闲极偶留生客话,狂来直厌俗人看。"《途中》云:"细泉挟雨初成瀑,远树牵云欲上天。"《秋闱获隽归家》云:"老仆自夸占梦验,家人争喜得音先。"《滕县》云:"山色万重连岱岳,河流一线画滕疆。火云欲敛蝉初静,花雨交霏草亦香。"《倚虹园》云:"杂花铺槛艳于锦,野水入墙平作湖。"《渡扬子江》云:"云里渐分孤塔影,雨余难认旧潮痕。"《雨后》云:"奇花引蝶香如雾,枯树拳鹰静不风。"《游疑山》云:"盘空路险穿云到,落叶声喧当雨听。"《晚兴》云:"古藤带叶吟风瘦,新竹垂梢过雨香。僧为乞书频送酒,老思学圃爱抄方。"诸联心思极细,锻炼尤工,惜不能窥其全豹。闻君令山左时,善缉盗,境内为之肃然,循吏才也。又闻其与吾乡秋槎严君时相倡和,甚相得。秋槎别去已十余年,绝无音问,今始略悉,概不胜想念,故并记之。

铁真诗亦豪放不羁,惜洗伐酝酿之功尚少。携归阅之,为摘其佳句于此。五言如《小桥步月》云:"水清亭倒影,山远塔留痕。幽月破愁兴,冷霜侵醉魂。"《偶成》云:"春情依梦渺,离绪助诗工。"《宿陈氏山庄》云:"庭空自花气,屋润亦苔痕。"七言如《夜兴》云:"小印戏镌穷措大,空床勤习睡工夫。贫极竟无衣可典,愁来幸有笔能书。"《废园》云:"满径苔肥花却瘦,绕篱竹密笋偏稀。"《寻梅》云:"独鹤导闲三径影,疲驴摇瘦一鞭诗。书为乱翻添破叶,诗缘过练损才华。"数联皆可讽诵。

廿三日(9月27日) 余旬甫来访。

嘉鱼人,名宣,能诗善游,足迹已半天下。现寓星垣,征选诗话。在黄篷楼处得见余诗稿,因偕篷楼来寓数次始晤。盖午间余与仙潮、稚仙、绶卿同访何君镜海,畅谈至暮乃归故也。余君高谈雄辩,气近粗莽,初见之,有类市井游方之士。及叩所学,阅历颇多,识见甚卓,亦近今绩学士也。

廿四日(9月28日) 偕篷楼诸友共访余旬甫。

篷楼、仙潮邀共访余君旬甫。旬甫已采余诗数联入其诗话,大抵多取格调响亮而稍有生气者。其评语谓余于本朝诸大家中无不染指,亦无不青出于蓝,志量甚高,根柢极厚。余虽未逮此,然亦略知我心矣。余亦索观其集,有《楚吟》《吴吟》《粤吟》诸卷。《粤吟》久已付刊,因携归阅之。大约初年诗多浓丽而少婀娜,近日诗极雄健而未凝炼。余独喜其《集子美句题子美遗像》长古一章云:"有客有客字子美,今之画图无乃是。独立苍茫自咏诗,欲向何门跂珠履。济南名士多,方驾曹刘不啻过。崩石欹山树,亭深到芰荷。气酣登吹台,万里风云来。性豪业嗜酒,如何不饮令心哀。胡尘暗天道路长,天下尽化为侯王。白头拾遗徒步归,此日饥寒趋路旁。少留周家洼,激烈思时康。山果多琐细,矫首望八荒。漂泊西南天地间,信有人间行路难。三步回头五步坐,愁看直北是长安。浣花溪里花饶笑,生理只凭黄阁老。同学少年多不贱,但话凤昔伤怀抱。山雪河冰野萧瑟,虎倒龙颠委荆棘。不虞一蹶终损伤,扶持自是神明力。魂返关塞黑,风送蛟龙匣。泪落强徘徊,如闻泣幽咽。感时抚事增惋伤,诗成吟咏转凄凉。正忆往时严仆射,身欲奋飞病在床。猛风中夜吹白屋,前飞秃鹜后鸿鹄。漫劳车马驻江干,泛爱不救沟壑辱。厚禄故人书断绝,草堂自此无颜色。年过半百不称意,穷途反遭俗眼白。万壑东逝无停留,老夫乘兴欲东游。扁舟欲往箭满眼,春风回首仲宣楼。楼上炎天冰雪生,老夫复欲东南征。乔口橘洲风浪促,江草日日唤愁生。楚天不断四时雨,寂寞江天云雾里。舟中无日不沙尘,吾独胡为在泥滓。岁云暮矣多北风,飘然时危一老翁。乡里小儿狐白裘,飞扬跋扈为谁雄。山鬼阴幽雪霜逼,女病妻忧归意急。有弟有弟在远方,去住彼此无消息。有妹有妹在钟离,十年戎马暗南国。身老时危思会面,中夜起坐万感集。山巅朱凤声嗷嗷,道路即今多壅隔。江湖远适无前期,青峰隐映石逶迤。忽忆雨时秋井塌,舟人指点到今疑。故独写真传世人,不露文章世已惊。更觉良工心独苦,湖月林风相与清。平生性僻耽佳句,富贵何如草头露?汝与山东李白好,江天漠漠鸟双去。终日忍饥西复东,凡今谁是出群雄。晚节渐于诗律细,意匠惨淡经营中。举觞白眼望青天,触忤愁人到酒边。尔曹身与名俱灭,丈夫垂名动万年。"古来集杜甚多,然皆近体,未有长章大作如此之波澜壮阔,故当雄视一时,自命不凡也。其近体如《羊城偶兴》一律,磊落雄健,迥异时趋,亦自可传,诗云:"魂梦殷殷楚水浔,境非吾土早囊琴。马嘶代草生长啸,鹏到天池有退心。漫道邱愚原异路,须知苔石本同岑。北湖南海三千里,又变吴吟作粤吟。"君又有《禁字吟》五绝二卷,一卷用字不过十画以外,一用字不入十画以内,亦杂诗创体。然其诗之工拙,并不在此。余谓不若混而同之,庶免纤小之弊,但不知句甫以为何如耳。又其诗话中摘句,有兼录古体绝句一二句者,自古未见此例。余间商及句甫,不以为然,故姑听之而已。

廿五日(9 月 29 日) 仙潮诸君邀偕周铁真小酌。

铁真拟从戎楚北,仙潮、绥卿、簑楼诸君设宴饯饮于宝臣寓馆,邀余作陪。铁真因出其尊人《一花草堂剩稿》诗一卷,求为点定。灯下披阅,天才隽永,如出水芙蓉,绝去雕饰。惜弃世甚早,遗稿散失。铁真于各知交处搜辑,仅获古近体三百余首,已不及十分之一。然佳构甚多,名句不少,是亦可以传矣。因摘其尤者,以见梗概云。七律如《春游》云:"无心缓步出回廊,便过前村也不妨。酒店桃花人面醉,驿亭荒草马蹄忙。高低鸟语不知树,断续风来时一香。何物此间闲胜我,绿波横处野鸳鸯。"《寒夜斋中作》云:"剔罢残灯手自乂,凝冰如箸挂檐牙。冷于花骨梅窗月,沁入诗脾雪水茶。指借炉温书便好,酒绿衣薄量都加。阿谁买得扁舟坐,来访莲溪处士家。"《寄怀许春海》云:"一样风光两地思,绿杨丝袅海棠丝。学书纸剪新蕉叶,割爱诗删旧竹枝。眼底人多谁好友,头衔我称只书痴。满腔心事无从诉,试听啼鹃便可知。"七绝如《春日偶成》云:"镇日长吟复短吟,松楸绕舍绿阴深。纱窗偶破无须补,留取闲时看竹禽。"《红蜻蜓》云:"双双艳似醉流霞,飞遍渔家又酒家。点水最怜何处影,藕花深处夕阳斜。"《蛛网》云:"朝朝忙到夕阳天,万缕柔丝屋角牵。可惜风流好蝴蝶,蓬蓬飞不过檐前。"《湖上》云:"凉风袅袅动衣裾,四面幽篁水树虚。渔艇不来波浪静,闲拈落叶戏游鱼。"《著书》云:"古人心半付秦灰,剩与人间几斗才。算到千秋才痛饮,又添一个古人来。"《冬日》云:"北风吹下雪盈庭,斜倚薰笼浅浅斟。手种寒梅遍窗下,冬来省得跨驴寻。"其他佳句尚多,七言如《九日游清泉寺》云:"世界于花开到菊,生涯有钵种残松。"《赠友》云:"人方讳老头偏白,性为怜才眼惯书。"《春夜不寐》云:"似带香来花上月,忽分愁去镜中眉。"《冬夜排闷》云:"春到隔年冬亦暖,月临孤馆夜偏长。"皆有性灵。铁真细君亦能诗,姓黎名锦裳,号袖云,今年仅十九,伉俪唱酬,哀然成集,亦闺中一乐事也。因并录数首于此。五律如《春日遣怀和外韵》云:"窗树影横斜,林深鸟语哗。闲情朝倚槛,别梦夜还家。撮土培新草,移盆葬落花。兰闺春寂寂,庭霰细如麻。"《夜坐》云:"小院寂然静,宵深觉睡迟。淡云扶柳倦,残月恋花痴。人影瘦于鹤,虫吟清似诗。偶然风淡荡,微浪起鱼池。"《遣兴同外子作》云:"小病未全苏,阑边两药炉。抽簪除鹤虱,倾盏饲鸡雏。一径菊花老,半庭枫叶枯。催租人未到,觅句且相娱。"七律如《涉园》云:"涉园随意访残春,首夏清和景逼真。花片乱飞红扑面,柳阴小立绿藏身。清风微荡云无主,久雨新晴日可人。隙地数弓游玩足,更于何处驾香轮。"又闻女史外祖母某氏亦能诗,已刊有集,惜未之见。风雅渊源,其来有自,宜其吐属之工也。铁真尊人讳瑞英,号六芝,卒年仅三旬有余云。

廿六日(**9月30日**)　作书寄王公亮。

昨午代周铁真题其尊人《一花草堂集》数语毕,即过篸楼处夜谈。适与祝君少兰晤,因悉巫山近况,亦不甚佳,且听何君子臣话滇中近事尤详。大约何有保父儿跋扈非常,徐之铭中丞酒乱特甚,以致变多不测。滇中省官绅屡遭杀害,历举其名至十余人,囚禁者尚四十余员。宦场中余多不识,绅士中余都尽晓。所杀者皆平素为恶,嗜利贪酒、把持公务、奔竞名场之徒。使天不借手以杀此辈,滇境永无平静之期。盖其积习已久,遗害甚深,故不得不扫而除之耳。造化安排,自有主张,谁谓冥冥中绝无公道在耶? 由此而去,恶人将尽,劫亦渐解,不过数年,滇中可无事矣。归寓后,乃作书致王公亮,俾知余踪又将还滇云。

廿七日(**10月1日**)　阅《东洲草堂诗钞》。

道州何子贞绍基先生著。先生以名翰林视学西蜀,川中士子咸感服之。后以奏事镌职,乃游峨眉,归养林下。旬甫至星垣,即往谒之,携其《游峨眉瓦屋诗草》归,余因得借阅。其古体甚奇矫而瘦健,与卷施阁塞外诸诗相近,楚南近代一名手也。《虎溪桥》七古云:"足迹未到心先超,一山灵气纷相招。幽奇古异万籁合,惟有虎溪溪上桥。想见禅师骑虎过,山月低时笠子大。泉声进飞树光破,惊堕悬猿四五个。"《由钻天坡至雷洞坪》云:"蛇行蚖属相攀牵,人来钻天天可怜。线路斗绝四五里,暂憩已是雷洞前。每年六月雷搜殿,电光照见雷公面。洞神逃出露奇形,雨脚斜飞横怪箭。蒙蒙下界千万家,掩耳但闻天鼓槌。上方金殿老居士,一竿赤日晒袈裟。"《至山顶》云:"八十四盘三倒拐,行人贯鱼兼爬蟹。却愁天近地欲离,似踏空行得悬解。天门石畔云侧行,太子坪前泉乱洒。山高百产猿鸟绝,地冷千年松柏矮。盘旋已至峨眉顶,宇宙阔远视听改。何必云容水气合,孤峰而外都成海。万形皆下此独尊,四大真空我安在。多少天人今古思,呵壁从头叩真宰。"《佛光》云:"有佛无佛吾不知,云有佛光今见之。

光明若是佛性具，缘何吝使人人窥。谓光明中乃有佛，不光明处佛何
为。行人走至光明顶，俯瞰下界悬厘厱。兜罗绵云万墼起，一白旋转
如窠丝。众云方合气一静，晴空爝晃临炎曦。层层环抱五色现，其烂
如锦圆如规。规中庄严宝相出，我相佛相何成亏。一弹指顷一隐现，
深浅聚散成迷离。渐看云厚日色薄，佛光一瞬归希夷。云耶日耶即
是佛，云日佛理初无岐。云日之外别有佛，佛法先立云日随。却思古
佛未出世，云光日色根两仪。其时佛光无人说，有光定先无佛时，非
空非色本元幻，无来无去多游移。佛光尚可偶一露，我心光明何可
期。噫嘻！我心光明何可期，普贤为我长低眉。《普贤西向》云："今
夕是何夕？此乡是何乡？一登峨眉巅，精神多彷徨。东睨齐豫西蕃
羌，北瞻秦晋南荆湘。屈指五年来，多成兵马场。但见城郭破坏，人
民夷伤，猛将损折，庸臣逃亡。衙庙化焦土，妇孺如驱羊。国币民脂
膏，剪肉难补疮。见劫不救，何为空王？见贼不戮，何为金刚？近者
廓夷颇蠢动，觊我卫藏侵封疆。何不一放智炬火，何不一动慧剑铓？
制而伏之为刚猛力，柔而化之为慈悲肠。乃独选此清净处，无言下视
人奔忙。山下千千万万人，终年朝佛来进香。儿童随翁媪，夜住冷雨
廊。丝縠化金钱，来充僧斋粮。番回瞻礼更勤苦，二三万里跋雨霜。
我心急迫无可商，来此愬佛非荒唐。菩萨亦可怜，敛尽玉毫光。死灰
槁木然，悲悯向西方。不敢回头一东顾，万年枯坐看夕阳。"《圣灯》
云："一灯乍起一灯堕，一灯离立一灯妥。十十五五断续来，悬岩倒瞰
明细琐。惟有东南澳漵区，杳杳天低万渔火。狂风乍起猛雨飞，众光
明被寒云锁。峨山金顶半日住，见佛不拜僧疑我。佛光昼见夜有灯，
谓是曰缘庶乎可。我时拥裘衾抱冰，走呼起看愧老僧。退思其旨臆
难度，木叶磷火皆无征。山空墼回奥幽处，人神共界理可凭。未必见
灯即见圣，要知无圣必无灯。"《山顶大雨》云："朝阳倒射红，照破山色
古。忽掩日半规，渐腾烟几缕。倏起四山云，合作一天雨。山高天同
高，此漏恐难补。举头一握是天庭，坐起颇闻天体腥。风云雪雨共一
孕，随时融现斯殊形。不同下界元气碎，雨师风伯烦使合。雨声挟风

在空跨,晡候尤浓渐卜夜。化成奇雾入寺门,来夺佛灯占僧舍。我时披裘复拥炉,欲睡不能吁可怕。却惜此雨太近天,如珠如玉竟徒然。几时落到人间去,遍洒中原上下田。”五古短章尤有奇趣。《擦耳崖》云:“雨崖壁立石,相距仅盈尺。待我走过时,汝方合为一。”《木皮殿》云:“步出泥水中,走上木皮殿。然灯寻衲子,照见菩萨面。低眉已睡着,见客色不变。待客睡着时,才把光明现。”七律非其所长,然亦有佳者,如《宿金顶寺》云:“山势西来浩不收,蜿蜒到此忽回头。玉毫静放千峰采,金德真先万国秋。微月带云栖兽栋,繁星如雨湿羊裘。此身果在神霄里,笑煞人间问女牛。”《还宿万年寺》云:“三日狂游忽往还,息心重与叩禅关。雨声送客仍联夜,秋气随云尽下山。拜佛人稀香象冷,诵经僧懒木鱼闲。观河皱面休相笑,聊借方池一照颜。自注东轩后有方池。”

先生本以书法名世,初学陈玉方,继仿吾乡钱南园,近乃自成一家,亦瘦劲有奇趣,与其诗相称。然诗为字掩,人但知其能书而已。又尝好为大言,谓古今无一善书者,唯颜平原差能执笔,未免过乎狂矣。

廿八日(10月2日)　闻贼上犯楚北。

安庆、桐城既复,贼乃率其大众上犯楚北,窥伺湖湘,声势颇大。盖近日围城多不用攻,只驱而走之,故贼得遁出,贻害他郡。每复一城,必失数郡,此之谓也。

廿九日(10月3日)　自叙《望洋集》。

编游粤以来诗,名《望洋集》,而自叙之云:“夏四月末行抵江门,秋初即返棹。中间往复流寓,一泛端江,一至羊城,三寓古冈,为时才两月有余耳,皆行程候也。而又时值淫霖,洪涛决堰,暴涨翻舟,游踪所到,登眺尤艰。故凡海峤名区、珠江繁盛、羊城古迹、粤秀风流,皆不能悉心领会。即间有游瞩,亦无非独往独来,孤吟孤啸,以自发其飘泊无偶、抑郁不平之气,而何能从容暇豫,作灵槎泛泛游哉!夫登华顶以流涕,望大洋而兴叹,古之人各有其怀抱,而吾则更难言焉矣。取以名吾集,又岂特为观海者致慨也欤!”

　　黄簏楼见此卷,有触乡怀,亦成诗四律,后二首云:"秋风吹泪客心惊,怀古伤今气不平。南海衣冠成鬼国,西洋淫巧误仙城。冶游弦管都无味,小劫烟花不记名。遗恨楚囚旧魂魄,长春馆里困苍生。〇无那临风一举杯,悲影狂上越王台。回栽茉莉留香国,祸启芙蓉有劫灰。客泪已随云水去,诗心直挟海涛来。乡园回首真愁绝,手把吟编不忍开。"

星烈日记卷之七十九

鸿蒙室主人笔识

九月初一日(10月4日) 邓厚庄招饮。

先偕旬甫访马君仙舫,询黔中情形。赴厚庄饮后,复偕段积堂访李紫澜,问滇中近况。盖二君初从滇黔来,故所言较为之确。黔中专恃田忠甫军门一人,而忠甫本起微贱,年少性暴,嗜杀好淫,且食鸦烟,唯临阵奋勇是其本性,故致贵显。现驻兵黔阳省城,三十里外即贼,镇远一带悉为苗匪巢穴,商旅久断,并无行者。安顺一面,则石逆窜党布满各郡,石迁、铜仁时有土匪,来去无常。此黔中大略也。至于滇乱,殆有甚焉。何有保父儿恃强不法,徐中丞抗旨思乱,已属变出非常。而近日传闻徐已为何所毙,未知确否?总之,乱世凶恶,互相残杀,势所必至。何氏父子亦将自图,迨其图尽,则世自清耳。近又闻八月初旬,黄河水清,三日,中州有凤至,至瑞兆也。理乱之机,互相倚伏,数十年后,当有圣人在上,吾辈不知,尚能目睹其盛否?

初二日(10月5日) 篚楼邀饮酒肆。

篚楼邀偕宝臣同入酒肆小酌。坐中有陈君者,出蚌珠一颗共览,质如水晶而加明,然已为庸工凿坏矣。归寓后,篚楼遣使敲门,送诗二律云:"共入新丰店,尘中此马周。举杯真写意,失箸岂深谋。红叶自然落,黄花未分秋。畏闻官鼓响,忙里且闲游。○仲宣无限恨,望远一登楼。风木终天感,君归,拟为二人卜窀穸。霜葭遍地秋。魂飞泸水阔,梦尽楚江愁。若问乡园事,潢池劫未收。"余亦走笔和之云:"南海飞孤棹,圜瀛览欲周。浮踪偏易遍,生计总难谋。莽莽今日泪,茫茫何处秋。有家归未得,真个悔长游。○幸晤良朋聚,相邀到酒楼。姜诗人迈古,山谷篚横秋。座上珠光敛,匣中剑气愁。几时同大隐,杀运一时收。"

初三日(10月6日) 李紫澜大令过访。

紫澜，昆明富室，以世乱援例出宦楚南。余昨过渠，询访滇事。兹来寓闲叙乡情，因云周君亨衢已回楚雄，亦有传其病殁者。楚郡既陷，其家资悉属贼有，亦云惨矣。初，余与锦谷、亨衢同上书投效不遇，本拟出滇共图机会，而君以事羁不能偕行，株守一乡，以致家破身亡，毫无表见。回忆曩昔，曷胜感慨！但不知其眷属又落何所，殊可痛也。

初四日(10月7日) 偕周绶卿访姚伯华。

伯华为松圃东床，新从靖州军营回，因访之。石逆大股已过黔阳，楚境无事。近闻忠甫军门兼署黔抚。国家用人，可谓力破成格矣。然粗莽武夫亦任封疆，又恐破非所破，亦与未尝破格者同受其害。用人之难，岂不信哉！然则如何而后可？曰："莫若因材器使，庶无偏枯之弊。此等人只宜用为偏裨，冲锋陷阵是其所长。若误膺大任，将今之天下兵强马壮者，何事不可为耶？"

初五日(10月8日) 序余旬甫诗集。

旬甫诗集甚富，抉择颇难，数日披阅始尽。君又属为叙言，因略举梗概应之云："诗至随园，倡为性灵之论，天下人翕然从风，不善学者日趋愈薄，真味率然矣。每欲力矫其弊，以归奇杰雄厚一路，稍振颓靡之习，而才力未逮，恒以为憾。今岁秋，由粤返楚，侨寓星沙，闻嘉鱼余君旬甫征选《诗话》，方欲造访，而君偕篷楼黄君适至，雄辩高谈，不可一世，颇有剑拔弩张之态。及叩所学，而诗之宗派源流又极剖晰详明，卓然确有所见。因急索观全集，古体原本汉魏，近体步趋韩、杜，亦间有出入高、岑处。盖其天姿超迈，魄力雄厚。又尝出游万里，北走燕赵，南适吴粤，兴之所到，纵笔直书，不假思索，故能感荡心灵，惊炫耳目，使人莫测其绪之所自来。沈栗仲大令谓其才近太白，可谓知言。然黄流浩浩，一泻千里，未免泥砂俱下，披检实难。余竭数日目力，始能抉择精华，而系数言卷首，异日同振旗鼓，用矫性灵积习弊者，不于君是赖也哉！"

君又有《渡河》一律云："柳园渡口揭车过，神舞安澜学海波。天际遥帆逐孤鹜，望中浑水吼灵鼍。乘时霸业焚舟济，被酒豪情击楫歌。大吏一劳思永逸，却将芦苇治黄河。"《保定》云："右辅神京羽檄弛，雄关矗矗俯南陲。河流直走天津卫，剑侠高歌督亢陂。车挽陆潜千乘远，河飞清苑万山欹。延昭智勇过而父，犹忆冰城御敌师。"又《黄河》五绝句，录其三云："掉尾巨鱼长似人，箜篌莫唱大河滨。金堤欲决龙公喜，劈箭洪涛下孟津。〇地轴当中一划开，霸图广武尚楼台。诗豪近有掀天力，曾过黄河浊水来。〇排沙走海浪涛雄，天上源长是正宗。悟到河流须九折，文心变幻似神龙。"《读史》云："骁将清流关外归，繁缨饰马振军威。香孩儿是真天子，一战生擒皇甫晖。"《咏怀》云："灯残酒尽咏闲情，意气从来未曾平。最是关心可怜处，英雄末路以诗鸣。雄剑尘封倦一寻，百年人物几升沉。须知长啸苏门客，亦抱隆中管乐心。"数诗雄杰，特立一时，为近今人所不肯为，亦实近今人所不能为者。

初六日（10 月 9 日）　仙潮赠诗。

仙潮近诗颇变旧格，盖其精进之功，正当奋往时也。见赠四诗，中有警句云："潮随大海浮青雀，秋带凉风过白苹。金缕歌残年少曲，素馨开老别时花。说鬼东坡愁欲绝，求仙南海路能通。芙蓉艳记前生梦，茉莉香从逆旅栽。"皆清丽可诵。

初七日（10 月 10 日）　阅《红豆秋斋诗钞》。

黄君篛楼著，风神秀逸，出语清新，五言多学樊榭，七言则近杨蓉裳诸人，岭南面目为之一变矣，择其尤者于此。七律如《与凤传夜话》云："西风吹月上银钩，照彻湘帘万缕愁。四壁虫声清入话，一灯人影瘦于秋。文犹可卖安吾分，酒不能赊向妇谋。莫笑逢迎真懒甚，此生原未惯营求。"《同友人上百花冢并祝张丽人生日》云："烟痕如梦遍天涯，来祝前朝萼绿华。三月雨滋杨柳色，千秋人葬杜兰芽。谓陈文忠及黎忠愍二公。生无多日春飞絮，死有余香冢尽花。肠断今朝同乙卯，丽人生于前明万历乙卯。梅坳山下酒旗斜。冢在梅坳。"《五日游报资寺》云："联袂城西结佛缘，艳阳天气昼如年。水纹到岸寻无迹，凉气随风荡欲圆。白石为床三尺阔，碧榕如画十分妍。夕阳才下钟声动，人影花香自在禅。"《赠小菱校书》云："一声河满四条弦，与我相逢各黯然。世味淡淡茶作谱，天涯飘泊柳吹棉。生来是仆原多恨，坐对如卿倍可怜。几度樱桃犹未嫁，漫将车马话门前。绮年片刻值千金，抱得琵琶孰赏音。红粉每防秋后扇，青衫同是爨余琴。海棠化去都无泪，莲子生初便有心。我幸寻芳来较早，不须惆怅叶成阴。"《折扇词》八首，录其六云："小隔银屏惜未逢，偷从帘底认芳容。旧传桃叶声名贱，新画桐花折叠浓。咤见蒲帆频望远，羞同菱角唱怜侬。去年人面今何处，惆怅巫山十二峰。〇不因人热本来难，待展芳心取次宽。惯与画裙同敛束，休疑破镜不团圆。绿描春水层层浪，红染斜阳曲曲阑。辜负秋期甘弃掷，渡江何处采芳兰。〇章台便面记张郎，阅尽当年走马场。明月二分工写影，春云一握暗生凉。玲珑瘦露春人骨，曲折愁回怨女肠。不合王珉旧诗句，安排试仿十三行。〇罢摇鸾尾正黄昏，摧折香轮又几番。一样轻狂名士习，平开怀抱美人恩。绿窗蕉叶纹初展，绛洞桃花浪有痕。愁煞行行鸳瓦窄，深宵露冷不堪论。〇风吹裂叶擘残荷，怕听前溪越女歌。尖利如眉弯更好，修成此骨屡经磨。巧裁新月依香袖，乞借春风弄绮罗。梦影几回圆不得，舞衫前事怅如何。〇宾客南平百不如，白松制后擅其余。生来似尔原轻薄，入世随他任卷舒。昨夜梦寒身落落，今年人瘦骨疏疏。银红阑子泥金字，莫讶萧娘一尺书。"七绝如《冈城夜雨》云："小楼轻冻逼寒釭，卷起芭蕉撼碧窗。分付夜来春水长，替侬流梦入珠江。"《帘影》云："亚字阑干月色溶，炉烟留得十分浓。误他归去将雏雁，度一重帘更一重。香薰宝鸭袅祥云，月色晴光两不分，步向画堂容小立，忽惊红袖起罗纹。"皆有巧思。其他佳句如《二月三日作》云："缠绵心共芭蕉卷，飘泊身随柳絮轻。"《圭峰》云："涧折泉声穿树曲，峰高云影荡天低。未偿诗债难饶我，除是棋枰总让人。"《纪事》云："到尾甘来思橄榄，此心酸极畏杨梅。"《夕阳》云："带三分暖随流水，隔一重纱入画屏。"尤为清芬蒨丽,不愧作者。尊翁镜石先生精于琴理,著有《琴裔》琴谱,未刊。故一家妇女俱解七弦。前有小婢,年仅十余龄,于此道尤有妙悟。昔康成有诗婢,今又见琴婢,可谓千古韵人。余拟作《琴婢歌》以传其事,以未得聆琴音,故屡握管而又止。行当悬篋楼代求堂上,俾得窃聆一操,以成此韵文焉。

初八日(10月11日) 偕旬甫访何镜海。

镜海才高意广,与世龃龉,故失意闲居,颇思入道,亦英雄无聊之概也。坐中闻黄州、浔州二郡均已克复,而胡泳之宫保病卒武昌,川匪围攻夔州,上游不靖,余归路又阻,真属恨事。惟闻八月朔日,五星联珠,日月合璧,新君适于是日即位,河水之清,亦当其时,诸瑞并集,吾辈差有太平之望。然为时已几两月,忧、喜二诏俱未颁到,又不知其何故也。

初九日(10月12日) 偕黄松亭登高。

松亭,黄陂人,以售书画为生,居星垣廿余年矣。既老且贫,而精神尚健。余前岁来此,即相认识,兹来邀作登高游,乃偕上南城,登天心阁望远,旋至浏阳门访稚仙,小憩片时即归。早膳后,镜海亦来过谈,相与论导养之术。镜海曰:"以事观事,以物观物,以我观我,以心观心,此是上乘工夫。"余曰:"然。然此非天资高明者不能,而天资高明之人,性又难于定静,此仙道之所以难也。"

初十日(10月13日) 作《登高》诗。

《九日》诗自杜老而后,作者甚多,佳者实少,以珠玉在前故也。余亦屡作此题,都不惬意。昨因登高,复有所触,拈笔为之,工拙不暇计矣。诗云:"滚滚江涛雾未开,萧萧愁上定王台。盘云岳岫苍鹰起,落木潇湘断雁哀。天地自怜双鬓短,亲朋谁抱一樽来。悲秋望远真无赖,况是风烟楚塞回。○洞庭落日吼蛟鼍,不信岳阳空逝波。屈贾风流今孰是,蕙兰心事古如何。人经丧乱豪情少,鬼读离骚慨喟多。传说汉营星象堕,一时愁绪冷关河。近闻泳之宫保病卒武昌。○伤心戎马尚无边,极目苍苍对远天。城上龙蛇翻绣纛,江中角鼓震楼船。黄河有运清三日,滇海离家梦十年。遥忆故园兄弟健,临风涕泗正涟涟。○猿啸猩啼总未休,夔门归路阻深秋。笳声撩乱悲红叶,菊影凋残笑白头。老去自多庾信泪,闲来还抱牧之愁。惊心节序如流浪,悔把雄怀赋远游。"诗成,旬甫来见,谓骨肉停匀,擅遗山、青丘之长,此中疑有神助,其信然欤!

十一日(**10 月 14 日**)　代周绶卿书屏联。

临古钟鼎各文,以君欲学是书也。此等书以气质醇古为妙,然朴茂中仍要有纵横之势乃佳。盖古人无心为书,随意安排,自具天趣。后人学之,未免有意规摹,失于迹象,所以难及也。

十二日(**10 月 15 日**)　读元遗山诗集。

遗山诗格老气苍,调高味永,放翁后又开一境界。惟才欠纵横,笔少变化,以为何、李之先声则有余,以继苏、陆之后劲则不足。故纯庙选《唐宋诗醇》,断自放翁,卓有所见也。然遗山之在金、元间,则实能卓然自立,不为时趋所囿,上步韩、杜,下启虞、揭,以复唐人格调,不致流为儇薄诡异一道,则谓之诗家砥柱,亦无不可。兹摘其七言佳句于后,以便观览:

"黄华自与西风约,白发先从远客生。""三年浪走空皮骨,四海相望只弟兄。""骨肉他乡各异县,衣冠今日是何年?""天围平野莽无际,水绕孤城闲不留。""春风碧水双鸥静,落日青山万马来。""长虹下饮海欲竭,老雁叫群秋更哀。""高原水出山河改,战地风来草木腥。""白骨又多兵死鬼,青山元有地行仙。""青山历历乡园梦,黄叶萧萧风雨秋。""细水浮花归别涧,断云含雨入孤村。""道路常教车历鹿,功名惟有鬓飘萧。""多病所需惟药物,一钱不值是儒冠。""断霞落日天无尽,老树遗台秋更悲。""流水浮生几今昔,高秋云物自凄凉。""冷月挂梦山月暝,老雁叫群江渚深。""连营突骑红尘暗,微服行人细路高。""丹青万木秋风老,金翠千峰落照开。""燕辽部曲千夫长,楚汉风云百战身。""功名何物堪人老,天地无心谁我贫。""西风浩浩欲吹帽,石溜冷冷堪濯缨。""举世尽从愁里过,一尊独爱醉时歌。""两都秋色皆乔木,一代名家不数人。""明月高楼燕市酒,梅花人日草堂诗。""草木暗随秋气老,河山长为昔人雄。""云沙浩浩雁良苦,木叶萧萧风自秋。""陶潜贫里营三径,潘岳秋来见二毛。"

十三日(10月16日)　补作《登祝融峰顶歌》。

自游南岳归,诗兴大减,今始补作是诗云:"平生我有五岳愿,今日才览祝融遍。岳庙矗矗起崔巍,云迷雾绕,松围柏护。天阴弥漫不可见,仰视岣嵝插入丹霄际,不知其几千万丈,悬岩危磴如盘线。欲登既未可,欲望神尤眩。心香默祝岳顶开,昌黎才大人称羡。我亦腼颜欲效颦,果然天开露坛殿。自古精诚格穹苍,看山予尤邀神眷。初登会仙岭,继陟铁峰院,一日阴晴时几变。南天门外试回首,七十二峰相隐见。紫盖朱陵射日红,耆阇天柱立峭蒨。郁郁石廪气磅礴,亭亭碧萝霞彩绚。缥缈忽插天外峰,芙蓉几朵尤鲜艳。雷池大地吼风霆,云龙又欲飞紫电。抠衣独立青玉坛,下视三湘两湖微茫如匹练。阴霾尽堕山之阴,少昊羲和不住来征战。侧闻衡山九转九向背,而此千奇万状何处求真面。元穹苍水梦魂劳,丹篆青琼无人炼。只有郗侯数卷书,秘台虽圮神犹恋。东望潜霍秩祀空,四镬尘封谁其荐。西顾昆明劫火红,妖氛百丈光吐焰。一身此际将安归,天幕历历皆奇幻。我欲上叩金阙一穷赤帝君,又恐炎方火德神太炫。不许高登宝露台,而饮玛瑙瓮,藏之芳宴。手攀扶桑天,足探委宛洞,金简玉文读难厌。待得南巡玉辇来,再与列辟历芳甸。倾三十八泉之玉液,注为南赡部州之珍馐,吁嗟祝融同一奠。"

十四日(10月17日)　周绶卿和诗。

周篷楼饮酒肆,韵和余《九日》诗二首,录其一云:"又过重阳节,来登旧酒楼。青衫怜我瘦,黄叶解吟秋。风急悲笳壮,霜高塞草愁。茫茫斯世惑,杀运几时收。"长沙诸友中有才者甚多,而语性情则当以绶卿为最和平。惜其诗不多作,故收收甚少。然年尚少,使由此加以精进之功,则其成就又何可量耶!

十五日(10月18日)　题余旬甫《游踪万里图》。

旬甫足迹半天下，所历名胜，一一绘图为册，征题殆遍。今来索诗，亦题一律以应之云："琴剑销残又几春，图成云水尚风尘。诗中老将幽燕气，天外浮名莽荡身。入海屠龙舒健臂，登山搏虎费全神。输他华屋消闲者，动操含毫一欠伸。"

十六日（10 月 19 日）　阅《国朝廿四家文钞》。

归安徐凤辉斐然选本朝人文，自王于一献定，南昌、顾亭林、炎武，昆山。侯朝宗、方域，商丘。施愚山闰章，宣城。诸人，下至魏叔子、禧，宁都。李穆堂、绂，临川。计改亭、东，吴江。汪钝翁、琬，长洲。汤潜庵、斌，睢州。姜西溟、宸英，慈溪。朱竹垞、彝尊，秀水。陆稼书、陇其，平湖。储同人、欣，宜兴。邵青门、长蘅，无锡。毛鹤舫、际可，遂安。李秋锦、良年，嘉兴。陈午亭、廷敬，绛州。潘稼堂、耒，吴江。徐丹崖、文驹，鄞县。冯山公、景，钱塘。方灵皋、苞，桐城。茅钝叟、星来，归安。沈椒园、廷芳，仁和。袁简斋枚，钱塘。共二十四家。窃谓古文一道，自北宋后代有作者，然皆规仿八家，未能脱去面目。惟顾亭林先生以经学为文章，拔出众作之上，以为经世良谟则可，若以为词章观之，则体例尚非其至也。至于简斋，则佻达不驯，殊乖正体，只可作说部杂文观可矣，而何能取备一家数耶？然则此道将谁属？曰："无已，其为雪苑、勺霆、望溪三家乎？雪苑波澜直逼韩、苏，神味尤近龙门，几乎与八家并立矣。惜其英年早卒，未竟其学，故涵养未甚纯耳。勺霆虽步趋老泉，而断制精当，凌厉无前，自是文坛健将。望溪才气稍弱，诚如随园所论，然宗旨纯正，立法精严，亦八家后不可无一之作也。有此三家，足以上追唐、宋，俯瞰元、明，何必求多，反见庞杂？况所选未必尽当，可以为法也耶？"

页眉补记：

李穆堂绂，临川。

十七日（10 月 20 日）　余旬甫以所选《诗话》来赠。

诗话之选众矣，要以随园为最著。盖诗而曰话，则必以多话为妙。随园之妙，正在话多耳。随园善议论，尤善诙谐，故其话多。然此正不易得，非读破万卷书，行遍万里路，且交遍天下士，而又加之以灵心慧性，辩口长舌，不足以妙天下，而见其舌有莲花也。余屡欲作诗话而又止者，正愧其不逮乎此。句甫书卷多矣，游踪遍矣，交游又广矣，而《诗话》之话尚觉其少者，何也？则以其意欲速成，故不能不减话以就功，而岂句甫本意乎哉？

十八日（**10 月 21 日**）　再读《廿四家文钞》。

中载计改亭《筹南论》二篇，当是弘光初立时语。其援引载籍以论东南形势者，可谓至详且明。而言卒不行，势卒不振者，贼势浩大，权奸用事，人心瓦改，史阁部一人不能独支于外也。即使将相同心，能如所计，亦不过东晋、南宋偏安局耳。而谓能并中原以取西北者，岂确论哉？夫明祖之所以先取金陵，然后北渡以定中原者，其时元纲不振，群雄并起，尽在东南，故必先扫荡群雄，然后指挥北渡，幽燕、川陕，可不战而自屈也。亦如楚汉相争，只争关中，战巨鹿，而天下遂定。地无论南北，只看其势趋重何方，则从何方下手，难者既定，易者无烦经营而自平矣。明祖既定天下，赐宴群臣，从容询取天下之略。群臣皆曰："陛下神圣英武，实天所启。"明祖曰："非也。元纲既坠，群雄蜂起，惟陈友谅为最强。朕若先攻张士诚，友谅必来救，天下事未可知也。不若先击友谅，士诚必闭关不出，吾得尽力江西。江西定，则东下吴会，势如破竹矣。"此明祖之成算，高人一着者在此。而改亭乃谓其时中原足食，未可遽与争锋，而以淮甸之兵取江南则易也，岂真识时务言哉？改亭幸不见用，使其大用于世，难免迂阔疏漏，与殷浩、房琯相类，同归于败。然其文气浩浩落落，自命不凡，亦是陈同甫一流人物。文士好奇，大都如是，知人固不难欤！

十九日（**10 月 22 日**）　祝少兰过访。

固始人，戊午夏曾与相晤于其乡，今游宦至楚，故枉过谈。因闻中州贼甚猖獗，前数日曾围攻汴梁、陈州诸郡，现又分掠各县，南北道梗，商旅为之不行。

二十日（**10 月 23 日**）　黄篴楼以《和九日诗》来示。

其次首最佳,因录之云:"江淮激浪走鼋鼍,孰向狂澜挽逝波。西北高楼不可见,东南半壁近如何? 词兼风雅文章盛,秋入潇湘感慨多。计日中原驰露布,澄清闻已兆黄河。"

廿一日(10月24日) 阅江左三大家诗。

余素不喜牧斋诗,非以其迎降也。其七古有藻采而无变化,七律有韵致而无烹炼,其失在繁而平。惟七绝丰神最佳,实开渔洋之先。黄篯楼谓渔洋风韵从牧斋出。余曰:"然。然渔洋乃突过牧斋,正如书家之董思伯,原本子昂,而风韵独绝,是皆能青胜于蓝也。龚芝麓不逮牧斋远甚,而七律间有突过牧斋者,则以其气稍凝结耳。总之,二子皆风流跌宕,专以词韵胜场,谓为名家则可,列之大家则适成为江左大家而已矣。若夫梅村镕铸唐贤,自成一体,虽同列为三家,而岂钱、龚所敢望其肩背哉? 当日人震牧斋名,不敢异议,日久则论自定也。"

廿二日(10月25日) 自检文稿。

本朝诗学超过元明,而文则未之变,盖以古文家多致力于考据骈体之学,故其力分而造诣不醇耳。余文非论事言理,未尝执笔,故闲文甚少,偶一检阅,又自愧其无以供文人展诵也。

廿三日(10月26日) 再阅江左诗。

钱、龚之失节,彰明史册,虽孝子慈孙,百世不能改。乃赵氏山子沄序之云:"人必才大学大而后道乃大。"又曰:"大家之难言也。三先生以命世之才,贯古通今之学,先忧后乐之志,匡济时艰,扶掖士类,投之而不矜,撼之而不动,惟日孜孜自任以天下之重,斯其蕴蓄何如乎?"呜乎! 梅村之志,人所共谅,牧斋则纯庙所谓名教罪人者也。芝麓虽未见弃于圣人,而失节之罪,亦与牧斋等。赵君乃为此大言以欺世,岂复知人间有羞耻事哉!

廿四日(10月27日) 自改文稿。

曩在滇拟刻《风雨怀人集》,所作诸友诗序十余篇,览之如昨日事。然经乱以来,亡者过半,存者亦不能晤面。昔王方平五见沧海变为桑田,余又不知几见桑田变为沧海,可胜慨哉!

廿五日(10月28日)　读《阙里文献考》。

去岁在宿松曾读此书一过,妄有所论。今再阅之,所言亦非大谬,乃略加润色,俾其成篇,以俟同志者互相考证,亦未始非为学者之一进步也。

廿六日(10月29日)　游小瀛洲。

星垣东南隅有隙地一区,中蓄塘,塘中有埠若洲然,四围借人家园亭花柳以成景物,亦颇幽静,可以游瞩,故曰小瀛洲,亦好事者故标其名以为美观耳。今午偶偕宝臣、绶卿同游其地,至则西风瑟瑟,落叶满地,颇动秋思,始觉旅况之难乎为情也。

廿七日(10月30日)　雨。

旬余无雨,且燥热如夏令,盖时气之变也。今晨始雨,便有寒意,亦何其相反之速如是乎?连日编录文稿,未暇吟咏,亦各会乎其时耳。

廿八日(10月31日)　雨。

今日雨尤甚,仍检文稿自遣。稚仙以其室静婉《寄外诗》四绝见示,颇有性灵,录其一云:"倚栏人最怕凝眸,才学吟哦便惹愁。小妹娇憨浑不解,几回催唤替梳头。"

廿九日(11月1日)　读《呻吟语》。

余一生俱在过中,无可自悔,乃取《呻吟语》读之,亦自病自医,非旁人所能代劳者也。

三十日(11月2日)　闻贼抵涪州。

中州近已肃清,惟川匪犯楚界,围龙山甚急,其党分扑黔江,连及涪州、川江,行旅又绝,余归路竟阻,奈何奈何!

星烈日记卷之八十

鸿蒙室主人笔识

十月初一日(11月3日) 读宋五子性理书后。

周子之言精而浑,张子之言远而宏,二程之言切而实,朱子之言晰而明,是皆有益身心性命之学。然以之治心则有余,若专恃此以应天下事,或恐有未达处。何也? 盖读书将以穷理,亦将以致用,而用又非徒以空言了事。今五子之书多言理而未及于用,使徒抱此一编以为应世之具,其不至迂远难行而为殷浩之咄咄书空者,亦几何哉? 然则如何而后可? 曰:"必将合天下事物之理,穷尽于一心,而后考古今因革损益之大经大法,有以穷其源而知其弊,于是运吾一心,以与为权度而措置之,使皆无不当焉,学然后大成而无弊。知此者,惟亭林顾氏《日知录》一书乎。然亭林之言曰:'命与仁,夫子所罕言。'遂专心致力于博文,而无守约之功,致启近今汉学流弊,亦非所以为学之至。夫为学有体有用,二者原不可以偏废。使非有程、朱讲明性理于前,则其体不大;非得亭林研精掌故于后,则其用亦未宏。故尝欲合诸子之书,萃而为一编,中间贯以吕新吾先生《呻吟语》以为之枢。盖《呻吟语》者,曲体人情,斟酌物理,在处己接物上用功居多,非徒空言心与性,亦不执于事与物。诚能体验程、朱性理,措施亭林经济,而济以新吾之泛应曲当,则天下亦无难治焉耳。"今因偶阅《性理》,聊书数言卷尾,知言者其不至以为妄而斥责之也欤!

初二日(11月4日) 阅杨诚村《平平录》。

诚村以武功显,尚能有志于学,是亦罕矣。然欲合三教而为一,不免为二氏曲辨,已属勉强。而又以一中字之形包罗众理,谓古中字乃一圈中加一点,圈即无极,点即太极,殊觉谬妄。夫无极者,以其无形可指也。若有圈则有形矣,而犹谓之无极,可乎哉? 故周子《太极图》以一圈为太极,至当不易之理,诚村岂未之见耶? 其他支离附会处尚多,不可枚举,然亦不暇举也。推究所由,盖妄怀侈大之心,欲总摄儒、释、道三家源流,而使之浑合为一,以侈其学术之广且大耳。夫二氏非无可取之处,要知其得力只在保生一道,其余说元说妙,说空说幻,皆借以济其私,非真有确见于中也。吾辈取之,亦只取其调息一术,以为保生卫道之功,是亦足已,而何必为之解说,自堕庞杂弊哉!

初三日(11月5日)　作《道原图》。

道也者,包乎形理气数而为言者也。故道先天而天弗违,后天而天不遗。形、理、气、数四者,未尝相离。释道两家,仅得其气,吾儒只言其理。形与数虽间有言者,然皆比诸术数之例,而未尝合而研究之也。今是图中作一圈,即理在气中之意。外作两仪,二气流行也。再外四象,再外八卦,再外十六、三十二,以至六十四卦,而更剖之以三百八十四爻,所谓数也。而合观之,则形耳。天地万物有是形即有是气,有是气即有是理,有是理即有是数。是一是四,是四还是一,而统而论之则曰道。古来学者未尝合观,亦未尝晰言,故道体偏而不备,混而未明。余将作《河洛元枢录》,因先为图,以待发明焉。

初四日(11月6日)　阅《太极图说》。

周子《太极图》只道之一体耳,其言多由天道引入人事,使人各尽其中正仁义之极,而与天地合其德,是言天地亦只言其理而已矣,所谓儒之本也。至邵尧夫《皇极经世书》乃通画前易,而数之学显。道家《性命圭旨》诸书出,而气之学微。惟形家之术,散见于韬钤堪舆及周礼办方定位之言,而未有专书为之推原所由,得其精微之用。余《道原图》后,拟继以《太极图》为理之原,《声音图》为数之原,《圭旨三关图》为气之原,《河洛二图》为形之原,然后分端玩索,各究其旨,以类相从,庶道体全而不偏。余昔梦人授一图,览之诸神毕汇。图中犹记其东为孔子,西为释迦,南为寿星,北为真武。孔子儒先而居东方,得气之生;释家佛祖而居西方,得气之尽;至真武元学而居北坎,乃知白守黑,得气之先者。三教各随气化,以为教本。儒尽人事,以为人伦之至则可,以为天道之全则未也。释自有以悟无,道本无而求有,以云独善则可,以言天道之著则更远也。故必合观三教,而后总握道枢。图中心又绘一衡,其权衡诸道,而使之各得其平欤!

初五日(11 月 7 日)　读《西铭》。

张子《西铭》则更专言人道矣。总之,圣贤言道,专就切近事物上说,不肯穷高务远,非不能也,恐误后学以荒渺之弊耳。若精而求诸大造之始,则必游心物外,乃可得其圜中。学者当次第用功,由浅入深,复由虚按实,乃得圣贤真意之所在。《西铭》意广而事亲,旨远而功近,从此致力,自有超然旷然之志,不至染迂腐一流习气。

初六日(11 月 8 日)　读《阴符经》。

阴符只是一道字,虚悬于天地之间,不偏不倚,无始无终,任人之领取而各得其妙焉。是故儒得之而为儒,释得之而为释,道得之而为道,兵家得之而为兵,道之全体备于是矣。余观其文,乃周末人手笔,与《中庸》体例相似。故尝谓《阴符》天道也,《中庸》人道也,《易》其介天人之交乎。学者必合观三书,而道之蕴始尽。

初七日(11 月 9 日)　阅《周易衷翼图说》。

浮梁汪容川泩著。余从书肆中购获残本,后半部悉图说,其前半则正文集注也。图虽集古,然用心亦勤矣。昔来瞿塘,弃科名入山读书廿九年而成《易》学,所绘图多心得,真可谓豪杰士。士君子不能立功以显于世,自当退而著述,阐明大道,以与古昔圣贤后先辉映,乃不虚生一世。今天下大乱,而委靡气习相率成风,吾辈何处可以立足?计唯著述一途,差堪自树,而又多欲无成,百弊丛生,真莫可以自赎矣。言念及此,展转夜不能成寐,可慨也夫。

初八日(11 月 10 日)　作家书及致陈亦翁函。

余本拟即还滇,故前寄王公亮函而不及家信。今水陆二路俱阻,滇中又割据不服,是终无可归之候矣。而余年已半百,又无后嗣,上既无亲,下更无子,何以自立耶?不得已拟赴京候选,暂作藏身计,庶可立家生子,再创基业。俟道途稍通,乃还里葬亲,较为妥当。故作函致亦渔姻丈,托其代达家信,亦未审其能达焉否耳。

初九日(11月11日)　阅《三鱼堂文钞》。

当湖先生一代醇儒,不欲以文显,而文乃逼真子瞻,快利明爽,笔阵纵横,世罕其匹。惟讲学专攻姚江,以为得朱子正脉,不免门户之见。即朱子亦多以攻击古人为长,以为得孟子正传。殊知孟子时,杨、墨、告子之教大行,不有孟子,孔子之道几乎熄已。故曰:"予岂好辩哉?予不得已也。"自孟子后,历代帝王以及学士大夫,皆知以孔子为法,而服习其教矣。特学有浅深,道有纯杂,亦随其时之升降与质之高下,以为出入焉耳。若必尽排斥而屏除之,将中行难得,恐非夫子因材立教之意,善哉。汤潜庵之言曰:"自古讲学,未有如今之专以谩骂为能者。"非隐以刺当湖心欤?当湖又有《泰伯三让论》,以为泰伯之让乃商,非让周。又云:"太王剪商之志,犹武王誓师之志;泰伯让商之心,犹夷、齐叩马之心。"余少时读书至此,即疑《集注》之说尚有未当,不谓先生亦作是论也。夫太王,周先圣王也。其时殷德虽衰,天命未改,而何至阴有剪商之志?《诗》云实始剪商,言周有天下之德,实自太王始,非谓太王阴怀剪商志也。且阴之云者,乃后世曹孟德、司马懿一流奸雄作用,而谓太王有是心哉?武王誓师,乃天命已归,人心已服,而受又罪大恶极,罔有悛心,不得已而作此征诛救民之举。使当时武王稍有一毫阴利天下之心,则微、箕二圣讵肯归心而成其为周德之盛也欤?窃以为泰伯之逃,非让商,亦非让周,乃自让,其有天下之实而不居,故民无得而称之。当太王时,殷德已衰,周德渐盛,而泰伯又生有圣德,使其不逃,则三分有二之众,当不难于其身见之。乃不此之利,而独高尚其志,不惟有天下之实不肯受,即有天下之名亦不乐居。名且不居,民又何从而称之哉?夫子美之,正以见泰伯实无一毫阴利天下之心,与文王之服事、武王之救民,异趣同德,后先相美,不觉溢其词曰"三以天下让",赞之至也。后世儒者不察,遂以为让商让周,纷纷拟议,无一定论,是未尝从古圣人心心相印处一求其理,而但即言词以私为拟议。使泰伯而有让商之心,民亦得而称之曰让商；即或有让周之心，民又何难而称之曰让周？且有心让商，有心让周，是皆以阴私而窥父志，后世贤者所不为，而谓泰伯为之乎？

初十日(11月12日)　武冈州告警。

石逆一股分窜楚境，武冈毗连粤西，故宜分头防堵。石逆一日不死，楚南一日不安也。上游贼势分布川、黔，下游贼势尽集苏、浙，惟两湖稍称安谧。而本年黄州之贼甫退，襄阳之盗又来，近日武冈复闻警报，将长江一带更无安居时矣。

十一日(11月13日)　忧诏至。

今上受命已二月余，于前月始由木兰回跸，御太和殿，颁诏天下，故楚南今始奉诏改元祺祥，以明年为祺祥元年。上春秋仅六龄，遗诏派顾命大臣八人，翊赞机务。受命日，钦天监奏五星联珠，日月合璧。山东巡抚又奏黄河水清，诸瑞毕呈，中兴象可预卜也。

十二日(11月14日)　闻通道、绥宁二县失守。不确。

二县俱属靖州。据辰河上游，贼由义宁窜过楚境，其意总在长江，使其下袭常德，其势将不可限。盖贼前在楚南，皆不得意，初犯长沙，再破湘潭，后又围宝庆，均无可骋。以其深入楚腹，四面皆无接应，故难取胜。虽偶破一二县城，亦不能久留，势孤则形危，必然之事也。兹复改由辰沅一路，则后有镇远苗以为之靠。铜仁、龙山一带现有土匪，我军不能首尾兼顾，可无虑哉！

十三日(11月15日)　自检文稿。

凡为学不可无自负心。当其心得处，常觉前无古人，后无来者，乃可以自足。不然，则循循人后，何异矮子观场，终无出头之时。亦不可有自恃念，当其不足时，又若穷无所归，困无所告，乃知所奋发。不然，而一得自矜，更何异富儿拥资，旋见灭亡之象。偶检文稿，二心俱不能无，故书以自励。

十四日(11月16日)　阅《辟邪纪实》。

专辟天主教，作者不著姓名，惟称饶州第一伤心人。繁称博引，佐以案证，极言邪教之不可妄从，其用心可谓切矣。然不敢显道姓名，即星垣公局发刊印送劝人，亦只书东南各省士民公刊。嗟嗟！以崇正黜邪，劝化迷途之书，而竟不敢显著姓名，则今日之时势，概可知已。其文云："天主教始自耶稣，西洋诸国通行之教。习之者妄谓耶稣生有天授，通各国土音，创教劝人为善。后被恶人钉其体于十字架，剖割以毙。其徒号其教曰天主，以耶稣为先天教主，造书曰《天经》，遍相引诱。自郡国至乡间，皆建天主堂，供十字架。师其教者，或手执十字架，与悬佩胸前不等，偶有轻亵，即为逆天，重罚之。其教之总名有二：一曰洗礼，一曰圣餐。教之分名又二十有五，难悉举。以意大里为天主教之宗国，代有持世教皇，谓为代天宣化。凡西洋各国王即位，必得教皇册封，有大事必咨决请命。又令其大弟子数十人分掌各国教事，曰法王。小部落掌教者号神父。神父多在童时受教，割去肾子，曰弥赛，从其教者与神父鸡奸不忌，曰益慧。神父在成人受教者鲜，其余随地皆有教主分掌之。至天主堂一切供亿，则皆国王、大臣、民庶转输不绝。每七日一礼拜，曰弥撒。此日百工悉罢，老幼男女齐集天主堂，教主上坐，赞美先天教主之德，群党喃喃诵经。事毕，互相奸淫以尽欢，曰大公，又曰仁会。其嫁娶不用媒妁，亦不论少长，必男女自愿，惟拜先天教主，祈上帝。且新妇必先令与所师教主宿，曰圣揄罗福。但不得娶二妇，谓上帝原初心造一男一女，故其国皆无妾媵，外奸者不禁。妇死乃可继娶。父死，子可娶母；子死，父可娶媳，亦可娶己女为妇。兄弟叔侄死，可互娶其妇，同胞姊妹亦可娶为妇。又重女轻男，自国王至臣庶皆听命妇人，每有妇逐其夫而再赘者。谓男子皆由女出，故其国多女王摄权。与人相接，重则免冠，轻则以手加额，所以示敬。无跪拜礼，即见国王，亦不拜，屈一膝，持其手嗅之，或拔额毛数茎投地，以为见君父最敬之礼。惟跪拜上帝及先天教主。凡与人相见，问其妻，不及父母，谓父母为已往之人。兄弟及戚友久不相见，见则互相奸狎，曰合初。君臣父子皆以兄弟相唤，母女姑媳皆以姊妹相称，谓世上止有天父、天母、天兄，此外无所为尊卑者。虽西洋习俗类然，而英佛诸国为最。其人外和内猾，貌易欺人，群以海舶贸易为生。凡海口有利埠头，肆行争夺。先止欺凌邻夷，不敢直逼中土。迨明季，西人利玛窦、王丰肃、阳马诺、庞迪我等，先后混入中国，以善作奇技淫巧，兼知推测天文，又有妖术烧炼金银，人多惑之。国初又用其流，推演历书。遂敢于京城及通都大邑造天主堂，而各以西人掌其教，凡士大夫之从教者称为西儒，并有《口铎》一书中云万物主于天，而天又主于天主。且谓自无始以来，倘非天主操持，则天久倾颓，地久翻覆。一概正祀，均斥为邪。惟一心致敬天主，谓从教者得升天堂，永离地狱，求富得富，求寿得寿，求子得子。愚者闻之，有所贪着，即能以符咒迷之，使之欣然入教。其授教之法，较诸自传本国者不同。然国初禁例森严，传习者犹不敢毕露丑态。至道光末年，乃有杨秀清、洪秀全等奉其教，群起倡乱，竟至蔓延东南，迄周纪不得平息。逆夷侦知中国之从教者众，遂敢于戊午年直破广东，去年八月，竟犯都门。今上念切怀柔，俯允和议。该夷反敢逞其狂悖，至分其徒于各省、州、县，传天主邪教及克力士顿教、加特力教、波罗特上等教，均以升天堂、离地狱为说，诳惑庸愚。从其教者即等其奴隶，任其驰驱，为害较前倍烈。凡初入教时，师与银四两、丸一枚，服之即惛瞆，自毁祖先神主，惟祀一赤体童神，一手指天，一手画地，曰耶稣太子。又有祀神名葛呢、名巴底行者，否则以赤纸画一长圈，中列十字架，并刀锥钩椠等器，曰圣架，供门首，或置龛中。及欲入天主堂，不问男女，主教者必为沐浴，曰净体，盖借此行其奸污。以后惟其所悦而从之者，亦不自知，反以为快。又从教家有女留一不嫁，为守符咒箱，司锁钥，别人不得擅开，名开箱老女，传教者至，即与伴宿。有病不得如常医药，必须教中人来施针灸，妇人亦裸体受治。如不愈，死后剖其脏腑头颅，考验病之所在，著书示后。凡从教者死，割去四肢曰上圣，断其首领曰中圣，割其耳鼻曰下圣。童子死曰仙童，守箱女死曰贞仙，孕妇死曰带子归西。家有丧，教者尽屏退死者亲属，方启门行验，私取其双睛，以膏药掩之，曰封目归西。并以红布囊纫其项，曰衣胞。有不听其殓法者，谓之叛教，即令多人至其家，凌辱百计，权四两子母而索之。其取睛之故，以中国铅百斤，可煎银八斤。其余九十二斤，仍可卖还原价。惟其银，必取中国人睛配药点之，而西洋人睛罔效，故彼国人无取睛事，独中国人入教则有之。点银之术，虽中国之久从教者，皆不得传。惟以药涂镜面摭人形貌，借此可获重利，此则中国之专心奉教者得授之。其尤谬者，能咒水飞符摄生，人魂与奸宿，曰神合。又能取妇女发爪置席底，令其自至。取童男童女生辰，粘树上咒之，摄其魂为耳报神。星家多师其术者，以搬运之术盗人藏金，曰还本。凡夷中男妇与从教者交，均谙采战术，曰乞仙。以口吸成童之精并处女红丸，曰开天孔，又曰人剂。与人交臂宿，即知人隐衷，乘机害之，曰测隐。甚或割女子子宫，小儿肾子，及以术取小儿脑髓心肝等事，其名未备详。而推其用心，直欲尽愚我海内人民，假其教以斩绝之，继将大有为于中国也。彼欲从教者，亦何惛而不察哉！吾故广搜往籍，及得之实见实闻，缕揭其弊，以为当门一喝云。”

又载湘潭一事以为案证云：“湘潭某被西洋沈暧唔、瑟哔呵诱入天主教。谓其妻曰：‘教主为我净体，通身舒爽，觉未入教时，不知其乐，今知此教，有使人不可不入者。’强其妻与媳皆入，媳不从。强之再三，曰：‘俟姑入后，当再入也。’教主遂取水一盆，置卧室，拉其姑同入，扃其门。其媳从楼隙窥之，见其姑与教主对坐，似有羞容，不即解衣。教主含水向空喷之，遂解衣赤体卧地，教主亦赤体，以水喷其阴户，手揉其胸。顷有肠自阴户出，教主以刀割之，置小瓶中，复散药入阴户揉之。随对面携手绕水盆数十匝，忽倚背反手携绕数十匝。其姑似困惫，教主置卧地，又以水喷之，其姑又跃然起，仍携绕如前，凡三次，教主即与奸合。奸毕，拉坐水盆，为之遍浴。浴毕，复含水喷之，其姑始如梦初觉者。乃与教主同着衣出，亦谓通身舒爽，此教真不可不入。苦以劝媳，媳曰：‘宁至死，断不敢遵命。’其姑曰：‘我初未知其中之味，亦不信，今知，故劝汝也。’其媳即述楼隙窥见取肠奸合之事，其姑绝不信，怒曰：'有此事，我岂不知，而甘受其污，复任之取肠耶？此汝不愿从，故为此诬词也。'盖其迷不自知，媳亦不为再辩，乃归母家居。"

余初亦闻天主教之邪，而不意其至是之丑也，人之所以异于禽兽者几希，此则与禽兽何异？且子可娶母，则有禽兽所不为者。推其意，殆欲以淫道诱人进，死则取其睛以点银是其本意，故于其本国则无取睛之事，若谓西洋人眼点银不效者，非也。此固理之易见而害之最显者，人反昧而从之，岂非淫邪之念最足以惑人而不自知其谬也哉？

十五日(11月17日)　阅《顾亭林文钞》。

亭林学术，蟠际天地，贯通古今，为本朝经学之冠。而《二曲文集》云："友人有以日记为学问者，纵使博习古今，究于身心性命何补？"而先生亦云："舍多学而识，以求一贯之方，置四海之困穷不言，而终日讲危微精一之说，我弗敢知。"是二者皆过也。多学而不体诸躬行，是格致而无诚正，修身尚且不可，况治平乎？力行而不考诸事物，是有体而未有用，独善或可有余，兼善则仍未也。学者必合两家之学，兼综而互参之，乃无偏枯之弊。厥后姚惜抱调停于义理考据之间，亦是此意。然惜抱只就词章上论，而未尝即道德经济言也。

十六日(11月18日)　过何镜海闲话。

连日未出门，今偶闲步，适与镜海晤，因邀过谈，并出近所为文共观。其散体深醇而有法度，骈体则秾缛而多磊落。盖近日拟学选体，而平时跌宕之气又时露于笔端也。君曰："余诗亦拟学选体，何如？"余曰："选体非不可学，惟其诗体太窄，不能施展才气，故不能尽吾所长。惟李杜体一开，而后诗之穷形尽象，无不任人学习，各得其性之所近，至于今而未有所尽，此李、杜之所以为大也。"君曰："然。"

十七日(11月19日)　阅《尧峰文钞》。

尧峰文颇学六一，而未能跌宕自如，故神味稍短，然篇幅整饬，颇有可观。其《申甫传》载道人传申甫八阵图法，与余所闻于李奉贞者同,当时亦未之信。奉贞本欲传余,惜其早死,故其学不显。申甫之死,仓卒殒命,与奉贞亦略相同。岂天故靳其术,不使之显传于世欤?抑何其遽夺之速如是也!申甫,云南人,隐于嵩山,其书亦瘗嵩山下。奉贞所学,岂其传欤?未可知已。

十八日(11月20日)　偕篆楼访祝少兰大令。

少兰甚风雅,能诗,善画兰。作令楚南,现司查草潮门。月前过余,今始访之。出颜鲁公《争坐位帖》共观,虽非原拓,然较之近世所拓迥不侔矣。大略鲁公此书,总以自然圆转、离奇变化为宗,故人莫名其妙。如右军之初写《兰亭》,纯是天趣,偶于毫端见之,有意仿为,虽在二公亦不可得,况他人耶?

十九日(11月21日)　赵云生邀出东城视地。

余至长沙,未尝轻谈地理。一日,云生偶言为其尊人寻地颇难,因出旧日所绘诸图与观。云生不胜叹赏,以为得未曾有。今来邀出东城,察其所获之地,乃省龙盖砂,并无结作,穴亦甚丑,乃同下山。余见平田中有高墩三四埠,相联不断,逆挽内堂田水,大水由后绕其玄武左右砂两重,配对停匀,其穴落于果园内。入视之,穴亦圆美,笔架朝山,亦颇端正。堂局宽舒,门户齐整,可以扦葬无疑。特龙不甚长,发福亦有限量耳。

二十日(11月22日)　作家书并致王公亮函。

近闻李紫澜有人回滇,余诸务未就,囊橐尚空,恐至中途不能前往,则进退两难,故先拟候选,再图乞假,较为妥当。因再作书致王公亮,并托其代达家信,未审其能径达否耳。

廿一日(11月23日)　偕段积堂出南城视地。

吾乡胡蔚堂太守宦楚廿余年,老而丧子,颇信因果报应之说。因买数地以为葬义冢,倩段积堂邀余出视,离城约六七里。乃省龙正身顿起高顶,穴晕显然,惜已为他姓所获。龙身多水泡,颇似梅花。总之,长沙龙格紧凑有余,宽舒不足,故主人心齐一而不甚开展。山川人物,一气相感,其信然也。

廿二日(11月24日)　作书致张炳南。

炳南,吾滇人,性诚直而无私曲。家贫,以缝纫为业。与余有戚谊,余客昆明,常至其家。今别七年,未通音问,故乘便一询起居。回忆曩惜,何殊梦寐。炳南又多病,遭乱以来,亦不知其尚能存否。滇中诸友,大约类是,又不独炳南为然已。

廿三日(11月25日)　作南岳地图。

余今岁往复湖南北,毫无善状,惟看获南岳及中干二地,差足赏心,拟俟异日购以葬亲。今既不能即归,爰作二图寄三弟玉铭,俾知余心自有在也。夫安亲福后,原属一气,并非两端。迂儒以为私且惑,余则以为公而智。盖安亲非安己,福后非福身,何私之足云?人生天地间,随气所感应,非智者不能明,抑又何惑之有哉?余家宗派甚弱,滇产仅二支,其一已绝,本支又累代单传,至余兄弟始四人,仲季皆早卒。余现无后,三弟生一子,远隔云天,近亦无耗,故不能不亟亟为福后计。若云私且惑,则吾不知其何为智而公矣。今日积堂遣价回滇,余亦相托以缄,故并记数语于此。

廿四日(11月26日)　阅《两当轩诗集》。

评者谓仲则诗近太白,亦甚似之,然以方太白,则眇乎小矣。余观其诗及行述,性褊急而多傲,故与人不睦,寿亦不永。揆之古人,殆贾岛、李贺一流人物,诗与二人亦伯仲之间。古来诗学,规少陵者多,学太白者少。盖少陵以学胜,故有规矩可步;太白以天胜,故无蹊径可寻。且学之易近于魔,譬如泛驾之马,非有羁勒,则必颠踬。仲则不专学李,故未入魔道。窃尝论之,欲学青莲,必先读南华、《离骚》、史迁诸文,然后从事,庶几有径可入。观其《远别离》《蜀道难》《天姥吟》诸诗,纯是古文法度,特笔多变化,无迹可循,人是以难于学李。若探其源以造之,则仙才亦何不可以学而至也。

廿五日(11月27日)　赵云生邀酌酒肆。

云生拟留余代寻地葬亲,亦孝子仁人之事。然余行期甚迫,不能久留,故不暇此。余既不能回滇,自当早图北上,速办前程,并理后事为要,安能悠悠忽忽,作此无益事哉!

廿六日(11月28日) 何镜海过谈。

镜海豪气未除,闻楚军近克安庆,对霞仙亦破格录用,以知县而擢藩司,不觉雄心复起。与余纵论军务,兴致勃勃,且欲邀同赴浙,借观西湖名胜。余观楚南近日党势已成,故决意北上,作名山著述计,庶几可以自立,而不为造物所缚也。

廿七日(11月29日) 作书致家毓芝。

毓芝只知余南回,而不识又将北上,故作书寄之,使知道途之难,非可以意计也。虽然,此去北征,又不知作何纡曲,作何阻塞,始能达其所往。天下事只可顺应,不能逆睹,稍涉成心,则徒生烦恼,仍无济事,夫何益哉!

廿八日(11月30日) 临《论坐帖》。

古人临此帖者多矣,然各不相同。盖临书贵得其意,不在貌袭,乃为逼真。况鲁公此书,毫无作意,其间任人临摹,各得其性之所近。近日书家尤尚此体,无论初学亦仿为之,至不耐观。余亦未能摹仿一二,惟临池想像古人意趣,则颇有得于中也。

廿九日(12月1日) 偕何镜海访吴翔冈,即留小酌。

翔冈颇有豪气,以带勇起家。近闲居星垣,构造园亭,近小瀛洲,有小楼可以眺远,而酷好图书字画。饮馔精洁,坐客常满。饮罢出诗稿相示,亦兴会勃发,有用才也。

星烈日记卷之八十一

鸿蒙室主人笔识

十一月初一日(12月2日) 阅《博物新编》。

从吴翔冈处借获是书,乃英国医士合信著。书分三集,初集多言取气、借光、制器以助人力事,二集则论天,三集悉言物。各集俱有图有说。其初集《地气论》《热论》《水质论》《光论》《电气论》,俱极精微,举凡天地所有之物,皆可制而用之,用水、用风、用火,已极巧矣,而兹乃更用气、用光、用热、用电,则无所而不究其精微也。惟言天以日为天心,地球与诸行星皆环绕日旁,而月又环绕地球,以成昼夜寒星,语甚荒诞。天地之妙,一动一静括之矣。使地轮转而动,则天地之功用无可凭依已。且地既动,则气转而风生,人物皆不能安,何以能生?惟天动而地静,人处动静之交,乃得其中和气,故生生而不息也。今使人乘轻气球腾至半空,则不能久住,以近天之气皆轮转而力大,故人不能安。彼英人亦既尝试之矣,而此乃自相矛盾,其说岂定论欤?大抵天文家皆凭虚臆度,并非实见,故各立异说,以耸人听闻。如言天左旋,或又言天右转,皆无确证。总之,推察日历,无论横竖说来,只取其宫度不差,时序有准,则天左旋固可,即右旋亦无不可。甚至如西人之云地球绕日,皆可以按度推算,惟揆之以理,则决无是解者。余观西人之学,大约辨形察气则精,穷理言数则谬,故其人多奇技淫巧,而无道德文章,亦天地之偏气所钟,彼不自觉,而乃妄自称许,以为华人皆拙,而西人独巧,岂不谬哉!夫华人亦何不可为奇技淫巧,特以上智之资皆务道德,下愚之质乃为工匠,而圣王又以淫巧为戒,是以一切制作,悉尚朴质耳。倘使中国取士亦如彼国以工授官,则华人心思更巧于西人数倍。天下理在数先,况形而下之谓器,讵可与形上者同日并语耶?

初二日(12月3日) 代罗仙潮书楹联。

仙潮志气甚高,而又生长岭外,胸怀眼界俱阔。今出楹帖索书,因撰一联以赠之云:"巨眼风涛联海外,新诗龙虎绣江东。"

初三日(12月4日) 仙潮赠诗。

昨代其书楹帖,今以诗来谢云:"极高眼界极虚心,况是情怀海样深。龙虎新诗凭妙绣,齿牙余论抵兼金。谁从燕市来求骨,才读《离骚》便许吟。莫怪中郎轻赏识,爨桐此后定成音。"原韵本"琴"字,为改"音"字,较响。

初四日(12月5日) 代段积堂书屏幅。

近日书家以何子贞太史为冠,然峭蒨有余,而气魄不足。近复颓然自放,出乎绳墨之外,未逮古人工力,而突欲过之,故弊病百出也。余书专尚气,而不能融浑自然,又好临摹诸家,出入无时,亦是大病。一艺之微,尚不能工,他何望哉!

初五日(12月6日) 赵稚仙以诗稿相质。

稚仙诗情有余而才不足,法尤未细,盖揣摹烹炼之功尚少也。譬诸架屋,不从筑基做起,虽雕饰精工,必易摧折。又如用兵,不按纪律而行,虽奋勇无前,亦易败损。余昔在滇,雪岑初以诗二百余首来相质,仅取其二三首,未几又以诗二百余首来就正,复圈其二三十首。次年更寄诗一百余首,则无一不佳矣。可见初学用功,当以精进无已为量,不可欲其速成,兼囿于一长自封也。厥后王实斋、张隽卿诸君,皆以此法鼓励之,诸君诗境果大进。出滇后,李宪之、萧子佩、曾子鹤诸君,亦无不乐从余讲客也。今稚仙亦有心受教,出其稿求正者屡矣,余皆未暇评点。非不暇也,恐骤律之以法,致阻其吟咏之兴;若不骤律之以法,又误其趋向之心。循循之诱,岂不难哉!昔刘霞裳以诗呈随园,随园不欲拂其意,亦粘于壁。迨游天台归,霞裳诗境骤进,急揭前诗尽焚之。使稚仙亦若霞裳颖悟之捷,吾知其必焚旧稿而后快也。

初六日(12月7日) 代积堂书屏幅。

积堂是日接获滇中四月来信,略云:"十年四月廿二日,楚雄失守,戕毙员弁四五十员,百姓死者无数。十月廿三日,贼阳为讲和,进至省垣,已入南城,为百姓力抵始退。冬月初二日,众恳何翼长率兵出击,是夜打开江右会馆,追至呈贡,杀毙贼匪数百人,省城始能保全。现又攻剿澄江、昆阳、海口,抚宪飞调申镇军进剿迤西,已克复富民、罗次、武定、禄丰等处,其广通、定远、楚雄以及迤东之可郎、柯渡、寻甸诸路亦将得手,然究难期迅速扫平也。去岁大水,农田无收,米价腾贵。今春三月,斗米价至四两一二钱,贫民饿死者甚众。道路土匪肆行掳掠,邓抚军亦被杀死,商旅为之不行。"观此则省垣不失陷,亦天幸也。然此犹四月以前信,不知四月后又如何变局,可甚叹哉!

初七日(12月8日)　作家书。

前已作书寄滇,兹复有便,更致一函,恐前信沉浮故也。乱世音书,隔郡犹难,况万里乎? 故不嫌其烦矣。

初八日(12月9日)　作书再致王公亮。

滇中诸友,久无确耗,每翘首西望,不胜念念,故致书公亮,一一询之。然鸿去易,雁来难,彼知吾生存,而不识吾之定在;吾知彼之定在,而不识彼处存亡。两地相思,半是猜疑,究不知是梦是醒也。

初九日(12月10日)　吴翔冈属作书并留饮。

翔冈最喜南园先生书,旧藏丈二巨纸一幅,倩余作书,务恳仿平原法,因为挥之。虽万不逮南园,而气尚磅礴,庶几无负此纸。盖余固喜书巨纸,以其足舒吾抑郁之气故耳。

初十日(12月11日)　作《王壮武公传》。

公讳鑫,号朴山,湘乡人。以茂才首倡团练,带勇杀贼,积功以道员用,加臬使衔,卒于江西军次。楚南将兵之翘楚者,原有三传,其友文丽峰以详略未当,故另属余,因为之拟焉。

十一日(12月12日)　《壮武传》成。

壮武勘乱才与明卢忠宣公相似,而局量稍隘,使得大用,其事业当更可观。惜当事仅以偏裨视之,故功亦不大著也。故自谓生平有三大恨:一恨用世太早,二恨用心太苦,三恨出山太轻。诚哉,自知之明也。传成,约五千言,篇幅太长,故另载《文集》中。

十二日(12月13日) 阅《海国图志》。

魏默深著,盖道光庚子、辛丑间英夷滋事时撰,将以备筹海采用也。书分六十卷,大目一十有六,曰筹海篇,曰各国沿革图,曰东南洋海岸各国,曰东南洋各岛,曰西南洋五印度,曰小西洋利未亚,曰大西洋利未亚,曰大西洋欧罗巴各国,曰北洋俄罗斯国,曰外大洋弥利坚,曰西洋各国教门表,曰中国西洋纪年表,曰中国西历异同表,曰国地总论,曰筹夷章条,曰夷情备采,曰战舰条议,曰火器火攻条议,曰器艺货币条目,亦颇明晰。然书本为战款外夷而作,而乃滥及各国沿革杂述,似志非志,使览者忘其要领,则庞杂诮亦所不免。又闻默深性迂癖,世事多所不谙,今观其书,亦仅足备坐谈,非可见诸实用。盖未尝身历疆场,故其理易穷,其事难知也。况兵事至变,临时方有作用,非可以预拟者乎?

十三日(12月14日) 代友人书册页。

临六朝各种。书至六朝,如文之于汉,诗之于唐,理学之于宋,词曲之于元,各有其恰好时也。盖六朝书多以涵蓄为主,冲和恬雅,适得中和之气,故不可及。迨唐则各极变态,宋尤奇情纵恣,以为书家奇趣则可,若谓书学正宗,则非也。

十四日(12月15日) 代友人书屏联。

仿郑板桥书。板桥从率更入,而杂以隶篆体,故自号为六分半书。人只知其奇趣横生,而不知其沉着痛快也。揆其书品,在山谷、君谟之间,不独为本朝名家,即历代书家中,亦当自树一帜。余力摹之,未能得其仿佛。古人一艺之精,亦不易易,况形而工焉者乎?

十五日(12月16日) 吴翔冈邀同小酌。

翔冈将赴豫章军营,欲邀余偕往,余久无从戎志,故谢之。左京堂季高驻扎广信,防堵豫章。李君次青进军玉山,屡打败仗。浙江严、衢、处、绍俱失守,钱塘危在旦夕,而楚师观望不前,夫何益哉!近闻湖南上游黔阳诸县亦多警报,可危也。

十六日(12月17日)　吴翔冈邀同镜海小酌。

镜海亦有意邀同赴浙,余皆谢之。镜海谓余迂且拙,余曰:"迂拙二字是余本性,不敢辞,亦不敢受益。余处世迂拙,应事则未尝迂拙也。余恒见世之人皆趋巧佞,三代遗直之风几乎息而无存,故当广其所为,不敢稍染恶习,不觉与世渐离而不谐,无怪人以为迂且拙也。至于处事,既未诡随,亦未胶执,而何迂乎?而何拙乎?且处世有当拙之时、当拙之事,亦有宁拙无巧之时、宁拙无巧之事,故不得不以拙处之,而慨谓之曰拙也,其能深知余之性乎?夫古来圣贤迂且拙者,亦已多矣。孔孟之栖皇,孔孟之迂拙无论已。即如诸葛武侯,当汉末纷争、英雄崛起之时,而武侯独高卧隆中,不事奔竞,亦不思远避,岂非武侯之迂且拙,有不谐于时好者乎?而究之翊翼蜀汉以成帝业者,则何以故?盖有所不为而后可以有为也。使武侯当时亦趋投时好,苟且就功,非不可与程昱、郭嘉等争名一世,则适成其为程昱、郭嘉之流而已矣,而岂武侯所为哉?而岂武侯所为哉?"

十七日(12月18日)　作诗送吴翔冈之广信营。

翔冈明日起程从军,因作诗一律送之云:"湘楚论交地,章江跃马时。英雄真磊落,黎庶尽疮痍。我已无家别,君宁有所思。明朝分袂处,雨雪绕鞭丝。"君美髯,有奇气,诗亦卓荦不群。惜其行促,不能借录为憾。

十八日(12月19日)　雪。代林琴生作书上涤帅。

琴生九年宰江宁,以失守镌级,至今部议从重戍军台,而亲丧未葬,一室茕孑,有难堪者。因拟上书涤帅,求其拯救,倩余捉刀,爰代拟之。略云:"某上之既不能与城存亡,致于宪典;下之又不能拯民水火,有负深知,则虽置以重典,亦属罪所应该。矧朝廷宽大,议罚从轻,某虽愚昧,宁不知恩?惟念先人灵柩,窆穸未封,一室孤茕,饥寒谁靠?使竟荷戈西塞,虽雨雪风沙,不敢有怨,而回首南湘,则孤儿怨妇,其何以堪?某赋性素迂,交游原寡,当兹患难,谁为援手?惟我恩宪,素深栽培,故敢沥情,频频上诉。亦若穷人无归,则不得不上呼父母耳。"数语颇沉痛,故录之。

十九日(**12月20日**)　作书致龚智轩。

智轩久别,未通音问,今适逢其乡人同寓,因倩致函,中有云:"某自出营,人多以为非,后复为崇如邀入其幕,则前之以为非者,又无不以为皆是也,岂有异致欤?盖某早知其非我族类,而又察其一军之必败,故不欲枉受其恩耳。既不欲受其恩,又岂肯以身尝其险?是以决志远举,乘机先遁。厥后其军果散,大损名威,人始服某先见,而又谬以为高洁其身矣。即其私人,亦甚有悔于某之去而致其名之损者。彼虽不言,能无所愧于衷哉!"数语盖有所为而发也。智轩同处局中,而未能深知余心,故并及之。

二十日(**12月21日**)　雪。阅《圜天图说》。

粤东李青来道人著,前在粤购获,今阅之。其言天亦多本西学,无甚心得。惟言五星之顺逆迟留,独辟一解,以为各星俱有常行本轮,而本轮中又各有次轮,上下旋转于本轮之位,致有顺逆迟留,伏见不常之殊,似亦有理。然终是创谈,与西人言地动一日自转一周,终年绕日行一大周之言相似,未免骇人听闻。其言七政俱大于地,亦非定论。盖天文家欲测月蚀之理而不得,故创为地小之说,以就其解,究属牵强荒谬不可信。月蚀之说,惟徐圃臣《天元历理》言之差当,以为日月本阴阳之精情,若男女适然相遇,女必转而避男,故有月蚀之异。盖月本自有光,情常与日相对,故半明半暗。若经纬度对针太正,则又转而上避,虽大地隔乎其中,而其情亦未尝相间。如人之左右目,虽为鼻隔,其气自相牵引也。余谓七政若大于地,则日光普照,昼夜无分,日至地底,地影虽能蔽之于地面,必不能掩之于上天,何以日一入地,则上半天俱暗,必至寅卯始复明哉?古人地大之说,原有至理,西人好异,喜为创言,算数则精,谈理实未当也。惟地底有天、四方人皆对足底行之言的确不易,但不可语于井蛙辈耳。

廿一日(**12月22日**)　晴。闻川江一带俱有贼。

近有人自滇来楚,云锦谷眷属亦同行至重庆,以路资缺乏,暂止筹画。其人至楚已半月，而锦谷眷属犹未到。盖其人初过万县时，贼锋已将至万，居人纷纷移徙，过江逃难，幸舟下流甚疾，故得过，稍后者则不能也。锦谷眷属至今未到，恐为所隔。余方喜滇人可以达楚，余自可由楚以回滇，不意又有此变，是终不欲余回滇矣。又况旅囊空空，岂易言旋也哉！

廿二日(12月23日)　闻贼复犯鄂境。

苗霈霖屡服屡叛，闻其前锋又犯楚界，进至麻城。余不能南归，方拟北上，而江北又阻，是进退皆无可定。方今离析之象已形，吾辈将安归乎？

廿三日(12月24日)　出门访友。

雨雪连日，久未出门，今始出访篆楼、仙潮、稚仙诸君，共谈风气之偷，至今日极已。讲理学者日即于伪，尚事功者相率以诈，谈风雅者愈形其薄。至吏治民心，则尽出以诡随，而无一点真意之存。总之，一伪字足以尽之，故不独功名文章皆可以伪取，即忠臣孝子亦莫不以伪成。士生其间，稍率本真，则群起而排之，不以为迂，即以为拙，世风何日可转哉！东周之末，士尚纵横而好辩，故布衣可以立谈取卿相。东汉之季，士尚气节而相高，故奸雄不敢及身而篡弑。东晋之世，士尚清谈而放诞，故宰臣每以干戈为儿戏。南宋之后，士尚道德而流于拘墟，故朝廷卒以委靡而莫振。前明又讲道学而兼尚气节，故政府与学校相为门户，党祸既深，卒以亡明。今世所尚，道德乎？气节乎？事功乎？抑文学而风流乎？剥复之机，尚未有定，大略聚敛而出于琐细，事功而饰以伪，为一诡随委靡之风也。古人云："天地之气，自北来则治，自南来则乱。"今旺气在南方，岂可望其速治乎？

廿四日(12月25日)　阅《明诗综》。

朱彝尊编有明一代诗，上自帝后，近而宫壶宗潢，远而蕃服，旁及妇寺、僧尼、道流，幽索之鬼神，下征诸谣谚，入选者三千四百余家，共百卷，可谓备矣。大略诗派凡三变：洪武开国之初，人心浑朴，一洗元季绮靡之习，作者各抒所长，无门户异同之见。永乐以迄宏治，沿三杨台阁之体，务以春容和雅，歌咏太平。其弊也，冗沓肤廓，万喙一音，形模徒具，兴象不存。是以正德、嘉靖、隆庆之间，李梦阳、何景明等崛起于前，李攀龙、王世贞等奋发于后，以复古之说递相唱和，导天下无读唐以后书。天下响应，文体一新，七子之名，遂竟夺长沙之坛坫。渐久而摹拟剽窃，百弊俱生，厌故趋新，别开蹊径。万历以后，公安倡纤诡之音，竟陵标幽冷之趣，幺弦侧调，嘈囋争鸣，佻巧荡乎人心，衷思关乎国运，而明社亦于是屋矣。此《四库全书提要》所论。余观明一代诗，其弊总在貌袭，故不足当有识者之一嚎。其滥觞如张式之楷，遍和《唐音》及李、杜诗各十余卷，不独律诗踵韵，即歌行古风，并上句亦和之。人虽至愚，亦何至是？其始盖由闽人林鸿、高棅诸人以拟唐为高，厥后浸以成风。余姚陈赟维成亦然。说者谓登黄鹤者，必赓崔颢之章；宴滕王者，必仿子安之体，亦何可笑也哉！国初沈尚书归愚亦蹈此弊，不独诗体字法效学无遗，即题目亦仿其例，真不可解。夫文运与时更新，文心因题变换，一时有一时之风尚，则一代有一代之文章，讵可袭古人之衣冠，为今世之观美？明诗之弊，大略如是，故不耐观也。

廿五日（**12月26日**）　阅《明诗综》。

《明诗综》载刘青田自编其诗文，曰《覆瓿集》者，元季作也；曰《犁眉公集》者，明初作也。公自负命世才，于元之季沉沦下僚，筹策龃龉，哀时愤世，几欲草野自屏。然其在幕府，与石抹艰危共事，遇知己，效驰驱，作为歌诗，魁垒顿挫，使读者愤张兴起，如欲奋臂出其间者。遭逢明祖，佐命帷幄，列爵五等，蔚为宗臣，斯可谓得志大行矣。乃其为诗，悲穷叹老，咨嗟幽忧，昔年飞扬硉矹之气，渐然无有存者，岂古之大人志士义心苦调，有非旗常竹帛可以测量其浅深者乎？又谓公羁管绍兴时，感愤至欲自杀，借门人密里沙抱持得不死。然则公固从困顿中来也。当其无时，虽英雄杰士，亦与庸众无用者等，使不遭逢明主，则命世才何由展哉？然佐命功成，固公之幸；佐命功成，亦非公之愿。此其所以咨嗟幽忧，而无昔年飞扬硉矹之气者哉！则其志亦可悲矣。

　　廿六日(12月27日)　阅《明诗综》。

　　明诗真气虽少,而格调自佳。宋仲敏讷诗文俱雄健古雅,其《壬子秋过故宫》八律云:"离宫别馆树森森,秋色荒寒上苑深。北塞君臣方驻足,中华将帅已离心。兴隆有管鸾笙歇,劈正无官玉斧沉。落日凭高望燕蓟,黄金台上棘如林。○万国朝宗拜紫宸,于今谁望属车尘。名闻少室征奇士,驲断高丽进美人。朝会宝灯沉转漏,授时玉历罢颁春。街头野服儒冠老,曾是花砖视草臣。○黄叶西风海子桥,桥头行客吊前朝。凤皇城改佳游歇,龙虎台荒王气消。十六天魔金屋贮,八千霜塞玉鞭摇。不知亡国泸沟水,依旧东风接海潮。○郁葱佳气散无踪,宫外行人认九重。一曲歌残羽衣舞,五更妆罢景阳钟。云间有阙摧双凤,天外无车驾六龙。欲访当时泛舟处,满池风雨脱芙蓉。○五云双阙俯人间,岁晏天王狩未还。鹦鹉认人宫漏断,水沉销篆御床闲。朝仪无复风云会,郊祀空遗日月颜。莫向边陲动戎马,汉兵已过铁门关。○万年海岳作金汤,一望凄然感恨长。禾黍秋风周洛邑,山河残照汉咸阳。上林春去宫花落,金水霜来御柳黄。虎卫龙墀人不见,戍兵骑马出萧墙。○清宁宫殿闭残花,尘世回头换物华。宝鼎百年归汉室,锦帆千古似隋家。后宫鸾镜投江渚,北狩龙旗没塞沙。想见扶苏城上月,照人清泪落悲笳。○云霄宫阙锦山川,不在穹庐氄幕前。萤烛夜游隋苑圃,羊车春醉晋婵娟。翠华去国三千里,玉玺传家四十年。今日消沉何处问,居庸关外草连天。"数诗音节悲凉,令人读之酸楚,李义山后不可多见。

　　廿七日(12月28日)　阅《明诗综》。

　　明诗至李空同及何大复,称中兴,号为极盛,然在有明观之故尔。若合古今而论,则适读之障雾耳。盖李、何俱以复古为名,殊知复古不在貌袭,要当以神理气骨为主,乃能起衰救弊,为后事法。如太白亦以复古自任,而其诗体曾无一肖古人。不惟不肖古人,抑且更开生面,与子美并驾齐驱,凌轹百代,牢笼万有,日久愈新,远而勿替。使当时亦摹仿汉、魏，剽袭六朝，岂不较李、何为高？然何能独有千古哉！李、何材质甚优，根柢亦厚，惜其无识，故摹古而但袭其貌，为后世诮。倘本此才而各变化融液以出之，则虽未极李、杜之盛，亦骎骎乎诗学中兴象矣。自此以后，诗学愈蒙，诗境愈昏，如行大雾弥漫中，几不见天日，何辨朝昏？故余谓诗之障蔽者也。

廿八日（12月29日）　阅《明诗综》。

《静志居诗话》云："李、何派并行，曾未几时，而学李者渐少，宗何者日多。学李而得其风骨者，前有凌溪，后有朔野而已。"朔野者，尹子莘耕也，子莘有《秋兴》《上谷》诸诗，沉雄历落，如晓角秋笳，听者凄楚。《秋兴》云："铜龙春辟晓光寒，金水桥横白玉栏。见说汉皇求大药，故邀王母到长安。黄金夜献文成灶，青鸟朝翔太乙坛。不是岁星陪帝辇，蟠桃谁奉殿中欢。蓟门千里接云中，燧火清宵警报同。合阵几窥青海月，鸣鞭争下黑山风。残冬战士衣仍薄，荒岁孤城廪欲空。南国十年输挽尽，防秋诸将慢论功。十万鸣弦报吉囊，野心狼子是花当。连姻故自轻中国，分道频看入汉疆。推毂丈人空肉食，操戈遗孽尚萧墙。不应干羽修文日，岁岁三关有战场。威名万里马将军，白首丹心天下闻。辽水旌旗余杀气，泰山松柏已高坟。条侯自靖中州变，窦宪曾名塞外勋。独倚凌烟思将略，暮天征雁下寒云。"《上谷歌》云："大宁无路援开平，极目孤悬独石城。遥忆先皇亲跃马，长驱绝塞苦提兵。寒流汩汩交樵径，野戍荒荒列汉旌。千载土人谈往事，伯颜山下有英声。永宁山外黄花镇，隆庆州傍土木城。千里风烟开紫塞，万军根本是神京。分工幸筑沿边垒，深入宜防间道兵。见说花当窥伺久，穷边谁识近年情。飞狐倒马紫荆连，此去朝廷路一千。向日北门严锁钥，于今南牧盛烽烟。时名受脤当关将，岁德临分破阵军。愿假精兵渡辽水，莫令疲病久戈鋋。阳河西带镇宁流，顺圣川南是蔚州。比岁凶荒犹在眼，向来荼毒几曾收。灵关皆出红沙岭，直峪斜通白草沟。封殖紫荆端在此，仓场刍粟可深筹。"余谓数诗气骨虽稍不逮空同，而音较响，调较圆，气较清，笔亦较活，是不专学空同，而参以义山者也。学者学杜不成，不如学义山，学义山成后，再窥杜老门径，自无重拙粗笨之弊。朔野可谓善学者矣。

廿九日（12 月 30 日）　阅《明诗综》。

明末党祸与东汉相同，复社诸君子之不尽罹斧锯也，亦几希矣。《静志居诗话》载之颇详，云："杨维斗先生倡应社于吴中，评骘五经文字，张溥天如、朱隗云子主《易》，杨彝子常、顾梦麟麟士主《诗》，周铨简臣、周钟介生主《春秋》，张采受先、王启荣惠常主《礼记》，而先生与嘉善钱旃彦林主《书》，后与复社、几社合。领解之后，声誉日重，门下著录者二千人。"晚岁岩居，忽罹维絷，舟中遗书，系以十绝句，言颇激烈。书长均不录。

又云："诗流结社，自宋元以来代有之。迨明庆历间，白门再会，称极盛矣。至于文社，始天启甲子。合吴郡金沙樵李仅十有一人，分主五经文字之选，而效奔走以襄厥事者，嘉兴府学生孙淳孟朴也，是曰应社。当其始，取友尚隘，而来之、彦林谋推大之，讫于四海，于是有广应社。贵池刘城伯宗、吴应箕次尾、溪县万应隆道吉、芜湖沈士柱昆铜、宣城沈寿民眉生咸来会，声气之孚，先自应社始也。崇祯之初，嘉鱼熊开元宰吴江，进诸生而讲艺，于时孟朴里居，结吴翙扶九、吴允夏去盈、沈应瑞圣符等肇举复社。于时云间有几社、浙西有闻社、江北有南社、江西有则社，又有历亭习社、昆阳云簪社，而吴门别有羽朋社、匡社，武林有读书社，山左有大社，佥会于吴，统合于复社。复社始于戊辰，成于己巳，其盟书曰：'学不殖将落，毋蹈匪彝，毋读非圣书，毋违老成人，毋矜厥长，毋以辩言乱政，毋干进丧乃身。嗣今以往，犯者小用谏，大者摈。佥曰诺。'是役也，孟朴渡淮、泗，历齐、鲁，以达于京师。贤士大夫必审择而定衿契，然后进之于社。故天如之言曰：'忘其身惟取友是急，义不辞难，而千里必应，三年之间，若无孟朴，则其道几废。'盖先后大会者三，复社之名动朝野，孟朴劳居多。然而敛怨深矣。十年正月，苏州民陆文声疏陈风俗之弊，皆原于士子，庶吉士张溥、知临川县事张采，倡立复社，以乱天下。思陵下提督学政御史倪元珙察核,倪公言:'诸生诵法孔子,引其徒谭经讲学,互相切劘,文必先正,品必贤良,实非树党,文声以私憾妄讦,宜罪。'阁臣以公蒙饰,降光禄寺录事,苏州推官周之夔者,与溥同年举进士,初亦入社,至是希阁臣意,墨经诣阙,复讦奏溥等树党挟持。案久未结,谗言罔极,至有草檄以声复社十罪者。大略谓派则娄东、吴下、云间,学则天如、维斗、卧子。上摇国柄,下乱群情。行殊八俊三君,迹近八关五鬼。外乎党者,虽房、杜不足言事业;异吾盟者,虽屈、宋不足言文章。或呼学究智囊,或号行舟太保。传檄则星驰电发,宴会则酒池肉林。所云行舟博檄,殆指孟朴言之。至十五年,御史金毓峒、给事中姜埰各上疏白其事,始奉旨朝廷不以语言文字罪人。复社一案,准注销。后福藩称制,阮大铖怨戊寅秋南国诸生顾杲等一百四十人之具《防乱公揭》也,日思报复。爰有王实鼎东南利孔久湮,复社渠魁聚敛一疏,大铖语马士英云:'孔门弟子三千,而维斗等聚徒至万,不反何待?'至欲陈兵于江,以为防御,心知无是事,而意在尽杀复社之主盟者。时昆铜暨宜兴陈贞慧定生辈,皆就逮于狱,桐城钱秉镫、宣城沈寿民亡命得脱。假令王师下江南少缓,则复社诸君难乎免于白马之祸矣。自昔党锢之传列于后汉之书,月泉之社附诸亡宋之籍,故录其诗,缀于崇祯之末。"

又云:"吴扶九居吴江之荻塘,借祖父之资,会文结客,与孙孟朴最厚,倡为复社。既而思合天下英才之文甄综之,孟朴请行,出白金二十镒,家谷二百斛,以资孟朴。阅岁,群彦胥来,大会于吴郡,举凡应社、匡社、几社、闻社、南社、则社、席社,尽合于复社,论其文为国表。虽太仓二张主之,实引次尾、扶九相助。当其时,乌程温相君有子求入社,扶九坚持不可。于是乎有徐怀丹之檄,陆文声之疏,继以周之夔之弹事,又继以王实鼎之飞章。而复社祸机既发,扶九亦日在忧患中,家居论断历代史,分为存信、存疑二部,又聚明人集三千七百家,欲辑典故,成一家言,皆未果。遗书经盗劫,散佚殆尽。有子南龄,予女婿也,仅存复社同人姓氏一册,出自扶九手书。爰录其副,按籍以求诸先生之诗,盖千百之什一尔,此复社始末也。"

士君子读书稽古,学成而朋自远方来,听之可也,未有行舟传檄而邀之千里万里外者。虽非作乱,实亦树党自张,其能免于祸乎? 诸君子气节相高,于在田之义或未讲也。计甫草复为之辨云:"明季党祸社事初不相蒙,至于亡国之罪,尤与应社、复社诸君不相及,不可不辨也。社事之兴,不过诸生文字之会,自朝宁视之,无异童子之陈俎豆、习礼仪为嬉戏耳。且明祖诸生之禁甚严,非若汉唐宋之太学生,得群聚京师,伏阙百千人,横议存亡大计也。汉唐党祸其人身为大官,仕于朝次,亦为郡国守相。若二张虽仕不达,维斗、彦林终老孝廉,东之妇翁吴君不惜破产以创复社,与子常、麟士、孟朴皆颓然老诸生,岂汉唐宋党人之比哉?"虽然,党势一成,君子小人互相攻击,或君子与君子亦自相排挤,国家元气因之大损,而能谓亡国之罪,与社事绝不相蒙哉? 甫草虽欲为之辨,亦乌在其能辨也? 然明亡而殉难之士甚夥,又不可谓非东林、复社气节之士有以激之使然,则社事亦未可尽非。文社之不讲,莫过于今日。余足迹半天下,不惟诗酒文宴之会寂寂无闻,即闭户潜修,以道自任者,亦不少概见。其或一二有志之士,稍思自振,则群起而非笑之。举世一辙,远迩同慨,则将求如明末之气节文章,亦不可得。每况愈下,今不古若,世道何时可转乎? 近闻英夷刊书传教中国,遣其徒流布直省,颇与复社行舟传檄相似,将见邪说兴而正教息,有世道人心责者,不可不急药救正也。

星烈日记卷之八十二

鸿蒙室主人笔识

十二月初一日(12月31日) 李映亭过访。

映亭初自滇来楚,亦将入粤访锦谷,闻锦谷眷属亦已出滇,不久将至。映亭知余在此,故来访,因询滇中近况。前闻滇抚有叛据之说,悉皆虚诳,然横行跋扈之气,则不一而足,乃知人言亦非无因。邓子久方伯之死,实出何有保之意。何自清擅杀文武员弁,亦是实情。周亨衢以回楚雄运解军米,病殁易门。时楚郡未陷,去岁郡陷,其产业悉化灰飞,家人未知存亡。其妾携二女一子,尚住滇垣,日售衣物为食,亦云惨矣。曩昔诸友多逃在外,王公亮去岁曾署定远县事,近亦不知北回否。吾郡之事,省中俱不得闻。省垣自去岁贼退,至今无恙。迤西一带全属贼有,滇、黔交界贼踪无常。余拟由黔归,而囊橐尚空,归软之赋,未能自定,奈何奈何!

初二日(1862年1月1日) 钱蘅龀女史以诗题鸿蒙室稿。

女史名衡龄,前曾采其诗入日记,今以诗来题余稿云:"径尺瑶函知不朽,电光掣目蛟龙吼。遗珠暂隐意偏闲,且学乘槎犯牛斗。媚闺更听箭声壮,愁怀似锦翻新样。先生何日展奇才,笔阵一挥消甲帐。"哲嗣仁夫秀才刘怀熙亦题一律云:"摘得骊珠抱负深,暂将豪气托遥吟。畸人更擅诗人笔,海客偏同楚客心。俯仰乾坤供笑傲,放怀山水豁胸襟。壮猷毕竟推元老,定有奇谋冠古今。"

初三日至初九日(1月2日至8日) 作《明诗派述略》。

明三百年诗,始终凡九变,大要不出唐初、盛、中、晚,未能自辟门户。其时未尝无识其弊者,总因习染过深,虽心知其非,而寡不胜众,一时未能提醒而挽回之,故屡变而仍不出其故辙。无识者且以为明诗其复古也,安在其为复古哉?盖泥古而不思通耳。姑即当时评论,略分其派,胪列于左:

　　刘高二宗：刘基，字伯温，青田人。以佐命功封诚意伯，有《覆瓿集》。胡元瑞云："青田才情不若杨孟载，气骨稍减汪忠勤，以较张、徐诸子，不妨上座。"王元美云："明兴，立赤帜者二家而已，才情之美无过季迪，声容之壮次及伯温。"朱竹垞云："刘诚意锐意摹古，所作诗多，遂开明三百年风气。"愚按青田才气虽未甚纵横，而格高调雅，故当首冠前明也。高启，字季迪，长洲人。官户部待郎，坐法死。有《凤台》《吹台》《江馆》《青丘》《南楼》《槎轩》《姑苏杂咏》等集，自选为《缶鸣集》。李宾之云："国初称高、杨、张、徐，季迪才力声调，过三人远甚。百余年来，亦未见卓然有以过之者。"胡元瑞云："国初称高、杨、张、徐，季迪风华颖迈，特过诸人。同时，若刘诚意之清新，汪忠勤之开爽，袁海叟之峭拔，皆自成一家，足相羽翼。刘崧、贝琼、林鸿、孙蕡抑其次也。"季迪与杨、张、徐并称四杰，然余观三家，非其匹也。因以配青田，为明初二宗，而以汪、宋诸家羽翼之。

　　汪广洋，字朝宗，高邮人。封忠勤伯。有《凤池吟稿》。朱竹垞云："忠勤诗饶清刚之气，一洗元人纤缛之态。静居、北郭犹当逊之，无论孟载也。"

　　宋讷，字仲敏，滑县人。官大学士，卒谥文恪。有《西隐稿》。竹垞云："宋公身历通显，其《过元故宫》诸诗悲凉酸楚，虽初明《通天》之表、子山《江南》之赋，无以逾之。"

　　张以宁，字志道，古田人。官侍读学士。有《翠屏》前后集。竹垞云："承旨《重峰送别》一篇，仿太白，可称合作，脍炙一时。"

　　刘崧，字子高，泰和人。官吏部尚书。有《槎翁集》。胡元瑞云："国初，吴诗派昉高季迪，越诗派昉刘伯温，闽诗派昉林子羽，岭南诗派昉孙仲衍，江右诗派昉刘子高，五家才力，咸足雄据一方，先驱当代，第格不甚高，体不甚大耳。"

　　王彝，字常宗，嘉定人。官翰林。有《三近斋稿》。竹垞云："常宗自号妫蜼子，学有渊源。文甚高洁。时铁崖以文雄东南，倾动一世，常宗独作《文妖》一篇诋之，可谓独立不惧者矣。"

贝琼,字廷琚,崇德人。官国子助教。有《清江集》。竹垞云:"廷琚学于铁崖而不阿其所好,故其诗爽豁类汪朝宗,整丽似刘伯温,圆秀胜林子羽,清空近袁景文,风华亚高季迪,朗净过张来仪,繁缛愈孙仲衍,足以领袖一时。"

杨基,字孟载,其先蜀人,居于吴,再徙河南。官山西按察使,寻夺职,供役,卒于工所。有《眉庵集》。竹垞云:"吴中四杰,孟载犹未洗元人之习。"高、杨、张、徐,并称四杰。今观三家,并非高匹。故余独跻高与刘,为明初二家,杨、张、徐只与汪、宋诸家羽翼其间而已。

张羽,字来仪,浔阳人。官太常司丞,投水死。有《静居集》。张企翱云:"国初以高、杨、张、徐比唐之四杰,故老言不惟文才之似,而其攸终亦不相远。眉庵、盈川令终如一;太史之毙同乎宾王;北郭虽不溺海,仅全首领,而非首丘;先生投龙江又与照邻无异。噫,亦异矣。"竹垞云:"来仪五古,微嫌郁辖。近体亦非所长。至于歌行雄放,骎骎欲度季迪前,固当含超幼文,跨蹑孟载。"

徐贲,字幼文,其先蜀人,徙居吴。官江南左布政,寻下狱。有《北郭集》。竹垞云:"幼文才气稍未逮高、杨、张,然诗法耆然,森有纪律。"

余尧臣,字唐卿,永嘉人。官新郑丞。有《菜迈集》。"尧臣与杨基、张羽、徐贲、王行、王彝、宋克、吕敏、陈则、释道衍为高启北郭十友。"

王行,字止仲,长洲人。郡庠经师。蓝玉延教其子,连坐诛。有《半轩》《楮园》二集。竹垞云:"止仲好谈兵。平居于十友中最契道衍,赠之序云:'上人非若他人事佛奉师,碌碌作沙门者。今天下乱已极,且必治,治然后出于时以发其所蕴,其上人之志与?当世之人,安知终无与上人同其志者?盖姑有所待也。'诵其言,亦倾危之士乎。至《墓铭举例》一书,足为学文者津筏,诗非所长也。"

宋克,字仲温,吴人。官凤翔府同知。竹垞云:"仲温任侠自喜,挟弹走马,学《握奇阵法》。张氏据吴,欲致不得。惜其集罕传。"

吕敏,字志学,无锡人。官无锡教谕。有《无碍居士集》。

陈则，字文度，昆山人。官大同知府。

岭南五先生：孙、王、黄、李、赵。孙蕡，字仲衍，南海人。官苏州府经历，谪辽东，坐党祸死。有《西庵集》。欧桢伯云："明兴，五岭以南五先生起，轶视吴中四杰。"徐子元云："岭南五先生，惟仲衍清圆流丽，如明珠走盘，不能自定。彦举雄俊丰丽，殆敌手也。"王佐，字彦举，家本河东，随宦南雄，遂占籍南海。官给事中。有《听雨轩》《瀛洲》二集。竹垞云："彦举与孙仲衍结社南园，开抗风轩以延岭表名士。当时之论云：'构辞敏捷，王不如孙；句意沉着，孙不如王。'不可谓定评也。"黄哲，字庸之，番禺人。官东平府通判，寻坐法死。有《雪篷集》。竹垞云："庸之五言诗源本六代，七言亦具体，品当在仲衍之下，彦举之上。"李德，字仲修，番禺人。官义宁知县。有《易庵集》。竹垞云："长史好效长吉，孙仲衍戏之曰：'子诚混元皇帝孙也。'然其诗实与长吉远。"赵介，字伯贞，番禺人。有《临清集》。

闽中十子：林、陈、唐、郑、王、高、王、王、黄、周。林鸿，字子羽，福清人。官礼部员外。与高棅、陈亮等同时，称闽中十子。有《膳部集》。李宾之云："子羽诗专学唐人，极力摹拟，不但字面句法，并其题亦效之。开卷骤视，宛如旧本，然细味之，求其流出肺腑卓然有力者，指不能一再屈也。"钱受之云："闽人言诗者皆本鸿。黄玄、周玄、林敏、陈仲宏、郑关、林伯璟、张友谦、赵迪，悉鸿之弟子。"陈亮，字景明，福州长乐人。屡诏不出。有《储玉斋集》。唐泰，字亨仲，闽县人。官陕西副使。有《善鸣集》。郑定，字孟宣，闽县人。官国子助教。有《澹斋集》。王褒，字中美，闽县人。官王府纪善。有《养静集》。高棅，字彦恢，又名廷礼，长乐人。官翰林典籍。有《木天清气》《啸台》二集。王偁，字孟扬，其先东阿人，随宦寓闽。官简讨，下狱死。有《虚舟集》。竹垞云："孟扬才名，与解大绅相伍，其获罪亦同。然诗格华整，远胜学士。"王恭，字安中，自称皆山樵者，闽县人。官翰林典籍。有《白云樵唱》《凤台清啸》《草泽狂歌》。竹垞云："顾光远以《白雁》诗得名，然如'锦瑟夜调冰作柱，玉关【夜】晓度雪侵衣'，亦不若王安中之'夜雨芦花看不定,夕阳枫树见初飞'也。安中整练不及子羽,而风华跌宕,固似胜之。"黄玄,字玄之,候官人。官泉州训导。周玄,字微之,闽县人。官礼部郎中。有《宜秋集》。竹垞云:"子羽倡风雅于八闽,从之游者颇众,而独矜许二玄为入室弟子。"

二蓝:蓝仁,字静之,崇安人。有《蓝山集》。蓝智,字明之。有《蓝涧集》。竹垞云:"二蓝学文于武夷杜清碧,学诗于四明任松卿,其体格专法唐人,间入中、晚,盖十子之先,闽中诗派,实其昆友倡之。蓝涧仕而蓝山隐。"

李晔,字宗表,钱塘人。官国子助教。有《草阁集》。竹垞云:"草阁得诗法于李季和,然季和犹为廉夫薰染。草阁歌行,则一气孤行,独开生面,正如淮阴之师,多多益善,囊沙拔帜,辟易万人。当时四杰、十友、二肃、二玄,各有标榜。如此逸气高格,顾诗家月旦不及焉。信夫知音之难也!"

管讷,字时敏,华亭人。官楚府左长史。有《秋香百咏》《蚓窍》《还乡纪行》等集。廖鸣吾云:"长史诗清新幽柔,可与袁景文并驾。"竹垞云:"管师事廉夫,集经鹤年论定,春容疏越,岂出景文之下?而说诗家入选寥寥。卧子、舒章生长五茸,知有袁而不知有管,竟置不录。径寸之珠,讵可遗哉?"

浦源,字长源,无锡人。官晋府引礼舍人。有《浦舍人集》。钱受之云:"长源闻林子羽老于诗学,欲往访之,无由;以收买书籍至闽。子羽方与其乡人郑宣、黄元辈结社,长源谒之。众请所作,至'云边路绕巴山色,树里河流汉水声',惊叹曰'吾家诗也',遂邀入社。"

会稽二肃:唐肃,字处敬,会稽人。官编修。有《丹崖集》。竹垞云:"处敬文极为危太朴诸公所许。诗与谢金事原功齐名,称会稽二肃。"谢肃,字原功,上虞人。官福建按察金事。有《密庵集》。竹垞云:"原功虽不及处敬,亦磊落不凡。"

王旬,字子宣。竹垞云:"高季迪以诗得妻,王子宣亦以诗得妻。其《宫词》婉丽,绝似王叔明。"

方孝孺，字希直，一字希古，临海人。官文学博士。靖难兵至，首以身殉。徐子元曰："希直文章大家。诗亦豪壮，非所长也。"

程本立，字原道，崇德人。官金都御史。靖难兵至，自经。有《巽隐集》。竹垞云："建文诸臣，文莫过方希直，诗莫过程原道。希直之文，取法昌黎，下亦不失为苏子瞻。原道之诗，刻意少陵，下亦不失为陈简斋也。"

袁凯，字景文，华亭人。官御史。有《在野集》。竹垞云："妪蝥子斥杨铁崖为文妖，惟诗亦然。虽才情横逸，而习气太深。沿其派者，高则温岐、李贺，下或杂以宋词元曲。孟载、子高皆所不免。独海叟纯以清空之气行之，洵不易得，然合诸体观之，则不及季迪、伯温尚远。何仲默推为国初之冠，似非笃论也。"

姚广孝，长洲人，幼名天僖。既为僧，名道衍，字斯道。以靖难功为僧录左善世，加太子师，复姓，赐今名。有《逃虚子集》。竹垞云："少师早著才称，晚参帷幄，文与北郭十友之林，武居靖难诸功臣之首，咄咄怪事。观其入燕两谒刘太保墓，赋诗云：'良骥色同群，至人迹混俗。知己苟不遇，终世不怨讟。伟哉藏春公，箪瓢乐岩谷。一朝风云会，君臣自心腹。大业计已成，勋名照简牍。身退即长往，川流去无复。佳城百年后，何人敢樵牧？斯人不可作，再拜还一哭。'盖早以藏春子目况矣。"孝陵诛季迪，余初以为过。既观北郭十友之仲止、仲温、道衍，均非纯正之士，值天下新定，嫌疑未释之朝，而季迪乃与诸人为友，互相标榜，自居首座，其取祸也，不亦宜哉！

解缙，字大绅，吉水人。官交趾参议，下狱死。有《春雨斋集》。李宾之云："学士才名绝世，诗无全稿，传者真伪相半，顿令观者有枫落吴江之叹。"

三杨：杨士奇，名寓，以字行，泰和人。官华盖殿大学士，卒谥文贞。有《沙羡》《石台》《东里》诸集。徐子元云："东里格调清纯，实开西涯之派。"杨荣，初名子荣，字勉仁，建安人。官谨身殿大学士，谥文敏。竹垞云："东杨诗颇温丽，上拟西杨不及，下视南杨有余。"杨溥，字弘济,石首人。官武英殿大学士,卒谥文定。有集。竹垞云:"三杨位业并称,南杨诗名独不振。"

翰林四王:王璲,字汝玉,后以字行,长洲人。官春坊赞善,下诏狱死。有《青城山人集》。竹垞云:"翰林四王并称,而汝玉弟璡汝器、琎汝嘉,一门又有三焉。"王洪,字希范,仁和人。官礼部主事。有《毅斋集》。王绂,字孟端,无锡人。官中书舍人。有《友石山房集》。王达,字达善,无锡人。官侍读学士。有《耐轩》《天游》二稿。竹垞云:"耐轩与大绅、孟扬、汝玉、希范号'东南五才子'。"

沐昂,字景颙,以左都督镇守云南。卒谥武襄。有《素轩集》。竹垞云:"定边平麓川之寇,威著西南,而能以余暇留情文咏。辑明初名下士官于滇及谪戍者,自邾仲经以下二十一家,诗凡二百五十首目,曰《沧海遗珠》,杨东里为之序。"

曾棨,永丰人。官少詹,卒谥襄敏。有《巢睫集》。穆敬甫云:"曾诗富于才情,涌泻如泉,在永乐中可称独步。"

周忱,字恂如,庐陵人。官工部尚书,卒谥文襄。有《双崖集》。竹垞云:"进士改庶常,相传自永乐甲申始。是科命解学士缙选得二十八人,以应列宿。文襄自陈年少,乞读中秘书,时人谓之挨宿。"

薛瑄,字德温,河津人。官文渊阁大学士,卒谥文清。从祀孔庙。有《河汾集》。竹垞云:"集中五言醇雅,有陶、孟、韦、柳之风。予尝谓宋之晦庵,明之敬轩,其诗皆不堕宋人理趣,未见其碍于讲学,又何苦而必师《击壤》派也!"

于谦,字廷益,钱塘人。官兵部尚书,加少保。英宗复辟,弃市,谥忠肃。有集。竹垞云:"少保社稷之臣,其诗特多秀句。"

张楷,字式之,慈溪人。官右金都御史。有《和唐集》。蒋仲舒云:"中丞遍和唐诗,可谓捧心效颦。"

瞿佑,字宗吉,钱唐人。官周府右长史。有《存斋乐全集》。宗吉风情丽逸,乐府歌词多偎红倚翠之语,为时传诵。竹垞云:"明初诗家,以杨廉夫为祭酒。廉夫见同调,缀以评语,不曰牛鬼,则曰狐精。

此王常宗论文，即以孤比廉夫也。宗吉幼为廉夫所赏，拾其唾余，演为流派，刘士亨、马浩澜辈争效之。譬诸画仕女者，肌体痴肥，形神猥俗，曾牛鬼狐精不若矣。"

陈庄体：陈献章，字公甫，新会举人。授翰林检讨，卒谥文恭，从祀孔庙。有《白沙集》。竹垞云："成化间，白沙诗与定山齐称，号陈庄体。然白沙虽宗《击壤》，源出柴桑。故所作未堕恶道，非定山比也。"白沙诗天趣自然为宗，故超超不凡。庄昶，字孔旸，江浦人。官吏部郎中，卒谥文节。有《定山集》。杨用修云："定山早有诗名，顾有绝可笑者，如'太极圈儿大，先生帽子高'，'赠我一壶陶靖节，还他两首邵尧夫'，又'赠我两包陈福建，还他一匹好南京'，闻者捧腹。然晚年诗入细，有可并唐人者。"竹垞云："汤义仍好填词，人或劝之讲学，汤云：'仆终身言之，顾诸公勿省耳。诸公所讲者性，仆所言者情也。'旨哉言乎！自昔衮衣陈诗，章甫雅言，昔之圣贤，类不废诗，至曰：'女心伤悲，殆及公子同归。'又曰：'其新孔嘉，其旧如之何？'抑何其婉曲入情也。自尧夫《击壤》而后，讲学毋复言《诗》，言诗辄祖尧夫，遂若理学风雅不并立者。然一峰、康斋、白沙、定山咸本《击壤》，而定山尤甚。所谓'太极圈儿大，先生帽子高'等句，不一而足。以是为诗，其去张打油、胡钉铰无几矣。甘泉从而辑之，以诏学者，谓非此则与道学远矣。然则打油、钉铰反为近道之言，而《诗》三百篇，春女秋士之思，皆可置而勿录也。窃为理学诸先生不取也。"

景泰十才子：刘、汤、沈、苏、苏、晏、王、蒋、蒋、徐。刘溥，字原博，长洲人。调太医院吏目。有《草窗集》。王元美云："景泰中，称诗豪者十才子，而刘溥为之首。"汤胤勋，字公让，东瓯襄武王曾孙。官参将。有《东谷集》。苏平，字秉衡，海宁人。举贤良方正。有《雪溪渔唱》。钱受之云："秉衡少时作《绣鞋》诗，人呼为'苏绣鞋'。今委巷间犹传之，然风斯下矣。"苏正，字秉贞，平弟。有《云壑集》。苏直，字秉忠，平弟。有《兰畹集》。竹垞云："秉衡兄弟，三荆同株，无分高下。"蒋主孝，字务本，仪真人，徙句容。有《樵林摘稿》。蒋主忠，字存恕，主孝弟。有集。沈愚,字通理,昆山人,自号岷峒生。有《筤籁》《吴歈》二集。竹垞云:"景泰十子,才多下中,通理特为翘楚。"邹亮,字克明,长洲人。官南京监察御史。有《鸣珂》《漱芳》二集。牧斋云:"克明与汤公让诸人共集,汤豪伉不可一世,克明每气凌之。已而相折,又相好也。诗为刘原博所推,时称十才子,克明与焉。"王淮,字柏原,慈溪人。有《大块稿》。竹垞云:"柏原淹博,号行秘书,诗殊浅率。"王贞庆,字维善,一字善甫,定远人。有《茗芋集》。牧斋云:"亦十才子之一,所称金粟公子者也。"

李东阳,字宾之,茶陵人。官华盖殿大学士,谥文正。有《怀麓堂》前后集、《南行》《北上》诸稿。胡元瑞云:"成化以还,诗道旁落,唐人风致,几于尽隳。独文正才具宏通,格律整严,高步一时,兴起何、李,厥功甚伟。是时中、晚、宋、元诸调杂兴,此老砥柱其间,固不易也。"又云:"国朝诗流显达,无如孝庙以还,李文正、杨文襄、石文隐、谢文肃、吴文定、程学士,凡所制作,务为和平畅达。演绎有余,覃研不足。是时厥后,李、何并作,宇宙一新矣。"

杨一清,字应亭,云南安宁州人。官华盖殿大学士,卒谥文襄。有《石淙稿》。竹垞云:"邃庵古诗,原本韩、苏,近体一以陈简斋、陆放翁为师。献吉送昌谷诗云:'吾师崛起杨与李,力挽元化回千钧。'乃知文士以千秋自命,类不轻许人也。"

邱吉,字大祐,归安人。有《顺信斋集》。牧斋云:"大佑诗纤丽主温、李,为吴兴诗人领袖。"竹垞云:"瞿宗吉以《香奁》八题,见赏于杨廉夫。自是以后,从而效之,拾西昆之唾余,杂以鼓词、院曲之秽字,诵之欲呕。惟大佑自号执柔道人,赋才最敏,同郡诗家如唐庠惟周、唐广惟勤、张渊子静、沈祥彦庠,皆奉之为师友。此所以有吴兴领袖之目也。"

吴宽,字原博,长洲人。官礼部尚书,卒谥文定。有《匏庵家藏集》。牧斋云:"先生学有根柢,言无枝叶,其诗深醇醲郁,自成一家。"

沈周,字启南,长洲人。有《石田先生集》。竹垞云:"石田诗不专仿一家,中晚唐、南北宋靡所不学,每于平衍中露新警语。人既贞,不绝俗,诗亦变而成方,惟七律差少全璧。"

唐寅,字伯虎,一字子畏,吴县人。有《六如居士集》。祝希哲云:"子畏诗初喜秾丽。既仿白氏,务达性情,佳者多与古合。"

王守仁,幼名云生,字伯安,余姚人。论平宸濠功,封新建伯,卒谥文成,从祀孔庙。有《阳明先生集》。穆敬甫云:"王公功业、学术振耀千古,固不必论其诗,而诗亦秀拔不可掩,其殆兼举哉!"竹垞云:"新建勋业、气节、文章皆可甲世,特多讲学一事,谗言惟兴。"

李何二宗:李梦阳,字天赐,更字献吉,庆阳人,徙扶沟。官户部郎中,卒后,弟子私谥文毅,天启初追谥景文。有《空同子集》。杨用修云:"弘治间,文明中天,古学焕日。艺苑则李怀麓、张沧州为赤帜,而和者多失于流易;山林则陈白沙、庄定山称白眉,而识者皆以为旁门。至李、何二子一出,变而学杜,壮乎伟矣。"王元美云:"国朝习杜数家,华容孙宜得杜肉,临清谢榛得杜貌,华州王维贞得杜一支,闽中郑善夫得杜骨。就其所得,亦近似耳。惟梦阳具体而微。"竹垞云:"成、弘间,诗道旁落,杂而多端,台阁诸公,白草黄茅,纷芜靡蔓,其可披沙而拣金者,李文正、杨文襄也。理学诸公,击壤打油,筋斗样子,其可识曲而听真者,陈白沙也。北地一呼,豪杰四应,信阳角之,迪功骑之,律以高廷礼《诗品》浚川,华泉、东桥等为之羽翼,梦泽、西原等为之接武。正变则有少谷、太初,傍流则有子畏,霞蔚云蒸,忽焉丕变,呜乎盛哉!献吉五古,源本陈王、谢客,初不以杜为师,所云杜体者,乃其摹仿之作,中多生吞语。偶附集中,非得意诗也。至效卢、骆、张、王诸体,特游戏耳。惟七古及近体,专仿少陵,七绝则学供奉,盖多师以为师者。其谓'唐以后书不必读,唐以后事不必使',此英雄欺人之语。如'江湖陆务观''司马今年相宋朝'等非唐以后事乎?"按:竹垞此评,为献吉回护者不少。然竹垞所选献吉七古诸得意作,皆生吞少陵之语,拟议剽窃,毫不容掩,岂一代大宗,固以是为擅长乎? 要之,李、何实未易才,而剽窃之弊,亦不必曲为之辨,取备一时风气所尚云耳。

何景明，字仲默，信阳人。官陕西提学副使。有《大复山人集》。樊少南云："国朝诗文，至弘治间极矣，先生首与北地李子一变之，古诗拟曹、刘，赋赏屈、宋。天下翕然从风，盛哉，千载一时也。"牧斋云："仲默初与献吉创复古，名成之后，互相诋諆，两家坚垒，屹不相下。既而王渼陂倒前徒之戈，薛西原分北军之祖，则一时之轩轾已明，身后之玄黄少息矣。"竹垞云："弘、正间，作者倡复古学，同调六七人，李、何实为之长。李以朗秀推何，何以伟丽目李。其后互相抵牾，何诮李'摇鞭振铎'，李诮何'抟沙弄泥'。譬之针砭，不中腧穴，徒哓哓耳。两君皆负才傲物，何稍和易，以是人多附之。"薛君采诗云："'俊逸终怜何大复，粗豪不解李空同'，自此诗出，而抑李申何者，日渐多矣。"李、何皆出自摹拟，而李稍豪壮，固自胜过于何，非若李、杜各造其极，不可轩轾者比。当时轩轾无常，皆门户之见也。

徐祯卿，字昌谷，一字昌国，吴县人。官国子监博士。有《迪功集》，又有《叹叹》《焦桐》《鹦鹉》《花间》《野兴》《自惭》等集。郑继之云："昌谷年二十外，厌薄吴声，一变遂与汉、魏、盛唐作者骈骈上下，今之世绝无而仅有者也。"王贻上云："明弘治间，李、何崛起中州，吴有昌谷为之羽翼，相与力追古作，一变宣、正以来流易之习，明音之盛，遂与开元、大历同风。"竹垞云："李何至嘉靖初，声焰渐歇，作者已有违言。惟昌谷莫有訾之者。麟洲称李、何有废兴，徐、高必无绝响，其知言乎。"昌谷声调圆适，较为近人，故今古皆宜。

边贡，字廷实，历城人。官南京户部尚书。有《华泉集》。陆冰修云："廷实篇法亦整，但格律未逌。当与华玉、子衡伯仲。譬诸才杰：献吉，淮阴侯也；仲默，酇侯也；昌国，留侯也；边、顾、朱、郑、樊、郦、绛、灌之徒也。世乃跻边三家，称为四杰。生乃与哙等伍，三君有遗憾矣。"

康海，字德涵，武功人。官修撰。有《对山集》。张文邦云："对山既弘诗规，又开文运。时仲默、献吉、敬夫号海内三才，而公尤独步。"

穆敬甫云:"德涵诗有极佳者,乃为友人置而不录,遂有长吉之恨。"陈卧子云:"对山粗率,无足观。"竹垞云:"德涵坐援献吉,遂挂清议。归田之后,耽心词曲。论者原其心而悲之。"

王九思,字敬夫,鄠县人。官吏部主事。有《渼陂集》。竹垞云:"康、王并以乐府擅场,而诗鲜合作。王差胜康,乐府亦尔。"

王廷相,字子衡,仪封人。官兵部尚书,卒谥肃敏。有《家藏》《内台》二集。竹垞云:"浚川诗格诸体稍粗,惟五言绝句颇有摩诘风,下亦不失为裴十秀才、崔五员外。"

朱应登,字升之,宝应人。官云南右参政。有《凌溪集》。李献吉云:"凌溪饫醇探腴,喷英摛华,树声艺林。时华玉、元瑞、昌国号'江东三才',凌溪乃与并奋竞骋吴楚之间。"竹垞云:"李、何并兴,目空诸子,自三秦而外,得其门者盖寡。心摹手追,凌溪一人而已。"

顾璘,字华玉,先世吴县人,徙南京。官刑部尚书。有《息园》《浮湘》《凭几》《山中》《归田》诸集。袁永之云:"弘治间,献吉、昌谷、仲默相与表里,以鸣国家之盛。华玉颉颃其间,埙吹篪应,莫敢轩轾。他如希哲之宏博,伯虎之奇俊,继之之古淡,升之之精工,太初之清旷,履吉之丽逸,玄敬之冲泊,伯时之醇邕,钦佩之隽质,叔鸣之新警,咸号名家,并称国手。"竹垞云:"华玉与刘元瑞、徐昌谷号江东三才,又与陈鲁南、王钦佩称金陵三俊。当李献吉、何仲默诗名未盛时,借其弘奖。而王稚钦、颜惟乔辈,皆其所赏识。所撰《国宝新编》,录献吉以下一十五人,各系以赞。其交也广,而择之也峻矣。"

陈沂,字鲁南,其先鄞县人,徙家南京。官太仆寺卿。有《遂初斋》《拘虚馆》二集。竹垞云:"鲁南诗亦匀整,第乏警策。盖心惩北地剿袭之非,而限于力也。"

王韦,字钦佩,上元人。官太仆少卿。有《南原集》。竹垞云:"钦佩诗,其源出于温八叉,比之义山不合也。"

孙一元,字太初,不知何许人也,或曰安化王孙也。与刘麟、吴玙、陆昆、龙霓隐苕溪,号"苕溪五隐"。有《太白山人漫稿》。竹垞云:

"太初家本秦人，不受空同圈束。其诗亦不尽本唐音，观其《与杭东卿论诗》作，则知一瓣香所向，乃属涪翁。故有'勃兴黄九穷，妙处空自知'之语。"

郑善夫，字继之，闽县人。官吏部郎中。有《少谷山人集》。王敬美云："闽人家能呫哗，而不甚工诗。国初林鸿、高棅、唐泰辈皆称能诗，号十才子，然出张、徐下远甚，无论季迪。其后气骨崚崚、差堪旗鼓中原者，仅一郑善夫耳。其诗虽多摹杜，犹是边、徐、薛、王之亚。"牧斋云："林尚书撰《福州志》，刺少谷诗专仿杜，时非天宝，地远拾遗，以为无病而呻吟。以毅皇帝时政观之，视天宝何如？犹曰无病呻吟，则为臣子者，必将请东封、颂巡狩而后可也？甚矣，尚书之颠也。"竹垞云："继之在弘、正间，不袭李、何余论，别开生面，好盘硬语，往往气过其辞。虽源出杜陵，实有类山谷者。集中感时之作，可观可怨，颇不犹人。当时孙、郑并称，孙非郑敌；朱、郑并称，朱亦非郑匹也。"

韩邦靖，字汝庆，邦奇之弟，时号"二韩"。官工部员外。有《五泉集》。竹垞云："五泉心摹手追，乃在大复。比于西原、南冷不足，方之孟有涯、李嵩渚似胜一筹。"

杨慎，字用修，新都人。官修撰，以议大礼泣谏，谪永昌。天启追谥文宪。有《升庵集》。胡元瑞云："用修才情问学，在弘、正后，嘉、隆前，挺出倔起，无复依傍，自是一时之杰。格不甚高，而新清绮缛，独掇六朝之秀，合作者殊自斐然。"

齐之鸾，字瑞卿，桐城人。官河南按察使。有《蓉川集》。潘蜀藻云："读齐公《南征纪行》《入夏录》，未尝不嗟咨叹咏，以为沉郁浑脱，大得瀼西之传，北地犹去而千里。"

薛蕙，字君采，亳州人。官吏部员外郎中。有《西原集》。竹垞云："薛公南巡诤吏，大礼正人，条达词华，渊源理学。古诗自《河梁》以暨六朝，近体自神龙以迄五季，靡不句追字琢，心摹手追，敛北地之菁英，具信阳之雅藻，兼迪功之精诣，卓然名家。晚年究心讲学，于诗不师《击壤》，尤人所难。"

许宗鲁,字伯诚,一字东侯,咸宁人。官副都御史。有《少华》《辽海》《归田》等集。竹垞云:"少华诸体皆工,寓和婉于悲壮之中,譬之秦筝,独无西气,足与边廷实、王子衡并驱。"

王廷陈,字稚钦,黄冈人。官裕州知州。有《梦泽集》。竹垞云:"稚钦逸藻波腾,雕文霞蔚,音高秋竹,色艳春兰。乐府古诗既多精诣,五言近体亦是长城,固已逴后凌前,足称才子。"

杨士云,字从龙,云南太和人。官户科给事中。有《弘山集》。竹垞云:"给事未老抽簪,自号九龙真逸。坐卧小楼,订《尚书》蔡传之得失,撰《黑水集证》,自春秋以来,迄于元季历代人物,各咏以诗。又取天文、历象、律吕及《皇极经世书》、地志,皆分类成咏,可谓好学也已。其诗原出白沙、定山,近取裁于用修,同时吴懋以给事及王廷表、胡庭禄、张含、李元阳、唐锜为杨门六学士,六人皆滇产也。"

黄佐,字才伯,香山人。官礼部右侍郎。有《泰泉集》。竹垞云:"岭表自'南园五先生'后,风雅中坠,文裕力为起衰,如黎惟敬、梁公实辈,皆其弟子。嘉靖中'南园后五先生',二子与焉。盖岭南诗派,文裕实为领袖,功不可泯也。"

张含,字愈光,永昌人。孝廉。有《禺山诗选》。杨用修云:"愈光未卯能诗,及长,博极群书,条入叶贯,上猎汉魏,下汲李杜,弗工弗庸,弗似弗止。然工于求古,昧于适俗。寄赠穷困节义之交,万言不竭;于通达周旋之友,片言即穷。"竹垞云:"禺山虽北学于献吉,然诗不尽出其流派,而一以用修为归。观其襞积字句,乏自运之神,方之用修,远不逮也。"

文徵明,初名壁,以字行,更字徵仲,长洲人。官翰林待诏。有《甫田集》。顾华玉云:"徵仲七言诗惬当飘逸,唐风宋语,两相融化,自是一机轴也。"竹垞云:"先生人品第一,书画诗次之,尝语何孔目元朗云:'我少年学诗,从陆放翁入,故格调卑弱,不若诸君皆唐音也。'然则文之佳恶,先生得失自知,岂与左虚子辈妄自夸诩者比哉!"待诏诗笔清整流畅,今古皆宜,在明为别调,在宋为合时。而乃自谓格调卑弱,盖亦夺于李、何气焰,而反逊谢不如也。

金銮,字在衡,陇西人,侨居南京。有《徙倚轩稿》。竹垞云:"白门诗家,有金琮元玉,金丹赤侯,金大车子有,金大舆子坤,金銶竹溪,均著诗集。诸金之中,吾必以在衡为巨擘焉。"

邢参,字丽文,吴人。有《处士集》。竹垞云:"丽文狷者,平生不事干谒,苦志读书。除夜有海估以百金乞墓文,峻拒之,抱膝拥衣,饥以待旦,其介如是。明初高季迪有北郭十友,丽文亦有东庄十友:吴爟次明、文徵明徵仲、吴奕嗣业、蔡羽九逵、钱同爱孔周、陈淳道复、汤珍子重、王守履约、王宠履仁、张灵孟晋,故其诗云:'昔贤重北郭,吾辈重东庄。胥会诚难得,同盟讵敢忘。'"

陆铨,字选之,鄞县人。官广东布政使。有《石溪集》。竹垞云:"石溪论诗,专以性情为主。尝曰:'宋人不能为唐,唐人不能为汉、魏,时为之也。其偶似者,宋之似唐,唐之似汉、魏尔。'故诸体不沿时习。"当李、何烜赫之时,石溪能为是言,可谓卓立不挠之士,然寡不胜众,故积习一时难于挽回也。

高叔嗣,字子业,祥符人。官湖广按察使。有《苏门集》。蔡子木云:"苏门诗在我朝当属第一。"陈约之云:"子业谢绝品流,因心师古,每有属缀,伫兴而就。宁复罢阁,不为浅易,往往直举胸臆,刮抉浮华,存之隐冥,独妙闲旷,有苏州之冲淡,兼曲江之沉雅,体王、孟之清适,具高、岑之悲壮。词质而腴,兴近而远,洋洋乎斯可谓之诗也已。"竹垞云:"嘉靖初,后生英俊,稍稍厌弃李、何,子业以吏部郎谢病归,时献吉留开封,辞必摹古。子业自序《读书园稿》谓:'本非所长,而强力慕之,度必取讪于众。'其立意固殊,读其诗如食哀家梨止咳,虽爽而不伐性;如以水精盐进酒,虽薄亦能醉人。李中麓《六十子诗》于子业有云:'苏门能入室,何李只升堂。'其倾倒如此。"

华察,字子潜,无锡人。官侍读学士。有《岩居稿》。竹垞云:"学士丰于资,纤纤务啬,昼夜持筹,不知吟咏性情,何由超诣乃尔!"

袁袠,字永之,吴县人。官广西提学佥事。有《胥台稿》。文徵仲

云："永之乐府、古律诗,莫不合作。"竹垞云："永之诗品在后冈之上,
足与吾乡渐山方驾。"

唐顺之,字应德,一字义修,武进人。官金都御史,卒谥襄文。有
《荆川先生集》。胡元瑞云："嘉靖初,为初唐者,唐应德、袁永之、屠文
升、王汝化、任少海、陈约之、田叔禾等;为中唐者,皇甫子安、华子潜、
吴纯叔、陈鸣野、施子羽、蔡子木,俱有集行世。就中古诗冲淡当首子
潜,律体精严必推应德。"蒋仲舒云："弘、正间,李、何辈出,海内遵之。
迨其习弊,音响足听,意调必归,剽窃雷同,正变云扰。太史振之为初
唐,宏丽该整,足称羽仪。"竹垞云："荆川开济之才,闳揽百家,靡不融
会,毅然自任天下重。倭人构患,志在捍牧圉以保乡曲。初与遵岩论
文,两不相下,既乃舍所学从之。"

李开先,字伯华,章丘人。官太常少卿,罢归。有《闲居集》。朱
中立云："中麓著作甚富,一韵百篇,盖白乐天之流也。词浮意浅,绳
墨鲜中,多何尚焉。"

吕高,字山甫,丹徒人。官太仆少卿。有《江峰漫稿》。竹垞云:
"诗莫盛于正德,文莫纯于嘉靖之初。自后七子派行,而真诗亡,古文
亦亡矣。山甫与富顺熊过叔仁,名在八才子之列,虽未能骖乘王、唐,
亦一时之隽也。"

吴子孝,字纯叔,长洲人。官湖广参议。有《玉涵堂稿》。竹垞
云："纯叔藉甚诗名,特格未高耸。其论诗云:'世之荛童牧竖,矢口而
成章;田翁野妪,发声而中节。彼盖不知何者之为诗? 况诗之所以
妙,何也? 天地之机,泄之于人者,不知其所以然而然也。夫诗以言
传,亦以言隐,求之于迹者,非也;求之于音者,亦非也;求之于揣摩拟
议者,亦非也。'数语足当正、嘉诗人针砭。"

蔡汝楠,字子木,德清人。官南京工部侍郎。有《自知堂稿》。竹
垞云："白石诗名藉甚,与四皇甫相酬和,唐应德亟赏之。"

尹耕,字子莘,蔚州人。官河南按察佥事。有《朔野集》。竹垞
云："李、何派并行,曾未几时,而学李者渐少,宗何者日多。学李得其

风骨者，前有凌溪，后有朔野而已。朔野以边才自负，一蹶不振，坎壈而终。其诗如晓角秋笳，听者凄楚。”

王维桢，字允宁，华州人。官南京国子祭酒。有《槐野存笥集》。胡元瑞云：“嘉靖时为杜者，王允宁、孙仲可；为六朝者，黄勉之、张愈光。”牧斋云：“允宁论诗服膺少陵，自谓独得神解，尤深于七言近体，以为有照应、开阖、关键、顿挫，其意主兴、主比，其法有正插、有倒插，而善用顿挫倒插之法者，宋元以来惟李崆峒一人。及其自运，则粗笨棘涩，滓秽满纸，譬如潦倒措大，经书讲义，填塞腹笥，拈题竖义，十指便如悬锥，累人捧腹，良可笑也。”竹垞云：“王允宁、孙仲可皆学杜，而不得其门，允宁自诩七律，然尤儒钝，五言有句无篇。”

乔世宁，字景叔，耀州人。官四川按察使。有《丘隅集》。竹垞云：“何仲默视学秦中，景叔亲受诗法，谈必移日。故其诗整而不浮，可与许少华肩并，余蔑有过焉者。”

刘凤，字子威，长洲人。官河南按察佥事。有《澹思》《太霞》二集。牧斋云：“子威博览群籍，苦心钩索，著骚赋古文数十万言，观者惊其繁富，惮其奥僻，相与骇掉慄眩，望洋而叹，以为古之振奇人也。尝试为之解驳疏通，一再寻绎，肌劈理解，已而索然，不见其所有矣。余尝得子威所诵读遗书，观其丹铅，考索大概，于篇中撷句，于句中撷字，而所撷之字，自一字至数字而止，如唐人所谓碎金荟萃者耳。其有所撰述也，累僻字而成句，字稍夷更刺僻字以盖之；累奥句而成篇，句稍顺更摭奥句以窜之。而字之有训故，句之有点读，篇之有段落，固茫如也。饾饤堆积，晦昧诘屈，求如近代之江亶爰、李沧溟且不可得，而况于古人乎？”

杨巍，字伯谦，海丰人。官吏部尚书。有《梦山集》。竹垞云：“梦山与中麓、沧溟同郡，而其诗远法右丞、左司，近取苏门，不蹈章丘粗鄙之音，不堕历下叫嚣之习，信豪杰之士也。”

四皇甫：皇甫冲，字子俊，长洲举人，与弟涍、汸、濂并有盛名，称“四皇甫”。有《华阳集》。竹垞云：“四皇甫诗源出中唐，兼取材于潘、左、江、鲍,清音亮节,净扫氛埃。高苏门、华鸿山、杨梦山而外,无有及之者。"皇甫涍,字子安。官浙江按察佥事。有《少玄集》。牧斋云:"吴中文学,历有源流。自黄勉之兄弟心折北地,降志从之,而吴中始有北学。皇甫氏、黄氏中表兄弟也。子安天才骏发,而耳目濡染,不免浸淫时学。已而轨躅攸分,壹意唐风,尽弃黄氏之旧学矣。"又云:"子安少心折于李、何,子循长压于王、李,文章之道,不惟以时代上下,抑以声势盛衰,良可慨也!"皇甫汸,字子循,官处州府同知。有《司勋集》。竹垞云:"百泉清音藻思,五言整于小谢,五律隽于中唐,惟七言蒽弱。《兄弟攸均集》六十卷,自言始为关洛之音,变而为楚,再变而为江左,三变而为燕赵,四变而为蜀。既返初服,取箧中稿检阅,凡兴寄未深、格调不古、语非绝俗、句非神采者,删之。又言:关中之诗粗,燕赵之诗厉,齐鲁之诗侈,河内之诗矫,楚之诗荡,蜀之诗涩,晋之诗鄙,江西之诗质,浙之诗啴,吴之诗靡,有高视一世之概焉。要其五言清真朗润,妙绝时人。"皇甫濂,字子约。官兴化同知。有《水部集》。竹垞云:"子约宦亦不达,与诸兄同时,诗稍不逮也。"

　　嘉靖七子:李攀龙,字于鳞,历城人。官河南按察使,与王世贞、谢榛、梁有誉、宗臣、徐中行、吴国伦称七才子。有《沧溟集》。胡元瑞云:"献吉学杜,步趋形骸,登善之摹兰亭也。于鳞拟古,割裂饾饤,怀仁之集圣教也。必如献吉歌行,于鳞七律,斯为双雕并运,各极摩天之势。"又云:"于鳞七律,高华杰起,一代宗风。而用字多同,十篇而外,不耐多读。"又云:"仲默为大家不足,于鳞为名家有余。"牧斋云:"于鳞拟古,句擿字捆,兴会索然,神明不属,自谓胡宽之营新丰,而不知为寿陵徐子之学步于邯郸也。七言今体,三百年来推为冠冕,然举其字,则三十余字尽之矣,举其句,则数十句尽之矣。百年万里,已憎叠出;《周礼》《汉官》,何烦雒颂?专城出守,动曰东方千骑;方舟并载,辄云二子乘舟。辽海中丞,袭骠骑之号;庐江别驾,蒙小吏之呼。投抒曾母,讶许自天;傅粉何郎,冠以帝谓。经义寡稽,援据失当,何来天地,吾辈中原。矢口嚣腾,殊乏风人之致;易词夸诩,初无赠处之言。于是狂易成风，叫呶日甚。微吾长夜，于鳞既跋扈于前；才胜相如，伯玉亦簸扬于后。斯又风雅之下流，声偶之极弊也。斯文未丧，来者难诬。当葵丘震惊之日，仲蔚已有违言；迨稷下消歇之时，元美亦持异议。而王元驭序《弇山续集》，诋诃历下，谓不及三十年，水落石出，索然不见其所有。斯艺苑之公论也。"王承父云："诗衰于宋元，北地起而复古，一代摹拟之格，此则创矣。历下一变，锻炼陶洗，脱凡腐而尚精丽，然才情声律，未极变化，故用豪句构壮字自高，或晦而杂叠，复而致厌，始多宗之，后且避之也。"王贻上云："沧溟、弇州皆万人敌，惟蹊径稍多，古调浸失，是以不逮弘正作者。"竹垞云："于鳞七古、五律、绝句，要非作家。惟七律人所共推，心慕手追者，王维、李颀也。合而观之，句重字复，气断续而神孤离，亦非绝品。乃敢大言谓'微吾竟长夜'，岂非妄人？又自诩与元美狎主齐盟，目四溟以囊鞬，鞭弭左右，四溟岂心服乎！"

王世贞，字元美，太仓州人。官南京刑部尚书。有《弇州正续四部稿》。竹垞云："嘉靖七子中，元美才气十倍于鳞。惟病在爱博，笔削千兔，诗裁两牛，自以为靡所不有，方成大家。一时诗流皆望其品题，推崇过实，谀言日至，箴规不闻。究之千篇一律，安在其靡所不有也。乐府变化，奇奇正正，易陈为新，远非于鳞生吞活剥者比。七律高华，七绝典丽，亦未遽出于鳞下。当日名虽七子，实则一雄。自述云：'野夫兴就不复删，大海回风生紫澜。'言虽大而非夸。若于鳞自诩，至云微吾竟长夜惑易之言，亟当浴以兰汤者也。"牧斋云："元美弱冠登朝，与济南李于鳞修复西京大历以上之诗文，以号令一世。于鳞既没，元美著作日益繁富，而其地望之高，游道之广，声律气义，足以翕张贤豪，吹嘘才俊。于是天下咸望走其门，若玉帛职贡之会，莫敢后至。操文章之柄，登坛设埠，近古未有。迄今五十年，弇州四部之集，盛行海内，毁誉翕集，弹射四起，轻薄为文者，无不以王、李为口实，而元美晚年之定论，则未有能推明之者也。元美之才，实高于于鳞，其神明意气，皆足以绝世。少年盛气，为于鳞辈牢笼推挽，门户既立，声价复重，譬之登峻阪、骑危墙，虽欲自下，势不能也。迨乎晚年，阅世日深，读书渐细，虚气销歇，浮华解驳，于是乎洫然汗下，蘧然梦觉，而自悔其不可以复改矣。其论《艺苑卮言》则曰：'作《卮言》时，年未四十，与于鳞辈是古非今，此长彼短，未为定论。行世已久，不能复秘，惟有随笔改正，勿误后人。'元美之虚心克己，不自掩护如是。"

谢榛，字茂秦，临清人。有《四溟山人集》。牧斋云："山人嘉靖间，挟诗卷游长安，脱黎阳卢柟于狱，诸公皆多其行谊，争与交欢。是时于鳞、元美结社燕市，茂秦以布衣执牛耳。已而于鳞名盛，茂秦与论诗，颇相觥责，于鳞遗书绝交。元美诸人咸右于鳞，交口排茂秦，削其名于七子、五子之列。然茂秦游道日广，秦晋诸藩争延致之，河南北交称谢榛先生。诸人虽恶之，不能穷其所往也。当七子结社之始，尚论有唐诸家，茫无适从。茂秦主选十四家诗，熟读之以夺神气，申咏之以求声调，玩味之以裒精华，得此三要，造乎浑沦，不必塑谪仙而画少陵。诸人心师其言。厥后虽争挨茂秦，其称诗之指要，实自茂秦发之。茂秦今体工力深厚，句响而字稳，七子、五子之流，皆不及也。"竹垞云："七子结社之初，李、王得名未盛，称诗选格，多取定于四溟。于是子与、公实、子相、元美撰五子诗，咸首四溟，而次以历下。既而布衣高论，不为同社所安。历下乃遗书绝交，而曰：'岂其使一眇君子，肆于二三兄弟之上，必不然矣。'迹其隙末，乃因明卿入社，四溟喻以粪土，由是布恶于众。元美别定五子，遂削其名。曰'后五子'，则南昌余曰德德甫、蒲圻魏裳顺甫、歙汪道昆伯玉、铜梁张佳胤肖甫、新蔡张九一助甫也。曰'广五子'，则昆山俞允文仲蔚、浚卢柟次楩、濮阳李先芳伯承、孝丰吴维岳峻伯、南海欧大任桢伯也。曰'续五子'，则阳曲王道行明甫、东明石星拱辰、从化黎民表惟敬、豫章朱多煃用晦、常熟赵用贤汝师也。曰'末五子'，则用贤及京山李维桢本宁、鄞屠隆纬真、南乐魏允中懋权、兰溪胡应麟元瑞也。其后广为'四十子'，而四溟终不得与焉。历下有言：'眇君子虽耄，而绳墨犹存。'则亦未尝深绝之。特明时重资格，于章服中杂以韦布，终以为嫌耳。"

梁有誉，字公实，顺德人。官刑部主事。有《兰汀存稿》。竹垞云："兰汀学诗于泰泉，又与乡人结社，号'南园后五子'。四溟而下，庶几此人，度越徐、吴，奚啻十倍。"

宗臣，字子相，兴化人。官福建参议。有《方城集》。竹垞云："子相诗才娟秀，本以太白为师，跌宕自喜。使其不遇王、李，充之不难与昌谷、苏门伯仲。自入七子之社，习气日深，取材日窘，撰体日弱，薜荔、芙蓉，蘼芜、杨柳，百篇一律，讫未成家，最可惋惜。"

徐中行，字子与，长兴人。官江西布政使。有《青萝馆集》。竹垞云："子与喜为笃厚之行，而不自盛满。凡人有所请，力不足，必勉应之曰'奈何令人有惭色'。"

吴国伦，字明卿，其先嘉兴人，徙居兴国州。官河南参政。有《甔甀洞续稿》。竹垞云："明卿在七子列，最为眉寿。元美即世之后，与汪伯玉、李本宁狎主齐盟。三君子皆不知诗。王、李既殁，海内不敢违言。刘子威、冯元成、屠纬真辈，相与附和之。《甔甀》《太函》《大泌》等集，几与《四部》争富；而《由拳》《白榆》等集，尤而效之。海内之为真诗者寡矣。"

余曰德，初名应举，字德甫，南昌人。官福建按察副使。有《余德甫集》《午渠集》。

魏裳，字顺甫，蒲圻人。官山西按察副使。有《云山堂集》。

汪道昆，字伯玉，歙县人。官兵部侍郎。有《太函集》。竹垞云："王元美论诗文，大指具于《卮言》七卷。窃怪其效敖陶孙作诗文评，苟有寸长，必加品骘，顾于鳞两见，而伯玉与德甫俱未之及，何钦？伯玉晚年林居，乞诗文者填户，编号松牌，以次给发，享名之盛，几过于元美。"

张佳胤，字肖甫，铜梁人。官兵部尚书，谥襄宪。有《崌崃山房集》。竹垞云："肖甫以功业显，其诗亦多慨慷奋厉之气，与仰屋梁著书者不同。人皆称其近体不若五古，较胜十筹。"

张九一，字助甫，新蔡人。官湖广左佥都御史。有《绿波楼集》。

竹垞云：“金谷之筵，不遗麦韭，瑶池之骏，图及盗骊，物之所以贵善用生也。七子齐盟，一时风气雷同，助甫稍能用生，政尔拔俗。”

俞允文，字仲蔚，昆山人。有《真逸稿》。竹垞云：“七子之教，五言必宗河梁、建安，窃优孟之冠，学寿陵之步，求其合而愈离。当日二子，于五古极口称仲蔚。然仲蔚殊少神解，余意尚在卢次楩下。二子之言，出一时之好，未为定论也。然仲蔚于归熙甫文名未盛之时，结契最先。又论诗不心服于鳞，亦有识之士。”

卢柟，字少楩，一字子木，太学生。有《蠛蠓集》。竹垞云：“次楩诗足以高视四溟。”陈卧子云：“山人排荡自喜，颇有越石清刚之气。”

李先芳，字伯承，濮州人。官亳州同知。有《东岱山房稿》《清平阁集》。牧斋云：“伯承未第时，诗名籍甚。嘉靖七子之社，伯承实为若敖蚡冒也。厥后王、李之名已成，羽翼渐广，而伯承左官落薄五子、七子之目，皆不及伯承。伯承晚年，每为愤盈，酒后耳热，少年用片语挑之，往往怒目啮齿，不欢而罢。邢子愿以台使按吴，访弇州而归，伯承与极论其始末，语已，目直上视，气勃勃颐颊间，拍案覆杯，酒汁沾湿，子愿逡巡不敢应。后为伯承志墓，亦略及之。今之论者奉历下为晋楚，揶揄伯承，使之捧盘盂而从小邾之后，此耳食之口论也。”竹垞云：“伯承与元美、于鳞同舍，皆故等夷。既而七子盛名，狃主齐盟，元美收之‘广五子’之列，意浸不平，晚逃于词曲。观其《诗隽》一书，详于淮北，远及巴蜀，而独黜大江以南。盖以吴、楚、扬、粤之间，七子实居其五，其微意可窥也。”

吴维岳，字峻伯，孝丰人，官贵州巡抚，有《天目山斋岁编》。穆敬甫云：“吴公结社西曹，诗中奇语，往往惊人。”

欧大任，字桢伯，顺德人。官户部郎中。有《思玄堂》《旅燕》《浮淮》《秣陵》《北辕》《南翥》《游梁》《西署》《辂中》《诏归》《蘧园》诸集。牧斋云：“自王、李倡七子之社，岭南则梁公实与焉。已而元美进桢伯于广五子，进惟敬于续五子，梁与欧、黎皆出黄才伯之门，读书缵言，并有原本，虽驰骛五子之列，而词气温厚，颇脱蹴张叫嚣之习，识者犹有取焉。"

黎民表，字维敬，从化人。官兵部侍郎。有《瑶石稿》。竹垞云："瑶石诗，读之似质闷，而实沉着坚韧。元美所取续五子，无愧大小雅材者，仅此一人而已。"

赵用贤，字汝师，常熟人。官礼部尚书，谥文毅。有《松石斋集》。牧斋云："文毅少年颇訾謷弇州，晚而北面称弟子。弇州亦盛相推挹，作'续五子'诗及之，而'末五子'复居首焉。"

李维桢，字本宁，京山人。官礼部尚书。有《大泌山人集》。

屠隆，字长卿，又字纬真，鄞县人。官礼部郎中。有《由拳》《白榆》《采真》《南游》诸集。

魏允中，字懋权，南乐人。官吏部主事。有《仲子集》。

胡应麟，字元瑞，更字明瑞，兰溪万历举人。有《寓燕》《还越》《计偕》《岩栖》《卧游》《两都》《兰阴》《邯郸》《华阳》《养疴》《娄江》《白榆》《湖上》《青霞》等集，合为《少室山房稿》。屠长卿云："元瑞近体，无音不亮，无思不沉，无骨不劲。要其变化离合，不尽出于于鳞也。"竹垞云："元瑞《诗薮》一编，专以羽翼《厄言》。"

陈芹，字子野，系出交南国王，永乐中避黎氏之乱来奔，遂家南京。官宁县知县，结青溪社，有《陈子野集》。牧斋云："子野别业近新林浦，是谢元晖题诗处。又于桃叶、淮清之间起邀笛阁，延一时胜流，结'青溪社'。每月为集，遇景命题，即席分韵，金陵文酒觞咏之席，于斯为盛。五十年流风未艾，承平盛事，至今人艳称之。长年市儿，犹能指点其处。"

郑若庸，字中伯，昆山人。有《蛣蜣集》。竹垞云："中伯曳裾王门，妙擅乐府，尝填《玉玦词》以讪院妓，一时白门杨柳，少年无系马者。群妓患之，乃醵金数百行薛生近亢，作《绣襦记》以雪之，秦淮花月，顿复旧观。承平胜事，虽小堪传。今之秋兔寒鸦，想像昔年之酒旗歌扇，良足艳也。"

徐渭，字文清，更字文长，山阴人。有《樱桃馆集》。竹垞云："文长诗原本长吉,间杂宋元流派,所谓斐然成章,不知所以裁之者。"

沈明臣,字嘉则,鄞县人。有《丰对楼集》。竹垞云:"嘉则、文长同在胡少保宗宪幕府,并受深知。嘉、隆间,士大夫以篇什相高,最繁富者莫若弇州。于时吴明卿之《甔甀洞》、汪伯玉之《太函》、李本宁之《大泌山房》诸集,以及刘子威、冯元成、余仲房、屠纬真之徒,糟丘肉林,愈多愈秽。下及布衣,如王承父、王百谷辈,咸以多相尚。嘉则先后积诗七千余,夫安得精?然絜之、承父,则虽饶腐菌,间有神芝,即属梦刍,不无嘉蕙,非若诸君之丛箐流茅,纷然弥望也。"

周诗,字以言,昆山人。有《虚岩集》。竹垞云:"虚岩频与皇甫昆弟酬和,故派亦近之。其言云:'诗之渊妙,近体难工而鲜叛,选体易似而实难。倩衣毛嫱,借饰西子,始劳仿佛,终露本来。作者既非匠心,览者又皆庸目,乃曰甲几魏、晋,乙庶齐、梁,是何古人之多也。'斯言可针《卮言》《诗薮》之膏肓。"

梁辰鱼,字伯龙,昆山人。有《远游稿》。竹垞云:"伯龙雅擅词曲,所撰《江东白苧》,妙绝时人。时邑人魏良辅能喉转音声,始变弋阳、海盐故调为昆腔,伯龙填《浣纱记》付之。固是词家老手。诗律犹未细,粗能骈瞻而已。"

于慎行,字可远,更字无垢,东阿人。官礼部尚书,入直东阁,卒谥文定。有《谷城山房集》。牧斋云:"公于诗文,春容宏丽,一时推为大手笔。其论古乐府曰:'唐人不为古乐府,是知古乐府也。辞声相杂,既无从辨,音节未会,又难于歌,故不为尔。然不效其体,而时假其名以达所欲言,斯慕古而托焉者乎。近世一二名家,至乃逐句形模,以追遗响,则唐人所吐弃矣。余间为郊祀铙歌,可数十首,已而视之,颇涉儿戏,亦复不自了然,遂焚弃之。取其音节稍近者,仿其一二,谓之本调。至近体歌行,如唐人所假者,不曰乐府,则诗之而已矣。夫唐人能为而不为,今人能为而遂为之,余奈何不能为而为也。'其论五言古诗曰:'魏晋之于五言,岂非神化,学之则迂矣。何者?意象空洞,朴而不敢雕,轨涂整严,制而不敢骋。少则难变,多则易穷,古所谓鹦鹉语不过数声尔。原本性灵,极命物态,洪纤明灭,毕竟精蕴,唐果无五言古诗哉。余既知其解矣,而不能舍魏晋者,取其可以藏拙,且适所便,非能遂似之也。海内赏真之士,有以五言为是者,吾诗虽不观可矣。'公生当庆、历之世,又为历下之乡人,其所论著,皆箴历下之膏肓,对病而发药。夫惟大雅,卓尔不群,其是之谓乎。"

李应徵,字伯远,嘉兴人。官南京国子博士。有《青莲馆》《澄远堂》《偶寄轩》《藿园》《寄苔》《蓟易》《河梁》《两都汗漫游》诸集。钟广汉云:"先生早举孝廉,以才望自高,既艰于一第,老就四门博士。其诗取材开宝,匠法弘正,是时七子之习变为叫呶,公安之派渐已淫永,先生激彼颓波,力返正始,闳丽悲壮,卓然成家。"

林章,字春元,福清人。万历举人。有《林孝廉集》。钱受之云:"闽中诗派,宗子羽而祢继之,以模仿蹈袭为能事。初文才情跌宕,于唐人格律,时欲跳而去之。要能不为闽派所羁绁,可谓杰出者也。"

孙鑛,字文融,余姚人。官南京兵部尚书。有《居业编》。竹垞云:"月峰勤学过于士安,慧业不如灵运,观其论诗云:'韩退之于诗本无所解,宋人目为大家,直是势利他尔。'是何言欤?尸佼所云'松柏之鼠,不知堂密之有美枞'者也。"

邢侗,字子愿,临邑人。官太仆少卿。有《来禽馆集》。竹垞云:"子愿虽有诗名,为书法所掩。其言曰:'诗盛于嘉隆七子,以为尽词人之变矣。然效趋者高趾,促柱者急张,往往不病而呻吟,匪乐而强笑,江河日下,七子之盛,七子之衰也。'盖深中时流之弊,特其自撰,不见脱颖耳。"

汤显祖,字义仍,临川人。官遂昌县。有《玉茗堂集》。牧斋云:"自王、李之兴,雾雺充塞,义仍穿穴其间,力为解驳,变而之香山、眉山,自言诗三变而力穷。其通怀嗜学、不自以为能事如此。"竹垞云:"义仍填词,妙绝一时,语虽斩新,源实出于关、马、郑、白。其《牡丹亭》曲本尤极情挚。人或劝之讲学,笑答曰:'诸公所讲者性,仆所言者情也。'世或相传云'刺昙阳子而作'。当日娄江女子俞二娘酷嗜其词，断肠而死，故《七夕答友》诗云：'玉茗堂开春翠屏，新词传唱牡丹亭。伤心拍遍无人会，自掐檀痕教小伶。'诗终牵率，非其所长。"

公安体：袁宗道，字伯修，公安人。官礼部右侍郎。有《白苏斋集》。牧斋云："伯修才不逮二仲，而公安一派实自伯修发之。"竹垞云："嘉靖七子之派，徐文长欲以李长吉体变之，不能也；汤义仍欲以尤、萧、范、陆体变之，亦不能也。王百谷、王承父、屠长卿虽迭有违言，然寡不敌众。自袁伯修出，服习香山、眉山之结撰，首以白苏名斋，既导其源。中郎、小修继之，益扬其波，由是公安流派盛行。然白苏各有神采，顾乃颓波自放，舍其高洁，专尚鄙俚。钟、谭从而再变，枭首驵音，风雅荡然，泗鼎将沉，魑魅齐见。言作俑者，孰谓非伯修也耶？"

袁宏道，字无学，宗道弟。官吏部郎中。有《锦帆》《解脱》《潇碧堂》《瓶花斋》《华嵩游学》《破研斋》《广陵》《桃源》《敝箧》等集。牧斋云："万历中，王、李之学盛行。黄茅白苇，弥望皆是。中郎昌言排击，大放厥辞，论出而云雾一扫，其功伟矣。特机锋侧出，矫枉过正，于是狂瞽交煽，鄙俚公行，竟陵代起，以凄清幽独矫之，而海内之风气复大变。诗道熸息，岂细故哉！"沈山子云："牧斋尚书论诗派之坏，动以何、李、王并举。以愚观之，王李可非，何李似难轻议。"袁中郎诗云："草昧推何李，尔雅良足师，则中郎亦不专非何李矣。"竹垞云："《传》有言，琴瑟既敝，必取而更张之，诗文亦然，不容不变也。隆、万间，王、李之遗派充塞，公安昆弟起而非之，以为唐自有古诗，不必选体；中晚皆有诗，不必初盛；欧苏陈黄各有诗，不必唐人。唐诗色泽鲜妍，如旦晚脱笔砚者，今诗才脱笔砚，已是陈言。岂非流自性灵与出自剽拟，所从来异乎！一时闻者涣然神悟，若良药之解散，而沉疴之去体也。乃不善学者，取其集中俳谐调笑之语，如《西湖》云：'一日湖上行，一日湖上坐。一日湖上住，一日湖上卧。'《偶见白发》云：'无端见白发,欲哭翻成笑。自喜笑中意,一笑又一跳。'此本滑稽之谈,类入于狂言,不自以为诗者。乃锡山华闻修选明诗,从而击赏叹绝。是何异弃苏合之香,取蛄蜣之转邪?予于中郎,尽汰其鄙俚之作,存其稍用意者,对之可以剖自矣。"

王思任,字季重,山阴人。官九江金事。有《避园拟存》《虞山咏》。牧斋云:"季重颇负时名,自建旗鼓,其诗才情烂熳,无复持择,入鬼入魔,恶道岔出,钟、谭之外又一旁派也。"

蔡复一,字敬夫,同安人。官兵部右侍郎,谥清宪。有《遁庵诗集》。竹垞云:"竟陵之邪说行,率先倒戈者,蔡敬夫也。其骈体亦不屑犹人,亡友汉阳王亦世最赏之。然以诗论,宁取彼而舍此矣。"

袁中道,字小修,宏道弟。官礼部郎中。有《珂雪斋集》。竹垞云:"小修才逊中郎,而过于伯氏。"

沈德符,字虎臣,一字景倩,秀水人。万历举人。有《清泉堂集》。竹垞云:"孝廉生禀异质,日读一寸书,所撰《万历野获编》,事有左证,论无偏党,明代野史,未有过焉者。其诗宁取公安、竟陵,欲尽反历下、瑯琊之弊,故多艳字侧辞,雪飒星碎,未免病于才多也。"

邓渼,字远游,建昌新城人。官右金都御史。有《留夷馆》《南中》《红泉》诸集。远游斋云:"远游自序谓悉取《毛诗》《楚骚》,下逮三唐,细阅而深思之,神明默识,霍然悟汗,乃知我明诸公之学古人,都在形骸之内,去之所以更远。王、李既废,流派各别,狂瞽猋逐,实繁有徒。孝丰吴稼蹬,词林老宿,见楚人而大悦,尽弃其学而学焉。予厉声呵禁乃止。远游当王、李末流,楚人崛起之会,欲针砭两家之病而集所长,其志则大矣。旋观其诗,体貌丰缛,音节繁会,长篇极意铺陈,而持择未得其领要;今体取材尖巧,而剥搜未脱其皮毛。可与掉鞅时流,未能方执先正也。"

公鼐,字孝与,蒙阴人。官礼部右侍郎,卒谥文介。有《问次斋稿》。竹垞云:"言诗于万历,则三齐之彦,吾必以公文介为巨擘焉。即其论诗大旨云:'风雅之后有乐府,如唐诗之后有词曲。声听之变,有所必趋；情词之迁，有所必至。古乐之不可复久矣，后人之不能汉魏，犹汉魏之不能风雅，势使然也。如汉《朱鹭》《翁离》之作，魏晋诸臣拟之，以鸣其一代之事，易名别调，当极其长，岂以古今同异为病哉？后世文士，如李太白，则沿其目而革其词；杜子美、白乐天之伦，则创为意而不袭其目，皆卓然作者，后世有述焉。近乃拟古乐府者，遂颟以拟名，其说但取汉魏所传之词，句模而字合之，中间岂无陶阴之误，夏五之脱，悉所不较。或假借以附益，或因文而增损，局蹐床屋之下，探胠滕箧之间，乃艺林之根蟊，学人之路阱矣。以此语于作者之门，不亦恶乎！夫才有短长，学有通塞，取古今之人一一强同，则千里之谬，不容秋毫，肖貌之形，难为靦面。若曰乐府，则乐府矣，尽人而能为乐府也。若曰必此为古乐府，使与古人同曹而并奏之，其何以自容哉？李于鳞曰：拟议以成其变化。噫！拟议将以变化也，不能变化，而拟议奚取焉？'又云：'律诗出于古诗，而难于古诗；七言后于五言，而难于五言。故七律于诸体中最不易工。古今长技，惟杜氏耳。杜氏之长，则《秋兴》《怀古》《诸将》数篇而已。近世拟作甚多，大率浅率牵合，观者厌焉。然观其七律，仍以历下为宗，故有文章一代李沧溟之句。同时名家者，冯用韫、于念东、王季木，皆拔萃者也。'"

钱文荐，字仲举，慈溪人。官工部主事。有《丽瞩楼集》。竹垞云："仲举论诗，升少陵于堂，置之首座，青莲次之，高、岑、王、孟又次之，余子隅坐侍酒而已。自谓吾辈于此，不可不占一坐，否亦须坐两庑中，聆钟磬管弦之盛。然观其制作，未免懦钝，譬之于乐，比于枳、敔、椌、楬焉尔。至驳顾茂齐谓少陵诗穷而后工，以为非是。诗至少陵，穷固工，不穷亦工也。斯言得之。"

文翔凤，字天瑞，西安三水人。官光禄少卿。有《伊川》《海日》《云门》诸集。牧斋云："天瑞诗，离奇崱屴，不经绳削，驰骋其才力，可与唐之刘乂、马异角奇斗险。如魔波旬具诸天相，能与帝释战，遇佛出世，不免愁宫殿震坏。"竹垞云："学有异端，诗亦有异端，文太青、王季重是已。"

钟惺，字伯敬，景陵人。官福建提学佥事。有《隐秀轩集》。牧斋云："伯敬少负才藻，有声公车间。擢第之后，思别出手眼，另立幽深孤峭之宗，以驱驾古人之上。而谭生友夏为之应和，海内称诗者靡然从之，谓之钟谭体。譬之春秋之世，天下无王，桓、文不作，宋襄、徐偃德凉力薄，起而执会盟之柄，天下莫敢以为非伯也。数年之后，所撰古今诗归盛行于世。承学之士，家置一编，奉之如丘尼之删定，而寡陋无稽，错谬叠见。诗归出，而钟、谭之底蕴毕露，沟浍之盈，于是乎涸然无余地矣。迹其所谓深幽孤峭者，如木客之清吟，如幽独君之冥语，如梦而入鼠穴，如幻而之鬼国。浸淫乎三十年，俗易风移，滔滔不返，而国运从之，殆《五行志》所谓诗妖者乎？"竹垞云："国家将亡，必有妖孽，非必日蚀、星变、龙漦、鸡祸也，惟诗有然。万历中，公安矫历下、娄东之弊，倡浅率之调以为浮响，造不根之句以为奇突，用助语之辞以为流转，著一字务求之幽晦，构一题必期于不通。《诗归》出而一时纸贵。闽人蔡夏一等既降心以相从，吴人张泽、华淑等复闻声遥应，无不奉一言为准的，入二竖于膏肓，取名一时，流毒天下，诗亡而国亦随之矣。"

谭元春，字友夏，景陵人。天启解元，有《谭子诗归》。牧斋云："谭之才力薄于钟，其学殖尤浅，谪劣弥甚。"竹垞云："钟谭并起，伯敬扬历仕途，湖海之声气犹未广，借友夏应和，派乃盛耳。《诗归》既出，纸贵一时，正如摩登伽女之淫咒，闻者皆为所摄，正声微茫，蚓窍蝇鸣，镂肝钵肾，几欲走入醋瓮，遁入藕丝。充其意不读一卷书，便可臻于作者。此先文恪斥为亡国之音也。桐乡钱麟翔仲远友于友夏，恒言《诗归》本非钟、谭二子评选，乃景陵诸生某假托为之。钟初见之怒，将言于学，使除其名，既而家传户习，不复言矣。"

王象春，字季木，济南新城人。官吏部郎中。有《闽山亭集》。竹垞云："万历中年，诗派杂出，季木自辟门庭，不循时习，虽引关中文天瑞为同调，然天瑞太支离，未免邪径害田矣，未若季木之无戾群雅也。《题项王庙壁》一篇，比于谢参军《鸿门》作，更觉遒炼。亡友颍川刘考功公戬枙赏之，几于唾壸击缺，此非邪师外道之传也。"

侯恪，字若朴，商丘人。官南京国子监祭酒。有《遂园诗集》。竹垞云："侯公以史官秉南董之笔，为逆奄所恶。晚又忤乌程，移留都，洵古之遗直也。诗以大雅自命，尝言：'诗自《三百篇》后存亡者三，汉魏存矣，六朝亡也；唐存矣，五代宋元亡也；国朝正、嘉存矣，今又亡也。'其持论深恶新体，伸北地、信阳而抑嘉靖七子，尤痛诋公安、竟陵流派云。"侯公此论，未为定评。余谓汉、魏存矣，六朝亡也；唐存矣，五代亡也；宋存矣，元、明又亡。盖有明一代之诗，皆出于摹拟，虽极形似，不得谓之存也。然则何时而存乎？必至梅村出，而诗之真意始存，特未极于广大耳。自后我朝诸公，标新领异，各造其极，皆能不受前人笼罩，则诗之盛莫过于此，固当突过宋、元、明作者上也。

唐时升，字叔达，嘉定人。有《三易斋集》。竹垞云："嘉定四先生诗文，要当推叔达第一，长蘅、子柔且逊席，矧孟阳乎？"

程嘉燧，字孟阳，休宁布衣，侨居嘉定。有《松圆浪淘集》。竹垞云："孟阳格调卑卑，才庸气弱。某深惩何、李流派，乃于明三百年中特尊之为松圆诗老。六朝人语云：'欲持荷作柱，荷弱不胜梁。欲持荷作镜，荷暗本无光。'得毋类是欤？"

吴梦旸，字允兆，归安人。有《射堂诗钞》。竹垞云："某谥嘉定程孟阳曰'松圆诗老'，谓能照见古人心髓，若亲炙古人而得其指授，叹为古未有。新安闵景贤辑明布衣诗，推归安吴允兆为中兴布衣之冠，是皆阿其所好，不顾千秋之公是公非。以余观二子之作，以政则鲁、卫，以风则曹、桧、陈，诗者不废，斯幸矣。"

范汭，字东生，乌程人。有《范东生集》。韩子蘧云："东生论诗，不可一世，意所不协，张髭怒目，喃喃诟讂。及其苦吟，收视返听，思极窅冥，多清微简远之句。"竹垞云："东生诗才娴雅，如灵犀结佩，可以辟尘。方之孟阳、允兆诸君，觉尤腾拔。"

吴鼎芳，字凝父，吴县人。后为僧，名大香，字唵噛，有《披襟倡和集》。韩子蘧云："东生茗产而侨寓吴门，凝父吴人而栖禅苕上，东生好浮大白,高谈雄辩;凝父丰神蕴藉,恬淡寡言。其踪迹虽殊,而论诗相若。"

吴兆,字非熊,休宁人。有《金陵》《广陵》《姑苏》《豫章》诸稿。竹垞云:"非熊清而能丽,绮而不靡,最见赏于石仓,其风调亦相俪。"

徐熥,初字惟起,更字兴公,闽县人。有《鳌峰集》。牧斋云:"兴公博学工文,善隶书。万历间与曹能始狎,主闽中词盟,后进皆称兴公诗派。"

赵宧光,字凡夫,吴人。有《寒山杂著》。

朱鹭,字白民,吴人。有《清浮子髯籁》。牧斋云:"是时隐者王在公芥庵,与凡夫及君称'吴下三高'。"

王彦泓,字次回,金坛人。有《疑雨集》。竹垞云:"风怀之作,段柯古《红楼集》不可得见矣。存者玉溪生最擅场,韩冬郎次之。由其缄情不露,用事艳逸,造语新柔,令读之者唤奈何,所以擅绝也。后之为艳体者,言之惟恐不尽,诗焉得工?故必琴瑟钟鼓之乐少,而寤寐反侧之情多,然后可以追韩轶李。金沙王次回结撰,深得唐人遗意,诵之感心娱目,回肠荡气。"

冯班,字定远,常熟人。有《钝吟集》。竹垞云:"启、祯诗人,善言风怀者,莫若金沙王次回。定远稍后出,分镳并驱。次回以律胜,定远以绝句见长。大都次回全学温、李,而定远多师,其源出于《才调集》也。"

复社二张:张采,字受先,太仓人。官礼部主事。竹垞云:"娄东二张狎主复社盟书,吉士身后诏求遗书。通邑大都,家守其学。仪部名虽少逊,然里门作志,留都议礼,考文征献,比于吉士功多。"张溥,字天如,太仓人。官翰林庶吉士。有《七录斋集》。竹垞云:"天如狎主复社,以附东林,声应气求,龙集风会,一言以为月旦,四海重其人伦,书暮刻而百函,宾昼日以三接。由是青衿胄子,白蜡明经。登李元礼之门,不啻虬户;为柳伯骞所识,胜于笥金。郡列人文,一时风尚。口谈朝事,案置《汉书》。头包露额之巾,足着踏跟之履,和歌下里，拥鼻东川。俄而哲人其萎，践康成之妖梦；天子有诏，求司马之遗书。党论日兴，清流酿祸。周之夔弹之于始，阮大铖厄之于终，而邦国因之殄瘁矣。"

姜垓，字如农，莱阳人。官礼科给事中。有《敬亭集》。钱幼光云："先生诗大抵取法于柴桑浣花，其志同，其调不觉其自同也。"

方以智，字密之，桐城人。官翰林简讨。晚为僧，名弘智，字无可，别号药地和尚，有《浮山集》。竹垞云："先生纷纶五经，融会百氏，插三万轴于架上，罗四七宿于胸中。早推许、郭之人伦，晚结宗、雷之净社。乐府古诗磊落岭崎，五律亦无浮响，卓然名家。"

朱一是，字近修，海宁人。崇祯举人。有《为可堂集》。陆冰修云："近修文名早擅，逮避地江东，屈志百里，尤以才略见长。归欲披缁以老，而从游弟子力强之说经，因主文社。太丘之交道日，广州来之，缟纻弥多，古今诗不事矜炼而词采斐然，可与历下四溟敌手。"

吴应箕，字次尾，贵池人。县学生。有《楼山堂》前后集，又撰有《嘉朝忠节传》二卷、《两朝剥复录》十卷、《留都见闻录》三卷、《东林本末》六卷、《续觚不觚录》二卷。张尔公云："楼山人文似陈龙川，诗旨类屈正则，可以飞繁霜，泣鬼神。"

曹学佺，字能始，候官人。官广西参议。有《石仓全集》。竹垞云："明三百年，诗凡屡变。洪、永诸家称极盛，微嫌尚沿元习。迨宣德十子一变而为晚唐，成化诸公再变而为宋，弘、正间三变而为盛唐，嘉靖初八才子四变而为初唐，皇甫兄弟五变而为中唐，至七才子已六变矣。久之，公安七变而为杨、陆，所趋卑下。竟陵八变而枯槁幽冥，风雅扫地矣。独闽粤风气始终不易。闽自十才子后，惟少谷小变，而高傅之外，寥寥寡和。若曹能始、谢在杭、徐惟和辈，犹然十才子调也。粤自五先生后，惟兰汀小变，而欧桢伯、黎维敬、区用孺辈，犹是五先生之调也。能始与公安、竟陵往还唱和，而能嚼然不滓，尤人所难。"

黎遂球，字美周，番禺天启举人，死难。有《莲须阁诗集》。徐巨源云：“万历五十年无诗，滥于王、李，佻于袁、徐，纤于钟、谭。乃今独见美周，读之如春风驰荡，夏云崔嵬，如坐百花，杂听箫韶。美人剑客，翩动左右。”

陈子龙，字卧子，青浦人。官兵科给事中。有《白云》《草庐》《居湘》《真阁》诸稿。钱瞻百云：“大樽当诗学榛芜之余，力辟正始，一时宗尚。遂使群才蔚起，与弘、正比隆，摧廓振兴之功，斯为极矣。”竹垞云：“王李道尽，公安之派浸广，竟陵之焰顿兴，一时好异者诪张为幻。关中文太青倡坚伪离奇之言，致删改《三百篇》之章句。山阴王季重寄谑浪笑傲之体，几不免绿衣苍鹘之仪容。如帝释既远，修罗、药叉交起搏战；日轮就暝，鹏子、鸮母四野群飞。卧子张以太阴之弓，射以枉矢，腰鼓百面，破尽苍蝇蟋蟀之声。其功不可泯也。观其与李、宋二子选明人诗自序，略云：‘一篇之收，互为讽咏；一韵之疑，互相推论。揽其色矣，必准绳以观其体；符其格矣，必吟诵以求其音；协其调矣，必渊思以研其旨。于是郊庙之诗肃以雍，朝廷之诗宏以亮，赠答之诗温以远，山薮之诗深以邃，刺讥之诗微以显，哀悼之诗怆以深。使闻其音而知其德，省其辞而推其志。’先生之论诗，知所本矣。”

朱隗，字云子，长洲人。有《咫闻斋集》。竹垞云：“云子际钟、谭盛行之日，唱酬吴下，遥应南风。然其论诗有云：‘诗贵渊源风旨，不取蹈袭形模。汉、魏未尝规摹《三百篇》，盛唐未尝规摹汉、魏。今且拘拘习其声音笑貌，何为者邪？’又盛称卧子之作，则非中心诚服竟陵，可知已。”

初十日（1月9日） 段海珊招饮。

锦谷长子名长祐，号海珊，挈眷至楚，故来招饮，借叙乡情。其启程自七月离滇，今已半载，始达星垣。盖一路土匪甚多，纤道潜行，出死入生，实亦不易。因询吾郡情形，悉茫然不得其实。吾郡离省仅千里，而文报不通，音问莫及，则时事亦可知已。滇本土司地，国初改土归流，本属勉强。今既大乱，诸土司必有乘间窃发者，吾辈其能返居故土乎？恐此生无还期矣。

十一日（1月10日）　偕刘镜壶访旷尧夫。

尧夫名学熊，衡山明经，居南岳山下。有子号子石，亦入泮，有文名，为镜壶妹倩。余前游南岳所看之地，拟买葬亲，非访获地主不能。尧夫适与其乡人来省，呈请捐修岳庙，而又与刘镜壶至亲，因偕过访。其人甚朴诚长者，叙谈之际，亦颇相契，倘其中或有缘焉，未可知也。

十二日（1月11日）　刘镜壶邀饮酒肆。

镜壶饮旷尧夫于酒肆，邀余作陪。饮罢，同至余寓，见《廿四策》阅之，极为称赏，因携去。

十三日（1月12日）　雪。李映亭招饮。

晨起，雪颇大。午后，映亭来邀至其寓，设筵共饮，且唤蜀妓名玉红者侑觞。年虽稍长，而风韵尚佳。然余近日风怀大减，不惟不能遣兴，反以触愁。歌声乍起，红豆欲落，青衫虽未遽湿，而大白已难遍举矣。

十四日（1月13日）　罗仙潮以诗送别。

归路既多梗塞，而旅费又难张罗，因拟先赴京谒选。行已有日，仙潮赋诗赠别，情颇依依。然余心丝已乱，不能直和，殊慊然也。

十五日（1月14日）　雨。拟登舟未果。

本拟是日登舟，而大雨不止，因暂停憩。是日赵稚仙、黄篆楼、何镜海、姜宝臣诸君皆来送行。镜海明岁亦当赴京，因与订约，期来岁春暮，痛饮燕市，访屠狗英雄，共抒肝胆，则平生豪气庶能泄也。

十六日（1月15日）　晓发长沙，晚泊三汊矶。

今晨稍有晴意，乃登舟由长沙进发。然北风甚紧，仅行十余里，至三汊矶即泊。时同舟有鲁君号敬夫者，为蒋香泉方伯巡捕官，由粤西絜眷回鄂，其室亦吾滇人，因询粤西情形。据云浔州虽复，而盗贼尚多，蒋香泉虽由浔进军，其前后俱受敌，浔亦未可久恃。余初拟由粤还乡，既聆此言，则此路尤险，愈难行也。

十七日（1月16日）　仍泊三汊矶。

是日风更大，不能开舟，故仍泊此。余三年两至长沙，泊此者再，往还道途，毫无成就，未免有愧湖山。欲濯湘水洗此尘垢，恐鱼龙亦多避去，不肯给杯勺以为涤羞水也。

十八日（1 月 17 日）　泊靖江。

靖江虽小镇市，而风景繁华，颇似湘潭。月明夜静，丝管嘈杂，妓船来往不绝。倚枕静听，水面琵琶，风前笛韵，令人起关山之感。

十九日（1 月 18 日）　泊五家庙。

在湘阴下二十余里。冬尽，湖水渐涸，昔日汹波骇浪，悉变为孤洲野岸。朔风凛冽，玉雪欲霏。远望湖村，古木寒鸦，萧瑟特甚，其何以堪！

二十日（1 月 19 日）　泊垒石。

湖心突起一山，曰垒石，与君山、团山、扁山相望。上有寺，惜未能登，一览其胜。舟中取阮亭诗细阅，天分实高，惜未深造。集中各体，人多取其神韵一路。以余观之，五古雄厚精浑，尤为擅长，少陵而后，不多见也。其次则七律，高华雄丽，超出前明诸家之上。虽多取裁唐人，而天然无迹，与李、何之塑少陵而绘谪仙者不同。惜歌行循循矩墨，不敢稍肆，未免修饰过甚，不能与李、杜并驾齐驱。此所以为名家则有余，为大家则不足欤。

廿一日（1 月 20 日）　泊高山洼。

残冬水涸，大湖变为长江。然四面沙洲，弯环交错，是处可以泊舟。一路帆樯如林，寒空瑟瑟，苍茫无际。复取初白诗读之，天才虽稍逊阮亭，而心思笔力之锐，则突过之。似苏非苏，似韩非韩，而自有一种廉干之气。诗至国初，已渐脱明人习气。初白则更以白描见长，戛戛生新，尤为卓识之士。惟专成一体，未能包罗众有，抑亦涪翁、剑南之亚者耳。

廿二日（1 月 21 日）　泊岳州。

晨起，天气甚霁，午后忽起大风，故将解缆而又停泊也。余乘暇再登岳阳楼。前岁所题诸诗，已为好事者揭去，惟《大风歌》尚为道人所藏。归舟后,因再书旧作付之,虽无碧纱,亦少红袖,而爨下余音尚有识者,则亦稍慰枯桐之望云耳。

廿三日(1月22日)　泊螺山访王子寿先生,留饮夜归。

舟至螺山,时尚未暮,因遣使赍书及诗文抄投子寿先生,丐其作叙。而公方自荆旋里,报以近刊所著《漆室吟稿》七卷。余乃登岸亲访其舍。先生古道照人,和平易与,相与论当时事,多有合者。坐中出《豫秦宜备论》一篇见示,大意重在北防,与余去岁所上涤帅书大旨相符,可见局外旁观,眼光分外明也。其《漆室吟》多指陈时事,有"杜老一饭不忘君"之意,但微嫌过烦,遂近于渎。草野虽不可无廊庙忧,而究之界分有限,似不必过烦杞人忧也。饭罢辞归,时已昏黑,觅路颇难,回舟则二鼓矣。

廿四日(1月23日)　仍泊螺山。补昨日访子寿先生诗。

晨起已开舟,而北风甚紧,仍回泊旧岸。本拟再访子翁,而所居尚远,且风雨交加,竟难登岸。乃即昨日言论,拉杂成诗,题其集后,以记一时相遇之缘。诗云:"萧槭寒江暮,舣舟日未昏。村居有达士,令闻满乾坤。倾慕日以久,展谒尚无门。今我适相晤,俯仰得纵论。〇诗探汉魏始,文穷班马伦。匠心有神运,语妙在无闻。间亦及时辈,飞扬尽轶群。惟有忧时泪,歌哭恨难吞。〇杜陵虽野老,一饭讵忘君。北狩思边塞,西筹重咸秦。座中出《论豫秦宜备》文相示。可惜深谋尽,无人达帝阍。〇我亦楚囚徒,相对泣幽溃。丈夫贵努力,胡为但愁怨。所幸龙飞早,宇宙时一新。狐子清曾现,歧凤鸣复骞。〇中兴当有象,夹辅尽贤邻。会须拭老眼,余年颂太平。时势固如此,萍蓬未有根。苍洱狼烽乱,中原战马奔。〇何如避地乐,妇子日相亲。高堂奉甘旨,园圃足鸡豚。况有新诗卷,文彩耀清樽。〇衣冠时拜访,朝廷念达尊。宏景山中宅,郅侯物外身。邈矣先生志,悠然太古春。〇何必垂此帛,始足见功勋。归来夜已静,径黑岸难分。孤篷吟短句,窗外鱼龙喧。泂波挟旅思,流梦入浑浑。"

廿五日(1月24日)　仍泊螺山。作《述感诗》。

昨日祀灶,为先君子生辰。游子远离,音容遽杳,孤舟岁暮,愈难自宽。辗转终夜,不能成寐,起作《述感诗》一章以志痛,亦聊自悔自责云尔。诗曰:"寒飙吹楚岸,落日惨江湖。慈乌飞不起,衔雏尾毕逋。感此伤我意,罔极长悲呼。嗟嗟我二人,胡为长逝乎。忆曩初离别,高堂白发疏。父健母未衰,精神乐有余。以此游子意,迈往戒仆夫。自谓窃薄禄,归来奉亲娱。讵料禄未获,双亲遽杳如。甘旨在何处,徒留百世辜。窀穸况未安,又欲燕北驱。扁舟阻东下,噩浪打窗孤。今夕是何夕,是我亲诞初。当亲常在日,称觞乐讵殊。只今欲献寿,石芝谁为图。余家园内尝产紫芝二茎,岁甲寅,先君周甲,余曾倩友人作《石芝双寿图》,征诗寄祝。因思我亲颜,恍若在庭除。亲生本孤弱,我祖常唏嘘。祖年六十一,始抱孤凤雏。至性本天生,孺慕老更愉。承欢奉诸母,何莫亲劳劬。有姊遇不淑,析产代积储。自恨鲜兄弟,忍更寒肌肤。平生大志愿,学圣由下愚。言笑未尝苟,取与未尝诬。乡党有急难,向义无锱铢。独不喜文采,恂恂古纯儒。自是有道称,远近非虚誉。更得吾母助,内闲礼不逾。暇或莳花竹,倦亦抚琴书。小子时侍侧,严训必程朱。起家羡科第,培本贵德舆。惜哉不肖质,亲愿竟难符。因之常抱憾,未必非龃龉。况当乱离世,复念雨雪途。二子一在外,孙亡醉谁扶。妖孽伏内阃,灾害集穷庐。遭家独不造,天悯祸谁锄。嗟嗟我二人,岂竟长游乎。儿虽在远方,魂梦绕门闾。儿虽乏钟鼎,心香供野蔬。儿虽两鬓斑,形体尚清癯。儿虽常贫贱,名节未敢污。父在心常凛,父没守益迂。独恨生死隔,岂但关河徂。还家纵有期,色笑理则无。哀哉祀灶日,血泪滴成珠。习命忽入梦,父来亦蘧蘧。悲喜色不一,未责先长吁。绝裾计何左,谁实尔诛逋。著述事尤非,谁为尔扬嘘。徒成范不范,还嘻觚不觚。迷途其未远,回首尚非纡。醒来听江水,东去浪声粗。滔滔势难返,中流堕泥涂,进退本无据,忧患何时纾。安能早卜吉,阡垄表丘墟。安能广后嗣,枝叶覆根株。所冀灵在天,困极理或苏。酒浆遥致奠,愁云影模糊。哀哉祀灶日,血泪无时枯。"

廿六日（1月25日） 仍泊螺岸。

今日风尤厉，且寒甚，欲登岸过子寿谈亦不能。乃以函询当代诗人之尤著者，承裁覆云近今诗友如合肥徐毅甫子陵、山阳鲁兰岑一同两孝廉，俱骚坛飞将也，明岁必以公车上计，当可把袂春明。其公卿间则张诗舲祥河先生主持辇下风雅，粤西王少鹤锡振郎中亦以诗古文鸣都中，相见必有针芥之投。至鄂渚能诗则张仲远观察、黎伯容兆勋参军其最著者。此去途经大梁，如边袖石方伯尚未去汴，与之论诗，亦必有合云云。余处风尘，见闻殊隘，得此标示，自当一一细访也。

廿七日（1月26日） 雪。作诗寄子寿先生。

昨夜朔风寒号，震如雷吼。今晨推篷，雪已满山。因用东坡清虚堂韵作诗呈子寿先生云："残芦断雁堆寒沙，舳舻舣岸如蜂衙。晓起朔风何料峭，推篷满江飞雪花。玉龙作戏银虬舞，琼瑶压倒袁安家。群峰莽莽看不辨，寥落时过三五鸦。孤村大有高人卧，绚时文采流天葩。我幸维舟一造访，煮酒还烹松萝茶。感时心同屈原醉，愤世鼓倩祢衡挝。自来廊庙本江湖，痛痒非从隔靴爬。东南战马正凭凌，挟纩谁属徒咨嗟。何处桃源胜鸡犬，梦里落花纷紫霞。"

廿八日（1月27日） 雪更大，仍泊螺洲。

岸上雪深三尺，篷背亦堆满。舟中无事，取《漆室吟》细阅，比事属辞，悼古伤今，有警必书，无寇不吟，可谓近今诗史。惜词虽博而未融，格虽稳而未超，不无缺憾。兹录其《天醉》七律七章，词意沉着，格调苍凉，差无遗议。诗云："海水群飞大地波，黄金台势没嵯峨。百年果有伊川痛，五子犹闻洛汭歌。阙下戈铤喧铁马，宫前荆棘泣铜驼。生灵刍狗嗟今甚，天帝衔觞醉若何。〇威制蛮夷控八埏，声灵王会肃千年。岂闻潜鳄能升岸，未信神龙可脱渊。云罕星游秋出塞，参旗井钺夜临边。不逢金母瑶池宴，雨雪谁赓黄竹篇。〇凤城遥望耸云间，宿卫期门日夜环。竟有蚍蜉摇大树，曾无虎豹捍天关。诸侯当为尊周起，大驾谁迎幸蜀还。温峤不生陶侃没，野夫江上泪空潸。〇传道长安事日纷,腥风九陌遍妖氛。鲸牙裂网翻三岛,蜃气嘘楼逼五云。柳市夸琛方列肆,棘门儿戏未成军。神州赤县张番乐,曼衍鱼龙总不分。○嫚书恫喝逞穷奇,喋喋珠盘载誓词。鳞介将淆秦郡县,侏俪敢杂汉官仪。九州沥髓犹难餍,百计吹毛悉是疵。贾竖白徒能跋扈,雷霆何不奋王师。○力扶鳌极答恩深,众口嚣嚣遂烁金。昌国立功翻见忌,汾阳罢将独何心。威名堪寄北门筦,弃置徒悲东武吟。戚里孤忠天一柱,苍蝇休得巧相侵。○寒雪三春百卉伤,漂山夏潦骇非常。愁心氛雾迷天阙,泪眼虹霓蔽日光。九庙神灵原陟降,六师威武足张皇。宵衣拨乱犹非晚,旋轸銮舆抚万方。"又七古如《日出入行》云:"日之出入有常家,西经蒙汜东若华。天街躔舍表黄道,何为顿辔淹龙沙。阴山积雪高崔嵬,纥干冻雀号且哀。不闻黄竹唱,谁进瑶池杯?是间但有黑龙衔烛照幽朔,嗟尔三足之乌胡为乎来哉?羲和夹左右,失职乃其咎。中州不仰至阳精,错落更谁辨箕斗。自从日驭行寒门,九土穷奇无不有。蓁蓁蝮蛇日啖人,白骨累累若丘阜。吾将叩阊阖,祈上元,鲁阳挥戈黄人捧,大丙王良相后先。矫首赤龙起奋轭,火轮扶上当中天。"《望湖吟答吴南屏学博》云:"同在洞庭湖畔住,行吟日望湖边路。湖云冉冉接苍梧,南幸重华渺何处。因忆古皇生古愁,对山巡海事悠悠。襄野曾迷轩帝辙,崆山空骋穆王游。祖龙意气骄千载,鞭石驾鼋望东海。大鱼吹起波连山,金阙蓬莱竟安在。当年芝盖远飘摇,万里徒嗟归路遥。不见湖中悲帝子,千春泪竹恨难消。昨君寄我湖上吟,动我离忧万古心。湖涨湖消忧不歇,忧端直共海波深。"词意幽远,寄托遥深,颇有青莲遗意。

　　廿九日(1月28日) 雪未止。鲁敬夫招饮,作诗酬之。

　　敬夫夫人姓金氏,吾滇人,随宦粤西,父没,适敬夫,今同归楚。与余有乡谊,因来招饮,共话滇中旧事,不胜唏嘘,感成一律云:"一江风雪阻长征,腊尽裘凋酒未倾。何幸扁舟同子敬,更欣仙里近云英。关河莫漫谈苍洱,姻娅还多聚楚荆。只我萍蓬无定所,何年挈眷共春耕。"余昨以文稿质子寿,今来示云:"作者才气,施之书策论议为最长。其言兵事尤切中,语语皆实际,又皆言立于先,验著于后,此非识高者不能至也。至《论天下大局》一书尤卓绝,虽良、平之智,无以过之矣。他序记诸文稍逊,由体裁尚乏峻洁耳。"峻洁境界,余实未臻,以平日专喜论事,极言驰骋,故文体不甚高耳。子寿又云:"《论学书》以丹鼎家言上附易象,似于道为杂,有疑于心,不敢隐饰。"子寿绳墨士,故守道惟谨。余意实见得丹鼎一道乃天地应有之气,其源亦出于河洛,故取其养气之功,以为延龄之助。界限自有分别,非混然杂于儒道也。君于此道未暇深求,故疑之,无足怪耳。

三十日(1 月 29 日)　雪霁。移泊新堤。

晨起,天大晴霁,乃移泊新堤。作诗赠鲁敬夫云:"螺洲新霁泛晴澜,晓起推篷见楚关。笑倚玉人频指点,隔江残雪是家山。"君家青山,指日可到,对之不无艳羡。晚复来邀共饮,其夫人亦在座。天涯乡谊,虽觉殷殷,而余则更增离索感矣。

同治元年

星烈日记卷之八十三

鸿蒙室主人笔识

壬戌同治元年正月初一日（1862 年 1 月 30 日） 作《稚龙飞》诗，晚泊龙口。

先是，纪元祺祥，后复更同治，盖两宫听政，亲贤夹辅，取协心同治之意。今晨天大晴霁，惟严霜寒甚，东望江流，黯雾不开，因作《稚龙飞》诗云："阊阖开，天马徕。雷霆鼓，鸾辂回。中有稚龙，飞跃灵台。龙初诞降，光烛九垓。既绕电于天枢，而日入乎圣怀。龙膺景命，瑞应三台。复珠联于列宿，而璧合乎泰阶。威殄廉恶，德走蝮虺。黄流一泻三万里，竹箭澄清净无埃。丹凤不鸣二千载，衔图飞向岐冈来。于戏稚龙，云兴雾隮，天地豁闿，景物宏恢。吾将颂中兴于黄屋，而独上乎蓬莱。"

初二日（1 月 31 日） 泊蒿洲。

是日天虽晴，而繁霜似雪，堆满篷背，帆缆上几厚寸许，奇寒异常，南方不恒见也。鲁敬夫托作《祝定湘王神辞》及《悼马》《祭友》诸文，呵冻成草付之。敬夫从军桂水，值雨，策马渡河，为流水漂没四五里，以手挽马鬃，遇救得生，而马竟没，以定湘神佑也。因拟设醮酬神，并以吊马，故属为文。又初过长沙，友人某赠以路资，始得入粤。今再至楚，而友人已没，故亦拟并酬焉。敬夫盖古之然诺士也。

初三日（2 月 1 日） 仍泊蒿洲。

　　昨夜北风大作，竟难东下，故仍泊此舟中，取《古诗源》阅之。余念作诗大旨，舜教胄数语尽之矣。曰诗言志，即诗本性情之意，亦即袁中郎及袁简斋性灵之说也。曰律合声，即唐人音律格调及明七子复古之说也。曰声依永，以气味神韵为主，即渔洋山人选唐人三昧之意也。凡作诗者，舍此三要，必非佳诗。惟古今嗜好不同，故风气遂殊。尚格调者鲜性情，主性灵者薄声调，是皆两失其旨也。余又观古今编诗大旨，亦无过《三百篇》四始六义之说为最当。诗之有风，所以吟咏性情，虽野夫孺子、劳人思妇，皆可以各言其志，故其辞婉而多风。诗之有雅，所以指陈时政，抒写怀抱，非学士大夫、高人逸士，不足以达其所见，故其词切而旨远。至于颂，则郊庙朝廷歌功颂德之所为，必宫悬乐府乃能用之，故其体大而声宏。然风、雅皆有正变之不同，颂亦有升降之各异，此则人心时运为之，非可以矫饰者也。独怪后人选诗，多不本此为程，只从古今分体，或五七言分体，又或以人事分体，皆非《三百》遗意。殊知古今体诗，原有风、雅、颂三体在其中，不从此分别体裁，则作诗之旨不明。诗旨不明，则诗教何由显哉？余拟仿《三百》体例，选汉魏六朝诗，分风、雅、颂三种，各自成类为一编。又选唐以后人诗，亦分风、雅、颂三种，各自成类为一编，与《三百篇》合读。再取《三百篇》评论作法用韵，亦如读后人诗法，合成一书，俾诗旨显然，既可由古以递今，亦可由今以复古，庶论诗者不至纷纷岐出，而有所汇归焉。以道途奔驰，未暇从事，故若发其端于此。

　　初四日（2月2日）　泊郭家埠。阅《古诗源》。

　　郭家口在簰洲下十余里。舟中阅《古诗源》，分别风、雅、颂三体。观汉魏六朝诸诗，风人之旨尚存，大雅之音邈矣，颂辞则更寥寥。盖三代后无甚功德可述，政事亦多因陋就简，以致雅颂沦亡，不可复闻。唯小雅哀音，历代皆是，以《三百》合而读之，亦可以见世道之升降焉。作诗者能于此等处用功，自有真意存乎其中，勿徒以貌袭为也。

　　初五日（2月3日）　泊金口。

　　邻舟有陈赞廷孝廉名襄熙者，粤西陈文恭公曾孙，计偕北上，恒与连舟,故常过谈。谓文恭公起自寒微,幼时昼出牧,晚归读,为秀才即有大志,以为人当为天下不可少之人,后果不负所志。可见秀才当有宰相气量,而宰相又无忘秀才面目,乃为真学问、真本领。若世之浮薄文士及纨绔子弟,间登一第,偶邀微秩,已顿异其本来面目,而徒长其虚骄之气,又安望后日事业可以掀天而揭地哉!观于文恭与范文正,亦可略知自愧已。

初六日(2月4日) 泊汉口。

汉镇素无洋行,以去岁议款后,各国洋行列满市镇矣。此亦古今来一大变局,于民自便,于国则大有损。朝廷俯准其议,亦以中国多故,不能不作此羁縻之术耳。

初七日(2月5日) 鲁敬夫招饮。作书寄家毓芝。

敬夫将归青山,分离在即,其夫人尤依依,以万里乡人,不啻骨肉之难为情也。因邀共饮,借以话别,并订会期云尔。余亦作书致毓之,并达碧、月、王卿,使知萍踪所到也。

初八日(2月6日) 送鲁敬夫伉俪归青山。

青山在武昌下流三十里。敬夫离青山又三里许,名鲁家桥,连年兵火,江汉诸村尽焚,唯青山未被其难。盖是地为武昌险要,水陆诸军在所必争,故常戍兵扼守,以此得全。敬夫从军粤西,竟得生还。功名虽微,而家人团聚,何异封侯。若余所遇,则何如耶?不能不令我怆然泣下矣。

初九日(2月7日) 束装登岸。

寓郭家巷王德生车行,以陆行须易车也。舍馆既定,乃访粤东刘五桥,不晤而归,盖为篾楼属耳。晚知王峰臣募勇来楚,现泊河岸,因过访之略谈,遂别峰臣、纬堂。时齐耀亭、佐臣诸君俱贵至提镇,更有顽童牧竖,亦多贵显。乱世功名,贱同草芥,真可慨也。

初十日(2月8日) 过江访罗厚庵。

厚庵为锦堂镇军哲嗣,因公来楚,寓武昌城内,因过访之,遍寻衢巷,始得相晤。适值招朋聚饮,欲留共酌,余以日暮不便过江,遂不辞而归。先是,余登黄鹄矶,欲觅搁笔亭旧题,乃道人不知何往,惟戍兵营帐累累,旌旗铳炮布满峰头而已。因寻虹山正脉,直至湖边,堂局甚佳,而武昌黉宫独不建此,何哉?

十一日(2月9日)　晓发汉口,晚宿洲头。

本以车行,以湖路未干,因拟搭船至界埠,乃东风大作,不能下驶,仅至洲头,遂复登岸觅宿,离汉镇才二十里。自发长沙,无日非逆风,可谓行路难矣。

十二日(2月10日)　宿沙口。纪梦。

湖路泞泥,尤为难行。盖积雪虽消,而层冰未化,午虽稍融,夜复冻结。行人乘晓冰未化时,蹴踏冰易。过辰巳后,日高冰解,而泥愈深,则小车不能转矣,故日行三四十里即止。昨夜梦观古画,不觉身入其中,穿洞独行约里许,有古寺依山麓,中列罗汉十余座,余乃忝坐其间。有顷出寺,见高楼矗立数丈,余蹑飞梯将入窗矣,而觉其甚难,窗内二人欲援以手而亦未能。复觉恍惚,登其屋后高山而醒,不知何意。

十三日(2月11日)　宿毕家埠。

晓起,行十余里湖路至界埠始过渡。登长冈,路始稍干。至毕家埠,日已西,遂止不行。是日北风甚寒,阴霾四塞,荒凉特甚,四顾茫茫,不能无羁旅之感。

十四日(2月12日)　宿周山埠。门人万乃斋来晤。

乃斋村居,离埠仅五里许,闻余过此,因来谒,畅叙别后情悰。乃由毕店同行十里,至周山埠止宿。夜半月明,乃斋始步月回村。

十五日(2月13日)　乃斋招饮。

是日颇晴明,村中士女皆出游春,红裙绿袖,罨映田塍间,亦村居好景也。乃斋邀至其宅,诸昆季皆出晤,其族叔小坡先生亦与共酌,同敦世谊。君族虽不甚繁,而国初代有词林,至今科第不绝,为黄郡冠,可谓盛矣。乃斋并出其纳凉小照索题,聊书数言付之云:"先生老矣尚风尘,弟子翛然证凤因。客热避人几千里,风高别尔刚七春。云房水榭常相忆,绿柳红蕖底认真。今日披图谁是主,短谣聊赠画中身。"饭后,乃斋仍送至寓,夜半始别去。

十六日(2月14日) 宿齐家店。

黎明方欲就道,而乃斋复至,袖中出和余题图原韵相质云:"幸列门墙步后尘,结缘文字总前因。红蕖赠句图披夏,碧草销魂别送春。尽寸柄畴能我假,师生谊觉认人真。昂藏终愧须眉具,宇宙何从着此身。"七年阔契,万里长行,执手依依,愈难为情。别后行六十余里,始至齐家店,村人月夜仍有唱灯为乐者。乱离世界,得睹此景,亦甚希也。

十七日(2月15日) 宿宋埠。

寓中晤一武士,衣虽蓝缕,而骨格尚奇。自云镇远人,蔡姓,名安邦,曾从胜帅军,已保参将,加协镇衔,补授兖州营缺。以贩盐由泗州溯淮上,为苗霈霖所劫,追至光州,易服得脱,遂困于此。盖苗逆既叛,长淮左右悉为所有,国家盐船均不能上,唯李世忠之船不敢相阻。世忠因于淮岸要区设立盐埠,擅有盐筴之利,富强一方,而又频施小惠,笼络民心,志将难测。余前拟《上涤帅书》,有不可使李世忠守清江之言,盖虑及此,不料诸帅竟使之得行其志,可虑也夫。蔡君久事淮营,北方情形甚悉。余劝其仍图北上,而苦于无资。余亦艰于旅费,不能相携,略有赆遗,而君已感激无既矣。

十八日(2月16日) 改道南行,宿新洲。

本拟由光北上,而一路难民由光逃入楚者,纷纷不一。据云光州、息县、信阳三郡县俱被围,其前锋有扰至商城界者。盖光州北西境民变为捻,商旅早断,去岁腊月方解退,今又围城。汝宁、陈州虽有兵而不能救,城中仅数百乡练,与城民互相守御,势甚危急,存亡正未可卜也。余前住光时,亦曾劝宪之尊人松岩先生早为移家计,而不能从。今闻此信,不能不为之危矣。此道既不可行,乃拟改途,由大江绕道庐州,再作计议,故必至新洲,始可易车为舟也。

十九日(2月17日) 泊蒙家津。

是日买小舟，拟出长江，搭大船东下。乃行至蒙家津，诸船皆停泊不行，以外江募勇掳掠民船，骚扰特甚，故皆远避于内湖汊港之间。余只好另易大船，暂泊以候。

二十日（2月18日） 仍泊蒙家津。

诸勇未去，众船不敢出湖。是湖有二汊，一通麻城、宋埠，一达黄安，故四路可以退避也。募勇所以杀贼，而今之勇则以扰民为事，无论其需船与否，必借掳船以索民财，真可痛恨。为之上者，又皆无赖凶徒，纵其所为而不之禁，民岂能聊生乎？

廿一日（2月19日） 仍泊蒙家津。

小港孤洲，荒芜落寞，无可散步。乃取愚山诗阅之，体分二种：五言学王、孟，七言似少陵，而皆归于温柔敦厚，得古诗人遗意。惟才气未能闳放，故边幅稍隘。配以荔裳，自是敌手，方诸王、查，恐难齐驱也。

廿二日（2月20日） 移泊鹅公颈。

探闻猾勇已去，舟子始移。舟行二十里至鹅公颈，日已暮，遂泊舟中。阅宋荔裳诗，天骨开张，气魄雄壮，颇似李沧溟，而沉郁处过之。惜其全稿散失，选家所录，乃其初刻，未窥全豹，殊属缺憾。使具此才，充以涵养，则境界所到，未易限量也。又阅竹垞诗，五排最工，杜老后不可多得，余虽凝炼，失之过整，故气体尚未大耳。

廿三日（2月21日） 泊黄州。作《掳船行》。

黄郡对岸有夹洲，诸船避风，悉聚于此。须臾，火轮洋船从闸中出，翻波激浪，如鲸鲵鼓鳍前行，诸舟皆为之簸荡欲覆，亦巨观也。是日，成《掳船行》一诗云："画鹢船头鸣大鼓，民船畏兵如畏虎。虎入深山尚可避，民船遇兵无不掳。借问兵掳船何为，索财仗势充粮脯。晓起披得一戎衣，沿江上下寻楼橹。楼橹纳税复载兵，正供外余船三五。榜人长跪乞免役，钱神能销点鬼簿。不尔拷扑复搜劫，奸淫尤胜惑妖蛊。少妇泣哭老渔怒，忍泪吞声情难吐。我久从军洞厥弊，恨无太阿除民苦。只今亦复受厄困，三日停桡避深渚。几回探视大江滨，旌旗过尽才摇橹。隔屿忽闻铳炮声，又恐前程相拦阻。吁嗟尔兵何太苦，破浪杀贼方雄武。金陵窃据纪一周，玉帛积山敌内府。拔鲎先登获厥丑，岂但银镣尽属汝。宝马任驼红粉坠，鞭梢乱拂青丝组。更夺铜符大如斗，羊头何堪一掷赌。胡为但肆小民虐，针头削利无足数，吁嗟尔兵勿太苦。吾恐珍珠填市宝盈船，枭獍笑尔胆如鼠。"

廿四日（**2 月 22 日**）　泊黄石港。作《厘局叹》。

近日筹饷，专恃抽厘。前有筹饷局，今更增东征局，一货双征，商人颇以为苦，而军饷仍日形不足，岂其中亦未能尽无弊欤？爰作《厘局叹》一篇以伤之云："古人为国戒聚敛，今之聚敛人称羡。况乃搜索及毫末，百货千商无一便。曩昔筹饷民已疲，迩来东征尤无厌。齿角羽毛琳琅璆，谷罗纨绮缯绡绢。尺缣斗粟无旷贾，甲帖丁钱有成宪。惟正是供能余几，其实徒饱吏胥餍。非亲不使贤不亲，利薮争趋神弗倦。频年议饷食仍亏，何日足食标明验。管子官山并府海，富强尤为圣所贱。乃今更筹山海外，何异青苗加锻炼。西汉开边重屯田，其法兵农互耕战。方镇既难复古制，稻田亦足供团练。奈何舍本但逐末，关市讥征寰宇遍。坐令商旅戒行途，衣食不周礼义欠。以此拨乱乱弥深，以此求治治尤远。上下交征卯势危，盗贼未弭民先怨。呜呼作俑者谁氏，流毒何如盗臣传。"

廿五日（**2 月 23 日**）　泊散花洲。作《怀古》诗。

洲在西塞山上游十五里，为周郎犒军处。余心别有所感，成诗一绝云："葡萄酌罢玉烟收，公瑾英雄未白头。东望秣陵无恙否？小乔魂锁散花洲。"

廿六日（**2 月 24 日**）　泊田家镇。

田镇为蕲州一局水口，故诸峰耸峙，交锁严密，半壁山特立江心，尤为奇峭。非中有至贵之穴，乌能收此用神？余去岁今日适至洪塘湖审地，今复过其水口，岂此中实有缘分在耶？

廿七日（**2 月 25 日**）　泊武穴。

是日风颇利，而舟子以兵船在前，不敢逼近，故迟迟而行。至午后始抵武穴,拟访诸旧游,而日暮泊远,兴会顿减,遂懒登岸,非复昔日之豪情胜慨、选舞征歌时矣。

廿八日(2月26日) 宿龙坪。

昨午风稍顺,而今晨复阻,因易小舟,勉至龙坪。知傅济川已下世,急往吊之。复访吴亦九于熊载卿宅,亦已挈眷赴章江。惟载卿出晤,谈及去岁贼由黄郡率大服下犯沿江州县,进至宿松,冀解安庆围而不能进。旋闻安庆已克,始复率众由德安西北去。此数月中,诸县被扰,惨异常时。先是四眼狗初过,秋毫无犯,饮水亦投数钱,众以为无害,遂不之避。其后至者,因乘势掠劫,奸淫尤甚,虽老妪幼女亦不能免。幼女不堪行淫,以刀剖其阴户而死者,不可胜数。每掳妇至,必令裸体与男贼交拜,而后淫之。其丑者亦剥衣露体,而乃遣回。诸女赤身,难见家人,竟投水死,亦不知其数。迨至败归,贼意愈怒,焚掠愈惨。盖自军兴以来,此方之受害者,莫过是岁。唯宿松民闻皆远避,周邑数百里地,无一人敢在室者。盖贼曾为民诳,恐其怀怨,致遭屠戮也。去岁余抵黄州,贼亦抵黄州。次晨日初出,远望城上妖气如焰,横亘长天,上至汉镇以前,下抵武穴而后,早知北岸大劫未尽。嗣闻安庆克复,似征应大爽。今闻此言,始知皖省虽复,而民劫愈惨,即复此空城,何益民生?又况国遭大丧,乱几不测,则天象亦岂爽哉!

载卿又出去岁肃顺伏诛上谕邸抄相示,并录于此云:"某月日,奉上谕宗人府会同大学士六部九卿翰詹科道等定议载垣等罪名。请将端华、肃顺照大逆律凌迟处死等因一折。载垣、端华、肃顺朋比为奸,专擅跋扈,种种情形,均经明降谕旨,示知中外。至载垣、端华、肃顺于七月十七日皇考升遐,即以赞襄政务王大臣自居。实则我皇考弥留之际,但面谕载垣等立朕为皇太子,并无令其赞襄政务之谕。载垣乃造作赞襄名目,诸事并不请旨,擅自主持,即两宫皇太后面谕之事,亦敢违阻不行。御史董元醇陈奏皇太后垂帘等事宜,载垣等非独擅改谕旨,并于召对时有伊等系赞襄朕躬,不能听命于皇太后。伊等请皇太后看折,亦系多余之语。当面咆哮,目无君上,情形不一而足。

且每言亲王等不可召见，意存离间。此载垣、端华、肃顺之罪状也。肃顺擅坐御位，于进内廷当差时出入自由，目无法纪，擅用行宫内御用器物，于传取应用物件，抗违不遵，并自请分见两宫皇太后，于召对时，词气之间，互有抑扬，意在构衅。此又肃顺之罪状也。一切罪状，均经母后皇太后、圣母皇太后面谕议政王军机大臣，逐款开列，传知会议王大臣等知悉。兹据该王大臣等按律拟罪，将载垣等凌迟处死。当即召见议政王奕䜣、军机大臣户部左侍郎文祥、右侍郎宝鋆、鸿胪寺少卿曹毓英、惠亲王、惇郡王奕誴、醇郡王奕𫍽、钟郡王奕詥、孚郡王奕譓、睿亲王仁寿、大学士贾桢、周祖培、刑部尚书绵森，面谕以载垣等罪名，有无一线可原。据王大臣等称，载垣等跋扈不臣，均属罪大恶极，于国法无可宽宥，并无异词。朕念载垣等均属宗支，以身罹重罪，悉应弃市，能无泪下。惟载垣等前后专擅，一切情形，实属谋危社稷，皆是列祖列宗之罪人，非只欺凌朕躬为有罪也。且载垣等未尝不自恃为顾命大臣，纵使作恶多端，定邀宽宥，岂知赞襄政务，皇考并无此谕，若不重治其罪，何以仰对皇考之重？亦何以饬法纪而示万世？即照该王大臣等所拟，均即凌迟处死，实属情真罪当。惟国家本有议亲议贵之条，尚可量从末减，姑于万无可贷之中，免其弃市。载垣、端华均着加恩，饬令自尽。即派肃亲王华丰、刑部尚书绵森，迅即前往宗人府空室，传旨令其自尽。此为国体起见，非朕之有私于载垣、端华也。至肃顺之悖逆狂谬，较载垣等尤甚，亟应凌迟处死，以伸国法，而快人心。惟心究有所不忍，肃顺着加恩改为斩立决，即派睿亲王仁寿、刑部右侍郎载龄前往监视行刑，以为大逆不道者戒。至景寿，身为国戚，缄默不言；穆荫、匡源、杜翰、焦佑瀛于载垣等窃夺政柄，不能力争，均属辜恩溺职。穆荫在军机大臣上行走年久，班次在前，情节尤重。该王大臣等拟请将景寿、穆荫、杜翰、焦佑瀛、匡源革职，发往新疆效力，均属咎有应得。惟以载垣等凶焰方张，受其钳制，均有难与争衡之势，其不能振作，尚有可原。御前大臣景寿着即革职，加恩仍留公爵并额驸品级，免其发遣；兵部尚书穆荫着即革职，加恩改为发往军台,效力赎罪;吏部左侍郎匡源、署礼部右侍郎杜翰、太仆寺卿焦佑瀛均着即行革职,加恩免其发遣。钦此。"

　　页眉补记:

　　十九　壬戌正月二十八日(2 月 26 日)

　　余三至龙坪,访诸旧好。

　　廿九日(2 月 27 日)　晓发龙坪,晚宿蔡山野店。

　　昨日天大晴明,入夜忽雨,至晓不止。午后积雾稍收,遂雇小车前行。至蔡山野店,天已将暮,离孔垄尚十余里,而泞泥难行,遂止宿村孤店小茅檐,风雨入夜愈甚。自长沙起程以来,水阻风,陆阻雨,北阻盗,南阻兵,霜雪在所弗论,亦可谓艰于行旅矣。

　　三十日(2 月 28 日)　仍宿蔡山野店。作《行路难》诗。

　　阴霾四塞,泞泥尤深,车夫难行,故仍住此,乃作《行路难》诗以自遣云:"江头噩浪排山起,陆地泞泥深一尺。北去烽烟横虎豹,南来猎练走蛟虺。前途归路竟黯然,地棘天荆有如此。我欲拔剑剚狂逆,恨无斧柯到十指。周将军,谁激尔。韩昌黎,真刺史。竟能入水除凶残,草檄驱鳄出大海。我今胡独困泥途,轻车独轮陷难驶。有如涸辙一鲤鱼,摇尾乞人人谁理。虽然丈夫自古多困顿,王孙胯下何足耻。君不见淮阴年少皆豪侠,王孙胯下何足耻。"

星烈日记卷之八十四

鸿蒙室主人笔识

二月初一日(3月1日)　宿五萨坡。

初至孔垄,北风甚紧,玉雪横飘。已拟投宿,须臾雪止,仍复就道。抵五萨坡,时已昏暮,遂宿于此。连日阴霾惨黯,寒气彻骨,忍冻前行,料峭难当。晚投茅店,风撼欲摇,榻破窗残,萧瑟弥甚,所谓浓春烟景似残秋也。

初二日(3月2日)　抵宿松县。

晓过黄梅,城市萧条,人民稀少,尤甚于前。晚抵宿邑,附郭民居悉被焚毁,惟城内瓦屋尚存其半。余离此地曾几何时,而景象顿非,沧桑变易,不能无慨于中矣。入城时已昏暮,旅寓俱多残毁,仍至毓之舍,各叙离惊,互相慰藉,畅谈至三鼓始宿。

初三日(3月3日)　出门遍访诸友。

李右青已下世,陈子芳、徐典文、石蓉镜诸君俱散处乡村,惟黄仙樵老友尚如故,其宅亦多残毁,非复昔日完善矣。右青去岁于贼至时,卧病不能远去,为贼所逐,毙于城外破屋中。乱定后,始收残骨以葬,亦云惨矣。其平生诗稿,悉化灰烬,天厄文人,何至是哉!

初四日(3月4日)　作《高唐志感》诗。

宿邑为古高唐地,余累至止,别有所触,乃成诗一绝云:"神女灵光乍有无,双鬟来去总模糊。平生惯入高唐梦,遮莫襄王是故吾。"

初五日(3月5日)　徐丹山招饮。

丹山名发权,乃祖曾官吾滇楚雄府知府,家计甚裕,为邑巨富,今亦稍稍落矣。其祖茔名倒挂金钩,逆水有力,故多主富。地力之征,岂不信然。

初六日(3月6日)　毓之邀偕诸友共饮。

太湖施君甫辰名从龙来宿,毓之设宴款宾,余亦与坐。甫辰兄名仲鳞号次雨者,现任吾滇昭通府,颇得民心,为回汉所服。闻其卸篆甫一月,而昭通复乱,回汉二民公同请留使君,而人心乃定,亦可谓当今罕觏员矣。

初七日(3月7日) 偕毓之登城眺远。

去岁四眼贼欲解安庆围,于三月十二日夜率众至宿邑。午间,民心惶惶,拟出城逃遁,而守城将官萧某闭城不令民出。申末报尤急,而守城官已不知何往矣,民乃纷纷出遁。五鼓贼至,追杀逃者,哭泣声闻数十里外。四眼贼分股围太湖、青草塥诸营,而己率大众突安庆围。多都统恐其进据石牌,先期令人堕坏石城,使不得据。四眼贼乃进至集贤关,曾沅圃亦令缺围,放其入城,而后合围如故。贼复由水面遁至南京,率大股数万众绕道英、霍,仍来解围,遂不能入。八月朔,安庆克,贼计无所施,乃由上游遁回庐郡。先是,贼据宿邑,鲍镇军驻营鲤鱼山,日夜攻城不克,旋复撤去。贼迁怒于民,四出搜掳,屠戮无算。宿邑之劫,于是愈惨矣。每郡虽复,何补于民?而大帅乃骄矜自满,安居无虑,各纳部民子女为妾,平日理学究安在哉?

初八日(3月8日) 代毓之作赠人诗。

(阙)

初九日(3月9日) 与仙樵共话。

民间谣传,三月初九日宿邑当再遭乱,初不相信,近闻安庆搜获奸细四五百人,果供称于是日暗袭安庆。幸逆谋早破,或可免难,否则将应民谣矣。先是,有米商设肆城内,店中仅数人,而日用水数十担。水夫疑之,以报有司,因访得其实。人皆伏藏窖中,暗以待时,乃牵出,悉斩于市。噫!亦可危矣。

初十日(3月10日) 接李雨苍函。

去岁余方由宿上驶,而雨苍函至,今始得睹。大略谓闻余名,久未得相晤,现拟带勇过汴,欲邀与偕,令余稍待彼来计议,各抒怀抱,合则从,不合则去。辞颇切直,亦豪杰互相推爱之意。然余闻雨苍至汴不合,复回鄂亦不遇,近已北去。余虽未晤其面,然细玩辞意,极有热肠,使得相晤,或有合也。

十一日(3月11日) 微雪。

北风怒号,终夜不息。晓起微雪霏霏,飘窗入瓦,亦甚严寒。自腊月至今,多风多雾,虽值晴日,亦昏暗不明,不可谓非天时之变。去岁贼退,田禾悉被焚尽,民虽入室,无以为爨。所望今岁麦秋有成,乃可全活,否亦将尽逃散矣。宿邑遭乱以来,未受此苦,近始觉流离之难以为生也。

十二日(3月12日) 阅邸抄。

大学士周祖培奏载垣等拟进建元"祺祥"字样,意义重复。军机大臣复拟进"同治"二字,遂蒙允行。初以为恶载垣所拟也,后闻民间谣云:"祺祥祺祥,半旗半洋。"乃知其不徒为垣而更然。余在粤见巴夏礼等衔,自称会理华洋事物,则"同治"二字,亦与会理同意,终有未协处,此亦莫之为而为事也。

十三日(3月13日) 作《后同心曲》。

事载《月影䰖光录》,前已有曲,今再谱之,故曰《后同心曲》。诗云:"江南旅燕未成双,日日衔花花满江。江面春波愁比翼,渡头芳草送归艘。归艘万里去何疾,呢喃燕语如相泣。穿花欲寻旧主人,无那风声雨声急。去年鼙鼓乱江乡,有女寻夫水一方。夫婿家山远未识,迢迢歧路空仓皇。仓皇犹唤旧盟姊,既愿同生还同死。那知姊妹复分飞,一叶扁舟去如矢。初过彭郎泛小姑,芳心已醉洞庭湖。浔阳不见琵琶舫,两岸惟闻战马粗。怨声杀气连天地,远望潇湘何日至。红拂身披旧紫衣,若兰免织相思字。防身一剑暗藏鞯,儿女英雄气不侔。可怜乳媪半龙钟,白鬓萧骚伴远游。短篷落日暮烟苍,惊魂夜夜骇龙虬。已看重上望夫台,忽漫江天满雾埃。艨艟楼橹一时惊,魑魅飞奔象罔来。拟将弱质委波涛,不见同心胆愈豪。怀中尚抱因缘谱,水底休沉璧玉搔。伤心流浪桃花满,便葬鱼腹无人管。楚尾烽烟间吴头,檀郎一去音书断。茫茫无地寄萍踪,浮遍沧江意未慵。只恨石尤风不定,鸳鸯有梦路难通。返棹还寻旧罗帏,城郭已断人民非。荒

村幸晤萱堂在,黑夜惊从何处归。乱后才悲径廖落,春来更欲感芳
菲。忽闻柳岸系花骢,知是天涯又转蓬。金缄预报同情侣,青鸟还伤
故国鸿。我聆此语泪欲落,我想双鬟愁似昨。三年怀镜未全空,几度
琼浆不许酌。新诗徒自写幽思,苦把神仙当媒妁。此去幽燕路更长,
谁从云海辨沧桑。生离已是关山远,死别宁知岁月忙。自来盟誓戒
磋跎,石畔三生证若何。红粉不因风转易,青衫肯受病销磨。噫嘻
乎! 侠骨本是须眉志,不图巾帼抱远智。自从一面识冬郎,杨柳章台
谁能戏。况是琼仙许状头,秦晋婚姻累刻忌。已将嘉耦让云翘,更抱
琴音远求婿。高枝纵未买丝萝,幽情已许种兰蕙。惟有娥皇愿难申,
九岳连绵望未真。三春独抱湘灵瑟,一曲弹向暮峰青。暮峰青处暮
云浮,云去山青青更愁。君不见天上双星情易会,人间连理树难求。"

十四日(3月14日)　赴凿山访橄轩,不晤。

橄轩游幕无为,近又闻其东下,故不晤。惟令嗣鸡黍相留,饭后
即归。一路村居,气象寥落,诸妇女寻采野菜为食。大乱之后,青黄
不接,殊难糊口。闻去岁居民被掳遭屠及投水饿毙者,不啻数万人,
亦云惨矣。

十五日(3月15日)　与游君琢成共话。

游君谓安庆大帅纳伪军帅陈某义女为妾,颇重其事,以八座迎入
帅府,花烛交拜成礼,可发一笑。昔张魏公送美女于岳武穆,武穆以
婉言却之。高宗又欲为建赐第,武穆亦辞之,谓东南赤子困惫极矣,
臣何以家为? 呜乎! 此古人之难及也。今则甫复一城,而骄淫若此,
其能久乎? 又闻陈某本无赖徒,曾为望江令所辱,今令供职城门,则
高车大马,日耀于前,令不敢仰视。小人之骄纵如此,则大帅之昏聩
可知矣。

十六日(3月16日)　偕黄仙樵登城眺远。

贼于东城门添筑牛马墙,若半环小城,可容千余人。贼将退时,
乡民之送贼粮者尽闭于此,悉屠戮之近二千人。呜乎惨矣! 亦何生
民之不幸若此耶! 又闻鲍镇军攻贼于城,不数日即退,盖为胡宫保牵

制城贼而来,非真攻贼也。宫保本驻太湖,以四面贼众,故由龙湖水路遁去。又恐贼之蹑于其后,故使鲍军截堵宿贼,而己便于脱身耳。然宫保虽得生至武昌,乃未数月,旧病复作而逝,则生死亦何可以计脱耶?

十七日(3月17日)　徐丹山邀赴对塔庄视地。

庄离北城二十五里,毓之亦偕往。庄屋颇有小局,惜后龙入脉太偏,故非真结。惟路过九山寺,寺虽焚毁,而孤塔独存,颇有结作,俗呼凤形,亦甚似之。塔立圆突上,尚完好,可见美地亦难瞒过时人眼也。

十八日(3月18日)　回城。

是日大风撼树,阴霾蔽空。午刻,天中云色忽分为二,由东及西,一线云光直达,首尾南北皆黑色,须臾遂混为一。与去前两岁所见云色相似而又不同,亦可怪也。

十九日(3月19日)　闻庐州官军获胜。

民间有自庐回者,云多将军离庐五十里扎营,其前锋则进抵庐城外十余里,于月初出队,同攻城外贼卡,尽焚其垒。贼亡近万人,余悉遁入城内,我兵伤亡亦几二千余人。多帅现拟进围其西北两门,不日即当移营。余谓庐城甚广,非东会淮营诸军未易合围,且复庐城非难,特守之为难。窃恐贼舍庐上窜,我军难于兼顾,则克庐又非胜算也。前岁合曾、胡、李、多、鲍、唐诸军,始能获小池驲一胜,今曾东下无为,兼备徽歙,李西防六安,鲍南过贵池,胡殁后,诸军分守各隘,唐则久已散亡,唯多军独进合肥,虽亦各家添募新勇,而大帅只此数人,恐亦难于分应耳。

二十日(3月20日)　与刘定枢诸君共话。

定枢谓民间有被掳由庐遁回者,云贼中时闻喊令,总以袭武昌、复安庆为志,其志未可测也。又谓去岁杭州失守,民多从贼,屠杀官长,巡抚王有龄亦为百姓所杀。已革臬司段君镜壶素得民心,幸免于难,现遁回宿。浙省之坏,可谓极矣。朝廷授左宗棠浙江巡抚、李鸿章江苏巡抚。左现统兵援浙，事或可为；李则未闻其从何处进攻也。

廿一日(3月21日)　汪醉六过访。

醉六亦能诗，前岁曾作长歌见赠，余未及答而君已赴乡，今复偕其族兄渭青过访。渭青年近八旬，而精神矍铄，骨格亦颇奇伟，盖寿征相也。晚间与友人谈及去岁安庆之役，贼势甚凶，曾沅浦颇有退志，已饬各营预备船只，由下游渡江南遁。赖杨军门载福以水师截堵江口，不令退走，若敢退者，开炮轰击。沅浦遂死守，克成大功，杨之力也。

廿二日(3月22日)　唐绍烈过访。

绍烈云多将军攻庐州，曾亲见四眼贼立于墙上。多甚愤怒，挥军直前，欲生致之。贼遁入城，诸营悉被我军所焚。贼虽幸脱，胆亦褫矣。多自攻黄梅以来，鲜有败阵，其智勇与前明左良玉颇相似，特威名未如其盛耳。

廿三日(3月23日)　作书致史贤希大令。

史君近篆祁门，颇有能名，闻其常念及余，欲与共事。余以中年无子，不欲久事风尘，拟急退步，以图后嗣，故遣使赍书致意，且求助也。

廿四日(3月24日)　杨兴文过访。

兴文云上海洋行为发贼所劫，杀毙英商数百人，夷目赴京乞师，请由上海进剿，愿助军饷六百万。涤帅保奏李鸿章及其弟曾国荃同率水陆各军万五千人应援，不日即当进发。又谓去岁苗霈霖围攻寿州，实与孙某为仇，城食既尽，兵不能举刃。霈霖先令心腹二人诈称请和，求入城，翁中丞令以绳拽入内。次晨，霈霖遂破城，搜杀孙某眷属略尽，余皆免屠。已乃入见中丞，叩头痛哭，自诉情非得已。中丞大骂，欲自刎，为其心腹二人所格，遂不死。霈霖更出疏稿，求中丞代奏，明其非反。中丞托以无印，乃借用寿州印自行出奏。涤帅以此劾翁，翁于是褫职逮问。

廿五日(3月25日)　和友人《无题》诗韵。

友人有以《无题》诗见示者,辞颇新艳,因和之云:"漫问情天路短长,悠悠碧海对红妆。可怜一面犹难识,只向花笺诉别肠。双鬓无语自低头,更谱鸾笙月下愁。春梦不随花影淡,年年倚醉听琼楼。"其原唱亦录于此,云:"杏花天气日初长,帘外花光腻晚妆。欲向花前偷一面,隔花翻恐断郎肠。清溪绕翠过墙头,有客低回自遣愁。知否绿杨堤畔水,朝朝和泪出妆楼。"

廿六日(3月26日) 访龚云蒸共话。

云蒸家居,以授蒙馆为业,因道此事,颇觉苦人。而徽歙间有授徒至七八十人者,教读不能遍及,均使齐声同诵一书,谓之一板腔,殊觉可笑。《随园诗话》载人戏村学究一绝云:"漆黑茅草屋半间,猪窝半圈浴锅连。牧童八九纵横坐,天地元黄喊一年。"语虽俗而极趣。余亦仿其意为诗一绝云:"七十贤人纸半窗,满堂咿喔不闻龙。赵钱孙李百家姓,齐和先生一板腔。"亦可为授蒙者添一笑柄也。

廿七日(3月27日) 雨。

是日黄霾蔽空,三五里即不见山,亦阴气之过甚者。惟连朝春雨霏微,麦苗菜花俱觉沾润,竟黄吐秀,小麦似可有收,民情稍慰,三农尤为欢望也。

廿八日(3月28日) 致书家橄轩。

橄轩尚在无为,下游形情当必得实,故致书俾知余至,且探下游消息。是晚民间传言贼锋又至麻、罗境界,未审实否?想光州捻众焚掠过境,亦未可知。光州存亡亦无音耗,殊堪念也。

廿九日(3月29日) 阅《燕山集》。

专论相法。浙东暨阳石君端章名楷者著,曰《燕山集》者,皆其在京数十年应验事实之证也。其论五行与诸家异。大约先取人一身分三才,又分五行,而五行中每行各分为四,如木有春夏秋冬,火有炎炉石灯,土有山田路壁,水有动静清浊,金有有色无色、露金藏金之异。盖一行而又纬以四行,故相生相制,视其损益衰旺,而吉凶祸福、穷通夭寿之理出焉。如木之有春夏秋冬,乃假乎四时为言,非可泥而求之也。春木者,木泄于火;夏木者,木培于土;秋木者,木成于金;寒木者,木滋于水。木中有火,谓其发生太过,一泄无余,乃火燃而木精易竭,此春木之不寿,而为相法所不取也。木中有土,谓木得土而厚,精华畅茂,气色丰腴,乃土扶而木质易盛,夏木之所以多福,而为相法所足重也。是皆兼其所生之气而为言也。若夫秋木寒木,则就其时令而定。秋木兼金,疑为黄落之候,而反为相之最贵。盖万卉消剥,而此独凝然不动。况秋为万宝告成之时,木之材质于此成焉,故不指其黄落,而特指其坚固,此秋木之所以独立千古也。寒木兼水,有荣有瘁,则以水之寒暖别之。故木有良楛,而相有贵贱者,此之谓耳。由是而推,火有炎火,火因木炽,其气全盛而不可遏也。火有炉火,火自土出,其气亦蕴藉而能烹铸也。若火自金石激烈而出,其势闪烁急疾而无常者,石火也。水能克火,而有时亦能养火,如灯之附于膏油,其气微弱而终不可熄,故曰灯火也。土则山田路壁,亦有所兼。山土棱层凝重,体则土而骨则石。石者,金也。况崇严峻岭,宝藏所生,故曰山土者,土积而金气自旺也。田土旷衍柔沃,其质纯乎土也,而有润液焉。田之润液,水也,土得水而膏泽肥美,故不枯也。路土飞扬胶扰,为尘为沙貌,则土也,而死绝无气,如冲衢隘巷,车马陵轹,不能生长植物,此土受木克,精华已竭,故曰路土者,土之死于木者也。壁土板重块垒,为城为墙,性固土也,而已塞滞无阖辟,如陶范所成,不利栽植,此土受火炙拘方而无变通之象,故曰壁土者,土之遇火而过燥者也。至于水之动静清浊,尤为显而易见。夫水本动物,故反取其静;水性本清,故不取其浊。如风摇之则波,火炙之则沸,风火一类耳。故动水者,水之为火所迫也。静则渐涵渐浸润,滋长万物,必且融于土而巽于木,故静水者,水之潜滋而能生木也。水之子为木,而其母则金,故金清则水秀。清水之所以足贵者,水质而金涵之,体纯而无滓,如鉴之照物,物至而表里莹澈,此清水之澄源于金者然也。土能制水,水流若泥沙太盛,则过制而悉为之混,虽美泉一无可用,此浊水之受污于土者然也。他如金之有色无色,或露或藏,亦假为之名耳。火烁金过甚，融艳成色，此正与春木同科，见之者夭。无色金与木相成，如堂室器皿，金与木共制一器，人但见其朴素浑坚，不见其金之辉然外现也。露金者，金为水所磨洗，其气灿然发泄。盖金本贵物，取其暗然深藏，不宜昭昭示人，故露金不甚可贵。若藏金，则土既生金，又悉培于上，亦如珍物收贮府库，英华敛藏，富有而愈不能窥，此藏金之所以为足重也。然而五行之中，唯木最多，而唯金最不可缺。何则？凡直立之物本乎地者，唯草木最为蕃衍，故本天为人，亦与木相类，宜其较多于四行十分中。大概木居其七，而他四行居其三。在木之中，寒木又居其六，而春居其三，夏居其一，秋则百分未处一焉。其金之所以不可缺者，天地间唯金至少，故人皆宝而用之。非独木无金，琢不成器，即水以金为母，土以金为子，火以金为财，皆属秀气所聚。且五行之质，俱以圆厚为贵。五行之色，均要明润为主，明润圆厚，即兼金矣，故四行往往缺金而不贵也。但须视其兼之多少，以论强弱，而后生死贵贱可预卜也。综而论之，五行之生克，变化无穷，或取其相生，或取其相克，或则过生而旺极反衰，或则过克而衰极难立，或则克中而反生，或则生中而反克，总欲损益尽善，去取得宜，能准乎理以求之，则思过半矣。此辨五行之大要也。五行既分，须论三才，有大三才，有小三才。大三才，头、身、足是也。小三才，一面之上、中、下三停是也。大约取其相配停匀，而不欲其参差无度也。三才既定，一生有准，然后观其气色，按其部位，审其出入，定其日期，以决吉凶，百不失一。其分宫验气之法，不外《麻衣》《柳庄》诸说，唯按期克应，不肯显言，故难参会。《自序》谓得传于石亭先生，而石亭又得诸海上老翁，此盖托诸寓言者耳。余细玩其论各兼形，亦本诸古而参以己意，复变易其名，故觉新奇可喜也。然兼形之中，又有生克数条，则不胜其繁，未免琐碎惑人矣。故观书贵得大要，不必为其所瞒也。

　　余尤爱其自序作书大旨数语云："自古为人，禀质之贤愚，福命之厚薄，万有不同，或捷得于春夏，或缓收于秋冬，此皆冥冥之中，相所已定,弗能移也。所贵乎知命者,怀坚确不拔之志,持悠久待时之心,不惑于利害而颠倒其用,则霜至而菊斯芬,雪深而梅尤艳已。若龙门百尺,而与桃李争芳,渭川千亩,欲共凡葩献媚,不惟不获邀人之一盼,亦徒自丧其故我,而唾弃亦有所不免已。然则相岂小术哉?此圣贤安命之学,亦即圣贤立命之方。《诗》曰:'既明且哲,以保其身。'其斯之谓夫!"余丙申将应选拔,满面忽起黑色,唯鼻准带红。亡友李异才决其不售,已而果然,既取而复弃。其后戊申再应试,又取而后弃。中间秋闱十有二试,亦屡荐不售,破财招谤,动辄得咎。乙卯后出滇从戎,亦所入不偶。至今二十余年,潦倒无成,落拓无依,莫非此黑气为之滞塞而难通也。近数日黑气稍退,印堂及鼻准两颊皆生红润,隐藏细红点于皮膜之间,唯命宫两颧及边廷驲马未开,然亦渐变黄润,未审此后能稍畅遂否?姑记之,以待时之自至焉可也。

星烈日记卷之八十五

鸿蒙室主人笔识

三月初一日（3月30日） 再阅《燕山集》。

集中言克应日期虽少,然亦偶发其端,略云水土二星生色缠蔽,五官关乎生死荣枯。天一生水,地六成之,以土数合水数则为地六,是水土者,天地之根本,人之所以受命而成形,莫先乎此。故土星水口二者,一身荣枯生死之色,皆由此发起,论相者所为必先乎此也。土星水口,四季最怕一色,或青或黄,或赤或白或黑,无润滞气。五煞浮光缠蔽小三才五官,终身不吉之色。青黄不过破败,红多火灾血症,及虎咬蛇伤之类。白黑二色则死丧刑戮,祸患尤重,依宫分起止轻重以断之。盖无润之光,名为阴阳二煞,青黄赤黑为阳煞,水口无润白光为阴煞。五色之中,又分吉凶迟早,白光亦能吉能凶,或阳煞凶光下降,地才凶不可救,而有善以消之,则水口生发明润,白光直透土星,即解离宫之火蔽,灭黑煞之侵缠,退青黄之滞气,助三才之不足,虽死亦可生矣。若作恶不已,虽五官光亮,而地才水口白气,一生直透天才而灭,必主一日暴亡。若缠灭金木二星,主七日、十四日、廿七日而亡。或缠地角下起,至天才而止,主九十日、一百四十日、三百六十日而亡。若黑白二光,从手足阴地而起,名为女人星,凶尤甚焉。况五色之光,萦缠三才,忽现忽隐,一日三色,至凶难救。惟德感天心者,使地才生发土星,土星又生发红黄明润之光,上接天才之润色,中连人才之润色,下复生地才足底之润色,则无害。其吉色守宫,亦依各部以为断。大抵五色皆有吉有凶,明润者吉,暗滞者凶。其日期则以河洛数、五行之数断之,当不爽也。前夜梦饭瓯中提出发卷二三束,昨夜又梦室人代余梳发,不知何兆,附记于此。

页眉补记:

此亦主室人雷氏之殁,盖结发者已疏而离也。

初二日(3月31日)　阅《柳庄相法》。

明袁忠彻著。其言气色颇精，惟文法芜杂，纂例凌乱，非著述善本。忠彻虽以相术进，然亦一代文人，何至鄙谬若此？想后世江湖游食之士，假托其名，杂凑成书以求售，必非手订无疑。即编中所载《永乐百问》，亦粗鄙不堪，岂名士而故为此浅陋之言耶？然先生反因是以成名，亦可怪也。余通阅其书，仅择言气者十余条，且为之【删】削其繁芜鄙俚处，始可入目。行将广搜相法，折衷一是，合纂成书，以为知人一助云。

初三日(4月1日)　阅《槎上存稿》。

太湖赵介山先生名文楷著。先生以修撰奉命册封琉球，一路所存诗稿名《槎上稿》，笔阵轩豁，词亦宏亮。惟精悍之色不足，故高华而未沉实，其寿亦不永。诗注有云："球俗食案，如中国托盘形而有足，高举以示敬。"始知举案齐眉，球国犹有古人遗风。少时读"举案"字，多不解其意。说者谓"案"当作"碗"，盖古"碗"字，亦属强解。今见此注，始得其确。古来注疏家以无知而妄解者，不知凡几，所谓尽信书则不如无书也。

初四日(4月2日)　阅《麻衣相法》。

是书相传已久，不识所自起，虽多言骨相，而部法既定，后世莫能外。盖初学权舆，非精诣之神术也。然入门不从此究心，则大局茫然，亦无由辨其神气，故于其言部位者有所取焉。

初五日(4月3日)　阅《水镜相编》。

海昌范文园骙编。皆辑古人成说，而间参以己意，然反不及古人原本为善。惟录《相外别传》及史弥远《辨真》诸法，大有益于风鉴。盖骨相虽知部位，终属皮毛，惟精神、意气、目光、性情，差能得人大半，故不可不于此加意焉。

初六日(4月4日)　再阅《麻衣相法》。

凡属身心性命有用之书，无不通达明畅。惟术数占卜诸书，率多牵强附会，扞格难通，而尤莫甚于相编。《麻衣》本古书，中多精粹言，而疵谬者亦复不少。此必古人成法,而后世术士妄参己意,扯杂成书,故纯驳不一,瑕瑜互见。学者不察,草草披阅,含糊读过,文法尚且不晓,相理安望能精?而学士大夫又鄙为贱术,不肯批谬订正,故相法世罕善本。余少时亦曾涉猎及此,后以无高人指授,其书又多浅陋,不堪入目,故往往读不终卷而罢,此事遂置度外廿余年矣。今因阅《燕山集》,心有所会,似可悟入,乃复取诸编相证,细心详读,摘其疵而采其纯,庶几古人真面,于兹再见,而相法亦有所从入也。

初七日(4月5日)　微雨。作书致雷纬堂。

是日清明而微雨,拟登城晚眺,甫出门,遇雨即止。近有人赴庐,乃作书寄纬堂,使知余之将至也。纬堂已授陕西总镇,仍带兵随多将军剿庐,闻已进薄城下,余从此路北上,当可能达,故使预知。君昔为偏裨,今作大将,所谓天下尽化为侯王,又不独一二人为然矣。

初八日(4月6日)　过仙樵闲谈。

近有人自金陵逃归,具道金陵富足甲于天下,官兵离城各二三百里,城内毫无惊慌,百货尽集城外,城内惟药、钱二店,日日练兵喊令,拟大举上犯徽州,先由芜湖进。近闻歙县贼众甚多,其意亦可测也。都将军现围扬州,亦未能下,不知何日扬郡又为贼据。地远,传闻总不得实。又闻袁午帅亦至庐,与多军会围郡城,未审确否?

初九日(4月7日)　雨。纪梦。

连日大风,今并大雨,忽更大寒,殊非时气之正。昨夜梦余面忽脱一壳,可以取下,如铜面具,然其色甚黑。余以墨块干磨之,黑气遂退为白,甚可怪也。盖余自廿余岁,面上忽生黑晕。三十外,晕虽稍薄,而鼻上命宫又起小黑晕,如蝴蝶形,两颧奸门尤暗,满面烟尘,黯滞不开。其所以不死者,以土星带红,天庭微黄,两耳及水口明润无滞,故可相救。近数日黑气尽退,黄光紫气并发于两颧印堂之间,蹇运当除,故形而为梦也。

初十日(4月8日)　评《燕山集》。

石君游燕廿余年,借风鉴以行德,非徒求遇也,故其书不得以小术视之。因为评点，是者存之，谬者删之，将以合诸家相法，纂而为一耳。余尤爱其《知命说》一篇，见识人品甚高，而际遇有与余同者，不啻为我说法也。爰备录之，以便讽诵云。文曰："尝观古今人之得意，各有其时，岂余独无时也哉？今也处尘埃之中，以羽毛不丰，难以高飞，未得翻然直上云霄，皆因时之乖而遇之困也。予从庚辰进都，二十余年矣，不能遂意中之愿，而反遭格外之困者，无如近今十年为尤甚，是皆余之命也。然余岂终困于命哉？噫！余知天玉我之心矣。处之穷困迫郁之地，以坚其守，以大其才，以增其学识，而后可以任天下之事，理必然也。如曰余徒株守都门，一无所表见以终老，谅非天意，亦非余之素心也。夫余久离其乡，远别其家，托足于辇毂之下，为名乎？为利乎？两者一无所为，而久居于此者，岂余之失意而忘归也哉？余盖自有说也。因观古来势利之态，起于家庭骨肉之间，分甘则爱，拂欲则怨，怨则难言矣。一无势利，则父母视之为不子，子视之为不父，妻视之为不夫，手足视之为陌路，亲族因之而杜门，朋友因之而绝交。呜乎伤哉！思天下之人，莫过五伦，而皆怀势利以相接，岂复有所谓亲义叙别信也哉！势利之心，古今相同，如季子之妻嫂，翟公之宾客，其最著者。及一旦高车显耀，而愚夫愚妇惊耳骇目，阿谀诌容者，比比然也。然势利可动愚者之耳目，而不能动达士之心胸。盖余之立心，惟以积德为念，而不以势利起见。古来势利之态，余观之而耻且怒焉。自守坚忍不拔之操，如孤干特立，挺秀于天地，柯叶依然，孤芳自赏，每见松柏而三叹也。有知我者，持此以应之矣，是即余之树立于世而善承天之意也。故余安命自守，虽因苦之久，而余之得意自有期也。余当于丁未菊月之初，觅一叶之舟，先至于吴，后至于越，父老欣然相迎，稚子执手而问曰：'客从何处归来？'秉烛点寝，共话长安旧事。山可登，望千峰之翠巘；舟可驾，视万叠之清波。起居自适，可终吾生以老矣。意必有同志之友，指而效之曰：'暨阳石子，知命自乐者有如此，吾辈亦当欣然从之。'"

　　十一日(4月9日)　评《水镜集》。

书辑古说,佳处甚多,然错杂繁芜,毫无头绪,披检颇难。所引证据,大约缘饰古人,传会无稽,只可骗惑江湖游士,不堪入达人大观,故尽删而除之,将使搢绅先生得言之也。余少时亦尝欲从事于此,奈披阅总难终卷,故屡学而又弃之。今因气色稍开,复取其书以证,故不惮烦而为之评辨得失,庶可自鉴,亦可以鉴人也。余色蔽廿余年,而终能自开者,虽由水土二星有救,亦缘善养元气,达天知命,静以待时所致。余虽处风尘扰攘,干戈离乱中,而性定识足,气和心泰,不事奔竞,不入诈伪,无贪无刻,无暴无厉,故一切恐怕,悉皆远离,而内体自充,外色将现。犹忆少时检饬过甚,虽古儒行不过是,然言笑甚寡,嗜好毫无,居常郁郁不得志,以致气结色闭,几致殒命。后复颓然自放,逾于防检,近乃渐归恬淡,无适不可,是以元气渐复,而身体亦胖,岂非时气有以使之然欤?

十二日(4月10日) 接史贤希来函。

前遣使赍书赴祁,今始回。君并专役同来馈赆,甚可感也。函略云此间虽名为完善之区,实则四面皆贼,不逾百里,风声鹤唳,无时无之。重兵分布各隘,而城则空虚。昨于廿九日石埭股匪窜入举根岭,进犯历口,距城仅六十里,民心惶惶。幸唐、张两帅兼程赴援,贼始闻风四窜。目前虽得无事,而逆踪飘忽无常,实有防不胜防之虑。观此则南岸亦甚可危,盖贼意注重江西故也。

十三日(4月11日) 覆贤希函。纪梦。

贤希有意相招过从,而难于启齿,以余将北上也,因覆之。昨夜梦人赠鞋一双,以红笺联五人名并进,称巴陵投效哨官,盖将有所求也。余方欲却其物,而使者已去,乃切责己懵而寤。

页眉补记:

此梦已验。是岁得贤希、芋安、厚斋、纬堂、卜臣五君之力,始能入都谒选。盖鞋者,谐也,五人联名赠鞋,非五君共谐余事耶?

十四日(4月12日) 代刘香浦覆地。

香浦令兄及其侄知余识地,托仙樵相邀,覆验旧茔。至其地颇有结作,惜葬未合法,非扦水道,即葬砂头,真可怪也。盖误认水道为窝,而又指砂头作气。俗师误人,大都类此。人子不知地理,妄听人言,厝亲骨于风水交浸之地,此与委诸沟壑而使蝇蚋狐狸食之者,复何以异?亦何忍人之多如是哉!

十五日(4月13日) 偕仙樵登城闲眺。

黄霾蔽空,大风撼树,气象颇形愁惨。连日民间无故自警,多有移避湖边者。盖自广济、黄梅谣传四起,故风声鹤唳,莫不惊慌。然虽无事,亦非佳兆。入春以来,天气又多不正,大江南北,讵能免难?余每遇险,多脱然去。人疑先知,有就问者,然余实无所恋于中耳。

十六日(4月14日) 闻固始县被围。

近闻固始有被围者,六安兵形甚单,英、霍要隘未能尽防,故民心恐贼由英山窜出天堂,以摄安庆之后,以此惊惶无定。又有谓黄梅会匪欲扑城劫犯,尤为恐惧不安。一姓移居,连及众姓,一村徙避,摇动数村。于是临邑隔郡,不知所为,互相疑问,则民情亦可知矣。总之,无故自惊,必非佳兆,固不必问其事之有无虚实也。

十七日(4月15日) 偕毓之晚步桃花潭。

(上阙)年崔护桃花人面之作,不料无意中复有此番移人情致也。

十八日(4月16日) 雨。拟赴庐州,不果。

本拟今日赴庐,以民心未定,路多劫盗,故暂止不行。而午后阴云顿起,遂大雨。入夜狂飙撼树,尤为震骇,竟夕殊难成寐。

十九日(4月17日) 作《三别桃花潭》诗。

去前两岁俱有《别桃潭》诗,今将离宿,复作八绝以别之云:"梨云入梦影毿毿,醉别高唐酒半酣。试向澄潭数离别,骊歌今已听三三。○真成流浪久无家,才望天台影又斜。洞口未寻春已暮,教人肠断是桃花。○夕阳无语坠江干,想像花钿倦倚栏。莫更临风唱折柳,落梅满地各心酸。○我已无心上玉京,蓝桥未许会云英。银蟾便是神仙侣,夜夜丹霄盼月明。○云鬟花貌总难寻,一曲遥闻夜抚琴。满院愁肠弹不尽,相如枉自托知音。○才过清明又几天,落花飞絮总成烟。

旗亭历乱莺声老,只有离怀似去军。○迢迢流水送年华,一度相思一自嗟。况是河桥孤馆夜,一灯风雨暗窗纱。○归程难定苦寻思,两树垂杨一样齐。安得化为双翠羽,朝朝飞对晓妆啼。"

廿日(4 月 18 日) 雨。

阴雨镇日,未能就道,乃过仙樵闲叙。邑人有以纸索书者,乃挥毫为书十余纸,须臾遂尽。兴会虽到,而纸甚粗丑,仍不堪以入目也。

廿一日(4 月 19 日) 雨。阅《情史》。

独坐孤斋,无书可阅。案有残本《情史》,因取阅之。其书专以情分类,立意甚好,惜收录太杂,雅俗各半,不入大雅之林,殊可惜也。夫人生不能无情,要当以礼义为止,乃为可贵。若《情秽》一册,直是诲淫,不得谓情,删之可也。

廿二日(4 月 20 日) 雨。拟赴庐州未果。

连日阴雨,欲行不能,心殊悒悒。鸡鸣起舞,古人盖有所图,余则何所图乎?雄心既减,远志全消,故诸事多听造物之自然而已。

廿三日(4 月 21 日) 晓发宿松,晚宿破凉亭。

晓起,颇有晴意,乃别毓之,乘车就道。行十余里,天复阴晦,大雨如注。勉行二三里,至破凉亭,遂不能前,因止宿。村店既小,茅檐更漏,盖去岁被焚,今皆草就新茅,尤难蔽溜耳。

廿四日(4 月 22 日) 雨尤大。仍宿破凉亭。

天将明,倾盆大雨,茅檐尽漏,床头为湿,乃披衣起坐,辰刻始渐止,未申乃大晴。因携屐登山,至红岭寨,见其脉由县龙分支,逆转十余里,突起火星,转土头落脉,四五股皆无穴。中一脉甚隐,落平冈,起小金星,有面无窝,左右护砂重重。左手龙山亦随龙逆转二三里,到头起大金星,特朝县龙后帐,如连城缠护过堂,大水横过,案外诸峰齐拱,县龙分支一大结也。余前年固疑其有地,今始得穴,所谓一步不到,有可轻谈,此之谓欤!

廿五日(4 月 23 日) 宿太湖县。

城甚荒凉,居民不及百中之一,亦徒复此空名而已。往见龙山脑后龙甚奇,而惜其无穴。今复远观脑上诸峰,攒聚成窝,中起大突,突下连起小突。元辰水层叠峦曲而下,此中似可立穴。左山右水,交抱堂前。案外香茗山亦特起作朝,实太邑大局,惜不能登顶一细察其穴耳。

廿六日(4 月 24 日)　宿望河墩。

离潜城尚十余里,时天将暮,故止宿。路经小池驲,即前多、鲍、蒋诸军大战处,至今废垒犹存。余曾从事其间,而毫无成就,殊可叹也。

廿七日(4 月 25 日)　宿潜山县。

晨起大雨,午后稍晴,乃赴潜城。仅行十余里,而过河者三。大河源出刘家畈,经万山脚,过三祖寺,由石牌出大江。旧城甚大,贼改造仅及其半,以便守御,居民亦略略来归矣。

廿八日(4 月 26 日)　雨。仍住潜山县。

既阻大雨,复值僮病,故暂止不行。午后雨止,拟游三祖寺,未及而返,盖时已暮而天又将雨也。

廿九日(4 月 27 日)　雨。仍住潜山县,作《望天柱峰》诗。

午偕逆旅主人登山阅地,灊山即古南岳,高插云表,形如卓笔。咏之云:"触石兴云雨易晴,汉家禋祀媲南衡。为霖未慰崇朝望,枉负擎天一柱名。"

三十日(4 月 28 日)　宿小河沿。

今晨稍晴,因发潜城,行五十余里,至小河沿,遂宿。离三安铺尚二三里,即前岁希庵中丞驻师处。余亦曾从事其间,而至今功名如故,恐青山亦复笑人也。

星烈日记卷之八十六

四月初一日(4 月 29 日) 宿桐城县。

前岁虽至斯邑,而城贼未退,故仅登山远眺。今抵城下,而民居尽被焚毁,惟缚茅为市,不堪栖止。加以满城蓝缕,疲癃残疾,如入鬼国,尤为惨目。不料衣冠礼乐之乡,竟成黑塞青磷之地,何可以一朝居也。

初二日(4 月 30 日) 登龙眠山远眺。

县龙自潜山二姑尖发脉,本中干大龙分枝,东西二龙并出。西龙将入局,起马鞍岭,开帐落脉,宛蜒而来,结县城。东龙入局,起投子山,成云水帐,落平五十余里,起江岸诸峰。二龙交互成局,中夹大水,结作甚多,惜未能尽览。是日因僮病未起,故乘暇登马鞍诸岭,领其大略而归。桐邑之秀,在山色秀嫩,与他邑异,故多产文士。至龙格亦仅中等,非奇局也。

初三日(5 月 1 日) 宿小关。

离桐城五十里,一路荒凉特甚。三十里至白沙岭,有九脑芙蓉大帐横出东南去,中落一支逆转,结张氏祖地,喝狮形亦甚似之。眠笏砂三重,收内水口、玉梳、金箱、天马、令旗诸秀围绕成局。穴结峰头,开小窝,仅容一棺,两阴砂头皆露石曜。张姓发冢虽不止此,而此亦美穴也。晚至小关,时尚未暮,然雨将至,故止宿。

初四日(5 月 2 日) 雨。仍宿小关。

昨夜雨如倾盆,茅檐尽漏。今日四山皆雾,密雨不止,寒气尤甚,颇似滇黔气候。加以僮病愈深,狂言不已,故不能行。

初五日(5 月 3 日) 仍住小关。纪梦。

今日雨虽稍住,而僮病未痊,故仍难行。昨夜梦入古庙,殿宇甚崇宏,有古乐器如围状,设于殿前,一人鼓之,成发号施令四音,额悬匾曰"文王临"三字。又梦乘小车,手持双盖,行稠人中,一盖为人牵挂而去。余乃舍车持盖追之,遂寤。前数夜在潜山亦梦双棺,一大一小,浮于水面。余立大棺头,相随而下,未知何兆。野馆无事,听居民谈桐邑近事。邑之东乡,背山面水,形势险要,民情强悍,家习武艺,俗尚使然。自江南大乱,无地不为贼有,惟东乡数村抗贼不服,贼数攻之不能胜,誓欲扫平其地,而终不能入。一日,集大众十余万,环而攻之。周姓民亦众至数万,相与抗敌。张姓仅四百人,一老叟名观鳌,武艺尤精,手执大杷轮,轮转如飞,贼数万围之,四百人无一伤者。然众寡不敌,退至湖滨,贼亦不敢追。观鳌年老力尽,遂毙,可谓勇矣。贼惮东乡民,不惟不敢入其境,亦不敢过其界,故桐邑避兵者多入其境。贼计无所施,乃设词假道以掳其财,然亦未敢久住焉。

页眉补记：

双棺浮于水面者,官必由选始出也。时本拟谒选入都,乃行抵庐郡,复为雷帅邀偕西上。迨至樊城,仍转燕都,获选今职,数之不可逃如是。

初六日(5月4日)　宿三沟驲。

晓起,天稍晴,乃驾车前行。午过舒城,在平冈上再二十里即三沟驲。今驲已废,唯茅店数间而已。昨夜梦足着铁鞋一双,若草履样。古语云:"踏破铁鞋无觅处。"铁鞋踏破,犹难相觅,况铁鞋甫着,则何日是踏破时乎?

初七日(5月5日)　宿合肥之南二十里铺。

自出小关至合肥以北,皆平冈。盖中干大龙,由南转北,至舒、六交界间,即落平数十里,再起横帐,复落平二十余里,特起大蜀山,即结庐郡。东去数十里,又起高山,为明陵后帐,庐郡乃横落穴耳。东去一支,逆锁巢湖,背负大江,当有奇结,惜无暇寻,为缺憾也。

初八日(5月6日)　雨。仍宿二十里铺。

黎明将行,天忽大雨,遂止。自桐邑至此,民居悉被贼焚,田地亦俱荒芜。近数日始渐有归者,然皆蓝缕难堪。盖贼自去岁败归,知官军必蹑其后，故为清野以待。贼计虽诡，其奈我军之必蹑其后何哉！

初九日(5月7日)　抵精选中营。

多将军驻扎十八里冈，各营分布庐郡东、南、西三面，而精选诸营则更跨肥津，扎于东南角地，是为进攻首营。余于午刻至营，与纬堂军门相晤，吴亦九亦先来营，共话别后情悰，不无落拓之感。

初十日(5月8日)　观精选诸军出战。

纬堂率军与团练会议，设伏待敌。张凯臣军门亦由东路率师来会，与贼战于东城下。贼势甚弱，不敢远出，仅负城略施铳炮。我军无如之何，日暮遂归。

十一日(5月9日)　纬堂以文招降城贼。

伪英王陈玉成自桐城败归，分股上犯颍州、汝宁、信阳等处。近闻颍上已克复，汝、信诸贼又为我军隔断，远莫能救。其和州、天长、六合诸贼，亦早败归江南，是庐郡之势，极为穷蹙。纬堂屡获伪文，皆乞援甚急，乃拟为文以招降之。然玉成一时黠贼，恐未能遽动以言也。

十二日(5月10日)　访杨耀亭镇军，不晤。

是日，多将军出队扎东城营垒，耀亭亦出，故不遇。庐城三面俱已成围，惟北路尚缺。今既合围，贼更无路可遁矣。然困兽犹斗，围城必缺，古法也。此后不难困贼，只防其拼死突围耳。

十三日(5月11日)　偕孙伯英游大兴集。

集去营约十里，亦乡镇之小繁华者。先是，伯英同登望台，看城上云气，见妖气如焰，高三丈，长与城等，须臾相连出城，望英、霍去。渐去渐高，益行益远，横亘百余里不散。余连日望气，皆弥漫城上，今则出城，亦可怪也。因谓纬堂曰："若论贼势穷蹙已极，而是气乃竟出城，且望英、霍去，岂将由此遁乎？盍白将军豫为之备也。"纬堂疑信兼半，乃不复言。盖人多谓英、霍道险，且在营后，贼必不敢从此逸去。殊知恃险防疏，贼不出则已，出或向此冲出麻、罗，上犯德安，与信阳贼势联，则其势不可灭也。姑记之，以待后验。

十四日(5月12日) 庐贼夜遁。寄家毓之书。

申刻末,余与纬堂联骑至城北,审视贼情。赵凤山总镇适出营,闻贼出北城筑卡,遂带亲兵加鞭先行,纬堂亦随去。余知有变,乃单骑回营。须臾,纬堂回云:"贼大众已开城由北遁去,各营俱放连环炮以惊骇之。"戌初,城中高悬红灯,众勇悉入城放火,争夺子女什物。纬堂带亲军拟追贼,乃行未三里,而诸军悉暗遁入城,无一从者,始复回营。终夜城中火光烛天,达旦未已,然终无一人肯追贼者。

十五日(5月13日) 多将军始遣马队逐贼。

闻贼由西北遁去,昨夜已过吴山庙,今晨多将军始分拨马队追蹑其后,未知能及与否。是日有伪祀天福孙某投诚来营,乃前铜陵县孙某子。贼初破皖,孙被胁从,曾授伪职。去岁安庆复为官军所获,今其子亦出降,全家已散,未知所之,良可叹也。

十六日(5月14日) 多将军始遣步军逐贼。午至横店,访张军门。

纬堂奉令逐贼,破晓即行。余乃乘小车至横店,访张凯臣军门,各叙数年阔契。其幕友赵君佐唐名襄臣,常德人,一见如故,因留宿。见余《廿四策》,尤相推许,拟代呈袁帅,亦文人相爱之意云尔。

十七日(5月15日) 仍回精选中营。

晓起,凯臣入城谒大帅,余仍回精选中营。闻贼至寿春界,为瓦步街河水所阻,诸军悉前蹙之。余曰:"贼走寿春必绝,若回窜英、霍,或由商、固逸出,则不可制。"凯臣谓多将军此次围城,布置殊乖,使先围西、北、东三门,则贼断不能远遁,可一鼓成擒。惜其计不出乎此也。

十八日(5月16日) 致李子佩太守书。

子佩为鹤人方伯堂兄,现亦带勇驻临淮,余将往访之,因先作书以寄。是日申末,偶与赵伯英徒步出营,闻村中有常州难妇从贼中逃出,欲寻乡人而不得者。余因偕伯英往观,连觅数村,始获睹。年约三十余,貌颇端庄。询其姓氏,乃孙庄氏。余曰:"岂庄卫生廉访族乎?"曰:"然也。"问在贼中曾配人乎? 妇乃出在贼时曾请守贞,陈贼批允其请等语。及出城,自书《求脱还乡》文一篇相示,乃知妇虽患难,而能以贞节自守,亦古木兰之流,而尤有难乎为情者。余拟代询其乡人而安置之,伯英颇有所疑,因不便深言。回营后,始徐曰:"贞节所感,鬼神起敬,虽在贼徒,犹全人义,况吾辈乎? 惜无大力,不能拯人水火,斯为愧憾。使有余积,则何事不可为耶?"伯英又见余《平贼策》,曰:"斯文虽佳,奈今人非古人何?"余曰:"后之视今,亦犹今之视昔。今之今人,即后之古人,岂古今人真不相及耶? 今之人恒患不以古人自期,故学术事功,日即颓靡,因能自振,职此故也。"

十九日(5月17日) 致纬堂书。

纬堂追贼数日,营中尚未获其回报,有谓贼已入寿州城者,亦有谓其由霍邱遁去者。我军仅追至瓦埠街,为民练所伤。多将军欲挥兵奋击,民围尽破其众。至晚,又闻贼将罗振举由商固率众至,是贼有援,恐难蹙也。先是,贼以庐郡乏粮,分遣其党伪扶王陈得才及罗寇汝信、马融和、范立川寇颍州。今颍贼已败,惟罗得救。罗为狗逆心腹,领中队中万人,号无敌。狗逆穷极,忽得此救,岂天未欲遽灭之乎?

二十日(5月18日) 登高望气。

先是黑气由城出,望英、霍去,今则横亘西北,自凤阳至六安,数百里不散。而江南黑气亦自贵池至镇江,横蔽半天,上顶白云,下则别起薄雾,如丝如片,罩满各郡,岂江、淮大劫尚未尽欤? 此次围庐,令贼逸出,实为可惜。狗贼年虽少,而多谋善战,且严峻有威,其下多畏服,使得幸逃,恐天下更多事也。

廿一日(5月19日) 闻贼已渡淮。

苗沛霖据寿州,与贼通,狗贼遇之甚厚。沛霖虽投诚,而其意未可测。今贼北窜,沛霖开城出纳,且以船渡其过淮,仍留一股断后,以拒我军。各营行缓,故不及。多将军怒责诸将,自提镇下,皆受鞭挞。诸军凛凛,拔营前进,已入寿春界。

廿二日(5 月 20 日)　闻贼仍困留寿春。

多将军接民报,狗贼奔寿州。沛霖适他出,其侄以计擒送颍州投胜宫保,未知其确,故驻军候报。盖恐逆贼奸诈,故为此以缓我兵故耳。是午,余与吴梦九同入城,拟访城民,询鹤人方伯殉节处,及伍慎庵太守被擒原由,而城民寥寥,无人能识,不胜怅怅。贼自八年中元入城,愤居民曾为官军内应,故尽屠之。今城虽复,而归者尚少,故难询也。

廿三日(5 月 21 日)　作《难妇全节诗》。

孙庄氏虽被掳数年,而能以诚感贼,令其守贞,克全大节,已为古今罕觏。而在贼时,又能拯救诸女,广行方便,多所全活,尤女中义侠。余日与诸友同商,思所以成全而安置之,尚未得所。适合肥陈某夫妇亦被掳初出,其妇曾受女庇,愿迎往其室,以报女德。且并访获其妹,亦住城中,因代通信,将使其同归故里。爰成六绝以纪事云:"不改红妆不受污,居然虎口得全躯。能将节义回天命,才算多谋女丈夫。○昨夜淝津火正明,官军如虎更前行。可怜化日衣冠地,不及阴山魑魅情。○何幸书生遇两三,纷纷排难总奇男。从今好遂还乡愿,一夜兰陵梦正酣。○无那江南尽贼氛,买田阳羡徒殷殷。伤心得晤同怀妹,泪洒濡须日半曛。○闻说清操更出奇,金莲火里救群姬。昔年一滴杨枝露,此日观音泽自施。○安怀且自托羁栖,方便人人妙解携。但把冰心铭玉骨,何愁归路少金鸡。"

廿四日(5 月 22 日)　与孙子香夜话。

铜陵令子孙君子香,随其父陷贼日久,曾为四眼贼用事,故知贼情为最详。今自庐投诚出,余因询前岁金陵破营状,据云和、张二帅掘堑围城甚严,无隙可乘,城中粮尽,贼势窘甚,外援虽至,而文报莫通,计尤难施。四眼贼乃细审形势,见元湖水虽阔而浅,官军又恃险不为备,乃招敢死士五百人,潜渡湖心,为桥九道,乘夜大雨出袭大营。官军不知贼众多寡,遂大乱,夺门溃走。贼众尾追,和、张二帅竟抵兰陵,不能返顾。其实首先破营,仅数十贼耳。可见兵贵捣虚,计乘不备,乃能取胜。余在汉阳,拟渡汉水以袭龟山,亦是此意。惜无人共图奇功,实为可恨。

廿五日(5 月 23 日) 作诗寄张凯臣军门。

前访凯臣军门,煮酒话旧,今补一诗以寄之云:"扛鼎拔山气不磨,十年血战枕雕戈。合肥雄镇今无匹,长坂威名旧若何。我自登台长痛哭,君将斫地起悲歌。那堪酒尽灯残后,月晕重重恨更多。"凯臣与余共事鹤人方伯,今同聚此,为方伯殉节地,恨也何如,能无沧然泣下乎?

廿六日(5 月 24 日) 闻我军进扎庄木桥。

多将军札饬苗沛霖,令献狗贼来营,而苗久未献。且令退还寿城,亦未报命,将勒兵击之,故进扎庄木桥。沛霖虽归顺,而反覆无常,奸诈莫测,颍、亳、商、固诸郡县皆为所有,亦淮南北大患也。

廿七日(5 月 25 日) 多将军追贼始还。

将军留兵规寿城,而自还合肥。连日氛埃蔽空,北方尤甚。今晚西望,气稍清爽,而正北仍觉黑黯未开。闻自城北以至寿春,一路死尸狼籍,实以万计。臭气薰蒸,百余里不断,行人非掩鼻不能过也。

廿八日(5 月 26 日) 伪导王陈世荣被擒至庐。

伪英王陈玉成、伪导王陈世荣同时被擒,而玉成已械送颍州,惟世荣夫妇同解来庐,盖沛霖意也。闻伪从王陈得隆剃发潜遁,尚匿民间。贼党马融和、范立川二人已投张乐行,伪扶王陈得才及其将罗振举亦有归顺意。江北发逆略尽,惟捻患未已。此捻发盛衰一大转关也。

廿九日(5 月 27 日) 伪导王陈世荣伏诛。

凌剐于庐城小东门外。先以铳箭射杀,而后枭首剐心,其妇以配大帅从役。闻伪从王陈得隆亦已被擒,分送六安李希庵中丞处。近数日各方黑气稍尽,天心亦将厌乱时耶?

星烈日记卷之八十七

五月初一日(5 月 28 日) 孙伯英至自寿营。

伯英亲赴前敌,今始归。一路见希庵中丞示,晓谕民间,以苗沛霖诱擒狗逆,为希功脱罪,奸恶尤甚,将致声讨,盖恶克斋宫保之巧于图功也。先是,狗逆奔寿春,误走淠河下流,有渡无桥,故为水阻。迨至城,仅余众二三千人。沛霖遣侄邀狗逆入城,而不令其多带从人。款宴毕,沛霖终不出见,惟勇士四人入曰:"汝为伪英王乎?吾等奉命将促汝。"遂欲前缚玉成。玉成以手铳击倒一人,急出走,为众所擒,遂械送颍州。其党闻变,纷纷剃发逃散。玉成累欲见沛霖,面责其相负之罪,而沛霖至今尚无颜以对玉成,亦自知其词穷理短也。

初二日(5 月 29 日) 闻贼窜陕西界。

纬堂追贼,今始回复。奉上谕:"河南逆匪犯武关,至商州;四川土匪亦犯阳平关,进陷沔县。饬雷正绾急率楚军赴陕安镇本任,练兵选将,预筹防剿。"纬堂有意邀余偕往,余以陕与滇近,亦将由此还乡。当今天下惟山、陕稍称平谧,而今又复多故,不急早防范,力图保护,则天下终难平定。则此一行也,岂不亦甚重哉!

初三日(5 月 30 日) 奸勇黄某伏诛。

孙庄氏被掳数载,独能保全名节,今遁出城,乃为勇丁黄某所逼。余与孙伯英力代解脱,勇已慨诺。既而复变初心,欲行强嬲,且语浸时帅。时帅索之急,孙庄氏既不受污,转欲代辩其冤。行甫至营,而黄某已枭首辕门外,其实时帅尚未知其欲奸事也。余与孙君步至田家,询得其实,始知天道不爽,特借时帅手以诛奸淫耳,可不畏哉!

初四日(5 月 31 日) 闻扬州告警。

发贼初由和州北渡,欲救合肥,为我军击败。兹复由北渡,闻泸郡已复,乃还围扬州。都将军兴阿乞援至庐,多将军拟应援而未定。

近闻捻匪张乐行乞降于李希庵中丞,中丞令击苗沛霖,俟其克敌而后就抚,亦以毒制毒之意。然沛霖方以擒逆为功,遽欲行伐,恐难以服其心也。

初五日(6月1日)　上游飞檄,纬堂赴陕应援。

贼势已犯西安,省城万分危急。官中堂檄纬堂即速启程,轻骑应援,以保完善之区。纬堂以追贼方回,士卒伤亡甚多,拟稍整顿,再定征期。虽亦持重之见,而西顾之忧将难释矣。

初六日(6月2日)　访王峰臣镇军,不晤。

峰臣奉檄率队过江,会攻宛陵,余往访之,适他出,故不晤。徽宁大劫,较之他省尤为伤惨。居民相食,甚至不敢独行独处。家人夜宿,必聚处一室,互相防范,否则盗直入室,劫小儿挟之而去。强食弱,众食寡,真有不忍言及者矣。

初七日(6月3日)　闻贼首石达开窜踞巫山。

达开自杀韦昌辉,不为洪秀全所容,乃奔江西,回窜宝庆,败伏粤西数载,人多不以为意。去冬复犯辰、沅,今乃西踞巫山,为长江上游,其志将不可量。当今剿贼,不肯深追,只求窜出,遂报肃清,以致养成大患,然后欲剿,岂能及哉!

初八日(6月4日)　作书致李子佩及光州诸友。

光州被围后,未知近况何如,因函询子佩,欲知宪之诸友聚散实耗,且并寄《鸿蒙室诗文》各集。世虽离乱,而吾徒终不可忘,他日名山,乃有付托也。

初九日(6月5日)　合肥难民杨元之上书自陈。

元之被掳数年,为伪扶王掌书记,于今春始遁脱来归。近见余文稿,因上书自陈其情云:"某谨奉书于友石先生侍者:端阳后一日,踉跄至营,获读大著所为与曾帅《论学》《论用人》及《论天下大局》等书。虽末学孤陋,未穷涯涘,而至理不易,至情感人。如盲者虽无见,睇朱明亦知其光;聋者虽无闻,侧洪钟亦识其响。即不能与明目达聪同其视听,而心知其然,不能无愤悱之词,以求诸稔视熟听者,如元之有言于先生也是已。盖元生三十有三年矣，早岁而孤，少不知学，及长，又不能事恒人业。里有徐先生子陵者，食之教之，亦尝讲求夫古圣贤道之所在，以范围夫立身涉世之方。十年于今，茫无所得，而其间颠连顿踬，濒死生者屡矣。惟不欲求夫身之所安，而力求其心之所安，斯不忘所学于师者耳。身之所安者，高官厚禄，锦衣玉食，聪明才智之士，往往骋其捷足，取富贵以炫耀当时。无论求之而未必得，即得而其中与初心刺谬者，盖不可问。心之所安，则求诸在我，不第人世权力有所难阻，即在天命，亦弗能间。何者？士各有志，志于名者，弓旌得而招之；志于道者，富厚不足以动之也。若诚求夫心之所安，虽未及于道，而志于道矣。志于道，非绝于名与利也，特无道之名利，非心所安，故断之有不能移其志者。元尝为衣食计，游于名利之途矣。咸丰三年冬，吾庐被陷，抚军忠烈江公殉难沘津。其弟忠潘闻变，由楚赴庐，欲募勇复仇，乃虚己待贤，广收英俊，元以布衣亦获录用，借其薪水以充日用，元家得不死于赤旱者，江公赐也。后公以终养归，元亦以废疾退。三载从戎，虽遇知音，而炎暑湿热，穷冬严寒，忍饥卧湿，饱醉风霜，积久而寒湿之气中入筋络，遂患膝风，异归长卧不行者已两阅岁。此养疴衡门，致遭贼掳所由来也。既受胁迫，万缘悉废，日诵《楚骚》一篇，饮酒一斗，恸哭一场，以听天命之自然而已。幸今将军与军门师抵合肥，以节制称，元独私喜曰：'吾获所归矣。'狂笑累月，家人咸以为颠。濒行，与妇诀曰：'子且缓为我死，我当亟为子行，天日将重见矣。相见有时，毋效恒妇人以情累也。'妇曰：'诺。子行亦我志也。我死分耳，我终不子累，其不死者，则天之所为矣。然子行，我或不死；子不行，我立死矣，又何疑乎？'当其决然而弃置也，虽生离，实死别矣。重逢之说，何敢望焉。新正三日，获见将军及军门。予以不死，待以投诚例，再造之恩，诚足感矣。独念古之人，敝衣露肘，麻鞋晋谒，时又不知若何景况也。既退，则孑然一身，东海北海，任吾之游，亦佛亦仙，从吾所好，何恋恋于此耶？不知者以为有志名利途，其知者则以为借作进身阶耳。夫人孰不欲富贵，必欲自忘其丑贱，而胁肩谄笑以求之，毋论贤豪不为，即乡里自好者，亦将远而他去。元之不即去者，一无所求也，兼以妇在故耳，非敢冀其重逢也。夫妇之间，尚不克终，则其人于君臣朋友之义，亦可知矣。今幸而城克矣，妇归矣，解散之难民均获安其业矣。则如元者，宜携丑妇遁穷山，力田糊口，日诵楞严，以消灾障。清夜顶祝，愿朝廷中兴，与今将军、军门禄位，不第无才不足为世用，即具霸王之资，而呕呕欲厕身于当世士夫之列，使幸而克成其志，有所建白，将置当世贤士大夫于何等耶？用人者，亦甚失朝廷体统矣，顾解散者难民耳。民有民之分，民有民之业，虽有士农工贾之殊，其为民则一也。民而欲介王公大人之间，则悖矣，况难民乎？且元之不堪用世者有五：自守太严，不能容物，遇事辄发直论，见不公不平之事，若身受其无礼无义之毒，虽勉强容忍，而心实难安，一也。久病膝风，胫髓早竭，不独不能奔走长途，即日行数里，亦心畏其难，故平居率数月不出门，非真知己召之，则断不往，二也。病体虚弱，不耐饥渴，而日用琐事不能躬亲，非左右有人，则枯坐终日，即膏粱在前，腹虽煎饥，亦不能自炊而食，三也。平生最不善经营，而家计决不可缺，室虽一妇而贫，交亲族相资为生者率十数人，四也。又最责人礼貌，喜矜风骨，难就易去，五也。有此五病，在用人者尚不可，况为所用者乎？用人者不知其人之病，是谓妄使；为人用者，不体在上之情，是谓冒进。以冒进之资，备妄使之用，鲜不踣矣。且今天下大局，圣天子之德之灵，诸王公大人之才能，以愚见窥之，事无足办，其大要在用人耳。以今之时，准今之事，用人者常舍有心斯世之人，而呕用名利勤求之士。盖有心斯世者，其道迂，其见拙，其求知之心，每出诸名利之外，用之亦未必能集事，即集事，仍非驱策名利之徒不可，是舍近而求远也。纵博好士名，亦奚益哉？况其名又不足重乎？闻今军门有秦中之役，传意命元偕往，窃喜之甚。生不能读万卷书，当作万里游，且旷览其山川，遍吊乎往昔，瞻古帝王定京作都之意，以充其所学。而介在行间，虽作一佣书役，大功既集，微名薄利亦与有焉。此固名利之士求之不获者也。然非强健无疾之士，则不克胜任,而元虽病瘵,亦不惮远涉,所虑者抱疾沉疴,非医莫愈。戎行纵不乏医,抑何独取病夫乎?讳病而不为人言,是自戕也;治人而不按其疾,则无用矣。且其人之病即全愈,亦未必补于时,况今有用之参、茸、桂、术,使无用之人久而服之,毋此安乎弗安,吾恐滋补及而疾愈作,壅塞甚而症速亡也。伏惟先生学有渊源,用权今古,天下大局,了如视掌。将治天下之病,以邀游于江汉之间,名卿贤将,尊以师而重以友,知与不知,一望而识。先生有贤圣之用心,其所学亦实足以挽世,惜未遇其人,而暂处于闲散耳。惟如此始可以出而游。若元者,退思补过之不暇,又何敢计其他。禽鸟之能鸣也,不遇公冶,谁审其音?焦桐之入爨也,苟非中郎,则毁其质。且遇大贤,而自掩其瑕,是闲居之小人也,如大贤何?故元冒陈其蕴,乞先生以治天下病者小施其术,俾元得以闭关养疾焉,则有生之幸矣。至参、茸、桂、术之颁,则不敢望也。日前随游戎乌公至盛家桥,曾为达旦之谈。乌公深识其志,先生晤时当为道及也。此所谓聋瞽之言也,愿先生启发之。"杨君此书,盖欲养晦乡里,不愿远行,余故为代达,以成其志,亦同病相怜耳。

初十日(6月6日)　乌雨川游戎回营。

雨川自宿松别后,即赴寿春,适值苗练困城半载有余,几至绝食。城既陷,乃由淮河溯流上至六安,复来投营。先余至数月,今始相晤,秉烛夜谈别后行踪。杨耀亭镇军亦来共话,抵掌狂谈,各抒所愿,及至达旦未寝,亦朋友相得乐也。

十一日(6月7日)　多将军自请击贼泰中。

上游奏调纬堂援陕,多将军颇有所忌。近复闻杨贼已退,乃自请应援。令纬堂率所部先行,俟其至陕,乃相机进剿。其气甚锐,而其心则未免过专也。

十二日(6月8日)　纬堂拔营西行。

上游复檄纬堂守庐,而纬堂仍自请西行。多将军乃饬石祥瑞镇军留十营驻戍,令纬堂急率六营由陆路兼程速进,故即日启程。余与诸友随军装船,自巢湖出大江,是午登舟,泊于渭阳口。

十三日(6月9日)　泊施口。

一名西口,出口即巢湖,去庐城约四五十里。两岸居民亦甚寥寥,惟兵船数十同泊于此,各载所掳难妇以为眷属,亦可叹也。

十四日(6月10日)　施口守风。补近事诗。

东南风大作,舟难出湖,故泊此。作诗赠寄纬堂云:"淮南贼势苦难休,偃月绕沙护敌楼。淝水方生聊纵酒,巢湖重泛等浮鸥。东征自是将军愿,西顾还烦圣主忧。一夜欃枪谁扫尽,黑龙江外起班彪。"多将军为黑龙江人,近时将才之冠,故云。

十五日(6月11日)　施口守风。补近事诗。

晨起,风稍顺,舟已出湖,旋值逆风,故仍回泊故处。近日四眼贼之被擒,乃为苗沛霖所诱。多、胜、袁、李诸大帅颇有争功意,故互相诘责。成诗一绝,以纪其事云:"扰扰疆场似猎场,将军擒贼要擒王。长淮是处张天网,一箭谁先射白狼。"

十六日(6月12日)　再作《难妇全节》诗。

孙庄氏全节事,前虽有诗,而意未尽,故再补之云:"坚金入火,火虽烈而金愈坚;白石投水,水纵浊而石自白;贞妇被俘,俘益久而妇弥贞。呜乎!贼不能逼,兵乃逼之;贼不欲污,兵欲污之。是何光天化日,不及鬼国蛟螭。不遇书生,谁脱罗网?不有将军,谁诛魔魖?君不见薰沐绐仇,终饮其血。奇智艰贞,雷霆冰雪。"

十七日(6月13日)　风尤大。

南风愈甚,掀波揭浪,镇日不止。孙子香云贼被困庐城时,有二异兆:一猪胎产象;一贼于东城筑台驾炮,愈锄而土愈高,乃尽力更掘其底,有大碗覆蟠蛇其下,旁有小蛇无数围之,一童子误伤蛇头,蛇遂毙。四眼贼闻之,竟诛童子以殉,而贼势遂败,亦天先为之兆也。

十八日(6月14日)　守风,作《西征》诗。

连日天气甚热,诗兴全无。闻多将军于十六日夜已拔营西上,惟留石祥瑞十营守庐城,因作《西征》诗以自遣云:"崤函西望郁苍苍,底事烽烟逐埰忙。卷地风云奔汉沔,惊天鼙鼓震河湟。马嘶剑外声偏远,士入关中气倍扬。自古兴亡论形胜,铭勋千载重咸阳。"

十九日(6月15日) 渡巢湖,泊黄腊河。

昨夜北风大作,今晨始解缆,渡巢湖,过巢县,出峡口,至黄腊河天始暮,日行二百余里。湖心有数山,一为母山,上建宝塔,正对庐城,以收全局。母山外诸峰环列,另成门户。巢县则重重水口,交锁严密,出口山排如门,大江横过,收拾最为远大。此中必有特结,惜匆遽间不暇寻视也。盖中龙至庐,又分为二:一走泗州趋洪泽,以结明陵;一逆大江以抱巢湖。未见用事,岂其中亦有所待乎?

二十日(6月16日) 泊无为州,夜大雨。

出巢县山口,地势平衍,河流甚曲,风复不顺,远望无为城,地在平畴上,竟不能至。日行数十里,遂泊野岸边。是夜雨大作,船舱尽漏,衣衾为湿,中夜竟不寐,亦舟行苦境也。

廿一日(6月17日) 泊何家坝。

去无为州亦仅数十里,以河曲风阻故也。州城离河里许,虽未入城,而远见民居完全如故,为皖省完善之区。然城上黑云笼罩不散,须臾分为十数朵,形如豚犬,亦可怪也。

廿二日(6月18日) 泊神塘河。

已至江边,可扬帆直上矣,而阴雨连绵,江波腾涌,天色复暮,故止不行。入巢湖有二口,一即此,一为裕溪口,盖古濡须也。自下流入者由裕溪,自上游入者自神塘河,二口相去约百里。孙、曹战争多自濡须入巢湖,亦地势使然也。

廿三日(6月19日) 泊李家沟。

是日由大江上驶,对岸即繁昌县。上行三十余里,有市镇曰荻港,颇稠密。近为贼毁过半,而山川明秀,风物清和,亦不觉其萧条也。再行廿余里,天已暮,遂泊岸上,茅屋数间而已。

廿四日(6月20日) 泊徐家坝。

午后南风甚紧,仅行廿余里,竟不能上。船内勇丁有病殁者,遂葬于古寺旁隙地。日暮复开舟,约五六里,仍泊野岸,石尤相厄,奈之何哉!

廿五日(6月21日) 守风。

江曲风紧,行约二里余,仍泊岸边。闻郧阳贼势甚炽,盖由阳平回窜也。现在石逆据巫峡上游,此贼若与相合,荆、宜一带又当告紧。吾辈此去,正不知其防剿何处也。

廿六日(6月22日) 移泊丁家洲。

逆风如故,勉强纤舟上行五六里,泊于丁家洲。居人稍多,诸事略便。是日有船由下游来者,传言苏、杭二省均已克复,未知实否?天灭贼势,亦何易耶?

廿七日(6月23日) 泊铜陵峡。

峡在铜陵县城,建于山坳,居民甚寥寥。日行廿余里,泊于峡口,去城约七里许。彭雪琴中丞战舰亦泊此,盖将进攻金陵也。昨闻苏、杭克复,乃传闻之误,并非实耗,今始得确。月前鲍镇军攻南陵,大获胜仗,进逼宁国,故人言云耳。

廿八日(6月24日) 泊池州野岸。

由铜陵峡上廿余里即大通,市肆森列,对面荷叶洲阛阓尤繁,仿佛汉镇景象。闻前数年洲上并无人烟,今始繁盛,亦何兴之易耶?再四十余里,即池州府城,离江岸尚十余里。远望九华山,如烈焰烧天,丛锋插汉,江南一奇景也。其下当有结作,惜不能留此细察耳。

廿九日(6月25日) 泊安庆野岸。

是日风大顺,行百余里,至安庆。下三十里,天即暮,泊于洲边。洲长三十里,为江洲之最巨者。安庆诸山环抱,棕阳为桐城水口,无怪其地灵人杰也。

三十日(6月26日) 泊华阳镇。

日行百五十里至镇,时日已暮,遂泊江口。先过安庆,居民虽集,而阛阓尚稀,略一停泊,仍复上驶。途中成《感事》诗云:"余阙祠堂夕照新,小乔夫婿可怜身。缘何阁部霜浸鬓,犹赋铜台梦里春。"孙伯符破皖城,获乔公二女,与周公瑾分纳之,曰:"乔家二女虽落泊,得吾二人为婿,亦不凡也。"抑何皖城之多女色耶?

星烈日记卷之八十八

鸿蒙室主人笔识

六月初一日(6 月 27 日) 仍泊华阳镇。

纬堂眷属以事羁泊于此,余亦遣价赴宿取书箱未回,故同系缆江干。是夜三鼓,同舟勇丁所携掳妇,偶因口角,竟至投水,幸速救得活。此舟自出湖多不利船户,年里落水者数,今又遇此变故,同人多有畏心。余飘泊江淮数载,从无险难,故颇安然。盖自信生平无甚不忠不信事也。

初二日(6 月 28 日) 仍泊华阳镇。

前岁随发右营渡江,泊此一月,今复留此数日。是邑为檀默斋、沈六圃两先生故里,拟访其遗书,皆未得。盖兵火之后,邑人多散处四乡,故寻访甚艰,且舟居不能入城,亦难购获。昔吾乡师荔扉先生令斯邑,亦有《滇系》一书,均未获睹,岂非一大缺憾事哉!

初三日(6 月 29 日) 易舟,仍泊华阳镇。

以纬堂眷属人众,故易小舟,与彭桂森医士同载。而南风甚紧,大雨复至,欲解缆而未能。篷窗虽矮,江干独坐,眼界既新,心斋尤静,亦不觉其岑寂无聊也。

初四日(6 月 30 日) 再易舟,移泊苇岸。

午后,风微顺,更易便舟上驶。乃行仅数里,而大雨如注,遂停泊苇岸。夜闻浅水鸣,间有物鸣,众疑为鱼,舟子皆褰裳涉水,以寻其迹。至则一无所见,唯芦苇声响,左右分披若路。余曰:"此大蛇也,不然,何行处能偃草如是耶?"盖江湖夜深,龙蛇长鸣,亦常事也。

初五日(7 月 1 日) 泊小姑山。

是日风稍顺,行二十余里至马当对岸,暂停一时,仍上驶抵小姑。时日已暮,余急登山观眺晚景,旧岁题壁诗已为俗僧污去。盖题壁虽多,佳者甚少,僧不知诗,每岁必涂壁一新,故余诗一并涂去。归舟后,纤月微明,斜挂峰尖,清景绝佳,成诗一什云:"群灵聚幽宫,孤岩矗层影。渺渺大江波,万古隔尘境。云是天仙俦,环佩凌绝顶。因此小姑山,彭郎慕修整。我昔曾造访,中流卓秀颖。今兹复纵探,阴崖闷颓景。鱼龙啮孤根,雕鹗立神鼎。元气不可复,八极安能骋?手挽苍虬髯,飞身神独回。象纬忽昏翳,肠胃都清冷。归舟复仰视,纤月挂巉岭。云鬟信慌惚,相看成独醒。"

初六日(7月2日) 晓起阻风,晚泊太平港。

港在彭泽对岸,离小姑仅五里。晓起逆风大作,不能解缆,乃乘暇再登小姑绝顶。朝曦映岩,晴岚覆水,胸境为之旷然。再成诗一首云:"峭壁凌清晓,奔涛阻回风。汹汹未可渡,岩崿光曈昽。抠衣陟绝顶,俯视森灵宫。丛篁互苍翠,梵响落鸿蒙。远辨匡庐沉,近愁澎浪冲。孤根一何迥,独立撑晴空。不涉中流险,焉知砥柱功。海潮虽万里,难涌浔阳东。感此增豪兴,磐石有化工。吁嗟神鳌足,一柱力难充。况当维轴震,胡独困孤踪。回澜真巨手,雾鬓叹云封。"诗成下山,亦懒题壁。晚饭后,大雨突过,风浪稍平,乃移泊太平港,与彭泽相望咫尺,欲访吴亦九共话,而日色已沉,竟不能行,遂止。

初七日(7月3日) 泊仁矶石。

晓起,风微顺,行三十里至仁矶石,复阻风,遂泊小港中。夕阳既下,余乃登山四眺。高峰上皆流沙,因知上古洪水甚大,此带山峰皆流沙积成,后世海枯江浅,遂生草为峰。去岁至江门,相传前代海抵峰脚,今亦退出百余里。沧海桑田之说,信不诬也。昨夜梦行旷野,入一甲第,高屋重重,周数里许。俄有人出图相示,始知府库社坛皆备,类王者居。其人曰:"非也,乃国初大将军名辛必威者府第耳。"余不识将军何如人,因趋出,遂寤。

初八日(7月4日) 泊柘枝洲。

江自浔阳以下,支派甚多,中流沙洲层叠相间,上水多由夹江依岸而行。是日行约廿余里,复阻风,远望村市,近在咫尺,竟不能至,遂停泊苇岸中，亦可危也。

初九日（7月5日）　泊同兴洲。

晓起，行数里，过侍山，再五里即湖口县。跨山临水，中有高岩，上建亭台，为江行好景。由县入鄱阳湖，即南康，由大江上驶即九江。庐山中峙，矗插云霄，可与衡岳相抗。湖口大孤山屹立中流，为江右水口华表，此中必有大结作，惜不暇寻也。午至同兴洲，离湖口县十余里，南风大作，竟不能上，遂泊港中。晚见匡庐下再起小峰，背山面湖，势颇端严，土人指曰："此白鹿洞山也，下即书院，去此不过廿余里，盍往游乎？"余以同舟行急，故不果，然不能无怅于中矣。是日途中成诗一律云："莽莽遥天路，江流几派殊。湖光村树迥，城影寺楼孤。彭蠡烽初靖，浔阳梦未苏。十年征战久，珍重此长途。"

初十日（7月6日）　泊九江府。

城中民舍寥寥，郭外洋商遍造，夷馆气象，为之一新。月白江清，丝管嘈杂。夜深，妓舫出游水面，又居然琵琶送客时也。成诗一律云："又作浔阳客，依然水上花。黄芦新画舫，红豆旧琵琶。海国来商估，天涯感鬓华。无边波浪涌，何处寄浮家？"

十一日（7月7日）　泊武穴。

午后始由浔阳开舟，日未晡即至龙坪。登岸询访仆僮，知未至此，仍解缆上抵武穴。时月色已上，江面风清，夜静人寂，无从觅僮踪迹，遂寝。

十二日（7月8日）　移装登岸。

晓起，遍觅僮踪，始得相晤于途。毓之亦偕寓此，候余十余日，乃急移装登岸，共叙别后离悰。且闻光州被围甚急，纬堂留豫剿办捻迹，未知实否。亦有谓光州、郧阳均失陷者。民间传言，殊难据也。

十三日（7月9日）　留寓武穴。

以船未便，余亦厌于水行故也。晚饭后，偕毓之闲步荷花池，小坐菜畦间，南薰徐至，荷香扑鼻，饶有清致。惟旧游知交散处四方，不无寂寞之感。

十四日(7月10日)　送毓之回宿松。

毓之拟从军,以纬堂驻师未定,故暂回宿。近闻民言,月前廿二日有白龙自西乡飞渡大江,旋遇天半红光拦住【阻隔】,乃复北回,竟入云霄。风势所及,屋树为摧,亦可异也。

十五日(7月11日)　仍留武穴。

晨起已将扬帆上驶,而霖雨忽至,遂止不行。四五月天甚旱,米价腾起,人情汹惧,近始稍雨,民心乃安。乱离之后,惟恃农田,使再无收,何以为食乎?

十六日(7月12日)　晓发武穴,晚泊蕲州。

晓起即解缆,未申间将抵蕲城。矶头流水甚急,舟子撑篙,误堕江心,竟不能救,甚可叹也。余此次江行,多遇不测,然无恙,岂非神力之佑,故濒险而不觉其险乎?

十七日(7月13日)　泊土地矶。

昨日舟子既溺,不能即行,余乃多给以价,令其船长雇人寻尸,而自易别舟先行。是日驶百二十里,至土地矶闸中,日已暮,遂泊。矶在南溪对岸,江中大洲长数里,水稍平,故舟人上行多泊此耳。因思水以浮舟,亦如学之载道,学大则道大,水大则舟亦大,而水之所以能行乎舟者,端赖乎风。则学之所以能行乎道者,不有待于时乎?时乎时乎,吾之待也,其犹舟人之待风乎!

十八日(7月14日)　泊黄州府。

午末即至,以天热无风,故泊。晚饭后,天忽大雨,须臾亦晴。乃补《武穴纪异》诗云:"白龙渡江,红光烁雾。龙跃光飞,光拦龙怒。龙乃北归,光倏南去。龙兮光兮,吾不知其辉我土宇,抑交战于大江之来路。"

十九日(7月15日)　泊青山。

晓起晴明,风亦大顺,遂抵青山。途中成诗云:"黯黯西陵暮,悠悠旅思违。片帆将鸟去,疏雨趁篷归。王霸无今古,江湖有是非。谁教边塞雁,又逐稻田飞。"盖补咏昨日晚景也。

二十日(**7月16日**)　抵武昌。

黎明日出,西望龟山,黑气腾起,上指襄樊。午初舟次鄂城,适值多将军大队西征,诸大吏饯于江上,声势盛甚,所谓大丈夫不可一日无权也。急令仆僮寻觅雷振之,不晤,乃入城访罗厚斋,而又将转输赴襄阳,只好定议偕行。遂同宿其寓,畅叙离悰,至三鼓始寝。

廿一日(**7月17日**)　偕罗厚斋登舟,移泊汉口。

午后,厚斋领到军饷,遂同登舟。甫次汉口,天忽大雨,汉水流急,不能入口,爰泊南岸嘴,俟水势稍杀乃进,而终夜淫霖不止,故寸步均难移也。是日作书致毓之,俾代达碧、月二家,令其知余行踪所向耳。

廿二日(**7月18日**)　仍泊南岸嘴。

淫霖日夜不止,汉流甚急,诸舟竟不能泊,悉驶出口,泊于江岸。而船坏甚多,终夜呼救之声不绝于耳,甚可危也。

廿三日(**7月19日**)　回泊鲇鱼套。

汉口江窄流涌,加以急湍洄漩,凶危莫测,故河内诸舟悉移出口,泊于汉阳城下,而又畏西南风暴,亦非妥地,故仍移舟回泊鲇鱼套,乃可无患。晓起,成诗一律云:"江汉交流地,鱼龙踏浪天。短篷鸣夜雨,万橹聚朝烟。路是他乡险,情怀故国偏。百军苍洱恨,一夕话难宣。"盖连夜与厚斋话滇中近况也。

廿四日(**7月20日**)　独登黄鹄矶吕仙阁。

是日为锦堂镇军忌辰,厚斋因邀入城私祭。余乃登黄鹄矶,新建吕仙阁亦颇崇焕,后有庐生卧像。官阁部题联云:"偶然一枕游仙,蝶梦是庄庄梦蝶;莫笑半生嗜酒,醒人大醉醉人醒。"二语尚超脱。

廿五日(**7月21日**)　游江神庙。

在黄鹄矶旁,旧无此寺,近以江面肃清,率皆神力,故诸大吏奏请建之。寺右为接官厅,寺前有铁铸水兽,屹立江岸,以厌诸怪。余与厚斋守风鲇鱼套,日落风清,乃徒步闲游至此,眺望而归。

廿六日(**7月22日**)　阅小仓山诗。

江水未平,风亦未顺,故未开舟。江蒸热极,闷人难耐,乃取小仓山诗点而评之。随园才调自佳,风骨未上,以其专主性灵,不讲格调故也。余特择其警炼雄奇一路评之,将使世之学随园者,不致误入迷途,即世之攻随园者,亦不致有所借口。然后随园之真见,随园之瑕掩,随园之流庶可以常行,尽人学之而无弊。

廿七日(7月23日) 晓发武昌,晚泊桥口。

今日水势稍平,因渡大江入汉口,适值顺风,故上驶毫无阻滞。泊于桥口对岸,岸上即龙灯堤,当年卢又雄扎营处也。近日民居已满,旧垒无存,唯五显庙贼营尚在。落日西下,余与厚斋登岸至静室庵,荷香扑鼻,清风满袖。寺僧为光州人,为言春初捻匪围城,惟烧东关外民居数间而去,南北二城均尚无恙,闻之始觉慰然。

廿八日(7月24日) 泊蔡甸。

晨起,东北风作,可以扬帆顺驶。初过琴滩口,次过黄金、多罗诸口,皆丙辰用兵泊舟处。午正即至蔡甸,人烟较前尤为稠密,舟人修整桅樯,耽延数时,日暮遂泊。是日有舟自襄樊来者,传言新野已为贼陷,襄樊居民纷纷移徙。然新野四旷之地,贼势非能久据,我军一到,自当瓦解,特恐进据洛阳,则难扑耳。是日成《琴滩口》诗一律云:"滩响如斯碎,琴弹何处音。去来今日梦,生死古人心。旧疾医能愈,穷愁拨更深。无端兴废感,楚塞尽云阴。"余丙辰大病,曾养疴于此,故诗中及之。

廿九日(7月25日) 泊汉川县。

离蔡甸已百二十里,河流甚曲,与湘江风景大略相似。自涢口上,两岸垂杨,阴森不断,民居如故,似未遭兵燹者。盖贼来去虽多,而盘据未久,故焚掠尚稀。晚至县城,泊于江岸茶房,笙歌缭亮,又似秦邮一路,殊可乐也。成诗云:"汉川风景似清湘,绿树红灯逗女墙。一夜笙歌浮水面,满船花露沁诗肠。"

三十日(7月26日) 泊三家潭。

水程八十里,陆路仅二十余里,河流之曲可知也。两岸农田甚美,使无水灾,则一年耕真有三年余,惜不能尽无患耳。

星烈日记卷之八十九

鸿蒙室主人笔识

七月初一日(7月27日) 泊麦湾嘴。

风逆天热,舟子难行,故日行四十余里,遂泊。舟中无可消遣,仍阅随园诗。随园才调,多得力于圣叹《外书》,故心花怒发,睥睨一世,而气味殊薄,未能与李、杜齐肩,此才大而学未深也。然余独怪其学圣叹,而反讥圣叹,以为圣叹好批小说,人多轻之,未免英雄欺人。则何以故? 此亦由圣叹有才而不善用其才,随园窃其才以为己才,特用之于正,故自矜其识之过乎圣叹耳。

初二日(7月28日) 泊仙桃镇。

由麦湾嘴至仙桃镇六十里,两岸人烟甚稠,而南岸尤胜。茶室酒肆,丝管嘈杂,亦汉江一小繁华地。萧君子佩家于此,别来数载,急欲一见,遣使登岸访之,仅晤其弟,盖君授徒他所,尚未归耳。因成诗一绝云:"萧郎瘦骨影姗姗,久别琴音思渺漫。一棹忽从仙里过,夕阳依旧水云宽。"

初三日(7月29日) 泊岳家口。

风景与仙镇相似,每岁物产以棉为最,故获利亦甚广,有富至百万者。其去仙桃镇已百十二里。昨夜梦大猴如人,坐余衾边,醒后再睡,仍梦如故。问何不去,岂待雷鸣而后腾起乎? 猴不答,但点其首,遂寤。余累梦猴,今已三次,岂其余前身耶? 前数夜亦梦二小熊虎斗于室中,余蹑双梯以瞰之,亦一奇也。

初四日(7月30日) 泊泽口。评点《船山诗稿》。

在岳家口上六十里,此可通荆州,甚便捷,不二日即至。自开舟至此,天气甚热,昨晚小雨微凉,今午后雨竟不止,遂泊岸边,取船山诗点而评之。诗本得力随园,故论诗大旨多与相同。唯胸襟豪宕,笔力紧健,独能自显精神,不为前人所囿,故可雄视一时。诗集之行,几与随园同其纸贵,然专显神通,未免气味稍薄,魄力不厚,恐数传后,终难与国初诸老同争声价也。

初五日(7月31日) 仍泊野岸。

镇日阴雨不开,故难解缆。舟中与厚斋话滇中近事,据云去冬回匪又围省垣,至今春不解,势其危迫。诸大吏不得已,俯允其和,于三月末议甫定。于是回民入城,指索督标、中协以下诸缺,悉置其党。又欲得临沅镇一官,诸大吏亦与之。现在回、汉同处,尚称安谧,有不法者悉斩以示,未知盟能久否。倘竟各守初心,则是滇劫将尽时矣。特恐回情狡诈,难恃为恒耳。朝廷近又命张公亮基为钦差大臣,驰办滇事,亦已启程由川入滇,想可到矣。

初六日(8月1日) 泊四蒋。

晓起雨止,行数余里,雨复至,午后始稍有晴意。再行十余里,至四蒋地方,日已暮,遂泊市镇。离岸尚远,临江仅茅屋数间而已。荒江野岸,断苇残阳,多有钓者,亦江行好景,惜无荆关为图此画。成诗一律云:"捩舵铜钲晓气衔,浪花随雨上征衫。江回曲认东西岸,风紧横吹上下帆。路债有台难避地,尘缘无梦苦思凡。几回徒赋《从军乐》,谁剖龙光出剑函。"

初七日(8月2日) 泊沙洋。

是日行七十余里,抵沙洋,属荆门州地。市镇森繁,正街离岸尚里许。舣舟时日已暮,故未出游。午间读《忠雅堂诗集》,少年才力格调,雄奇倜傥,风流跌宕,几几乎欲突过国初钱、王诸老。乃通籍后,诗格一变,初犹喜学山谷,矫健生新,后乃专务平质,才华尽敛,味同嚼蜡。其意欲追苏、杜,不屑与诸才人竞艳争奇,未始非卓卓独立处。然音韵既哑,色泽亦寡,而用笔又复平实倔强,曾无经营变化之妙,则何以能与古大家争衡并驾哉?尔时袁、蒋、赵三家齐名。李雨村云:"蒋非惟不及袁,亦并不及赵。"信然。凡兹评选,皆初年得意之作,后则寥寥矣。

初八日(8月3日) 泊刘家嘴。

去沙洋八十余里。晚与林松岩协戎运船相晤。松岩先行二日，今仅至此。据云陕中贼势稍纾，捻匪回扰随州一带，官军正与相遇，颇闻小挫，然未得其实也。

初九日（8月4日）　泊花家湾。

风逆水急，兼以午后大雨，狂飙骇浪，牵挽势穷，故终日仅行廿余里，遂泊舟中。仍评选《忠雅堂集》。其论诗有云："唐宋皆吾师。"以余观之，乃专学宋耳，何有于唐哉？初年诗虽多讲格调，然亦出于国初诸老，通籍后则出入坡、谷而能自成面目者。我朝诗体凡二变，熙、雍以前多学唐，乾、嘉而后多学宋。其为之转移者，实自袁、蒋诸家始。袁虽变而之宋，仍从晚唐入手，未尝尽失唐音。蒋、赵则锐意宋人，故至今相沿未改也。

初十日（8月5日）　次安陆府，泊西河店。

略有顺风，故日行七十里，至安陆对岸，泊于西河店。其府城离岸尚七八里。相传江水旧抵城下，今则悉拥沙洲，故水道离城较远。自汉镇上一路皆平洋，弥望无际，迨至安陆城后，始有高峰，盖中干分支也。

十一日（8月6日）　泊利河口。

有小河自荆门界来，汇于汉江。河口有市镇，亦颇稠密。是日又行六十里水程，舟中成诗一律云："一枝柔橹数群鸦，独倚篷窗看晚霞。浅水回流沙作岸，淡云飘霭影成花。钟谭韵自随风杳，云梦人谁解佩斜。莫向莫愁村里过，苎萝深处是卢家。"安陆即古竟陵。钟、谭《诗归》，鼓动一时，至今亦音沉响寂，盖邪说诡论，自不能行诸久远也。

十二日（8月7日）　泊丰乐河。

去利河口四十余里，镇市离岸二里许，设巡检分司，其地隶安陆府。午后，北风大作，舟不能行，而大帅督运甚急，地方官不应，纤役殊难推挽。闻贼势回窜河南，大帅急于进兵，故如此其迫也。

十三日（8月8日）　泊流水沟野岸。

北风愈大,黄沙漫天,阴晴无定。舟子更番互为牵挽,舟竟难行。先犹拟泊流水沟,乃仅行二十余里,日遂暮,爰泊沙洲水浅处。半夜,江水暴涨数尺,舟几为流。榜人共起移舟,喧呼嚷斗,不能成寐。人愈急而天故缓,奈之何哉!

十四日(8月9日)　阻风,仍泊野岸。

大风吹水,黄沙漫天,入夜狂飙尤紧。是日仅移泊里许,野岸孤洲,荒凉特甚,成诗一律云:"村树黯无痕,沙扬浦溆昏。大风吹汉水,急雨过荆门。说剑愁山鬼,鸣根走夜鼋。故人王事迫,那更倒清樽。"

十五日(8月10日)　移泊流水沟。

午前风势尚紧,中后渐息,水势亦杀,乃上移数里,至镇前停泊。时日已昏暮,月色甚佳,颇有清气,乃偕诸友登岸,同入茶肆。野讴村唱,嘈杂入耳,亦聊以消遣一时兴致云尔。昨夜梦入一广厦深屋,案上灯烛辉煌,香烟缭绕,两行尽衣冠列辟,将迎王驾。余乃登其旁台,杂稠人中,共相观望。须臾,若风驰云骤,王者即至,向南拜香案下。余延颈上观,王者非人,乃龙形也。拜毕,即腾空去。遂寤。

十六日(8月11日)　泊官庄。

水虽未消,而风力已柔,用民夫尽力牵挽,始行四十余里,至官庄,离宜城县尚十余里,日已西坠,遂泊。夕阳落处,山气尽赤,有似亢旱天色,而其实非旱,乃瘴雾太重,故映日成赤也。

十七日(8月12日)　泊白家巷。

晓行十余里,至宜城码头。县城在丛树后,离码头尚五六里。远望襄樊西路,黑气如焰,长百余里,与初抵汉镇时所见相同。余于月前廿日辰刻泊武昌,一见此气在大别山上。今将抵襄,复见其横亘谷城以上,不知其应若何,记之以待后验。是日风微顺,水微平,故行五十余里,至白家巷维舟。襄江自流水沟上江面较宽,与大江等。惟水浅沙多,纡回无定,东西两岸多有崩塌,民居寺院折毁甚多,盖水急而土松也。

十八日(8月13日)　抵樊城。

多将军催饷甚急，晓至谢家集，即有差弁来督。午后抵董家湾，复令其巡捕官先来提饷之半，戌刻始抵樊城，天已昏黑，不能登岸，即泊镇首。将军之急于催饷，以南阳被围日久，欲令马军同解城围耳。先是南阳告警，襄阳道金逸亭观察率兵往救，日久无功，将军步队又已前进陕关，故分遣马队欲解其厄也。襄阳江水甚曲，盖汉江一大转折处。其水自蜀道来，至此一停，水曲环之。隔江亦有山自枣阳来会，对峙成局，城即建于江之西南岘山下。自石灰窑入城仅十余里，陆路水道曲至董家湾，始折而西，纡回四十余里，始抵城下。北岸有小河来汇，曰白河，循河入内，源分为三：由北上至聂家口约五百余里，曰唐白河，由东入曰巩河，由西上曰白河，其源近不过数十里即止，凡北上者亦多由此河入也。余途中成《寓目》诗一律云："极目襄江晚，蛟腾雾未收。远帆高似塔，孤屿小于舟。笛响频添恨，蝉心独抱秋。呼鹰台远近，地已界神州。"

十九日(8月14日) 移泊襄阳城下。

厚斋转运诸饷，仍交分局，故移舟近城，泊汉皋楼遗址下。余乃登岸入城，街衢虽宽，阛阓甚少，街正中有楼矗立，曰古昭明台。其簧宫诸庙坛皆背水南向，斜朝江外远山，盖城后即高峰，无向可出。申后，与厚斋渡江过樊城，访米公祠，其祠在城西北隅。樊故有土城，周环其背，逸亭观察复增筑女墙于上，城楼炮台焕然一新，居然可备防守矣。城宽不及一里，长约五六里许，相传为伍子胥屯兵处。城北一望，平冈无际，守此者颇难为备也。眺望毕，仍与厚斋询访米氏藏碑处，观宝晋斋石刻诸迹。其子孙今虽式微，然尚百余户，青衿未断。每岁所获售帖诸值，即以为岁时祭祀、家塾修脯之费。前人遗迹，足供子孙数百年膏火之资也如此。

二十日(8月15日) 过樊城，访李蓉峰。

蓉峰名泰发，吾滇富民武孝廉。以枉被褫，流寓樊城十载，遂隐于市。滇人来往，多至其家，因与厚斋同往访之。时闻南阳围解，贼尽西窜，多将军欲移营邀截其后。先数日已令纬堂由光化往备商南，至是更欲全军西上,先清秦陇,后靖河洛。余拟乘中原无事,预图北上,故将移寓蓉峰,以便买车就道也。

廿一日(8月16日)　偕宋军功登水星台。

樊城北有高台,曰水星台,可以眺远。内有茶肆,近未开设。因与宋君由其旁道登城,望北郊伍子胥较场故地,近皆荒芜,惟存其名而已。晚后作书寄毓之及碧、月二函,使知余踪又将北上。前路茫茫,真莫知其所止也。

廿二日(8月17日)　偕罗厚斋登古昭明台。

天气亢炎,舟居难耐,因与厚斋邀宋军功同入襄城,寻访古迹。乃登昭明台,远眺岘山、鹿门诸峰,如在几席。台上亦有茶肆,为郡中胜地。披襟岸帻,清风徐来,几令人忘归也。夕阳稍下,乃移舟过樊,更入酒肆小饮。余即整装登岸,寓于蓉峰客舍。

廿三日(8月18日)　偕厚斋同饮酒肆。

厚斋尚未解缆,别绪依依,未忍遽离,遂同入酒肆小酌,共话情悰。归寓后,余见客舍墙壁尚新而无书画,乃以旧刻《哀江南》诸诗粘于壁上,大为主人所呵,以为当今学使试差寓此者不知凡几,并无一人留题,尔独何人,敢于此题句。余转觉赧然,无词以对。主人虽与余同产于滇,而粗鄙市利,俗不可耐,真亦无如之何也。

廿四日(8月19日)　游书肆。

今晨厚斋已返棹南回武昌,余独坐旅店,甚觉无聊。幸昨夜大雨,今颇凉爽。午后乃出游书肆,见有《刘子全书》,乃蕺山刘先生宗周著。其学虽专主良知,而读书独有要领。《语类编》中取孔孟大旨相符合者为一编,曰《孔孟合璧》;五子相符合者又为一编,曰《五子联珠》。更自著人谱,以周子《太极》、张子《西铭》为主,而继以阳明良知说。其余经学文章,各以类从,实一代有用著述。道光年间已从祀孔庙,不负半生力学。惜匆遽间不能遍览,而又无力购归以细读耳。肆中又有《南山学堂诗钞》,乃新化邓湘皋著。余久耳湘皋名,而未见其稿,急取阅之。诗学亦从随园、船山诸集出,而加以整饬烹炼之功,已浸浸乎入国朝诸老室矣。惜其蹊径未化，笔墨未超，故不能卓立一代，只可附庸骚坛耳。

廿五日(**8月20日**)　作《游米公祠》诗。

连日尘务撄心，毫无逸兴，拟即北上，而骡车尚无，日坐旅舍，愈形寂寞。爰补作《游米公祠观宝晋斋墨刻残碑》诗云："天马神龙性，于今气未驯。米家留妙墨，襄水著传人。细雨丛祠暮，残碑古院春。笼鹅人去远，此老特精神。"米公书法盖得山阴豪纵处，故独沉雄夭矫，复乎莫及。政如由也学圣，独得其勇，虽非中行，已分圣人一体，而跻尼山之堂者也。

廿六日(**8月21日**)　游岘石寺。

早膳后，携僮过江，出襄城南行约三里许，有雇驴者，遂跨驴入山。循溪谷西南行四五里，至山腰。峰顶有瀑布，飞流数叠下洞。寺建山半，虽不甚大，而境极清幽，可以憩止。由寺右转入殿后，奇石峭立，状类灵芝，根细蕊大，高八九尺，侧视又似金猊昂首，狞狰可畏。石倚岩立若门。拾级而登，穿石右行，旁一石台，层瓣若莲，曰莲台。台畔古洞圆门，曰仙人洞。洞右旧有啸月亭，今圮，犹存石刻"啸月"二字。洞口镌诗甚多，率剥落不可读。惟奇石上劈窠窠大字曰岘石，石后"栖霞"二字尚完好，款亦漫涣不可知。相传为曹孟德书，恐未必然。笔法虽圆健而未遒古，不类汉人书也。寺僧再引入左洞，有石窦深圆，流泉味清冽，异于他处，曰抱谷泉。又指洞左高峰，层石数叠，曰岘石叠翠，为襄郡八景之一。更相与下至山半，路旁一石微出土面，为三国孙坚战殁处，旧有石识，今已无存。览毕，仍跨驴出谷。谷有寺曰张公祠，乃唐汉阳王张文贞公柬之读书处。复舍驴入寺，神案前嵌二石，一若镜，可鉴须眉；一纹现古梅，铁干繁花，极奇而雅。是日颇阴晦，忽微雨从东飞过江来，遂归。

廿七日(**8月22日**)　游古隆中。

自幼读书，即闻襄阳有隆中，为诸葛武侯高卧处，心向往者久之。今抵樊城，即欲往游，而尘务撄人，未能如愿。晨起，天气晴爽，乃乘舆入山,循江西上,越岭数层,约廿余里始折而南。远望高峰隆然,耸压群山,精神特异。舆夫指曰:"此即隆中山也。"来至山谷口,平畴中古刹丛林,浮图层立,曰广德寺。斯时未及游寺,急入谷,约三四里,登山至寺门,额题"古隆中"三字。道人邀客晋谒武侯像毕,始出寺。由右转至三顾堂,为昭烈三顾旧址。堂后有亭,亦塑武侯年少像。亭后数武,复立石二,皆刻像,甚潇洒,有仙风道骨气象。虽未必真肖武侯,而精神已足,令人神往不置也。道人复引登峰顶,远望后龙来自武当廉贞大帐,超闪百余里,中抽至此,隆起高顶,开面落脉,穴极窝聚,已为寺占。左砂三重,右砂从入首后一节分来护穴,势稍凶猛。余龙从右砂抽去,横起高案,形若搴旗,幛于穴前。案后高峰层层收回,弯抱成局,余气尽头乃落,平结襄阳城,其实正结即在此间。襄江随龙西来,绕过南峰,始折而东。后龙帐角之南峙者,皆远立于数十里百余里外,收拾最为远大,而坐场乃极圆聚特结无疑。武侯当日与水镜、元直诸君相得,卜筑于此,盖有所取也。水镜、元直皆南漳人,去此仅八十余里,而庞德公与凤雏又皆本郡人,亦何地灵尽聚此耶?茶毕出山,游广德寺。寺为明襄藩固囿,藩葬其妃于隆中,始改园为功德院,故地颇宽敞,殿宇亦极崇焕,游隆中者必借以为憩息地也。归至旅舍,日已昏暮,同寓杨芋安大令及彭勖斋俱来夜谈,至三鼓始寝。

廿八日(8月23日)　补《昭明台》诗。

昨日登山,今颇困倦,故未出门。乃抒纸作《隆中图》,更补《昭明台》诗云:"太子骑鲸去,高台剩夕阳。齐梁无道德,汉魏有文章。渺渺襄波外,森森岘石旁。披襟频眺望,百感入苍茫。"

廿九日(8月24日)　补《岘石寺》诗。

镇日阴雨,难于游眺,惟勖斋时来纵谈,足破岑寂。暇更补作《岘石寺》诗云:"策蹇出襄城,言寻岘石寺。寺中复何有,奇石矜拔萃。寺以石得名,石亦因寺贵。天生石偶耳,寺乃宝为瑞。我初入山谷,层峦纷叠翠。玎玲闻细响,泉流络紫蔚。远观瀑布落,飘洒若羽旆。

礌确森碍路,盘盘难骋辔。曲径缘深萝,天花时一坠。古刹藏山凹,老僧知客至。未暇参佛果,先迎石丈拜。果然骨挺立,嶙峋何孤介。疑狮复疑虬,非云亦非盖。女娲不敢炼,海岳或能绘。洞天称一品,毋乃此其类。旁有栖霞窟,崿岈深以邃。啸月亭早空,莲台足小憩。坐久觉无生,何从观妙谛。震旦苦尘劫,诸天失智慧。不如顽石根,万古无灵昧。我欲袖之归,巨灵怒攘臂。颓岩窜猩猁,古木悬精魅。蔽日尽阴森,飒然心转悸。试访抱谷泉,石窦流清澮。濯以尘世缨,俗垢涤殊快。微雨忽东来,遥过襄江界。归途亦已昏,苍烟缭石濑。"

星烈日记卷之九十

鸿蒙室主人笔识

八月初一(8月25日) 作《隆中吟》。

昨游隆中,今成一什《寄题三顾堂》云:"炎运将终龙德隐,群雄割据恣驰骋。无人肯抱淡泊志,天地懵腾余醉酩。奇哉卧龙独蠖屈,南阳高卧常不醒。抱膝只作梁父吟,躬耕唯有庞公省。绝无梦想到莘田,那管征诛世界窘。何来裘马气如虹,竟把先生作尚尹。一顾未肯输肝膈,三顾能无动悲悯。君臣鱼水信合谐,鼎足三分恨难泯。两表才留大文章,五丈原前星遽陨。只今徒余旧草庐,仿佛长吟在高岭。羽扇自饶名士风,纶巾谁继神仙品。我来登峰动遐想,低徊欲去心何忍。三代不复熊梦邈,天民徒自成孤挺。纵有掀天揭地才,未必大名垂钟鼎。翘首烟霄见羽毛,苍旻灏灏翻神隼。门外松涛大壑深,奇形化作龙虬影。何年卜筑得近此,一日三上隆中顶。"

初二日(8月26日) 偕彭勖斋游铁佛寺。

寺在襄阳西城外,铸铁为佛,长丈余,故寺名铁佛。旧颇巍峨,今多毁坏,屡遭兵燹,幸未焚去。余与勖斋过江,拟访堕泪碑,至此兴尽,遂入城,再登昭明台。披襟饮茶,遥望鹿门诸峰,揖拱平栏,心目俱畅。迨日将坠,始渡江归寓。昨与勖斋作竟夕谈,今更出游,神颇困倦,未二鼓即解衣就寝。

初三日(8月27日) 彭勖哉赠诗。

勖斋名霖,原号勖哉。昨阅余《月影鬘光录》,不禁有慨于心曰:"今天下豪侠义气,不见于须眉,而钟于巾帼,亦足觇世道之变。"颇有卓见。今更以诗来赠云:"君不见古来良相哲知人,奇赏特识时有真。又不见昔之名将善将兵,风尘云霄拔俊英。造化齐生奇男子,轩冕泥涂分彼此。其髯如戟气如虹,眼光如豆心如纸。灵秀钟毓在巾帼,阳刚不振阴柔克。香草美人思无穷,补入离骚情得得。鸿蒙主人客南方,磊落抑塞兀疆场。男儿不识女子识,诗卷成函泪万行。皎皎当空银汉月,楼头非常照颜色。止乎礼义发乎情,一点丹心原洁白。绿绮琴调凰求凤,碧云又引箫同弄。父兮母兮不谅人,宝刀欲啸求解哄。几番反覆似波澜,砥柱中流成万难。扶病裁笺和泪写,忍催质蕙苦心兰。鸳鸯自是同命鸟,双宿双飞急须早。谁令久住离恨天,无可奈何何日了。三年约重志坚金,二乔锁住恰春深。异日同时乘凤到,天教好事必从心。吁嗟乎!男儿不知女子,生此才兮安用之?若或使之来作合,玉台助理笔一枝。著述等身千古垂,焉用南面而王为。"

初四日(8月28日)　闻竹溪、房县不守。

昨数夜李蓉峰盘获奸细,云捻匪尚住南阳北乡独山地方。今午吴亦九过襄城,闻竹溪、房县皆失守,则又川匪之扰及楚界者。金逸亭观察复移军防守谷城以上,今午入城,不知作何布置。亦九新从武昌来,据云下游芜湖诸军亦败绩,戈船被掳者且二百余只,未审确否?果尔,则金陵大军甚可危也。

初五日(8月29日)　与杨芋安共话。

芋安云:"自古圣贤,颜曾而下,皆有疵议,唯孔子不能指摘。今有显者,欲摩孔子而上之,无从着论。乃谓盘古以来,孔子、汉高世无其人,特后世虚设其名,以为神奇耳。"噫!此论若出,不啻洪水猛兽,流毒无穷,岂尚知人世间有可从之道哉?其源盖起自朱元晦,好摩倒前贤,自标心学,以至道学文章,各立门户。由是狂言妄论,纷纷而出,恬不知怪。人谓道学至朱子而大明,余谓道学实自朱子而晦,非朱子之愿其晦,盖欲明道,而道乃愈晦耳。后之学者,观人论世,可不深思而自得其故哉?

昨与勖哉游铁佛寺,今始补之云:"一错无今古,千山铸未成。冰霜余铁骨,风雨动诗情。梵冷僧无事,劫多佛不情。勖哉吾道在,还自悔聪明。"

初六日(8月30日)　发樊城,晚泊白河。

余与芋安、勖哉诸君同买车北上,以兵差络绎,车难入市,爰用小舟驶往就之。午后始解缆,亦九送至江边,依依话别,情颇难堪。舟由白河进,对岸即鱼梁洲,庞公凤雏旧址俱在其上。入河行廿余里即暮,泊于断岸边。河内多鱼户,悉舟居,晚列如市,亦足乐也。晚闻捻匪姜老太率众远来,将抵南阳,不知此去路能达否?成诗一章云:"鹍鹏多南图,旅雁自北飞。各怀千里志,迢迢未肯归。我本从征者,忽志在辅畿。岂徒市骏骨,亦将览皇威。周公新政令,尧舜女中师。四方虽患难,内阃尚巍巍。枢权勤御驭,维轴听指挥。所贵股肱贤,干城建宏规。兵强国转富,守固战徐施。倘使任驰逐,膏肓未可医。区区杞人意,落落有谁知。挟策还迈往,中原事总非。回纥骚秦陇,发捻肆洛伊。关河愁阻绝,落日苦自追。何幸良朋集,胶漆话不支。杨修真洒落,彭铿亦瑰奇。共谱澄清抱,宁无湖海思。数奇同不偶,凫影聊相依。保身须大隐,观变贵沉几。襄江古战场,豺獭久伺窥。房竹亦已陷,方城自可危。羊叔在何处,轻裘恐无为。鼓楫入洲屿,阴气满四陲。"

初七日(8月31日)　泊刘家集。

晨起,行廿余里,风雨忽至,遂泊。舟人一路指点三国于禁、庞德驻营处,至今历历可认。舟中无事,乃补各诗。《檀溪寺》云:"点点青山乱,条条古涧荒。英雄堪跃马,天地几亡羊。落叶寒逾下,孤云卷自忙。我来凭吊晚,愁思满襄阳。"《拟访羊祜祠不果》云:"何处求儒将,风流总费思。鸠人无毒酒,堕泪有残碑。雄镇花飞幕,荒江树满祠。只今戈马乱,怀古意迷离。"《杜甫里》云:"三百音沉后,高歌动鬼神。词坛翻史笔,王佐老诗人。风雨关河泪,乾坤莽荡身。隆中欣对宇,千载两芳邻。"《舟晚望鹿门诸峰》云:"野色聚黄昏,舣舟望鹿门。诸峰微雨过,远寺暮钟屯。孟客吟诗苦,庞公抱道尊。何时赋高隐,落叶自成村。"

初八日(9月1日)　仍泊刘家集。

风雨交加,日夜不止。傍晚稍晴,而河水暴涨,仍未能行。舟中与诸友共话,借可消遣。勘哉云:"近日湖南颇不乏才,然皆畸行偏

见,务为高论,互相争胜。"余曰:"此衡岳钟灵,将生大才,故先为之秀
也。"勖哉曰:"不然。偏才过多,发泄殆尽,则人才将自此衰耳。"其论
亦有所见。芊安亦过船纵论,旁及佛老。余曰:"袁简斋云佛者九流
之一。余谓佛老实吾道之一端。盖释典丹经,千言万语,不出吾儒
'存诚养气,清心寡欲'八字,故由之可以延年益智。试观夫子燕居,
申申夭夭,与老子之恍兮惚兮,中有物兮,如来之不生不灭,不垢不
净,同一气象,特所用不同,故所存亦殊。苟静观而细察之,实无以异
也。余故谓释老不过吾儒之一端者,此耳。"诸君亦以为然。

　　初九日(9月2日)　泊王家楼。

　　本拟上至新店铺,抵此即与雇车相会,故移泊对岸,以便陆行。
午间补作《发樊城,舟中与芊安、勖哉诸君共话》诗云:"鹍鹏多南图,
旅雁自北飞。各怀千里志,迢迢未肯归。我本从征者,忽复念辅畿。
岂徒市骏骨,亦将览皇威。周公新政令,尧舜女中师。四方虽患难,
内阃尚巍巍。枢权勤驭御,维轴听指挥。所贵股肱贤,干城树宏规。
兵强国转富,守固战徐施。倘使任驰逐,膏肓未可医。区区杞人意,
落落有谁知。挟策还迈往,中原事总非。回纥骚秦陇,发捻肆洛伊。
关河愁阻绝,落日苦自追。何幸良朋会,胶漆语不支。杨修真洒落,
彭铿亦瑰奇。共谱澄清抱,宁无湖海思。数奇同不偶,凫影聊相依。
保身须大隐,观变贵沉几。襄江古战场,犰狁久伺窥。房竹亦已陷,
方城自可危。羊叔在何处,轻裘恐无为。鼓楫入江浒,阴气满四陲。"
又补《赠吴亦九西赴陕营》云:"晓角霜飞虎帐残,蓝关西望不胜寒。
送君远向三秦去,华岳峰头雁影单。"

　　初十日(9月3日)　宿长营。

　　晨起易舟而车,行十余里,车忽覆,幸未被伤,而头晕神倦,颇觉
其苦。再十余里,至长营,孤村无市,投张氏借宿。斋临旷野,月明风
清,蛩声唧唧,意转清幽,顿忘劳瘁,亦行役中一别趣也。

　　十一日(9月4日)　宿新野。

　　长营在白河东岸,乃新野僻径。晨起行三十里,已至县城。城中

戒严，凡行旅多不令入城，乃住南外客寓。民间传言捻匪由南阳北过内乡，与发逆合而为一，意将西窜。又言伪扶王陈得材围攻南阳时，已为火箭烧毙。事或有之，否则何以遽解围去耶？晚间与芋安诸君同访昭烈故迹，其校场即当日武侯练兵处，想当然也。

十二日(9月5日)　仍住新野。

昨夜大雨，今日未止，故不行。作诗题旅店壁云："议事堂倾夕照红，我来烽火更匆匆。千秋不遇徐元直，谁肯殷勤说卧龙。○杖策军门气未粗，书生赤手建雄图。笑人莫更轻开口，逐鹿中原几丈夫。○孤城四望总无依，两汉开基事亦奇。自是神龙多变化，不关河水满天池。○讵料江南庾子山，也分哀怨到函关。从来绝代兴亡感，谱入秋怀泪自潸。"新野为邓禹、庾信故里，故诗中及之。又县学有议事堂，相传徐庶与先主议访诸葛处。天池在内乡县。诗成，芋安、勖哉皆有和作，并题于壁。芋安云："衰草黏天秋日黄，往观诸葛校军场。如何沧海横流客，武库盘胸暗自伤。○东汉开基属少军，里门题榜字翾翾。驱车晚问黄河北，只恐前人笑后贤。○四野荒凉城亦孤，当年先主创雄图。世间名士东流水，总揽英豪一事无。○秦关百二远劳征，河洛烽烟迫宛城。哀到江南休作赋，此间原有庾兰成。"勖哉诗原四绝，仅录其二云："懒扪王猛裈中虱，爱听刘琨枕上鸡。何事轮蹄到新野，壮怀期与古人齐。○三顾幡然岂故吾，使君毕竟有雄图。只今四望皆烽火，何处重寻旧草庐。"

十三日(9月6日)　宿瓦店镇。

晓起甚晴明，爰就道行六十里，至瓦店，日尚未暮。镇筑土围周里余，屹立如城，可备防守。北来地势平衍，非沟洫围垦，不足以御贼，故一路土围甚多，余所谓守野法即此。旅舍题壁诗甚多，惟款落金甫、眉生者各二律最佳。金甫云："北去金舆万骑扶，长安城上有啼鸟。禁门昼闭宫槐冷，辇路宵寒塞草枯。九庙哭声惊北地，几人留守重东都。孤臣流涕朝天远，分作沧江老钓徒。○百战功名异姓王，孤忠天鉴郭汾阳。银涛避弩回沧海，白羽征兵到朔方。苦以和戎挠战

守,真成铸错失金汤。伤心七十二沽水,鸣咽寒声入夜长。"眉生云:
"西风鹰隼下平芜,万里中原落照孤。云树低微渺京国,水花明瑟渐
江湖。秋光满地田园好,兵气横天象纬殊。十载楚梁交格斗,土人何
福尚耕锄。○愁来无地可消磨,旅馆凉灯照独歌。明镜秋霜生白发,
唾壶冰泪泻黄河。真看杜宇啼春日,坐视天吴弄海波。一样悲秋少
陵集,麻鞋奔赴愧如何。"后书溧河道中秋感,不知谁氏作。四诗极肖
梅村,工力悉敌,亦可怪也。

十四日(9月7日)　宿忠信寨即新河。

由瓦店行六十里至栗河店,已过南阳七八里,在郡之东。卧龙冈
尚在郡西,后枕独山,前据白河,欲游不果,心殊怅怅。午后再行三十
里,连过二寨,次即忠信寨,颇高广,若小城然。乱世村居,非此不足
以自固,亦可哀也。途中闻贼离裕州不远,商旅为之梗绝,成诗一律
云:"联云铁骑拥蓝关,不信天狼尚往还。晓日河潼空四扇,妖氛宛洛
尚千山。迢迢驲路秋风哀,渺渺京华树色间。此去苍黎无恙否? 中
原翘首泪频潸。"月前贼困郡城,十余日始退,城虽未破,而病死者甚
众,日数百人,至今未已。大劫难逃,可胜叹哉!

十五日(9月8日)　宿裕州。

天未明即起行,三十里至博望驲,再二十里至赵河铺,再四十里
即裕州。一路行旅甚稀,风声鹤唳,颇觉可忧。勉强至店,心始稍安。
途中成《博望驲》诗云:"苍苍云物迥清霄,驲树荒寒古堠高。四野龙
蛇争战垒,三秋鹰隼下神皋。红羊劫换中州惨,白羽兵征远塞劳。叹
息风尘空北望,霜飞蓬鬓易萧骚。"将至裕州,又成诗一首云:"到处逢
人问贼踪,羸车橐橐马匆匆。惊心鹤唳非虚警,极目鸿飞总化工。落
日人思湘水远谓彭劬哉,秋风客老塞垣空。何时得效张京兆,眉黛亲
描画阁东。"裕州城有张敞祠像,惜匆遽间不能游,亦一缺陷事也。

十六日(9月9日)　宿旧县。

晓起,由北关行廿余里,下长冈有村,村建庙,上书"光武遗踪"。
闻有扳倒井,乃光武微时过此扳石出泉处,惜未下车一访其迹。又十

余里,至笃树镇,有土城可守。再二十里,至保安驿。笃树、保安之间,原有捻匪数千盘踞东南山中,离大道仅数里,今晨始望东去。又三十里,至旧县,即古叶治。甫入城,而乡练纷纷持械出击贼匪。盖贼虽东去,乃为前途兵勇击败,欲退守故处,故诸练得邀其归路也。自裕至此,南北皆高山,遥遥对峙,南为方山,北为黄石诸山,古方城即在其间。南水归白河,北水归汝河,中间过脉乃桐柏正支,前去起中干大龙,此特其过峡耳。旧县北有光武庙、王乔墓、问政书院、昆阳雄风碑诸胜,是知此地即昆阳大战处。途中成诗一律云:"贼旗飙闪势还东,莽莽中原撼大风。匝地蝗飞争蔽日,弥天妖焰欲焚空。真人已兆龙兴远,铜马犹思虎踞雄。漫道萧王多圣武,昆阳雷雨是天功。"

十七日(9 月 10 日)　仍住旧县。

昨日败捻已为马队击散,分窜西北山中,行旅往来,尚多不便,故暂止一日。寓中无事,仍与芋安、勖哉作诗自遣。余诗云:"岧峣黄石倚高峰,凫化仙灵尚有踪。古道田荒秋草合,迷津花冷暮云封。百年我自歌衰凤,四海人谁解好龙。农事未修兵事迫,栖皇何处盼时雍。"二君诗名存稿并录于壁,兹未及载。前过瓦店,见杨剑潭题壁一律最佳,仅记其中二联云:"大地河山开北向,八方风雨聚中州。战场花老孤城远,砂碛霜飞万马秋。"气颇雄壮。

十八日(9 月 11 日)　仍住旧县。

今日本拟前行,以病骡跛废将毙,不能行,故止。乃与芋安、勖哉同访光武庙。庙在北门内,前层即双凫祠,庙外又有昆阳雄风碑,已颓卧于地。叶公问政处亦在其旁。玩龙台旧址在庙西数武,今圮无存,土人唯指其地而已。午后天忽大雨,沟洫为盈。寓中题壁诗甚多,亦有佳者,唯《湘西渔者》一律较蕴藉有诗情,并录于此云:"已见银蟾五度圆,乡心遥逐楚云边。别时凉夜双星约,归路韶华二月天。春色有痕山作黛,客愁无那草如烟。闺中可念途中苦,我既怜卿亦自怜。"盖客中忆内之作,惜未知其名也。

十九日(9 月 12 日)　宿汝坟桥。

出旧县北城里许,过澧河三十里至叶县。城外驻兵三营,以备防堵。然兵形太弱,恐强寇至,则哗然散矣。路穿城过,仍出其北门,平冈莽莽,势渐趋下,利于骑战。二十里过渡,即汝坟桥,今桥已圮。来至桥之十里,路西有直碑,大书"孔子使子路问津处",横碑行书"沮溺耦耕处"。旁一小碑,细书"周处士长沮桀溺墓",然有碑而无墓也。汝坟旁有高堤,长数里,河上亦造土城。城内一碑,题"曹江日朗",旁叙王孝子与父并溺事甚详,惜日暮不能录也。连日行路,风鹤数警,今得过叶,人心始定。爰成二十八字,涂于壁云:"客路风声正黯如,汝坟桥上一停车。南来行过八千里,始见周王化被初。"

廿日(9 月 13 日)　宿颍桥镇。

天未明即起,斜月尚挂西方,启行时,日将出矣。四十里,至襄城县。早顿后再登车,出其北城,道旁有黄帝问道、吴季子挂剑处诸碑。未至城数里,大山横出,长数里,曰首山,即黄帝遇牧童告知大隗处也。途中成诗云:"萧萧讲武台边树,郁郁风霆感不胜。塞草骨撑盘马路,沙场血冷射雕矰。交游莫漫怀吴季,党祸还多痛李膺。惟有牧童堪访道,神灵来往伴飞升。"午后忽雨,骤更失足,傍晚始至颍桥。离襄城又四十里。颍即春秋颍考叔为其封人是也。是日杨、彭二君均各有诗,未及录。

廿一日(9 月 14 日)　雨,仍宿颍桥镇。

一夜细雨,至晓未住,午后始稍停。芋安邀同出游颍考叔祠,祠后高冢隆然,若小山然。归后成诗一绝,仍题于旅寓壁云:"亦孝亦忠亦丈夫,先登血影竟模糊。颍川昨夜风兼雨,诅咒千秋恨子都。"芋安及勖哉均各有诗,亦书于壁,兹未及录。

廿二日(9 月 15 日)　宿石固镇。

晓起尚雨,巳末渐晴,乃登车出镇。行半里许,遂过渡。东去许州,走汴梁,是为东大道;北出新郑,走荥泽,是为西大道。兹拟由西路,故望北行三十里,过天一寨,又二十里,即石固镇,属许州,皆有土城。固镇、夹水二城相连不断,可为犄角。近日中州寨堡相望,颇得守助意,盖古封建法也。使再加以训练,贼虽多,亦何患哉！途中成诗一律云:"盘盘辙影乱西东,颍上秋高落照红。寨堡渐存封建法,乡团犹剩井田风。近闻台谏开言路,难得将军奏凯功。起舞讵无双剑跃,鬓丝搔短暮云中。"近有人自京至者,云朝廷言路大开,献策人甚多,然无佳者。芋安有意劝余上书阙下,意亦良善。惜余老矣,不能再学苏季子苦读阴符,简练揣摩,以期其言之必中也。抵寓后,更成一律《寄题襄城望嵩楼》云:"轩辕皇帝杳无踪,矗立高楼尚远封。万古河山环巩洛,九州风雨梦华嵩。茫茫白首空趋鹜,跃跃青萍欲化龙。党锢漫添元礼恨,汉家节义气蟠胸。"

廿三日(9月16日) 宿新郑县。

是日行六十里至新郑县,日已暮,遂宿。一路皆平原,至县有河环绕城壕,即古郑国。而云新郑者,郑始封本西都畿内咸林地,后武公得虢、桧地,在溱洧之间,乃徙其封,是为新郑,至今因之。城东有子产祠,已就圮矣。余有感于庄公事,成诗一律以咏之云:"堕罢京城百雉墉,掀髯长笑压群雄。天王有箭双肩射,慈母无家一隧通。碧洧只今悲逝水,红兰自古扇淫风。春秋二百余年梦,多诈何人似此公。"

廿四日(9月17日) 宿郑州。

清晨微雨,午后渐晴。四十里至葛店驲,又五十里即郑州。初出新郑,路旁有碑,上题"宋太师欧阳文忠公墓"。未至郑州廿余里,远见太行山在黄河北,绵亘数百余里,横绝天半,俯瞰中原,势气浩瀚,真域中大观。郑州较新郑势更开展,西南紫荆山亦颇踊跃,东望汴梁,已不甚远。春秋时,晋、楚争霸,恒战于此。郑界两大之间,真难于立国之势。翘首四望,成诗一律云:"夷门东望影苍苍,万里河声入大梁。古碛霜寒征雁远,孤城花老战云凉。由来王霸关兴废,不信功名尽渺茫。闲与故人谈晋楚,此间衰草是沙场。"

廿五日(9月18日) 宿马庄。

由郑州至京水寨四十里,有州判分司其地。再三里渡黄河,水之宽与大江等,唯浊流差异。西望来源,南有邙山,北有太行,夹辅而下。邙山高大，几敌太行，其头插入河边，上收洛阳大局，中州形胜，当在洛也。渡河毕，日已入地。行约七八里，至马庄，昏黑莫辨路途，遂宿。茅店逼窄，颇觉难堪。渡河时成诗一律云："灏灏灵源不断声，遥从星宿走圜瀛。鱼龙倒挟昏波上，日月低环浊浪生。九派竟成中国患，千年能见几回清。何当更遇乘槎者，直溯昆仑叩帝京。"河之为患，自古已然。然自壬子北徙，河工尽废，诸堤悉坏，而河患反少，盖防疏而河流乃得自然也。去岁豫抚奏河清，今以询诸舟子，有云清者，有云未清者，亦有云虽清而不甚清者，不知何故。岂人言亦有难尽信耶？

廿六日(**9 月 19 日**)　宿小冀集。

晓起大雾，终日不散。行四十里至亢村驲，与芋安、勚哉诸君各录渡河诗于壁。再二十里，至小冀集，日尚早，远望太行，有感于衷，成诗一律云："太行高踞俯黄河，车马还从北塞过。三晋云山秋树少，两京陵阙暮烟多。挥将豪士悲筇泪，并入佳人锦瑟歌。最是去年龙驭远，木兰关外恨如何。"

廿七日(**9 月 20 日**)　宿卫辉府。

出小冀集，绕太行山头望东行四十里，至新乡县，再东北行五十里，抵卫辉府城。路过城后西关，关亦有土城，与大城中隔石桥，下即卫水，客寓皆在此，故宿焉。来至府城，地甚寥阔，相传为牧野陈师地。府城地势稍高，前俯黄河，后枕太行，左右泉源淇水，互相环抱，真都会局也。抵寓后，成《朝歌吊古》诗一律云："黍离何处叹阴阴，王气朝歌夜已沉。九庙漫挥微子泪，孤坟难葬比干心。争看玉马归封远，不见铜驼委路深。赪尾有诗忧不细，谁从濮上辨商音。"

廿八日(**9 月 21 日**)　仍宿卫辉。

是日天虽晴，暂止行，乃与芋安、勚哉同访孔子击磬处，在南关外半里许。碑为纯庙御笔，并题诗一绝云："荷蒉人过识有心，既讥揭浅厉于深。知其一未知其二，玉振金声冠古今。"碑覆以亭，门墙半圮矣。归途再成《卫州四咏》。《淇水》云："晚盖诗成淇澳中，英雄何损进修功。只今园内猗猗竹,想见高人卫武公。"《击磬处》云:"荷蒉无心道亦穷,栖皇人击磬初终。伤哉天地无穷意,只付硁然搏拊中。"《苏门》云:"回首苏门落照红,旷怀千古更谁同。登临莫羡嵇中散,鸾凤当头振远风。"《竹林》云:"竹林谁见酒杯空,一代清谭此数公。礼法讵为吾辈设,误他多少晋人风。"芋安、勖哉俱有诗,未及录。

廿九日(9月22日)　宿宜沟驲。

五更即起,天明始行。大路旁原有碑,题"殷太师比干墓",相传为夫子手笔。本拟一瞻圣迹,以纤道不果,殊深怅惘。北行五十里至淇县,为殷六七贤圣君故都。又北行三十五里,过淇水,上有桥,名淇水桥,一名子贡桥。水甚浅,春冬则涸矣。又二十里为古大赉台。又十余里,抵宜沟驲,时已昏暮。驲有子贡祠,并子贡故里碑。子贡本浚县人,在驲之东南五十里,祠建于此,以其地当孔道,便人瞻仰耳。淇水东有柱人山,纣杀比干于此,故曰柱人云。

三十日(9月23日)　宿丰乐镇。

由宜沟驲北行二十五里,过汤阴县城南,内有岳武穆祠,规模宏整,古柏森然,题咏甚多,碑若林立,匆匆瞻仰,不及读也。成诗一律云:"森森灵柏闷幽宫,万古沉冤一夜风。公抱血诚凛生气,天留毒祸旌奇忠。于谦大狱莫须有,道济长城将毋同。白铁铸佞复何补,纲常借尔壮神功。"出城五里即古羑里城遗址,今城已无,惟有碑记。旁建文王庙,石坊上大书"文王演易处",亦成诗一律云:"画卦台前草树深,当年羑里亦阴阴。图成造化悲神鬼,笔点烟云焕古今。侯甸半归新镐命,天王能鉴老臣心。拘幽一操偏无曲,想像徒劳弦上音。"再二十五里,过魏家营,为曹操屯兵处。又十五里,次彰德府,即古相州,唐九节度以六十万众溃于此是也。城北洹水绕过,有大桥横跨其上,为往来通衢,名鲸背桥。六国从亲以摈秦,刑白马盟会于洹水之上。项羽、章邯之盟洹,皆是。又四十五里至丰乐镇,日已昏暮,一路大风扬尘,车中颇觉劳瘁,遂寝。

星烈日记卷之九十一

鸿蒙室主人笔识

闰八月初一日（9 月 24 日） 宿邯郸县。

出丰乐镇即过漳水，水浅而宽，涸时可涉【而】过，今亦不过尺余水耳。镇东十五里为铜雀台旧址，车行甚急，未得往观。三十里至磁州城南，滏水绕其城下，石桥已圮，纤道城北，始合大道。一路疑冢甚多，自彰德讲武门外起，凡七十二处，森然弥望，若小山布列，直至磁州乃止。以余观之，皆非曹瞒所营，乃后世【所】筑耳。若使曹瞒亲筑，必当相地经营，始可欺人。岂乱冢累累，而能愚天下后世人耶？又二十里至杜村店，为蔺相如故里。又二十里为台城铺，又二十里为赵王古城。再十里至邯郸县，深树重重，晚烟若带，横于树杪。车中成诗一律，抵寓后更成三律以续之云："指点邯郸路，驱车日未昏。淡烟横古木，寒叶下孤村。尘世缘犹浅，交游道自尊。频年无好梦，且自倒清樽。○闻道悲歌士，常时聚此邦。驯龙吾未敢，屠狗意方长。夜雨连燕蓟，烽烟逼雍梁。平生肝胆在，望古一苍凉。○去去吾何意，茫茫未有涯。平原谁绣汝，无忌肯忘家。击筑灯前泪，听歌月下花。遥怜东海士，高蹈欲浮槎。○未了中原志，难灰冀北心。几人堪相士，千古重知音。门巷回车早，风尘学步深。明朝长路苦，霜露复相侵。"芋安、勘哉皆有和作，共涂于壁，夜始就寝。途中亦成《铜雀台》一律，书于杜村旅居壁云："不作周文不丈夫，铜台遗瓦尚榛芜。花飞邺郡分香冷，日落漳江卖履孤。疑冢几曾埋玉碗，塞垣终许赎明珠。于思事事皆风雅，可惜当途误许都。"

壁间又有《岳庙》八绝，款落楚北佛生氏，诗云："痛饮黄龙事总空，金牌十二为和戎。天心不祚中朝主，独使将军泣两宫。○二帝蒙尘且议和，十年血战枉操戈。南朝天子原无父，何用痴心望九哥。○总把中兴望建康，小朝廷里郭汾阳。而今忠武祠边树，犹向风前泣上皇。〇天子如何被掳擒,九京含泪有徽钦。从行一个张枢密,饮水犹怀戴宋心。〇金人纵桧议先成,不靖中原死不平。南渡君臣公早识,马前何待有书生。〇大理沉冤死亦常,忠魂千载恨犹长。阶前莫把金人铸,翻恐沔公俎豆香。"

又《无题》二律,款题于陵灌园主人,亦风雅可诵。诗云:"香巢栖燕认谁家,情海茫茫未有涯。助我精神倾竹叶,将卿丰骨当梅花。秋心缱绻如抽绪,春梦模糊忆浣纱。什袭濒行都毁去,凄凉二字念头差。〇平生孤峭耻贪缘,红拂关情正妙年。有玉石心怜尔慧,无脂粉气误侬偏。萍因絮果刚三月,凤泊鸾飘各一天。此恨欲消消不得,敲残瓦缶学痴颠。"

初二日(9月25日)　宿顺德府。

出邯郸北城二十里,至卢生祠。下车往观,台榭殿阁,布置甚雅,令人有出尘之想。题咏甚多,匆遽间俱未暇观。再三十里,临洺关北头有先贤冉子祠。外三里路东,有孔门德行冉子神道碑。又三十里,入沙河县城,属顺德府,有苏秦亭,即秦激张仪使人随后处也。又四十里至顺德府,日已昏黑,即宿南关内。车中成《卢生祠》绝句八首,即题于壁云:"竟把封侯作梦看,梦中寻梦醒尤难。可怜一觉黄粱熟,天地烟云幻化观。〇世界莺花满大千,偶然游戏亦神仙。胸怀别有书生梦,肯结邯郸一枕缘。〇说缘说幻总非痴,悟到槐柯半醒时。不是酒阑灯灺候,道人炊火尚迟迟。〇平生骨肉最相亲,劫后妻孥亦路人。惟有华胥极乐界,关河难间别离身。〇未了功名念又差,骄人常向此中夸。眼前富贵虽虚景,海上蜃楼自一家。〇一枕游仙恨太长,才翻身早变沧桑。重来若使添新梦,未必人间无下场。〇不须长睡话陈抟,还与痴人一例看。毕竟要醒醒未得,漫天风雪满长安。〇铁笛声声叫远空,行人谁肯听初终。三生未断黑甜路,总在先生玉枕中。"

壁间旧有题句,亦甚蕴藉,录之诗云:"十里东风一酒厄,征途随处系离思。山村市散人归早,驵路沙深马去迟。雪意在山梅更瘦,春痕入地麦先知。风尘历尽功名薄,已到黄粱梦尚疑。"卢生祠诗甚多,然皆陈陈相因,颇不耐观。此作差能摆脱一切,故佳。款落古琴氏,亦不知其为谁也。

初三日(9月26日)　宿柏乡县。

晓起,直穿顺德南城,出北门以就大道。城即古晋阳地,内有豫让桥,然不能下车一访其迹也。六十里,至内丘县。又六十里,至柏乡。天已昏暗,闻内丘路侧有孔子赠子华束帛处碑,及东南金堤村有郭巨庙,即埋儿得金处,均未之见。途中唯成《晋阳咏古》二律。《豫让》云:"漆罢昂藏七尺身,还思吞炭带声吞。马惊怒气桥边影,衣染腥风剑上痕。国士自当知己报,仇雠难共戴天存。荆轲地下应惭恨,恨不携君入雍门。"《苏秦》云:"剑佩归来世亦惊,立谈真可致公卿。阴符黑夜冰霜冷,合从威声虎豹横。裒敝不堪妻对嫂,金多还可弟骄兄。一家市利千秋感,却使旁人泪暗倾。"

初四日(9月27日)　宿药城县。

晓行五十余里,至大石桥。先五里为冯唐故里,及沙河店,有冯唐墓石碑,车上皆不及见。唯道旁一碑,题汉光武千秋亭遗址,为可遥睇。早起,成《晓行》诗一律,题于大石桥旅店壁云:"一枕荒鸡乱,孤衾未敢眠。灯残将曙色,树冷欲霜天。短鬓愁长路,轻车冒晓烟。从来燕赵地,名利走英贤。"题罢,行五里许,至赵州。绕城径过,历新寨店,至药城县,共四十五里,已入真定界,住南关外。途中补作《郭巨》诗一首云:"寒鸡膈膊绕烟树,丰碑屹立斜阳暮。行人指点道旁土,云是郭巨埋儿处。巨也纯孝自天生,胡为骨肉戕如故。埋儿奉母母何安,母兮视儿若心肝。心肝可割儿难舍,一时不见犹悲酸。巨实忍也未知孝,天鉴其诚示以窖。窖何有金银报金,获儿可以无死儿。儿存母可以常笑,母兮儿兮一命悬。巨也穷愁谁堪苦,吁嗟彼苍来相吊。"

初五日(9月28日)　宿伏城驿。

天未明即行,俟药县城开,始穿城过五十里,至真定之南十里铺。

过滹沱河约四五里,即府城。城建平洋,甚高且广。入城有碑,题汉顺平侯赵云故里。大丛林三四处,俱极宏丽。闻龙兴寺后大悲阁高一百三十七尺,中【塑】铸观音像,高七十三尺,为天下大观,惜未一览其胜。出城行五十里抵驲,日已暮。渡河时,成《怀古》诗一律云:"一夜层冰蹴踏过,萧王匹马渡滹沱。天将巩洛开东汉,帝遗风雷荡北河。功忌云台诸将少,泪流白水阿兄多。只今巨浪滔天际,犹想威灵起浩歌。"滹沱河面虽宽而水甚浅,策马可以竟渡,不知光武当日何以难渡如是,岂河水浅深,顾有古今之不同欤?

初六日(9月29日)　宿清风店。

昨夜大雨,今晨犹未晴。一路冒雨前行,北风吹面,颇有寒气。行七十余里,过新乐县,至明月店。途中有伏羲台及孔子落笔处,皆不及访。车内补作《昨夜不寐》诗云:"驲路总凄清,滹沱梦未成。秋风欺病骨,夜雨冷诗情。北去关河远,南飞雁鹜横。帝京知在迩,珍重是前程。"午后再行十里,过定州,为古中山园。又十里,有河颇宽,然水浅,不须舟渡,时已昏黑,成诗一律云:"树黯流渐响,灯明野店孤。苍鹰迷古堠,羸马奋长途。时势宁如此,功名更可吁。成王今践祚,新政切民肤。"抵寓后,即题于壁。

初七日(9月30日)　宿保定府。

晓过庆都县,先五里有尧母第一泉,不及见。晚抵保定,日已昏暮,精神颇倦,诸友皆无题咏,余亦不欲再作。是日共行一百二十里,午憩方顺桥,亦有歌妓挨户卖曲,然亦寥寥矣。

初八日(10月1日)　仍住保定。

芋安拟留勖哉诸君住此而自入京,故暂憩一日,因相与入城游瞩。城长三里,而宽不及半,阛阓亦不甚繁,贸易殊觉冷落,亦可怪也。自渡黄河,皆在太行东路行,离山或远或近,总不过数十里,亦有至数里者。其水皆东流,城每建于横冈上,并无凭险可以扼要,不知都城何以建于是邦。

初九日(10月2日)　宿安肃县。

镇日阴雨不住，仅行五十里至安肃县，遂宿。先二十里过荆塘铺，为荆轲故里，成诗一什云："阴风惨慓白日寒，山魈入夜声悲酸。易水滔滔去不返，何人洒泪哭燕丹。燕丹易水一樽酒，壮士怒发欲冲冠。天亦为之醉，海亦为之干。白虹忽贯日，热血满臆摧心肝。手提於期头，步入虎狼关，白衣相送何时还。杀仇自古无成败，何论剑术精粗空蹒跚。图藏匕首目无秦，一击不中心还安。男儿许身重意气，肯使义侠齿冷无人叹。我今策马游燕蓟，落叶两岸奔惊湍。愁云已扫当日恨，暮雨犹翻旧时澜。屠狗人何在，击筑声飘残。徒使凭临多慷慨，豪杰知己断人寰。每得同炼鱼肠剑，一使祖龙绕柱心惊齐刺攒。"诗成，既书于壁，复跋其尾云："燕丹刺秦，人多非之，然皆涉于成败之见，未足以服荆卿心也。今过其里，感成一什，亦聊为易水稍抒夙恨云尔。"芊安亦成七古一章，同录壁上。

初十日（10月3日） 宿北河店。

属定兴县，离城尚十里，以阴雨路滑难行，故止。是日仅行六十里，诸寓皆北兵宿满，殊形嘈杂。途中有贾岛祭诗处及杨椒山先生读书处诸碑，因成诗二绝云："高天厚地两诗囚遗山句，岛瘦还当胜一筹。偶向词坛兴俎豆，要将心血祭从头贾岛。○驿路商量报主知，椒山有胆更何疑。伤心一卷嘱儿稿，黑夜亲书狱定时。"

十一日（10月4日） 宿松林店。

晓起天虽大晴，而泞泥尚深，故行五十五里遂宿。初出寓，渡河即易水，出宽中谷，东径武阳，为太子丹祖道荆轲处。一路北望皆山，惟东南平衍无际。晚宿旅寓，月色甚明，不禁有感于怀，成诗一绝云："野馆流萤露气清，每随斜漠盼双卿。灵窟漫饮神仙酒，一路题诗到玉京。"

十二日（10月5日） 宿豆腐店。

晓行过忠义店，为汉昭烈及张桓侯故里，有桓侯庙，大道旁遗井尚存。巳末至涿州，洲牧即吾乡赵君岱霖，名瀚。余至，遣使相邀，以车夫不能久待，故未往。州城北有沮洳，上跨大桥，甚壮丽，长二百丈,两头有亭有坊,上题"万国梯航""皇涧风清""一叶可航"诸字样。午后过琉璃河,其水甚清,可通舟楫。上亦建大桥,长百余丈,旁树铁篙,行人指为王彦章物,亦附会说也。再数里,枫林丛茂中隐露兰若,夕阳黄叶,互相晻映,晚景尤佳,成诗一律云:"碣石寒云晚萧萧,北来秋冷正魂销。斜阳客倚丹枫寺,暮霭鸿飞白涧桥。唐代诗人悲远道,汉家天子哭重霄。几回欲向东陵望,大海烟遮跸路遥。"早过昭烈故里,亦成一律云:"指顾风云态绝伦,楼桑村外酒初醨。寰中意气皆兄弟,天下英雄让使君。吴魏几曾输九鼎,关张早已兆三分。迢迢弥望桑干水,万古灵祠对夕曛。"是日共行七十里,至豆腐店,日未暮,车夫已倦,遂宿。自保定来,西北离山甚近,一路高峰插汉,峭立如林,中间平帐横开,如仙桥形,中落一脉,远望有穴可扦,未知近视何如。此地为汉昭烈发祥之所,其气势固自不同也。

十三日(10月6日)　宿常新店。

晓起,天渐阴晦,纡道良乡,西北行五十里至常新店,大雨不止,遂宿。一路山川皆平原不化,至此忽渐闪冈峦,回合成局,盖暗结燕都也。古木参天,气象较为蓬勃。惟人心甚薄,盗贼亦多。昨在涿州,途遇陕甘制军某赴任,行李络绎于道,今闻已为盗劫,可畏也夫!

十四日(10月7日)　仍住常新店。

今晨天大晴明,以路费不赀,不能起行。芊安乃先赴都,留余暂住,以俟使至,乃可前去。行路之难,尤为可叹已。午后小步镇前桥上,成诗一律云:"百年身世总茫茫,朔雁秋高几断肠。漫把长空留过客,却将辇毂当还乡。天边陵阙依岩建,树里湖塘倚槛望。长笛一声飘韵远,瘦僮孤影太郎当。"

十五日(10月8日)　抵都。

巳刻,芊安遣使付资到,乃行。不数里即芦沟桥,规模宏壮,水亦澄清,设关征税,极为严密,而宵小借此搜索,不留余钱。三十里至彰义门,仍搜索如故,进门又有营兵多方讹诈。迨至寓,逆旅主人出为解纷始罢。时势如斯,真可畏也。城内外虽遭英夷之变,而完好如故,唯圆明园被焚大半,山川顿觉减色矣,成诗一律云:"闻说长安不易居,长安今日竟何如。联云鳌禁撑空起,水绕龙池凿地疏。岛竖近传新宝市,藩王争走旧雷车。千门万户依然在,只惜名园一炬初。"

十六日(10月9日)　喜晤表弟杨卜臣。

卜臣名应枚,庚戌大挑知县,供职顺天,别来十数年矣。今晨甫起,即命仆往访其宅。须臾,忽闻舍有操乡音者,急出观,乃卜臣也。喜极而呼,君犹细认余面,始能相识,乃共诉离衷,并话故乡亲友零落殆尽,悲哽不能成声。又言其兄时夫及族弟莘田两孝廉均已物故,尤为感叹无已。爰成诗一律云:"燕台兀自解征骓,一见萧然两鬓非。骨肉半存家万里,名心未死泪双挥。王乔作令今仙侣,苏季离乡古布衣。同抱莲花峰下恨,不堪西望尽斜晖。"

十七日(10月10日)　偕陈章美出访滇中诸友。

章美亦滇人,来京会试不第,爰依卜臣幕中,暂作栖止。今晨卜臣赴通修办皇道,余因与章美至滇垣会馆,遍访知交严湘生、简南坪、汪肯堂、李树堂、钱幼彭、陈东屏、王华峰诸君,俱各相晤。谈及滇中近况,莫不怒发欲指,愁眉频低,真同是天涯沦落人也。湘生遂留饭,至初更始以骡车送归旅寓。

十八日(10月11日)　偕杨芋安出访古寺。

芋安邀偕其乡伍、满二选拔,同乘驴车出彰义门,游天宁寺。宝塔撑空,高阁拔地,境颇清幽,惜皆摧残。唯假山上塔射山房,尚堪憩止,可望西山隐露树梢上,不啻身入画中也。盘桓逾时,始入城,更游慈仁寺。古松盘拿,藤阴密护,较之天宁尤为曲静。后建毗庐阁,下藏戒六僧骨。顶上小室,题"槁木龛"。近日巨公题咏甚多,都不记忆。惟西偏一殿,悬傅雯指画诸佛像,纸高二三丈,宽如之,雄奇名隽,实为大观。诸僧人罔知爱惜,尘土飞满纸上,殊觉可悯。前殿供窑变观音,亦静雅有神。欲久留细观,而天色已暮,遂归。

十九日(10月12日)　雨。阅《味雪斋诗文钞》。

吾乡戴云帆绸孙先生著。先生为五华五子之一。五子者,李明经即园、戴上舍古村、杨司马丹山、池宫赞籥庭,暨先生而五也。先生官工部廿余载,日以著述为事。古诗多宗汉魏,而尤长于乐府,古赋亦源出《离骚》,擅绝一时。王子寿评其诗,谓真而腴,质而婉,袭芳综嬝而内怀贞亮,宣滞导郁而力持宕佚。可谓知言。其古文似本桐城,唯言理未甚精卓耳。

二十日(**10 月 13 日**) 偕芋安访张叔平,不晤。

叔平,永绥人,官刑部员外郎,能诗善画,尤工篆隶。昨晚至寓访芋安,与余谈颇相契,因往访之。至则图书满架,画笔纵横,而主人不在斋中,静俟逾时,亦尚未回。芋安乃邀偕满仙庄、全虚谷二君同饮酒肆,至暮始归。阅邸报,见多将军于商南、武关剿捻,已获大胜。雷纬堂此次未著战功,岂前数日已赴固原接督任耶? 殊不解也。多隆阿战功为当今第一,惜所保荐皆其嬖童,未免有污名器耳。

廿一日(**10 月 14 日**) 独游内城。

先至会馆访湘生,不晤。乃独步进宣武门,至西四牌楼,向西行,游妙应寺。再折而东,入西安门,过金鳌玉蝀桥,雁凿如虹,跨于横塘,四围皆有楼阁,曰琼岛、液池、宝塔,焕然如游画里。近日池水虽涸,而林木未凋,尚可观也。过此则禁城后门,有长壕缭绕,壕内墙外复建兵房,红墙周遭极为严密,墙上三楼巍峨崇焕。门外有数小山,曰景山,即煤山也。山上皆亭台密树,行人至此不能过,乃复循墙折而南,约里许,至西华门。日已西,恐难出城,乃买小驴车折至宣武门,始步归。至寓已上灯后矣。

廿二日(**10 月 15 日**) 访简南坪共话。

南坪名宗杰,昆明人,旧诗社友也。本岁新捷南宫,分署农部。近诗愈富,坐中出其《居敬斋诗稿》相示,专仿放翁,颇得其清腴豪宕处,较前更进一筹也。吾滇诗学近不乏人,前辈五子而外,尚有严君秋槎、沙君雪湖、谢君石瞿、朱君丹木、刘君椠堂、王君桐门、马君子云、欧君虚舫、陆君稼堂,已各有专集行世。近日后辈中,又有洪君亦珊、杨君春麓、刘君仲鸿、欧君子政、孙君鞠君、孙君海楼、毕君星楼、李君桐阶、钟君蕴山、龚君幼庵及南坪,皆一时隽才。惜显晦不一,升沉各异。遭乱以来,死生聚散,尤为难言。余一身万里,飘泊无定,每念乡关,凄然泪下。兹与南坪复得聚首,共叙离怀,亦何异再世相逢,续此前生未了缘耶?

　　廿三日(10 月 16 日)　出门访友。

　　晨起至南馆访赵少山子端庶常,原名子襄,本科新捷南宫,在滇时少年儒雅,今亦鬖鬖老矣。饭后复访施权斋孝廉,共话旧游。王君文泉已殉难武定,许君紫陵虽纳粟为尉,而赤贫难堪。吾滇大劫,以楚雄、武定二郡为甚,事定后,大吏委员收瘗暴骨,皆各以十余万计,亦可惨也。楚雄绅士尽节尤多,周亨衢一家皆亡,唯其族兄茂山逃出,不知现落何处。

　　廿四日(10 月 17 日)　作戈氏一门全节诗。

　　去春回匪围攻永昌久,城粮且尽。六月廿三日雨,城遂陷。戈最珊仪部尚志一门死者尤惨。先是贼至,弟尚德奉母避西山,一室皆自守。迨势日急,妻知不免,乃于井旁凿池,引水注满。及城破,即偕其姑、母及妾与次女、侄女均赴水死。其妹投井,长女扑火,族内诸兄及舅皆遇害,一侄骂贼,不屈而死。唯其嗣维藩乘间逸出,依老母暂伏山中,走信至京。最珊痛不能归,乃序《启征》诗,以表全节。爰为之赋云:"冤雪沉沉绕金齿,铁锁桥头风乱起。一夜大雨更如注,哭声震地崇墉圮。一解。○天昏不辨东与西,但闻金戈铁马杀人无数空惨凄。二解。○戈氏有母早见几,独携少男避入深山静掩扉。白发青年互为命,残喘幸未遭虐威。三解。○唯有合门男妇,妻若妾、姑若女、兄若妹、姻若舅,一十四人难相守。四解。○事已急,各全身,烈者火,懦者水,宽猛亦若数前因。五解。○矫矫一侄独强项,骂贼不屈声慨慷。可怜烈士竟残屠,满腔热血高溅颡。六解。○我聆此语肝肠摧,我亦昆明劫底未烬之余灰。苍洱共抱乡关恨,回鹘何时歼厥魁。七解。○近闻大吏议抚和,抚者固如此,和之不久将奈何。八解。○朝廷纲纪节义耳,是非讵容颠倒死。一门节义谁表出?幸毋以是为非非者是。九解。"吾滇回汉互斗,是非久已混淆,然攻城杀将,蓄发僭号,则回民之罪,尚何言欤?总督吴振棫毫无识见,独议主抚,畏贼如虎,仰承颜色,不啻子弟之奉父兄也。于是全滇大祸,有炽无熄。近日抚局方新,是非尤淆。最珊虑其一门节义之弗彰也,故亟亟为表出耳。是午,携僮入正阳门内,东行至东华门外乃回。禁城外另有红墙一道,墙内居民甚多,闻红墙乃明禁城旧址。我朝大内缩而小之,其隙地皆与民附居,仰见圣泽广大,无事不与民同其利也。初进正阳门,即大清门,规模虽极宏整,而朴素浑坚,尚有茅茨土阶之意。巨制宏规,不事雕琢粉饰,即宫室已见一斑,无怪其源远流长。彼西夷之奇技淫巧,踵事增华者,将奈我华夏何哉!余前日至宣武门,见门内高阁崇焕,巍巍矗立,疑为大内宫殿,近之乃西夷新建天主堂。国家一时从权,令其通商,乃敢夸示若此,彼岂能久立中土耶?

廿五日(10月18日)　移寓北馆。

同乡诸友多寓北馆,故移就之。午后,陈东屏铨部维周邀偕吴文府同往观剧。天下演剧以都城为第一,现值国服,不敢扮妆,唯清歌细舞而已,然亦逾乎礼矣。京师游手好闲之人甚多,非此一局不足以养其生,则赌博偷盗无所不至,故借此潜消祸乱,亦权变之一法也。

廿六日(10月19日)　访杨卜臣共话。

卜臣复以公来京,灯后偕东屏往访共话。据云本年七月十五夜,星飞如雨,悉向南去,彗星见于紫微垣,宫中皆戒严,亦异事也。自过保定后,连日望气,多黯黑无光,不知何故。

廿七日(10月20日)　简南坪邀饮酒肆。

南坪先邀偕戈最珊、钱幼彭、王华峰、何苣仲诸君同游松筠庵。庵为杨椒山先生故宅,即在吾滇寓馆后。园亭虽小,而曲折精洁,愈于他处。四壁书画,皆历代名手。最后一层为谏草堂,何子贞书额,墙嵌石刻《谏马政》及参严嵩二疏。稿为山阴张受之布衣所镌。子贞又托其友写受之小像,并为之传,亦刻石嵌于外廊壁上。受之名于是可与安民并传矣。庵旁诸宅,恒赁人居,庵中轩庭亦可饮酒客。昔张船山先生常寓庵中,有《松筠集》诗,盖其初入瀛院时作也,至今寺僧尚存其书画以为重。游毕出庵,再至报国寺,登毗庐阁,小憩槁木龛。晚乃赴广和居酒肆小酌。至则江少谷、钱宝生两君先在,畅饮至二鼓始散。诸君皆各寻其游乐处,而余与少谷独买车共坐。归寓,少谷历叙其在陕所遇诸诗人,以为当代人才甚乏,不知文运何以其如是之衰也。南坪午间为言浙江有老明经姚正甫名承舆者,高才博学,名动公卿,睥睨群伦,尝上书言时事,曾奉旨赴江南大营襄办军务,均以数言不合,遂拂袖去。每酒酣耳热,拔剑起舞,白须飘然,怒气勃勃,唾壶几为击碎。又善壬遁学,预谈祸福,无不奇中。近已出京,不知何往,惜余不及晤也。方今天下虽值大乱,而世道人心未能转移,此等奇才,只宜远遁深山,俟天将悔祸,然后出而用世,庶可借成功名。而此翁不知老之将至,乃碌碌欲挽颓然世运,其可得乎?余不禁为之惜,且为之悲已。

廿八日(**10 月 21 日**) 阅钱幼彭昆仲合稿。

近日吾乡颇多诗人,钱君实生宝荣以其途中与从兄幼彭庶常唱和诗见示,性灵才调,俱有可观。幼彭五言佳句,如《平夷堡遇雨》云:"水欲驱山走,天都带雾浮。"《渡新津县河》云:"船行堤倒走,帆落鸟低还。分流斜通港,推篷背看山。"《阴雨》云:"雨声千嶂合,人语一灯攒。"七言如《宁远道中》云:"山势曲随征骑转,风声急挟怒涛来。"《武连驲早发》云:"一径直随烟霭上,群峰争赴马蹄来。"皆雄健有奇气。又《过剑阁谒平襄侯姜伯约祠》一律云:"百尺雄关面面开,将军曾此驻兵来。不图辟地矜生力,犹冀贪天拔死灰。讨贼足塞司马胆,抚孤空继卧龙才。至今剑水环祠宇,呜咽声声血泪哀。"尤为完璧可诵。实生五言佳句,如《夜泊仙潭》云:"波平山倒影,风定月争明。"《白鹤县舟中》云:"好景何须买,真山不用皴。"七言如《相岭》云:"河流遥连三峡水,蝉声高唱一天秋。"《同从兄性畲话旧》云:"客中佳见还疑梦,乱后相逢似再生。"《舟泊紫阳县》云:"送我青山两岸立,载他明月一船来。"用笔迥不犹人。又五言如《小园即景》云:"蝶去嫌花瘦,蝉鸣觉树阴。"亦佳。

廿九日(10月22日)　偕芋安游琉璃厂。

都城书肆悉聚琉璃厂,今日稍暇,乃邀芋安同游。古籍虽多,然亦未齐。中有《古唐诗归》,乃钟、谭合选。偶阅其序,亦有志扫除时弊,惜乎未得其道也。夫风气积久则必坏,明自李、何倡复唐音,其失已俗,降至王、李,则尤俗乎其俗,是不可不有以矫其习而大振之。当是时,为钟、谭者,要当进以直挚之言,和平之音,广大之识,敦厚之旨,则其风自浸浸日上。奈何以阴幽为深,僻混为奥,是导天下以险怪之境,无怪当时以为亡国之音也。我朝诗学,莫盛于乾嘉之间,袁、蒋后诸名家皆各辟门户,自成一家。然其流弊不失之浅,则失之纤。欲矫之者,又无大力而振兴之,其流弊正不知何时而可挽也。

星烈日记卷之九十二

鸿蒙室主人笔识

九月初一日（10 月 23 日） 雨。阅《居敬斋诗钞》。

南坪农部早岁能诗，喜学剑南，故工写景，而尤长于五律。余曩在滇，启古滇吟社，尝相唱和。君捷秋闱后，不相见者十余载，今聚京师，始知君于是岁已捷南宫。诗稿尤富，因急索观，摘其佳者于此。五言律如《坡贡道中遇雨》云："古驿少行客，鸟声时一鸣。雨催深谷晚，云截乱山平。樵路草痕没，野田秧水明。暮程何处宿，天外数峰晴。"《宿七星桥》云："墟落人家少，荒凉早闭门。山坳残雪聚，树杪冻云屯。野水明前渡，寒烟暗远村。愁看孤店外，斜月挂黄昏。"《南星驲》云："历尽蚕丛险，长征唤奈何。地偏山市小，人杂土音多。灯影收孤店，烟痕淡远坡。循墙看诗句，把酒自吟哦。"《大散关》云："绝顶郁崔嵬，千盘仄磴回。人烟秦塞接，疏凿禹功开。石气霏疏雨，滩声走急雷。古来征战地，立马独徘徊。"《晓发广元县》云："客路贪行早，冲寒出郭门。冻云沉野色，残月带烟痕。木落霜威肃，江空水气昏。篮舆迎晓日，握袖自微温。"《旅夜书怀》云："孤枕寻乡梦，寒窗酒半醒。虫声催月黑，萤火避灯青。乱世谁知己，浮生误识丁。壮怀仍自惜，万里一飘萍。"《寄兄》云："骨肉一分手，天涯三度秋。只令烽火乱，何以稻粱谋。对月全家思，看云万里愁。寄言南去雁，为我写离忧。"《寄内》云："惜别经三载，相思各一涯。也知君念我，常有梦还家。滇海秋风冷，燕台夕照斜。团圆应有日，珍重莫长嗟。"《荆门道中杂兴》云："出郭廿余里，居民三两家。沙平来断雁，村晓散寒鸦。茅店日衔树，枳墙霜缀花。老翁揖客语，多是感年华。"

七律如《得家书》云："斜风吹雨夜将阑，竟夕愁人梦不安。世乱干戈随地有，家贫出处一身难。吟秋虫语当阶冷，破晓钟声到枕寒。珍重老亲书一纸，拥衾心绪万千端。"《七盘岭晓发》云："褒城破晓策征鞍,石磴萦纡上七盘。积雪未消山市小,冻云初散日光寒。猿号古木乱空谷,马踏残冰过浅滩。宿梦乍惊心转怯,與人愁说路漫漫。"《永宁道中》云:"凭高何处望天涯,冷雨疏风山径斜。记里二千悲去国,频年重九苦离家。萧条驲路添诗草,寥落秋心对菊花。闻道故乡烽火急,巴南回首不胜嗟。"《潼川道中》云:"菰蒲猎猎满陂塘,十里鸥波似故乡。茅屋烟轻刚煮茧,稻畦水足待分秧。估船冲雨江城晚,酒旗翻风客店凉。啼鸟只呼行不得,那知离思正茫茫。"《暮春偕友人出郭晚眺》云:"绿槐垂穗柳飞绵,出郭携朋趁晚天。桑叶渐稀蚕上箔,稻秧新长水平田。云开极浦山如画,波涨春江雨似烟。归路最宜沙岸净,落花簌簌草芊芊。"《阆州官廨即事》云:"兼旬无酒润诗肠,笑说衙斋景物荒。露湿园林官菜长,雨昏台榭土花香。压窗树色忘春晓,到枕江声觉夜凉。差喜墙头山一角,锦屏遥望郁苍苍。"

七言绝如《平定西域铙歌》云:"游牧场空塞草肥,健儿跃马快如飞。朝来已奉班师诏,更向阴山猎一围。"《画眉关》云:"藤花落尽雨昏昏,小驲荒凉昼掩门。何处猿声啼不断,画眉关外客消魂。"《嘉陵驲》云:"萝径香吹石竹花,嘉陵古栈入山斜。山坳流水最幽处,时见野人三两家。"《观音峡》云:"驲亭一度一徘徊,盼得晴天倦眼开。峡口忽生云一角,热风吹雨过山来。"《三交河》云:"野莺啼彻子规啼,山路迢迢日易低。欲写归心向羌水,争先流到夜郎西。"《送险亭》云:"送险亭边绿草肥,平原极目晚烟霏。此行合有新诗本,万叠青山一客归。"《阆州杂兴》云:"木棉花发嫩晴天,菱荇翻风遍水田。何处估船侵晓去,橹枝摇破半江烟。"

毕星楼学使应辰亦吾滇名手,与南坪为中表兄弟,其题南坪诗稿长古一章尤为精心结撰之作,因并录之云:"碧云遏断湘竹裂,长笛声高入寥沉。风回爽气凌清秋,与君诗境同超绝。君才健似脱韝鹰,霜天下击来飘瞥。谈经说剑气纵横,感遇忧时情激烈。十年人事苦蹉跎,万里乡山嗟远别。遥从冀北望天南,燕台落日昆湖月。长风相送来长安,重话畴昔转凄切。极天烽火照家山,苴兰城外屯回鹘。投笔慷慨竟从戎,凛凛平生真气节。跃马风生短后衣,出师誓饮花门血。计定方期大合围,军符谁料来仓卒。不教驱马出危城,和议当时计已决。郊外愁看狐鼠骄,军门早报弓刀撤。掉头从此辞戎旃,射策远来朝北阙。变化同期云路高,腾骧谁遣霜蹄蹶。自来福命胜文章,肯与鸡虫争得失。一官需次客京华,万古奇愁常郁勃。开编示我纪游诗,三年踏遍峨眉雪。剑南风物杜陵愁,写向岷峨悬健笔。放怀且请为君歌,许身稷契谁言拙。隋陆能武绛灌文,珍重此才不世出。漫言科第即功名,好裕经纶期辅弼。我才颓放远输君,我诗真率惭无律。酒酣气振更联吟,诗成唾壶击将缺。"此诗气既雄厚,词尤研炼,酝酿深纯,必传无疑。惜其视学关中,不能窥其全豹,斯为缺憾。

初二日(10月24日) 阅邸报。

八月廿五日后,胜宫保派令雷正绾等分军进攻咸阳回匪,连克贼巢数处,贼分众来援,亦被我军击退,关中军务颇有起色。月前捻匪犯商南、武关一带,亦为多将军击散。将军入关,本拟专办陕中军务,乃因病行迟,被议降职。嗣幸大捷,仍蒙赏给黄马褂、荷包等物,而未见还职,不知何故。纬堂已授陕甘提督,远去咸阳,故归胜帅提调。多军从此势分,亦成败关也。

初三日(10月25日) 访万远村孝廉不晤。

远村即乃斋族弟。今春过羊皮庙,乃斋曾托寄缄,故往访之。君于夏间已赴安肃县幕,因与其乡人谈及近有自楚来者,云捻匪复扰随州,楚边告警。盖贼在商南为多军击败,乃退窜豫、楚之间。欧阳正墉本防堵随州一带,自贼西去,遂还军武昌。此路又值空虚,贼是以复窥其隙也。前阅邸抄,陕关诸贼已为多军灭尽,兹乃大扰楚境,则此贼何自来哉?近日奏报胜仗,并非实情,朝廷亦不甚核实,听其诳奏,滥给奖保,此贼之所以难更灭也。余欲建言,此后若报胜仗,必观其贼势日后何如,以定所报虚实,然后从而赏罚之,庶功罪攸分,诸将畏服,贼自不难于剿灭。惜乎无人代为达耳。

初四日(10月26日) 补作《望太行》诗。

真定道中,雨后望太行诸峰,久欲作诗而未能,今始补成之云:"噫戏乎!太行不是神龙化,胡为蜿蜒万里千里皆云烟。脊耸大地,背负青天,头俯河洛,尾扫幽燕。吾终未见其腾踔以崛兴,长亘古而连蜷。王屋苍苍高无极,中条两势分华巅。元黄一气混鸿蒙,岩壑隐现腾飞仙。雷车趋电下峰头,山魈木客齐奔迁。云物变态起复灭,胸怀跌荡神翩跹。须臾雾散青山朗,兜罗湿气满大千。松枥几点见陵阙,雕鹗盘空蛟出渊。红云匝地绕滹沱,古来王霸多豪贤。只今天子更神圣,高据雄图控八埏。长城直跨山之坳,碣石卢龙相牵连。我来正值河清候,渤澥当前若镜圆。居庸百雉称天险,山海何曾制九边。中外员幅一家耳,百年王气钟燕然。只愁南望多蟛蟓,中原声鼓震秦川。何当早扼上党险,坐清寰宇无迁延。再缚黄茅住高顶,下视六国山河列几筵。断不使当年韩信善奇兵,偷度井陉谷口恨绵绵。"

诗罢,独携僮仆游琉璃厂,购获《易卦变图说》一卷。编首不署撰人姓氏,乃武林沈君退庵所刊,云乃曾祖借自全谢山处手抄存本,故疑为谢山书,而未敢定。其书于卦变一门源流正变,颇觉粲然明备,故购归以备学《易》一览。后又购获《湖海诗传》二函,乃青浦王君德甫昶辑。编中所辑皆康熙末年及雍乾间诗,极一时之盛,可谓大观。然持论多主归愚,专诋简斋,以为《仓山文集》诸碑铭墓志,皆出自己意,非有请托,故纪载失实,只徒惊爆时人耳目,初不计其信今而传后。噫!才人著述,未有不望其信今传后者。随园诸传志有意矜奇,稍加附会,容或有之。若谓其徒惊爆耳目,不望信今传后,岂随园意哉!试思汉高、项羽诸本纪,不得龙门润色,何以精神百倍?随园窥破此旨,故借当世可惊可喜之事,著为文章,文以事传,事亦因文显,正是此老狡狯处。若谓其非出自请托,则何损于随园之文也耶?

初五日(10 月 27 日)　阅汤海秋诗稿。

余再游书肆,购《江左三大家诗钞》,并见海秋诗,乃取阅之。分体编载,自四言、五言以及乐府诸体,无不摹古,灿然大备,意欲上掩古人,下无来今。其才藻之奔放宏丽,独能操纵自如,真可谓一时无两。惜其专尚才华，真气极鲜，且恣肆过甚，几于无羁野马，不可收拾，是亦有明前后七子之流亚欤。

初六日（10 月 28 日）　戈最珊邀饮酒肆。

（阙）

初八日（10 月 30 日）　张叔平招饮。

叔平性好古玩，与刘子重铨福比部及樊文郁大令为友。二君亦博学多闻，日于肆中搜寻古玩。叔平购获双鱼罂，质甚古雅，体虽陶器，而斑剥若铜。樊君定为元以前物，叔平甚喜，珍而藏之，并以名其斋。子重不惟博雅精致，而夫人又善烹调，臭厨皆亲手自治。二君乃合名邀余及芋安共饮，外有楚南新岁庶常龙君芸生并其侄际云农部与唐君斐泉比部，亦同集于子重斋中，畅叙至更后始散。

初九日（10 月 31 日）　严湘生招饮。

是日清晨，皇上奉两宫太后亲送显庙梓宫出东直门，将葬东陵。余黎明即往瞻仰，甫至朝阳门，而梓宫已过，圣驾将还，乃避入茶肆，拟从门隙窃窥，而主人防阻甚严，竟不可得。须臾，闻马蹄声蹴踏而过，又闻清道声。半晌，马蹄声渐多，而人声渐静，无敢声咳者。隐约见黄轿数乘，从容而过，乃銮舆也。仪卫过尽，主人启户，始得出视，远远犹望见二黄纛护拥而去。各街巷口俱以布幔遮户，可谓严矣。午后，湘生邀偕馆中诸友共饮，亦聊以补登高会耳。

初十日（11 月 1 日）　作书寄毓之。

同乡武君星炳镇坤贰尹之任浙江，路出大江，因托寄。（下阙）

十一日（11 月 2 日）　入琉璃厂购书。

购获《叩弹集》一函，乃杜紫纶、讱毅二君同辑中晚唐诗。自长庆下共三十有七人，诗凡一千六百十四篇，取"平原抱景威，叩怀响毕弹"之意名之，故曰"叩弹"。然何以遗初盛而专取中晚？其序略云："夫语诗之病曰好尽而易俚。人之情与境相搏，而诗生焉。故发于不自禁而或至于尽，流于无所择而或入于俚，而依永和声之道存焉者寡矣。于是道之以蕴藉渟蓄，使进乎隽永超诣，而盛唐之选尚焉。然世之效之者,务摧折磨耗其怒生之气,浓厚之情,揣摩影响,缘饰皮毛,争隐现于毫芒,较轻重于杪忽,其初感之机,与夫欲言之故,在若存若亡之间。其诗虽工,而其人之神已离矣。于是才俊之士,又厌其拘,斥其赝,遂欲尽决古人之樊篱,而向者之病又作。唐人如白香山以迄罗、韦诸家,不拘蹊径,直抒胸臆,或因时感愤,或缘情绮靡,使神无不畅,景无不宣,而好色不淫、怨诽不乱之旨,未尝不存乎其间,求所谓尽与俚者不可得,能使学者流沦心灵,发皇耳目,不致美耰学步,以自抹杀其性情,此《叩弹》之所由选也。"是论深中学诗流弊,而尤莫切于今日。盖自随园、船山而后,诗之病不徒尽与俚,而又流于薄,是不可不以此集救之,使由此以窥初盛,而风会始可复振焉。

十二日(11月3日)　(阙)

十三日(11月4日)　阅《宸垣纪略》。

仁和吴长元,号太初,依朱竹垞《日下旧闻》辑《宸垣纪略》一书,游都下者颇便查览。余从芋安处借获一观,其言形胜甚佳,今摘数条于此云:"燕亦勃、碣之间一都会也。南通齐、赵,东北边上谷至辽东,北邻乌桓、夫余,东绾秽貉、朝鲜、真番之利。冀都山脉从云中发来,前则黄河环绕,泰山耸左为龙,华山耸右为虎,嵩为前案,淮南诸山为第二重案,江南五岭诸山为第三重案。故古今建都之地,莫过于冀,所谓无风以散之,有水以界之也。

太行自西来,演迤而北,绵亘魏、晋、燕、赵之境,东极于医巫闾,重冈叠阜,拥护而围绕之,不知其几千里也。其东则汪洋大海,稍北乃古碣石,稍南则九河故道,浴日月而浸乾坤,所以界之者又如此。

北京。青龙水为白河,出密云,南流至道州城。白虎水为玉河,出玉泉山,经大内,出都城,注通惠河,与白河合。朱雀水为卢沟河,出大同桑干,入宛平界。元武水为湿余、高梁、黄花、镇川、榆河,俱绕京师之北,而东与白河合。

太行首于三危,伏于河,折北而尊为恒山。支峦复冈,毕赴于燕,秩秩然复缬属以东数十百里入于海上。土人以其西来,号西山。

　　西山内接太行，外属诸边，磅礴数千里，林麓苍莽，溪涧镂错，其物产甚饶，古称神皋奥区也。卢沟、琉璃、胡良三河，山水所泄，多归其中。其水皆藻绿异常，风日荡漾，水叶递映，倚阑流览，令人欣然欲赋。

　　京师形胜，以堪舆家论之，玉河之水当直出会南海子，从天地坛前转东入潞河，方为自然。崇文门外闸河宜塞之，庶几左臂不断，此乃帝王建都万代之计也。

　　按：朱子论燕都形势，以泰、华二山为龙虎，似矣。然泰山之脉，倘如前人所云，自函谷西来，尽于东海，则山水俱顺，其气不能凝聚。伏读圣祖文集，言泰山脉络自盛京长白山分支，至金州之旅顺口入海，海中矶岛十数，皆其发露处。至山东登州之福山丹崖山起陆，西南行八百余里，结而为泰山，穹崇盘屈，为五岳首云云。则济水顺趋，岱脉逆峙，磅礴乎青、徐二州，与华山支络相接，中原之形势团结甚固，而燕都包藏右山左海之间，更为奥区矣。此朱子之所未知者，因恭录于此。

　　金《明昌逸事》有燕京八景，曰居庸叠翠、玉泉垂虹、太液秋风、琼岛春阴、蓟门飞雨、西山积雪、卢沟晓月、金台夕照，元、明人多咏之。永乐间，馆阁诸公更蓟门飞雨为蓟门烟树，或又增益二题为十景。乾隆十六年，御书八景，改垂虹曰趵突，积雪曰晴雪，其烟树则仍明旧。

　　其言水利，亦有识见云。明谢肇淛云：'燕都称百二山河，天府之国，但有少不便者，漕粟仰给东南耳。'运河自江而淮，自淮而黄，自黄而汶，自汶而卫，盈盈衣带，不绝如线。河流一涸，则西北之腹尽枵矣。元时亦输粟以供上都，其后兼之海运。然当群雄干命时，烽烟四起，运道梗绝，惟有束手就困。此京师之第一当虑者也。

　　京东负山控海，负山则泉深而土泽，控海则潮淤而壤沃。诸州邑泉从地涌，一决而通，水与田平，一引而至，如密云之燕乐庄，平谷之水峪寺、龙家务庄，三河之唐会庄、顺庆屯地，蓟州城北则有黄崖营，城西则有白马泉、镇国庄，城东则有马伸桥，夹林河而下，河南则有别山铺及夹阴流河而下,至于阴流淀疏渠,皆田也。遵化西南平安城,夹运河而下,及沙河铺地方,又铁厂涌珠湖以下,至韭菜沟、上素河、下素河,百余里,夹河皆可成田。丰润南则大寨及刺榆坨、史家河、大王庄之地,东则榛子镇,西则鸦洪桥,夹河五十余里皆可田。玉田之青庄坞导河可田,后湖庄疏河可田,三里屯及大泉、小泉引泉可田。至于滨海,自水道沽关黑岩子墩起,至开平卫南宋家营之地,东西度之百余里,南北度之百八十里,皆隶丰润。其地与吴越滨海之沃区相等。昔虞文靖公之议,东极辽海,南滨青徐,滨海皆可田之地。今丰润实其中境,欲举其议行之,兹非其先当致力者乎? 盖先之京东数处,畿内列郡皆可渐而行也。先之畿内,而西北之地皆可渐而行也。在边陲则先之蓟镇,而诸镇皆可渐而行也。至滨海则先之丰润,而辽海以东,青、徐以南,皆可渐而行也。

明魏呈润《疏》:'燕都幽冀为畿辅,负重山,面平陆,奥衍之利,甲于东南。若疏其上原,自涓滴传而致之,何田不充,何漕不裕。惟北方不知蓄水,听其自旱自雨,自盈自涸。故潦则遍地巨浸,旱则满眼砂砾。一遇饥岁,比屋倒悬,民之凋敝极矣。诚于此时举地利而经理之,富民不能供役者,必转募贫民,则窭者得食,一利也。旱则蓄其流,涝则宣其溢,则瘠产皆化为沃土,二利也。水道与田畴相通,譬咽喉之气达于肺脏,靡所不通,漕可速济,三利也。北地种植既多,即粟米刍茭俱将输于天府,远可省额外之征,近可蠲召买之役,四利也。原野有沟有防,高下成堑,盗不敢援弓驰马,五利也。夫不费太仓之金钱,而坐获此五利,亦所惮而不为乎?'

按:燕都漕运,仰给东南,恃运河一衣带水,诚为可虑。元季佐以海运,明时亦议及此。然譬之临渴掘井,所谓鞭长莫及也。虞文靖议开水田,洵为良策,明时曾有行之者,惜为宵小所阻,未竟其效。我朝关东饶衍,储粟可以协济,而皇上睿谋独断,命臣工疏浚西山诸泉与通惠、永定等河,自近郊以迄畿甸,旱潦无虞,稻畦弥望,有非前代专借南漕之可比矣。"

观此数条，京畿农田皆可以兴，不独河北为然，即大河以南依山诸郡，亦何不可以效法为之？而自古今独无行者，何哉？

十四日（11月5日） 阅邸报。

近有贵州廪生黎庶昌上书言时务，末言乞赐优容，俾竟其说。上谕令都察院传至本衙陈明，代为之奏。仰见圣朝爱才宽厚之恩，不知此生能有裨益时政否也？又御史多有以乡举里选进言者，其意甚佳，唯于今世非宜，盖人心已不古若故耳。古人直道犹存，故可举自乡里；今人奔竞是尚，保无尽出私情耶？此典若行，吾知贤才愈隐而不出矣。

十五日（11月6日） 杨芋安邀游西山。

芋安久拟作西山游而未有暇。今午余偶过其寓，适黄君友仙、许君九峰二选拔在坐，谈及西山之胜，因买车共游。出城时日已将暮，仅至海甸，遂觅宿。海甸前岁已为英夷所焚，今渐复初，街衢为之一新矣。

十六日（11月7日） 游碧云寺。

晓起，出海甸四五里，过圆明园。再数里，过万寿、玉泉二山。山上皆建楼阁宝塔，缭以石墙。又数里入山，遥望鸱吻出林木间，即碧云寺。初至，禅门甚窄，入内一溪横抱，跨以石梁。历数级，登佛殿，殿前甃石为池，深丈许。由右入，有五百罗汉堂，最后舍利塔，玲珑壮丽，登之可望燕京全局。左有涵碧斋、洗心亭诸胜，纯庙题诗甚多。又有试泉、悦性山房，皆纯庙御笔。寺为元耶律楚材之裔阿明吉①舍宅开山，乾隆初年葺而新之，道光末年始赐出，为游人憩息之所。隔山即静宜园，小民不能擅入其地。山僧设馔供客毕，仍下山至圆明园内，宫室尽毁，唯门外两铜驼岿然独存，真可叹恨。行抵海甸，天色已暮，不能入城，仍觅旧寓。同宿诸君皆有题咏，余亦勉成一律云："玲珑塔影压秋宫，倚醉登台振远风。山势峻蟠燕塞北，海潮横拥蓟门

---

① 应为阿勒弥，疑方玉润误记。

东。诸天梵响千林静,下界云生一雁通。只恨去年烽火乱,劫灰飞满御园空。"

十七日(11月8日) 回寓。

晓起微雨,与诸君同驾车回。余观万寿山乃京城发脉,平地隆起高峰,入首界砂簇拥而来,落脉如万斛珍珠,抛腾满地。左有白河,右有玉河,夹辅而行,蜿蜒至得胜门,一气泻下,至大内乃止。诸水毕会端门外,始出内城。玉泉山耸峙,万寿山后亦有结作。当前昆明湖渟蓄汪洋,以作明堂,左为万寿,右有长冈,环抱周密。山前湖后,数小墩埠,罗列可爱。惜皆禁地,不能细察,故不识其穴之所在耳。

十八日(11月9日) 偕卜臣至房山县。

卜臣公务告竣,乃邀余共赴房山。起晓出彰义门,过芦沟桥,至长兴店内西转,依山行九十里至县城。市虽陋,山水尚佳。远望后龙,万山层叠而下,乃京都外帐角,形如搴旗,故有秀气。入署,与存赤边君相晤,八年不见,须发尽白,执手话旧,曷胜感慨。忆自辛丑存赤随侍漱珊师宦游吾郡,嗣后在滇,相得尤乐。君与余及严君秋槎、季膺昆仲,段君南史,刘君仲鸿订金兰交,文酒宴游,极一时之盛。今则世乱分离,远各一方,不相闻问。讵意万里萍踪,乃与存君相逢,直同大梦,何异重生。成诗一律以赠之云:"已是苍然白发翁,百端交感对秋风。脱来劫海昆明路,话尽累囚楚客衷。乱后不知身世小,愁多惟怕酒杯空。那堪更忆平原盛,裘马当年气自雄。"

十九日(11月10日) 阅邸抄。

川督骆秉章奏:"据藩司刘蓉呈称:'蓉以陋质,伏处草茅,本无用世之心,讵有济时之略。咸丰三年,偶随友朋办理团练,旋赴军营,驰驱戎马之场,周旋鄂楚之会。积时既久,未建寸功,而弟蕃遽殉蒲圻之难,心摧意沮,负骨以归。咸丰六年,钦奉文宗显皇帝谕旨,饬赴罗泽南军营襄办军务。时以亲年日迈,蓉体又复多病,侍养无人,实亦不忍复出。十年,复奉谕旨,饬就湘南募勇六千,赴援浙皖。时蓉适遭父伤甫逾半年,自维苫块余生,不堪膺兹重任,乃赴省城求为据情

转奏。适湖南巡抚奉办四川军务之命，蒙奏调随同入蜀。蓉自知才
识凡庸，不堪世用，屡迫朝命，未敢固辞，乃为半岁之约，欲于秋间遄
返。盖谓幕府本无专责，进退得以自由，冒礼一行，特借以解其抗违
诏旨之愆，非有侥幸功名之意。嗣后墨绖从事，远涉三巴，亦未尝少
出智谋，稍有裨益。绵州之捷，盖将士血战之功，督宪调度之力，蓉不
过磨盾草檄，代司笔札之役，其于军事机宜，非能有所赞画，乃蒙以幕
僚，辱诸荐牍，盖非蓉所及知，而亦非蓉之本志也。不期朝廷过采虚
声，遽赏加三品顶戴，署理四川藩司。闻命震惊，罔知所措。既屡求
奏乞天恩，收回成命，而以当国步艰难之际，非臣子退让之时，且值圣
主初基，举行旷典，不可不勉承德意，援据古义，敦劝再三。蓉亦窃自
思，维古圣帝明王之用人，有以渐而进者，亦有超然擢以不次之位者。
故唐虞之世，三载考绩，黜陟幽明，而皋、夔、稷、契迭作六官之长。三
代选拔，多循旧章，而伊尹、傅说、吕望之伦，崛起草莱，遂登辅相。至
于汉唐英主，延揽豪俊，超越等伦，虽所举未必皆贤，其用意亦各有
在。蓉不能追媲前哲，然尝博览诗书，粗通经术，其心其志，不敢有愧
古人。顾时局之多艰，慨江河之日下，过不自量，思效愚忠，是用慨然
受职而不辞。视事以来，于今六月，虽循分供职，幸免愆尤，而诚不足
以动人，望不足以孚众。吏治之弛废，尚未改于前观；民气之凋残，或
日甚于曩岁。饷已绌而兵不得息，灶益增而食无可筹。由是厘金捐
输，次第举办。民力既尽，尚为竭泽之渔；苛政未除，更奖催科之绩。
事非出于得已，情实迫以难堪，默自省循，方增惭怍。顷见蒋京兆琦
龄所陈十二策中"慎名器"一条，益为愧汗悚惶，卧不安席。蓉诚无
状，不能少效涓埃，仰酬高厚，谬窃大位，自致烦言。乃以旷代之殊
知，转成圣朝之过举，中怀局踏，五夜彷徨。若复贪恋恩荣，不急引
退，将致上贻圣朝之累，下增顽鄙之讥，远愧樊英，近惭殷浩。复求奏
乞皇上天恩，立赐罢黜，俾遂初服，以重朝廷之名器，以释本司之重
负。区区私愿，实用感铭。或谓毁誉无关得失，用舍出自朝廷。蓉虽
被人论列，而朝廷宽大，未即施行，不宜冒昧陈请，自取咎戾。不知黜

陟者,国家之大权,去就者,臣子之大节。使蓉尚自信才堪应变,力可匡时,即含垢包羞,固当隐忍以图功,委蛇以求济。今莅任半载,厥效茫然,成效要归,亦可概见。冒礼躁进,既自失于前;勇退急流,庶补救于后。且蓉前日冒昧一出,固思共济时艰,少抒素抱,非有希荣慕禄之心。今既自觉其无能,即不容一日尸乎其位;既自知其非义,即不能一息安于其居。凤昔读书,粗闻大道,岂可自乖素守,遽昧初心?在朝廷始以蓉为可用而姑试之,继知蓉不肖而亟罢之。一举一错,廓然至公,无伤日月之明,益彰天地之大,而蓉得以苟全,退处山林,更当砥砺廉隅,博习经术,或所业终有成就,晚节尚可保全。感沐鸿恩,施更无极。'既据藩司沥情迄退,呈请代奏前来。窃臣于咸丰十年奉命督办四川军务,维时该藩司刘蓉以同知衔候选知县在籍守制,臣素稔其才优识卓,熟悉戎机,当经奏调随同入川。嗣于咸丰十一年八月绵州解围案内,保奏以知府尽先选用。旋奉谕旨,赏给三品顶戴,署理四川藩司。不次超擢,固不因一战之功。该藩司深恐未能胜任,大负殊恩,即恳臣代乞圣慈,收回成命。臣以国家多事之时,正人臣效力之日,责以大义,遂即勉承。到任以来,与臣遇事讲求,于吏治军需力求整顿。惟民气之凋残已甚,官常之积习未除,该藩司深受皇恩,图报甚殷,而一时未为成效,自谓无补于时,恐妨贤路。正思引退,适见前顺天府府尹蒋琦龄所陈十二策中'慎名器'一条,惧贻侥幸之讥,益坚退让之志。虽沥情乞罢,本属出于至诚,第时事维艰,正赖相资为理,臣固难强其初心,尤望挽兹时局,诚以去就之节,当自求臣子所心安,而用舍之权,要出于朝廷之睿断。所有该藩司沥情乞退,据呈代奏缘由,理合缮折具奏,伏乞皇上圣鉴,训示遵行。谨奏。"

　　按:刘蓉本湘乡老文童,与曾涤帅为儿女姻亲,故年过四十始游泮,随其军营,历保以知县候选。胡泳之中丞又荐其学有本原,才堪大用。兹随骆秉章入川襄办军务。秉章善结楚南大绅意,故又归功于蓉而力荐之,朝廷因有藩司之命。人言啧啧,蓉不自安,于是呈请乞退,上谕不允。仰见朝廷用贤无方,实为旷典。惟蓉未惬人望,久无成功,难副盛名。幸知难思退,尚有可取,故录其全文,以存实焉。

二十日(11 月 11 日)　游留台尖。

县城后有双峰耸立,中若平桥,曰大房山,为燕西之胜,县城以此得名。大房山下又有小峰,屹然独立,为留台尖,相传留武侯遗址。道人结茅其上,登之可以望远。因与存赤及章君萼芗出城,缓步而上,约百余级,陟其巅。道人名乐山,号云鹤,亦能诗,尤善写真。前岁英夷之变,大学士翁邃庵心存先生避乱于此,题咏甚多。壁间尚存七古一章,亦颇风雅,惜未能记。余亦成诗一律云:"大房山下耸高峰,拾级来探物外踪。云气自生孤杖回,日光初冷万岩封。黄冠也为吟诗苦,白鹤从知送客慵。谁信留侯心事远,还因避地倚长松。"茶罢下山。余见留台尖脉从山后下,另起高顶,圆耸有势,周围数金星环列如城,右砂逆水而上,知此中必有结作,因步寻之。章君亦从余后至,其穴已为瓦窑所占,极为可惜。山川灵秀,损于顽民,可不恨哉!

廿一日(11 月 12 日)　与署中诸友共话。

存赤与萼芗同云发逆初破金陵,即分众北指,由归德先向潼关,不能过,复折而北,保定大吏俱各先遁。京师危急,毫无御备。幸值大水,遍地皆如湖海,贼茫不知所向,乃东窜天津。县令谢君子澄招募民间善击野凫者数百人,用火器匿于船底,潜伏水中,俟贼过,乃开枪暗击,贼惊而退。谢君带勇蹑其后,贼遂大败,窜踞连镇,为僧邸、胜帅二军尽数歼殪。发逆由是不敢北顾,谢君力也。论者谓此一战也,即以比睢阳保障之功,有其过之无不及也。盖贼当北窜时,京师无备,使非子澄,则天津必失。天津失而京师动,天下事正未可知,岂不危哉!嗣子澄君亦即战死于贼,津门至今尚祠祀之云。

廿二日(11 月 13 日)　阅《边随园诗草》。

存赤族祖边肇畛征君著《随园诗草》八卷,蒋心余为之序,盛推其《无双谱乐府》之作。余阅之,洵为杰构。盖用史迁论赞法以入诗歌,故能断制精严,囊括无遗,而笔势又复飞动自然,音节尤为响亮铿锵,此所以一空前作也。因备录之,以为后法。

《博浪椎　留侯张子房》云："假令一击中祖龙，子房早已从赤松。乃知非关祖龙不合死，天留子房所以为汉耳。祖龙虽不死，魂褫魄已夺。假息与游魂，聊作旦夕活。椎乎岂止中其副，前车已闻鲍鱼臭。"

《垓下歌　西楚霸王项籍》："以大王之英雄，而不能得天下叶后五反。以臣之文章，而屡踬于有司之举。咄嗟乎悲哉！是则可哀。"

《老博士　伏生》："老博士，汉伏生，如何逃出祖龙坑。汉伏生，年九十，天遣待除挟书律。二帝三王固有鬼，伏生岂合不寿死。"

《星精谣　东方曼倩》："君以俳优蓄臣，臣以俳优自喜。拉杂投壶射覆间，不过费得一囊米。批龙逆鳞龙不怒，衮职有阙时能补。滑稽之中有如此，可为天子大臣矣。一从岁星飞上天，神不下降三千年。"

《河源槎　张骞》："黄河之源殊迂回，淼淼遥从天上来。河决瓠子不能塞，远寻河源何为哉？支机石，何荒怪。孤槎银汉渺无垠，何如直探星宿海。"

《牧羝曲　典属国苏子卿》："啮雪，啮雪，毋忘汉节。掘鼠，掘鼠，羝胡不乳。羝不乳兮雁传书，单于遣令归故都。归故都，典属国，拱手长辞陵与律。"

《龙门史　司马子长》："胡为乎纪项羽？明以羽功媲高祖。胡为乎纪吕雉？明以雉权侔高帝。史记之成以愤激，岂独刺客与货殖。"

《恐惊寐　董贤》："云阳舍人美而艳，二十三公古罕见。尚方宠赉穷珍玩，断袖之爱何缱绻。美男破老古所叹，王嘉郑崇死于谏。长夜漫漫何时旦，今又逢尧与舜禅。"

《咄咄词　严先生》："咄咄严子陵，不能相助为理耶。咄咄刘文叔，奈何宠彼阴丽华。此义闻之方正学，于理则精不必确。渠自坐明堂，侬自钓烟水。男儿在世间，各行其志耳。要之于义不无取，请读蛊渐之上九。"

《娥江行　曹孝女》："瓜之浮兮我其祝，瓜之沉兮尸所伏。瓜之沉兮尸可证，瓜之浮兮乃其性。乌头可白角生，马瓜胡独不可沉者？"

《探虎子　定远侯班超》："虎头燕颔分飞而食肉，我独何为兮食菜而伏。入虎穴，探虎子，老边生乌办此。有笔欲投不敢投，但能学作书佣耳。"

《曹大家　曹大家班惠班》："父其彪，兄其固，缵大业，辉千古。称良史，比龙门，糠秕在前褚少孙。巾帼之中有如此，我实对之羞欲死。"

《赵娥怨　赵娥》："父仇未报三男死，惟余一女仇心喜。伺仇之便刲仇胸，白昼杀仇都亭中。手提仇头血模糊，诣县自首伏其辜。休顾妾私废功令，请以妾身抵仇命。"

《孙郎至　江东孙郎》："孙郎至，惊江东，健者何必是董公。破刘繇，擒黄祖，以次而平严白虎。借问孙郎年几何？十五尚少二十多。阿瞒见之应嗟吁，生子当如孙伯符。"

《伏龙吟　汉丞相诸葛武侯》："将军帝室之胄，大哉言乎明如昼。鼎足事业犹其后，谁与识此旨四海。习凿齿温公，不及子朱子。"

《焦隐士　隐士焦孝然》："国无道，法应默然，亦何至缄口而结舌。先生之意固难测，如以不言为奇节，何以处夫夫人息。"

《奈何降　北地王刘谌》："车班班，入长安，可怜阿斗无心肝。口衔璧，向曹贼，可怜大汉无颜色。三寸喉，三尺铁，一掬泪，一腔血。列祖列宗及昭烈，在天之耻庶可雪。"

《岘山行　羊叔子》："羊叔子，将之儒。用兵不解用诡道，惟解雅歌而投壶。羊叔子，不焫人，乃至不忍焫其敌，敌人信之如亲戚。岂有焫人羊叔子，此语令人泪沾臆。泪沾臆，不可挥，何必亲见岘山碑。"

《并子三　周将军处》："南山有猛虎，长桥有蛟龙。里中苦恶少，合之为三凶。搏虎虎就擒，刜蛟蛟立死。折节为善行，二患悉除矣。刜蛟搏虎未足奇，拳勇之夫优为之。人心各自蛟虎，谁能刜搏如周处。"

《堕楼词　绿珠》："高楼一何高？高高入云际。翩然若惊鸿，一斛珍珠碎。沾洒玉阶间,片片胭脂色。只今金谷园,土花晕余碧。"

《羲皇人　陶公》:"左有无弦琴,右有不求甚解书。篱边数丛菊,床头王弘酒一壶。我醉欲眠卿且去,有人待我于华胥。"

《无卿比　王景略》:"王景略,真豪英,大江以东更无卿。被褐扪虱聊尔尔,尔何为者桓老兵。王敦是尔可心人,从尔孰与从苻秦。从苻秦,聊小试。奉正朔,义不昧。苻坚若肯听遗言,何怕风声与鹤唳。"

《别墅棋　晋太傅谢公》:"破秦军,于淝水。儿子辈,乃办此。且围棋,乌足喜。过户限,屐折齿。鼋暴乱,资神理。吾闻诸,公孙子。"

《璇玑图　苏若兰》:"五彩相宣,星罗棋列。是妾泪,是妾血,是妾一片心,精雕镂得窦连波,窦连波,非关尔能悔过,饶尔劣心如铁,阳台争不相决绝。茂弘妻,元子妇,尔能办得此图否? 能则许尔妒,不者杖二十。耿向宅后卖帚去。"

《女从征　木兰》:"曼胡缨,短后衣,急装劲服好健儿。买辔头,市鞍马,矢箙弓鞬从军者。从军十二载,归与耶娘见。对镜换新妆,出门惊伙伴。伙伴不须惊,还我耶娘女儿身。"

《冼夫人　谯国夫人冼氏》:"冼夫人,无与俦。不巾帼,而兜鍪,一生恤纬在戈矛。降狸獠,击赣西,子以母侯世所稀。夫人冼,无与比。千载之下更无伦,惟有柴家李娘子。"

《女主昌　伪周武曌》:"有才而不用,反以资敌国。宰相之过也,奚得逃其责。此语差足强人意,余者不必多置喙。我笔我墨固有神,胡使无端受其秽。"

《昌宗裘　国老狄梁公》:"匪徒褫其裘,直褫妖狐魄。匪徒赢陆博,已赢大唐国。狄梁公,谁与俦? 斩亡酒,朱虚侯。"

《皇嗣冤　代国公乐工安金藏》:"莫鞠讯,休诬服,磨刀霍霍向其腹。来俊臣,尔何为者,尔法岂似刳肠酷。皇嗣冤,冤已明,他年配飨登庙廷。吁嗟乎! 几见庙廷配享有优伶。"

《中书考　尚父郭汾阳王》:"麾之则去,招之则来。精诚贯金石,至德化狼豺。忧谗畏讥胡为哉,吁嗟乎李司徒。"

《谪仙靴　李青莲》:"命我进履我不辞,命我结袜我结之。不得为公执厕役,去公千年我心悲。何物高力士,独能脱其靴。公靴为尔脱,乃顾不重耶。奈何翻以此为辱,惜哉庸奴真薄福。"

《神仙骨　李邺侯》:"李邺侯,骨珊珊,善处人父子间。骨珊珊,李邺侯,俾父子,两无尤。向非邺侯不顾家,秘谏德宗易太子,德宗怒曰:'卿不顾族耶?'德宗又摘黄台瓜。"

《唐老奴　唐监军张承业》:"和哥舞,取钱一积卿,乞与老奴悲,为君守藏非自肥,取剑来索钱,不与应杀之。传内旨,竖子忤,公已答矣唐老奴,鞠躬尽瘁胡为者。我祖留侯知我心,岂为朱耶李天下。"

《长乐老　冯道》:"汝是何等老子,无德无才,但能长乐而已耳。四姓恩荣,乐不可纪,耻之为人累大矣。臣虽无状,羞与同里。吁,其悲将安归?"

《卧累月　华山陈图南先生》:"不言药,不言仙,不言丹砂化黄白,不言白日升青天。秦皇汉武君当戒,臣非徐市与栾大。尧可修,舜可炼,炼得君臣一德时,亿万苍生登阆苑。归华山,卧累月,千载不传是睡法。凡浊下民苦不寐,不敢学仙请学睡。"

《钱塘弩　吴越钱武肃王》:"一箭射潮低,两箭射潮落。三箭射潮平,永不相喷薄。潮落我当王,潮起我当死。誓不王吴越,有如此江水。"

《安石工　安民》:"不忍镌名于其末,固已窜名于其中。君看当日党籍谁始终?冠以文潞国,殿以安石工。"

《我陈东　太学录陈东》:"目我为谁何?我乃陈东也。畏死当不言,催促胡为者?昔为太学生,今作泉台客。死去不无知,犹能杀六贼。"

《三字狱　岳鄂王》:"上皇天,下后土,臣心仍在黄龙府。五国臣,三字狱,二圣从此不可复。社稷已安君已定,公何为者复二圣。二圣不归我则悲,二圣即归我奚归。高宗之心明如昼,桧乎桧乎尔何咎。"

《庶无愧　文丞相》:"不愧苏武节,不愧侍中血。不愧太尉笏,不愧常山舌。不愧丞相职,不愧当日一篇《状元策》。黄冠归来亦不朽,何如悬崖大撒手。黄云蔽日雾塞天,星陨燕山大如斗。燕山何丛丛,崖山何矗矗。大声遥呼张与陆,不愧赵家一块肉。"

页眉补记:

十五　九月二十二日(11月13日)

余从军数载,均在江淮间,故于南中战事略详。至北省军务,茫然不知,虽恒阅邸抄,而奏报多不实,故难为据。今抵房署,与边君存赤及萼香章君晤,每夜谈北省贼势,始略悉情形。先是,粤贼既据金陵,即命林凤祥、李开芳二股渡江北犯,名扫北军。乃二贼不直抵北省,先扰归经开封一带,绕道潼关,遇兵防堵甚严,始北渡河,由怀庆走保定。其时京师毫无御备,直督先期逃避,人情汹惧。幸贼走天津,时值大水,茫无所向,惟一堤可抵津郡。邑令谢君子澄,西蜀人,甚有心智,乃先募民间水炮枪手数百人,用小船载草,令满人执火器,潜匿船底,环列水面以待。贼至不知,直缘堤进。俟其过将半,水中枪炮始响,贼仍不知所以,遂大乱,退走不及,尽落水死。子澄乃率队追蹑,途遇僧邸、胜帅大军续至,贼愈不支,溃走连镇。又值隆冬水冻,遍地皆冰,南贼多赤足,不能行走,竟困死无遗。此粤贼不敢北顾者,谢君之力也。

廿三日(11月14日)　补《赴房山县》诗。

余至房县数日,皆未有暇,今始补诗云:"燕台凌清晓,朝曦腾地出。命驾欲何之,房山高崒萃。下有花县封,留侯此蠖屈。其令我中表,其民堪抚恤。避地想最佳,探幽妙云物。行行出都门,霜枫护陵阙。芦沟漾新霁,王气未消歇。飙倏起长风,振衣生凛烈。傍晚见城郭,鸡犬尚怡悦。莲幕多故人,执袂悲久别。白发同老大,红羊新岁月。渺渺昆湖梦,往事不堪说。床头一壶酒,肝肠润欲热。壁上双宝剑,青锋磨未缺。感此伤怀抱,风尘老俊杰。况复乱离世,故乡书断绝。苟非戚谊敦，安能一息辙。寒衾虽瑟缩，敢怨冻如铁。大厦足庇身，归思漫急切。窗外草木凋，芭蕉响自裂。含情暂栖止，北地堪赏雪。"

廿四日(11 月 15 日)　偕存赤访李丹亭。补《天宁寺》诗。

丹亭名汝弼，吾滇剑川进士。前令是邑，被议闲居，邑人聘主云峰讲席。其次子钟祥甚聪慧，年甫十二，已尽群经，文笔亦清，可望成也。前晚入署，倾谈半夕，今因访之。万里乡人，自觉情亲，况乱离无归时耶？回署无事，补作《天宁寺》诗云："出郭穿林到上方，云幢珠树影苍苍。塔铃已断天风语，鹿梦还霏苑草香。劫净万缘参道果，诗成三昧见神光。祇园也自愁衣钵，好认金轮七宝装。"

廿五日(11 月 16 日)　阅邸抄。补诗。

上谕：亳州迤北捻匪李廷彦等结党滋扰，盘踞数寨，日久负嵎。经僧格林沁等督带兵勇，于闰八月廿六日进攻庐庙贼巢，轰毙贼匪多名，该逆坚守不出。适盘踞邢大庄之李廷彦等率众来援，我军诱贼出寨，擒斩甚多。九月初旬，官军连日分队围攻邢大庄圩，该逆拼死抗拒，我军先将附近之张大庄攻破。李廷彦等穷蹙伪降，当经讯明正法。庐庙捻首李兴奇等闻风震慑，剃发归正。遂乘胜攻破孙老庄，将捻首孙彩兰并余匪千余名悉行杀毙。初九日，大军鼓行而进，枪炮齐施，该逆势不能支，纷纷逃遁，立将邢大庄破毁，截杀数百名，落水死者不计其数，救出难民数百名。其王新庄、孟楼丁庄各贼寨均悔罪投诚。亳东捻首宋喜元等亦杀贼反正，亳北一律肃清。

余观此次剿捻，尚为得手。惟捻情狡诈，反覆无常，大军至则投诚为民，大军退则变而为捻。欲除根株，非镇以重兵，抚剿数次，不能化捻为民。若侥幸一战，遂各退军，则捻势仍炽，愈难扑灭也。近日贼势又一大变，发逆远踞江浙，捻匪散处中州，于燕京尚觉无患。惟回匪扰乱关中，远应滇西，外通西域，而山东骑马贼悉回种，即近在畿辅，根株蔓衍，党羽强悍，实为国家大患。京师不早备御，恐关中一失，则燕京必为动摇也，可不惧哉！

是午补作《报国寺》诗云："毗卢阁上白云飞,舍利塔空掩翠微。满地松蟠龙影瘦,一桁藤窜鼠花肥。谈经窟变观音像,画佛壁传道子衣。此地旧游尽名士,年来尘土满禅扉。"

廿六日(11月17日)　补《松筠庵》诗。

是日卜臣因公赴涿,余与存赤静谈终日。章美于灯后始由京抵署。夜将静,补作《松筠庵》诗一律云："轩庭尘净昼生光,把袂同登谏草堂。古佛有灵依毅魄,忠忱何暇计文章。谁将血泪千秋稿,并作贞珉百世香。更有石工传小像,安民也附党人芳。"

松筠庵本椒山先生故宅,忠魂依佛土,佛土赖忠魂,互相庇荫,两长存矣。午间,云鹤道士录示邃庵相国宿留侯台赠诗相示,并记于此云:"房山道士云中鹤,下视人寰极寥廓。兴酣泼墨写房山,元气淋漓满林壑。结茅小住留侯台,丹青肯貌寻常材。山深倘有异人至,赤松黄石安在哉。鸾吟凤啸出燕市,眼底风尘竟如此。但惊怪物化黄虬,岂有奇姿肖青兕。竭来顾我为写真,笔端奕奕(如)〔疑〕有神。掀(然)〔髯〕一笑拂衣起,与尔同是支离人。我年七十苦风眩,华颜已皱观何面。出入扶持仗铁君,不知何日休征战。燕山十月霜风酸,萧萧落木易水寒。图将岩岫孤云易,写出桑榆恋日难。连天兵火吴门道,苦忆龙钟茧园老。妙手传神绝世无,老友吴苣香山人年已八十,工传神,吴下罕有其匹。只愁埋没随荒草。房山道士奈尔何,沧瀛溟渤扬风波。前行豺虎后蛟鼍,削平(端)〔全〕赖贤豪多。何不画取下邳圯桥郁嵯峨,纤纤残月沉山阿。丹藜赤舄两鬓皤,长者冉冉徐经过。三度后至烦挞诃,素书一卷归伏哦。扫除氛祲消干戈,旋乾转坤六合和。呜呼,旋乾转坤六合和,与尔击壤同高歌。"

观诗意,亦似有心求治,而自愧无才,不能不有望于贤豪者。相国斯时虽已谢政,改元后复蒙起用,亦未闻其荐贤为国,徒碌碌自甘,唯诺其间而已。则诗中所言,岂足尽信乎哉!

廿七日(11月18日)　阅《杜律启蒙》。

边随园先生集注,专评五、七律两种,虽曰启蒙,实自著心得也。

按:杜诗最难评注,盖好陈时政,自写离忧,意多曲折,词有显晦,非细考年谱,证以时事,而又悉心体会其遣词命意之所在,不能得其要领。故注杜者往往以辞害意,心有难通,必穿凿附会以圆其说,卒之说愈多而诗愈晦,杜诗于是几难读矣。随园先生有鉴于此,乃取诸家评注,汇参而折衷之,著为是书,共十有二卷,卷首并载年谱,以便考证,其用心可谓勤矣。然余细观其说,不强人以就己,不附会以求奇,是者是之,非者疑之。若实见其可非,则不妨决辞以断其非,并未尝有回护穿凿于其间。惟求杜过深,信杜过切,其中有意涩语晦及辞俚格卑者,皆必为之强解,以达其意,则未免尚蹈前人积弊。虽然,以较仇、浦诸家评本,已十得八九矣。惜其仅评近体,使读杜者不无缺略之憾云。

廿八日(**11 月 19 日**)　阅《杜律启蒙》。

老杜登临怀古、纪事伤离之作,一空千古,固无待言。唯不善咏细物及艳体诗,一遇此等题,非腐即俗,甚或艰涩僻晦,直不成语。盖其笔能刚而不能柔,语能重而不能轻,故有意求圆而反滞,极力生新而愈俗。学者不知其短,乃震其名而效法之,倍觉可厌。诸家评本既不能非,转为之辨,遗误后学不少。是知古人真精神只可专注,不能兼及,取其长而弃其短,固不必曲为之辨也。余友严君秋槎《药栏诗话》自载其《论诗呈严问樵太史》一书云:"仆束发受书,潜心词翰。偶得古今名人篇什,辄手录而口诵之,虽当时亦未能尽解,而自觉心悦口适,莫知所以然也。惟时文一道,与性不近,故未深究。以父兄之期望,师友之督责,不敢不违心从事。如是者年余,觉此道似亦未难,一题入手,道着处颇有独得之诣,而终非所甚愿也。入邑庠后,旋丁父忧。客都门,遂取一切制艺文字拉杂而摧烧之,专致力于诗词。廿年来,此中颇有甘苦。尝自蓄偏私之论,未敢举以告人,今为执事陈之。诗余一事,偶尔遣兴,勿论矣。每见今人论诗,动谓遵汉魏学六朝。吁! 此真人云亦云、耳食之论也。汉魏六朝诗骨自高,以去三百篇未远耳。然诗中往往取字之晦者、句之涩者人之,读之令人口齿不利。间有一二性情之作可以动人,而终觉古人之言情太直,未若后人之曲也;古人之言情太浅,未若后人之深也。岂古人之情薄于后人耶?抑古人之言拙于后人耶?'明月照高楼''池塘生春草'等句,皆平平耳,何以遂传诵今古也?此中急切,索解人不得。仆之不解者此其一。又有祖工部抱韩苏以自夸格调者,吁!伪矣。工部一代大家,名重今古,仆何人?斯敢置一啄。然窃有鄙见,以为工部之诗坏于宋人之诗话,因之以误后人。盖宋人尊之过甚,往往附会穿凿,引某字曰'此渊源于某书也',引某句曰'此一代之史笔也'。工部诗诚高矣,而何至字字皆书,句句皆史?且工部当日下笔时,又何必字字皆书,句句皆史,如此其不惮烦,遂至后人不体此意,不学其沉雄阔大,而学其字字皆书;不学其忠厚缠绵,而学其句句皆史,几至堆砌直率而不自知。此非工部之误后人,宋人之诗话误之也;亦非尽宋人之诗话误之,后人以耳为目自误之也。至诗以温柔和平、缠绵雅丽为主,韩、苏集中无此也。韩以排奡为主,苏亦以排奡为主;韩不善言情,苏亦不善言情;韩以文为诗,苏亦以文为诗,其失一也。且二公集中,五、七古犹可,五、七律绝则不可,短于言情,刚而不柔故也。盘空硬语,诘曲聱牙,岂诗之正格哉!而宋人祖述之、尊崇之,此弊遂延流于今而不已。仆之不解者,此又其一。又有所谓馆阁体者,一诗偶出,本不足以惊人,乃饰其词曰'此名贵也,此端庄也'。嗟乎!此如锦堂命妇、画阁夫人,金翠满头自夸富贵,绮罗遍体自喜矜持,而不知旁有淡妆侍儿且哑然偷笑也。又有矜淹博而不知死气满纸者,讲对仗而不知语意隔绝者,凡此皆近世之所尚而皆仆之所不解也。执事江左名流,骚坛飞将,生平所学与仆略同,用敢为执事倾吐之,得不笑其狂妄否?附去拙稿一部,望裁正之。仆面目在左思、罗隐之间,文章亦与面目相似,然却是自己面目,非如兰陵王、狄武襄辈带假面具吓人也,未审执事阅之,以为何如?"

按:秋槎诗学金元,不喜韩、杜,故所论如此。然中间言宋人尊杜之弊,诚为卓论,与余见有符合者,故备录之,以与学杜者互相质证云。

廿九日(11月20日)　与陈章美夜话。

章美曾至兰陵,依何根云数月,故知苏州之失为较切。因为余言苏州之失,不失于长发,而失于叛勇。先是浙江告警,根云遣候补道李肇熙率勇往援。迨苏事急,仍撤回救苏。适值溃勇纷纷滋事,巡抚徐有壬传令民间格杀无论,乡团遂格杀肇熙哨将二员。肇熙怒,率勇入城,竟杀巡抚投贼,苏州遂陷。根云先守常州,奉命退苏,徐有壬与有隙,其幕友亦多恨根云者,故不令入城而奏劾之。根云既走上海,肇熙复欲投诚,约为内应。根云欲借手成功,以赎前罪,而事权不属,竟难措手。今上御极,责令回京议罪。刑部司员余光焯素恶根云,竟以无供定罪,斩立决。两宫太后复下部议,乃共拟斩监候。窃念南京之溃,罪在和春;苏州之失,罪在有壬。根云不守常州,乃奉命而退,其所欠者,但一死耳。大臣临节,不能自决,至罹重遣,惜哉!

三十日(11月21日)　阅《杜律启蒙》。

边随园注杜律,汇萃诸家,折衷一是,差得当矣,然亦未尽协也。盖诗意本浅,或求之过深;诗律本显,而解之过晦。诗本无心而得,文成则法自立。解者必多方为之细绎,以为此法如何巧,此法如何细,亦似乎作者有意安排格势而后下笔也者。若使杜老作诗,必首首如是经营而后成,则其用心为甚苦,而律法亦易穷矣。余故每遇此等处,复批其额,务求作者当时得心应手之概,而为之标明大意,以顺释律法,使读者、作者之心两两相印,则获益自不浅耳。

其书凡例共十六则,中四条颇有精义,并摘录于此云:"古人文字,字里行间都折叠着许多情事,许多道理。至其折叠之多少,视其所造之浅深以为差。方望溪先生谓《周礼》精处,全在空曲交会之中。所谓空曲交会者,即其折叠处也。注疏家但能于其所折叠者一一舒展得开,便是好注疏耳。诗家折叠处惟杜为多。元白以下,平铺直叙,并无折叠,不烦舒展矣。读是编者,当于舒展其折叠处一一着眼,所谓'细意熨贴平'也。

杜诗气脉深稳,于一气贯穿之中,自藏千曲百折之妙。其间有辟有合,有伏有应,有缨带,有穿插,有线索,有关锁。兹特一一抉剔而出,批却导窾,节解骨张,而仍不失其一气浑成之妙,并少全牛,仍还成竹,此等处煞费苦心。倘目以讲章俗体,则作者之心戚矣。

律有二义:一曰音律,言其叶也;一曰法律,言其严也。然律欲严而不欲拘,若为律所缚,寸步不能自展,局促如辕下驹,又奚贵焉?惟杜律变化神明,不可方物,动以古文散行之法,运于排比声偶之中。所谓杜甫似司马迁者,不独《八哀》篇为然,亦不独古诗为然也。若但以起承转合之死法求之,岂不失之远甚?各著于篇,兹不枚举。

杜诗中不无拙句、俚句、晦句、粗质句、堆累填凑句,然自不害其为大家。若如近世诗人,字字甘滑,言言工美,了无真意行乎其间,则亦诗中之乡愿而已,何大家之有?故遇此等句,必明加指摘,不敢模棱附会,自误误人,而兼以误杜。然必再四思维,至径绝路塞之后,敢下一字之贬。非如杨亿、王慎中、郑继之辈,不自量度力,作蚍蜉之撼也。"

余按:杜诗中之拙句、俚句、晦句、粗质句以及堆累填凑句,皆杜诗之失,不可以为法,非谓大家必不妨有此等句法也。言言工美是好处,字字甘滑是弊处,若无真意,但求工美,自是诗中乡愿。倘言言工美,字字妥惬,而又有真意以行乎其间,则岂得谓之乡愿乎哉?是知有真意而又能工美者,上也;有真意而不必皆工者,亦不失为上之次。要当分别而观之可耳。

附录:李沧溟七言律

送赵户部出守淮阳

仙郎起草汉明光,几载军储事朔方。五马新为淮海郡,三台旧署度支章。行车麦秀随春雨,卧阁花深对夕阳。时忆上林词赋客,鸿书遥下楚云长。

崔驸马山池燕集得无字

主家池馆帝城隅,上客相如汉大夫。十里芙蓉迎剑舄,一樽风雨对江湖。桥边取石鲸飞动,台上吹箫凤有无。向夕不堪车马散,朱门空锁月明孤。

送王郎守安庆

花满胡姬春雨楼，使君五马五骅骝。明光起草堆高第，三十专城领上游。天柱西悬江汉影，海门东控帝王州。到来纡画思同舍，万里风烟白雁秋。

送刘员外使黔中

牂牁万里越王台，北眺中原秋色来。江嶂忽分三楚断，海天不尽百蛮开。白云使者乘轺过，金马祠官拥节回。为泛昆明夸上苑，令知汉主自雄才。

送大司寇之金陵

闻道铜标护百蛮，当朝共拟伏波还。来持滇海中丞节，入领西曹法从班。曳履春云高北斗，迴车秋色照钟山。顾期门客江城满，草奏时时达汉关。

送皇甫别驾往开州

衔杯昨日夏云过，愁向燕山送玉珂。吴下诗名诸弟少，天涯宦迹左迁多。人家夜雨黎阳树，客渡秋风瓠子河。自有吕虔刀可赠，开州别驾岂蹉跎。

初春元美席上赠茂秦得关字

凤城杨柳又堪攀，谢朓西园未拟还。客久高吟生白发，春来归梦满青山。明时抱病风尘下，短褐论交天地间。闻道鹿门妻子在，只今词赋且燕关。

送王侍御

看君绣斧秣陵回，乌府遥应接凤台。寒雨钟山千水下，白云秋色大江来。时危揽辔中原出，日近封章北极开。当道狐狸何足问，边城今有郅都才。

同元美与子相公实分赋怀太山得钟字柬顺甫

域内名山有岱宗，侧身东望一相从。河流晓挂天门树，海色秋高日观峰。金箧何人探汉策，白云千载护秦封。向来信宿藤萝外，杖底西风万壑钟。

同子与登湖上台

大漠苍苍鸿雁回,中原极目思悠哉。白云双阙湖边出,落日西山树杪来。词客百年相对酒,秋阴万里共登台。侧身戎马过逢地,城柝朝闻角暮哀。

送殷正甫有序不录

中州一望气雄哉,北极风尘使节开。卜洛自存宗子计,游梁更见长卿才。春晴嵩少云边出,雪尽黄河天上来。在昔孝王夸授简,何当置酒向平台。

徐子与席怀梁公实

共指金茎雪色间,鸣珂当日满朝班。即看徐孺能悬榻,岂谓梁鸿更出关。薄宦天涯成白首,故人江上买青山。岭南梅树今堪折,赠我宁无驲使还。

岁晚赠子与

南国鸿书杳不闻,相看梅发尚离群。天涯薄宦堪知我,世上虚名好误君。杪岁西山逢雨雪,怀人汉苑见春云。往时载酒(杨)[扬]雄宅,诸子谈经坐夜分。

郡城楼送明卿二首录一

西来山色满城头,东望漳河入槛流。傲吏岁时频卧阁,故人风雨一登楼。乱离王粲逢多病,著作虞卿老自愁。君到长安相问讯,谁怜五月有披裘。

登黄榆马陵诸山是太行绝顶处

太行山色倚巉岏,绝顶清秋万里看。地坼黄河趋碣石,天回紫塞抱长安。悲风大壑飞流折,白日千崖落木寒。向夕振衣来朔雨,关门萧瑟罢凭栏。

西岭秋高大陆前,马陵寒影踏遥天。群峰不断浮云色,绝嶂长留落日悬。地险关门衔急峡,山奇削壁挂飞泉。何人更遇青泥饭,有客空歌白石篇。

西来山色照邢襄,北走并州拥大荒。巨麓秋阴沙渺渺,石门寒气雨苍苍。天边睥睨悬句注,树杪飞流挂浊漳。摇落故人堪极目,朔风千里白云翔。

千峰郡阁望嵯峨,此日搴帷按塞过。落木悲风鸿雁下,白云秋色太行多。山连大陆蟠三晋,水划中原散九河。回首蓟门高杀气,羽林诸将在横戈。

赵州道中忆殿卿

忆尔襜帷出牧年,风尘谁识使君贤。政成神雀犹堪下,兴尽冥鸿遂杳然。树色远浮疏雨外,人家忽断夕阳前。重来此地逢寒食,何处看春不可怜。

寄刘子成

书札清秋问解携,郡斋吟眺楚云低。大夫持宪临诸粤,使者征兵出五溪。白日自流荒徼外,青山不尽夜郎西。于今万里看铜柱,何意中原厌鼓鼙。

送张肖甫出计闽海二首录一

司农飞挽七闽开,刍粟如山百粤来。落日中原看倚剑,清秋大海傍登台。三城羽檄单于过,十道军储使者回。郎署即今多顾问,谁怜魏尚有边才。

真定大悲阁

高阁崚嶒倚素秋,西山寒影挂城头。坐来大陆当窗尽,不断滹沱入槛流。下界苍茫元气合,诸天缥缈白云愁。使君趋省无多暇,暂尔登临作壮游。

上郡二首录一

叱驭何来绝塞游,独看山色向新秋。人家渐出层崖树,客路高盘断壑流。朔气忽随风雨至,孤城长傍夕阳愁。五原子弟轻烽火,马上谈经半白头。

送俞按察之湖广二首录一

襜帷十载使君东,开府还当楚地雄。江汉日高天子气,楼台秋敞大王风。重瞻执法临台象,自许论文见国工。有客傥能鹦鹉赋,莫令才子叹漂蓬。

杪秋登太华山绝顶四首录二

华顶岩峣四望开,正逢萧瑟气悲哉。黄河忽堕三峰下,秋色遥从万里来。北极风尘还郡国,中原日月自楼台。君王傥问仙人掌,愿上芙蓉酒一杯。

缥缈直探白帝宫,三峰此日为谁雄。苍龙半挂秦川雨,石马长嘶汉苑风。地敞中原秋色尽,天开万里夕阳空。平生突兀看人意,容尔深知造化功。

殷太史正甫至自太山为赠

明堂天子昔登坛,御道风流拥汉官。海色迥临三观动,春阴不散五松寒。白云忽向封中出,玉牒谁从箧里看。此日满朝求禅草,相如早晚入长安。

送吴峻伯之楚

才子风流满禁林,传经海岱主恩深。诸生自纪衔鱼事,千里谁知相马心。王气日随江汉转,方城春压洞庭阴。怜君宦迹偏形胜,四十参藩岂滞淫。

送朱大中丞召拜少司空还朝

执宪登台海岱东,衔恩入拜少司空。长安近指回车日,阊阖遥分曳履风。北斗秋高玄武署,五云春满建章宫。悬知鱼藻欢无极,汉主从容问画熊。

送崔中甫入对

才子乘春集帝京,燕山宫阙五云生。按图自动千金色,射策还高片玉名。清问从容天下事,朝廷经略海方兵。一时得意诸年少,莫学终军浪请缨。

送刘侍御归台四首录二

使者乘秋入建章,晓排阊阖侍君王。绣衣忽动云霄色,白简犹含海岱光。自许风霜知列柏,还将讽谏托长杨。大东杼柚看如此,况复征兵事朔方。

兰台使者出长安,风俗三齐揽辔看。今日殿中元武仗,须君柱后惠文冠。弹章气借山河壮,执法秋临节钺寒。傥值东封陪扈从,旧游偏奉六龙欢。

送冯汝言学宪之浙江

使者清秋拥汉槎,五云回首望京华。传经南国推高第,执宪中朝属世家。紫气欲临沧海日,彩毫先动赤城霞。还披绛帐延诸少,为报西施剩浣纱。

神通寺

相传精舍朗公开,千载金牛去不回。初地花间藏洞壑,诸天树杪出楼台。月高清梵西峰落,霜净疏钟下界来。岂谓投簪能避俗,将因卧病白云隈。

答王敬美进士

江左风流迥自分,中间小陆更能文。五花欲就龙为友,千里高飞鹄不群。乱去东南无王气,愁来西北有浮云。只今年少称才子,屈指词林已到君。

杪秋同右史南山眺望二首

青樽何处不蹉跎,白发相看一醉歌。坐久镜中悬片华,望来城上出双河。杉松半壁浮云满,砧杵千家落照多。纵使平台秋更好,故人犹恐未同过。

回首飞鸿碣石标,清霜处处锦林凋。层岩倒映平湖净,积翠斜连粉堞遥。四海交游空老大,一时宾客更萧条。病来苦爱观涛赋,不分梁园此见招。

送欧文学之江都

雨雪寒灯对浊醪,萧然似是一儒曹。下帷国士堪华发,草檄门生自彩毫。双峡迥分沧海气,孤城秋壮广陵涛。文星虽小人争识,南斗常临剑影高。

答寄余德甫

二月鸿书发豫章,到来春兴日能长。宦情转借中山篋,诗句犹含右省香。海内故人元落落,江南秋色正苍苍。遥知相忆登高处,更过陶家醉不妨。

送王侍御按贵阳

中原遥入楚天长,道出盘江古夜郎。自许铁冠冲瘴疠,兼携白笔扫风霜。百蛮拥节开雄镇,万里登车揽大荒。莫说壮游非妙选,同时八彦避鹓行。

星烈日记卷之九十三

鸿蒙室主人笔识

十月初一日(11月22日) 阅邸抄。

前在都,闻陕关败贼回窜湖北。兹阅邸抄,官文奏发捻窜踞应城,总兵穆正春督队进剿,闰八月廿三日当将应城县收复。其应山股匪下窜孝感之小河司,于闰八月廿六日攻破县城,知县韩体震及副都统德克登额背巷战死。护军统领舒保闻警,急驰入城,与水师参将曾绍霖奋力夹击,贼败,城旋复。又左宗棠奏官军剿办龙游等处,并攻克寿昌县城,浙江军务稍有起色。胜保亦奏近剿咸阳回匪,连攻贼巢,均皆获胜。然余闻诸来自陕者,皆云胜保既入长安,勒兵索饷,非百万不肯出战,与所奏大不相符。物议纷纭,各执一说,不知何故。卜臣自乡回署,云鸿恩寺僧有地数顷,今秋并未种麦,甘令自荒。人问其故,则曰:"种麦徒供来春饲马耳。"语甚怪异。人遂疑其奉胜保函有来岁还军之说,亦有谓朝廷欲调胜保回京,陕西军务全交多隆阿办理者,终未能得其实际也。

初二日(11月23日) 天始雪。

屋上雪约深三寸,山中则尺余矣。北方天寒风冽,地尤易冻,故冬初即雪。居人非衣棉袭裘,不足以御寒。癸丑发逆北窜,天寒甚,且大水,四野皆冰,贼无履足,悉冻不能行,多至溃烂以死,故为官军尽数悉歼。由是不敢北犯者,天意使之然也。

初三日(11月24日) 晴。阅《通鉴纪事本末》。

宋袁机仲即温公《通鉴》一书,分类而比合之,使读者易得事之本末,而因识受病之所由,有以祛其弊而审诸方,诚治国之案证,而读史之门径也。明张天如太史复取其书,逐卷讨论以行世,尤为明备可观。大略谓国之有史,史之有《通鉴》,《通鉴》之有《纪事本末》,三者不可缺一。国史因人,《通鉴》因年,《本末》因事。人非纪传不显,年非《通鉴》不序，事非《本末》不明。学者欲观历代之史，则必先观《通鉴》。既观《通鉴》，不能即知其端，则必取《纪事本末》以类究之，此袁书所以与司马同功也。余读《史》《鉴》，尝恨两书不能合一，殊属缺陷。窃念古来国史，莫过《春秋》《左传》，夫子修鲁史以提纲，左氏因事立传以为目，是史、鉴合而为一也。自司马子长创为本纪、家传诸例，而史法一变，文章虽美，编年不齐矣。迨《通鉴》出，分年叙事，治乱兴衰，一气相承，古今事迹，始了若指掌。惟割裂文章，不无破碎之憾。余累欲仿《春秋》体例，大书其纲，细书其目，若遇纪传中有奇节异行及精心结撰之文，无妨全载其文于事后，以便学者即事论文，因文见道，而未有暇。今观《本末》一书，其于纪事则诚善矣，而文法则仍破碎，即编年亦费推寻，反觉多此一编也。若必欲为纪事起见，则事仍书目，论以次载；欲考其详，《通鉴》具存，庶卷帙可减，而事仍无不详，差为得耳。天如名溥，与兄采受先仪部同主复社盟，著述甚多。身后天子诏求遗书，可谓荣矣。其所著有《十三经合纂》《历代文典文乘》《崇祯文典》《庄子》《列女传》《读史管见》及《文选》《广文选》《唐文粹》《宋文鉴》《元文类》五删。又搜罗汉魏六朝诸文集，各自标题，共一百三人，曰《百名家》。又取历代名臣奏议足可经世者，严加裁削，辑为成书。外有综辑类书不下数簏，名曰《七录斋大类书》，与此《通鉴纪事本末》及《宋元纪事本末》《南北史抄》诸书，均已行世。乱后，诸板不无残毁已。

初四日(11 月 25 日) 作《残雪》诗。

署后有石台，高数级，登之可望城后高山。今晨虽霁，而残雪未消，加以寺楼高崎峰巅，日光朝射，如看李营丘《残雪画图》。成诗一律云："树杪插高山，山高雪半残。寺楼一僧坐，村堞乱云攒。莽莽桑干路，茫茫碣石叹。谁知南去客，高卧近长安。"余意本欲南归，而乃北来燕赵，人生去往，缥缈无凭，只好听诸自然，随其所之而已。

初五日(11 月 26 日) 批《梅村诗集》。

梅村诗，余旧有评本，未能携以自随。近拟选评《国朝十二家诗》,以梅村为冠,故再购江左三大家诗阅之。钱、龚人品,固非梅村比,即以诗论,亦非梅村配也。梅村七古虽专学长庆,而五古实本少陵,五律亦在杜、王之间,七律涵濡前后七子,而更参以卧子之雄杰,故能自成一家,可以冠冕国初诸老而无愧已。

初六日(11月27日)　阴。作《忆弟》诗。

晨风凛冽,暮尤阴晦。余自远游,总无乡音,以萍蓬无定故也。今偶暂息,乡心顿起,因作《忆弟》诗云:"生死真无定,音书总未通。十年予断梗,万里尔孤鸿。父母都亡尽,妻孥想更空。分离人未老,知否各成翁。"

初七日(11月28日)　阅《畿辅河道水利丛书》。

余向疑畿辅地势平衍,依山傍海,诸水毕汇而无农田,极为缺憾。今阅《畿辅河道水利丛书》,乃知古人固已先我而计及之矣。书为益津吴君邦庆所辑,大意在修水利以兴农田,故留心采辑众说而汇记之,盖将使有志斯道者之有所采择而为法焉。序略云:"窃欲分水学为二:如防江之坑,御海之塘,黄河之堤埽,及他广川、洪流之分合通塞曰河道;直隶之淀泊,丹阳之圩围,吴越之潾港,关中六辅、龙骨,陈颍鸿却、钳卢,其设闸、建坝、撩浅、留泥诸法曰水利。各采取专门诸书以附之,庶成规犁然,往复讲习,可资世用,以合于湖州学治事斋之遗法,今姑于梓里先之。直隶志乘之外,无专志河道之书,近有裒集成编者,则考证为多,于疏浚无涉。惟陈学士《河渠志》略于道古,而详于切今,虽岁月变迁,未必可尽见诸施行,而利病所关,指陈剀切,前已刻于《畿辅通志》中,《钦定四库书》亦采入。又其集内因事陈辞,更能独达所见,刻《直隶河渠志》一卷,《陈学士文钞》一卷。明徐尚宝《潞水客谈》实心探讨,于去位时,书此持赠后人。怡贤亲王奉命总理水利时,以其言为信而有征,京东一局取为蓝本,其疏陈诸局形势,则有为尚宝所不及者,刻《潞水客谈》一卷,《怡贤亲王疏钞》一卷。维时兴修水田六七千顷,水力赢缩无常,当时已有改为旱田者,遗迹渐湮,恐难访求以施工作,纂刻《营田水利图说》一卷。直隶水田,自宋迄明历经修治，虽未能观成，而良法具在，散见史册说部，汇刻为《畿辅水利辑览》一卷。明左忠毅公《屯田疏》及本朝水利案内，皆有召募农师之语。浸种、插秧，诸农书具载其法，加意讲求，可为树艺灌溉之助，因详采诸农书，刻《泽农要录》六卷。现在河道淀泊诸多淤塞，以致水涝为灾，上烦宸廑，谨拟为《畿辅水道管见》暨《水利营田私议》亦附刻焉。"此刻书之大意也。

书有辑古，有自著，总以有益于水利农田，则汇辑而次第之。其自跋《图说》卷尾云："畿辅水利之议，难之者有三：谓水田胝胼之劳，十倍旱田，北方民性习于偷逸，而不耐作苦，一也。南方之水多清，北方之水多浊，清水安流有定，浊水迁徙不常。又北水性猛，北土性松，以松土遇猛流，啮决不常，利不可以久享，二也。直隶诸水，大约发源西北，地势建瓴，浮沙碱土，挟之而下，石水斗泥，当其下流，尤易淹塞，疏瀹之功，难以常施，三也。然畿辅诸川，非尽可用之水，亦非尽不可用之水。即用水之区，不必尽可艺稻之地，亦未尝无可以艺稻之地。试历数之，滹沱、永定，此以性悍流浊不可用者。南北运河，关系漕运，此无庸议者。他如磁州，永年之滏河，顺德之牛尾，阜平，完唐之沙河、唐河、涞水之涞河，平谷之泃河，此皆可用河以成田者。邢台之百泉，正定之大鸣、小鸣，满城之一亩、鸡距，望都之九龙、坚功，定州之白龙、马跑，平谷之水峪寺、龙家务，滦州之暖泉、馆水，此皆可用泉以成田者。他如宁河、宝坻、天津，则可用潮汐以成田。附近淀泊之隆平、宁晋、新安、安州及霸州、文安等处，则皆可筑围通渠以成田。至宣化之蔚州、保安、怀安，则并用永定之上游矣，安在其有弃水也？若以一水之不可用，遂并众水而弃之，见一处之湮塞难通，遂谓通省皆然，则似难语以兴修乐利矣。然听民间自为灌溉，则必不能极水力之所至。盖有需建闸坝工程稍大之处，则民力不能独办。又水渠有疏浚之处，则疆界既分，惟就一隅筹利害，不能于通盘计通塞，往往以纷争聚讼，其势必须专员周行相度，于工稍巨者，或于州县中计亩出夫，协力修理，或为之申请借帑，分年征还。于水道之宜疏浚者，较量通局利害，堤防之宜修者复之，宜开者决之，占用地亩，价购而豁除之，不畏嫌怨，不阻浮言，则河道可以畅通，而水无遗利矣。然非于通省之河道水利，成竹在胸，源委分明，恐官吏土人或以惮于兴作而售其欺，而我不能指画分明，则无以关其口而夺之气也。《畿辅通志》内载《水利营田》一卷，分为四局，以各州县列其下，并注明某处用某水，营田若干顷亩。闻修志时载笔者为文安陈学士仪，盖尝为营田观察使，故能详悉言之。然有说无图，终未尽善。余更取诸州县舆地，计里开方，成图三十七幅，其营田坐落村庄，细为胪列，以说附其后，俾观者较若列眉，了如指掌。异时辖轩使者及留心斯事守土之吏，皆可按图而求之。故迹虽湮没，亦无难上溯成规于百余载之上，庶畿辅诸川泉之水，涓滴皆归实用，而水性清浊，土性刚柔之说，有不可尽信者。至谓北土民惰，不耐水耕火耨之劳，夫民岂有定性哉？齐之以法，诱之以利，转变在岁时耳，不足致疑，故无庸置辩云。"

观此，则直隶农田并非无人讲求。雍正去今亦仅百年，而当时所开营田，转瞬多废，至今未有继修，则何以故？盖北土宜麦不宜稻，北人喜食麦，不喜食稻。不喜食稻，故虽督之而不肯种也。稻种在南，午时扬花；稻种在北，子时开花。阴阳相反，故物性大异。麦之在南也亦然。南人宜稻，北土宜麦，自古以然，固无俟为之相强已。然水利无论种麦种稻，俱当修复，因悉录之，以备参稽云。

初八日(11月29日)　阅《敏果斋七种》。

许信臣乃钊刻。余曩在滇，见其所刻《城守》《乡守》二书，程法颇备。后闻其抚苏无状，镌级，仍留军营帮办和春军务，亦毫无所展布。及和春军败，乃从而劾之，为显庙严饬，心甚疑其何无用如是。及今观其所刻书《自批戚南塘练兵纪实》《纪效新书》二种及徐心如端《回澜》《安澜》纪要二种、汪稼门志伊《荒政辑要》一书及前二书共七种，始知其徒有虚言，而无裨实效，无怪其不能有益世用也。书生谈兵，非腐即固。南塘兵法诚佳，然时有不同，地亦各异，只可取其长而弃其短，斟酌而善用之，不可泥成法而漫无所抉择于其间。君身亲戎行数载,尚未知其所以然,则其他亦可想已。呜呼!将才岂不难哉?

初九日(11 月 30 日)　阅《安澜纪要》。

书中所载,皆贮备料物、埽工签桩以及防守凌汛诸事,其于治河大本,概未之及。夫禹之行水,行其所无事也,古人论之已详。余向亦有减河工以节国用论,而人均未之信。自咸丰二年河决北徙,初犹有意兴修,近则河工悉废。然工虽废,而河并未闻其别有他患者,何哉?盖水性趋下既定,人不与之争,则水亦安然而无患耳。水性无常,人欲使之有常;水性就下,人欲使之就高,其可得乎?有为之解者,则必曰:"水不可泛,泛则人受其害;河不可疏,疏则堤口必决;水不可导,导则占田必多。"于是悉尽工力而与之争。人愈争而水愈患,以至事之无可争,则患之不胜其患,而患终未有已时。今则朝廷不暇修防,水亦自行其所无事,一患之后,不更大患,岂非天哉!岂非天哉!使后际承平,圣人在上,顺水之性以为之防,视水之归而尽其利,则大禹之功可不劳而再见,河流自千载而无患已。

初十日(12 月 1 日)　读元、白二家诗。

古来元、白并称,其实元非白匹。他诗固不必论,即以《连昌宫辞》及《长恨歌》观之,已大相悬绝。《长恨歌》情文双绝,自是人所难及,而题极正大,煞有关系,可与国史并行,此诗之所以足重也。而辞仍委婉,不肯直诋时事,使闻者足戒,而言者自觉其无罪,虽《三百篇》何多让焉?若《连昌宫辞》,事既委琐,格尤散漫,命词立意,复多诋斥朝政,大失诗人忠厚之旨。余窥其意,似见乐天《长恨歌》出,因思有以胜之,而无他题可以并重,故别拈连昌宫,以写一时游幸盛衰之感,而又恐与白诗犯复,不能不避其所有,以补其所未及。于是多方瞻顾,极意揣摩,故诗题既轻,旨亦不明,以至情文两失。然此等诗不作可也,删之亦可也,何必存留,徒相形而见拙,尤不可解者。耳食之流,心无卓识,徒震其名而不敢删,以为此元白体,必两存而两选之,亦何可笑之甚也耶!

十一日(12 月 2 日)　读张籍、王建诗。

籍、建二家俱工为乐府歌行，然皆古题，未能离前人窠臼。《岁寒堂诗话》云："张司业诗与元、白一律，专以道得人心中语为工，但白才多而意切，张思深而语精，元体轻而词躁耳。籍律诗虽有意味而少文，远不逮李义山、刘梦得、杜牧之，然籍之乐府，诸人未必能也。"建诗跋亦云："乐府歌行，思远格幽。"余观二家得失，大略相同，思虽清而才不大，语虽切而气未厚，其不及汉魏人者以此，其能异于汉魏人者亦以此。后人再踵而为之，非复即混，诗之真意绝矣。诗体既穷，必当善变，乃可流远。白之《新乐府》，杜之《无家别》等篇，真可谓善学古人者耳。

十二日（12月3日）　读李贺以下诸家诗。

贺诗虽奇诡，然有极爽健极风韵者。如"骨重神寒天庙器，一双瞳人剪秋水""买丝绣作平原君，有酒惟浇赵州土""劝君终日酩酊醉，酒不到刘伶坟上土"等句，置之老杜集中，复何能辨？又"秦宫一生花底活"及"背人不语向何处？下阶自折樱桃花"，虽冬郎、樊川亦无其浓艳矣。是知贺诗不徒以奇诡见长，盖秀在骨而奇在藻耳。使不早死，充以学力，必为李、杜后一大宗主，岂尚得以鬼仙才目之耶？贺以下如孟郊寒瘦、鲍溶清约、姚合纤细、朱庆余整饬，皆片长薄技，未足与于大家之列。张祜绝句妙绝一时，五言亦多健举之气，令狐楚已荐于朝，为元微之所短，以为雕虫小巧，壮夫不为，遂失意东归。然祜诗实在微之上，微之特忌其才耳，岂定论哉！

十三日（12月4日）　阅邸抄。

伪曾王赖文光窜扰襄河迤北，连营四十余里。九月十二等日，多隆阿督军进剿，移营黄隆挡，贼奔枣阳之胡家山，伪扶王陈得才与其党罗振举率众来救，亦被我兵击败，贼望桐柏、信阳一带窜走，官文遂以襄河迤北一律肃清奏报。余观贼势虽出襄境，然正扰中州，安知其不回窜湖北？而楚督竟以楚境肃清为幸，真不可解。多隆阿又奏参其营官赵既发擅离营地，奉旨革职，永不叙用。既发，兴国人，年少奋勇，始陷贼中。丁巳春，偕王万年出投诚。多隆阿见万年年少貌都，收为亲兵。后二人皆【为】以营官用，俱保荐至提督，而万年愈加宠信。既发浸不平，故脱病离营。然既发自投诚，名利兼收，置田买室于庐江、桐城间，已为不少。多军号善战，专恃精选四营及既发所带胜勇数营而已。今既发被参，雷正绾、杨朝林、王可升、穆正春诸人均各自为军，不相联络，则多军亦将不振矣。又上谕四川、贵州两省教民案件，着成都将军崇实秉公办理，骆秉章着毋庸会办。此尤不解其故。然即此而观，川、黔回民亦多不靖，上连吾滇，下接中州，北通甘、陕，回焰其能揆乎？且近日畿辅回情亦不自安，山东骑马贼尽属回党，真可危也。

十四日(12月5日) 读杜牧、许浑、刘沧诗。

牧之诗甚爽健有骨气，徐忠献谓其"含思悲凄，流情感慨，抑扬顿挫之节，尤其所长"。盖晚唐诗格渐卑，牧之独起而振之。其才调虽未即过山，然在诸家亦矫矫者。许浑、刘沧二家皆长于怀古，今古兴废，阿山陈迹，莫不凄凉感慨，使读者一唱三叹。浑诗如《洛阳城》《骊山》《金陵》诸篇，沧诗如《咸阳》《邺都》等篇，皆足相匹，哙炙百世。但沧诗多清丽，浑诗较圆朗，气骨稍异。以上三家总以近体见长，古诗甚寥寥，故仅成名家面目，不惟难媲李、杜，亦未足语于韩、白之列。此以见人才之难也。北方天气甚寒，自雪后日甚一日，瓦上积雪均未能化。今午天气忽暖，雪有化者，午后复冻矣。

十五日(12月6日) 接陈东屏来函，旋覆。

东屏代余投供铨部候选本班，一切部费，皆卜臣力。余以欲归不能，万里无依之人，譬诸大海张帆，一身不容自主，使非亲友情多，援助得力，其不至沉溺于洄波骇浪中者，亦几希矣。是日东屏书来催费，卜臣因先寄付其半，当即为书覆之，自幸亦自伤也。

十六日(12月7日) 读李义山、温飞卿诗。

二家古诗大略相同，其源皆出长吉，专以雕奇镂异、词义俶诡为工。惟义山诗多尚浓缛，飞卿诗务求清绮，略有小异，其奇警处，皆非贺匹。厥后陈、陶亦欲效法，而气甚薄矣。此种诗亦天地间不可不有之一体,若必有意学之,其不至相率于牛鬼蛇神之域也不止。故学诗必先贵辨体裁也。义山古诗中忽又有《韩碑》一篇,纯用韩文法以咏韩诗,虽使昌黎执笔为之,亦无以过。倘使执是以求,再能大而化之,吾恐杜、韩诸公,不能掩其名于前也。至其近体才调,今古无双,飞卿未能并驾,直是老杜后一人而已。以视中晚诸公,不啻嵩高之于培塿耳,他何言哉!

十七日(12月8日) 读赵嘏以下诸家诗。

嘏诗虽清越遒健,然佳句甚少,唯"长笛一声人倚楼"一句,遂足擅名千载,可见好诗流传,并不在多也。嘏以后曹唐游仙诸诗,才情缥缈,令人讽咏不绝,可与王建宫词同传并美。李群玉于举世习尚繁缛绮丽之余,独能上追陶、谢,希志鲍、庾,老鹤一鸣,戛然独清,所谓物以少而见珍者,此其类欤?方干才雄而粗,罗隐气清而浅,刻划一二好景,尚见会心,若欲敷陈时事,直同嚼腊。司空图、陆龟蒙人品甚高,才华不大,而酝酿含蓄,雅有深致。韦庄、韩偓文情斐叠,骨格开张,实为晚唐之秀。总之,言情有余,纪事不足,欲求一人以继杜、韩之后,不啻音沉响绝,此亦可以慨老也夫。余自月前至房,闲居无事,批选杜律及江左三家中晚唐诗,抉择较精,拟俟阅毕历朝各诗,合为《诗纬》一编,以风、雅、颂分体。大抵风诗及小雅最多,大雅与颂甚寥寥。盖后世朝政,无甚大功德可述,故雅、颂之音最希,以视三百,不胜隆污升降之感矣。

十八日(12月9日) 阅邸抄。

黎庶昌前上时务各条,近奉上谕:"都察院代奏贡生黎庶昌条陈时务一疏,所称'荐贤才''慎保举'及殿试条陈时务各等语。叠经降旨,谕令中外臣工荐举贤员,并访求山林隐逸之士,及军营保举,明定章程。殿试策许敷陈时政,不得专取楷法。现在中外臣工荐举贤才,尚不乏人,而山林隐逸以及末秩下僚,或以德行,或以政事,或以文学,各擅所长,湮没不彰,甚为可惜。允宜及时登庸,以副辟门吁俊之典。着京外三品以上各员,并直省学政,悉心访察,胪举所长,咨调来京,候旨考试,视其器识,破格录用,不得视为具文。至各省应举孝廉方正,亟宜选举名实相符、不求闻知之人,着各该督抚秉公荐举,给咨来京候试,不准再涉迁延,虚应故事。军营保举,自上年明言章程后,本日复因严树森之请,停止记名藩司,极为妥协。黎庶昌所称分为三等叙功,战功为上,理饷次之,防堵团练又次之。理饷、团练、防堵、文案,非二三年不准叙功。保举各员,俟军务平后,始行选缺赴任等语,尚属可行,即着各该军营遵照办理。贡士策问,着遵照本年三月间准其敷陈政事阙失,毋庸避忌,并不准专取楷法。阅卷大臣务当悉心校阅,力挽颓风。其余所称京官兼用守令,以进士、举人为佐杂,科举罢用制艺,小试分为四场,会试后附试绝学,教职由公举,停止开捐,酌增廉俸,试行钞法,改设营伍等条,是否可行,着各该衙门妥议具奏。钦此。”旋又奉上谕:“黎庶昌以边省诸生,摅悃陈书,于时务尚见留心。方今延揽人才,如恐不及,黎庶昌着加恩以知县用,发交曾国藩军营差遣委用,以资造就。该员其勉图实践,用副殊恩。钦此。”

余观当今急务,固当以人才为先,而别议科举、改设营伍、试用钞法诸条,均非切实要语。盖所紧急不容稍缓者,议战、议守二大事,乃为急则治标之要剂。俟战守略有章程,然后再缓为更张,以调和元气,庶本末兼该,而缓急得当。否则日筹万计,终无济于事也。余初至京,拟为《中兴论》一篇,以上当事。嗣见当道诸公均不以此为急,朝廷纵有所取,亦不过发往军营效力。余正厌军营,安能更往从事乎?且上有双棺未葬,下无一嗣可承,一发千钧,自存不暇,不能再许人以身,故不愿为此。然心有是非,亦难久抑,行将一吐所蕴,以存其说于天地间可耳。

十九日(12月10日) 阅《纪事本末》。

唐代藩镇之祸,虽始于肃宗乾元元年李怀玉杀王玄志之子而立侯希逸,朝廷不能讨,反因而立之。其后亦由德宗建中时大乱纷起,一乱于朱滔、田悦、王武俊、李纳之合兵,一乱于李希烈之自称元帅,一乱于姚令言之奉朱泚据长安,一乱于李怀光解奉天之围,不得见帝而反，以致根本动摇，宗社几覆，安能再议兴讨？六十余年中原板荡，迨宪宗起，而一平蜀乱，二靖吴逆，三讨成德，四平淮蔡，五讨淄青，魏博亦早来归，天下始为唐有。究其治乱之由，则以用人得失之故。刘辟之擒，杜黄裳之谋也；李锜之诛，武元衡之断也；吴元济、李师道之平，则裴度主之于内，而李愬诸人成之于外也。至德宗播迁，积弱不振，实卢杞一人有以致之。当其时非无贤才，李泌、陆贽皆王佐才，而正不胜邪。德宗至死不悟卢杞奸邪，殊属可怪。犹幸众论难违，不得已出窜远方，始能收复西京，而遗宪宗以成中兴大业。虽曰天命，岂非人事哉！

二十日（12 月 11 日）　阅袁了凡《纲鉴补》。

唐荆川以《纲》《鉴》二书合编，事有未备，了凡复因而补之，并载诸家评论于后，亦或间参以己评，自谓可补朱、马未及，而为今古完书。余细观之，事迹虽备，而纲目不分，使读者易于混淆，反不若原书之厘然可观也。盖《纲目》大书以提纲，分注以备言，岁周于上则天道明，统正于下而人道定，大纲概举，则监戒可明，众目毕张，而几微悉著。此本《春秋》义例以为成书，事之繁简虽与《通鉴》互有异同，要其大端则已不戾，固不必为之混合为一也。荆川必强而一之，转觉纲、目、鉴三者头绪不清。了凡于各条上虽加纲、目、鉴等字以别之，究之体例不分，颇失朱子大书细书之意。余前论欲合史与鉴为一者，特为读史者之便于诵习也。其纲目仍一本朱子之旧，不过遇史传之精萃可以为文法者，无妨全载以备揣摩，庶学者因文查事，即事为学，不废史，亦不荒于文耳。曩在滇，亦曾仿康节《皇极经世》，编年排卦，以断前明一代史事，理、数、事三者合二为一，亦颇灿然可观。俟暇当再推而排之，以为读史者之一助云。余论学多以河洛为主。存赤见余上曾涤帅《论学书》，因询余曰："河、洛之出，起自何时？"余转询之曰："人物之生，始自何年？"君不能答。盖河、洛原起，先儒多有疑者。要之，天地自然道理，不必深究其源。若必穷追远溯，核其所自来，则人物当前已莫究其所由始，顾不得谓不知所始，而人物遂不可以谓之人物也。河洛本天地自然之形，自然之理，自然之数，自然之气，随在皆有其形、理、气、数，故物物莫不有形、理、气、数以具其中，岂必待河出图、洛出书而后见哉？然则河洛亦不过斯道之借以传焉者也，必穷其源而始谓之道，毋乃泥而莫通欤？吾乡农人以鸡骨草签占卦，得古龟蓍法，如问其所传之年与人，则必不能对。大抵古圣人流传理数之学，多出文字之先，故难考据。后世学者，只当论其与道合否，不必沾沾穷诘，自堕训诂陋习，斯为得耳。

　　廿一日（12 月 12 日）　雪。阅《方舆纪要》。

　　吴中顾景范祖禹著。备考历代州域形势，综其大纲，敷扬贯串，以为之经；复采史传议论及读史诸评，分条胪列，以为之纬。非徒辨星土、详建置、志邑里已也，盖将有以明形势而并示以控制之机宜，察盛衰而兼识政事之得失。其词简而要，其事核而实，其文显而著，其旨长而精，藏之约而用之博，鉴远洞微，忧深虑广，诚古今之龟鉴，治平之药石也。有志用世者，不可不留意于其间。吴君兴祚为之序，其大略如此。余在宿松购获，携以自随，今始细阅，获益良多，始信吴言之不谬也。

　　廿二日（12 月 13 日）　晴。阅《方舆纪要》。

　　顾氏曰："明祖之得天下，善于用因而已。"余曰："天下事非有所因，而强而为之者，鲜不败乃事也。汉高之因陈涉以起兵，因项羽以亡秦，复因韩信以灭楚，无往而不用其因。然非用因之难，因而不失其所因之为难耳。太祖起事，先本图自存亡，故不先犯燕京，而于友谅、士诚之间，夺取金陵以为根本。其后见群雄均无能为，而元势又因之不振，乃以兵北定中原，而又不肯直走元都者，避实击虚，使彼自困而后取之，则不烦力而刃自解耳。此在元都未摇，元衅未开则然。若唐太宗之取隋，则以急据关中，然后号令天下为得志。何也？其时天子在外，朝廷无主，故当批吭扼喉，而肢体自废。李密说杨玄感以出隋不意，长驱入蓟，据临渝之险，扼其咽喉，以断炀帝归路；或直取长安，据险而守，以俟徐图，均不能用。其后柴孝和亦说密以西袭长安,徐洪客说密以直向江都,执取独夫,号令天下,密复不能从,以至于败。太宗天亶聪明,独能先人一着,以成大勋,岂非善观时势、明于料敌有以使之者哉?使明祖、太宗易地而处,吾知其必皆然矣。即推之光武、昭烈以及魏武、苻坚诸创业割据之君,莫不各有其沉几观变、缓急得宜之识,以集厥事。然非有所因,则亦无以用吾长,此又因之贵得乎其时也。因之时义微矣哉!"

廿三日(**12 月 14 日**)　阅《方舆纪要》。

顾氏谓明成祖靖难兵起,南国君臣亦未始不足有为也。合秦晋之步骑,乘西山而入三关,萃江海之舟航,扼天津而断午道。一隅之燕,岂遂足以当天下之众?乃贤如方、卓诸君子,曾未闻以出奇制胜、选将训兵为先务,既已丧败日闻,犹汲汲焉取太祖制度而更张之,若不知问罪者已在户外也。吁!此实人事之不臧,论者概谓之天道,岂其然乎?余观卓敬于燕王来朝时,已知其蓄异志,密请剪除。至方正学则专以改革祖制、上法周官为务。夫周公亦尝当管蔡之叛,东征二年,然后平治,非沾沾以制礼作乐自信,而无事于兵戎也。正学既有志学公,自当先其所急,而后其所缓,何乃胶执不通,徒务制作名而不法其戡乱材,真所谓书生当国,无裨实政,犹幸一死足以塞责,否则读书之名又将坏矣。

廿四日(**12 月 15 日**)　阅《纪事本末》。

唐德宗播迁时,陆宣公、李邺侯皆随行在,俱见信任,而宣公敷陈尤多。余观所议,率多迂缓,非救时大略,以致德宗虽复西京,终于不振。书生谋国,率多类是。其后宪宗用杜黄裳而平蜀乱,用裴晋公而平淮蔡,用武元衡而诛李锜。之数人者,无甚文采,终济大勋,亦可以见应事之大本矣。

廿五日(**12 月 16 日**)　阅《方舆纪要》。

宋南渡,陈同甫上《中兴论》,欲示形于唐、邓、上蔡间。使敌人专备京洛,而齐、秦之防必疏,而吾然后可以得志齐、秦。既已抚定齐、秦,则京洛将安往哉?此兵家批吭捣虚、形格势禁之法,惜当时不能用。忘耻事仇,苟活偷生,终于偏安,到底不振,良可叹也。

廿六日(12 月 17 日)　与陈章美夜话。

章美陈君言:"昆明小渔村民间孪生二子,时新兴老僧适经其地,见二黑气从空起,互相纠结若斗,异之,乃迹至其家,抚摩二子,授名而去。后数年,僧复至,乞其一以为徒。僧临死,徒已长成,乃告之故。徒归寻母,痛甚,母怜之,俾就己床息,而更覆以被,阖户暂出。次子遽归,不见母,仅一少年僧酣卧母榻,怒甚,举刀碎其脑。母归,而僧已毙,悔恨无及,以告官,而官亦难律以罪,仅禁毙之。是二子均以冤死。始知其初生时,二黑气已冤结于前生云。"今日房民有杀奸报仇者,卜臣亲往勘验回,因共谈此孽果,以为果报之说,亦未可尽以为非也。

廿七日(12 月 18 日)　拟作《中兴论》,未成。

历代中兴,势各不同。有承前人衰政而己独起而振兴之者,有国势将亡而诸臣别立一君以嗣统者,亦有国祚久终、远支旁族崛起而绍承之,皆谓之中兴。今之时势皆非比,而两宫垂帘以来,议政王协力辅政,首诛元恶,瑞应叠兴,人咸曰中兴可预卜也。余因作《中兴论》,首献三大政:曰讨贼,曰求贤,曰理财。语似平平,然果三政备举,则天下一新,谓非中兴而何?

廿八日(12 月 19 日)　作《中兴论》。

垂帘之政,首称宋室仁太后,人谓女中尧舜。然其时中外晏谧,故易为治,且无亲王辅政,亦得一意专行。今则世既多故,而又添派亲王议政,是垂帘而兼践祚,固合成周、元祐两朝而为一世也。特恐政令既纷,嫌疑易启,则又非天下国家福,故预忧之。

廿九日(12 月 20 日)　阅邸抄。

何根云已于本月廿七日正法西市,廿八日始奉上谕,谓其节节退避,辗转逃生,比照带兵大员失陷城寨律,予以斩监候。兹因情罪重大,故虽本年停勾,亦不宽待。根云罪本应得,惟似此而幸免者尚多,人生生死功罪,固有幸有不幸也。

星烈日记卷之九十四

鸿蒙室主人笔识

十一月初一日(12月21日) 日食。

日月交食,数之常也,而历代皆伐鼓以救,似乎不经,然此正人君借以自警耳。天有变而不知警,则将无所不为,而无示警之一时,岂圣王法天意欤?惟汉廷有不应则称贺,诬天堕法也实甚,能无贻讥后世?盖食之不应,乃算之未精,非天忽自改其度也。汉廷君臣若此,亦何愚哉!

初二日(12月22日) 冬至。

北方严寒,自较南方为甚。然三江两湖亦何尝不寒?唯南地气暖,寒觉易散,虽大雪盈丈,天一晴霁而雪即融,故寒气潜消。北地气冷,暖遂难回,故冬初积雪,天虽久晴而雪愈冻,其寒气莫解,此南北之所以悬殊。然今方冬至,而阳气较前数日已觉渐回,则又时令之正也。

初三日(12月23日) 阅邸抄。

黎庶昌前奉上谕,以知县用,交曾国藩军营差遣委用,以资造就。兹复为御史吕序程奏参,以为所陈各条,率多摭拾前史,议更定制,诚恐食古不化,胶固鲜通。因谕令曾国藩悉心查看,倘或迂拘寡效,徒托空言,即当甄核,以示循名责实之意。余前略阅所陈数事,悉多无当实政,兹果被议。但朝廷偶用言者一人,而诸臣因之生忌,则后虽有欲言者,谁复肯言?世风之薄,可叹也夫!

初四日(12月24日) 阅邸抄。

多隆阿部下哨官纷纷逃遁,奏请缉办。余前言其部众将解体,兹果渐次开端。盖多隆阿重用亲昵小子王万年及余福象二人,诸将官悉多不服,故奋勇之员均告假回籍,各有离心。今更逃遁七员,后更不知何所止也。

初五至初八日(12月25日至28日)　《中兴论》成。

凡一万一千三百余字,以篇幅过长,故别载《文集》内。国家近虽求言,有言亦未必能用,盖有治法,尤贵有治人耳。余之为是论也,亦姑存之,以待后用。虽无是事,亦不可无是言,岂必待用而始言哉!

初九日(12月29日)　阅《金石三例》。

卢雅雨先生取潘苍崖《金石例》十卷、王止仲《墓铭举例》四卷、黄梨洲《金石要例》一卷合刻,谓之《金石三例》。序略云:"文章无义例,惟碑碣之制,则备载姓氏、爵里、世系以及功烈、德望、子女、卒葬之类,近于史家,如《春秋》之有五十凡,故例尚焉。碑碣兴于汉魏,迄唐宋以下,而例则断自韩子。元潘苍崖创为《金石例》十卷,制器之楷式,为文之矩矱,靡不毕具。明王止仲又撰《墓铭举例》四卷。本朝黄梨洲以潘书未著'为例之义'与'坏例之始',作《金石要例》一卷,用补苍崖之阙。合三书而金石之例始赅。"

余观潘书,悉举金石义例,虽云详备,而立义过繁,其中颇有不必例而亦例之者。如上代兄弟、宗族、姻党,有书有不书,不过以著名不著名,初无定例,乃一一以例言之,岂不谬哉! 大略墓铭书法十有三事:曰讳、曰字、曰姓氏、曰乡邑、曰族出、曰行治、曰履历、曰卒日、曰寿年、曰妻、曰子、曰葬日、曰葬地。其序如此。至行文次序,略有先后不同,或例所有不书,或例所无书之,则又随时变例,因事增损。故郝伯常先生编类金石八例:曰世系、曰名字、曰始起、曰建功立事、曰年寿、曰薨卒、曰殡葬、曰铭辞。而其例已备。而苍崖又定为十五例:曰入作造端、曰名字族姓、曰乡贯、曰世次先德、曰文学艺能、曰仕进历官、曰政迹功德、曰享年卒葬、曰生娶嫁女、曰总述行迹、曰作碑志、曰钦辞、曰孤弱、曰祠庙原始、曰主庙祠祭。亦与伯常相类。学者只取韩、柳文阅之,其余可以类推也,何必为之纷纷定例,自取困缚哉? 惟制作称谓,不能不本诸古,而其义始当。略摘数条于此,以备观览云:"碑碣制度,五品以上立碑,螭首龟趺。二品以上,上高不得过一丈二尺;五品以上,上高不得过九尺;七品以上,立碣,圭首方趺,上高四尺。其执政官以上，听立坟峰。五品以下，不名碑，谓之墓碣。元以后有先茔、先德、昭先等碑，与神道碑、墓志等碑相似，而所书三代并妻子略有不同，须细辨之。而葬志、权厝志、归袝志、墓版文俱各有式。大抵先序世系姓氏，如墓志例，末则各申本义，故不同耳。至松墓表、阡表、神道表、坟前石表、殡表，名色虽多，文则不异。诔与祭文同用韵，而前微有小序。碑额真字八分书，谓之题额，义字则云篆额。古人书曾祖、皇祖考讳，魏公易皇以显字。显曾祖、显祖妣、显祖、显祖妣、显考、显妣。妻先亡曰显嫔，妻祭夫曰显辟，穆甫兄弟曰显穆甫。故今时忘称皇字与隧字。而韩文铭志括例，其书上代例曰其某世祖。书曾祖例曰曾大父，曰曾祖，曰大王父。书曾伯叔祖例曰曾伯祖。书祖曰大父，曰王父，曰祖。书父曰皇考，曰烈考，曰父。书母曰父娶某邑某氏女，曰公之父娶某邑某氏女，曰父娶某氏女，曰父娶某官某人女，曰母曰某县君，曰母夫人某氏，曰公先妣某郡某氏。书伯叔曰世父，曰叔父。书伯叔母。书兄弟姊妹曰母兄，曰归宗之妹，曰族弟。书妹夫曰婿，曰妹婿。书妻曰妻某郡人，曰公之配，曰夫人，曰公娶某郡某氏女，曰公娶某亲女。书子男曰能子，曰为后子。书子女婿曰长女婿，曰次女婿，曰季女婿。书舅姑曰姑氏，曰尊章。书外家曰外高王父，曰外王父，曰舅氏，曰夫人之兄，曰舅弟至其职名有出身者必书。若行文次序，有自宦业俊伟者叙起，而系妻子居后。有自急流勇退者叙起，次履历，次家世，而以死葬居后。有自事实叙，次履历、家世、子女，而以葬年月居后。有先叙姓字三代，次履历，而以妻子居后。亦有先叙死年月起，有先叙死者葬地起者，有无履历可叙者，有仅有初筮可书者。叙文辞之盛者，自赐庙叙起者，自乞铭叙起者，志无铭者，述其妻子之辞者，各以其类求之可也。"

初十日（12 月 30 日）　阅《金石要例》。

黄梨洲云："牌板之体，至宋末元初而坏。逮至今日，作者既张、王、李、赵之流，子孙得之以答赙奠与纸钱、寓马相为出入，使人知其子侄婚姻而已。其坏又甚于元时，似世系而非世系，似履历而非履历,市声俗轨相沿,不觉其非。"故作《要例》,以补潘书之缺。余阅之,与苍崖、止仲俱觉精当,有义可循,爰摘其略于此云:"妇人从夫,故志合葬者,其题只书夫官与名,未有书'暨配某氏'也。自唐至元,皆无夫妇同列者,惟王慎中集中始有之,盖起自近世耳。

妇女之志,以夫爵冠之。其后夫而死者,其葬书'祔葬'。

碑志之作,当直书其名字。

名位著者称公。名位虽著,同辈以下称君,耆旧则称府君,友人则称字。姚牧庵称赵提刑夫人为杨君,则变例也。

墓志而无铭者,盖叙事即铭也。非以叙事属志,韵语属铭。如作赋者末有'重曰''乱曰'总之,是赋不可谓'重是重,乱是乱'也。故无铭者,犹赋之无'重'无'乱'者也。铭亦有有韵之铭,有无韵之铭。墓表、神道碑亦有铭,有不铭。

墓表,表其人之大略可以传世者,不必细详行事,如唐文通先生、宋明道先生之《表》是也。三品以上神道碑、四品以下墓表,铭藏于幽室,人不可见。碑、表施于墓上,以之示人。虽碑、表之名不同,其实一也。自有墓表,更无墓碣,则墓志之制,方趺圆首可知矣,故与碑分品级。柳州称神道表,神道与墓,无品级之可分也。

妇人、妃、主亦称神道碑,如张说'和丽妃''息国长公主',杨绾'汾阳夫人'是也。

行状为议谥而作,与求志而作者,其体稍异。为谥者须将谥法配之,可不书婚娶子姓,为求文者备书之可也。

自唐以来,有官不应谥亦为行状者,将求名世之士为之志铭,而行状之本意始反矣。妇人不为行状,然江淹、任昉皆有妇人行状,则妇人又未始不为行状也。

行状、行实、行述名异而实同。今人为其父行状,称其父之父为王父,王父之父为曾王父,曾王父之父为高王父,非也。称谓当以父为主,故穆员状父云'高祖某,曾祖某,祖某,考某',未尝以员之自称易之。

志铭藏于矿中，宜简；神道碑立于墓上，宜详。墓志亦有为铭者。

子女不分书所出。

妇人之志，非其所生者不书。

婢妾所生之子，书其子，不书其母。元后此例遂坏，有称'侧室某氏出'者，宋景濂称妾为少房。

张景妻唐氏再适，宋祁载之。此变例也。

韩文公三女，其长女初适李汉，改适樊宗懿，志书'婿左拾遗李汉、聱集贤校理樊宗懿'，次女许嫁陈氏，三女未笄。聱即婿之别名，此皇甫持正变例也。"

十一日(12月31日)　阅《文心雕龙》。

梁刘舍人勰著。自《原道》至《序志》共五十篇。杨升庵先生批点其精警处，用五色笔圈点，眉目甚为明朗。盖六朝文字风骨虽未振举，而琢句之工较后人为多，亦艺苑之珠林璧薮也。爰摘其警句，以为文心之一助云。

《原道》："人文之元，肇自太极，幽赞神明，《易》象惟先。庖牺画其始，仲尼翼其终。而《乾》《坤》两位，独制《文言》。言之文也，天地之心哉！"

"至于林籁结响，调如竽瑟；泉石激韵，和若球锽。故形立则章成矣，声发则文生矣。"

"木铎起而千里应，席珍流而万世响。"

"然后能经纬区宇，弥纶彝宪，发辉事业，彪炳辞义。"

《征圣》："作者曰圣，述者曰明。"

"夫鉴周日月，妙极机神；文成规矩，思合符契。或简言以达旨，或博文以该情，或明理以立体，或隐义以藏用。"

"书契断决以象夬，文章昭晰以象离。"

"然则圣文之雅丽，固衔华而佩实者也。"

"精理为文，秀气成采。百龄影徂，千载心在。"

《宗经》："经也者，恒久之至道，不刊之鸿教也。故象天地，效鬼神,参物序,制人纪,洞性灵之奥区,极文章之骨髓者也。"

"然而道心惟微,圣谟卓绝,墙宇重峻,而吐纳自深。譬万钧之洪钟,无铮铮之细响矣。"

"根柢槃深,枝叶峻茂,辞约而旨丰,事近而喻远。"

"若禀经以制式,酌雅以富言,是仰山而铸铜,煮海而为盐也。故文能宗经,体有六义:一则情深而不诡,二则风清而不杂,三则事信而不诞,四则义直而不回,五则体约而不芜,六则文丽而不淫。"

"楚艳汉侈,流弊不还。"

"性灵镕匠,文章奥府。渊哉铄乎,群言之祖。"

《正纬》:"神道阐幽,天命微显,马龙出而大《易》兴,神龟见而《洪范》耀。"

"经显,圣训也;纬隐,神教也。鸟鸣似语,虫叶成字。"

"是以桓谭疾其虚伪,尹敏戏其深瑕,张衡发其僻谬,荀悦明其诡诞。若乃曦农轩皞之源,山渎钟律之要,白鱼赤乌之符,黄金紫玉之瑞,事丰奇伟,辞富膏腴,无益经典而有助文章。"

《辨骚》:"自《风》《雅》寝声,莫或抽绪,奇文郁起,其《离骚》哉!"

"驷虬乘鹥,则时乘六龙;昆仑流沙,则《禹贡》敷土。"

"故其陈尧舜之耿介,称汤武之祗敬,典诰之体也;讥桀纣之猖披,伤羿浇之颠陨,规讽之旨也;虬龙以喻君子,云蜺以譬谗邪,比兴之义也;每一顾而淹涕,叹君门之九重,忠恕之辞也。观兹四事,同于《风》《雅》者也。至于托云龙,说迂怪,丰隆求宓妃,鸩鸟媒娀女,诡异之辞也;康回倾地,夷羿彃日,木夫九首,土伯三目,谲怪之谈也;依彭咸之遗则,从子胥以自适,狷狭之志也;士女杂坐,乱而不分,指以为乐,娱酒不废,沉湎日夜,举以为欢,荒淫之意。摘此四事,异乎经典者。"

"虽取镕经意,亦自铸伟辞。故《骚经》《九章》,朗丽以哀志;《九歌》《九辩》,绮靡以伤情;《远游》《天问》,瑰诡而惠巧;《招魂》《招隐》耀艳而深华,《卜居》标放言之志,《渔父》寄独往之才,故能气饱轹古,辞来切今,惊采绝艳,难与并能矣。"

"故其叙情怨,则郁伊而易感;述离居,则怆怏而难怀;论山水,则循声而得貌;言节候,则披文而见时。"

"才高者菀其鸿裁,中巧者猎其艳辞,吟讽者衔其山川,童蒙者拾其香草。"

"亦不复乞灵于长卿,假宠于子渊矣。"

十二日(1863 年 1 月 1 日)　阅《文心雕龙》。

余既摘其警句,义理甚精,较诸全文,尤耐讽诵,因更录于后云。

《明诗》:"诗者,持也,持人情性;三百之蔽,义归无邪,持之为训,有符焉尔。"

"四始彪炳,六义环生。"

"自王泽殄竭,风人缀采,春秋观志,讽诵旧章,酬酢以为宾荣,吐纳而成身文。"

"观其结体散文,直而不野,婉转附物,怊怅切情,实五言之冠冕也。"

"文帝陈思,纵辔以骋节;王徐应刘,望路而争驱;并怜风月,狎池苑,述恩荣,叙酣宴,慷慨以任气,磊落以使才;造怀指事,不求纤密之巧,驱辞逐貌,唯取昭晰之能。"

"正始明道,诗杂仙心。"

"嵇旨清峻,阮旨遥深。"

"潘张陆左,比肩诗衢,采缛于正始,力柔于建安。"

"俪采百字之偶,争价一句之奇,情必极貌以写物,辞必穷力而追新,此近世之所竞也。"

"若夫四言正体,雅润为本;五言流调,清丽居宗。"

"若妙识所难,其易也将至;忽之为易,其难也方来。"

《乐府》:"涂山歌于候人,始为南音;有娀谣乎飞燕,始为北声;夏甲叹于东阳,东音以发;殷整思于西河,西音以兴。"

"志感丝篁,气变金石。"

"师旷觇风于盛衰,季札鉴微于兴废。"

"乐本心术,故响浃肌髓。"

"《桂华》杂曲,丽而不经;《赤雁》群篇,靡而非典。"

"好乐无荒,晋风所以称远;伊其相谑,郑国所以云亡。"

"雅咏温恭,必欠伸鱼睨;奇辞切至,则拊髀雀跃。"

"讴吟坰野,金石云陛。"

《诠赋》:"赋也者,受命于诗人,招字于楚辞也。"

"六义附庸,蔚成大国。"

"陆贾扣其端,贾谊振其绪,枚马同其风,王扬骋其势。"

"草区禽族,庶品杂类。"

"观夫荀结隐语,事数自环,宋发巧谈,实始淫丽。枚乘《菟园》,举要以会新;相如《上林》,繁类以成艳;贾谊《鵩鸟》,致辨于情理;子渊《洞箫》,穷变于声貌;孟坚《两都》,明绚以雅瞻;张衡《二京》,迅发以宏富;子云《甘泉》,构深伟之风;延寿《灵光》,含飞动之势。凡此十家,并辞赋之流也。"

"仲宣靡密,发端必遒;伟长博通,时逢壮采;太冲安仁,策勋于鸿规;士衡子安,底绩于流制。景纯绮巧,缛理有余;彦伯梗概,情韵不匮。"

"如组织之品朱紫,画绘之着玄黄。"

"此扬子所以追悔于雕虫,贻诮于雾縠者也。"

《颂赞》:"风雅序人,事兼变正;颂主告神,义必纯美。"

"及三闾《橘颂》,情采芬芳,比类寓意,又覃及细物矣。"

"原夫颂惟典雅,辞必清铄,敷写似赋,而不入华侈之区;敬慎如铭,而异乎规戒之域;揄扬以发藻,汪洋以树仪。"

"赞者,明也。约举以尽情,昭灼以述义。"

"年积愈远,音徽如旦。"

《祝盟》:"若夫《楚辞·招魂》,可谓祝辞之组丽也。"

"秘祝移过,异于成汤之心,侲子驱疫,同乎越巫之祝。"

"祈祷之式，必诚必敬；祭奠之楷，宜恭且哀。班固之祀涿山，祈祷之诚敬也；潘岳之祭庚妇，奠祭之恭哀也。"

"盟者，明也。骍毛白马，珠盘玉敦，陈辞乎方明之下，祝告于神明者也。"

"秦昭盟夷，设黄龙之诅；汉祖建侯，定山河之誓。臧洪歃辞，气截云蜺；刘琨铁誓，精贯霏霜。"

"盟之大体，必序危机，奖忠孝，共存亡，戮心力，祈幽灵以取鉴，指九天以为正，感激以立诚，切至以敷辞。"

十三日(1月2日)　阅《文心雕龙》。

《铭箴》："昔帝轩刻舆几以弼违，大禹勒笋簴而招谏。成汤盘盂，著日新之规；武王户席，题必戒之训。周公慎言于金人，仲尼革容于欹器，则先圣鉴戒，其来久矣。"

"夏铸九牧之金鼎，周勒肃慎之楛矢，令德之事也；吕望铭功于昆吾，仲山镂绩于庸器，计功之义也；魏颗纪勋于景钟，孔悝表勒于卫鼎，称伐之类也。若乃飞廉有石椁之锡，灵公有蒿里之谥，铭发幽石，吁可怪矣！赵灵勒迹于番吾，秦昭刻博于华山，夸诞示后，吁可笑也！"

"箴全御过，故文资确切；铭兼褒赞，故体贵弘润。其取事也必核以辨，其摛文也必简而深。"

《诔碑》："诔之为制，盖选言以录行，传体而颂文，荣始而哀终。论其人也，暧乎若可觌；道其哀也，凄焉如可伤。"

"观风似面，听辞如泣。石墨镌华，颓影岂忒？"

《哀吊》："情主于痛伤，而辞穷乎爱惜。"

"必使情往会悲，文来引泣。"

"贾谊浮湘，发愤吊屈。体同而事核，辞清而理哀。"

"祢衡之吊平子，缛丽而轻清；陆机之吊魏武，序巧而文繁。"

《杂文》："枚乘摛艳，首制《七发》，腴辞云构，夸丽风骇。"

"(杨)[扬]雄《解嘲》，杂以谐谑，回环自释，颇亦为工。班固《宾戏》，含懿采之华；崔骃《达旨》，吐典言之裁；张衡《应间》，密而兼雅；

崔寔《客讥》,整而微质;蔡邕《释诲》,体奥而文炳;景纯《客傲》,情见而采蔚。"

"莫不渊岳其心,麟凤其采。"

"甘意摇骨体,艳辞动魂识。"

"所谓'先骋郑卫之声,曲终而雅奏'者也。"

《谐隐》:"心险如山,口壅若川,怨怒之情不一,欢谑之言无方。华元弃甲,城者发睅目之讴;臧纥丧师,国人造侏儒之歌。"

"蚕蟹鄙谚,貍首淫哇,苟可箴戒,载于礼典。"

"昔还社求拯于楚师,喻眢井而称麦曲;叔仪乞粮于鲁人,歌佩玉而呼庚癸;伍举刺荆王以大鸟,齐客讥薛公以海鱼;庄姬托辞于龙尾,臧文谬书于羊裘。隐语之用,被于纪传。"

十四日(1月3日) 阅《文心雕龙》。

《史传》:"原夫载籍之作也,必贯乎百氏,被之千载,表征盛衰,殷鉴兴废,使一代之制,共日月而长存,王霸之迹,并天地而久大。"

"是立义选言,宜依经以树则;劝戒与夺,必附圣以居宗。或有同归一事,而数人分功,两记则失于复重,偏举则病于不周。"

"若乃尊贤隐讳,固尼父之圣旨,盖纤瑕不能玷瑾瑜也;奸慝惩戒,实良史之直笔,农夫见莠,其必锄也。"

《诸子》:"百姓之群居,苦纷杂而莫显;君子之处世,疾名德之不章。唯英才特达,则炳曜垂文,腾其姓氏,悬诸日月焉。"

"鬻子知道,而王谘询,余文遗事,录为《鬻子》。伯阳老子识礼,而仲尼访问,爰序道德,以冠百氏。鬻惟文友,李实孔师,圣贤并世,而经子异流矣。"

"孟轲膺儒以磬折,庄周述道以翱翔。墨翟执俭确之教,尹文课名实之符,野老治国于地利,驺子养政于天文,申商刀锯以制理,鬼谷唇吻以策勋,尸佼兼总于杂术,青史曲缀于街谈。"

"阑言兼存,璅语必录,类聚而求,亦充箱照轸矣。"

"其纯粹者入矩,踳驳者出规。《礼记·月令》,取乎吕氏之纪;三年问丧,写乎《荀子》之书;此纯粹之类也。若乃汤之问棘,云蚊睫有雷霆之声;惠施对梁王,云蜗角有伏尸之战;《列子》有移山跨海之谈,《淮南》有倾天折地之说,此踳驳之类也。至如商韩,六虱五蠹,弃孝废仁,辕药之祸,非虚至也。"

"研夫孟、荀所述,理懿而辞雅;管、晏属篇,事核而言练;列御寇之书,气伟而采奇;邹子之说,心奢而辞壮;墨翟、随巢,意显而语质;尸佼、尉缭,术通而文钝;鹖冠绵绵,亟发深言;鬼谷眇眇,每环奥义;情辨以泽,文子擅其能;辞约而精,尹文得其要;慎到析密理之巧,韩非著博喻之富;吕氏鉴远而体周,淮南泛采而文丽;斯则百氏之华采,而辞气之大略也。"

《论说》:"论也者,弥纶群言,而研精一理者也。"

"师心独见,锋颖精密。"

"必使心与理合,弥缝莫见其隙;辞共心密,敌人不知所乘。"

"辞辨者,反义而取通;暨战国争雄,辨士云涌;纵横参谋,长短角势;转丸骋其巧辞,飞钳伏其精术。一人之辨,重于九鼎之宝;三寸之舌,强于百万之师。"

《诏策》:"命之为义,制性之本也。"

"其出如綍,不反若汗。是以淮南有英才,武帝使相如视草;陇右多文士,光武加意于书辞。"

"故授官选贤,则义炳重离之辉;优文封策,则气含风雨之润;敕戒恒诰,则笔吐星汉之华;治戎燮伐,则声有洊雷之威;眚灾肆赦,则文有春露之滋;明罚敕法,则辞有秋霜之烈。"

《檄移》:"天子亲戎,则称'恭行天罚';诸侯御师,则云'肃将王诛'。故分阃推毂,奉辞伐罪,非唯致果为毅,亦且厉辞为武。使声如冲风所击,气似欃枪所扫。"

"百尺之冲,摧折于尺书;万雉之城,颠坠于一檄。"

"标蓍龟于前验,悬鞶鉴于已然。"

"刘歆之《移太常》,辞刚而义辨,文移之首也;陆机之《移百官》,

言约而事显,武移之要者也。"

十五日(1月4日) 阅《文心雕龙》。

《封禅》:"潬潬㘩㘩,梦梦雉雉,万物尽化。言至德所被也。"

"表权舆,序皇王,炳玄符,镜鸿业。"

. "故称'《封禅》丽而不典,《剧秦》典而不实'。意古而不晦于深,文今而坠于浅;义吐光芒,辞成廉锷。"

《章表》:"左雄奏议,台阁为式;胡广章奏,天下第一。"

"文举之《荐祢衡》,气扬采飞;孔明之辞后主,志尽文畅。"

《奏启》:"周之太仆,绳愆纠谬;秦之御史,职主文法。"

"总法家之式,秉儒家文,不畏强御,气流墨中,无纵诡随,声动简外。"

《议对》:"洪水之难,尧咨四岳,宅揆之举,舜畴五臣。"

"动先拟议,明用稽疑。"

"理不谬摇其枝,字不妄舒其藻。"

"文以辨洁为能,不以繁缛为巧;事以明核为美,不以深隐为奇。"

"昔秦女嫁晋,从文衣之媵,晋人贵媵而贱女;楚珠鬻郑,为薰桂之椟,郑人买椟而还珠。若文浮于理,末胜其本,则秦女楚珠,复在于兹矣。"

"是以汉饮博士,而雉集乎堂;晋策秀才,而麕兴于前。"

《书记》:"言以散郁陶,托风采,故宜条畅以任气,优柔以怿怀。"

"是以总领黎庶,则有谱籍簿录;医历星筮,则有方术占试;申宪述兵,则有律令法制;朝市征信,则有符契券疏;百官询事,则有关刺解谍;万民达志,则有状列辞谚。"

"谱者,普也;籍者,借也;薄者,圃也;录者,领也;方者,隅也;术者,路也;占者,觇也;式者,则也;律者,中也;令者,命也;法者,象也;制者,裁也;符者,孚也;契者,结也;券者,束也。疏者,布也;关者,闭也;刺者,达也;解者,释也;谍者,叶也;状者,貌也;列者,陈也;辞者,舌端之文;谚者,直语也。"

"然才冠鸿笔，多疏尺牍，譬九方堙之识骏足，而不知毛色牝壮也。"

十六日（1月5日）　表甥陈韫山璠来自湖南。

韫山随其叔祖宦游楚南已七八年，兹孤身来此，盖乡乱未已，难遽归也。其族叔去岁亦由广南至楚，据云广南城十里以外皆变为贼，城边种稻，非备械相保不能获。城内瘟疫大行，死者无棺，堆骨成山，居民已渐寥落。去夏回匪犹来攻城，已由西门进焚庐舍，旋为城勇击退。然回民于开广交界处筑城自固，每岁暮必来攻城一次，四乡夷民悉为煽动，府城危若幕巢垒卵，恐难久而无覆也。余室人雷氏九年十二月亦已物故，其天性乖僻，不贤不孝，自取亡身，无可痛惜。惟堂上双棺，未能归葬，不禁潸然泪下耳。

十七日（1月6日）　阅《文心雕龙》。

《神思》："是以陶钧文思，贵在灵静，疏瀹五藏，澡雪精神。积学以储宝，酌理以富才，研阅以穷照，驯致以绎辞，然后使玄解之宰，寻声律而定墨；独照之匠，窥意象而运斤。"

"夫神思方运，万涂竞萌，规矩虚位，刻镂无形。登山则情满于山，观海则意溢于海，我才之多少，将与风云而并驱矣。方其搦翰，气倍辞前，暨乎篇成，半折心始。何则？意翻空而易奇，言征实而难巧也。"

"相如含笔而腐毫，扬雄辍翰而惊楚，桓谭疾感于苦思，王充气竭于思虑，张衡研京以十年，左思练都以一纪。虽有巨文，亦思之缓也。淮南崇朝而赋骚，枚皋应诏而成赋，子建援牍如口诵，仲宣举笔似宿构，阮瑀据案而制书，祢衡当食而草奏，虽有短篇，亦思之速也。"

"理郁者苦贫，辞溺者伤乱，然则博闻为馈贫之粮，贯一为拯乱之药。"

十八日（1月7日）　阅《文心雕龙》。

《体性》："笔区云谲，文苑波诡。"

"是以贾生俊发，故文洁而体清；长卿傲诞，故理侈而辞溢；子云

沉寂，故志隐而味深；子政简易，故趣昭而事博；孟坚雅懿，故裁密而
思靡；平子淹通，故虑周而藻密；仲宣躁锐，故颖出而才果；公干气褊，
故言壮而情骇；嗣宗俶傥，故响逸而调远；叔夜俊侠，故兴高而采烈；
安仁轻敏，故锋发而韵流；士衡矜重，故情繁而辞隐。"

"故宜摹体以定习，因性以练才。"

十九日（1月8日） 阅邸抄。

苏州贼伪忠王率众同攻曾国荃营四十余日自九月至十月，冀解金
陵之围。飞梯地道，百计齐施，我军阵亡员弁至二百余人，而率能固
守，击退援贼，亦可谓大战场矣。然贼退而能来，我军进而难退，岂不
重可危哉！

二十日（1月9日） 阅《文心雕龙》。

《风骨》："怊怅述情，必始乎风；沉吟铺辞，莫先于骨。故辞之待
骨，如体之树骸；情之含风，犹形之包气。结言端直，则文骨成焉；意
气骏爽，则文风清焉。"

"练于骨者，析辞必精；深乎风者，述情必显。捶字坚而难移，结
响凝而不滞，此风骨之力也。若瘠义肥辞，繁杂失统，则无骨之征也。
思不环周，牵莫乏气，则无风之验也。"

"夫翚翟备色，翾翥百步，肌丰而力沉也；鹰隼乏采，翰飞戾天，骨
劲而气猛也。"

"若风骨乏采，则鸷集翰林；采乏风骨，则雉窜文囿；唯藻耀而高
翔，固文笔之鸣凤也。"

《通变》："黄唐淳而质，虞夏质而辨，商周丽而则，楚汉侈而艳，魏
晋浅而绮，宋初讹而新。"

"夫青生于蓝，绛生于蒨。故练青濯绛，必归蓝蒨。"

"采如宛虹之奋鬐，光若长离之振翼。若乃龌龊于偏解，矜激乎
一致，此庭间之回骤，岂万里之逸步哉！"

廿一日（1月10日） 阅《文心雕龙》。

《情采》："夫水性虚而沦漪结，木体实而花萼振，文附质也。虎豹

无文,则鞟同犬羊;犀兕有皮,而色资丹漆,质待文也。"

"镂心鸟迹之中,织辞鱼网之上。"

"一曰形文,五色是也;二曰声文,五音是也;三曰情文,五性是也。五色杂而成黼黻,五音比而成韶夏,五性发而为辞章。"

"绮丽以艳说,藻饰以辩雕。"

"夫铅黛所以饰容,而盼倩生于淑姿;文采所以饰言,而辩丽本于情性。"

"诗人什篇,为情而造文;辞人赋颂,为文而造情。"

"故有志深轩冕,而泛咏皋壤。心缠几务,而虚述人外。真宰弗存,翩其反矣。"

廿二日(1月11日)　阅邸抄。

本月十八日上谕,以潘祖荫等奏参胜保冒饷纳贿,纵兵殃民,曾经谕令僧格林沁查核。兹复据楚北抚臣列奏其不法状,并抄呈陕民诸信函,其罪既实,因饬多隆阿将胜保拿解来京治罪。并查办其私人本日在京籍没其产,以充军饷,其在营所籍者,即以赏给军士,一大快事也。然近日带勇诸将,大半皆胜保所为,特胜保又其甚焉者耳。

廿三日(1月12日)　阅《文心雕龙》。

《熔裁》:"规范本体谓之熔,剪截浮词谓之裁。"

"是以草创鸿笔,先标三准:履端于始,则设情以位体;举正于中,则酌事以取类;归余于终,则撮辞以举要。"

"昔谢艾、王济,西河文士,张俊以为'艾繁而不可删,济略而不可益'。"

《声律》:"疾呼中宫,徐呼中征。夫商徵响高,宫羽声下;抗喉矫舌之差,攒唇激齿之异。"

"外听之易,弦以手定,内听之难,声与心纷。"

"双声隔字而每舛,叠韵杂句而必睽;沉则响发而断,飞则声扬不还。"

"若夫宫商大和,譬诸吹籥;翻回取均,颇似调瑟。瑟资移柱,故有时而乖贰；籥含定管，故无往而不壹。"

廿四日（1 月 13 日） 阅《文心雕龙》。

《章句》："宅情曰章，位言曰句。"

"譬舞容回环，而有缀兆之位；歌声靡曼，而有抗坠之节也。"

"故能外文绮交，内义脉注，跗萼相衔，首尾一体。"

《丽辞》："造物赋形，支体必双，神理为用，事不孤立。"

"言对为易，事对为难；反对为优，正对为劣。"

《比兴》："诗刺道丧，故兴义销亡。于是赋颂先鸣，故比体云构。"

"夫比之为义，取类不常；或喻于声，或方于貌，或拟于心，或譬于事。"

《夸饰》："是以言峻则嵩高极天，论狭则河不容舠，说多则子孙千亿，称少则民靡孑遗；襄陵举滔天之目，倒戈立漂杵之论。"

"故上林之馆，奔星与宛虹入轩；从禽之盛，飞廉与鹪鹩俱获。"

《事类》："有饱学而才馁，有才富而学贫。"

"狐腋非一皮能温，鸡蹠必数千而饱。"

"譬寸辖制轮，尺枢运关也。"

"经籍深富，辞理遐亘。皓如江海，郁若昆邓。"

廿五日（1 月 14 日） 雪。阅《文心雕龙》。

《练字》："一避诡异，二省联边，三权重出，四调单复。诡异者，字体瑰怪者也。"

"联边者，半字同文者也。"

"重出者，同字相犯者也。"

"单复者，字形肥瘠者也。"

"晋之史记，三豕渡河。《尚书大传》有'别风淮雨'，《帝王世纪》云'列风淫雨'。"

"'淫''列'义当而不奇，'淮''别'理乖而新异。"

《隐秀》："隐也者，文外之重旨者也；秀也者，篇中之独拔者也。"

"或有雕削取巧，虽美非秀矣。"

"秀句所以昭文苑。"

廿六日(1月15日) 阅《文心雕龙》。

《指瑕》:"无翼而飞者声也,无根而固者情也。然则声不假翼,其飞甚易;情不待根,其固匪难。"

《养气》:"辞务日新,争光鬻采。"

"或惭凫企鹤,沥辞镌思。于是精气内销,有似尾闾之波;神志外伤,同乎牛山之木。"

"秉牍以驱龄,洒翰以伐性。"

"清和其心,调畅其气,烦而即舍,勿使壅滞,意得则舒怀以命笔,理伏则投笔以卷怀,逍遥以针劳,谈笑以药倦,常弄闲于才锋,贾余于文勇。"

《附会》:"扶阳而出条,顺阴而藏迹。"

"改章难于造篇,易字难于代句。"

《总术》:"视之则锦绘,听之则丝簧,味之则甘腴,佩之则芬芳。"

廿七日(1月16日) 阅《文心雕龙》。

《时序》:"春秋以后,角战英雄,六经泥蟠,百家飙骇。"

"唯齐、楚两国,颇有文学。齐开庄衢之第,楚广兰台之宫,孟轲宾馆,荀卿宰邑,故稷下扇其清风,兰陵郁其茂俗,邹子以谈天飞誉,驺奭以雕龙驰响,屈平联藻于日月,宋玉交彩于风云。观其艳说,则笼罩《雅》《颂》,故知晔之奇意,出乎纵横之诡俗也。"

《物色》:"阳气萌而玄驹步,阴律凝而丹鸟羞。"

"故'灼灼'状桃花之鲜,'依依'尽杨柳之貌,'杲杲'为出日之容,'瀌瀌'拟雨雪之状,'喈喈'逐黄鸟之声,'喓喓'学草虫之韵。"

"诡势瑰声,模山范水。"

"莫不因方以借巧,即势以会奇。"

"山沓水匝,树杂云合。目既往还,心亦吐纳。春日迟迟,秋风飒飒。情往似赠,兴未如答。"

廿八日(1月17日) 阅《文心雕龙》。

《才略》："乐毅报书辨而义，范雎上疏密而至，苏秦历说壮而中，李斯自奏丽而动。"

"观夫后汉才林，可参西京；晋世文苑，足俪邺都。然而魏诗话言，必以元封为称首；宋来美谈，亦以建安为口实。何也？岂非崇文之盛世，招才之嘉会哉？"

《知音》："夫古来知音，多贱同而思古。所谓'日进前而不御，遥闻声而相思'也。然鲁臣以麟为麏，楚人以雉为凤，魏民以夜光为怪石，宋客以燕砾为宝珠。会己则嗟讽，异我则沮弃，各执一隅之解，欲拟万端之变，所谓'东向而望，不见西墙'也。"

廿九日（1 月 18 日）　阅《文心雕龙》。

《程器》："相如窃妻而受金，（杨）[扬]雄嗜酒而少算，敬通之不循廉隅，杜笃之请求无厌，班固谄窦以作威，马融党梁而黩货，文举傲诞以速诛，正平狂憨以致戮，仲宣轻锐以躁竞，孔璋憁恫以粗疏，丁仪贪婪以乞货，路粹𫗦啜而无耻，潘岳诡祷于愍怀，陆机倾仄于贾郭，傅玄刚隘而詈台，孙楚狠愎而讼府。"

《序志》："夫铨序一文为易，弥纶群言为难。"

"及其品列成文，有同乎旧谈者，非雷同也，势自不可异也；有异乎前论者，非苟异也，理自不可同也。但言不尽意，圣人所难，识在瓶管，何能矩矱。茫茫往代，既沉予闻；眇眇来世，谅尘彼观也。"

星烈日记卷之九十五

鸿蒙室主人笔识

十二月初一日（1 月 19 日） 阅邸抄。

郑元善、张曜等同攻汝宁捻匪，已覆其巢，并擒渠魁，汝、信之间，道路稍通。前阅报，元善奏参藩司张曜不能得力，改授总兵。旋又降元善职，以道员补用，不知何故。兹二人仍同攻贼，虽获大捷，亦未见其能开复。近又闻山东捻匪窜扰至南宫县界，大名道某受伤阵亡，亦有云南宫城陷者。

初二日（1 月 20 日） 与陈甥韫山夜话。

陈甥璠近同寓房署斋，每夜谈乡关旧事，知亲友多下世。而尤奇者，表侄严从矩年十六而夭，所订室康氏年仅十三，未过门，欲奔丧，而父母不从，遂大痛，自缢以殉，亦奇女也。近房山学博寇君女亦十三龄，许字民间，夫早殁，复有来议婚者，女闻之，亦绝食数日而死。此二女年未及笄，而性烈如是，何相类欤？因念忠孝节烈，出自性生，非可伪为。苟其秉性忠贞，虽百折而不挠，即事过境迁，而本性自存，所谓天也。不然，十二三龄女子，何知大义，且迟之又久，而激烈如故，岂可以矫情貌饰而伪袭之也哉？

初三日（1 月 21 日） 闻贼抵束鹿县。

山东捻匪围大名、南宫诸郡县，骑马贼亦二千余，往来肆掠，河北大乱。近又闻围攻束鹿、保定，臬司率师往救，未审能及与否。捻匪志在掠财，不甚攻城，骑马贼则尤飘忽无定，然亦可虑也已。

初四日（1 月 22 日） 阅邸抄。

御史延楷等奏："陆运漕粮由通州运赴大通桥，乃行至十里铺、长营庄、黄金村、搭连坡等处，均有不识姓名多人拦车索米，用铁签将袋扎破，接米而逃，并将车夫打伤。十四日，复于草房地方被抢，又于搭连坡被匪拦阻，坚不放行。"京畿近地乱民如是且不能制，况远方乎？

初五日(1月23日) 阅《全唐诗录》。

康熙间礼部侍郎徐焯进呈本。唐人之诗,虽未尽此,然其佳者亦略具矣。余拟分风、雅、颂三义选唐诗,风体甚多,颂则寥寥。盖后世功德甚薄,故颂声不作,几至于音沉响寂,亦可以观世道之下也。即所谓风,亦多浮薄淫侈、狎亵狂放之习,求如《关雎》雅化,乐不淫、哀不伤者,眇不可得。编诗至此,几能不令人动怀古思也哉!

初六日(1月24日) 阅《养恬斋笔记》。

山阴高君骧云令房时所记,阅之亦足补记所未备。中有云汉祠房山于灵寿,隋置房山县,唐改为平山,今隶正定府。凡唐宋以前言房山者皆平山,非今房山县也。今大房山本名大防山,见《太平寰宇记》。今房山县本良乡地,金始置县,曰万宁,又曰奉先,以安陵故。元始改今名,隶涿州,明及国朝因之,乾隆时始定今制。元尚书高克恭善画,人称高房山,则此房山著名之始也。尚书坟在羊头冈下,见《铁网珊瑚》,今寻访不可得。

初七日(1月25日) 阅《房山县记》。

县虽有志,而漫漶不可读。偶阅其零章断句,亦极鄙陋不雅驯,殊令人闷闷欲杀。唯于残图中细认其峰峦郁律,丘壑回环,颇有山阴千岩万壑之胜。古来题咏尚多,盖此地为贾长江故里,后又有高房山以为之继,遂觉山川生色矣。姚少师广孝墓亦在境内。金陵离城不甚远。其山之著者曰上方山,曰石经山,曰红螺崄,曰孔水洞,曰泓玉桥,曰大房山,曰留台尖,曰贾岛峪,曰张良洞,曰庞涓洞,曰孙膑洞,曰石经洞,洞藏石刻梵经,因以得名。隋大业中,僧静琬居此,募工凿石,愿刻佛经一藏。至唐贞观中,仅成《大涅槃经》,而琬化去,琬之徒相继始完。其石经贮于洞者七,贮于穴者二。洞则键以石户,穴则镇以浮图,皆刻石志之云。

初八日(1月26日) 与边介石夜谈。

边君介石为漱珊师第四子,故来署,拟春间同作房山游。为言其族祖某公善扶乩,一日降坛,忽有称主山大仙者,诗云:"万岭千峰一谷口，百兽之长乘风走。群木寂寂无声时，长对天地自一吼。"又云："北风大作草木哀，天寒云冷石门开。群崖峭立乱峰时，涧阔月高独自来。"又云："何年天门开，乘风我自来。乘风我自去，不敢久徘徊。"气甚奇辟，不可思议，乃知其为虎也。忽又有降坛者，诗云："残月半林风瑟瑟，夜深人寐我独坐。四围荒草萤火明，野烟自横云自过。"则又鬼气逼人。急询之，自云发贼之败死者，驱之不肯去，痛责谴之，乃杳然。想是文人之陷死贼中者，不然，发逆中乌有此风雅鬼哉！即此亦足见劫运之有害乎生灵者不少。

　　初九日（1 月 27 日）　与陈章美夜话。

　　陈君章美为言浙江省垣初陷时，贼不过数百人，尚未敢入城。城中土匪先大乱，而抚臣罗遵殿遂自缢，将军瑞昌谨闭满城不出。贼乃入城肆掠，城中锡箔匠多至千余户，群起执铁锥共击贼，贼遂败走出城，转攻满城。后廿余日，张玉良率兵至，贼乃遁。瑞昌以玉良克复省城奏。天下莫不多玉良功也，而孰知其有不然者哉？今之奏报，大略如是，可叹也。

　　初十日（1 月 28 日）　阅邸抄。

　　川逆郭刀刀一股，由陕西窜入甘肃两当县境，九月十九日径扑县城。知县姜熊不能守御，城陷，阖城文武均遇害。贼乘势围攻徽县，知县赵必达激励兵民登陴固守，击退贼众，城得全，余匪窜回陕境。二县一也，一能守，一不能守，虽曰天命，亦人事耳。又山东濮州逆首毛得平亦已就擒，东路略清，南宫诸贼亦竟南去，畿辅可稍安也。前阅金陵奏报胜仗，曾国藩以其季弟曾贞干叙列首功，朝廷因降旨询问其扎营何处，盖将核实以叙功耳。兹复据曾国藩奏，贞干自五月驰赴江宁大营，秋间适病，适值援贼大至，力疾督战，解围后积劳身故。是前后矛盾，不能自圆其说。朝廷不能于此等处核定功过，转从而优恤之，则边帅将复何所忌惮也哉？

　　十一日（1 月 29 日）　读边漱珊师年谱稿。

　　漱珊师早年精工时艺，号畿辅第一。嘉庆丁卯科，年廿九，中乡试第三名。闻闱中已拟元,以开讲二句用书于时风气不宜,旋改第三。甲戌成进士,授中书。乙酉,以同知拣发吾滇,历署晋宁、宁州。旋丁内艰,回籍守制,讲教万全,新建书院,因张瑛《文庙贤儒功德录》成《景行录》一书。己丑,服阕起复,再至滇。辛卯,补嵩明州知州。乙未,调广西直隶州。己亥,改调元江。甲辰,边俸期满,彻回内地候升。乙巳回京引见,遂予告归里。甲寅卒于家。乙卯从祀嵩明名宦祠。公在滇,历署永昌、广南、镇雄、镇沅诸郡县,皆以振兴文教为主,故余得与同郡诸友受知,自愧不能获一第以负师望,深以为恨。兹介石出公自叙年谱稿,俾令校阅。余授而读之,恍如昔日之亲丞道范函丈侍讲时也。因略摘其要,以示不忘,行当敬跋其尾而归之云。

十二日(1月30日) 登留台尖。

余不出书帷已两月余,静极复生动念,因邀介石及陈甥韫山同登留台尖,访云鹤道人闲话。至则道人出外未归,惟院僮煮茗待客,因得静坐半日,兴尽而返。成诗一律云:"兴会偶然合,登兹峰更开。道人寻鹤去,仙侣抱云来。山冷愁如睡,钟寒哑不哀。炼形吾有诀,何处寄灵胎。"韫山亦成诗云:"古阁撑霄上百寻,清溪小郭对寒林。山悬鸟道盘空回,水绕龙泉峪名,在县西三十里。入雾深。红叶三冬游子梦,白云两度望乡心。登临况是年将晚,徒倚留台感不禁。"

十三日(1月31日) 跋边漱珊师年谱后。

自有唐以诗赋取士,而科目始为世重。明虽改用经义,士之由科目起家者,仍莫不各有针芥之投,以为渊源所自出。是以经师宿儒决科取士,一若有精识神鉴隐寓乎中,而不容毫发混者。乃今读漱珊师自叙年谱,而益信然也。师以名诸生制义冠畿辅,久在人耳目间。及秋闱,果掇魁,主司无不以得人庆。旋成进士,直中书,出牧吾滇,而所造士又多掇元魁。夫何衣钵相传如是其不爽耶?润不敏,弗能为制义学,而亦受师知,深恐无以副师望。然卒困场屋,莫能释凤憾,则惭恧为何如。兹适谒选来燕,季君介石出是编命校阅,益因之有感焉。夫古人以经义取士,历五百年而莫废者,岂非以其能代圣贤立言,尤足为道德寄欤？使平日读书,非以道德自重,圣贤居心,则其言也奚以合？而乌有所谓针芥投？然则今之经义果何如乎？决科取士,果能不爽其衡乎？此无他,道德不足重,而文章亦无凭也。呜乎!可以观世道矣。

十四日(2月1日) 阅邸抄。

近日各省军务略有起色。左宗棠奏克复严州府,曾国藩奏击退徽州援贼。先是,贼由广德、宁国来扑泾县、旌德二县,经总兵朱品隆、唐义训等奋力击退,贼绕道袭陷绩溪、祁门,品隆等复回兵击走贼众,贼径望太平、石埭去,诸县悉复。然贼势尚在宁国大军之后,未能尽行驱除,亦可虞也。多隆阿又奏率兵现抵同州,城围已解,粮路已通,军势甚壮。雷正绾命帮办多隆阿。赵既发亦准开复,仍归多隆阿节制,故军威又将复振云。

十五日(2月2日) 阅邸抄。

云南巡抚徐之铭奏:现在滇省抚局已定,人心安静,如云南征江、曲靖、东川等府一带,均愿考试。学臣张锡嵘正商考事,已饬令府州县先行分别补考,而学臣丁忧,专俟新学臣到任,即可出栅举行云云。然观就抚州县,仅近省数府而已,迤西固不必言,吾郡及广西弥勒一路俱未能通,何以遽云安静？巢幕之燕,亦何愚耶。

十六日(2月3日) 雪。

晓起,天忽大雪,然雪花随落随化,不能久积,盖明日立春,阳气已回故也。北地自古多寒,今冬甚暖,自长至后,诸冻悉解,亦时气之变耳。南北异候,寒暖不常,天时既变,人事可知,能无惧哉!

十七日(2月4日) 晴,立春。

晨登高台,日色虽晴,而东方黑雾尚多。午后大风撼树,寒气复重。介石从云居寺还署,盛称大房山千佛洞之胜,以为燕蓟第一丛林,僧徒众至五六百人,清规亦颇严肃。君投寺时已昏暮,行数里,月色渐上,松阴满地。磬响出山,幸院门未关,寻僧借宿。深夜月尤明,乃独坐高轩,披裘静赏,烦襟尽涤。次晨推窗,雪花飘舞,翻空落树,无不入妙。不意禅林静境,乃幻此天花色界也。午后再游千佛洞,观静琬和尚所藏石经,尤足见古人精修苦行,功德无量。归述游兴,大略如此,拟邀余春间再同一游。余性素好山水,近因天寒,遂懒出城,乃竟让介石先领幽趣,心亦不能无所妒云。

十八日(2月5日)　阅邸抄。

上谕:直省教官训导诸生,宜以躬行实践为归,而教官及学政,亦当读书立品,毋为士子所轻。中有云各省教官,惟知索取赆礼修仪,贪得无厌。又其甚者,往往干预地方公事,并或遇事鱼肉士子,谄谀富绅,又安望其经明行修,足为士林表率耶?此诚切中当今教官积弊。学校之衰,未始不由于此。又谕:太学及翰林院课士,不得专用诗赋,兼试策论。论题用经史、性理等书,策用时事,皆准直摅所见,毋避忌讳。着四品以上,无论绅士布衣,堪膺孝廉方正之选者,各举所知,送部引见。如有年登耄耋,不愿来京者,即着地方官岁时存问,赐以酒米,仰见国家慕贤若渴意。而自上年颁诏至今,已历岁余,各省选举,尚属寥寥,岂人材乏欤?抑有司不肯实力访求欤?朝廷颇见及此,而天下置若罔闻,真可叹也。

十九日(2月6日)　与陈章美夜话。

释氏轮回之说,事甚荒渺,然亦确有可证者。章美云京都隆福寺旁有回民,以炒肉为生理,其门前常卧一大猪,重数百斤。异之,因询故,家人曰:“此余家主翁也。”尤为惊异。爰再穷诘,其人复曰:“余家主翁初亡时,托梦二子,身已托生为某姓猪,一胎三猪,有三足黑者是。”二子以所梦同,乃购猪归,豢于家,今三十余年矣。猪颇解人性,通人语,亦一异事也。报应之说,岂或爽欤?

二十日(2月7日)　阅邸抄。

十九日上谕略云:上年二月,邓尔恒升任贵州巡抚,行李先至,中途被何有保抢去,邓尔恒声言到京参奏。嗣因调任陕西巡抚,行至曲靖,借住府署,何有保密令史滦、戴玉堂纠练拥入,将邓尔恒戕害,并搜抢多赃。有保因玉堂等隐匿赃物,将其捆缚拷打,用火炙背,玉堂气忿潜逃。本年闰八月，何有保兵勇各因差出外，玉堂纠约多人，乘夜杀毙有保。史溁、戴玉堂等，业经询明正法。何有保以二品武职，诸多不法，实属形同叛逆，仍照例戮尸枭示。巡抚徐之铭及迤东道、曲靖府以下等官，均议罚有差。

廿一日(2月8日)　阅邸抄。

骆秉章奏川北贼一股已为官军击灭，地方一律肃清。此贼扰乱川中已经四载，今始就灭，不知汉中一股近复何如？倘能越境进击，则蜀亦可稍安矣。近户部所奏多筹来岁帑费，至有云不惟筹之无可筹，即节之亦无可节者，岂不殆哉！京饷每岁一千余万，旗民坐赏二百余年，今一旦饷竭食乏，无以为生，至全家以绳相牵投河死者，亦可哀已。

廿二日(2月9日)　删节《性命圭旨》。

余旧绘《圭旨三关图》而未成书。兹介石携有《圭旨》一书，因复阅之，精理名言固多，即繁芜驳杂处亦复不少。盖玄门弟子，私以己见杂入师说，故瑕瑜互见，真伪难分，因为删而节之。庶精金美玉，不为尘砂所掩，而性命双修之旨，亦自显然无混已。

廿三日(2月10日)　删《性命圭旨》。

（阙）

廿七日(2月14日)　与韫山甥夜话。

韫山谓余室雷氏病笃临危时，泣谓胡姬曰："余一生无出，故娶汝。汝虽生一子，而不幸早亡，余自恨不能相容，以致夫子久游不归，至今尚无嗣，均余咎也。今且死，无颜以见翁姑地下，唯嘱好语夫子，珍重后嗣，以赎余辜。"呜咽而亡。此所谓人之将死，其言也善。呜乎晚矣！

廿八日(2月15日)　阅《孙文正公年谱》。

前明高阳相公以阁臣督师山海，功名气节，丕著一时，后又殉难乡里，实为一代完人。观其议论文学，颇与文山相类，盖奇节异行之士，未有不具一腔热血者也。略摘数条于此，以志景仰。

　　其陈目前切要曰："近年来兵多不练,饷多不核,以将用兵而使文官招练,以将临战而使文官指发,以武为备边而日增文官于幕,以边任经抚而日问战守于朝。其一种因循诞谩之象,徒相与咨嗟而不能返。故以一偶勤天下,遂致敛天下之兵于边,而既坏一隅,兼坏天下。臣以为今天下急务在收拾人心,而欲收人心,在大振天下之气。其纲纪大要在皇上敕励臣工,共奉祖宗之法度,而先选精敏有为之才。昔刘晏为度支,专用果锐少年,务在急速集事,世或非之,而不知治固有时。方今百吏因循,庶政丛脞,宜令吏部细加体察,凡宽博近迂,文藻近弱,迟暮近衰,急为量移,务得精敏有干局者,布列兵马钱粮之司,抚道俱宜极一时之选,大破常格,勿拘资叙,又不得借破例以徇情分。郡邑之长,务择廉干。盖郡邑尚可搜括储偫,而廉乃不私,干乃有用,始可积饷养兵,以应征求,以办城守。凡地皆然,而畿内为急。至于武吏,不拘曾在战阵、曾为大将,亦不拘文武。兵部调诸将有才望者遍核之,择一沉雄有气略者授之钺,俾开府专辟,置偏裨而下,得自择其人而授之朝,或朝有推授,仍听其自择。分募精兵,多不过十万,或有见兵若调募来者,仍令自为简汰而用之,如所自募,纵其抚赏之费,而任属专听信明文吏得与谋议,供军实不得制其师。盖兵之道,精不可以事窥,粗不可以理解,而文吏泥拗,好用小见解,沾沾将吏之上,能令将吏羁縻而不得展。以文统武,自是敝法。以极不知武之文统极怕文之武,更属极敝之法。故臣谓今天下当重武吏之权,而重武吏之权,亦惟是去文吏之扰。但得无多设文官,则武吏不轻。如向者刘綎、杜松,近者罗一贵之勇烈,假令得专治之权,何至于败?大将既得其人,便当以辽事付之,小胜小衄皆勿问,要于守关无阑入。俟兵力之厚,为恢复城堡有所复,即以畀其人。略法黔国世守云南故事,使其人之精力全用于辽,得寸则寸,得尺则尺,以干家之知干国,必无余力。而朝廷时资兵饷,明赏罚,以防跋扈之渐,如周、宋之初,可法也。"

　　及《阅关回疏》略云："为今之计,不尽洗天下之肺肠,不能起朝气；不尽改天下之观听，不能收残局；不尽破庸人之议论，则中外之闻见不清；不尽驱逃溃之人，则幕府之是非不正。"熹宗大悦，命公以本官督师。到关后，修守具，备险隘，百废并举，军威大震。又立六馆，招天下豪杰。一占天馆，凡通仰观、风角三式者。一察地馆，凡通敌人部落道里、山川阨塞、安营立寨及屯田水利者。一译番馆，凡识写敌字、通晓敌语及情者。一侦谍馆，凡精敏便利，能出入敌境，诇敌所往来者。一异才剑侠馆，凡材能使外域及有剑术心如荆、聂之流者。一大力捷足馆，凡力能挽强，举重至千斤或六七百斤，及飞檐走壁日行数百里者。在关四年，敌不入境，皆守备之严也。惜为阉忌，投闲数载，与国并亡，真可痛恨。大凡精敏有为之才，无不修废举坠，以为拨乱反正之具。若徒因循怠惰，苟且自安，鲜有不败乃事者。睹公诸策，又不禁有感于今之时焉。

廿九日（2月16日）　阅邸抄。

曾国藩奏金陵贼窜扰江浦、和州等处，李世忠极力堵御，亲身督阵，坠马几危。幸复击退贼众，诸邑始能完固。观此，则贼势渐弱，已难上犯。始欲解江宁之围而不得，继欲犯徽、祁之界而反败，今更欲窜北岸之境而愈难越。且浙江严郡又已收复，则兵威似可大震。乃福建斗六口又以败闻，总兵以下官皆无下落，是贼势又将转而之南。使福州不守，则割据之势成，而征讨为尤难矣。不知闽、浙诸帅何以御之，使不得逞其志也。骆秉章又奏四川郭刀刀一股亦已歼除殆尽，蜀中似可稍安。唯山东骑马贼尚在南宫一带滋扰，邻近畿辅，甚足虑耳。

三十日（2月17日）　自叙《北辙集》。

自楚至京，得诗一百一十七首，编为一集。叙之云："去岁拟还滇而不得，乃起北上念。行抵麻城之宋埠，闻光、信均被围，复返大江，由松滋进至合肥。适值郡复，独步入城，访鹤人方伯殉难处，不禁伤感，大痛而归。时礼堂将军将有西征命，纬堂军门力邀偕往，故又西上至樊。自念从军日久，毫无建白，而一身如篷，终非了局。乃与杨芋安大令结伴入都候选,得晤卜臣表弟,始同车来房,下榻署斋。数载奔驰,一朝安寓,锐观坟典,不出书帷者殆百日,盖动极而思静也。诸葛武侯云:'宁静以致远。'非静不能沉几,亦非静无由观变,宁静之功,固未可少。兹偶检舟车所作诸诗,汇为一集,名曰《北辙》,亦古人所谓欲南其辕而北之辙也,岂不可笑而可叹欤!"

　　是日介石、韫山皆有诗,余亦勉成一律云:"半百又过二,知非发更幡。心神日已耗,天命复汝何? 南望乡音少,北来戚谊多。还余诗可祭,岛佛笑狂歌。"

同治二年

星烈日记卷之九十六

鸿蒙室主人笔识

癸亥正月初一日（2月18日） 晴。卜臣设筵小酌。

晓起，日色甚明，唯西南薄雾微暗。闻北方往岁多阴而寒，今则暖气已回，树木均渐萌芽，颇有蓬蓬气象，然非北令之正。卜臣设宴邀诸友共酌，乡情戚谊，愈见情亲。余观近世民情，虽未遭乱之区，亦觉无甚欢洽，唯军营人心偏多鼓舞兴会，此世道之所以乱也。

初二日（2月19日） 游留台及弘业寺诸胜。

风日和朗，乃邀韫山甥同登留台尖，再过弘业寺。时介石亦至，因相与留连半日始归。成诗一章云："出郭才三里，登峰已百级。天风吹岩岴，阳煦满襄岌。藤萝影半枯，衣履微黏湿。雕翅盘空回，龙眠启洞蛰。万象郁森森，大造此嘘翕。旷我莽荡胸，弹丸俯城邑。溟渤入烟雾，倦睫看难及。落落老黄冠，哦诗洒墨汁。回环以读之，清芬如可袭。道人善回文诗，玉液留丹鼎，茗碗酌松粒。望古一遐想，留侯有精室。蠖屈众何殊，飞腾早元弼。前年烽燧警，元老来奔逸。遂庵相国避乱宿此。胡展旋乾手，一使饥鸿集。叹息下绝磴，更叩禅关入。庥擅真法界，枯僧守戒律。玄释术虽异，心精理则一。我甥复我友，大笑莫相失。浮踪本无定，意境尤难必。游瞩偶然耳，书生胜结习。翘企大房山，灵蕴森崒崒。何日共探幽，群峦相拱揖。"久闻大房名而未能游，故末语及之。

初三日（2月20日）　游广慈寺及北极观诸胜。

先是拟游云峰寺，故出南城，至广慈寺小憩片时，遂行。以未识途，故不知远近。遥见北极观在村树中，因纡道来游。旁有白衣庵，室小而洁，道观虽广，不及也。偶邀杯茗即归，夕阳已冉冉下至峰尖矣。介石作《望山有感》诗相赠云："山义训为宣，其气令人寿。宣志以导气，许书绎史籀。仆本积感人，忧幽郁成疾。忽与山气契，顿觉开固陋。衙斋据高爽，四望极广袤。石城面势雄，峦壑宫其右。大房耸双峰，留台伏如兽。迤北望金陵，金诸陵在峰下。脉势宏结构。上方与螺岭，云气暗高岫。朝辑相回环，葱郁态雄厚。木凋石气青，雪霁云根瘦。日久岚雾合，苍茫隐深秀。长吟豁倦眸，萧然涤尘垢。远致同袁尹，济胜具相副。两作万里游，每因泉石留。羯来燕赵间，久为乡里囿。人畏次公狂，动辄遭病诟。遐想惟梦游，抑抑强跼伏。忽闻贤令尹，印佩奉先绶。触我烟霞癖，裂裳急相就。客来无所好，喜游耽醇酎。弹铗食有鱼，每出借华厩。慵散醉欲眠，高卧过清昼。况有素心人，万里适相觏。别来二十年，著作等身富。所问无不答，洪钟待我叩。论诗开悟多，养生得真授。知兵有独契，谈艺无刺缪。授我鸿蒙集，钳口不能读。望洋增浩叹，瑟缩小巫走。人生感知己，两遇真奇遘。益信非天穷，人阨亦时宥。览胜兴未穷，联鞍期勿谬。山灵要新诗，胜迹君须究。请看烟霭中，佳气正深茂。探奇莫惮幽，选佛志已旧。我视缁与黄，称身胜文绣。浪仙何多事？朱门曳长袖。应憎昌黎公，谶佛乞拔救。倘勒北山文，诗魂当自首。"此诗学昌黎，颇得神似。介石少年随侍漱珊师入滇，翩翩自喜，近处困境，锋铓尽敛，然学益进，志士固不能为境所囿也。

初四日（2月21日）　作家书。

近有差弁回滇，故作书寄玉铭弟暨王君公亮。滇中抚局虽定，而广西弥勒、开化一路尚未就抚，文报仍未能通，不知此信可能直达，亦聊作系帛之雁想也。

初五日（2月22日）　自删《廿四策》。

《廿四策》虽已发刊，而疵累尚多，偶一披阅，殊觉碍目，因再加删削，稍能洁净。前论事唯恐不详，今乃欲求其减而不能。文章之道，与年俱进，不可强而为焉者也。

初六日（2月23日）　代章荸芗书屏联。

文笔欲其空灵，书法亦欲其空灵。盖空则气行，灵则机活。右军初写《兰亭》，是已退笔，因其势而为之，无不如意。非气空机活，胡能神明变化？然工夫未到十二分沉着，十二分火候，不能言空灵二字。今人见轻佻圆和一派，遂谓之空灵，夫岂古人之所谓空灵者哉！

初七、八日（2月24日至25日）　书册页。

杂临各种，共四十页，可存者仅二十余页耳。汉人书气甚厚，晋尚有涵蓄，唐则才气发露，宋宣泄过尽矣。元柔明纤，国朝又将复古，浸浸乎入汉人室，亦时会使然也。余书虽未精，然颇得诸家趣，盖连年奔走，无暇临池，故仅存意趣，聊以自遣而已。

初九日（2月26日）　阅邸抄。

骑马贼扰乱畿南，久而未平，诸大吏多粉饰入奏，为台臣所劾。总督文煌发往新疆效力，臬司孙治着革职，以两广总督刘长佑为北直督，办理诸贼。长佑本湖南老广文，以帮办江忠源文案，遂令带勇，历保至封疆。今复膺兹重任，未知其能有所树立否也。

初十日（2月27日）　与边介石谈艺。

边君介石颇有心志，惜为境累，豪气顿减。然尝留心武事，所遇贾君殿魁，刀法极精，箧中出其《八卦单刀歌》一卷见示，因录之云："拔刀开步直前看。弓左弸右，鱼鳞步，右手撩刀刃向外，尖下垂。收步回劈平两肩。收左足并刀，向上回劈，眼随刀后看。左开右上里剪腕。右腿斜上，左腿出，即上右步，刀随右腿出，向里一推。回刀外剪偷步前。偷左步，开右步，刀护裆撩出。回身进步撩刀式。舒左掌，开左步，上右步，撩刀占中路。抱肩回劈弹腿旋。左手藏腰间，左腿一弹不着地，刀顺肩回劈，扭回身向外撩出，刀尖下垂，弓左弸右。回手下剁骑马式。右边。左右拦腰彻步堪。长身开左跟右，正看左手下垂，左拦腰，随手回拦，倒右步，跟左步，丁左步。开步上步向外捅。开左上右,右弓左弸,右手直捅,刃向上,眼望刀尖。剪步还家劈左边。回头先提左腿,剪步刀劈至地,弓左弸右,左手按右腕。抹刀弸刀举鼎式。刀扫地回身,弓右弸左,右手横举刀,平肩拳足,长身右手高举刀。转环背捅身微翻。左脚尖着地跳起,倒插右步,直身回头,眼望刀尖。扭身下剁拦腰起。扭身下剁骑马式,刀靶在右脚内,刀头护腿。单插花式掌擎天。刀扫地趁式,长身举左掌,刀藏右肋下,拳起右足。转环两步堪刀式。左手拍右肩,捽右手,开右步,转身跳起,面前劈下。撤左足,右弓右弸,左手前伸,刀藏右胯下。上弸下剁抹刀还。左手撤回,右手横举刀,刀刃横剁至地起,向左扭身推。翻身转环败刀式。刀背向右捽,上左步跳起,刀尖下转,扭身倒插步劈下,右扭身,弓右弸左,左手后钩,回望推刀。前后跳步臂两边。骑马式。抹刀撤身丁脚立。撤左步,丁右足,左手前伸,右手推刀,刃向外,尖下垂。挂刀左转如据鞍。开右步,刀背一挂上左步,左手扶腕横剁,骑马式,刀护裆。下剁一刀弸向上。双手弸。转身托刀捅右边。上右步,背里挂长身,并足捅。回身一劈上右步。开左上步。回上右步撩刀尖。剪步横回随手剁。骑马式。偷步右推刃外翻。长身偷,左步立。开步一剁骑马式。翻刀后劈如挥鞭。左弸右弓,扭身向后劈,尖朝上,眼后望。野马分鬃护左右。先左后右,刃随腿撩出。直上两步如连环。右弓左弸,平肩推出。左抹右撩回身劈。左抹弓左弸右,刀尖要直;右撩弓右弸右,撤右步,翻身直立八字步。左撩后撤捅右边。撤左步,翻身弓左弸右。抹刀撤步劈向右。撤右步,翻身八字步直立。跟步拦腰抱左肩。跟右步。回手拦腰斜撤步。撤右步,归左旁门,右手抹刀,丁左足。金鸡独立腿高拳。举刀拳,左腿左手护心。紫燕抄水翻身进。落左足,跳过对面。撤步回刀剁右边。撤右步,骑马式。长身提刀推向右。右腿撤,向前开刀,护左腿下垂,左手后伸。苏秦背剑跃身还。右手后捽,左手向前,斜上跳步。斜身右上撩刀捅。扭身骑马剁膝前。撤左步。拨草寻蛇上两步。上左步刀左扇,上右步刀右扇。剪步直劈赶上前。右腿右前。压刀进刀转身上。刀头下栽,先上左步,撤右步,长身并足,向外推刀,扭头回视。背后撩刀撤步翻。撤右步。上步回身劈向右。上左步。推刀左向眼斜看。弓左弸右。

上步滚身丁脚式。刀外挂，先上右步，再上左步，刀向面前翻，撤右步，丁左足，左手护心，小堪式。疾若风旋转磨盘。长身抬右足，向左转身，刀尖下翻，顺耳前劈下，右足在前。撩刀开路上五步。先上左步，刃向前，随腿出走对门。翻身骑马剁膝前。撤右步。开步抢身探右臂。大开右步向对门，前伸右手，刀背肩上，尖向后，大下身如扑地。惊鸟回头叶底钻。低头向右扭。蹲身疾转直劈下。左脚向右转，上小步，左足前，右足后，刀向左足落。右足后撤劈刀翻。向右翻身，成八字步。扭身一扑鸟舒翼。上身向左一扭，弓左弸右，向右翻身，成八字步。开抱如飞左右扇。前劈抹刀身大转。刀顺左腿，下括右足，向右翻，仍向前。骑马弸弓横向天。双手弸。拉步抱刀剪步捅。拉左步。回身劈左紧相连。横剪步。连环倒转堪刀立。刀刃后扇，起右上左，跳起右足，身丁左足。上步一捅撩刀还。上右步，又上左步还。跳步连环劈向后。弓左弸右，后钩手，向后望，上右步跳起，倒插步，左腿在后，尖向上。倒提柳式右脚悬。上身扭转，右手高提，刀尖下垂。翻身一跃金鸡立。落右足，上左足跳起。神龙掉尾爪前探。落左足，上右足，跳起将身扭回，刀尖顺右腿外指。转身回家悬右足。右手一摔，上左步跳起。撩刀开步九连环。右足一落，顺右腿一刀右回劈，一刀仍下撩出，左扭身劈开步捅，骑马剁，上弸下剁。撩刀跟步两雀跃。头刀顺左腿，二刀顺右腿。一推回劈对脚尖。弯身劈。长身右扭坐盘式。向右扭，刀尖下垂。横劈提刀向后看。长身开步骑马捅。刀尖一翻刃向上。上步压刀剪步前。上左步，刀左压至膝下，先上右步剪步。一推右撤骑马剁。长身并足弸向前。护身三刀开小步。左步。怀中抱月左足拳。剪步出刀向左捅。左足在前。骑马下剁身大翻。大撤右步。上步单弸钻身进。右手弸过顶，刀尖向前，先进右步。右上右撤身大翻。骑马式。上步撩刀撤步剁。大上右步，撤左步，骑马式。外挂偷步斜撩还。偷左步，开右步，向外捅。左右两刀上两步。先左后右。偷步挂撩再斜还。仍前两刀上两步。左足一转落中间。上步一劈骑马式。上右步。怀中抱月转刀尖。左上压刀左步撤。随身转过弓身堪。左足在前，刀尖下垂，刃向外，左手护心。闪身下钻长身立。摔头开左步，斜上右步，背刀钻过左门。摔手开步垂刀尖。开右步。左步一开晾翅式。弓左弸右,左手向后,右手前伸,背刀刃朝上,尖向后。上步转身如猴猿。上右撤左,翻身刃向上撩出,丁右足。剪步一挂后前剁。开右足。弓身一跃倒步还。仍还原式。右足一撤正位闪。归正位,丁左足,蹲身。下身钻过复抽还。向左钻,如前式。上步剪步直前捅。开左步,上右步,再剪步。一推撤步转身钻。右手向面前推,撤步低头,左转身,左弓右弸。向前一推回晾翅。撤左步回身。斜上回立如判官。大上右步立旁门,右手下垂,刀尖向上,左手当心向右,抬眼向右视,如判官状。向前撩刀上两步。先左后右,刃向前。左足疾撤箭离弦。弓身疾回,刃向后。撩刀直前再两步。先左后右,刃向前。抽身疾转归中间。捽手疾回,退到中路,左足在前,右足在后。右足一落斜后撤。右步一上转身还。顺转。平身收刀丁脚立。刃归左手,收式。"共十二法刀法,全曰"堪劈撩剁弸挂捅抹推压扇提"。

十一日(2月28日) 登留台尖。

云鹤道人诗笔颇无俗气,惟好作回文体,殊觉小家派,难登大雅之堂。近又作十余首,余亦不之览,因书近作数首付之,俾令黏于壁上,以医其俗。介石、子钦、醇庵亦各书己作于左方,亦庶几乎彬雅可观矣。

十二日(3月1日) 再与介石论枪法。

亦贾殿魁传。其大六合架子枪法曰:"头荡乌龙摆尾,二荡四封四闭,三荡孤雁出群,四荡提炉压把,五荡太公钓鱼,六荡泰山压卵。"大六合行枪法曰:"头荡五手断门,七枪锁喉;二荡定南神针,青蛇吐信;三荡黄龙低头,入步定心;四荡狸猫扑鼠,五赶三截;五荡插步贯枪,磨旗扫地;六荡铁牛耕地,鹰拿雉兔。"其十一门枪法,则有出门、进门、奇门、勇门、丧门、败门、定门、死门、活门、断门、闪门等式,而无口诀,盖不肯轻传也。而其要亦十二法,曰:锁、拿、沉、弸、钩、挂、栽、拱、扇、堪、劈、扎。又进手刀法曰:怀中抱、月里剪、腕外剪、腕滚身、似去不去、横担金梁、抹刀、撩阴、夹劄、拨草寻蛇、白蛇钻塔、白蛇吐信、一马三箭、五花刀、上步探首级、四封四闭、蝉丝刀、窝刀式、举火烧天、上天梯、定南针、提柳式，共二十二法，专为进步破枪之用。其六合行枪，亦无着而非杀也。

十三日(3月2日)　与介石论诗。

诗至我朝，众体咸备，无格可创。袁、蒋、赵后，复得船山，可谓奇极矣。从此再进而不知返，必至怪诞不经。有心斯道者，不可不极为砥柱中流也。然诗格虽备，诗境无穷，境新而格自新。但恐意境不真，则与古复。倘意真语切，又何患其不各开生面耶？故作诗先作题，有好题方有好诗，无好题必不能得好诗。而一题到手，又必须彻上彻下，求其真际，然后落笔，一挥而就，则意到笔随，而真境无失，诗自不朽矣。格欲其高，韵欲其远，气欲其空，神欲其超，语欲其浑，律欲其细。数者备，而诗未有不出人头地者。譬之时艺，至天、崇诸老，已无可再辟之境，而国初熊、刘、韩、方数大家出，独能以理解争胜前人，遂卓立为一代宗。所谓理解者，即诗家之真实意境是也。人能以真实意境为诗，则境且日出而未穷，而诗岂有极而不返时乎？故知诗者时也，时为之而人无所事于其间。时衰诗衰，时盛诗盛，若时虽衰而诗独盛，则砥柱中流之说，所谓豪杰之士不与时为推移者也。如杜子美、元遗山、吴梅村，皆处迍运而树立愈坚，此非绝大识见、绝大学养、绝大操守而能若是乎？噫！微斯三子，吾谁与归？

十四日(3月3日)　再作《李五姑传》。

前已有传，嫌有未当处，因再拟之。盖奉贞功未成而学亦不显，此间轻重颇难着笔，故不惮烦劳，而为之斟酌尽善，庶有以传其人而不至湮没勿彰也。文载《文集》内，兹不多赘。

十五日(3月4日)　微雪。阅《牧鸥亦舫诗钞》。

吾乡赵岱霖瀚刺史著。岱霖权涿事，兹复回霸州，原任李健庵时乾孝廉以事来房，因并寄是集与阅。大略诗余较为见长，即诗中亦香奁体为优。兹录其《四时闺情》四律云："斟酌香闺韫好春，秾桃艳李见精神。梦中隐约流莺语，花底勾留扑蝶身。斗草豫抛金钏赌，踏青私试绣鞋新。满园红雨开樽对，岂有东风不恋人。○无奈丝丝绣线

长,绿阴庭院坐招凉。称身雾縠衣频换,在手冰纨扇独忙。蕉叶铺茵
呼翡翠,藕花结幕羡鸳鸯。一般消夏浑闲事,只爱敲诗和玉郎。○团
团扇影未全收,拾得银床片叶秋。红线有心羁去燕,玉阶无事待牵
牛。风清每欲携双袖,月好常思辟一楼。约向木樨香里坐,黄金夹膝
夜深留。○玲珑兽炭诘朝残,自暖金樽注合欢。云母嵌窗寒不觉,水
仙供案睡犹看。烹茶扫雪闲呼帚,被酒寻梅笑倚栏。一种婵娟霜下
月,温柔乡里照团栾。"细腻风流,兼而有之。

又《秦淮杂兴》六绝云:"旅馆萧萧不解愁,曲中人奏秣陵秋。青
溪渡口双枝浆,日载青衫几度游。○籐绷艇子趁新凉,烟水盈盈十里
香。两岸栏杆人遍倚,不知何处饮琼浆。○满楼珠翠满船灯,丝管千
家不让能。细认娇声呼欲出,锦云香雾一层层。○丝丝烟柳六朝春,
丁字帘前访丽人。行到桓伊吹笛处,几家艳曲又翻新。○名花名酒
镇相寻,雅抱薰香一寸心。水榭清幽无个事,婵娟如画坐弹琴。○玲
珑楼阁住倾城,长板桥头四望清。面面围将桃叶渡,教人认得古今
情。"亦芊绵可诵。

晚与介石、章美、子钦诸君同出,步月观灯。月虽不甚明,而灯光
满衢,照耀如画。偏僻小邑,乃能繁华如是,盖未经兵火,故民情尚有
升平气象。近日邻境避兵及京都大户多移居此,恐桃源消息既泄人
间,则避秦者又非可据为乐土也。

十六日(3月5日)　微雪。阅《争坐位帖考证》。

彭芸楣相国应制撰《争坐位帖考证》云:"十一月日谨按:此乃代
宗广德二年甲辰十一月事。是年正月,真卿以检校尚书充朔方行营
宣慰使,招谕仆固怀恩,未行见《真卿年谱》。旋改检校刑部尚书知省
事。三月,封鲁郡公见《行状》。越一年,即贬陕州别驾。以署衔证之,
知为是年事'陕'应作'硖'。右仆射定襄郡王郭公谨按:此帖在宋时,
沈括、黄庭坚皆以为与郭英乂书见括《笔谈》及张丑《清河书画舫》,独海
岳名言以为与郭知运,非也。考知运即英乂之父,开元时军将。后谥
曰威,独孤及为谥议,崔厦驳之,及重议定三议皆见《唐文粹》。其谥议

署曰故左武卫方将军持节陇右节度经略大使兼鸿胪卿、御史中丞、赠凉州都督、太原郡开国公。即《唐书》本传，知运亦未官右仆射，封定襄郡王也。厦驳议云：'嗣英乂位表端揆。'帖亦云：'端揆者，百寮之师长。'盖英乂贵，始谥其父，故引已孤暴贵之文。又云：'承恩诏葬，向五十年。'安得真卿为尚书时，知运尚存乎？元载作《英乂神道碑》见《文苑英华》，自东京留守拜尚书右仆射，封定襄郡王，与帖正合。又云：'永泰元年即次年乙巳五月，加成都尹、东西两川节度使。'七月，西番犯境，裨将谋叛，即有崔宁之事见《唐书》本传。然则前一年十一月，真卿未为尚书、鲁郡公，后一年十一月，英乂已为崔宁、韩澄所害，其事在广德二年，灼然可证矣。挫思明跋扈之师，抗回纥无厌之请。谨按：《神道碑》云：'思明之陷成周也，诏统淮南节钺，东捍陕虢，朝义走河北，一战而毂水破，再战而邛山捷。'即挫师事也。英乂阴事元载，以久其权见《唐书》本传，故叙事赫奕如此。至抗回纥事，本传云：'东都平，权知留守。其麾下与朔方、回纥大掠都城及郑、汝，环千里无居人。'即元载与英乂堪匪，其碑文亦无抗回纥事。然则此语乃真卿微词也。菩提寺行香。谨按：菩提寺，唐长安左街官事寺，武宗会昌六年改为保唐寺见《唐会要》。唐制，凡国忌日，两京八十一州各于寺观设斋见《唐六典》。帖云：'前者菩提寺行香，是与十一月相近之事。'考唐国忌，自代宗以上，惟懿祖在九月八日，太祖在九月十八日，于十一月为近。兴道之会。谨按：唐长安晋昌坊楚国寺，本隋废兴道寺见《唐会要》，盖沿旧名，其会则十一月丁未，郭子仪自邠州行营入朝日事也见《通鉴》。是军仆固怀恩诱回纥南寇，子仪破之，盖新立大功，入朝百官于兴道寺班迎也。其子晞，是役以朔方军前锋暮破回纥于泾北见《册府元龟》，故云父子之军。时晞加御史中丞，帖中今公抹却两字，正是中丞。自宰相至对之。谨按：唐制，三公为一品班，开府仪同三司同班，左右仆射为二品班，六司尚书为三品班，诸卫将军为三品班见《唐会要》。是时鱼朝恩乃监门将军，故曰列位自有次叙也。至文武合班，则诸卫将军尚应在两省供奉官之次，非朝恩所乐居。郭英乂出身神策军，其镇陕，正鱼朝恩在陕观军容之日见《册府元龟》，素相交通，故推朝恩为坐首，而己次之，与诸军将别为一行，盖假借加阶之开府仪同三司以抗宰相。故真卿辨之曰：'阶虽开府，官即监门将军也。'又曰：'开府、特进，并是勋官。'以明非正官也。朝恩本位应在五品以下供奉官之次，英乂应在对班师保傅、尚书之上。今英乂指麾众人，令朝恩别班，而身居其次，朝恩骄而越分，英乂谄而失位，故真卿争之，乃争仆射与监门将军之位，非争尚书坐位也。裴仆射至张目见尤。谨按：是时裴冕为左仆射《唐书》冕传无为仆射年月，次年三月，命左仆射裴冕、右仆射郭英乂等于集贤殿待制见《通鉴》，故知是冕也。唐制，六司，尚书正三品，左丞正四品，右丞正四品下见《唐书·百官志》。左右丞品卑而为省辖，尚书品尊而为省属。冕盖欲以左右丞行尚书事，真卿辨之，而英乂助冕以尤真卿也。尚书之事仆射至，何乃欲同卑吏？谨按：唐制，尚书省官，尚书令一人，正二品，左右仆射各一人，从二品，其属省六尚书正三品见《唐书·百官志》。太宗常为尚书令，尔后废省，惟郭子仪曾除而悬让不拜，终唐世无此官，遂以仆射为尚书之长。至左右仆射，唐初并是正宰相。景云中，韦安石不带同一品，空除仆射，不为宰相，遂成故事见《唐会要》。六尚书虽为省官属，而官品相次，所谓隔品致敬者。《仪制令》：文武隔品卑者皆拜，非相统属者，不拜而致敬。在路相遇，敛马侧立见《唐会要》。尚书系三品，应于一品致敬，仆射二品，非其类也。今英乂再喝八座尚书，意以属吏视真卿，故云何乃欲同卑吏也。"

十七日（3月6日） 晴。阅《北学编》。

冯少虚辑《关学编》，其后汤潜庵亦有《洛学编》，魏莲陆有《北学编》，皆各载其乡先辈之有道德者。而《北学编》不载杨椒山先生，盖以椒山未尝讲学也。尹元孚后始增入，并补录近代十余人。《书椒山传》后有云："孙征君曰：'使公不以忠死，必且为理学之宗。夫孔曰成仁，孟曰取义，君子之学，孰大于是？'信如征君言，古之学者以忠见，先生之学以死掩乎？余谓气节之与道学固不能不分，若先生者，无所不学,而又见其大。观其言曰:'道者,吾性分之所当为,可逆亿人之伪而不为耶?'呜乎!学如是足矣。"此盖明季讲学流弊,能取义成仁之人,不得入《道学传》,终日空谈性命,无补无道人心者,反以为道统真传,真是可笑。吾不知此辈讲学,何者为道,何者为学也。即尹公所谓气节与道学固不能不分,亦是骑墙之见,非确有定论也。明季讲学,必有语录,始为真传,不知语录可伪袭,而气节无旁代,以伪视真,孰得孰失,不辨自明。若世之所谓道学者,特理学究耳,岂圣人徒欤?余尝拟编《历代四科名贤录》,以破道学丑惑者,正为此也。

十八日(3月7日) 阅邸抄。

监察御史裴德俊奏参直隶大员办贼不力,遗误畿疆各情形,颇觉实在。其略云:"自直隶讳纵盗贼,叠奉严皆饬拿。无如大小官吏,平时皆粉饰为工,临事后张皇贻误,以致养痈成患,贼势蔓延,言之殊堪痛恨。谨将始终误事各情,为皇太后、皇上详陈之。畿南大名、广平一带,自上年剿办土匪之后,余孽尚多,因前任道员王榕吉防范谨严,未及蠢动。本年十月间,东匪张锡珠、杨泗等勾结曲周土匪,在巨鹿、威县左近向各村勒索财物马匹,其势渐已汹汹。彼时遮克敦布在彼驻扎,剿办贼匪,是其专责。乃官不究问,民不查拿,迨寇饱归巢,该都统惟劝投诚,借图息事。嗣该匪遗党五十余人赴营就抚,因该都统吸食鸦片烟,睡起最迟,自辰至未,久候无音,贼已各生疑虑。及听有先收马匹后点器械之言,误听器械为起解,当即逃窜,致起变局。数日之内,麇集千人,带兵官仍复不理,惟道员秦聚奎追贼被戕。此贼初起,遮克敦布误事之实在情形也。

贼自戕官后,于十一月十二日竟渡卫河,土匪盐枭纷纷起应,马队已及数千。十八日,由南宫窜至冀州之恩官村。十九日,因带勇之新河知县、冀州知州均已遇贼先遁,以致乡勇溃败,死者数百人。是夜,贼至符水店。二十日,李家庄乡勇及附近各团又复戕贼,死者愈多。贼遂扰及榆林村、冯家庄等处,焚掠一空,官皆避匿无踪,无一接应。二十一日,贼犯堤北桥,幸赖束鹿田家庄乡勇在智邱村防堵甚严,贼众未能北窜。二十二、三等日,贼由新河、宁晋退至南宫,屯于寻寨。是时大名官兵虽已齐集新河,并未开仗,惟地方官谕令各村贿贼多金,求其远去,遂任贼车百辆携带辎重,饱载而归。此贼初次入境,地方官误事之实在情形也。

嗣蒙皇上特简大员带兵往剿,而督臣文煜旋以奏报失实,致阻兵行。贼果于本月初间复由寻寨、新河回至束鹿之南轻井村,意图报复。复经该处联庄齐出抵御,用炮轰毙贼匪三四十人,擒获头目二名正法。贼遂屯于小王村一带,焚杀淫掠,更惨于前。初十日,贼忽蜂拥而出,向轻井村北面冲突,经后路乡勇用抬枪连环轰击,贼势不支,始行败走。十一日,窜至枣强,踞城两日,延及城外各村。十四日,大股出城,由郑家口渡河南窜,旋又折回。此半月之内,从未见有官兵过而问焉者。督臣犹安驻深州,遥遥百余里,声息无闻,死难者并不速为请恤,御患者亦不立为请奖,人心未振,贼势愈张。此贼二次入境,督臣文煜误事之实在情形也。

臬司自上月二十一日奉派带兵出省,彼时贼在东南冀州一带,岂得诿为不知?该臬司宜如何星速直前,力图救应,乃竟多方取巧,罔顾时艰,绕由真定西路按站缓行,沿路徒滋骚扰。及至赵州,而贼已远走。贼去时并未尾追,贼回时亦不迎截,虚糜粮饷,若无事然。带兵计已月余,未闻报开一仗,且至今均不知臬司驻扎何处,斯亦奇矣。大名镇伊绵阿带兵四千,于本月初十日已至南宫,只在去贼较远之韩村扎营,未敢前进。及贼由束鹿败窜之后,若该镇统兵截击,必可痛加歼除,乃竟任贼窜入枣强县城,该镇遂并入总督大营,不复出问。此臬司孙治、总兵伊绵阿误事之实在情形也。

查此股贼匪,起事本属无多,若及早捕拿,何致蔓延至此?追贼与乡勇接仗,但有兵助,何至伤我多人?及贼前次扰及新河,既遇官兵,何以并不开仗?嗣贼此次折回束鹿,既经惩创,何以并不堵截,任贼肆扰,前后两月有余,纵横数百里,蹂躏数百村,来去自由,如入无人之境。遮克敦布、文煜、孙治、伊绵阿诸军,所司何事?种种贻误,上廑圣怀,其罪已无可逭。若复以邻为壑,逐出境外,遂报肃清,诚恐贼既得志,来去无常,纠集愈多,剿办更形不易。现闻贼数已愈万人,马数千匹,车百余辆,一时已难解散。若再任其观望,何以振军威而遏贼锋云云。"

此折上后,诸臣皆得罪,因以刘长佑代为北督。现在长佑尚在粤督任,一时未能即至,故又令崇厚权理督篆。闻崇公亦非戡乱材,则易如不易,畿南事亦甚可危也。近日御史所参误事戎臣,未有不实,唯未闻其既参之后,更宜如何办理,则虽有言,亦犹之无言,可胜叹哉!

十九日(3月8日)　闻贼犯山西徐沟县。

胜保招降山东匪首宋景诗,带赴陕营。胜保既被逮,景诗无所归,率其众千余人渡河,东至太原属之徐沟县,遂肆焚掳,势将入犯畿疆。大吏饬各隘严防以备,并札知诸州县,于各城二百里外侦探递报,五日一报,盖恐贼入境速而无以应之也。胜保好招降,贼首苗霈霖、李世忠皆其所招,一旦得罪,诸贼将不自安,谣言四起,恐又生他变,此又特其小焉者耳。

廿日(3月9日)　与乡人共话。

吾乡有贾于南掌、暹罗诸国者,云路多虎豹,人皆巢居,日行暮宿,以骡马环树下,结屋树巅,刻木为梯而上。国多巨象,构台架象背,演戏其中。国人亦携眷各乘象环聚而观戏,倒行而观者顺从,行同行,止同止,周游各村以为乐,履象背若平地,亦奇观也。

廿一日(3月10日)　覆李宪之函。

宪之去岁来京会试不第,遂留寓。今闻余在房,故通问,并索观《廿四策》刻本,云诸友欲争先快睹,因致之,并覆以缄。客秋抵都,欲访君信而不得,兹乃不料其近在咫尺间也。天下事期诸意中、失之交臂者,又岂鲜哉!

廿二日(3月11日)　与介石论诗。

介石不善为近体诗,因劝其阅李义山诗,初不入,后乃悦,又不喜

袁简斋诗。至是,余乃出《秦中杂感》诸诗授之,不胜喜,曰:"今而后
乃不敢薄随园矣。"盖世之学随园者,皆得其率易浮浅一派,故人情久
而生厌,于是起而攻击者众,而尤莫过于今日。然攻者失其真,宗之
亦未得其实。介石未尝取其集而阅之,故不知其真诗自有所在也。
夫人以千秋自命者,必有不刊之作撑住集中,而后可以不朽。不细辨
其纯疵,终未得其实际也。

廿三日(3月12日) 阅邸抄。

御史刘其年奏裁减河工经费,并请将河东河道总督一缺裁去。
旨交张之万详悉妥议。之万以为河东河道总督兼辖两省黄运河工,
未敢议裁。唯南岸所属四厅,北岸所属三厅,河道均已干涸,各厅员
一无所事,均可裁撤。丙辰,余已有此议,鹤人方伯意大不然。今朝
廷亦不能不出此计,使早见及,岂不省数年经费耶?

廿四日(3月13日) 阅邸抄。

曾贞干于咸丰九年以诸生入营,带勇防堵英山之天堂,旋随兄国
荃围攻安庆。去岁进围金陵,病卒于军。金陵诸军击退援贼,其兄国
藩表为首功,有旨询及贞干扎营何处,盖疑之也,而国藩不能对,朝廷
亦优容之。甫以知府补用,旋即按察使衔,恩施亦已逾格。至是李鸿
章复为请以二品衔赐恤赐谥,真可谓无耻之甚者也。朝廷恩施不可
过滥,岂容无耻人借作报恩地哉? 李鸿章在曾国藩幕府,谀谄求媚,
得荐至江苏巡抚,思无以报国藩,乃为其弟作无厌之请,岂知公论自
在人心,有未可以欺瞒者耶?

廿五日(3月14日) 章萼芗回幕。

萼芗专办刑名,故先回署,谓畿南贼匪为新援广平府知府余承恩
击败,退走威县,崇地山制军亦统大军合围,不日当可荡平。承恩,山
西人,不甚识字,而甚有胆量,临阵奋勇当前,人呼为余舍命云。

廿六日(3月15日) 阅《高厚蒙求》。

云间徐朝俊著。学虽家传,法本泰西,故制钟表诸法最精,言海
域诸国亦详。余尤爱其《天地杂说》一卷,能言人所难言之理,发人所

未发之道,确有实见,不同虚揣。余《观物》诗中尝本其说。兹从荸荠处复得展阅,爰录数条于此,为吾诗之注。

其《对足底行说》云:"《大学》絜矩之道,不过以此絜彼。天地之大,亦于絜矩求之可也。世人所历之地,囿于一隅,又不能以实絜虚,以近絜远,则毋惑乎以理之所必有,竟疑为事之所或无。苟欲明人有对足底行之理,当先知东西上下之称,皆据人现在所处之地言,而无定所。又须知地悬大气适中,其于天之上下四旁,无偏著,亦无偏近,故地球中心,为离天最远之处,即为周围重性所趋之处,故山海人物,皆无倾倒之虞。曷言乎东西无定称? 如人居极东,则此为午,彼为西;居极西,则此为午,彼为卯;居地下,则此为午,彼为子。此可见东西之无定所也。又曷言上下无定称? 如火性炎上,尽人知之,试设一炽炭于此,置物炭上远寸许则焦,置物炭下远寸许则微热,尚能烁物。必执炎上之说,则日轮以上诸星,天得不为所焦灼乎?可知日在地下则上炎,在地上则下射,则又日性之趋重地心故也。苟以火可下射絜之,则人足底独不能相对行耶。试设一空瓮于此,量其八分之水而倾于盆,或燃火于瓮而覆诸盆,其水立即吸尽,气不渗漏,则水终不溢。是可见气之所疑就下者,未尝不能向上观,空瓮积气,瓮水能不下溢,又何疑地旁地下之水不能倾,而足底之可以相对而行,其理不可参观而并信也哉?"

其《论雷》云:"雷为天地间阳气,凡地下之阳,为地面之阴,掩则被地而为雷,烈者为霹雳。凡有所摰,即由其物冷气所感,故所摰必当雷有神,非妄也。天有是气,宜即有是神以主之。尖吻利爪,殆亦蛟龙之属。二说实有至理,浅见颇多疑之。盖夏虫未可语冰,井蛙亦未可语天也。"

廿七日(3月16日) 游北庄。

连日天气颇寒,今午稍暖,乃偕介石出北城闲步。村角隙地甚宽平,有孤松一株,曲蟠如盖,盘桓其下,声作洪涛,飒然以清。远望大房诸峰,环峙若屏,致可乐也。信步数武,又遥见深林密翠,耸聚山阿,知有佳境,因赴之。至则松楸遍野,古墓岿然,为显者那苏图墓,丰碑崇隆,虽尚无恙,而坟头土已渐坍塌,唯山川明秀,借可小憩。乃更越涧向西,拟访贾岛庵及张良洞诸胜。以途远日暮,兴尽而返。成诗一律云:"随意出城去,春光趁野游。寻村看远树,踏涧弄清流。岛佛庵何处,留侯洞可搜。长吟天地小,吾辈更何求。"

廿八日(3月17日)　介石和诗。

介石见余昨诗,今成五古一章云:"春郊闲步屧,喜有佳客同。苍茫纵遐眺,顿豁尘俗胸。孤松挺霜干,矫如高士风。柽榆远相映,委屑如杂庸。临流玩溪水,寒碧清溅溅。照我须与眉,狂瘦成秃翁。水态亦滑稽,写我何太工。伸眉一大笑,舍去登高畖。古墓气葱郁,松柏环崇封。丰碑勒名谥,屃赑形模隆。勋名不可忆,徒知为巨公。欲访岛佛迹,吊彼诗魂穷。寄径出蔬圃,坐话逢老农。为言风雨时,二麦已芃芃。忽忆畿南境,佩犊风未降。此邦真乐土,买山拟相从。兴尽忽欲返,行歌畅幽悰。路人莫相讶,礼法非吾宗。"是晚大风撼树摇床,梦魂簸荡,心神难安。

廿九日(3月18日)　阅《高厚蒙求》。

前阅《高厚蒙求》,已摘录二条,兹再录其《论星》云:"三垣二十八宿经星之外,又有陨石、流星、瑞妖、彗孛之属,亦垂象之所以见吉凶。《春秋》庄公七年星陨如雨,李氏廉释以众星奔流,则知陨星即流星。盖言或横奔,或下流,纷纷者皆属星光,并非实有星陨于地。又僖公十七年陨石于宋,苏氏辙云:前书星陨,是第见星之陨,而不见所为石。此书陨石,是见所陨有石,而不见所为星。可见在天为星,在地为石。精之流于天者为陨星,质之陨于地者为陨石,是一是二,原有攸分。大凡陨石陨星,皆在月轮,天下陨星者,日月五星之精气,积而流形,为天帝之使命,非确有其星。星形巨则应之事巨,星形微则所应之事微。陨石者不必全坠一星,如石之有渤,所坠者壳,故至地则恒如石形。说者曰,此乃阳化为阴之象。若夫瑞妖、彗孛,要皆人世灾祥治乱,上应乎天。严子陵于汉为客星,凡非常有之星为客,均视

其星形大小、行度迟速,以为古瑞星亦客星也,如景星合誉之类,皆呈
郅治之祥。妖星亦客星也。若彗孛之属,要皆一方淫毒之气,著其象
于月轮,天下为刀兵杀掠之征。孛之状勃勃蓬蓬,光芒四出。彗之状
如放烟花,光长如帚,甚者经天。凡彗孛皆属于火,而彗则因日以流
光,故晨见东则指西,夕见西则指东,盖未有百日不灭者。其所见之
分,必有大咎。又为除旧布新之象,故见于治极时则乱,见于乱极时
则治。他如两日并出,两日相承,两日相斗,月亦有之,要皆非真日真
月也。此不过显其形似,预兆国家丧乱兵荒。天汉亦星也,西人测以
远镜,则见无数微星合成光气,互于两极,为周天南北之围。牛斗乘
槎,真堪发噱。其遇七夕而隐,越几日而仍明著,俗称何去何来,村媪
传闻,信以为实,不知秋冬太阴躔度适经天汉之间,七日后月色渐明,
河光为月所夺,及月躔去远,则河光如常,理极易明,固无所为去
来也。"

《论云》云:"云为地面之气,《吕氏春秋》详其形而未及其实。天
文家尝以云气分二种,亦未周。其谓一从湖海起者,则因风带入内地
而为雨,故雨必与风偕;一从地下而起者,虽有云而无雨,即雨亦必
微。余尝观山出云而即雨,龙于陆地取水而亦雨,则知大地之中,所
函皆水,地面广受日照,无论土面水面,皆有热气上腾。其一种湿热
之气,腾至冷际而为云,则散而为雨,其色恒白;一种干热之气,腾至
冷际而为云,则散而为风,其色恒黑。可见随处出云,有云即能成风
雨,必以湖海地面为分,则失之泥。惟从龙之云,则与自然上腾者微
别。盖龙为纯阳之物,当夏令阳气上升之时,适为冷际之寒气相感,
则奋而升天,其所在之处,便能摄地面阴湿之气,使之上腾,于是乎有
云。云下或见一线下垂,此是一股地气上冲,并非龙尾。要知此气直
从地面而起,向远平望则下垂,向上斜望则横亘,而人不见。其起从
地面者,则以自地至天,共有三际,未出初际,目力不能见及焉。又有
垂而夭矫者,俗谓龙之掉尾,而以所垂之处,必有大风坏物为征,其说
非也。盖龙能摄地气上升,或于湿热中带入干热之气,则至天半而为

风,气为风撼,故成摇曳拳曲之形。又尝见所垂之线,忽寸寸下断,俗谓斩龙,亦非也。此不过一时气不相摄,故或绝续下坠而不相连。占云,又或占气,气亦云也。如抱珥背玦之类,则又地面灾祥之气上烛于天,而吉凶各如其验。"

谒阙里记

舒　芬

嘉靖三年闰月,芬舟抵济宁,问道谒阙里,得九川吕君为主。伍寒泉适以部事至,偕行。甲子发济宁,东趋昌平驲六十里,又东趋四十里,乃至。是夕,薄公馆沐浴。明日早,具菜果,携麻姑泉入庙,修释菜礼。九川曰:"此礼废久矣。"礼毕,入寝殿,拜郓国夫人,入右殿,拜启圣王。出观杏坛,坛在正殿前,有新杏衍亭。出大成门,观手植桧,孤干古色,若虹旋起。未巳,出奎文阁,至大中门,又至仪门,见两堁柏阴鹿数十,皆黄色,乳而驯。却登奎文望之,北东南皆山环抱,若人冠冕佩玉,执圭秉笏,端拱正揖,逡巡于三十里外。正南为纲山,其外为凫山,山之麓为伏羲画卦所。东南为防山,其外为尼山,尼山之南为黄山,又其外为颜母山,为峄山,为三峰山,盖二百里而遥。正东为东山,其外为九龙山,又其外为凤凰山,为陪尾,为蒙山,山之南为夹谷,盖三百里而近。东北为马鞍山,山之夕阳为夫子删述所。其外为临乐山,为昌平山,又其外为龟山,盖二百里而近。正北为九峰山,其外为甑山,为杏山,又其外为梁父,为云云,为亭亭,为介丘,为徂徕,至所聚沟为泰山,望之烟云缥缈,盖百里而遥。其西则廓然,惟浅垄平阜,依稀环抱,若宫墙,若城郭,周遭数十界,水曲曲可辨。其内为沂、为洙、为泗,其外为漕、为洸,又其外为汶、为济,大抵皆西南流,会于今之济河,乃折而东,径徐以入于淮也。然沂水出于尼山,径阙里之南,西流汇于逵泉,溢于雩水,行七十里入于泗,非东出于岱麓之沂山,至于下邳行六百里之沂也。洙水出临乐山,西北流浮孔林,入于泗,非出于兖城北之洙也。泗水出陪尾山,西流经阙里之北百里强,折而南会于沂,入于济,非东出乘氏南,东流至眭陵,行千余里入淮之泗也。汶水有仙台、原山、寨村三源,皆西流合于泰安之下,又西流六十里,合徂徕源之小汶河,乃注于洸,西南入于济。惟良泉则仰书于黄山,北流经东峙群峰之外,以入于泗,奇矣。九川曰:"凡山皆发于昆仑,至为都会,山必西峙,水必东流。阙里之山,环北、南、东三面,而沂、汶、洙、泗又皆西逝,盖逆矣。"芬曰:"地势东南倾而水流焉,气斯尽也。中原地气,此其障欤? 夫黄河排积石,入中国,冲溃突厥,其患不啻猃狁。金、元非岱岳诸山东奠之,则青徐之境与碣石俱沦矣。兹土山水俱逆,实启中国元气之运,故岱于五岳得称宗焉。而伏羲画八卦以始斯文,孔子作《六经》以终斯文,皆于兹土,亦万古人心之障也。"九川曰:"阙里当奎分,卫文徙曹,楚丘仍占东壁。然则斯文在兹,真天地之交,元气之会欤!"圣公曰:"余今日始有闻矣。"遂下,东登诗礼堂,堂旧名延宾。又入观孔氏家庙,庙前为旧金丝堂基,即鲁共王欲坏处。九川曰:"事亦神哉!"芬曰:"不然。昔夫子厄于陈蔡大夫,而弦歌不衰,大夫乃感而去。共王坏宅时,孔氏子孙无如之何,亦惟金石丝竹是修耳。共王果亦感而止。故君子贵自艾。"圣公、寒泉皆跃然曰:"子于处忧患之道几矣。"已乃访圣公宅,与修士相见礼,公固让废。日午,公留饷,设酒乐,具丝竹,有琵琶、短笛,而琴箫缺焉。酒七行罢,往拜颜庙。于阶之东北有乐亭,于前仪门外有古井,其陋巷在庙之东南。是行也,圣公不与。既而出城北四里所,拜孔林,至则圣公及博士闻礼先生亦集矣。导自渐门入二百步余,为夫子墓,土封高丈余。芬升之,林木深秀,无禽鸟声。洙水漾于前,绿净可染。其西南有子贡旧场,时有为除草筑室者。东南隧道左有驻跸亭,未入。出飨殿前,观二石人、四石兽,甚奇古。予三人摩挲久之。圣公曰:"人则翁仲,兽则或以前二为角端然与?"芬曰:"兽则外一为神羊,内二为驳马。人则魏明帝铸,锢列于司马门外者,号翁仲。恐墓前石人别有称,或者方相之类与?"上前门坐,少顷,九川复引至删述所,距孔林东北亦四里,因元有书院,九川增大之,且易书院名为洙泗讲坛。坛实据二水之胜,而马鞍山又别委三峰如笔架于前,果神秀哉!坛后为圣公别墅,亦造焉。因与之别,而往拜周公庙于城之东北。其地隆耸,益足俯察北、南、东三面之奇也。公之后有东野氏,殊零落。九川曩新其垣庙,择一人典修除事,为月给米焉。明日返于昌平,九川曰:"大游大观,不记不可。"时九川方欲图《阙里》而未竟也。芬因与区别其山水向背而成之,并书此行所观见者于左。寒泉名余福,为吴人。九川为关中人,名经。芬姓舒氏,世家江西梓溪之上。圣公为先圣六十二代孙闻韶云。

星烈日记卷之九十七

鸿蒙室主人笔识

二月初一日(3月19日)　作《移石》诗。

署斋固多奇石，然埋没土肤，极为可惜。乃与卜臣及诸友共移置之，并加洗濯，奇形顿露，有鹰熊飞走状。乃知天生灵秀，湮没勿彰者，曷可胜道。爰系以诗云："古人称画石，惟透与皱瘦。曰石丑而文，造形尤巧构。徒丑而无文，嫫母何狞陋？多文乃弗丑，刻鹄嫌雕镂。执此以相石，百变无一谬。或涌胜云涛，或蹲伏奇兽。或耸矗楼观，或虚含岩岫。天成本自然，人工胡能就？槐厅固多石，湮埋亦已旧。偶一位置之，洞天矜神授。三五自特立，嶙峋生奇秀。呼僮勤洗濯，玲珑四奔溜。大孔泻瀑泉，小孔穿云窦。有时穷探搜，忽更得罅漏。譬彼人脏腑，七窍光通透。又如峰顶脉，环顾揖左右。植以菖蒲花，蒙茸榛兰茂。镌以绳头书，居然古篆籀。所恨霖雨稀，云霞不常覆。兼惜江波远，石钟响莫扣。谛观若有悟，肖形极飞走。一鹰扬欲翀，一熊咆将斗。栩栩金眸活，蟠蟠利爪骤。天公讵有心，造物多巧凑。奇骨既磊落，风尘感邂逅。苟非具大力，负之常恐仆。苟非遇真赏，对之亦莫觏。我欲学米颠，百拜丈人寿。我欲学壶公，携入东海袖。不数砚山铭，何殊仇池购。摩挲重叹息，俯仰增予疚。乡园不可归，中表情偏厚。邺架资探讨，花谱日研究。更此云根奇，闲情消永昼。独忆特磨道，荆棘满盗寇。骨肉久凋残，狐鼠愁双枢。吁嗟乱离世，苦乐皆病诟。安能挈眷来，避此桃源又。琴鹤君自清，桑麻我能富。枕石以潄流，房山新宇宙。"

初二日(3月20日)　为子钦书屏联。

余书不甚择笔，虽退毫亦可用。有时兴到，反因其势而得奇趣。唯纸质不佳，殊难下笔。近日南纸甚稀，贾人多以劣纸充售，故所购皆非精者，书之徒形其丑耳。

初三日(3月21日) 游仁圣寺。

即东岳宫,去城约三里许。初出北城,茫茫无所向,乃入疏林,寻径东行,树头渐有生意,草色亦渐回绿。林内人家自成村落,村女结伴间行,嘻笑自如。出林更东行,兰若峭然,即仁圣寺也。入憩片时,道僮烹茗待客甚殷,日西遂回。成诗云:"苍茫何所向,疏树绕城陬。路入前溪断,春藏古院幽。谈经丹可炼,煮茗话难休。选胜真无定,闲云趁野鸥。"

初四日(3月22日) 登东城。

章美邀偕介石登东城闲眺。俯瞰城脉,东去数武,忽有动气束细二层,起圆顶,前面沙水环聚有情,知有结作,因同步出城察视。至则松楸郁郁,已有葬者。穴情圆美,后帐耸峙,极为阔大。房邑大局,此穴收尽,而不识葬者为谁。回署访知王姓旗籍已有发科者,可知地理原自有征也。

初五日(3月23日) 阅邸抄。

曾国藩奏收复巢县及铜桥闸,伤亡将士亦颇不少。朝廷许其酌保出力数员,而巢县于何时失守,并不题及,亦并不追究其失守之员。且贼由金陵窜至巢县,则巢县前失守之城,当不止此处。贼虽退出,贼踪现据何处,亦不言明。有赏无罚,诸将何所畏惧哉!

初六日(3月24日) 与卜臣夜话。

卜臣言民间有某叔负侄债,未偿而卒,侄梦叔来谓曰:"吾负汝,当生为牛,以力偿耳。"次日果购获一牛,甚良而有力,不惟耕作异于他牛,即驾辕转车可使来往自如,其家均以叔呼之。一日牛过磁店,忽入户,以角牴,诸磁尽碎。磁商怒欲罪牛,侄曰:"毋,此吾叔也,愿备值以偿,可乎?"商诧曰:"此汝叔耶?固吾常负其债而末偿焉者也。彼既可以偿君欠,何不可以责吾负?"乃互相叹息而罢。然则因果之说,固不爽欤。

初七日(3月25日) 介石和《移石》诗。

介石诗初喜学韩,心思过锐,能入而未能出。余因劝其多看李义山诗及近代诸名家集。今和余《移石》诗成，笔阵顿觉开张，议论亦层出不穷。杜、韩非不可学，但须由浅以入深，方无踏蹄颠蹶之弊。介石可谓善学古人者矣。因录其诗云："遇合不可期，隐显各有时。事理固如此，微物讵能违。我初来奉先，喜与石丈值。尚恨羼处状，欲迁难位置。间行偶经驵廐前，卓然砥柱惊独立。有似参军署马曹，朝对西山延爽气。惜无大力负而趋，拯之藩溷苏憔悴。仙吏开襟高致多，兴来布置驱群役。锹锄并力剜云根，长绳束缚荷以蕢。胸中丘壑小敷施，点缀经营审面势。履屦得宜识将才，出爪作而俱有意。气虽联属势则离，君子之交魏贞媚。奇姿况刷出风尘，春风顿醒冬山睡。转侧为容态不穷，忽参画理追臣芾。袖中携得东海归，不畏次公相攫戏。日夕低徊绕石行，酒酣百态感纵横。生花石纲昔飞巨舰，移山越海洪涛崩。艮岳松石古今冠，楼台池沼闻者惊。天子衔杯一含笑，卖儿帖妇相吞声。一朝羯儿来饮马，离宫劫火泣幽灵。奇石亦自走沙漠，泥填麻缚来上京。力役复如运花石，万牛呀喘汗血腥。于今又复为谁据，烟尘埋没知何处。或者山灵亦好奇，尤物宜烦鬼神护。吾侪偶适兴所寄，移石栽花托遐虑。闲情应笑宋元愚，玩物恐妨当世务。只须杯酒赏岭崎，题诗聊作山川助。卧似云眠懒不飞，立如峦壑争奔赴。灵根当是补天材，如何未入洪炉铸。或因风骨太棱嶒，至今娲皇憎傲兀。谪向人间不计年，土蚀苔封犹怒踞。于今忽得涤瑕垢，千载一时真幸遇。不遭之士亦如君，对之生羡羡生妒。我心虽亦不可转，敢说坚贞同石趣。宜绕萧斋种白杨，胡向官衙莳花树。尚喜同舍无杂宾，惟与素心共朝暮。擘笺高唱兴何豪，竭蹶愧我邯郸步。"

初八日(3月26日)　拟游弘业寺观杏花不果，作诗遣怀。

闻弘业寺杏花盛开，拟偕诸友携酒往观，而连日大风，河冰复冻，寒不可当，故不果。乃作诗自遣云："天妃濯锦脸流霞，玉女裁云唇吐华。承来晓露融天家，满空噀作文杏花。蓬莱之宫紫玉奢，莺沉蝶闹迷窗纱。此日长安散晚衙，骢马骑出豪贵夸。一枝遥映酒旗斜，绿篱红树相周遮。我闻梵刹竞奇葩,艳彩应堪插髻了。欲携斗酒醉释迦,拈来微笑语无哗。苦为风姨扬尘沙,棠梨愁杀温八叉。飞卿诗云:惟恐南园风雨作,名芜狼藉棠梨花。何况枝头望眼赊,尚书点韵长咨嗟。岂是天公嫉妒加,踩红躏紫如娇娃。绿章乞奏帝还嘉,春阴漠漠护檐牙,看花好驾碧油车。"

初九日(3月27日) 偕介石游弘业寺,观杏花。

今日风始息,天亦晴霁,乃偕介石赴弘业寺观杏花。至则花悉冻损,不胜惘惘,因用前韵作诗以悼之云:"曙海摇光喷紫霞,鸳鸯瓦晞秾露华。婆娑梦断春无家,晓寒愁损状元花。寻芳肯厌绮罗奢,剪落红云吹绛纱。黄蜂隐隐如报衙,春色满园应笑夸。华阳巾戴影微斜,出郭薄有香雾遮。枝头忽怪泣天葩,愁红泪湿髻双了。村父提壶远相迦,牧笛遥指空纷哗。摧残何止恒河沙,冰柱昨夜冻刘叉。绿蚁无钱何处赊,探花影对夕阳嗟。孔坛唐苑劫犹加,况忆江南旧馆娃。裁笺虽好无人嘉,余香难得沁齿牙,伤心还有七宝车。"

初十日(3月28日) 卜臣邀陪章美诸君共饮。

章美拟赴礼部试,故设筵宾兴,吾辈均皆陪饮。是日阅邸抄,石达开据蜀之横江、双龙场等处,为川兵击败,窜入滇境,当在昭通界。滇回近虽就抚,然负固者尚多,且军费无出,谁为抵御,亦极可虑。内盗未平,外患复起,滇劫何时能止?左宗棠又奏本年正月内收复金华、汤溪、龙游、兰溪等处,旬日之间一府三县贼悉遁去,剿办尚为得手。然金华诸县皆非扼要地,故贼未肯据守也。

十一日(3月29日) 阅邸抄。

曾国藩奏宁国贼伪根王蓝逆纠合花旗广匪数万,出扑官军营垒,经鲍超先期设伏击败。贼又围攻泾县甚急,鲍超挥军援应,贼复败去。二次伤亡员弁一百一十八员,兵勇未入此数。虽以捷闻,然亦危矣。僧格林沁亦奏捻匪扰犯鹿邑,亦为我军击走。年来贼势稍衰,承平或可望也。

十二日(3月30日) 阅邸抄。

陕抚瑛棨奏："本年正月十四日，发逆陈得才窜陷兴安，意图久踞。经团总监生邱家振招集团勇，乘贼不备攻入，贼众放火奔逃，旋即收复新旧两城。阵亡文武员弁、知府、知县、照磨、游击、都司均邀恤典，建立专祠。"此必城陷时所亡，而乃云阵亡者，欺枉词也。不然，克复城池，何至满城文武俱阵亡耶？贼虽奔逃，窜向何处，亦不明言，尤为含混。陈得才去岁欲由武关入陕，为多隆阿击退，回扰楚、豫之间。兹多隆阿西过潼关，此路空虚，故乘虚而入。若不及早击退，使得纠合回众，则陕事不可问矣。

十三日(3月31日)　卜臣和《移石》诗。

卜臣素不喜作诗，兹值公余之暇，偶和余《移石》诗，不惟笔力健举，抑且章法浑成，盖其天姿甚超也。急录之云："人苟违其才，巧者亦成拙。物苟失其性，优者亦成劣。衙斋石累累，三五相连缀。了无山意思，徒为尘土蔑。习见等泛常，心目不关切。幸有贤亲友，精心为剔抉。审曲兼面势，因之成构结。向背各性情，起伏自行列。遂令转移间，生面得轩豁。妍秀相竞争，岩壑均朗澈。兽蹲鸟欲飞，神致栩栩活。能使顽者灵，妙处不可说。譬彼困盐车，辕下伍蹄啮。一遇市骨人，长风控金将。又如下座客，碌碌谁区别。一得处囊中，划然脱颖出。对此生百感，怦怦不能息。自古康世屯，污俗崇朝涤。宽猛政以和，风雨好不僻。一弛复一张，或沿亦或革。惟动合自然，非由权术得。所以邹峄叟，反手王齐国。小物可喻大，至理无差忒。倘谓余不信，看此新移石。"

是日大风扬尘，昼为之暗，亦可怪也。

十四日(4月1日)　作《大风扬尘》诗。

连日大风不止，黄尘蔽空，昼明而复晦者数，朔方风景，真是尘海中度日也。作歌以纪其异云："黄帝夜梦骑金獬，狂飙吹尘红似海。一气鸿蒙那辨天，如雷万窍纷惊骇。蚩尤雾散几何年，又见江山色顿改。风猩狂跳风母号，羲和腾驭无光彩。滚滚黄霾掩绛霄，神灵白昼泣真宰。老夫困顿尘海来，肯信封姨斗甲铠。大鹏敛翅天为掀，燕然山摧余磊块。岂是长途走魅精，干戈奇怒愁酝酝。不然阴山鬼叫冤，冰敲战骨填青澥。噫嘻乎！雷雨溯滂鹢退飞，大麓弗迷今安在。凉飔飒然襟袖清，大王雄咏空千载。而此憝溷偏郁邑，死灰吹彻穷巷燧。老屋堆埃已数尺，绳床箕籁魂尤殆。安能手鼓阴阳炉，一使天清海晏万里无尘乐大块。"

前阅报，胜保已押解到京，旨派议政王及诸大臣会同审讯，按律定拟具奏，未知可能按律定拟否也。

十五日(4月2日)　为云鹤道人书室额。

留台院中有二室，颇洁净，因摘太白诗意为题其丹室曰"栖碧"，客堂曰"憩霞"，并书以付道人。太白诗云"闻余何事栖碧山"，又云"弄影憩霞阁"，与其境恰相称，故用之。古人题咏，虽颜额亦不肯轻率。升庵先生题虚凝庵客堂曰"石妥花寒"，最为精当，非亲至其境不知。范沈阳题太华寺大轩曰"鬖镜"，盖后倚碧峣，面临昆波，故拈此二字为额。初若无甚奇，迨余用此二字成诗一联，乃知前人品题之妙。升庵又题安宁温泉云"天下第一汤"，初见之不觉大笑，继欲易此汤字，百思无当，然后其确切不易也。

十六日(4月3日)　阅邸抄。

耆龄奏攻克汤溪及永康、武义等县，与左宗棠前奏大略相同，唯左奏未及武、永二县。今李鸿章又奏克复嘉定，是苏、浙军务皆有起色。倘能由此节节进逼省城，则贼平当亦不难也。

十七日(4月4日)　游砖公院。

院在大房山后，离城二十余里，本道院，一名超化寺。正殿垒砖而成，若古洞然，内奉如来及罗汉像，殿上更起高阁，阁后一层乃供三清。以砖名院者，由佛殿得名也。章萼芗邀偕介石诸君同游，由楼子水循溪入谷，拾级登峰，盘盘幽折，石势云飞，亦有欲崩之势。古木虽多，而未发青，唯谷口红杏盛开，点缀春光，灿烂宜人。初至院，竹篱荒陋，颇失所望。及入门，则杰阁巍峨，依岩矗立，岩窦清泉一泓，修篁映碧，极其幽静。因与介石登阁后高峰远眺，万壑千岩，嵯峨怪异，峪外烟云混蒙，飘渺无涯。不意乱山丛中，乃有此世外奇观。归至楼子水，有村翁某邀入室小酌，并呼二孙出见客。田舍家风，浑噩可亲。迨至城，则日暮矣。挑灯作诗一律，题《砖公院》云："石势欲崩虎踞雄，花砖洞启壮琳宫。千岩佛卧诸天上，万壑云生大地中。禅定不妨参道果，性灵端可夺神工。披襟直上峰头望，苍狗红尘总是空。"

介石亦成诗二律，录其一云："穿巀古刹众峰攒，直扣禅关境自宽。佛窟千寻砖作垩，仙泉一镜水无澜。苍松鬖密涛声壮，修此阴浓石气寒。隐迹隐心应此地，幽栖羡杀老黄冠。"

寺旁一泉，相传有蝎仙避劫过此，因指石掘泉，以酬道士。至今水溢，虽千百人饮不竭也。

十八日(4月5日)　阅邸抄。

僧格林沁奏剿匪连获大胜，并生擒张乐行、刘狗、刘学渊、苏添才等，均分别正法。唯乐行传首皖、豫各省，实属大快人心。先是，乐行等势败穷促，尚聚尹家沟，意图窜突。二月初一日，僧格林沁派队围攻，贼遁雉河集，再奔张村堡。值捻首李勤邦等投诚，宿州知州英翰令其诱致乐行父子及义子王宛儿，一并解送大营，奉旨就地正法。皖北诸捻略尽。多隆阿又奏正月廿九日，攻克同州王阁村、羌白镇等处回巢。左宗棠、耆龄亦奏收复浙江永康、武义、义乌、浦江、诸暨等县。现在闽、浙诸军会围绍兴，南北各省一时报捷，真大幸也。

十九日(4月6日)　作《纪事》诗。

近日各省军务都有起色，喜作一诗，以纪其事云："捷书清昼到神京，喜动垂帘两凤声。甫报崤潼摧健鹘，又闻淮泗斩长鲸。筑坛健将风虽古，异姓封王态正生。谁信桓温能跋扈，江潭槐柳叹无情。"胜保与僧格林沁及多隆阿俱同受命剿贼，兹两军均获大捷，而胜保独逮系于狱，抑何成败之悬殊欤？

廿日(4月7日)　作《姚少师墓》诗。

前日游砖公院，路经韩吉村，有香光古寺，已半颓圮。寺东一塔尚岿然存,相传为姚少师墓。归阅《邑志》,墓乃在房之西山石府村,香光其赐园也。介石成诗一律,余亦同作七古一章云:"滁泗真人斩灵蛇,皇觉才脱旧袈裟。天下大师传祖钵,白头万里悲释迦。如何靖难真王佐,涅槃还自守佛阁。朱明开基事若此,难怪读书无种子。冲幼成王竟安在,践阼周公谁则使。白帽真看变冕旒,鹰扬尚父迥莫俦。不世勋高愿已尝,肯把金光换王侯。只恨蒲团坐难了,昼锦归来姊不晓。高皇果是在天灵,应悔分封赐佛老。我闻北郭十友皆英豪,青丘纵死道衍逃。慷慨才能入燕市,秉忠墓下先痛号。当年杀气已难猜,只今垄墓空徘徊。牛羊不禁松楸采,浮屠万古撑莓苔。吁嗟乎!五百名世留青史,佐命乃出空门里。掀天揭地本无奇,鱼龙跋浪风云起。"

明祖起于僧,其孙亦为僧,即佐其子以夺其孙之天下者亦由僧,亦何奇哉!道衍本北郭十友之一,明祖诛高启,其意未尝不有所忌,卒之乱天下者,乃十友中之道衍也,天意讵可测乎?道衍于十友中与王止仲尤亲密,故止仲作序送之,许为非常人。及其入燕,乃首作诗吊刘秉忠墓,则固早以秉忠自命已。天生非常人,自当有非常业,独怪其既建非常业后,而仍死守空门,心迹诡异,使人莫测,无怪其荣归乡里,而其姊乃不愿出见之也。

廿一日(4月8日) 游瀑水岩。

房山多邃境,固不独红螺岭、孔水洞诸胜为然,即一丘一壑,亦具有奇观。余初至邑,即闻城东北隅四五里有瀑水岩,极幽峭,尚未之信。今午日霁风柔,偶偕介石、醇庵闲步出城,平岗漫坂,毫无野趣。乃冈尽路低,倏露深洼,清溪密树,村落宛然,风景顿殊。急趋下坂,回望溪头,石骨攒簇,如云横马奔,势崩欲落,飞流喷洒石上,则瀑水岩在焉。乃循流往观,危立泉畔,琤琮澎砉,锵珠泄玉,如听鸣琴。风摇远佩,飒然神清,不知声闻何自来也。岩根深潭曲泓,黝碧而清,游鯈数千头聚岩影下,历历可数。村童云潭深无底,上有窦可俯入。左立危石若矶,曰钓雪台,亦方平可坐。对岸高石镌"瀑水岩"三字,乃汪君士鋐，笔势尤生动。惜无竹树，园榭亦就荒，不足税高人驾，故游者寥寥。惟村角嫩柳新绿罨映泉石间，差能移情。登垄远观，则溪源甚长，云峪幽窈，峰峦交错，倘更溯而上之，当有灵奇甚于此者。惜日将暮，不能穷尽其胜。归途耿耿，尝若思饮而未止乎渴云。

廿二日(4月9日)　作《游瀑水岩》诗。

寻幽如选士，佳品难为择。有时赏心人，当前亦幸获。结伴偶出游，尘砂吹广陌。已无闲情趣，忽遇幽泉石。回岗互滨洼，丛树隐园宅。循溪以溯流，飞瀑泻长碧。石崩腾万马，欲坠还奋激。锵玉鸣石罅，断佩响岩隙。独立危厂听，飒然耸精魄。澡神固萧爽，洗耳尤清白。其下潭水深，黝碧底莫测。潜虬未启蛰，游鲦戏其侧。岩洞固阴森，雷雨何时黑。盘盘钓雪台，虚饵无所得。只可鉴须眉，老丑恨难匿。登高复遐眺，云山邈无极。乘兴欲独往，前峰生暝色。好境不可穷，幽赏何其仄。

卜臣亦录其《黔中瀑布》旧作一律云："飞流作势倒撞来，碧玉屏风界划开。剑影横天挥石裂，涛头出海压山隤。鱼龙喜滃深潭雾，鸟雀惊掀隔岭雷。最是黔游佳绝处，云岩瀑水两奇瑰。"云岩亦黔中奇景，故末语及之。

廿三日(4月10日)　阅邸抄。

冯子村奏发贼窜出句容，拟由九洑洲北渡，被我军击退，追至丹阳，阵斩四眼狗之叔伪效天义陈某，贼气大挫。瑛棨又奏卢又熊前因纵勇滋事，已经革职。兹复募勇助防汉中，累著战功。汉南一带，资其保障。上谕准其开复原官，仍带勇防剿汉中诸路。崇厚奏山东之贼西窜，现在办理防堵畿南等语，而不言贼踪现至河处。

廿四日(4月11日)　游剑门湾。

大房山离城仅廿余里，双峰矗立，耸峙一方，屡欲高登其顶，纵阔双眸。乃与介石、醇庵出西城，过留台尖，入山口村，再越超岭，醇庵不能从。余乃独步上岭，乱石层立，危磴若栈，岭上双壁，有似剑门。下望诸涧，弯环回合，当有奇观。乃招介石同下岭，循溪而入，甫转深涧,则桃红满坞,小村落聚处岩下。野老二三,同来问讯,若讶客所自来者。仰视房山,近在咫尺,欲更抠衣,而夕阳已过峰背,恐难造极,反亏一篑,因留有余,以俟诸后。遂返步,由别径闲赏而归。成诗一律云:"断岭云横树,高岩壁竖关。逢人惊失路,问客到何山。夕照迟深坞,桃花聚一湾。大房看咫尺,惆怅未能攀。"

廿五日(**4 月 12 日**) 阅邸抄。

左宗棠奏绍兴、桐庐二府县均已收复,救出难民千余人,实为快事。而直隶逆匪张锡珠一股数千人,私自元城小滩镇西窜,新河、南宫、宁晋、威县、肥乡、平乡、鸡泽一带俱被扰,鸡泽、平乡二县又失守。大名粮台委员金秉忠赴开遇贼被害。甘肃固原州亦于正月内失陷。汉南诸贼仍盘踞未散,臬司毛某被遣留营自效。是东南军威大振,而西北贼势又复大张,真可叹恨。

廿六日(**4 月 13 日**) 游永寿寺。

永寿寺在大房山中条峰凹处,俗呼十亩坪。以四山回合,中开小坪,约十数亩宽也。殿宇崇宏,林木幽邃,最后高台上三阁巍峙,左右俱奉佛,中建千佛宝塔,庄严精妙,为邑巨观。余闻之,乃携僮偕介石晨起入山,向南斜迤出牛口峪,过云峰寺,略小憩。老僧指罗汉像示客,数乃十九,一其自来。释氏好附会,一至于此,亦何可笑。出寺数里许,西望皆高峰丛杂,如莲花,如幡幢,如屏嶂,如狮象,无奇不备。倏转西北,两山环抱如门。攀磴登岩,隐隐见鸱吻露松柏巅。知寺已不远,急努而上,旷宇天开,果别一世界。入门而梨花似雪,开满禅院。高台下一株尤耸立攫拿,斜倚塔畔,凭栏可以摘花。惜廊房半圮,徒形荒凉,极为可叹。余因有悟,成小诗一绝,以指涂于壁上云:"宝塔倚岩接上方,千层佛影自苍苍。梨云满院苔花冷,不坐禅床梦亦香。"

寺僧供茶甚殷,且云寺有皖士某,劫后逃禅剃度居此,惜他出,未能相唱和也。茶罢,复抠衣与介石高陟峰巅,北顾居庸、碣石,南望瀛渤、中山,浑浑蒙蒙,元黄一气,莫能穷尽。所至惟涿鹿双塔遥映,寺门为隐约可辨。拟再攀萝上，而天风吹人，足立难定，不得已遂下山，归途日尚未暮也。再按：是地乃房山正结，龙自中条分枝至茶楼顶，横开大帐，左右俱各廿余里，左多金水，右悉木火，成文武侍卫。中起房山火星，下土脉，穿水帐至寺后，起高金脉，从左出，横落嫩枝，三叠而下，石骨兜住，中开微压，余气弯回，紧抱如门。寺建穴下平处，元辰水斜出十余里，始会随龙。大水横过外砂，浑浑穆穆，收拾极为远大。左帐角高起羊头冈，横土如屏作后靠，邑龙诸条皆其帐内余枝，真特结也。

廿七日（4月14日） 作房山地图。

昨阅地归，今因图之。地之奇固在祖宗，而得力尤在砂水。龙本自西南来，其砂水俱由北挽向南行数十里，是龙顺而砂逆，故能大结。惟元辰斜出廿余里，不利初年，斯为缺限。天地无全功，固不得以此而废至宝也。

廿八日（4月15日） 闻赵州官军获胜。

贼扰畿南半载，诸大吏各受谴，朝廷饬崇厚勒限痛剿，至今未能扑灭。近闻洋人所练枪队大有斩获，贼复东窜。新授直督刘公长佑亦已到京，不日可以接手办贼，但未知其布置何如耳。

廿九日（4月16日） 闲步东郊。

新绿嫩红，盈阡遍陌，出郭闲步，何异江南景象，成诗一律云："野吟无定所，闲赏步迟迟。折柳还遭骂，看花不避痴。才从僧寺入，又与老农期。尘界氛埃满，聊作汗漫思。"

三十日（4月17日） 阅《濂洛关闽源流考》。

望江檀默斋萃著，凡十二篇。曰洛不承濂第一，洛不推邵第二，关因洛重第三，洛闽遥接第四，濂显自闽第五，洛闽有异第六，三学之分第七，程门支离第八，洛学自护第九，程氏二谬第十，洛蜀之争十一，王苏之学十二。名虽源流考，其实专攻五子也。五子之学诚非无弊，若必尽搜其短，而不著其所长，恐五子亦未能心服。盖自元修宋史，创传道学，跻于儒林之上，而道学门户遂启争端。其意原本朱子

《伊洛渊源录》,谓道统之传,自孔子传曾子、子思、孟轲,轲死无传,明道起而得不传之学于遗经,于是道统之名以出。朱子又为程排苏,不遗余力,则更授人以必攻之隙也。夫讲学非不可,若必借讲学以为名高,无乃自异于众欤?孔孟之道,尽人莫外,岂可严之以统,使人望而却步?此朱子之过也。若欲考正其失,但即其是者存之,非者删之,纯者从之,谬者正之,不可吹毛求疵,有意攻击,徒作无益之谈。檀氏此书未免失之过琐,唯摘程氏二谬,谓伊川不立明道之长孙昂主庙祀,因恶其母改适章姓,遂并使明道不得入于太中庙祀,其谬已甚。及受从子公孙与徒邢恕所倾,至窜涪州而不之悟,以为自护其学之过,谬尤难解。夫伊川以礼自处者也,而不咎从子与徒之倾己,犹得以宽厚为辞;至立庙主祭一节,则于礼乎何在?檀氏驳之,固其宜也。默斋于末篇又兼论王、苏之学,意祖东坡,谓其文足以载道,自宋至今,士无不诵苏文,即无不行苏学。此亦因朱子攻苏太过,故特为东坡吐气。窃意东坡之在圣门,文学政事科耳,程、朱则德行选也。要知二者皆圣门高弟,使得就圣人而亲炙之,则必两无异说,而何门户之是竞哉?

星烈日记卷之九十八

鸿蒙室主人笔识

三月初一日(4月18日) 偕边介石游云居寺。

客腊介石游云居寺归，具道其胜，梦寐中恒有一小西天在也。君今复邀往石窠，代书漱珊师墓碑，以石工远去未果，因便道访寺，用偿夙愿。望房之西南山，斜迤入谷，峪口有村曰石门，溪自谷中出，平畴水磨，宛似江南村景。约七八里至寺，青山环峙若屏，周匝无罅。路多梨柳，白云翠霭，交遮互映。寺门则古柏参天，石桥跨涧，梵宇琳宫，极为壮丽。僧众见客，早迎出外，引入禅堂，略憩茶毕，遂登览佛殿，然仅能见其初地一层也。寺本律门，专以戒律为主，故清规较严，其意盖以规矩检摄身心。释氏渐法，即吾儒小学工夫也，由浅入深，因外制内法耳。初更即眠，五更已醒，闻上界钟响，梵音清亮，使人尘念顿消，几有世外之想。彼教之感人也固如此。

初二日(4月19日) 登石经山。

晨起，寺僧供蔬食讫，先登寺后高峰，拨云寻径，攀萝揾筇，努力始能造极。顶后复有巉岩耸立若蘽，不能登也。石经山在其东北，横亘似案。再北一峰特立奇峇异众，惜无名，故不能代为标举。天下士之表表出群，以无名而遂湮没者，殆此类欤？从高下视，殿宇廊房，历历可数。回首南望，空阔无边。拒马河由右来，大石河自左抱，并汇太湖，汪洋泛滥，即琉璃河上流。然春水未涨，但见平砂弥漫，若云似雾而已。下山入寺，方丈雅纯和尚邀入其室，煮茗共谈，颇有妙悟，因更引游各院。佛殿共五层，其祖堂在南，行宫建北，由方丈后始能入。登阶远眺，众山齐峙几案间，寺中第一景也。平时封闭甚严，游人未能轻蹑其地。时仅午末，复与介石策杖游石经山，一名白带山，山头皆戴石，巉峭似短岩，故可凿洞藏经，盖隋僧静琬与其徒两代愿力也。洞凡七，闭以石扉，立洞外，可窥见经字。一洞供佛，石经周嵌壁上，四石柱凿佛千余,亦炫奇好异之。过洞有董香光书"宝藏"二字。经字分二体,一仿褚河南法者最佳。按:静琬在齐隋间,而书法乃唐体,或此体为其徒所刊故耳。其他碑亦有前明新建者,书法皆不古,若何古今人难相及耶? 洞前砌石为栏,凭之可以眺远,仿佛吾滇罗汉壁景象。惟岩下无水,故景稍逊,俟夕阳西下乃归。至其塔园查之,风水甚佳。寺僧又邀至香树庵后,观其水源从石泉中出,今已竭,厨笕遂干。僧雏皆汲水洞底,往来担荷,点缀晚景,别有佳趣也。灯后成诗一律云:"鹫岭飞丹绕梵宫,果然福地妙天工。传经塔冷千花藏,说法台高一苑风。舍利不知生是灭,菩提焉喜色成空。请看金粟如来面,早入青莲尘梦中。"说法台在寺南院,藏经塔建寺左右,高矗若椓。再成《香树庵》一律云:"曲径绿幽峪,空庵见小堂。泉干僧笕断,树老佛坛香。蔬笋真何味,渊源未可忘。客来堪小憩,垢净两无妨。"

初三日(4月20日)　拟游上方山,先宿接待庵。

余询知上方山离寺不远,拟乘兴一游。介石初甚喜,既而不欲往。余曰:"天下好景,误于当前者甚多,皆因循一念致之也。"力主前行。午至姚家庄,始寻径折西北行,过孤山口,路渐崎岖,山尤凶顽,颇有悔心。乃乍转入峒,东北角万仞双峰,层磊而上,阙崒对立,中通一线深谷,如仙都佛门之耸拔云霄也。始知宇宙奇观,多藏于人迹不经之地,与人心易忽之区,苟非亲历,断难赏识。两峰下正当山口,清溪横绕,上建一庵,曰接待庵,盖接引游客入山处。凡游者车马抵此便休,故须有以待之。方丈号瑞云,性朴诚而愿甚奢,广辟禅房,装严佛相,为力不少。见客至,款接尤殷,且出纸索书,因挥数诗付之。晚饭后,出寺小步,偶立岩下,闻泉声洒洒然,由深谷中来,而不见水,久乃知为峪风吹树作波涛响耳。瑞云又欲造石桥跨溪上,建山门以壮观瞻,属更书"上方初地"四字,待悬门额,余皆许之。时已昏暮,不能登山,遂宿庵中。成诗云:"大造多灵窟,上方此其一。佛土在目前,肯使交臂失? 纤道入深峪,乱山空崒嵂。倏转清溪岸,双岩壁面立。幽壑未暇探,孤庵且憩息。老僧工迎客,合掌即当揖。劝我暂停车,禅床新翠湿。闲坐说无生,灵梵开秘笈。清磬时一鸣,晚烟生岩櫇。饭罢读丰碑,大半苍藓蚀。入夜尤清幽,悟境见佛力。初地已脱然,上界尤超逸。枕畔忽闻泉,开户风满室。因知尘世扰,受想非神识。况我历色界,劫灰飞未熄。房邑古奉先,是亦极乐国。更多梵刹古,神灵喜栖集。迩来二百年,法门境渐逼。白头古先生,拓土辟禅室。托钵走四方,布施过七十。道德亦已深,愿力尤坚实。彼教尚刻苦,吾辈敢自逸?吁嗟万化本,始念贵专壹。"

初四日(4月21日)　登上方山顶,历览诸胜。

破晓,日初射岩即起,寺僧前导入谷。两山层崎若峡,其皱纹皆画家大小斧劈法,与巫峡诸峰异势而同工,步步都堪细领。约二里许,崩石横涧成岭,曰发汗岭。再里许,悬岩无路,有瀑布痕从空落下数十丈,夏日水涨,即奇观也。由瀑布旁岩凿石为磴,矗立直上三百余级,达云梯庵。推窗下视,若临无地,毛骨皆森。幸梯上铁絙双垂,石阑旁护,游屐得以无恙。由庵后转入,路稍坦夷。过兜率坊,昂首仰观,兰若室刹悉建峰腰绿树巅,有类鸟巢蜂房,四散而处。唯兜率寺在锦绣峰半,端拱居中,亦盘旋数百级始能达。小憩片刻,再由寺右度听梵桥,过文殊殿,登摘星陀。陀高千余仞,孤峰独耸,顶旧有寺,今圮。凿石悬絙而登,石断处续以木,岁久将败,介石强蹑之,余不能从,盖过险也。口占小诗一绝戏之云:"君登摘星陀,摘星如斗大。晓色忽苍苍,掌中无一个。"

过此下岭南行,复折上岭西,凡数升降,达云水洞,亦有寺曰云水寺。乃解衣脱帽秉炬,随寺僧伛偻入。渐进渐低,亦渐暗,已无路。忽足旁一窦洞启,仅可容身,僧竟执火穿窦,不得已亦从之。蛇行豕伏,手足着地,须眉污泥而进。首稍昂则石撞,背欲耸而岩伏。洞风吹焰,目闭气阻,尤闷绝难耐。如是至再,洞乃阔然高广,然沉潭碍路,罔测浅深,苟一失足,又不知堕落几层地狱矣。深怪前人好游,胡以冒险如是?洞约十三进,一步一景,凡天地间所有形状,大而峰峦溪涧,细而钟鼓鼎彝,高而楼塔台陛,低而床榻几凳,以及花果鸟兽、仙佛龙虎之类，无不具备。最后一洞云十八罗汉大会，愈觉奇异，非他洞比。惜火种将尽难入，遂寻原窦出洞。石多白质，晶莹似玉，已为烟熏，徒成煤窖，真可恨也。

　　归游地藏寺，再过文殊庵，老衲邀入，指示周荃指画达摩像，高五六尺，精神逎迴。又指寺门古藤蟠拿如龙，皆山中罕见之奇。东望一峰特起，为望海峰。峰半圆穴曰汗龙潭。相传华严祖师开山时，有毒龙踞穴为害，师驱之，龙怒拔潭去。师飞锡追取水，仅获一笠归。至今寺中所饮一斗泉，是其迹也。归宿兜率寺，诸僧求书者尤众，悉书以应。其殿后石刻《佛说二十四章经》，乃前明内监冯保书，笔极沉着圆畅，真膺未辨，而书法则固可传，故并记之。

　　灯后成诗三首，《文殊寺》云："藤龙高缠古树，神僧怪图禅关。谁肯现身说法，当前指点般般。"《合掌石》云："合掌诵弥陀，弥陀安在哉？不如化为石，万古长莓苔。"《兜率寺》云："七二禅关九面开，还因兜率到莲台。毒龙已拔沉潭去，古佛能争圣水回。灵气几人分地脉，幽栖自古胜天台。凭栏试动昆仑想，三世如来可再来。"

　　初五日（4月22日）　晓补游一斗泉诸胜。晚回署。

　　昨游诸胜有未尽者，拟更补之。山共七十二庵，一时难尽，然亦不必尽游。乃先至一斗泉，在山左胁下，飞崖高覆，势如云起，竹树蒙笼其上，中建小庵，供奉大士，虽无覆庇，风雨亦不能到。泉出岩阿，味甚清冽，天旱不涸，众甚赖之。泉下半里为胜水泉，亦甘美。再下为龙虎峪，相传常有虎伤人。口占一绝云："不见龙虎迹，时闻龙虎声。由来岩树古，足使心魂惊。"并题一斗泉云："悬崖风雨不到，灵窦玉液常清。岂必蒲团入定，天魔自古难生。"

　　此东谷大略也。复由西岩半穿松履石，得一古洞，曰华严洞，即华严尊者入山趺坐处。洞不甚大，而分上下二层，下供师像，上有石作象形，眼耳鼻牙悉具。一狮回顾如惊斗状，泉自岩罅出，涓涓不绝，亦静境也。阅毕，循岩下山，正离云梯不远，回望毗卢、象王、锦绣诸峰，又不啻丹霄上矣。

归至接待庵，成七古一章，简示瑞云和尚云："君不见猛虎高胜云外峰，咆啸一怒风为从。又不见神龙低潜岩底穴，蜿蜒直下杳无踪。登山欲勇退宜速，肯以物象撄吾胸。昨闻上方崇巇高无极，雄踞逐鹿媲岱宗。仰视已绝昆仑脉，俯瞰何有普陀雁荡诸谾谾。我今振袂陟其顶，震旦小人云雾中。摘星高高在足底，大者萝缠小树封。狮子岩隐象王胁，望海峰头势欲东。华严初来洞底坐，洪涛震骇浮崆峒。飞锡忽斗潜虬舞，要从奇险矜神通。斗大分来泉一窟，好辟螺径开琳宫。传法人去几千载，尚余梵刹历历七十二庵房似蜂。瑞云老纳古愚直，欲广弘业振祖风。指点灵迹夸向客，丰于不厌舌生锋。我想达摩面壁无一奇，只以象教开愚蒙。如何帝释既远群灵迷，修罗药叉交逞凶。纵使日造宝塔八万四千高矗矗，不及释迦语言文字还空空。天风忽妒人久立，倒吹衣带难支筇。似恐正法眼藏来，窥破灵秘损鸿蒙。不然即是劝我自惜千金躯，一发危系休朦胧。吁嗟乎！悬崖无路梯可凿，洞府无门怪可攻。好奇谁似天竺徒，立足一定天无工。回头戏语后来者，进步休亏一篑功。天边异境多瑰奇，尽在人间万朵青芙蓉。"诗罢，偕介石同车回署，诸友共询山中景象，因为图并诗示之。诸君皆鼓掌称善，悉动游山兴矣。

　　初六日（4月23日） 补《云水洞》诗。

云水洞景尤奇，游屐仓卒，一时难状，今始补之云："罗刹噬人张海口，肠肺槎枒无不有。干天怒罚卧岩数，化石还作洞深黝。我生嗜奇久无偶，凿险绹幽尝恐后。相将幸获同心友，云水岩前风怒吼。山僧燃炬如执帚，前导深入何幽眑。境低不觉齐俯首，路睟谁复分左右。地底忽逢窦如牖，蛇行豕负泥涂肘。伸腰才欲学趋走，当头棒喝痛难受。匍匐人更旋蝌蚪，穿窬盗形生恜忸。一伛再偻未为咎，煤燺烟醉愁鬵鬵。几经伏仆始作踩，阴幽仍似双蒙眵。以火照岩岩复陡，奇形倏露惊群丑。万丈沉潭谁凿浏，双龙怒攫形蚴蟉。一境一变一枢纽，引人入胜真善诱。高者峰峦低培塿，大者楼塔细箩篓。或狮或象或夔㺑，如鸾如凤如鹦鹉。钟鼓磬与幡幢绶，瓶钵罍兼彝罍卣。穷形必肖肖必耦，天工人力理难剖。更有最后洞钻九，罗汉十八齐株守。我欲穷探叩元后，火尽又恐薪弗久。返径高阜随陵阜，危仄乍惊星在罶。雪山晶莹立琼玖，奕逢仙人钓逢叟。玉女洗头盆覆甂，回鹘尸僵胡不朽。阴风肃肃来岣嵝，吹人精神难抖擞。出洞不知岁卯酉，震旦再生吾谁某。呼僮慰魄宜以酒，佛界又苦无醇酿。我想大地腹何厚，包罗万象杂污垢。奇秀固多丑亦寿，如田播种兼良莠。只今世变成苍狗，避乱真堪储粮糗。倘使隩门更深扣，定通仙源见农亩。题诗聊复一义手，好景难状输八斗。思穷徒自呼负负，未识山灵笑人否。”

　　昨初入山，由接待庵至筏汉岭，亦成一律，补录于此云：“为访毗庐策杖行，双峰劈翠看云生。地穿风雨龙蛇窟，人悟乾坤雹露情。野衲挂岩生狖啸，怒飙吹树作涛声。何当奋袂凌高顶，倒摘星辰到玉京。”《云梯庵小憩》云：“铁絙高攀欲上天，飞流倒泻断鸣弦。偶来坐此片时静，万斗红尘一例捐。”《华严洞》云：“兜率开山祖，毗庐入定身。至今剺洞古，还似斗龙春。岩桧青常在，山花艳独新。旃檀真法界，亦自出艰辛。”

　　初七日(4 月 24 日)　补《石经山》诗。
　　石经山即白带山，亦曰小西天，以静琬凿洞藏石经得名。《记》称静琬姓氏里居不可考。初，北齐南岳慧思大师虑东土藏教有毁灭时，发愿刻石藏闵封岩壑中，以度人劫。静琬承师旨，遍选名胜，至燕涿鹿山之北，曰白带山，因采石造十二部石经。自隋大业迄唐贞观，《大涅槃经》成，其夜山吼三声，生香树三十余本。又产香草，曰芯题草，为他山所无，故又曰芯题山。山东西两峪皆有寺，今东峪寺已废，唯西峪云居寺香火日盛。洞前凿石为井，亦出水可饮。石壁凹处有小洞，刻木为龙，曰火龙洞。山半石迹宛若驴蹄，曰果老驴迹。有近附会，不敢信也。成诗一章，补咏之云：“沙门摩腾传竺法，白马驼经历几劫。皈依忽到小西天，凿洞藏经等玉匣。我闻静琬古瞿昙，遍选名山植净业。八功德水一时净，夜静三声吼岩峡。香树庵前塔影敧，至今灵梵锁炭巢。游人高蹑驴迹至,芯题草长丹凤翠。摩挲宝藏诵楞严,铁笔倒薤看云厌。梵文不羡孔壁藏,慧典何须邺架插。凭栏且看暮云飞,山腰一带束白袷。拨雾深探火龙洞,鳞鬣惊人心胆怯。穿井何妨损石骨,舍利还欲葬山胁。寺本东西两峪藏,如河东涧但石蝴。禅林亦自有盛衰,神州莽莽愁兵甲。我有著述苦难阁,寻幽也要荷云锸。安得吾徒似衲子,风雨千秋守盟歃。"

初八日(4月25日) 代上方山僧书寺额。

瑞云和尚新葺接待庵成,尚无题额,因代书之。又筏汉岭涧底有石横卧,可憩游人,寺僧题"休歇了"三字,甚有意,而书法太劣,不堪寿石。今僧来署,乃并书付,令其自易。"休歇了"三字有二意:一云游屐至此已倦,可休歇了;一云前程尚远,至此半途,不可便休歇了。禅林语妙,令人领略不尽,亦三语椽类欤。

初九日(4月26日) 作西峪寺图。

房山诸脉,皆发自茶楼顶。其正支已结十亩坪。复由右更分一支,过红螺崼、上方诸山,前开大帐,逆转万山,中起高金,开面作结,即西峪云居寺后顶。石骨耸立,木星穴前,两手平开,一岸横栏,诸峰环抱如城,毫无罅漏。水口一狮一象,形极逼真。外水大石、拒马二河并会太湖,以收龙气,局势极为完备,较十亩坪尤觉无弊。故寺僧最盛,法门日广也。

初十日(4月27日) 阅邸抄。

载华、恩弼等奏:"二月十二日申刻骤起暴风,势甚猛烈,迥异寻常,至十四日方止。泰陵宝顶上向有自生树株,现被风刮倒大小松树九株,其拔根处所伤灰皮暨枝枒压伤灰皮情形较重,急请派工修理,以昭慎重。"查前月十二等日,此间亦起大风,虽极扬尘,未至拔木。不知泰陵重地,何至损伤如是?宝顶树倒至九株,则他处所倒当更多也。天变示警,可不惧欤!近闻捻匪进犯博野,离保定仅百十里,新直督刘长佑请自募勇五千人办贼,并请饬定各州县守城令以一月为例,一月无援,方准其弃城去,若不及一月者罪,贼甫至而即逃者斩。

立法亦不为苛,未审部议如何？现在齐、豫、黔俱多捷音,惟畿辅贼势日张,可畏也。

十一日(4月28日) 自检《中兴论》。

去冬作论时,浙、豫军务未有起色。今春二省俱多报捷,局势略为小变。然畿辅贼焰愈张,倘有疏虞,南军虽胜,何补于事？为国当知大局,不可缓近而急远也。近日建言者甚多,何无一人计及此耶？

十二日(4月29日) 赴京。

本年春闱,直省文人并会京师,故特来与诸友一晤。广东、福建应试者最多,盖火轮船浮海而来,势甚便也。吾乡及黔省寥寥廿余人,皆久逃在外者,亦何可叹之甚耶！

十三日(4月30日) 阅邸抄。

初九日上谕："骆秉章、韩超先后驰奏云南省城失陷一折,览奏曷胜愤懑。前因回众受抚,节据潘铎、徐之铭先后奏称省城如常,军务渐有起色。兹据该督等奏称,正月十五日,逆回马荣纵练抢掳,戕害官兵,经署布政使岑毓英带练攻剿,互有伤损。十六日,逆众麋聚,力难抵御,岑毓英退回藩署,被逆回纵火围烧,督抚、司道均被戕害,百姓被逼附从,开城放寻甸各处逆回入城,省城现被占踞。着骆秉章等分道进剿,迅图攻克。所有该省文武下落及督抚、司道等死难情形,并着一并详查具奏。钦此。"

滇回之抚,虽三尺童亦知其诈,而诸大吏信之不疑,朝廷亦不暇深究,至有今日之祸。诸臣一死未足蔽辜,讵得以死难比？不于此等处论其是非,但一例概以死节言。呜乎！死节何事,而固可以常例例之乎？生死无是非,成败循常例,此世道之所以日即于乱也。

十四日(5月1日) 出访诸友。

晨起即至贡院,与李宪之相晤,立叙匆匆,即便入闱。庚申,仆僮被遣回光,遍告知交,谓余在宿松被掳,彼自脱归。诸友皆信,深为余忧,今始知其为谣也。余连岁从军,死生恒置度外,然究未尝遇大险,不以生死为念者,乃能脱然于生死之外耳。

十五日(5月2日)　补《入都》诗。

近上书言时政者甚多,均未见用,余虽有书,亦不能上也。作《入都》诗以致慨云:"软踏香尘爱玉京,芦沟月晓水盈盈。黄金不买追风骨,枉逐昭王台畔行。"

十六日(5月3日)　李宪之来见。陈东屏招饮。

宪之今日出闱始来见,具道离后行踪,知光、潢诸友俱各无恙,唯四乡捻匪甚多,时来攻城,幸守御齐心,贼不能破,然亦非久安之所。晚间,东屏邀偕同乡刘朴园大令大□、钟蕴山琇农部、张檄亭仪部、王寿山进士及湘生同饮酒肆。座间谈及回逆,莫不如有乡关之恨。寿山疑余前知,盖以余尝著《明史卦验》故也。余非能前知者,唯丁未作《云永善后事宜论》,已备言滇有五乱之形,至今皆应。此亦据理言耳,岂恃数欤?

十七日(5月4日)　宪之邀偕诸友观剧。

晨起过宪之寓,其乡友张子骏庶常鸿达、牛励庵瑄、徐筱亭祥麟两孝廉俱来相晤,且同车至四雅轩观剧,日暮始归。牛书法颇工,而子骏则器度彬雅,宪之取友当有识也。

十八日(5月5日)　出访诸友。

先访宿松石星渚镜潢比部,次访任丘边云航孝廉,再访楚南张叔平世准比部。二君皆初出闱,年少英才,皆胜概豪情,不可一世,令人回想少年初入名场时也。

十九日(5月6日)　宪之再邀观剧。

京城满地红尘,无可游玩,惟闲居观剧,差堪自遣,故往观终日始归。是午大风扬尘,日色无光,惨黯异常。戈最珊询余以规复滇南之计,余唯唯无以应,非不能应也,盖有策必有人方能行。今国家无兵无饷而更无人,虽有策,其何以行哉?如必谋之,非飞檄沿边土司,并勾结各路团勇,内起义师,外建阃帅,三路进军,八方响应不可。现在南北军务未有已时,谁复计及万里外耶?又况同乡显者不肯出肩斯任,尤为无计可施。余故宁默然,而不欲置喙其间也。

二十日(5月7日) 阅《海秋诗集》。

益阳汤鹏著。君以时艺显,文名遍海内。通籍后始为诗,穷十年心力,得诗三千余首,删存尚二千余首。其志在复风雅旧观,故四言诗及古乐府体最多,才情亦极汪洋恣肆。五古多仿汉魏,七古则合太白、《离骚》为一手,近体多盛唐,中晚以下不屑为也,所见非不甚高。然诗者志也,随一生之境遇、阅历、性情、学问而时为变化者也。汤君乃限以一己之见,十年之力,而欲包罗古今,尽兼诗人之所长,虽非伪为,而伪字恒隐中乎其间,何也?盖有意仿为,则不能无摹拟形似之处,况限以时日,如时艺家之有课程,尤难免肤阔草率诸弊,此明前后七子故辙也。君诗有梦王元美相与论诗之作,谓自明至今,只有青田、崆峒、元美及君四人,则其志亦可知矣。今观集中摹古诸作固多杰构,迨自写怀抱及五七近体悉未融化,岂非贪多务博之病,有以中其微哉!

廿一日(5月8日) 过李宪之。作书寄毓之。

连日午后皆大风,尘砂飞满,天日无光。乃过宪之,纵谈至夜始归。作书寄毓之及碧、月二女,倩石星渚代寄。鱼雁当不沉浮,而归期则未有定,殊难为情也。

廿二日(5月9日) 张幼庵来自房山。

余赴都后,卜臣又邀偕诸友同游上方山,幼庵亦与游,故见余即道游山之乐,若从所未经见者。盖北地山水甚稀,偶一见此,遂不觉如游蓬岛而登普陀也,又何怪哉!

廿三日(5月10日) 阅邸抄。

曾国藩奏称九洑洲、浦口各营自被粤匪围攻后,粮路梗塞,军火无继,贼党骤增三万余名,四面环攻,猛扑不休。该将弁等堵御两昼夜,势难再振,遂将浦口各营撤回江浦城内。该逆绕城密围,水泄不通,城中食尽,火药又罄。该将弁等冒死溃围而出,其桥林营盘复被贼众开放巨炮,轰塌炮台,缘梯直上,并逾濠越墙而进。各勇短兵相接,众寡不敌,守将恤良身受重伤,退至大胜关,以致江浦、浦口、桥林被陷。李世忠自请议处,曾国藩亦被议有差。江浦为金陵要隘,贼所必争,独怪连失一县数营,守将仅一人受伤,并无阵亡者,此中难免无伪。江浦既失,金陵大营恐难久驻,则江南事又不堪问矣。近闻祁门贼有窜过江西之信,是左宗棠亦有深入之虑,况金陵哉!

廿四日(5月11日)　阅邸抄。

曾国藩奏:"宁国贼匪盘踞各隘,经鲍超派遣王可升等分路进攻,当将各隘贼营焚烧,击退其党,而我兵死者亦复不少,将弁共二十余员。"虽曰杀贼,实损将哉。

廿五日(5月12日)　阅黎庶昌时务疏。

庶昌初上书言时弊甚凯切,有言人所不能言者。迨二次条陈时政,直是泥古不通。余细询其故,始知原疏非其所为,殆有心人拟作而不敢上,特借庶昌以上耳。即其条陈,亦皆友人代为捉刀,故潦草塞责,并无把握也。天下士浪得虚名如此类者,又何可胜道也哉。

廿六日(5月13日)　回房山。

闻卜臣将有卸篆之信,故急回署。大城令某以办团不善被撤,大吏檄卜臣往代,盖卜臣去冬办团甚有成效故也。团练为当今要务,有守土责者所宜及时讲究,而某公乃以此受谴,则其他政不言可知矣。

廿七日(5月14日)　阅卜臣游山诗。

游上方山,介石、卜臣俱有诗。余尤爱卜臣《兜率寺》二律,故录之。诗云:"上方兜率是禅宗,路转峰回重复重。树拥危楼初见寺,苔封仄径各携筇。老僧说法三乘上,我佛拈花一笑逢。到此应知尘世扰,不堪相对说来踪。○庄严七宝镇中峰,棋布茅庵作附庸。法界总教青嶂锁,世缘都遣白云封。长留梵呗皈灵象,赖有禅心制毒龙。我是营营名利客,礜深深愧五更钟。"

廿八日(5月15日)　游孔水洞。

房邑北廿余里,万峰之阴,有伏流从山腹中出,曰孔水洞。跨洞筑台,上建万佛堂,盖依岩凿佛万像也。左右二塔,塔畔有兰若,奉古先生,为游人憩息之所。洞深无际,蛟龙是宅,每值岁旱,祷雨于此辄应。今春已尽,尚无雨,麦苗将槁矣,卜臣乃集邑众徒步往祷,余与介石诸君亦乘便一游。至南罐村,山势杂沓若无路。稍西行,遂出谷,有大溪宽里许,天光倏秀爽,山色亦葱翠异常,心目顿清。急循小溪西向入,见高岩杰阁,隐约树巅,知为洞境。其水清澈见底,不波不声,甃石为渠,若流觞曲水,令人想见山阴修禊时也。道人虔祝,置瓶洞中,半晌流出,视瓶水分寸,以验雨泽厚薄,效应不爽。余与介石茶毕,更越大溪,至磁家务,访庄邸园寝。碧瓦红垣,罨映于青山绿树间,尤为入画。登高遐眺,千岩笏立,齐来拱揖。时微雨初过,层峦湿翠,又觉黏人襟袖矣。房邑山虽多,其幽秀当以此为最。《记》称洞旧有白龙潜卧,樵牧至此,往往闻丝竹之音。又谓金太和中人见桃花浮出,其瓣径寸,疑为世外仙境,其信然欤?

廿九日(5月16日) 雨。作《庄亲王墓图》。

是日黄昏后竟大雨。久旱甘霖,三农慰望,乐也何如。午间无事,作《庄亲王墓图》。按:龙与房邑大龙并出,各百余里,后帐横飞直上四五层皆木火星,如万笏朝天格,贵极矣。入局起冲天风水帐,再起火星,逆转落芦鞭脉横土下结穴,余气撑出,起天仓作右臂。对岸龙楼凤阁,旗枪狮象毕来朝拱水口,尤为紧密,真特结也。

三十日(5月17日) 阅《红蕉吟馆诗钞》。

吾滇严君秋查廷中著。秋查诗才清妙,七律学随园,五律学心余,皆新颖异常。唯古体非其所长,故集中此种甚寥寥。兹录其五七律数首于后。

《庚戌桥》云:"四望苍茫甚,羊肠一线悬。征衣冲瘴雨,病马怯荒烟。石乱疑无路,林疏偶见天。乡心寄何处,残照晚峰前。"

《湘江月夜》云:"明月落长江,乘风放小艭。水声清到枕,树色冷摇窗。话旧频呼茗,论诗自剔缸。美人不可见,何处采兰茳?"

《安陆舟次雨霁怀友》云:"一雨众山暝,浓云四面堆。雁声随橹去,秋色渡江来。斜日淡初定,冷烟吹不开。相思吾有曲,谁与寄燕台?"

《途中怀都门诸子》云："乱山衔落日，一雁入长天。远水咽残雨，微风生野烟。相思迟岁月，回首忆幽燕。此意凭谁寄，长歌一怅然。"

《大沽河》云："隔岸闲争涉，驱车趁薄熏。断沙回细水，古树卧寒云。客路三山近，秋心一雁分。大沽河畔去，枫叶落纷纷。"

《晚抵海阳》云："遥天上星斗，远漏报初更。病马冲烟去，平沙带月明。风声生旷野，海气失孤城。灯火穿林出，劳他驲吏迎。"

《夜抵文登》云："夜气随山合，遥天一雁鸣。秋风生野水，残月照孤城。断岸人回驭，荒村犬报更。故人居不远，倒屣定先迎。"

《即事柬友》云："海国频为客，官衙此际情。乱山生暮雨，一雁带秋声。阶草浸衣绿，庭花入眼明。开尊话今昔，此乐胜班荆。"

《宾都宫晚眺》云："驱车过林薄，暂此息尘缘。古殿阴生雨，遥山淡入烟。病僧烧落叶，留客试寒泉。归路钟声隔，荒城暮霭遥。"

《晚望》云："疏林下寒叶，秋在远人村。落日红如此，炊烟淡有痕。牛羊识归路，蔬果熟山园。共说今年好，禾苗高过门。"

《福山道中见村居》云："雾气散成雨，远山收夕阳。寒林聚鸦雀，霜草健牛羊。饭熟儿孙集，年丰杵碓忙。下车频问俗，野老话偏长。"

《海阳道中晓行》云："明月忽过水，深林散晓烟。平沙迟病马，峭壁下寒泉。一犬吠村巷，孤鸿入远天。遥知山店近，树杪酒旗悬。"

《隆昌》云："历尽崎岖眼界空，无边客里托飞鸿。马嘶衰草残烟外，秋在斜阳破磬中。断岸苇摇经夜雨，垂杨霜冻小桥风。黄昏何处寻山店，遥指村灯隔水红。"

《雪夜步浓翠亭柬友》云："萧瑟园林草木凋，长天云影望迢迢。梅花坠雪香归水，明月随人冷过桥。有客山头闲觅句，谁家江上夜吹箫。归来炉火新醅熟，同向西窗话寂寥。"

《舟至无锡，韵香女道士偕荆人梦琴游惠山即事》云："一篙新涨到仙乡，绿柳阴疏下夕阳。风月最关名士福，江山都为美人忙。流连胜境偕仙侣，点缀云鬟赠妙香。明日匆匆放舟去，兰亭珍重袖中藏以手书见赠。"

《虎丘》云："金粉楼台入望新，画船箫鼓共芳辰。无边风月销王气，绝好湖山葬美人。石到点头应有恨，佛如能语定伤春。爱他千顷云边路，何日重来寄此身。"

《三年》云："三年薄宦负光阴，况味翛然思不禁。事少妻孥称弟子，官贫僮仆礼观音。增来酒债还思友，典尽春衣却剩琴。诗卷韶华清净福，凭谁传语此时心。"

《五月廿二日作》云："杏子成阴荷盖圆，昼长已是困人天。偷闲吏请游山假，冒雨僧收卖树钱。四野禾风醒鸟梦，一庭竹露湿茶烟。北窗偶倚寒藤枕，领略羲皇自在眠。"

《新秋》云："梧桐一叶报秋新，遥忆寒江渐落蘋。夜月斜开银汉路，晚凉先瘦画楼人。一池残雨初生藕，千里西风正忆蓴。尺素乡书何处达，南天屈指雁来宾。"

《落叶》云："一片芳菲转眼更，萧萧也作不平鸣。数行归雁山容淡，彻夜西风冷意成。旷野疏林下寒日，小桥流水聚秋声。关心只有寻巢鸟，似向枝头唱渭城。○露气霜威总不胜，连朝风雨更难凭。停舟野岸惊残梦，拥帚山门立病僧。窗纸渐明将晓色，塔尖微露最高层。夜凉如水人无寐，楼下寒蛩楼上灯。○秋声何处倍酸辛，思妇征夫恨最真。孤角吹残关外月，一灯寒拥病中人。听来深院常疑雨，盼到成阴又送春。恰与飞花共心事，休论落溷复沾茵。"

其纪旧游诗诸作仿东坡体，亦有别趣。《都门》云："长安大有侨居乐，偶买园林傍东郭。绕砌亲栽四面花，典衣忽起三层阁。池亭易主几经秋，第一关情绣佛楼。香篆未消人未起，卖花声里劝梳头。"

《宜良》云："云山不断乡关路，十年前向乡关住。村酒招邀感友情，山茶爱惜先人树。倦游犹是未归人，一纸家书万里身。先垄松楸无恙否，年年寒食一伤神。"

《蜀道》云："栈云四起猿声老，行人肠断巴山道。夜雨挑灯剑阁秋，浣花联句成都稿。弟兄姊妹共相依，万里家乡缓缓归。廿年回首增悲咽，月落空林叫子规。"

《金陵》云：“莫愁湖上东风暖，秦淮河畔垂杨软。盆卉新开昵夜花，炉香巧结同心篆。白门春水绿周遭，曾记云帆卸画桥。随着流莺过桥去，绮罗香里吊南朝。”

又《黄鹤楼》一首云：“一声玉笛落长空，黄鹤飞度梅花风。昔人已去鹤不返，江流千古走西东。吊古开樽不忍去，鹦鹉洲前乱烟树。白云飞过大江来，风帆争泊斜阳渡。”

其七绝亦有佳者。《白河旅舍偶成三绝题壁戏以白门云槎女史书款》云：“秋到分离便可怜，怀人时节病人天。芙蓉不结伤心子，半化香云半化烟。○谁向天涯慰寂寥，故乡回首路迢迢。归鸿啼冷秋山雨，铃铎催人梦过桥。○阿谁重访落花溪，绝好韶华莫昏迷。杨柳东边是城郭，儿家住在柳阴西。”

《秦淮》云：“六朝金粉未全销，记得从前旧板桥。行过白门重回首，断肠杨柳一条条。○最是繁华水面楼，雏姬相对赛歌喉。柳梢才露黄昏月，两岸珠帘尽上钩。○座满花枝酒满尊，笙歌裙屐共消魂。筵前莫唱桃花扇，憔悴当年寇白门。”

《小游仙》云：“天上人间路渺漫，瑶池姬女话高寒。安期大有风尘态，坐对夫人道下官。○拔宅升天事假真，未将羽化误凡人。璚宫珠殿分明在，那有神仙更患贫。○婴儿姹女会相寻，炉火上夫验浅深。九转丹成先点铁，飞升第一要黄金。○凝神补髓固元精，断绝尘凡儿女情。闻道神仙偏好色，两行侍从尽倾城。”

星烈日记卷之九十九

鸿蒙室主人笔识

四月初一(5月18日) 阅《红蕉吟馆诗存》。

秋查虽不长于古体,而学长庆一种亦缠绵绮丽,清婉可诵。《秦淮曲》云:"豆蔻含苞团香雨,芙蓉根抱相思土。断云残月不分明,化作秦淮烟一缕。秦淮十里九停桡,金粉依稀认六朝。一道盈盈衣带水,红楼分岸住妖娆。银屏珠箔纷无数,雕栏画栋参差露。玳瑁梁高燕稳栖,流苏帐暖春难去。洞房曲折绣帘遮,帘内深藏解语花。侍儿宛转知留客,鹦鹉聪明会唤茶。绿酒红灯开夜宴,钗声鬓影围佳艳。纤手亲揩白玉盘,水梨雪藕随时荐。松松髻子学苏州,珠翠寻常不上头。茉莉半开工媚夜,芝兰斜插更宜秋。轻盈体态天生就,冰绡束紧腰肢瘦。衣染鹅黄柳色娇,裙拖湘水春痕皱。歌喉一串太珑玲,莺让悠扬燕让清。红豆回环新记谱,绿阴别院夜吹笙。十五吴娃初省事,眼波已解随人试。花信专工缱绻枝,炉烟也篆鸳鸯字。更有年华廿二三,可人中妇倚娇憨。温柔尽让秋娘惯,风月还推阿姊谙。秦淮十里春无缝,销金不比销魂重。杜牧空留薄幸名,高唐未醒迷离梦。我昔乘舟过白门,红红翠翠解温存。双飞彩凤曾留影,十索新歌总断魂。江山无恙繁华歇,人间天上仙凡别。莫问当年旧板桥,斜阳衰柳蝉声咽。"

初二日(5月19日) 阅邸抄。

畿南贼扰及高邑县,县令某被戕。僧邸现统大军由河南来,直督刘公亦亲身会剿。贼复窜束鹿等处,讫无定踪。此次办贼,须大惩创,尽绝根株,方无后患,倘再令其潜逃,则可虞也。又闻近有上谕,略云徐之铭报称寻甸各路回匪逼近省垣,总督潘铎及云南府知府某、昆明县知县某出城弹压,均被杀毙。总兵马如龙于某日带兵剿办,城内一律肃清,真是可怪。以未亲读上谕,故不得其详。然此必逆回缓兵计，且借此以探朝廷意旨。不然，业已占踞省城，何遽云肃清哉？

　　初三日(5月20日)　卜臣卸房山篆。送边介石归任丘。

　　接卜臣篆者为吴君小沧山寿，江苏人。介石晨起已就道，车中半载奇石，其所好也。临行，余口占一绝赠之云："半载游踪兴未非，红螺新翠满征衣。此行若问囊中物，袖得房山怪石归。"

　　初四日(5月21日)　纪星异。

　　昨日戌初，余与卜臣诸君闲步院中，倏见大星如斗，自甲方云雾中出，横过而西，至天中复分。二小星从其后微偏向辛位，未坠而光灭。或云落地有声，余未之闻，当时不觉其异。今有自涿州来者，亦云众目共睹，岂妖星类欤？故记之以待后验。余前数夜梦己所著《文稿》一卷忽生瓦松，开黄花若金，璀灿异常，亦奇事也。

　　初五日(5月22日)　介石来函。

　　略云初三日傍午过琉璃河小石桥，扶栏两端立奇石四。北之西秀拔如笔，其高出人一头，弹窝斑斓，下丰而不痴重；其东顶方体圆，头微右顾，透空数十，色则青黄相揉。南之东形亦微圆，略似北之东者；其西锐工跗作两歧，瘦拔亦类比之西者。质皆腻润，势各独成，土人谓之四大名山石。兄他日过此，不可不下马一拜也。介石性孤介若石，故喜石，而余则以石为友，与有同嗜焉。米老拜石，人以为颠，余两人得无自笑为颠耶？

　　初六日(5月23日)　阅邸抄。

　　唐训方奏称苗沛霖怙恶不悛，叛迹复著，袭攻蜂埠水师营盘，占踞怀远，复攻寿州，请饬四面兜剿。本日即奉上谕，着僧格林沁由山东统带马步驰回安徽进剿，并着曾国藩、吴棠、李续宜、唐训方各拔重兵，四面兜剿，歼厥渠魁，用彰天讨。余作《中兴论》，以苗沛霖、李世忠二人罪大恶极，虽现投诚，必杀勿赦，阅者颇以为过。而沛霖今果复叛，始知余言为不虚也。

　　初七日(5月24日)　阅邸抄。

　　张亮基奏黄白号匪及苗教各匪窜扰遵义、桐梓等县，盘踞遵义府属之螺蛳堰等县,意图攻扑郡城。当经总兵沈宏富等督兵进击,连破贼营,斩俘无算,贼势渐衰。黔中军务略有起色,然亦微矣。

初八日(5月25日) 作游房山诸记。

前游诸山,逐日有记而未成篇,今乃略加删润,共得七记:曰《游瀑水岩》,曰《游剑门湾》,曰《游十亩坪》,曰《游砖公院》,曰《游西峪云居寺》,曰《游上方山》,曰《游孔水洞》,别载文集中。本拟再游红螺崦,以行期在即,莫偿夙愿,心殊怅怅。夫天地本多缺陷,况游兴哉!况游兴哉!

初九日(5月26日) 喜闻李宪之成进士。

今午卜臣由京回,携有会试题名,阅之,见宪之名列第七十六,喜不自胜。余及门虽不乏人,而宪之尤亲炙独殷,故期望愈切。前在京阅其文,已卜必中,今果然,自诩老眼尚未花也。吾乡中式者三人:一为杨小瀛正观,一为李健庵时乾,一为张秋生道渊。秋生、小瀛皆太和籍,而秋生遇独苦。据云太和将陷之前数日,其父年迈,不肯出城逃,以为不逃死,逃亦未尝不死,与其死于途,不如死于家。急遣道渊越城遁,阖门放火自焚死。道渊初尚悔,反至中途,见妇女多受辱而后死者,乃叹父有卓识,非常见所能及。今成进士,亦苦节报欤。

初十日(5月27日) 接家毓之来函。

客腊寄书,今日始达,且云曾两托洪乔,皆被浮沉,真可恨也。去岁徽、宁官兵战多不利,贼又赂英商暗渡北岸,至有巢县之失。幸李长寿一军极力抵御,安庆得无恙,民情乃稍安。而大吏所奏,乃多掩败为胜,异日难保不误事也。

十一日(5月28日) 覆毓之书及致诸友函。

毓之见碧、月事多变换无常,恐有他虞,颇为余虑,然亦事之无可如何者。近日下第南回诸友甚多,故急覆之,以慰其怀。又寄罗厚斋及李宪之函。宪之虽获隽,而书法未工,殿试恐难争胜,意欲乞假习书,亦计之得。有志者,事竟成,故立志不可少也。

十二日(5月29日) 发房山,晚宿固安。

卜臣今日启程赴大城任，余亦随行。晓起出东城，过窦店、牛头，望东南行，一路皆平砂弥漫，幸短柳甚多，大风虽起，而扬尘尚少。晚抵固安，宿于北关旅寓，时已亥初矣。余观北地水少砂多，或因近海，上古时尚为洪涛所掩，后渐变为桑田，不然，何无水而但见砂耶？

十三日（5月30日）　宿苑家口。

口在大清河边，去霸州十八里，河身颇大，可通舟楫，直达天津，以入大海。晓起由固安穿城过，向南行抵霸州界，树木甚多，麦垄亦茂，路离霸城东尚四五里许。至店时夜将二鼓，而石桥坍塌未修，架木而过，车行殊不易也。

十四日（5月31日）　抵大城县。

晓起，行约五十里，过文安县，亦由城东四五里许过，树木渐稀，不及霸州前多矣。又五十里，抵大城县，地势渐低，四面微高起，盖地近天津，故水将趋下以入海耳。晚入北城，暂借盐埠以为公寓，以未入署故也。

十五日（6月1日）　卜臣接大城县篆。

寅刻接篆，酉刻即雨。是地自二月终报雨后，至今已五十日，天旱不堪，偶逢甘霖，群情欣慰特甚。前任为张瀛舫瀚，粤西人，因公镌二级调用。闻其人颇有干练才，今偶小屈，后或可以大伸也。

十六日（6月2日）　闻直隶官军获胜，境内肃清。

探报云逆贼杨朋岭窜扰畿南一带，为直督刘公四面围攻，势穷乞降，各缴器械，卖马归农，惟留七百人，仍令朋岭带同进攻山东冠县张玉怀一股，亦不难克期剿灭。现在河北一律肃清。直贼本多乌合，非长发、回匪比，特前此用兵者皆避贼偷安，以致酿成势焰，苟稍认真，何难扑灭。观刘公可以知其情矣。

十七日（6月3日）　阅大城县图。

文安地脉于平洋中连起墩阜，是为阴脉。大城于平洋中独闪宽洼，乃成阳脉。按龙自西北入局，两砂弯抱，连墩环拱，均高数尺，极为圆美。子牙河及黑龙港俱自南来，与北面淀泊诸水汇趋天津，以入大海。县龙独行两水之中,故气聚而力专,财贵均不乏人也。

十八日(6月4日) 作书寄边介石。

略云别后无他得,惟即旧游日记稍加删润,成游山小记七篇,未识与柳州诸记何如?惜一时不能录寄,以证得失耳。本拟再游红螺岫,穷尽其趣,乃为山灵所忌,甫动念而征车已就道,此中不无遗憾。然天地间缺陷事甚多,固不独游山为然,抑又何恨耶!前嘱借阅诸书,尚望便中寄我为要。倘有暇,可邀齐家老叟来此一谈,尤为助兴不浅。齐叟行五,善导引术,年近七旬,而精神愈健,故急欲与之一谈也。

十九日(6月5日) 存赤赴郑州购马。

汉北多产马,而郑州尤为市马一大会场。每岁春间,百货齐集,谓之庙会。今值会期,故卜臣托存赤代往购马,以充驿骑。凡马市不施鞿勒,登高遥望,以相马群,相定,而后贾人用长竿着绳,驰入群中,圈马而出。非有伯乐精鉴,不能使凡马皆空也。

二十日(6月6日) 阅《大城县记》。

大城古平舒地,秦属上谷郡。《汉书·地理志》渤海郡有东平舒国,代郡有平舒,故加东以别之。国初犹隶霸州,近始改属顺天。西连涿鹿,东襟沧海,南引青齐,北拱神京,当三关之腹心,系畿辅之左臂。沿河环其东南,白沟绕其西北,四顾平坦,地势广漠。按本县东城址,相传宋将杨延昭屯兵处。又传交河滩何处微露鳌形,居人掘之,得铁甲胄一具,马鞯铁具一副。可见五季以来,皆据河流为险,以资防御,又形胜之大者乎!其《古迹》载长城遗址在县西南广安镇,有土冈,相传为始皇所筑。按《史记》,秦筑长城,起临洮,至辽东。此去辽东尚远,不知何所据也。又载王右军祠及墓在城西王祥村,相传昔人发其冢,石椁俨然有字,遂掩之,因立祠墓前。按:羲之会稽人,晋室偏安江左,此地非其所经,乌能有墓?或羲字为义字所讹,亦未可知。

廿一日(6月7日) 阅《大城县记》。

县无景,强名八景,曰钓台烟水、文昌香雾、龙潭清漾、蜡庙旷观、交河春澜、郭底西照、麟洼晓霞、凤台晴树。率多附会。惟钓台注云台在县北子牙村,相传为太公垂钓处,孟子所云东海之滨是也。台在河之中,二水合抱,浩荡波浮,有江南水云之状。每遇秋水泛涨,势高于台,而台不没,亦奇观也。故县南河名子牙,岂有所据欤?

廿二日(6月8日)　阅《大城县记》。

记载邑人李松,号小峰,令归安,严明清介。时巡方使者按浙,立清、廉、贪、酷牌四,谕所考官自审政绩,立各牌下。一时同僚者竞趋清廉,松独立酷牌下。使者惊异,诘之,松曰:"职读圣贤书,叨甲第,颇知自爱,贪则断不敢出,清廉亦自分未能。归安豪右势族,非严弗治,酷或有之。"使者动色称奇,密嘱以缉捕,豪势因构祸,而正直气不少衰。后官右都御史,节钺辽左三年,大有善政。中丞刘公汉儒,其甥也,亦为一邑之望云。

廿三日(6月9日)　接介石来函。

大略叙其家计无聊之况,且云虽相爱如吾辈,亦有难以尽言者。介石少处顺境,而性又孤介,近忽值此困厄,其抑郁不平之气,固可想知。然非有此一番阅历,则安居自适,又岂肯刻励自至,以期振作不凡哉。

廿四日(6月10日)　作《登明远废楼》诗。

县南城楼曰明远,今虽废,登之尚可眺远,成诗云:"我昨客奉先,高登留侯台。今我来平舒,子牙河更开。一水縈衣带,斜绕东城隈。上拥钓鱼矶,下吼奔浪雷。云是渭滨叟,曾酌东海杯。避世讵嫌远,垂纶亦快哉。只今溟渤水,还作桑田栽。惟有台畔土,千古无崩摧。牙河与留台,浩荡而崔嵬。两两何相望,同称济世才。而我虱其间,俯仰空徘徊。熊梦亦已邈,黄石去弗回。徒存借箸想,难展鹰扬材。升高纵遐眺,麟洼晚霞堆。郭底余西照,人影落青苔。盘盘车马迹,往来长惊猜。楼船纷海上,至此亦虺尵。迁地恐弗良,焉望事业恢。近闻边小捷,终未斩渠魁。燕然根本地,担荷无挽推。蠢兹虽小丑,毒大亦蛇虺。安得良与尚,一出清世埃。雄风整冀北,余润涤九垓。我亦拭老眼,□□□蓬莱。呜乎意何远,举首盼三台。"时直督檄广勇浮海北来助剿,故末意云云。

廿五日(6月11日)　补《赠宪之》诗。

宪之一别三载,余赴都始晤于试院门,仓卒话旧,未及成诗。然又不可无诗以纪其事,故补之云:"莫漫金鳌顶上行,遥从尘海话孤征。老夫一第无缘分,烧尾还来盼后生。"余自恨一生与朱衣无缘,十二秋闱,俱遭点额归。然则此事不能不望诸及门后生矣。

廿六日(6月12日)　补《赠宪之捷南宫》诗。

诗云:"不向沙场数冠军,果然文战见奇勋。而翁年种科名树,眼看红云放紫芬。"宪之初本从军汉上,以而翁严督文艺,故复就试。今果两战皆捷,有志者事竟成,其信然哉!

廿七日(6月13日)　补《孔水洞》诗。

房山诸景皆有诗,而孔水洞独无,因更补之云:"鬼斧斸云根,岩胁多孔洞。矧兹云蒙阴,伏流如倒瓮。其水清无澜,其穴天一缝。鼋鼍此是栖,桃花人谁种。跨以百尺台,万佛镂岩供。兰若耸浮图,竹树拂烟雾。曲曲好流觞,俨似山阴梦。维时旱无雨,祈祷集邑众。我亦从诸后,流览得神纵。妇子杂嘻嘻,神弦极喧哄。少焉片云黑,微雨隔山送。回眸见岩阿,松楸隐檐栋。云是亲藩寝,山势蟠龙凤。振衣陟其顶,天宇无边空。灵曜烛幽峪,霞彩翻鸿绸。两腋翻生风,襟衫湿复重。阴阳变俄顷,真宰失羁控。返展曳余霏,归笻好吟讽。红螺未可攀,上方此伯仲。谱入金徽曲,一日还三弄。"

廿八日(6月14日)　自题《中兴论》诗。卜臣设筵小酌。

余拟《中兴论》成,今已半载,而阅者尚寥寥,况肯采而用之耶?因成诗一绝,自题其后云:"大海琴难遇子春,万言书罢转酸辛。雄心拟问陈同甫,揭地掀天第几人?"今午,卜臣设筵共宴诸友,余亦与坐。座中皆旧游,唯谢君小岩新来,故居上焉。时天大雨,逾时始霁。

廿九日(6月15日)　阅邸抄。

　　直督刘长佑奏匪首张玉怀怙恶不悛，久稽显戮。上年十月间，张锡珠倡乱，玉怀怂恿由山东扰及畿疆。迨锡珠被戮，玉怀并有其众，所到焚掠，实为著名悍贼。现在官军剿办各股匪，玉怀势甚穷促，意图远扬，乘隙再逞。长佑密饬投诚杨朋岭暗擒玉怀，讯明正法，畿辅诸贼悉平。

　　豫抚张之万奏捻匪由湖北四窜豫境，总兵余际昌督军截剿，迭次获胜。本月初九日，际昌追贼至方家寨，遇伏阵亡，上谕优恤。其同时阵亡之游击李廷彪，亦准附祀专祠，所有救援不力诸将弁，降罚有差。

　　苏抚李鸿章亦奏已革提督曾秉忠病故，军营均邀赐恤。

　　江西抚臣沈葆桢奏："三月十五日，伪堵王黄老虎与许家山等处踞匪，率悍贼十余万由祁门进逼，与参将韩进春对河而阵。营官王大魁等率枪队凭河扼之。诸逆分路渡河，我军奋力齐击，逼至河边，贼阵大乱。自巳至申，斩杀无算，并歼伪孝王胡鼎文，贼乃退屯枫树垄。"又奏："安徽贼匪踞守黟县，并分党窜扰黄土坑等处。左宗棠派兵应援，会同知州王沐进击，贼溃归四五都老巢。十七日，浙江臬司刘典与王沐分路攻剿，贼倾巢出援，复为我兵所击，贼溃走，城遂复。"

　　甘肃巡抚恩麟奏："本年二月间，固原逆匪扑陷盐茶厅，同知庄裕崧等兵单失守，尚无下落，自请议处。署臬司杨炳锃亦以督办招抚未能周密，一并交部议处。"

星烈日记卷之一百

鸿蒙室主人笔识

五月初一日(6月16日) 补《别大房山》诗。

诗云："房邑无所别,所别惟房山。看山逾半载,况复乐相关。双峰插天际,湿翠何孱颜。红螺耸其背,茶罗相周圜。我偶登台望,俨若列玉班。自从去秋来,时时想跻攀。天高岩气回,白云空往还。大雪突盈壑,奇骨立姗姗。春回愈妍妙,螺态绝尘寰。上方返游屐,拟更踤巉岏。一朝忽远去,此恨何时删。我想山灵乐,亦如良友欢。聚散本无常,别离殊可叹。在滇别昆湖,黔道别乌蛮。入蜀下巫峡,十二想风鬟。长江吊黄鹄,岳阳洞庭宽。金焦才两点,转瞬云漫漫。更从粤海回,罗浮邈无端。一登祝融顶,五岳兴欲阑。只今来大房,云烟过眼观。所恨猿鹤辈,住久觉心酸。丹嶂日已远,碧树日已残。平舒古瀛渤,风沙蔽日寒。缅彼烟霞趣,梦想亦大难。昔者高尚书,画理悟层峦。以此得名久,山与人弗刊。胡不留一图,遗我卧游看。吁嗟房山色,万古夕阳殷。"

初二日(6月17日) (阙)

初三日(6月18日) 阅邸抄。

前阅吴台寿申救胜保,为刘其年所劾,旋即革职。今始见其年原奏,因录之云:"江西道监察御史臣刘其年跪奏,为特参朋党桡法、饰词挟制之御史,恭折仰祈圣鉴事。窃臣昨阅邸抄,见御史吴台寿申救胜保一折,披阅未竟,骇然以惊,愤填胸臆。不意方今朝廷清明之世,台谏中竟有毫无廉耻、毫无忌惮之小人如吴台寿者也。伏思胜保一员,现经廷臣亲治其罪,状之虚实,听之研鞠,诸臣或杀或宥,听之宸断,非微臣所敢知。若如该御史所奏之狂悖诬罔,窃有不敢已于言者。其间颠倒是非,妄造黑白,不足深论。其牵引先帝,妄议圣德,造作虚声,恐喝诞妄不根之言,冀以荧惑宸聪,间执人口,其党胜保,可谓不遗余力矣。夫朋党之弊，唐宋以来，历代有之，挠乱国政，攻讦异己，权贵为之包容，台谏听其嗾使，贻祸国家，至深且烈。独至我朝，事事一秉乾断，此弊廓清。乃该御史首犯不韪，公然党魁，此风一开，朝局将不可问。区区之忠，是用大惧。敢将该御史原折悖谬之处，为我皇上敬陈之。

该御史云文宗显皇帝崇上庙号，诏旨以丰县之捷称武功首。若谓此不足以为功，是将诬胜保者诬先帝等语。夫丰县之役，其视僧格林沁歼灭连镇、冯官屯，胡林翼肃清湖北全省，曾国藩肃清江西全省，为功孰多，易知也。特以奏绩在先，故辱次居首。况国家命将出师，岂得执一胜之功遽为铁券？此次胜保纠劾出自诸臣，而逮问出自皇上。若如该御史斥言者以诬先帝之罪，纵不为言者地，独不为皇上地乎？此其悖谬一。

该御史又云恪遵谕旨，据律科罪，所谓陷君不义，有累圣德等语。给事中赵树吉虽有参劾胜保之疏，朝廷并无即行正法之旨。该御史待定谳失平而后疏论，未为晚也，何以汲汲申救，惟恐不及？其为阿私死党彰明较著矣。而况凭空臆断，竟以不义累德等语指斥乘舆乎？其悖谬二。

该御史又云明亮、阿桂等获咎逮问，旋复起用等语。无论胜保之材略器望非阿桂等之比，即阿桂等之获咎，岂尝骄恣欺罔、跋扈贪劣有如胜保乎？国家刑宪，自有权宜，其赦宥非情有可原者也。即功浮于过者，如英亲王勘定中原，可谓功矣，而幽死；年羹尧削平青海，可谓功矣，而大辟。一意怙容，究恐无此政体。今该御史甫当对薄之初，即为仗钺之请，胆大妄为，乃至此乎？其悖谬三。

该御史又云胜保有克敌御侮之功，无丧师失地、贻误大局之罪等语。臣尤所未喻。胜保始为钦差大臣，而贼长驱入直；督办皖、豫发捻，而皖北糜烂；办陕西回匪，而三辅为墟；臣不知其所克者何敌也？丧师败绩，胜保恒事，然此犹为将之常耳。至苗沛霖毛羽未丰，原非难制，胜保一意纵容倚任，而今日为成江淮腹心之患矣。又发贼余党陈得才，自狗逆被擒以后，众止数千，狼狈西窜，胜保逍遥于颍州、太和之间，数月并不遏击，致令入关大掠，回匪乘之而起。今陈得才盘踞山南，祸未有艾。又直隶教匪本非劲敌，上年胜保督办，不剿而抚，苟且塞责，至今浸成燎原，近畿残破。以上三端，而曰未尝贻误大局，臣不知所谓大局者何事？所谓贻误者何等也？其悖谬四。

该御史又云各省将帅争奋功名，使朝廷残害功臣，下寒将士之心且昭君父之过等语。此次参劾胜保之疏，大半系外省督抚、统兵大臣，交章入告，百口一辞，不知更缘何故为此寒心。其悖谬五。

该御史又云借星象风占以诛戮大臣，此端华、肃顺所以嫁祸柏葰等语。以二凶斥赵树吉，比拟尤属不伦。其悖谬六。

该御史又云党援之说，宋欧阳修《朋党论》辨之甚明，乌得以一己之伪辞，隔天下之公论等语。然则该御史之不讳为胜保之党明矣。夫欧阳修谓惟君子有朋，若八元十乱之属，皆目之为朋。该御史以此自况，是目胜保为君子矣。将推胜保为皋陶、庭坚，而自附于仲容、叔达乎？抑推胜保为周、召，而自附于望、散乎？无耻极矣。其悖谬七。

该御史又引唐陆贽言曰畔者得以为辞，平人亦为怀悯等语。苗沛霖首鼠观望，本未尝甘就范围，就令终归决裂，亦与胜保无与。若如所云，是朝廷转受制于将帅，自今以往，不敢逮一臣、诛一将矣。其悖谬八。

总之，该御史自知强词夺理，清议不容，非牵引先帝，无以钳皇上之口，沮言者之气；非造为陷君不义、有累圣德、残害功臣诸说，无以胁会审诸臣，使之不能议重典。而其所以挟朝廷者，则尤在将帅寒心、畔人借口二语。臣谨按《春秋》之法，人臣无将，将则必诛。今该御史特以两宫深隔九重，皇上冲幼，遂为此诬罔诞妄之言，意存禁吓，使朝廷不敢不听。律以无将之义，臣知其无所逃罪矣。盖该御史之兄吴台朗前在咸丰年间，以居心巧诈革职，夤缘得入胜保军营，保至道员花翎，招权肆恶，中外皆知。所以该御史效命私门，甘心鹰犬，且希冀起用之年，为三窟之地。原折流布，举国哗然。伏读前降谕旨，如吴台寿所奏,亦无以服天下后世等因。钦此。是其鬼蜮情状,已在烛照之中,原未尝据为定论。特恐党局既开,此辈必自谓朝廷不加谴责,益复恣睢无忌,散布伪言,中伤善类。此后若有不法之大臣,谁复敢抗疏搏击乎?沮废国法,禁制言路,蟠结党援,思之寒心。臣所争者,非胜保一人之罪名,乃本朝臣子之风气。若该御史之狂悖无上,而犹腼颜与之同列,臣实羞之。相应据实弹劾,伏祈圣鉴施行。谨奏。"

初四日(**6 月 19 日**) 阅邸抄。

骆秉章奏:"中旗发逆窜扰四川宁远、高岩子等处,经总兵朱桂秋等于正月廿七至二月初三等日分路攻剿,毙贼甚多。该逆逃窜越嶲厅城,经同知周歧源等连日力战,毙贼二千余名,并将逆首赖裕击毙。该逆既无统率,拼命狂奔,阑入荣经、天全各城,经知县孙怡禄、知州丁云章等于二十一二等日督带兵团昼夜鏖战,立将各该州县城池克复。该逆复窜至高家场等处,邛州团练乘势横击,贼复败退,由大邑窜至温江等处。又经官军于三月初八至十六等日分路防剿,殪贼无算,余匪向山谷窜逸。此次阵亡副泰以下各员及升用知县叶涯等共十四员,并在事出力诸将赏恤有差。"

余细按贼情,兼察地势,宁远去成都千余里,温江只数十里,贼由远而及近,不云进而乃云退。贼一路横行,只有团练防剿,并无官军追逐,直至温江,始遇官军截堵,而阵亡员弁又复不少。现在贼踪所住,亦不明言,乃云贼无统率,狂奔阑入,余匪向山谷窜逸。试思贼无统率,能横行千里而不溃散,且能进攻近省州县者乎?国家列名钱谷诸大政,无不剖析精微,洞烛无遗。惟于军务一节,悉听诸将混蒙入奏,毫无批驳,以至欺罔骄恣,无所不至。将来受制边将,隙由此开,又安望其早奏厥功哉?

初五日(**6 月 20 日**) 占牙牌数。

牙牌数不知谁氏作,占之往往有验。章萼芗云浙中有草名牙牌草,其叶生时自具牌点,诸数悉符,亦奇异也。观于此,则龟龙之象图书，又何疑欤？天下理数，悉具物象，惟明者见微而知著，自有神验出于其中耳。世人不察，反以为异，而訾议古人，岂不愚哉。

初六日（**6 月 21 日**） 读《五家合评杜诗》。

涿州卢氏刻有《五家合评杜诗》，别以五色笔，炳炳烺烺，列眉可数，诚读杜者之一大观也。王元美世贞紫笔，王遵严慎中蓝笔，王阮亭士祯朱墨笔，邵子湘长蘅绿笔，宋牧仲荦黄笔。诸家虽各有心得，而阮亭多尚藻采，遵严每有刻论，皆非定评，只取其汇萃群言，便于观览而已。元积云："诗至子美，盖所谓上薄风雅，下该沈、宋，言夺苏、李，气吞曹、刘，掩颜、谢之孤高，杂徐、庾之流丽，尽得古今之体势，而兼人人之所独专矣。是时山东李白亦以奇文取称，时人谓之李杜。余观其壮浪纵恣，摆去拘束，模写物象及乐府歌诗，诚亦差肩于子美。至若铺陈终始，排比声韵，大或千言，次犹数百，词气豪迈而风调清深，属对律切而脱弃凡近，则李尚不能历其藩翰，况壶奥乎？"微之此论，抑扬失当，甚非定论。夫子美之所以方驾太白者，正以其长于铺陈、属对律切也。若乐府歌诗，太白实千古一人，子美安能望其肩背？是知杜之追李，用尽气力，恒亟亟惟恐不及；李之迈杜，掉臂长行，无俟瞻顾。此二家之优劣也。千秋下学杜而各得其一体者，古今尚不乏人，学李而能窥见藩篱者谁耶？以工部之才、之学、之识，仅能与之并驾，况下此者乎？夫亦可以无俟置喙其间，徒为蚍蜉之撼已。

初七日（**6 月 22 日**） 纪梦。

初梦二学究谈天，尘腐可厌。余乃前曰："释典称天以内只有四大，曰水轮、火轮、风轮、金轮，互相环转，融成大地。鄙意谓天以外亦有水、火、风、金四轮，互相环转，融成天壳，而天始立。不然，天之躯壳何从着哉？六合以外，圣人存而不论。若使论之，则虽起圣人，亦必不易吾言矣。"此虽梦语，理实不刊，醒人不能道，亦不敢道，故记之。

初八日（**6 月 23 日**） 阅邸抄。

李鸿章奏："逆首伪朝将夏天义等率领悍贼数万,久踞昆山新旧县城,负嵎抗拒,饬令英国兵官戈登统带常胜军并总兵程学启等督率各营分路进剿,直逼贼巢。伪慕逆由苏城纠合大股来援,均经水陆各军击退。程学启查看地势,知正义镇为苏贼援昆必由之路,因于四月十二日与戈登驾坐轮船,绕赴正义,率同总兵郭松林各营分股进剿。伪慕逆见归路已断,夺路狂奔,经伏兵截杀,复窜回城。我军进逼城下,各驾云梯蚁附而上,遂于十四日将昆山新旧两县克复。诸营将士奉旨奖励有差。"

初九日(6月24日) 卜臣考试本县文童。

大邑城虽小,而文风尚佳,近科颇有高捷者。盖其地南接任丘,东连南皮诸县,故人物较秀。今岁南皮张之洞新点探花及第,而本邑亦有中试进士,遂入词林,其风使然也。之洞为豫抚张之万族弟,兄弟皆鼎甲,非地灵欤?本日应试文童仅一百一人,数不甚多,然美秀而文者已不乏人,故知佳子弟固不在数之多寡也。

初十日(6月25日) 代卜臣阅试卷。

卜臣公务甚烦,不暇阅卷,故代之。试卷虽不甚多,而诗文工者已得十余人,其余亦无甚大谬处,以视房山,不啻霄壤之隔。本日添试次场《性理论》一篇,自咸丰初年始改行者,道光已前均未有也。然此徒为虚饰,其于得人并无所关,诸童亦不过潦草塞责而已,又何必多此一番故事,徒费笔墨也耶?

十一日(6月26日) 阅邸抄。

唐训方奏："苗逆占踞怀远,分党窜扑蒙城、寿州等处。四月初六、十一等日,经颍州府知府英翰等督兵进击,将蒙城附近贼圩攻克。其窜回宿州之捻目李青选慑于声威,悉数投诚。围攻寿州之贼,经知州毛维翼挑选精锐,于初八日夜乘贼不备,破其三营。二十日,复击破贼营三座,怀远之贼负嵎固守。二十四日,总兵张得胜诱贼出城,分路截击,水师复沉其船,贼势不支,遁回怀城。"苗逆反覆无常,已非久存之道,复经官军四面兜剿,所谓釜底游鱼,不久当自灭已。此次阵亡者张副将起凤,在汉阳时勇名已著,今竟阵没,惜哉!

十二日(**6月27日**)　阅邸抄。

熙麟奏:"回匪纠众围攻平凉府城,势甚危急,经游击马天祥等率兵进援,逼贼而军。四月初十日,逆匪数千直扑营盘,官军仅数百,奋勇夹攻,竟将贼众击退,以少胜多,城围遂解。"平凉邻近固原,贼巢未破,终难保其无患也。

十三日(**6月28日**)　涂改《游瀑水岩记》。

前作诸记均未惬意,今复改之。《瀑水岩》云:"房山多邃境,固不独红螺岭、孔水洞诸胜,足以游目而寄兴,即一丘一壑,断涧孤松,亦具烟霞逸趣,为世奇观。余初至邑,即闻城东北隅五里许有瀑水岩,极幽峭,未之信。今午日霁风柔,偶偕介石边君寻幽出步,登平岗,陟漫坂,优游闲眺,陟倚长吟,不觉屐与之远。然风景未殊,襟怀固莫畅焉。乃未几而冈尽路低,注然者青溪环流,隆然者翠岭横列。竹篱茅茨,倏露于芳林碧萌间。急趋下坡,回顾高厂,石骨攒蹙,如云颓马奔,势崩欲落,飞流溅沫,喷洒石上,则瀑水岩在焉。向之视为平常无奇者,今悉化为尘世绝境。于是循流蹑蹬,拨雾披榛,危立泉畔。听水声玎琮砰訇,锵珠戛玉,如鸣琴,如断佩,飒然神清,悠然意远,不知声闻何自来矣。岩根沉潭一泓,黝碧而深,游鲦数千头聚岩影下,吹珠似串,唼沫成辐,历历可数。村童云潭深无底,天旱不涸,岂有物凭乎其间欤? 不然,何数尺澄波,即可作江湖观也。左立危矶,曰钓雪台,亦宽平,可坐数人。对岸高石镌'瀑水岩'字,乃汪君士铉,笔势尤生动。惜无竹树,但见云烟,园榭亦就荒芜,不足税高人驾,故游者寥寥。升垄遐望,云峪幽深,峰峦岑崟,溪流甚长。倘由此溯流进,则云物变灭,愈出愈奇,前川好景,岂易穷尽。惜日暮途远,不能追蹑所见。归途耿耿,尝若思饮而止乎渴云。"

十四日(**6月29日**)　涂改《游剑门湾记》。

大房山形如折俎,耸峙县西,为幽燕奥窟,然古无胜名。自元尚书高克恭善画,人称高房山,而山名始著。每登署后高台,山光送爽,与人敬相揖让,致甚佳也。故恒欲高凌绝顶,纵阔双眸,而未有暇。兹游瀑水岩归之后二日,复邀介石、醇庵迈往。出城过留台尖,入山口村,更登超岭,几抵山麓,而醇庵不能从。余时力亦将倦,兴犹未已,乃独步岭西,见岩壑重重,左逼浚溪,右缘断壁,揩木作栈,时恐失足。正当岭脊,剑石如门,类五丁劈成一线羊肠,穿罅侧过,夹道阴森,神为之悚。而岭下白云,窈渺无际,知此中必有幽趣。急招介石,踏石越涧,循山而入。甫转青溪,桃红满坞,小村落聚处岩阿,门前流水潺潺,恍又别一世界。野老二三,同来问讯,若深讶客所自来者。仰视大房双峰,近在咫尺,湿翠霏阴,丛萝翳日,苍然秀色,黏人襟袖。欲更抠衣,而夕阳已西下峰巅矣。恐难造极,反亏一篑,遂怅怅归。途次成诗一律云:"断岭云横树,高岩壁竖关。逢人惊失路,问客到何山? 夕照迟深坞,桃花聚一湾。大房看咫尺,惆怅未能攀。"天下事有近在目前,追之而转远,思出意表,忽之而愈佳者,固可以成见涉之欤。

　　十五日(6月30日)　阅卷。

　　昨日初覆,今更阅之。诸童书法端楷,诗尤秀蒨。刘汝霖、马学诗二生尤为冠场,亦一时之秀也。有老童傅振纲,年七十余,精神尚健,眼亦未花,而文笔亦未荒疏。自道光年即出应试,咸丰元年再应试,均不进,今其第三试耳。众闻之莫不笑,以为老当益壮云。

　　十六日(7月1日)　涂《十亩坪记》。

　　房山中条脉蝉联,下如舒翼,抟云之攒矗而居也。正当峰凹处,双臂环合,中开小坪,宽约数百弓,故俗呼十亩坪。中建兰若,曰永寿寺。寺后高台三阁巍峙,藏千佛塔,庄严精妙,由来旧已,而人顾弗称道者,何哉? 则以其时有盛衰也。今晨早起,入西山,复迤而南,出牛口峪,先至云峰寺小憩。老僧指罗汉像夸示客曰:"西方尊者,今又增一,故数十九,盖一其自来也。"噫! 释氏好附会,一至此欤! 笑不之应。出寺数里,西望皆高峰,岐峿相倚,如莲华,如幡幢,如屏嶂,如狮象,丑怪莫名。再倒向西北行,溪径幽崄,蜗延蟺折上,尚未见寺门何处也。到则划然天开，果与凡境异。时方春半，梨花似雪，开满禅院。而台下一株，尤耸立攫拿，斜倚塔畔，凭栏可以摘花。惜左右廊房俱半倾圮，徒形荒废，客境禅心，两无所着。成小诗一绝，以指涂于壁上云："宝塔倚岩接上方，千层佛影自苍苍。梨云满院苔花冷，不坐禅床梦亦香。"寺僧烹茗款客甚殷，且云近有皖士逃禅宿此，惜他出，未及酬韵，殊减兴耳。余乃登其台后高峰，北顾居庸、碣石，南望瀛渤、中山，浑浑蒙蒙，元黄一气，不知大造端倪，何时能尽藏也。夫不登高，不知天地之大；不寻幽，不觉造化之奇。世人日逐逐名利中而不知返顾，安望其能点缀山川，与造物争奇竞异，显神明于无尽之藏也哉？故寺有兴废，山有冥灵，亦时会为之，况人也欤！况人也欤！

十七日(**7月2日**) 涂改《砖公院记》。

砖公院本梵刹，一名超化寺，近为黄冠栖，故又属道院焉。然其正殿仍奉古先生及诸罗汉像，盖一门而两宗矣。相传道人王大定欲营室而苦无木，乃垒石作垩，砌砖为殿，阔然洞启，巧夺神工，故曰砖公院。院成，适蝎仙避劫来此，劫过而仙去，临行指石掘泉，以酬道士。今殿左岩阴，其泉尚溢，虽饮千百人不涸，非灵窟欤？春仲望后二日，尊艿章君闻其异，邀偕诸友联骑同游。由楼子水缘溪入峪，乱峰插汉，叠嶂镂空，古木虽多，而槎枒无荫，怪石巉崿，都无奇趣。唯峪口文杏盛开，锦被川原，如焚似艳而已。到门竹篱短垣，犹形荒陋。而入院乃杰阁巍然，依岩矗起，灵泉翠筱，碧萌清芬，无半点尘埃气。再振衣高顶，而烟云动荡，飘渺无垠。不意乱山杂沓中，乃有此离奇妙境也。于是超然长啸，岩谷四响，泠泠兮如入鸿蒙而混希夷，不知造物之或低或昂，与吾身而为缘矣。因思丈夫处世，自当独辟灵境，各露性天，与造物者长游于无何有之乡。既不知仙，何有乎佛，而况囿于仙佛而不能浑乎仙佛之迹者耶？归至楼子村，有刘姓富翁邀入其室，出二孙以揖客，具鸡黍而供馔。田舍家风，朴诚可爱。翁既高蹈，尤善择邻。翁乎翁乎！吾将卜筑与子为邻，而常相终古乎！

十八日(**7月3日**) 阅试卷。阅邸抄。

昨日再覆，今更阅之。午接邸抄，见李宪之殿试名列二甲，改庶吉士，颇为欣慰。而曾国藩又奏："据湖南试用通判蔡嵩祺呈称，伊父蔡锷经唐训方饬办散练归农，于三月十六日亲往下蔡，剀谕苗沛霖率众反正。不料变生仓猝，逆党拥至私宅，将谋固禁，锷乃大声怒骂，遂遇害。"阅之又不胜愤恨。阆仙全皖颇著能名，余前曾为记守舒城事。其子之殁，已极伤惨，今君又遭此大难，何大劫之难逃其数欤？又见上谕候补郎中李云麟着以四品京堂用，所有陕南诸军及四川援挟诸营均归节制。云麟号雨苍，颇有才能，今竟独当一面，有志者事竟成，岂不信欤！

十九日(7月4日)　改《孔水洞记》。

去房北廿余里，云蒙山阴，有伏流出岩胁中，曰孔水洞。跨洞筑台，建堂其上，曰万佛堂，盖依岩凿佛万余，为祈福地也。堂左右辅以二塔，庄严尤妙。兰若一区，花木幽秀，春半游人往往觞咏于此。洞深无际，蛟鼍是宅，每值岁旱，祷雨辄应。今春已尽，尚无雨，麦苗槁矣。邑宰杨君卜臣，余中表弟，深以为忧，爰集邑众徒步往祷，余与诸友亦偕游焉。行抵南罐村，乱峰合沓，丛树阴幽，疑若无路。遥望山凹缺处，旋折而西，遂出谷。天光发新，山色亦葱蒨可爱。再进则大溪潆洄，涧草拂青，心目都畅。环村左转，高岩杰阁，巍然独峙者，洞境也。水清澈见底，不波不声，甃石成渠，若流觞曲水，令人想见山阴被禊时，神往者久之。时童冠毕集，妇子嘻嘻，登岩拜佛，临水濯缨。微雨新过，农望弥殷。道人默祝，置瓶洞中，半晌出视瓶水分寸，以验雨泽浅深，何其异欤！

茶毕出寺，望磁家务，青山一角，红墙绿瓦，翠柏苍松，不知何寺。询之土人，曰庄邸园寝。乃与介石、子钦、醇庵三人越溪往观，并登高纵目，千岩笏笋，万壑云生，藤萝满径，湿翠黏襟，又不知身在尘界中矣。房山奇景虽多，而幽深静远，使人心旷神怡者，要当以此一游为快。惜余游踪无定，一岁数迁其地，不克与山灵订盟，要诸久远，未免贻猿鹤以无穷憾耳。《邑志》称洞旧有白龙潜卧，樵牧至此，往往闻丝竹音。又谓金太和中人见桃花浮出，其瓣径寸，疑为仙境，其信然欤？

二十日(7月5日) 改《云居寺记》。

去岁将尽，介石游云居寺归，具述其山川云物道场之胜，余梦寐中恒有一小西天在也。君今复邀往石窠，代书漱珊师墓碑，以石工远去未果，因得乘便一访其胜。时晷影西移，林鸟将倦，望房之西南山，斜驶七八里入谷。谷口大溪环流，平畴水磨，宛然江南景象，曰石门村。再七八里至寺，青山列幛，白鹤巢松，路多梨柳，地少樵苏，碧云丹巘，周匝无罅，门临断涧，境极阴森。寺左右二塔，高矗云表。入门略憩，即登大雄宝殿，睹空王法相，不参不拜，不祝不祷，唯以平等相视。殿外巨坊崇焕巍如，两序僧寮杂植松桧，势欲参天，然仅能蹑初地一层也。初更暂眠，五更已醒，遥闻上界钟磬音一时齐鸣，灵冈清亮，使人尘念顿消，几有世外想。噫！彼教之感人也，固如是欤？晨兴食讫，一僧曳杖，前导登山，拨顽云而蹑磴，临危厂以牵藤，筋力殆尽，始造其巅。最后孤峰突耸若纛，仙灵所栖，人迹罕至矣。南望胡良拒马大小河，如练如带，盘于曲折，皆在拄杖下。并汇太湖，同归渤海。然春水未涨，平沙弥漫，亦但见白光隐约，曳雾牵云而已。方丈纯雅和尚闻客至，颇不恶，爰邀入内，共话无生，既证菩提，还参孽果。各有会心，不觉相视而笑也。盖律门宗旨，清规较严，意亦谓检摄身心，非严立规矩不可。故释氏戒律工夫，即吾儒小学门径。由浅入深，因渐悟顿，用异而原实同。然则佛门广大，不且由是而尽穷底蕴哉。因更询静琬藏经洞址，纯雅指对面高岩相示曰："此白带山藏经处也。"乃鼓余勇，更陟其巅。山高日燥，汗下如雨。石洞凡七，一启六闭。闭者贮经，键以石扉，不可开，开则有风雷之变。启者奉佛，瓶垆几案，悉就石成。环壁周刊释典，四柱凿佛千余，炫奇极矣。岩俯如廊，缀以台殿，衬以亭塔，凭栏纵目，适当谷口，夕阳返射，岩壑阴生，遥认来时旧路，历历不爽。壁尽微凹，别藏小洞，刻木为龙，曰火龙洞。山半石迹，宛若驴蹄，曰果老驴迹。事近附会，不可知也。按

《邑志》，静琬北齐间人，承师旨，虑东土藏教有毁，发愿刻石藏经以度人劫。经成而山夜吼者三，产香树三十余株，并生香草，曰芯题草，为他山所无。今草树都非，唯琬公塔址尚在香树庵后。归至寺门，僧雏汲水涧底，往来成趣。玉局诗云"采薪汲水僧两三"，不啻反覆咏之。小西天旧分东西二峪，今东寺久废，而西峪独兴。国朝以来，日新月盛，实越潭柘、上方而上，其灵秀所钟，天时欤？地力欤？抑佛法所施独异于众欤？请以质诸如来，并善知识而多妙解者。

　　廿一日（7月6日）　阅卷。

　　昨日三覆童试，因更阅卷。此场兼试七律一首，题为《喜雨》，不限韵，并无佳者。此地八韵小楷尚不乏人，赋已寥廖，而古近体则并不讲究。虽时势使然欤，亦师承之无所渊源耳。

　　廿二日（7月7日）　改《上方山记》。

　　余访知上方山去小西天匪遥，不逾时可越岭达也，即使纡道，亦非甚劳，因拟乘兴作裹粮游。介石初闻甚喜，既自阻，余乃叹曰："天下好景，误于当前者甚众，岂非因循一念有以使之然哉？"爰主前行。午至姚阁庄，始北折寻径入。过孤山口，路渐崎岖，山尤险怪，心亦悔焉。乃深溪甫越，巉嵚双峰，惊腾云蠹，对耸而上。唯中通螺径，一线盘入，如仙都佛门之回拔云霄，又复幽深无际也。始知宇内奇观，多藏于人迹不经之地，与人心易忽之区，苟非亲历，莫得其妙。两峰下一涧横栏，上建小庵曰接待，盖接引游人处。凡入山，车马抵此便休，故须有以待之。时落日在山，苍烟四起，遂尔憩息。小立岩畔，泉声洒洒然从深涧中来，而四顾无水，久乃知为峪风吹树作波涛声耳。次晓，羲御初腾即起，携筇入峪，一僧前导，踏涧穿云，岭然砰然，荦确碍路。惟两岩石壁皴纹，或斜或整，一纵一横，如鬼斧，如神工，正画家所谓大小斧劈法，与巫峰绝相类，故步步都堪细领。进约二里许，崩石横涧，突怒若岭，曰发汗岭。再里许，悬崖峭立，有瀑布痕一落千仞。夏秋水涨，飞流倒泻，如白龙雪练破空而下，真奇观也。正苦无路，瀑旁壁隐露穿云细径，凿石为磴，双垂铁组，下引游人。拽组蹑磴三百余级,始达云梯庵。推窗下视,若临无地,毛骨都森。幸石阑曲护,古树周遮,游屐得以无恙。由庵后转入,路稍坦夷。进兜率门,始昂首见上方诸寺,纵横稠叠,散处于红螺翠巘蒙茸间,如鸟巢蜂房,所谓七十二庵是也。中间梵宇若负扆而居者,曰兜率寺,亦盘旋百折始能上。两涧环流,诸峰拱峙。正东为望海峰,西曰摘星砣。砣高千仞,孤耸无依,顶旧有台,今圮已久,凿石悬组若云梯法,而险峻特甚。石断处或续以木,亦将腐败,不堪蹑足。介石强陟其巅,余不能从,非自退,盖过险也。口占小诗一绝戏之云:"君登摘星砣,摘星如斗大。晓色忽苍苍,掌中无一个。"过此,西越重岭,凡数升降,即云水洞。乃解衣脱帽,旋结履袜,秉炬帚,随寺僧伛偻入。渐入渐低,亦渐暗。足旁一窦,洞启若瓮,仅可容身。僧执火竟穿窦入,不得已亦从之。蛇行豕伏,手足着地,若不能自免于咎者。首稍昂则石撞,背欲耸而岩伏,洞风吹焰,目闭气阻,闷尤难耐。如是者再,洞乃高广,虽燎炬不见顶,然沉潭如阱,罔测渊深,倘失足下坠,又不知堕落几层地狱矣。深怪前人好游,胡以冒险至是?洞石质多白,莹洁似玉,惜为烟熏,徒成煤窖,触手多黟不脱,故钟乳所结灵物,悉为黑雾蓊塞,莫能识辨,兴尽返矣。大略洞凡十三进,以一曲为一洞。其最著者曰须弥山、雪山,磊如积雪,扪之有刺。又曰塔倒三层,徊尸僵卧,皆甚似之。其余形状,凡天包地孕,诸物毕备。大而楼焉、廪焉、囷焉、阁焉,细而钟焉、鼓焉、鼎焉、彝焉、岭焉、云关焉、床榻焉、瓿甄焉,以及菌果、鸟兽、仙佛、龙虎之属,亦无不肖焉。是洞有之,他洞亦然,盖天一大洞也,洞一小天也。不知天,但观洞;既见洞,可窥天。故洞景多类,而不知其所以然也。唯最后一洞曰十八罗汉大会,为世希觏。然非由鹞子翻身一穴不能尽,故游者罕穷其蕴,亦将留此一境,以为不尽意欤。归过文殊殿,老衲邀入其院,共睹周荃指画达摩巨像,高五六尺,精神迥异。又指寺门古藤蟠拿如龙,曰乌龙抱树。是晚神倦,遂宿兜率寺。次晨,再游东谷,由龙虎峪过胜水庵,至一斗泉。一斗泉者,相传华严尊者开山时,毒龙踞壑为害,师驱之,龙怒拔潭去。师乃飞锡逐龙取水,仅获一笠,归泻而成泉者也,故泉左岩畔旱龙潭遗迹尚存。潭之对岩复有洞,曰华岩洞,即师坐禅处。洞分二层,下供师像,上甚庨敞,有石象,眼、耳、鼻、牙悉具,一狮回头作惊斗状。石罅出泉,甘冽如露,亦静境也。由此下山,已距云梯甚近,回望毗庐、象王、锦绣诸峰,白云一抹,翠黛千重,又不啻天上人间别矣。归急录诗绘图以示诸友,金曰善,莫不共起游山兴矣,然后叹天下好景之不致错过当前者,又皆奋往一念有以使之然耳。因循能乎哉?

廿三日(7月8日) 阅《诗触》。

海盐朱琰集,凡十四种:一钟嵘《诗品》、二司空图《二十四诗品》、三释皎然《诗式》、四白石道人《诗说》、五严羽《沧浪诗话》、六王世懋《艺圃撷余》、七徐祯卿《谈艺录》、八刘大勤《古夫于亭诗问答》、九吴兢《乐府古题要解》、十张炎《乐府指迷》、十一张辅之《词旨》、十二任昉《文章缘始》、十三陈懋仁《续文章缘起》、十四叶樾《端砚谱》,末附《渔洋诗话》《说诗晬语》二种。书名《诗触》,而末乃杂入砚谱,不知何意。钟嵘论诗颇失其平,渔洋山人亦尝言之。严沧浪则专以禅喻诗,盖欲救苏、黄失耳,然只可施之五言律,而未足尽各体之妙也。及王世懋、徐祯卿又皆主唐音,囿于时好,岂通论乎?阮亭、归愚亦尚未能脱此习气,故诗旨究未大明。古今论诗不为少矣,而其旨终未明者,何哉?盖不本之三百,而但就一己嗜好以妄为出入,故愈论而愈不得其旨也。

二十四日(7月9日) 阅邸抄。

李鸿章奏:"江阴杨舍汛为沿江要隘,贼众并力死守,总兵刘铭传督兵进剿,提督黄翼升复统水师沿江兜击,于四月十六日先后击退援贼。二十二日,遂逼近城。各营大呼登陴,将守城悍贼尽行歼戮,杨舍汛城当即克复。"粤抚晏端书亦奏克复西宁县城。均各奖励有差。

廿五日(7月10日) 致李宪之书。

昨阅邸抄,知宪之殿试名列二甲,已邀馆选,而久未得其书,因作函致之。略云:"仆老矣,于科名一道虽无所望,而吾徒中亦有蹑瀛台而登清要者,则与老拙之身受其荣也,亦何以异? 盖斯道本相通,君之显晦,即仆之显晦所由关,是无穷事业,方将于君也是赖,而谓非身受之荣也哉? 诸惟勤慎自重,不宣。"

廿六日(7月11日) 阅邸抄。

陕督熙麟奏:"甘肃平凉府被围,派令知府和英、游击任治国等统带延绥官兵援救。四月二十二日,官军行抵占城堡扎营,猝被大股贼匪围困,以贼众兵单,接仗失利,致和英、任治国及波罗营参将阿章阿、钦天监博士宗庠同时阵亡。上谕赐恤有差。而泾州营都司哈拉库、图尔营守备范钦于各被围时不能力救,辄自折回泾州,以致各营失陷,均着革职拿问。熙麟调度失宜,亦着交部议处。"

廿七日(7月12日) 阅邸抄。

左宗棠奏:"伪听逆陈炳文率悍党由余杭趋临安,图窜新城,以袭富阳官军后路。经道员魏喻义督兵进剿,贼乘雾分路来犯,攻扑新城。官军俟其逼近城墙,炮石齐发,毙贼无算。提督高连升又督兵往援,贼众抛弃攻具,向临安一路鼠窜而去。其攻扑新桥之贼,亦经王东林奋力冲杀,毙黄衣贼目一名,余贼亦经截杀殆尽。记名总兵熊建益及守备刘立号中炮阵亡。各赏恤有差。"

廿八日(7月13日) 阅邸抄。

陕抚瑛棨奏武员剿贼卓著战功,请赏给勇号。护总兵陈天柱剿办汉中贼匪更番进击,每战必先,杀毙悍贼无算。迨督队受伤,复能裹创血战,力扼贼氛。候补副将徐邦道分路击贼,卓著战功,均为得力之员。陈天柱着赏给刚勇巴图鲁名号,徐邦道着赏给冠勇巴图鲁名号,以示致励。邦道在汉阳时曾列吾门,其时虽亦勇敢而未著名,今竟能冠一军,亦勇往不挠者欤。

廿九日(7月14日) 阅邸抄。

上谕:"候补四品京堂李云麟现丁母忧,着自闻讣之日起赏假两月,回旗治丧。假满后迅即回营,督军驰赴汉中办理剿匪事宜。钦此。"雨苍甫授节制陕南诸军,旋复丁忧回旗,事机之变如此。

三十日(7月15日) 作书寄陈章美。

章美下第后即拟南回,至今一月有余,尚未启行,以囊中空乏也。兹遣使求助于卜臣,据云滇垣虽遭焚劫,而未甚大害,唯西北两门多受其辜,余尚无恙,现在亦略安静。因作书托其代询王君公亮近况,不知可能明哲自保也。

附:何廉昉《再题延穷图》

出门一笑天昏黄,道旁五客左右望。如登龙断罔市利,目营四海心忧惶。谛观面首俨旧识,衣裳生棱冠无梁。磐牙直若天使独,傲睨更无人在旁。平原皮相失毛遂,英雄末路未可量。整襟摄带趋前揖,笑问公等来何方。立谈不足尽款曲,率然携手趋登堂。言有穷氏在昔生,穷桑始祖为穷奇。故国为穷荒穷波,斯为兄弟行。出仕为穷官,退处为穷氓。生为穷人死穷鬼,掌穷民籍司穷粮。柳车草船恣游历,穷途痛哭非佯狂。寒郊瘦岛尽交友,昌黎寿我为文章。宛陵后出最心契,薰染日深诗乃昌。始生之夕正月晦,穷愁之子来称觞。再拜十分为我祝,千百亿劫穷无疆。自嫌拗别似太岁,几欲槁饿从首阳。下元风气亦偷薄,豆羹蔬菜无孟尝。浮萍入海一千载,始遇老髯吴竹庄。遽延王粲登上座,不使许汜卧下床。生成奚啻得鲍叔,结纳直欲倾陈汤。掀髯大笑百神伏,独有穷神相颉颃。登坛喑嘘鬼惊走,独有穷鬼仍趑趄。绣衣持斧皖南去,碧幢丹旆云飞扬。呀然胸背两獬豸,遇邪而触谁能当?蓝晶翠羽不足道,已见马上衣襕黄。邺侯朝披一品服,哥舒夜枕半段枪。雄名无愧巴图鲁,好汉不数当年张。号寒之虫善变化,有时毛羽欺凤凰。逐客令未下秦始,绝交书未上嵇康。云泥分绝强攀附,差池臭味安能长?阶前庞下太局促,色斯举矣黄鹄翔。沿江搜访东道主,闭门每每辞在亡。敬容残客我不拒,径开东阁容释装。岂知胡卢笑二竖,辟易惊三彭。只见藜藿填枯肠,那闻樱笋宾筵香。病中百计索葆术,无药治贫医不良。坐耗平添五十指,何异鼠雀抄空仓。宾主将为到公石，一堂枯立名奇礓。东厨老髯怫然怒，尔诚朽木粪土墙。突且不墨釜且凉，九徙十迁无定乡。历岁无人主中馈，不焚白马烹黄羊。乞儿家事一瓢在，尔并无瓢安得浆？晨昏菽水不能供，乃为朋辈谋箱囊。受恩末报仇未剪，奚用结客少年场。引魔入室自招祟，朝癫夕痫谁能防？交非其人必受累，祭非其鬼必受殃。何如王孙独媚灶，非灶非奥徒祈禳。己未之腊例奏事，书笏列劾臣荒唐。愿畀铜山使监守，铜臭炙熏无地藏。不然罚使笼仓库，一钱一粟不得将。惟帝知臣介且刚，铮铮穷骨寒生芒。一门黑劫受穷祸，穷无可告走且僵。固穷久矣穷不死，穷命犹应沾宠光。虚封假以二千石，赐号永作穷中王。五穷乃与老髯绝，良禽择木从何郎。

又《将进酒》六篇

造物弄人开酒户，视酒耽耽怒于虎。肠如枯藤腹如瓠，百榼千钟落何许。床头金尽无人与，邻瓮将从毕吏部。奚不就贺知章，金龟自解呼儿酤。不然邀王方平，良醴转乞余杭姥。莺花浩荡春无主，栩栩之今忽焉古。提壶提壶尔何苦，朝啼暮唤谁听汝，独有壶公招我去。缓缓歌，仙仙舞，抱月酣眠索花语。一年大醉三百五，死作陶家侧畔土。

是何人，提挈太行衡霍崭岩碌碌置我怀，使我心颜抑塞不能开。复何人，簸扬瀚海息壤之沙埃，使我蒙头盖足生作刘伶埋十年，拳局有如倒绷孩。天开老眼怜我真痴呆。卷起银河倒泻葡萄醅，舠船舞棹直接天池回。长鲸一吸百川尽，风吹野水陆续添金杯。蛰虫附骨三百万，忽听肠中转毂鸣春雷。愁城自倒非人推，朝花夕月自来就我非人媒。雷声圻胁生羽翼，西游捐毒东蓬莱。有时坐我昆仑悬圃金银台，但见山川城郭如罍如盍如瓶罍。人如浮蛆又如蚁，嗟尔附膻逐臭何为哉！

春光流荡无归处，天涯黯淡为羁旅。知我有情，要作东道主，却招风月，与我充徒侣。九十日中无一语，但见繁花，碎萼开无数。金尊磊落相对开，无聊又送春光去。耳中冬冬闻战鼓，满眼刀锋杂箭羽。东风兮东风，问尔旋归向何许，泪洒花间溅红雨。

羁魂冉冉将东归，东风奈何吹我向西飞。回头四望岐路歧，落红如泪湿人衣，泪痕花片交参差。闻道醉乡日月妍冶如春时，客来居者皆忘机。无衣不寒无食亦不饥，悲愁离乱疲病皆无之。无怀葛天氏，意者国于斯。此中有我旧徒侣，问我不归何所为。

夜半惊呼酒星堕，有声如雷气如火。是时陈遵郑泉七贤八达皆在坐。渊明右，元忠左，飞光入门如旋磨。忽如明月回抱我，众宾雀跃纷起贺，策尾降精今也果。安知此不为祥乃为祸。此星在天主坎坷，在山为虺桛，在水为蛟螭锁，在人为拘挛，为躄跛，坐视宝刀缺折明镜破。有酒不醉无酒那，一饮能令百事妥。青山白云醉死可，葬我春红千万朵。

此身无百年，乃造千载之深谋。此心无一寸，乃受四海之殷忧。朝亦不能坐，暮亦不能休。北路车，南路舟，出门入门何所求？坐使金尊玉杓，锦筵绮席，浮尘峨峨，西北起高楼，楼中有女名莫愁。搯挡筝，摘阮带箜篌。和赵舞，倡吴讴。四公子，五诸侯，冠缨笑绝履綦错，一斗一石交相酬。此乐忘死今有不。不羁之足日千里，胡为黄金凿蹄锦络头，豪鹰俊鹘志在赤霄上，胡为贯珠绁，着金鞲？水逝不可留，花落不能收，胡为坐愁行叹春复秋。扬子江，拓酒池，黄君山，筑糟丘。西江吸尽了无味，明朝归去营菟裘。

又十九谣九十首，今存其目：

西狩麟；波斯象；林邑狮；中山兔；狙公狙；牛哀虎；隍中鹿；中山狼；燕墓狐；南山豹；健仔熊；侍中貂；食虎驳；狱法狴；御史獬；祭鱼獭；永昌貊；越中猿；噬脐麝；龟兹骡；斗虎猬；黎雅犀；柳谷驼；封溪猩；塞翁马；黔中驴；老君牛；苏武羊；酒家犬；辽东豕；康国猧；岐山凤；上林莺；城上乌；智井鸠；怀中鸽；王谢燕；望帝鹃；罽宾鸾；羊公鹤；朱公鸡；道士鹅；雁门雁；帝女鹊；泮林鸮；海客鸥；如皋雉；纥干雀；上蔡鹰；唐宫鹧；西塞鹭；能言鸭；炎荒翠；南溟鹏；长沙鵩；文仲鸡

鵾;鲁公鸖鸧;张华鸼鹩;叶公龙;长桥蛟;巴山蛇;豫且龟;月宫蟾;任公鳌;南海蟀;谢端螺;太白鲸;宋公鼋;东海鳏;羽渊能;海市蜃;涸辙鲋;毕卓螯;琴高鲤;季鹰鲈;官地蛙;李斯鼠;帝女蚕;龚舍蛛;秋蛩蟀;绿壁蝘;越桂蠹;唐宗蝗;王猛虱;庄周蝶;齐女蝉;王思蝇;隋苑萤;槐安蚁;淮南蚊。

又《登高台》十六目:

章华台;姑苏台;黄金台;吹箫台;钓台;歌风台;戏马台;章台;越王台;青陵台;柏梁台;吹台;云台;铜雀台;凌歊台;雨花台。

登嵩山记

永乐二年正月,与都督扶风马公同至嵩山神祠,登草参亭,整衣冠,盥帨以入。至中门,道士二人出肃进至祠阶,拜谒毕,步出两庑,观《历代封祀碑》,遂至登封官舍宿焉。早起出县治北,涉涧壑,披荆棘,行八九里,望玉镜峰甚奇。往观启母石,右旁旧有启母神祠,祠已毁,故基碑石具在。断碑四五卧荆榛中,字磨灭不可考。过启圣母神祠西十数步,是为崇福宫。宫宇亦已废。废基上一平丘甚高,褰衣而上,乃得故堂基中有流觞曲水渠,皆凿石为之。渠圆而正,周坐可十数人,盖昔游观者宴饮之所。东有一穴,泉甚清,流于渠中,今泉竭不复出矣。循山西行约二三里,一峰巍然而南,汉武帝登封时,神人呼万岁之所。峰之半,乃昔嵩阳观故基,有唐天宝年碑。东古柏五株,积翠婆娑可爱,中有一株尤大,命从者五人联手抱之,围始合。树下一石,刻曰:汉武帝封大将军。余柏或三四抱围,所植皆历千百年者。众咸坐玩不忍去。又登十余里,至法王寺,寺有殿堂,可延坐。一老僧出谒,庞眉古貌,须髯苍然,仙如也。众皆解衣憩息,谈咏眺望,无不适意。良久,登天门峰,峰极峻。既登,东瞻月峡,西观少室,南望南阳、许、汝诸山,皆出没在千百里外,空日澄明,端倪无际,旷焉茫焉,不知天之为高,地之为下,而登陟出于灏气之上也。

夫嵩山据天地之中,崇峻而端直,磅礴而方广,得坤道直方大之体。诸峰起伏于上二十有四,备天运四时之数,造化蕴蓄如此,岂高广足以尽嵩山之观哉?相与缓步,缘峰而下,至岳麓寺峰而西,至会善戒坛,以望永泰四寺。峰峦之胜,皆不及法王所见高广矣。时日已昳,联辔往少林寺。西出山麓,夹道丛木交蔽,重峰叠巘,奇峦后先,令人应接不暇。近寺一里许,寺僧数人来迎。须臾,鼓钟声自岚翠中出,楼殿金碧,掩映林峦间,与夕阳同辉。夫不登法王寺峰,无以见嵩山之高广;不登少林寺峰,无以见嵩山之幽奇。登览之胜,无以逾于此矣。入寺晚饭毕,寺僧导登五乳峰,观达摩面壁洞。洞前有受记亭,设达摩神光受记像。近阶古柏一株,甚翠,僧曰:"此柏六祖慧能所植。"香案上一石,长二尺许,僧曰:"石中有达摩背坐形影像,乃面壁时精神所寓者。"余观其石,乃湍激之石,非壁石之石,形像若人为之者。众令从者抱石置前,以水石磨之,影象如故,众愈神其异。余因解之曰:"昔梁魏之时,南北奉佛者,率以崇饰塔庙为事,糜费生人,故达摩西来,不立文字,见性成佛,盖示以静也。当时人鲜悟晓,面壁九年而去,岂区区寓精神于一石,以示神异于后世哉?"是夜宿少林寺方丈,明日出辕辕关,都督公道语余曰:"吾年才弱冠,即领戎事,溯大江,上三峡,崎岖巴蜀间,凡山之奇异者,靡不周览。及出守张掖,陟关陕,越鄜鄜,周旋乎上郡,祈连之广,月氏之高,靡不偏历。然巴蜀之山,偏于奇峭,张掖之山,苦于荒远。求夫具天地清淑之气,得中正之体者,惟嵩山为然。吾思之历年,而今始得与诸公登览,以遂其平生企慕之怀,岂非幸欤!"因并记之。

中国近现代稀见史料丛刊【第十一辑】

张剑 徐雁平 彭国忠 主编

方玉润日记（下）

（清）方玉润 著

白云娇 整理

本辑执行主编 徐雁平

凤凰出版社

心烈日记

心烈日记卷之一

鸿蒙室主人笔识

癸亥六月初一日(7月16日) 有大星坠于东南。

亥正初刻,大星如斗坠辰巽间,光照满地,暗室皆明,亦异象也。己未,余在太湖营,次岁客桐城营,皆有大星坠地,以为应在主帅,后乃及其偏将。然则此辈名位虽卑,亦可上应天象欤?

初二日(7月17日) 编《唐诗纬》。

余以风、雅、颂分选唐诗,先成风诗六卷,中复别为二十一门,曰宫词、曰闲闺、曰春情、曰秋思、曰匹耦、曰豪游、曰绮怀、曰宫怨、曰弃捐、曰惜别、曰离恨、曰寄远、曰漂泊、曰感旧、曰叹老、曰悼亡、曰孤栖、曰节烈、曰田家、曰游仙、曰感讽。其首宫词者,以风化始于宫闱也。次之以闲闺者,盖凡闺阁而有贞静之德,故次之以为教耳。由是而春情,而秋思,情以时动,尚未越礼,故亦不失为情之正。匹耦则婚姻以时,两情合谐,正尼父所谓乐而不淫,哀而不伤者是也,所以同列正风之内。过此则情渐侈而为豪游,谓之侈风;心渐荡而为绮怀,谓之淫风,皆非风之正,然尚属欢娱词也。至惜别以下叹老、悼亡诸诗,则哀音愁怀,尽属变风,盖乐极则悲自生矣。夫恨虽无穷,而情宜得正,故终之以孤栖节烈,冀其风之尚可挽也。若夫田家、游仙,或情极淳朴而成为古风,或心独旷远而自显高风,皆可以挽回颓风,而有功于诗教。故另编二门,列于风后。其他感讽则意有所指,词多隐跃,无类可从,更为一门,亦以见风诗大旨,不外讽刺居多也。

初三日(7月18日) 编《唐诗纬》。

诗何以纬名?以别于经,亦将继诸经后也。诗至三百篇,旨虽大明,而体则未备,盖诗体必至唐而始大全也。三百以前,诗有句而无章,有音而无类。三百以后,一变而为五言古,再变而为七言古,又再变而为五七律、五七绝以及杂言、长短句,诗之体式于是极矣,宋以后皆不能出此范围。故论诗者当合三百、汉魏六朝、唐人而一以贯之，诗旨乃明，诗体乃备，诗教乃有显而无晦。不然，则有取于三百者，必遗汉魏六朝；有取于汉魏六朝者，必遗唐人，甚或专尚唐音而轻汉魏，或祖述汉魏而远视三百，均非善言诗者。近又有薄风诗而独重雅音，以为深得诗教之正，而岂知其仅得诗之一体，非诗教之全也哉？窃谓古今编诗，莫过宣圣分风、雅、颂三体，以收一代之风诗。贞淫互见，风雅杂陈，而世代之盛衰，政教之得失，莫不由此而见惩劝、彰鉴戒得也。余虽不敏，窃有所见，故欲合三诗而一以贯之，先从唐人编起，然后溯而上之，庶有以得其渊源之所自耳。

初四日（7 月 19 日） 编《唐诗纬》。

唐人宫范，可述者甚稀。即太宗长孙皇后，史称贤淑，而其诗亦以游春风流为辞，下此则更可知也。其宫苑之不肃，殆由此欤？又唐人节烈诗最少，极力搜览，仅孟郊《列女操》一篇，然尚属寓言，非真实情事。岂其时无节妇欤？抑士大夫不喜为此言欤？即此一端，其世风已可概见矣。

初五日（7 月 20 日） 阅邸抄。

曾国藩奏："金陵逆匪在雨花台筑城，负峪久踞。四月廿七日，曾国荃饬各军多备攻具，乘夜出队，分道环攻。是夜三更，直逼雨花台，束草填壕，贼惊施炮，官军小却。总兵李臣典执旗直前，诸军纷掷火球火箭，悉入石城。时天渐明，副将赵三元诸人分督各队肉薄齐登，贼势不支，当将伪城攻克。其东卡诸垒亦为副将赵清河奋力平毁，余贼弃垒窜逃。城内贼欲出救应，亦为我军截剿，败窜回城。贼隘既失，贼势当穷，金陵可望克复。然困兽犹斗，其势愈不可当，非加十二分谨慎，不可收功垂成也。"

初六日（7 月 21 日） 阅邸抄。

僧格林沁奏："邹县教匪负峪抗拒，五月初五日，总兵黄国瑞派守备李开春诸人赴白莲池山腰扎营，匪众迎头来击，经我军杀毙无数，旋即退去。官军乘胜追逐，冲入头道圩门，贼遂越山散窜。其首刘锦春率众扑来,黄国瑞挥军转战,擒斩锦春于阵,贼众遂败入圩。初七日,黄国瑞复督同副将郭宝昌马步进攻,先派张从龙诸人埋伏山后,援贼从东路宝泉冈来应,为伏兵杀退。贼众进退无门,拼力死斗。张从龙直入重围,火器环施,败匪翻山逃匿,官兵围杀,殄除殆尽。此股贼圩一律平毁。"上谕赏励甚优。

初七日(7月22日) 编《唐诗纬》。

风诗虽善言情,然绮怀游宴,多属娼妓,而寄远殉节,尽是闺门。可见情真者,不必言情而情自见。彼终日相思,而秋风一起,团扇遂捐者,固不足以言情。即鸡声马足,恩怜未断,亦何尝见有征衣寄远人哉?读诗至此,当亦有感于荡子淫妇之未可语于性情之真笃者矣。

初八日(7月23日) 编《唐诗纬》。

三百篇以国为风,故正变贞淫,因地而异;《诗纬》以时为风,故欢娱愁苦,随事而殊。一纵横递变,一环转相循也。

初九日(7月24日) 编《唐诗纬》。

三百诗虽分贞淫,而作者不必定别流品。有士大夫寄托男女以讽刺当世者,亦有淫夫妇情不自禁而时见乎词者,兼收而并采之,自足以昭鉴戒而寓劝惩也。《诗纬》之收绮怀一门,亦此意矣。

初十日(7月25日) 编《唐诗纬》。

太白诗得力于风,故丰神超逸,词义清新。少陵诗得力于雅,故魄力沉雄,才情博大。然李多正风,杜多变雅,即风雅中又自有异。

十一日(7月26日) 阅邸抄。

曾国藩奏克复含山、和州情形。官军自攻克东关铜城闸后,迭次鏖战,由萧箕山进扎望城冈。四月廿二日,水陆各军逼攻巢县,相持竟月。二更后,水师环堤猛击,先将贼划焚毁,断其浮桥。刘连捷飞骑驰至,连破沿河六垒,贼遁入城,官军随进,巢县遂克。廿四日,萧庆衍与鲍超会师含山,而贼已潜遁。官军星夜袭和州,贼不及遁,尽出城降,斩其头目,余悉纵释。是役阵亡副将以下官共十二员弁。

十二日(7月27日) 阅邸抄。

张亮基奏思南解围,并克复普安、南安诸县情形。思南教匪勾结苗匪,既扰府城,并扑印江,总兵刘义方分股进剿,皆大捷。三月十一日,余匪败归河东之小寨屯,城围立解。官军追擒伪静山王李世贤,讯明正法,印江县境肃清。至窜踞普安回逆,亦经总兵赵德昌督军分路环攻,四月初九日城复,余匪逃窜。其安南踞城回逆,亦经知州李昆节节扫荡,于四月廿一日直逼近城。贼出战,大败入城,官军一拥而进,其城遂复,余匪尚分踞各屯云。

十三日(7月28日) 编《唐诗纬》。

声诗为天地元音,古乐虽亡,诗存即声存也。子自卫反鲁,然后乐正,无他,雅颂各得其所耳,是知三百即周乐也。汉武帝立乐府,命当世文人才士各缀以诗,于是诗中又有乐府诸名目。唐代旗亭犹争唱名人绝句,岂非诗在即乐在乎?惟至金、元竞尚词曲,于是始以曲为歌,而古乐即尽亡。然琴操中犹有渭城朝雨之操,推而广之,即庐陵《秋声赋》,东坡《前后赤壁赋》,无不可以入调。是乐未尝亡,固散在天地之间,而人自不察耳。余编《唐诗纬》始于风诗,自宫闱、闲闺,以至春情、秋思、匹耦、豪游、绮怀,下逮宫怨、弃捐诸什,由静而动,由动而谐,由谐而侈,由侈而淫,由淫而怨,而弃,而离,而恨,而老,而亡,皆有自然次序,自然音节,不可紊乱。读诗以知音,循音以知乐,谁谓古乐不可尽识哉?盖乐有雅郑而无古今,雅为古而郑即为今。今人专以词曲入乐,故声多淫靡而无醇雅之音,无怪其不能及古也。子舆氏云:"今之乐犹古之乐。生今之世,岂能常习古乐而使之不变欤?"

十四日(7月29日) 阅邸抄。

劳崇光奏由蜀彭水入黔,甫抵绥阳,适遇石逆余党万人窜至。崇光驰扼旺草汛,号召乡团分投部勒,连日持战,先后获胜,又飞调总兵沈宏富驰至会剿。四月初八日,官军民练分道并进,贼势披靡,由山径小路遁窜。官军追杀,毙贼甚多,现由合面山遁往南平一带去。

十五日(7月30日) 阅邸抄。

曾国藩奏水陆各军会克江浦、浦口二城及九洑洲诸隘情形。官军自攻克巢、含、和三城及雨花台石城后,群贼大骇。又以上海官军既克昆、新,进图苏郡,贼众仓皇失措,纷纷南渡,天长、六合、来安诸县次第解围,浦口之贼弃城逃遁。五月初九日,鲍超诸军会合水师各营进次江浦,贼已闻风宵遁,遂将江浦、浦口二城一并收复。官军沿江抄过贼前,贼窜并九洑洲,复被舟师截江围击,贼不得渡,争伏芦苇中,溺死者骈积。十三日,丁泗滨、喻俊明诸人分路先攻南岸要隘,飞驰而下,纵火焚烧,贼船数百一时俱烬,立平下关、草鞋硖八贼垒,复于次日分兵袭破燕子矶而还。十五日,刘连捷等水陆各军环攻九洑洲,贼殊死战。官军于初更时乘月色昏暗,移船逼近贼垒。会西南风大作,众军以火箭攒射,立焚贼船数只,风引火猛,洲上贼卡齐燃。官军跃过重濠,肉薄齐登,聚歼丑类,无一脱者。九洑洲为大江关键,与金陵互相犄角。此次官军既破其隘,金陵孤立,当易克复。惟须设计截其苏、杭粮道,并截其援应,则亦不难奏肤功矣。

十六日(7月31日)　闻直督为贼诱败。

练匪宋锦诗去岁自陕叛归临清,筑砦负固濠墙三重,先用炮自击,以不崩为度,直、东两省官兵不敢进剿。直督刘长佑久防威县,锦诗遣使伪降,诱其入砦受降。刘公不知其诈,于本月初三日亲临其砦。贼伏猝起,刘急出遁,幸其亲军死力救护得脱,然死者已不下三千余人,亦可危也。此得诸车夫逃回传言,尚未奉有明文,果属真情,则大帅威名亦顿减矣。

十七日(8月1日)　听陈芸史话豢龙叟。

芸史,粤西柳州人,言其乡有计翁者,生二子,以渔为业。翁一日于水际获小卵,归以鸡雏之,生小蛇,因饲以盆。日渐长,则易益,年余,大如柱,乃置池中,后渐成巨蟒,甚有灵性,能听翁言。翁日饵之豕血等物,呼为三子。会翁他出,邻舍小儿衣红衣戏池上,蛇误识为血,遂吞之。邻人讼翁于官,以为蓄妖为害。官亲勘验,蛇突立,池水皆蠢若涛。官曰:"汝误杀人,当受罚。"蛇乃掉尾于案,官截其尾而去。后翁死，蛇亦腾去。诸子葬翁，蛇尚来临，盘旋空际，久而后下。诸子即其地葬翁，已乃飞去。其旧池至今水不涸，邑人指为灵异。后翁元孙有为宰者，祷雨不应，乃哭诉前蛇。须臾大雨，见云雾中神龙现尾，其末尚秃，斩然若截云。事载《邑志》，当不虚也。

十八日(8月2日) 编《唐诗纬》。

三百篇后，凡谈诗者，莫不曰风、雅、颂云亡，殊不知风、雅、颂固未尝亡，而人自不识风、雅、颂为何如体耳。人皆以四言为风、雅，为颂体，至五言则谓之汉魏六朝体，七言则谓之唐体，岂知五七言中皆有风、雅、颂也。其格虽变，义未尝殊。后人自外其诗于风、雅、颂外，故风、雅、颂不得不亡。人自昧而亡之，非诗过也。苟分辑而类观之，则风、雅、颂固在人间，特世有升降，诗亦因之，斯不能无古今之异云尔。

十九日(8月3日) 编《唐诗纬》。

唐诗风体甚多，颂极少。盖其时竞尚风华，而国家又无大功德可述，故诗人略而不言。世所传者，惟香山《七德舞》诸篇，亦非用于郊庙者。是风雅未亡，而颂声或辍。噫！可以观世道矣。

二十日(8月4日) 阅邸抄。

骆秉章奏生擒逆首石达开，并剿灭发逆巨股情形。逆首伪翼王石达开纠众十余万，由湖北、贵州诸境屡犯蜀界，均为官兵截堵，迄不得逞，复分股旁窜，牵缀大兵，而自率大队由云南之米粮坝窜渡金江。经总兵唐友耕、知府葬步钟调集汉土各兵，分扎沿途要隘，四面兜截。三月廿七至四月初四等日，贼众屡次抢渡，均被我军大炮轰退，贼遂图扑松林小河，以冀直趋天全，迭经上千户王应先扼河力战。十二三等日，都司庆吉、土司岑承恩率兵夜劫贼营，毙匪无数，遂踞马鞍山，绝贼粮道。葬步钟亦派兵过河。石逆自知陷入绝地，倾巢而出，扑大小两河。唐友耕督兵迎剿，击沉登筏诸贼。廿三日，石逆亲拥大众分扑官军。谢国泰及杨应刚诸人由松林、小河、马鞍山两路齐进，直扑此小竹地，袭毁贼巢，贼众大败。石逆率余党奔至老鸦，复为土兵截杀，进退无路，遂为我军擒获，械送省垣，极刑处死。并于起解该逆之夜，将其余党二千余人以火箭为号，同时围杀净尽，此股发逆遂灭。石逆自杀，韦昌辉不为洪逆所容，出窜豫章，远犯宝庆，归伏粤西，其势已穷。而前岁出犯辰、沅，又复深入黔、蜀，如鼠斗角中，不亡何待？兵家以地利为主，尤以人和为要。石逆皆两失之，故为我兵所擒，此亦天夺其魄，使之梦梦，以速其死耳。

　　廿一日(8月5日)　编《唐诗纬》。

　　余前夜将寝，甫灭烛而月影映窗甚明，因得句云"吹灯月在窗"，尚未足成。今编诗至吴融，已先有此句，始知情景至逼真时，古人无有不先得我心者。前舟泊归州，风吹夜浪，打舟成声，因有"风吹夜浪打船声"之句，后见香山亦有"逆风吹浪打船声"语。少时又有"笛远牛穿溆树去"句，蒋心余亦有"芳溪笛转树穿牛"之句。无心今古，往往如是。然余二语实胜过白、蒋两公，盖语较自然无迹也。亡友杨君春麓固尝称之如此。

　　廿二日(8月6日)　编《唐诗纬》。

　　诗至大历，优柔平中顺成，和动音谐极矣，其右军之初写《兰亭》时乎？前乎此者，王、杨诸公专唱宫商大调；后乎此者，温、李之辈渐启筝笛遗音；韩、杜则多嘶杀激越，韦、柳未免味淡声希，皆非中正和平之作。唯李青莲如云霓奏响，洞庭张乐，非复人间所闻，可谓天风吹下步虚声也，二千余年并无嗣响，此岂可以人力强为之哉！

　　廿三日(8月7日)　编《唐诗纬》。

　　唐末皮、陆二家，清越奇峭，工力悉敌，唱和极多，往往酬至百韵，可谓昌黎后劲。其法门虽未广备，而在当时则已撑住一时，开宋诸大家之先。后世选本皆弃长而取其短，以配唐末纤弱之作，反谓世无杰才，岂定论欤？余于二家多收其大篇杰作，以挽颓风，庶天随、鹿门之真面目，不致埋没人间也。

　　廿四日(8月8日)　书屏幅致陈东屏。

　　东屏供职铨部，故余谒选诸事，皆赖其力。至今未有以报，因书数屏,聊以将意。余书虽未能优入古人之室,然颇自具面目,非徒规仿涂摹者比。奔走四方,未克加工,故悠悠无名。近时号善书者首称何君子贞,尝见余书,亦不能谓高出吾上,则其他亦可想已。

廿五日(8月9日)　阅邸抄。

李鸿章奏会剿江阴、无锡援贼获胜情形。官军自克杨舍汛,进扎常熟之王庄,伪章王、护王、普王、潮王、侍王五逆图援江阴,窥窜常熟,自江阴界之顾山至无锡城外,连亘数十里。江阴另股于五月十四五日围扑杨舍,为我兵击败。伪忠王复渡江回援,将合五逆之众分路来犯。廿一日,我军进抵陈市迎击,贼势大败,连破其垒共百余座,生擒酋首十余人,顾山以西,一律肃清。此次战功,多叙其弟鹤章之劳,盖又将荐引其昆弟,以与曾、李二家比盛争烈也。

廿六日(8月10日)　阅邸抄。

恩麟奏盐关镇剿匪获胜情形:"本年正月间,回匪阑入西和县之盐关镇,并分股窜扰罗家堡,均为我军所挫。四月间,贼复在附近龙池湾焚掠,道员林之望督兵出堡夹攻,贼势败退,纷纷窜回盐关,据奏请奖。是日,沈葆桢亦奏饶州官军连获胜仗,诸将弁俱叙功有差。副将喻可宗、游击艾子德同时阵亡。"

廿七日(8月11日)　编《唐诗纬》。

诗品中惟闲适一境最为难得。盖闲或近于寂静,或过于散逸,皆非适也。否则闲中反多愁感之音,凄凉之态,尤不可以言适。太白过于飘逸,鹿门多近清远,柳州幽峭,苏州平实,非过即不及。渊明后,惟王右丞独得其真,故其诗淡淡说来,皆有闲适意趣。余编《小雅》,汇取此种,别为一门,首列右丞数诗,以后即不能继,勉强搜录数家,于闲则有之,于适则未也。可见太羹元酒,人不乐尝,实亦不易得尝,岂独不尝者过哉。

廿八日(8月12日)　编《唐诗纬》。

乐天诗非不闲中有味,然其辞多叹老伤时之意,本多愁肠,故作排遣,虽极意求闲,反不能闲。老杜则愁苦颠连,愈难自堪,忧郁不暇,何能排解?赞皇出将入相三十余年,所置平泉别墅未尝寓目,勉作《忆山居》诸诗,皆属违心,又安望其有闲适意哉?

廿九日(8 月 13 日)　编《唐诗纬》。

诗有慈悲主白乐天,是以其词多讽谕,恒欲化人为善耳。诗有豪侠客,刘叉其人是也。观其杀人亡命,及议论与韩门诸人不合,遂取退之银而去。又作诗劝姚合及《勿执古寄韩潮州》诸诗,皆有卓识。退之且不满其意,况他人哉!此真豪侠士,非徒作激壮词,故为英雄者比也。

心烈日记卷之二

鸿蒙室主人笔识

七月初一日（8 月 14 日） 阅邸抄。

上谕："曾国藩奏寿州被陷，请将州牧优恤，并自请严议等语。逆练苗沛霖复叛以后，率党围攻寿州，该州知州毛维翼登陴固守，经曾国藩檄调蒋凝学等前往救援，虽迭次攻毁贼垒，仍因兵力未厚，不能即解城围。毛维翼苦守待援七十余日，食尽力穷，外委邱维城于六月初四日举城献贼，毛维翼力战殉难，亮节孤忠，殊堪悯惜。毛维翼着追赠道衔，即照道员阵亡例，交部从优议恤，并于原籍及死事地方建立专祠，以彰忠荩。所有救援不力之布政使衔甘肃安肃道蒋凝学，着革去布政使衔。记名提督成大吉，着撤销勇号，以参将降补，均着仍留军营带队，以观后效。曾国藩兼辖皖省，派队赴援，未能得手，以致州城失陷，本有应得之咎，惟念其督师江、皖，正当攻剿发逆吃紧，其力不敷分布，其自请严议之处，着加恩改为交部议处。唐训方身任皖抚，亦难辞咎，着一并交部议处。通贼外委邱维城，着曾国藩、唐训方迅即查拿，明正典刑，以肃法纪。余着照所议办理。钦此。"

蒋凝学奸猾取巧，唐训方庸懦无能，乌能共剿大逆？成大吉虽小有勇名，究一武夫，尤难独当一面。他日淮南误事，必此数人也。

初二日（8 月 15 日） 编《唐诗纬》。

李、杜在唐实为变体，故唐人选唐诗均不收李、杜二家。盖二家诗旨，一主复古，一主变古，其外貌多与时贤不合，是以当时不以为正声而收之也。殊知天下事不变则不通，不通则不久。使李、杜不善变，仅与时人同其调，又安能继往开来，为古今诗学二大宗哉？明人泥古，不识变通，故有优孟之消。学者能知李、杜复古而不泥乎古，变古而不戾乎古之义，则于诗学思过半矣。

初三日（8 月 16 日） 编《唐诗纬》。

李、杜之诗，可谓奇矣。至任华、卢仝则尤奇，李贺则更奇。数子虽非正声，要皆从李、杜外各树一帜，盖拔赵帜以为汉帜耳。昌黎、山谷仅得杜之一体，近代张船山又偷玉川长爪之余技，俱能自领一队，以驰骋骚坛。是唐人诗体已穷形变相，无格不备，不待宋人始称善变唐音也。

初四日（8月17日） 编《唐诗纬》。

诗品自古及今，三百而外，以古诗十九首及阮嗣宗《咏怀》诸作为极高。继之者唯唐之子昂、曲江、太白三杰而已，后此无闻焉。明人及国初虽多仿汉魏，徒具形貌，否则反堕六朝绮靡之习，去古愈远矣。盖此体诗专以兴寄为主，使胸怀不高，兴致不远，识力不充，精神不到，皆不能包罗古今，囊括万有，使其奔走腕下，兴会飙举，或歌或哭，或讥或讽，或嘲或诟，其来无端，其去无迹，而自成一家言，以与古诗人争奇竞异也。余少年有《观物》五十二首，是又从此体外别变一格。盖瓯北启其端，余畅其说，亦为古今诗体所未有。阅者多不以为然，惟陆立夫先生深加赏识，以为确有所见，非影响谈。噫！作者难，识者亦不易也。

初五日（8月18日） 编《唐诗纬》。

诗外别有事在，诗乃足重。盖即此可以知人论世，非徒吟风弄月已也。余编《诗纬》，风、雅、颂体俱以人事分门，别而观之，各诗人自有面目；合而读之，众诗人悉见性情。人事既分，诗体亦变，音节自以类从。以为一代之诗也可，即以为一人之事也亦无不可。

初六日（8月19日） 阅邸抄。

僧格林沁奏攻克淄川县情形。逆目刘德培踞城戕官，负嵎肆恶，僧格林沁督兵进剿。六月廿二日，翼长金顺带兵乘夜攻城，把总郭靖督队先登，都司周隆廷亦由西北城攻进，贼众纷纷窜出，县城登时克复。贼党奔至大白山，为提督傅振邦马步队四面围攻，生擒逆首刘德培及其子刘申儿以下六百余名，分别凌迟正法。上念僧格林沁督军豫、皖以来，迭扫捻逆巨股，珍除逆首张乐行诸贼，屡奏战功。嗣后回师北路，围攻淄川踞匪，克坚城，擒诛首恶，洵属勋劳懋著。因念近日天气炎蒸，该大臣冒暑督师，运筹决胜，允宜优加赏赉，以奖勤劳。着赐荷包、翎管等物有差，且传谕该大臣为国贤劳，尤宜善自保爱，以隆委寄。其受宠赉褒慰若此。

初七日（8月20日）　阅邸抄。

毛鸿宾奏歼灭宝庆大股土匪情形："湖南宝庆土匪自进踞半山后，五月十八日窜至洋溪，窥伺新化县。适记名臬司赵焕联由益阳派总兵王永章、赵福元先后赶至郡城，逆仍退回半山，旋绕窜横阳山，王永章分路截击，歼杀殆尽。逆首伪一王唐洪山率党分窜黄皮岭、双江口一带，被参将王政坤跟踪追剿至星子坪，生擒唐洪山，余党窜逸。在事文武，均着保奏，勿许冒滥云。又保奏湖南在籍四品卿衔内阁中书郭昆焘，品行端方，通达时务，均蒙赏戴花翎，以示奖励。昆焘兄嵩焘亦赏三品顶戴，署理广东巡抚。"近日湖南之盛如此。骆秉章保荐左宗棠、刘蓉，今毛鸿宾保荐郭昆焘，若出一辙，可笑人也。

初八日（8月21日）　阅邸抄。

张之万奏攻克汝宁、方黄等寨情形："汝捻余党分踞方黄、大小张寨等处，知县裘宝芳会合绅团先后攻克，并将戕害总兵余际昌之首犯张振全擒戮。此股捻患略清。"

初九日（8月22日）　纪梦。

昨夜初寝，即梦朱肯堂师与余对坐暗室中，劝以攻苦时艺，明岁秋闱，可图一战。盖谓余选期尚缓也。余初坐师上，因以手携公上坐，两首误相触，公亦不之怪。更于公原坐处摸获毡巾一顶，遂寤。时漏方四下也。

初十日（8月23日）　作书致杨芋安。

春间闻芋安已接安丘篆，前月致书，至今未回，因拟遣价一行。余选期遥遥，在此多暇，拟将原著《神机智守战三略》细加斟酌，更缮一通，并以《中兴论》《廿四策》及《江淮筹备诸图》附入其中，汇为全集，进献朝廷，庶于时务有裨，亦以自别于当时之纷纷献策者。而两手空空,难为无米之炊,故将有所告于芊安也。

十一日(**8 月 24 日**)　阅邸抄。

多隆阿奏请优恤阵亡各员。援陕官军自攻克仓头镇回匪老巢后,移营分扎渭河南北两岸。六月十三日,贼匪渡河扑犯北岸赵既发、朱希广营垒,赵既发伏兵奋击,贼众惊窜,追杀过河,乘势移营进逼。突有悍贼马步万余直前来扑,朱希广、闵行庄、刘连冲入贼队,酣战多时。贼众四面兜围,众寡不敌,力竭,同时阵亡。赵既发率队往援,遇贼接仗,身受重伤,奋勇冲出,坚守营垒,贼不得逞。多隆阿派兵三路驰援,贼乃败退。既发受伤甚重,旋即殒命。上谕赐恤甚优。既发虽起自贼中,而年少奋勇,今竟废命,殊为可惜。多隆阿近颇骄满,所保诸员皆其狎昵小子,故诸将解体,俱各他适。唯既发一人尚属可靠,乃复败亡,则其军亦将不振矣。

十二日(**8 月 25 日**)　阅邸抄。

张之万奏张曜攻克张冈贼巢,擒获巨捻霍光玉,讯明正法,汝南一律肃清。其在事人员有知州李孟平,着免选本班,以知府分发省分尽先补用。孟平乃鹤人方伯仲弟,未晤数年,竟能成名,年少英俊,真未可量也。

十三日(**8 月 26 日**)　编《唐诗纬》。

论者谓宋人诗善变唐人面目,不知唐人已早自变,宋特得其绪余耳。少陵同时元结、任华,皆能以文为诗。昌黎同时又有刘叉、卢仝,唐末更得皮、陆二家,均宋人鼻祖也。数家在唐实为别调,宋人承之以矫唐末流弊,遂开一代生面。可见唐人格调无法不备,学者但分体而类观之,此中自有余师也。

十四日(**8 月 27 日**)　阅邸抄。

李鸿章奏:"六月十二日,官军攻克花泾港,十四日进击震泽,县守贼知势不敌,开城出降。震泽为江浙要卫,两省援贼必由之路,此县既克,贼势当渐弱矣。"瑛棨亦奏:"陕南官军攻克宝、斗二山贼垒,五月三十日由白洊峡进攻渔坝,贼众奔溃,向石泉县沿江下窜。"前数日,上谕以瑛棨仅能自守,一筹莫展,着革职回京,以刘蓉代为巡抚,办理陕西军务。天下督抚半属楚人,亦感极矣。张凯嵩亦奏:"贵县官军迭获胜仗,唯直隶屡为贼挫。"近数日天虽晴霁,而氛霾蔽空,日光黯淡,风亦凄寒,有似深秋,甚可异也。

十五日(8月28日)　阅《五代诗话》。

渔洋山人采辑众说以成此书,共十二卷。十余年始竟志,可谓勤矣。中载花蕊夫人宫词三十二首,颇艳丽,与王建宫词无异。余现编《唐诗纬》,将录以附王建之后,先载于此。词云:"五云楼阁凤城间,花木长新日月闲。三十六宫连内苑,太平天子住一作坐昆山。○会真广殿绕宫墙,楼阁相扶倚太阳。净瓮玉阶横水岸,御炉香气扑龙床。○龙池九曲远相通,杨柳丝牵两岸风。长似江南好春景,画船来去碧波中。○东内斜飞紫禁通,龙池凤苑夹城中。晓钟声断严妆罢,院院纱窗海日红。○殿名新立号重光,岛上亭台尽改张。但是一人行幸处,黄金阁子锁牙床。○安排诸院接行廊,水槛周回十里强。青锦地衣红绣毯,尽铺龙脑郁金香。○夹城门与内门通,朝罢巡游到苑中。每日日高祗候处,满堤红艳立春风。○厨船一作盘进食簇时新,侍宴无非列近臣。日午殿头宣索鲙,隔花催唤打鱼人。○立春日进内园花,红蕊轻轻嫩一作散浅霞。跪到玉阶犹带露,一时宣赐与宫娃。○三面宫城尽夹墙,苑中池水白茫茫。亦从狮子门前入,旋见亭台绕岸傍。○离宫别院绕宫城,金板轻敲合凤笙。夜夜月明花树底,傍池长有按歌声。○御制新翻曲子成,六宫才唱未知名。尽将箬簜来抄谱,先按君王玉笛声。○旋移红树研青苔,宣赐龙池再凿开。展得绿波宽似海,水心宫殿胜蓬莱。○太虚高阁凌波殿,背倚城墙面枕池。诸院各分娘子位,羊车到处不教知。○修仪承宠住龙池,扫地焚香日午时。等候大家来院里,看教鹦鹉念宫词。○才人出入每参随,笔砚将行绕曲池。能向彩笺书大字,忽防御制写新诗。○六宫官职总新除,宫女安排入画图。二十四司分六局。御前频见错相呼。○春风一面晓妆成,偷折花枝傍水行。却被内监遥觑见,故将红豆打

黄莺。○梨园弟子簇池头，小乐携来俟燕游。旋炙银笙先按拍，海棠
花下合梁州。○殿前排宴赏花开，宫女侵晨探几回。斜望苑门遥举
袖，传声宣唤近臣来。○小球场近曲池头，宣唤勋臣试打球。先向画
楼排御幄，管弦声动立浮油。○供奉头筹不敢争，上棚专唤近臣名。
内人酌酒才宣赐，马上齐呼万岁声。○殿前宫女总纤腰，初学乘骑怯
又娇。上得马来才欲走，几回抛鞚把鞍鞒。○自教宫娥学打球，玉鞍
初跨柳腰柔。上棚知是官家认，遍遍长赢第一筹。○翔鸾阁外夕阳
天，树影花香杳接连。望见内家来往处，水门斜过罨楼船。○内人追
逐采莲时，惊起沙鸥两岸飞。兰桨棹来齐拍水，并船相斗湿罗衣。
○新秋女伴各相逢，罨画船飞到浦中。旋折荷花伴歌舞，夕阳斜照满
衣红。○月头支给买花钱，满殿宫人尽十千。遇着唱名多不应，含羞
急过御床前。○少年相逐采莲回，罗帽罗衫巧制裁。每到岸头齐拍
水，竞提纤手出船来。○早春杨柳引长条，倚岸缘堤一面高。称与画
船牵锦缆，暖风搓出绿丝条。○婕妤生长帝王家，常近龙颜逐翠华。
杨柳岸长春日暮，傍池行困倚桃花。○寒食清明小殿旁，彩楼双夹斗
鸡坊。内人对御分明看，先赌红罗被十床。"

　　按：《铁围山丛谈》云："《宫词》百首，别本有全载者。花蕊又别有
逸诗六十六篇。"

十六日(8月29日)　编《唐诗纬》成。

《小雅》三十八门，曰述怀、励志、闲适、景物、游瞩、宴集、赠答、呈
献、旌扬、劝勖、寻访、游艺、技能、馈遗、器用、咏史、送别、涉远、羁旅、
寄怀、登临、凭吊、放歌、迁谪、退休、灾变、乱离、军戎、边塞、灵迹、异
景、感事、伤怀、叙述、遣呵、谒祭、哀挽、隐逸共二十卷。自述怀至咏
史，中间皆士大夫往来赠答、游宴欢娱之辞，为正小雅。自送别至隐
逸，皆时事变迁、人生愁苦之状，故为变小雅。又成《大雅》二卷，亦分
十二门，曰朝会、庙陵、德瑞、勋烈、封拜、燕飨、赍赐、侍直、游幸、巡
狩、扈跸、使命。巡狩前半以上，朝政清明，天下承平，为正大雅。巡
狩下半以后，正变参半，亦时世为之也。唐一代诗各体咸备，独无颂

诗,仅以白居易《七德舞》一章附于《大雅》之末,聊备其体。行当广为
搜罗,以成全书。

十七日(8月30日) 接陈东屏来缄。

略云近有差官由滇来京,据云近日滇垣略已平静。当其初乱时,
回匪沿户搜掳,尽室一空,有如水洗,毫无余剩。士大夫有自尽者,亦
有阖门殉难者。黄矩卿侍郎亦已殉节,不知自尽,抑或被害,尚未言
明。此公奉命办团,毫无处置,任其私亲施应贵等作弊循私,任性妄
为,以致滇难至于此极,不可救药。今始自亡,盖已迟矣。

十八日(8月31日) 再检《诗纬》。

风、雅、颂三体共七十二门,分编二十八卷。卷以象经星二十八
宿,门以象月令七十二候,合之则一百成数。是风、雅、颂如日星之在
天,而人事如时序之流行也。人事非歌咏不显,歌咏非人事不真,两
者相需,而后可以传行久。学者当于此三致意焉。

十九日(9月1日) 阅《五代诗话》。

内载《诗话总龟》一条云:"贾魏公尹京日,忽有人来展刺谒曰:
'前江南国主李煜。'相见,则一清瘦道士尔。公曰:'太师已物故,何
得及此?'曰:'某幼探释氏未达,误有所见,今为狮子国王,偶思钟山
而来。'怀中取一诗授公曰:'异国非所志,烦劳殊清闲。惊涛千万里,
无乃见钟山。'公读之,随身灰灭。"既曰道士,又探释氏,死后仍为国
主,此真未达也。夫李煜一生为情所累如此。

二十日(9月2日) 作书致宪之及王公亮。

李健庵新成进士,签分工部,来署筹资。久不得李宪之信,因托
其代询踪迹,或出关,或回籍,心殊念念耳。又王公亮在滇遭变以来,
未知其存亡若何,故亦屡致问焉。

廿一日(9月3日) 读《易》。

宣圣遗书,大都述而不作,故《诗》《书》皆删辑古人之作,《春秋》
则就鲁史以笔削之,《大学》述自曾子,《中庸》阐于子思,《论语》《孝
经》又皆门弟子记述之言,则宣圣亲笔,其唯《易》之十翼乎?性与天

道，子不易言，其所言者，亦唯《易》之十翼乎？故欲观圣言、求圣心，莫若读《易》之十翼矣。昌黎《原道》、尧夫《观物》、濂溪《太极》、横渠《西铭》，皆得力于《系辞》上下传，扬子云则得力于象、彖诸辞，均能横绝千古，高挹群言，为众说所不及。可知读书探原宜远，临文下笔自超也。程、朱二家之学，多得力于《学》《庸》《论语》，故说理虽切实，而行气不空，运笔不浑，以较昌黎诸子，撑乎后矣。苏氏父子又专学《孟子》，议论却极纵横，而事理无乃或即于偏乎？渊源相承，每况愈下，不可不知也。

廿二日(9月4日)　作《诗纬例言》。

《诗纬》既成，先作例言，凡三十条，共五千余字。辨别体例，兼论诸家，亦略详尽。以字数太多，别载《文集》及弁简端，兹不多赘。

廿三日(9月5日)　再检《诗纬》。

昔文中子辑汉魏以来诗，继三百篇后，朱子诮以为妄，以后贤拟先圣，诚为僭妄。然汉魏历朝以来诗，自成其为汉魏历朝诗也。使夫子生当汉魏历朝后，则所编诗非汉魏历朝以后诗而何？文中子编而存之，奚嫌其为妄耶？愚是编出，难保其无文中子之诮，而亦不暇顾也。天下事理，唯求其是，知我罪我，何存心哉！

廿四日(9月6日)　作《唐诗纬序》。

序曰："诗何始乎？曰始乎乐。乐何始乎？曰始乎声。声何始乎？曰始乎风。然则风也者，固先乎声与乐与诗而发其音者也。鸿蒙初开，阴阳相荡而生风，风水相遭而成文。凡天地间有文有声者，靡不随风而成。故风之行也，始则飕飕乎优柔平顺，婉而善入；继则瀄瀄乎发扬蹈厉，一往而无前；终则潈潈乎声满天地而无所溢。于是圣人象声以作乐，而五音之辨精；按乐以奏诗，而六义之歌起。声诗之起自闺门里巷者，男女相感，其情最先，故为风始，而命之曰风。声诗之作于贤士大夫者，道义相需，其言尤雅，故继风后而命之曰雅。声诗之谱于朝廷郊庙者，功德益彰，其语含宏端重，故后诸大雅而显之曰颂。是风、雅、颂之体自存于两间，而无时或息。未有歌诗以前，风、雅、颂虚悬而无着；既有歌诗以后，风、雅、颂随遇而成声。圣人删诗，审音定乐，因乐附诗，故曰雅、颂各得其所，亦顺乎声之自然，以别乎诗之体例，而自成为乐之初终，非有意强为于其间也。自三百云亡，五言肇兴，降至有唐，诗体尤繁。作者既忘其本，阅者罔以类从，不禁群起而相和，曰风雅道衰，颂声不作。呜乎！岂真风雅颂之或亡乎？亦采风者未辨乎风雅颂之肇始，为何如事而作；乐者亦未明乎风雅颂之效用，为何等功听。其或存或亡，若隐若跃，而不能以自显，无怪乎风雅颂亡，更数千百年而未有一言以辨之也。愚读诗至此，窃滋惑焉，用是往复含咏，心通化始，见夫唐人短篇《子夜歌》《江南曲》等诗含情绵邈，发韵悠扬，是亦风诗之《关雎》《卷耳》洋洋盈耳者也；又见夫唐人长歌《梁父吟》《洗兵马》诸诗怀兴不浅，纪事攸关，是亦雅音之《鹿鸣》《文王》规模宏大者也；更见夫唐人乐府《七德舞》《平淮雅》诸诗歌功靡间，颂德弗衰，是又三颂之《清庙》《閟宫》朱弦而疏越，一唱而三叹者也。谁谓风雅不作，颂声云亡，更数千百年而无一人以定之哉？爰就《全唐诗录》，参以他本，删繁就简，比类分编，命名《诗纬》。将以上纬葩经，成一家言，使风、雅、颂之体不绝于简编，风、雅、颂之旨大明于人心。而学诗者既可由风以入雅，由雅以登颂，亦不至称颂或遗乎雅，尚雅或遗乎风，风、雅、颂并行而不相悖，风、雅、颂实相得而弥彰也。呜乎！诗旨大明，诗教勃兴，圣人复起，亦将不易吾言矣。是为叙。"

廿五日（9月7日） 与丁醇庵夜话。

人之所赖以不敢越礼犯上，循循规矩中而成为君子之俦者，以心中有所忌惮也。使心无忌惮，则何事不可为？臣弑其君，子弑其父，妻弑其夫，均视为常然而无所底止，况越礼犯上为耶？仲尼曰："君子中庸。"又曰："小人而无忌惮也。"无忌惮则近于禽兽，不可与同群。如遇此等禽兽，则亦远之避之，而勿与争而已矣。彼以禽兽自居，不知伦常高卑，我宁肯与禽兽争伦常高卑哉？前任大城令张君瀛舫蓄鹿二，甚驯，颇知人性，见衣冠者，则依依若有亲恋意；见孩童与卑贱者,则以角抵触,或蹄或啮。可见禽兽亦尚知有高卑长幼,而人顾不禽兽若也,何哉?

廿六日(9月8日)　阅邸抄。

张亮基奏筹办贵州下游军务,并克复古州、下江等城情形。本年二月,古州、下江两城被苗教各匪袭陷后,旋经防黔楚军及本地练勇会同收复。其下游各股匪扰及三江桥等处,道员赵国澍等力战阵亡,贼遂窜至龙里县属之旧县汛。张亮基调派总兵赵德昌督兵驰剿,立将三江桥窜匪击退,石阡、铜仁等府办匪亦有斩擒,所有阵亡各员请恤有差。其贼退何处,亦未言明。诸路虽有斩擒,而贼未灭,亦何益哉。云南巡抚贾洪诏已简放数月,今始见其启行奏刊关防折,未审何日方到滇也。

廿七日(9月9日)　阅邸抄。

本月十九日奉上谕:"前因中外诸臣交章奏参胜保贪污欺罔各款迹,当经降旨将胜保革职拿问,交刑部治罪。嗣经刑部奏称,胜保押解到部,复派议政王、军机大臣、大学士会同刑部审讯。节经王大臣等将胜保亲供呈览,于被参各款特无质证,一味狡展,而于携带姬妾赴营一节,则业已承认不讳。本日复据王大臣等陈奏胜保所递亲供及诉呈各一纸,更堪诧异。胜保于督兵入陕之初,人言啧啧,朝廷不惜谆切训诫,至再至三,原期其力洗前愆,立功赎罪。乃入陕以后,仍敢肆无忌惮,怙恶不悛,即其所自认携带姬妾赴营一节,已属大干例禁,谕旨谆谆训诫之谓何,竟敢视若弁髦,欺罔朝廷至于此极!苗沛霖性情阴鸷,曾谕胜保察其就抚是否可靠。胜保极口保其无他,并乞恩施,且擅调其练众入陕。迨谕旨不准,犹敢屡次抗辨。今苗沛霖已戕官据城,肆行背叛。宋景诗以反覆降匪,经胜保代为捏报战功,保至参将,后又在陕拥众东归,亦已背叛。是今日苗、宋二逆之糜饷劳师,皆胜保之养痈贻患所致,而胜保之党护苗、宋二逆,不得谓无挟制朝廷之心。至其余被参各款,前经僧格林沁覆奏,曾派员查访,并咨询地方,所称情形,大略相同。胜保任性妄为,即此已可概见等语。

是胜保之贪污欺罔,实天下所共知,岂能凭其自行回护之词,信为竟无其事。据胜保本日所递诉呈内,博引律例,妄欲将原参各员治以诬告之罪,尤属饰词,非是胆大妄为。核其种种情罪,即立正刑诛,亦属咎所应得。姑念其从前剿办发捻有年,尚有战功呈录,胜保着从宽赐令自尽,即派周祖培、绵森前往监视。所有案内牵涉人犯,即着刑部分别提审,讯明奏结,以清积牍。钦此。"

按:胜保骄纵不法,罪应赐死,而朝廷治之过急,以致苗、宋二逆拥众遽叛。胜保已不能无词,今更以此实其罪,恐其心未能服也。老吏断狱,要如生铁铸鼎,精审不移,乃为无罅可辨,又何必指此一端以受之隙乎?李世忠前曾力保胜保,亦未蒙旨允,恐此后亦不能无滋其疑也。

廿八日(9月10日) 阅邸抄。

前任漕运总督袁甲三以疾殁于本籍团练防所,上谕优恤甚至。甲三授钦差大臣,驻军临淮,擒灭张洛巨捻,克复凤阳城后,军多不振。去岁力请予告回籍。兹值苗逆再叛,复办团防,遂以疾终。其在军虽无甚大功,而为台臣实有风骨,故亦当今大臣中之矫矫者。六月朔,星陨辰巽间,其此应欤?未可知也。

廿九日(9月11日) 接李宪之来函。

久未得宪之信,今接来函,始知前信为洪乔所厄,余几误为疑也。宪之拟乞假回籍,明秋再来京供职,并寄朱卷一本,略云所谓出其余技,遂使小子成名。回忆仿潜斋午夜论文,受益良多。又云渊源有自,何日忘之。盖戊午、己未,余寓君宅,相与论文,宪之虽聪明,而时艺初未如法,余因细为指论,文遂大进。故今日成名,随在俱不相忘。此虽余待友以诚,抑君能虚以受益者也。

三十日(9月12日) 阅《四库全书简明目录》。

《四库全书》既有提要,复有简明目录,尤便察览。虽云《全书》,然所遗者尚多。当时亦只就中秘所有及外间采进者录之,其无人代呈者,则遗之而已矣。可见我朝文物之盛,虽圣天子在上,亦不能兼收并蓄,况弃而弗顾之也哉!《目》中有余急欲观其书者,摘录于左,以便采访：

《易数钩隐图》三卷，附《遗论九事》一卷。宋刘牧撰。其说出于陈抟与邵子先天之学，异派同源；惟以九数为河图，十数为洛书，与邵子异。宋人易数以此书为首。其《遗论九事》皆奇偶阴阳之说，先儒之所未言者也。

《周易注》十卷。魏王弼注。其"系辞"以下，则韩康伯注也。汉氏易学皆明象数，至弼始黜象数而言义理，足以纠谶纬之失，而语涉老、庄，亦开后来元虚之渐。

《周易集解》十七卷。唐李鼎祚撰。凡采《子夏易传》以下三十五家之说。鼎祚自序称："刊辅嗣之野文，补康成之逸象。"发明汉学者也。辅嗣，王弼字。

《横渠易说》二卷。文颇简略，犹有先儒笃实之遗。

《东坡易传》九卷。大体近于王弼。朱子尝摘驳其中十九条，然不害其全书也。

《易传》四卷。宋程颐撰，其门人杨时校正。经文用王弼之本，惟解上下经、彖、象及文言亦与弼同。大旨黜数而崇理。

《易学辨惑》一卷。宋邵伯温撰。以同时郑夬诡称得邵子之传，所作说《易》诸书，支离破碎，多乖经义，因作此书以辨其诬。

《了翁易说》一卷。宋陈瓘撰。瓘之学出于邵氏，又常质于刘安世，故其说理数兼推。陈振孙《书录解题》颇病其词旨深晦，晁公武则称其数云。

《吴园易解》九卷。宋张根撰。不主汉儒象数，亦不主宋代河洛，诠释颇为简切。

《易小传》六卷。宋沈该撰。其书以正体发爻象之旨，以变体拟议变动之意。其占则全用《左传》所载筮例，在南宋尚存占法。

《汉上易集传》十一卷，《卦图》三卷，《丛说》一卷。宋朱震撰。其书以数为宗，阐陈、邵河洛先天之学，而兼采汉以来卦变、互体、伏卦、反卦诸说，颇为芜杂。然得失互陈，存之亦可资参考。

《周易经传集解》三十六卷。宋林栗撰。每卦必兼言互体、约象、覆卦。尝与朱子论太极、两仪、四象、八卦不合,至于互劾。故讲学家最恶其书,几于不传。然易道广大,各明一义,不必定执门户之见也。

《周易古占法》一卷,《古周易章句外编》一卷。宋程迥撰。前卷论占法,后卷杂说易义及占验。其说用邵子加一倍法,据《系辞》说卦,发明其义,用逆数以尚往知来。

《南轩易说》三卷。宋张栻撰。上下经全佚,惟存系辞。然《系辞传》托始于"天一地二"一章,亦非完本。盖元人刊本,以程子《易传》阙系辞,割栻书补之,后又佚其前半也。

《易说》四卷。宋赵善誉撰。推画卦命名之意,以贯通六爻之旨。于诸卦取义相似者,多参互以尽其变。

《古周易》一卷。宋吕祖谦编。自王弼以后,《周易》皆以传附经。吕大防以下诸家互有考定,而小有异同。祖谦乃以上下经、十翼各为一篇,复古本之旧。朱子《本义》即用此本也。

《易裨传》二卷。宋林至撰。上卷三篇,一曰法象,一曰极数,一曰观变。下卷题曰外篇,论反对、相生、世应、互体、纳甲、变爻、动爻、卦气八事。

《易学启蒙小传》一卷,附《古经传》一卷。宋税与权撰。朱子作《易学启蒙》,多发明邵子《先天图》义,至于后天之易,则以为不得文王所以安排之意。与权研求邵子之说,知易有不易之八卦为干,有互易之五十六卦为用,反覆观之,上、下经皆十八卦,羲、文之易似异而同。因作此书,以补朱子之遗。

《三易备遗》十卷。宋朱元昇撰。首为《河图洛书》一卷,祖刘牧之说。次《连山》三卷,以卦位配夏时之节气。次《归藏》三卷,以干支纳音配卦爻。次《周易》三卷,皆发反对互体之旨。

《周易象义》十六卷。宋丁易东撰。因象以明义,故曰"象义"。其取义之例十有二,大抵以李鼎祚、朱震为宗。

《易图通变》五卷,《易筮通变》三卷。宋雷思齐撰。其《易图通变》,以八卦配河图,天一至地八,而以五十为虚数,与先儒之说颇异。其《易筮通变》分五篇,亦多自出新意,盖奇偶相生,变化不穷,随意错综,无不可以成理也。

《读易私言》一卷。元许衡撰。论六爻之德位,大旨多发明《系辞传》同功异位、柔危刚胜之义。其谓各卦画之居六位者,吉凶悔吝,视乎其时,而归于正而得中。又象传当位、不当位、得中、行中之义也。

《大易缉说》十卷。元王申子撰。前二卷论数学,于陈、邵诸家之说,概斥其有误。其所取者,自河图洛书外,惟伏羲、文王、周公、孔子、周子五人,未免好为高论。然自三卷以下,诠释经文,仍以辞变象占、乘承比应为说,又未尝不平正切实。

《大易象数钩深图》三卷。元张理撰。其书皆即陈抟、邵子之说,推广成图,朱子所谓“易外别传”是也。

《学易记》九卷。元李简撰。仿李鼎祚《集解》、房审权《义海》之例,采《子夏易传》以下六十四家之说,亦间附以己意。诸家之书,今十不存一,其佚文惟赖此以存。

《周易图说》二卷。元钱义方撰。凡二十七图,大抵衍陈、邵之绪余。然如谓“系辞兼言河图洛书,乃言其理相通,非据洛书以作易”,又谓“陈抟因易而演图,非伏羲据图以画卦”,皆笃论也。

《周易爻变义蕴》四卷。元陈应润撰。大旨谓王弼所注乃老庄虚渺之谈,陈抟所图乃《参同契》炉火之术,均非易之本旨。又谓周子太极图别自一家之说,不可以释易,皆能不域于门户。所注惟六十四卦,其曰“爻变”,即衍《左传》“某卦之某卦”之古义。其谓一卦可变六十四卦,亦焦、京旧法也。

《像象管见》九卷。明钱一本撰。一本所著《象钞》六卷,推衍陈抟之学,支离缪辀,殊无可观。此书作于《象钞》之前,惟虽间有支蔓,而笃实近理者多。

《周易像象述》五卷。明吴桂森撰。乃踵其师钱一本《像象管见》

而作,故以"述"为名。首列"像象金针"一篇,标举大旨。卷中所注,皆一字一句推寻义理,颇有新意。

《易象正》十六卷。明黄道周撰。于每卦六爻,皆即之卦以观其变,盖即《左传》所载之古法。前列目次一卷,用汉人分爻直日之法,按文王卦序以推世运。后二卷以河图洛书自相乘除,推为三十五图,均易外之别传矣。按此书及《三易洞玑》,皆《皇极经世》之支流。《三易洞玑》全推衍于易外,故入之术数类。此及倪元璐《儿易》,有缪辖于易外者,犹有据经立义、发挥于易中者,且皆忠节之士,宜因人以重其书。故此二编仍著录于经部,非通例也。

《儿易内仪以》六卷,《儿易外仪》十五卷。明倪元璐撰。名"儿易"者,据元璐自序,盖取孩始之义。其《内仪以》专以大象释经,以六十四卦大象皆有"以"字,故以为名也。《外仪》分六目,六目又各分子目,皆以系辞中字义名篇,篇各有图,大抵忧时伤乱,借易以抒其意,不必尽为经义之所有。

《卦变考略》一卷。明董守谕撰。以朱子卦变图与《本义》自相矛盾,因考郎颛、京房、蜀才、虞翻诸家之说,推衍成图,以存古义。

《古周易订诂》十六卷。明何楷撰。前六卷以传附经,用王弼本。七卷以下则仍以十翼原文,存田、何之旧。

《田间易学》十二卷。国朝钱澄之撰。大旨谓先天、河洛皆因易而作图,用钱义方之说;谓图中奇偶乃揲蓍之法,非画卦之本,用陈应润之说。

《易学象数论》六卷。国朝黄宗羲撰。宗羲以易至焦、京而流为方术,至陈抟而歧入道家,九流百氏,罔弗依托,因作此以纠其失。前三卷论河图洛书、先天方位、纳甲、月建、卦气、卦变、互卦、筮法、占法,附以所作原象,为内篇;后三卷论太玄、乾凿度、元包、潜虚、洞极、洪范数、皇级数,以及六壬、太乙、遁甲,为外篇。

《周易象辞》二十一卷,附《寻门余论》二卷,《图书辨惑》一卷。国朝黄宗炎撰。宗炎力辟陈抟之学,故所解惟主义理,然根据经典,不涉空谈。《寻门余论》兼排释氏，未免蔓衍于易外，而其他持论多醇正。《图书辨惑》论先天图，与陈应润所言合；论太极图，与朱彝尊、毛奇龄所考合，亦皆明确也。

《易图明辨》十卷。国朝胡渭撰。其一卷辨河图洛书，二卷辨五行九宫，三卷辨参同契、先天图、太极图，四卷辨龙图、易数钩隐图，五卷辨启蒙图书，六卷、七卷辨先天古易，八卷辨后天之学，九卷辨卦变，十卷辨象数流弊，并引据经典，元元本本，于易学深为有功。

《周易洗心》九卷。国朝任启运撰。其说多发明图学，谓《论语》之五十学易，即指河图之五十，立论殊为新异。

《易汉学》八卷。国朝惠栋撰。考汉易宗派源流，掇拾绪论，以见大凡。孟长卿易二卷；虞仲翔易二卷；京君明易二卷，干宝附焉；郑康成易一卷；荀慈明易一卷。其末一卷，则栋发明汉易之理，以辨证河图洛书、先天太极之学。

泰山记

王思任

曾谓泰山不如林放乎？儿时问先生，遂结一碧瘩。十二岁从盱江还，驴上见峄山，是矣？非是，而瘩乃痛。既以姑执令两附辑圭，走充道，仅宿春耳，终不我即，去来鞅鞅，青未了也。丙辰之冬，岱入梦，意恶之。丁巳，左官齐幕，开府李公酉卿修年好，予还，亟觞之，谓泰山色且落子马首，幸以所得来。而直指毕公又申之以嘉命，今日无筮篿之愁，明日有顺风之纵，少伯才出石室，得夷光而入洞庭也，景日俱贺矣。

乃以六月念四日至博邑，寅鼓，饭家力，汰弱奖健，肩舆出登峰，至红门，改腰笋。看泰山易与耳，吾家秦望兄弟也，两记室朱储言将毋同。至一天门，甃石郁确。历斗母殿、高老桥，折涧潺潺，幽雌靡定。数里，为水帘洞，晴卷不下，而意可会也。又数里，为马棚崖，言崖可屋马也。又数里，为回马岭，蹄至此不可使为缘也。又数里，为黄岘岭，得名以色，此泰山转伏转起之腧也。撇来一峰，尝向人前雄诞,谓不让泰山,而至此羞涩称妇子。十步一休,五步一徊,苦甚而得快活三。此三里人气一松,谓之快活三也。对岸诸峰,赪纹苍点,披麻皴戟起。数折而憩玉皇阁,以为至矣。举首,天丝杳杳,犹然更衣亭也。两记室曰:"夥颐!泰山之高,沈沈者秦望到那许?"隐殷响中见红沫者,二天门乎?且摩蛟龙石,蜿蜒而游也。越数里,飞瀑砰下,高山流水,子牙鼓于此乎?御帐崖,宋跸之以是,秦人所蔽风雨也。何物墓傍松,奄奄一息,而犹忍大夫辱为?又数里,上朝阳洞,登振衣亭,望獥来畏怯逡巡,已甘臣仆下。所谓百丈崖、大小龙塔者,尽夹壁天穿,仙巢灵窟,铁结碨礧,止许五丁削一缝与人也。后人见前人履底,前人见后人顶,如画重累人,正其际耶?自十八盘以上,松益瘿瘦,树坚黑,苔绣或苍或白,路梯立,终无横,人岂特不舆,膝共颏两相支而已。距跃三百,舆人不我戒,级半回首,几吓废,而目与胆大怖。蓬蓬猎猎者即来破肉,生平雪三伏之仇,亦一快事。

自三天门内逶迤数里,如入小村,顶在股掌矣。予意先谒青帝,而道士第知有元君。考元君之始,黄帝封岱,遣七女云冠羽衣迎昆仑真人,元君其一也。而祠前载西牛国石氏之女,得曹仙指,入天空山为碧霞君,则又不知何据。金璧轮奂,灵爽赫然,而岳宫之圮,反有遗溲者。岂岳帝似土官,而元君为置吏耶?元君走四方如骛,岁投金钱数万计,士女香灯,丐啼呗诵,雷吼谷摇,有堕踏至死者。而是日仅来一二辈,得飨净游之福,甚恬之。日小午,雾蒸蒸起,道士以为顷刻海布,则又甚虞公羊氏之说。乃饭罢,天浣如碧,得礼青帝宫。右行而登玉皇殿,后有石壁廿丈,明皇《纪泰山铭》字俱掌大,八分古劲,当是仿韩择木笔。有桃花泉,题"雨余云海"。傍即苏颋《东封颂》,而林焊以"忠孝廉节"划盖之。焊家堂中物,强以诏泰山,此岂可令乃祖林放见耶?遇每一岩,字面赘字,何处不可,恶而共欲黥泰山为?亟去。看无字碑,丈许,滑玉若幕覆然,绝非此山物,不知何以鞭来?祖龙欲无字,今儒欲有字,蒲车菹秸,幸不为所坑耳,焚书有远识哉!乃上登封台,而泰山之极诣于此,呼吸通帝座矣。下视茫茫,野马也,纟因纟温也，有蠕引数湾，或明或动者，漆耶？泮耶？汶水耶？而猿蹲几下者，又猱来耶？如鼠拱，如龟伏者，梁父、长白诸山耶？七十二君之所封也，孔颜之所语也，曹谢李杜诸老之所羡咏也，此也。望后嶂一围，其左肩更矗，石黄蒨翠，染突而成，何当吴阊石田辈来此肩一屏去。以予所目，万雅飞至，青有三十余层，俱翼弱不前。前日济南华不注，一乳粽尔。若顶阁得付一炬，吾当盘礴仰空，以天为纸，濡墨北海，写一"大"字，此后投笔可矣矣。

而道士又为予言黄花洞幽绝也，则从丈人峰取径，抉荒耐怪，十五里不闻鸟声，蛇行而得亭焉。万松枝阁，望其下，黑翠氄氄。洞即天空山也，不甚广。迹元君拇指，饮其泉，两腋毛冷。人言泰山松，泰山实无松，但禀石气，多隐寿于此者胜尔。欲取桃峪尚远，还经回雁峰下，股不佞目矣，乃少卧署中。以日之西，莅五花冈，观周观，酌玉女泉，洌之。扪李斯篆念九字，"昧死请"凡两出，秦诣何栗也。然非天子不考文，岂得人诵泰山哉。即李斯一画，今人未曾梦见，而反芜之垣尻棘首，时官学不师古矣。左行而下为礼斗台、鲁班洞，搜剔无异。而白云洞凡几谻，杨侍郎书"雨天下"三字，差可人。乃上月观，指点州城，亩余方崿，而穹窿之岳宇，棋枰白杪而已。道士言某峰火焰，某凌汉，某神霄，某寨天胜刘盆子，俱返照中影旆，不大悉。

归路暝矣，沮寒入夜，尽集暑具守腹背，犹不支。起看檐头万星如斗欲滴，又如目睛动闭不等，月去宫鸥尺五也。相与爇松走日观，过汉武玉检碑，不见白云封起，但有奇鬼抟人。久之，黑中一带血融融然，俄而茁，逾两时而盛。人齿战击，尽保亭中。已辨字而山半寂无鸡喔，视下方漆昧，正人世寝酣时也。海气不清，煜煜金荡者，有物黯之，云耶？山耶？不可知。亦无赤丸可探，不如吾乡越峥早望，反得跳快。道士以为非秋不见，则日观此来，误寒多许人矣，吕叔简之解不道学也。从望海石，履仙人桥，窥舍身崖，有大人先生以《孝经》作法律，巨书于石。死之人愚而挺，劝之人古而迂，年年无禁者。何似神道设教，见梦于元君之易从乎？

乃别岳归，下南天门一瞬，顿不知吾何以上，舆股溜甚，以予身荡之，两手据竿，侥幸不振落耳。仍观石经峪，盘似虎丘，大有流趣。乃元人书佛经，一派活泉铺过，而明人遂刻《大学》一章以敌之，苦极此辈。至山麓，日已逾午，不及看汉柏，第回仰数十里，壁立万仞，又霭霭云气中也。

生中国，或不能见泰山，见泰山或不能游，游矣或不能尽，尽矣或不能两日之内毫无所蔽，无人而独领。吾乃知岳游有夙，畴昔之梦非妖也。

王思任曰：吾登月观，日落如车，有日之观；吾登日观，月挂如船，有月之观。虽不两得，亦未两失也。秦观入鸟，吴观无马，则断断兮矣，庶几周观之东乎？泰山，丑寅交代之地，是帝之所出震也。万物怒生，于此首建，元气磅礴，形即壮焉，宜其父昆仑而兄四岳也。人身七尺，眼仅寸余，所见者百里。而域泰山有丈目，即可以通万里。乃其躯四千丈，当如何视由旬耶？维天东柱，障大海，镇中原，钟贤圣，兴云物，润兆民，府神鬼，变化无方，奇不在一泉一石间也。此不可以游赏，而可以观。善观者，观其气而已矣。孔氏观之曰"浑然"，孟氏观之曰"浩然"，俯察厥理，各有所会。"登泰山"，孔氏意也；"小天下"，则孟氏意也。若予之意，止在泰山一片青也。今而后，予之腹其空洞矣夫！

孔林记

王思任

地自生孔孟，而邹鲁之乡遂馥。朋友之义，千里登堂，予于先生何分也，而可有过门之憾耶？则既登泰山以望其气矣，从山麓东行二百里至曲阜，石俱骨走。渡泗水，忽数千顷蓊翳嵚崟，至圣林耶？由辇路过洙水桥，有石人二，剑笏俨如，石麟虎四，华表二，肃拜享殿之下，观子贡所植楷，先为子思墓，左伯鱼，上则吾夫子之藏也。少昊氏虽墟于此，而奎娄之精，中和之脉，至仲尼而始会。泗水却流，黄玉提命，此事不可语痴人。第鸟巢荆棘，非有目者所章章乎？死生事大，圣贤更切于英雄，夫子常敬观人葬，即延陵坎子犹往观之。以此知向离食巽，环泗迎洙，人之葬圣人与？抑圣人之葬圣人也？吾见若堂者矣，而斩板封鬣，不取侈泰，尚夫子之志乎哉？右三楹，题"子贡庐墓处"，妄意泰山将颓，夫子独语之子贡，而他日多学多能，谆谆然欲点红炉之雪，必身后事命子贡襄之。圣人亦有密教，不可得而闻耳。林木皆远方弟子手植，至不可知名。而孔氏累累，环墙垣之外，三千年不异处，尧舜无此盛美也。辞墓登楼，观峄山一点，正案东南，而颜母尼山，启圣颜林，俱在顾盼间。

　　从鲁圭门入观阙里，鲁两生引，由毓粹门，经金声门，诣大成殿瞻拜。圣容以文宣王冕毓，钟鼎尊严。壁有行教像，颜子随后者，是顾恺之画；小影像，按几而坐者，是吴道子画。恨不见司马朴所藏辋川笔，别有一种文气道气也。殿之后，曰寝殿，曰圣迹殿。殿之前曰杏坛，二字党怀英书。至中门，左有夫子手植桧，文阳纽，枯而不朽。米元章赞，殊可读。徘徊奎文阁下，天风穆冷，古柏森然，碑自蔡中郎、陈思王以下，不可胜扪。左为家庙、诗礼堂，古槐瑰石，不知几何岁月。右为启圣殿、金丝堂，则鲁共王坏壁处也，仿佛有人謦咳云。乃从壁水出棂星门，而禽台矍圃，五父两观，值大火正酺，不能悉睹记。止从陋巷窥颜井，谒颜，规制礼乐，稍杀于夫子，而一箪夭人受此华报，斯亦好学之明效也。

　　次日，从稷门山，看郭外坦夷如楮。望舞雩台，过九龙山，忽忆李文正之句："一方烟火无庵观，三氏弦歌有子孙。"真能话曲阜县者矣。日午抵邹，谒孟庙，古柏蔽芾，乐正子配焉。东祠孟母，傍有小石像，是孟子跽而受教者，面稍肥，似带瘿气。庭前有元祐时所植四大槐。或曰孟母梦泰山神乘云至峄而堕，乃生孟子。由是观之，孔孟之秀皆泰岱所钟者也。不三百里之内，而数圣比肩，复绝今古。

　　予出胎以来，仰止梦寐，又以一日于役，得慰所私，虚往实归，其视皓首牖下，汩没尘中者，得失幸否，相去何似耶？时万历丁巳六月念八日，纪此志荣。若夫赞述诗歌，则既游圣人之门矣，以让能者。

心烈日记卷之三

鸿蒙室居士笔识

八月初一日（9 月 13 日） 阅邸抄。

多隆阿奏剿渭河两岸回匪获胜情形，据云踏毁贼垒多处，焚烧贼巢若干。毁垒有之，平巢恐尚未也。虽曰胜仗，实未复城，故知其巢不能遽平。多隆阿方损二将，恐军威不振，故张大其词以鼓军心耳。

初二日（9 月 14 日） 阅《红蕉吟馆诗存》。

秋槎诗以《扬州集》二卷为佳，其《春草》四律云："东皇送暖到三春，便觉离离绿意匀。雨过郊原初试马，月明庭院更无人。故宫花落莺声熟，小阁灯残客梦新。莫道池塘诗句好，天涯词调倍酸辛。○高高下下点晴光，便不销魂也断肠。古道尘沙消雨雪，暮村烟火返牛羊。六朝山色围残照，金如香痕见艳妆。绝爱江南好风景，杂花生树日初长。○轻寒轻暖散晴烟，点缀韵华又一年。卖酒帘招临水渡，踏春人语夕阳天。荒城雨后飞蝴蝶，青冢魂归感杜鹃。门外桃花墙外柳，谁家院落有秋千。○指点裙腰一道斜，寻芳旧记路三叉。春城恨别传乡信，闺梦关心到杏花。绿上河堤桥有絮，青摇帘影燕还家。丽人修禊须珍重，莫遣香轮损嫩芽。"词意缠绵，风神秀逸，和者虽多，均不能及，无怪其得名一时也。

初三日（9 月 15 日） 作书寄家毓之。

久不获宿松来信，不知碧、月、堂近况何如，心殊悬念，故裁笺转托石星渚比部代为远寄，亦聊以述吾近踪而已。

初四日（9 月 16 日） 与丁醇庵夜话。

报应之说，的确不爽。醇庵云："昔英夷犯浙，宁波失守，诸将悉退，所诛者仅余步云一人。其狱定于司员某，步云临刑，切齿痛恨。后某为山东巡抚，倏见步云索命，遂昏迷而亡。"醇庵族叔鞠溪司马为南路同知，亦盘获逃将博勒公武，械京正法。自此性行改常，以致于殁。近岁肃顺亦激成柏葰之狱，甫逾岁而肃顺仍伏诛西市。噫！何报之速，几以诸臣罪所应得，而仍相报不爽，则无辜而受冤者，更可知已。

初五日(9月17日)　阅《史通削繁》。

唐刘子元知几撰《史通》内外四十九篇，徐坚叹为凡史官宜置座右，而宋祁《史臣总论》谓其工诃古人。盖子元天性峭直，言词激峻，作者吹毛而索瘢，读者举一而废百。甚矣，持平之难也。河间纪文达公取其书逐加评骘，芟芜蔓而存精华，为《史通削繁》四卷，足为史家圭臬。涿州卢氏坤梓而行之。余前从王公亮处得阅崖略，今复细观其论文，精严固可为式，而苛论古人及自犯其弊者，亦复不免。其论项羽不当列本纪，陈涉不宜入世家，及三国吴、蜀均当列入世家，所谓知其一不知其二，知定例不知变例者也。夫史例创自马迁，岂有自为例而乃自破其例者哉？其纪项羽者，当诸侯共亡嬴政秦时，天下号令，政由羽出，虽自称霸王，其实则帝业也。即高祖且受其封，况他人乎？如此而不纪，羽将谁纪乎？至于陈涉，当天下苦秦苛政，曾无一人倡伐无道，而涉以一匹夫，经起阡陌之中，天下豪杰云从响应，遂以亡秦，虽非诸侯，其亦诸侯首也。史迁以列世家，具有特识，岂得与寻常诸侯区区世守其业者比哉？若三国魏虽篡汉，而未能混一，汉家子孙乃复继起偏安，讵得以正统属之于魏？朱子帝蜀，实千古定论。子元谓蜀当入世家，盖其见理尚未明耳。书中此类甚多，略摘数条于此，以见史学之难如此。子元《自叙篇》中又谓更始宜为立纪。夫更始虽称帝，考其事迹，以方项羽，大有悬殊。羽既不可立纪，更始又安可立纪乎？前后立论，自相矛盾。《探赜篇》中，亦知习凿齿《汉晋春秋》以魏为伪国者，为识邪正顺逆之理，而又谓蜀当降为世家者，何哉？特其论文深苛，故人称为精细，亦不为无功史学云。

初六日(9月18日)　阅邸抄。

上谕："前任兵部左侍郎黄琮，持躬端谨，自告养回籍，适值滇省军兴，数载以来，防守及劝捐银米事宜，尚能竭尽心力。兹于本年正月云南省城之变,遽以忧愤投缳,遗章披览,悯惜殊深。黄琮着照侍郎例赐恤,前任处分,悉予开复。应得恤典,该衙门察例具奏。钦此。"滇事之坏,琮有余辜,而朝廷尚优恤如是,深仁厚泽,为何如哉!同日曾国荃奏攻克金陵印子山贼垒多处,并陈管见,胪举贤才,多其近习之人。朝廷虽允其记名录用,亦有声名狼藉,不准调赴军营者。仰见大公权衡,非可私意妄欺云。河南学政亦举诸生数人,均蒙以本省教职用,不必更加考试,唯后不为例。

初七日(9月19日)　阅邸抄。

李鸿章奏吴江水陆各营击退大股援贼情形:"吴江县城于六月间收复后,逆匪复图窜扑。二十一日,苏州之贼窜逼夹浦口营盘,为我兵黑夜击退。平望贼复连扑同里,另股更冲吴江东门,水师分路堵剿,贼船复由北库驶出,阑入同里,俱经官军击却。廿九日,何安泰等督队进剿,沿途将枭腰桥等处贼垒攻破,追至平望始回。太湖一带贼卡亦经水师攻毁略尽。是役阵亡都司王新华及兵勇多名。"

初八日(9月20日)　阅邸抄。

张之万奏官军攻克卢庙贼圩情形:"捻匪盘踞亳州卢庙地方,意图出窜,经毛昶熙派令游击吕振河等督队进剿。七月十五日,官军衔枚疾进,众逆出寨抵御,为官军击毙多名。贼势不支,退入寨中。官军乘势由北门冲入,贼尽夺门逃窜,复经追杀,立将卢庙克复。"

初九日(9月21日)　阅邸抄。

初一日,沈葆桢奏都湖踞逆官军截剿获胜,遁出江境情形。皖南大股发逆上窜江境之湖口、都昌一带,势甚凶猛。经水陆各军分股截堵,迭挫贼氛,贼仍负嵎死拒。七月初一日,刘典、席宝田、顾云彩各军击贼于青山桥,屈蟠击贼于段家洲。贼数路并集,屈蟠纵横荡决,水师复以巨炮轰击,贼始退败。初三日夜,江忠义、李榕等军潜薄贼垒,乘势逾沟,贼尚坚踞上下彭不动。初四至初六等日,席宝田等督军夺隘纵火,贼始惊溃。追至谷口,适遇祐逆援贼抄出我军之后,都司夏基鸿等转战而前,贼不支,遂大溃。祐逆向建德遁去。都湖各隘踞贼悉亡,江境肃清。按:六月葆桢奏饶州诸军击贼,业已出境,兹未一月,而贼势乃蔓及都湖,可见前贼之出境,非出境,乃更绕道以入境耳;前贼之败退,非退败,乃舍此而更他适耳。今虽云贼退出境,不知贼势又更将何入也? 朝廷不于此等处核实定功,乃听其妄奏,胜即奖,败无罚,功罪不分,贼终难平。世事如此,曷胜浩叹!

初十日(9月22日) 阅邸抄。

僧格林沁奏攻克邹县教匪情形。山东教匪宋继朋等纠众盘踞邹县之白莲池,为患已久。六月间,陈国瑞攻破白莲池,贼踞红山,负嵎死守,官军昼夜用炮轰击,贼粮尽欲遁。侍郎国瑞扼守东面,而潜伏兵于西南山以待。七月廿二日,陈国瑞督本队由北面云蒙寺首先登山,贼果扑窜下山,逆首郭凤冈被擒,余拼命窜出,我军追及于云山冈、八顶崮等处,歼杀无遗。宋继朋已于云蒙寺被杀,枭首示众,教匪悉平。僧邸于六、七两月间除山东大盗者二,战功甚著。惟庇护废员,悉借战功以为开复。国瑞已邀厚奖,又奏请派文煜等赴其营效力赎罪,则夺武人汗血之功,为废员开复之地,恐亦未能悉服人心也。

十一日(9月23日) 阅邸抄。

李鸿章奏攻克太湖贼营,进逼苏城,并旁攻江阴、踏平贼垒情形。官军自攻毁沿湖贼卡后,程学启督水陆各军进攻太湖大缺口,贼众凭湖坚守。七月初八日,官军分路进击,斩贼首徐尚友一名,南岸贼望风即遁,当将洞庭东山贼众歼灭,遂进逼苏城,娄门、葑门相距仅数里,分股旁剿。江阴亦于初七日败贼于黄山,生擒逆首伪安福等八人正法。各军现已陆续同进,营于城下。

十二日(9月24日) 阅邸抄。

穆腾阿、张集馨奏攻破贼巢情形。陕西附省之光太庙回逆麇众,七月十六日,诸军进攻,贼负嵎死守,把总董逢春等逾沟超垒,掷火焚烧,贼不支而遁。总兵曹克忠率队追杀,歼除殆尽,余匪仍向沙河等处遁去。既曰殆尽,又曰余匪遁去,近日奏报大都如是,均可笑也。曹克忠前在锦堂镇军军营投效,颇称奋勇,今邀厚赏,亦其宜耳。

十三日(9月25日) 作论文一则。

友人有以《训子学文书》相示,与余见颇相反,因书数言于此,以待知者互相参证云。文以载道者为上,敷政者次之,纪事者又次之。其余浮辞闲文,无关事理,徒供文人赏玩者为下。故欲行文,当先积理,次讲法度,再运以气,而养之以学,使其辞达理举,不拘拘于法度,而又不失乎法度者得之。其积理也,非徒钻研卷帙,袭取旧闻而已,必将游心万物之表,历身万事之中,而得其事理之所在。故事虽无常,而理必有定,则日积而日新也。其讲法也,非徒模范古人,谨守高曾而已,必将精研坟典而上,神明纪载之中,而得其文律所由成。故律有万变,文无定格,则益变而益精也。其运以气而养之以学也,又非徒助长欲速,貌为高古而已,亦必将涵泳诗书之雅,优游岁月之深,以蓄其精神之所到。故心思纵锐,炉火宜青,则愈养而愈纯也。道非由此,鲜克成功。至于文体,亦自有判。大约载道者理欲实而气弥空;敷政者志欲显而虑益周;纪事者言欲简而文弥赡。得其大体,秦汉焉可也,唐宋焉可也,即近代焉亦无不可也。失其本旨,近代焉固非,唐宋焉亦非,即秦汉焉亦未尝不非。况又未必秦汉,未必唐宋,而徒沾沾焉以抚宋规唐、祖秦祢汉为高,则入于魔障也而不自知。其他浮辞闲文,可无论已。

十四日(9月26日) 论文。

古来文人各有心得,以为渊源之所自,固不必其专守一说、自诩师承也。昌黎《原道》、濂溪《太极》、张子《西铭》,其自《易》《传》来乎?二程《性理》、考亭《文集》,其自《学》《庸》《论语》来乎?宣公《奏议》、老泉《权书》、子瞻《策论》,其自《孟子》《国策》及《尚书》来乎?子长《纪传》、庐陵《史赞》,其自盲左、《国语》来乎?自左、国来者,如风云变化,不可方物;自《孟子》《国策》来者,如雷霆精锐,莫能追踪;自《学》《庸》《论语》来者,如日星晶朗,都忘奇异;自《易》《传》来者,如元气浑沦,孰能端倪?然诸家渊源,人所易见,程、朱得力,未有言者。盖程、朱之文,专求理实而气未空,故朴实平易,不能动人,学者甚鲜。

倘取其切实至理，运以峻厉才锋，和以疏宕奇气，而进乎浑沦之域，则上可载道，中可敷政，次亦可以纪事，不诚为文坛一大观乎？惜乎未见其人耳。

　　十五日（**9月27日**）　作《易卦变图说补序》。

　　连日作《易卦变图说补》，今始成，因序之曰："往余读《易》，至《象传》刚柔、上下、往来之辞，不得其解，朱子本义与卦变又自相矛盾，故愈求而愈惑也。今春入都，偶于书肆购获《易卦变图说》一卷，乃武林沈氏所刊，而不著撰人名氏。书辑汉、宋以来诸儒之谈卦变者，逐代论列，颇多纠谬，惟梨洲黄氏《卦变论》则许为可以解经。余观黄氏论，本之来梁山错综二图以释《象传》，虽多有合，而来氏错卦即平对卦，虞氏旁通、孔氏变卦是也；综卦即反对卦，孔氏覆卦、李氏反对图是也。然仍有不得文王卦序本义者，则以错综无纪，分配不匀耳。黄氏既讥其非，而乃不能别定一图，著为确解，且又专泥反对立言，而《象传》中有非可以反对尽象者，则其说复穷而不能通。因更取《序卦》本象，反覆研求，始知上经三十卦，平对者六，反对者二十四；下经三十四卦，平对者二，反对者三十二。合而图之，则二经各得卦十八，共成三十六卦，以象周天之数。其分配也，平对不易者为体，反对互易者为用。故以乾坤不易二卦为首，颐、大过、坎、离不易四卦为腰，中孚、小过不易卦暨既未济互易卦为尾，余卦反对四列为四肢，得龙象焉。乾六爻皆取象乎龙，虽非由此取义，而此象自不可易。朱子启蒙多发明邵子先天图义，而于后天之易，则以为不得文王所以安排之意，殆未细观耳。夫先天方圆为图，后天横长取象，似异而实同也。况宣圣序卦，义旨甚明，莫能移易。诸儒不察，各以意变为图，求合古圣，讵可得欤？爰依原序列图，分系传辞于下，俾知卦序有定，勿容紊乱如此。乃更分卦逐解，补图于后。本错综以取大象，参卦变以穷意旨，更远取诸物，近探爻象，触类以旁通，不泥一家，不拘典要，唯以求合卦象者为是。虽不知于古圣《序卦》之意有当否也，其亦庶乎可以告无罪于汉宋诸儒者矣。是为序。"

十六日(9 月 28 日) 论文。

岳少保论兵曰:"运用之妙,存乎一心。"戚少保论兵曰:"节制之师,在乎纪律。"二家皆称名将,而制胜乃各不同。盖规圆矩方,各用所长耳。然撼山易,撼岳家军难,则又非有纪律者不能。是知用兵以律为要,律精而机活者,有胜而无败;律精而机不活者,胜败参半;机不活而律又弗精者,则惟败焉而已矣。用兵如此,文胡不然?年少文律未精,而遽求变化,是何异驱市人而使之战? 其不至辙乱旗靡,望风而遁者,亦几希矣。若晚年养到,不知变化,谨守法度,是又工师匠作之老死模范者,奚足贵哉! 太史公学周秦以上文,而其文乃尽变乎周秦以上之貌。韩黎学西汉诸家文,而其文亦尽变乎西汉诸家之貌。后来作者虽多,其能变昌黎貌者谁欤?

十七日(9 月 29 日) 论文。

人知李、杜为诗学大宗,而不知李、杜实千古豪杰士也。马迁、昌黎文虽杰出一时,而其前尚有导夫先路者。李、杜长歌,其为之导者谁哉? 屈原《离骚》亦亘古未有奇作,然一鸣遂辍,无有嗣响。李、杜至今千有余年,其体不废,则所创为人所不能创,因乃为人所必因,斯其访为独至耳。

十八日(9 月 30 日) 阅筮法。

《易笺》卷首载陈定斋法《筮法论》曰:"古筮法,必具于太卜之官。而《周礼》未有明文,赖有《大传》数言。朱子得本正义推之,又参之以毕中和、沈存中、刘禹锡诸说,亦既备矣。惟归余置闰,郭氏雍本其先人之说,以挂一为奇,再扐为再岁。谓扐为余,而引礼祭用数之扐以明之。以归奇为归挂一之奇于所余之数,以为本之横渠、朱子。以奇为零奇,以扐为勒,是矣。盖此节分、挂、揲、扐,皆以手为之,所谓'四营不得以为余'也。若以挂一为归奇,是并两营为一营矣。然亦不过所指文义之不同,而于筮法无关也。惟朱子以一挂、两揲、两扐为五岁之象,而一变、再扐即为再闰,故三变皆挂。横渠以再扐象闰,之中间二岁,故每岁一爻而后挂,第二、第三变不挂。此于筮法小异。然即不挂,而后二变亦有四、八之数,则仍无异也。惟是初变,挂、扐通数,以九五为奇偶,本沿于孔氏之《正义》,而九非偶也。在朱子,则牵于后二变不通数,则无四八之变。在横渠、郭氏,则误解归奇而亦挂扐通数,则以九为偶,而名实紊矣。夫《传》所谓'挂'者,悬之四揲之外,原以象三,而非与奇数同归于扐以象闰也。其曰'再扐而后挂',是三变之中有不挂者矣。夫一变之中,初扐之挂不待言矣,惟再扐不挂,故曰'再扐而后挂'。固知再扐为指第二、第三变而言也。且即不挂,亦有四八之变,如余二挂,则余一,合之亦二,余四挂,则余三,合之亦四。是挂而通数,与不挂何异?徒使之牵制初变之挂一,使混入归奇,不得三变,皆成四八,而至以九为偶。且四营之中,分二、揲四、归奇皆天地之数,而人无与焉。只备其象而不必与其数,若为之经纪焉耳,故一挂已足也。今惟以《大传》为断,前一变挂一,后二变不挂。其挂一之策,毋庸入归奇之中,则三变皆以四八为奇偶,为的当简易,分明画一矣。且一爻三变之中,分、揲、挂、归四营已具,不必后二变皆挂,而后为四营也。朱子以虚一并四营为五岁之象,似不若横渠中间二岁之为的。且气化之迁移有渐,若一岁之中即为五岁再闰,亦嫌太促。邵子曰:'五与四,四去,挂一之数,则四三十二也。九与八,八去,挂一之数,则四六二十四也。二少亦然。'是不通数挂一也。方平胡氏以左右手所余四八之策有异,为挂与不挂之别。然合核之,皆四八耳,无异也。若归奇原以象闰,亦惟以置闰求之,则老阳十二,一岁盈虚之数也,老阴二十四,两岁盈虚之数也。二少共三十六,三岁盈虚之数也。至七八九六之策以象四时,积之为三百六十,当期之数,正数也。"

十九日(**10月1日**)　阅《筮法》。

来瞿塘筮法与朱子小异,而较便捷。今并录之云:"蓍四十有九策,分而为二,以象两仪,而挂置一策于中以象人。左右策四十有八,盖总卦爻之实也。八卦经画二十有四,重之则为四十有八。又每卦各八变,其爻亦四十有八也。其揲法,先以左手取左半之策握之,而以右手取右半一策,挂置于中而不复动,以象人居天地之中,其阴阳寒暑、昼夜变化,一听于天而无与焉。一虽无与,而常与四十有八者并用,参为三才者也。次以右手四揲左手之策,而归其奇,或一、或二、或三、或四于小指、次指之间,谓之扐,象三年一闰。又以右手取中半之策,取三余三,取一,余二取六,余四取四,归于次指中指之间,谓之再扐,象五年再闰。而后挂者,谓总所归二奇,置于挂一之所,如挂之法。《韵会》曰:'合而置之是也。'其归奇之数,不四则八无所谓不五即九,得四为奇一个四也。于是复合过揲之策,或四十四、或四十,分揲归挂,如前法,为第二变。又合所余过揲之策,或四十、或三十六,或三十二,分揲归挂,亦如前法,为第三变。三变之后,然后视其所挂之策,得三奇为老阳,三偶为老阴,两偶一奇,以奇为主,为少阳;两奇一偶,以为主,为少阴。每三变而成一爻,十有八变而成一卦,一卦可变而为六十四卦,而四千九十六卦在其中矣。"

二十日(10月2日)　补《道枢汇元图说》。

余旧梦入古庙,得见图象,醒即追绘其形,曰《道原图》。大略总摄三教,同归一元,而未有说。今始补之,别为专书,兹不重载。

廿一日(10月3日)　改《性善相近图说》。

旧有《图说》,嫌其繁冗未当,因更涂抹,存其者,亦庶乎可以观矣。虽然,性命之理,微夫子尚不轻言,况后人乎?亦姑存一说,以见向往之志而已矣。文另分编,兹亦不载。

廿二日(10月4日)　补《天地全体卦象图说》。

此图与《性善图》皆乡居课徒时作,有象无说,亦并补之,以见天地全象至今始露,圣王道化至今始极,实为亘古所未有。文亦另编,故不赘。

廿三日(10月5日)　更定《洪范仿洛书图》。

来瞿唐有《洪范仿河图》,图盖本刘牧以九为河图、十为洛书之说。自汉以来,孔安国、刘向父子、班固皆以为河图授羲,洛书锡禹。关子明、邵康节亦皆以十为河图,九为洛书,而牧独易置之。来氏复为图以明其说。余细观之,乃因书有八位,与羲卦符,图象止五方,与禹畴合。且九五福,四五纪,二畴必欲安置西方,以符九四为朋之位,而洛书大象乃戴九履一,与其说相反,故妄易图书以就臆说。殊知图本十数,与九畴之数又大相谬。朱子既知其非而不能定,徒为调停羲、禹之言,谓伏羲但据河图以作易,则不必豫见洛书,而已逆与之合;大禹但据洛书以作范,则亦不必追考河图,而已暗与之符,是未能折刘氏心也。余就来图改归洛书,以九居上,以一居下,见五行之生自地,而五福之降自天。余宫各以类从,较之来图,尤为自然。乃知箕禹演范,圣圣相传,原有自然象数,非可以臆度其间也。

廿四日(10月6日) 补《洪范征应图说》。

余旧为是图而未有说,今因更定前图,乃更补说,以与前图相为表里。盖前图为体,此图为用,不可或阙,故论焉。文载集中,兹不赘。

廿五日(10月7日) 改《神机阵说》。

《神机阵图》乃乙巳年作。其时天下未乱,故未精究,仅存大略。迨壬子粤贼犯江湖间,乃著《神机战略》,始得细剖练法。乙卯出滇,挟此书以干诸帅,无一合者,故至今未用。因以其源同出洛书,故即旧说略加更定,附于《洪范》诸图之后。《洪范》本王道大规,《兵经》亦王道所不废,况同源共治,则学者尤当加意也。

廿六日(10月8日) 阅邸抄。

李鸿章奏:"七月十三日,编修刘秉璋、道员潘鼎新等同攻枫泾镇石垒,克之。十八九等日,贼分踞千窑、西塘等处,亦为我军攻克。"其弟鹤章复克复江阴县,赏加三品衔,以知府补用。其余优奖有差。此役英国人马格里颇著战功,有旨嘉奖。所擒诸贼,亦有洋匪数人在其中。粤西举人黄鼎镇进呈言十条,旨交部议。余阅其策,率多琐碎,无当急务,唯于军务各省召募屯田,与余见合。盖其身历乱境,故有所见也。

廿七日(10月9日) 闻窜匪已抵吴桥县。

本月十一日后，僧邸及直督同攻宋景诗。景诗败而东窜，其党千余人为东练所阻，复回吴县，至雪家窝村，离此间仅百余里，而无兵无练，殊觉可危。大城唯西乡稍有民团，而非地方官所能调。余从卜臣行谕，令其御备，姑壮形势，庶可借为虚声也。

廿八日（10月10日） 阅《沧溟集》。

沧溟七律，音节格调诚佳，然多重复，故不耐观。七古学高、岑，而讥太白长句为英雄欺人，真方隅见也。其五古乐府摹拟汉、魏，务求必肖，尤为可厌。而《寄元美》诗云"微吾竟长夜"，亦何大言不惭耶？

廿九日（10月11日） 阴霾蔽空。

天气颇晴，而阴霾如障，日色无光。灯后，民间谣传贼踪已近，合邑皆乱，有欲遁者。卜臣出署晓谕，人心始定，其实贼尚无耗也。

三十日（10月12日） 阅邸抄。

僧邸以直督刘长佑讨贼数月，并无成功，殊属迁延，请交部议，有旨议处，降三级留任。多隆阿奏劾陕抚瑛棨及提督马某，以为勇数不实，而保举雷正绾随机应变，累著战功，请旨优奖，盖将以布其党也。

心烈日记卷之四

鸿蒙室主人笔识

九月初一日(10月13日) 作《三教作用图》。

余既作《道原图》,理、气、象、数,三教大原同出其中,恐阅者不明,儒释相混,反误后来,因再作分图者三,乃同一太极也。释氏见得此中是空,故设教以真空为主,乃用河图之气;道家见得此中有神,故行教以炼神为主,亦用河图之气;吾儒见得此中是善,故立教以复善为主,乃用河图之理。其原虽同,作用迥殊。学者须剖明此理,然后用工,乃不致误入歧途。此是格致第一层工夫,不可漫然视之也。

初二日(10月14日) 作《三教分图》。

儒者之视元、释两家,不啻洪水猛兽,非惟惧与相近,抑且不轻出口。殊知欲避洪水猛兽,必先有避之之法,与察其所以为害之故,而后洪水可治,猛兽可伏。否则终日避害,反走入迷途,而不自知。元、释两家之所以有害于儒教,正以其原皆同出于天也。同出于天,则不可灭,而且有执彼教以求胜于吾儒者。若徒尚口而与之辨,乌能服其心而使之屈哉?爰作《三图》,精晰原本,剖明作用,以见此中实有大不相同处,庶各成其是而无相害,则三教各归一途,可无俟哓哓其间矣。

初三日(10月15日) 阅邸抄。

劳崇光、张亮基奏官军攻克贼巢,桐梓县境肃清情形。号匪窜踞桐梓鼎山城,经副将全祖凯等带兵往剿,六月十五日攻破其巢,阵斩伪元帅何元翼,复移兵击甑子山贼营二十七座,擒斩甚多,县境遂清。

初四日(10月16日) 接陈东屏来函。

东屏代余投供,本年连出四缺,而余均无分。食禄固自有方,光阴未免可惜。抱关末秩,其难如此,他何望焉!

初五日(10月17日) 致边介石书。

略云近作《道原图说》诸文,与平昔文体似觉一变。盖说理之文非惟取其洁峻，又要一气空行，乃能包举众说，故下笔自与寻常殊也。

初六日(10月18日)　作天地全体卦象二图。

伏羲圆图平看，乃天地未判气象，先天学也。余作是图，乃反圆图而外向之，圆图内向，则倒装以为地图，宜竖看，是天地已判之象。盖伏羲图天地共一太极，余之图天地各一太极也。又作一图，外爻外向不动，内爻内向以交地图，地图外爻亦外向，以交天图。二气往来交媾之象，皆后天学也。

初七日(10月19日)　阅邸抄。

劳崇光、张亮基同奏水城厅肃清情形："本年五月，都司胡云龙、开州知州刘正朝同攻马龙跨苗匪，破其巢穴。贼望大定一带逃窜，复为官兵追杀无遗，水城肃清。"张凯嵩又奏官军攻剿容县获胜情形："广西逆首范亚音踞守容县，四出蔓延。道员蒋泽春督军进剿，连破贼营。七月初八日，官军分扎祖楼岭，贼遁入城。现在大军进扎草鞋坡，距城仅十里。"唐训方又奏普承尧在蒙城、怀远屡战皆捷，治军尤有纪律。上谕准其开复原官。张集馨奏上年五月，回逆攻陷高陵、泾阳二县，高陵知县梁书麟公服坐堂骂贼，被贼拥胁，车载而去。泾阳知县莫元赓。

初八日(10月20日)　阅《悔余庵诗稿》。

江阴何廉昉栻太守著乐府五卷，杂体四卷，又附文稿三卷。君以部曹出守建昌，下车甫两月而寇至，郡与属邑俱陷，亲属率殉难，君仅得免。乃发愤著书，取前后《汉书》作为乐府三百余首，又作十九谣九十首，皆虫鱼鸟兽之见于古事迹者，取庄子寓言十九之意，及各体乐府共六百余首。为期不及百日，可谓勤矣。余在皖营已耳其名，而未及见。兹从覃墨波孝廉处借观全集，其古近体诗未脱随园窠臼，惟诸乐府乃独步一时。余尤爱其十九谣衍奥奇古，自成面目，惜不能尽录。兹摘其《戊午除夕感怀述事呈曾涤生师》十六律，略见一斑。诗云："后有千年自此开，君看腊去又春回。长松骨立寒能敌，宿草心生土不理。华实荣枯原气数，风霆喜怒极栽培。明夷自是箕文事，何用邅迍养菲材。○宦途牢落几经秋，逼仄风尘总百忧。战血未干江上土，行踪难定水中沤。无端逐食随黄雀，不解营巢笑白鸠。满目干戈归未得，劳劳亭外望休休。○分明归路未能归，夜夜乡心着翼飞。月黑獉狐同鬼啸，波腥鱼鳖得人肥。市楼悬火疑余燧，江岸收帆夹大旗。浴铁霜华侵晓白，何时戈戟尽生衣？○颓垣支席寄哀鸿，孤戍操戈立怒熊。惨淡人烟林屋下，混茫天意劫灰中。寻巢乌鹊头皆白，窜陆蛟螭骨尚红。惟有狮山依旧好，芊芊黛色又东风。○百辈英雄有几存，国殇何处与招魂。带疮骏马犹含怒，袭爵雏鹓属拜恩。虎穴争功原险地，鱼池送死亦多门。孤生自悔平安在，怕检衣襟旧血痕。○廿载因缘未是长，可怜秋荨易经霜。千龄例有神明寿，万口交传姓氏香。早踏蟾蜍攀月窟，谁骑鸾凤访云乡。相思结字来无路，泪洒冰天入骨凉。○至行潭潭在孝经，家风茝若散余馨。寒光照世为霜月，真气登霄与日星。碧血满怀衣并赤，银毫留字史常青。三车倘有重来分，岂独非熊性识灵。○孤愤书成愤未消，那能合口学红椒。久尝熊胆心尤苦，才脱鱼鳞尾已焦。欧剑不辞金与换，汉书自要酒来浇。且从寂寞求清净，何用扬雄作解嘲。○后乐先忧忆古人，吹嘘一路易为春。飞符始觉疆臣重，乞米谁知国士贫。燕相书中称举烛，洛阳亭下愿埋轮。岱云触石施霖雨，一洗东南扰攘尘。○长安斗粟值三千，方朔侏儒并可怜。自有五星扶汉祚，何容九日沸尧年。纷纭墨客趋戎幕，踊跃铜官铸重钱。买斗不愁金帑尽，夜来宝气溢山川。○星海长流涌百泉，雪山远水注重渊。蛟龙怒触三三曲，鲛鹿虚縻万万钱。自是监河丰贷粟，可能竭泽复开田。禹功远矣无人缵，瓠子何时竹石填。○黎丘老魅竟迷天，那许跳踉白日前。怒蹴子胥沈五两，笑呼尺郭咀三千。岩疆密备何容缓，海市交通总不便。上策先除罗刹窟，燃犀谁与照东边。○江北江南燧火红，故园近在火光中。八旬犹幸衰亲健，十月曾无信使通。赖有长城檀道济，且为荒饮李元忠。几时鞠胹分余沥，醉梦何辞坐五穷。○不因熊鸟使精神，灯下腾那未老身。长佩悬鱼真误我，短衣射虎更输人。春蚕结想为愁女，秋雁羁踪任远宾。犹解歌商出金石,原思自信病非贫。○国愤家仇卧未安,强持人面与人看。五光虚饰麒麟楦,一触终思獬豸冠。事决方知更事少,恩深常恐报恩难。东风原不私桃李,先与松筠破岁寒。○儒生本分可伊周,三代而还一武侯。天上斗箕垂震旦,军中巾扇仰风流。调羹合熟千钧鼎,挟纩分温万丈裘。海岳自然功德伟,纤尘涓露及时收。"

数诗和者甚多,君自叠韵亦至三至四,当为集中得意之作。随园老人倡为性灵之说,诗学至今颇为不振。汤海秋仪部拟复古,而反堕摹拟优孟之习。君以《咏史》为乐府,自无此弊,而近体仍恃才尚气,蹊径未融,斯道振兴,其尚难哉!

初九日(10月21日) 卜臣设筵共酌。

月前廿六日为卜臣五十初度,今始酬宾,并令绳妓作戏为乐,诸宾皆尽欢畅饮。是日重阳节,天颇晴明,而此地无山可登,无菊可赏,北方风景,殊觉减兴。只此戏具,聊以解嘲。回忆数年戎马,虽狼烽羽檄,仓皇无暇,而关山鸿雁,枫叶黄花,点缀秋景,反助秋思,与此索然无味,转不啻今昔慨矣。

初十日(10月22日) 阅邸抄。

左宗棠奏克复富阳县城情形。八月初七日,蒋益沣令徐文秀攻鸡笼山,杨政谟攻倚城贼垒,亲自督战。初八日,旋克县城。富阳为杭城锁钥,逆贼久踞,与新桥相为犄角。此城既破,军威大振,可以进攻杭城矣。

十一日(10月23日) 作《月中自然太极图象》。

古有太极图,其形正类月影,相传为伏羲氏作,世不显传,或曰希夷作,虽周子未之见。殊知其形已见于月影中,明暗相涵,即阴阳互根。圣人仰以观于天文而绘之图,遂为万化根源。此实天地自然呈象,仰首即见,非如龟龙图书,世远无凭,滋人以疑也。先君子每于静夜步月,尝指斯象以示小子,因急图之,用为易象诸图之首,固不必远探羲文,近述陈周,而后有所依据也。

十二日(10月24日) 补绘《洛书太极图》。

　　来易采图有河图太极,而安放中宫五十未惬。余既重定一图,兹复补绘洛书太极。盖河图先天象,故其数悉涵太极之中;洛书后天象,而其数分布太极之外,图体而书用耳。

　　十三日(10月25日)　作《仿月太极图》。

　　月本无光,受日之光以为光,故凹者暗,凸者明。其实凹阳而凸阴,故象以暗者为阳,以明者为阴,二气皆自内生,与来图同而小异。阳自上以下交阴,阴自下以上涵阳,阳盛则阴微,阴长则阳消,阴阳内仍各加黑白一点,亦阴中阳,阳中阴之意。推而言之,日本纯阳,而中有黑子,月本纯阴,而半明半暗,是日月中又各自有阴阳相涵之妙。

　　十四日(10月26日)　作《三才共一太极图》。

　　此天地混沌之象,不立文字,不画卦爻,但觉浑浑沦沦,二气细缊,莫知端倪,屈伸摩荡,变化无方,而理气象数、天地、人物、鬼神、吉凶,莫不毕具其中。老氏曰:"恍兮惚兮,中有物兮;幽兮冥兮,其中有精。"周子曰:"无极之真,二五之精,妙合而凝,放之则弥六合,卷之则退藏于密。"允矣,大造真机,至人心学也。

　　十五日(10月27日)　作《三才各一太极图》。

　　天一太极,地一太极,人一太极,而共处一太极之中。盖人者,天地之心也;人心者,又天地心之心也。天地无心,以人心为心,故人心之在天地间,如核中藏仁,至纯而至粹焉者也。天心以仁为主,圣学以仁为归,王政以仁为本。三才本一气,三才实同在一仁道中也。细玩此图,其理自见。

　　十六日(10月28日)　作《虞书执中太极图》。

　　《虞书》无所谓太极也,然虞廷授受曰:"人心惟危,道心惟微,惟精惟一,允执厥中。"所谓人心道心者,阴阳之分也;惟精惟一者,道心之主宰也。主宰即太极也。王道圣功,皆有体而后有用,得其主宰而后分命布官,各有司职,以考厥绩。故时亮天工,以底厥成,而有天成地平象焉。

　　十七日(10月29日)　作《洪范五皇太极图》。

洪范虽无太极,而五皇居中建极,亦太极象也。故既更定洪范为仿洛书,而于中五加一太极,以见自古圣王未有无本之学,亦未有无本之治也。

十八日(10 月 30 日)　作《论语一贯太极图》。

《论语》本门弟子记孔子之言,何太极之有?然夫子祖述尧舜,自有心得,故曰一以贯之。一贯即太极也。夫子虽云一贯,而未言何者为一。曾子以忠恕二字代之,不过为门人说法。宋儒解此,亦但云心之理则一贯,尚属虚悬无着,非所以诏后学也。窃意孔门之道莫大乎仁,夫子不轻许人,惟颜渊许其三月不违,试问天下事理,其有能外于仁者乎?故知一贯者,仁以贯之也。仁在人心,如核中有仁,非太极象欤?故孝弟为仁之本,安怀为仁之量,由是而推,教与仕无非仁也。爰作是图,以见大凡。

十九日(10 月 31 日)　作《大学至善太极图》。

《大学》虽有三纲领,而明德、新民要当止于至善,是至善为一书之主宰也。古人为学,无不先有主宰于心,况圣门传心要道,学者次第工夫,尤当先得大旨,而后体用不失。故此图条理独见精密云。

廿日(11 月 1 日)　阅邸抄。

多隆阿奏收复高陵县情形。八月廿八日,多隆阿派令常星阿带领马队伏于十三村之北,而自率勇进攻,贼遂西窜,即移营进逼高陵,九月初一日克之。时雷正绾已破永乐店,贼率师来会,泾原一律肃清。而署陕张集馨奏汉中、城固二城于八月廿二三等日相继失守。张由庚前则迁延贻误,继复轻进失机,厥咎较重。旨着革职留营,以观后效。

廿一日(11 月 2 日)　接杨芋安来函。

七月中遣使致书芋安,今始获覆函,并有所馈。芋安治安丘颇得民心,兹寄其《拜门文》及《观风示稿》相示,据云治之得力,实因乎此。回忆去岁途中教言,受赐良多。盖余尝举吾乡程月川先生为政大略相勖,故君恒识之,兹试而有效,因深信古人良法为不虚云。

廿二日(11月3日)　阅《补学轩诗集》。

象州郑小谷献甫著。其卷首无序,唯门人蕴璘小跋。君波于仕进,成进士后,分部曹,后即乞归,讲教粤东。余入粤,虽耳其名,而今始得见。集亦随园流派,篇什虽多,才气甚平,故未见出色也。录其《秋夜独坐》四律云:"江城如斗屋如船,秋意撩人总黯然。风急乱萤低度水,夜深孤雁远横天。燕台置酒思高宴,吴市吹箫感少年。今日重寻空纪梦,清灯寒杵伴无眠。○积卷如堆懒拂尘,闭门孤坐动经旬。河山暗换风前鬓,城市空羁物外身。殷浩多情甘作我,梁鸿生性不因人。新寒旧热相停处,风雨高歌若有神。○蝉语无端出老槐,长吟相感有奇怀。苍山万点暮云合,黄菊一花今雨来。江上鹔鸹行子路,天边鸿雁望乡台。寄愁仡兴年年事,寂寞何人共举杯。○酒兴犹浓吟兴阑,空庭如水起凭栏。城衔北斗孤砧歇,帘卷西风落叶干。振触怀多惟作客,应酬诗少不供官。劳生何苦营余事,阔案长橇相对看。"

又《书赵秋谷声调谱后》云:"一雄一雌鸣凤凰,六律六吕分阴阳。明良喜起嚓丛脞,声调早自虞廷扬。后来一变说平仄,强以两字调宫商。纤腰女子沈家令,秘密矜作时世妆。律诗将兴古诗变,齐梁介立当中央。唐宋以来数巨手,古今各体严分疆。四声押脚取错综,一韵澈底求低昂。浏漓顿挫岂有定,妙处自绕韩娥梁。樵歌渔唱不识字,偶尔脱口皆悠扬。勾稽排比作作谱,此事何异协律郎?渔洋山人最后出,典远谐则其所长。古诗平仄偶发论,门人问答都已详。秋谷老子不解事,支离穿凿来争强。自言窃得古人法,谁知乃衍庸医方。耳闻其书未寓目,吴子乞我为丹黄。千百之中示一二,以矛陷盾多乖张。自然有节众亦会,至变无度谁能量。生机无故著死法,春蚕只好中间僵。七古五古并奇峭,大集曾读饴山堂。画蛇不意赘此卷,谈龙乃欲攻其乡。琴经茶谱及画品,位置请列三书旁。天风浪浪海泱泱,豁然自奏竿笙簧。"

近日诗人强作解事者,多喜谈《声调谱》,盖即此诗而三复之。

廿三日(11月4日)　作《中庸中和太极图》。

夫子罕言性与天道,故至子思始述中庸。《中庸》者,孔门性道之书,与易相表里者也。故尽性以致中和为极,中和致而天地万物由此其推,是亦太极学矣。故创为是图,以见孔门传心远肇虞廷,一脉相承而下也。

廿四日(11月5日)　作《孟子性善太极图》。

孟子之学以性善为主,而其用功则在知言养气,其究则画性至命,以充浩然之气,故能塞乎天地之间,富贵不能淫,贫贱不能移,威武不能屈也。盖义利之辨甚明,崇正学,辟异端,尊王道,黜霸功,皆本诸此也。缘以善为极,而义利分判两途焉。

廿五日(11月6日)　作《张子西铭图》。

孟子而后,厥为周子,以周子原有《太极图》,故不再图见,而作张子西铭《太极图》。西铭视三才共一极,故以乾坤为父母,虽无太极之名,实备太极之理。其说全本孟子事天立命之旨,特其词较警而切,故不觉其袭也。

廿六日(11月7日)　作《邵子皇极太极图》。

邵子旧图有卦无极,然卦无不本乎极者,故增绘一极于中,亦其自有象耳。邵子说理不如周、张之浑,而剖晰精切,较为明爽。盖其自有心得,非如诸家之确守旧闻者也。

廿七日(11月8日)　阅邸抄。

多隆阿奏雷正绾、成禄两军攻永乐店、塔底诸路贼巢,均克之。曾国藩亦奏解青阳县围。

廿八日(11月9日)　阅邸抄。

多隆阿既复高陵县后,于本月初七日进逼苏家沟贼垒,亦克之,直抵渭城。总兵姜玉顺、副将孟宗福先登,遂拔其城,救出难民千余人,军威大振。

廿九日(11月10日)　作《理欲诸太极图》。

理欲只争一念,一念之公即天理,一念之私即人欲,故以念为之宰。生死本乎数,数存则生,数尽则死,故以数为主宰。人鬼皆一气所为,气化为人,气灭为鬼,故以气为主宰。鬼神实造化所司,阳升为神,阴降为鬼,故以造化为主宰。治乱原本乎道,道存则治,道失则乱,故以道为主宰。兴衰则关乎运,运隆则兴,运退则衰,故以运为主宰。王霸判以事功,功以德显则王,功以力成则霸。

心烈日记卷之五

鸿蒙室主人笔识

十月初一日(11月11日)　作《天地全体大象图》。

西人以远镜窥天,其色类葱白,珑玲透露,而不能言其所以然。又谓河汉非河影,乃无数小星聚成。朱子亦云天有硬壳,其说是矣。然终未能直举大象,确凿不移。窃意天体若洞,非有硬壳,则其气不固,而硬壳不可转,所转者气耳。所转者气,则诸星何系?盖宗动天下,另有大轮,玲珑透露,如洞乳下垂,其尖受日之光以成明星,故恒星亘古不动,惟七十余年乃与永静天右差一度,则大轮之转移然也。西人所见,即轮体耳。所谓恒星天者,是恒星天下,乃为日月五星,虚悬无着,平环地面,故有薄蚀、迟留、伏逆之异。恒星为经,七政为纬,二极为枢,大地为心,如磨形然也。

初二日(11月12日)　再阅《悔余庵乐府》。

以论赞笔作乐府,歌咏一代人物,国初尤西堂《明史乐府》百首已称极盛。厥后边随园作《无双谱乐府》,着语不多,而能使古人须眉活现。其论断亦如老吏断狱,不可挪移,音节尤为铿锵叶律,可歌可咏,一空古今作者。兹何君廉昉亦欲以论赞之笔作两《汉书》乐府,驱使迁、固,臧否人物,笔如风霆驰骤,气似波涛汹涌,诚为一时之盛。然择语不精,炼意未紧,音节尤哑,未可入律,只徒以驰骋挥霍见长,未免伤于繁芜,以视随园,瞠乎后矣。其源盖出于蒋心余,而稍变其倔强之面耳。近代汤海秋亦喜为乐府,欲上掩晋唐,追美汉魏,以媲风骚。呜乎!媲美风骚,岂在袭其貌与词哉?海秋锐意为诗,甫及十年,获诗三千余首,一时名公巨卿,钧为评跋,以为从古所无。乃不数年而问海秋诗者,无人能举其词,则其诣之能信今传后与否,亦约略可睹已。廉昉虽无貌袭之弊,而贪多骋博,亦与相同。张船山诗云:"人口数联诗好在,不灾梨枣亦流传。"诗之传与不传,岂在多与不多哉？且廉昉守建昌，城亡不能与亡，而徒争此区区诗文字名，则其为名亦已末矣，是何所见之未远耶？

初三日（11月13日）　作《广古分野星卦合图》。

野分之说，疑者众矣。徐圃臣复以地正甲子推得角起未中，与近今天象倒退三宫，则吴越在箕尾间，秦蜀在井鬼间，以为分野，实取地正天象，似较有理。然大地广矣，中国不过十分之一，岂时当地正甲子之夜，诸天星象独钟灵中土，而为验于后世耶？是其理终未可通也。愚因用其盘创为《广古分野图》，并参汇义卦方圆二象，统观大地，以办方位。中国位当寅卯，星应奎壁，方圆二卦俱值水火既济。寅卯为人道始，奎壁实文明，则又天地中和气，故华夏文物独甲域中。英吉利、佛兰西均在井鬼间，其卦为乾坤倒置，故人多阴巧，而贱男贵女，亦天地自然之气，不可强同者也。且以天地太极论，中国在阳仪初盛之际，西域以外皆阴仪，阳生儒阴尚佛，亦生杀二气为之宰耳。

初四日（11月14日）　作《月令太极图》。

天地万物各有太极，时令亦有太极也。时极之分，冬夏二至子半，阴阳二气所由判也。万古流行，循环不断，唯圣人能知其盈虚消息、往来盛衰之理，故以时中为学。仲尼大圣号称时中，故《月令》一书非徒以之授时布政、司天验气而已，亦将有以见圣王传心之要焉。《月令》虽出后儒手，而所述者夏时之令，可为夫子欲行夏时之证。故即其书为图，而更加一极于中，使知此书可以察天，可以候气，亦可以制心，内外交书之功书。

初五日（11月15日）　改《雨中望太行诗》。

旧作措词殊未当，因改之云："莽莽乎太行，来紫塞，蟠大荒，头俯燕潞，尾扫河湟，背耸穹窿，而不知其落脉远自何方。但见王屋马陵郁崒高无极，千里万里凌青苍。中条雨势忽自华顶来，诸峰出没烟雾忙。一峰才起一峰断，有似神龙嘘歃云物鳞爪空现藏。一壑倏隐一壑露，又如蚩尤鏖战神灵组练归元黄。乱弩飞空下，黄河俱簸扬。雷霆出地吼，鼍鼓声礚礚。阿香驱电下岩头，蛟奔蛇走惊红光。须臾云卷滹沱去,黄榆高撑黛色长。东望长城入海水,溟渤如镜生秋凉。松杉几点远护陵阙外,鹰隼下击欲落不落翻翱翔。我来正值河清后,燕然王气满楼桑。只今天子更神圣,高踞雄图走侯王。枕居庸,据碣石,三边九隘势何强。但愁南去多蟂蟂,惊天鼙鼓震咸阳。崤潼势控天下险,尤与卢龙相颉颃。天生井陉扼喉吭,孙膑夜射庞涓亡。惟有韩信善奇兵,偷度谷口如轻航。我欲大书万言策守险,痛哭汉廷声悲扬。不知黄金台畔多骏骨,可有伯乐一人识龙骧。行行且咏悲歌句,大泽烟消坠夕阳。"

初六日(11 月 16 日) 阅邸抄。

恽世临奏贼匪李幅猷由川、黔窜入楚界,连陷会同、绥宁二县,会同知县邓尔昌死之。绥宁知县邵承湜失守城池,黔阳知县疏于防守。均请旨恤惩有差。年头骆秉章奏石逆余党歼除尽净,今复窜陷楚邑,是何说哉? 疆吏剿办事宜,即此可见矣。张之万亦奏攻拔沈丘、阜阳交界王、李二捻穴巢。熙麟又奏平凉官军连破丈八寺贼垒,境内肃清。

初七日(11 月 17 日) 作《神机二阵图》。

旧已有图,今更酌定,一仿洛书,一仿河图。其每阵营用沈守约卦变例,八卦本宫为中军,一世卦为前,二为后,三为副,中四为左,五为右。游魂、归魂二卦别为游骑,各附本阵后,以备冲突驰逐之用。八方八营既令中军主营,纯用母卦,以统驭号令诸营,此洛书象也。河图之营亦如前法,惟布阵变八为五,前三冲,后三冲,皆纵,中三轴为横。二阵皆斟酌于黄帝、武侯之间,较完密耳。

初八日(11 月 18 日) 作《圭旨天人合发卦象》。

伏羲、方圆二图相传出自希夷,以为道家丹鼎之用。殊知圆图可为周天法,方图无所用之。其可用者,惟虞仲翔《卦变图》,以乾为首,坤为腹,坎离为心,肾居图中。心自一阳升至六阳,自一阴降至六阴,如人身之有任督二脉,故可用为丹诀也。余因本其图以为人身之子午,更绘圆图于外,为天之大子午。天人合发,庶还其旧观耳。

初九日(11 月 19 日) 纪梦。

昨夜梦三大舟行陆地上,水仅寸余,而舟行若飞,盖以樯高帆阔而风又顺也。初由吾郡西郊入城,虽旋转街衢中,亦迅疾无碍。不意梦境迷离,乃有此顺适畅快之事。

初十日(11月20日)　论文。

尝见泰西工匠,巧过中华十倍,非独聪慧使然,其用法者异也。中华制器,尚因而恶创,一器之成,唯取其肖乎高曾矩矱而已。故方圆不失,而日趋愈远,则将有求如前人之范围而不得者。泰西制器,好奇而争新,一器之成,必求其度越高曾矩矱而后已。故心思甚锐,恒益用而益精,又将有非前人之范围所能律者,此死活之分也。今之揣摩家,其华工之制器乎?若著作家,则西人之工巧耳,非特用法而不为法用,且将自我作法,使天下后世皆遵我法而弗过,乃所以为法之至,而不然者拙也。然而识者甚寥寥矣。

十一日(11月21日)　论文。

总之,诗文之道,均要用法,而不为法用,此为传心要诀。试观西洋奇器,有不争新斗巧者乎?亦有不精密适用者乎?是可以悟诗文法矣。学者用心,当克窥见古人全体,又要粉碎虚空,然后可还造化,而得其自然之妙焉。

十二日(11月22日)　作《虞书精一太极说》。

前虽有图,今乃立说,已载编内,兹不再录。唐虞为开辟以来未有气象,前此轩、羲肇始,文明初开;后此汤、武征诛,德意浸失,以视中天,均弗能及。是以圣德而论精一,同为人心一太极;以天运而观平成,又世运一太极也。

十三日(11月23日)　作《论语一贯太极说》。

说亦另载,不重录。一贯为孔门传心之旨,自来诸儒皆未发明,但作葫芦中语,使人自猜。一贯不明,何以为学?兹特表出,使学者心有把握,庶可以得其要焉。

十四日(11月24日)　阅覃墨波诗卷。

墨波名永贞,思恩孝廉。公车失意,留滞都门。张瀛舫司马邀同来大，时相过从。兹以诗一册相示，丰神秀蒨，情韵独佳。余尤爱其《秋草》八律，清便宛转，一时杰构。录其四云："一度荣枯又一年，秋心萧索莽寒烟。江郎南浦春无迹，谢客西堂梦不圆。花露香消金粉地，野云烧断翠微天。青青河畔来时路，独倚西风望渺然。○冷雨疏烟匝四围，隔帘山色淡斜晖。芙蓉水远谁纫佩，杨柳楼高未掩扉。别路鹧鸪寒更叫，荒园蝴蝶梦还飞。江南江北都如许，为底青袍客未归。○绿遍他乡接故乡，忽回天地入苍茫。边风四野盘雕路，落日千峰牧马场。葬玉有情宵泣露，送人无迹晓留霜。才名自古凭谁吊，鹦鹉洲前径自荒。○晋陵吴苑越王城，万里风烟万古情。几处宫墙堆恨壁，千山猎火走边声。不堪鸣鸠催迟暮，谁向流萤证再生。独忆骚坛香韵在，杜蘅吟彻楚江清。"

其他佳句五言如："浪簸舟常侧，沙磨柁自鸣。""天黄鸦背日，地黑马蹄沙。""破浪风冲阵，含沙鬼避人。""剪浪舟横柁，飞沙岸刮风。""水声奔战马，帆势矫惊鸿。"七言如："灯含红豆相思苦，帐引绿梅入梦遥。""万里江湖飞梦过，一声风雨破愁来。""风沙战垒萧萧过，烟垄遗碑历历看。"皆奇警可诵。

十五日（11 月 25 日） 作《大学至善太极说》。

至善之于明新，如众星之有辰极，群拱而相向；射的之有正鹄，志定而不迁。一任事物纷纭繁变，而心有所止，惟善是宅也。然君臣父子，所止虽各不同，而至善则非仁者不能，故曰唯仁人为能爱人，能恶人。仁则未有不止乎至善者也。

十六日（11 月 26 日） 作《中庸中和太极说》。

中庸与易道相为里表，然易道之太极在天地，中庸之太极在人心也。易能前知，中庸亦能前知。然易以天道为蓍龟，中庸以人事为蓍龟，是二还是一也。

十七日（11 月 27 日） 作《孟子性善太极说》。

性善即良知也。良知为性善所见端，性善实良知所由发，分端而见，即为恻隐，为羞恶，为辞让，为是非，即体即用，非有二也。阳明专以良知立教，故招人以议。其实性善无弊，良知亦何可非耶？

十八日(11月28日)　作《西铭太极说》。

西铭虽无一语及易，其实无一义不本乎易，与周子《太极》可称合璧。《太极》是本天以立极，《西铭》是尽人而合天，二书合读，天人乃备也。

十九日(11月29日)　作《皇极太极说》。

皇极虽本先天，而取象各异，实易外别传，然后人黜之以列于数，非尧夫本意矣。尧夫之学，穷极天地万物之理，可以上赞羲经，有益于学者不少，讵得以其言数而少云欤？兹特图之，以继性理诸图之后，庶使学者知理数二端实未尝相离云。以上诸说皆未录全文，盖从略也。

二十日(11月30日)　作《理欲共一太极说》。

理欲之交战于人心也，犹阴阳之相胜于两间也。阴盛则阳衰，阳盛则阴微；欲胜则理灭，理胜则欲消。有交攻，无并立也。然而几之所启何自乎？非吾心一念为宰乎？一念之公，则天理存乎其间矣；一念之私，则人欲杂乎其际矣。其几最微，而来去也甚易。时或不检，则邪念已入宰于灵台之中，而忽焉不觉。是以君子于无事时，唯以制欲为主，事未来，不敢起一妄念；事已去，不肯留一余念。将使吾心本体朗如晴空，无纤翳之混杂，而后阴邪微茫之气无自而生，则天理可常存，然而难乎为念矣。

廿一日(12月1日)　作《生死共一太极说》。

未知生，焉知死。圣人教人，专以人事为重，其实生死原相承也。入于死则出乎生，得所生而离乎死，如寒暑昼夜之环相为主也。故释氏楞严有轮回说，唯数尽者不能，数尽则气绝矣。数尽，天地且有毁时，况人物乎？若其数尚有未尽，形虽毁而气未消，有所凭则复生，故曰生死一太极也。然一生一死者，常人也；数生数死者，异人也。不能无生，不能无死，而自然长生，自然不死者，圣人也。顺生死之自然，不惟生死不能律，而反操生死之权者，道在乎因。释氏空生死之所以然，不惟生死不能尽，而反为生死所困者，道失之愚。道教矫生死之当然,不独生死难自遁,而反堕生死恶劫者,道失之幻。此三教生死之所以异也。若夫胎生、卵生、湿生、化生,虽皆顺乎气之自然,而化生有异。众生其数生数死说乎?

廿二日(12月2日) 作《人鬼共一太极说》。

世有鬼乎? 曰:有。天地间有形者不能无影,有声者不能无音,故有人必有鬼也。鬼与人其对待乎? 实一气之所为耳。形不必与影期,而影自随乎形;声不必求音应,而音自和乎声。知乎形声之道,则知乎人鬼之道矣。惟人有形与声,而鬼无形与声,故人所自有者而自疑之。使世有人而无鬼也,则圣人不必言祀之、警之、远之也。所以祀必敬,敬必远者,恐人疑而远,远而忽,又恐人信而近,近而惑耳,非谓鬼之必无也。人寝而魂出游于窍,有久离其躯而不归者,非鬼乎? 然鬼不能与人近,亦二气之相接而不相见耳,抑何独疑于鬼与人欤?

廿三日(12月3日) 阅邸抄。

官文奏:"捻匪由豫窜鄂,自随州分扰应山、应城,图扑汉口,为杨朝林击败,退走罗山。其南窜一股,亦为孝感各官击退,至黄冈县之仓子埠及新洲一带,现踞宋埠,其势促矣。"张凯嵩又奏:"股匪李幅猷于八月间由湖南窜入广西龙胜厅,分走斗江,扰及融县。在籍总兵胡元昌率勇抵御,不胜,死之。"多隆阿奏:"陶茂林赴援凤翔,城围立解。战守员弁,均奖励有差。"

廿四日(12月4日) 作《鬼神太极说》。

鬼神者,二气之良能,横渠说也。朱子以为较伊川造化之迹一解为尤精。殊知二气良能,孰使然欤? 造化使之然耳。惟曰迹,则不能得夫造化屈伸往来自然之妙,故尚有所滞也。夫造化之所以能为屈伸往来者,以造化之尚有以为屈伸往来者,神也;而造化之所见为屈伸往来者,实造化之独成为屈伸往来者,性也。则鬼神之谓也,伸则神而屈则鬼,鬼神所以盈两间;往则鬼而来则神,鬼神所以成万世。在天为合辟,在人为呼吸,一动一静,一消一长,无非鬼神所代谢,即无非造化所运行。鬼神之为德,其盛矣乎!

廿五日(12月5日)　作《治乱共一太极说》。

天下之生久矣，一治一乱，治极未有不乱，乱极未有不治。治乱相循，如环无端，然而为之宰者安在？曰："安乎人君一心而已，在乎人君一心之道德而已矣。"然则君心道德，不诚为治乱太极乎？道在则治，道失则乱，固也。道未失而乱机已伏，道甫存而治端已见。治乱倚伏之机微，而与天道相参。坤尽上爻，纯阴极矣，而复初一阳早兆于中；乾尽上爻，纯阳极矣，而姤初一阴潜萌于内。此治乱之机也。人君能谨乱机于未萌，启治机于已兆，则其违天道也，亦不远矣。

廿六日(12月6日)　作《兴衰共一太极说》。

治乱，君心可得而主；兴衰，君心不可得而主也，则运为之也。然君心亦有挽回天运时者，何哉？运将衰而未衰，亟挽之以德，德胜者能回天。如父母之将怒，子愉色以承之，则其怒也可消。运将兴而未兴，更培之以德，德厚者尤能动天。如树木之初生，人灌溉以加之，则其生也愈茂。唯运已去而人无可转之机，德更微而天无遽回之意，则听诸运之自然而已矣。此豪杰所以贵乘时，而帝王亦有莫可如何之会也。

廿七日(12月7日)　作《王霸共一太极说》。

仲尼之徒羞称五霸，然《春秋》一书悉载桓、文事，夫子虽不兴其德，亦未尝不许其功也。王与霸虽以德判，实由功显。天下德修而不王者有之，未有功著而不霸者也。盖功由德显，则功为王者功矣；功不由德显，则功为霸者功耳。霸与王所争在几希，而成就若天壤。汤、武，王之最盛者也，使征诛不就，则将求为霸而不得矣，而何有于王？此王霸帝业必以功业著，而王霸亦必共一太极者说也。然则皇与帝何如？曰：皇不可及也，帝亦不可学。后世无其德而强学之者，伪而已矣，乱而已矣。故夫子思王道不得，降而至许管仲以仁，亦逆料夫后之有欲学帝不成而徒滋以乱者乎？欲学帝不成而徒滋以乱，则无宁学霸而尚有功于王室也。此吾所以图王霸大意也。又成杂说十二条，兹不赘。

廿八日(12月8日)　作《天轮大象说》。

释典有金轮、水轮、风轮、火轮之说。余意金轮即恒星天也。风火二轮皆有气而无形,惟金轮有气而又有质,故自下仰观,皆成列宿。水轮即大地,江河湖海为三轮大气所鼓,故环流上下,不泛不溢。宇宙内宇,无非水火二者作用。火轮者,热气也。热极则生风,风动则轮转,轮转则水气亦随其上下而不息。释典虽有四轮名,而无其解,以与余意暗合,故用为证,而衍之为说耳。

廿九日(12月9日)　作《月令太极说》。

《月令》一书,出自吕不韦。不韦人无可取,而所著书乃列为经,与古圣先贤得相辉映者,何哉?盖《月令》乃夏时,古来时令之正,莫过乎夏,孔子为邦,尚欲行之,故夏令为百王所不易也。不韦虽处秦时,其所集诸儒,必孔门弟子得闻绪论,互相流传,故不敢有违师训而为是书。汉儒纂《礼》,取列编内,具有特识,岂漫然欤?余故本其书,绘列为图,而加时中二字以为之极,以四序亦有太极,而孔门又以时中为学也。

三十日(12月10日)　作《神机阵仿河图说》。

余既作《神机阵仿洛书图》,则河图亦不可阙也。盖洛书八方卦象也,河图五位行象也。八卦可方可圆,五行亦可圆可方。惟洛书以四正四隅分奇正,河图以六纵二横分奇正,异而同,同而异焉者也。黄帝《握奇》有曰衡曰冲,冲者纵象,此图前后六阵皆纵是也;衡者横象,此图中权左右二阵皆横是也。横取静,纵取动,则又奇中有正,正中有奇,互相为用法也。阵虽纵横二象,而四方各外向,则仍是常山,率然触处皆可以为首者也,是二还是一也。

心烈日记卷之六

鸿蒙室主人笔识

十一月初一日（12月11日） 作《圭旨三关说》。《太极元枢》成。

说载编内，兹不录。自八月杪拟著《元枢》一书，今甫两月余，亦已告成。拟分三卷，上卷言天道，中卷言儒理，下卷则天文、地理，旁及兵术元功。所谓率性者尚其理，修心者尚其气，制作者尚其象，卜筮者尚其占，原同而用异者也。书中一图一说，说有不尽，则附以杂说。图仿易象，说法八家，杂说略似语录。汇三体而为一则，是书之创格耳。其曰太极元枢者，以天下万事万物莫不各有一太极在也，故执太极可以为万化枢也。读古人书，应天下事，必先有一主宰于心，然后可以顺应而曲当。主宰即太极也，此《元枢》一书所由作也。

初二日（12月12日） 阅邸抄。

曾国藩奏金陵官军于九月廿五日进攻秣陵关，克之。总兵朱品隆亦收复石埭、太平、旌德三县，守贼悉降。张凯嵩亦奏广西容县于九月十四日克复，贼首范亚音逃窜南渡圩郁林州、□州，王达材又剿其境内土匪，灭之。郁林肃清。

初三日（12月13日） 代岳句农书册页。

句农大邑绅士，见余书，爱之，乃以白册托王雪潭转代属书，盖句农亦善书也。因为临汉、晋及唐宋以来各种法帖，得二十页，虽不能尽如己意，然亦有一二可取者。盖手虽生而心尚静，故尚可以无意得也。

初四日（12月14日） 接吴和甫先生及李健庵来函。

秋初，托健庵代呈诗文稿于和甫先生，求为削正且新赐言，今始寄回。略云诗集闳博渊雅，烁古切今，少陵诗史，如是如是，不独长庆乐府也。至《文抄》庄诵数过，又如对樊川、同甫一流人语，而不肯赐弁言，盖余未尝亲身拜求，故难为言耳。和翁两任云南学使，一典乡试。初任余虽以诗受知，而亲灸未久，次任余已出滇。兹至都，又未能一叩门墙，无怪其不肯轻以相赠也。

初五日(12 月 15 日)　代王霞村书册页。

霞村为雪潭胞兄，故并出册索书，乃为临历代钟鼎彝器各款识。余每临此种书，其注多兼用石庵、板桥二体。盖刘书本学汉魏，郑书亦参篆隶于行楷中，故兼用其法，以为钟鼎、注文气味自相投合也。

初六日(12 月 16 日)　仍书册页。

昨临未完者，今更补之。共十二开，得十九体，诸格略备，得失虽各参半，要亦可备临池者之互相赏鉴矣。

初七日(12 月 17 日)　阅邸抄。

官文奏湖北捻匪盘踞宋埠等处，均为官军驱逐出界，境内肃清。李鸿章又奏攻克浒关、虎丘等处贼营，官军进抵阊门。此股捻匪为豫省所击，故窜入湖北，今复为鄂军击败，更扰豫省，祸患何时可已？诸大吏各以贼窜出境为幸，朝廷亦不深究贼踪所止，遽听其以肃清入告，遂予奖恤各典。内外相蒙，互为欺罔，此诸贼之所以难平也。

初八日(12 月 18 日)　改《中兴论》。

首段论垂帘、践祚二事过于切急，未免有触忌讳，阅者多以为言，因略节之，使归浑涵，亦立言体也。

初九日(12 月 19 日)　阅张之洞殿试策。

常例殿试策俱以满格为式，虚对为能，只取书法，不论文理。近奉上谕，罢去常式，蠲除忌讳，俾得剀切敷陈，用襄郅治。自粤东许其光后，多士未敢遵行，惟之洞一意任行，遂膺一甲第三。今阅之，格虽破式，文尚如常，所陈诸政，亦无甚关系。惟兴屯一说，与余《中兴论》有符，而乃欲罢去捐例一条，则尤为近今所不能行。是亦书生之见而已矣。

初十日(12 月 20 日)　阅《沧溟集》。

沧溟七律高华矜贵，诚为难得。然可短者，非惟词意重复，即其体裁亦是偏长,除酬赠达贵之士无所用其体裁,故其诗专以赠送见长也。且其重复,非独他题为然,即《登华山》四律,连用万里者四,中原者三,则章法何在?以此学杜,吾不知其杜法安在也。惟择其单首分观,则格调诚为可爱,不可不知。

十一日(12月21日)　作书寄毓之及李健庵。

毓之久无函到,则碧、月、堂近况又不知何如。岁复将暮,心尤怅然,故作书寄之。健庵谓余《中兴论》尚多忌讳之言,因更改之,使归浑涵,庶不大伤时也。

十二日(12月22日)　作《中华正结地图》。

中华地分三干,地理家类能言之,其正结何处,则未有言者。朱子谓冀州形势以泰、华二山为龙虎,淮南诸山为第一重案,江南诸山为第二重案,是以太行为正结。圣祖仁皇帝谓泰山脉自长白分支,渡海而来,为燕京青龙,是又以燕然为天下正结。以余观之,其正结乃泰山耳。何也?宋以前黄河故道出泰山后,则其脉自华、嵩来,至襄城乃落,平行数百里,入泰安始突起脉,左下南趋曲阜,结尼山,面俯洪泽为明堂,江淮两重山为屏嶂。北干自太行环绕云中,以至长白为后。盖长白顺拖入朝鲜,以为青龙大海,插入燕都,绕其元武、芒碣诸山,其近案也。此乃域中一大结作,故能钟灵孔圣,为生民未有。自黄河改道,泰山脉断,有似孤立,转作燕京左臂,而金、元后王气悉钟燕然矣。咸丰二年,黄河仍归故道,出泰山后,则此后地脉又不知钟于何处矣。

十三日(12月23日)　阅邸抄。

僧格林沁奏:"官军进援蒙城,苗沛霖悍党数万,其势甚炽。经富明阿、陈国瑞等先后擒斩,而贼众且悍,围城三匝。十月十四日,僧格林沁督带马队驰赴亳州,先将陈万福等擒斩,并攻破杨家寨,与陈国瑞等合军,于廿五日进击。贼出扑长壕,均为我军击败。廿六日,分路进攻贼营。是夜,沛霖越濠图窜,为总兵王万清手毙,夺尸呈验属实,其党悉散。苗景开、张建猷、赵克元等均被擒,讯明正法。"唐训方亦奏反复怀远。

十四日(**12月24日**) 阅邸抄。

李鸿章奏官军进攻苏城。十月二十日,伪忠王李秀成带党万余宵遁,留老贼伪慕王谭绍洸守城。廿四日,伪天将汪有为乘隙刺杀绍洸,开门出降,苏城遂复。鸿章毫无将略,而乃克成大功,岂非天哉!余观发逆势败,由于四眼贼之亡;四眼贼之亡,由于分党远掠汝、信;其苏州之失,则由于与上海英商为仇。故英人乞援于曾国藩,国藩乃令鸿章带水军驾火轮船驶出大江,由上海逆捣苏州之背,英人戈登力赞成功。此中殆有天意。使发逆勾结洋商,不与为难,我军纵强,不敢逆捣其背,贼无后顾之忧,得尽力出与我战,则成败尚未可知。兵非出奇,不能取胜。余前代蒋之纯上曾公书,拟驶水师下游,分布镇江及洪泽湖,上可以保护清江,进攻怀远,下可以防守海门,兼顾苏、杭。曾公不听。金逸亭亦上书胡泳之宫保,欲带水师驶救苏、常,亦不听。以致苏、杭二省相继失陷。至今收复苏州,仍不出余与逸亭所画之计。天下事固有幸有不幸也。现在彭玉麐督水师由芜湖进剿高淳、溧水,均克之。此路既通,金陵四面受敌,当不难复,但不知诸将能保侥心于屡胜之后否耳。

十五日(**12月25日**) 重检《中兴论》。

余论有云:"大会中州,先剿蒙、亳,以除腹心之患。"论虽未上,而今日事机适有与合者。关中之军虽未分调,而皖、豫、燕、吴诸路大军齐会,共剿蒙、亳,合全力以拔一邑,而邑自拔,故成功如此之速。天下事动合机宜则事济,动失机宜则事乖。蒙、亳之平,正无心而合机宜者也。

十六日(**12月26日**) 代友人书屏联。

大邑诸友多喜余钟鼎古篆,故来索书。天寒墨冻,手僵笔滞,全不成字。古人作书,不择笔墨而能妍捷者有之,断未有笔墨皆冻而能成书者。余之为此,亦强以应酬时人之好而已。

十七日(**12月27日**) 与子钦论兵事。

军兴以来,余所策军事多有奇中,正如弈家棋谱有死活着之分,旁观者必先知其胜负。盖走入活路则活,走入死路则死,亦有先死后活、先活后死者,皆因其机势之自然以成胜负。惜当局者不能预定死活、以争胜负于未事之先,而又不肯听旁观之指点,以自颠倒于死活胜负之中而不自知,则其情为可叹也。

十八日(12月28日)　与墨波论诗。

墨波云:"明人谓郑继之诗专仿少陵,时非天宝,官达拾遗,徒为无病呻吟。今时类天宝矣,而诗动辄呻吟者,亦觉可厌。盖诗以吟咏性情为真,喜怒哀乐,因时而动。时虽乱离,而事非关己,时时故作泣哭状者,非奸即伪,故人一见而洞悉情隐,岂不可憎?"余曰:"今之世相习为伪,非独诗为然也。吏治边功,道德文章,无不自欺以欺人。宦场以蒙混为能员,军营以依阿取厚爵。言道学者侈夸渊源,尚词章者多矜门户,按其中藏,一无所有。至于诗,袁枚后稍厌浅薄,遁而复古者有之,自矜开创者亦有之,然皆摹拟汉魏,优孟《三百》,又蹈前明积弊。否则牛鬼蛇神,妃红俪白,愈出愈岐,愈歧愈离,斯道庞杂,未有已时。此亦世道人心一大变局也,岂独诗教然乎哉!"

十九日(12月29日)　偕章萼香访宋钵言。

钵言名宝昆,大邑孝廉,见余书,因过访。乃偕萼香造其室,纵观所藏书画,虽真赝各半,而亦足以游目骋心。余日坐署斋,无与谈者,今偶出步,亦有清趣。惜天寒风利,不能作郊游之乐耳。

二十日(12月30日)　阅邸抄。

曾国藩奏:"江南逆匪盘踞东坝等处要隘,与高淳势相联络。九月廿六等日,官军水陆并进,连克水阳、新河庄、塘沟、沧溪、长乐镇,进逼高淳,杨友清献城乞降。十月初三日,易开俊一军进剿东安镇,所向披靡。贼退株太店,复为刘松山所截,宁国贼闻风遂遁,广德守贼郑魁武率众万余乞降。初七日,彭玉麐、鲍超督军合趋东坝,杨柳谷从中内应,建平贼张胜禄亦斩伪跟王蓝仁得,举城降。十二日,杨英清以溧水贼众万余缴械投诚。"金陵后路悉平,降贼均各授职,以为后劝。事在苏州克复之前，此伪忠逆之所以弃苏而归金陵也。然其人心已散，攻之当不难克。惟降贼过多，不无可虑，亦视乎当道大帅之安插为何如耳。

廿一日(12月31日)　阅邸抄。

僧格林沁奏："蒙城解围后，西洋集逆匪仍敢负嵎死拒。十月三十日，大兵进剿，歼毙无遗，生擒葛春元、葛玉太、葛占青、葛东、杨孟举，就地正法。魏群儿等寨剃发投诚。陈国瑞收复苗家老寨及寿州，下葬沛霖妻子并其族姓廿余人，均凌迟处死。现在各军乘胜搜剿，颍上数十年捻患根株，一旦悉除。其余小股捻匪，当亦不敢出头为患矣。"

廿二日(1864年1月1日)　阅邸抄。

御史张盛藻奏拟请调军营知兵提镇入统京兵，以资操练兵丁。又请饬京营都统、将军轮赴军营学习一年后，仍由各营大员保奏，以为升降。此即余《中兴论》中拟调京兵赴营习战之意。天下有心人所见大略相同，惟此仅以练将为言，徒从简便，尚难得力，不如实兵丁之为有用也。

廿三日(1月2日)　纪梦。

昨夜梦王者坐高殿，余与数人俯伏阶下。王者首讯余毕，即命侍卫鞭责数十，大痛而醒。窃意鞭者策也，讯者问也。岂天子临轩问策，余尚当待命其际乎？

廿四日(1月3日)　阅《河洛精蕴》。

婺源江慎修著，专论河洛。凡图书卦画之原，先天后天之理，蓍策变占之法，为内篇；图书卦画所包函，推广他事可旁通者为外篇。阐发甚备。唯则图画卦、则书列卦之意，独创臆解，殊属穿凿。窃意圣人之则图书，非必务矜私智，勉强穿凿，如慎修之意线河图，然后分剖成卦，杂凑安排，有类工人制器也，先分析而后连缀也。且《易》之言则图、书曰："天生神物，圣人则之；天地变化，圣人效之；天垂象，见吉凶，圣人象之。河出图，洛出书，圣人则之。"而不言其则图画卦。朱子《启蒙》虽有取于图、书，亦不言其则图画卦之由。而慎修乃以私心小智，妄窥圣人，创为是图，将视《易》为何等学哉？钱氏义方谓系词兼言河图、洛书，乃言其理相通，非据洛书以作《易》。斯言得之。不然，则系词何以不专言图、书，而并及天垂象耶？可见圣人作《易》，仰以观于天文，俯以察于地理，近取诸身，远取诸物，故无所不则焉者也。至于画卦，实本太极一阴一阳而生四象之义，其理至简而易明，岂若慎修之穿凿附会为哉！

廿五日(1月4日)　补作《燕台杂兴》诗。

余虽两次入都，而皆匆匆别去。抵大邑后，又以选诗及学《太极元枢》所间。今稍有暇，乃补作《燕台杂兴》诗，悉为本岁春夏以前发，非近时势也。诗云："迢迢王气满燕关，独上金台倚剑看。地耸太行趋朔漠，天回大海抱长安。成王夜授丹书篆，西母春回碧玉銮。负扆几时归大宝，白头今始笑弹冠。○鸿蒙天外走黄河，山左畿南贼势多。合阵四围空巨鹿，鸣弦十万老滹沱。天心自眷刘文叔，国步还亏马伏波。听说汉家方耀武，中原将士莫横戈。○陵阙参差雾未收，燕云从古帝王州。瀛台路映西山雪，铜马门通海子舟。势混金元归一统，道传幽蓟想千秋。谁知拥篲先驱者，别有雄图碣石忧。○飞狐倒马势何雄，九塞三关一路通。西顾纵烦天子虑，北防深倚外藩忠。吉囊远过皋狼镇，土木销归涿鹿宫。甥舅自然尊上国，不须李广话侯封。○玉玺传家二百春，龙旗北狩指勾陈。关山不断星辰改，日月双腾宇宙新。好把飞廉昭宪典，莫令岛竖肆城闉。通商互市原无用，边衅从来启佞臣。○易水萧萧逝不回，天寒木叶掩深怀。头颅枉赠悲歌士，骏骨难招王霸才。季子黑貂原早敝，望诸丹悃怕重来。回头柴市苍凉甚，万古忠魂不尽哀。○何日江淮事廓清，朝廷经略免长征。微闻破浪高宗懋，不见勤王壮祖生。挽粟久虚南国贡，飞符还调朔方兵。扪心试对先皇帝，诸将何人秉至诚。○盐铁书成玉一封，持筹谁拜大司农。军储自古无成宪，赋税于今少正供。充国开边愁万里，弘羊平准滥千钟。饶他府海官山计，难补娲皇炼石功。○羽书忙，回纥居然肆虎狼。剿抚自应存政体，仇雠何必叛天王。已留余犛盘苍洱,还骋凶锋逼雍梁。谷口井径休恃险,兵行奇道要深防。○瓠子乘秋气更豪,遥从齐鲁去滔滔。千年故道归神禹,九曲洪流压巨鳌。溟渤远吞天欲尽,泰山中断地还高。莫矜贾让三奇策,且庆安澜泛客艘。"

廿六日(1月5日)　再续《杂兴》诗。

昨日诗有未尽者,再续二首云:"崇文阁压凤城低,万卷书藏望欲迷。帝子临雍摹石鼓,词臣侍讲赐灵犀。文章自售鸡林美,台谏谁衣獬绣齐。万古金汤环震旦,岂独根本在辽西。○庙算从容识圣心,中兴策就几沉吟。王侯世第皆龙种,将相笙箫好凤音。财尽不知歌舞散,民贫偏见殿庭深。凭陵漫向桑干望,击筑声残落照阴。"

廿七日(1月6日)　作《克复苏郡》诗。

苏郡之复,前论已详,今更作诗纪其事云:"席卷吴门气奈何,将军天上斩灵鼍。潮来岛屿横飞弩,势去阊闾暗倒戈。楼橹漫矜湘旅健,威名终借海方多。不因背水逆流势,那得乘风破浪歌。"

廿八日(1月7日)　改诗。

余每遇关系大事,胸中虽有一段文章,不肯轻意下笔,必先涵养心气,令兴会勃发,不可遏抑,然后动手。既动手,则必一气舒写,又不欲其停止。俟篇章已就,乃再加涵咏,则自浑成无迹。盖未下笔以前,不郑重以出,则必有一番肤浅陈言绕犯笔端;既下笔以后,不极力挥洒,则必有无数游移杂念滞塞灵机。故此两取功夫,俱不可少也。

廿九日(1月8日)　作《蒙城捷》诗。

本年僧邸用兵齐鲁,转战蒙亳,廓清畿辅,无战不克,正如扯枯摧朽,近今未有。成诗一绝,以纪其事云:"海岱兵威压大梁,中兴天赐郭汾阳。回军才渡黄河水,铜马烟销冷战场。"

心烈日记卷之七

鸿蒙室主人笔识

十二月初一日(1月9日) 作《忆昆明》诗。

吾滇之乱极矣,以中原多故,王师不及征讨,遂使迤西数郡沦为异域,言之怆然。作《忆昆明》数律以痛之云:"不信昆明劫尚红,碧鸡关外气熊熊。西南重镇失苍洱,日夜边烽扰段蒙。衅启无心成械斗,杀开有运召兵戎。弯弓不射白狼尽,泪洒云天恨未穷。〇越巂开基阿育王,于今谁复渡澜沧。千寻铁锁焚金齿,万里鲸波断革囊。丞相天威劳想像,南人涂炭太苍凉。大观楼压洪涛水,尽是蛟犀战血黄。〇五华兀自起风烟,疑窦争开不计年。汉代楼船空耀武,赵家玉斧已高悬。索财早断当关路,肆毒全非故国天。引虎入山难自卫,惊心不独夜鸣弦。〇飞扬跋扈势何存,杀盗戕官竟莫论。竖子功名成乱世,恶衿党势化冤魂。华亭寺远僧难住,罗汉峰高米任屯。凭陵试向雄川望,滇海神龙杳去痕。〇苴兰城外好莺花,十万人今剩几家。金马惨随烟焰灭,彩虹高傍暮云遮。风流拥妓成何谓,慷慨封侯亦自夸。不道翠华歌舞地,连年烟月冷悲笳。〇伤离伤乱已难堪,万里音书失再三。梦梦亭荒悲旧雨亭衢亭名,圆圆坟冷悟香龛。春归佛睡浮云海,雪拥梅魂葬玉潭。自是妙香生福尽,教人回首不心甘。〇哀牢山势耸如何,杀气遥连赌咒河。盛览漫夸司马赋,李恢难唱汉铙歌。投缳命尽福非浅,和议书成祸更多。忍把桑田变沧海,螺峰高处满鼋鼍。〇塔势东西两不欹,夜清钟杵动深悲。金羊惨淡愁星象,铜鼓仓皇走魅魑。朝会漫思通缅贡,文章从此怨云逵。百蛮势尽争雄长,南国衣冠痛孑遗。〇侬家远住玉芙蓉,万朵争看翠黛浓。骨肉淡随秋渺渺,亲朋遥对雾重重。江荒路断西洋梦,关冷云横白马封。纵使令威归故土,千山楼阁叹无踪。〇十载昆华几寓公,每逢佳胜寄幽衷。江山数尽都陈迹,词赋人归吊晚风。铜瓦寺边鹦鹉径,铁峰庵上彩云宫。何当共觅金樽醉,断井颓垣落照中。"

初二日(1月10日) 改诗。

余家莲郡,去昆明几千里,而遭祸亦同。盖三迤涂炭,已无余土,使百蛮再争雄长,则衣冠更无遗类矣。后数首痛恨悲切,故不知其言之过也。

初三日(1月11日) 接边介石来函。

介石家居,境愈窘迫,作《杂诗》六首及《大理石屏风歌》寄示,读之不能无慨然。境虽困而诗益工,盖其所养有素也。

初四日(1月12日) 阅颜习斋《四存编》。

习斋先生讳元,北直博野人。四存编者,存性、存学、存人、存治也。其为教专翻程、朱旧案,以为学者,周礼之六德、六行、六艺,孔门之仁、孝、礼、乐、兵、农。主静坐,专诵读,非学也。故论性则本孟子性善之言,而为图以明之;论治则以井田、学校为要。盖汉、唐以后,学者一齐摩倒,宋、明诸儒,则攻击尤力。其徒李公恕谷极力赞和,推为孔、孟后一人。恕谷有《大学辨业》《拟太平策》诸书,既为颜先生修纂年谱,又自订年谱。大约师弟自负孔、孟后完人,而视程、朱与佛、老等,不啻洪水猛兽之不可共立人间。及门中稍有规者,则论辨滔滔,至于唏嘘泣下,恐其道之不能传远,真可怪也。余尝疑朱子好推倒汉、唐儒者,以为自信太专,未免门户之过。今观颜、李著述攻击程、朱,又有甚过朱子十倍者。噫!圣人之学,岂若是欤?夫尼山道大,无所不容,诸儒各矜己见,非无所得,而一长自矜,遂以道统自任,譬如窗隙窥天,以为天之全体在是也,其可乎哉?

初五日(1月13日) 阅邸抄。

李鸿章奏十一月进攻无锡、金匮,克之。此次首功,则其弟鹤章也,朝廷晋秩以道员用。李续宜在籍病故,上谕优恤,甚至照总督军营病故例,在本籍及皖、鄂、宝庆等处建立专祠,并令详查战功,宣付史馆,为之立传。续宜本文童,而此云诸生,不知何故。续宜借兄威名,统领其军,无甚奇绩,唯解宝庆围有功其乡。自后则借缄默以为老成,假退让而文浅陋。余初见之,以为其神太冷,恐非久寿,今果然也。

初六日(1 月 14 日)　与子钦夜话。

子钦云:"咸丰初年,吾郡皈朝沈士司署内,犬与豕交,后生小豕而犬首,其鸡亦产三足,均属怪异。"盖阴阳乖乱,物产自殊也。

初七日(1 月 15 日)　阅邸抄。

恽世临奏:"逆首李幅猷自遁入广东连阳山之石营坑,负隅固守。张运兰督军进剿,十月十七日,贼目出降,幅猷遁走镇坑,亦为我兵所擒,连阳肃清。"幅猷为石逆余党,由蜀窜楚而粤,其势已穷,乃不乞降,尚欲固守,其可得乎?

初八日(1 月 16 日)　阅邸抄。

上谕略云各省设立团防,奉行不善,流弊滋多。现在贼氛渐平,除直隶、山东团练已由官办,所有河南团练即照此经理,以一事权。盖团练之坏,民自为政,以致官不能制,使团练归官,何致有尾大不掉弊哉?兹谕适合事机也。

初九日(1 月 17 日)　与子钦夜话。

子钦叔祖亦渔先生作令甘肃,奉檄于役。旅馆方食,忽一穷汉对坐,面容愁惨,似饥欲索食而不敢遽言者,因呼与共食,食已即去。次日,复遇于村店,其人乃以肉食来馈,却之曰:"前所困者偶耳,今则戚友甚多,故不乏也。"是晚仍同舍宿,其人先以碗盛油及火种相属,俟夜间有呼燃灯者,请公燃之。公如教。夜半闻鼾声甚急,须臾息,倏有人大呼燃灯,灯燃而其人已立公前,出白金十锭置案上,曰:"幸邀小财,可共分受。"公骇甚,诃责所来,但笑而不答。穷诘愈力,乃曰:"此火遁术耳,所获财皆以济贫。某感公一饭德,故相报,非嫁祸也。但此财不可过百日,无论万金,当立尽,过则必有灾。"公受之,聊置囊中。逾期而头忽痛,乃急以金付育婴堂,施诸贫者,疾始愈,亦奇矣哉!

初十日(1 月 18 日)　与子钦夜话。

　　子钦又言某幕友泛舟辰沅,至青浪滩,有老叟挟一木匣来同载。晚泊野岸,四无村落。夜有盗入舱,窃同舟货钱去。人虽醒而不能言,以足抵叟,叟亦不言。须臾,盗复送钱还,已又取去,若不服此中之有异人者。倏闻叟怒拍其匣,有光若电,飞去复来,旋鼾声如故。比晓开舟觅叟,已登岸去。不数里,见岩树挂人头二,鲜血犹淋。所失货钱存岸上,分文未散,殆所谓剑侠欤? 何其神也!

　　十一日(1 月 19 日)　阅邸抄。

　　李鸿章奏:"十一月初八等日,官军乘胜分剿平湖、乍浦、海盐各城,平湖贼目陈殿选出降,乍浦贼熊建勋亦剃发献城。遂令建勋谕海盐诸贼均率众来归,二城遂复。"江苏诸军所向无敌,而浙军半年以来未克一城,何哉?

　　十二日(1 月 20 日)　阅《大学辨业》。

　　李恕谷著。恕谷名塨,蠡县人,即习斋弟子。《大学》自程明道移易后,伊川再易,朱子又再易,增补传文。许鲁斋削去补传,以知止、听讼二段为格物致知,而增所谓致知在格物者一句。以后纷纷移易,原文蚀晦,未有底止。阳明出,乃尊古本,以为原无脱误,于是起而复古者有人。今恕谷亦尊古本,为之训释,文法一气,次序井然,并无脱误,可谓有功圣学矣。惟诚意下至治平,皆有覆明之文,而致知格物二句独无。恕谷以为格物之事,即在《大学》,作书之时,《大学》教法尚在,不必言也。而《大学》教法即引《周礼》三物、六德、六行、六艺当之,谓此物字即格物之物。若果其然,则《大学》何妨曰所谓致知在格物者,即大司徒以乡三物教万民而宾兴之之物,舍是无以为知也。而乃略此不言,使千载下猜疑无定,徒从暗中摸索,圣门教人,岂若是乎? 盖以天下古今事物,三才具备,一言难赅。且治平大端,虽不外兵农礼乐数者,而兵农礼乐历代因革损益,因地制宜,随时变更,有非可以预为定拟者。《大学》为万世立法,非为一时定制,故无烦覆明格物句,使学者随时、随地、随事、随物而格其理之当然。《易》曰苟得其人不待告,《中庸》曰其人存则其政存,其人亡则其政息是也。不然,而治平覆文又何以不言兵农礼乐，而但言絜矩好恶，举贤退不善及辨生财义利乎？诚以好恶平则君德正，举错宜而臣职修，义利辨而财用足，此治平万古不易之规。至其条教号令，圣君贤相类能辨之，无容预定，亦不能代为遽定。学者之格物，亦若是焉而已矣。朱子求此义而不得，故妄为增补。恕谷知其文义，而未悉其所以然，故又以三物填实，俱非经文本意。其他搀入《论语》，削去"故治国在齐其家"七字之类，又不必言。学者试将原文平心静气一气读去，而文法参差错落，或整或散，或详或略，或照应或不照应，自有天然步骤，文义明而道理亦在其中矣。

十三日(1月21日)　阅《拟太平策》。

亦李恕谷著。始余读恕谷《大学辨业》及后集诸书，以为攻击宋人虽矫枉过正，而意切经济，期于有用，尚不为过。及阅其所拟《太平策》，乃怃然叹曰："此周官之所以误王介甫也。"是书仿周礼六官，拟为定制，六官外别有师保府、都察院、金吾卫诸名目。夫《周礼》一书，无论其伪，即使非伪，亦成周一代之书，非万世定法也。孔子生于周末，其论为邦，已有夏时殷辂韶乐之议，因革损益，贵得乎中，圣人尚且不能尽尊周礼。恕谷生孔子二千余年后，而乃欲执《周礼》一书以范围百王，何哉？且即以三代而论，周不能从殷，殷不能从夏，三王已各变其制度，恕谷又欲束缚万民以从三古，其可乎哉！盖治天下者，贵乎因势利导而辅翼之，使归于治焉足矣。若必强俗以就己，泥古以戾今，则未有不乱者也。人情莫不安于其所便，而不安于其所不便。以古法以绳今人，其不便者必多。不便则不安，不安则必乱，势所必然，固不必问其事之合理不合理也。王介甫青苗法岂欲祸民哉？亦不便民，故致乱耳。方正学亦议复周礼，事未行而燕兵入，遂成正学大节。使燕兵不起，正学志行，其不为介甫者亦几希矣。今恕谷策亦幸而不见用于时，倘使见用，又岂能免于青苗祸哉？余故读其书，而不禁怃然三叹者也。道光末年，禁止鸦烟，致启发逆大乱。夫以国家全盛治法，欲止小民一端恶习而不能，则欲尽纳天下后世人民而归我范围者,必至于乱,断可知已。

十四日(1月22日) 阅《畿辅诗传》。

长洲陶凫芗樨辑国朝以来畿辅诗为是集。北方诗多崛强遒健,而风华者甚少。惟舒铁云位《瓶水斋诗》颇具渔洋丰神,其七古则尤新奇瑰丽,于玉溪、长吉外,别树一帜。余爱其《灿祭行》云:"散如高峰之放萤,聚如大海之浮萍,低如草间之扑蝶,远如天际之坠星。其声咄咄,其光荧荧,其色或绿或白或缥青。又如露翻荷盖以滉漾,风吹柳绵之飘零。风帚扫玉豆,犀带攒银钉。下迷地户上天庭,燎火簌簌花冥冥。是时月黑叶落十五赛,云帷雾屋山箐篁。鬼车啸过红杉厅,麦饭一盂水一瓶。老僧点灯来诵经,撑霆泣雨不可以悉听。闪者鬼眼碧,冷者鬼手馨,新鬼旧鬼相掣曳。山魈虎伥立肉屏,老僧牢坐双眦暝。左铙右鼓中摇铃,始言惨淡,中言慷慨,终焉丁宁。骨则有时而朽,魄则有时而化,所不可泯灭者,惟此国殇点点哀伶仃。君不见,阁可画像,山可勒铭。杀贼而为厉,成神而为灵。七尺之躯一尺面,生为三军,死为五丁。将军战马野花紫,愁城万雉寒不扃,此时空闺梦未醒,黄莺白马春松惺,况乃人寿几何年齿龄。长平无寸镞,赤壁无只舲,佳城不重货布,阴房不携娉婷,泥梨罗刹不称幞与铤。衣不暖,千金裘,食不厌,五侯鲭。泰山鸿毛,今古一丘貉,曷为郁塞自苦,有类蜾蠃螟蛉。纸钱索索,村醪泠泠。去此铁围山外十万八千又奇里,中有极乐世界,度诸苦厄复无垌,厉声一咒万响停。人头马蹄略具形,若飞灰,若堕翎,石荦确,簹珑玲。去来倏忽不知谁,使令风毛雨血灯花腥。"

十五日(1月23日) 再阅铁云诗。

铁云诗音节之妙美,擅绝一时,近今惟黎静庵差可抗衡。兹再录其《汴梁寻宋故宫遗址》四律云:"踏破宫墙万瓦烟,夕阳红似靖康年。欲听箫鼓空流水,更指榛芜作弄田。彼黍茫茫干净土,此都渺渺别离天。金床玉几无消息,一角灵光尚宛然。○当年灯火下樊楼,忍把杭州作汴州。桥上鹃啼新法变,江边马渡旧京收。石敧艮岳天难补,帘扬离宫鬼自钩。一事辚轳惆怅甚，宣和书画不曾留。○洛阳贵纸写三都，争似千金买谏书。报国将军归北寺，移家天子占西湖。画船晴雨花深浅，绝塞冰霜雁有无。此是桥山弓剑地，不堪饮器用头颅。○丛残史册小朝廷，弹入吴弦不耐听。湖上春寒天水碧，帐中酒热帝衣青。班师怏怏三军雨，揽辔迢迢一使星。剩有搴帘黄袖子，相州楼上话飘零。"

数诗感慨凄凉，低徊无限，而使典用事，尤为新奇，绝去痕迹。盖与静庵俱以词曲见长，故其格调亦复相似也。

十六日（1月24日）　作《乡思诗》一百韵。

余素不喜作排律，以其束缚才人，不能驰骋如意也。然才不大，学不充，气不盛，又不能为。故古今此体寥寥，老杜而外，香山、东坡尚称劲敌，本朝则朱竹垞亦最擅场，其余皆非合作。余拟此章，虽不能追踪古人，然以抒写乡关景物，尚不致窘于题下云。以篇幅过长，故不载此。

十七日（1月25日）　阅《龙壁山房诗集》。

粤西马平王定甫锡振著。君由部曹入直枢廷，大有文名，因急求观其稿。兹值瀛舫司马自都寄示墨波，余粗涉崖略，迄无佳者，遂不欲观。近人诗格调性灵俱归泯灭，不知何故。岂世运之为耶？抑人心风俗同趋委靡，故文章诗赋亦多不振耶？世风之下，即此亦概见一斑。

十八日（1月26日）　阅《畿辅诗传》。微雪。

五排佳者甚少。兹阅《畿辅诗》，见边滋亭士培大令《天雄关》一首极紧健，因录之云："云栈通巴域，雄关扼蜀邦。奇峰高莫极，天险古无双。山麓开沙径，溪坳架石矼。控鞍愁马蹶，坐畚倩人扛。绀刹何年建，疏钟傍晚撞。敧崖松谡谡，穿洞水淙淙。霞栱撑危阁，风铃掣宝幢。鸟飞平过槛，云出近遮窗。地势连秦雍，河声走汉江。人乘果下马，贾泛木兰艭。纵目揩藤策，开怀启玉缸。尘襟真荡涤，仙界远纷庞。履险心常坦，乘风志未降。便思追御冠，环佩响玎玑。"

十九日(1月27日)　阅邸抄。

熙麟、雷正绾奏攻克泾洲属之王村、花所镇等处贼垒,大兵已进逼平凉。李鸿章亦奏克平望镇,可以直围嘉兴。惟唐训方以救蒙城不力,被议降职,以藩司补用。近日楚南诸帅颇多失利,李续宜、江忠义既相继病殁,而训方与刘长佑又均被劾,极盛者衰之机也。天道如斯,可自恃欤!

廿日(1月28日)　再阅《龙壁山房诗》。

定甫原号少鹤,瀓舫常言其性冷僻,寡应酬。今观其诗,大半皆衣冠酬酢之作,才气既平,而又率意为之,故其格多不振也。录其稍有气势而兼浑成者。《雨后登祝融峰顶夜宿上峰寺》云:"苍茫七十二芙蓉,绝顶天开第一峰。咫尺帝关通謦欬,万千云海荡心胸。殷雷夜走河山雨,积雪春留太古松。暂倚蒲团出人世,五更寒浸石楼钟。"《夜饮海山园》云:"花气浓薰酒盏浑,阑干香沁露荷翻。楼台玉笛风生座,灯火寒潮月到门。漫拟糟丘营李白,只宜金谷醉刘琨。觥船夜散胭脂水,歌舞冈前漏点繁。"

廿一日(1月29日)　纪梦。

初梦五台僧持画册游募,其画即本山景,分五方,甚苍莽有势。后梦一中军妇人临画扇,因借观。正面绘诸佛,各骑狮象怪兽从大寺出,背面乃无数女妖,裸体同浴于深院池塘,互相嬉戏为乐。妇人见余阅画至此,颇有忸怩不胜之态。余曰:"否,此空中有色,色即是空也,何害焉?"再展扇,忽变为五色集景字,书法空灵可爱。又再展扇,则一枯髅披人衣,坐对老僧,僧卧床帐内,以手持竹筒,向枯髅直指,若斗法状,而老僧头则堕地下。余意曰:"此所谓道高一尺,魔高一丈是也。"遂寤。顷刻一梦,倏忽变化,何其幻欤!

廿二日(1月30日)　作《房山集叙》。

自去秋抵房,至今夏初,凡七阅月,获诗六十八首,都为一卷,曰《房山集》,纪实也。大房山为燕西奥窟,战国时孙膑及汉初张良及唐贾岛皆常托迹,而人愿弗称道。迨元尚书高克恭善画,人称高房山,而山名始著。春回气暖,草长山幽,余日与诸同志选胜探奇,缒幽蹑险,虽未能穷尽其趣,而上方毗卢之顶,孔水云蒙之阴,与夫白带石经、芯题香树,所谓小西天者,无弗登览而题咏焉。盖房山之胜,十得七八矣。他日诗以地称,地以诗传,均非所计。人生踪迹,如云水浮空,一过无痕,集曰《房山》,犹未免有迹相存,敢与山灵争奇乎哉? 某年月日,自序于平舒官廨。

廿三日(1 月 31 日) 与宋钵言论诗。

钵言阅余《燕台杂兴》十二首,至"柴市忠魂"之句,疑与今事不类。余曰:"否。此自咏古事,非指今事也。"又疑今古事杂咏不伦,余曰:"观诗先论题。此题若云怀古,则当专咏古事,不可掺入今事;若云即事,则当专指时事,不可混入古事。今曰杂兴,是兴怀无端,扯杂成咏,或抚今而追昔,或借古以伤今,俯仰挥霍,随兴所到,无不成诗。然其中开合动荡,突起突落,忽连忽断,自有一片神行丝毫不乱处,非漫然无法可以任意为也。古人中如杜子美《秋兴》八首,以夔府旅思为经,长安时事为纬;今人中如袁简斋《秦中杂感》八首,以己事为经,古事为纬,一横一竖,而作法则同。余诗首章前半统论燕京大势,后入近事,兼拍合己身,以应"独上金台"句,为全诗总冒。次章感畿南之乱迫切肘腋,因滹沱而想光武,因光武而念伏波,故借汉家中兴以喻今日中兴,而鼓励中原将士努力图功也。燕京王气自金元始,而今则混金元为一统;北方道学自赵复开,而古则恃碣石为雄图。邹衍与赵复遇同,而时各不相类。故自来三关九塞,昔为边防,今乃一家。西顾虽有陕甘之乱,北门无事锁钥之忧,则以金元旧地,尽皆甥舅国耳。承平至今已二百余年,不幸而有北狩之事。然星辰虽变,而日月合璧,宇宙重新,于是除恶柔远,外夷宾服,燕京如故。至此近事咏毕,故又怀想古事。燕京自来可歌可泣者,莫如易水之送荆卿,柴市之斩天祥,其余乐毅、苏秦,皆一时豪杰士,故并念之。诗至此,古事又毕。于是兼虑南方军务有防漕运,农部持筹,无以足用。西秦去京虽远,井陉之险,不可不守,黄河故道幸改,中州之患或可稍安。以今日多故如此,而想囊昔文治若彼,故又有临雍侍讲之慕焉。然文章纵美,直谏渐稀,军兴以来,未有一人如陈东伏阙痛哭而上《中兴论》者,岂以燕京无事,遂安然自处如巢幕燕哉?夫万古金汤,包罗震旦,天下一家,中国一人,不徒以辽西一隅为根本重地。庙算深远,从容不迫,自有所见,非小臣所得知。故余虽拟成《中兴论》而未敢上,亦此意耳。然民穷财尽,满目疮痍,不知何以为情,故不觉闻击筑而生悲,睹桑干而下泪者矣。此《燕台杂兴》所由作也,愿高明者细意察之。"

廿四日(2月1日) 再阅《大学辨业》。

大学格物,物字所包甚广,家国天下各有当格之物,不可预拟,故此条无覆文。观平治二条释文,亦不明指何物可知,而恕谷以《周礼》乡三物当之。夫所谓乡三物者,乃一乡之教,非大成学也。若以三物为大学六经六行,尽人莫外,而六艺岂足以尽天下国家事哉?天下事,兵、农、刑、钱、礼、乐无不当究,而六艺则止礼、乐、射、御、书、数数者而已。夫子曰:"志于道,据于德,依于仁,游于艺。"此艺字而加之以游,则艺为德之末可知。窃意孔门学规,无逾此四句。志道即六德,据德则六行,游艺即六艺,而必以依仁为归,其学始全。今但曰志道、据德、游艺,而遂谓大学之道在是,其可乎哉?恕谷舍夫子切近之言不信,而信《周礼》伪书三物之言,自以为善学孔子,独得圣学真传,吾不知其何以自信如是也。

廿五日(2月2日) 宋钵言赠诗。

诗云:"搔首乾坤里,高吟兴未休。贞元千古事,抱负一生愁。才大无余子,官卑溷俗流。滇南回望处,何以慰离忧? ○得意新诗卷,江山感物华。何人推妙品,作者是方家。波磔书兼擅,萧骚鬓易斜。飘然巾扇在,孤鹤蠹天涯。○廿四干时策,兴衰洞古今。书成疑鬼泣,战罢苦云阴。卞氏空怀璧,邹人感铄金。可堪河汉地,十载少知心。○风流标艳牒,快读齿牙甘。妙曲偏能顾,兵机况素谙?君真冈上凤,我愧茧中蚕。梓里高轩过,深惭落笔酣。"

廿六日(2月3日) 酬宋钵言诗。

钵言既赠诗,余亦用其韵酬之云:"歌哭满天地,于今得暂休。披君新咏什,起我旧离愁。滇海无边泪,黄河不断流。那堪闻击筑,同抱杞人忧。〇一望沧瀛远,思乡梦五华。聆音谁识曲,到处自为家。渺渺孤云淡,荒荒落日斜。成连多海上,莫漫感天涯。〇漫空仙佛鬼,余近草《太极元枢》,多阐仙佛鬼神之奥。弹指去来今。著述成虚想,功名叹惜阴。鹏飞真万里,骏骨几千金。赖有诗堪写,才倾伯乐心。〇丽句雪中枣,能回蔗尾甘。几人堪痛饮,于事恨先谙。笑冷扪禅虱,丝抽缚茧蚕。相逢休恨晚,墨沈兴方酣。"

廿七日(2月4日)　立春。纪梦。

是日戌刻立春。自入冬以来尚无雪,十八夜虽微雪而不及寸。时物之变,又为朔方所无。是夜梦入马厩,一马伏枥,高大异常,背闪金光。余欲近之,而奋蹄不已。又郊外一马奔嘶,欲啮向余,急入户阖扉避之,马尚长鸣,四顾而后去。余恒梦骑马,或缓辔,或奔驰,无不操纵如意,未有如是之为马所骇者。马为人生禄命,岂此生终无受禄时哉?

廿九日(2月6日)　读《论语》。

《论语》首章首字曰学,古注训学为诵习,朱注学之为言效也,袁枚谓学似主诵习说。观夫子曰敏而好学,曰则以学文,曰博学于文,曰思而不学,诸学字可知。而子路亦曰何必读书,然后为学,则直指读书为学,尤彰明可见。愚谓训学为诵习,似学人专主诵读而已。训学为效法,则效法人又何时习之有?唯以学为诵读,习为行习,诵其书而习其行,义自明显。习诗、习书、习礼、习乐、习射、习御,皆习也。若但曰温习,则其义不备。曾子曰:"传不习乎?"正此习字。圣言本自易解,而传注故为深晦,致滋多疑。首章一学字尚且如是,则其他更可知已。

三十日(2月7日)　卜臣设筵共饮。

盖循例饮,兼叙乡情也。是日在座子钦、醇庵、钧庵及吕墨泉共六人,较之去岁又稍减兴矣。

同治三年

心烈日记卷之八_{甲子}

鸿蒙室主人笔识

丙寅正月初一日癸卯（2月8日） 作《太平鼓歌》。

是日天甚晴和,颇似南方气候。子钦以《太平鼓》诗相质,嫌有未惬处,因更作一章以示之云:"鼓逢逢,声冬冬,盈巷填衢敲春风。声冬冬,鼓逢逢,垂髫嘻闹西复东。脆如雨点洒轻荷,重如雷门响灵隆。聚如灵鼍,一声一声更可数;散如乱蛙,千群万群耳欲聋;狂如神巫,跳跃不住蹲蹲舞;急如军威,奋迅一气走三通。有时白叟来伛偻,群儿围戏称山公。有时红裙入院落,佩环嬉笑登天宫。一从椒花献岁才饮屠苏酒,朝朝暮暮无初终。太平鼓,声冬冬,黔黎何幸睹熙雍。太平鼓,响逢逢,世界于今更黄农。我闻尧民不识不知顺帝则,日击土鼓歌华封。又闻虞廷跄跄跻跻奏韶乐,下管鼗鼓间笙镛。几年鼙鼓乱江乡,太平无颂鼓声空。只今听鼓随人来燕赵,又觉渊渊简简如应钟。不是《渔阳》《三挝》怒气空激烈,不是羯鼓惊催风花耀紫红。颇似李家三郎擅绝技,御鼓亲敲酒兴浓。音乍断而乍续,听弥远而弥工。花间柳畔去迷踪,老夫万里正无徒,乘兴还来伴愚蒙。审其音,戛以玉;辨其节,扣乎桐,三三五五常相逢。圆皮一扇铜环响,知是谁家玉面小儿童。"

初二日（2月9日） 纪梦。

昨夜梦先君课余作四书文三艺,如少年窗课然。文毕,自入前厅,有火盆、水盎各一,乃以碗盛水饮之。又一人手执三鱼,以二给余,遂寤。

页眉补记:

是年秋闱,拟再文战,而四月已获选,科名之心于是始冷。此所以避火而饮水欤?然三鱼获二,亦双庆意也。

初三日(2月10日) 阅邸抄。

李鸿章奏进攻嘉善,守贼开城出降,大军直薄嘉兴。

初四日(2月11日) 阅邸抄。

左宗棠奏攻剿杭州、余杭诸军连获胜仗,破贼凤山门外九垒,逐北直抵城隍山下。去岁半载不见杭军奏报,今始闻此一捷,何哉?

初五日(2月12日) 作五言《述怀》古风诗。

五言古以十九首及阮步兵《咏怀》为上乘,后世惟唐三杰差堪比方,宋元至今,竟为绝响。近年汤君海秋《秋怀》九十一首亦颇欲步后尘,然根柢不深,情韵不永,只以逞博追步古人,侗乎远矣。余亦试拟此体,以备一格,是日成《泰鸿》《宇宙》《黄帝》《神仙》《往古》《空山》《芥子》七章。

初六日(2月13日) 作古诗。

成《黄河》《落日》《神龙》《羲农》《大造》《洪流》六章。

初七日(2月14日) 雪。作古诗。

雪深约二寸。是日成《腐儒》《天运》《诗书》《渭滨》《黄石》《梁父》《荆轲》七章。大约前十章多言天道,后十章多言治道,皆平生所心得,以为读书志向所在。

初八日(2月15日) 作古诗。

成《丈夫》《桃李》《明月》《东邻》四章。是日雪尚未消。

初九日(2月16日) 作古诗。

成《女萝》《芙蓉》《孤鸿》《空堂》《高岗》《白鹤》六章。自《丈夫》章后,大约已不得意,而借夫妇、男女、花鸟以写半生落拓飘零不偶之况,此古诗人遗意也。

初十日(2月17日)　作《述怀》诗。

成《珍禽》《涧松》《幽兰》三章,亦以比兴寓意。

十一日(2月18日)　作《述怀》诗。

成《梁栋》《俯仰》《南箕》《薰莸》《清夜》《往者》六章,皆遭谤受忌、蹉跎无成之况。

十二日(2月19日)　作《述怀》诗。

成《从军》《泸州》《巫山》《洞庭》四章。功名既不得意,而江淮又复多故,因出从军。初至成都,后抵荆楚,顺江东下,蜀中奇景,略见于此。

十三日(2月20日)　作《述怀》诗。阅邸抄。

成《大江》《苦战》《大火》《浔阳》《龙坪》五章。既克武汉,复战黄梅,余皆失意,而主帅焚殁,久病缠身,尤为难堪。

邸报本月十一日,台湾道丁日健、台湾镇总兵曾玉明奏攻破葭投老巢,扑灭陈䲔巨股,乘势进攻彰化城,克之。

十四日(2月21日)　作《述怀》诗。纪梦。

成《有客》《败卒》《黄天荡》《中泠》《戏马》五章。镇军殁后,余久无依,鹤人方伯又邀赴皖,而方伯更败,余乃东北窜逸。昨夜梦瀛舫司马相邀入宴,衣冠四五,推余首坐,而诸客皆彬彬,余独无首,似新受戮,尚有余痛,遂寤。

页眉补记:

瀛舫,粤西人。四月,余甫选缺,而广西请检补州同、州判各一。盖余入座时已先出首,不然,则当补缺粤西矣。梦兆之巧,非人所测。

十五日(2月22日)　作《述怀》诗。

成《吾道》《羽檄》《湘帆》《桃潭》四首。此则抵光州后方伯被难,而余转徙湖湘,留滞皖水之况也。

十六日(2月23日)　作《述怀》诗。

成《南海》《祝融》《汉上》《大梁》四章。滇中大乱,欲归不可,南北奔驰,迄无定所。

十七日(**2月24日**) 作《述怀》诗。

成《回飙》《淇水》《燕都》《徒步》四章。北抵燕都,与卜臣表弟相晤,始有依托。而长安居大不易,概略领风景而已。

十八日(**2月25日**) 作《述怀》诗。

成《山林》《青楼》《白马》《飞狐》《酒徒》五章。长安繁华,虽非昔比,而奢侈浮薄之习仍未能变,故略道一二,以存梗概。

十九日(**2月26日**) 作《述怀》诗。

成《大房》《红螺》《晨兴》《留台》四章。此随卜臣至房,又来大城景况。新旧三载,事无成局,真可叹也。

二十日(**2月27日**) 接介石函。

介石寄示近作及其族弟拙存、昙士两君诗,皆袖石先生令嗣。昙士年仅十六,《夜行朱仙镇》云:"鞭丝迎落日,暝色逐行辀。风起春星飐,林空鬼火幽。笳声出荒戍,灯影认重楼。却怪市喧近,到来雄镇头。"拙存《唐县道中》云:"客路尘沙净,清凉八月天。乱山藏雨气,高树聚秋烟。野色鸥波外,乡心马首前。故园知渐近,珍重策归鞭。"年少诗格,老成如是,可以知其家学渊源已。

廿一日(**2月28日**) 阅邸抄。

张之万奏汝南官军攻击鲍寨,克之。又闻宋景诗窜据鲁山县山中,与鲍寨不远,此股平,其势亦将窘已。

廿二日(**2月29日**) 与覃墨波论诗。王桩林招饮。

墨波代余订诗,甚有斟酌。唯谓余《游子恨》一诗不当存。居丧尽哀,不可吟咏,此古礼也,余岂不知? 然墨波所论者常礼,余所遭者变境。使家居读礼,而犹吟咏不辍,则哀情何在? 若流离转徙,孤舟闻讣,呼天弗应,吁地无门,奔丧不能,求死未可,并此数言犹不能存,则凄怆之心,胡以自处?《蓼莪》诗注云:"人民劳苦,孝子不得终养而作。"彼时之民,不过劳苦不能得终养,尚有歌诗以诉其情,况余流离转徙,又不得终养,而可无诗以志痛耶? 故哀礼虽同,而境遇则异。墨波知其一,未知其二也。

廿三日(3月1日) 作《述怀》诗。

成《离别》《飞鸿》《飞梦》《平原》《澄潭》五首。皆自叙室家之苦，父母兄弟、妻妾儿女之情略具乎此。盖遭家不造，而又值时势艰难，故较古人忧思为更迫也。

廿四日(3月2日) 作《述怀》诗。

成《游钓》《汉武》《蒙叟》《鸟倦》四首。既怀骨肉，兼忆故旧，儿时耕钓及长出游之所，皆不能忘情焉。

廿五日(3月3日) 作《述怀》诗。

成《仙人》《木公》《菩提》《罗刹》四首。还乡不可，则拟学仙；学仙不成，则拟逃禅；逃禅不可，则拟浮海；浮海未能，则思饮酒。然饮酒亦无资可供长醉，则其情为更苦矣。

廿六日(3月4日) 作《述怀》诗。

成《山中》《骏马》《东篱》《老农》四首。饮酒无钱，则惟遁迹深山，或寄食于人。访渊明，学老农，皆无买山资，则如何而后可乎？

廿七日(3月5日) 作《述怀》诗。

成《弃妇》《元化》《五星》《左丘》《大隐》《元音》《仲尼》《用世》八首。诸遇既穷，无一而可，则惟有埋头著书，传诸后世，庶可不没其志耳。然著述中道学、经学、史学、数学、律学、诗学，皆当深究。而学人至以立言显，已非本意，故以骚人自比，亦如屈正则之抑郁无聊，行吟泽畔而已。

廿八日(3月6日) 自书《述怀》诗。

诸诗既成，乃自书之。近时述怀诗多用七律，未有用选体者。海秋《秋怀》九十一首，乃书怀耳，非自叙也。余此诗自叙兼述怀，故自汉魏六朝以及唐之三杰，无不拟之。盖游历既多，阅世又久，非诸体不足以尽其变耳。

廿九日(3月7日) 书《述怀》诗。

选体诗喜同不喜异，喜含蓄不喜直尽，故其体隘而取径易穷，不如李、杜古风诸体可以穷极变化，而不能有所同也。余偶为此，上窥八代，下俯三唐，庶不致为其所窘。若再多作，非穷则复可知。诗至

唐人,不得不变,亦时势所为。明人不知此意,动云复古,无怪其为优
孟衣冠也。近时海秋又犯此弊,其《秋怀》诗中已扯杂重复,不免优孟
之诮,况他题耶。

附:何廉昉《岁暮自遣寄答故乡戚友代书》一首

已往不可追,未来不可知。休招令威鹤,莫问豫且龟。投海索遗
针,乘风揽游丝。千虑无一得,十行有九危。新愁秋叶积,宿愤春华
滋。搅肠鹿卢转,掩睫阑干垂。思之了无益,无益何用思。死者不相
顾,生者不相依。九原安可作,两地谁能飞?神密形乃疏,梦合醒仍
离。岂不恋骨肉,弃如鞶带褵。岂不护肺腑,裂如金刃刲。岂不爱面
目,尘土凝如脂。岂不惜喉舌,辛苦甘如饴。赵孟视茫茫,周昌语期
期。隆隆雷在耳,飒飒霜生髭。一身兼仆役,五体互提撕。踣足翻桔
槔,举首触罘罳。对酒不能饮,摊纸不能题。坠入忧患窟,筑成烦恼
围。造物弄刍狗,焚轹畅所为。婴儿堕地哭,入世能不悲?况我有知
识,触处为嘘戏。以我当灾难,用此为恩慈。栖皇四十年,颠倒十二
时。日月霍已逝,霜雪莽相欺。浮游水上飘,摇扬风中旗。疲牛履颓
栈,瞎马投深池。哀鸣毁巢燕,困卧失水螭。乐土杳难践,欢场悄不
怡。何以平缺陷,何以遣忧疑?仙人揽六博,招我相娱嬉。饮以九酝
浆,饷以三秀芝。暂解夸父渴,庶免曼倩饥。黟光变蒜发,绿色登梨
眉。挥手语仙人,心疾不可医。若使长不死,幽忧无了期。星君下手
版,驰召登天墀。宠之香案吏,重以玉局司。何如风尘中,簿书杂鞭
笞。何如月露下,轩车敝幨帷。叩首谢星君,疏懒无威仪。著冠头既
尖,束带腰亦疲。安能事趋拜,去缨而就羁。迦叶顾我笑,照我青牟
尼。累独无世缘,不若披缁衣。坚苦有禅行,胡不参篰机。龙华会未
散,虚左待归兮。合十告迦叶,重担在肩仔。庭坚将忽诸,若敖其馁
而。神诛与鬼责,交谪安能辞。焰摩视我叹,究竟何所规。司文郎乞
代,遮须国待治。森罗立铁案,纠绝悬金梯。兼之地下乐,聚族恒于
斯。况尔有妻孥,先与驱狐狸。掉头答焰摩,吾生知有涯。功不登兜

率，罪不入泥犁。身后百未了，欲去犹迟迟。母老待我养，兄贫需我资。戚友望我饷，奴婢借我炊。有算不解握，有策不能持。犹曰有我在，朝夕祷且祠。如网思鲟鳇，如猎思麋麕。使我此身没，三党皆仳偯。使我此心灰，百事皆参差。否极则泰来，今是而昨非。朝闻可夕死，后得或先迷。招魂恃宋玉，匿迹从赵歧。六凿且深凿，四支犹强支。将为漫郎漫，勿学痴人痴。时事一不问，人情百无讥。莫叩命通塞，何论天报施。三生等电泡，一视无云泥。眼底拓四瀛，胸中平九嶷。解忧既有酒，释忿兼能诗。船装五百斛，笔退三千枝。嵇阮为我友，陶李为我师。经史若昆季，先后纷追随。溪山若奴隶，左右听指麾。风月为宾朋，花木为姜姬。往来绝蹊径，出入除藩篱。通介徐公独，寿夭庄生齐。造化据我手，灵怪观我颐。嬉笑及怒骂，雅谈兼俚词。砆玉皆入袭，不复辨醇疵。陇孟皆在列，不复判妍媸。万言未为赘，一醉聊自私。画蛇或添足，得兔真忘蹄。声名为骏骨，功业为鸡尸。寿命为蜉蝣，意气为鲣鲥。拘官鹤剪翎，迂世麝噬脐。谋生蚺护胆，敢死豹留皮。虎头信痴绝，猿臂常数奇。得马福非福，亡羊歧又歧。不如陶贞白，挂冠早见几。不如邴曼容，投劾频免归。终日车倚壁，平时山掩扉。饘粥日可致，笔砚时自赍。甘为杜陵瘦，毋作王约肥。守闾从兀者，誓墓学羲之。子猷朝看竹，太乙夜燃藜。五柳坐调鹤，双柑行听鹂。无弦亦抚琴，有局即弹棋。佩不借萱苏，梦不入蘅蘼。不能游五岳，不必居九夷。不知星斗变，不惜日车驰。理乱不我与，休戚不我贻。奈何结愿望，终此违时宜。戚戚岁云暮，悠悠知者希。蓬蓬风自北，黯黯日将西。幕告有贾鹏，窗谈无宋鸡。合口如胡椒，空心若卷施。桃叶独婉媚，梅花渐芳菲。奚不拂裘钟，奚不铺陟釐，奚不筑糟台，奚不拥皋比，奚不招若士，奚不呼可儿。快泻碧缥酒，自镌黄绢辞。太白斗百篇，小红歌一厄。荒哉不平气，夜夜起虹霓。

廉昉此诗非不典赡跳脱，而气不静，味不永，则务骋博，徒尚澜翻也。古人才力既厚，心思又锐，而犹酝酿以出，不肯率意直书，故能积厚流远，百读不厌。学者当此知境，乃有进步。

心学日记卷之九_{甲子}

鸿蒙室主人笔识

丁卯二月初一日(3月8日)　黄霾蔽空。覃墨波赠诗。

自正月末多风,今日乃黄霾蔽空,日色惨暗。覃墨波赠诗三律,并留别云:"囊琴腰剑老天涯,儒侠居然共一家。龙虎陈奇仙画卦,斗牛光远客浮槎。凭凌劫运扶霜干,惨淡诗禅幻雨苍。千古热肠禁不得,楚骚悲动贾长沙。○蓟门霜冻笔花寒,曾伴诗豪筑将坛。痛哭文词惊满座,风波天地入凭栏。才堪抑塞翻奇易,气到沉雄媚俗难。珍重百年星烈记,名山可许外人看。○牢落平生纪胜游,江山奇气美人愁集中句。碧锋光焰豪雷焕,青镜功名困马周。滇海梦回龙战夜,帝城天近鹗盘秋。行行我亦风尘客,未信诗穷半白头。"数诗镕炼铿锵,而又有酝酿气。国朝中雅与梦楼先生为近,盖清腴在骨,而味美于回也。

初二日(3月9日)　霾。卜臣邀饮,与彭豫卿刺史晤。

豫卿名爵麒,前任此邑令,丁艰后尚未差委,寄寓邑中,因同饮。与余谈诗论地颇风雅,不意风尘俗吏中乃有此清品也。近日士大夫中颇以风雅为嫌,故虽有一二通人,亦闭口不道,盖恐上游闻之不喜,有碍考成。世风如此,可为一叹。

初三日(3月10日)　阅邸抄。

劳崇光、张亮基奏收复松桃厅属石岘卫汛城,并攻克观音山,生擒伪元帅梁忠庭,诛之。松桃、铜仁两境肃清。

初四日(3月11日)　作书寄宪之。

久不得宪之书,近闻汝、信贼平,光、固道通,乃作书由驲递去,未审其能达否也。光、固诸友视余较厚,异日名山之托,舍此又将焉往?故魂梦中常不能去云。

初五日(3月12日)　阅邸抄。

劳崇光奏克复册亨州同城池。先是,咸丰十一年,回匪陷踞城池,负固死守。广西代理西隆州知州陈锡藩籍隶贵阳,情殷敌忾,于同治元年正月率勇进扎江边,节节进剿,遂攻其城。又奏逆匪逼近贵州省垣,经官军痛剿,现已击退,生擒伪将军王庚二、王复三,伪元帅方明潘等。各贼目正法,并乘胜收复修文县城。

初六日(3 月 13 日) 微雪。阅邸抄。

林文察奏克复斗六土城,生擒伪元帅张鹏、伪军师钟合和等,凌迟处死。嘉义县属一律肃清。张之万又奏项城被围时,神灵默佑,见有赤白面神,以为关帝城隍,城以保全。张集馨又奏上年回匪攻扑蒲城县时,亦见东岳城隍旗帜字迹显然,贼遂退。均各请奖。近年此等奏报,无虑数十百处,是何神灵显圣之多也。夫神灵无地不在,无时不有,独何至赤白面色如优伶所扮,显灵于众目昭彰之地?此皆无耻之徒捏造妄言,以欺朝廷,冀邀冥冥之报而显赫赫之功,岂不可笑而可叹哉!

初七日(3 月 14 日) 阅邸抄。

熙麟奏:"上年四月及八月间,甘肃回匪迭扰高家沟及铜处、丈八等处,官兵屡挫贼锋。至是请奖。"张之万又奏:"官军攻克鲍寨后,乘胜进攻谈围,亦克之,擒斩逆首王立柱。附近王美玉及贺姓两寨,均畏威乞降。"

初八日(3 月 15 日) 阅《欧庐陵全集》。

宋议濮王典礼,迄无成议。逮明嘉靖大礼,又无成见,不知何故。欧公一代大儒,既见及濮王称皇伯之非,而乃不能定其何称为是,但曰宜称皇考。天下本无无父之国,而又岂有二父之君?无怪其不能服众论也。余少时曾见《谢梅庄文集》有《嘉靖大礼议》一篇,今已不记,大略谓宜称本生皇考为是,此亦易明理也。而自汉迄今近二千年,竟无定论,何哉?仲尼既殁,质疑无处,万古竟如长夜,可为一叹!

初九日(3 月 16 日) 作书寄毓之。

石星渚南旋,无人代寄皖信,而皖信亦无从得来,心殊怅怅。姑作一函，由递马致去。近日皖豫交界业已肃清，想鳞鸿可以无阻也。

初十日(3月17日) 阅邸抄。

左宗棠奏："浙省自杭州、余杭等处大捷后，伪会王蔡元隆踞守海宁州，望风通款，献城乞抚，于上年十二月廿七日出降。"上谕准其更名蔡元吉，从优嘉赏，并出力各员奖励有差。

十一日(3月18日) 阅邸抄。

曾元福、丁日健奏生擒首逆戴万生正法，与林文察同日奏报情形大略相同。湾台军务，亦渐肃清。

十二日(3月19日) 阅墨波诗草。

墨波以其少作令代校阅，秀句颇多，气体未成，因摘其数联于此。五言如《车行遇风》云："风烟昏白昼，天地滚黄沙。"《大溶江顺风还桂林》云："水风驱岸走，崖树挟云飞。"七言如《度雷圃岭》云："鸟外烟村千树紫，马头初日万山红。"《济南道中》云："无多雨恰来秋意，偶见山如遇故人。"尤觉新健可喜。

十三日(3月20日) 阅邸抄。

刘蓉奏："逆首陈得材久踞汉中府。正月初十日，何胜必、萧庆高督兵进剿，攻破慈院贼巢。次日，曾尧、曾克胜等由年家坝进击油房街，各军直薄府城，逆贼闻风窜出，其中旗往城固一带，余皆东北奔逸，汉城遂复。"

十四日(3月21日) 王霞村招饮。

霞村年少翩翩，雅好笔墨，去岁曾倩余书册页。今始来城，故邀与萼香诸君小酌，至晚始散。君与令弟雪潭为孪生手足，貌极相类，惟肥瘦各异，不然几难辨也。

十五日(3月22日) 代霞村书楹联。

久不作此等书，而笔颖又已退尽，殊难如意。正如书生乘马，欹侧欲坠，可笑人也。

十六日(3月23日) 阅《品花宝鉴》。

书不著撰人姓氏。所载皆狎优宿妓事，原无足观。然近代狎优成俗,京都尤盛,实为古来一大变风,故阅之可以知一代浇风薄俗,足补史册所不屑载。且优伶中亦有豪侠可喜,为士君子所不及者,不得以其为贱业而小之也。

十七日(3月24日) 阅《品花宝鉴》。

书中人物,不尽乌有,如田春航之为毕秋帆,苏蕙芳之为李桂官,侯石翁之为袁简斋,皆确有可指。其描摹秋帆,可谓形容尽致,未失其真。惟写简斋,未免不堪,岂尝有不足于随园意欤?亦何至诬枉如是之甚。

十八日(3月25日) 阅《品花宝鉴》。

作书人非善诗者,而词赋颇有可观。其《金缕曲》二阕,俱极情深语挚,读之令人酸楚。《饯别》云:"何事云轻散。问今番,果然真到海枯石烂。离别寻常随处有,偏我魂消无算,已过了几回肠断。只道今生长厮守,盼银塘不隔秋河汉。谁又想,境更换。明朝送别长亭畔。忍牵衣道声珍重,此心更乱。门外天涯何处是?但见江湖浩漫,也难浣愁肠一半。若虑梦魂飞不到,试宵宵彼此将名唤。墨和泪,请君玩。"《寄怀》云:"岂料真如此!只朝朝泪珠盈把,袖痕凝紫。烟水孤村何处也,回首迷离难视。又雨细斜风不止。若果梦魂飞到,望长天早趁江云驶。须一刻,走千里。报君近事心先喜。纵生离,只身还在,自应胜死。勉强加餐期日后,要使形骸尚似。居两地从今伊始,自古多情成积恨,恨东流不接西流水。肠断矣,写此纸。"

十九日(3月26日) 阅《品花宝鉴》。

是书近体诗虽不佳,而七古中有极浓艳者。其载田春航《恼公》诗云:"帘钩戛玉声玲珑,樱桃花映银丝枕。绿玉欹侧燕钗堕,年年锦字春机红。远山寸碧双眉翠,鲛绡半染胭脂泪。玳瑁梁间燕子飞,鸳鸯瓦上狸奴睡。飘烟抱月一尺腰,星眸欲妒春云娇。玉螭细细盘条脱,金雀双双飞步摇。多情郎似桐花凤,日近云鬟身不动。软爱香罗雾縠轻,娇嫌锦帐银钩重。画栏珠箔悬蜻蜓,碧桃一树开娉婷。朝朝花下许郎看,只隔一扇玻璃屏。郎采挑花比侬面,桃花易见侬难见。

妾貌常如月二分,郎心莫学文三变。罗帏寂寞珍珠房,麝脐龙髓怜余香。锦鳞三十六难寄,碧箫吹断云天长。绿绣笙囊挂东壁,无花无言春寂寂。怨女思弹桑妇筝,宫人愁倚杨妃笛。海棠醉堕蝴蝶飞,柳绵无力情依依。井底水如妾心意,路旁尘惹君身衣。翠毛么凤拖红尾,跨凤随郎三万里。一日香心思百回,闲时又逐炉烟起。"

此等诗虽学温、李,而能自出新意,佳词丽句,层出不穷,即使义山、飞卿为之,亦何以过? 其论诗以太白为绍古,少陵为开今,尤有卓识。

二十日(3月27日) 阅邸抄。

刘蓉奏:"官军既复汉中,乘胜直抵上元观。正月十六等日进攻城固县,贼势不支,由东门窜出。诸将蹑剿,并复洋县,贼遂向华阳一路逸去。"

廿一日(3月28日) 作诗送别覃墨波。

墨波前以诗留别,今定于明日起程,因用其韵酬之云:"才子乘春未有涯,囊琴安处便为家。风摇旅燕愁依幕,夜听神龙想泛槎。天地有时飘旧雨,烟尘无酒酹飞花。蓟门迢递桑干远,同怅恒河劫后沙。○剑气珠光老不寒,高吟逸兴压骚坛。沧瀛梦断闲吹笛,粤岭春回莫倚栏。雾敛青山愁扫易,诗添白发恨除难。琳琅一卷江花满,五色凭人醉眼看。○北来我已倦长游,半载新交话旧愁。凭陵词赋失班马,梦想功名徒尚周。此去共怜家万里,闲时各理事千秋。送君马上休惆怅,紫塞花开一掉头。"

廿二日(3月29日) 阅邸抄。

李鸿章奏:"逆匪分股占踞江苏宜兴、荆溪县城,派令郭松林会同戈登、李恒嵩进剿,李鹤章亦令杨鼎勋率队合击。正月十九等日,戈登派洋将美叙、罗殿至宜兴城外察看地势。郭松林等直薄城下,挥队力击,尽毁近城贼垒。贼众出御,官军分路围剿,郭松林为枪子伤穿右肘,滕嗣武右腿亦被击伤,弁勇亦闻伤亡二百。松林等复败贼于上湖桥,伪代王黄靖忠率党来援,亦为我军击退,追杀四十余里。戈登督攻东门，滕嗣武等分攻三门，贼开西门出遁，尽为我军所歼，有涕泣乞降者。遂于正月廿四日将宜兴、荆溪县城克复。”鸿章往日奏报多张大其词，此次似稍得实，因备载其情如此。毛鸿宾亦奏攻剿英德巨匪邓二、尺七等，生擒逆首，焚毁贼巢，英境一律荡平。

廿三日(3月30日) 听丁醇庵话庚申津门战事。

庚申大沽之役，具有天事。僧邸防津，经营数载。于海口多设炮台，更以巨木横塞细港，地雷暗埋平岸，层层布置，极为周密。唯北塘仅塞木桩，未屯重兵。贼乃竟由北塘上岸，其马队皆披绣甲，如兕似豹，我马一见回窜，人不能勒。夷遂绕围沽口大营之后，时兼大雨，铳炮难施，而夷炮乃焚及台上火药，诸军遂溃。所埋地雷，先期已为津人所卖，故一溃而不能收也。

廿四日(3月31日) 阅《品花鉴》。

凡小说家多以灯谜、酒令见长。是书所载酒令甚多，亦有佳者。灯谜未见巧思，惟药名、花名二情书情韵尚佳，因录之。药名书云：“小忆去年细辛，金阊款聚苏合；黄姑笑指牵牛，油壁香迎车前。猥以量斗之才百合，得逐薰衣之队香附。前程万里，悔觅封侯远志；瘦影孤栖，犹思续命独活。问草心而谁主王孙，怕花信之频催防风。虽傅粉郎君，青丝未老何首乌；而侍香小史，玉骨先寒腐婢。唯有申礼自持防己，残年独守忍冬。屈指瓜期之将及当归，此心荼苦之全消甘遂。书到君前白及，即希裁答旋覆。五月望日半夏，玉蟾肃衽白敛。”

花名书云：“尺缣传馥素馨，芳柬流丹刺红。肠宛转以如回百结，岁巡环而既改四季。忆前宵之欢会夜合，怅祖道之分飞将离。玉女投壶，微开香辅含笑；金莲贴地，小步软尘红踯躅。一自远索长安，空怜羞涩米囊；迟回洛浦，乍合神光水仙。在卿则脂盝粉奁，华容自好扶丽；在我已雪丝霜鬓，结习都忘老少年。过九十之春光，落英几点百日红；祝大千之法界，并蒂三生西番莲。计玉杓值寅卯之间指甲，庶钿盒卜星辰之会牵牛。裁成霜素剪秋罗，欲发偏迟徘徊。二月十六日长春，寅刻名另肃虎刺。”霜鬓一联丰神独佳，又不徒以巧思见长矣。

廿五日(4月1日) 阅《红蕉吟馆诗》。

秋槎诗虽极新艳,而恒失之于弱。惟《酬顾秋碧韵》八律乃极倜傥不群,使其由此精进一境,不且落落大方耶?诗云:"四十辞官尽许狂,人随初日下扶桑。花中眷属仙携偶,背上琴书鹤有装。家世渔竿留俊物,头衔隐士纪提纲。不须更问为霖志,云有归心恋点苍。○二分月在异乡明,载酒江湖此日情。金粉前缘真断续,绮罗旧事任纷更。轻抛红豆春无赖,再到青楼路已生。只有孟光同冷落,芦帘纸阁伴寒煢。○四海君真仅见才,偶然潦倒不须哀。乖龙性格原难豢,香草诗篇本费猜。到处为家营屋宇,故乡无地起楼台。西风十里扬州路,笑挈红妆打浆来。○虚无世界短长缘,憔悴光阴懊恼年。得意可怜珠堕地令爱韵雪,惜春无奈柳吹棉侍书佩香。花残挑李空留果,劫到闺门也听天。闻道瑶池金母说,此间月比下方圆。○黄金争铸贾长江,多少名流再拜降。大笔有谁堪对敌,此才除我竟无双。手中琢玉都成质,堂上悬钟善待撞君门下多科甲士。绛帐乞分纱一片,携归亲补课儿窗。○偶经沧海说桑田,卖到园林事可怜予京师偶园也。三宿因缘成往迹,九云楼阁记诸天。称心花木更新主,过眼丹青化晚烟。名士酒人半零落,剩君白发话灯前。○人天聚散等抟沙,不见仙人萼绿华。度曲本非长命女,断肠偏是可儿花谓瘦香、慧香二姬。休弹别鹤瑶琴苦,欲情当筵羯鼓挝。荒冢他乡谁料理,一盂麦饭托邻家。○新诗十卷古今愁,旅馆宵深细校雠君以《然松阁诗》十卷属为点定。寿世文章传此老,名山事业订从头。千金散尽难为客,八咏吟成易感秋。未免披图增别绪,有人万里写归舟余近绘《万里归舟图》。"

廿六日(4月2日) 阅《滦阳消夏录》。

纪晓岚先生著。中载其高祖《花王阁剩稿》哭董天士四律云:"事事知心自古难,平生二老对相看。飞来遗札惊投箸,哭到荒村欲盖棺。残稿未收新画册,余资惟卖破儒冠。布衾两幅无妨敛,在日黔娄不畏寒。○五岳填胸气不平,谈锋一触便纵横。不逢黄祖真天幸,曾怪嵇康太世情。开牖有时邀月入,杖藜到处避人行。料应尘海无堪语,且试骖鸾向紫京。〇百结悬鹑两鬓霜,自餐冰雪润空肠。一生惟得秋冬气,到死不知罗绮香天士不娶。寒赍村醪馋破戒,老栖僧舍是还乡。只今一瞑无余事,未要青绳作吊忙。〇廿年相约谢风尘,天地无情殒此人。乱世逃禅聊解脱,衰年哭友倍酸辛。关河决溅连兵气,齿发沧浪寄病身。泉下有灵应念我,白杨孤冢亦伤神。"情真语挚,神韵尤佳,过晓岚先生远矣。天士明末诸生,不知名,想亦风尘潦倒、脱落不羁之士。录之以见古人交道情深如此。

廿七日(4月3日)　阅《药栏诗话》。

秋槎著。君论诗喜柔不喜刚,主情灵不尚格调,盖一意取法随园,而又仅得其卑弱一路,故风骨多不振也。然载名人句有绝佳者,惜无姓名。如:"身闲才觉卑官好,老健方知妒妇贤。""已无青眼谁怜我,倘有黄金再赠人。""过江乌喙新尝胆,别院蛾眉正捧心。""深院酿花鸠妇雨,画栏垂柳鼠姑风。""世事岂惟仙尽妄,此身何止佛难图。""落日河山千古在,秋风天地一人无。""南阳高卧真名士,东汉余生旧党人。""旧家王谢空怀土,多事巢由更买山。""日夜乡心皆北向,古今汀水独南流。""黄金与土真同价,沧海为田只暂时。""樽前腊酒翻花熟,案上春联带草书。"数联谓如食春韭秋菘,鲜脆可口,信然。

廿八日(4月4日)　阅邸抄。

左宗棠奏:"浙江桐乡县为杭州、嘉兴要道,藩司蒋益沣令蔡元吉乘夜潜师进攻,复令李邦达等各率所部分扎桐乡东、北两门。伪将军何培章见官军云集,势甚穷促,潜通款于都司张其光,于二月初六日只身赴营乞降,呈缴军械、伪印等伴,桐乡遂复。"

廿九日(4月5日)　阅邸抄。

官文奏:"湖北随州、枣阳捻匪久踞厉山,总兵赵克彰等围攻克之,乘势追至唐县镇,为总兵杨朝林迎击。贼复窜扰枣阳之兴隆集、阳店等处,均为官军击败,遂向霸山一带去。贼势复大聚,拟共合围我军。参将成大吉驰入重围,各路援兵齐至,贼乃却,遂解城围。汉中败贼窜至郑西之上津,亦为官军击退。"

心学日记卷之十

鸿蒙室主人笔识

三月初一日（4月6日） 阅《药栏诗话》。

中载含山蒋世治《题〈红楼梦〉》，诗颇鲜艳，惜未记全。诗云："八座巍峨绮席开，软红深翠日追陪。老多姑息生淫孽，妇有机谋是祸胎。相敬如宾真大雅，但求不妒亦庸才。纷纷李艳桃夭处，犹见清操一树梅。○茕茕多难背慈严，千里思家百病添。孤介自宜情性傲，辛酸不觉语言尖。盖棺始割今生爱，同椁终存未死嫌。凄绝葬花诗一首，年年鹦鹉诵珠帘。○连珠宝帐合欢床，乳字呼来口亦香。未必姻缘成恍惚，岂真云雨尽荒唐？纲常总被轻浮堕，家政都因长厚荒。堪笑神仙犹悟道，黄冠羽服老丹房。"他如"一剑酬君真侠烈，九原殉主身从容""红裙袅袅花间解，翠氅茸茸病里缝""空庭寂寞蘼芜绿，香梦沉酣芍药红""豁达绝无儿女态，诙谐饶有滑稽风""绝世红颜多命薄，败家子弟总风流"之类皆佳。

初二日（4月7日） 雪。

去冬及今春皆无大雪。今晨忽觉天公玉戏，银虬玉龙，飞满庭院，登高望远，已成琉璃世界，一色浩浩，莽无涯际。然春麦初萌，恐伤嫩苗，亦非佳瑞。

初三日（4月8日） 雪霁。

春雪虽盛，然无甚寒，且今晨天已大霁，雪尽消融，麦苗似可无损。

初四日（4月9日） 阅《药栏诗话》。

中载鲍觉生先生自挽联云："功名事业文章他生未卜，嬉笑悲歌怒骂到此皆休。"语极沉痛。余犹记吾滇有先辈挽友一联云："来滇国四十余年，忽钟情，忽玩世，忽一死生，落落几人知，惟见阮公白眼；化君身百千万亿，谁颠草，谁狂诗，谁谈仙佛，茫茫终古恨，长埋谢眺青山。"尤觉一往情深。滇中楹联佳者甚多,孙髯翁大观楼长联脍炙人口,自不必言。此外尚有鹦鹉山之环翠宫,吕祖联云:"春梦惯迷人,一品朝衣,误了九环仙骨。鸡鸣紫陌,马踏红尘,军门向那头跳出空山。曾约伴七闽谈心,闲邀六诏杯茶。剑影横天,笛声吹海,先生从何处飞来?"相传陈用宾为滇督时,游山遇吕仙于此,故云。其他如海心亭,黄奎光题云:"有亭翼然,占绿水十分之一;何时闲了,与明月对饮而三。"圆通山之采芝径,孙髯题云:"步步小心,须念石头路滑;层层着眼,方知峰顶人高。"罗汉壁之三清阁,忘其题名云:"真潇洒出闲是闲非之外,小结构在大山大水之间。"安宁州杨文襄、杨庄介玄合祠,张汉题云:"正嘉而后,缅怀气节文章,是师是弟;山水之间,安排状元宰相,一主一宾。"又阮芸台节相武侯祠集联云:"丞相天威,南人不复返矣;先生不死,礼乐其可兴乎。"宋芷湾之大观楼联云:"千秋怀抱三杯酒,万里云山一水楼。"皆卓卓可传。唯芸台节相所改长联,为滇人士所笑。其后迁怒于五华书院肄业诸生,屡挫其气,文风因以不振,亦世运使然也。

初五日(4月10日)　阅《红楼梦》。

是书大旨,因空见色,由色生情,传情入色,自色悟空,四语尽之。故首尾以二梦为起结。先之太虚幻境,即后之真如福地。盖历尽幻境,则一转念间,已早登福地,是二是一,即色即空。中间设色写情,备极缠绵绮旎,风流跌宕,皆为空字蓄势。故情至尽时,无可再尽,则不得不以不尽尽之,此自色以悟空也。

初六日(4月11日)　阅《红楼梦》。

是书虽以言情为主,而说理有极超处,可补诸子所未发。如贾雨村论生人之道云:"天地生人,除大仁大恶,余者皆无大异。若大仁者则应运而生,大恶者则应劫而生,运生世治,劫生世危。尧、舜、禹、汤、文、武、周、召、孔、孟、董、韩、周、程、朱、张,皆应运而生者。蚩尤、共工、桀、纣、始皇、王莽、曹操、桓温、安禄山、秦桧等,皆应劫而生者。大仁者修治天下,大恶者扰乱天下。清明灵秀,天地之正气,仁者之所秉也；残忍乖僻，天地之邪气，恶者之所秉也。今当祚永运隆之日，太平无为之世，清明灵秀之气所秉者，上至朝廷，下至草野，比比皆是。所余之秀气，漫无所归，遂为甘露，为和风，洽然溉及四海。彼残忍乖僻之气，不能洋溢于光天化日之下，遂凝结充塞于深沟大壑之中，偶因风荡，或被云摧，略有摇动感发之意，一丝半缕，偶而逸出者，值灵秀气适过，正不容邪，邪复妒正，两不相下，如风水雷电，地中相遇，既不能消，又不能让，必致搏击掀发始尽。故其气亦必赋人，发泄一尽始散，使男女偶秉此气而生者，上则不能为仁人君子，下亦不能为大凶大恶。置之千万人之中，其聪俊灵秀之气，则在千万人之上，其乖僻邪谬不近人情之态，又在千万人之下。若生于公侯富贵之家，则为情痴情种；若生于诗书清贫之族，则为逸士高人；纵偶生于薄祚寒门，亦断不至为走卒健仆，甘遭庸夫驱制驾驭，必为奇优名倡。如前之许由、陶潜、阮籍、嵇康、刘伶、王谢二族、顾虎头、陈后主、唐明皇、宋徽宗、刘庭芝、温飞卿、米南宫、石曼卿、柳耆卿、秦少游、近日倪云林、唐伯虎、祝枝山、再如李龟年、黄旛绰、敬新磨、卓文君、红拂、薛涛、崔莺莺、朝云之流，此皆易地则同之人也。"是论精警透辟，非他小说所能道，故录之。

初八日(4月13日)　论诗。

作诗以兴会为主，兴会佳，书诗必妙。余兴会未到时，未尝吟咏，虽有好题，必先涵养心神，使其勃勃欲动，然后下笔。迨至下笔，则不能自主，听其所之，兴尽乃止。诗成后，然后略加默审，即成佳篇。否则率尔执笔，未见有可存者。

初九日(4月14日)　阅《翠竹山房诗》。

山阴寿梅墅庚著。诗虽未登大雅，而清润可喜。其《九秋》五律九首中有《秋柳》云："司马感长条，离人魂暗销。何期今日态，更减旧时腰。零落悲梁苑，凄其过渭桥。啼鸟栖不稳，霜月影萧萧。"《夜泊京口》云："大江南北界，弭棹坐通宵。浪险不成梦，云昏欲锁潮。钟声吴水阔，灯影禹门遥。不是归途紧，犹停廿四桥。"《雨中》七绝云：

"薄暮轻烟到处横,青畴绿壤水盈盈。一行白鹭忽飞去,冲破溟蒙山外行。"又《偶集六才题辞》云:"一双心意两相投,密爱幽欢却动头。暖绿池塘藏睡鸭,日高犹自不明眸。晚妆楼上海棠开,软玉温香抱满怀。春尽不曾双劝酒,梦魂几入楚阳台。罗衣不耐五更寒,梦里成双觉后单。斜月残灯新旧恨,寻思寂寞泪阑干。香消玉减瘦腰肢,翠被生寒有梦知。酒醒今宵何处也,风清月明夜深时。"集词曲以为诗,亦颇新艳,为前人所未有。其他佳句,五言如《蝶影》云:"月淡红增艳,风微香醉心。"《渡钱塘江》云:"风正悬帆稳,潮来扑面寒。"七言如《游小有余芳》云:"疏雨绿生新草浅,斜阳红上小楼深。"《晓景》云:"叠嶂已删千尺雾,归舟犹载一溪云。"俱耐吟诵。

初十日(4月15日)　作《中华形势全图》。

拟将平日所绘郡县地图汇为一册,故以此图冠首。使览者先识中华大势,然后细阅分图,则山川脉络自能条分缕析,而不迷于所往焉。

十一日(4月16日)　作《潜太形势合图》。

曩作《江淮筹备要编》,嫌其册幅宽大,不便携带,故复改作小图,以符各著述式,庶体裁画一,而无岐出之弊。日仅能绘一图,目力渐昏,手腕亦渐生也。

十二日(4月17日)　作《翠竹山房诗叙》。

文云:"癸亥、甲子间,寓平舒署,得与寿君小梅游。一日,出其尊人梅墅先生《翠竹诗钞》见示,且丐序。余受而读之,猗猗清润,明靡可怀,虽未宏绰,而赏心流亮,不失雅宗,可以入石湖、诚斋室矣。窃诗之为道,以感荡心灵、标举兴会为主。钟嵘《诗品》云:'气之动物,物之感人,故摇荡性情,形诸舞咏。照烛三才,晖丽万有,灵祇待之以致飨,幽微借之以昭告,动天地,感鬼神,莫近于诗。'是知诗至可以感心灵,标兴会,而仍纡余无尽,卓荦不群者,则不失为作家本色也。梅墅先生生长会稽,得山川清娱气,壮游燕蓟,又恒与士大夫相酬咏,故其得力于交游与山川助者深矣。晚佐津门张子班观察幕,阅历益深,诗境益进。咸丰初,以避乱来邑,家于王口镇,遂卒。小梅贫不能归,将梓是集以问世。余为摘佳句入《日记》中,并弁数言卷首而归之。非敢云序,聊志景怀云尔。"

十三日(4月18日) 阅邸抄。

多隆阿奏:"陕西盩厔县自蓝逆窜陷后,即督兵合围,贼恃粮足,拼死抵拒。二月廿三日,官军挖成地道,将县城东面轰开丈余,兵勇鼓勇先登鏖战,破其月城。贼仍抢筑内卡,死拒不屈。多隆阿身受枪伤,仍派兵驻守月城。廿四夜间,潜令步兵环攻西、南、北三面,东路官军乃掩旗息鼓,攻其不备,于黑暗中填壕拔桩,援梯而上,先将东门大开,兵勇一拥而入。贼知城破,夺路奔逃,均为我兵所殪。其从地道窜出者,亦为马队追杀无算。余匪抛弃辎重,窜入新口峪,县城遂复。"

十四日(4月19日) 阅邸抄。

李鸿章奏:"嘉兴官军连破城外贼垒后,于正月廿七八等日,程学启等督攻甚亟,并筑炮台,轰塌其城十余丈,众兵齐进。总兵何安泰中枪阵亡,而程学启亦为枪子所伤。刘士奇等奋不顾身,肉薄而登,贼势不支,纷纷溃散。各军整队而入,副将郭兴发受伤身故。"各奖恤有差。

十五日(4月20日) 作《天津府图并说》。

余虽未至天津,而《长芦盐法记》所载各场图甚详,因汇为图而为之说云:"天津府城,古章武郡,临析木之境,由卫改州,州置府。燕、云、卫、晋诸水毕注,绕其城西、北、东三面,顺流东南下百二十里,至大沽以达海,为畿南总要水口。每朔望大潮汐,北至运河,西北过御河,绕城如环。长芦盐之产于各场者,皆从海河载进,分掣而转运。城南地稍洼,宽广四五十里,津邑借以宣泄水潦。城北三十五里至蒲口,为入京师通衢,西走静海、青县至保定。城周九里有奇,人民荟萃,商贾殷蕃,实瀛渤一大都会也。咸丰三年,发逆李开芳、林凤翔等犯界,邑令谢子澄率众出御,募邑人之善水鸟枪者泅水中,以草覆顶,潜藏小划后,如击水鸟法。俟贼过堤几半,始发铳击贼,但闻铳而不见人,惊惧不知所为,遂溃,溺水死者无算。津邑得以保全而无恙者,子澄功也。十年,英、法二国复由上海来攻大沽营,僧邸预于海口多筑炮台,暗埋地雷以待,更以坚木巨桩横塞诸港,层层布置,最为周密。唯北塘一路港差细,仅塞木桩,而未屯重兵。英人乃由此登岸,绕围大沽之后。其马队悉披绣甲,五色陆离,疑兕似豹,我马见而惊窜,人不能制。时值大雨,铳炮尽湿,而台上火药乃为英炮焚烧,诸军遂溃。所埋地雷亦先期为洋人所卖,故一败而不能收。近虽盟好通商,而洋商满市,逞强斗富,布惠施恩,小民无知,悉为煽诱,亦百年忧也。且地逼京畿,路通瀛海,而为外洋所踞,恐燕云十六州终无所恃之险耳。"

十六日(4月21日)　作《山海关图》。

此亦从《盐法记》绘出。山川雄秀,民物殷蕃,远跨长城,近滨大海,在前代为要区,在今时为内地矣。然京师左臂实借此以作保障,故设兵戍险,以备不虞,亦承平时所宜修筑。况值今多事之秋,尤不可忽略者也。爰图大要,用资便览。

十七日(4月22日)　作《桐城县图》。

桐城龙自中干分枝,双龙并出。西龙起盛唐山,入局成杨柳枝形,结县城;东龙起龙眠山,落平弯抱县局。更分一枝,起庐江诸峰,逆挽棕阳湖,与安庆大龙山对峙,以作外堂门户。大江横过户外,江外九华诸山作朝,为皖省一大结作,固宜其钟灵文秀,为天下冠也。

十八日(4月23日)　作《宿松县图》。

宿松龙亦从中干分来,特起严恭山,落平数十里,起连城土星帐而不甚高。奖局始起高山,分三枝,一横山,一弹子山,一孚玉山,结县城,势颇散漫。惟横山下分一小枝,逶迤来固内局。对山名浪里月,势高压城,故出向稍偏,后靠亦不甚正,故书人无甚奇异。

十九日(4月24日)　作《九江府图》。

九江在庐山之背,逆吞大江,俯纳众派,形势虽盛,而门户皆多假借。盖以其地当险要,江流至此一曲,故古来战争多设险筑隘,以争形势之盛。若云大结,则尚未也。

二十日(4月25日) 作《长沙府图》。

长沙地势甚逼,盖南岳水口结耳。府城乃横局,而庙署俱倒坐。对岸岳麓山甚深秀,环聚自成一局。岳麓书院卯建其中,为晦翁讲学地,文风蒸蒸日上,此其秀欤!

廿一日(4月26日) 阅邸抄。

李鸿章奏:"官军自克复宜兴后进图溧阳,贼目吴人杰率众投诚。郭松林围剿金坛援贼,分股绕犯江阴、常熟、无锡等城,松林撤队回援,黄翼升等亦各路夹击,贼遂大溃。"沈葆桢亦奏:"贼踞金溪,为道员席宝田所克,惟副将金国泰受伤殒命。"

廿二日(4月27日) 作《家祖茔图》。

余家祖茔在府城西十里丛山中,龙自府脉分来,五行顺生,两潭夹送,成芍药枝形。结穴二:一花房穴,一节穴。余家葬节穴,其花穴尚投闲,以逼压村居故也。节穴虽高,登场甚圆美,惜龙水俱顺,主离乡,而穴心过小,葬至三棺,穴晕未免受伤,故发福甚迟,恐为力亦不甚大。犹幸东方木火诸星映穴有情,稍有贵征。葬后十五年,而先父北溟公生,亦已验矣。余近远离乡井,滇乱不熄,归期亦未可定,是又离乡象也。风水之说,岂不信欤?

廿三日(4月28日) 作《云南省龙图》。

昆明为南干一大结作,山海团结成太极象,本五星归垣格,惟嫌木星稍远,故望之不甚明白,余曾建议于金马山上建宝塔以助其势。又七学士峰中一峰火星不出头,故历科拟点鼎甲而不能就,亦当建塔于上,自有验也。

廿四日(4月29日) 作《镇江府图》。

镇江之秀,在金、焦二山,罗列江心,以为捍卫,虽不必专为此设,而借以成局,故尤为得力。惜京口运河截断其脉,且穿破天心,不能无憾。盖地当孔道,势难阻也。

廿五日(4月30日) 作《扬州府图》。

府龙自蜀冈下脉分为两支,会于府城入局。龙身多带梅花点,故曰梅花岭,其秀已极。而仪征来水环绕城脚,尤融会有情。惟城内两河直穿而过,则不知何意。

廿六日(5月1日) 致边介石书。

略云:"念自军兴,人才辈出,其建功成名与殉节死难之人,有国史在,无待表章。唯有才不遇,甘心肥遁者,似不可听其湮没。仆有意搜录,或轶事,或著述,汇为一集,名曰《军兴遗才录》,以见天地生材不易,而风云际会尤艰。虽不必人人皆遇,罔非一代杰才。但虑见闻未广,采访独难,殊觉可惜。足下若有所闻,无妨录寄为幸。"

廿七日(5月2日) 纪梦。

昨夜梦五白衣女隔溪与余牵线,长数丈,渐牵渐近,五女竟越溪登岸,一女入室中,四女立门外。余方量线欲剪,遂寤。线亦白色棉线,不知何兆。

页眉补记:

是年选缺,前后用银共五百金,皆诸友所助。

廿八日(5月3日) 阅邸抄。

左宗棠奏:"杭州、余姚贼势大窘。蒋益沣亲督水陆各军,于二月二十三日乘势分攻庆春、艮山等门,昼夜不息,贼胆愈寒。是夜五更,急启武林门,向德清一路窜走。余姚之贼亦于二十四日由东门逃窜。二城同日并复。"

廿九日(5月4日) 阅邸抄。

李鸿章奏:"本月初五六等日,贼屯杨舍、周庄、沙山诸处,夹山为营,蔓延甚广。道员张树声分路先攻华市,刘士奇等督军直抵沙山,抄入贼后,逆众溃乱狂奔,官军追杀无算。李鸿章复驰赴贵阳兜剿,贼欲由三河口浮桥回窜,我军断其归路,截贼数段,逆众弃械乞降,余匪分向丹阳、常州窜逸。"骆秉章亦奏松潘官军获胜。

卅日(5月5日) 阅邸抄。

御史贾铎奏请剔除积弊、整顿吏治四条，中有各省考试分发到省，人员不立定规办理，致恐捐生望而却步诸语。上谕着吏部妥议章程具奏。近闻保定试同通州县以下官，以论、议、说、示各一道，佐班另试，亦整肃官方立法也。惟立法须当清源，已捐者应如何分别试用，未捐者应如何定式捐输，乃为平允。不然，一例考试，则捐生未有不咨嗟怨望者矣。

心学日记卷之十一

鸿蒙室主人笔识

四月初一日(5月6日)　日食。作《巢县图》。

巢县地居庐州水口,内抱大湖,外达长江,诸山重重包裹,最是南北扼要之区。古来孙、曹交战,往往由此而进。近日发贼守此,亦极吃重,故累复累失。去岁贼图北犯,犹来争斗不已,亦可见其地城守不可或忽也。

初二日(5月7日)　阅邸抄。

熙麟奏:"甘肃贼匪盘踞安化、环县之孟坝等处。二月廿二三日,参将马天祥率众截剿,先将大方山、黑水河之贼邀击,复派兵由佛寺崂分路夜行。贼知我军断其西路,先将山路挖断,我军填堑前进,前后夹击,贼势不支,窜往四川张家庄等处去。庆阳境内肃清。"

初三日(5月8日)　王桩林邀游其村居园林。

园在王口镇,去城六十里。早饭后,与丁醇庵、许子云、张濬卿三君联车出城三十五里,至子牙镇小憩。邢君铁臣家新葺一室,颇幽畅,中悬余书"画禅"小额,亦极雅趣。盖铁臣善画,故陈设布置俱不俗也。又以石庵石刻法书相赠。茶毕,复登车,行二十五里抵镇。夹河为市,如十字形。河东属静海,曰瓦子头,河西王口镇乃为大城界,其实则一直卫而已。烟户九千余家,为邑大镇。顺流东北下百里,即天津卫,故为船商往来辐辏之地。园即滨河,有亭有廊,有轩有室,有树有花,而独无池与题额,唯藤萝一架,垂花累累,草花飞絮,纷满庭院。入门一见,极为有趣。晚与诸君及其教读师王君子才同宿书斋。桩林此园乃其尊人勇功公所造。公本旧家,及身家乃中落,少多不检,长乃事正业,遂大富。晚岁筑园自怡,屏绝尘务,唯以(裁)[栽]花种树为事,亦一时豪杰士也。桩林只知守成,不喜游览,故此园亦渐荒芜。幸其侄霞村与子雪潭年少喜客,犹有兴起象焉。二子孪生,皆其弟所出。桩林无子,以一为嗣。同里岳氏子亦孪生,所定某氏二女为婚,均孪生,亦奇矣哉!

初四日(5月9日)　作诗题园壁。

晓起披衣,小步回廊藤花下,朝曦上树,穿透廊壁,极有清趣。因成诗四绝,题于壁上云:"门绕清溪树拂天,隐囊纱帽驻神仙。凭栏雨过苔花润,风动藤萝坠紫烟。〇回廊曲槛卷疏帘,小坐能教醉醒兼。午枕腻人刚睡足,隔林遥听鸟声尖。〇鼠姑春过未成花,石丈倚云影半斜。好把池塘开一角,要他绿水聚青蛙。余嘱主人开池。〇看竹何须问主人成句,辋川图画不胜春。乌衣本是君家物,珍重槐庭碧荫新。"饭后,诸君邀往村西五里之药王庙观赛会。归为相其祖茔形势,横骑龙,结作颇秀,故其事业宽裕也。晚饭毕,又往村东观剧,三更后始归寝。

初五日(5月10日)　仍往村东观剧。

是日为药王正会,远近数百里男妇俱来与会。各村演戏赛神,绳妓竿童,诸技杂陈,笙歌弦舞,无乐不作,亦村会亦大观也。余颇厌繁,亦不暇观,只往村东观剧。桩林又设筵共饮。晚觉倦甚。

初六日(5月11日)　访岳句农。

句农去岁曾索余书,今枉过园中,饭后因便访之。室虽小而洁,花虽少而香,图书满架,笔砚精良,又是一番雅趣。因出其所藏书画,互相评品,不料村居乃有此乐也。

初七日(5月12日)　为桩林书园亭额。

有园无题,殊觉减兴,因为题其园曰宜园。宜雨、宜晴、宜春、宜夏,以及宜雅、宜俗,无义不包,宜之时义大矣哉!其亭曰含晖,盖亭东面,朝曦夜月,亭必先得,故曰含晖。亭之对面有轩,轩前古木修柯,垂青荫碧,颜之曰树木轩,盖十年树木,百年树人意也。萝架畔有屋三间,曰藤花书屋,则纪其实。书法各变一体,以穷其趣。

初八日(5月13日)　为岳句农题苍茫独立小照。李锡九招饮。

句农取工部"独立苍茫自咏诗"意写照嘱题,因书其上云:"天高高兮,大地茫茫。草木黄落兮,云物莽苍。念古今上下之悠悠兮,长泣下而沾裳。聊遗世以独立兮,徒俯仰而彷徨。抚斯图而对先生兮,何尔我神形之俱忘。岂三闾之泽畔行吟兮,抑渊明之适意以倘佯。吾得启太常而问蓍龟,号敬卜行藏。"又代醇庵题一绝云:"搔首长空任所之,遥遥天意有谁知。知君识得浣花意,独立苍茫自咏诗。"

初九日(5月14日) 岳羽卿邀饮。

羽卿为紫藩大令子,与弟翼卿、叔桐池孝廉均嗜书画。见昨日余与句农、锡九诸君挥洒屏联,今更邀至其家,设席快饮,并求书"大夫第"三字匾额。此三字颇难称易,再书而后就。饮后,余更至其村后,相彼旧茔。龙力甚长,滨河作结成玉带缠腰形,内砂排衙,深池荫穴,两臂龙虎高起,穴亦完美。惜正穴尚留,未有葬者。使再葬此,则事业当更远大也。

初十日(5月15日) 任东峰邀饮。

东峰名海瀛,邑老诸生。性极长厚,善画工书,山水花卉,俱能自立门面。唯家数不甚大,故难与古名人争胜。所居书屋虽小,而草花竹篱,楚楚有致。子弟辈各又出纸索书,亦畅快事也。

十一日(5月16日) 王仲青招饮。

仲青,诸生,亦世家子,善书法,娴音律,年少中极有兴趣者。是日诸友毕集,畅饮至夜后散。归园,复题桩林《冬青花》一律而后寝。诗云:"仿佛琼花玉一枝,吉祥今始绽芳姿。尘驱玉案香清处,酒醒冰绡月上时。琐细繁阴舒宝盖,玲珑碎影聚银丝。女贞子是神仙种,树老瑶台放未迟。"冬青本女贞别种,江浙人家多植之,取其吉祥意也。兹盆植一本,盘拿如龙,盖桩林尊人手植物,廿余年未花,今忽开放,玉蕊银丝,煇灿异常。桩林喜而索诗,故题此应之。

十二日(5月17日) 回舟,宿子牙镇。

饭后登舟,由子牙河回城,而风逆甚,至镇日将暮,遂访邢铁臣,借宿书屋中。案有《望溪全集》,因略翻阅。望溪文极醇,经学亦粹,然惜其收敛过甚,法律太严,反无以自见其才。此八家文之穷尽处,盖震川学误之也。夫文章乃造化菁英,自当与造化日新日盛,乃为善学造化者,岂有自遏其发生之气,不使稍得舒畅,遂自负为纯粹和平之旨? 是亦不善审夫造化之机而已矣,乌在其为纯和也哉!

十三日(5月18日) 回署。接家毓之来信。

晓起,代铁臣相其祖茔。初观其新扦一家,毫无结作,而且有害。后至村角,察其旧墓,乃逆水大结,穴情极佳,后龙亦旺。惜为村镇所逼,不能出向,故富有余而贵不足,为立一图而后归。至则接阅毓(下阙)

十五日(5月20日) 作书致宪之。

略云:"青年得志,白日甚长。此去正好留心学问,讲求事功,以副国家吁俊求贤之望,甚勿徒事词章为也。近日词馆所学,病在空疏无据,专以八韵小楷猎取高第,遂自谓道已在是,不复深求。一旦出任封疆,更经盘错,则束手无策,而欲求其不偾事也,得乎? 门下博览之功甚深,经济之学未讲,盖平日专以制科为念,故不暇致力于此。殊知穷经必当致用,否则猎遍百家,亦不过一书佣耳,何足为贵? 汉学专精训诂,宋学穷究性天,本朝则兼有其盛。然而分门别户,互相攻击,亦学术中一大弊病。吾辈读书穷理,但论是非,不相党附,庶可自立,不为人困。孔门为学,其途甚宽,四科十哲,各有成就。子夏、子张论各不同,从未闻其以攻击为能事也。门下从此可先立定志向,尽力以求,务于此中寻一立足处,其道乃有从入。如适大道,泛沧瀛,非有指南,方向莫辨。此为学第一层工夫,始念差,则终身皆伪矣。仆学无师,爹然好探索,心中非无所见,功力实有未能。唯志向一定,屡挫不衰,此中差可自信。始原不欲以著述见,今既无成,不能不退而作著述想。然又孤立无辅,虽有所作,亦难自显。平生知己,在滇有刘君仲鸿、王君公亮,皆以道义相切磋;出外则惟门下尚深知我,可与入道。闺阁中虽访获碧、月二女士,而近接皖信,月于去夏已物故,碧亦又将他适。仆以选期迟滞,不能速践前约,以成美眷。天之丧予,曷其至哉！月不唯情专,而才识兼备,使得依仆,肆力诗书,当可佐我著述一臂。今至若此,尚何言哉！自念一生于五伦中无一有所亏,始知人生天地间,为忠臣,为孝子,为义夫,为节妇,皆天所成就。否则虽有是心,难成是志。此又三教圣人所未及道,而仆从身心世故阅历后,而自有悟于中者也。"

十六日(5月21日)　（阙）

十七日(5月22日)　阅邸抄。

左宗棠奏:"杭州复后,余匪分窜武康、德清,派令杨昌濬、蒋益沣等分路进攻,罗大春先将黄洞桥浮桥折毁。三月初四日,诸军齐进,逆首吴海胜凭卡抵拒,杨芑桂等开门迎纳,海胜逃至三桥埠,复率援贼回斗,均为我军击退,武康遂复。德清一城亦经高连升等力击,贼弃城遁去。初五日,石门县城亦复。贼众图窜孝丰,官军击败之。"

十八日(5月23日)　阅邸抄。

官文奏:"捻逆两次围踞襄樊,均为我军击败。先是,逆首陈大熹等自霸山击败后,分路窜扑襄、樊,经龙藻琦等水师会同陆师,将贼击败,遁往丰乐河一带,计图复逞。因官军两路进逼,遂乘虚再扑襄、樊,复经成大吉、梁洪胜等在叶家店会剿,贼败向黑龙集一带去。"曾国藩亦奏三月初七提督鲍超克复句容县城。李鸿章奏提督程学启因伤身故,旨予谥,赐葬祭,优恤备至。

十九日(5月24日)　论学。

余为学并无师承,只凭心悟,故论大道不分三教,只以太极为归。凡理之有益身心性命者,无不探索而穷其精蕴。论成德兼重四科,不以门户自异。凡学之有裨世道人心者,亦必力求而征诸实用。诗品则风、雅、颂四始兼收以备体,书法则汉、唐、宋历朝互摹而怡情。至于兵学,酌古准今,未尝胶执己见。即如地理,峦头理气,原始要终,尤当攈集其成。此立志大略也,记之以期自励自勖而已。

二十日(5月25日)　阅邸抄。

御史景霖等奏："再查原设海巡不过数十人,而无赖匪徒冒充海巡,分布各门,不下千余名之多,无益于国,固不待言,而有害于民,为患甚巨。臣等风闻此辈把持盘踞,无恶不作,凡遇有大帮车辆装载货物,业已投税者,则争索饭钱,哓哓不已。如单车行客,并无货物,由城门验放后,行至空旷地方,百十成群,横行拦截。客人下车讲论,该匪等一半与之答话,一半假以搜查为名,不论银钱衣服,随手攫取,一哄而散。甚至肩挑贸易,卖菜担柴,逐日出进,无不被其讹索。此等孤单行旅被害虽深,又恐呈控到官,转被拖累。况既经勒索,旋即散走,更难指名控告,吞声饮憾,莫可如何,此有害于民之实据也。数年来京师重地,明火抢劫之案层见迭出,然尚系黑夜也。此则聚积多人,白昼拦截矣。盗贼冒死行劫,自知罪在不赦之条,若辈假公济私,转得安居无事之地,以盈千累百游民,不事生业,专以讹索为生,若不及早图维,尽法惩办,刀风日长,习惯性成,不知伊于胡底。此无形之患,不可不预防者也。况崇文门税务有监督,有委员,有正身官役,外有芦沟桥之盘查,内则各门之验放,似进城以后,无庸再俟巡查。若谓有名官役皆不足恃,岂无业游民反足恃乎?况此辈穷极无聊,意在谋财度日,决不认真办公,无论私货不能查出,亦但知讹索银钱,中途卖放,并不送务,于税课毫无裨益。臣等查海巡名目,不知始自何时,日久相沿,徒滋弊窦。至各城门以内添设海巡,则自咸丰十年创始,为害更甚。可否将海巡名目一律裁撤云云。"此实当今弊政,言之痛切,更有远虑,故备录之。

廿一日(5 月 26 日)　阅邸抄。

晓起,出北城二里许,阅刘都宪夫人墓。地结于县龙,首节隆起,圆顶成仰,面太阳,甚宽大,左脉旁出,乃结县城作正案。四面村落环绕,各在三四里外,如祥云之捧红日,贵格也。

午阅邸抄,李鸿章奏程学启因伤毙命事甚详,略云:"学启猛攻嘉兴府城,枪子贯入头脑,既绝复苏,抬回医治,渐有转机,经臣迭次奏明在案。学启自知伤重,不肯服药,臣再三劝慰,并延请内外科医士进药数剂,言语神气稍有清楚。臣初二日出省赴杨舍督剿,复往看视。学启言贼虽溃败,势尚悍众,请饬诸将慎重兜击。又言人才难得,恨将死不能为国家驱除残寇,辄哽咽流涕,向臣太息。臣犹勉以安心调治,不必焦急,并饬地方官时往照料。迨臣由江阴境内追贼至青旸,忽接省信,以学启日见危笃,头左偏伤处成洞,时有髓流出,毒贯喉,六日滴水不入,惟神志尚清。初九日,嘱家丁为穿御赏黄马褂,望阙叩头,于绕室行走数步,见案上有茶,举杯口不能下咽,凄然泪落。并令其营务处和州韩杰驰赴臣处,嘱专心剿贼,不及等候回省,语不及私。临绝时大呼以事未了,圣恩未报,脑浆迸流。当于初十日子刻出缺。臬司郭伯荫督同府县亲视棺殓,料理后事,据禀报前来。臣甫行抵常州,接信之余,不胜悲悼。各营将士痛哭失声,江浙远近官绅士民无不同声呼怆状。查学启籍隶安徽,桐城县遭乱被掳,发逆四眼狗欲重用之,学启以该逆荼毒百姓,自常逃去,为贼追回拘禁,不得逃出。咸丰十一年四月间,今浙江抚臣曾国荃督军近逼安庆,学启密赴曾贞干营中纳款。曾国荃兄弟见其志趣忠勇,迥异寻常降将,遂留营带队攻剿,旋克安庆,学启之功居多。其时臣在安庆,熟闻其人智勇可任。适奉命赴沪,仓卒招募,几不能军,请带学启所部两营东来。曾国藩念臣孤行危地,无以自立,慨然允准。同治元年三月,臣与学启一同至沪。五月虹桥之捷,八月北新泾之捷,十月四江口之捷,皆杀贼近万,大挫凶锋。实赖学启多谋善战,以少击众,威名自此大振。臣因为学启陆续招募至万余人,部属严整,所向克捷,先后克复青浦、嘉定、太仓、镇洋、昆山、新阳、吴山、震泽各州县。二年七月,进逼苏州,为群贼渊薮,城大粮多,非四五万人不能合围。学启以水陆一万人,由娄门外跨塘逐渐进剿,苦心经营,将城东之宝带桥、五龙桥、城北之华口、黄埭,城西之浒关、虎丘各处石卡次第扫平,分兵布扎。又两次分队远剿嘉兴援贼于八折、平望一带,又助剿忠逆大股援贼于大桥角、望亭一带,又分剿湖州援贼于太湖、东山一带,距老营皆六七十里,出奇入险,贼中怖为神兵。臣于奏报苏州克复折内,谓学启用兵如神，每动一着，即制贼命，盖纪实也。十月间收复苏州，降酋九人谋踞半城，拥众近二十万，意图胁制，稍一濡忍，变生肘腋。学启谓曾在城中，熟知情伪，此辈罪孽重大，杀其头目，即可解散，保全实多。臣故毅然诛其酋，散其党，苏城大局，顷刻即定。其能谋能断，亦近时武将所罕见。戈登闻其死也，流涕叹思，目为中国好将，向臣索其打仗时随身长旗二件，将来携回本国，以为记念。曾国藩曾商调赴金陵助剿，学启亦念国荃谠拔之恩，耿耿图报，拟俟嘉、常克后，当赴金陵协珍贼巢，使其未亡，有益于江、皖者甚大。今年甫三十五岁，无子，以嫡侄建勋为后云云。并为请予谥、立传建祠，朝廷优恤备至。"鸿章东征，专恃学启、戈登二人以成大勋。今贼未灭，遽殒大将，亦难为情，无怪其言之痛也。曾国藩每见将勇，必调赴营，殊知剿贼皆国大事，讵必显分畛域哉？

廿二日(5 月 27 日) 作《大城县图》。

午间拟出郊游，大风寒甚，遂返，乃作《大城县图》。龙势顺河西南来，转子入首成眠体凤形，城坐凤身，东关凤尾甚长，南、西、北皆有墩埠，配成两翅，与首来顶结刘姓墓，圆如太阳，四面村落各相去四五里，周围环绕，局颇圆美。又城方形属土，北关入首星辰成水花样，东关眠木故长，西关土墩虽小而圆为全，唯南方火星不起，倘建一塔以助火势，则五星俱归垣矣。南方地势甚洼，能筑长堤以蓄四方之水，则地脉尤灵秀，发福不可限量也。

廿三日(5 月 28 日) 作《李少司马祖墓图》。

李少司马崧祖茔在陈村，离城七八里许。今日天阴而无雨，乃携小童徒步往观。其入首阴脉隆起甚秀，穴面极宽，生气勃勃。前面案脚环拱有情，右砂高起紧抱，左手稍空，而墩阜累累，以补其缺。堂局明秀，平原中有数地也。归作是图，以备一格。

廿四日(5 月 29 日) 听宋钵言话马怀德斩蟒事。

(阙)

廿五日(5 月 30 日) 阅《天下名山记抄》。

新安吴君秋士在湄即王凤洲《名山记广编》摘录其要为十六卷,前
载图廿三,皆集一时名手所绘,诸家皴法具备,虽仅各得大略,而披阅
之余,亦足为卧游一助矣。余前梦五台僧以本山画册见示,今览五台
图,与梦中所见不甚相远,岂余与此山有夙契欤?

廿六日(5月31日) 接陈东屏来函。

略云本月陕西陇州州同出缺,该君顶选已代,改期于次月验放
领凭,宜早来京云云。余自元年十一月投供候选,今已年余,始能
获选。余本不欲从军西去,今更向西行,食禄有方,固不可强。陇
属凤翔,亦古来重镇,州同虽属闲曹,亦当有可自尽之事。昔阳明
谪龙场,尚能讲学,至今称盛。况关西代出名儒,岂无流风余韵遗
留人间,可与共相砥砺者哉。余前数夜梦着白衣乘车西行,后有数车相
从,今果验。

廿七日(6月1日) 寄毓之及宪之函。

宪之函内附致罗厚斋一信,托其代取诗文各刻板先赴光州,以便
携往西行。毓之函内附(下阙)

廿八日(6月2日) 阅邸抄。

沈葆桢奏:"逆匪窜扰江西,迭陷南丰,新城提督黄仁遗等督兵进
取新城,于大汉岭殄贼前锋。贼复麇集,诸军力击,冒雨前进,由城缺
处奋勇冲入,贼势大溃,遂复其城。余匪由邱家隘走福建。其窜南丰
之贼,复为席宝田、韩进春等分路击败于八都墟、后竹诸处,斩其伪倍
天侯张在明。贼众败向水南枫岭,与伪天将林正扬合拒官军,蒋怀清
以洋枪击林逆坠马,贼阵愈乱,我军乘胜进薄城下。"

廿九日(6月3日) 阅邸抄。

李鸿章奏:"江苏常州踞逆陈坤书拥众死守,四月初三等日,诸军
乘雨搭造浮桥,四面环攻。六日,戈登、刘铭传将南城轰塌,贼众死
拒,刘铭传挥兵直前巷战,自未至酉,生擒陈坤书、黄和锦诸伪王,弃
械投降者数万人。"

滹沱源

乔　宇

　　自王壮驲西行五十里,道瓶形关,饮孤山村下。村以小孤山而名,即《山海经》所载"秦戏之山,滹沱之水出焉"者。村之西有三泉鼎开,相去仅五十步,皆幅员尺许,滹涌正出,浮清泄澜,皎然不污,泡沸如争,回盘如合,沦漾如织,溪辟而流,其势不返,混绎而出,其来不竭。予下舆临泉叹曰:"玉之膏乎! 坤之液乎! 机之驻驻乎! 道之洋洋乎! 可以浣我之尘缨乎!"因历勺饮之,遂觉腑肺冷冷,神爽气馥。邈然面五台而歌,循浒周览,容容而恋,湝湝而随,停眩泓目,光沙以萦,幽石以映。其间为渚为沚、为坻为谲者,皆穷得其端倪。注为幽溪,沛然西折,傍无崔葭旎桎之扰,中无舟楫沿洄之桡,故得保其明洁。趋繁经代,达于平山,会于常山,为黄潦之流,而归于海。泉之最显于晋者以此。低徊之顷,俄有鲜云驾飙,冉冉自北岳而来,赴于溪上。水石奇丽,照莹心目,不可名状。于是飞盖而前,怅与泉别,则海风骤雨沙空平陆,卒然而至,若天待予饮三泉而然者,雨中行,抵沙涧驲,天野已暝,遂留宿焉。远三泉所,已三十里矣。

心烈日记卷之十二

鸿蒙室主人笔识

五月初一日（6月4日）　阅邸抄。

四月廿二日上谕："钦差大臣西安将军多隆阿前在湖北带兵剿贼，迭著战功。同治元年，率师赴皖，攻拔庐州，匪首陈玉成败窜，被擒伏法。旋由湖北督师入陕，授为钦差大臣，将朝、同一带回匪巢穴悉数削平，先后克复城寨十数处，并分兵解凤翔之围，俾陕省回匪一律肃清，厥功尤伟。嗣该逆占踞盩厔县城，屡次不下，该将军忠勇奋发，躬亲督战，力拔坚城，头面受枪子伤，节经赏给内府如意、拔毒散及人参等件，交该将军祗领，方冀医治速痊，长资倚畀。兹据因伤出缺，披览遗章，实深悼惜。多隆阿着加恩追赠太子太保，照将军阵亡例从优赐恤，赏给一等轻车都尉世职。所有任内一切处分，悉予开复。应得恤典，该衙门察例具奏。并准入祀京师昭忠祠。其曾经立功省分，着各该督抚查明，建立专祠。赏银一千两经理丧事，由陕西藩库给发。其灵柩回旗时，着沿途地方官妥为照料。伊子孙几人，着黑龙江将军查明，俟百日孝除后，由该旗带领引见，以示笃念忠荩至意。钦此。"

又旨："西安将军着都兴阿调补，未到任以前，仍着德兴阿署理。钦此。"又上谕："西安将军都兴阿，着督办甘肃军务，署同原提督雷正绾，着帮办都兴阿军务。钦此。"都兴阿前在湖北，多隆阿本其左翼长，都兴阿既授江宁将军，移军淮扬，多隆阿始独领一军，遂成大功。今都兴阿复代领其军，谋勇虽稍逊，而度量宽宏，实胜一筹，其福泽亦当远胜多隆阿也。

初二日（6月5日）　阅邸抄。

曾国藩奏："三月二十日，攻克金坛县城。先是，鲍超一军进逼金坛，旋以丹阳贼众，移军往剿。贼乘军退，出巢追蹑。鲍超偃旗息鼓，复折西洋村,设伏茅山左右以待。贼尽力穷追,伏起奋击,贼大败。复逼近城,败贼不敢入城,城贼亦启门出遁,县城遂复。"

雷正绾亦奏:"三月十五至二十六等日,率军进剿平凉府城之四十里铺各贼垒,又分兵击新城镇,均各获胜。"

曾国藩又奏:"提督李世忠遣散部众,交出城卡,呈请开缺回籍。朝廷谓其力保滁州等城,复慷慨誓师,助剿苗逆。此时江淮大定,愿散资遣勇,回籍葬亲,实属深明大义。若不允其所请,无以恤勤劳而慰孝思。"世忠狼狈奸诈,百倍群贼。当江淮扰乱时,虽投诚而不肯散众;当捻逆渐平后,乃撤党而始议献城。朝廷释其罪而褒厥功,亦羁縻以示宽大之意。惟道员何桂珍之死,实为冤抑莫伸,然亦书生无能,机事不秘,自取败亡之过,夫何尤哉!

初三日(6月6日) 阅《沧溟集》。

余将西行,太华三峰,势所必游。《沧溟集》有《太华山记》,虽未能尽道西岳之胜,而刻山划水,较袁中郎三记似觉缕析,故录之以为游山蓝本。文云:"《经》曰:'太华之山,削成而四方,其高五千仞,其广十里。'盖指华中削成而四方者尔,四方之外宫之尽华山也。自县南十里入谷,逶迤上二十里,抵削成北方壁下乃谷。即西南出,不可行,之东北大溜中。溜中一峡,裁容人,左右穿受不满足,穿受手如决吻,人上出如自井中者千尺,曰千尺峡。北不至十步,复得一峡百尺,人工出如前峡,曰百尺峡。则东南行,崖往往如覆敦出,人穿其穸中行,穸中穿如仄轮牙也。崖绝为桥者二所,东北径云台峰,东南得大阪,可千尺,人从罅中蹑衔上。阪穷为栈,五步,顾见罅中如一耦之畎新发诸粗矣。罅中穿如峡中,峡中衔如罅中,峡中之缬垂,罅中之缬倚,皆自汲也。栈北得崖径丈,人仄行于穿,手在决吻中,左右代相受,踵二分垂在外,足已茹则啮膝也,足已吐是以趾任身也。北不至十步,崖乃东折,得路尺许,于崖剡中入,并崖南行,耳如属垣者二里。剡穷,复西出崖上行,则积穿三丈。有崖从北来踆此崖上,复高三丈。自踆首南行,崖如前剡中属耳瓶耳矣。三里而近,为苍龙领。领广尺有闷，长五百丈，崖东西深数千仞，人莫敢睨视，是郦生所称搦领须骑行者矣。虽今得拾级行哉，足欲置之，置先尝一足于级上置也，然后更置一足，其所置足，犹若置入石中者，犹人人不自固，匍匐进也。级穷，得崖踆焉，高二丈。一隅西北出，人从其隅上。南一里得崖，又尽礉，不可以穿繘自汲也，是皆所谓悬度矣。不至百步，西北冒大石出崖下。西南上二里，得松林五树，称五将军。崖上者不见杪，崖下者不见本，从县中望见松如树荄也。西一里有大石如百斛囷，不知何来，客于此，横道而处，逾之为穿径二十所。西南百步，得巨灵掌。掌在削成东北方壁上，不尽壁，五丈许，人不得至。掌二丈许，掌形覆其拇，北引如三寻之戟，从县中望见掌，即五指参差出壁上也。又西百步，诣削成四方上矣。西南望削成四方中，东北望所从上削成道，道从东北隅出二十里，是镎于云台峰，犹杓之在斗矣。削成上四方，顾其中污也。上宫在污中西北，玉井在上宫前五尺许，水出于其上，潜于其下，东北淫大坎中，凡二十八所，北注壁下，壁下注道中。一穴北出，水从上幂之也。四壁之穴，各在一搏。上宫东南，上三里许，得明星玉女祠。《含神雾》称'明星玉女持玉浆'，乃祠在大石上，大石长十丈许。祠前辄柝，柝下有穴，穴有石如马。折南五丈，坎如盆者五所，如臼者一所，水方澹澹也。下从祠东南峡中行二里，得池二所，大如轮。东南行三里，望见卫叔卿之博台在别颠，为埒不尽崖尺，中如砥，可坐十人。崖南北繘绌绌也，欲度者，先握繘自悬崖中，乃跙崖自汰，令就繘不得繘，还跙崖，自汰得而后释所自悬繘也。此即秦昭王使人施钩梯处也。西南上三里许，得一峡如括曰天门，门西出为栈，而铜柱狭不能尺，长二十丈。栈穷，穿井下三丈，窍旁出，复西行为栈，而铜柱一池在石室中，不可涸也。天门旁有台，如叔卿之台。南望三公山，三峰如食前之豆，是白帝之所觞百神也。从上望壁下大溪，溪肆无景，即日中窈窈尔。久之，一山出其末，若镞矢，顷即失之矣，是为南峰。南峰前出南壁上，东峰出东南隅壁上，西峰出西北隅，从下望之，五千仞一壁矣。攀龙曰：'余既达削成四方中，不复知天不可升矣，余夫善载腐肉朽骨者乎？及俯三峰，望中原，见黄河从塞外来；下窥大壑，精气之所出入，又未尝不爽然自失也。'"

初四日（6 月 7 日）　接边介石、覃墨波各函。

介石知余将西行，以诗文来相赠。序云："自古士君子立身成德，未有不资朋友之益者。上自圣贤，以及克自树立之士大夫，必有至友数人，共相砥砺。而后之学者，犹得于史传考其师友渊源，以为观效。故有为之士，未有不重友谊者也。余少即寡合，先君宦滇时，及门之士以百计，余所受益者，惟刘仲鸿家逵、王秋帆湘。师事者，魏松岩先生森、孙平山先生钧、段南史先生纪，见方友石先生最晚。而余少年气盛，先生亦不能以气下人，虽心知其非庸常人，亦以恒情相待而已。及还燕南，不相闻问者二十年。岁壬戌，屡遭家变，闲居不自聊，乃依杨卜臣先生于房山，欲放情山水，以豁幽忧。而友石先生适展转自滇来，益历患难，练世故，与东南贤士大夫游，其学益富，才益老成。尽出所著书示余，为言南省十余年用兵之得失，形势之利钝，将帅之才略。其论时事之文，身历目睹，切实中当时利病。余得上下其议论，开悟实多。又谓余笔识可以著书，则逊谢不遑也。又勉余为诗。余自病七言古诗气多粗犷，先生见《寄卜臣大令》一篇，曰粗犷不害，特气未空耳，余乃大悟。遂和先生《移石诗》，而七言一变，又为五言古诗。先生曰：'思笔太锐，似学昌黎，入而不能出。'余又大悟，而五言又一变。遂日夕相与唱和，评指得失。风日清美，则登山临水，以畅幽怀，相得之乐，受益之深，亦淡然忘之。及卜臣先生调平舒，余先旋里，乃与先生别于张瀛舫司马处，又同居平舒官廨，旋又解馆归，则邮筒往来，相继于道。今先生将之官陇州，书来不禁怦怦，然忧集不能释。别何足惜？盖念前此相得之乐，受益之深，过此则见期难必。而余性脱略，所处之境又人情所不能堪，苟无良友切劘提撕，恐惰窳放废而不能振刷。而先生所著书，余尚未尽读，不能发其异同之见，以效愚者之一知。而余近日读书有得之旨，亦未正之于先生。又牵于事，百里之近，不能驰赴平舒请临别之言，故不能自已其辂结之思也。

因思余与先生之交凡四别，而谊则每别益厚，因述半生离合之踪志于篇，以遗先生。裨余阅此篇，则如对严师益友之提命，或不至日就惰窳，而孤相爱之诚，克自树立，以为他日相见之地。先生倘检阅之，可无忘远别之故人，又毕悉余性情好尚之所偏，学力器识之所不能到，而远寄督责之言也。遂急书以付驿卒。非赠行话别之故常，故不敢以无文而自隐。"诗太长不录。又跋《平舒集》尾，亦别录诗集后，兹不再赘。

　　因覆之云："接手书及赐题拙稿诗文各一，送鄙人西行序一，情真语挚，理实气空，一变从前旧习。盖诗文一道，均以性情为主，情至而言自真，理明则气自达。昌黎论文云：'气盛则言之长短与声之高下皆宜。'此盖言其临文下笔时象耳。若夫培养本原，意在笔先，则未有情不真、理不实，而气能盛、言能宜者也。大作数篇皆直抒心得，实叙交情，不假修饰，一呵而成，故有不可磨灭处，而尊意反自嫌其直率平易，或有出入矩范处。夫鸿文无范，真文亦无范也。古人绝作佳篇，大半创格，非好奇喜异，格不创则不新，文不新则传不久。要亦视乎情与理之真伪，以为文之兴衰而已矣。情果真，理果实，记中夹议亦可，序体似记亦无不可。此中体裁虽有界限，而兴到笔随，不必过泥成格也。至于处境，文人未有不由困顿来者，仆每自验。境遇稍顺时，心必浮，志必惰，气必平，诗文亦必草作。忽值横逆，或遭困扼，则事每历一艰辛，文必增一进境。正如长江大河，地势太平，反无波澜，不如奔湍急流，崩溢澎湃，怒发可观也。天生吾辈，使为文人，必予以困境，始能成就，所谓贫贱忧戚，玉汝于成，又何憾哉！仆一生在贫贱忧戚中，有与阁下尤难堪者。今虽偶博一官，远宦西秦，而五斗折腰，犹非素志所愿，况抱关乎！既又念孔子尝为委吏，阳明远谪龙场，古来圣贤豪杰，未有以下位自损，而遂无可见其事者，故隐忍就职，权作磨炼英雄之想。此去西陲，尚在多事，诸将又皆旧好，拟到陇后仍赋从军，或能稍有表见，亦未可知。节后一日，即先赴京。借阅诸书，本早奉还。以六月中旬出都，尚还大城，取道任丘，由鲁转豫，以达秦关。此中道途,可以登泰岱,陟华嵩,是一举而三善备。俟过贵邑,再为面呈不迟。且《恕谷大学辨业》及《习斋存性》二编,正倩醇庵代草未就。二书议论虽偏,然有与拙著相启发处。性道之理不明久矣,少时曾作《性善相近图说》,今又收入《太极元枢》内,然终未能畅所欲言,暇时尚当斟酌,使归尽善耳。仆尝谓文章知己,或千里而一遇;性道传人,非百年不易逢。仆讲此道,未尝轻以示人,只好自加策励。阁下天分极高,吟咏之余,无妨一探其原,盖有本之叶方茂、有源之水方长也。临别仓卒,难作赠言,聊以此书作座右谭可乎?不尽。"

初五日(6月8日) 覆覃墨波书。致雷纬堂函。

墨波亦就河间县朱小崖大令幕,昨午书来,亦郁郁不称意,今晨早起覆之,并致雷纬堂函。纬堂现攻平凉,去陇不远,西去尚欲从军,故先寄函,以为先步。近阅邸抄,官文劾奏严树森把持兵权,刚愎自用,有旨降职,以吴某为湖北巡抚,速赴新任,勿庸来京。盖发捻各股窜扰楚界,官文现统兵驻扎汉川,而严树森乃任性自姿,不遵体制,无怪朝廷之虑其偾事也。

初六日(6月9日) 起程赴京,宿王家口。

余既选授陇州州佐,自当赴京领凭,以便西行。取道王家口,拟由津门入都。是晚宿王氏宜园,王子才、岳句农、任东峰、王仲青、岳翼卿皆来相视,霞村、雪潭昆仲作主,诸君陪饮,尽欢而散。

初七日(6月10日) 仍住宜园。

诸友以余远行,后晤难期,均各依依,因留小住一日,出纸索书,纷纷不一。翼卿又设筵钱行,故暂留焉。

初八日(6月11日) 宿天津北关。

霞村昆仲以轻车送余,半日行百里至津门,日尚未暮,因至河北店觅宿。仍出散步,与戴君云川相晤,执手话旧,至二鼓后始回寓。云川,黔之安顺人,寄籍吾滇,故有乡谊。倜傥不羁,尤嗜丝竹捋蒲,一掷盈千累万,略无吝容。近亦以谒选通判来京,慕津门花月之盛,扁舟来游。万里故人,一朝相会,又不胜天涯离聚之感也。

初九日(6 月 12 日)　仍住天津。

津门为瀛渤胜地，不可不一览其胜。晓起，循河北岸至三岔河口，瞻望海楼，临水矗立，势颇壮观，惜为法夷所据，不能登览，殊属缺憾。膳后，云川邀入城游，略憩，仍出戏园观剧，兴尽乃归。津门阛阓之盛，尽集北河两岸。近闻东洋有巨船，长三里，宽一里，载人数千，停泊海滨，欲来通商，大吏不能止，诸夷从此又多事端矣。

初十日(6 月 13 日)　晓发津门，晚宿杨村。

破晓，买车北行一百二十里，未暮已抵杨村。途中成《津门晓岸》诗一律云："未晓渡天津，驱车快此行。残星留暗岛，众水汇沧瀛。夷众归如市，船高拥似城。大沽营远近，回首不胜情。"

十一日(6 月 14 日)　抵都。

由杨村西北行一百二十里至都。远望通州，宝塔矗然，林木蒨茂，气甚蓬勃。由通抵都，势渐趋下，盖京师左臂也。入城，仍寓吾滇北馆。

十二日(6 月 15 日)　访孙铁州共话。

铁州初名铦，号海楼，后更名铸，故又改今号。工书善画，而尤长于八分，可以名家。间亦吟咏，学所南、板桥一路，多以风趣取胜，盖性喜诙谐，故诗亦如其人也。久已无志进取，兹以避乱由滇至肃，复由肃出塞，绕道北行，辗转来京，依其婿刘君景韩，以笔墨为生。相见执手，须发皓然。各伤老大，更叙流离，不啻相逢在梦中也。

十三日(6 月 16 日)　访简南坪共话。

简南坪去岁纳宠，已别移寓，初访未遇，仍至铁州处观其作画，并听道塞外风景，皆平生所未闻。砂堆成山，其高极天，一驼驼二轿，盘旋上下，或遇大风，则失路不知所往。甚有为砂淹毙者，其山亦迁徙无常，真异境也。

十四日(6 月 17 日)　访刘子重不晤。

子重前阅余各种著述，喟然曰："诗其余事也。"余不胜知己之感，每至京，必往访之。今适他出不遇，因便道游琉璃厂书肆，更往观剧，以消客邸长昼。

十五日(**6月18日**)　阅邸抄。

劳崇光、张亮基奏:"贵州龙尔、湄潭二县所属之中岑等处,为黄、白各号匪著名老巢,本年正月为知县邵维新、李廷壁击破。其分踞石阡府属之袁家屯、犹牲坝等处,均被各路官军兜剿。贼由镇远窜扰思州府属,亦经知府严瑾击退,边境肃清。"

官文又奏:"四月廿一日,贼犯湖北杨家河,都统舒保追剿过河,直抵寿山,被围阵亡。同时死者德隆阿、额尔根扎普、图兴阿、富喜图、恰布数人。又闻贼众由荆紫关长驱入秦,直抵西安,已围省垣,而刘蓉始入奏。有旨:并李云霖交部议处。"此谕未发抄,故外人不能知。多隆阿前以陕境肃清奏报,今贼虽出境,尚聚汉水,而刘蓉膺此重任,诸关隘并无戍兵防守,使贼得乘虚直入,迨围省垣,始如梦醒,其疏虞无识,不言可知。朝廷议责宜哉。

十六日(**6月19日**)　偕陈章美晚游华陀寺。

华陀寺为吾滇赵忠愍公葬地,在京城西南角法源寺右,境颇幽净,钱幼彭、欧周民、张捷三诸君同寓此。是晚月色甚明,因偕章美闲步同游,并访诸友,共话至三鼓始归。

十七日(**6月20日**)　阅《听秋书屋稿》。

吾滇南宁喻君怀仁著。诗虽未极醇雅,而性情颇真。何子贞太史为作传,略云:"君姓喻氏,讳怀仁,字近之,少瀛其号也,云南曲靖府南宁县人。生有异秉,负奇志,年十二补弟子员,二十一登乡荐,二十二成进士,以知县候铨。时尊人旭斋丈官直隶仁寿令,君以母病,驰归奉养,割股肉进,病为之瘥。越岁庚子,奉母往大名署,行至黔之镇宁,病复剧,复刲股以进,竟不获起。仓卒具殡殓如礼,蓬头草履,扶匶步行,巉岩峭壁,岩霜毒雨,舁夫为之感痛,行路为之啜泣。失足损筋,迫不知也。十三驲抵家,废动履者三月,竭力营葬,庐墓百日,晨晡哀号,得气逆证,虽未灭性,毁亦过矣。居乡里,力肩义举,时疫流行,掩骼哺婴,周恤姻旧,剖决疑难,利济之心,勃发周至。以其暇日博阅群籍,古今治乱得失之源流,国家纲纪巨细之兴废,靡不究心,于忠臣烈士,则叹慕而歌咏之。乌乎!是时之怀抱气概,岂以一令终者哉!辛丑,随父任于大名,练习吏臬,研摩律例,日侍案侧,有问辄答。顾昆季怡怡,诹经考史,饮酒赋诗,灌花植蔬,乐不为减。癸卯,随任顺天府治中署,京师人文冠盖之薮,择文尤严,服古愈勤。甲辰冬,选福建罗源县知县,依依膝下,不遽成行,乙巳八月,始抵县治。视事之日,有窃贼被墙圮压毙者,立往勘明,事主邻右均免。至署,神明之誉,立起呈词,手自批阅,签差惟使一人。革花会恶俗,定书院章程。有叠石渡者,为福宁、温州孔道,土豪张甲充保正,历任以桥事委之。每值要差,架木如约,差竣即撤,募资肥己而已。君取醵金簿册,尽得其侵蚀状,责令造石桥以折罪,旬月告成。自银价日昂,历任以钱粮被议,君履任后,阖邑绅民自议每一两加钱二百文,足敷批解,恐其为民受累也。早起夜眠,衣布食蔬,甫月余而诸废次第举矣。玉廪湾张、吴二姓争海地讼屡年不决,君亲往勘,距县八十里,于泥中曳小艇丈量,惟虑扰民,欲即日竣事也。海野波阔,风入藏府,登岸晕绝,得温汤获解。次日登舟,遇逆风,复晕卧,返署而殁。时九月二十九日也,年仅三十有二,在官仅四十日,士民奔走哭奠,遂奉木主,与嘉庆时前令邓君传安并祀于遗爱祠。政成之速,民感之深,虽古循吏罕有俪焉。余观喻君割股疗亲,虽非中行,而至一至再,其诚不易,尤为士君子所难。人子事亲,但求心安,虽过行亦所不计。其后治民,亦因劳殒命,君真血性人哉!求忠臣必于孝子之门,信不诬矣。"

十八日(6 月 21 日） 阅《听秋书屋诗》。

各体虽皆有才,然尚未成体,惟五古真挚有味。《杂兴》云:"短篱不盈丈,中含四时春。种花岂在贵,趣永物皆珍。晚来坐檐下,微风吹我巾。游鱼唼人影,习久如相亲。翛然得所契,俯仰随鸿钧。其一。○种壶喜值雨,雨足壶苗好。种豆复值晴,晴多豆苗槁。晴雨亦何情,争兹遭际巧。主人怜槁折,灌溉课昏晓。料应生气微,聊此素心了。讵意浃旬间,引蔓倍夭矫。乃知抑郁厚,能使血脉老。第得滋本根，奚用惜潦倒。二。〇买花望其开，有如螟蛉儿。一气难骤感，况非水土宜。朝华岂不媚，窃恐终夕萎。愿言永怀慕，种我青松枝。三。〇花秧不知名，剖别半疑似。吾亦适吾目，随意杂红紫。野雀尔何来，啄啄无时已。知我戒矰缴，惊之不肯起。顷刻庭砌间，狼藉叹披靡。计尔肆毒罪，适足膏蓬矢。愿惟防范疏，先机失慎始。呼僮围麂眼，短篱插六枳。四。〇昏鸦噪何急，夕阳在高树。颇觉帘前燕，归较昨日暮。翻书就前楹，看久不知处。所适在性情，原非摘章句。一笑姑置之，薄凉足散步。著书求书传，古人良自误。五。〇暑夜不成寐，起就庭中行。静因夙所参，地僻心更清。初月上墙头，照见轩窗明。万籁一时寂，微闻落叶声。泫泫露初缀，习习风自轻。何当访元说，湛然无世情。"

十九日（6月22日） 阅《待鹤楼诗钞》。

大竹王鲁之怀曾与弟小云怀孟自幼有神童之誉，长俱能诗。嘉庆庚午，小云领乡荐，鲁之中副车，年均未冠。后鲁之举京兆，出宰山东，小云尚应礼部试，因便道省兄，遂殁于长清。才人不寿，大抵如斯。鲁之诗笔毫放，小云吐属清新，可称二难。鲁之《峡中杂诗》十首录其八云："乱山争出天，绝壁不生土。白波去浩浩，雷庭当中舞。苍颜忽破裂，鸿荒不能补。乃知天地心，开辟亦良苦。举头望空青，浮云下三楚。吾乡有山水，雄杰万万古。一。〇昔者女娲氏，巇裂补西北。炼石如铜鼓，炉炭罡风黑。积此用不尽，大地遂填塞。嵯峨一万壁，壁壁皆五色。日月时荡摩，光怪益不测。浪彩翻龙文，天精照霞赩。只愁李将军，金碧画不得。二。〇巫山十二峰，三峰渺难望。其余九峰者，各拔如天仗。阳台已久荒，但有飞猱上。花落神女坛，春心郁幽旷。一旦行云来，恍惚未能状。翠雨恣空蒙，群峰各飘扬。灵山真狡狯，顷刻幻百相。三。〇峰峦既诡异，水势益奇变。粲粲雪花飞，落落明珠溅。巨鳌地底来，髻鬣忽鼓煽。水石风雨雷，作此万古战。大船长十丈，不能塞一旋。险绝几插篙，_{舟人谓舟堕旋为插篙}。磨转千头眩。一浪过篷背，倏似空中电。滩声转转遥，澄江净如练。元

晖句四。〇荡荡清摩天,洞古石门关。上亦无所见,但见灵芝斑。高
鸟不得到,猿公无处攀。惟有日与月,出没过其间。瑶草不可摘,无
乃天地悭。对此一仰首,空似望蓬山。六。〇天如一匹练,白日苦堕
甑。偶然发长啸,四壁尽雷应。沧波为之翻,落叶惊无定。疑有万鼓
鼙,乃在地中孕。骇绝不敢声,小语忽如磬。莫读惊人诗,恐惊毒龙
听。八。〇黄昏入混沌,未午日已落。隔岸见数火,北斗堕岩脚。静夜
忽风涛,鼓荡万籁作。仰视星河光,沉然如微燔。漆城何荡荡,苦闷不
可凿。谁敢出舱立,山鬼夜出搏。九。〇朝啼母猿泪,暮叫子规血。一
叫一肠轮,一啼一头雪。风波亦何险,夺命出鲸穴。离家尚千程,空囊
复乖绝。漂母今已无,穷途向谁说?且掘黄精根,山泉细咀啮。十。"

二十日(6月23日) 阅《待鹤楼诗钞》。

鲁之七古尤奇肆,美不胜收,录其《望西岳》一章,以存梗概。诗
云:"五岳突兀此其头,上有白帝司清秋。下有万古帝王州,外有洪波
九曲环之流。昆仑如龙走中国,太行掉尾阴山黑。看山不看太华山,
焉知大势在西北。九州之外无人烟,中原荡荡平若川。黄河飞来不
敢下,但见莲花青插天。云台直上二万丈,太台混沌存其巅。丹霞何
盘盘,中有飞天十万素灵官。金银台出日照耀,仙人皆着远游冠。惟
有希夷老子不肯折腰事少皞,长眠其下若龙蟠。风吹一鹤上云端,我
欲从之何乃难。红尘如山压折骨,巨鳌戴之不敢搏。人生不得飞食
肉,便合攀云荡天目。笑杀北斗韩文公,乃在苍龙岭头哭。去去且复
登燕台,再来定当跷龙鹿。珠袍玉简朝金天,腰佩流金火铃篆。明星
高摘挽天匏,玉女盆头濯吾足。脚踏芙蓉望大千,日月西飞海东绿。"

廿一日(6月24日) 纪梦。

昨夜梦一鹿伴余眠而能言,且生二小鹿,甚驯。鹿者,禄也,余其
尚有后禄乎?

廿二日(6月25日) 阅《零砾诗存》。

王小云著。其续曹唐《小游仙》绝句百二十首,删存四十八首,兹
更摘其尤者于后云:"金文碧字紫金题,玉诞台高八百梯。天拥青霞

红日上,传班人报一声鸡。〇日月双擎白玉盘,红星乱缀碧云冠。小儿种得扶桑树,一半枝条剪未完。〇自领笙歌出上方,羽衣百幅佩霞裳。忽闻玉帝新传敕,教演《钧天》旧乐章。〇星汉当门夜不哗,紫云深护上尊家。侍童呈得姮娥柬,约我中秋赏桂花。〇五色支机石又穿,银河玉露一年生。真皇忽下青鸾诏,救免牛郎百万钱。〇玉楼文记冠仙曹,凤诏龙文字字褒。仙女簪花端正好,红云披上状元袍。〇手提药笼觅灵芝,忽遇琼台十二姬。邀去昆仑山下饮,碧瑶花草踏青时。〇睡足丹床掩石扉,不知城郭是耶非。偶来洞口一长啸,山外白云皆倒飞。〇三尺驴车任往还,白云处处拥神仙。老公闲说长安事,铜狄摩挲五百年。〇临邛道士到金垓,道觅杨家妃子来。为语玉儿归去久,与将仙节下蓬莱。〇典吏文星五十霜,上清新拜散仙郎。琼楼玉宇无清趣,自下蓬莱结草堂。〇金丹枉自驻红颜,冷落仙宫群玉山。听得智琼新奉敕,自寻夫婿到人间。〇一自携家住玉都,云中皂荚近扶疏。从前全咒双桃树,笑向刘郎若个输。〇金宫玉瓦碧霜严,月冷琼楼桂树尖。三十三天人睡静,赤霄都下水晶帘。〇宫院沉沉净碧烟,紫阳宫女簸金钱。玉妃输却飞云舄,笑挽真皇遣代还。〇采楼摇曳柳丝裙,踏遍潇湘十丈云。莫向月明桥下过,此时有恨似湘君。〇谪去长庚今又还,人人争识李青莲。桂花一院清香馆,合住诗仙并酒仙。〇洞天都养碧鸳鸯,独跨仙鹅思杳茫。拟借秦楼金凤子,人间接引小何郎。〇何郎新到十三霄,云縠霓裳赤锦绡。会过瑶山诸姊妹,宝囊珠佩压郎腰。〇文箫新入五云班,十万金钱暂遣还。唐韵莫教人袭去,又添板刻在人间。"

廿三日(6 月 26 日) 阅邸抄。

劳崇光、张亮基奏黔匪围攻清镇县,为官兵击退。按:清镇县离省垣仅数十里,而贼敢猖狂,则黔事可知。而劳崇光等累以边境肃清奏报者,何哉?

廿四日(6 月 27 日) 赴吏部过堂。

凡例:吏部每月廿日截缺,廿一日点缺,廿三日传知,廿四日过堂。余于前月已遇选，以道远不能来京，因于本月补行过堂礼。

廿五日（6月28日）　访陆润生。

陆君名作霖，与余同候州同缺，今已五年，亦于本月拣补广西南丹州州同，因过访之。闻其地尚有贼，亦难赴任。当今天下纷纷，何处可为清净土耶？才俊陈东屏邀同乡小酌时丰居。

廿六日（6月29日）　阅邸抄。

左宗棠奏："伪烈王林彩新由德新窜至江西弋阳县境，为道员王德榜击杀，城围顿解，余贼亦歼除殆尽。"

张之万奏："河南恩县匪首徐汝田屡勾发、捻扰害地方，前经官军攻破其寨，兹更与其党王占魁率众窜至汝河一带，官军会合团勇追捕至小孤庄，二逆同时受擒，就地正法。"

廿七日（6月30日）　购获《泰律篇》。

吾滇葛见尧先生著。余曾有其书，未能携以自随，今更购之。金正希先生叙云："滇蜀僻处天西南，其人才不若中土多出，出则必雄深怪异，遒然一人至今。吾师澹渊先生学悟精绝，跨越秦汉而上，又不徒以文章著。余为儿时，受师知，往往听师为诸生说《易》，不解亦不能问。时虽儿童，闻师语呫呫，则心窃异之。未几而师移南都，余日长大，曾走师署，杂叩所学，仓卒间，昏钝亦不能领也。谓子今方为制艺求进取，姑俟科名后图之。已而师经营黔、粤、秦、陇间，余亦困踬场屋，比幸一第，图所以就学，而师归滇矣。己巳之役，承上召对，次问天下奇才，问及师，以远不及事，姑置。已而余事不就，不敢复有言。余亦以病归里，既不能从师万里外，而师之学泰律尤著。乐之不传久矣，余既不学，不足以知师，则为刻是编以行，以冀天下之知此道者，或有知师，因以教我，甚孝。若师之磊砢英多，不以是书竟也。"

廿八日（7月1日）　诣阙左门验看。

阙左门在午门外，西向，凡验看大臣八人，分左右席地坐。门外吏部司员四人，执折背门正立，各员排班向东，挨次立，背履历。佐贰、佐杂均跪背，由右上，由左下。是日选缺分发共百余人。晓起即至外朝房坐候,午刻始点名,须臾竣事。未点名前,简南坪引余与吴菊生同进午门,左转内阁,复向北出,行过东华门内,至景运门外,入门向西行,即乾清宫门。两翼有小朝房,左为九卿待诏之所,右为军机处,前即保和殿,后即乾清宫。保和、中和、太和三殿,丹墀崇陛,巍然焕然,不能入。复由景运右门绕出三殿之外,经总管、内务府等处再进太和左旁门,仍出午门。太和门外及天安门外皆有御河围绕,上跨石桥五座,均极玲珑,皇居之壮,已略观其概已。

廿九日(7月2日)　亲谒同乡先辈。孙铁州招饮。

初入仕版者,必遍谒同乡诸先辈,余与菊生联车同谒一周。是日微雨,道颇难行。午后铁州邀至余庆堂小酌,至夜始回。

三十日(7月3日)　阅邸抄。

熙麟、雷正绾奏:"甘肃平凉府城自回匪窜踞后,大军进剿,迭获胜仗。陶茂林复率师来会,两路进攻,诸军奋勇,预控地道,轰塌东南城隅,贼尚抗拒两日,始将城中悍贼一律扫除。"上谕:"雷正绾自督军入甘,扫荡灵台、崇信、党原、北原及白水、眉县、新城等城镇,卓著战功。此次复督队攻克平凉,剿除巨逆,实堪嘉尚。着加恩赏穿黄马褂,并白玉四喜搬指、白玉翎管、大小荷包诸物。陶茂林亦赏穿黄马褂,以示优奖。"

心烈日记卷之十三

鸿蒙室主人笔识

六月初一日(7月4日) 游法源寺。

寺在宣武门外西南隅,为京师第一丛林。寺右即华陀庙,为吾滇赵忠愍公墓。今晨早起,天微阴,因独步往游。殿宇宏深,花木幽邃,诚胜地也。出寺,复信步南行半里许,有高阁矗起,曰斗母阁,凡三层,登之可以眺远。地本法源余气,然至此顿起圆突,诸砂毕会,又似正穴。惟入首为人锄坏,龙气过伤,故香火亦渐稀矣。

初二日(7月5日) 阅《荆驼逸史》。

陈湖逸士编,而不著名。所载皆胜国逸事,凡五十二种,共四十八册。序略云:"壬癸之交,某寓居无梦园之水阁,敞庐数椽,足蔽风雨,昼耕夜诵,人事都绝。庭阴有枯松一株,虽枝干蜿蜒,而萧然无复生意,命人劚而去之。不数尺,下有石板,叩之铿然有声,启视之,得铜柜一枚,不敢轻亵,疑其中有异物藏焉。再拜稽首而开之,无他,乃残书一束耳。字迹潦草,复多漫漶。读书之暇,挑灯细阅,俱系故国遗闻,约有数十种,不忍散弃,爰录存之,用昭劝惩,以备正史所未逮,可与《天宝遗事》并垂不朽云。"余从陈东屏处借获残本阅之,乱世实录,恍如目睹,较诸正史似更有据。非有心人不能藏,亦非有心人不能刻而传之也。

初三日(7月6日) 阅《西北文集》。

高平毕颉云振姬著。先生中崇祯壬午解元,入国朝,丙戌成进士,官至湖广布政使。学有本原,文极宏奥。其门人牛月三兆捷类而刻之,求傅青主为序。青主称其文为西北之文,大略谓西北云者,以东南之人谓之西北之文也。东南之文概主欧、曾,西北之文不欧、曾。夫不欧、曾者,非过欧、曾之言,盖不及欧、曾之言云云。又谓解元既为当世贵人,而但解元之者,山之知解元,知其为壬午之解元已也。

其意不能无贬词,惟于文则多有合处,故以西北之文许之。北方学者
与南方文士多存畛域,颜习斋、李恕谷均蹈此弊。究之数公之文,亦
未能越八家而上,不过艰涩其辞,崛强其气,以为古与奥耳。盖自唐
宋以来,文气卑弱,不能复古,亦时势使然。诸公同处运会之中,固安
能强而复之耶?

初四日(7月7日) 阅邸抄。

张凯嵩奏:"广西逆首黄三久踞贵县之平天寨,经布政使司刘坤
一督军进逼贼垒,五月廿一等日挥军进击,前后夹攻,生擒伪平章周
竹岐、汪检蛟诸人,浔州境内一律肃清。"

初五日(7月8日) 纪梦。大雨。

是夜梦人为余换头,揽镜自照,觉年仅三十余,貌颇少俊,惟颈上
有一线红痕,宛若刀截而复续者,亦奇矣哉!午后大雨如注,为本岁
所未有。

初六日(7月9日) 游善果寺。

在报国寺西北隅。是日庙会,士女如云,往来成市。余与陈章美
诸君同游,喧闹过甚,乃至报国寺,小憩槁木龛,更至长桩寺,闲步
乃归。

初七日(7月10日) 阅《毛文龙始末》。

李清撰。即《荆驼逸史》之一。文龙跋扈,崇焕斩之,不为无见。
然旅顺边防专恃文龙,去之则边将塞心,崇焕又不能恢复辽东。如其所
言,故我大清兵围燕用间,崇焕遂死,明势益弱,其疑窦早已自启其隙矣。

初八日(7月11日) 阅《东塘日札》。

亦《荆驼逸史》之一。朱九初子素述所载侯峒曾、黄淳耀二公同守
嘉定事甚详。二公以文弱书生,特激于义,守孤城以抗悍徒,势必难
支,人所共见。然二公所殉者义也,其余非所逆计。故人亦感其忠义
之气,相与共死危城,亦惨矣哉!

初九日(7月12日) 钟韫山招饮。

韫山本部名琇,亦能诗,在滇虽各相慕,而未倾谈。今来招饮余

庆堂酒肆,时在座者张捷三晋、刺史周荐秋大令、钱幼彭铨曹及陈章美、丁琢廷两孝廉、杨熙亭诸君。

初十日(7月13日)　赴凭科画凭。先慈忌辰。

部选人员,例赴给事科先画花押名册,上给事中填写赴任限期,然后移交吏部发给各员自领。给事在午门外端门内,是日晨起即到凭科,祗候至午初,始画押而退。旋至辰沅馆访满仙庄选拔,细询芋安近况,盖仙庄始由安丘来也。

十一日(7月14日)　陈东屏代领部凭到。

旧例,部册亦亲画押,始发凭。近以东屏亲司其事,故可代画,领交本人,亦通融简便法耳。凭限八月十五日到任,若有风水阻隔,随地由驲递报,感冒者亦然。大略正限外,尚有五日宽限。

十二日(7月15日)　张捷三招饮谢公祠。

捷三大会同乡诸友于谢叠山先生祠堂,地极幽静,回廊曲栏,修竹繁花,可以忘暑。中有联吊谢公云:"小女子岂不若哉?向萧寺招魂新公祠宇。大丈夫当如是也,与文山比节壮我江卿。"彭君名邦畴,萧也。

十三日(7月16日)　酬饮诸友。

孙铁州、张捷三、戈最珊、钟韫山、简南坪、陈东屏诸君皆曾邀饮,因酬之。并招陈章美、严湘生作陪,共酌于宴宾斋。

十四日(7月17日)　阅邸抄。

李鸿章奏:"江苏官军入浙助剿,自攻克夹浦口后,乘胜进逼长兴县,湖州、广德诸贼分路来援,悉为我军击退。五月二十四日,更轰塌其城十余丈,擒斩诸逆无算,县城遂复。"

十五日(7月18日)　书扇。

是日为先严忌辰,故不出门,唯静书纨扇数柄,留以赠人也。

十六日(7月19日)　代张春陔书屏幅。雨。

春陔,荆州人,现官某道御史。去岁北上,见余旅店题壁诸作,故来求书。余不知其人,未便遽挥。张霁亭与同事为道恳,因代书之。

十七日(7月20日)　访李小泉。

小泉曾为南城守备,缘薛致中案褫职,故不再图仕进,日惟以书画自娱。薛致中者,西夏道士,初入京,车马甚都,与王公贵臣相结纳,常显异术于众,人均惑之,愿为弟子,各为取名立号,为御史所参,下狱议死。将出决之前二日,忽病死,亦奇矣哉。闻在甘肃时,前七八十年人见其貌已三十许人,今来京亦仅若三十余岁,则其死也,岂真死哉?

十八日(7月21日) 钟韫山以诗饯行。

韫山前已招饮,兹更以诗来饯云:"风雨声催五凤楼,京华聚散感萍浮。卅年愧我囊锥处,万里输君橐笔游。客到幽燕悲老易,身经关陇得诗道。此行慎勿伤尘俗,官职才名一例收。"

十九日(7月22日) 雨。酬韫山韵。

晨起大雨,不能出门,乃用韫山韵以别之云:"仙曹琼佩锁高楼,几见风烟万里浮。陇上忽惊鹦鹉梦,秦关偏爱凤凰游。离筵坐我花先醉,好句逢君气自遒。可惜风尘还击柝,不堪珠玉向人收。"

二十日(7月23日) 书旧作诗付韫山。

韫山又以素纸索余自书旧稿,因录《渡江集》中诸作付之。

廿一日(7月24日) 张春陔以楹联来赠。

余又书《蜀楚江行》诸诗赠春陔,君因拈放翁句来赠云:"兴来杰作粲珠璧,写以奇字伴史仓。"亦可谓切合事实也。

廿二日(7月25日) 晓出都门,晚宿庞角庄。

由南西门出城,顺南海围墙行四十里至黄村,南路厅署在焉。地仅小镇,行人甚稀,以东南大道而寥落如是,则世情亦可知已。再三十里即庞庄,宿焉。

廿三日(7月26日) 宿南孟。

晓起,行二十里,渡浑河,即芦沟桥下游。又十里,至固安早尖,晚宿南孟。由固城南即分小道至此也。

廿四日(7月27日) 宿天德店。

离大城仅廿余里,属文安界,以道远日暮,不能即至,故暂宿于此。是日四方虽微雨,而所行之处尚晴霁,亦幸事也。

廿五日（7 月 28 日） 抵大城县。

辰刻已至县署，而诸友尚未起。饭后即大雨，镇日不止，故不能行。是日接毓之来信，知五月内贼踪下窜沂、黄，将及宿松，诸君皆各奔逃，天各一方，碧鬟亦随父避难未归，真可惨也。

廿六日（7 月 29 日） 覆毓之书。闻官军已复金陵。

廿一日在京已闻捷音，而未得实。今见省信，亦云六月十六日江南郡复，是无疑也。洪逆窃据金陵已周一纪，天心厌乱，太平可卜。惟余党四窜，江西郡县又遭蹂躏，皆生民之不幸耳。

廿七日（7 月 30 日） 卜臣饯饮。宋钵言赠诗酬之。

钵言诗云："遥指西秦路，声华在此行。温如君子品，宛尔故人情。曙月燕云远，仙鬟陇塞明。岐阳新吏隐，容易著芳名。○芙蓉城主月，恍惚误前身。潭水桃花地，烟鬟雾鬓人。人愿双璧合，缘祝一峰新。此去登临地，边期报小春。"次首盖指碧、月事也。君又携纸索书，人静后始得暇，因书二绝句酬之云："十年辛苦换微官，击到柝声泪欲弹。河自东来我西去，逆流今始上长安。○难得多才宋子京，一篇风雅怆离情。骊驹已系门前柳，犹为酬诗不放行。"

廿八日（7 月 31 日） 晓发大城，晚宿任丘县。

由大城西南行一百里抵任丘，地势渐高，气亦蓬勃，盖城建龙脊上也。晚宿西关旅店，介石亦来相晤。适李鹤癯诸君招妓畅饮，邀余入座，清歌雅叙，亦客中佳况也。

廿九日（8 月 1 日） 仍宿任丘县。

介石、鹤癯留余相地，因得展谒漱珊师墓。师葬其祖茔后，正当入首界水分脉处，且诸坟皆倒葬，愈形逼促，甚非葬法。余劝介石改扦，意亦不以为然，盖惮难耳。其祖茔结作甚博大，平原中隐起左右大砂，排列各门，长数里许。始祖葬右砂上，二世祖葬正龙，尚非穴位。坟前享堂乃阳中微突，方属极晕也。李氏茔在边茔之北，形势亦大略相同。李茔外紧而内舒，边茔外舒而内紧，皆平原大局，发福各三四百年，亦云盛矣。

心烈日记卷之十四

鸿蒙室主人笔识

七月初一日(8月2日) 宿张家桥。

由任丘七十里南行,至河间府。城颇高大,而路绕西南行,不入城。闻覃墨波在县幕,以行迫未及访,留片而去。再五十里至张桥,有大水横过,即子牙河上游也。一路有秦始皇求神仙处、西汉儒毛公祠、子路宿处、关张桃园结义处,皆不及访。

初二日(8月3日) 午雨。晚宿富庄驿。

王张南桥二十里至献县,绕城西过,遥望城中并无一树,惟木梐数杆。午过单桥数里,道途泞泥,车为泥陷,数人牵骡拽车,始出窖中。甫抵马家铺,而大雨如注,须臾晴霁。再行十余里,抵富庄驿,车又再陷,乃宿。是驿虽小,歌妓甚多,悉并却之。

初三日(8月4日) 午雨。晚宿南留智庙。

由富庄驿南行四十里,过阜城县,再二十里至漫河,早尖。午后过香河屯,穿景州城过。城内高塔矗立,约二十丈,三四十里外已遥见塔尖在树杪上,其下古刹半就圮矣。出景州行十五里,至北尚智,大雨从西北来,漫天皆黑,曰日雨。再行十五里始抵南留智,宿焉。香河屯即周亚夫细柳营。景州城北五里许,有董子下帷处。

初四日(8月5日) 宿腰站。

晓行二十里,次德州。运河绕其西城,烟光水色,略似江南景象。四十里至苦水铺,三十里抵恩县,赵平原君所封地也。大道已为水淹,由水径趋腰站。是日约行百三四十里,至寓时已二鼓。

初五日(8月6日) 宿东昌府之八里庙。

大腰站四十里即高唐州,《孟子》所谓"绵驹处于高唐"是也。大道本由茌平赴东昌,闻县城中黄水泛溢,仍趋别道,向西南行,约共百五六十里,始抵城东,又为运河水淹,乃东转八里庙,宿茅店中。时将三鼓,人已宿尽,辗转破榻,夜不成寐,蚊蚋之虐,愈难堪矣。

初六日(8月7日)　仍住八里庙。

四面皆水,天又将雨,车殆马烦,难以促行,故暂止一日,以蓄马力。

初七日(8月8日)　拟过泰安登岱岳,不果。

拟由茌平之武家口渡过平阴,以登泰岱,乃行五十余里至石庄。黄河大水泛溢,宽数十里,大船不能抵岸,小划不能载车,徒作望洋而返。然遥望平阴,已见岳麓小山环峙黄河外,与西岸一带平原风景顿觉改观矣。是晚仍回宿八里庙高姓店中。

初八日(8月9日)　宿莘县。

晓起,由东昌城东渡小河,转南再渡运河,始南行七十余里,至莘县,宿南关外。时已黄昏,盖渡河二次,颇耽时辰,故迟迟也。东昌城大而整,商贾亦盛,与天津、德州大略相仿,为东省一大屏藩。

初九日(8月10日)　宿观城县。

五十里过朝城县,属曹州府。再五十里抵观城,途中遇雨,甚大且长,幸泞泥未深,故亦不甚难行也。朝城后即冠县,为吾乡傅雪樵大令全家尽节处,言之不胜怆然。

初十日(8月11日)　宿开州。

属大名府。城甚宽整,地亦有势,后脉隆起,前堂低洼,水浸若湖,隐起两砂,弯抱极紧,与陈州局势大略相类。行其后龙,可望淮、徐诸山,则形势之高于他处可知。是日共行九十余里,宿北关外。

十一日(8月12日)　宿高平寨。

属长垣县。一路寨堡甚多,相去不过一二十里。盖由东昌至此,两省交界,地甚荒野,为土匪匿迹之区。良民处此,不得不互相保守,以全身家,亦可见乱世民生难以为命也。是日亦行九十余里,即宿。

十二日(8月13日)　宿留光集。

晓起,行四十五里,过长垣县,北关已为水淹,绕道入东城,复出南关,暂息旅店。其城宽广亦与开州略等,仍属大名府。午尖后再行三十里,至留光集宿焉。长垣以上,天气甚清朗,长垣以下,氛埃昏翳,与南省用兵处又略相同。岂自此妖氛尚有未净时耶?

十三日(8月14日)　抵汴梁。

五更即起,行三十里,过陈桥之西,与钱实生晤,盖将北上秋试也。又十里,至黄河,午后始能渡。河宽不过二三里,盖下流已泛滥,故此间水势稍杀耳。灯后抵汴城,宿东关外。城势最低,多渍水,晚尤难行。月影下只见孤塔高出城上十数丈,四围空旷,颇形寂寞,盖王气萧条,已数百秋矣。

十四日(8月15日)　入汴城。

已刻移寓入城,适值大雨,行李尽湿。同行墨商胡君号敬亭者,又为关吏所厄,宛转周旋,始得入城,同寓土街旅店。

十五日(8月16日)　出访同乡诸友。

钱晶卿增鸿大令现委陈留,未行。马秋园履泰刺史、张捷三晋大令,均未奉委。余抵汴,不能不一一过访,仅晤晶卿。知金陵虽复,而江西之广信、抚州、南康、九江及安徽之宁国俱陷,湖北贼势亦下扑安庆。盖困兽犹斗,愈难防范也。涤帅以下议爵者数,而未得实。僧邸现驻息县,以防北窜之贼。余又便道访张君贡南,不遇,晤其子号秋岩者,坐谈半晌始出。张君即约庵族兄,为卜臣妻舅。又至胡允元墨庄,与宋君寅阶晤,细询关中近况。不惟道途难行,饮食亦甚贵,犹幸贼踪远去,似可安然西上也。

十六日(8月17日)　游铁塔寺。

在城东北隅试院后。塔高十余丈,皆铁色琉璃瓦为之,故俗呼铁塔寺。寺已倾圮,惟正殿及塔岿然尚存。铜佛高丈余,石佛端坐尽露处,寺僧正设法遮蔽。丰碑屹立路旁,率多剥落不可读。塔中空,拾级可登,螺旋而上,至于极顶,俯眺黄河、太行,皆在足底。是日风高石滑,难以登眺,殊为缺憾。塔底昨一道者善卜易,余占之甚验,亦奇士也。

十七日(8月18日)　游相国寺。

世传唐太宗梦游冥府,借窦姓化存冥府金银库,以济冤鬼。醒后,封窦姓相国。迨睿宗朝,复辇金银数百万以偿其后,而窦氏子孙无存,遂以其银敕建相国寺,至今千有余年。虽多剥落,而规模崇丽如故。寺后有藏经阁,登之可揽汴城全局。阁上兼祀窦氏夫妇于旁,然其事不载史册,故无可考。

十八日(8月19日)　访宋故宫遗址。

城北隅有高台崇峙,上建殿宇,奉上清天帝,俗呼龙亭万寿宫,相传为宋殿址。台高数十尺,四面皆水,淼若平湖。余登台平视,正当南城,万家屋瓦,鳞次环列,想见当年端拱而朝万国时也。不意七八百年间,故宫禾黍,更化为沧波巨浸,能无慨哉!

十九日(8月20日)　钱晶卿招饮。

在座者窦兰泉㟀郎中、马秋原刺史、张捷三大令,皆同乡。花集三刺史则黔产,洪晴川少尉则旗籍。兰泉翁著述甚富,而兀傲自喜,颇以前辈自居。人有小过,必面责勿隐,而心多向热,不与其言符。余初未展谒,而翁乃先临,因以各稿往质。今见若此,必难投合,然无及矣。

二十日(8月21日)　跋张月槎先生书后。

吾乡号善书者,首推赵玉峰中丞,次则钱南园侍御两先生为最,而钱名至今尤藉甚,赵则泯焉不闻,岂以政治掩书名欤?石屏张月槎太史以致仕郡太守举鸿博,再入词垣,天下又无不知其为博雅君子矣,而书法亦卒无传焉。润少读《留砚堂诗文集》,私心景慕有年,从未见其尺幅字。兹帧乃秋原刺史从汴市购获,笔势飞动,如龙蛇捉拿不住。盖草书神品已入怀素室,不仅与玉峰、南园抗行也。噫!书法如是,而尚无传焉,虽桑梓后生,亦仅睹吉光片羽于故纸堆中,则其他更可知已。

廿一日(8月22日)　阅邸抄。

连日患痢,不能出门,从钱晶卿处借阅邸抄。洪秀全于五月内服毒自尽,以其子洪福瑱嗣伪天王,于城破时积薪自焚。伪忠王李秀成潜匿民间,为我兵擒获斩之。涤帅进爵一等侯,世袭罔替。其弟国荃一等伯,李贤典一等子,萧孚泗一等男。十余年巨寇,一朝剪除,封爵宜矣。然余贼悉窜江西、徽宁,扫除亦非易易。且巨寇除而猾勇无归,亦为大患,天下事未可遽平也。

廿二日(8月23日)　钱晶卿馈赆。

晶卿代理陈留,余以患痢不能走送,而君乃命其仲君直生来寓馈赆四金,亦足见乡情之厚也。

廿三日(8月24日)　出访光州诸友。

光、固诸友现来乡试,余以病不能出访,今日稍愈,乃出门,得晤李小川并其族侄翰臣、元熙诸君。晚间翰臣亦来寓畅谈,知湖北贼势尽聚麻黄沂罗山中,僧邸马队不能施展,仅遥驻山外,以俟其出而后剿也。

廿四日(8月25日)　窦兰泉先生过访。

前呈诸稿,先生谓余曰:“子读书甚多,天分亦高,近所著述,若聊以自娱,则亦可矣。如必求其可传,尚当精进。从前诸稿,尽数焚去,别求一是,乃有可观。”余悉唯唯。夫学问原无止境,今日所得,明日视之,则皆可焚;明日所得,后日视之,又皆可焚。然亦有明日所得,反不如今日之是者。先生不论是非,但云从前所为皆可焚弃,岂愚者所虑,竟无一得耶? 道在天壤间,随人领取,不过深者见深,浅者见浅耳。吾不知先生所谓是者,果皆是耶? 抑不知先生所谓非者,果皆非耶? 尚俟徐参而后可从。

廿五日(8月26日)　谒兰泉先生。

先生以所著《铢寸录》八卷赐观,盖其《晚闻斋五种》之一。所谓五种者,《多识》《四余》《待焚》《游艺》与此而为五也。余阅之,大略皆程朱绪余,而参以己见,论断其中者也。持论虽未甚纯,然亦无大支离,亦间有泥古可笑处。在当今著述中可称矫矫,无怪其俯视一切也。是晚,门人曾子鹤、李宗白二君来见,畅谈至二鼓始去。

廿六日(8月27日) 代友人作书。

光、固诸友见余在汴,均来索书,因各酬之。子鹤又以近诗相质,略为翻阅,其格大变,有与余类者。盖性情相近,故不觉观摩易入耳。

廿七日(8月28日) 周小田邀往作书,遂留饮。

小田,芝台相公族侄,其父号谷田,曾为潼关道,缘事被议,现赋闲家居。小田与其叔少伯亦因案候质来汴,闻余名,因托子鹤代邀书园亭名额,遂留饮,至晚始归。

廿八日(8月29日) 与子鹤作竟夕谈。

子鹤以余将远行,意颇依依,不忍别,遂相与坐谈竟夕。诗文外,旁及时务。君云:"苗逆霈霖虽叛臣,诗笔实有奇气。曾记其《峡石山》一律云:'长淮鼓浪壮千秋,峡石双峰耸上游。江左元凶仍负固,中原伟绩赖谁收。迎瞻故里热肠断,遥忆先皇血泪流。竖子不知情与势,哑哑向我笑无休。'又《书怀》一律云:'故国东望草离离,战垒联珠掩画旗。乘势侵吞狼虎肉,借刀争割马牛皮。知兵乱世原非福,饿死寒窗不算奇。为鳖为鱼浑不解,将归大海作蛟螭。'前诗乃其投诚时作,故尚有忠义气;后诗则叛逆口吻直现毫端,乃张元一流人物。小人之反覆无常也如是。"

廿九日(8月30日) 晓发汴梁,晚宿中牟县。

马秋原及子鹤均有所馈。是日出西城,行四十里,韩庄午尖。再三十里抵中牟,日已暮。盖一路皆浮砂无土,车轮行转甚迟,故至黄昏后始得至寓也。汴城势极低,黄河高过数丈,故大水一泛,流砂必增长数尺,将来不知所止也。犹幸河决入齐,中土近少水患,然亦未可久恃。

三十日(8月31日) 宿郑州。

出中牟县,渐有平冈漫坂,沙亦渐少,盖嵩麓余气至此虽尽,亦时有隆起处。四十里蒲田午尖,再三十里即郑州,由东城入,复出西关,宿。长约三四里,亦南北一要区也。

《鸿蒙室拟著丛书目录》再订于此

○《太极元枢》

《易经通致评解》

○《易卦变图说补》

《书经通致评解》

《诗经通致评解》

《礼经通致评解》

《春秋通致评解》

《四书通致评解》

《易纬新编》太元、潜虚、太极、泰律

《书纬鸿文》

○《诗纬所正集》古诗、唐诗

《礼纬会通》

《史纬直削》

《历代四科名贤传》

《四科言行录》

《乾象钩元杂记》

○《坤舆图隘新编》

○《皇极明史卦验》

○《运筹神机智略》

○《平贼廿四策》

○《中兴论》

○《上时帅书》

○《运筹神机守略》

○《运筹神机战略》

○《技艺图谱》

《骚坛俎豆》

　　○《评点杜诗》
　　○《本朝十二家诗选》梅村、阮亭、初白、荔裳、愚山、竹垞、简斋、心余、瓯北、船山、茝湾、默斋
　　《风雨怀人集》
　　○《鸿蒙室文钞》
　　○《鸿蒙室诗钞》
　　○《星烈日记》
　　○《心学日记》
　　○《元学存真》
　　《地学存真》峦头折衷、罗经疏补
　　《命学存真》
　　○《相学存真》
　　《数学存真》
　　○《月影簪光录》
　　《评点聊斋志异》
　　○《评点红楼梦传奇》
　　右共三十六种，与在湖南所订之目微有不同。学问随时增长，故志向与年变迁也。其圈头者皆已成书。忆自壬子冬至今，岁周一纪，除《卦验》一书为前所著外，已获成书廿一种，为时亦不算虚度，但不知此后岁月可能统观厥成，为宇宙添一家言否？吾辈立德立功均已让诸他人，惟此区区立言一端，差能权操自己。倘再蹉跎，甘心暴弃，则三不朽之谓何？恐与草木同腐而已矣。乙丑元夕。

心烈日记卷之十五

鸿蒙室主人笔识

八日初一日(9月1日) 宿汜水县。

出郑州,渐陟高冈,七十里至荥阳县。城建横冈上,下有深涧,即汴水源。远望西来群山,如腾骥飞鹗,起伏数十里。北分一支如长堤,顺河直下,曰邙山,中有平畴交错,局势舒展。又四十里至汜水县,在平冈下,半跨冈上,一路土峡高峙,将化为石,居民穴处其中,亦奇景也。途中成诗一律云:"平原行尽路叉叉,断涧横过汴水斜。土峡千年将变石,穴居几处目为家。山中楚汉争遗垒,城上风云乱晚鸦。笑我一身还作吏,白头兀自感天涯。"昔楚汉相争,高祖为项羽所困,乃使纪信乘己冠盖,诈降于楚,即此。今观形势甚险,为入关要道,不可不争之地也。

初二日(9月2日) 宿孙家湾。

天未明,由城东转南行,过小河,入深谷。谷口断壁如门,建关其际,曰虎牢关。入关,行大壑中,渐升高陇,至巩关为极顶,可望黄河曲曲如带。从此下山,至平畴,即巩县。县亦建平冈,下半多积水,居民甚稀。唯东站离城五里,人烟尚稠,洛水经过其下以入大河。道由城南绕上高岗凡数层,至黑石关渡洛水,山川明秀,另是一境。遥望嵩高在云雾中,势甚苍莽,惜不能登,殊觉怅怅。晚抵孙家湾,离偃师尚十余里,日暮遂宿。是日共行一百里,途中成《虎牢关》一律云:"断壑缘溪转,孤城出雾高。关形堪禁虎,水势欲腾蛟。梦冷英雄泪,诗愁宇宙敲。功名真画饼,笑煞小儿曹。"

初三日(9月3日) 宿河南府。

晓行十七里,至偃师县。山明水秀,城小而坚。嵩岳在其东南,形如玉案,端正无倚,颇得中和气。又七十里至洛阳。北邙山长四百余里,绵亘于北,与中干正龙环抱成局。荥、巩二邑重重,横锁伊、洛二水,纡回其中,格极紧密,局亦明爽。惜龙水皆顺,后脉亦不甚耸起,故累代东迁,国势都弱,不可谓非地力使然也。途中成诗一律云:"松云拂水澹无边,陵关依稀认往年。万古文章传洛下,八方风雨聚嵩巅。东周尚有经营地,南召宁非板荡天。不信北邙山上望,英雄累累葬寒烟。"北邙山势低而长,黄河顺流其外,古英雄帝王多葬于此。

初四日(9月4日) 谒关陵,便道访伊阙诸胜。

关陵在洛城南十五里,即当年葬函首处。今庙貌巍峨,极其崇丽。展谒毕,便道南行十里许,两山中断,伊水贯流其间。西壁曰龙门,上建潜溪寺,凿石为洞,镂佛万余,大者高数丈,小者仅盈寸。凭栏俯瞰,流水潺潺,终日在耳。岩下石泉甚清碧,对岩即香山寺。踏石渡涧,拾级而登,寺极幽曲,中有汪君士铉书曰《傅香山序》一篇,字大如碗,亦爽健有豪气。余登绝顶,望洛阳大势,北邙虽低伏,而蜿蜒活泼,其气甚长。且黄河缠绕其背,太行、王屋皆开面来抱,可作外靠。嵩岳高耸,以收全势,盖域中特结也。旧城在今县治东北二十里,俗呼李密城。局较开展,伊水入洛,亦可上堂。今城局虽紧,而地过逼窄,非王都所宜也。香山顶有穴,形如太极,惜为斗母阁所占。其龙自嵩山分来,逆河、洛二水而上,伊水横抱穴前,对面龙门作案,天然结构,当为洛中一大局也。是日成诗二律,《关陵》云:"岳色河声古帝京,苍苍陵柏晚烟横。英雄有恨埋身首,天地何心问死生。灭魏吞吴终未了,匡王学圣总能成。千秋浩气旌还掩,永夜长虹化碧精。"《伊阙》云:"旌劈龙门翠黛分,层层台殿压芳津。泉流泡影三千浪,石凿真如万亿身。伊澶人去空无语,嵩少云归尚有因。我自登临怀往哲,不须洒酒倒方巾。"

吾乡张月槎先生曾守是郡,闻其题署联云:"但不妄取,何敢言清,涧水西,澶水东,吾犹借饮;未曾有功,只求无过,周公左,召公右,复何能加。"是晚日暮,不能入城一览其迹,殊属恨事。

初五日(9月5日) 宿铁门。

破晓即行,四十里至磁涧铺。一路皆平冈,中间过瀍水,过函谷,又有王祥献冰处及甘罗墓，车夫皆不能实指其处，皆亦不觉其异也。又三十里至新安县。城建高冈上，下临涧水，势颇险要。东门外有抱关厅，城上书"紫气东来"额，想即老子骑青牛过函谷关处也。城局虽小，而自开城郭。南城外有山，特起土星三台，端明秀整，得未曾有。下结金星抛穴，上有祠宇，询之土人，以为太山神祠，未知实否。此邦多理学名儒，亦山灵所钟秀欤？又三十里至铁门，日已暮。自新安至此，山谷重重，凡三渡涧水矣。

初六日（9月6日） 宿英豪镇。

是日行八十里。先二十里义昌驲，为夷齐叩马处。重冈叠涧，皆函谷也。又二十里石壕村，即杜老所谓《石壕吏》，又随园诗云"石壕村里夫妻别，泪比长生殿上多"者是。又二十里，过渑池县，为秦昭王、赵惠王会盟处。再二十里至镇，日已暮矣。途中成诗云："函谷烟深涧水寒，又随落日盼长安。骑牛人去千山紫，叩马心存一片丹。郁郁川陵终易改，悠悠尘梦几时删。抱关我更输仙吏，临老还来整玉鞍。"

初七日（9月7日） 硖石驿午尖，宿张茅所。

出英豪镇皆高山，一上下已四十里。硖石在山脚夹嶂内，故曰硖石。再二十里至张茅，本拟再行，以瘦骡羸车不堪载重，时复倾覆，以致耽延，故宿于此。

初八日（9月8日） 宿陕州城南桥头铺。

二十里过磁钟铺，再十五里至会兴镇，镇外里许即茅津渡。黄河至此甚窄，水面不及半里。渡河即山西界，产盐屯集会兴，然后分售各属。又二十里，过陕州，不入城。绕过南门，顺河南行十里，曰桥头铺，宿焉。自汴梁一路皆西行，至此忽南向，盖黄流一大曲处也。陕州在长冈尽处黄河边，对面高岸若壁，环抱城外。其龙逆水南向，近吞瓠子，远纳华峰，亦佳局也。登高陇可望河北诸峰，与南岸熊耳山对峙，各行数百里，中间平冈即洛阳正龙行度处。

初九日（9月9日） 宿灵宝县。

四十五里至灵宝县。城亦建于长冈尽处,逆流西向,近滨黄河,远对泰山。泰山虽高,不及华峰之半也。

初十日(9月10日) 仍住灵宝。

以河南车不肯西行,而西车又无至者,故暂住此。晓起,步至西关,访无极洞。相传老子西入函关,尹喜望气,知为异人,遂留著《道德经》处。至今洞口已封,惟小祠尚存。昔人题"犹龙真窟"石碣崇隆道左,殊不雅观。西行五里,有横冈峙立河畔,建关其下,曰函谷,即孟尝君效鸡鸣度关处也。午又登其南冈,旧有望气台,今惟奎阁矗立如塔而已。其龙南来,数层大帐落平冈,逆流向西,穴结冈顶,塔即高压其上,极为可惜。中一台,许尚书墓尚有穴,下即无气矣。登局,黄河如带,县城乃其下砂。河北诸山罗列朝拱,气势灏瀚,佳穴无疑。

十一日(9月11日) 作洛阳诸图。

荥阳为洛城第一层要口,次则虎牢、巩关,皆极紧要处,故并图之。香山不过形家结作而已,然亦足见洛阳山水之秀也。

十二日(9月12日) 作陕州诸图。

陕州,古虢国,即周、召分陕地。灵宝有驲曰桃林,盖武王克商,放牛于桃林之野是也。二地又东都西鄙,亦极险要之区,因更图之。

十三日(9月13日) 宿阌乡县。

属陕州,亦古桃林地。有三鳣堂,为杨震讲学处。其城在黄河断岸上,小而且陋,去岁为发逆所破,尤觉残毁不堪。是日行六十里,先过稠桑,次过大字营,相去皆二十里。路多夹谷,崟崎难行,而羸车瘦马,驱策尤艰,故至黄昏始投破屋觅宿。

十四日(9月14日) 宿潼关。

晓行黄河浮沙处二十里,复入山谷,即盘豆镇。再二十里,过旧阌乡,旅店为兵勇所毁,近始略有归者。又十里抵潼关,在黄河高岸上,层谷重关,极为雄险。而前岁发贼由西安回窜豫省,乃由关后越岭而过,则地利亦无足恃也。入关先挂号执,飞至道署求免,始由西关放行,其防行旅者又何密耶?

十五日(9月15日) 作《潼关图》。

车行至此，又止不前，盖兵差络绎，故小民皆视为畏途也。今晨既不能行，乃登高远眺，览其全局。黄河西来，不见其首，但浑浑灏灏，鸿蒙一气，至关前始有收束，实秦中一大关键也。潼关脉自华山来，与对河三晋诸山交锁成局。城跨两高岸为一郡，中间大溪穿城流出，北注于河。两头建水关，势极雄壮，不愧名区结构，因备图之。

十六日(9月16日) 宿桴水。

晓由潼关西行三十里，至华岳庙，为贼毁过半，然规模宏敞，尚可想见。正面华岳三峰，高出云表，形方而直，有似削成。诸峰环绕，北向黄河，盖山水大媾处也。又五里，过华阴县，绕城而过。又五十里至柳子，以无闲寓，仍回桴水宿。时已昏暮，乘月色行二十里，始得宿处，亦瘁极矣。

十七日(9月17日) 宿渭南县。

四十里至华州，过汾阳故里，寇莱公墓。城内居屋一空，瓦砾亦无存者。又四十里，过孟家苑，即回逆启衅处，至今亦坏瓦颓垣，蓬蒿满径矣。又十里，至渭南县，依山临河，地颇扼要，首为贼焚，愈加惨也。

十八日(9月18日) 宿接口。

由渭南西行，越零口，过新丰，至接口，共八十五里。自渭以东，焚掠虽惨，居民已有归者，秋收亦将成熟。自渭以西，则赤地无人，一望荒芜。近虽间有来归，而无牛无种，故难猝事耕耘。秦民何罪，遭此大劫，甚于江淮多矣。

十九日(9月19日) 抵西安省。

昨夜大风，天忽阴晦，晓起则细雨蒙蒙，泞泥难行。二十里过灞上，长桥宽涧，两岸秃柳，足令魂消。又五里过浐水，亦有桥而微短，列营十三，将备西征。然民之苦兵，有甚于苦贼者，近省数十里，居人尽绝矣。又十五里入省垣，觅寓甚难，盖悉为兵勇所坏也。

二十日(9月20日) 纪梦。

是日仍雨,夜梦先严以戈逐玉铭弟,余累为庇护。旋又见先慈率群婢载数牛车,既高且重,亦来逐弟。余恐其罪难逃,乃为恳免,哭拜母前,大痛而醒。余每有踌躇事,必梦堂上二人。今以厚重牛车逐弟者,岂虑其不能任重致远、有负所望欤?然余一官远系,又值乱离难归,恐亲之所望于余者,亦难报此重任也,能勿痛哉!

廿一日(9月21日)　雨。补《游岱不果》诗。

镇日不能出门,乃补途中诗自遣。《拟登岱岳不果》云:"层云岳势起蟠胸,郁郁高坛仰岱宗。沧海惯腾霖雨气,神州有几丈人峰。青分齐鲁来三观,萃拔恒华见五松。只为狂澜横要道,不教玉牒启东封。汉时秦封竟渺茫,相如闲煞好文章。三更日向天门出,九点烟排御帐长。造化有神撑秀骨,风云无定闪晴光。何当拄杖凌高顶,看尔星轺入帝乡。"

廿二日(9月22日)　雨。补《潼关远眺》诗。

雨更大,作《潼关诗》云:"咸秦萧瑟气悲哉,第一雄关雾未开。瓠子北环三辅去,太华西拥二崤来。盘雕未下边烽地,走马难登上将台。此日英雄堪用武,中原回首不胜哀。"

廿三日(9月23日)　雨。补望华及岳庙途中诗。

《岳庙》云:"杰关真看一炬红,群灵环佩想丁东。天风不渡黄河水,劫火能烧白帝宫。日暮龙蛇空洞出,檐欹雷雨破严封。闲云忽堕三峰下,玉女莲花望未穷。"

《望华岳》云:"西来岳势耸嵯峨,绝顶云烟一望过。元气苍茫归雁少,诸峰突兀夕阳多。月明夜罥仙人掌,树冷秋吞瓠子河。倘使陈抟真睡足,定骑龙驭访烟萝。"

《骊山》云:"长乐坡前挂夕阳,朝元阁下泪沾裳。芙蓉黯淡思妃子,鹦鹉凄凉问上皇。辇道乱随秋草合,天风遥送晚松凉。只今樵唱牧眠地,犹是缭垣旧短墙。"

《雨中过灞桥见营垒》云:"乱旗残垒暮烟飘,儿戏千军拥灞桥。行人已尽空垂柳,一条条处总魂消。"

廿四日(9 月 24 日)　雨。补汴梁诸诗。

《汴梁寻宋故宫遗址》云："游人指点靖康秋,炎宋兴亡断瓦留。缭乱山花埋艮岳,萧条灯火吊樊楼。帘迷黄袖宫娥老,酒溅青衣帝子愁。泥马既腾江左去,不堪鼾睡在床头。"

《谒窦兰泉先生》云："先生道貌迥离群,道我诗堪一炬焚。李白不逢长吉死,未知何代起雄文。"

《喜晤光固诸及门》云："吾党来光固,英英尽少年。槐黄花落地,雕健羽盘天。岁月忙中换,交情久后坚。贤书应有荐,脱颖看谁先。"

《梁园夜坐别曾子鹤并题其集后》云："一卷黄初稿,梁园展夜分。调高偏似我,传远要从君。聚散中州雨,纷披少室云。不应相见少,垂老更离群。"

廿五日(9 月 25 日)　阴。出访旧营诸友。

今晨虽阴晦而无雨,故出访友。先至中协镇林松岩处,并晤抚标左营游戎彭仁山体道及赵厚庵德培协戎,皆旧营友,一时聚会,不胜欣跃。其余曹军门克忠、吴海峰占鳌游戎均未晤。厚庵晚至寓,畅叙别后离踪。知纬堂军门进攻固原,驻营华亭、清水之间,近因解救陶军门望龄之围,中贼奸计,颇损军将。回逆北据灵夏,南据华亭、庄浪、静宁诸州县,都将军由灵州进,恩制军由庆阳进,熙制军由西路进,纬堂当其南,四路虽皆有兵,而踞地既广,一时不能齐会。朝廷近遣臬司张集馨前往招抚,亦剿抚并施意也。

廿六日(9 月 26 日)　赴藩署禀到。

长班以手版赴署禀到,拟即谒见首府及长安、咸宁诸首领,以府试龁屋文童,署局未开,故不果。是日松岩、海峰诸友均枉过。厚庵晚间又来,畅谈至夜始去。

廿七日(9 月 27 日)　彭游戎过访,未晤。

仁山游戎本王锦堂镇军旧部哨官,属穆时斋镇军统领。今来秦守陕,颇著勋绩,民甚称道,故留署抚标左营事。余既往访,彼亦相过也。

廿八日（9 月 28 日） 出谒诸首领。晴。

先至长安县访陈星楼作枢，甘肃人，诚实朴古，颇有长厚风。次谒首府，未晤，以趋公过乏也。再至咸宁县访托君克绅，亦不晤，仅见其知宾幕友毛君某，据云其父曾代理陇州州同，今已物故，故不知其地风景何如。又至清军厅访曹君俊亮，四川人，亦不晤。乘便再至关中书院，谒李铁梅先生。先生督学吾滇，余曾受其考，拔优等而不取选拔者。然既受知，虽不录取，亦不能不尽弟子职。时日将暮，先生外出未归，仅投名纸，遂返寓。

廿九日（9 月 29 日） 出谒诸大宪。

先至西安府谒吕观察俊孙，江南人，精明圆爽，意颇关切。次至藩、臬、抚署，均未晤。再至粮道谒刘公齐衔，福建人，语言颇多难晓，略为问答即退。又便道访藩理问蓝君树基、库厅延君惠，不遇而归。

三十日（9 月 30 日） 纪梦。游慈恩寺。

昨夜梦街衢中道小庙前有虎穴，一虎子潜藏其中。余以竹签刺中其口，拽而出穴。又梦夜间斩一大员于余门外，次晓开门，血渍犹淋漓阶下。《易》曰："大人虎变，君子豹变。"余将虎变耶？豹变耶？抑如谚云"不入虎穴，焉得虎子"耶？午后，天颇晴明，鄠县秀才王松亭登瀛邀出南城，先至荐福寺观小雁塔，再迤东南行七八里，至慈恩寺，登大雁塔绝顶。寺已焚毁，三唐旧物，惟此二塔尚存，题名碑亦只明代，宋已前皆无也。塔底褚遂良楷书《圣教序》二文当是原刻，精神笔意，尚可寻味。僧云："去岁回匪作乱，邻近村民男妇数千人共入塔内藏避，以石砌门，贼不能入，仅烧佛殿及诸村落而去。"此塔有功于民不为少矣。晚归，成诗一律云："三唐雁塔迥苍苍，此日登临亦自伤。渭北水声流不转，终南云气郁相望。题名碣断苔花冷，拜佛僧留木叶荒。我已无心寻胜迹，更来秦地浣秋光。"

心烈日记卷之十六

鸿蒙室主人笔识

九月初一日（10月1日） 出谒诸大宪。

抚、藩、臬均未晤，惟盐道景公祥接见甚殷，细询滇南回匪构衅始末，盖有所鉴也。嗣又谒候补道李致和羲钧，先生任丘人，亦颇畅叙。其弟苏辰曾以家信相托，故又加意款接。晚至林松岩处，饭后始归。

初二日（10月2日） 访徐良辅。

良辅，庐州人，为魏添应作记室，获保知县回籍，因访之。并闻安徽一带俱有贼，省垣吃紧。盖黄州之贼下窜，而金陵之贼又上犯也。

初三日（10月3日） 朱小亭过访。

小亭名成绩，湖州人，冒籍山西，部选西乡典史。相晤潼关，后余行一日，遂为雨阻，至今始到，因来寓询访一切。

初四日（10月4日） 出谒诸大宪。林松岩招饮。

唯见藩宪，略问履历出身，遂出。因再过访曹俊臣军门克忠，尚有念旧意。君本锦堂镇军旧部，军功奋勇爽直，所向有功，已授河州总兵并记名提督，关中倚为长城也。午后赴林松岩小酌，在座皆荆州驻防旗籍，中有廉子蓬者，已保县令，尚可共谈，余皆难投也。

初五日（10月5日） 赵温如过访。

温如名文炜，本省人，常行走宦场，偶晤寓中，因来坐谈。据云陕回启衅，略与滇同。现在回匪虽远窜甘肃，而本城诸回颇不自安，大吏若安抚得法，则亦无虑。中有马百龄者，曾官县令，为回民所信服。张小浦中丞携往临潼谕抚，诸回遇害甚惨，而马独无恙。将军多隆阿入关伊始，痛恶其人，欲诛未果，苟活至今，作恶如故，不亟除之，恐难无事也。是日，候补道李致和羲钧、何丙勋、李公文源枉过，均未晤。前二日咸宁令清军厅曹公俊亮、托君克绅、长安令陈君作枢，亦过而不晤。温如又荐长安茂才朱少坪于余，工书善画，人颇聪明。晚间坐谈,夜分始去。

初六日(10月6日)　曹军门遣使馈赆。

军门知余行囊匮乏,故遣使馈银三十金,以作旅费,周急济困。豪士本色,甚可感也。

初七日(10月7日)　沈观察枉过未晤。朱小亭挈榼过饮。

观察名鹏元,浙江人,以余往谒,故来访。小亭携酒过寓,相与畅谈,余虽不饮,亦酌数杯。朱少坪同在座,清趣亦复不少也。

初八日(10月8日)　阅《陇州续志》。

乾隆三十一年,知州南丰吴炳续修。吴颇自负,以罗、黄二君旧志遗漏乖误甚多,故复订正,而曰《续志》,以不没前人创始之功也。州同旧本同城,后改设长宁驲,兼管驲务,名虽分防,实则专理一路也。盖地当甘省南路,离城一百二十里,员幅甚广,民情刁野,颇称难治。况密迩军营,差徭更烦,当此蹂躏残毁之余,其何以为理耶?

初九日(10月9日)　李铁梅先生枉过,未晤。

先生于道光中年曾任吾滇学使,余蒙考取优等,而选拔独见遗。今来秦,先生又适主讲关中书院,故往谒二次,均未晤。兹蒙枉过,亦不遇,盖所居卑陋,不敢停长者车也。

初十日(10月10日)　阅《华岳志》。

关门李萌伯榕辑。凡八卷,卷首为图者二十,虽未精工,亦足以备观览矣。余过华阴,仰瞻西岳,呈奇耸异,秀拔尘寰,恨不得一登玉女峰,濯泼洗头盆,呼吸通帝谓。仅题诗寄怀,不啻神往者久之。今得此《志》,足供卧游,快何如之!他日携以登山,步步流览,庶山灵可无遁藏形也。

十一日(10月11日)　游碑林。

碑林在黉宫右府学内。历代碑版林立,故曰碑林。佳者固多,残缺者亦复不少。盖沧桑互换,劫火摧残,虽坚固如石,扯残扑毁,亦所不免。中有果亲王恭摹先师圣像,颇得温良恭俭气象。盖中和气体,极难着笔。温而厉,威而不猛,恭而安,方是夫子气象。苟非心契,乌能传神。

十二日(**10 月 12 日**)　阅《古文辨体》。

张蓼阁炘编辑,其徒屠可如之申为之注,共四卷。文章本无定体,然亦各有程式,正变随时递更,体制因之不同。张君举式以诏后学,既可推溯源流,亦足穷尽旨趣,洵为善本。较之《文心雕龙》《文章缘起》诸书,尤觉明备也。

十三日(**10 月 13 日**)　奉藩宪委檄赴本任。

旧例:缴凭后,听候藩宪悬牌下委,即可赴任。余自前月廿六日禀到,今已十余日,始奉札委,准其赴任。此后筹画资斧,尚稽时日,一事之难如此。

十四日(**10 月 14 日**)　诣各宪谢委。

先谒臬宪官公,即秀峰中堂弟,风度略如乃兄,谦冲亦甚似之。次谒藩宪,终谒山长铁梅先生。适曹军门亦至,据云雷军门函催赴营。回匪大股回窜,各携眷属,有必入陕之势。我军与战,胜负未决。甘、陇势甚吃紧,抚军病疮乞退,未蒙俞允,只赏假二月,安心调理,有紧急军务,仍须商办。余自到省,未能接见,只诣辕挂号而已。铁翁又云臬宪张公奉命抚回,曾上疏言回势当先剿而后抚。现今逆首数十,被诛者仅一人,而余流尚存,其势未衰,其心必无惧,虽欲招抚,乌能受吾抚也。言甚凯切,不知朝命何如批答。

十五日(**10 月 15 日**)

赵温如、朱小亭诸君皆过访,以余初奉札委也。小亭劝余少带家人,恐此缺甚苦,难以豢畜。良友箴规,须当敬凛。

十六日(**10 月 16 日**)　吴莲溪过访。

亦浙人,与朱小亭相识,故偕来寓。盖曾办穆将军文案,已保从九。将军北去,不肯偕行,近又将投效陇西也。

十七日(**10 月 17 日**)　阅邸抄。

自夏末出京,未阅邸报,今始觅获七月分阅之,然非全本,紧要事件,无从得知。大约洪逆戮尸,李囚授首后,朝廷大庆,论功行赏,酬神报恩,有加无已。吴廷栋疏请金陵告捷,尤宜益加敬惧。上谕嘉纳,着交弘德殿用资省览。

十八日(10月18日) 阅邸抄。

克复金陵,诸将封爵者数,而子爵李臣典竟以受伤遽亡,男爵萧孚泗亦旋丁忧回籍。军兴以来,每复一城,必损一大将。塔齐布之病殁九江,罗泽南之受伤武汉,以及程学启亡于苏州,多隆阿伤殁盩厔皆是。其余临阵捐躯,城破身亡者,又不可胜纪。盖此辈皆所谓应劫而生者也。

十九日(10月19日) 阅邸抄。

七月十六日夜,京师朝阳门外观音寺地方,盗匪多人强劫民人王恩铭家衣物,并拒伤事主韩氏及工人王大。辇毂重地,盗风如此。又步军统领衙门奏获诱拐子女人犯张任氏等九人,奸妇贪利枉法又如是。近日民情已大可知。南方大盗渐就肃清,而北地奸民相循未已,天下事尚可忧也。

二十日(10月20日) 朱小亭、吴莲溪过谈。

朱君小亭执贽受业,并馈餐,其表兄吴君莲溪则赠印色一盒,共谈至夜分始去。小亭言刑名之学,不可不知,不可为业。其友某君向就大幕,一夜阅案,困甚假寐,见二人来前索命,且曰:“今而后得,所以相报矣。”言讫,直入内室,遂惊寤。而婢已报妻生一子一女,心知为孽,因善育之,异于他子,且多行善事,以解前孽。长子某近已高捷,唯此一子一女,貌寝性痴,无与为婚。女现年三十余,尤未字也。噫!因果之说,其信然哉!

二十一日(10月21日) 访唐故宫遗址。

晓起,书屏四幅,将以赠吴莲溪也。饭后邀莲溪、小亭同至满城访唐故宫遗址,大内宫墙尚存,周约三里,近为将军校场。旁有太湖石数块,屹立屋角,为人摩挲,滑腻如脂,而嶙峋之态则依然如故也。

廿二日(10月22日) 朱小亭执东受业。

小亭性殊和雅,与余相晤潼关,遂深投契。今复执东来寓受业,余虽逊谢,愧不敢当,奈其执意殷拳,竟弗能却。人之患在好为人师,若余也,则更何德以堪此耶?

廿三日(10月23日)　阴雨,阅邸抄。

晴日已久,今晨大风,阴雨蒙蒙,不能出门。小亭、莲溪过寓坐谈,逾时始去。晚阅八月初五日邸抄,徐宗干奏:"台湾逆匪陈哑狗弄窜踞小埔心,聚粮筑垒,抗拒官兵,已经两年。总兵曾元福先将十三甲附逆村庄次第扫除。五月初七日,进攻贼巢,生擒陈逆妻子。哑狗弄泅水窜入面前仑。丁日健复分兵阻其救援。凌定国阵斩黄彬,更擒张三显,贼势愈孤。曾元福遂乘势督攻面前仑。二十二日,擒获哑狗弄,极刑处死。台湾贼势略清。"

廿四日(10月24日)　阴雨。致卜臣表弟书。

奉檄数月,诸务略清,乃作书致卜臣表弟,中并寄王普斋幕友一函。普斋有兄名敬烈,游宦入关,数载无耗,余临行,托代询访踪迹。兹据文巡捕赵海门片示,此人现署清涧县典史,安然无恙,故函致普斋,使宽怀也。

廿五日(10月25日)　阴雨。致都中诸友书。

兰泉先生、东屏铨部、宪之庶常各有专函,其余均同致意而已。又摘录入关近作十二律,兼恳霁亭侍御代呈张春陔先生。先生素爱余诗,北上旅店题壁诸作,心赏已久,故并录此寄之。

廿六日(10月26日)　微晴。书屏赠朱小亭。

今晨虽微晴,而途尚泞泥,不能出门。乃书钟鼎小屏六幅,以赠小亭。盖累馈盘飧,无以为报,故作此秀才人情也。又将自书旧诗四幅并赠吴莲溪。

廿七日(10月27日)　拟禀辞各宪,未果。

抚、藩二宪均有恙,未能接见属吏,故稍停止。近以陇西军务吃紧,随行家人多望而却步,欲进而复者数人,故迟迟未能成行,亦足见人心趋避太甚也。

廿八日(10月28日)　诣各宪禀辞。

仅见臬宪，藩、抚均有恙，故不见客。因往辞铁梅先生。先生甚赏余诗，谓《述怀》百首自足千秋，可谓巨眼。又略谈当时事务，亦颇有刮目意。然余初至，尚不敢尽情倾覆也。

廿九日（10 月 29 日） 自书家神牌联。

十余年奔走于外，家祭礼仪全疏，春露秋霜，心徒自伤。今将赴陇，薄邀禄俸，则私祭在所必先，因书牌联，以为奉祀仪也。

心学日记卷之十七

鸿蒙室主人笔识

十月初一日(10月30日) 收家人傅祥。

前初奉委,诸友纷纷荐人,已收其二。嗣闻秦陇官军之败,俱各告退,不肯同行。近复来此一人,尚诚实可用,因留之。趋炎避凉,自是此辈常情,然利害过明,亦觉难用,余固不强其来去也。

初二日(10月31日) 铁梅师赐书楹帖。

师书专法率更,晚年愈觉瘦劲有神。小楷尤工,楹帖尚非擅胜,然亦足窥豹一斑已。旋付潢池,用袭藏诸。师又命题《三百三十有三士亭图》,云图尚存毕星楼学使处。星楼现案临凤翔,此去或可晤面,当再奉题以呈。

初三日(11月1日) 拟启程赴陇,不果。雨。

本拟是日起行,而资斧尚乏,且阴雨泞泥,故暂停止。乱离世界,告贷尤艰,诸凡将就,尚不能行,况求全耶?

初四日(11月2日) 作书寄李雨苍京堂。

夏间贼窜陕南,雨苍与霞轩中丞均被议,闻其尚驻兴安,防堵汉南。小亭将赴西乡,必与相晤,故作书乘便以寄。数年知己,尚未谋面,今既游秦,能无一字以通款洽耶?

初五日(11月3日) 代雍鹤峰作书。

鹤峰癖嗜书画,而家贫失学,佣书为生,偶见余书,遂深仰佩。出纸数轴,索字甚殷,因挥毫尽十余纸畀之。

初六日(11月4日) 午发西安,晚宿咸阳。

今晨天大晴明,朱小亭衣冠来寓,亲送起行,情既依依,礼尤恭敬。出西城行五十里平原,忽见大河由西南而东北,是为渭水。咸阳城即建北岸上,背负长原,为西安右臂,形势差逼,不知秦都何以卜筑于此。

初七日(11月5日) 宿东扶风镇。

晓起,霜风甚紧,宿雾尤重,一望荒芜,野无耕者。行五十里,过兴平县,始有居人。再二十五里,过马嵬坡,拜杨妃墓。夕照丛祠,题咏甚多,匆匆一过,未能遍读。左近村落,无不焚尽,而短祠数楹,居然尚在,亦天土于内。又二十里,至右扶风,月已东升,遂止宿茅店。想像云鬓,仓皇就义,寸心耿耿,夜不成寐。欲作数诗以吊香魂,而风尘碌碌,亦难卒就。盖此题名作既多,则下笔亦颇不易也。

初八日(11月6日) 宿杏林镇。

四十里,平原忽尽,大河中出,自北而南,以归渭河。武功城半跨高原,半临河滨,亦长安西路一险。又三十五里至古杏林镇,日尚未落。自武功至此,居民渐有耕者,明岁春麦当有成熟,亦足慰矣。

初九日(11月7日) 宿岐山县。

天未明即起,破晓始行。三十里过扶风县,在深溪断壑中,与武功形势大略相似。又三十里至益店镇,午尖。再三十里至岐山县,宿东关外旅店。壁有旧题一绝云:"不须眉黛斗鲜新,杨柳青青怆客情。侬为封侯始离别,漫言夫婿薄情人。"款书关中王氏某,学名已剥落,不知为谁,亦不知其果为闺秀也否。用意深婉,颇得风人旨义,故录之。

初十日(11月8日) 抵凤翔府。雨。

昨夜天忽阴晦,镇日细雨不开。出岐山县西十里,过凤鸣冈、五丈原诸名胜。又四十里至府城东关外,阛阓颇繁,悉为贼毁。入城住大公馆,旧为盐道署,今已无人。县令为吾宗文川,名道南,河南罗山人。闻余至,遣使来馈饮食,款接甚殷。盖文川与袁定九为中表亲,又在光州与余曾一识面故也。

十一日(11月9日) 雨。谒府宪及访诸同寅。

府宪姓张,名北栋,号友山。山东进士,以去岁守城功加衔臬司,性颇朴直。府经历杨雨生,名如瀚,浙江人,亦老成可敬。谒府毕,乃至县署与文川晤,各道离情,现已乞病,将卸篆回省。其典史王君星槎名长林,年少翩翩,风貌甚都,籍隶顺天,尤善谈吐。南城委员张少尉名兆华,号实斋,汉阳人,年仅二十余;东城委员龚少尉名恬元,四川人,年已五旬外,均皆晤面。惟县丞谢君纯卓甫经晋省,故相左也。至各委员殊难遍访,仅通名纸而已。

十二日(11月10日) 雨。诣府禀辞。家文川大令招饮。

晨起,诣府禀辞,便访其幕友余君谦之,浙江人。午正赴文川大令之招,在座者为凤翔参将德峻峰,以守城功晋秩总兵。又候补府杨公叔照名焘,皆北直人,其一则前令唐君某之子也。饭后又便道谒德镇军而归。

十三日(11月11日) 微晴。作书致陇州吏目李晓亭。

晓亭名春霞,光州人,代理州同事务。余将入境,故先致函道意,俾有备也。是日天微晴,南山尚酿雪,薄雾未开。家文川荐家人刘升,人尚诚朴,姑留之以充杂役,盖恐地方清苦,不能多容食口故也。

十四日(11月12日) 晴。作谕示分署书役。

谕云:"新选分州方谕:为办公事,照将本分州仰蒙部选,襄治陇州,于六月十一日领凭,八月廿六日到省,九月十三日奉藩宪檄饬赴新任。现已行抵凤郡,谒见府宪毕,即时起程。谨择于本月十八日吉时接印视事。所有应办事系,合行先期示谕。为此谕尔等书吏差役人等知悉:陇地自遭乱已来,长宁衙署久经焚毁,本分州权在州城接篆,后赴住所,尔等可择一洁净公馆,预备伺候。凡属本署吏役,届期一体出城迎接,毋得违误。本分州赋性清严,临民公正,政虽分猷,治同一体。尔等办事务宜小心,不可懈惰。倘有违怠,本分州言出法随,决不姑宽。各宜凛遵,毋违。特谕。"凡赴任官将入境,必须有此红谕也。

十五日(11月13日) 发凤翔,晚宿汧阳。

是日天大晴,乃起程,望西行二十余里,过柳林铺,乃入山谷。凡越高岭者二,颇陡峻难行。岭尽乃涉大溪,循山入,共六十余里,始抵汧阳。县城建平冈尽处,汧水绕其下,即《禹贡》导汧及岐是也。一路村镇,虽有屋宇,并无居人,盖皆避勇入山,故当道旅店不可住宿,入城觅寓亦难,强宿民户而已。晚饭后,长宁前任王君之子号薇卿,适挈眷北回,来寓相晤。为言长宁衙署全毁,吏役逃散,现在大兵络绎,民不堪命,虽欲整顿,亦难招集。余既来此,亦只好听诸自然而已。

十六日(11月14日) 访汧阳令林君望侯。

晓起,过访王薇卿,适望侯亦至,因并访焉。倾谈镇日,至晚始散。望侯名之焜,安徽怀远人,辛酉北闱中式,指省来秦。始署斯缺,即办兵徭,颇惮骚扰,言之慨然。

十七日(11月15日) 抵陇州。

昨日无骡,故暂住,今承望侯代雇四驴,始成行。循汧水西行九十里至城,一路风景与前同。惟陇城背山临水,形势颇壮,山川亦开展,林木疏落入画。入城,与州吏目李君春霞晓亭相晤,一见如故,即留宿,并设馔相款。赵厚庵与诸营友悉过视,倾谈至夜乃散。晓亭云长宁衙署虽烧,印篆尚存,君其以是日接篆视事乎?余乃敬授唯唯。

十八日(11月16日) 出谒州牧,并访同寅。

署牧唐公煜轩,名德埩,山东人,已保知府。闻余至,先过访,因往谒焉。唐公性极豪爽,喜诙谐,倜傥不羁,亦相见如旧。更至学署访二学博,不晤,后始来寓共谈。正斋姓尼,副斋姓麻,皆村学究也。最后城守把总张君亦来相视。

十九日(11月17日) 雪。滕州牧代禀报到任日期,并致朱小亭函。

昨夜北风甚紧,晨起即雪,幸同寓傅平之尚温雅可共话,得不寂寞。是日书吏造禀报牒文至,遂判行之。

二十日(11月18日) 李晓亭诸友均索书。

诸君知余善书,各出纸相恳作字,因代晓亭书长联一,直条一,斗方、折扇亦各一。又代傅平之、奎星辅书自作诗各数纸。

廿一日(11月19日) 起程赴平凉,晚宿苟家寨。

闻雷纬堂军门已回平凉,因拟谒之。是日雪霁,故速行四十里,由城西转北,行山谷中,缘溪踏涧,更陟高峰,至半山腰,有小村落曰苟家寨,离城仅四十里。日已将西,舆夫遂止不行,爰觅农家借宿,共谈回匪烧杀之惨,不胜慨然。

廿二日(11月20日) 宿安口窑。

破晓即起,踏冰陟岭,至最高处,日始出。一望苍茫,万山顶上悉积残雪,何异琼岛珠宫。四十里至神峪河,即回民旧村,亦焚毁无遗。复上高山,行三十里至安口窑,陶户数千家聚处深谷,素称繁镇,亦被焚,近渐有归者。

廿三日(11月21日) 野宿。

舆夫颇惮崎岖,多方劝诱,始前行。连日尽循山脊,今复行深溪数十里,再登高岭,绝无人烟,惟断瓦破窑,不堪住宿。强再前行,日已昏暮,不辨东西,竟迷途无所向。仆僮偶觅一小窑洞,拾柴烧叶,聚处其中,余则露处舆内,以待天明。夜半,月东上,色大明,乃驱舆夫觅村人引道。行十余里,天始明。再十里,出谷向西行,即四十里铺,是为官道,然亦焚毁一空。难民数辈,悉处破窑,以售饼饵。余两日无食,今始稍稍得饱。

廿四日(11月22日) 抵平凉府,谒见雷军门。

行至四十里铺,已属廿四日辰刻。由是顺大道西行四十里,至平凉城,谒见纬堂军门,相待尚如故,遂止公寓畅谈,至夜始寝。连日山行,颇知此方龙势大略。中龙至秦州分为三支:一由宝鸡前起太白,为正龙;一由秦安起大关山,直行横落,盘旋郁勃,以趋咸阳。平凉在其横枝尽处,外有长冈数百里,缠送泾渭,大会咸阳以北,而陇水与渭源又会于宝鸡。中间一支突起五峰,高插天半,是为吴山。此中当有大局,明岁春回,拟一寻也。

廿五日(11月23日) 访吴梦九故人。

梦九与余分袂襄阳,今已三载,始获保荐知县,乃为仇家乘夜入门,砍伤头颈及两手,卧病未起。余乃访之,共叙离情,相见之惨,何胜黯然。

廿六日(11 月 24 日)　作《平凉府图》。

午后登城,周览一过,乃作为图。龙自崆峒山落脉,顺水东行,幸下砂层层兜住,泾水环抱城下。城长而窄,形似牛角,颇坚固有势。唯南冈逼近墙垣,非列营其上不能固守,攻之者亦须先夺地势,而城自破也。今夏大兵压境,甫筑营西冈而贼遁,以不能早护南冈故耳。

廿七日(11 月 25 日)　(阙)

廿八日(11 月 26 日)　阅邸抄。

曾国荃功成乞退,朝廷已允其请。杨岳斌授陕甘总督,亦乞病而不允,盖西陲尚多事耳。身受国恩而忘其难,均各纷纷告退,将以是为名高耶?贾洪诏久畀滇抚,一年有余,尚未入境,更饰词求退,仅夺其职,罚尚轻也。李云麟督办汉南军务,久无成功,上谕责其行不副言,非过论矣。

廿九日(11 月 27 日)　张椒云臬使由泾州移驻平凉。

椒翁奉命抚回,意主先剿后抚,盖有所见,故随大军前进,相机而后行也。现在回势逆挽兰州,故虚言回窜陕境,而以大队先取河州、渭源,省城之势自孤。纬帅派令陶军趋救,至今尚未到省。曹军回剿秦州,兼顾阶州长、发,势亦甚孤。倘甘省有失,则贼巢广大,非一时所能破也。

三十日(11 月 28 日)　谒见臬宪。

以属吏礼见,公曰:"汝老名士,吾闻久矣。今来甚好,可佐大帅成功也。"又问所著各稿,余略举以对。公曰:"皆有用学。《江淮筹备》一书尤为紧要,何取阅乎?"余喏而退。

心烈日记卷之十八

鸿蒙室主人笔识

十一月初一日（11月29日） 纬帅出相营基。

大军将进攻固原，由安国镇进，离平凉城西北四十里。今晨天大晴爽，纬帅先率各将士驰出相地，以立营寨，此军家争先第一要着也。地势得，然后军威壮，由是进退分合无不如意之所欲出矣。

初二日（11月30日） 访雷振之大令。

振之为纬帅弟，现带亲兵营，故访之。适秦弼臣镇军亦在座。弼臣初名国辅，辰州人，已保知县，缘事褫职，遂更名国胜，再入营，以功荐至总兵，与上不睦，复褫职，发遣新疆。张、雷二帅拟奏留营，故未行，为言其在江西安义县事甚详。先是，涤帅令随某道攻广信，不肯行，涤帅怒曰："汝不能取广信，能取安义乎？"盖安义为豫章、湖南两省要道，涤帅知其能取，而恐其志不坚，故先以广信激之耳。弼臣既不欲赴广信，不能不以安义自任，故直应之曰能。于是责令具状以行，限期二月。弼臣曰："毋某能拔城，虽数日亦可成功。如其不能，即百日何能为力？乞限一月可矣。"乃率本军千五百人进攻安义，且不遽进，声言先袭旁郡以诱之，而贼不为动。再移军薄城下，而贼仍不动。时已十余日，恐逾限获罪，乃私回大营，商诸幕府，佥曰："法令之初，无能违也。"由是心始惧，然无如贼何。闻邻邑贼稀守懈，乘隙袭取其城，以冀改免大言之罪。然城虽获，而罪仍恐未免，复还军攻安义，而苦无隙可乘，下令五十里内居人不得住。一日巡获二妇，一老一少，乃入城探子者。饬令少妇入城侦贼，而留其老者为质，时为限仅三日耳。候至晚，妇始出，言贼是夜五鼓将大出袭营，可移避也。弼臣喜曰："吾事谐矣。"诸将错愕，皆不知其所为。戒令各营均以木环营外而焚之，俾如火城以自守，而自率精锐潜抵城下，衔枚伏候。贼出，城大开，鱼贯入，分左右登城杀守者，纷纷坠城逃，以为内乱也，而不知官军已覆其巢矣。天明，贼队返，见城上皆白旗，遂奔窜，时为期仅三十日耳。涤帅闻报大喜，发饷三千以犒军士。

初三日(12月1日) 纬帅进军安国镇。

进攻固原有二路，一由石家嘴，一由蒿店，皆有贼守。纬帅拟先扎安固镇，然后分兵以进，乃无后顾之虞。是日天大晴霁，故率营前进也。

初四日(12月2日) 雪。以诗文呈正椒云臬宪。

椒翁既索余稿，又有意奏留大营，故先呈诗文稿以求订正，盖将以是为嚆矢先声也。

初五日(12月3日) 雪。闻发贼上窜陕境。

湖北诸贼为僧邸击败，势穷无归，故复上窜关中。诸将悉乃西上，省垣空虚，未知当事何以布置。

初六日(12月4日) 晴。石家嘴贼退。

贼闻大兵至，不战而退，未知是诈是实？纬帅拟以胜仗报，余本局外，不能共参一议也。

初七日(12月5日) 纬帅回城。

大帅甫前进，而城内兵勇杀人肆劫无忌，乃复回城弹压，责令城守诸将速为追逋，以肃军令。

初八日(12月6日) 遣价回陇。访余寿亭镇军。

本年岁祭吴山，钦派西安都统某代业，余备员州佐，礼应助祭，而以事牵，未能遽回，故先遣仆致意同僚，令代乞假。是日无事，乃访寿亭共话。适与秦弼臣晤，又言其取蒲圻城事。先是，统领曾公国华率兵援江，路过蒲圻，为贼所据而不能进。蒲城面山隔河，仰攻甚难。曾公忧之，商及于君，君曰："此易事也。"曾公乃下拜，戒诸将听遣，共取蒲城。君始自悔失言，然已无及，不得已，单骑出审地势，又苦无隙可乘。一日，见河上流水稍浅，可涉过，喜曰："吾计行矣。"急回，下令军士明造浮桥，整队直攻城面，暗遣精卒渡河，伏于城后高阜丛林处，自登高山指麾。贼见我军渡水，悉出大队，战于河洲。君红旗一招，伏卒已登贼城,拔赵帜易汉帜矣。贼尚未知,殊死斗。君曰:"休矣!汝试返顾城上是谁家旗帜耶?"贼始惊溃,遂夺其城。曾公曰:"是何神也?"君乃以设伏告。曾公亲至上游,周览形势,始信君之用兵为不可及云。

初九日(12月7日) 秦弼臣过访。

弼臣在江南曾见余上涤帅书,爱不释手,欲袖归,乃为友人索取去,至今耿耿。不料其于此相晤,殊非意念所及。又云所上书涤帅已代奏发刊,遣使追余,竟不知踪迹所在。然则涤帅固余一生知己哉。

初十日(12月8日) 代吴梦九致书杨春樵廉访。

春樵,吾滇邓川人,以甘凉道秉臬兰州。本年四月奉檄招抚固原回首张保龙,乃上议当事,回民宜抚不宜剿。适陕回孙一保袭夺固城,张保龙退守李俊堡,都将军以办抚不实奏,春樵自请议处,遂褫职。现在朝廷意在主抚,张、雷二帅剿抚兼施,梦九欲得春樵亲来计议,以图机会,故嘱余代函致意,亦同乡痛痒相关意也。

十一日(12月9日) 雪。

大雪满山,严寒特甚。闻大帅拟拔营前进,不惟夹纩无温,亦且濠墙难就。盖土冻木枯,挖筑甚苦。兵勇赤足出队,为冰所伤,有甚刀剑,亦惨矣哉!

十二日(12月10日) 雪。拟赴泾州,不果。

大帅有意馈赆,命赴泾州粮台自取,便道回陇,而舆夫欲行复止。天寒雪盛,余亦不之强也。

十三日(12月11日) 雪。访伍介康。

名超,浙江人,占籍泾阳。年少有才,去岁始从军,今秋已保县令,而尤有志科名,可畏才也。昨见余诗稿,携阅数日,并题一律,亦骨气开张,不同凡品。他日造诣,正未可量。

十四日(12月12日) 雪。晓发平凉,晚宿马连铺。

今日舆夫始就,遂起程。雪花飞舞,弥山遍谷,恍如琉璃世界。六十里至马连铺,天已将暮,觅农家借宿,皆劫后余生始归来者。

十五日(12 月 13 日)　雪。宿王村。

寒风料峭，舆夫甚苦，故行五十里遂宿。镇后皆窑洞，微有居民，据云村顶有寺，村人共筑为寨，拒以自守。去岁十月廿四日，回逆率众攻寨，二三少年势寡难敌，遂坠岩逃遁，寨中男妇老幼悉被杀戮，真可惨恨。

十六日(12 月 14 日)　抵泾州。

三十里，至泾州。北风尤紧，手足皆冻。城外泾、汭二水交会，西岸高岩圆耸，成武曲立体金星，两手微抱。中开大洞，土人就洞筑坛祀大佛，上为西王母宫，相传为瑶池降王母处。至今宫殿已为贼毁，惟佛母像尚存，端坐洞中。河外两砂交抱，门户重重，不见水去。右砂尽处突起三峰，以镇水口。泾州城即建右砂下，地甚褊窄，并无结作，惟逆收两水，差能得局。入城，先至粮台访童、沈二委员，颇无照应。乃至州署访林育泉太守，始为留膳，代觅寓馆，更后入馆。主人杨姓，亦旧家子，诸务略有安顿，而舆夫已冻馁难堪矣。

十七日(12 月 15 日)　童纬廷、沈锡侯二君过访。

纬廷名炳宸，汉口人。锡侯名奕，四川人。沈办粮台，而童则未有馆也。前尝游幕，更从江南军，能保县令，而今尚无着，亦可慨已。

十八日(12 月 16 日)　微晴。林育泉枉过未晤。访赵厚庵。

厚庵自陇来泾，遂卧病，今稍能起，然精神则尚未复也。共谈王母宫上有降真树，冬不枯，夏不绿，盖数百年物。惜寒风甚冽，不能一登以觇其异，实为一恨。

十九日(12 月 17 日)　访周述之镇军。

述之名善继，四川人。初本商贾，近为纬帅司营务，遂保今职。甘省地瘠民贫，而又遭乱，人物一空，筹粮办饷，颇难为力。述之各户搜求，哀乞备至，始略有获，亦危矣哉！

廿日(12 月 18 日)　林育泉招饮。

是日微晴。育泉来招饮，在座有西江王公某，乃检发知府，初来甘省，已保记名道人，尚文雅，有局度。

廿一日(**12月19日**)　访赵厚庵。

厚庵云："人生财帛有命,非可强求。"大军复泾阳,贼遗辎重五六十里,金帛财宝堆满山谷,诸军竞相夺取,厚庵一无所获。偶拾绫罗数十匹载马上,嫌其重复,拽弃至营,视囊中,仅布帛数匹而已。又县董来告,有金银各数千,窖城隍座前。厚庵亦随众往取,共七十人,誓均分,勿攘夺。祝于神前,获财后,愿新祠宇,然后开挖。先砖后石,更覆以土,皆各告者言,惟土下无金,再深至二寸,亦无金。众均失色,以为神不能守,共唾城隍面而訾骂之,可发一笑。惟周述之及泾阳令某君,大发厥财。述之初从大军追贼还,见地下遗红毡,鲜艳可爱,下马拾之,乃一破毡,下覆布囊甚重,启视,则黄金三百余两也。泾阳令发城中窖,获银四十余万,为民讦告。噫!何所发之暴也。其余诸勇,有入厕而获金者,有空梁金坠伤及头脑者,纷纷不一,要皆获财,则其人之命也。

廿二日(**12月20日**)　偕赵厚庵访卜筮景君。

景君精三式,居郡南郭外,尝占泾无贼害,人多非之。贼入境,焚王母宫,居人多徙入城,而君独不为动。卒之贼不敢近城,纵掠四境而走。余闻之,因与厚庵共访问固原贼势。君云："贼入丑月尚旺,交春乃衰,固之克,其在寅卯月乎?"余与厚庵又各占休咎,咸以春回乃利为断。

廿三日(**12月21日**)　晴。登回中山,访王母宫废址。

连旬皆雪,今日长至始大晴,乃偕同人出北城,逾汭水,登回中山,访王母宫废址。宫在山岭,循岩麓再折,始能上。有亭翼然,飞檐画栋,矗立而俯瞰万仞者,曰旷然亭。穿亭入,履山脊而行,一路台阁殿宇,悉焚毁不可辨,以次而度,依稀仿佛,若有所谓一天门、二天门者。再进则地藏殿,再进则玉皇阁,中为王母宫,后为玄帝坛,最后则寿星楼,两翼为周穆王、汉武帝诸行祠,而一皆毁于火,但见断瓦零星,颓垣掩映而已。王母宫前旧有降真树一株,盖千百年物,而为贼毁者半。追兵勇驻扎于斯,则并其根而掘之,无余种矣。闻贼毁树时,夜黑如漆,火光一线,直冲霄汉,圆晕停停,如盘如盖,彻夜不散,数百里皆望见之。则树固有灵者欤?乃何以亦被此劫也?余因舍众独登高顶,回环四顾,残雪满山,日光黯淡,天地昏黄,上下一气。远见崆峒妖气未敛,而泾、汭二水曲屈环流,半冻为冰,莹彻耀目。慨然想念穆天子之乘八骏,来西极,晏瑶池而会王母,高歌黄竹以晋霞觞。又慨然想见汉武皇之祷灵境,祀雍畤,幸朝那,而立飞帘之馆,均得与王母会,遂荐蟠桃以觞百神,而有上之回曲。呜乎远矣,世固莫得而尽识矣。然向固以为王母者,佩分景之玉剑,纳玄琼之凤舄,啸咏则海神奔趋,指顾而岳灵效职。其所居当在昆仑玄圃毗卢上宫,与五帝金阙、三官绛河同居云霞缥缈之乡,而不意其乃在尘劫扰攘间也。然尝考诸山海遗经,西王母人首而兽身,又似非仙灵,乃山精耳。意者周王汉帝,类皆好猎,见异物而与之狎,其侍从词臣遂附会其辞,以张大吾君威德,谓尝与仙灵会于瑶池之上,后世不察,亦从而附和之以为典要,莫之敢辨。甚矣,人之好怪而语异有如是也。总之,仙者人所乐闻,山者士所喜游,则选胜探奇,恒与仙遇,往往而有,又何怪耶?余又同游者降而探幽,访世之所谓瑶池者。至则清泉一泓,四围皆甃以石,而筑台其上,覆以飞阁,亦焚燎过半。席坐泉畔,澄彻可鉴须眉。凡水皆冰,此尚温润,地气聚也。归途又至大佛洞,一明一暗,岩石玲珑,周嵌佛像,以广大法门,与世之好仙而语异者,亦无以异,又何怪耶?独是蟠桃不熟,海屋全非,身履瑶池,而不能取一勺以为吾亲寿,徒想像仙灵于依稀有无间,为可悲耳。

廿四日(12月22日) 阴。作书寄纬帅。

纬帅见余境遇多阨,既许留营,又令粮台助金二百,以清凤累。今获其惠,不可无书以达之,故肃函致意,兼鸣谕悃。

廿五日(12月23日) 过赵厚庵。

厚庵云:"本年五月初攻平凉,驻军四十里铺,贼首那三率众五六百人,欲夜袭我军前营,忽闻炮声,迟疑不进。及至天明,始要击第二营,而以马队辅高原,俟步卒得胜,则以马队直趋泾州,掩我不备。乃其步队甫近营，即为我军击败，斩杀净尽，其马队遂遁回平凉城。大军乘胜进攻，贼开北城欲遁，适遇官军仍退入城。雷帅麾军进击，巷战至夜，其西门又为前军截堵，不能遽出，贼闭城自守。次日天明，攻杀愈急，贼遂杀其妇女，均各自刎，积尸至二千余人，平凉遂克。"

廿六日(12月24日)　雪。发泾州，晚宿屠家沟。

由泾城南顺汭水上十余里，遂陟高原。又十里，天大雪，路既崎岖，气尤严寒，一望苍茫，不知所向。盖人迹一过，雪花遂满，故溪径尽灭，杳无觅处也。强行二十里，至屠家沟，天已将暮，遂宿屠氏窑洞。

廿七日(12月25日)　晴。宿娘娘庙。

晓起乃大晴。顺神峪河下流，再南上二十里，至良园镇。复上高原，二十里始下。又十里至娘娘庙，已黄昏后矣。

廿八日(12月26日)　晴。宿石岭子。

今晨天颇暖，顺大川西南行四十里，始渐登高。又十里至石岭子，可望陇上诸山，如在几案。

廿九日(12月27日)　晴。抵陇州。

由石岭下山二十里即平川。顺川南行二十里，抵州之东北，过木塔寺，甚宏敞。今春塔被贼毁，惟存废址，殊为可恨。

三十日(12月28日)　移寓。

长宁既不可去，只好暂寓城中，爰择瞿姓典铺闲屋居焉，在州之南城内。

心烈日记卷之十九

鸿蒙室主人笔识

十二月初一日（12 月 29 日） 晴。唐煜轩太守及李晓亭俱过访。

煜轩谓余少肆应才，诚为知言。又言惜无人知而用之者，亦未为无见。盖人各有能存，不能使皆无求备而悉用之，则天下岂有弃才哉？煜轩二语可谓能知余短，而又不没其所长者矣。惜乎煜轩有鉴人之识，而无用人之柄也。

初二日（12 月 30 日） 纪梦。

自泾回陇，旅夜三宿皆有梦。始梦人送西瓜二，余破其一以食之。次梦舆夫，最后一人为寿星；三梦右腿皮膜内有蛰龙，长三寸许，蠕蠕欲动，遂惊寤。

初三日（12 月 31 日） 吴仲光过谈。

仲光名徵，原号莲溪，拟赋从军，故来相访，托代说项，已相待廿余日。据云行至武功被劫，行李尽失，幸未受伤。乱世行路之难如此。

初四日（1865 年 1 月 1 日） 作书致卜臣、介石。

自入关中，京信顿杳。今将岁暮，故作书以致二君。回忆燕云聚首，又不胜天涯之感也。

初五日（1 月 2 日） 书屏幅赠家文川大令。

赵集贤云："结字因时相传，用笔千古不易。"余谓结字以用笔而殊，用笔因腕力各异。腕有强弱，故笔有刚柔，各得其性之所近而已。自古用笔，有竖笔，有横笔，有顺笔，有逆笔，有昂笔，有偃笔，有转笔，有折笔，有迟笔，有速笔，有敛笔，有放笔，有八画出锋无往不复之笔，亦有一气流转变化莫测之笔，要皆血脉贯通，锋棱圆健，乃称用笔能事。盖锋棱不圆健，则笔必偏，血脉不贯通，则必滞。滞而偏，是谓俗笔。腕弱无害,笔俗难医,不可不慎也。王虚舟论用笔,使其端若引绳,不可偏倚,先从陡折、圆转二体用功,二体得则思过半矣。学者试取其书读之,而又证以古今法帖,临摹至久,则诸家笔法皆可会通,任意出入,无不圆健而流通,自成一家书法。余心知其意而无学力,故不能得乎心而应诸手,此所以终身傍人篱下也。今日所书,虽未能摆脱习气,然稍稍自运腕力,略存自家面目,故记所得如此。

初六日(1月3日)　书屏幅赠林望侯明府。逆旅主人招饮。

昨日临《论座帖》,今乃书钟鼎篆文。古人作书多朴拙而自有豪宕气。盖振笔挥洒,不假修饰,故朴而拙;其结体纵横,纯任自然,故豪而宕。临钟鼎文者,尤宜体会斯意,乃能浸浸入古。拙书固未能逮,然斯论不可无存也。

初七日(1月4日)　书直幅赠孙及马宸男二君。

二君颇嗜余书,托李晓亭代恳者数。兹有余纸,因各书一幅赠之,一临《开府帖》,一仍作钟鼎文也。

初八日(1月5日)　作书寄卜臣、介石、芋安、毓之诸君,并上铁梅先生。

铁翁颇有关拂意,且令题其《三百三十有三士亭图》。余既未睹亭中景象,又不识其作亭命意所在,故不能率文操觚,徒作酬应陈言。因再函询,以便题寄。

初九日(1月6日)　作示谕长宁各镇居民。纪梦。游木塔寺。

长宁吏役今始来见,因作谕界之云:"为招集流散,各敦本业,以图安居事。照得陕省自逆回叛乱以来,人民离散,赤地数千余里,绝无耕者。而陇州一邑,地当冲要,长宁驲实为隘区,故遭劫尤惨。不宁惟是,大兵一过,差徭繁浩,民不堪命,荼毒曷已?此有心斯民所为目值而心伤者也。本分州职虽分任,痛尤切肤,虽不能为尔等上请赈济,贷牛劝耕,以成盛举,而倡义团择要守险,保固一方,则区区之心,尚可有为。现贼氛渐远,民害稍轻,凡有田园,亟早归来。务农者理其畔越,勿动私心;贸易者启尔市厘,咸存公道。将见人心转而劫运自消,天理存而兵灾尽敛。若再流亡,不知自返,或矜愚诈,妄事逞凶,则上苍痛恨,愈降灾殃,其遭劫罹祸,尤有甚于今日者矣。为此出示晓谕尔等居民知悉:自此各自痛格非心,务安本业,凡属欺人昧己之事,决不可为。非惟事不可为,即是心亦不可有。试思陕省大劫,百倍他乡,岂人人皆欺人昧己之人?亦岂事事悉违理犯分之事?盖有是心,即无其事,而其人已有可诛。积恶既久,为患愈深,理数然也。本分州静观天道,默验人为,颇有所见,不能自隐,故为尔等一劝导之,慎勿以为迂阔而非且笑也,实于安居乐业之民有厚望焉。切切。特谕。"此谕盖对秦民心病而发攻毒之药者也,故存之。

　　昨夜凡三梦。初梦一秀士,面微黄瘦,依余为计,尝云:"日后当于上元相晤。"初不甚解,既有役持文至,似促其远行者。士曰:"实不相瞒,某非人,盖奉阴司文往上元投生者。今行矣,前言当勿忘也。"次又梦寻地至一高楼,周围皆山,楼上二年少挟二洋妇席坐饮。二妇老少各一,少虽洋妆,颇有风韵,似欲前而献媚者。后又梦扶亲棺欲寻葬,为兵勇所阻。适李京堂云麟至,曰:"非阻也,期未至耳,明当可葬矣。"遂寤。

　　晓起,天甚晴,爰邀吴君仲光同出南城,转东行,越大溪,至开元寺。旧有木塔,故又呼木塔寺。塔甚高,相传造自唐时,今春二月始为贼毁。塔前石幢岿然,上刊诸经为唐人书。其余规模甚隘,虽毁之亦无足惜也。由寺右西行过数村,得道观在山阿间,地势虽不甚广,而殿宇尚新,曰药王洞,为邑五观之一。道士烹茗出献,时渴甚,亦甘也。出寺,残雪满山,寒日将暮,寻径由西城归。

　　初十日(1月7日)　傅朴斋过访。

　　朴斋原名淳,以避讳更名春翔,江右籍,寄居均州,为刘瞻岩殿撰女婿,亦名家子。少年失学,入营投效,已保参将。然酷嗜书画,与余晤于煜轩太守斋中,因见过,评书论画,颇有所见,亦武士中罕见者。为言其夫人字小岩,亦能书,尝为乃翁操刀,人不能辨,又可谓奇女子矣。瞻岩先生起自寒微,其封翁贸易兴安,而贫甚不能自立,朴斋祖见而怜之,遂助以资,乃稍稍能糊口。时瞻岩仅八九岁,入塾颇聪敏。有熊翁者为求朱氏女,为朱所窘,忿恨不能食。其女十三龄,前问故,熊翁以实告。女曰:"勿伤,何不竟以己女许刘氏子,亦足以谢刘翁矣。"熊翁乃恍悟,遂自媒两家,由是始结婚。迨瞻岩登贤书,朱女愤不食,瞻岩又大魁天下,朱女自经死矣。婚姻自有定数,若朱翁者,未免有愧于小女子多矣。须眉云乎哉!

十一日(1月8日)　作书致祝亚山及曾子鹤。魏外委铦臣过访。

久不得亚山书,相思特甚。今因致书子鹤,乃并寄之,使知陇上析艺与龙场讲学尤为荒陋特甚也。

十二日(1月9日)　代马五峰书屏联。

作书须胸有成竹,然又不可有成见,盖成见除则天机露。今日天稍阴晦,老眼朦胧,几不成书。然有一二得意处,偏觉生气洋溢,纵横满纸,非有意所能到,盖所谓成见除而天机露也。使由此以追自然,则古人境界当不难到矣。

十三日(1月10日)　闻金县失守。

近见省报云金县失守,兰州戒严。金县去兰仅八十里,贼势趋重,省垣亦可危也。又闻陶军赴省,为贼邀截,损兵数千,能无虑哉!

十四日(1月11日)　傅朴斋过谈。

朴斋云瞻岩先生尊人早年贸易兴安之恒口,获利百余金,尚无子,因买妾将南回,而妾泣不赴。翁怪之,妾曰:"非也。妾尚有老姑及一子一女,俱功妾,夫不能自食,因鬻妾。妾今且远去,子女尚可,老姑将哭杀矣。"翁亟返舟,以妾还姑,妾泣愈甚,翁更异之。妾曰:"翁去,夫更鬻,妾愈难生矣。"翁乃计其一春之食,畀金三十,以为养姑费,始南回。次岁生瞻岩公,人咸以为厚德之报云。

十五日(1月12日)　孙雪堂过访。

孙君名祖康,号雪堂,主煜轩太守幕。偕朴斋过寓,谈及兰省军情,据云贼不甚多,金县虽失,亦旋克复。然则陶军何以失利耶?又闻曹军门自月前克复盐关,乘势进抵固原之开城,与雷帅同扎,离城仅四十里。三面会攻,贼势又当北走耳。

十六日(1月13日) 闻南口窑一带俱有贼。

南口窑居泾州、华亭之中,尚在平凉后,回匪虽强,岂能遽绕大兵之后?且即欲牵制前敌,必须竟扑泾州,截我粮道,乃能冀解固原之围。贼不攻隘,必非正贼。或游勇饥民假冒回势,以图抢掳,亦未可知。然有备者无患,固不能不为之防耳。

十七日(1月14日) 作书致纬帅及大营诸友。王子萱过访。

子萱名寿光,松江人,为煜轩司记室。能书,善铁笔。闻余所藏书画颇有可观,故过寓鉴赏,倾箧纵观,亦快事也。

十八日(1月15日) 再致书雷纬帅。

饭后,偕煜轩太守及晓亭录事巡城一周,盘获奸细,并华亭令来函,并称贼踪是实。因作书致纬帅,略云狃逆于十二日由固原窜出,经平凉之北原,抵安口窑,驻扎一夜。十五日径扑华亭县城,不克,乃追至崇信之铜城、灵台之红渠二镇,分股东窜。现由娘娘庙过新店镇,一路杀人放火,将有直趋凤翔之势。大兵若从后追剿,势万难及,且恐陕省震动,大局攸关,未免有碍,反为不便。以某愚见,不如速派劲旅,由陇趋汧,绕过麟游,迎头兜剿,使贼势归并北原,一鼓歼除,似较妥当。未知尊意以为何如?此贼原本无根,专从无兵处回窜骚扰,意图牵制大军,不敢前进,然亦愚矣。

十九日(1月16日) 作《陇州图》。

龙自大关山开帐,起景福、清凉诸山前去,结凤翔、咸阳诸郡县。此从清凉拖下小支落平川,抢大龙关城堂局以成结作,正对牛心山,端正美好。吴山五峰耸立天半,屹然巽位,而文风乃不振作,盖正穴尚在对面诸峰下也。惜余初至,而又天寒,不能远寻其地耳。

廿日(1月17日) 遵例封篆。致书林育泉及朱小亭。

余虽未能抵署,而印篆在手,不能不遵例行礼,体制然也。是日接家文川大令书,又致小亭及育泉太守。余《游王母宫记》略加润色,遂尔成章,因并寄之,盖亦足为泾作一典要也。

廿一日(1月18日)　阅邸抄。

前江宁初克时,曾国藩等奏洪逆幼子洪福瑱积薪自焚。嗣据左宗棠探明洪福瑱实潜踪逃窜,奉谕跟踪兜拿。兹据沈葆桢奏:"官军沿途蹑剿,追及于广昌石城地方,游击周家良搜获于荒谷中。"上谕着在江西省城凌迟处死。此十月廿六日报也。左宗棠锡封一等伯,鲍超一等子,席宝田云骑尉世职,并赏穿黄马褂。周家良则云骑尉世职而已。其余员弁,俱奖励有差。

廿二日(1月19日)　闻狪逆尚盘踞北山中。

诸逆皆渭南人,意拟再回渭南,宁死故乡,不愿作他方之鬼。然则何不投诚,而徒盘踞万山中,岂能久乎?

廿三日(1月20日)　孙雪堂过谈。

雪堂云徐青藤与其同乡,所居书屋有青藤一本,攫拿如龙,每岁发新藤一支,故自号青藤。后世子孙不振,以屋售人,而恒见怪异,人不敢居,遂捐为青藤祠堂,觅一老仆为供香火,至今尚在。诸文士乞乩,先生必降临焉。或诗或文,任意挥霍,酬唱不衰,一如其在生之狂放不羁云。

廿四日(1月21日)　先君冥寿。

游子出外,原欲博一微名以为禄养。今虽薄有微禄,而音容已逝,春露秋霜,曷胜凄感!今晨为先君子冥寿,连年皆在江湖,无能供奉,心愈难安。如临在上,倍觉凛凛也。

廿五日(1月22日)　阅邸抄。

恩麟奏:"哈密汉回变乱,官军夹击,全行歼灭。先是,本年八月,回逆乘夜纵火焚烧关乡,经回子郡王伯锡尔督兵千余,会同文祺所派官兵内外夹击,一鼓歼除。"骆秉章又奏:"贵州仁怀号匪窜扑川境之叙永厅,经副将许荫棠及知府刘岳峻先后击败,遁回黔境。官军乘胜直抵仁怀,于九月十一日克复县城。"

廿六日(1月23日)　闻灵台县失守。

有人自灵台界回,据云:"十八日贼阑入灵台县城,漫无防守,知县祝某月前廿六日始到任署篆,全家均遇害,贼砍其首,悬城门外,亦云惨矣。旧署令吴君名莹,字耀堂,尚在城,交代未清,闻变,全家均避入窖,而已为贼执。次日,贼众舍之去,乃得免。"盖吴君曾以身家保灵台良回不叛,至是果获其报云。

廿七日(1月24日) 接朱小亭及马宸男诸信。

小亭挈眷赴任,于月之八日已接西乡少尉篆。其地清苦,较陇尤甚。盖陇城尚未破,西乡则累经兵燹,城郭居民荡焉无存。余前书赠马宸男,差人携至,中途遇贼,诸物悉弃,唯书尚存。宸男来信云昔人书可避水火,今方君书乃能却盗贼。可资一笑。

廿八日(1月25日) 作《天下全图》。

旧作是图,尚未入关,不识秦中形势,今更改绘,略得其真。天下都会,大略以西安为上,不独形据上游也。其龙本中干大结,自太白起祖,至骊山百脉逆水作结,似非正穴。殊知太华与吴岳东西夹耳。终南作朝,江汉暗拱,黄河远抱,龙门砥柱,皆其水口,此中干首节大局无疑。其次则曲阜为中龙尽结,外环大海,内吞黄河,北龙绕其背,以至朝鲜为外障,南干拱于前,以至扬镇为内屏,至淮徐诸山则近案耳。以故少皞卜都,莫过乎此。春秋时笃生孔子,时中至圣,夫岂偶然?宋以后,黄河南徙,冲断地脉,泰山遂无所属,卓为燕京左臂。今河复故道,山又将效灵矣。其余成周、汴梁、陈州虽属中州,亦曾建都,以较秦鲁,特随龙挂结,非特局也。北干枝脚宏放,中国仅分其半。古以冀州为天下之脊,尧、舜、禹皆都河东,相去不过二百余里,以黄河绕抱甚紧,而脉自北来,得南面而临之正。然地势过偏,似不如太原门户周密,形势高拱之为局尤尊也。燕京乃其外垣,又借山海以成大局,形势较为阔大,而完密则逊南干。如滇、粤二局,均极宏放,然皆外向偏结,不能抚临中国,故成割据之势。唯金陵翻身向里,逆水而结,乃能与中原竞势并立,可偏安,亦可浑一也。窃意王者抚有华夏,当建立三都于长安、建业及幽冀之间,以成鼎足,则南北无偏重之患矣。

廿九日(**1 月 26 日**)　自叙《平舒集》。

平舒,古瀛渤地。子舆氏云:"太公避纣,居东海之滨,后人因名其河曰子牙河。"虽属附会,亦安知非尽出于附会乎? 古来圣贤豪杰,无不乡里争荣,即一流寓间,亦觉山川生色者,比比皆是也。余随卜臣任,寓其署斋,岁适一周。地既无古刹名山可以游瞩,世更少高人畸士堪与流连。唯日事丹铅,时搔白首,成《太极元枢》《易卦变图说补》及《唐诗纬》诸书。更以其余闲俯仰生平,低回世变,谱为诗歌,即借地以名集,非敢望后之人更附会吾徒,以与子牙河比胜争奇,亦庶几乎。余曾亲履附会地,而仍无害其为附会之迹而已矣。甲子除夕,关陇末吏黝石氏偶展旧集,聊题数言卷首,以当叙云。

同治四年

心烈日记卷之二十

鸿蒙室主人笔识

乙丑同治四年正月初一日(**1 月 27 日**)　丁酉,阴。随班坐朝谒庙。

余既入仕,官职虽微,亦有当尽之道。天将明,随州牧及文武各员至吴岳庙,设宝座,望阙北祝。礼成,复至文庙、火神、土地、文昌诸庙祀毕,仍回祭吴岳。各员就地团拜,乃归。是日阴晦,竟不能晴,且多寒气。

初二日(**1 月 28 日**)　晴。李晓亭招饮。

午间,民夫回自华亭,据云安口窑又有数百兵勇,自称奉檄防堵华亭一带。邑令未辨真假,不敢令其入城,且严备以待。煜轩闻警,亦时登城巡视,余与晓亭诸君同瞭望焉。昨日乍寒,今日复暖,天时亦多不正云。

初三日(**1 月 29 日**)　晴。作《西安府图》。

西安为自古都会,而面山背水,似非正结。乃其妙全在华、吴二岳,东西夹侍,皆远在数百里外,故能收拾远大。南山皆木火形,北原尽金水象,又得黄河绕抱,元武总收诸水,以出潼关。此水火既济大格,都城之妙,无过于此。无怪周、秦、汉、唐之足以俯视六合,且多卜年久远也。

初四日(**1 月 30 日**)　早晴晚阴。贼至曹家湾,合城戒严。

上半日天大晴明，午后忽阴晦。华亭来函云昨日贼抵县之尖姑山，离城十五里，驻扎人约数百，皆马队。今日探报云贼已越关山，午至故关。是晚有数骑直驰曹家湾瞭望，遂回垒口子住扎，离州城仅三十余里。各村难民纷纷逃窜，甫抵城下而城已闭，均各露处西关外。余与煜轩、晓亭及文武各员登陴巡警，终夜轮察，城上梆声络绎不绝。陇城虽小，垣尚坚固，三面环水，地势亦高，且前牧邵君守城旧章尚未尽泯，仓卒一呼，颇能集事。唯无兵无勇，专恃居民，亦非万全无羔者。

初五日（1 月 31 日） 阴。贼至。

已刻，贼果至，由西关外绕过南原，离城仅二三里，约五六百骑。登原略憩，遂整队东行，抵杨马河，分扎八社地方，去城亦不过十余里。各村逃避一空，而贼秋毫无犯。初天明时，煜轩健丁二人，率马夫共四骑，自告奋勇，前探贼踪。甫行十余里，即与贼遇，均为贼毙，仅二骑一人遁归。煜轩心颇焦恨，幸贼东去，未来攻城，亦天幸也。是夜巡城，尤加警惕。

初六日（2 月 1 日） 阴。贼东去汧阳界。

昨晚贼过尽，天略晴霁，今晨复阴。午关贼已东去，入汧阳界，而汧城尚无信。余观贼队虽少，而旗帜尚整严，断非残败之象。盖用游骑以扰大军之后，绝我粮道，使难前进耳。纬帅贪功深入，不知后顾，亦可忧也。现在粮车屡被贼劫，诸路粮运阻塞难进，军中乏食，是其验矣。大军初进，石家沟守贼不战而退，且多遗牛羊米麦以诱我军。当事不悟，至有此扼。朝廷近又授纬帅以钦差剿抚之任，任大责重，愈当凛凛也。

初七日（2 月 2 日） 阴。马队追贼至，自平凉。

午间，余正作《河南府图》，忽闻城上鼓声不绝，急登南城巡视，则雷营马队自平凉来耳。城民不知，以为逆狇回窜城关，内外皆惊惶失措，亦可笑也。晚间探闻贼尚踞汧邑之红房河，离城十五里，不知何意。

初八日(2月3日) 微晴。步队追贼至陇。

昨日骑兵至,今晨步卒至,皆驻扎西关外,不肯行。闻其初至华亭,县令闭城不纳,诸勇怒欲攻城,马队统领以手铳击令,几中额,挥军四掠,各牵牛羊市于陇地,亦可惨也。闻贼已过汧邑,望凤翔东去。汧汛武弁由郡归,途遇贼被掳,未审确否?

初九日(2月4日) 早阴晚晴。追贼兵始去。

是日丑刻立春,黎明颇阴晦,午后始晴。亥尽月华甚明,五色圆晕重重可观。闻追贼诸军至汧,探报贼由凤郡南望郿东去,遂止不行。此股贼匪初围隆德,纬帅亲统十营驰赴解围,贼遂乘隙窜出,直入陕省,意盖有在。近日霞轩中丞张示谕令省回反教,诸回不从,一夜尽扯其示。中丞恐有内变,急调商州戍兵回省严防,而平凉北原亦有窜贼,倘再入陕,勾动省回,东西互应,内外夹攻,则西安亦大可危也。近又闻陶军累败于兰省,岂天意哉!

初十日(2月5日) 代李晓亭书屏幅。

今人作书,专尚妍巧,古人作书,极意朴拙。然至拙之中,大巧寓焉。拙中生巧,乃真巧耳。余书虽未能巧,尚有三分拙意。晓亭索书,乃喜钟鼎,亦有意拙中之巧欤?

十一日(2月6日) 煜轩太守招饮。

贼分二股,一由武功,一由盩厔,望东急窜,如入无人之境。凤翔虽有防兵二营,追之已不能及,然亦不敢追也。煜轩拟请留兵戍守上关,以扼崇信、华陇三邑之要。令余作书致纬帅,兼自具文呈请,亦陕疆一大关隘。是晚煜轩备酌,邀诸同寅共饮,至夜始散。

十二日(2月7日) 代煜轩书楹联。

煜轩亦喜余作钟鼎文,爱出纸索书。先挥楹帖一联以付,体兼褚、米,并出入山谷,又一格也。余作书略无定体,随兴所到,亦是大病,然终不能改,岂结习然欤?

十三日(2月8日) 代煜轩书屏。

四幅俱作钟鼎文。此体书莫古于商、周、秦、汉,后渐趋于薄,变篆为隶,由隶而楷,古法荡然,无人过而问津矣。余颇有意复古,而腕力柔弱,未能从心,亦徒付诸梦想而已。

十四日(2月9日) 阅邸抄。

劳崇光奏:"去岁八月初九日,逆首包茅仙纠结苗教各匪,窜匿铜仁府之梵净山三脚洞,为千总潘大兴由洞后凿地而入,包逆只身突出,被官军围住,自抽佩刀划伤咽喉,立即就擒,戮尸枭示。此股遂平。"

十五日(2月10日) 雪。李晓亭招饮未赴。作书致宪之及东屏。

自腊月初至今四十余日,皆亢阳,暖甚。晓起忽阴晦,大雪,阳极而阴也。久不得宪之书,近想到京已久,故作书致之,并问东屏及卜臣起居何似云。

十六日(2月11日) 雪。作书致家毓之。

去岁凡十致书,仅获其覆函者二,岂相左耶?抑恝然不以为意也?不然,何至浮沉如是乎?令人闷闷,殊不可解。

十七日(2月12日) 晚微晴。作书致纬帅。

碧鬟姻事久而未成,故拟托纬帅代作蹇修。其父俗吏,畏威慕势,或能有成,亦未可知。盖世情浅见,不知大义,故不能不以此动之,殊可笑也。

十八日(2月13日) 晴。李晓亭招饮。

晓亭招饮,诸同寅皆在座,共商城守事宜。余拟城外濠内添设木桩签,使贼难近城上,垛夫乃有所恃而不恐。不然,垛夫率市井小儿,一见贼队登城,未有不惊溃四逃而城破矣。煜轩以为势不能及,余曰:"此非一二日事也。现在猧匪窜至兴平、武功扎驻不行,而泾州、北原大股又复窜出,意盖会集大队,乃攻省垣。纬帅于十四、五日已退军平凉,欲追剿窜逆,势恐难及,则陕省郡县又当糜烂。汧陇既为陕、甘两省门户,贼势出入,为时无常,若不及早从容整备,则临时岂能猝办?"煜轩久已乞退,近日退心愈迫,连连禀白大吏,至欲怀篆赴省,故目前防守诸务,多不肯作长久计。余本闲曹,无城守责,虽有苦口,谁复能听?前数夜巡警各城,曾与诸局董一畅谈之,面虽唯唯,而厘市鄙夫,终无远虑,安能相从?惟李晓亭略略筹算,恐经费浩繁,不能猝办为言。余观附郭树木尚多,足可敷用,只须督令台长,责其每垛每夫须各伐树一株,则足备一垛之用。不过三日,伐木树桩即可成功,又何难欤?夫与其存诸异日,为盗贼爨薪攻城之用,何若及早砍伐,以作官民防守不虞之需。惜诸君皆顾目前,不思日后,又惮烦而不肯为其难耳,奈之何哉!

十九日(2 月 14 日) 遵例开篆。

闲曹无事,开篆与未开同,亦循例焉已耳。是夜梦入外祖严公家,初见胡、李二姬由内出,继闻室内呱呱有儿啼声。后入别院,一小黑犬摇尾相迎,倏见高楼,拾级而登,二舅妣何氏夫人当堂兀坐,老婢侍立于右,因下拜。夫人曰:"汝所居地,未免焦枯,吾当为润之。"乃口含水喷余满身。须臾遍地悉化甘露,累累如珠,不胜惊异,遂寤。岂慈云大士一滴杨枝露耶?何不洒遍人间并蒂莲也?前数夜亦连梦食西瓜,皆二数,不知何兆。

二十日(2 月 15 日) 遣使致书纬帅。

纬帅退军平凉,其营务官周善继追贼过北原,泾州一带尚平谧,故遣使略馈土物,聊以将意,盖将托其代为蹇修也。

二十一日(2 月 16 日) 阅邸抄。

御史刘庆奏参已革皋司李元度罪重罚轻,请仍按律定拟。上谕令曾国藩、左宗棠查奏。兹具覆称:"元度守徽三日,贼众兵单,力竭城陷,并非弃城逃避。其募勇赴浙,实奉奏调,并非擅自回籍。唯尾贼通城,饰报凶仗,及既被参,撤勇索饷,不顾大局,为咎所应得。现交部议,拟成军台。"窃元度守徽,虽因贼众兵单,然其大队退回祁门,而元度乃单骑东窜浙境,何也?曾国藩原参谓其败不归营,宜矣。元度不知自愧,又复募勇入浙,屡遭挫折,以致浙省无援而城遂陷,其无能以误大局也可知。乃左宗棠仅以饰功逼饷为罪,曾国藩又谓其实有兼人之才,其可信乎?大约湖南诸将多植党树私,庇护乡里,朝廷方资其力以平盗贼,不暇深究,日久论定,自有公道出于其中耳。

廿二日(2 月 17 日) 阅邸抄。

劳崇光奏:"去岁五月,贵州黄平州苗匪勾结教匪窜扰余庆县境,经知县黄启兰越境攻破平泾洞,又乘胜平毁金坑等处贼巢,此股逆匪已平。"曾国藩又奏广东现有军务,请以粤省厘金截留自用。徐宗干亦奏请福建漳州阵亡按察使张运兰及城守文武各员议恤。是闽、粤二省均被滋扰,盖江、浙余贼窜过境也。

廿三日(2 月 18 日) 马五峰招饮。

五峰尊人号致斋,善扶乩,其室尚悬吕仙及丘长春乩笔墨书,颇奇古。长春大书四屏四语云:"运行昌明,言论风生。昼夜讲贯,道脉纵横。"甚有道意。长春本隐迹龙门,为天下道宗,故宜其与致斋相契之深也。吕仙乃《游少华山》诗一绝云:"远望西山日影移,此身久欲别瑶池。衡皋雁阵惊寒起,云水飘飘何处随。"诗字俱翩翩有仙气。

廿四日(2 月 19 日) 雪。为孙雪堂题照。

昨夜暖甚,晓起忽大雪,乃为雪堂题照二绝。图作《秋月团圆图》,诗云:"碧沿朱栏露未干,梧桐月下影团圆。一房儿女深堪羡,况有金闺人共看。〇万里辞家我正愁,那堪还读画中秋。烦君戏向姮娥问,玉杵何时许并投?"君近为余作伐,故末语及之。

廿五日(2 月 20 日) 晴。孙雪堂过谈。

(阙)

廿六日(2 月 21 日) 煜轩太守过谈。

煜轩精音律,善歌唱,年少倜傥不羁,服官后,一切屏弃无余。近见余《月影鬓光录》,心赏久之,至于泪下。因按事立题,得十八出,拟填词曲,播诸管弦,以传永久,亦惺惺惜惺惺意也。今晚漏已二下,犹过寓纵谈,每至得意处,则兴会轩举,或念旧游,又复凄然肠断。近闻狪逆悉窜北山上游,以大获胜仗入奏,首府吕俊孙及抚标参将彭体道均邀懋赏,气颇不平。又言臬使椒云先生被议落职,皆有所取。狪逆假扮马商,陆续入陕,当事不觉。固原自不难克,特恐西安祸又莫测耳。

廿七日(**2月22日**) 阅邸抄。

毛鸿宾奏:"去岁八月三十,江西余匪窜扑广东平远县,知县吴炳绶督团出击,中枪坠马。贼入城,炳绶复伏团力战,擒其首逆,城旋收复。另股贼匪于九月初三日窜扑镇平县,知县庞掌运、都司任士魁分股迎击,士魁被枪阵亡,掌运为百姓拥护出城,复召团复城。均各赏恤有差。"此必过贼掳劫,饱掠洒去,各员遂以克复报。近日风气大都如此。吴棠又奏筑清江浦城池,实为紧要之着。余过清江,即有此议。后于上曾帅书中亦以发贼城此为虑,当事均不之觉,后竟被焚。惟贼未久踞,遂复其地。兹已事后之计,亡羊补牢,亦未晚耳。

廿八日(**2月23日**) 煜轩太守招饮。

座间小酌,适泾州来函云贼势二股已合为一,北窜宁州之太昌镇。泾防吃紧,拟请大帅派兵戍守,先将后路扫清,然后进兵固原。不然,则甘省军务日坏一日,是为要着。又闻曹营差官来云,曹镇军军令甚严,然贪财克饷,亦是败着。秦州捐项三万余两,仅发其一,克盐关所获贼钱万余,均归私囊,而兵勇每日给面四两,亡者甚众。近又收降狷众万余,恐贼未信,竟斩亲弁一员以殉,军心颇为解体。然甘狷虽降,陕狷日来滋扰,乃不敢轻进以灭贼,盖又恐甘狷复变,以摄其后,则腹背受敌耳。似此情形,均非妥计,可虑也夫。又闻陕省诸回均遵示反教,改清真寺为义学,果若出至诚,则亦陕中之福也。现在各狷易装入陕,络绎不绝,岂易测哉!

廿九日(**2月24日**) 为友人书楹帖。

傅朴斋由华亭寄纸来,为友人索书。纸纹甚粗且旧,因难却其意,聊为挥之,乃无意中竟能挥洒如意。盖纸旧则其性已退,故多受墨而笔自无所滞也。天下人有貌甚陋而才堪适用者,岂独纸物然乎哉?

三十日(**2月25日**) 闻宁夏城复。

昨见省报云甘省军务大有起色。现在宁夏城业已克复,果尔,则狷势亦当易扑。特无明文,又恐传闻之误耳。

心烈日记卷之二十一

鸿蒙室主人笔识

二月初一日（2月26日） 微雪。家祭。

晨起微雨，继之以雪，然须臾即化尽，春阳已盛故也。是日上丁祀文庙，余以分防未与祭，而仍颁其胙，故特设筵以祀家神，亦如为诸生时之分胙以为荣焉。

初二日（2月27日） 致马秋原诸同乡书。

余过汴梁，秋原、晶卿、捷三诸君皆有关拂，今特寄缄以通问焉。略云："某自抵陇，尚未履任。盖敝署分防长宁驲，离城西一百二十里，公廨久经焚毁，人民多未归来，故暂寓州城，以俟时清，乃能再加整顿。现在日用所需，仰给廉俸及堂上帮款，他无所出。犹幸孑然一身，清苦自励，不致仰屋待炊。然丧乱之余，万物腾贵，则度日亦颇不易。为宦至此，吏耶？隐耶？亦几莫名其所以然矣。既而思之，夫之位置，鄙人则适相称，何也？无案牍而有琴书，不催科而食廉俸，终朝闭户，著述自娱。与为诸生实无以异，则其乐为何如耶？敝友秋槎严君自叙其诗云：'桃花源固在人间耶？愿以十洲三岛易之。'今日身受，始知其言之不谬也。且此地山川亦颇不恶，吴峰竞秀，屹立雍西；龙洞清幽，深藏陇北。暇时寻访，尤足动人清兴也。昔阳明之戍龙场，犹思讲学；子瞻之谪儋耳，不废吟哦。某虽未敢妄希前哲，而陇上柝声，较之海外风涛与夜郎蛮洞，似又过之。俯仰古今，胸怀自阔，故又恬然安处，不惟无怨望心，而且有忻幸乐矣。昨见邸抄，知兰泉先生有赴黔之行。此去离乡较近，且可借清故土，实吾辈幸也。但不知三迤近况又复何如？既乏乡音，更无邸报，翘首南云，如隔天外，未审何时始能重见乡树耳。此白不宣。"观此，则余近日心绪大可知矣。

初三日（2月28日） 煜轩太守过谈。微雪。

煜翁喜高论，尤善诙谐。每当无事，则过余纵谈，至夜分始去。

今日微雪,天颇寒,犹乘兴而来,谓济南山水胜过江南,盖以其水尤为清异也。趵突泉外,尚有七十二泉,皆莹澈可喜,是以人文多秀,甲于天下。余去岁本拟登岱,顺观济南诸山,乃为黄河泛溢所阻,至今怅怅。更闻兹论,不禁神往于其际矣。

初四日(3月1日) 午过煜轩小酌。

君收藏古今书画颇富,今午无事,倾箧出观。中有吴仲圭山水巨幅,笔势纵横,气尤苍莽,不愧一代名手。其余高下不一,真赝杂出,然皆可观,不同俗玩。其尊翁亦善八分,超超入妙,知其家学有素耳。是日差役赴营始归,据云大军已抵固原,离城二十里驻营。曹军其南,陶营于西,纬帅则壁垒东路,贼势甚穷,悉入城内,不日当能克也。又闻上谕意在克城,不问窜贼,盖以纬帅深入,力难兼顾,别饬陕抚调兵防剿,真睿鉴也。

初五日(3月2日) (阙)

初六日(3月3日) 作书致伍介康。

介康家藏图书甚富,然束而不观,尚寄友人处,徒饱蠹鱼,未免可惜。因拟借阅,作书寄之。略云:"从军纵好,壮志潜消;著述虽微,名心未死。前在平城,得闻邺架图书不少,收藏尤固,现在寄诸友人,束而不观。夫与其置之高阁,长饱蠹鱼,何若暂借荆州,犹存外厩。某虽饕餮,断不至如关云长之久假无归,更烦白衣橹袭取南郡为也。倘承概诺,新赐一书,自当遣价执信走取,但不知高人达见,亦有吝色其间否耳。此白不宣。"

初七日(3月4日) 煜轩过访。

以其尊翁雪方先生《剩草》一卷,求为作序。余粗阅之,盖以剑南为法者也。先生殁时,煜轩甫十岁,其兄又不甚珍重文字,故全稿均多散失。此卷乃煜轩各处搜索,汇而成集,故珍同至宝。今将付梓,以永其传。余忝同寅,又甚相得,不能无言,故特具衣冠,过而拜求,亦郑重其先世遗泽意也。

初八日(3月5日) 作雪方先生《剩草》诗叙。

　　早膳后无事，乃伸纸作雪方诗叙，午后挥成。适王子萱过访，乃同赴煜轩，因留膳，纵谈至夜分始归。又过吴仲光处送行，盖仲光明晨当赴营也。叙云："甲子冬，予佐政陇东，维时摄州篆者，为山左唐煜轩太守，款接甚优。连月贼踪犯境内，兵车络绎，往还不绝。时或登陴，轮巡夜警；时或开城，抚恤流亡。太守一身兼任其劳，而犹能与营弁武夫往来酬应，各尽欢心，一无所扰，是其肆应才有过同侪数倍者，而未知其为风雅人也。迨贼氛既远，政治稍纾，于其记室王君子萱处，得阅予《月影鬓光录》，不觉拍案叫奇，心赏久之，至于泣下。于是朝夕过从，披肝沥胆，相与纵谈十年情事。至其得志，则兴会高飙，每忆旧游，又复凄然肠断。盖其雄材伟貌，而更饶雅量柔肠，非可以一端竟，然犹未知其笃于彝伦也。一日，亲捧其尊翁雪方先生《剩草》一卷过予曰：'此先人遗稿，从故纸堆中网罗散佚而汇成藏焉者也。君盍为我一序存诸？'予敬谨盥诵，清腴流宀，风雅咸宜，是格调性灵，兼擅胜场，又不独谨守剑南门户，斤斤然界宋分唐以为长者。窃尝论之，诗至前明，李、何崛起，共倡复古，罔忌剽窃，以至末流，徒存优孟。迨入国朝，蒋、赵并生，又复子唐佻宋，不免矫枉太力，失之过正。而稗官野史，以及怒骂诙谐，悉杂诗歌，风雅一道，几乎熄矣。然而剑南宗派，屹然中立，无所偏倚。既不与李、何为胜衰，又不为蒋、赵所排击，则以其诗中境界，亦自有唐宋两宗在也。夫根柢风骚，关心时政，发为哀音，激成壮藻，则挹彼浣花，以成绝调。至于流连景物，抒写性情，一草一木，无不入诗，则突过元祐，独唱宗风，此剑南之所以独成其为剑南者也。我雪方先生之为剑南学，无乃在是？惜其全稿散失，所存无多，未免使人读之有游山未竟、尝味初甘之憾。然非太守公笃志先芬，关心遗泽，则并此一编不能存，孰更知雪方集之能脍炙人口若是哉？自古忠臣多出孝子，于今循吏，半是风人，盖其性情笃则政治优也。将见是编出，不独前辈风流衣被后学，即此家声远播，亦起懦顽，故乐而为之序。其缘起如此。先生讳金照，字秋华，雪方其别号也。历城诸生，屡试不第，尝赉志以没云。"

初九日（3月6日）　煜轩以静功诀见遗。

（阙）

初十日（3月7日）　接朱小亭来函，即覆。

小亭函称其地虽苦，尚堪自给，故覆之："凡事当有数定，非可强求。余年甫廿四时，一日独步郭外南桥，忽若有悟，题三绝句于桥柱云：'指点清虚是旧游，白云尘屐两悠悠。东风不便吹来晚，误落人间廿四秋。〇几时鹤翅展仙霞，却胜边城看杏花。拟种木桃三万树，蕊珠宫里月初斜。〇此去清踪不可留，红桥题罢又沧洲。他年若问幽栖处，司马蓬山笑白头。'当时以为不过一时兴会，即有解者，亦多以蓬莱清品香言，而孰知其有大谬不然者。今日思之，始皆有验。余半生潦倒，久困棘围，至四十八岁始获保荐州同，距题诗时适廿四载，故又落人间廿四秋也。其保举为李鹤人方伯，必遇鹤翅，始能展放仙霞。而今陕抚又为刘霞轩中丞，均皆有应。末二句乃月楼梦入蕊珠宫故事。蕊珠仙子曰：'妹尘缘将尽，侬当扫白云以待。'其后果死，故云'蕊珠宫里月初斜'也。第三首红桥、沧洲，则余亲至维扬，作《吊维扬》诸诗，后又寓大城县，为古沧州地。目下现官州司马，其将以此为白头幽栖处乎？唯是地有吴岳而无蓬山，尚未能定，不知日后究竟如何应也。又'清虚'二字，亦似非虚设。余曾购获董东山所绘《清虚山八景》，而不识其地，岂余前生为清虚山人乎？至杏花一语，乃先君见背，不能亲殓之兆。先君在日，构培杏山房，以为教子弟读书处。亲能培杏之生，子不能看杏之荄。其曰却胜者慰之，适所以伤之也。诗谶自古皆有，未有如是之应验不爽者。"数诗集中未存，故记于此。

十一日（3月8日）　晴。阅邸抄。

自入本月，无日晴明，前二日尤阴晦。今乃大雾，夜月甚明，因过煜轩，同访晓亭共话。阅邸报有云，贵州兴义府城自同治元年三月间被匪窜踞，上年八月代理知府孙清彦督率团兵进攻，连破洒迭洞等处贼垒，直逼府城。清彦密饬城中被协之团首朱天贵等约期内应，会合夹攻，于九月十六日将府城克复，阵斩伪都统张长安等多名。孙清彦着免补本班,以知府补用,其余出力人员,均各奖励有差。"此三年十二月廿四日上谕也。所云上年八月者,是二年事也。盖二年进攻,三年九月始克复耳。兴义与吾乡紧相毗界,兴义克则吾乡道路亦将可通矣。惜此时又拘于职守,不能脱然而去也。

十二日(3月9日)　阴。孙雪堂请乩未降。

雪堂素善乞乩,今偶过余,请仙未降,岂神仙亦有遏弃人时耶?余每入乩坛,皆无仙降,唯闻天楼所遗数语,略有应验,然亦甚含糊,未足为据。锦谷所问似较灵,曰得失参半,曰功名小就,勿忘真诠。后两保通判,一叙知州,皆无缺,而新会县丞一缺先出。赵松圃劝其舍大就小,故安享至今。乩意已早劝其"勿忘真诠"欤?

十三日(3月10日)　早阴晚晴。

今日未出门,亦无朋至,夜月虽明,独坐而已。昨见煜轩案头有诮下第举子文,全仿《兰亭叙》,甚解颐,不知谁氏笔也,录之亦足以资一笑。文云:"祺祥元年,岁在壬戌,暮春之初,会于贡院东南之砖门,想进士也。群举毕至,新旧咸毕。此地有考篮铺盖、油袋卷票,又有小凳、衣架,映带左右。望而见点名搜检,列坐其次,虽无脂香粉泽之妙,一抚一搠,亦足以畅叙幽情。是日也,天阴气昏,凄风凛冽,仰观明远之楼,俯察粥锅之灶,所以劳心苦身,足以致性命之忧,甚可怕也。夫人之相与,巴结一世,或取诸怀抱,抄袭夹带之内,或强记所读,放屁题目之外,虽好歹万殊,长短不同,当其迷于所作,自得其意,确然自信,曾不知榜之即发。及乎所求既失,会馆须迁,感慨系之矣。向之所期,俯仰之间,已成乌有,犹不能不以之兴怀。况荐落随便,总归于漂。古人云:功名有命也,岂不痛哉!每读昔人下第之诗,若出一手,未尝不悲吟嗟悼,不能喻之于怀。固知诋总裁为不通,骂房官为瞎眼,后之视今,亦犹今之视昔。良可丑夫!故唤醒斯人,破其所感,虽听戏吃馆,所以遣怀,其闷一也。后之考者,亦将有感于斯科。"文虽游戏醒世,独真迷于科名者,盍亦览此自镜耶?

十四日(3月11日)　阅雪方《剩草》。

雪方诗五言尤佳。《山行》云："山意原无我,吾心自有山。情深红树外,眼放白云间。倚壁长歌去,临流一啸还。往来皆自得,人影对松闲。"《夜归山斋》云："落日下渔梁,徘徊认故乡。远山衔月冷,野火带星凉。石破牵衣絮,尘寒透履芒。晚烟村郭外,举目但苍苍。"《静夜》云："轩外雨初晴,良宵万景清。山空钟出寺,天远月登城。浊酒催乡梦,飞鸿触客情。竹深残滴在,时下两三声。"《山居霁景》云:"茅屋岩前筑,斜阳雨后还。云归松径出,风定竹林闲。屦晒寒窗下,蓑堆古壁间。逍遥依杖去,溪上听潺湲。"《晓行》云:"野鸟呼名乱,边城送客孤。树经寒月瘦,村入晓烟无。海阔容云物,天空远画图。板桥人迹旧,一半雪霜铺。"《山居》云:"皓月穿松径,清风锁筚关。醉中疑世小,贫后觉身闲。石古听猿啸,林深看鸟还。如何无旅客,来坐白云间。"

七言气格虽差逊,然亦清隽可喜。《雨中》云:"满郭残雨尚轻飞,迎面青葱欲上衣。鸟语无情悲露冷,花心有恨泣云归。牧牛饱卧村前草,野老频开竹外扉。绿柳红桥时已暮,几番回首复依依。"《山行》云:"云烟点缀入青山,茅屋人家掩暮关。磐石几经骚客醉,夕阳频送牧童还。泉深洞口神龙卧,雪压峰头古佛闲。一榻高悬谁作主,梅花帐卷月微弯。"

其他佳句,如《寒士》云:"人随文字瘦,屋与雪山空。"《臭虫》云:"玉楼不惜佳人瘦,茅店犹嫌旅客稀。"皆能化俗为雅。又《小春途中》一联云:"雪残石阙山容老,烟裹人家树色愁。"炼字亦新而能浑,为写景上乘,置之剑南集中,亦几莫能辨。

十五日(3 月 12 日)　致书纬帅。

昨日营弁来自固原,据称固城猺逆势分为二,甘猺投诚,陕猺未服。纬帅于本月朔日已入固城,陕猺出踞北原山中,然亦不难扫除,因致书以贺其捷。又闻月前东窜诸贼悉聚鄜州,则北山郡县又不胜其扰矣。

十六日(3 月 13 日)　雨。纪梦。

昨夜梦一石壁，恍惚四大字曰"照耀东海"，又若余在军营时所戴五品顶，久为人潜，换而不觉者。是夜复梦，仍住我园中，一切亭树台阁，焕然一新，非复前比。有二三女郎同坐回廊，而主人独不见，唯余游玩其中，颇惬心赏。

十七日(3月14日) 阅邸抄。

去岁十二月廿九日奉上谕："原任湖北巡抚陶恩培，前于咸丰五年间武昌失守时殉难，当经奉旨照阵亡例从优赐恤。兹据给事中高延祜奏称，陶恩培前在湖南衡州府知府任内，严设守备，力保危城。嗣升任湖北巡抚，粤贼大股窜扑省城，该故抚甫经抵任，亲督兵勇，誓死坚守，至五旬之久，旋因援绝城陷，力竭阵亡。览其死事情形，实属大节凛然，深堪悯恻，允宜再沛恩施，以彰忠烈。陶恩培着准其于湖北及原籍绍兴府地方建立专祠。同时阵亡之署武昌府知府、襄阳府知府多山，归州营游击陶得寿，并准附祀湖北专祠。陶恩培平生事迹，着宣付史馆。伊长子候选盐大使陶守怡、次子陶守恬，着吏部带领引见。钦此。"此次带兵驻扎汉阳之高庙，为署藩司胡林翼。贼焚汉口，林翼仅隔一水，坐视不救。王镇军由九江带勇上援武昌，申刻城陷，酉末兵始至，即复城池，而又不能守，均同败走六溪口。恩培之亡，真可惨矣。

十八日(3月15日) 作《鹪鹩馆铁笔偶存》序。

子萱善铁笔，将辑其所为图章印而存之，名曰《鹪鹩馆铁笔偶存》，属余作序。因为叙云："物之最寿者，莫如金石，故古人欲寄其精神意气，以与金石比寿，非文字不可；而欲使文字与金石并寿，又非寄其文字于金石也不可。铁笔一道，虽曰小技，其寄吾之精神意气于金石，以垂不朽者，亦与文字同等。当其运腕构思，因形悟象，非有奇情逸兴，心通造化，神与古会，聚史仓斯相于一堂，遇以琴而通乎梦，相与摹绘偏旁，区别点画，何者为云书鸟篆？何者号垂露悬针？一一规秦模汉，铸禹范汤者，必不能使吾之精神意气，以与盘匜彝鼎同贞永寿。吾友王君子萱，博雅士也。吟咏之余，兼工镂篆，镌刓刻露。又复雄厚温敦,每成一印,必出相赏,恍如对皇古人而亲见其下笔时也。精艺至此,孰谓其为雕虫技,壮夫不屑为哉? 天下事物,无论大小精粗,靡不有道焉以贯乎其中。苟得其道,则虽形而下也,亦何异形而上者之精神意气常存天壤,不与浮云为变灭也耶? 是为序。”

十九日(3月16日)　晚过煜轩。

署陇牧唐君煜轩云山左有倪姓者善走,日行七八百里,往来如飞。其耳有毛茸茸然,长约寸许。每出行时,初二三里步犹着地。四五里后,耳毛突长五六寸,迎风飘动,如鸟舒翅,遂觉身轻腾起,驾空而行,亦奇人也。惜近时大帅稍有异能之士多不用,故此人亦遂湮没而不彰云。

二十日(3月17日)　纪梦。

昨夜梦先君戒责,今又梦先慈诃杖,皆放声大哭而醒。是夜又梦一姬人与余论诗,因以新作八律付之,评曰:“诗则佳矣,惟‘敷’字出韵。”相与争论未已,先严立门外窃听,先慈入曰:“数日与汝斗气,几忘正事。汝婚期将至,早备丹东以为宴宾具。”遂似寤,诧曰:“适所梦姬人非月楼耶? 何轻意放过也? 悠悠生死别经年,魂魄不曾来入梦。今梦矣,而又不知其为谁,岂不可恨而可惜哉!”于是始真寤。梦中作梦,尤觉幻化无常。

廿一日(3月18日)　煜轩过访,并邀晚酌。

煜轩云:“其乡人艾孝廉者,名方贤,忘其字,能记前生事甚详。前世本蜀人,家甚富而寿高,姬妾满室。一日乘凉卧竹椅上,姬人推椅作戏,遂昏晕不醒。须臾,觉身轻,着新衣冠,飘然旋转,望北而去。一路疾行如飞,似轿非轿,似马非马,其足并未着地,途中亦无所见。倏耳边似闻人言:‘此河南地也。’再前行,乃有村镇,人声甚嘈杂,车马往来不断,曰孟婆庄,有无数妇女聚一棚听点,与己无涉,遂独行。忽被人推堕,大惊,开目视己手甚小,不觉失声曰:‘好小手!’一室人皆诧曰:‘妖怪,妖怪!’乃知已脱生为小儿矣。由是不敢言。至五六龄,见父案书,窃翻视,皆旧读,因执笔欲书,为父见,畏责而哭。父曰:'毋惧,汝必有夙慧者,胡不言?'因自道其生前事,历历可据。一家人如获至宝,延师授读,聪慧异常,其曾经前诵者,一过不忘。长入泮,旋登贤书,为邑名士,著述甚多,长于考据学。后亲身入蜀,至其家,见子孙多庸愚,家计甚萧条,已非昔比,遂不言其所以然,仅索前生著述归。道光二年,旋下世,再脱生晋省。今已游泮,仍至山左,倩人抄录其前两世著述,人始知其为艾孝廉后身云。"能记三生事者,世恒有之。然区区著述,何至留连难舍?岂非一点灵机,常存不死,虽骨肉手足未能长保,而此名山事业,必不忍听其遗亡,亦如蚕茧自缚,再世而不能已焉者也。可胜慨哉!

廿二日(3 月 19 日) 再致书纬帅。

固原虽克,投诚者悉老弱,而精壮皆出窜。孙义保杀其家室,逃踞黑城子。其东窜二股,现又由郦回窜合水。诸贼不灭,甘省遽难太平。前书由驲递贺其捷,恐未能至,故又续函以致意焉。

廿三日(3 月 20 日) (阙)

廿六日(3 月 23 日) 过孙雪堂。

雪堂有意代求官竹农大令女侄为婚,而此女已先订婚崇姓,所谓罗敷自有夫也,始知前梦敷字出韵之意。然碧信亦来,使君固自有妇耳。雪堂夫人由邠来陇,因往谢之。夫人自幼已损一目,而善音律,聪慧异常,与诸姊妹同学曲于父,又独能尽其家学。使移此智慧以辨丝桐,则古蔡琰何以过焉。

廿七日(3 月 24 日) 阅邸抄。

熙麟奏参张集馨奸险卑污诸款,上谕饬陕抚查实覆奏。兹据情入告,既革职,永不叙用。复察其私人有无劣迹,一并治罪。然则士之自托于知己以希见用者,可不慎哉!

廿八日(3 月 25 日) 煜轩招饮。

煜轩招饮,坐中谈及其戚友某姓者,与张天师有旧,两家互相来往。一仆获罪潜逃,投天师。天师曰:"汝来甚好,适一差当汝役。"乃尽符其背,并喂以水,曰:"行。"遂觉身轻似燕,飘然而行,须臾抵济南城隍府。城隍具案跪迎,如奉帝诰礼,旋授回文,归过其室,见诸亲人皆不相问,如未睹者。迨至天师府,有一尸卧地下,方惊为谁,忽与己合,遂苏。天师曰:"役已竣,汝可归矣。"遂归述其事,众共惊异,始知前此之入室而人不见者,乃其魂耳。

廿九日(3月26日) 代煜轩拟书致张少尉。

煜轩有意代为作伐,因为拟一书致碧父云:"久慕鸿仪,未攀尘教,日切倾襟,倍深洄溯。恭维云程大兄大人,姑臧世族,金鉴名家,以师亮诩谟之选,属邑曹赞政之司,所谓梅福神仙,不同常尉者也。行看一邑赓扬,可匹花封;循举九重纶綍,还趋押院清班。阶升指日,颂晋弥殷。某山左寒儒,西秦薄宦,近摄陇篆,乏善并征,得聆敝佐。方君友石,有仰攀门第之心,愿缔陈朱之好,只以道隔云山,难通媒妁,以某同事,恳代执柯。窃意婚姻一线,千里常牵;琴瑟百年,重有定在。令媛淑德窈窕,岂少清才名家。惟念方君意切良缘,久思贤配,迄今六载,未奉金诺。岂以其官闲道阻,而原籍又远隔南滇耶?夫方君才优品粹,学富性纯,枳棘一枝,讵栖鸾凤?转瞬乔迁,自当腾达。现在固原荐剡,宜邀保奏,是此日之抱关,不过为他年之借径耳。又况陕甘毗界,本属一家,秦晋婚姻,尤征世好。阁下异日荣归故里,道出秦关,虽陇上雪衣,犹思故主,岂膝前娇女,不恋深恩。尔时担酒牵羊,迎谒道左,携儿偕婿,舞拜当前,然后知韦生疏旷,不失为乘龙快婿者也。倘更虑籍远家贫,恐劳跋涉,是又不然。方君一身,孑然无虑,既自以宦为家,则当随遇而处,且其故乡糜烂未宁,岂能挈眷更投狼虎? 此更不卜而决其必无事矣。万望宽怀,勿劳过虑,尚求俞允,早订良因。倘承不弃,即请庚帖由驲赐递,以便方君遣价备仪,前往行聘。不独画屏中目,世卜其昌,即种玉联姻,人歌两美。谨此奉布,敬请升安,并望回玉,统希荃鉴,不宣。"

心烈日记卷之二十二

鸿蒙室主人笔识

三月初一日(3月27日) 致书毓之。

禹轩既代执柯,碧父稍有所恃,此中机会,或能撮合。求婚若此,可谓难矣。因思《关雎》一诗"寤寐思服,辗转反侧"之言,并非虚语。然此特为常人咏,非为文王作也。夫以西伯侯封而求圣女姒氏,天作良缘,一言自定,何至求之不得,而必辗转反侧以求之,如吾辈之倩冰作伐,数载而不得其一诺耶?然而《关雎》何为而作也?此必当时贤士大夫载咏常情,周公以其有符婚礼,取为房中之乐,凡成婚家皆得咏之,非若清庙明堂,必圣天子始可奏其乐也。说《诗》者以为太姒作,皆非确解。

初二日(3月28日) 防兵抵陇。

抚军不知何处得闻陇界有贼,派军戍此以防门户。此军向戍宝鸡,骚扰特甚。陇人一闻其来,均各面如土色,惊忧异常。其统带官军门彭基昆不肯同驻城外,遣弁入城打馆,民人闭门,则以石击敲欲碎,可叹也。夫戍兵所以卫民,而民乃畏兵如虎,乱世苍生,何其不幸!

初三日(3月29日) 纪梦。

前夜梦在一路旁古洞题诗二绝,仅记其一云:"丹鼎初成鹤翅仙,路人归问几千年。琼瑶树树梅花月,我住罗浮第一天。"余前生想是此洞道士修而未成者,不然何云初成,何云路人归问?且余一生事业学问皆有志未成,与此境地颇适相肖。

昨夜又梦登一高岩洞,夜黑如漆,唯诸星朗朗,亦口占二语云:"不是晓星明又定,未曾盘拥水晶来。"及寤,而口中尚喃喃如故。后又梦先慈以姜葱煎汁代洗一身,由脚跟至背脊搓擦殆遍,遂觉四肢苏畅,精神顿爽,有异常时。晓起,周足梦诗云:"天门跌荡杳难开,梦里飞身最上台。不是晓星明又定,未曾盘拥水晶来。"梦境迷离,诗情奇幻,与前梦异景同怀,因并存之。

　　初四日(3月30日)　袁小亭来函。孙雪堂招饮。

　　小亭拟入营投效,以图开复,而纬帅优游不决,至今数月,尚未许可。书来怏怏,同声一叹。小亭诚有用才,而桀骜之性未能全化,故人多畏而远之。余无肆应才而有著述名,人亦相忌而不肯引以为近,此所以异地同情也。然余幸未入营,入必为忌者所中,彼时进退两难,不惟功名无分,而且毁谤有加。王子萱为余称幸,实有见也。晚过雪堂,畅饮而归。

　　初五日(3月31日)　阅邸抄。

　　僧格林沁奏河南发、捻败踞甘露台、张八桥一带,为官军进击,破其营垒,贼遂向汝州正西白杨树窜去。常清、明绪等又奏新疆回匪上年十月攻扑伊犁城,亦为官兵击退,城围立解。曾国藩亦奏请死事甚烈三员,各予赐谥。一安徽宁池太广道何桂珍;一补用直隶州知州刘腾鸿;一候补游击云南临元镇都司毕金科。何则前在军营备尝艰苦,临难捐躯;刘则锐志讨贼,无坚不破,因苦攻瑞州,中炮阵亡;毕则骁勇无匹,在景德镇力战阵亡。均属忠勇迈伦,大节卓著云。

　　初六日(4月1日)　覆袁小亭书。

　　小亭欲余急速入营,以图保举。余非不知近水楼台捷足先登,而心鄙近世恶俗滔滔皆是,不能出只手以障狂澜,反随波而逐流,吾其何以为吾耶?故作书以谢之。

　　初七日(4月2日)　足梦诗。

　　昨夜梦与友人联社,得二语,因足成之云:"茫茫何所向,莽莽但云烟。地迥苍鹰外,僧归卧虎边。一官成大隐,好梦即神仙。有句堪忘老,无心更着鞭。"颔联语虽未炼,而梦中奇景,又非醒时所能到。

　　初八日(4月3日)　《坤舆图隘》图成。

　　余旧有《江淮筹备要编》一书,然仅为江淮言耳。后足迹渐广,所历关隘尤多,因并图之。自客腊中旬至今,凡三阅月,合之旧图,共获图六十,编为二卷。其未图而无关紧要者尚二三十图,俟有所积,再为续编。虽未能遍览寰区,而为战守所必争者,固已十得三四,名曰《坤舆图隘新编》,亦举其隘者而图之耳。

初九日(4月4日)　阅邸抄。

张凯嵩奏:"广西思恩府属匪首宋扶捍盘踞宾州黎村地方,负嵎滋扰。上年十一月,道员易元太率副将潘忠实等进破其垒,生擒首逆,极刑处死。"官文奏:"降人吴太清率众投诚,众至十余万,且当逆匪陈得才大股冲扑时,又能反戈剿杀,斩馘尤多。陈得才服毒自尽,吴太清复掘尸以献。上谕优奖,自太清以下十余人俱授职有差。"

初十日(4月5日)　清明祀祖。

是日黄霾蔽空,幸夜间微雨,庋气方消。频年作客,每遇清明,无不思家。今虽宦游,羁旅如故,惟有设筵敬谨致祭,稍尽凄怆之情已耳。

十一日(4月6日)　拟印章文。

王君子萱精铁笔,拟为余镌诸章,集为印谱。因预拟其文,除石号旧有外,更当镌者曰字予。曰圆龙。圆龙、方虎,皆玉之美者,余性方,又方姓,故济之以圆。曰黝石山人。旧号友石,以避熟故,易友为黝。石以白为贵,而兹乃有取于黑者,亦知白守黑意尔。曰大方。余行一,故曰大,假借语也。曰方家。亦假借也。曰元老子孙。凡方姓皆方叔子孙。曰方家伯子。以上皆姓氏行号类。曰家在莲花峰下。余郡有莲花峰,故郡曰莲城。曰十丈莲船书屋。太白诗"花开十丈藕如船",义取诸此。曰石芝仙馆。丙申岁,余家园内产紫芝二。曰鸿蒙室印。旧斋名,以天地为室庐意。曰鸿蒙主人。曰乃愿斋。亦旧斋,乃所愿,则学孔子也。曰陇州司马。以上居室、职守。曰长不满六尺。《史记》"晏子长不满六尺",余身短小,故云。曰眇小丈夫。《史记》:"赵人见孟尝君曰始以薛公为魁梧也,今视之,乃眇小丈夫耳。"曰骨傲心平、肠热面冷。此边存赤所赠语也,以有符余性,故存之。曰神交者寡。旧有"白云落落神交寡",余性冷而交寡,故用以自砭。曰禅心。性喜静耳。曰游心太玄。嵇叔夜句，余素有自然静功，兹语适获我心焉。曰无所争。余诸事均不能与人争，亦遂以不争争之。曰尝未饮酒而醉。不知谁语，郑板桥尝书之。曰不食人间烟火。性不饮，又不喜吸诸烟。曰有天际真人相。曰松柏有本性。皆成语，以上形貌性情。曰学无常师。学无师承。曰所求未能。孔子曰："君子之道四，丘未能一焉。"余五伦均有亏，故自恨。曰有大戒二。此旧章，先严尝以财色二字示警，故用之。曰利纸笔作私书。柳子厚与韩愈论史官书语。余为宦而喜著书，亦利其纸笔耳。曰余事作诗人。韩昌黎句。拙诗亦褒然成集，故云。曰风雨名山。拙著虽已成集，然未敢出以示人，亦将藏诸名山而已。曰臣书在山谷、板桥之间。书无定体，唯好板桥，而板桥又从山谷出也。曰学琴于吾家子春。性颇嗜琴，而不解音律，则惟有学伯牙之师方子春耳。曰友石初稿。以上学术。曰恨不封侯。暗用《李广传》。曰皇天无地着英雄。所入俱多不合。曰唐畅不亲公牍，人称仕隐。虽入宦场，而不善公牍文字。古之贤达，亦有先我而为是者。曰身行万里。东坡诗云："身行万里半天下。"若余之行，则何止半天下耶。曰凌厉中原。嵇康《送秀才入军诗》。余亦以秀才从军，至固陵，获保登荐剡。曰为贫也。仕非为贫也，而有时乎为贫。余有家难归，不得已而从仕，斯之谓矣。以上事业游历。曰碧月前因。谓碧、月二女士也。出游万里，一无所遇，惟此二女，与有同心，亦可以知余之遭际已。曰碧月同心印。有碧、月同心前后二由。曰月影鬓光。二女虽同心而未晤面，故作图，而又为是印记之。曰碧鬟。张女名也。曰俪娟月楼。黄女名号也。曰窈窕。余求二女，今已六年，尚未能得，可谓难矣。月虽死而碧尚存，故寤寐以思焉。以上因缘。曰星烈。癸丑春，梦入古寺，见额悬此二字，甚奇古。曰芙蓉城中花冥冥。月楼纪梦谓余为芙容城主，故用东坡句记之。曰清虚旧侣。少年题南桥三绝，后皆有验，所谓诗谶也。惟"清虚旧游"字未得实。余在合肥购获董东山所绘《清虚山八景》，亦不知其为何地名，岂余前生为此山旧侣耶？以上梦谶。曰友石启事。曰惯迟作答爱书来。梅村句殊蕴藉，用以押缄，以记懒耳。以上酬应。曰去来今。佛经。曰洞天一品。米帖。曰顽仙。曰怀古。曰天笑。曰飞鸿。凡皆以寓兴耳。又一印曰不在能言之列，则尤余之所短也。以上数印,一生性情、学术、遭际、事业,略具其中。后之获余印者,亦可以想像余之为人矣。

十二日(4月7日)　代米静斋书扇。

作钟鼎篆及《缩临出师颂》全文。余兴未尽,更仿颜平原《论座帖》三体书,皆以朴古自然为宗,然而每降愈下,临之亦可以知世道之变迁已。

十三日(4月8日)　书屏赠王子萱。

仿颜平原家庙碑体书《西铭》全文,共六幅。久不作此体,书虽尚整齐,终欠自然。子萱来见,乃大加欣赏,谓可名世,未免菖蒲薄之嗜已。

十四日(4月9日)　书《太极图记》。

八尺中幅,亦作颜楷。此体书易健而难圆,盖过趋圆紧,则邻于肥俗,而无峭利之势。惟钱南园先生临此,以侧锋取势,中锋运力,乃能化板为活,去浊成清,自然紧健而明利媚好,不同俗体。余初仿之,苦不能成。后见友人书八分体,始得其用笔纵横之势,用以临此,而无不合矣。惜到处奔驰,不能专精工用,故虽知其意,而终不能入古人之室也。

十五日(4月10日)　代禹轩跋李晓亭栖鹤室。

鹤鸣九皋,巢于长松,翛然有远举势。而此一枝之借,安所得为栖乎?晓亭先生以循良材屈辱下位,正如鸾皇之集枳棘,特其暂焉者耳。假胎仙以自况,亦将有慨乎其为栖息地欤。

十六日(4月11日)　梦题牡丹。

寓中有牡丹一株甚茂,然含苞未放。余日徘徊其下,以冀快睹颜色。是夜遂梦题一绝云:"娇姿浓艳拥朝阳,烟满琼台雾满廊。不是沉香亭醉后,那能含笑媚君王。""日下",梦中作"一时",以其失拈,与友人推敲未定。及醒,乃以"日下"二字易之。半载不作诗,今乃兴致勃勃,然不于白昼见诸笔墨,而乃于梦中形诸歌咏,亦奇矣哉!然后二句终未妥,故易之。

十七日（**4月12日**）　接袁小亭来函，即覆。

来函代答纬帅意，略云阁下在陇，未便保奖，虑当事者异议。至于唐君系办公，且只保以知府用，如先生自来，断无不保之理。惟作伐一事，未便遵行云云。此信甚含圂，未能了然于心。因覆之云:"月初旬得接手教，当即裁覆。顷又承赐书代达纬帅意，已敬悉一是。鄙人命也，夫复何言。某本无功，敢冀保奖，其所以忝颜而示之意者，以大帅旧交，当有一番热肠提携故人处，而不料其恝然如是也。来示谓某在陇未便保奖，虑当事者异议。试静思之，今之保案，岂尽大公无私耶? 某虽不材，备位陇员，叙而保之，亦属常然，何至畏人异议? 来书又谓唐君之保乃系办公，此言尤非。朝廷设官，事同一体，岂州刺史办公，州吏目办公，而州同知独不得与于办公之列乎? 今州刺史保知府矣，州吏目又将保知县，惟州同知之与大帅为旧友者，独不得同登荐剡? 在某一生潦倒，晚薄微官，已属非分之福。在大帅陡然荣贵，竟忘故友，何无半点余情? 身受者固无足怨，旁观者能无叹惜乎? 且某之当保也，非独今日为然矣。前在黄梅，蒙锦堂镇军开保中书，因多帅抑案故未详。旋又遭镇军之变，此案遂虚。以理而论，镇军虽死，某实未尝死也。夫死者有恤，生者有赏，国家大典，岂为妄干? 同事疆场，即同共性命，不得以文武异途，而死生遂有轻重。今虽叙保，亦不过偿某前劳。彼时隐忍不肯深言者，以纬帅虽当营务，未有大权，故不欲强其所难耳。今者帮办大臣，何事不可以有为? 某甫入关，以为遇此故人，得相依靠，亦何事不可以有为? 而不料其竟恝然如是也，尚何望耶? 来示又谓如某亲来，则断无不保之理。但不知欲某亲身叩求然后保耶? 抑或令某效力日久，俟有机会，再另案备保耶? 犹忆去冬在平凉，大帅曾面许奏调，至今数月，尚未有信。纵使赧颜前进，亦徒惹人讪笑。求而得也，已大可羞;求之不得，扫兴而归，则将何颜以对天下士耶? 人生所贵，重在气节。苟无气节，虽贵犹贱，纵荣亦辱。今之大帅，大半喜人逢迎，故一遇气节士，每多不合。某之入营，讵能保其必合乎? 抑不然矣。某今年愈五旬，尚无后嗣,堂上双棺,亦未安厝,而时命不犹,遇此苦缺,故欲借大力以离苦海,然后可以从容整顿,料理后事。不料大帅不察,而竟恝然相视也,尚何望耶？彼其意盖以某为希荣慕禄、非分干求者比,故不肯慨然提携。阁下视某,岂真希荣慕禄、非分干求者流耶？使弟而有非分干求之心也,则数载从军,所遇大帅,莫不垂青,又何至一无所就,沉沦不偶乎？今窥纬帅意,绝无援手,只好循职守分,听命自安,俟有他图,再作别想。某一生为人说项,不惜费尽心力,独于己事,则不肯滥事唇舌。兹遇阁下,故敢一吐衷肠,甚勿以为器小而鄙之也,幸甚幸甚。至于执柯琐事,既难仰扳,未敢再渎。唯致家毓之二书,尚祈赐还。盖家人私书,只可为亲者述,不堪为外人道耳。此覆不宣。"以下尚有数条,皆反覆申言所以望其保举而又不肯干求之意。既形繁琐,无烦多赘。所以望其保举者,境遇之艰;所以不肯干求者,立身大节。望之不得,则其命也。君子安命,肯失节欤？

十八日(4月13日)　接朱小亭来函,即覆。

小亭代虑后嗣,劝早纳宠。谓汉中旧幕某有姣曰兰姑,甚明慧,年仅廿余。去岁某物故,兰姑尚寓汉城,小亭拟代购之,因来函商。余以碧事现将有成,不欲更多一举,当即裁覆。

十九日(4月14日)　阅邸抄。

曾元福奏:"台湾内山贼匪经官军搜剿后,歼灭殆尽。惟洪丛一犯恃险负固,抵死抗拒。自元福擒斩伪军师黄运才并剿杀郭大头等,贼势穷蹙。上年十一月,元福又偕丁日健进攻贼巢,用炮轰毙洪逆,全台肃清。"

二十日(4月15日)　李晓亭招饮。

座中出《苟家兰亭》共观,董思翁跋以为出于上党,掘土得之。上党去定武不远,虽未相逮,亦为希觏。今碑藏咸阳苟姓,构亭宝护,为希世宝,故曰《苟家兰亭》。然气韵虽佳,骨力未健,且刻手亦平常,未见其为善本也。平生所见《兰亭》,惟春乡戴松溪先生所藏丰腴明健,而又变化莫测,丰神体态,无一不臻至妙,题曰"无上妙品",信不虚也。虽不知其为何代所拓,而目中所见,已无有能及之者,是可宝已。

廿一日(**4 月 16 日**)　改《武汉合图说》。

旧有《围剿汉阳图说》,仅详汉阳一面,武昌尚未之及。今既合图其形,故又当以武昌为主,兼论汉阳。为是说别载,兹从略。

廿二日(**4 月 17 日**)　改《黄梅图说》。

前说亦有未详者,兹更补之,仍别载于新编集中。

廿三日(**4 月 18 日**)　公祝万寿。改《太湖图说》。

设座于吴岳庙,望阙遥祝,亦臣子当尽礼也。旧说未能畅叙当时胜败得失,以有所碍耳。兹复正之,庶得其实云。

廿四日(**4 月 19 日**)　酬李鹤洲《闲步西郊》诗。

昨午偶偕晓亭令侄李鹤洲出城西至东岳宫,已半毁于火,而宫旁古寺,规模虽小,栋宇尚新。出门远眺,麦垄浮青,山光护碧,清溪乍响,绿树初阴,不啻爽人心目。溪上水磨虽颓,而老农躬耕其畔,不图乱后得此清景,吾将老于是乡足矣。今日鹤洲成诗四绝,因酬以一律云:"梵刹云归冷画□,偶来闲坐寄幽情。山钟早断花间韵,溪磨还流水上声。不信苍黎多浩劫,谁从古佛悟无生。荷锄定是春耕叟,相见依依语未清。"鹤洲诗虽未尽稳,而诗兴情画意颇能兼擅,亦年少清才也。

廿五日(**4 月 20 日**)　接吴梦九、仲光两君来函,即覆。

前遣价致小亭书,乃至平凉遂回。梦九、仲光俱有书到,劝令赴营,以图保举,余皆谢之。梦九现委署平凉县事。无米之炊,亦难为媳,况欲褓抱提携,作苍黎父母乎?

廿六日(**4 月 21 日**)　阅邸抄。

僧格林沁奏:"河南发、捻赖文光等因河洛为官兵堵截,折向南窜,图扑鲁山。正月初三等日,恒龄、陈国瑞等驰往救之,后路营总富克精阿及精色布库撤兵先退,恒龄及苏伦保等被陷阵亡。贼向叶县逃窜,尉氏、富克精阿二员提讯,在军前正法。"

廿七日(**4 月 22 日**)　作家书及致孙竹雅太守。

昨见邸抄,竹雅统军复兴义府,即权郡篆。兴义与吾乡毗界,因作家言,托其代寄,或能达耳。

廿八日(4 月 23 日) 作书致宪之及卜臣。

致卜臣云:"到秦后连致二函,未奉覆书,不知何故。故乡亲友,岂尚有多人在外者耶? 近日又调何处? 贵缺曾否补到? 均属念念。仆自到陇,尚未履任。盖是地官廨久非,吏役全散。本岁春初,盗贼又时出入,黎民因而未归。近更荒歉,饿死尤众。其米价每斤至百二三十钱,面至八九十钱或百钱不等,猪肉则非二百数十钱不购。其余货物,亦十倍当时。一主二仆,月必三十吊钱方可敷用。而每季所领廉俸各款,又不过三十余金,堂上帑费月亦不过十千文。现值春暮,本季廉俸未能领出,为宦至此,恐与军徒流犯亦无以异。所幸者,闲曹散秩,摆去拘束,不催科而食廉俸,无案牍而拥琴书,终朝闭户,著述自娱,又与为诸生时未甚悬殊,天之位置,鄙人何相称耶? 又况陇山云山,尤为不恶,峰有吴岳,洞号龙门,皆关中名胜,秦地仙都,亦足以畅幽怀而资吟兴。古人云:'未闻巢由买山而隐。'若仆者,真不必买山而亦隐者也。此缺虽苦,承平时每岁出息尚四五百金。平心试论,使鄙人大发财源,亦不过四五千金而止。而以四五金为买山计,年终获息,能值四五百金耶? 未必然矣。特其时遭乱离,百物腾贵,故度日维艰,否则比之桃源号为乐土,亦不为过。现在宿松姻事已将有成,因别赁屋城中,为久住计。拟每岁两赴任所,与老农共话农桑,如课庄丁法。想此情况,人不能受,人亦未必争,则是业也,亦可以为长久计矣。惜其民风鄙陋,文物甚稀,不足与论风雅。虽有阳明道学、子赡经济,终不能化其愚顽,而登彬雅之堂耳。夫乐天者贵乎知命,知足者不致辱身。仆虽不学,亦勉事此。去冬走谒雷帅,至今数月,许调未调,欲保不保,亦淡然置之,不欲再作从军赋也。盖一则年老无子,一则双棺未葬,此生大累,何日了? 午夜自思,如箭穿心,如火灸背,岂尚有功名念出于其间哉! 但虑半生潦倒,负欠实多,一日无人借乎,则一时未能安心,故住往于无人时,掩首自憾,徒唤奈何而已。滇中近况何如？莲郡亦有信否？尚望示悉，勿各金玉为祷。此白不尽。"

廿九日(4月24日)　上两江总督曾爵相书。

自余履任，尚未作书以上，今日稍暇，乃拟一书上之，稿存《文集》，兹不赘。

心烈日记卷之二十三

鸿蒙室主人笔识

四月初一日(4月25日) 改《六安州图说》。晚欲雨未降。

六安之功,本卢又熊力,乃为胜保所攘,故特正之。是晚天大雷电,而雨降于东北,次转南乡,惟近城未降。三农望泽久矣,得此一雨,差足慰也。

初二日(4月26日) 改《庐州府图说》。

庐州城大难守,官兵贼徒皆败于此,盖近城无险可恃耳。细玩《图说》,当自知之。

初三日(4月27日) 改《固始县图说》。

固始为鹤人方伯籍,前说多未尽者,以有所碍耳,兹说差得实也。

初四日(4月28日) 作《天下全图说》。

前虽有图,尚未及说。兹统论历代都邑得失,而更欲建三都以联天下大势,曰北都建燕,曰西都建秦,曰南都建吴。三都建然后南北无偏重之势,此不易言也,后有王者,必从吾计矣。

初五日(4月29日) 晚雨。居停设筵小酌。

数月无雨,民心皇皇,米价腾起,饥者愈众。今晚微雨,而又止住,何以慰我三农哉?居停以余将移寓,设筵小叙,亦宾主情也。余久住此,毫无善状,惟宁静淡泊,差自甘耳。

初六日(4月30日) 代家云帆书屏联。

云帆,文川子。去冬来陇,见余诸稿,颇有倾慕意,今托李鹤洲来求书,因为挥之。文川以恂恂书生,初宰官即遭盘错。近闻大宪不准留支公款,文川违其意,竟被奏参,何其所遇之刻如是也?

初七日(5月1日) 晓亭过寓。西乡雨。

晓亭云前任凤翔参军陆子儒均久屈下僚,然善自遵养,喜花竹,每牡丹春放,手染五色,人称巧思。晚年当迁县令而不就,子孙问故,曰："州县职司牧民,稍有不检,动辄得咎,是未能为民造福,先为子孙遗祸也。"年七十余,始殁于任所。时东南发捻大乱,临终口占二语曰："此去更无烦恼事,再来当是太平时。"其人福寿可知。

初八日(5月2日)　书寓联。

长宁既无官廨,因别赁屋城中,为久住计。大门联云："琴赞关山学惭制锦,符分汭水治谢烹鲜。"二门云："陇上云山成大隐,关中道德想遗经。"内室额曰"借庐",跋云："山水风月皆非我有,然而山水风月无一而非我有者,借之力也。借山借水借月借风更借吾庐,借之为用大矣哉。"联云："万里难归,敢望风云腾骥足;一枝可借,聊从枳棘傍鸾栖。"

初九日(5月3日)　送李晓亭赴西安,并致书林松岩。

晓亭俸满,例当验看,故赴省。因便致松岩一书,托其代绘荆州图也。

初十日(5月4日)　晓亭仍回陇。

昨日清水寄煜轩函,略云本月初一陶军勇散十六营,初四日抵秦安,攻破某堡,不知意欲何为。预知各路州县整备,以防不虞。煜轩因追晓亭回陇,共商防守及备米麦以待。晓亭已行抵汧阳,今乃还署。

十一日(5月5日)　阅省报。

据云御史蔡寿祺等奏劾恭邸收受规礼,三月廿一日奉旨着革出军机,馈礼者免究。旋又指参薛焕、刘蓉馈送恭王礼物,上谕着该二员明白回奏。省中匿名揭帖四起,将兴大狱。又云三月内太山山峰崩塌,声闻数百里,而未见报。

十二日(5月6日)　阅邸抄。

劳崇光等奏："逆匪潘名杰由上马司直趋定番州,知州李蔚然固守两日一夜,贼众兵单,致被攻陷,蔚然等同时战殁。经知州何惟炘、总兵林自清督兵合剿,其城旋复。"二月廿八日奏也。

十三日(5月7日)　移寓。

数载奔驰,迄无定所,今虽借寓,聊作栖止,家人史顺眷属亦同住焉。其母偕媳携妹,新妆入室,同声叩贺,亦居然家人妇子也。

十四日(5月8日)　家祭。

新居既定,始妥家神。音容虽邈,声咳时通,惟致恪诚,庶可感通。然年逾五旬,后顾无人,又未免凄怆动念已。

十五日(5月9日)　接家毓之书。

略云碧父固执如初,碧病痴迷可虑,恐耽延余嗣,宜早订别姻,以续宗佻。其言未为无见,然一生知己,惟此二女,倘以须眉而负盟巾帼,岂真大丈夫?小女子之不若哉。纵愿纳妾置婢,亦必俟其事之万无可就而后行耳。

十六日(5月10日)　微雨。

连旬亢旱,昨日始微雨,今晨亦然。前数日晕中有黑气,近亦多风,阴霾昏黯,均非吉象,可虑也。

十七日(5月11日)　纪梦。

昨夜梦无数红枣堆满庭院,方长数丈,厚二尺许。又梦大吏课余文二,首题已忘,次题为《扶风钟文》。文成,各三四百字,梦中犹能自诵,醒不忆矣。

十八日(5月12日)　书屏幅寄罗厚斋。

将遣仆赴皖求婚,道经武昌,故作书顺致厚斋,并取前所寄存书箱及各稿板入关。书屏以赠,酬劳之意也。

十九日(5月13日)　书扇赠毓之及黄仙樵。

久别仙樵,无以为赠,因书近作数诗于扇以寄之。余书多临摹各家,今赠毓之,却随意挥洒,反有天趣,虽未能骎骎入古,然的是自家面目也。

二十日(5月14日)　作寄皖楚诸书。

一寄毓之,一致碧鬟,一寄罗厚斋并及曾子鹤、李翰臣二君。前寄各稿板片于厚斋,而子鹤、翰臣均有意携取赴光。今将遣使往探,故寄之。

廿一日(5月15日) 遣使入皖求婚。

再求禹轩作伐。遣价刘福赍书赴皖,亲求少尉张公,不知其意又复何如。因缘之难谐也如是。

廿二日(5月16日) 阅邸抄。

御史丁浩奏正月十三日,直隶广平、顺德,河南开封、归德等府,山东曹州等属地方均有震雷雨雹之异。上谕颁旨,申警内外臣工以弥灾泠。省报又闻太白经天、荧惑入南斗,均未见报。惟僧邸失利后,贼现窜山东,并有东平失守、直境戒严之信与阶州蔡逆被围,势甚穷蹙,指日当有捷音矣。

廿三日(5月17日) 阅邸抄。

"三月十四日,奉上谕,内廷王大臣等同看。朕奉两宫皇太后懿旨,本月初五日据蔡寿祺奏,恭亲王办事徇情贪墨,骄盈揽权,多招物议。似此禀情,何以能办公? 查办虽无实据,事出有因,究属暗昧,难以悬揣。恭亲王议政之初,尚属勤慎,迨后妄自尊大,诸多狂傲,倚仗爵高权重,目无君上,视朕冲龄,诸多挟制,往往暗使离间,不可细问。每日召见,趾高气扬,言语之间,许多取巧妄陈。若不及早宣示,朕亲政之时,何以用人行政? 凡此重大情形,姑免深究,正是朕宽大之恩。恭亲王着毋庸在军机处议政,革去一切差使,不准干预公事,以示朕保全之至意。军机处政务殷烦,着责成该大臣等共矢公忠,尽心筹办。其总理通商事务衙门各事宜,责令文祥等和衷共济,妥为办理。以后召见等项,着派惇亲王、醇郡王、钟郡王、孚郡王四人轮流带领。特谕。"此骨肉猜疑之始也。在廷大臣,何无一人痛泣极谏,弥缝其际乎? 元年冬,余拟《中兴论》,首段已虑及此,诸友见之,均以言过切直,劝令删去。今甫二载,其端见大可忧也。近又闻英夷颇有窥伺意,仍召恭邸入内廷行走,管理各国事宜。原参牵涉,虽令回奏,不更深究,然亦不为无因矣。

廿四日(5月18日) 阅邸抄。

左宗棠等奏:"福建首逆庄海洋坚踞南阳,负嵎死守。正月廿八等日，贼众退败永定县，为方耀等击走，其城遂复。龙岩州之贼欲率众来援，亦为康国器所败。"与毛鸿宾所奏略同。

廿五日(5月19日) 闻陶茂林兵溃。

茂林贪而无谋，统兵驻安定城外，诸营散后，复为贼所败，遁入县城。曹克忠闻报，拨兵往援。本月初五日事也。

廿六日(5月20日) 临《历代钟鼎款识》。

旧曾临薛氏本，今从王子萱借获阮芸台积古斋本，因更临之。阮本考据较精，所收亦甚广。此种学问，自欧阳公《集古录》后愈收愈广，愈辨愈烦，亦几同于聚讼。虽未必无功古学，然大大较量，徒于形器间求古人，抑末矣。特其书法奇古，可以想像前人手泽，故临之。

廿七日(5月21日) 临钟鼎文。

字莫古于夏商，周则纵横奇肆，秦渐趋平易，汉魏已近薄弱，古意尽失矣，此不得不变为今书时也。故论楷法则以汉魏为最古，而论古篆则以汉魏为极卑。时世每况愈下，故文字意趋愈弱耳。

廿八日(5月22日) 接袁小亭书，即覆。

小亭得余前函，错会书意，以为余望其报，有愧古人荐贤不求面谢之意。又谓余亦喜奉迎而恶直道。因再覆之云："顷接月前廿九日赐函，具悉一是。本不欲再费笔墨，徒事哓哓，有类辨冤讼枉者之所为。然事有不辩不明，理有不辩不显者，故敢为阁下一再言之。前书非怪阁下，乃借阁下一使之闻耳，不料阁下竟错会鄙意也。使仆荐贤而有望报之心，何不望阁下于得意之时，而乃责阁下于失路之际？阁下试思当日得意时，仆曾有一言以求阁下耶？阁下亦曾有一言以相报耶？昔日之不求，则今日之不望可知矣。譬诸造桥者然，不过图利行者耳，不向健足求施济，反于跛者望报施。仆虽不贤，尚不至此。前书必举此以自明者，特以见仆素无干求人处也。今彼既无情，则我又何言？曩在锦堂镇军麾下，仆岂无一二好处，为渠等斡旋其中？一旦得意高骞，顿忘旧好，仆岂肯再提前事？不过据理言情，使其自思自愧，如是而已。仆如肯再求其情，则必不至痛快长言，以触其怒也。

至谓仆亦喜奉迎、恶直道，仆更不解此言为何谓。夫以阁下与仆同在贫贱忧患中，何相奉迎之有？凡世之所谓奉迎者，必两人势位悬殊，下将有所求于上，必先有以悦其心，于是多方献媚，以冀其人之一顾，故曰奉迎。若仆者，位既下于君，势更卑于人，君何所图而奉迎之耶？犹忆前在汉阳，仆与君不过一面之交，即力为吹嘘，君何尝有奉迎意，仆亦何尝有喜奉迎心？彼时大帅言听计从，尚不喜人奉迎，今日位卑名微，乃反望人奉迎，仆即庸妄，肯出此哉？彼时有以贿求进者，悉谢却之，皆君之所未及知。若夫直道，乃君代述他人之言，其允否在人不在君，仆又何至以此而恶及君之直道乎？是更不然矣。且前书中亦并无恶君直道意，将何所见而云然耶？总之，功名自有天定，气骨须当自立，屡承相招，讵不知感。特恐富不可求，徒事执鞭，取笑当时，故不愿往耳。现在官职虽小，而闲散无事，正好读书求道，养晦待时。且拙著亦已草成廿余种，再加斟酌，陆续付梓，亦千秋业也。又何必拜将封侯，始足为身后荣哉？前之所以有望于彼者，以身世有未了局，不能不借功名以完父母子孙之事，故不惜词费，下气求人。昔古人见人有三丧事，尽举麦舟以相赠。今不过一举笔劳，尚不肯为，又何麦舟之可望耶？去冬虽有假贷，彼亦曾通财于仆，皆数岁而后偿。仆数岁后，亦当有以偿之也。此覆不宣。"

廿九日(5月23日) 阅邸抄。

三月十七日奉上谕："朕奉慈安皇太后、慈禧皇太后懿旨，前据惇亲王、醇郡王、降调通政使王拯、御史孙翼谋先后陈奏，恭亲王虽经获咎，尚可录用，当交王公、大学士、九卿、翰侯、科道会同详议具奏。兹据礼亲王世铎、大学士倭仁等并据内阁学士殷兆镛、都崇院左副都御史潘祖荫、内阁侍读学士王维珍、给事中广诚及各科道等联衔，各折均以恭亲王咎由自取，惟系懿亲重臣，应否任用，予以自新，候旨定夺等语，所见大略相同。惟给事中广诚等折内所称庙堂之上，先启猜嫌，根本之间，未能和协，俾中外之所观，增宵旰之忧劳等语，持论固属正大，而于朝廷办理此事苦心，究未领会。虽前日面谕军机大臣等，随同孚郡王赴内阁传谕诸臣，而科道等仍有此语，实有不能不再行宣示者。恭亲王谊属懿亲，职兼辅弼，在亲王中倚任最隆，恩眷极渥。特因其信任亲戚，不能破除情面，平时于内廷召对，多有不检之处。朝廷杜渐防微，若久隐忍，诚恐因小节之不慎，致误军国之重事，所关实非浅鲜。且历观史册所载，往往亲贵重臣，有因遇事优容，不加责备，卒至骄盈矜夸，鲜克有终者，可为前鉴。日前将恭亲王过失严旨宣示，原冀其经此惩儆之后，自必痛自检点，不至再蹈愆尤，正以小惩大诫，曲为保全之意。如果稍有猜嫌，则恭亲王等均可留中，又何必交廷臣会议。即兹览王公大学士等所奏，佥以恭亲王咎虽自取，尚可录用，与朝廷之意正相吻合。现既明白宣示，恭亲王着即加恩仍在内廷行走，并仍管理各国事务衙门。此后惟当益矢勤慎，力图报称，用副训诲，成全至意。至在廷臣工，均为国家倚任，惟当同矢忠赤，共济时艰，毋得因此稍存疑虑，畏难苟安，致陷因循积习。将此宣谕在廷臣工知之。钦此。"

三十日(5 月 24 日)　接雷纬堂来函。

纬堂近日颇有矜伐意，偶有所规，不能自责，反致书论辨滔滔。其心见理既不明白，而代笔者又多格格，一笑置之，无暇覆也。

心烈日记卷之二十四

鸿蒙室主人笔识

五月初一日(5月25日) 溃勇至。纪梦。

陶军既散,后营复溃,今午悉至,扎于南原之梁家村,离城五里,约千二三百人,大半湖南籍。煜轩遣使迎于半途,许送米面,始无骚扰。然城守戒严,连夜不敢有懈。余昨夜四鼓始微合眼,梦住白布营帐,一人率二童持烛入贺,且令童叩头去,不知何兆,俟后验也。

初二日(5月26日) 溃勇去。

晨起,诸勇已将就道,而富民贪利,暗坠出城,购其赃物,诸勇遂止不行。余怂恿煜轩暗地访查,将治其罪,始无购者。诸勇迟至酉刻乃赴程,然日夜戒严,未敢稍懈。

初三日(5月27日) 民勇互斗。

此股溃勇乃静宁防守之兵,闻前路已溃,陶茂林复被困安定,遂相率而散。昨晚由州赴程,势分为二大队,由草白赴汧阳。内有川勇约二百人,拟由县头出宝鸡,乃行至八渡镇,误焚民舍。堡中百姓以为勇变,各出枪炮截杀其尾,约毙十数人。诸勇四窜,意图报复。城中闻信,复共守城,以防不虞。

初四日(5月28日) 微雨。

自三月后亢旱无雨,今始微雨。民间祈祷至再至三,均无应验。时至而雨自降,可知天事非人力所能强也。

初五日(5月29日) 禹轩招饮。

溃勇大股既远去,其分股由南行者又为八渡民所截杀,只余头目向某只身逃回。禹轩复派人护送出境,邑内似可稍安。今日天中节,因备筵邀同人小酌。饭后共登城瞭望,天油油然作云,夜半果大雨。

初六日(5月30日) 雨。

昨夜至今午始止。大麦现已收获,然只熟其半,得此雨,则秋成可望,民心又稍定矣。

初七日(5月31日)　阅邸抄。

毛鸿宾等奏:"福建按察使张运兰,自咸丰元年带兵剿贼,转战江西、安徽、湖南、广东、湖北等省,屡克各城,迭著战功。上年经毛鸿宾奏带兵赴粤,先后剿灭石逆余党李幅猷及土匪邓二、陈仰古等,肃清粤省十余年积患。方冀干城之选,倚畀堪资,乃于去年八月间带兵救援福建。因平远之贼回窜武平,该臬司亲督中队,驰赴中尺近剿,屡战皆捷。遽以追贼深入,为逆众层层围裹,总兵贺国桢、王明高先后阵亡,帐下亲兵死伤略尽。该臬司身受重伤,为贼蜂拥入城,骂不绝口,遂于九月十四日被贼支解。"上谕优恤甚至。

初八日(6月1日)　米静斋招饮。

座间得阅林望侯来函,云捻匪东窜,徐州、丰沛一带皆吃紧。前次溃勇于初二日已抵郿县齐家寨,杨制军令彭体道前往抚募,被其扣留未释,其马队一股已具禀投效。又云蔡寿祺上书言事十条,其参恭邸一条,牵涉及曾、左、李诸大员,不止薛、刘二公,而所保举者则为李元度、张集馨。观其十条中有《复封建》一目,当此多故之秋而请复封建,则其识亦可知已。

初九日(6月2日)　雨。阅邸抄。

沈葆桢奏举循吏前任湖北藩司刘体重,并查其守抚州政绩节略,请宣副史馆云:"刘体重,号梅坪,山西赵城县人。乾隆己酉,以本科拔贡举于乡。道光甲午春,来知抚州。初视事,即将省控三十六案列于榜,次第提讯,不行文,不遣差,仅作函致县,催其解送人证。至则立命进鞫,不肯须臾缓。仓卒中端倪辄得,其胥吏无从索扰,遂有数年不结,而一讯即服者。三月后,积牍皆一一清。遇愬期,亲坐堂上受牍,诘问数语,即灼知情伪。堂有二乡民陈状,问:'尔等本城居,胡为代乡人出控耶?'皆力辨其非是,曰:'尔果乡里,来则历行多路,何以某袜履无些子黄泥土?某则曳履行,意思闲散,非城居人,胡有此态度。'乃各屈服。时适久雨,乡人十数辈,同以水灾请勘,受牍略不领，但遥唤一衣半截袖衫至，呵其为富不仁。其人愕眙，不知所对。曰：'吾于登座时，见尔从阶下指挥，乡人始率率然进，尔虽却立不前，而延颈注望，诸人捧牍跪，非主张是事者得作此状。此必雨水从溢田禾，佃人求减租，尔恐惎其相率出告灾，计成则缓征尔租额，减尔谷额不短，否即以正供胁逼乡佃租，尔何狡狯至此！'既询诸乡，果皆其佃也，人惊为神明。

余某与吴某以债负互控，吴云已偿，余某未收，争辨不休，然皆无实据。余乃指天誓日以自明，色甚恨。吴言：'我若有心图骗，天亦照样罚我。'徐谕之曰：'尔等真情已露，但率行断决，终必复狡赖。吾将祷于神，使尔二人自供之。'遂书'虚实'二字为阄，俾分拈。余得实字，曰：'尔未收是实。彼言已偿者，固虚也，神已明示讫。尔不遵神断，神将阴谴之，以应尔誓矣。'吴不觉悚服。盖二字可反覆解，虑断后吴有翻异，故假神道以阴慑其心，使之自屈耳。其听断警察率此类。然一意爱民，虽遇讦告与健讼，不肯轻施一笞杖。庭讯久，则遣诸吏役就廊憩，惟留一隶候传人，细心研鞫，引情据理，多方譬喻相劝解。士民环观者不诃禁，率耳语曰：'又来听劝世文。'必俟其人输情自屈，始就结。又恒以情同自首，从宽免究，不加责。顾健讼者终莫受其欺。终任，仅王启元瞎子以路毙冒认尸亲案议抵罪。盖廉得王恃其废疾，屡以事讹索人者，故特置狱中瘐死，群皆称快。兴鲁书院肄业生课期领卷，率易冠而前，谕之曰：'谓学问莫先于主敬。书院为习礼之地，诸生又称知礼人，何以长官衣冠楚楚，而诸生乃不衫不履乎？'或见人有偃塞状，即命取其冠置于案，以界尺摇击之曰：'尔业师顾教尔如是耶？'当时士习为之一变。先是临川学不乡试者甲子一周，金溪副车亦从无业正额者，群言风水所致。闻其事，乃召金溪副榜入署肄业，临川学生勤加培植。是秋乡试揭晓，院中生隽五人，临川学生居其三，一为金溪副车，一则结课首拔士，当时传为佳话。非特诚于造士，而其论文原本经术，亦实别有心契。故前守吉安，修复鹭洲书院，后以陈臬来江，创立经训书院，皆以五经课士，迄今遂沿为别。于堂后为治事所。黎明出坐,镇日少离,门庭清肃,属吏不敢入内幕谒谈。是时临川令才而墨,金溪令昏耄不治事,顾善催科,皆因事劾罢之。驭胥吏尤严,有揽办民案者,审讯时辄廉得其情,叱令长跪,或笞之,无不中。科吏皆宿值,夜分或饬取某牍进,无敢迟。俟检校文书毕,必出巡两廊,察视吏勤惰,始还寝。长身山立,举动一循礼则。值上丁,辄先期诣学,躬洒扫,手涤器,备陈之。谓宫墙内事,非可任之舆台者,于宰牲习仪诸典,亦胥蠲胥恪,谓于此不展其诚敬,虽读书何益?抚郡社稷久废,率就故址扫地祭,独捐千金,命于南北郊各筑一坛,以符典制。然不信仙佛,郡故有观音堂及仙居处,前人奉祀惟谨,命毁之,以其砖石瓮甬道,亦可见所学之纯,不为异端惑,故能以德教化民云。是年夏,大水,临川下游早稻多伤,先捐钱散籽种民,补插晚禾,乃徐筹建义仓,又捐千金为绅富倡。复于仓厅设义塾,延陈某为师,课幼童读。役未竟,而以保荐擢河北道。乙未三月去抚州,后人皆称刘公。仓即义塾,为生祠,仓积谷至五万石,皆民感德教而乐输者。先是,乾港东陂桥堤岸圮,盛夏河水为患,乃割俸俾李生修筑之,不足,制令按亩收谷以助工。苏某抗不纳,李以状诉,谕之曰劝捐。语或过激,若诉之则勒矣,彼其肯任乎?必婉劝乃可。苏终不交,亦不问。及秉臬时,犹下檄询此桥成毁,心切民瘼,而又顺人情也如此。性严重,寡言笑,居官以公廉自持,尤善于语言劝化人。凡所区处,必曲中人隐微,如家人谆谆相往复。好厘奸弊,勇于敢为,虽老猾吏,无不为缩手屏气者。而又能拊惜细人,若惟恐伤之。案牍满前,迎见立解,抉摘根株悉尽。以是民士始而畏,继而爱,及其既去且久,而思慕不释也。喜俭约,守郡逾岁,未尝宴客,而宾兴义塾备荒,以及劝农捍水潦诸政,无不割俸以倡,故历然有成效。又尝欲亲历各属,相度因革诸事宜,并就县治童试,以便亲指授文法。被催去任,未克竟所施于江西。初任袁州同知,旋升守广信,调吉安,继复补抚州,皆有政声。最后陈臬至,适新谕以漕滋事,民几变。巡抚命带兵往,顾减骑从而行,事得已,率置首从二人于法,尤能多所保全云。"

初十日(6月3日) 军民杨楚来见。禹轩招饮。

杨楚,号昌林,吾滇昆阳廪膳生。以亲邻斗殴、借尸磕骗事,牵连入罪。永军至陇已十余年。其父名文兴,现任临安府教谕,二子俱游泮。楚亦久困场屋,屡荐不售,反以无辜而陷罪奴,亦其命也。余初履任,即闻其事,而未审其为何如人。近询诸陇人,均以其安分守法为告。因遣使邀至寓,坐叙前情,殊堪悯惜。然余冷宦边陲,坐守穷关,与此军流又何以异?反觉相对而自伤矣。昨日诸同寅酬神谢雨,今邀小酌,得闻前次逃勇行至盩厔,扣留彭体道,逼令同叛。体道阳为许诺,诱其先取西安,以为根本,而阴通信至省。诸勇进抵鄠县,为杨制军击败,体道亦从中内应杀出。现在陕境肃清。

十一日(6月4日) 闻僧邸军溃阵亡。

闻省信,僧邸追贼至曹州城西,遇伏阵亡,陈国瑞诸大将均受重伤。北直吃紧,朝廷饬令曾国藩速带所部,不分星夜,驰赴济南,迎头击剿。又令刘铭传绕赴保定,会合刘长佑防剿西路,而命杨岳斌暂驻西安,以防贼势西窜。此天下一大变局也。前二岁,南方贼势稍熄,诸当事遂以为天下已安已治,各郡销兵撤围,不准擅题军事。乃未旋踵,而贼焰滔天,毫无布置,真可痛恨。余前拟《中兴论》,以为欲固神京,先张羽翼,宜设十镇三辅,以固根本,见者皆以为非。今贼势大炽,始远调诸路重兵援剿,势何能及?人无远虑,必有近忧,此之谓已。

十二日(6月5日) 晚访杨昌林。

余忝任陇佐,而昌林适获罪受辖,白昼就访,殊有所碍。灯后过谈,一尽乡情,庶两得也。昌林又善岐黄术,以此活人,兼以活己,一家数口,反有团圆乐。以视余一身远宦,孑然无依者,又似觉安然而无所虑也。

十三日(6月6日) 作《黢石铭》。

城西北莲花池有遗石数,一刻"泰和三年"等字,已半磨灭,不可尽识。余拟移置庭前,以助清玩。又寓南马王庙一石特立,颇有奇气,色黑而质丑,与余字黝石若相符。因向州人借之,亦将以为院内观。先拟铭云:"黝石黝石,其坚尔心,其丑尔质。菩萨偃蹇,金刚砠碑。灵倩天工,巧谢人力。岂娲炉之所炼兮,抑秦鞭之所驱役。米颠见而必拜,壶公袖以谁拾?吾将呼尔曰丈人,慎勿嶙峋自异,独挺然而特立。"

十四日(6月7日) 家祭致斋。

先生祖妣何太夫人忌辰,致斋谨祭。余数载遨游,诸祖先忌辰冥寿,多不记忆,故仅于识者祭之,其余从阙,所谓数典而忘其祖也。游子无家,负罪尤甚,可不痛哉!

十五日(6月8日) 拟移石,不果。

莲池畔遗石形卧而腰折,两端若回蜷,背纹云鳞四起,高二尺余,长倍之,厚约尺五六寸,重逾千斤。右角镌楷书者数,半磨灭不可识,惟"泰和三年浣德"诸字尚能辨。案:泰和,金章宗年号。时完颜璘为陇州防御使。六年,仆散揆督诸道兵伐宋,璘以本部兵五千出来远,是石当为其园囿中物。莲池旧有亭,累兴累废,今亭圮已久,石亦埋没土肤中,不知几何年。余欲起之,移置庭院,而质重难异,且庭隘不能容,遂辍。马王庙中石体竖而特立,状类云物,腾拿倔起,颇具奇观。惟灵窍非由混沌,半倩人力,稍逊自然。高五尺余,围三分高之二,亦以其过重弗能移。案:国初陇城南有驻防废署,今署虽废而庙犹未毁,故石亦并存,然涸迹尘土中者亦已久矣,可胜慨欤!

十六日(6月9日) 访石。

城西郭外农民门前立一石,高四五尺,扁而宽,嵯岈层矗,若古木奇峰,竞势并出。惜石质红而带砂,体不甚坚,品斯下矣。然以文奇,故亦有可观,存之以备选。

十七日(6月10日) 访禹轩共话。

省报云近盘获奸细。据供,豫省贼由汝州假扮官军入武关,已抵鄠县,欲袭西安,离城仅九十里,又有欲勾溃勇起事者。幸杨制军暂驻省垣,民情稍有所恃而不恐耳。

十八日（**6月11日**） 接朱小亭来函，即覆。

刘福由汉中行抵西乡，暂住其署，数日而后行。盖夏初水浅，上游无船，而近日彼处又复多雨，故艰于行旅也。小亭书来，代达其意，覆之。

十九日（**6月12日**） 禹轩招饮。

南乡山中岩竹结实类粳米，色紫而味香，饥民争相采食，活者甚众。其尤异者，家有数口，每日所采，仅供数口之用。若有余之家，则终日无所获。乡民因以来献。禹轩招诸同事共睹之，咸以为异。考《州志》："唐昭宗天复甲子岁，自陇而西，进于褒梁之境，数千里内，元阳民多流散。自冬经春，饥民啖食草木，至有骨肉相食者甚多。是年，忽山中竹无巨细，皆放花结子，饥民采之，舂米而食，珍如粳糯。其子粗，颜色红纤，与今红粳不殊，其味尤更馨香。数州之民，皆挈眷入山就食。至于泾山之内，居人如市。"昭宗甲子去今甲子适千岁，而竹始一实，皆以供饥民之食，亦何时势之相类欤。

二十日（**6月13日**） 雨。移竹栽花。

经旬亢阳，今始雨。前移竹，以天旱萎去数竿，爰令仆补种，以弥其缺。适乡中负红白芍药各数本至，亦令种竹下。美人君子，互相依傍，可谓各得其偶矣。又获玫瑰四株，已枯其二，择活者植之。

廿一日（**6月14日**） 雨。

终夜霖霖，今午始住。所栽花竹，俱有生意。活者固活，枯者亦可回青。天公之垂荫吾庐者，何其厚也。

廿二日（**6月15日**） 接陈东屏函。

本年九月，显皇帝永远奉安山陵，例有覃恩，凡实任人员，均得仰邀封典。东屏函致，欲先期寄费，代办父母貤封也。又云滇中景况，近觉稍安，惟大吏逗遛不进，均属可虑。蓉舫司寇于二月下世，老成凋谢，人文愈稀，真可慨叹。

廿三日（**6月16日**） 覆陈东屏书。

奉到手书，备悉一是。然不知所接鄙信，究是何时所致？仆自入秦,凡三致书,近又由驲递去一函,计日尚未能达,何其难耶？卜臣处亦屡修候,而无覆信,殊可怪也。本年覃恩,即恳代办貤封父母为要,其部费自当如数奉寄,其或到稍迟,亦请设法垫办。现在春季廉俸未领,想夏秋间当能二季并领,彼时再觅便妥寄无误。至年终请获封轴,若遇陕省人员,托其携带,固妥否？即由信局转交,亦属至便,临时请自斟酌可耳。家乡近况稍好,不知敝府又复何如？倘得信息,尚烦寄我是奉。蓉舫司寇,吾滇重望,亦遽萎逝,曷胜慨叹。目下诸公龙腾凤翥,后起尚未乏人,惟仆远宦荒陲,又遭乱世,有类系囚,独困阴幽,未审何时可见天日也。此间米价,其贵非常,他物亦十倍常时,而本缺毫无出息,仅视廉俸以为瞻给。春夏二俸既未领获,所幸去冬雷帅挪借,尚有存余,乃能垫用,不然,则仰屋待炊,竟有枵腹之虑。今岁春初,本拟赴任整顿一切,而溃贼、逃兵、饥民、游勇相继出入,联络不绝,百姓并无一日安处。加以荒旱无食,草根树皮,几为剥尽,而饿死者仍难悉数。乃天不绝人,忽南山中岩竹结实如米,色紫而味香,饥民赖以为生,存活者亦不可胜纪。考《州志》,唐昭宗甲子岁旱,竹亦结米。今适甲子,岁经千载,事复相类,亦何奇耶？甘省军务大坏,雷帅虽克固原,而含囵了事。西北贼势尚炽,陶茂林统营廿四,而逃散者十六,所存八营,又皆胆丧心离,败入安定,不敢出城,盖以茂林贪婪而又寡恩故也。陶军既散,雷、曹两军亦摇摇欲动,陕疆又将难固。曹治军虽严,而性亦贪,雷则散漫无纪,皆非久恃之道。溃军初分两路,一由秦州入蜀,一由陇界绕出宝鸡,盘踞郿县之齐家寨。杨制军令彭体道解饷前往招抚,被其扣留,逼胁令同叛。体道阳为许诺,而阴通信西安,诱至鄠县,为官兵击败。体道乃从中杀出,此股遂散。又一股直出陇境,亦分为二,南行者是夜为乡团杀散,其北行出凤翔者千余人,亦陆续分逃,不知何往。凤翔游勇拟乘隙勾结逃兵为乱,凤令王君访闻其事,捕获为首者数人,而其乱始息。近又闻西安盘获奸细,发贼假扮募军入秦,进踞终南山中,制军已暗派劲旅,寻踪袭剿,未知现在何如？关中时事大略如此,然非制军入境,则更无足恃也。章美兄既选闽省，可曾就道？铁翁老而愈狂，书画盛名，当遍都中矣。宪之未有信来，不知其散馆后又授何职？燕云翘企，何胜惓惓。此覆不宣。

廿四日(6月17日) 洗石。

仆僮偶拾一石，初视之若无异，及谛观，有类观音面目，袈裟悉具。因灌以水，七窍玲珑，惟一中通，亦一奇也。惜石质未坚，殊觉减价。

廿五日(6月18日) 再作《黝石铭》。

石而遇乎时也，则炼娲炉而补皇天；石而不遇乎时也，则衔精卫而恨海难填。石乎石乎，夫固有与时为推移者乎？

廿六日(6月19日) 赁石。

民间户内立一石，委弃已久。询之居人，乃邑阎姓故物。阎故大家，今中落，一子无能，乞食度日，因给青蚨数百，辇石来寓，俟余去此，仍归其石。石高三尺六寸，围半之，昂然特立，壮类仙人，有潇洒出尘之概。正面纹五色斓斑，尤为奇异。又从废园路边获一石，以置其旁，伛偻俯伏，如老苍头之随其主者。始知天下物必有偶，二石离一不可也。

廿七日(6月20日) 作《题壁》诗。

竹石位置略定，远观、近视与粉壁互相掩映，天然成画，因题一诗其上云："竹石萧疏旧粉墙，略施苔藓便成章。试问东坡老居士，可能如此画潇湘。"此诗二联均仄起，唐人七律中有二联平仄并起者，偶因其格变而为此，然终不可以为法也。

廿八日(6月21日) 再作《题壁》诗。

晨起，仍用前体题于壁后云："薄宦庭前好种花，雨余湿翠上窗纱。睡起一声闻啼鸟，半如农舍半僧家。"

廿九日(6月22日) 作书致卜臣、宪之。

东屏书来，始知卜臣于去秋接署永清。恐前数书均不能达，故再作书直递其署，兼问宪之散馆后现授何职。

新烈日记

光绪五年

新烈日记卷之一 己卯

鸿蒙室主人笔识

九月初一日（1879 年 10 月 15 日） 雨尤大。

昨日稍停，今午尤盛，真苦雨也。

初二日（10 月 16 日） 阅邸抄。

七月初六日奉上谕："左宗棠奏甘肃东南各州县地震情形，现筹抚恤一折。甘肃阶州等州县于本年五月初十日地震，二十二日始定。其间或隔日微震，或连日稍震即止。惟十二日阶州、文县、西和等处大震有声，城堡、庙宇、官署、民房率多损坏，伤毙多人。览奏实深矜悯。着左宗棠委员详加查勘，将被灾户口妥为抚恤，毋任失所。阶州教谕鲁尊孔、训导栗遇寅阖家眷属被灾陷没，着即查明请恤。左宗棠以奉职无状，请旨立赐罢斥，具见遇灾省过之意。该督惟当时深敬惕，尽心民事，俾地方乂安，闾阎乐业，用副委任。所请立予罢斥之处，着毋庸议。余着照所议办理。钦此。"

初三日（10 月 17 日） 接臬宪覆函。

兼谢赠帖也。

初四日（10 月 18 日） 晴。接唐道覆函。

覆秋节禀也。

初五日（10 月 19 日） 接定太尊函。

略云："八月廿五日得接惠寄石刻十分，内新刻行草八种，尤为古奥,神和气静,酷肖刘、王,飞舞沉着,锋藏法备,感谢之忱,莫可言喻。"

初六日(10月20日)　接蔡和仲函,即覆。

和仲被议后已界年余,尚住郡城。余秋节曾寄石刻鼎文,不知其近在咫尺也。今来函索,因检已刻各二分寄之,并《龙门洞》四纸。盖失意之人易于交心也。

初七日(10月21日)　接上宪覆缄。

抚宪、臬宪、粮宪、盐宪均有覆函,唯臬宪沈兼谢赠帖。

初八日(10月22日)　接府宪函。

覆贺函,别无词也。略云:"八月廿五日得接惠寄石刻十分,内新刻行草八种,尤为古奥,神和气静,酷肖刘、王,飞舞沉着,锋藏法备。更赐多部,得装宝藏,感谢之忱,莫可言喻。"

初九日(10月23日)　接余云楼函。

略云:"上月十八日奉手书,敬悉种切。鸿宾既有成议,书板既有领□,或可集腋,西屏当代为致词焉。"

初十日(10月24日)　接刘庚堂覆函。

略云并拜到石拓鼎文及各法帖廿九页,种种巨作,仰见渊学有素,钦佩奚如云云。

十一日(10月25日)　接和荣轩函。

谢赠帖也。

十二日(10月26日)　接汉中署覆函。

二次赠帖,均无谢函,不知曾收到否。

十三日(10月27日)　接孙云楼函。

略云:"五月在宜川公馆,接到赐我钟鼎宝篆多幅,拜嘉之下,惭感交并。惭某之百无一能,感先生之情深桑梓,本应即覆,缘事有大相拂逆者。当此之时,正先生予我宝篆时也。得此佳章,豁我心目,赏玩终日,尘视时事,竟如坐拥百城矣。至篆法高古,气魄雄浑,海内有目者所共赏,固无待某之赞颂为也。"

十四日(10月28日)　接常朴园函。

求书府城隍速报司额也。

十五日(10月29日)　致毛子林。

子林仁兄大人如晤,节前曾致贺函及《石墨》第二册,想达矣。十七日奉到手书,今着人亲领诸友赠金,足见为友情深,不啻骨肉,可感也。请即交敝门生李培之手,觅便寄回,自无遗误。弟拟明岁春间亦将乞假归葬,恐暮年光阴,不复能再相见矣。倘晤伯舒及诸相好者,可将此意告之,是所切祷耳。

十六日(10月30日)　接抚宪函。

覆秋□也。

十七日(10月31日)　书《重修书院碑记》。

曩作《重修五峰书院碑记》成,久未勒石。今刻诸碑帖,尚有余石,因拟书而刻之,俾立诸院中,以记一时雪泥所到云。

十八日(11月1日)　书《碑记》。

连书二石,皆不佳,故暂止不书,俟兴到时再书也。

十九日(11月2日)　书《碑记》。

今日所书笔稍畅,故存之。

廿日(11月3日)　书《碑记》。

今日笔又过放,不能存也。

廿一日(11月4日)　书《碑记》。

手腕差活,章法亦整,可存也。

廿二日(11月5日)　接诸友覆缄。

俞昆岩、段素庵皆有覆函,并谢赠帖。

廿三日(11月6日)　接藩宪缄。

覆贺禀也。又接劳道一函。

廿四日(11月7日)　阅沈仲芬诗集。

今午宝林寄到诗一册,为桐乡沈君仲芬庆稷《葡官集》,清华流丽,已近自然。余尤爱其《上庸尉廨八景》五古数诗,以为香山、剑南而后仅见之作,其《古柏鸣禽》云:"庭前有老柏,天矫发无姿。娇鸟爱嘉木,歌唱最高枝。好音忽尔远,一阵清风吹。非对罗浮梅,听之亦情移。净洗筝琵耳,小坐斟琼卮。"《盆沿鱼游》云:"水乃鱼之家,有若林栖鸟。游泳复踊跃,曾不知昏晓。锦鳞晕异彩,掩映翠萍小。幽人静观之,兴不少欲呼庄与意,谭元对盆沿。"《别圃锄坐》云:"黄年居青门,种瓜勤陇亩。入宦仍学圃,一锸日在手。久晴露华滋,破晓云气厚。秋老盛寒松,春来美新韭。嘉宾时泥饮,用佐鹅黄酒。"《茅斋赏雨》云:"诛茅构小屋,屋成雨霏霏。主人命奚奴,买春典敞衣。醉眼觑景物,幽兴真欲飞。雾起众山失,花谢群蜂归。古墨吐清香,据案霜毫挥。"《豆棚闲话》云:"火伞亦晓收,东园共游瞻。坐向豆花棚,互诩须眉绿。授座有佳儿,瀹茗劳村仆。咨论到黄昏,明月代画烛。引手摘新实,小饮肴品足。"

新烈日记卷之二

鸿蒙室主人笔识

十月初一日(11月14日) 覆云楼。

日昨接到手缄,命检日记,兹照寄去,并附呈新刻《石墨》三卷二分,均希查入。又云百事丛脞,此间将不可久留,公事耶? 私事耶? 令人殊闷闷。弟之行止,视兄行止之为定,奈何奈何! 宝眷南归,□□及小幸兄不知曾否同行,殊念念也。

初二日(11月15日) 书《碑记》。

初三日(11月16日) 书《碑记》。

初四日(11月17日) 书《碑记》。

初五日(11月18日) 书诗碣。

《景福山》诗七律一首。

初六日(11月19日) 接夏康侯函。

函云:"自识道颜之后,无日不神驰左右,近想履祺安适为颂。钊去岁夏旋楚,陇上数年,飘泊故我,依然墓门,一痛之余,万念俱冷。惟先生道德文章,弥满天地,作大隐于关中,拟以汉之尹文始,道之高则同,而才之奇则更有过之者矣。曩昔匆匆请教,未测渊深,于舟次展全集,对佳水名山,曷禁神往。而其间飘飘霞举之意,流霞于行间,于以知先生之志有所存耳。至《删削性命圭旨》一书,独标太极元枢之旨,尤为简明切要。是盖天竺古先生数十年金丹大道,非具邵子之聪者,不能道只字于其间。钊寻绎有年,众说纷纷,莫知真谛,苦索于道德经中,品文古意幽,罔有所得。虽下愚顽骨,何敢妄冀元机,然既得遇先生,或亦夙缘有分也。不自揣度,欲求手赐《图说》抄本一分,倘蒙容允,祈饬书人誊寄谢宝林太守处,可以转寄来□。清福有缘,当不无重亲履杖时也。"又诗三律,兹不录。

初七日(11月20日) 无事。

初八日(11月21日)　无事。

初九日(11月22日)　无事。

初十日(11月23日)　无事。

十一日(11月24日)　以石刻寄府署。

新刻《石墨》第三册成,因以十分寄定太尊,并其幕中三分。

十二日(11月25日)　接省函。

李培之寄到毛子林一函,略云:"吾兄雅意'愿渊明归去来'之句,高情逸致,羡欣良深。昔伏生以九十传经罗结,年逾百岁,聪明如旧。我兄精神学力,兼擅其胜。异日太史书祥,谓苍山河海之间,有以睿入而称人瑞者,非兄谁属耶?"

十三日(11月26日)　无事。

十四日(11月27日)　刘汉初过访。

律武正左营管官刘大旺,号汉初,湖南永州人,偕其幕友谭君小和过访。小和赠杭帘纸一刀,欲求石刻鼎文数付,并携沈卓吾索书之纸六幅以□,因检付之。

十五日(11月28日)　无事。

十六日(11月29日)　接定太尊函。

略云:"初九日午刻,藩宪悬牌遗缺,府龄署理凤翔府事,因侯相复催故也。原饬本月下旬必可交卸,弟已延数月。时当严寒之际,远处极冷之区,且素有偏头之症,虽数载未发,而冰霜载道,窃恐旧疾触患难支,拟到省后请假两月,暂度残冬,明春二月间再当西征。若侯相疑为推故,则唯听之而已。"

十七日(11月30日)　覆定太尊。

函云:"望一日曾寄新刻《石墨》第三册各十分,计日已尘青睐。顷又奉到钧谕,敬悉瓜代有期,骊歌在即,数载托庇,一朝远隔,人非草木,孰能无情?况明岁春间,某亦当乞假还山,从此相离愈远,相见尤难。本拟亲赴铃辕,敬效绕朝,而病躯未愈,亦难戒途,区区下怀,何能自已耶!此后唯有望风遥祝,愿公西迈早邀宪眷,得贡王庭,或巡抚西南,如王褒、司马相如之俦,持节来滇,则某虽老,尚能望旌麾而献《贤臣颂》也。汉画手版,恭送行旌,尚冀时时赐箴言,俾慰下情,是为至祷。"

十八日(12 月 1 日)　无事。

十九日(12 月 2 日)　无事。

廿日(12 月 3 日)　接沈卓吾函。

略云:"刻下敝军奉文遣撤,拟料理诸务,即当南旋。惟是多年契好,频蒙指教,而云山迢隔,莫克躬亲叩辞,心歉殊深。唯祈珍摄,时因鸿便,惠赐好音,是为至祷。"

廿一日(12 月 4 日)　接定太尊二函。

十六日函略云:"龄芝山太守来函,并未提及到任之期。而府试日迫,进退为谷,盼卸仔肩,已将半载,不意今反为难,奈何奈何!"

十七日函略云:"接奉《法书》石刻共十分,望风拜领,感恋交萦。顷家丁由省领廉,因得知芝翁因用度缺乏,并以在部共事多年,不肯急急来风,虽经李勤宪劝催,仍无起身确日。弟复专函请其速来,并将应交银款先行送交,俾其借得料理起程前来,一手经理府试耳。"

廿二日(12 月 5 日)　无事。

廿三日(12 月 6 日)　补书《碑记》。

第四幅前半页刻坏,磨去已久,今始书之。

廿四日(12 月 7 日)　书吴小诗碑。

《拟游吴岳不果》七律一首。

廿五日(12 月 8 日)　覆沈卓吾。

廿日接读惠书,知贵营奉撤□旌,又将南回,感恋之情,莫能自已。维是吾兄大人衣锦荣归,富贵兼全,健羡私衷,非言能罄。他日洞庭湖边有逍遥驴背上者,非君其谁耶?弟明岁春回亦将南旋,倘或有缘,亦当奉访于湘江绿水边也。命书之纸本皆效力,以久病未痊,不能执笔,纸已检交小和兄收存。兹谨寄呈《石刻》第三册一付,希哂存之。外有三封,祈代转寄揩书、剑伯、星阶三君,并希问讯,不尽。

廿六日(**12 月 9 日**)　谭小和来辞行。

并送杭帘纸二刀,因以鼎文六付酬之,并托其代寄卓吾诸君之信。

廿七日(**12 月 10 日**)　刘岐山来辞行。

亦赠以鼎文一付。

廿八日(**12 月 11 日**)　无事。

廿九日(**12 月 12 日**)　刘汉初来辞行。

并馈银四金,亦酬以《石墨》全付。

新烈日记卷之三

鸿蒙室主人笔识

十一月初一日(12 月 13 日) 接定太尊函。

略云:"瓜期已及,幸卸仔肩。龄芝山太守已于二十四日抵凤,念五日接印。弟俟交代清楚,即行进省。本拟二十八日起程,奈被羁留,看来初二日方得一准动身也。刻下天气严寒,拟到省后少作勾留,于明春间□后整辔西行。从此天各一方,故人遥隔,思之未免缱绻耳。惟日祝杖履康强,百凡如意。虽遥路无报,亦弟之昕夕祷盼者也。"

初二日(12 月 14 日) 接李宪之青州来函。

函云:"乐于去秋到东,新正抵任。夏初遣舍弟迎养慈闱到署,加以薄书鞅掌,未得以一缄奉候起居。正驰念间,九月杪自都转寄到去秋所发手书,并书四包,帖一包,谨当什袭藏之。感承哀平纪纲学道爱人之训,尤宜永失弗谖。青州本古名郡,迩觉风流销歇,还归朴陋。连年灾歉,民俗渐□,其间悍者习盗,黠者喜讼。半载来力加整顿,渐觉改观,然尚未能感之丕变也。祈将心得治谱,时作传薪为望。吾师高才博学,久处下僚,乐前官台谏,本欲俟为朝廷所知,即上荐贤之疏,缘此事当以积诚感,不可以新进言也。乃仅年余,遽尔补外,事与愿违,愧并悔集。所幸道履安康,上司优礼,著作等身,芝兰绕膝,未可谓之不遇。久违函丈,渴欲追随,惟山东讲席极不易得,修脯亦薄,不足以备路资,转不如暂留本缺,稍积有余。异日南归,务望迂道来青,乐尚可行弟子之束脩,供行李之困乏,如肯于光州暂作寓所,尤足慰弋潢旧雨之心。青郡古帖无多,现亦未暇披讨,容当续寄。"

初三日(12 月 15 日) 无事。

初四日(12 月 16 日) 覆宪之。

月之初二日得接手书,具悉种切。迎养初心已遂,无为德化愈深,望风怀想,尤足令人欢羡无已也。承询心得治谱,此事固尝思之。窃以为治之要本无常法,欲因其势而导之,意何如耳。因其地,因其时,尤因其俗,皆因也。遂此因俗为治,则大端已得,心谱云乎哉? 鄙人无才无德,敢望荐贤之章? 又况年来多病,家有双棺,未能安葬,午夜自思,尤为刺心。拟来年告归,而囊中匮乏,何以为情? 近承诸友相赠,已有双棺之资,而途长费广,碍难动身。吾弟倘有意相助,则麦舟高谊,再见于今矣。唯虑道远难达,则请于贵同乡之官秦者,会兄来陇,尤为便捷。不则开年着家丁亲来领取,亦无不可。盖恐多病之身,难受风尘之苦故也,不能亲来叙别耳。去冬代篆麟游,萧香固大令举百金为寿,今岁乃得补刻拙书,共成为四卷。兹先寄去二卷,余俟后寄,亦无聊之举也。此次南回,石木重物,恐难全带,拟携石去,而木则寄存龙门洞中。十年后小儿有力,再来索取,庶不可惜。光固旧雨,聚散何如? 子鹤、亚山、小山、宗白及俊臣昆仲,李氏后人,尤不能去诸其怀也。六月内偶阅邸抄,见吴可读以死谏一疏,皇太后下其疏,令廷臣妥议见奏,诸臣皆不敢明言。及张之洞一疏,亦颇淋漓痛快,然终无其策以处此也。拟著论正之,而精神不及,故中止。今抄录日记一则云……吾弟有暇,可本此意充发成篇,以备后人采录。附去《石刻》二册,余俟后寄。此颂叔安,并问潭清老。

初五日(12 月 17 日) 接鸿宾函。

函云久未专函敬候兴居,五中歉歉。承代购纸张,今岁科场诸物昂贵,迟迟未有以报命,容后当代觅也。又云弟无等可告,地当孔道,应接不暇,缺负虚名,入不敷出。然亦是荒旱之后,民气未复,又因正款该得之财,方受之甘心,此外丝毫不敢妄取,故所入愈少耳。交好有素,故敢以奉闻。昨有王公自四川来饶,肖翁令投寓下,大约欲为老兄所藏各板可运川中等语。弟思考兄在外多年,所有余积,只余此板,非以其重累难携,遂举以送友朋也。肖峰之景况,即令其运川,渠亦无力,业已作函复之,并阻王姓不必至尊处,又多一番赔累也。外附肖峰一函,大约言明岁起服,拟燕京一游,定当迂道奉访等语。

初六日(12月18日)　覆子林。

前由敝及门递到九月十三日手书,知诸友赠款已交培之手卅金,其余尚有所待。本当即覆,以精神不佳,未能执笔,故迟迟也。诸友处希代致谢,俟《石墨》刻成,再当奉酬耳。其余十二金,倘若攒齐,尚望交培之带来是荷。

又寄培之云:"前接手书,知子林之金已交到卅两,各物亦已买齐,可感也。唯云俟武友回陇时即寄,至今尚未见到,想无便耳。兹有覆子林缄,希便递之。此外尚恳买茶二斤、《性命圭旨》一部。至杭帘纸太贵,即不必买矣。"

初七日(12月19日)　无事。

初八日(12月20日)　发府宪贺禀。

郡选汉中府龄芝山到省未久,藩宪以侯相札催定宪赴任甚急,故委署焉。

初九日(12月21日)　无事。

初十日(12月22日)　冬至。接定宪缄。

略云:"承示旋里之议,实弟私衷素所深者。但弟愚见,必俟通盘谈计,果有余积,方可行之,否则大为不可。缘数千程途,亦属不易,而宦游还乡,南北情形,谅无甚异,所有亲族故旧,酬应难免,倘力不支处更不易。至盐米之烦琐,尤不待言,反不如暂屈陇任之为愈也。况运有定数,转瞬泰来,盖吾兄大人品行心地,自邀天相,吉人尊□克随,理固然也。唯望耐时以待,顺势以图。临别赠言,刍荛妄献,稍副知己,请熟思之。弟到省谒时,致词一言,虽明知无济,然亦不过弟之本心耳。纸短言长,书不尽意,依装涘布,诸惟珍摄,临池不胜驰系。"

十一日(12月23日)　覆定太尊。

累承赐函,未能以时奉覆,罪甚罪甚!顷又奉到初四日一缄,知旄麾东指,暂驻青门,明春始议西行,将见春随斗转,运与时偕,甘雨随车之兆,已见于兹矣。唯下走老氄,日见衰弱,未免黯然神伤耳。某拟来岁还乡,亦无可如何事也。今春一病,至今未能复元,恐日久益见衰弱,愈难载道,则常作异乡物矣。因与二三知己商借川资,苟能望见乡县,于愿已足,岂敢有奢望乎哉!承公厚意,许共□□,感激之私,有逾生成。某何妨暂缓数月,以俟好音,若无机会,则真命也。然后缓缓归去,而青山如故,不必画锦堂开,始足见还乡之乐矣。手此奉覆,草草不恭,尚冀见原,伏乞垂鉴。不宣。□某欲楮,曷胜瞻跂翘企之至。

十二日(**12月24日**)　接李培之凤郡来函,即覆。

询前函到否。

十三日(**12月25日**)　宴女宾。

爪仙生辰也。

十四日(**12月26日**)　接云楼覆函。

答前函也。

十五日(**12月27日**)　无事。

十六日(**12月28日**)　覆鸿宾。

接手书及肖翁赐函,敬悉乙是。弟之刻书,冀其流传,非射利也。前承肖翁索取书板,云欲开设书坊,故弟私心自喜,以为板有所托也,故累奉书,冀其自搬运。今读来函,是书坊未设,明春又欲北上,与其多此一番周折,不如寄存陇上之为愈耳。现已拟封存龙门洞中,俟十余年后小儿再来索取。吾兄以书止之甚善,祈便中再将鄙意代为覆之。弟近日精神未复,不能用心,歧志尚置高阁,即覆一信,亦难为力也。明春务欲南归,只俟诸兄助款赐到,即便束装就道。肖峰若能早来,尚能一晤耳。

十七日(**12月29日**)　无事。

十八日(**12月30日**)　拟家堂联。

上联云:"世瑞产灵英久矣芝云征地脉。"旁注云:"道光丙申秋,余家园内产紫芝二茎,大者高五寸余,小者亦三寸许,状类龙拿,真异产也。"下联云:"心香传太极微乎月影悟天根。"旁注云:"先君北溟公常夜步中庭,仰观明月凹凸相会,成太极象,乃指示润,因成《元枢》

一书。"

十九日(12月31日) 无事。

廿日(1880年1月1日) 无事。

廿一日(1月2日) 无事。

廿二日(1月3日) 无事。

廿三日(1月4日) 无事。

廿四日(1月5日) 无事。

廿五日(1月6日) 无事。

廿六日(1月7日) 致培之函。

托买省物也。

廿七日(1月8日) 跋《墨刻》。

《墨刻》将成,因跋之云:"光绪庚寅冬,余代篆麟游,仅十余日。临别,萧香固大令举百金为寿,因辞之。萧曰毋□不有金石,□手寿诸石归,乃检旧箧,得所为书若干页,令尽付□纸,合之旧刻为四册,志不忘也。"

廿八日(1月9日) 新生送报条。

马建勋昔曾从马澄本游,今掇芹,故称小门生焉。

廿九日(1月10日) 接李云生函。

君近安砚粮署,故以书来报,盖慰余怀,亦不忘友情也。

卅日(1月11日) 接张月坪函。

谢前赠帖及贺春禧也。新生朱正午亦送报条来寓。

新烈日记卷之四

鸿蒙室主人笔识

十二月初一日(1 月 12 日)　无事。

初二日(1 月 13 日)　新生送报条。

唐阶虞从学有年,今始掇芹。

初三日(1 月 14 日)　新武庠送报条。

石廷瑞也。

初四日(1 月 15 日)　接周岳门函。

略云:"蒙惠鼎文,结构严紧,笔力清遒,固可为后辈楷模,亦可为先生寿征也。"后又托印陇上诸碑。

初五日(1 月 16 日)　接夏康侯诗卷。

康侯又刻其《澹缘斋诗稿》一卷,因寄示焉。

初六日(1 月 17 日)　阴天,始微雪也。

初七日(1 月 18 日)　雪颇大。

初八日(1 月 19 日)　雪更盛。

初九日(1 月 20 日)　微晴。

十一日(1 月 22 日)　晴。

十二日(1 月 23 日)　微雪。

十三日(1 月 24 日)　晴。

十四日(1 月 25 日)　晴。

十五日(1 月 26 日)　发贺禀。

抚、藩、粮、盐及本府宪也。

十六日(1 月 27 日)　接段素庵贺缄。

十七日(1 月 28 日)　接汧阳诸函。

管、魏二学博,贺年也。

十八日(1 月 29 日)　接岐山贺缄。

十九日(1 月 30 日) 封篆。《石墨》全册刻成。

余刻《石墨》新旧共合四册,凡五十六页,今始告竣。

廿日(1 月 31 日) 接省友函。

刘庚堂贺年,侯龙光□□前寄函未接获也。

廿一日(2 月 1 日) 发贺禀。

臬宪沈、候补道□李及榆林道李、汉中道□,皆附呈《石墨》三四各二册,惟定宪则呈四册,凡十本也。

廿二日(2 月 2 日) 阅邸抄。

十一月十七日奉上谕:岑毓英奏访拿哥老会匪首要各犯,讯明正法一折。已革总兵杨海泰即杨开泰等,胆敢在贵州省城歃血结盟,谋为不轨,于本年十月间纠集多人,约期举事。经岑毓英与司道府县等访闻,派副将何雄辉等先后拿获逆犯多名,并起获号片、旗帜、军器等件,当将杨海泰即杨开泰等八犯讯明后,均凌迟处死,地方一律安靖,办理尚为妥速。逸犯张幅芝等,仍着饬属严缉,务获究办,毋任一名漏网,以绝根株。所有此次出力员弁,着准其择尤请奖,毋许冒滥。余着近议办理。该部知道。钦此。

廿三日(2 月 3 日) 致余云楼及周岳门、谢宝林、夏康侯。

月前接奉手书,敬悉乙是。尊府虽觉多故,然尚无妨,吉人自有天相也。弟近体气稍复,而心总不能用,只好静养而已。来春定欲南回,稍迟则恐精神愈衰,愈难戒道矣。代筹之款,不知何如?总俟旅囊充足,方敢呈请开缺。鸿宾兄近有越狱案,律武诸兄亦纷纷多故,可畏人也。西屏闻已撤营回省,前虽通问,近尚无音。海内虽宽,知音寥寥,而此寥寥中又复如是,岂可恃哉!附去《石墨》第四册二本,希查收是幸。又复岳门,并寄《石墨》二、三、四各一本。唯康侯则寄全册及《圭旨全图》,均由宝林代寄,而宝林则补寄《石刻》第三、四卷也。

廿四日(2 月 4 日) 立春。以《石墨》赠州署及岐山诸友,又接汉中及仁胜二函。

振初赠全付,其□席潘君则赠篆文,岐山并赠此二册。是晚又接汉中镇和及仁胜喻二函。

廿五日(2月5日)　覆汉中镇。接卓吾讣音。

并寄《石墨》三、四二册。并接卓吾讣音。

廿六日(2月6日)　覆李云生。

月前接奉手书,敬悉安砚粮署,慰甚。□□□□为颂。弟株守如故,□□□□惟近刻《石墨》现已告竣,谨呈台览,用博一笑,亦无聊中排遣一法也。

廿七日(2月7日)　致李培之。

昨日由省归来,据云吕君子淦所借画轴已将一年,尚未取回,而渠又因事远避邻邑,甚可异也。缘渠明春将北上,而仆又欲南归,苟不急取,势将无及,奈何?烦即寄函假手之人,令其先自取回,预以待君,乃可无误,否则未有不两相左者。此二画乃仆在合肥军营以重价购获,文长《寿星》价三百金,董东山《清虚八景》亦四十余金。二十余年未尝离身,以君诚笃,故敢相托。不意今竟难取,苟不亟索,何以相信?此白不具。

致鸿宾云:"前数日曾奉函贺,并呈近刻《石墨》第四册二本,想尘青睐。兹有恳者,明春拟致京信及□□刻《石墨》数分,□□无妥便。贵治孝廉中有诚笃可靠之士,烦为相托一人代寄,不过数斤之重,无甚累也。专此候示,不宣。"

廿八日(2月8日)　发贺启。

万伯舒、毛子林、谭西屏、孙云楼四君并寄《石墨》三、四两卷,唯子静仅寄四册一卷,以前曾寄过也。

廿九日(2月9日)　接贺函。

孙云楼及刘玉初也。

光绪六年

新烈日记卷之五

鸿蒙室主人笔识

庚辰正月初一日(2月10日) 阴。镇日阴晦。

初二日(2月11日) 微雪。

其细如霰。

初三日(2月12日) 大雪。

厚四五寸。

初四日(2月13日) 雪犹盛。

晓起雪颇盛,午后始止。

初五日(2月14日) 晴,接郡尊覆函。

覆贺启,兼谢赠帖。此次余实未敢呈帖,或静山观察代呈,亦未可知。

初六日(2月15日) 晴,致陈雪楞。

雪楞襟兄阁下:戊寅岁暮,用世兄由京回陇,带来手书及惠赐诸珍,均已照单相领。次岁春正,曾肃函致谢,未识曾否入览,至今又已一年,想念之殷,与时频增。辰维苾怀日茂,□省多绥为慰。弟自去春多病,午日桓儿又殇,万事俱灰,至今年余,体气虽复,精神尚弱,心思总不能用,日惟静养,兼服补剂而已。年来刻成《石墨》四卷,谨用呈览,尚希哂正。幸赐神针指示一切,幸勿以小道薄之,幸甚祷甚。贱内爱子情深,未免时多伤感。三姨妹体气素弱,不知近复何如?泰山两老久不得书,亦不识精神何似? 润弟想在尊府照应,二姨夫不知常到京否? 诸亲远隔,均属念念,尚希示悉为要。兹谨寄去新刻拙书《石墨》四部,每部四册,并求晒正是祷。

初七日(2月16日)　阴,致蔡梅庵。接诸宪覆函。

梅庵先生大人阁下:去春由粮署递到手书,适值病魔相缠,迟至夏初始奉覆,并呈拙篆《石墨》一册,未识曾否入览? 辰维吟情佳畅,清兴遄飞为慰。某以下僚,击柝关山,借藏鸠拙,何敢更交天下士? 然而同声相应,凡属同气,又未尝不相求也。即如先生一代直臣,千秋名下,尚肯折节下交,则其无他可恐已。兹谨寄呈诗抄一部,《墨刻》全函四册,尚希晒纳,俯赐神针,俾有遵循为幸。

晚接粮宪善公联及梁德邻、定太尊覆缄。太尊于余可谓关切备至,惜余命蹇,有负知己耳。

初八日(2月17日)　微雪。

竟日阴晦异常。

初九日(2月18日)　雪甚大。

深至四五寸。

初十日(2月19日)　晴。

今日天稍晴霁。

十一日(2月20日)　晴,致陈东屏。

前年周世光入都,曾致函候及拙刻□□□本,当即奉到手覆书,益悉苾勤日懋,蕃厘时佳为慰。弟株守如恒,乏善足述。去岁多病,至今尚未复元,拟于年内乞假还乡,而旅囊匮乏,又难举动,不知何以为情。前承示谕,令再请封,弟时在病中,故未暇计。不知近尚能否? 乞为示知,并查实缺人员,能否以虚衔请封敝衔系蓝翎同知衔,在任佽先前候补知州陕西凤翔府陇州州同,不知应如何请法? 该银若干? 在何处会兑? 均希示悉,以便照办,是所切祷。兹谨寄呈近刻《石墨》全函共六分,分赠同乡至好,俾知边关下吏尚有某人在也。

十二日(2月21日)　致毛子林。

客腊培之回陇,据云尊项尚未领到。今春弟将还乡,所有一切什物尚须应用。尊处若便,仍希发交培之代办,是为至祷。弟若南回,取道尚未定局,大约由汉水以下襄樊居多。果尔,则相会之期不知何时矣。

十三日(2月22日)　接唐道缄。

覆贺年也。

十四日(2月23日)　阴。发贺禀。

贺新盐宪上任也。

十五日(2月24日)　阴。

镇日阴晦。

十六日(2月25日)　阴。周生福保来谒。

由黔回陇,今始来见也,以新刻《石墨》全函赠之。

十七日(2月26日)　阴。书楹联。

李培之为其友属四联,二单款,一款小山,一款尊楼。

十八日(2月27日)　阴,晚微雪。以《石墨》赠李培之。

今晨培之始赴省,乃以京信付之,嘱其转致,并以《石墨》全函及《文钞》赠之,并赠侯生龙光、刘生国瑞《石墨》全函各一,又一函赠带京信友人。

十九日(2月28日)　雪甚大。开篆。命儿女辈上学。

昨夜雪颇大,今晨犹不止。辰时开篆,因命儿女辈同上学。

廿日(2月29日)　阴。接岐山函。

前托鸿宾代寄京信,今来函云公车辈已去尽。

廿一日(3月1日)　微雪。

前半日阴晦,晚乃微雪。

廿二日(3月2日)　晴,接汉中镇函。

谢赠帖也。

廿三日(3月3日)　阴,接岐山函。

函略云前逸六犯,现获四犯,其二亦有踪迹也。

廿四日(**3月4日**) 阴。

无事。

廿五日(**3月5日**) 阴。

无事。

廿六日(**3月6日**) 夜雨,晨晴,晚复阴。

昨夜雨颇大,晨起天忽晴霁,晚乃阴晦。

廿七日(**3月7日**) 阴晴各半。

无事。

廿八日(**3月8日**) 晴。

无事。

廿九日(**3月9日**) 晴。

无事。

卅日(**3月10日**) 晴。致宪之。

略云:"宪之老弟阁下如晤:去冬接读手书后,当即裁答,计时早已入览。兹当春回,政与时新,临风怀想,曷胜欣慰。仆今年七十,引年正好休退,又况家有双棺,身多老痛,不趁此时精神尚未甚衰,早决归志,则何时可赋《归去来》耶? 惟是两手空空,家山万里,无能为力,徒唤奈何,亦气穷力竭时也。所幸二三知己,相爱有素,尚可望为将伯之助。歧山令胡鸿宾昇猷及定远司马余云楼修凤诸兄,皆许百金之赠,合以双柏旧存数,差可就道。然而长途风雨,新阡窀穸,则难为力,是不能不有借于阁下一臂之力也。倘承慨诺,无论多寡,皆深感激。即请兑交家人史顺之手,俾得速携来陇,以便升文请假。迟则天寒日短,暮年身体又难支转矣。兹特寄去新刊《石墨》全函共十部及《文钞》一部此刻未完、《书院碑记》五分,希查收,留为分赠友人之用。前函恳代询光固旧雨,不知聚散何如,尚希示悉,以慰渴思。从此一别,相见恐无时矣。去春蔡梅庵来通函,兼云前有诗集交阁下代寄来陇,不知其集尚存否? 仆随覆之,亦寄《石墨》一本。近复寄以《诗钞》全部,终未知其能达否? 千里音书,一递为难,况其他耶? 东省阿胶,此药甚妙,而于鄙人尤宜,然其真者亦不易得,想尊处定有佳者。望惠数行,不时常服,则受益良深矣。余言不尽,手此奉布。即候升祺,诸维珍摄,不宣。"

新烈日记卷之六

鸿蒙室主人笔识

二月初一日(3月11日) 阴。接定太尊复函。

覆贺函也。兼云于十三日奉到咨文,现拟廿四日与藩宪祝寿后,准定廿六日起身赴甘。知关绮念,并以奉闻。

初二日(3月12日) 覆定太尊。

新正九日接奉客腊廿六日赐书,敬悉一切。公之爱余,可谓竭尽心力,铭感五衷,莫能笔罄。顷又颁到覆缄,始知西行日期在即,从此愈离愈远,相见又不知何时矣。南旋之期,约在秋间方可成行。现在各处张罗川资尚未送到,一俟到时,即便禀请开缺也。兹谨专役送呈《书院石刻碑记》共五分,希查收,留为赠友之用。前次随文亦呈《石墨》第四册十分,未识曾否入览?以此次来书未题,故漫及之。公若□□,尚希赐言为幸。手此敬覆,伏冀垂鉴不宣。

初三日(3月13日) 专丁赍书赴山东。

给路费银十八两,又带《石墨》全函五付,三种《兰亭》各十分,《龙门洞图》五纸,以备分赠署中各项人役。

初四日(3月14日) 接涂太夫人讣音。

涂伯音母也。

初五日(3月15日) 书祭帐,并唁伯音。

顷接太夫人讣音,不胜惊异。唯是吾兄纯孝性成,必有过哀之处,尚望节哀以礼,则礼尽而哀得乎中矣。节谨备祭帐一副,乘振翁赴省之便,恳其代寄,聊当唁言,以表愚中。惟其为时过迫,字不及剪,尚冀托人代镌为祷。

初六日(3月16日) 晴。作书寄思慎侄。

字谕思慎侄知悉:去岁曾三致书,不知曾否接获?第一书,命尔安葬双棺;第二书,命尔前来迎侍;第三书,尔即不能西来,可令妥人相代,亦足见尔孝思。今已物换星移,仍无消息,使余日夜焦思,不能自释,果何为者? 兹特专差前来,看是何如。尔能随其西上固佳,如其不能,务着家乡一人同来,方保无虞。不然,余年已七十,精神又多衰迈,尔庶伯母年轻,尔一弟一妹又皆幼小无知,尔能放心任其万里程途、奔波跋涉而无所焦虑乎? 纵余精神尚健,经此一番辛苦,侥幸到家,已同再造。况人事变迁,风霜劳瘁,尤难为情。书到即当赶紧料理,以免稽迟。一至秋后,即难上道。兹寄去新刻《石墨》全函五部每部四本共二十本,外附《书院碑记》五部,按数查收。来差工食,余已给银八两。若尔同来,不必另给。倘别人同来,可仍照给,每人八两,即可敷用。千急千急,万毋再忽也。此谕。

初七日(3 月 17 日)　接盐宪覆缄。

新盐宪常公瑛履任不久,呈投履历贺禀,今来覆之。

初八日(3 月 18 日)　接余云楼覆缄。

并索《日记》二部,将以代送友人也,

初九日(3 月 19 日)　祭圣庙,未与。

以病未痊也。

初十日(3 月 20 日)　接李培之缄。

培之以余所藏徐文长所绘《寿星》及董东山《清虚八景》借吕子淦临摹,竟不取收。今子淦公车北上,不知何日能回,而余又欲南归,真可怪也。

十一日(3 月 21 日)　覆云楼。

月之八日接读手翰,借悉尊志已成,急欲一观,印出务乞赐我为幸。尊处赠资,总以早寄为上着,何则? 行囊必充,方敢请假,迨至批准,又须时日也。鸿宾兄越狱之案,六获其四,余亦有着落,似可无虞,唯此时未便催促耳。西屏自撤营后,屡有赠帖,均未奉覆,不知何故? 拟秋初取道蓝田,必由青门,看是何如耳。汉上诸公已风流云散,行亦无益。诸友倘有赠资,尚祈专人送我为幸。《日记》现在刷印,俟印出即寄,此覆不尽。外附《书院碑记》二分,共十六纸。

十二日(3月22日)　致定太尊书,不达而还。

专役送至平凉,而太尊已过去数日,因折回。

十三日(3月23日)　再致定太尊。

复改派差人送至平凉,乃由专马递去。

十四日(3月24日)　无事。

十五日(3月25日)　祭文昌,未与。

十六日(3月26日)　无事。

十七日(3月27日)　谢沧洲来自凤翔。

沧洲年少好学,凡余书无不尽力搜求。兹将回汉中,特来拓摩各书,可谓勤矣。

十八日(3月28日)　遣役还乡。

前寄侄书,今始发之。

十九日(3月29日)　为沧洲书楹联。

余精神颇不逮,沧洲殷求不已,故为书之,殊不成字也。

二十日(3月30日)　为沧洲书神联。

君又出神联求书,辞之不得,又漫书之。

廿一日(3月31日)　书儿女碑记。

季女雪翎、季男思桓殇逝已久,今岁将归里门,不能不为之立石,故并书之。

廿二日(4月1日)　遣思元扫墓。

并立石也。

廿三日(4月2日)　沧洲回程。

并拓全帖五分,《刘氏墓记》《书院义利碑》《禹轩志思碑》各一分。余又赠鼎文帖一分,三种《兰亭》各五纸,《文钞》一函,亦将留为别后思也。

廿四日(4月3日)　阅邸抄。

江西布政使彭升授湖北巡抚,陕西按察使边升授江西布政使,署陕西按察使沈补授陕西按察使。

廿五日(4月4日)　致李培之函。

托买茶也。

廿六日(4月5日)　书子孙殿额。

集禹碑字曰"承帝兴宗",盖自思桓殇后,其母思之甚切,故许悬神额,冀有赐也。

廿七日(4月6日)　接诸宪覆缄。

署藩宪边、榆林道李。

廿八日(4月7日)　接马承基诗函。

生颇好学,今寄函并上余诗二律、杂作数首,虽初学语,亦见其意志不凡也。后附其舅氏容杜若继光茂才《落花》《春柳》诸作,亦十数首,气体较新颖。又刘生国瑞《赠友书怀》诸作,较前更觉长进也。

廿九日(4月8日)　接谢沧洲函,即覆。书灵山圣母额。

代购纸至也。去春余病,夜梦老妇人携药与饮,后渐愈。因忆余前游灵山时,曾许为圣母书额,久未酬报,今之示梦,或有因也。因亟书之,将以悬挂焉。

新烈日记卷之七

鸿蒙室主人笔识

三月初一日（4月9日） 书睡佛额。

灵山有睡佛一尊，甚庄严。余游山寺时，僧属书额，因并书八分"卧禅"二大字，后跋云："行住坐卧，皆可云禅。兹之示像以卧者，禅耶？卧耶？吾愿世之人毋作卧观，直以参禅焉也可。"款落光绪丁丑中秋日。盖追念昔日旧游云。

初二日（4月10日） 雪。

雪颇大，花木皆冻损。

初三日（4月11日） 接李培之函。

内附毛子林函，前款已清也。

初四日（4月12日） 家祭。覆培之及子林。

汭女生辰也。覆李培之及子林云："顷接瑶函，知尊项已交培之，谢谢。前途俟《石墨》拓出，当各分送，以答厚谊也。伯舒处已接到讣闻，谨备祭帐一张，由培之代送矣。去腊闻伯兄体亦违和，不知近全愈否？不胜念念，尚祈示悉为祷。西屏处弟屡致书，均未见答，不知何故。此候又祺。不具。"

初五日（4月13日） 书祭帐。

将以奠万太恭人也。恭人姓陈氏，生伯舒弟兄三人，年六十有五。

初六日（4月14日） 书铜佛额。

灵山中殿有铜佛三尊，其一以光绪丙子修理佛座掘土所得，上有字云"明弘化□年五台山造"，其来亦远且久矣。僧人属书佛额，今又四年，因书"唯我独尊"四字报之。

初七日（4月15日） 书武侯额。

额云"三代后一人"。

初八日(4月16日) 接涂伯音函及万伯讣文。

伯音谢前唁语也,伯舒则竟死矣。因拟一联挽之云:"明刑堪弼教,廿余年案牍劳劳,纵书称帝佐主□□未能完君志;将母更修文,才旬日门庭寂寂,虽诗咏王臣□□□足痛我心。"

初九日(4月17日) 接李培之函。

代买朝裙等件已获,唯银不敷,催速寄也。

初十日(4月18日) 再书卧佛额。

前书未当也。

十一日(4月19日) 代振初书草亭联额。

振初于署西隙地造草亭,自拟匾联,命其侄嘱余代书。其侄,余门人也,谊不容辞,因为书之外额云"劳人偶憩",联云:"岂必抱云居?启花径竹篱,好待高朋征韵事;何妨乘日暇?支药炉茶灶,权教俗吏涤尘心。"

十二日(4月20日) 再书草亭联额。

联云:"不羡广居,借半亩荒园留有许多地步;况为传舍,爰数椽茅屋且卷无限天机。"额曰"草茅坐论"。

十三日(4月21日) 接史顺来函。

史顺去已一月有余,今始接其函,乃前月初九日在西安所发者,亦何迟耶?

十四日(4月22日) 书伯舒挽联。

一二日内将有赴省者,故书之。

十五日(4月23日) 再覆李培之。

月之三日得接前书,当即裁答及覆子林,想达矣。初九日又接后函,知朝裙等件已代买获,慰甚。唯银不敷用,故未挂里。此缓事,不必急也。前托代做挽幛,不知曾否做好?兹又寄去挽伯舒联一付,是已书就者,希并饬送为祷。

十六日(4月24日) 作《板茂庄田记》。

稿已发刊,存《文钞》中,今复录于此。文云:"古井田制,其可复乎？吾不得而知也；其不可复乎？吾亦不得而知也。余家由蜀迁滇，世居古特磨城，有南北二庄焉。北曰阿科，南曰板茂，均各去城八十里。阿科庄田购自民间，每耕获按户授亩，按亩均收，无足异者。唯板茂则皆远祖躬率庄丁开挖废垦，芟刈荒茅而成田者。庄地广袤约十余里，山皆土石，巉巉相半，而独乏水泉，仅上下二冲可开堰塘而资灌溉。祖乃就地相宜，于冲地低洼处储水辟田，得三十余区，平分三段，段取其一，以为公田。而凿塘者二，招佃三十户后增至六十余家，户授田一区，同养公田。又置仓于庄心隙地而环守焉，是为余家取给之资。岩根余地，杂植松、杉、枣、栗暨桃、李、梨、榴之属，堰塘则环以榆柳，并蓄鱼虾，亦栽菱芡。其人则有斗充、斗练、勘那诸色目，以统率而诲导之。其役不过春渔冬狩，其仪不过鸡黍酒醴，以及岁时祭赛，送往迎来而已。二百年来，民不知有赋税之烦、徭役之苦者，皆祖遗之惠也。余每赴庄勘其土地，抚厥遗规，不禁作而叹曰：'善哉！我祖其有王佐才乎！不然，何所区之当也！'观其处置民田，什取其一，是即周家井田遗制，公私均平也。观其树畜隙地，不留余闲，亦即周家蚕桑善政，妇孺交养也。观其役使民力，岁无苛派，又即周家时使薄敛，与民休息也。其制虽小，可以扩大。充之一国而一国治，充之天下而天下平。余又不禁俯而惜曰：'异哉！我祖虽有王佐材，而无王佐命也！'古者画地授田，必值剥复际而后可以如其志。我祖入滇，当国初定鼎时，而滇处边隅，地广人稀，山菁丛襟，开辟尚少，故我祖得以展其才而小试焉。然非胸有成模，而又心怀利济者，何能措之裕如也。惜乎其所试者小也。自始祖讳承宗、高祖讳正矩、曾祖讳世璧、祖讳贵 字天锡及父讳凌翰 字振鹏 号北滇，寿皆耄耋，唯曾祖早卒。其始辟田庄者，一代始祖乎？扩而大之者，天锡公也。家谱久遗，无从征实，谨撮其概如此。"

廿一日（**4月29日**）　无事。

廿二日（**4月30日**）　书节孝额及碑。

闫谦之母年少守节，其子今已成立，乃为报请旌，以额求书，因应之一额一碑也。

廿三日(5月1日)　接肖峰及庚堂函。

庚堂函询去岁求书之件,肖峰而更求书墓联,兼道其今岁不能北上也。

廿四日(5月2日)　无事。

廿五日(5月3日)　代肖峰书墓联。

联云:"居家重古仪,孝友睦姻,叔世犹存司马范;处事仗遗旨,忠诚骨鲠,孤怀独抱史鱼心。"额曰"三代遗风"。联本昔年所拟,以所书遗失,肖峰犹能记忆,兼求改正数字。

廿六日(5月4日)　无事。

廿七日(5月5日)　无事。

廿八日(5月6日)　无事。

廿九日(5月7日)　无事。

卅日(5月8日)　作书寄沂学。

前借沂学史书半部,共卅一函,今来取,特令役送还,故书覆之。

新烈日记卷之八

四月初一日(5月9日) 遣役赴灵山悬匾。

前许悬灵山圣母额，今特遣役前往悬挂，以答神庥也。

初二日(5月10日) 张敦之来见。

兰州人。其妹倩马君游幕，殁于陇十余年。妹寡居至今，因来迎焉。

初三日(5月11日) 以石刻送张敦之。

鼎文一付，《龙门洞图》一张。

初四日(5月12日) 思元患病。

思元旧有衄血病，近命其出游，以舒其气。乃气不能舒，反中暑热，故衄血甚重，日三四次，至今不止，亦可危也。

初五日(5月13日) 思元病未痊。

血稍止，而又发热，头遂痛。

初六日(5月14日) 思元病未痊。

发热如故，竟不能达出。

初七日(5月15日) 延医始至。

陇无名医，闻蒋生赞元之父尚稳当，乃延之，方多未合，故不敢服。须臾，舒楚卿至，乃开一方，亦不敢服。

初八日(5月16日) 思元未愈。

诸医不敢深信，乃求神方，尚平和。兼令服灯心麦冬汤，以灶心土作引，热始退。

初九日(5月17日) 思元未愈。《坝东阡表》成。

昨日之热已退，今午又头痛不可当，神方内亦以灯心作引，余乃更令添服前方，其热遂退，痛亦旋止，然终未能遽痊也。今岁拟告归矣，乃家宅多故，人口未安，不知能成行否？因预拟《坝东阡表》，以表吾父一生实行。事若有变，则寄渤乡山，使后世子得有所考而已。连日思元病热,心绪不宁,故今始脱稿,存文集中。

初十日(5月18日)　思元病稍轻。

张敦之来寓,云渠年少时亦曾患衄血症,思元体素弱,不可投以杂方,只服四物汤,以生血为主,久之自愈。因急服之,故此日稍轻。

十一日(5月19日)　接定远函。

并《志书》一部。元儿仍服四物汤。

十二日(5月20日)　思元病甚沉。

张敦之亦深明医道,故令酌方。但其日病甚沉,几难自立。

十三日(5月21日)　思元诞期,病甚沉。

晨起病稍轻,午后竟发谵语,至晚始定,终夜稍安。

十四日(5月22日)　思元病甚沉。

总觉晨轻午重。

十五日(5月23日)　思元未愈。

十六日(5月24日)　元儿未愈。

晓起清□,一如病愈。午后忽狂谵,终夜不止。

十七日(5月25日)　元儿病稍转。

晨起至午,病甚危,似无气者。余亦无法,乃自拟祝文一道,遣价焚于城隍神前,祈祷求赦,气乃渐苏。须臾,张敦之来视,曰:"无妨。"并邀常正刚至寓诊脉开方,乃药甫煎,尚未服。周畴九兄弟亦邀舒楚卿同至,乃另诊脉开方。余以其方虽险,较为切急,当此临危之际,放胆令服,至夜而热始渐退。噫!人神相感,理亦至微,人借神力,神亦借人力,始有成效,夫岂细民所能识哉!

十八日(5月26日)　元儿病转沉。

晓起病已稍愈,午后复重,甚可怪也。

十九日(5月27日)　元儿病复重。

廿日(5月28日)　元儿病重甚。

舒楚卿来视脉,曰:"无妨,须重下芒硝、大黄,通其大便,方好医治。"因令服之,仍不能通。余曰:"此病在咽喉,非关下部不通,须先通其咽喉,令能服药,不然,虽服通剂无益也。"楚卿不信。次早天将明时,通体渐热,余恐稍迟难治,乃急令服楚卿方,而竟不能下。其方有竹麻、五卜,反将痰提上,须臾竟毙。呜乎痛哉!

廿一日(5月29日)　元儿卒。

气绝时卯末辰初,得年一十有三。

廿二日(5月30日)　赴北郊视地。

拟葬思元于北郊,因亲往视之。

廿三日(5月31日)　接陈雪楞函。

略云去秋曾由信局寄呈一函,终未获有还,云是此信竟为洪惊所厄矣。千里音书,难达如是,岂不恨哉!

廿四日(6月1日)　拟葬元儿,不果。

为雨所阻也。

廿五日(6月2日)　葬元儿于北郊。

药王洞下,三男二女,数冢累累,如小村落,弥望皆是,可不痛哉!

廿六日(6月3日)　接李宪之函。

史顺由山东回,赍至一函,赠银百金。然往还川资,已用去三十六金,余又给银三两,铜钱四千五百文,而宪之仅给银四两,是余仅收受实银陆十余金。往返数千余里,受尽千辛万苦,而所获不过如是,何必多此一举哉!

廿七日(6月4日)　元儿首七。

廿八日(6月5日)　覆雪楞。

本月廿三日捧读华翰,知去秋曾有赐函,然弟实未奉到,信局之不可靠也如此。今春公车北上,弟亦有函相托,由东屏处转达,未知可能入览否?弟贱躯近稍□适,差可告慰,惟事多阻滞,未能从心,无可如何。前岁代扈麟游,为日无多,竟成空回,仅刻《石墨》四册,如斯而已。日夜盼祷阁下外放近省,得以室家相托,权作归计,妥葬双亲,以尽子道,不知天从人愿否也。近遣史顺赍书青郡,告贷一切,仅获百金归来。往还川资甚巨,所余无几。无济于事,奈何? 拟请封典,不知近尚能否？所费几何？祈示知，以便寄费，是为至祷。成均石刻业已拜登，尚希代为致谢。兹再寄上拙刻《石墨》全册五分，三种《兰亭》各十纸，鼎文、洞图、碑记各五分，亦祈查收是幸。另附银四两，乃内人寄外母者，亦希代上为祷。

廿九日（6月6日）　覆宪之。

廿六日史顺回，赍到赠资百金及肉桂、阿胶等物，感谢之私，莫能言状。唯言去岁覆书，竟达空函，殊深诧异。内缄公事一封，不知是何公事，尚希示悉，以免狐疑，此为至要至要。此次告帮，本拟回籍葬亲，乃甫经奉到赠资之前五日，小儿思元竟因病物故。鄙人年已七十，始获此子，而竟不能受，天乎天乎！何待吾之薄如是乎！且赠资名为百金，而往还川资又几去半，是实受者不过五六十金，即诸友许赠之资亦未奉到。看来万里程途，大是不易，只好听天由命，如斯而已。惟有辜盛意，未免忸怩难安耳。兹有恳者，敝及门周雯萱通守需次东来，乃振初令侄，恐有差务来青，尚希照拂一切，是所拜祷。此覆。即候升祺，并鸣谢悃，不尽欲言。

卅日（6月7日）　以《石墨》赠周生兼送别。

周生，福保，今更名煇。近捐通判，明日将入都，分发山东，因以宪之、雪楞两书托之，并赠石刻、鼎文、坐位各二分，三种《兰亭》各五纸，兼以送别而已。

新烈日记卷之九

鸿蒙室主人笔识

五月初一日(6月8日) 接岐山汧阳贺函。

初二日(6月9日) 接营友函。

仁胜后营喻固关营曹。

初三日(6月10日) 接□友贺函。

汉中镇三原厘局凤郡经厅。

初四日(6月11日) 酬神。

子孙殿也。

初五日(6月12日) 接盐宪常候补道□覆函。

覆贺启也。

初六日(6月13日) 接余云楼贺缄。

亦贺节也。

初七日(6月14日) 无事。

初八日(6月15日) 仁胜营官来拜,并送扶风报信至,即覆。

仁胜营官王虎臣得胜来陇,因携扶风令孙笠帆赠资二十金至,因即覆谢之。

初九日(6月16日) 纪梦。

思元未亡之前数月,其母夜梦跪诵佛经,忽身左有黑气涌腾中空,旋为白云压下,黑气遂减,今适应之。思儿之生也,头骨甚奇,近渐长成,性亦大异于人,其嗜好常在武将之间。余问志,则举霸王为对。将死,又欲拜周将军□为师。诸多奇异,不幸早死。否则黑气之梦,恐非佳兆也。

初十日(6月17日) 接汉中驳回禀。

禀内附呈《石墨》一包,临投失去,故驳回。然此件并未遗失,不知何故,姑存之以俟后发。

十一日(**6 月 18 日**)　思元三七。

是早,其母梦至一处,似村店,门颇高大,男妇人甚繁杂。元儿亦在众中,急呼之,始回顾,容色黯然,问何以至是? 曰:"儿不知回径也。"此何处? 曰:"某场。"醒尚记忆,后竟忘矣。

十二日(**6 月 19 日**)　记元儿。

元儿性颇聪敏,九岁即能为人书钟鼎屏,十岁以钉镌砖作鼎文,古致历落,人以为汉砖,不知近人作也。

十三日(**6 月 20 日**)　祭关帝,未与。阅《纲目》。

以病未愈也。案有《纲目鉴语》一部,嫌未精当,故再阅焉。

十四日(**6 月 21 日**)　阅《纲目》。

十五日(**6 月 22 日**)　阅《纲目》。

十六日(**6 月 23 日**)　接臬宪及方道覆缄。

方道本元仲,以驲误投他道也。

十七日(**6 月 24 日**)　摘录《鉴语》。

自天皇氏至东周,得三十三条,为一卷。

十八日(**6 月 25 日**)　摘《鉴语》。思元四七。

西汉凡五十六条,附新莽二条;东汉凡三十二条,附蜀汉十条。分编二卷。

十九日(**6 月 26 日**)　摘《鉴语》。接粮署覆启。

自西晋至南北朝,得十八条,为一卷。

二十日(**6 月 27 日**)　摘《鉴语》。接本府覆启。

自唐高祖至元宗,凡五十一条,为一卷。

廿一日(**6 月 28 日**)　摘《鉴语》。

自唐肃至周世宗,得三十三条,为一卷。

廿二日(**6 月 29 日**)　摘《鉴语》。

自宋太祖至钦宗,得四十七条,为一卷。

廿三日(**6 月 30 日**)　摘《鉴语》。

自宋高宗至帝昌,得六十三条,为一卷。

廿四日(7月1日) 摘《鉴语》。

自元世祖至明怀宗,得三十条,为一卷。

廿五日(7月2日) 作《鉴语》序。

南宋来讲学家莫不各有语录一书,其源盖仿孔门《齐鲁论》,而滥觞于扬子云《法言》、文中子《中说》,迨今遂不可胜数矣。顾亭林云:"圣门学有四科,今又增一科曰语录科。"盖诮之也。殊知《齐鲁论》皆孔门弟子实践,非夫子空言,夫子不过随其人之性情、学问、语言或过或不及,而有所裁成之也。迨至《法言》《中说》则拟之,而后言仿之必惟肖,所以朱文公论文中子有"窥觇摹拟"之讥,则其情如绘矣。然则语录遂不可为乎?曰:"奚为而不可也,盖必先有是行,而后以言从之,则其言为不徒言而言,可无朽矣。然则欲求言于实政实行,而后言不徒言,则孰有如《历朝通鉴》一书乎?《通鉴》载古今治乱得失之事浩矣繁矣,其言可胜采乎?然而律以身心性命之微,理乱治忽之机,实有裨于学者治心之要,而为《齐鲁论》扬其波而导之流者,其言亦未可多得。余竭十余日心力,博观而约采之,仅获三百七十五,其中又未尽合乎圣道。不过英君异辟,名臣贤士,嘉言谠论,以及英雄畸逸,片语足录,亦亟录之。嗟乎!上下数千百年间,人物不为不众,而名言落落如是,岂人心不古若欤?抑学术得其正者鲜耳?故兹录特摘其有益学问,可以制心,可以制行,而不悖乎圣道者,乃敢载入。虽不知有合于《齐鲁论》之旨,而为圣学所不弃否也。然古来见道之言,亦于是乎尽从可知矣。是为序。"

廿六日(7月3日) 阅《阳明文集》。

拟辑阳明、新吾、亭林三先生语录为《三希录》。三家学各不同,而余乃偏辑之为一。盖入门虽各不同,而会归则无不同,是三家相异之中,正好相资也。盖阳明专讲心学,而亭林则务在考古,唯新吾先生必于人情事理体贴亲切有味,故如冰炭之不相入。然学不从心源上做起,则其原必不清。心原既清,而不体以事,察之以情,则其学或不切。或切矣,而不考之以古,验之当今,则其行又为无本之学。故必三家会归，而其成乃大，而不失之于偏倚。此余前十年所见如此，乃迟之至今，始克从事焉。学问之事，岂不难哉！

廿七日(**7月4日**)　摘《阳明集》。

分为三卷，一卷中又分四目，曰道体、心法、立志、辨学，共十五条。

廿八日(**7月5日**)　摘《阳明集》。

第二卷又分四目，曰存养、省克、尊经、明伦，共十七条，为一卷。

廿九日(**7月6日**)　摘《阳明集》。

第三卷又分八目，曰治民、为政、辅政、品藻、游艺、勖己、励人、自信、更成，共二十一条，为一卷。

新烈日记卷之十

鸿蒙室主人笔识

六月初一日(7 月 7 日) 接潘雨香宝鸡覆缄。

略云:"前岁署理鸡峰右篆,值周震翁因公来宝,便寄大宣纸六幅,求书鼎篆并板桥体。缘福体违和,运臂维艰,恨相求甚晚也。春间奉到《鸿蒙石刻》五种,谢谢。再恳者,或诗集再赐一二种,俾广见闻。本月初即拟赴延长任,现尚在宝养病也。"

初二日(7 月 8 日) 刘玉初来拜,因托寄宝鸡诸书。

以全帖二付赠玉初,并送春台、畴九《石刻》第四册各一分。知玉初将赴汉中,必由宝过,因以《诗钞》及《韵语》各一部便寄雨香。

初三日(7 月 9 日) 元儿六七。

儿病时,曾梦出北城,一人前导,一人随后。至药王洞吕仙祠,抱一童子下山,至思桓墓,墓忽陷下,儿随携弟同出,至寓,付与母怀而寱。时以其出墓无妨,而孰知其竟死耶?

初四日(7 月 10 日) 阅《呻吟语》。

天地、道体、圣贤、礼制、问学、存心、修身、涵养、省察、克治、力行、慎言、反己、安分、理欲为一卷。

初五日(7 月 11 日) 阅《呻吟语》。

人品、器量、识见、诚实、文艺、敦伦、处人为二卷。

初六日(7 月 12 日) 摘《呻吟语》。

应事、居官、治道、教化、法令、刑赏、用人、御民、建功立业、兴利除害、秉公为第三卷。

初七日(7 月 13 日) 摘《日知录》。

经业六十五条为一卷。

初八日(7 月 14 日) 摘《日知录》。

政治四十四条为第二卷。

初九日(7月15日)　摘《日知录》。

礼制十八条、风俗十一条及文抄三则,共为第三卷。

初十日(7月16日)　元儿七七。

已故四十九日矣。呜呼痛哉! 其母每思儿,痛哭不已。其第五七夜半,忽闻窗外叫娘四声不应,遂寂。

十一日(7月17日)　录《阳明传》。

《阙里文献》本。又托寄李培之函,托访妾也。

十二日(7月18日)　马生承基来谒。

呈《送别文》一篇,因酬以《石墨》全付。生并携《运筹神机战略》去。

十三日(7月19日)　录《新吾传》。

洛学编本。

十四日(7月20日)　录《亭林传》。

先正事略本,平江李次青笔也。

十五日(7月21日)　作《三希录》序。

凡学无不体诸心、施诸事、考诸古而克成者也,盖心本虚灵,具众理而应万事,顾无时或息志。使不体心以言学,则源必不清,混浊者得以杂流而并进,譬水然其源已淆矣。使徒体诸心而不施诸事,则情必不真,虚伪者得以貌袭而色取,譬绘然其素先亏矣。又使徒体诸心施诸事而不征诸古,则用为无据,空疏者得以假托而伪为,譬火然无质不丽矣。窃尝本此意以为学,而赋质昏懦,学无师承,初年误于词章,长多变更,又常泛滥百家,讫无所成。晚乃稍知自悔,返而求诸身心,则为学已无及矣。爰取近代性理诸书,日夜研求,刻苦自励,心体而力追之,乃又苦于群说互异。析中末由,既乃憬然,悟其入门虽异,会归则一。如阳明、新吾、亭林三先生学各不同,立言亦迥然各别,如枘凿之不相入。然当其澄心孤往,渺然独得,真可以建天地、质鬼神,俟圣人而为法后世者。阳明之言曰:"良知是造化的精灵。这些精灵,生天生地,成鬼成帝,皆从此出,真是与物无对。人若复得他完完全全，无少亏欠，自不觉手舞足蹈，不知天地间更有何乐可代？"故言学皆本良知立教，即经学、政治、劢己、励人，罔非体此为言，不善学者乐其简易，不复从事力学，故其弊流为空虚，与禅学无异。新吾之言曰："一门人向予数四穷问无极、太极及理气同异，性理精粗，性善是否。予曰：'此等语予亦能剿先儒之成说及一己之谬见以相发明，然非汝今日急务。'"故其立教专从人情物理上用功，一切天人性命概置弗道，才高者又不耐细繁，往往厌而思去，故其学复觉孤立无助。亭林之言曰："百余年来世之为学者，往往言心性。聚宾客门人数千百人，而一皆与言学，舍多学而识，以求一贯之方，置四海之困穷不言，而终日讲危微精一之说，我弗敢知也。"故其著书，皆研穷经史，而挹其菁华，以成一家言，遂启国朝考据一派。其弊也，泛滥无归，与空疏者异术而同讥。然则学必如何而后可必也？其如《中庸》所言"尊德性而道问学，致广大而尽精微"一节，而后可以大成而无弊。盖尊德性而尽精微者，良知之说也；敦厚以崇礼者，实践之功也；温故而知新者，考古之学也。合之则极高明而道中庸，可谓无弊学矣。三代下世鲜师儒，欲求一道全德备者以为师承，往往难乎，其人不得不节取而善学之。子贡有言："文武之道，未坠于地，在人。贤识大，不贤识小，夫子焉不学？而亦何常师之有？"则予是录之谓也夫。

十六日（**7 月 22 日**） 无事。

十七日（**7 月 23 日**） 纪梦。雷震道童。

今午，史姬偶寝，梦手捧印箱，元儿侍立于旁，见箱内有罗盘，盘中有镜。由镜内视，中空无底，下有水声人声，船舟往来其下。须臾，一妇人又捧一朱漆印箱至，曰："无须彼此乃佳。"视之果然，乃以手接，欲开箱，上有铜锁二，一倒一顺。甫启钥，旋瘟。须臾大雨，雷声忽震，人报吴岳庙小道童被击庙碑下。

十八日（**7 月 24 日**） 女奴茜云亡于北乡农舍。

是女初年本石，后渐变通，与好女无异，遂次逃亡。余以好言安慰，许为择配，竟不听，一年数逃，忽得干血痨。今又逃出，余乃令王役收营。马生笃本欲留为妾，不先告余，竟领至屋。见其病沉，乃安置庄户，始来通信，因遣役往视，已绝气矣，只得具棺葬焉。

十九日(7月25日)　纪梦。

昨夜梦与文士课文，取中者膏火银八两，余亦与焉。又梦避乱妇女多人，皆半截发。问其故，乃为贼所截，不令长，故久而不能复也。

廿日(7月26日)　作《三易原始叙》。

上古圣人开天立极，中古圣人继天建极，近古圣人参天保极，三者功不同，而德则无以异焉。说在《大易》一书之原本羲、文、周、孔四圣者。古之《易》有三：曰《连山》，曰《归藏》，曰《周易》。今《连山》《归藏》其亡已久，唯《周易》盛行，至今不替。即伏羲之易，亦若存若亡。世之言易者，无不知有伏羲易，实无一人见及伏羲易者。伏羲之易奈何？先天卦是也。当其时未有文字，只传图象，不传书，非开天立极义乎？迨其后丹鼎家窃为私秘，至康节始返而归诸儒，朱子从而演之，世乃知易有先天学者，然终未能确指为伏羲易也。周之易又奈何？即世所传上下经是也。世之书曰文王系彖，周公系文，而其序实与伏羲异，以是知此为《周易》耳，非继天建极学乎？孔子之易又奈何？孔易盖兼羲、文而一以贯之者也。于何征之？于《系辞》上下传征之。《系辞上》曰："天一，地二，天三，地四，天五，地六，天七，地八，天九，地十。此非先天易乎？"《系辞下》曰："易之兴也，其当殷之末世，周之盛德耶？"又序卦传与今《周易》无异，盖孔易实兼羲、文、周而互用之，特世习焉不察耳。予不敏，乃博采世之言先天学者，参以己意，汇为《羲易》一卷，以补其阙。又即国朝列圣御纂《周易》诸书，辑为文、周、孔三圣二书，中分理、气、象、数四端，使其条分义晰，无相混，亦无相离。庶尚理者不遗气，亦可由气以求理；尚象者不遗数，亦可因数而穷象。可以察往，可以知来；可以仰观，可以俯察；可以见阴，可以见阳；可以藏仁，可以显用。谓为上古开天立极之易也可，谓为中古继天建极之易也可，即谓为近古参天保极之易也亦无不可。是为序。时大清光绪六年，岁在上章执徐季夏中澣念日，滇东南极边古希老人方玉润鸿蒙氏撰。

廿一日(**7 月 27 日**) 马生笃本来寓。

据云女奴茜云死于其佃户之时,间壁有驴,适生一母驴。先是驴于前夕即应生,乃迟至次日未刻,女奴气绝时始产下,岂即奴之后身耶? 不然,何相遇之巧如是也? 奴在生时即带畜像,余常骂之曰烧死狗。今果驴也,非前生孽乎?

廿二日(**7 月 28 日**) 为高姓书寿幛。

高姓为其母七旬寿,乞余书幛以致庆,因为书之。

廿三日(**7 月 29 日**) 为高姓书门额。

又求余书门额,因书"名教乐地"四字付之,亦将以为荣耳。

廿四日(**7 月 30 日**) 为谭虎臣书中堂。

仁胜防军索字甚殷,难却其情,因略拾其便书之,因书条幅临《坐位帖》。

廿五日(**7 月 31 日**) 书中堂。

又书一幅作鼎文。

廿六日(**8 月 1 日**) 作书。

小屏四幅。

廿七日(**8 月 2 日**) 作书。

大小对联各一,小中堂一,皆为虎臣作也。

廿八日(**8 月 3 日**) 选随诗。

得一卷。

廿九日(**8 月 4 日**) 选随诗。

又一卷。

卅日(**8 月 5 日**) 选忠雅诗。

得一卷。

新烈日记卷之十一

鸿蒙室主人笔识

七月初一日(8月6日) 选忠雅堂诗。

第二卷。

初二日(8月7日) 选船山诗。

第一卷。

初三日(8月8日) 第二卷。

初四日(8月9日) 摘《瓯北诗钞》。

第一卷。

初五日(8月10日) 摘《瓯北诗》。

第三卷。

初六日(8月11日) 选《国朝三家文钞》。

国朝诗有突过前人者,文则未有胜之者。无已,其唯雪苑、叔子、望溪三家乎。然雪苑才大而蹊径未化,叔子笔锐而火色未融,望溪气肃而员辐不广,三家皆有所短,其余则尚未成家。北方学者,亦有一二家可以独辟蹊径,自成一格者,然非辞僻,即理亦僻。不便学者,均非通品,可以有益后进而无碍者。故舍彼录此。然俟稍暇,亦将择其稍纯正者,与潜山张健夫之《奥衍新著》数篇合为后集,以广右文门径也。

初七日(8月12日) 摘录自诗。

前所刻诗嫌未尽佳,今再摘一过,将以附《骚坛诗录》之后,署曰《骚坛侍享集》。余曩作《历代诗人祠堂图记》,鄢君友石曰:"事新、文新,想亦奇矣,惜少一住持僧耳,拟即以先生为之。"一笑。今集国朝骚坛诗,因拟附拙诗其后,故署名如此,而自称曰坛侍,亦足为骚坛佳话也。

初八日(8月13日) 摘录自诗。

再录一卷。

初九日(8月14日)　接涂伯音函。

为其母请旌节孝,已奉谕旨准建坊表,王心恕明府为作家传。兹将入石,而丐余题签。

初十日(8月15日)　接李勤宪函。

五月节贺禀内曾附呈《石墨》一包,已为人窃去。兹来函询,又寄其近作数章,亦未接到,真可怪也。

十一日(8月16日)　覆涂伯音。

接读手教,敬悉老伯母已膺旌典,一生苦志既酬,而吾兄孝思亦慰,在旁观亦当兴感无既,况在吾辈亲灵母仪者乎? 命书之件,已成数条,择而用之可也。唯年来老病相侵,加以连哭二子,去夏小儿殇,今岁大儿亡。头晕眼花,都不成字,以奉君命,勉为之耳。本拟今春告归,而宦囊萧瑟,碍难动身,诸友许助之件,亦未奉到,故未敢遽详请也。此覆不尽。

十二日(8月17日)　摘录自诗。

每卷摘其二三。

十三日(8月18日)　摘自诗。

其不成体者,概为屏除。

十四日(8月19日)　祭祖。

十五日(8月20日)　史姬家祭。

亦祭其外家父母也。

十六日(8月21日)　摘自诗。

删择略净,庶几可以公示外人也。

十七日(8月22日)　接李云生函。

又拟辞馆扶柩回籍。

十八日(8月23日)　纪梦。

是夜梦与二友伏案课文,正沉吟间,一仆进三碗,色紫而艳,食之甘美异常,醒不知何物。乃忆昔曾梦食紫芝,又梦餐香屑,今之梦者,殆所谓琼羹玉液类欤？何其幻也！

十九日(8月24日) 接涂伯音函。

大略谓中丞爱才若渴，欲得拙集而代进之耳。

廿日(8月25日) 覆伯音。

月初命书之件，于十一日业经封寄，计日可入览矣。顷又接读惠书，敬悉关切之心，不啻同胞，真可感也。但弟难亲身晋省，仅将各种著述专差送存尊处，相机进呈，总以不着色相为妙。闻其少君香苏观察及其中表蓝君六屏在京曾见过拙集及各种石墨，颇有倾慕之意，不知其随侍来陕否？若蒙相爱，恳即将书托人代进，似不觉迹。不知尊意以为何如？兹寄去《诗经》二函，《诗钞》一函已装订好，《文钞》一部，日记一部，未装订，烦命工装好。《石墨》二部，外《韵语》一册，单张《石墨》各数纸，留备赠友之用，即希检收是幸。此覆，即请礼安不一。

廿一日(8月26日) 覆勤宪。

月之十日接奉赐书，系由州署送到，内云《石墨》尚未呈到。此次封函，系假他手。时小儿思元正值病危，故未暇检。今再补呈二分，希检收是幸。此刻乃《五峰书院碑记》，不在正刻之内。正刻本四册，不知公所收曾否全备，否则当再补也。前二月闻静宪西行，道出平凉，亦曾专彼递呈十分，旋因不及，乃由驲递。公如相晤，恳为道意也。又钧谕云有诗稿一册，亦不知何去，询之州署，均云无有，可怪也。暇时尚乞再寄是祷。再顿曰。

廿二日(8月27日) 寄李培之。

月前曾递一函，不识可入览否？兹特专差送达。日昨接到手书，已悉一切。所云买妾一事，非不知阁下不善此道，其所以必托之足下者，以媒人不足恃，故相托耳。此事虽小，必良家子方妥，或宦家婢女之纯良者，亦尚可取，故非良友展转相荐，不能知其悉也。若托之省媒，彼不过希图谢礼，朝诸暮娶，乌能得其佳者？足下驻省日久，耳目较宽，故相托也。兹特专差送书与涂伯音，恐不知其公馆住处，祈为指示一切。并付专银二定□□□□希查收，以为挂朝裙里及买诸物之用。其有不足者,希暂代垫,俟后清补不误。春正托带京信,斯时想有回信并诸画能取回否?念念。朝裙俟足下回陇时亲自收带,庶不污坏,酌之是祷。

廿三日(**8 月 28 日**)　覆诸宪贺禀。

抚、藩、臬、粮、盐、候补道李、劳及勤宪各一叩。劳、勤则并补足《书院碑》各一通。又首府郑亦一叩,恐后有所求耳。

廿四日(**8 月 29 日**)　摘录已诗。

共得百余首,分为六卷。

廿五日(**8 月 30 日**)　作《骚坛侍享集序》。

《骚坛侍享集》者,鸿蒙子自删诗稿,拟附诸骚坛诗老之后而存焉者也。始予作《历代诗人祠堂图记》,镇西军统领官鄢君友石见而笑曰:"所想甚善,文亦新奇。中间安顿主客,驱别流派,及各室署名,尤为自然天成。独惜祠堂内尚少一住持僧耳,拟即以先生当之,何如?"遂相与大笑而罢,今且十年矣。连岁三男二女相继物故,所存者仅长女汭珍一人而已。天意茫茫,其殆将以予为诗人祠堂住持僧欤?折黄冠之拥慧而却扫者欤?然二氏皆非已所愿托,无已,其以本色面目奉祀于诸老坛长之末乎?后有墨客骚人善吾言而因以大启尔坛者,则予为不死矣。尔时诂仙诗圣,高座沉吟,诸弟子之皈依坛下者,指予为住持僧也可,即指予为拥慧之黄冠也,亦无不可。爰即历代诗辑为《骚坛俎豆诗存》,照图分宗别派,而以已作附系其后,自署曰坛侍,则其心为已苦矣。

是日,始着役送诸宪贺禀赴省。

廿六日(**8 月 31 日**)　无事。

廿七日(**9 月 1 日**)　无事。

廿八日(**9 月 2 日**)　阅《别裁集》。

拟选国初诗入《骚坛俎豆诗存》也。

廿九日(**9 月 3 日**)　阅《别裁集》。

《别裁集》不选生存人诗,避请托名也。然名虽曰避,其实未能无私也。余观其诗,颇有未成格者,而亦收入,其子孙请托,即友人私相采访,碍于情面,不能力却,非私情乎? 以此知操选政者之难乎其人也。

卅日(9 月 4 日)　阅《别裁集》。

拟分宗别派,选诗无论其集多寡,总以能尽所长为止。无奈诸选家人不过数诗,乌能尽其长? 即多者亦仅数十首而止。又况选家识有偏正,学有浅深,嗜好迥各不同,乌望一二首诗即能尽人所长乎?

新烈日记卷之十二

鸿蒙室主人笔识

八月初一日(9月5日) 丁祭未与,思元百日。

命工纸扎一亭,曰思亲亭。知儿之亡,亦有不能亡情于亲者,故曰思亲也。犹忆儿将亡之前数日,屡向余曰:"父年七十,始获儿一人,儿思之不胜心痛。"命时不料其死也,以为多虑耳,好言慰之而已,不料其竟死矣,始悔不与多言以了其心也。又病中忽唤亡仆亡婢名,其时仆虽久亡,而婢则未亡。后月余,婢亦遂亡,非死犹侍儿乎?乃并糊一婢,与亭并焚,庶泉下得所依云。然婢葬数日,竟为狼跑开墓棺,残食其尸,亦云惨矣。

初二日(9月6日) 录渔洋诗。

首卷得诗□首。

初三日(9月7日) 录渔洋诗。

二卷得诗□首。

初四日(9月8日) 发本府缄。

贺中秋也。

初五日(9月9日) 录荔裳诗。

共得诗□首,为一卷。

初六日(9月10日) 接邠州营缄。

喻墨斋贺中秋。

初七日(9月11日) 无事。

初八日(9月12日) 无事。

初九日(9月13日) 无事。

初十日(9月14日) 接培之、伯音覆缄。

培之代贾各物至。伯音则馈豆豉、茶叶,并云各帖均收到,唯《文钞》实未接获,殊属可怪。询之差人,则云培之留览,只好再寄可也。

十一日(**9 月 15 日**)　覆伯音。

后来接奉回函,并惠多珍,业已拜登,谢谢。唯拙文尚未收到,询之差人,云为李生留览,只好另备一分,由驿奉寄,尚希查收是幸。勤翁虽西去,此间恐难寄达,恳由首宪加封转递,庶无遗失。外有尊缄处名片,一并寄上。此覆,即请礼安,统希爱照,不尽。

十二日(**9 月 16 日**)　致孙竹雅。

久不修候,渴想殊深。辰维升祺集庆,鼎祉增绥,为慰为颂。前岁周世兄回黔,曾寄上《诗经原始》一部,不知曾入览否?弟自丁丑二次俸满,晋省谒宪归来,两次代理沔阳、麟游,均属无益,依然两袖清风,欲归不能,欲住非家。近岁来连损二女三男,小仅周岁,大者十三,五经已读过半。今所存唯长女一人。今春拟告归,先着役回乡,召舍侄前来迎侍,乃敢上道,至今尚无回信,心中憔躁,将来作何结局,尚无底止也。兹乘周五世兄春台回黔之便,寄去拙刻《石墨》全部四册二分,外《五峰书院碑记》八纸二分,聊伴荒函,即希哂存是幸。再恳者,《滇南诗略》及宋芷湾《红杏山房诗钞》、檀默斋《滇南集》,黔中想有存者,无妨代买,交周世兄寄下是祷。再,敝郡诸友仕黔者,均为上宪甄别,不知近来能开复几人否?均希示悉。

十三日(**9 月 17 日**)　寄思慎侄。

春二月曾着役还乡,接尔前来迎待,不料至今半年有余,尚未见到,不知有何耽搁?抑是此差竟未去耶?何杳无音信也?天时变迁,人事无常,真有难以意测者。本岁四月,尔思元弟一病不起,距去夏午日思桓之殇刚及一载,遽损二男。余今年已七十,迟暮丧子,此人生之大不孝也。犹幸尔妹汭珍渐已长成,朝夕相依,借可排解。尔庶伯母亦有四月身孕,或能生一少子,则余不至断绝宗嗣耳。然而天意茫茫,杳不可知。尔得书后,宜早速装就道,若再迟延,事变又不可知。一家三口,老少不齐,长途万里,安危无定,非有亲人在旁,实难就道。尔宜深思此意,则不必待余言矣。此谕。

十四日(**9 月 18 日**)　录愚山诗。

共得诗□首。

十五日(**9 月 19 日**)　雨。

自前日雨,至今不止。

十六日(**9 月 20 日**)　录初白诗。录竹垞诗。

共得诗□首。

十七日(**9 月 21 日**)　无事。

十八日(**9 月 22 日**)　无事。

十九日(**9 月 23 日**)　阅《古诗源》。

选苏、李诗为五言大宗。

廿日(**9 月 24 日**)　阅《古诗源》。

选《古诗十九首》为五言正宗。

廿一日(**9 月 25 日**)　阅《古诗源》。

选魏武、陈思诗为五言正宗。

廿二日(**9 月 26 日**)　阅《古诗》。

选阮公《述怀诗》为五言正宗。

廿三日(**9 月 27 日**)　史润甫由京絜眷来陇,并得雪楞信。

拟接其姊赴京也。

廿四日(**9 月 28 日**)　阅《古诗》。

选太冲诗为五言正宗。

廿五日(**9 月 29 日**)　阅《古诗》。

选二谢及鲍明远诗为五言小宗。

廿六日(**9 月 30 日**)　阅《古诗》。

选庾子山诗为五言小宗。

廿七日(**10 月 1 日**)　阅《古诗》。

选陶渊明诗为五言别宗。

廿八日(**10 月 2 日**)　阅唐诗。

选王右丞诗为五言正宗。

廿九日（10 月 3 日）　天始晴。

自十三日连雨，至今始晴。

新烈日记卷之十三

鸿蒙室主人笔识

九月初一日(10月4日) 接上宪覆缄。

粮、盐道及首府三缄。

初二日(10月5日) 接汉中镇贺缄。

余竟未能覆也。

初三日(10月6日) 无事。

初四日(10月7日) 酬神愿。

思元病日,曾许城隍黑白二神挂袍。今虽无效,而神不可欺,故仍遣女眷往酬焉。

初五日(10月8日) 女眷诣思元墓。

其母与外婆、三姨携诸妹皆往哭临,亦可惨也。

初六日(10月9日) 委员李君修德来拜,未晤。

不知何许人。

初七日(10月10日) 覆雪楞。

其眷属来陇甫十余日,即欲携姊北行,余无如何,因覆之云:"月前廿三日,泰水挈眷及三姨妹到陇,时值大雨旬余,涂路泞泥,平地成河,而姊妹情深,不惮远涉,真可感也。弟自夏间小儿思元物故,万事灰心,加以迟暮之年,贫病交浸,日服补剂,差能自持。忽值贤亲远临,不能勉事应酬,未免疏忽甚多,减慢不少,尚冀原谅是祷。惟是三姨姊妹之心愈切,而弟之境益困,事与愿违,命不从心,奈何。弟本拟明春吾兄外放,然后阃眷相托,只身回滇,整理窀穸,乃再出山,庶可万全。又况内子身怀六甲,已经五月,往返奔驰,殊为可虑。无论穷困境地何如,即使事能从心,而内无可靠之人,外无役使之臂,只手亦难撑天,况鳏寡孤独,并集一身。阁下试代设想,当亦有恻然不忍于怀者。乃三姨妹志在必行,只好令内子赶紧收拾行装,勉循其意,仓卒北行,亦属无可如何事也。倘能到京,尚冀关拂提携一切,俾令早回,庶戚谊克敦,而私情亦遂,则感荷无既。命书之件,心乱意烦,未能执笔。兹先呈上拙著四种及新刻《石墨》全册各一部、旧临《坐位帖》墨迹、五丈原新刻武穆书《出师表》亦各一本,希检收。并颂升祺,欲言不尽。"

初八日(10月11日)　检什物赠诸亲。

自其母下及妹弟,并其姨之女,皆有所赠。

初九日(10月12日)　检各帖及自著书籍。

将托润甫带入京都也。

初十日(10月13日)　无事。

视润甫姊妹收拾行装而已。

十一日(10月14日)　送爪仙携小女汭珍入都。

余连年拟回籍葬亲,终不能遂,盖既老且贫,而有室家之累故也。今幸其母亲来迎接,余可无虑,则葬亲之志不难遂矣。是以令其早去依靠外家,免余两头牵挂,岂不善哉,亦权变计耳。

十二日(10月15日)　无事。

十三日(10月16日)　致云楼。

云楼仁兄如见:久不修候,渴想殊深,非敢缓也,盖有故也。四月中旬,得接手书及《农记》一部,时正小儿病危之时,故未暇翻阅,亦不能奉覆。逮思元殁后,婢女又亡,近稍安稳,而小妾外母及其姨妹旧弟并两甥女一时齐来,强逼小妾、小女一并入都,观雪楞书意,亦无如之何也。弟乃坦然毫无介意,转觉一身轻便,可以回籍葬亲矣。唯是春间专差未回,舍侄亦未见到,计日亦当不远。承许慨助之项,希早颁下,得以预请开缺,即便南回也。严世兄不时来寓,云子青意欲来陇,终未见到,不知何故。再夏间孙笠帆送到刻资二十金,当即覆谢。唯武功尚未见到,乞为函催,亦不为无补也。谨此上达,并请升安不一。

十四日(10月17日)　无事。

白昼不觉,唯夜间痰涌数次,亦可危也。

十五日(10 月 18 日) 无事。

亦如昨夜光景。

十六日(10 月 19 日) 诸役始返二人。

昨前两夜痰涌可虑,仆从私着差役前往追赶爪仙,意其暂回看视作主,下人均不敢担承也。

十七日(10 月 20 日) 无事。

十八日(10 月 21 日) 致云楼。

十三日曾肃函致候,想经入览。弟自小妾入都,一身到可轻便,唯望子之心甚切。小妾虽有五月身孕,而体气甚弱,故受孕虽易,抚育甚难,亦不可恃。况年已七十,光阴能有几何,不可不多置数房,以广后嗣,庶祖宗血脉不致自我而绝。已嘱小妾至京访办。然妇人之心,未可尽信,恐其口是心非,以为缓兵之计,则受欺亦不小也。拟请吾兄代为细访,想地近川北,人材尚多,不难采择。倘能买获,请专差送来。身价川资,弟当自办,不敢再烦良友。专此奉布,欲言不尽。

十九日(10 月 22 日) 何玉亭过访。

平江人,候选训导,尚能诗。其《赠友》三首,一云:"秦中自古帝王州,洗尽尘埃任所游。四面云山归眼底,万家忧乐到心头。渔人泛泛还依渚,燕子飞飞尚恋秋。一介书生情孰寓,瞻韩愿慰复何求。"语虽泛泛,尚觉顺适。

廿日(10 月 23 日) 无事。

玉亭再访,未晤。

廿一日(10 月 24 日) 无事。

廿二日(10 月 25 日) 无事。

廿三日(10 月 26 日) 无事。

廿四日(10 月 27 日) 无事。

自爪仙去后,余颇觉寂寞,终日独坐看书而已。

廿五日(10 月 28 日) 思慎侄至。

七月三十日自家乡滇起程,今日始至。原差于路尚未至,生死亦不卜,途路之难,信哉！原差已亡于贵州黑石子矣。

廿六日(**10 月 29 日**)　无事。

终日静坐,与思慎话乡关旧事,不胜惨伤而已。

廿七日(**10 月 30 日**)　无事。

廿八日(**10 月 31 日**)　无事。

廿九日(**11 月 1 日**)　无事。

卅日(**11 月 2 日**)　致云楼。

十八日曾致一函,托兄代为选花,想达矣,此事固为切要。而书去后廿五日,舍侄思慎亦已至陇,弟拟乘此机会,可以先返乡关,妥安窀穸,再议出山,实为两便。一切木石板片,或暂寄岐山,或收藏陇上,不过年余,即来亲取,往依雪楞,借作东道主人。而鄙人乃仿米襄阳置书画船,日棹于烟波浩渺中,往来三江两湖之际,半儒半贾,以终余年,于愿足矣。不知兄意以为何如? 尚希惠而教我,幸甚祷甚。如以为然,即请助资早为掷下,并恳函催岐山、武功两处,俾成集腋之效,是皆兄之赐也。

新烈日记卷之十四

鸿蒙室主人笔识

十月初一日（11月3日） 致涂伯音。

伯音仁兄大人阁下：八月十一日奉覆一缄，并补呈《文钞》一部及禀勤翁书，请由首宪代递，未知曾否收入？嗣后小妾外家多人由京来陇，接其回去，遂致匆匆忙迫，不及致书通候一切，未知代达之书能否呈进？心殊念之也。拙稿本无足观，以阁下殷殷□□，故敢妄呈献拙，未知能辱宪睐否？有何评骘，尚希示及，以厥私心，实为幸甚，余不尽。

初二日（11月4日） 致胡鸿宾。

鸿宾仁兄大人：久不修候，渴想殊深，非敢慢也，盖多故也。辰维政祉增绥，升祺懋介，为慰为颂。弟自年百病丛生，诸多不利，四月内小儿思元病故，六月女奴又继殁，九月小妾外家多人来接其入都，小女不能不随其北上。公馆之内，只剩弟一人看守，凄凉苦况，若此为甚。不意天眷苦人，舍侄忽从滇至，终日细谈乡事，可以借作消遣。拟欲乘此机会，可以只身还滇，妥安窀穸，乃再出山。而又苦于川资无出，碍难举动。犹忆去前两岁，累承许助川资，终未见到，故致困以至此耳。不知刻下尚能相记否？倘承慨诺，即请掷下，以收集腋之功，他日衔环，必能有以相报。是否之处，即乞早赐一音，万勿似前此数次作泛泛置之高阁，则感激为无尽矣。

初三日（11月5日） 无事。

初四日（11月6日） 纪梦。

余近日颇多梦，前数日梦偕周跃门郊行过河，浅水沙洲，交错成文，余乃奋勇前行，君遂落后。须臾，抵南岸，有水楼依岸矗立，乃鼓力登至其上，陈设华美鲜明，余踞上座，君稍下，主人旁坐陪曰：“宝眷在后堂，君愿见之乎？”余曰：“毋。”乃赏当前好景而寤。此夜又梦入市肆商买，往来辐辏，余乃买一骡牵之，甚雄骜，有英骏气。继有人卖小儿帽，于前呼之，见帽上银佛璀璨异常，亦购之。后又有人送杭帘纸一刀至，亦收受不辞。不知主何吉凶，记之以待后验。

初五日(11月7日)　不寐。

是夜终宵不寐，不知何故。

初六日(11月8日)　命思慎出门拜客。

初来陇上，所有同寅及各幕友、营友、书院诸生，比令其出拜，以联其情也。

初七日(11月9日)　为周煇书屏。

生前出绫屏六幅索书，鼎文甫成二幅，旋因事止。今复补书二幅，聊以寄之。

初八日(11月10日)　寄西屏。

西屏仁兄大人如见：自去岁至今，未能修候，心殊歉然，辰维文祉日新。著作想又不少，惜两人相隔甚远，不能日共切劘，同商千秋事业也。《海鸥吟社诗存》付刊已久，不知曾否印出？乞惠一册，以广闻见，未始非同社之光。弟自年来多病，两遭丧明之悲，天意如斯，尚何言耶！唯此区区文运，能存一线余灰，以慰不朽之心，于愿已足，他非所计已。此达即请著安，欲言不尽。

初九日(11月11日)　专丁赴都，迎接爪仙。

本拟不必迎接，奈其尚有一女，不可寄人篱下，且其身已有五六月之孕，未可视为无事也，故专丁迎之，且宜早回，乃保无虑。故遣家人龙春及小差亲往迎接，其来与否，尚未可定。

初十日(11月12日)　无事。

十一日(11月13日)　无事。

十二日(11月14日)　接勤宪西宁来函。

函云："重阳后一日，接奉手书，借悉福祉安康，升祺□吉为慰。承寄法书《五峰书院碑记》，谨已拜领。前次所寄之正函四册，弟处并未收到，惟晤静山兄，知四册之杂临阁帖与各种兰亭，弟从前曾获拜嘉,至大字《西铭》等二册则无之,并询以尊处寄呈十分,业已收到,至弟处所无者,尚祈便中掷示,是所盼祷。再,拙诗于发函后瞥见,已赶紧续寄,未知尘览否?如无,容再录呈。渐届严寒,诸祈珍摄。弟今年五旬有四,目迷眩,不复作楷,看书则借光眼镜。如我兄之老当益壮,令人健羡无既也。"

十三日(11月15日) 接赵子青函。

略云曾三致书,均未见覆。余自去岁即知君至定远,今岁接云楼函,亦云君欲来陇,而终未见其至。至所致书,则实杳然,亦可怪也。

十四日(11月16日) 覆子青。

子青贤弟阁下,接奉手书,具悉一是。借谂升祺懋介,晋祉多绥为慰。至云凡三致书,仆实未曾接到,只于云楼函中知君到定,又今春来函亦云君欲来陇相视,而终未见其至也。仆年来运蹇,一岁之中,两遭丧明之痛,岂天欲绝其后乎?何所遭之不偶也。本拟即时归葬双亲,而两手空空,碍难起程。前承云楼许助双柏之数,至今两年,终未见到。岐山胡鸿宾兄亦然,近又再致书矣,亦未见答,不知何故。吾弟与云楼尤相近,倘通候,无妨代达一切也。衡翁老运亨通,晚而益佳,如有禀,尚希代为请安也。余不尽。

十五日(11月17日) 无事。

十六日(11月18日) 为严幼滨书联。

集北魏碑字云"攀葛回通南阁路,扪岩□献北门铭"。又书小联二。

十七日(11月19日) 再书联。

铭吾款,亦幼滨代求者。

十八日(11月20日) 再书小联。

款落芸轩蒋姓,不知何许人也。

十九日(11月21日) 微雪。

清晨霏微,须臾即散。

廿日(11月22日) 书联。

代李培之书也。

廿一日(11月23日)　书家堂联。

联云:"世瑞产灵英久矣芝云征地脉,心香传太极微乎月影悟天根。"注已见前。

廿二日(11月24日)　接段积堂山东军营来(营)[函]。

大略叙其十年奔驰之苦,近始稍有着落处,乃捐河工闸官,又安有家室,可慰也。更欲为余谋有措资,尤为可感之至。末云俄国和议无成,必欲对敌。闻该国已来火轮船廿余艘,分泊各省海口,窥探中国动静。号子万分十路入京师,旱道四路,水道六路。又北口外东三省、蒙古、黑龙江、吉林一带,俄国已设造总督衙门在伊里界,沿途修火轮车道,李中堂已预备。天津一带各海口均有防守,共修炮台数十座。曾九帅督办山海关一带,鲍军门奉旨新募万人,约廿余营,督办关以外。又闻左中堂已派队取伊里城,于今春调铭军到天津、仓州一带驻扎操练,以待举动。惟天津、山海关等处最为紧要,以离京太近耳。时事如斯,曷可胜叹!更自造真正黑驴皮阿胶数十斤,分送二斤到陇。盖其营近东阿县,故人情重可感也。

廿三日(11月25日)　接岐山、定远二信。

岐山赠金,随后当即寄到。唯定远乃欲留寄汉中,当商生息,意则厚矣,奈错会余意。盖余之求助为亲丧计,非为一己计也。若为一己富贵计,则年已七十矣,尚何富贵之足云。本拟函辩,又嫌多事,故中止云。

廿四日(11月26日)　覆段积堂。

庚午、辛未西安聚首,至今匆匆,十有一年,始接手书,何光阴易逝,而音问之难通也。仆自别后,四主五峰讲席,两次代理沔阳、麟游县篆,均属空回。两袖清风,依然故我,欲归不能,欲住无味,奈何奈何!年来小妾连生三男三女,均多不育。长男思元,今年十三,五经已读过半本,拟明岁即可开笔,孰知四月内一病不起,去今两岁,甫经对年,叠遭丧明之痛。今所存者,唯长女讷珍一人而已。乃于前月内又为其外婆家接进京去,岑寂之感,楮墨难罄。谁知天无绝人之路,数日内舍侄又从滇至,心始稍安。是世路之苦,无过仆矣。若吾兄年方强仕,功名室家已遂,以视七十老翁始遭丧子破家之感者,相去何啻天渊之远也。承示见农军门不忘旧好,拟赠鄙人双柏之数,以为娱老之资,云情厚谊,甚可感谢。但军门虽有此意,鄙人未经领受,冒昧通函,遽然称谢,未免唐突。鄙意拟先寄呈拙刻《石墨》各种,恳吾兄代呈,以为先容,俟赠资会到时,再为专函致谢。似此乃觉妥当,不知尊意以为何如? 祈为再酌。是年别后,续刻《诗经原始》一部计廿本、《星烈日记》四十六卷、《文钞》一部约十余卷,其余未刻者尚多共卅六种。见农既多慷慨,又有大力,何不暇中怂恿? 或者见猎心喜,亦未可知。以彼气概,不难相邀朋好,共成斯举,亦千秋不朽名也书目开后。鹤园后与汤树斋在制结亲,未几树斋被参,乃挈眷一同北上。至磁州为李中堂委以煤厂,至今现寓磁州城内,不知近况何如,以久未得其信函故也。阁下居既与近,何不通函问讯,并致鄙意耶? 又令叔锦谷兄久未得书,搢绅中亦无其名,不知何故? 阁下处自必得实,尚希示悉是盼。此请勋安,余言又不尽。北风甚寒,希为珍重。

廿五日(11 月 27 日)　雪。

晨起,雪甚大,乃拟覆云楼书云:"廿三日奉到手示,敬悉一切,谊则厚矣,奈非鄙意。盖鄙人之求助于至交好友也,为亲棺也,非为一己私也;为亲后也,非循一己欲也。何则? 古人云:不孝有三,无后为大。若仆者,非唯无后,又未葬焉,是天地间之罪人,莫若仆矣。尚忝颜立于人世,以著书立说为名高耶? 其尚欲赴京师,思结交天下豪杰士耶? 吾恐北之燕而燕之士不纳,南之越而越人不收者,君将索之,何哉? 昨接鸿宾函云其款即当寄到,合以旧存。拟先着舍侄赍回,权安窀穸,以妥亲灵。再俟一二年,稍有余积,乃亲还乡以改葬焉。至图后之举,俟小妾西来,看是何如,乃再举动耳。天下事不能如意者常居八九,岂能执一以行之耶? 此白不尽。"

廿六日(11 月 28 日)　晴。

廿七日(11 月 29 日)　 无事。

廿八日(11 月 30 日)　 为李培之书屏。

得三幅。

廿九日(12 月 1 日)　 为培之书屏。

补书三幅,与昨日所书共成六屏。昨夜又梦一齿,甚长大,枚枒有血渍其上,甚可畏。岂余家祸尚未已耶? 当敬谨修德以消之耳。

新烈日记卷之十五

鸿蒙室主人笔识

十一月初一日（12月2日） 为李培之书楹联。

得三联，俱仿《坐位帖》。

初二日（12月3日） 接培之、西屏函。

西屏缄由培之致也。西屏书略道其措资北上之艰，而不言其《海鸥吟社》之刻与否，甚可怪也。

初三日（12月4日） 自书楹联。

得七付，将以寄回家山也。

初四日（12月5日） 自书屏幅一。

六幅惟《论坐帖》以较前十年所书，才华不没而老淡处似又过之，为年所限，不可强也。

初五日（12月6日） 发山东信。

由戴凤山处发交段积堂家人赍回。若其人先走，即恳凤山代交驲递，庶不误也。共五包，一幽辰，一芷乡，一笏山，二积堂，皆全刻，唯积堂多《兰亭》卅纸，备分送友人也。

初六日（12月7日） 自书屏幅二。

又得六屏。

初七日（12月8日） 书屏幅三。

又得六屏。

初八日（12月9日） 书屏幅四五。接子青函。

又得十幅，分作二屏。

初九日（12月10日） 书岳阳楼联。

前题岳阳楼联皆不如意，今始改而书之云："忧乐信关心，看满地江湖，鱼龙跳跃，无非楚恨湘愁，万顷谁吞云梦去；佯狂堪玩世，想诸天环佩，鸾鹤飞鸣，难遁劫尘苦海，三杯还醉岳阳来。"

初十日(12月11日)　再书岳阳联。

昨日所书，嫌有未尽善者，因再书之。

十一日(12月12日)　为闫谦书联。

谦虽随役，而性好书，亦有笔性，故为书。

十二日(12月13日)　书屏幅七。

得《临坐位》六幅。

十三日(12月14日)　书楹联、屏幅八。

自书联杨升庵先生语曰："三代下无真理学，六经中有伪文章。"字体则仿泰山碑也。

十四日(12月15日)　雪。接勤宪六月函。

此函凡两漏检，故今始至，内附《诗稿》一册。

十五日(12月16日)　阅勤宪诗。

李勤伯都转前后历任凤翔、西安十余年，流风善政，播在人口，久而弥彰。今春奉旨特调西宁办事大臣，乃由榆林道署寄诗一册见示，展转数月，今始奉到，抑何驲程之艰如是耶？公在任不甚为诗，唯好题楹联，每修菁园林，标题特遍，虽一闲地，必寓箴规，可当格言读。余每谒见，必流连讽诵，敬佩毋忘。兹读大集，诗虽不多，而谆勤恺恻之心，时时流露于楮墨间，乃知仁人之言，待时而发，固不在多，徒骋奇于才华内也。其五古尤为得意，如《老翁行》云："路出青龙桥，十室空八九。饥儿群乞钱，饿莩卧其右。匍匐来老翁，少妇随之走。自言老无儿，此系犹子妇。犹子已饿死，此妇难令守。不忍出鬻钱，与人人弗受。愿令随公去，感恩且不朽。闻语心骨悲，无策为援手。愧迫呼解囊，暂糊须臾口。"

《居人问答》云："旅馆不成寐，墙隅闻鬼哭。彷徨晨起行，有尸触双毂。下舆问居人，何各土一掬？居人泣复哭，谓余何仆仆？生者不自保，死者知为孰。吾村数百家，今无二三族。子女强与人，问谁肯顾后。昨得钱三百，折去所住屋。吾侪负罪深，死不如其速。迫切遑恤他，转瞬同沟渎。"

《讼风伯》云："皇天久不雨，饥馑苦荐臻。气运有往复，丛生及今春。东风送海气，鼓荡弥无垠。云日互掩映，川泽通氤氲。狂飙卷云走，空教雨洒尘。吁嗟乎！雨洒尘，饿死人，去岁复今岁，焉有子遗民。小民岂无罪，风伯殊不仁。胡为天悔祸，尔尚膏之屯。"

《自京返秦，遇三莲斋丈归榇，逾日又遇谢蔚青观察、华祝峰太守二君柩，与林馥庵故令眷仆同行旋里，赋此哭之》云："人生华屋处，奄忽已云亡。苟不合□见，物化亦其常。所见非知交，悲悼旋相忘。哀哉四君子，沉痛迫中肠。四君皆我友，方税乘时驾。我暂归京华，小别谁复讶。曾不半载间，相继竟凋谢。高会客有言，庆酒为泣下。抚膺忆畴昔，交谊何肫肫。父执与乡情，旧好兼尊亲。或侈著述富，或为廉吏贫。遗荣孰矜恻，刻励徒苦辛。落叶惜故枝，流澌返潜渊。君归正首丘，我独来秦川。哭黎始复业，何以策其全。鞠谋失同志，心目常悄悄。哀鸟高林鸣，为念群飞翼。况此游宦侣，历历堪追忆。同类类如此，思之泪沾臆。"

《挽万伯舒幕府》云："边地异气候，三月风凄其。向夕益哀厉，怀人伤别离。片纸来长安，云君竟长逝。惊绝弃儿书，疑误又复睨。气结舌入喉，心摧目无涕。分手四阅月，顿失金石契。呜乎万夫子，自是人中龙。文根八代里，学为群儒宗。意气薄云汉，节操贞孤松。爱才久成癖，乐善无时慵。入佐幕府治，治事如已事。利物溥仁言，析律援经义。察其在家庭，同声无闲言。蔼蔼然孝弟，能使薄夫敦。使君登庙堂，勋业薄燕许。界君以疆治，韩范苴边围。德成而材达，所向无限巨。天子方侧席，知者忍弗举。天胡夺君速，王戎竟死孝。侍母向九泉，君心独无校。何以释群疑，积等云有报。寿者不可知，懿行昭来兹。发自性情真，不随草木萎。幽潜久弥耀，辖轩采者谁。忆昔守凤翔，就君决疑狱。文字缔夙缘，箴规闻忠告。言皆称心出，十年未易足。道尊师友兼，情亲骨肉笃。岂无他良友，诚恳君所独。贱子赋北征，赐我瑶华音。倏忽成绝笔，读之泪沾襟。谢公惜梁栋，王子怨人琴。在彼非不达，其如相知深。渺渺向东坡，飘飘失侣禽。感此不成寐,关山明月沉。"

七言古亦奇□豪略,如《题秦事衡画钟馗图》云:"阴霾亘天失天孤,玉楼金殿声呜呜。上方禁物窃以遁,赤日车翻谁为扶。终南进士攘臂呼,誓除妖孽清皇都。生不甘为捷径趋,没为鬼雄为神荼。跳梁小丑休揶揄,擘而啖之摧朽枯。魑魅魍魉充海隅,赖公长剑申天诛。一夕妖梦疑虚诬,胡为君至今凛凛生气生画图。"

唯近体不甚凝炼,故不见出色。然五律亦有佳者,如《铁门早发》云:"猎猎晨风劲,驱车问铁门。夹途惟峭壁,绝顶复平原。霜重泯人迹,天明夺月痕。倦游伤远道,无计返丘园。"

《喜出峡石口》云:"豁然开旷宇,不复费踏攀。俯照天垂野,西趋地入关。霜寒哀草白,日落远山殷。坦荡从兹去,征夫一解颜。"

《除夕感赋兼留别关中父老》二首云:"游宦来关辅,山花十度春。怕倾除夕酒,倍忆倚闾人。艰阻成归计,羁栖尚客身。故乡还有日,苦盼岁华新。〇终岁筹安集,流亡未尽归。环看犹菜色,独思问柴扉。从政嗟无补,此时愿已违。何如谢簪组,转可慰庭帏。"真挚中饶有逸气,元次山《舂陵行》后不可多之作也。

十六日(12 月 17 日)　雪。

今日始雪甚大。

十七日(12 月 18 日)　雪。接省抄。

略云昨方伯悬牌,知州郑执安刺史署葭州事,现任汪午樵调署陇州,周震初送部引见。又见御史奏近日官场积习,为人择地,非为地择人。信哉!

十八日(12 月 19 日)　晴,无事。

十九日(12 月 20 日)　晴,接培之函。

即覆。

廿日(12 月 21 日)　冬至。覆勤宪。

月前接奉西宁赐函,本月又由郡递到榆林钧谕及诗稿一册,展转数月,今始能达,何其难耶! 辰维仁风远播,威望日隆为颂。某株守如常,乏善足述,惟日闭门以著述为事。近读大稿,真挚诚恳,□之中饶有骏逸之柔,元次山《春陵行》不足过也。敬佩敬佩。原册奉缴,并寄呈《石墨》全部,函希查入是幸。

廿一日(12月22日) 无事。

廿二日(12月23日) 无事。

廿三日(12月24日) 无事。

廿四日(12月25日) 无事。

廿五日(12月26日) 无事。

廿六日(12月27日) 无事。

廿七日(12月28日) 纪梦。

昨夜梦侍先严坐一庙后庭轩中,公尚年壮,如三十外人,衣黄葛袍。余乃剖一小西瓜为四,而捧二献公。公命献之生祖妣。余乃先食其二,中有黑白子各一,其二未及献而寤。

廿八日(12月29日) 无事。

廿九日(12月30日) 接云楼函。

大略云前许赠百子之图,决不食言,行当催子青赶紧带呈,并请和荣公、张芝浦观察大家解助,但不可再付之梓人。盖近世人情,空言仗义者多,而疏财仗义者实少。倘一旦势不由己,伯道无儿,少妇在室,弟等数人皆远处僻壤,即鸿宾亦有职府,高声呼救,应者何人?此弟之所以愈思愈心痛,而不禁言之愈迫切而无状也。公当谅其不情之心矣。此友朋规戒之义,至深且切,余何敢言。但非刻书拓帖,利从何来?余盖欲借此砚田,以遗子孙耕耳。不料思元一亡,致此砚田遂成荒废。天乎天乎!岂人所能计及也乎!彼其意盖疑前所代筹二百余金,一并付诸剞劂氏耳。殊知此项银两,固尚在诸当商中也。余于友人财帛,断不敢轻费,非至紧急,不轻使用,彼盖未尝深悉余性耳。

新烈日记卷之十六

鸿蒙室主人笔识

腊月初一日(12月31日) 无事。

初二日(1881年1月1日) 无事。

初三日(1月2日) 无事。

初四日(1月3日) 纪梦。

昨夜三更,梦一妇人倒持红套公文一角与余,上书驺差二人姓名,云少顷即来讨赏。余反覆视之,套内文颇厚,未及启而寤。

初五日(1月4日) 纪梦。书联。

昨夜梦先师赐食枸杞菜甚美,醒犹口角流涎。后又梦食野菜,味亦甚美,因忆师恩,不觉流泪,不知何故。

午书联,集北魏碑字。

初六日(1月5日) 发各宪贺禀。

抚、藩、臬、粮、盐及西安首台,候补道则劳、李二宪,外道则汉中张,本府则龄宪也。又汉中镇和、南郑县罗,皆至好而兼乡谊焉。唯汉中虽兼乡谊,未有所赠,故补呈《石墨》全付焉。

初七日(1月6日) 书屏八。

临《坐位》大四幅。

初八日(1月7日) 书屏九。

六幅俱临《坐位》。

初九日(1月8日) 书屏十。

临开府帖。

初十日(1月9日) 书联。

得三联。

十一日(1月10日) 书屏。接汉中、沔阳二函。

仿板桥体自书诗四小幅。汉中镇和贺年、沔阳捕厅黄煇山则代县幕借余诸刻观也。

十二日(1月11日) 发甘肃贺禀。

李勤宪署甘肃藩台及西宁府宪,俱不能无贺。唯勤宪兼附禀云月前由府署递到钧函及大稿一册,当即覆谢毕,仍由府署代发,不知曾否收入,不胜念之也。

十三日(1月12日) 书屏。

临鼎文,得二屏,将以寄还乡关赠友人也。

十四日(1月13日) 书屏。

仍临鼎文,又及二幅。

十五日(1月14日) 书联。

得二小联,俱仿杨椒山体。

十六日(1月15日) 书联屏。

又得二幅。

十七日(1月16日) 书屏。

又得二幅屏,前书共六幅,款落卜臣表弟。盖其回乡已四五年,今始得知其详,故寄之,将以酬前情也。

十八日(1月17日) 发贺启。

汧阳林兼《石墨》全付。右堂黄、府经厅段、岐山胡、扶风孙、长安陈,前宜川孙、候补涂、梁及幕友子林静弟兄也。

十九日(1月18日) 书屏联。

屏得一幅,小联得三,屏临鼎文。

廿日(1月19日) 书屏。

得鼎文二幅。

廿一日(1月20日) 封篆。书屏。

辰刻封印,未刻书屏,得鼎文一幅。

廿二日(1月21日) 书屏。

得鼎文二幅。

廿三日(1月22日) (阙)

得鼎文一幅,将以寄□□□也。一别几三十年,思慎来陇,始知其已仕黔,故寄之。

廿四日(1月23日) 家祭。接沔阳贺函。

先□公冥诞也。适沔阳林及其下堂黄、故关曹,又岐山胡诸君贺函亦至。

廿五日(1月24日) 书屏联。

仿板桥自书诗,得四屏。晚书小楹联,亦得四对,俱付慎侄。

廿六日(1月25日) 龙价由京回陇。

带来雪楞、爪仙二信。大略谓爪仙现在身怀六甲,腹垂三壬,刻下路远天寒,关河之险阻,风雪之飘摇,即只身男子,尤恐非宜。而谓深闺弱质,怀孕孤征,不待智者,亦早决其计之左也。阁下伉俪情深,无怪乎有一日三秋之感。无如势出万难,计无两美,只有静候分娩,以冰泮为期。乃时润甫弟亦可旋都,随眷偕行,弹指间而家人父子即可团聚一堂矣。似此亦是实情,故姑听之。

廿七日(1月26日) 接邠州防次函,即覆。

喻墨斋贺缄也。

廿八日(1月2日) 接粮郡二缄。

覆贺也。

廿九日(1月28日) 覆雪楞。

月廿六日龙价由京至陇,得奉手书,具悉起居清泰为颂。当此天寒道远,敝眷不能西行,况又身怀六甲,碍难就道,自是实情。然幸其不来,可免此一番劳瘁也。何则?盖前言大喜者,乃变为大恚矣。天下事如风云变幻,倏然不常,有非可常情测者。十月朔五日黎明,弟接获涂伯音递函,教弟急早预备一切函附后,是以深信不疑。恐为时过久,敝眷则难就道,故不待事确,即忙遣使迫行。谁知月终春耗,直至冬月初间始闻确信。藩宪挂牌,某人饬令入都引见,某人着调署陇州事。其人非他,乃葭州汪某也。闻某人乃抚宪及门,亦当引觐之员,不过欲借此缺以为进京之费耳。鄙人之愿既虚,大失所望,亦命运合该如此,原无所怨,惟失信于君,未免忸怩难过耳。然事尚可为,仍祈鼎力为我图之。或失之于前,尚可收功于后,亦未可知。此公亦须引见之员,不过一年,仍当赴都,其缺固依然在也。此时陕省候补知州人员甚少,前所云孙君已故,近日万君又故,倘再出缺,是无人可委,惟我兄极力代图,非仆而何? 至拙刻等稿,原无足观,何敢求售于人,徒使贻笑大方。此不过因内人入都,恐少路费,过烦筹画,未免于心不安,不得已而为此龙兽之想耳。然必须借重旁人大力乃可。若直现本来面目,是虽西子亦嫫母也,况非西子比哉! 所以于君函内总不敢题,即是此意。大凡弟事无不如是。此正如海上三神山,可望而不可即,刚欲到岸,又被海风引去,碍身分之戒也。此后唯盼内人得出一子,则天之阨我者,不啻生成我矣。计其期当在百花生日之后,其时烦寄示一音,庶免悬悬在望耳。其函外封写寄陕省粮道街东巷内何姓书馆李培之先生代收,则毋误。

卅日(1 月 29 日)　接贺函。

扶风孙、岐山胡。

光绪七年

新烈日记卷之十九

鸿蒙室主人笔识

（前阙）

[三月]十四日（4月12日） 书钟鼎小屏六幅。

案有高丽笺，质甚细白，因裁而书之，留以自藏也。

十五日（4月13日） 再书屏。晚接伯音、望侯及宪之函。

昨日尚有六屏，因再书之。晚接伯音函，书已代呈，望侯则欲索《石墨》数分。宪之去冬始接覆函，欲邀余日后过东或至光，渠当割宅接应，代筹一切，谊则厚矣，奈势难何。又寄祭其友黄香谷文一篇，拟□《日记》以存之。香谷，商城选拔生，朝考荐升礼部主事，性抗直，常忤上官。又以父远游不归，尝欲千里寻父，不果，愈郁郁无所申。于是裹粮出游，达关中，抵沪上，逾岭峤，足迹天下，而终无所遇。在广州，一日大醉落水死，其友载骸骨归，宪之为位以哭，盖祭之文云。

十六日（4月14日） 书钟鼎屏四幅。

仍前所余纸也。

十七日（4月15日） 书鼎屏。

宣纸中屏四幅。

十八日（4月16日） 书鼎屏。

书昨日未完二幅也。

（下阙）

六幅乃前宝鸡尉潘君雨香所属。

廿四日(4 月 22 日) 书屏。

六小幅,刘庚堂所属。

廿五日(4 月 23 日) 书屏。

六小屏,侯榘川所属。

廿六日(4 月 24 日) 书屏。

四小幅,号□三,亦随侯榘川来者。

廿七日(4 月 25 日) 书屏联。

六小屏为蒋芸轩书也,此作鼎。又一联则为其友号南屏所属。又小联为严幼滨书。

廿八日(4 月 26 日) 接定远、汧阳二函。

余云楼劝余将文寄回,刻石以示子孙,较胜发刊经义,而不明言何文,想是征寿节累稿也。林(下阙)

新烈日记卷之二十

鸿蒙室主人笔识

（上阙）

四月初三日（4月30日） 仍前哭奠。午书屏。

午书屏四幅，望侯款。

初四日（5月1日） 仍如前□。午书。

午书屏六幅，□卿款。

初五日（5月2日） 书屏。

午书屏中六幅，江海帆观察所属也。

初六日（5月3日） 接云楼函。

略云："辋川之谋，仆同治六年初入关，行抵蓝田，遥望□□一带，有山秀丽幽深，隐隐有霞光，若见若伏，笼罩其上。询之土人，知为王摩诘故里，初亦不以为是，迨遍历泰川，究不若辋川之幽胜。盖能□□尘而无险阻，劳者莫过乎此。况泉清可饮，土厚宜耕，又距省垣甚近，□□□□不能久为行省，不待智者言之。海防之怀，固不自今日始。然揆之时势，大非昔比。海疆不靖，东南北皆难安枕。所恃以拒敌者，西秦一隅耳。湖南、四川虽可自固，奈风俗日偷，民心思乱，广东尤尤甚。狡兔三窟之思，不可不及早图之。"

初七日（5月4日） 接子青函。

略叙近况，并代徐君小村寄改其《诗叙节略》。盖小村性恬淡，不求仕进，唯好琴书，暇则鼓琴自娱。然见人间有不平事，辄又拔剑斫地，必欲甘心而后已。余以限其格纸，不能多书，略添注后数书于后而已。

初八日（5月5日） 作《诗人祠堂图》。

昨倩子青所作，未免尘俗未退，乃自作之。

初九日（5月6日） 书小联。

号芷村,不知何许人,亦蒋芸轩代属者。

初十日(5月7日) 覆子青。

连接手书,知此席未当君意,仆岂不知(下阙)

昨日未完二纸,今始书之。

十四日(5月11日) 书屏。

小六幅,少川款。

十五日(5月12日) 书屏。

亦小六幅,少庵款。

十六日(5月13日) 书扇联。

联皆小联,营友属书者二,余则自书也。

十七日(5月14日) 书屏。

四幅小屏,皆周阳春代求者。

十八日(5月15日) 书屏。

又小屏四幅,亦周阳春代求者。

十九日(5月16日) 书扇。

得三柄,将以寄回乡赠友人者。

廿日(5月17日) 书扇。

得五柄,亦将以寄回赠友人者。

廿一日(5月18日) 思元周年。

儿亡已一年,命思慎赉纸银、纸钱、纸绸、纸缎即其墓前化与之,余亦于庭前焚一分与之。其母未回,幸思慎稍代余劳耳。呜呼,痛哉!

廿二日(5月19日) 书岳阳联。

前书之联已为人盗去,因再书之。

廿三日(5月20日) 再书岳阳联。

屡书不进,乃更书之。

廿四日(5月21日) 三书岳阳联。

屡书改,三书之。

廿五日(5 月 22 日)　钩岳阳联。

联既书定,将以付梓,故钩之。

廿六日(5 月 23 日)　书《搁笔亭》诗。

曩题诗四绝,久拟付梓而未有暇,今并钩之,亦将以寄悬其地也。

廿七日(5 月 24 日)　再钩《搁笔亭》诗。

廿八日(5 月 25 日)　代蒋芸轩书联。

芸轩亦将刊余所书小联,故为书之。

廿九日(5 月 26 日)　代芸轩再书联。

又书二联,以备择也。

卅日(5 月 27 日)　接京信。

楞函略云:"所幸于月之十九日未初,尊阃已举一子,临盆极快。今已逾三月,乳水充足,母子安善。"据报,幼孩气象魁梧,声音洪亮,将来必为门楣光,吁天慰也。

新烈日记卷之二十一

鸿蒙室主人笔识

五月初一日(5 月 28 日) 接子青函,即覆。

覆函云:"顷接手书,具悉种切。日昨京信已至,二月十九日未初,小妾得产一子,据云临盆极快,母子俱各平安。幼孩气象魁梧,声音亦极洪亮,将来必易抚育,吁天慰也。龙价尚未回陕,恐多延数月,亦未知。舍侄必俟其回,方可南归。代刻之稿,尚希饬工赶办,方好分送诸友,是所拜祷。至选花一节,相貌尚属所轻,性情必须慎重,稍迟时日,尚无妨也。道、□二公爰谒时乞代请安,国制时未敢具贺。再,衡翁有函下问,尊处若有呈禀,希代请安也。"

初二日(5 月 29 日) 覆云楼。

月前两接赐书,具悉尽是。辋川之图,足见深谋硕画,然此亦具有天焉,非可以人力为也。明岁晋省,当便道履勘,再行报命。昨接京信,小妾已于二月十九日未初得举一子,据报临盆极快,女子俱各平安。尤喜幼孩状貌魁梧,声音宏亮,必易抚育,此天赐也。唯雪楞尚欲留住数月,俟其假归三月,始送回陇。弟亦深恐幼孩远道,碍难调理,只好听其自便。此时龙、爪未归,亦无定见,揆情度势,尚须时日耳。委印之书纸未买到,俟办齐当照印也。衡、勤二公老而多情,现在国制未除,不便称贺,敢请代达一切,是所切祷。

初三日(5 月 30 日) 接穆竹村函。

函略云:"青门一别,数载于兹,陇上迢遥,无由良晤。前岁自汴回秦,曾修一笺,不知达否? 客春晤孙云楼,询悉近况,相与感叹者久之。近来道履何似? 定仍强健如恒,曷胜祝颂。弟频岁奔驰,行踪可笑。在汴一载,二竖肆虐,□□□□仍将八龄,幼子殇□,心神昏之如醉者数月,势不可久居,又驰回陕,三年无一事可快人意。去春伯舒忽归道山,更无可为侣,感今追昔,益复无聊。□□方伯去后,改馆粮署,专司文柄,西抹东涂,不堪为知己述也。久已栖心老氏,近更万念灰冷,渐可与老朽□。《性命主旨》一书,久悉大雅删正,尚未得见,此后祈惠寄一分,□□雄退步惟一途,或造物安置我辈者,不在彼而在此耳。□门步骤,尚希示我□□。今因风便,手此数行,敬颂道安,即维心鉴不宣。"

初四日(5月31日) 覆穆竹村。

竹村仁兄大人阁下如晤:接读惠书,敬悉种切。前岁赐函,实未奉到,方切怀思,忽奉教言,正如飞将军从天而下也,慰甚慰甚。辰维□□□幕安和,□□为颂。弟年来命运都乖,久在洞□之中,勿庸赘述。犹幸近接京信,内人在都得生一子,差强人意,然父太老,子太幼,可远亦可虑也。现在母子俱尚在都中,虽遣价往迎,未识能否即回。舍侄去秋已到秦守候,至今未敢远离,盖为此耳。伯舒虽归道山,不知仲桓能否西上,道远鸿稀,心甚念之。贵同事李云生、毛子静诸君,想不时唱和,致足乐也。承索《圭旨》,此书弟曾删节一过,颇有可观,惜为敝及门夏康侯大令索去,其大意谓调摄法原有三关,即禅家顿渐意也。弟早年即有自然静功,不待摄而自至。后为人事所攘,感至渐稀,今则有数矣。全书虽难索取,文集节略犹可得其大概,一并抄呈,即希查入。前刻《日记》,一并呈览。不尽。

初五日(6月1日) 发府宪贺禀。

新府宪方公名其正,号矩门,于前月廿八日已接篆,今始上禀呈投履历,循例故如是也。

初六日(6月2日) 书小联二。

代蒋芸轩书。芸轩酷□余书,屡来索书,不一而足。今日发刊二联,又索二联,何其癖欤?

初七日(6月3日) 接刘介卿函。

介卿名廷璜。咸丰庚申,余由曾营赴青草塌访欧阳崇如,时介卿办转运,相聚不久,遽尔别去。今在阶州代刘毅帅办白马关厘务,因胡鸿轩文成来通函,余已忘却,极力追忆,始能仿佛。既老且病,疏忽如此，无怪人之议余崖岸自高，甘心吏隐，虽至好如雪楞，亦不免此论。其实余何崖岸之有，敢自高哉？不过乘田委吏，循吾抱关之职而已。过此一分，即为越职。至谋生之计，先圣有言："富而可求，虽执鞭之士，吾亦为之。如不可求，从吾所好而已。"以故宁拙勿巧，宁朴勿华，凡事听诸天命，而人反以是责我，何哉？

初八日（6月4日） 书联。

代芸轩书二小联。又代他人书一大联，乃州署送来，不知谁氏婚也。

初九日（6月5日） 书联。

按有小联四付，因尽书之，皆一文也，然无佳者。

初十日（6月6日） 书联。

二小联，一鼎文，一行书也，亦无佳者。

十一日（6月7日） 书联。

一小联仿颜真书，一大联仿《石门铭》。

十二日（6月8日） 书钟鼎屏。

坞樵属，仅成一幅。

十三日（6月9日） 书屏。

昨日未完三屏，今补书之。

十四日（6月10日） 书斗方。

亦州署所属，皆单款。

十五日（6月11日） 书大联。

此芸轩代其友所属，集《石门铭》字并跋之。北魏王远素无书名，而所书《部君石门铭》笔势超逸，冠绝一时。余今偶一仿为，不尽用其法，或能通其法于法外意耳。

十六日（6月12日） 书斗方。

亦芸轩代其友属者。

十七日（6月13日） 作地图。

余久欲著《俯察一隅》一书而无暇暑，今乃得闲，始取诸旧图分编之,以待后有余资,便于付梓耳。今日先成《玉案山》一图。

十八日(**6 月 14 日**) 作地图。

此日成《黑龙潭图》。地理书云或在高岩之顶,或在清冷之渊,前图乃高岩之顶,此图乃清冷之渊也。清冷之渊非竟葬水中,乃山水交媾成太极状,傍水葬山,借小明堂耳。惜其突上已为庙占,故无穴也。

十九日(**6 月 15 日**) 作地图。

此日作《石城图》。地在滇垣海口睡佛山后,丛石峙立如城,上一城名大石城,乃入脉处;下一城名小石城,石骨弯抱如太极,内容数十人,正面大石如屏,书"云庄"二大字。近地有横窝如床,可卧一人。极外圆唇,博大宽平,江水弯抱,真美局也。惜石骨过高,阴煞胜过阳光,不能无害,非以客土填满石城,使高露外阳不能。然此亦必十数年后,客土与本土不能相生,必不能受荫也。

廿日(**6 月 16 日**) 作地图。

□山正脊突起高金,后脉土屏正靠前去,层层收回,金星开面有穴可扦,正面滇池光明如镜,真美局也。惜左右护砂过远,用之未免骇俗惊众,非有显者据一方之霸,用全力而凿空之,复用大工而培补之,必不能用而受荫也。

廿一日(**6 月 17 日**) 作地图。

背水横骑龙,翻身向外作结,真巧穴也。时师不识,贪其正面当局明爽,竟葬水边,以致绝嗣,愚哉!

廿二日(**6 月 18 日**) 作地图。

宝珠寺后有地倒龙斜骑,小有结作,无甚力量。唯玉案武曲大星正朝有情,故可取之,以备一格。

廿三日(**6 月 19 日**) 无事。

是日天甚寒,微雨阴晦,数年无此景象也。

廿四日(**6 月 20 日**) 作地图。

吾郡府龙帐后,地名丁沟,有阴宅,形如金狮,气象雄奇。余四十年前曾购获之。今将遣思慎回籍，迁其母及余室雷氏葬于是，故图以示之。

廿五日(6月21日)　夏至。

作地图。

廿六日(6月22日)　作地图。

昨日未完之图，今再补之。

廿七日(6月23日)　龙价回自京。

二役回自京，爪仙因孩子太幼，不能即回，故仅赍其书至。外带雪楞覆缄至磁州，又与梁鹤园晤，亦函来，光景不佳也。

廿八日(6月24日)　无事。

廿九日(6月25日)　作演武亭祖茔图。

地虽不甚佳，然亦小有结作，故图之。诸墓皆不可考，唯曾祖有碑，尚能识也。

新烈日记卷之二十二

六月初一日(6月26日) 作家书。

爪仙既不能即回,思慎又要南归,余年老无人侍奉,殊非常法,不得已欲先遣使迎接胡姬西来,始保无虞。函云:"正月内曾致一函,由贵州同乡王君处转达,不知可曾到否?前言思慎吹吸鸦烟,不胜愤恨,本欲即时禁断,又恐初来陇上,水土未服,故难严加教条。今夏四月始开药方,令其烟药两食,渐减渐少,今竟服药不吸烟已两月余矣,亦无他病患。可见烟病非恒心人不可断,亦非严父兄不能断也。现在日与营盘诸友互相交往,求其写字者甚多,颜容亦转红光满面,非从前休囚气象可比,于是始有意从军,欲图上进矣。本拟即令南归,妥葬双棺,早早西来,奈史氏归宁未回,遣使去接。本年二月十九日未刻,得产一男,道远儿幼,碍难上道,余又年老齿暮,左右无人侍奉,亦难为情。不得已始同思慎商酌,不如先接尔来,替换思慎回籍葬亲,以便其安心入营,好图上进。俟获一官半职后,再令接媳同来,则余两人晚景亦可靠无虞矣。不然,余家积蓄不多,田园无几,思慎肩不能挑,手不能锄,而又心无计算,考文文不成,考武武不就。古语云:'坐吃山崩。'又云:'穿不穷,吃不穷,不会打算即穷。'盖谓此也。窃计吾家所有,多不过二十年,少则十年,即无余矣。趁此时光景,余衰未全衰,家道落不尽落,尚好打算。不然,鲜有不受贫穷之害者。尔宜静言思之,则得矣。若以余言为然,则信到时,急早收拾行李,赶紧西上,替换思慎回去,安顿一切,以便上进,是为紧要。临行并将孙儿携带同来,以免悬念,余亦欲有抱孙之乐也。再带土产数件来,好作人情。至盘费已令思慎作函与康姻家商量,可不必虑。凡此皆是为上葬双亲起见,非余一身打算也。尔若不来,思慎不能回;思慎不能回,双亲不能葬。双亲不能葬,谁之罪欤?当必有代余分咎者矣。

至于思慎罪已在数年前,当其接获余信,令伊亲来听受葬法,乃昧心稳睡,吹吸鸦烟,是其罪已上通于天。犹幸今能听教,痛悔不吸,罪稍减等。若史氏心虽不可知,但能保重幼孩,上为宗祀,下为后昆计,罪差可免。若吾两人,罪安可逭哉!罪安可逭哉!再,正修书间,适接京报,见贵州岑抚台又奏请捐局展限一年。尔若早来,正好赶上,令其功名早就,以免旷废,耽误一生,尤为紧要。至嘱至嘱!况吾不见尔面已三十余年,倘此时不来,岂尚有多时哉?"

初二日(6月27日) 致卜臣。

久不通候,渴想殊深。自君元城任内,两肃函候,未奉还□知驲递维艰,遂尔停止。后得唐世兄黔中音问,始知文旌南旋,又羁滞省垣,未即还乡,更难通问。直至去秋舍侄西来,始悉福祉安康,芝兰满室,乡居之乐,已逾数载,至慰至慰。仆自西来,毫无善状,姬人史氏虽生四男三女,仅存男女各一,其凋零之象可想也。至于积蓄,不言可知,作宦如此,何异偏囚?谭文卿中丞云:"汝无家可归矣?"应之曰:"否,某有家,不能归耳。"迄今思之,果应是言。曩承厚德,自当厚报,事既如此,恐难酬也,奈何。兹着庄丁回籍迎接胡姬,替换舍侄归厝双棺,尚望临穴指示一切,恐其年少无知,致有遗误,免招后悔。盖此地须用吞葬法,靠平一穿舍井,以避淋头阳水,方保无患。若照常法一直凿下,鲜有不受阴煞者。目下虽暂时权厝,亦不可不郑重其事。俟鄙人有命南归,再为亲视,庶无疏虞之憾,此亦万不得已之苦心也。俟舍侄到家时,再令开□葬法及山向登门叩请。数载远别,无他长物,仅拙刻数种,本拟尘教,奈道远难携,俟后再呈。兹先呈上拙篆鼎文六屏,聊伴荒函,尚希捡收是幸。并候潭祺。

初三日(6月28日) 致康达姻家。

联姻数载,尺素未通,遥企芝晖,时深遥想。遥维福祉安康,履祉恒泰,为颂为慰。弟自远游,一官匏系,万里羁栖,翘首南云,欲归未得。满拟今岁还乡,妥安坟墓,谁知运与愿违,事难从心。一因川资拮据,一因小妾归宁未回,犹幸在京得产一男,差慰远怀。舍侄鸦烟亦断,尤为家幸。现在遣使南归,迎接敝室西来,替换舍侄回家修墓。窃恐川资无出,碍难动身,祈再借银七十金,合前借六十金,俟思慎回程,按数归款,决不食言。盖因路远人单,不能多带故也。此达即请福安,并候潭祺,不尽欲言。外呈拙书对联一付,钟鼎小屏四幅,希查收是幸。

初四日(6月29日) 覆雪楞。

月前初间接奉手书,廿七日龙价及小差还陇,又读惠函,欣悉内人已举一子,不胜欣慰。此皆天佑寒门,故使衰复振,危而得安也,何德敢承此隆眷哉!惟当益加修省惕厉,以答神庥而已。前蒙赐以箴规,反己自思,乘田委吏,有何崖岸,敢自高哉?然必有无心流露于不自觉者耳。幸蒙大君子直刺无隐,俾有遵循,幸甚感甚。独惜鄙人年老神衰,残喘无及,又安能敷粉涂脂效邯郸,犹作倚门卖俏哉?然亦不可不勉也。其成与不成,则天也,非吾之罪也。至内人不能即回,深惬鄙意。前者发函后,即有悔心,然信已去,纵悔亦无及矣。但此后非真有欲还之意,不必轻发使人,盖恐使人太轻,口虽不敢言,心则不无怨咨耳。兹倩营友转托局会兑百金,尚希阁下代为收存,俟其归期已定,方请转交内人,用作路资。如此则临时动身,庶无拮据之形。至请封部费,尚冀开明,以便请补。东屏醋意,亦因上前年渠有函至,欲代请封。弟彼时尚在病中,安事及此。迨去春公车北上,乃托友人寄函相商,限期已过,尚能办否内并《石墨》数包,而竟无覆。后乃探明函到伊宅,伊时外出,乃送入云南北馆,不知谁代收存,则不得悉。去冬内人入都,曾托润甫弟转达明白,其达与否,则不得悉。不料彼竟介介,尚希晤时转达为要,何也?此时贵州捐局又欲奏请展限,拟欲舍侄措资赴捐,恐其掣肘故也。暇时尚冀查开捐例,自府经县丞以至吏目、巡检,俟便寄下,此亦穷不得已之打算也,岂初心所愿及哉!拙刻诸书及帖,既不能售,又难携回,不如分送浙滇两省相好诸君,尚为有益,不知君意以为然否?请酌行之。

小儿承赐嘉名芷等,谢谢。其原名还字,伊母既不喜还,弟已另拟名曰思极,取字圜之,号枢斋。将来长大成人,以好顾名思义,循环往来,常省祝于两亲之间而已。书至此,不觉泪涔涔下也。不知汭珍女儿现长何象,尤为思之无极已。此达不尽。

初五日(6月30日) 致爪仙。

爪仙贤卿如见:月前廿七日二役回陇,欣悉孩子体壮声宏,易于抚育,又得卿珍重爱惜,余可放心无虑。犹忆余年少初婚,先父赐以银牌一面,上镌"忠厚传家"四字,余敬谨领受。一生学行,不离此四字为的。故余存心应务,从无寡恩刻薄之事。今获此儿,安知非忠厚之报?唯愿尔善于抚养,俾令成人,非唯祖宗增光,尔亦有靠。余愿足矣,尚何虑哉!汭珍虽是女子,究竟余亲骨肉,二役至京,终未见面,此心所难了者。至汉郡女郎,原为后嗣计,今既有子,余岂欲再造此一场冤孽哉?此后亲墓既妥,宗嗣无虞,唯有商捐侄儿功名,家乃可兴,令其挈眷西来侍奉,乃保无他虑。至于身外浮云,听其自舒自卷,不必以此撄心也。兹现托银号会银百金,请三姨夫经收,留为川资之费。尔若有意西来,三姨夫临时自会料理,勿烦多虑。杨震元今岁得一男,旋为热坑烙死,其两女均经出阁,大女甚得夫家爱怜,小女则不然。王妈女儿近亦产一女,明春欲为孩子做一周岁,报答神庥,共庆碎盘之乐。但汝不在家,此乐亦无从发起。本月朔日丑时,余初睡醒,门忽自开,旋闻二门上有呼娘之声,其音甚哑而促,疑为思儿魂归。是晚遂化金银白纸等件于庭,不禁惨伤,有逾平日。盖去岁余两人同哭儿女,不觉甚惨,今唯余一人自哭儿女,其惨有甚于常时惨耳。友石又及。

再,此函书成,亲价始言姑娘已无有矣。始犹不胜伤惨,既而思之,已覆之水,既破之甑,伤之何益?况尔既生幼孩,余两人尤当以保重身体、抚养幼孩为重。至于汭珍,本是女流,初生时余即有意抱与他人抚养,后因其日渐长大,愈惹人怜,遂令余爱女之心胜于爱儿。犹忆去秋将离时,每晚呼至床前,不禁伤感,觉有无数情怀填满胸臆,遂凄然泪下。初以为生离之情固如是耳,谁知其竟成死别哉!虽然,人各有心,孰能无情?吾之骨肉既已惨别如是,不知他人骨肉又将何如?本日拟托营友代会百金与尔,又恐暂时不来,将银撤回,以后俟尔确音,再会不迟。初六日又及。

初六日(7月1日) 　遣使回籍。

庄丁陆佩一人上道,不能多带什物,仅寄卜臣六屏,及康达书四小屏,并楹联一对而已。

初七日(7月2日) 　发京信。

初拟会银百金,后旋止。

初八日(7月3日) 　接云楼覆函。

大略贺余生子及催饬近印书。

初九日(7月4日) 　遗诏至。

各员素服出郊跪迎,至万寿宫,缟素举哀。

初十日(7月5日) 　先母忌日。

并接严汉槎缄,代思极推子平,甚佳。

十一日(7月6日) 　彗星见。

上月即见,以天不甚清明,故不甚留意。二更前,见于北方紫微垣后,其尾上指极星,稍偏于西。

十二日(7月7日) 　编《国朝四科衍绪》。

先编《德行科》,以孙夏峰先生为首。先生学虽原出阳明,而壮年即以气节称,晚年复以高尚著,硕德颐养,不愧一代儒宗也。

十三日(7月8日) 　编《衍绪》。

又得德行一人,曰黄梨洲先生。先生少为父报仇,锥死许显纯、崔应元及牢卒叶咨、颜仲文四人。庄烈帝闻而叹曰:"忠义孤儿,可念也。"

十四日(7月9日) 　编《衍绪》。

又得德行一人,曰李二曲先生。先生生平德行最显者,无过襄城纪异一节。其后克成大儒者,始基实肇于此也。

十五日(7月10日) 　编《衍绪》。

又得德行一人,陆稼书先生。学本程朱,其攻阳明也未免过峻。

汤文正云:"古人为学,未有如今之徒以谩骂为事者。"盖有所指也。

十六日(**7 月 11 日**)　编《衍绪》。

得德行一人,曰陆桴亭先生。本朝诸儒之恪守程朱家法者,惟二陆为正宗。二陆者,一清献公,一桴亭先生也。先生初亦有志用世,尝参人军事,上书南都,不见用,乃筑桴亭,高卧谢客,遂成通儒。

十七日(**7 月 12 日**)　为林望侯题照。

诗曰:"陇上春云住又飞,长淮烟水素心违。匆匆十八年间事,好倩琴弦谱落晖。"跋之云:"同治甲子冬,余履陇佐任,道出古隃廪时,望侯仁兄大人适宰是邑,相得甚欢,不禁相见恨晚也。嗣君捧檄他邑,往来宦途,行踪无定,音问稍疏矣。君今复履是任,情怀非旧,政治维新,爰出是图命题,感今追昔,曷胜浮沉之感。爰成廿八字奉教,亦聊以塞十余年相倾相慕之情云尔。"

十八日(**7 月 13 日**)　覆云楼。

初八日展读惠书,知辋川之谋甚切,然必须先筹费而后图地。苟有费,辋川固佳,即非辋川,又何尝不佳? 以仆所见,陇吴山、岐阳五丈原,皆佳山水,可以设险,可以赏心。若可据地而守,虽尘界外,不足羡也。然有地尤须有人,地乃可恃,地可暂时而图,人非日久不信也。君自揆其有此大力乎? 君非轻言者,试为鄙人道之,看是何如,以便代筹,可则从,不可则否。仆现在遣使回滇,迎接胡姬,携带孙儿前来伴侍老人,然后命侄还理奄岁,再筹捐资至黔报捐,视资之多寡以为职之大小,总以为鄙人晚年靠山足矣。史姬既有子,可无多虑。目下龙价已回,云孩子体壮声宏,易于抚育,天气炎热,未敢上道,拟俟秋凉方往接也。惟是南北兼顾,力实不足,□道之谋,久不闻信,恐成画饼。小尧助资,亦未见到,岐山则更无论矣。阁下又欲南归,奈何? 书现开板,不久即可观成,价银闻在十二三两之□宜自有单也。

十九日(**7 月 14 日**)　覆宪之。

三月十五日接到手书,欣悉阖潭迪吉,政治常新为慰。大文真挚中有奇气,以人奇事奇,故文亦奇也。行当载诸日记,为拙著光也。

此事与敝亡友洪亦珊选拔相类,才人无命,大可为一叹。暇时亦当为拟诗序一篇,以存其人,特恐文不佳,不足以传其人耳。仆近年时运颇不见佳,连丧三男三女,几至无明之可丧。幸本年二月十九日未时,史姬在京得生一男,差堪自慰,并可告慰知己耳。据报,幼孩尚觉体胖声宏,或易于抚育耳。承爱代筹晚年顺养并身后文章,云情高谊,可感之至。求之近代人情,曷可易得?然以鄙见思之,与其施之身后,何若慰诸目前。以阁下当时境况而论,二三千金何难措办,而此二三千中,又以十年分措,是每年不过二三百金。趁此时光,鄙人精神尚未甚衰,每年会兑二三百金至陇,鄙人亲手接办,亲眼校阅,不尤愈于委之他人代勘乎?此事随时多有更改,尤非亲身校阅,不能妥贴如意也。不知尊意以为何如?尚冀酌覆,俾有定夺是幸。至晚年顺养,大略以光州为退步,山水既明秀,风俗尤醇厚,仁里也。现在舍侄虽经抵陇,而其为人外似柔顺,内实奸贪,非起家之子,故还乡之意遂绝。唯亲棺未妥,自当设法以葬,则无虑也。现在舍侄已由滇至陇今年廿八岁,资性总觉平常,书画均有可造。拟令先行还乡,妥安窀穸,再措资至黔,报捐一官半职,以好就近侍奉鄙人,则身后庶有可靠也。舍侄初到时,拟代鄙人作祝寿,谕令不可,乃私拟《代乞寿言节略》一篇,门人赵子青都阃携往汉中代刊,印好寄来。余阅之,文虽不佳,尚非虚饰,存之可作日后家传碑文底稿,故附寄尘眛也。又拙著丛书目录,并希捡收是幸。

　　廿日(7 月 15 日)　编《衍绪》。

　　得德行六人:汤潜庵、王介祺、颜习斋、李刚主、王昆□及刘言洁也。

　　廿一日(7 月 16 日)　编《衍绪》。

　　得德行二人:李文贞公、方望溪侍郎。

　　廿二日(7 月 17 日)　编《衍绪》。

　　得德行四人:范忠贞公、傅青主先生、王伦表先生、陆周明先生。

　　廿三日(7 月 18 日)　编《衍绪》。

得德行七人：颜孝子伯璟、谢龙光、曹超、张维德、张振祚、薛文、薛化礼。

廿四日(7 月 19 日)　编《衍绪》。

得德行二十人：王孝子原及谢万全、王金、陈嘉谟、贺上林、何士阀、王麟瑞、刘必泰、邱永彰、胡士宏、刘镒、张大观、蔡应泰、杨璞、刘芳、李长茂、黄成富、陈福、谯衿、吴鸿锡。

廿五日(7 月 20 日)　书楹联。地震。

蒋芸轩代其友属书楹联二，均单款，皆集《石门铭》字。是晚亥初地震，屋瓦皆摇，须臾遂已。

廿六日(7 月 21 日)　万寿书楹联。

同寅集吴岳庙朝贺，余在寓设香案，望北叩贺而已。午书楹联三，堂上所属者。

廿七日(7 月 22 日)　书屏。

大屏四，临《坐位》；小屏亦四，书《搁笔亭》诗。

廿八日(7 月 23 日)

早编《衍绪》，得政事二人：范文肃公父子二人。文肃我朝元勋，次子承勋，则滇中贤督也。是晚，思慎侄带领庄丁王保不知去向，想遁回籍耳。果尔，则其道必由汉中。因致书子青，倘相晤，恳即议法送回。

廿九日(7 月 24 日)　编《衍绪》。

又得政事二人：冯文毅公溥、张文贞公玉书。二公皆以风度胜，至今人犹想望不已。

卅日(7 月 26 日)　编《衍绪》。

又得政事三人：张文端公英、魏敏果公象枢，姚端恪公文然。三公品概各有不同，亦各有擅胜处。张公以敬慎著，魏以鲠直称，姚公治狱则以醇厚闻，不愧古大臣风概。

人名字号音序索引

一、《日记》所涉及人物，或与著者有直接交往者，如上司、同僚、友朋及亲属等；或与著者无直接交往，但在日记中记录了其相关事迹或者诗文作品者，如抄录邸抄文书中出现的人物等，数量众多。凡属人名或指代为人名者，人名字号索引尽量收入。

二、人名索引仅为正文中人物姓名、字号或其他称谓之索引，并按音序排序，同姓氏者按其第二字、第三字的音序排列。

三、人名索引以姓名为检索条目，字、号、别称、官称、简称、亲属关系等括注在名字后。

四、凡《日记》中出现的字号或其他称谓，亦列为人名索引检索条目，并与其姓名的主索引条目互见。

五、凡《日记》中仅出现字号或其他称谓者，尽力考出其姓名，列为主引条目；暂时未能考知者，则径列字号或其他称谓如某君等为检索条目。

六、凡所附诗文内之人名条目，列在所附日之后；月末附文，则列入该月最后一日。

七、人名后所列数字为该人物出现之年月日（公元纪年），如：1864.2.19，5.2，说明出现在《日记》1864年2月19日、5月2日等。

丁易东 1863.9.12

丁云章 1863.6.19

丁琢廷 1864.7.12

定甫,见王锡振

定太尊(定宪)1879.10.19,11.24,
　11.29,11.30,12.4,12.13,12.20,
　12.22,12.23;1880.2.16,3.11,3.
　12,3.22,3.23

定宪,见定太尊

定远,见冯班

定远侯,见班超

定斋,见陈法

东方朔(曼倩)1862.11.13

东峰,见任海瀛

东莱,见吕本中

东篱,见余先黄

东屏,见陈维周

东坡,见苏轼

东山,见董邦达

东生,见范沨

董邦达(孚存、争存、东山、非闻)
　1865.3.7,4.6;1880.2.7,3.20

董逢春 1863.9.24

董其昌(香光、思翁)1863.4.19;
　1865.4.15

董守谕 1863.9.12

董天士 1864.4.2

董贤 1862.11.13

董元醇 1862.2.26

窦垿(兰泉)1861.4.17;1864.8.20,
　8.25,8.26,9.24,10.25;1865.

2.27

都将军,见都兴阿

都兴阿(都将军)1856.12.30;1857.
　1.7,1.15,1.16,1.31,2.3,2.15,
　2.21,2.24,5.14,6.11,6.24;
　1860.8.31;1862.4.6,5.31,12.4;
　1864.6.4,9.25,12.8

杜甫(少陵、子美)1856.3.27,5.24;
　1857.4.14;1860.4.23,6.21,8.1,
　10.26;1861.5.4,7.16,9.28,10.
　13,11.11,11.26,12.28;1862.1.
　2,1.19,2.19,7.27,8.31,9.6,11.
　18,11.19,11.21,11.26,12.8;
　1863.3.2,6.21,7.25,8.12,8.26,
　12.14,12.28;1864.1.31,3.26

杜翰 1862.2.26

杜黄裳 1862.12.10,12.15

杜牧(牧之)1856.4.19;1857.1.25;
　1860.5.28,6.10;1861.10.13;
　1862.12.2,12.5;1863.5.18

杜清碧 1862.1.2

杜若,见容继光

杜庭珠(诒縠)1862.11.2

杜文秀 1861.4.17

杜诏(紫纶)1862.11.2

端恪公,见姚文然

端章,见石楷

段长祐(海珊)1862.1.9

段成式(柯古)1862.1.2

段光清 1860.5.30

段洪庆 1856.4.17

李公田 1856.6.15

李塨（刚主、恕谷）1864.1.12,1.20,
　1.21,2.1,7.6;1881.7.15

李光地（文贞公）1881.7.16

李光荣 1856.4.4,4.10,6.5;1857.
　3.4

李桂官 1864.3.24

李瀚章（少卿）1857.4.3

李贺（长吉）1860.4.24;1861.11.26;
　1862.1.2,12.3,12.7;1863.8.16;
　1864.1.22,9.24

李鹤瘰 1864.7.31,8.1

李鹤章（稚泉）1860.4.21;1863.8.9,
　10.8;1864.1.13,3.29

李鹤洲 1865.4.19,4.30

李恒本（仲纯）1856.3.12,3.13,3.
　21,3.22

李恒嵩 1864.3.29

李鸿章（少泉）1860.4.21,9.27;
　1862.3.20,3.24;1863.3.13,4.3,
　6.15,6.23,7.9,8.9,8.27,9.19,
　9.23,10.8,12.17,12.24;1864.1.
　13,1.19,1.27,2.10,3.29,4.19,
　4.26,5.4,5.23,5.26,6.3,7.17;
　1880.11.26

李怀光 1862.12.10

李怀玉（正己）1862.12.10

李即园 1862.10.12

李季和 1862.1.2

李季荃 1860.5.24

李继青 1861.1.21,1.22

李嘉藩（翰臣）1856.4.4;1864.8.24;
　1865.5.14

李嘉乐（宪之）1856.3.25,3.27,4.4,
　4.19,6.6,6.19;1857.1.2;1860.
　8.20,9.16;1861.12.6;1862.2.
　16,6.4;1863.3.10,5.1,5.3,5.4,
　5.6,5.8,5.26,5.28,6.11,6.12,
　7.3,7.10,9.2,9.11;1864.3.11,
　5.20,6.1,10.25;1865.2.10,4.
　23,6.16,6.22;1879.12.14,12.
　16;1880.3.10,6.3,6.6,6.7;
　1881.4.13,7.14

李嘉甫（美卿）1857.4.3

李简 1863.9.12

李开春 1863.7.21

李开芳 1862.11.13;1864.4.20

李开先（伯华）1861.3.31;1862.1.2

李孔修 1861.6.5

李昆 1863.7.27

李濂（嵩渚）1862.1.2

李良年（秋锦）1861.10.19

李陵 1880.9.23

李纶田 1856.6.12

李梅坪 1860.5.14,5.26,7.25,8.30,
　9.3,9.6,10.7,11.24;1861.2.14

李孟平 1863.8.25

李孟荃 1860.5.7

李孟群（鹤人、鹤帅、鹤翁、廉帅）
　1856.3.12,3.14,3.18,3.19,3.
　20,3.21,3.22,3.23,3.24,3.25,
　3.28,3.30,4.1,4.3,4.8,4.10,4.

11, 4. 12, 4. 13, 4. 15, 4. 16, 4. 17,
4. 18, 4. 20, 4. 22, 4. 23, 4. 25, 4.
27, 4. 28, 4. 29, 4. 30, 5. 2, 5. 4, 5.
8, 5. 9, 5. 10, 5. 12, 5. 15, 5. 16, 5.
17, 5. 18, 5. 19, 5. 20, 5. 23, 5. 24,
5. 25, 5. 29, 6. 2, 6. 9, 6. 11, 6. 12,
6. 13, 6. 14, 6. 15, 6. 19, 6. 25, 6.
27, 6. 28, 12. 27, 12. 28;1857. 1. 6,
1. 7, 1. 8, 1. 9, 1. 13, 1. 20, 1. 22, 2.
14, 2. 20, 3. 5, 3. 7, 3. 19, 3. 25, 4.
1, 4. 14, 4. 22, 4. 24, 5. 5, 5. 7, 5.
18, 5. 19, 5. 21, 6. 15, 7. 20;1860.
4. 21, 4. 23, 4. 30, 5. 7, 5. 22, 6. 29,
7. 16, 8. 12, 11. 8;1861. 4. 14, 5. 6,
5. 9, 6. 9, 6. 15, 7. 16;1862. 5. 16,
5. 20, 5. 23;1863. 2. 17, 3. 12, 8.
25;1864. 2. 21, 2. 22, 3. 7, 4. 27
李梦阳 1861. 12. 25, 12. 28, 12. 29;
1862. 1. 2
李泌(邺侯)1856. 5. 20;1861. 7. 17;
1862. 11. 13, 12. 10, 12. 15
李密 1862. 12. 13;1864. 9. 4
李纳之 1862. 12. 10
李攀龙(于鳞、沧溟)1861. 12. 25;
1862. 1. 2, 2. 20, 11. 21;1863. 10.
9, 10. 10, 12. 20;1864. 6. 6
李培仁(伯山)1861. 6. 17, 6. 23, 6.
26, 6. 27, 6. 28, 7. 4, 7. 5, 7. 8, 9. 15
李其昌 1856. 4. 27
李锜 1862. 12. 10, 12. 15
李启瑞 1860. 7. 4

李侨(小川)1856. 4. 4;1864. 8. 24
李勤邦 1863. 4. 5
李青来 1861. 12. 21
李青选 1863. 6. 26
李卿谷(愍肃公)1856. 3. 17, 5. 24;
1861. 5. 6
李清 1864. 7. 10
李清源 1856. 3. 22
李群玉 1862. 12. 8
李榕 1863. 9. 21
李榕(荫伯)1864. 10. 10
李汝弼(丹亭)1862. 11. 15
李商隐(义山)1857. 3. 6;1860. 6. 15;
1861. 12. 27, 12. 29;1862. 1. 2, 12.
2, 12. 5, 12. 7;1863. 3. 11, 3. 25;
1864. 3. 26
李少轩 1856. 4. 2, 4. 7, 4. 15, 4. 27;
1857. 1. 3, 1. 4, 1. 17, 1. 18
李绍莲(又青、右青)1860. 4. 27, 5. 1,
5. 13, 5. 15, 5. 18, 5. 25, 6. 2, 6. 7,
6. 20, 7. 4, 7. 15, 11. 24, 11. 26;
1862. 3. 3
李慎(勤伯、勤宪)1879. 12. 4;1880.
8. 15, 8. 26, 8. 28, 9. 15, 11. 14, 12.
15, 12. 16, 12. 21;1881. 1. 11, 5. 29
李师道 1862. 12. 10
李时乾(健庵)1863. 3. 4, 5. 26, 9. 2,
12. 14, 12. 21
李士迻 1856. 5. 22
李士麟 1856. 5. 10;1861. 5. 7
李士实 1861. 6. 5

10.9,10.12,12.23,12.31;1864.
1.8,3.30,4.20,8.16,8.24,12.3;
1865.3.31,4.21,5.16,6.4

沙雪湖 1862.10.15

山甫,见吕高

山公,见冯景

山子,见沈进、赵沄

善甫,见王贞庆

善公联 1880.2.16

善征,见莫祥芝

尚泉,见魏良辅

尚斋,见程桓生

少保,见戚继光、岳飞

少苍,见钱桢

少鹤,见王锡振

少陵,见杜甫

少南,见樊鹏

少楩,见卢柟

少卿,见李瀚章

少泉,见李鸿章

少山,见赵子端

少师,见姚广孝

少虚,见冯从吾

少雨,见姜如璧

邵伯温 1863.9.12

邵长蘅(青门、子湘)1861.10.19;
1862.1.2;1863.6.21

邵承湜 1863.11.16

邵维新 1864.6.18

邵雍(康节、尧夫)1860.10.21,10.
28;1861.1.26,6.21,11.3,11.6;

1862.1.2,12.11;1863.9.3,10.5,
11.7,11.29;1880.7.26

申甫 1861.11.19

诜夫人 1862.11.13

沈葆桢 1863.6.15,8.10,9.21;1864.
4.26,6.2;1865.1.18,6.2

沈德符(虎臣、景倩)1862.1.2

沈仿彭 1860.4.21,5.3,5.12,5.24

沈该 1863.9.12

沈镐(六圃)1860.12.18,12.30;
1862.6.28

沈国太 1860.5.7

沈宏富 1863.5.24,7.29

沈进(山子)1862.1.2

沈栗仲 1856.5.1

沈明臣(嘉则)1862.1.2

沈鹏元 1864.10.7

沈庆稷(仲芬)1879.11.7

沈廷芳(椒园)1861.10.19

沈退庵 1862.10.26

沈祥(彦庠)1862.1.2

沈奕(锡侯)1864.12.14,12.15

沈愚(崆峒生、通理)1862.1.2;1863.
5.7

沈周(启南)1862.1.2

沈卓吾 1879.11.27,12.3,12.8,12.
9;1880.2.5

慎庵,见伍成功

慎修,见江永

升庵,见杨慎

胜保(克斋、胜宫保)1857.2.18;

孙铸（海楼、铁州）1860.8.1；1862.
　10.15；1864.6.15，6.16，7.2，7.16
孙庄氏 1862.5.16，5.21，5.30，6.12
孙子香 1862.5.22，6.13
孙祖康（雪堂）1865.1.12，1.20，2.
　19，2.20，3.9，3.23，3.30
索绰洛·宝鋆 1862.2.26

T

塔军门，见塔齐布
塔齐布（塔军门）1856.3.24，4.13；
　1857.3.13，3.31；1860.6.28；
　1861.4.25，5.6，6.15；1864.10.18
太白，见李白
太冲，见左思
太初，见孙一元、吴长元
昙馨，见卜慧华
覃海安（墨波、永贞）1863.10.20，11.
　24，12.28；1864.1.25，2.29，3.8，
　3.19，3.28，6.7，6.8，8.2
覃瀚元（黄梅令、石仙、覃令）1857.2.
　2，2.6，2.8，2.23，2.24，2.25，2.
　26，2.28，3.10，3.20，4.4，4.6，4.
　23，5.23
覃令，见覃瀚元
谭虎臣 1880.7.30，8.2
谭绍洸 1863.12.24
谭廷襄 1861.6.9
谭文卿 1881.6.27
谭西屏 1880.2.3，2.8，3.21，4.12，
　11.10，12.3

谭小和 1879.11.27，12.8，12.9
谭元春（友夏）1862.1.2，8.6，10.22
檀萃（默斋）1856.3.27；1862.6.28；
　1863.4.17；1864.8.31；1880.9.16
汤斌（潜庵）1861.10.19，11.11；
　1863.3.6；1881.7.10，7.15
汤鹏（海秋）1862.10.27；1863.5.7，
　10.20，11.12；1864.2.12，3.6，3.7
汤守重（子镇）1860.5.15，5.28，5.
　31，6.2，6.10，6.17，6.19，6.20，6.
　28，7.10，7.11，7.12，7.13，7.21，
　7.24，7.28，7.30，8.2，8.3，8.4，8.
　6，8.7，8.10，8.12，8.20，8.22，8.
　25，10.5
汤树斋 1880.11.26
汤显祖（义仍）1862.1.2
汤胤勣（公让）1862.1.2
汤珍（子重）1862.1.2
唐德堉（禹轩、煜轩）1864.11.16，12.
　29；1865.1.7，1.12，1.14，1.15，1.
　28，1.30，1.31，2.6，2.7，2.8，2.
　13，2.21，2.23，2.28，3.1，3.4，3.
　5，3.6，3.8，3.10，3.16，3.18，3.
　25，3.26，3.27，4.10，5.4，5.15，5.
　25，5.26，5.29，6.3，6.10，6.12；
　1880.4.2
唐尊生 1860.11.13
唐斐泉 1862.10.30
唐光瀚（保镜）1860.5.25，6.7
唐广（惟勤）1862.1.2
唐洪山 1863.8.20

吴英 1856.5.13

吴莹(耀堂)1865.1.23

吴与弼(康斋)1861.6.8

吴元济 1862.12.10

吴在湄(秋士)1864.5.30

吴占鳌(海峰)1864.9.25,9.26

吴兆(非熊)1862.1.2

吴镇(仲圭)1865.3.1

吴徵(莲溪、仲光)1864.10.16,10.
20,10.21,10.23,10.26,12.31；
1865.1.6,3.5,4.20

吴周南 1860.7.5

吴子森 1861.8.9

吴子孝(纯叔)1862.1.2

午桥,见袁甲三

午亭,见陈廷敬

伍超(介康)1864.12.11；1865.3.3

伍成功(慎庵)1856.4.4,4.7；1857.
4.22；1862.5.20

伍弥特·花沙纳 1861.6.7

伍少海 1860.6.4

伍子胥 1862.8.14,8.16

武侯,见诸葛亮

武肃王,见钱镠

武元衡 1862.12.10,12.15

武则天 1862.11.13

武镇坤(星炳)1862.11.1

务本,见蒋主孝

X

西昆,见杨自茂

西滇,见姜宸英

西施(西子)1881.1.28

西涯,见李东阳

西子,见西施

希庵,见李续宜

希范,见王洪

希谷,见方孝孺

希帅,见李续宜

希夷,见陈抟

希直,见方孝孺

惜抱,见姚鼐

锡侯,见沈奕

锡三,见翟诰

习斋,见颜元

席宝田 1863.9.21；1864.4.26,6.2；
1865.1.18

霞裳,见刘志鹏

霞仙,见刘蓉

霞轩,见刘蓉

夏高举 1856.4.28

夏基鸿 1863.9.21

夏济庵 1860.8.16

夏俊卿 1856.12.27

夏康侯 1879.11.19；1880.1.16,2.3；
1881.5.31

夏天义 1863.6.23

夏廷美(云峰)1861.7.21

夏韵香 1857.7.9,7.10,7.12,7.15,
7.19

夏正生(寅斋)1857.7.19

仙潮,见罗瀛美

Z

2. 16,3. 13,3. 23,3. 29,5. 10,5.
11,5. 23,6. 18,7. 3,7. 20,7. 26,7.
30,8. 14,12. 12,12. 24,12. 30;
1864. 5. 23,5. 26,6. 5,8. 16,8. 22,
11. 30,12. 7;1865. 1. 18,2. 16,2.
17,2. 22,3. 31,4. 24,6. 4

曾国华 1864. 12. 6

曾国祺(子鹤)1861. 12. 6;1864. 8.
26,8. 27,8. 28,8. 29,8. 30,9. 24;
1865. 1. 8,5. 14;1879. 12. 16

曾国荃(沅浦、曾九帅)1860. 5. 17,5.
19,6. 28,7. 3,9. 11,11. 16;1861.
4. 13;1862. 3. 7,3. 21,3. 24;1863.
1. 8,3. 13,7. 20,9. 18;1864. 5. 26,
8. 22,11. 26;1880. 11. 24

曾九帅,见曾国荃

曾爵相,见曾国藩

曾克胜 1864. 3. 20

曾棨 1862. 1. 2

曾绍霖 1862. 11. 22

曾学渊,见卢廷元

曾亚孙 1856. 5. 16

曾尧 1864. 3. 20

曾瑛山 1860. 10. 4

曾玉明 1864. 2. 20

曾玉珍 1856. 5. 16

曾元福 1864. 3. 18,10. 23;1865. 4. 14

曾祖光 1856. 5. 16

翟浩(锡三)1861. 4. 10

湛若水 1861. 6. 5

张邦昌 1861. 1. 30

张宝树(珠林)1857. 1. 19

张保龙 1864. 12. 8

张北栋(友山)1864. 11. 9

张必刚(健夫)1860. 11. 21;1880.
8. 11

张必禄 1856. 5. 30

张弼 1861. 6. 5

张碧鬘(碧)1860. 5. 13,7. 15,10. 7,
10. 8;1861. 6. 10,6. 12;1862. 2. 5,
7. 17,8. 16;1863. 5. 8,5. 28,9. 15,
12. 21;1864. 5. 20,7. 28,7. 30;
1865. 2. 12,3. 23,3. 26,3. 27,4. 6,
4. 13,5. 9,5. 14

张宾 1856. 6. 3

张炳南 1861. 11. 24

张炳然 1856. 3. 23

张采(受先)1861. 12. 30;1862. 1. 2,
11. 24

张采舒 1861. 2. 23

张长安 1865. 3. 8

张承业 1862. 11. 13

张春陔 1864. 7. 19,7. 24,10. 25

张从龙 1863. 7. 21

张大观 1881. 7. 19

张道渊(秋生)1863. 5. 26

张得禄 1856. 6. 29

张得胜 1856. 4. 1,4. 15,4. 17,4. 22,
4. 28,6. 16;1861. 1. 30,6. 15;
1863. 6. 26

张端卿(谨三、芝浦)1880. 12. 30

张敦之 1880. 5. 10,5. 11,5. 18,5. 20,

子湘,见邵长蘅

子襄,见赵子端

子莘,见尹耕

子序,见吴嘉宾

子宣,见王旬

子萱,见王寿光

子循,见皇甫汸

子野,见陈芹

子业,见高叔嗣

子有,见金大车

子与,见徐中行

子羽,见林鸿、施渐

子元,见刘知几、徐泰

子愿,见邢侗

子约,见皇甫濂

子瞻,见苏轼

子贞,见何绍基

子镇,见汤守重

子重,见刘铨福、汤珍

紫陵,见许岳征

紫纶,见杜诏

字绿,见朱书

宗表,见李晔

宗臣(子相)1862.1.2

宗吉,见瞿佑

宗稷辰 1856.6.22

宗孔,见戴圣林

宗鲁,见陈沂

宗庠 1863.7.11

邹亮(克明)1862.1.2

邹旭岚 1856.3.17

最珊,见戈尚志

遵严,见王慎中

左棣华 1860.9.29,10.22,10.26,11.2,11.10,11.13

左光斗(忠毅公)1862.11.28

左良玉 1862.3.22

左思(太冲)1857.4.3;1880.9.28

左霞谷 1860.11.3

左宗棠(季高、京堂)1860.5.17,5.22,5.30,7.3,8.28,10.25,10.30,11.13,11.17,11.28;1861.1.28,1.31,4.13,4.21,9.25,12.16;1862.3.20,11.22;1863.2.1,3.28,4.3,4.5,4.12,5.10,6.15,7.12,8.20,10.22;1864.2.11,3.17,4.4,5.3,5.22,6.29;1865.1.18,2.16,5.18;1879.10.16;1880.11.24

佐唐,见赵襄臣

作卿,见邓解

《中国近现代稀见史料丛刊》已出书目